HEYNE<

Das
Science Fiction Jahr
2008

Herausgegeben von
Sascha Mamczak und Wolfgang Jeschke

WILHELM HEYNE VERLAG
MÜNCHEN

Verlagsgruppe Random House
FSC-DEU-0100
Das FSC-zertifizierte Papier *München Super*
für Taschenbücher aus dem Heyne Verlag
liefert Mochenwangen Papier.

Originalausgabe 7/08
Redaktion: Sascha Mamczak/Wolfgang Jeschke/Sebastian Pirling
Copyright © 2007 by Wilhelm Heyne Verlag, München
in der Verlagsgruppe Random House GmbH
Copyright-Vermerke zu den einzelnen Beiträgen jeweils am Schluss der Texte
Printed in Germany 2008
Umschlagbild: Stephane Martinière
Umschlaggestaltung: Nele Schütz Design, München
Satz: C. Schaber Datentechnik, Wels
Druck und Bindung: GGP Media GmbH, Pößneck

ISBN: 978-3-453-52436-1

Inhalt

Editorial 13

**Schwerpunkt:
Utopia mon amour**

Widerstand ist zwecklos 21
Die Assimilation der Utopie:
Von den idealen Staatsgebilden zur Science Fiction
– *von Karsten Kruschel*

Bilder einer besseren Welt 58
Über das ambivalente Verhältnis
von Utopie und Dystopie
– *von Simon Spiegel*

Als die Utopie boomte 83
Reisen in Raum und Zeit –
die französischen Voyages imaginaires
– *von Karlheinz Steinmüller*

Als uns die Utopie abhanden kam 104
Auf einen Drink ins All – die Zukunft ist retro
– *von Ralf Bülow*

Die große Transformation 127
Ein Besuch im Museum des Neuen Menschen
- von Uwe Neuhold

Die utopische Spirale 206
Über die Visionen der Technokultur
- von Wolfgang Neuhaus

Was vom Menschen bleibt 228
Leben und Utopie im 21. Jahrhundert
- von Rudolf Maresch

Die utopische Konstruktion als ethisches Veto 253
Ishiguro, Huxley, Houellebecq – zur Visualisierung der Dialektik einer liberalen Eugenik
- von Richard Saage

Utopia 2.0 276
Sind wir nicht längst alle Netopisten?
- von Frank Borsch

The Greening of Detroit 285
Jenseits des Netzes: Gibt es eine Utopie für die 89er?
- von Sascha Mamczak

Mögen wir in interessanten Zeiten leben! 294
U-topia, nicht O-topia: Über die Form der Dinge, die da kommen
- von Adam Roberts

Beim Bein des Propheten 308
Von Marx zu Rüttgers – die Utopie auf der Höhe der Zeit
- von Hartmut Kasper

Seien wir realistisch, prophezeien wir das Mögliche! 330
Der Utopien-Relaunch als Ausweg aus der gegenwärtigen Strukturkrise
- von Michael Brake und Sascha Lobo

Bücher & Autoren

Grandmaster und Gestaltwandler — 339
Zum Frühwerk Robert A. Heinleins
– *von Bartholomäus Figatowski*

Auf nach Belgisch-Kongo! — 368
Über die deutschen Anfänge des Science-Fiction-Fandoms
– *von Franz Rottensteiner*

Die Zukunft einer Illusion — 381
Was wird aus der Science Fiction, wenn wir alle
intelligenter und gleichzeitig dümmer werden?
– *von Thomas M. Disch*

Phantastik und der Weltensturm — 406
Eine Rede, gehalten im September 2007
vor dem »Centre for the Future« in Prag
– *von John Clute*

Will Smith ist der letzte Mensch — 419
Die Science Fiction und der Weltuntergang
– *von Johannes Rüster*

Deep Impact? — 439
Zum literarischen Nachbeben des Tunguska-Ereignisses im Jahre 1908
– *von Bartholomäus Figatowski*

Todesfälle — 468

Interview

»Die Utopie kann ebenso gut zurück oder
zur Seite blicken – sie kann hinausblicken!« — 509
Ein Gespräch mit Ursula K. Le Guin
– *von Sascha Mamczak*

»Wenn mir morgen die Ideen ausgehen,
könnte ich trotzdem noch zehn Jahre lang
Bücher schreiben!« 524
Ein Gespräch mit Charles Stross
- *von Uwe Kramm*

»Wenn das Eigenleben der Figuren
der Story schadet, greife ich ein!« 543
Ein Gespräch mit Andreas Brandhorst
- *von Alexander Seibold*

Science & Speculation

Klimawandel: Science oder Fiction? 561
Betrachtungen zu einem kontroversen Thema
- *von Uwe Neuhold*

Phantastische Physik: Sind Wurmlöcher und
Paralleluniversen ein Gegenstand der Wissenschaft? 661
Zum Verhältnis von Pseudowissenschaft, Science und Fiktion
- *von Rüdiger Vaas*

Invasion der Cognoiden 744
Ein Dialog über den Beginn des Maschinenzeitalters
- *von Peter Kempin und Wolfgang Neuhaus*

Im Herzogtum der Bücher 766
111 lesenswerte Neuerscheinungen zu
Wissenschaft und Philosophie
- *von Rüdiger Vaas*

Film

Die sinnliche Erfahrung der Katastrophe — 849
Phantastik im Kino und auf DVD 2007
- *von Lutz Göllner, Bernd Kronsbein, Michael Meyns, Marc Sagemüller, Sven-Eric Wehmeyer und Lars Zwickies*

The Remake Game — 964
Hollywoods Wiederinbetriebnahme
klassischer Science-Fiction-Stoffe
- *von Peter M. Gaschler*

»Wenn es keine Lösung gibt,
gibt es auch kein Problem!« — 1019
Et les Shadoks pompaient ...
Zur Rückkehr der Shadoks via DVD
- *von Hartmut Kasper*

Der Meister der Entfremdung — 1027
Michelangelo Antonioni (1912–2007)
- *von Peter M. Gaschler*

Freddie und die Fans — 1036
Freddie Francis (1917–2007)
- *von Peter M. Gaschler*

Der Unbeugsame — 1049
Curtis Harrington (1926–2007)
- *von Peter M. Gaschler*

Kunst

Wasser, Liebe und Acryl — 1061
Space-Art von Gerd Otto und Johnny Bruck
- *von Philip Thoel*

10 Inhalt

Entropie-Tango — 1069
Michael Moorcock und die Musik
- *von Ralf Reiter*

Abgrund der Sinnlichkeit — 1095
Gabriele L. Berndt und ihre »space-people«
- *von Alexander Seibold*

Hörspiel

Science-Fiction-Hörspiele 2007 — 1105
- *von Horst G. Tröster mit Beiträgen von Ute Perchtold, Christiane Timper, Birke Vock, Helmut Magnana und Günther Wessely*

Comic

Ich bin ein Zeitreisender, aber das ist okay! — 1155
Eine Comic-Nachlese 2007
- *von Bernd Kronsbein und Sven-Eric Wehmeyer*

Auf dem Mond wächst kein Gemüse — 1178
Über die zukünftigen Ureinwohner des Mondes,
ihre Sitten und Gebräuche und die Sicht des Karikaturisten
auf die Zukunft – ein Gespräch mit Nic Schulz
- *von Hartmut Kasper*

Storm is back – alive and well — 1187
Don Lawrences legendäre Comic-Serie
feiert eine triumphale Rückkehr
- *von Hartmut Kasper*

Nick. Raumfahrer. — 1199
Die rosa Burgen des Herrn Wäscher, seine Abenteuer hinter den
geschlossenen Augen und die ferne Zukunft des Jahres 1958
- *von Hartmut Kasper*

Inhalt **11**

Computer

Science Fiction Interactive 1219
Computerspiele 2007
- von Gerd Frey

Rezensionen 1257

J.G. Ballard: »Die Stimmen der Zeit« / »Vom Leben und Tod Gottes« • Stefan Blankertz: »2068« • Dietmar Dath: »Waffenwetter« • David Dalek: »Das versteckte Sternbild« / Dietmar Dath: »Maschinenwinter« • Cory Doctorow: »Backup« • Hal Duncan: »Vellum« • Irene Fleiss: »Tod eines guten Deutschen« • M. John Harrison: »Nova« • Wolfgang Hars: »Lexikon des verrückten Weltalls« • Marie Hermanson: »Der Mann unter der Treppe« • Joe Hill: »Black Box« • Stefan Iglhaut, Herbert Kapfer und Florian Rötzer (Hrsg.): »What if? Zukunftsbilder der Informationsgesellschaft« • Doris Lessing: »Die Kluft« • Sergej Lukianenko: »Spektrum« • Sergej Lukianenko: »Weltengänger« • Dariusz Muszer: »Gottes Homepage« • Larry Niven und Brenda Cooper: »Harlekins Mond« • Albert Sánchez Piñol: »Pandora im Kongo« • Philip Reeve: »Lerchenlicht« • Andrej Sapkowski: »Gottesstreiter« • Lucius Shepard: »Hobo Nation« • Simon Spiegel: »Die Konstitution des Wunderbaren« • Charles Stross: »Glashaus« • Scarlett Thomas: »Troposphere« • Jeff VanderMeer: »Ein Herz für Lukretia« • Bernd Vowinkel: »Maschinen mit Bewusstsein« • Robert Charles Wilson: »Quarantäne«

Marktberichte

Die deutsche SF-Szene 2007 1355
- von Hermann Urbanek

Die amerikanische SF-Szene 2006/2007 1420
- von Hermann Urbanek

Die britische SF-Szene 2006/2007 1442
- von Hermann Urbanek

Preise – Preise – Preise					1452

Bibliografie

Phantastische Literatur
im Wilhelm Heyne Verlag 2007					1477
– von Werner Bauer

Editorial

Liebe Leserinnen und Leser,

zum Auftakt dieses SF-JAHRES eine Leseempfehlung. Kein Geheimtipp, ja vermutlich sogar ein Buch, das Sie längst kennen, aber trotzdem: Gerade ist Ursula K. Le Guins »The Dispossessed« (früher: »Planet der Habenichtse«, jetzt: »Die Enteigneten«) neu aufgelegt worden. Es gibt wohl kaum einen Science-Fiction-Roman, der so sehr Ausdruck der Zeit ist, in der er entstand, und zugleich so sehr zeitloses Meisterwerk, ein Buch, das von jeder Generation neu entdeckt, von jeder Generation neu interpretiert werden kann. Im wahrsten Sinne des Wortes ein Klassiker also – aber einer, der immer noch dazu geeignet ist, unsere Art, Zivilisation zu betreiben, nachhaltig zu hinterfragen. Wie Denis Scheck im Vorwort zur Neuausgabe schreibt: »›Die Enteigneten‹ ist kein einfacher Roman. Er erschüttert nahezu sämtliche Grundüberzeugungen unserer momentanen politischen Verfasstheit. Er stellt in Frage, zieht in Zweifel, bestreitet und relativiert das meiste, worauf sich die Gesellschaft der Bundesrepublik Deutschland ... gründet: unsere Vorstellungen von Eigentum, Besitz und Gerechtigkeit, unser Rechts- und Wirtschaftssystem, unsere Vorstellungen über die Familie als Nukleus des Staates, die Art und Weise, wie Männer und Frauen zusammenleben und wie Kinder erzogen werden sollten – ganz zu schweigen von sämtlichen Transzendenzversprechungen unserer Religionen. Er verunsichert. Jedem Leser von ›Die Enteigneten‹ wird es nach der Lektüre schwerer fallen, einer Rede des Bundespräsidenten reinen Herzens und hellen Sinnes zu applaudieren.«

Le Guin hat diesen Roman in den frühen Siebzigerjahren geschrieben und mit dem Untertitel »Eine ambivalente Utopie« versehen. Was auf den ersten Blick etwas dröge-didaktisch wirkt, erschließt sich dem Leser jedoch auf atemberaubend literarische Weise: »Die Enteigneten« hat das utopische Modell, das sich in seiner Grundstruktur seit Morus' namensgebendem und genreprägendem Polittraktat von 1516 kaum verändert hatte, vom Kopf auf die Füße gestellt. Kein stellvertretend für uns Reisender, dem eine perfekt geölte Gesellschafts- und Herrschaftsmaschinerie vorgeführt wird, steht hier im Mittelpunkt, sondern ein Bewohner von Utopia selbst, ein unschuldiger, jedoch keineswegs naiver Mann, der die Welt »jenseits der Insel«, unsere Welt also, entdeckt und in dessen Person sich die Utopie selbst reflektiert, ihrer Entstehungsbedingungen, ihrer Entwicklungsmöglichkeiten, ja ihrer Geschichte bewusst wird. Ein Novum, eine konzeptionelle Wende in der doch sehr angestaubten literarischen Gattung »Utopie« war das.

Aber nicht nur sein Status als literaturhistorische Wegmarke macht die Wiederlektüre von »Die Enteigneten« so empfehlenswert; sie zeigt vor allem auch, dass der Roman die bisher letzte bedeutende Referenzgröße in einem Genre ist, über das zwar jeder eine Meinung hat, das aber kaum noch »Nachschub« produziert. Ja es scheint beinahe, als gebe es auf dem Feld des Utopischen mehr Sekundär- als Primärliteratur. Liegt das am vielbeschworenen »Ende der Utopien« (ein Spin-off des fukuyamaistischen »Endes der Geschichte«) nach dem Fall des Kommunismus in den späten Achtzigern? Oder ist den Autoren die utopische Luft womöglich schon viel früher ausgegangen? In den Siebzigern mit den »Grenzen des Wachstums«? In den Fünfzigern mit dem Wettrüsten? In den Dreißigern mit Hitlerismus vs. Stalinismus?

Fest steht: So utopienberauscht wie zur letzten Jahrhundertwende ist die Menschheit nicht in das einundzwanzigste getaumelt – es war ein eher nüchterner, vom Kampf der Ideologien erschöpfter Aufbruch. Aber heißt das, dass wir uns tatsächlich von der Idee des Utopischen verabschiedet haben? Dass wir nicht mehr daran glauben, eine wie auch immer geartete »bessere«, »richtigere«, »wahrere« Welt sei möglich? Ja dass wir, wie Ursula K. Le Guin im *SF-JAHR-Interview selbst bekennt, nicht einmal mehr wissen, worauf wir hoffen können? Oder ist das alles womöglich eher ein Marketingaspekt: Liegt das Dilemma vielleicht darin begründet, dass es heute ungleich schwieriger ist, utopischen Ideen eine literarische Form zu verleihen, sie für ein größeres Publikum, das an Möglichkeiten der Freizeitgestaltung nun wirklich keinen Mangel hat, attraktiv zu machen?*

Mit diesen Fragen wollen wir uns im SF-JAHR 2008 beschäftigen. Jedoch mit einem Vorbehalt: Wie so oft bei der Betrachtung und Bewertung künstlerischer Prozesse besteht auch hier die Gefahr, dass man um Thesen und Behauptungen – »Ende der Utopien«, »Ende der Geschichte« – kreist, hinter denen sich bestimmte, in diesem Fall politische Interessen verbergen, Interessen, die nicht notwendigerweise mit der kreativen Krise der »Utopieproduzenten« in Verbindung stehen, ja die sogar den Blick darauf versperren können, dass längst wieder Utopien produziert werden, nur eben vielleicht in anderer Form, gleichsam unter dem Radar des flüchtigen Kulturbetrachters. »Die Enteigneten« hat es schließlich vorgemacht: Eine Utopie kann die beste aller möglichen Welten beschreiben – ohne sie zu propagieren.

Nicht das »Ende der Utopien« ist also das Schwerpunktthema dieses SF-JAHRES, sondern das Tasten nach Formen und Möglichkeiten des Utopischen, die jenseits der ideologischen Kämpfe des letzten Jahrhunderts Bestand haben können – und das Beleuchten von »neuen« Utopien, die das Etikett, aus welchen Gründen auch immer, über Bord geworfen haben, aber trotzdem genau das sind: Vorstellungen einer besseren, wenn nicht besten Welt auf Erden. Zugegebenermaßen kein leichtes Unterfangen, ist doch der Utopie-Begriff in den erbitterten politischen Debatten generell unter die Räder gekommen, herrscht doch reichlich Verwirrung darüber, was eigentlich eine Utopie ist und wie das Genre mit den Zeitläuften korrespondierte. Daher haben wir uns entschieden, in einem ersten Abschnitt den einen oder anderen Rückblick zu wagen, darauf, wie sich die Utopie im Laufe der Jahrhunderte entwickelt hat, was ihren geistesgeschichtlichen Kern ausmacht, wie sie ihr Gegenstück – die Dystopie – gleichsam miterfunden hat und warum uns – tatsächlich schon lange vor dem Fall des Eisernen Vorhangs – die Vorstellung einer besseren Welt abhanden gekommen ist.

Der zweite Abschnitt widmet sich dann jener zentralen »Vision«, die ganz aktuell Schriftsteller, Feuilletonisten und Wissenschaftler umtreibt: die technische Veränderung des menschlichen Körpers und damit der »menschlichen Natur«. Ganz neu ist das nicht – schon Morus und Konsorten hatten sich einst darüber Gedanken gemacht –, aber was derzeit vor dem Hintergrund tatsächlicher oder scheinbarer wissenschaftlicher Möglichkeiten an »Enhancement«-Ideen ventiliert und als zwangsläufige zivilisatorische Entwicklung gepriesen wird, sprengt jeden Rahmen. An vorderster Front mit dabei – wie sollte es anders sein? – etliche Science-Fiction-Autoren. Umso wichtiger ist es, zu fragen, ob dies nur die naive Fortsetzung von Ingenieursphantasien auf bio- und gentechnischer Basis ist oder ob hier wirklich eine Utopie, also eine Erzählung darüber zum Vorschein kommt, wie wir künftig zusammenleben sollen.

In einem dritten Abschnitt schließlich wollen wir den Blick auf weitere Formen neuerer Utopien (beziehungsweise Schein-Utopien) richten. Sehr persönlich, zuweilen auch sehr ironisch. Doch ein wenig Ironie kann der Utopie – die ihre Ernsthaftigkeit seit Urzeiten wie eine Monstranz vor sich her trägt – wahrlich nicht schaden ...

Und um dem mühsamen Spekulieren über »perfekte« Welten dann noch ein inhaltliches Gegengewicht zu verleihen, haben wir einige Autoren gefunden, die sich über die andere Seite unseres so variantenreichen Genres Gedanken machen: die Erzählung vom »Ende der Welt«, von der (atomaren, biologischen, klimatischen) Mega-Katastrophe und dem Weiterleben danach. Dieser Trend war in der Science Fiction seit den Achtzigern etwas aus der Mode gekommen, doch Hollywood hat das Thema gerade wieder für sich entdeckt. Ein Indiz für eine generelle Untergangsstimmung angesichts ökologischer und anderer globaler Widrigkeiten? Oder nur ein Beleg für die These, dass der Teufel eben die spannenderen Geschichten erzählt?

Wie auch immer, die Science Fiction wird, solange es sie gibt, zwischen diesen beiden Polen oszillieren, wird Welten beschreiben, die die Menschen sich mehr oder weniger wohnlich eingerichtet haben, und Welten, die sie zugrundegerichtet haben, wird uns Hoffnung geben und wird unseren größten Befürchtungen Aus-

druck verleihen. Und manchmal macht sie das beides gleichzeitig – so wie Ursula K. Le Guin mit »Die Enteigneten« –, und dann haben wir etwas, was dem Genre seit seiner Erfindung immer wieder abgesprochen wird: große Literatur.

Wir wünschen Ihnen jedenfalls viel Vergnügen und viele neue Einsichten mit dem SF-JAHR 2008

Sascha Mamczak & Wolfgang Jeschke

UTOPIA MON AMOUR

Widerstand ist zwecklos

Die Assimilation der Utopie: Von den idealen Staatsgebilden zur Science Fiction

von Karsten Kruschel

Eine klassische Utopie stellt man sich landläufig so vor, dass ein Autor sich hinsetzt und einen Text verfasst, in dem er eine ideale Gesellschaftsform schildert – weil er mit seinen eigenen zeitgenössischen Bedingungen zutiefst unzufrieden ist. Er denkt sich eine Wunschwelt aus. Den Ou-Topos, Kein-Ort, im Englischen gleichklingend mit Eu-Topos, Gut-Ort. Eine Dystopie wäre dann, aus genau demselben Grund eine Gesellschaft zu schildern, die gar schrecklich ist. Eine Warnwelt. Dys-Topos, Schlecht-Ort. Beide Phantasien können, entsprechend ausgeschmückt, dann das Label Science Fiction tragen.

Auf einige Bücher trifft dieses Schwarz-Weiß-Schema auch zu, nur sind es verschwindend wenige, wenn man den Blick von den sogenannten klassischen Texten[1] löst und stattdessen den Gesamtkorpus der Science Fiction betrachtet. Dafür, dass sich Science Fiction als legitime Erbin der Utopie betrachtet (wenn nicht gleich als legitime Erbin von so ziemlich aller Literatur bis zurück zum Gilgamesch-Epos), gibt es vor allem in jüngerer Zeit verwunderlich wenige eindeutig utopische Texte. Die Wikipedia-Liste von utopischen und dystopischen Romanen beispielsweise ist merkwürdig kurz, und bei genauerem Hinsehen zumindest in Teilen zweifelhaft. Und bei den Verfilmungen wundern sich die Verfasser, keinen im Wortsinne utopischen Film gefunden zu haben.[2] In der heutigen

Karte des Landes Utopia, von Abraham Ortelius (1527–1598)

Science Fiction scheint sehr wenig Utopie enthalten zu sein; es dominieren interstellare Imperien, Wurmlöcher, komplizierteste Quantentheorien und Technologiesingularitäten. Ist die Tradition der Utopie in der SF versickert? Die reine Lehre von Utopie/Eutopie und Dystopie ist das eine, die tatsächlich verfassten Werke eine andere.

Blickwinkel und das Eu und das Dys

Zum einen sind die klassischen utopischen Texte bei genauerem Hinsehen gar nicht so richtig eutopisch. Jedenfalls nicht für uns. Diese Bücher lesen sich, schaut man richtig hin, eher als das Gegenteil. Da guckt der Große Bruder aus allen Ecken, dass Winston Smith sich gleich zu Hause fühlen kann.

Was soll man beispielsweise zu einem Staatswesen sagen, das seinen Bürgern zum Zwecke der Zucht besserer Menschen vorschreibt, mit wem sie sich zu paaren haben, und das eine minutiös organisierte Planwirtschaft durchsetzt?[3]

Wie findet man einen Staat, der aus dem Ausland eingekaufte Straftäter als Zwangarbeiter für den Wohlstand der eigenen Bevölkerung ausbeutet?[4]

Was halten Leser von einem Idealstaat, der den Frauen kein Wahlrecht zugesteht und ihnen die Kinder dennoch mit sechs Jahren zwecks staatlicher Erziehung wegnimmt?[5]

Oder von jenem Land, das seine Bürger der unentrinnbaren Diktatur des – natürlich – männlichen Familienoberhaupts unterstellt, wobei der Staat dafür sorgt, dass Ungehorsam nicht vorkommt?[6]

Was als Beste aller möglichen Welten, als Idealbild gedacht gewesen ist, muss beim heutigen Leser durchaus nicht als utopisch

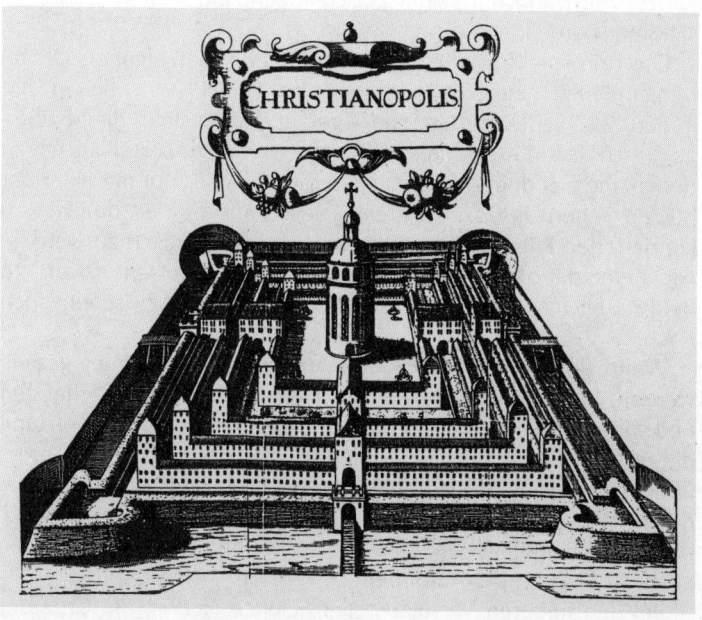

Kupferstich aus Johann Valentin Andreae: »Christianopolis« (1619)

ankommen. Anders herum können auch all die Dystopien nur dann verstanden werden, wenn ihr Leser im Hinterkopf behält, dass ihre Welten verankert sind im Spannungsfeld ihrer Entstehung. Andere Leser, andere Reaktionen. Welten, in denen die totale Überwachung regiert, mögen dem einen oder anderen heutigen Antiterrorkämpfer geradezu paradiesisch erscheinen. Oder man stelle sich Josef Stalin vor, wie er gemütlich am Kamin »1984« liest und nach der Lektüre ein paar Verhaftungen anordnet, weil ihm eingefallen ist, wen er noch aus dem Weg räumen muss und was für interessante Dinge man mit Rattenkäfigen anstellen kann.

Ein Wahrheitsserum[7], das tatsächlich einen Menschen zwingen kann, absolut die Wahrheit zu sagen, ohne die geringste Täuschungsmöglichkeit? Ein paar Hundert Einheiten nach Guantanamo, bitte schnell liefern!

Eine technische Methode, junge Menschen so zu konditionieren, dass sie dem Staat brave Diener sind?[8] Das hätte Putin den ganzen Aufwand mit seiner Naschi-Jugend-Indoktrinationsorganisation ersparen können.

Die prinzipielle Mehrdeutigkeit der Idee, der eigenen Umgebung mithilfe einer ausgedachten den Spiegel vorzuhalten, hat in der Geschichte der Utopien – genau da, wo sie in die SF übergeht – zu den interessantesten Weltentwürfen geführt: Nämlich zu denen, die aus dem Bewusstsein heraus, niemals nur mit einer der beiden Seiten die Essenz ihrer Gesellschaftskritik ausdrücken zu können, den Entschluss fassen, dann eben dialektisch zu werden: Nicht eine der beiden Seiten einer Münze allein zu sehen, sondern beide zugleich. Und, wenn's geht, die Kante dazwischen auch noch.

Wenn die Planeten Urras und Anarres gegeneinander gestellt werden, hier die Welt der Anarchisten, dort die der Kapitalisten und ihrer Opfer[9], dann bleibt die Deutung und die Bewertung dieser Gesellschaftsformen in diesem Falle der Hoheit des Lesers überlassen. Das Urteil wird nicht präjudiziert wie bei den klassisch determinierten Texten, sondern es ist von vornherein dem Rezipienten anheimgegeben. Das war es bei den klassischen Texten auch. Nur sagt es der Autor dem Leser jetzt.

Bei den neueren Versuchen der Science Fiction, die Crux der Utopie/Dystopie-Problematik zu schultern, bleibt genau dieser Ausweg der Ambiguität als schwankende Brücke der Königsweg, um glaubwürdige Weltentwürfe liefern zu können. Das reine Schwarz-Weiß der alten Konventionen scheint nicht mehr brauchbar angesichts einer immer komplizierteren Welt, die mehr Vernetzungen und verzwickte Mechanismen offenbart, als man im Kopf behalten möchte. Dementsprechend werden die Hintergrundszenarien diffiziler. Die Entscheidung, was gut und was nicht gut ist, wird nicht mehr vom Autor und schon gar nicht von vornherein getroffen.

Iain M. Banks hat es mehrfach thematisiert: Eine Gesellschaft wie die seiner »Kultur«, in der fast alle Ideale der alten Utopien verwirklicht sind, verteidigt ihre Existenz mit alles andere als moralisch einwandfreien Methoden und nimmt fast jeden Kollateralschaden in Kauf, um die eigenen Ideale durchzusetzen, selbst dort, wo es sie eigentlich gar nichts angeht.[10] Ist die Utopie noch eine Utopie, wenn sie Risiken und Nebenwirkungen wie vermeidbare Kriege oder dezimierte Völker in Kauf nimmt? Wie weit darf man gehen, wenn man nur das Beste will?

Science Fiction als Assimilationsprozess

Vor dem Hintergrund dieser Fragen richtet sich der Blick auf die Erzählweise. Hier ist die Science Fiction ein Sonderfall, eine Art von Literatur, die all ihre Mittel aus anderen Literaturformen und -genres übernimmt, sie ihren Zwecken anpasst. Ja, sagen wir es so: SF assimiliert, was sie gerade braucht. Deswegen ist es im Grunde genommen auch so zweifelhaft, sie als ein literarisches Genre zu bezeichnen. Sie hat ja niemals eigene Erzähltechniken und Strukturen entwickelt, sondern sich einfach alles angeeignet, was brauchbar erschien. Genau hier liegen auch die Gründe für die seit Jahrzehnten andauernden Diskussionen über die Definition der Science Fiction. Man kann kein Genre definieren, das alle anderen literarischen Genres je nach Bedarf hemmungslos aufsaugt und sich ihre Themen, ihre Strukturen und ihre Versatzstücke anverwandelt. Man kann natürlich Listen aufstellen von Dingen, die im erzählerischen Fluss auftauchen und in diesem Fall einen Text zu SF machen. So in der Art: Wenn ein Raumschiff vorkommt, ist es SF. Oder ein Außerirdischer. Oder eine Erfindung, die es nicht gibt.

Solche Kataloge taugen allerdings nichts. Ihrer Logik nach wird eine SF-Geschichte genau in dem Augenblick zur Nicht-SF, wenn die besagte Erfindung eines Tages gemacht ist oder das Raumschiff gebaut. Solche Kataloge unterschätzen außerdem den außerordentlichen Erfindungsreichtum der Autoren. Unweigerlich taucht flugs jemand auf mit einer Geschichte, die nicht von den Listen erfasst wird, aber dennoch SF ist. Ballards grausige Suche nach dem abgestürzten Riesenflugzeug kommt – bis auf den ersten Satz – komplett ohne SF-Inhalte aus.[11] Dennoch wird kaum jemand bestreiten, dass es sich um SF handelt. Und um gute noch dazu.

Die Kurzgeschichte wurde in den Pulps selbstverständlich in allen erdenklichen Konstellationen durchdekliniert. Allzu oft kam »nur« eine Pointengeschichte dabei heraus – darunter finden sich allerdings auch einige Stories, die heute noch beeindrucken. Man denke etwa an den Augenblick, in dem die computerisierten Gebetsmühlen alle Namen Gottes beisammen haben.[12] Alle Erzählmuster, die die Literatur entwickelt hat, wurden von der SF aufgesogt und – sagen wir's ruhig so – assimiliert. Widerstand ist zwecklos. Neben der Kurzgeschichte: Erzählung, Anekdote, Sage, Novelle, Märchen, Roman, Witz, Trilogie, Drama, Hörspiel. Sogar SF-Gedichte gibt es und mindestens eine SF-Oper[13]. Alle formalen Experimente der modernen Literatur wurden auch auf der Spielwiese SF durchgenommen, dort Inner Space oder New Wave genannt.

Die Science-Fiction-Autoren haben nicht nur Formen aufgegriffen, sondern auch Inhalte, samt den sich daraus ergebenden Folgen für die Erzählweise. Die Tradition der Reisebeschreibungen und des daraus folgenden Abenteuerromans ist eine grundlegende Folie für all die Wir-fliegen-ins-All-und-entdecken-was-Geschichten. Manche SF-Autoren haben nichts anderes geschrieben. Es gibt unzählige SF-Romane, die im Grunde nichts weiter sind als Kriminalromane mit ein paar komischen Geräten darin – oder ein paar komischen Leuten.[14] Daneben stehen Bücher, die dem klassischen Entwicklungsroman nachempfunden sind oder ihn einfach auf den Kopf stellen.[15]

SF-Kriegsliteratur gibt es, die nur den traditionellen Gegner (Russen gehen jetzt nicht mehr) durch irgendwas Feindseliges und

Außerirdisches ersetzt, Maschinenpistolen durch Laserkanonen, Panzer durch Raumschiffe. Der Rest bleibt militärisches Sandkastenspiel, unterbrochen durch Schlachtenschilderungen und Heldentum.[16] Selbst der Produktionsroman, diese meist ermüdende Auftragsarbeit des sozialistischen Realismus zur Hebung der Arbeitsmoral im Kampf gegen den Klassenfeind, bekam ein damals in der DDR gut gedeihendes SF-Brüderchen[17], das sich einiger Beliebtheit erfreuen durfte. Der gute alte Arztroman, unausrottbar in Heftchenform am Bahnhofskiosk, existiert ebenfalls in einer SF-Variante.[18] Die alten märchenhaften Rittergeschichten mit familiären Verwicklungen, ein bisschen Zauberei und viel Edelmut wurden von George Lucas sogar in die erfolgreichste SF-Filmreihe überhaupt transformiert[19] und füllen mit unzähligen Merchandising-Romanen einen nicht unbeträchtlichen Anteil der SF-Regale bei Hugendubel und Thalia. Science Fiction nimmt alles.

Deswegen gibt es auch SF-Texte, die nichts anderes sind als assimilierter Mainstream, etwa wenn komplette Bücher ins SF-Ghetto hineinadaptiert werden. Da wird aus dem Protagonisten von Daniel Defoes Ein-Mann-Utopie »Robinson Crusoe« eine Robina Crux, aus der einsamen Insel ein einsamer Asteroid – und aus Freitag natürlich was Außerirdisches.[20] Den »Grafen von Monte Christo« gibt es in einer – zugegebenermaßen etwas durchgeknallten – SF-Version[21], ebenso wie Robert Louis Stevensons »Schatzinsel«[22], das Buch Mormon[23], den »Zauberer von Oz«[24] oder Herman Melvilles »Moby Dick«[25].

Wenn nun den Spuren der Utopie in der eifrig assimilierenden Science Fiction nachgeforscht werden soll, ist ein Blick auf die Erzähltechnik der alten Utopien nötig, um herauszufinden, was sich davon in der SF wiederfindet.

Strukturen der Utopie

In all der Vielfalt und Vielzahl von eutopischen Texten sind einige von Morus und Kollegen herstammende strukturelle Konventionen sichtbar, die dem Leser zeigen, dass er es mit einer Eutopie zu tun hat.[26]

Zunächst wäre die Isoliertheit der Eutopie zu nennen. Gleichgültig wie die Abkapselung im Text erklärt oder vorausgesetzt wird –

»Utopia« von Giovanni Battista Piranesi (1720–1778)

als abgelegene Insel in unbekannten Gegenden der Weltmeere (Morus, Illing, Schnabel), als geheimnisvolles Tal in unwegsamem Gebirge (Butler), als eigener Quasi-Kosmos im Innern der Erde (Holberg) oder als zukünftiger Zustand der Menschheit (Bellamy, Wells) –, immer ist Eutopia getrennt von des Lesers gegenwärtiger Welt. Eine Eutopie hat unbekannt und unerreichbar zu sein. Auf diese Weise lässt sich dem Leser plausibel machen, dass die Zeitgenossen nie etwas von jener Gesellschaftsform gehört haben. Hinzu kommt selbstauferlegte Geheimhaltung der Eutopie; wenn es Kontakte mit dem Rest der Welt gibt, dann unter Wahrung des Geheimnisses von Eutopias Existenz und strikt einseitigem Informationsfluss – nur hinein, aber nichts hinaus.

Dieses Prinzip wird durch den Text durchbrochen, da er Informationen aus der Eutopie hinausschmuggelt. Er bewerkstelligt das mithilfe einer literarischen Figur, die aus der »normalen« Welt hinaus – und in die Eutopie hineingelangt. Der Besucher der Eutopie betrachtet die unvertrauten Zustände mit dem vertrauten Augen des Zeitgenossen. Natürlich ist so ein Besucher Fremdkörper in der Eutopie und steht dem Neuen, das ihm begegnet, durchaus nicht unparteiisch gegenüber. Der Verfasser liefert mittels dieser Figur dem Leser bereits Wertungen der eutopischen Gesellschaft und engt die Wertungsmöglichkeiten, die der Leser hat, bewusst ein.

Als Bindeglied zwischen dem Besucher und der für ihn fremden Welt der erdachten Eutopie dient die Figur des Mentors. Dabei handelt es sich um ein Mitglied der eutopischen Gesellschaft, das den Fremden mit den Errungenschaften und Eigenheiten Eutopias vertraut macht. Dem Autor bietet diese Figur die Möglichkeit, Ansichten über Gesellschaft, Politik usw. explizit zu äußern und die zeitgenössischen Ansichten des Besuchers immer wieder in Frage zu stellen und mit seinen eigenen Ansichten – die für die des Mentors ausgegeben werden – zu konfrontieren.

Um den Besucher mit möglichst vielen verschiedenen Aspekten der Eutopie bekanntzumachen, wird das Element der Führungsreise benutzt, die seit Morus fast jeder Verfasser einer Eutopie benutzt. Hierbei bereisen Mentor und Besucher gemeinsam nach und nach verschiedene Gegenden oder auch Institutionen der Eutopie, die vom Mentor ausführlich erläutert werden. Im Verlauf dieser Führungsreise gelangt der Besucher durch Vermittlung des Mentors zu einer neuen Sicht sowohl auf die Eutopie als auch – und vor allem – auf seine eigene Gesellschaft.

Um den Bogen zu schließen – es muss schließlich erklärt werden, wieso die anfangs postulierte Isolation Eutopias mit dem vorliegenden Bericht durchbrochen wird –, verwenden die Autoren verschiedene Tricks, um das Element der Berichtsübermittlung einzufügen. Mit fiktiven Dokumenten, der Schilderung angeblicher mündlichen Informanten und Ähnlichem wird nicht nur jede Urheberschaft des Verfassers verschleiert, der Autor erhält sich auch die Möglichkeit, sich von dem (in seiner Entstehungszeit oft brisanten) Text zu distanzieren, sollten politische oder andere Zeitumstände das erfordern.

Aus diesen fünf herausgegriffenen Strukturelementen ergeben sich Folgerungen für Charakteristika der Schreibweise. Die Figurenkonstellation Besucher/Mentor und das Prinzip der Führungsreise bedingen eine weitgehende Abwesenheit von Handlungselementen und ein Überwiegen des Diskursiven gegenüber dem Narrativen. Lange Gespräche, Schilderungen und Erörterungen prägen die eutopischen Texte von Morus, Campanella und Bacon und auch viele ihrer literarischen Nachfolger. Ein literarischer Konflikt im heutigen Sinne ist in diesen Texten nicht zu erkennen und war auch nie Gegenstand der Intentionen des Verfassers.

Für die Eutopie selbst, jenes imaginäre Staatswesen, sind einige Eigenschaften kennzeichnend, die bei vielen Eutopien motivisch immer wiederkehren. Zunächst sind Bürger einer Eutopie materiell abgesichert, aufs Beste mit den lebensnotwendigen Gütern versorgt. Hierbei sind große Unterschiede darin festzustellen, welchen Umfang dieses materielle Gut hat. Je nach der (an historische Bedingungen geknüpften) Einstellung des Autors kann das für heutige Begriffe sehr wenig, aber auch ein unangemessen erscheinender Luxus sein. Immer aber gilt: Ein Bürger Eutopias braucht sich keinerlei existentielle Sorgen um materielle Lebensnotwendigkeiten zu machen – was wäre diese Eutopie sonst auch für eine Wunschwelt!

Was für materielle Bedürfnisse gilt, gilt sinngemäß auch für die geistigen. Ein Staat perfekter Verhältnisse leistet auch Vollkommenes in Erziehung und Bildung. Die Autoren der Eutopien legen auf die Darstellung dieses Aspektes großen Wert. Das geistige Niveau der Bürger Eutopias ist derart hoch, dass es dem Besucher eindrucksvoll demonstriert werden kann. Die Bürger Eutopias sind nicht nur wohlgebildet – geistig ebenso wie körperlich –, sie sind dem Besucher an Intelligenz und Güte überlegen (beziehungsweise mit der Qualität genau jener Eigenschaften, die der Verfasser der jeweiligen Eutopie als besonders wichtig erachtete). Auf diese Weise wird dem Leser im Text entgegengehalten, was dem gegenwärtigen Zeitgenossen zum wahrhaft gebildeten Menschen fehlt.

Ein Nebenaspekt, der in den klassischen Eutopien wenig Bedeutung hat, aber in den zahllosen Nachfolgern mehr oder weniger stark in den Vordergrund tritt, ist die Mobilität der Bürger Eutopias. Der perfekte Staat sorgt für das perfekte Verkehrswesen. Seien es Kurierdienste, technische Meisterleistungen (wie die rollenden Gehwege und verzweigten Rohrpostanlagen, die immer wieder hartnäckig in den epigonalen Eutopien auftauchen) oder auf andere Weise: Immer werden Verkehrsprobleme zufriedenstellend und umfassend gelöst. Hier handelt es sich weniger um ein Motiv als vielmehr ein Versatzstück, das in den nachfolgenden Texten auf verschiedene Weise verändert wird und Teil eutopischer Tradition geworden ist.

Natürlich sind die klassischen Eutopien ihrer Zeit verhaftet – von Gleichberechtigung der Geschlechter ist beispielsweise keine Rede. Und meistens kommen all die Segnungen der neuen Verhältnisse nur denen zugute, auf die es ankommt – und das ist für die Verfasser nun einmal die Oberschicht. Um den Plebs, den es sonst noch gibt, kümmert man sich kaum. Nun ja, scheinen sie gedacht zu haben: die Beste aller möglichen Welten, aber nur für mich. Was gehen mich die anderen an?

Strukturen der Dystopie

Die Zahl der im 20. Jahrhundert entstandenen literarischen Dystopien ist schier unüberschaubar, zumal die SF-Literatur so intensiv dystopische Traditionen aufnahm und kolportierte, dass in den meisten Fällen eine exakte Trennung zwischen Dystopie und SF nicht mehr möglich und sinnvoll erscheint.[27]

Die fiktiven Gesellschaftsordnungen der klassischen Dystopien sind von ihren Autoren negativ intendiert, das heißt sie sind als albtraumhaft und angsterregend empfunden und gedacht (und gefürchtet) worden. Dabei wird die Fiktionalität der Texte dadurch relativiert, dass von den Verfassern solcher Texte bestimmte Tendenzen und Entwicklungen der gegenwärtigen Wirklichkeit des Verfassers zugespitzt und überhöht werden, vom Autor also spekulativ in die Zukunft – in der diese Texte meist handeln – verlängert worden sind.

Diese Interpolationen sind Zuspitzungen offenbarer Tendenzen ins Extreme. Das kann – wie im Fall von George Orwells »1984« – eine Reaktion auf das traumatische Erlebnis der inneren Kompatibilität von Faschismus und stalinistischem Personenkult sein. Das kann auch – wie im Fall von Ray Bradburys »Fahrenheit 451« – eine (Abwehr-)Reaktion auf Bildungsfeindlichkeit und Gesinnungsschnüffelei der McCarthy-Zeit in den USA sein. Ebenso kann es – wie im Falle von Cyril M. Kornbluth und Frederik Pohls »The Space Merchants« – eine Reaktion auf die zunehmend repressiv und

32 Utopia mon amour

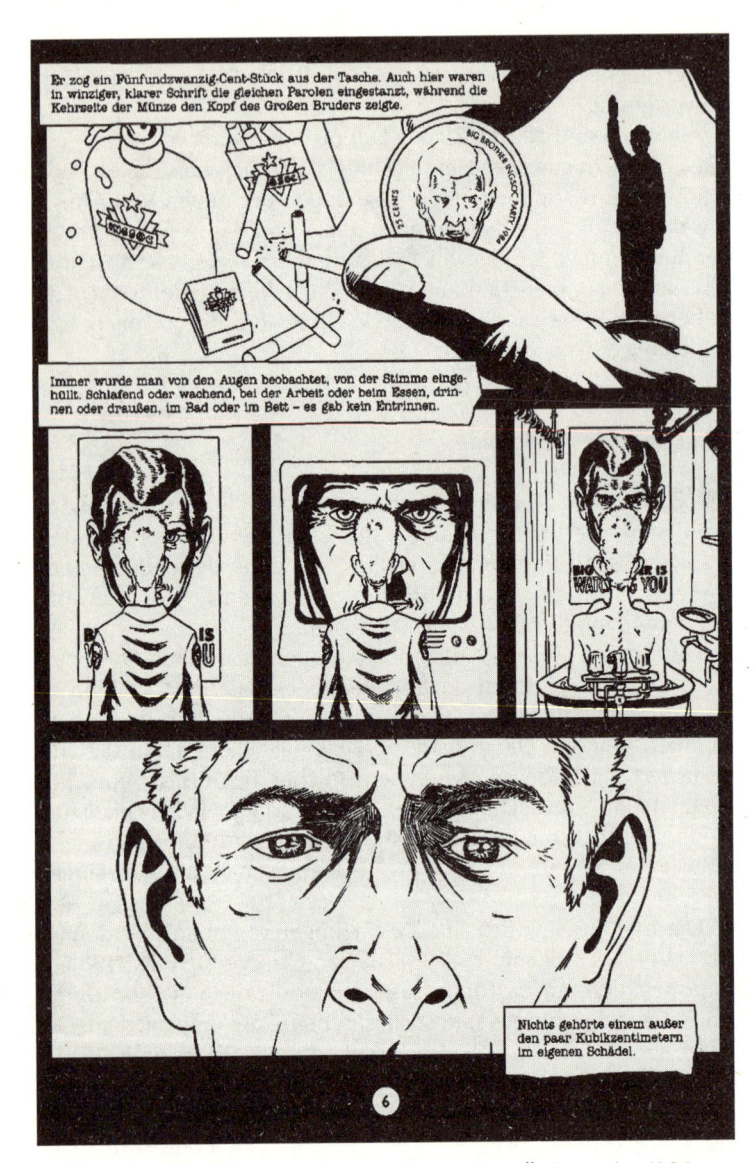

Frederic Guimonts Comic-Version von George Orwells Dystopie »1984«

verbrecherisch wirkenden Staatsstrukturen derselben Ära sein. Es kann aber auch – wie im Falle von John Brunners »Stand On Zanzibar« – eine Reaktion auf die drohenden Menschheitskatastrophen im Gefolge von Überbevölkerung, Umweltverschmutzung und schamloser Ausbeutung der sogenannten »Dritten« Welt sein. Immer handelt es sich um die Schilderung einer alles andere als erstrebenswerten Welt. Immer handelt es sich um ein Warnbild, ein Schreckgespenst, das der Autor dem Leser um die Ohren schlägt.

Die Dystopie ist damit ganz direkt Zeit- und Gesellschaftskritik: Indem der Autor sich perfekt funktionierende Unterdrückungsmaschinerien, zutiefst menschenunwürdige und abscheuliche Arten des »Zusammen«-lebens ausdenkt, hält er seiner eigenen Zeit und seiner eigenen Gesellschaft – aus der jene Scheußlichkeiten erwachsen (könnten) – einen Spiegel vor, in dem Fehler und Gebrechen der Wirklichkeit überdeutlich sichtbar werden. Als warnende Überspitzung der real existierenden Art und Weise miteinander zu leben, erfüllt die Dystopie wichtige Funktionen – sie macht einerseits die Unvollkommenheit des Bestehenden offenkundig und zeigt andererseits Tendenzen und Entwicklungen auf, die zu noch viel schlimmeren Zuständen führen könnten.

Auch bei den Dystopien finden sich einige strukturelle Konventionen, die dem Leser zeigen, dass er es mit einer Dystopie zu tun hat. Diese Konventionen zeigen vor allem in struktureller Hinsicht eine nahe Verwandtschaft der Dystopie mit der Eutopie, von der die Dystopie abstammt. Sie entstand als Reaktion auf die unter neuen gesellschaftlichen Bedingungen unglaubwürdig und unwirksam erscheinende Eutopie um die Jahrhundertwende.

Zum Ersten korrespondiert die Isoliertheit der Eutopie mit einer ganz ähnlichen Gegebenheit in Dystopien. Dystopische Gesellschaften kennen in der Regel keinen Kontakt mit der Außenwelt, keinen Austausch mit anderen Gesellschaftsformen. Die Ausschließlichkeit des Negativ-Ideals verlangt das. So gibt es oft gar keine anderen Gesellschaftsformen mehr (Orwell, Brunner, Bradbury), die Dystopie kapselt sich selbst ab (die »Grüne Mauer« bei Samjatin) oder wird von den anderen Staaten abgekapselt[28], die sich vor der menschenfeindlichen Gesellschaft schützen wollen. Eine Variante der Isolation ist die in einem Bunker oder einem Höhlensystem eingeschlossene Gesellschaft.[29] Kenntnis von einer Welt

außerhalb der dystopischen Gesellschaft gibt es nicht, oder sie wird geheim gehalten und als staatsgefährdend angesehen. Die konsequente Warnwelt ist ausweglos, weil sie keine Alternative zulässt.

Zum Zweiten: Eine Entsprechung des Eutopie-Besuchers ist bei den Dystopien in der Figur des Außenseiters zu finden. Dieser gehört nicht oder nicht mehr zur dystopischen Welt und betrachtet ihre Einrichtungen und Auswirkungen mit anderen Augen. Der Außenseiter wird so zur Identifikationsfigur für den Leser (adäquat zum Besucher der Eutopie). In Samjatins »Wir« und Orwells »1984« stellen sich Protagonisten selbst außerhalb der dystopischen Gesellschaft, indem sie verbotene Liebesbeziehungen eingehen; in Huxleys »Schöne neue Welt« wird ein »Wilder« gefunden und in die dystopische Welt verbracht. Dieser Wilde, der ungebildet und oft naiv-verständnislos ist, für den Leser aber die Verkörperung humanistischer Ideale darstellt, die in der Dystopie mit Füßen getreten werden, erscheint letztlich trotz seines Scheiterns als moralisch überlegen.

Diese Außenseiter-Figur findet sich in allen dystopischen Romanen wieder. Oft durch zufällige Ereignisse aus dem Alltag gerissen, gerät der Außenseiter in einen unauflösbaren Widerspruch zur Gesellschaft – in Herbert W. Frankes »Ypsilon Minus« beispielsweise bekommt ein Überprüfer im totalen Überwachungsstaat den Befehl, sich selbst zu überprüfen und entdeckt unversehens seine eigene unterdrückte Vergangenheit. Mit der Konstitution der Außenseiter-Figur enthält die Dystopie – ihrer eben geschilderten Grundkonstellation entsprechend – etwas, das die Eutopie ihrer Struktur folgend entbehren muss: den Konflikt. Dieser tiefe und per definitionem unlösbare Konflikt zwischen dem nach Freiheit, Selbstbestimmung und persönlichem Glück strebenden Individuum und der nivellierenden, Individualität unterdrückenden und Gedanken kontrollierenden Gesellschaft wird in den »klassischen« Dystopien auf Kosten des Individuums gelöst: Der Außenseiter wird – unter Zerstörung dessen, was zur Auflehnung geführt hatte: seiner Individualität – wieder in die dystopische Gesellschaft eingegliedert (Samjatin, Orwell) oder nicht nur psychisch, sondern auch physisch vernichtet (Huxley, Orwell).

Zum Dritten: Der Figur des Mentors in der Eutopie entspricht die der Kontaktperson in der Dystopie. Dem weniger diskursiven als vielmehr narrativen Charakter der Dystopie folgend hat diese Figur geringere Bedeutung als in der Eutopie. Ist der Mentor in der Eutopie weitgehend neutrales und vermittelndes Bindeglied zwischen Besucher und eutopischer Welt, so kann die Kontaktperson in der Dystopie durchaus eine negative Rolle spielen (man vergleiche die Rolle des O'Brien in »1984« oder die von Bernard Marx und Mustapha Mond in »Schöne neue Welt«). Die grundlegende Funktion dieser Figur für den Aufbau des Romans ist dieselbe: Bindeglied zu sein zwischen der fiktiven Welt, der ausgedachten Warnwelt, und der Identifikationsfigur des Lesers, dem Außenseiter.

Zum Vierten: Eine Führungsreise wie in der Eutopie ist in der Dystopie nicht in derselben Weise möglich. Trotzdem findet sich ein Pendant dazu in dystopischen Romanen. Die Figur des Außenseiters – im Bestreben, den Konflikt mit der Gesellschaft zu lösen – durchlebt mehrere Stationen der dystopischen Gesellschaft. Der Autor erhält dabei Gelegenheit, auf verschiedene Aspekte der dystopischen Welt näher einzugehen und so seine Warnwelt dem Leser vorzuführen. Diese Rundreise ist in vielgestaltigen Formen möglich (in »Schöne neue Welt« findet sie teilweise ohne die Außenseiterfigur statt; in »1984« werden Teile der Rundreise durch das Gespräch zwischen Winston Smith und O'Brien ersetzt) und ist durchaus nicht von Freiwilligkeit und beiderseitigem Interesse geprägt wie die Führungsreise in der Eutopie, oft mündet solch dystopische Version des eutopischen Handlungselements in die Beschreibung von Flucht, Kämpfen und Ähnlichem (vor allem in den trivialeren Spielarten).

Die in Eutopien anzutreffende Rechtfertigung des Textes mit scheindokumentarischer Legende entfällt in der Dystopie. Der literarische Text tut nicht so, als sei er authentisch, ein Bericht, sondern präsentiert sich von Anfang an als fiktiver Text. Das hängt mit dem anderen Charakter der Dystopie zusammen. Während die Eutopie eine vom Diskursiven geprägte Form literarischer Gesellschaftskritik war, wird die Dystopie vom Narrativen geprägt. Es gibt im Gegensatz zur Eutopie einen unlösbaren Konflikt, es gibt eine Handlung, die Figuren sind nicht wie in der Eutopie bloße Sprachröhren für die Auffassungen des Autors und zeitgenössische Auffassungen, sondern können zu literarischen Charakteren werden und so Psychologie, Tiefe und Plastizität gewinnen. Dies ist einerseits Folge des anderen Ansatzes der Dystopie, andererseits aber auch Ausdruck eines Wandels der Bedingungen für Literatur seit dem 16. Jahrhundert. Und hier dürfte auch der Grund dafür liegen, dass es bei den Verfilmungen nur Dystopien, aber keine Utopien gibt: Die Dystopie bietet eben mehr Gelegenheit für Action.

Ebenso wie bei der Eutopie sind für die Dystopie, das alles andere als ideale Staatswesen, einige Eigenschaften kennzeichnend, die in vielen Dystopien motivisch immer wiederkehren und von der eutopischen Tradition ableitbar sind. Die materielle Versorgung der Bürger einer dystopischen Gesellschaft ist, wie in einer Eutopie, sichergestellt; allerdings nur auf dem allerniedrigsten denkbaren Niveau. Die Wohnverhältnisse sind beengt, geben der Individualität kaum Raum und sind in der Regel geeignet, dem Staat permanente Überwachung zu ermöglichen. Oft werden wesentliche physische Bedürfnisse durch Surrogate ersetzt (das »Soma« bei Aldous Huxley).

Wie bei den Eutopien ist auch bei den verschiedenen dystopischen Gesellschaften, die Verfasser des 20. Jahrhunderts geschildert haben, die Darstellung des jeweiligen Lebensstandards sehr differenziert. So leben bei Huxley die Bevölkerungsschichten streng abgestuft in genetisch und durch Kondition definierten Kasten, wobei jede Kaste den ihr zustehenden Luxus besitzt und (wegen der Konditionierung, der niemand entgeht) auch völlig damit zufrieden ist. Dies stellt unter den dystopischen Gesellschaftsschilderungen allerdings eine Ausnahme dar. In der Regel gilt: Der Bürger einer Dystopie muss sich unaufhörlich und täglich Sorgen um seine materiellen Lebensnotwendigkeiten machen, er hat den Rand des Abgrunds, der seinen Untergang bedeutet, sozusagen immer vor Augen.

Oft empfinden die Bürger der Dystopie diesen Fakt nicht als solchen. Im Gegenteil: Die Insassen des albtraumhaften Staatsgebildes, von dem Orwells »1984« handelt, oder die Bürger der Huxley'schen »Schönen neuen Welt« halten sich nicht für unglücklich. Erstere können es bei Strafe des eigenen Untergangs nicht wagen, Unbehagen über ihren Staat zu äußern. Die allgegenwärtige Bespitzelung schiebt dem einen Riegel vor. Außerdem hat der Orwell'sche Staat »Newspeak« eingeführt, eine Sprache, in der Auflehnung, Kritik und Rebellion aus semantischen Gründen unmöglich sind. Damit wird nicht nur der Sprachgebrauch verändert, sondern auch das Denken der Bürger, da Sprache und Denken in engem Zusammenhang stehen. Ziel ist, das Denken nichtkonformer Gedanken unmöglich zu machen. In Huxleys »Schöne neue Welt« wird eine Droge verwendet, die bei den Bürgern ein permanentes Glücksgefühl hervorruft; außerdem wird jeder Mensch – schon von der pränatalen Phase an – konditioniert, seiner Kaste entsprechend geistig zurechtgestutzt und damit physisch zu nennenswerter Insubordination unfähig. Auch hier findet sich also das Gegenteil zu der freien geistigen Entfaltung der eutopischen Menschen: Unterdrückung der Gedanken, Einengung aller Lebenssphären und -perspektiven sowie totale Gleichschaltung.

Sind die Bürger einer Eutopie mobil und auf verschiedenste Weise frei beweglich, so trifft für die Insassen einer Dystopie das Gegenteil zu. Der Bürger ist mehr oder weniger stark an Arbeits- und Wohnplatz gefesselt, muss zur Ortsveränderung Genehmigungen und Dispense vorweisen können und ist – trotz mitunter vorhandener beeindruckender technischer Errungenschaften im Transportwesen – im Grunde genommen ortsfest.

Ein weiteres, in den Dystopien immer wieder auftauchendes Motiv ist das der verbotenen Sexualität: Als intimster Bereich des Menschen ist dies die letzte und verzweifelt verteidigte Bastion der Individualität, die der dystopische Staat auch für sich vereinnahmt und damit oft die Opposition des Außenseiters auf den Plan ruft (wie etwa bei Orwell und Samjatin, aber auch vielen ihrer Nachfolger).

Die Assimilation der Utopie

Betrachtet man nun die moderneren Utopien und Dystopien, so fällt auf, dass die beschriebenen Strukturen durchaus fröhlich weiter benutzt werden beziehungsweise wurden. Le Guins Roman »Planet der Habenichtse«, der beide Formen in sich vereint und deswegen auch den Untertitel trägt, ein zweideutiges Utopia zu sein[30], bedient sich wie selbstverständlich der traditionellen Mittel. Seine Hauptperson Shevek, jener Physiker, der gerade die Grundlagen entwickelt für den überlichtschnellen Transport, wird einfach selbst zum Reisenden, der jene andere Gesellschaftsordnung kennenlernt. Die Autorin bedient sich ihrer Hauptfigur ebenfalls in doppelter Weise: Shevek ist bereits ein Außenseiter auf Anarres, jener kargen, anarchistisch geprägten Welt, deren Bewohner auf einen theoretischen Physiker eher herabsehen, weil sich aus seiner Arbeit nicht zwingend und nicht demnächst etwas Essbares ergibt. Auf diese Weise wird Sheveks Sichtweise sowohl zu Hause als auch in der Fremde geschärft – hier ist er der Außenseiter, dessen

Kontaktversuche mit Urras fast als Verrat an der Sache angesehen werden, dort ist er der Besucher, dem man erst erklären muss, wie die Dinge auf Urras funktionieren. Die strikte Abschottung zwischen den beiden Welten erfüllt ein weiteres Charakteristikum der utopischen Erzähltradition.

Anarres betrachtet sich selbst als verwirklichte Utopie: Vor zweihundert Jahren haben Unzufriedene den Planeten Urras verlassen und sich auf dem Mond angesiedelt, um eine andere, selbstverständlich bessere Form der Gesellschaft aufzubauen. Den Gegensatz Reichtum = Utopie und Armut = Dystopie dreht Le Guin raffinierterweise um. Den Anarchisten von Anarres erscheint Urras als furchtbar materialistisch, eigennützig, verdorben, dekadent. Der dennoch existierende Überfluss bildet dazu einen schreienden Kontrast.

Sehr verwirrend war dies alles für die Leser in der DDR, als ausgerechnet »Planet der Habenichtse« im Verlag Das Neue Berlin erscheinen durfte: Allzu rasch identifizierten sie die DDR mit Anarres und die BRD mit Urras, nur um dann von den durchweg ambivalenten Wertungen des Romans irritiert zu werden. Die Funktionäre hatten ganz offenbar die anarchistische, Eigentum geringschätzende Basisdemokratie mit dem Sozialismus verwechselt und die vielfältige, von großen sozialen Unterschieden geprägte Gesellschaft Urras' mit dem bösen Kapitalismus. Ganz so einfach war es dann doch nicht. Man hatte übersehen, dass nicht nur Urras, sondern auch Anarres kritisch dargestellt werden, dass hier ein Text vorlag, der den Leser aufforderte, sich sein eigenes Urteil zu bilden, und so den mündigen Rezipienten einfordert. Genau den wollte man in der Kulturbürokratie ja gerade nicht, und so war die Publikation des Romans entweder der Beweis dafür, dass Zensur ihrer Natur nach prinzipiell dumm ist, oder dafür, dass es Leute gab, die in der Lage waren, dem Apparat auch noch den letzten Rest Verstand abzuschwatzen.

Le Guin nutzt die tradierten Strukturelemente von Eutopie und Dystopie, um damit etwas zu schaffen, das sich jenseits der alten Dichotomie von Gutwelt und Schlechtwelt bewegt; und tatsächlich ist das Ergebnis ein SF-Roman, der mit den alten Gedankengebäuden spielt.

Utopie in Bewegung: Science Fiction

Eutopien gibt es heute nur sehr selten – jedenfalls in ihrer reinen Form. Sie bieten einfach keinen Anlass für Handlung, keine Konflikte. Das bescherte dem ansonsten für seine Zeit ganz soliden DDR-Autor Eberhard del'Antonio in seinem Roman »Heimkehr der Vorfahren« ein echtes Problem.

In diesem Roman[31] wird eine eutopische kommunistische Weltordnung in ausführlicher Breite dargestellt – eine andere als kommunistische zukünftige Weltordnung war für SF-Autoren in der DDR wenn nicht undenkbar, so doch auf keinen Fall in der DDR publizierbar. Der Gedanke, eine entwickelte kommunistische Gesellschaft (als deren unmittelbaren Vorgänger man sich dazumal in der DDR offiziell verstand) müsse konfliktfrei, vollkommen und schlechterdings ideal sein, war in den Gründerjahren der DDR und bis in spätere Jahre hinein verbreitet. So schlussfolgerte etwa der verdienstvolle Romanist Werner Krauss aus seiner Untersuchung französischer Utopien, angesichts des existierenden Sozialismus könne die Utopie einpacken und würde bedeutungslos.[32]

Da hat es eine ernsthafte Utopie nicht leicht. Die postulierte Konfliktlosigkeit der glücklichen Weltordnung hat literarische Folgen: Die wirklich gelungene Schilderung der Eutopie erzeugt beim Leser nichts als gähnende Langeweile. Hanebüchene Missverständnisse der Handlungsträger müssen bemüht werden, um überhaupt eine Handlung in Gang zu setzen. Die Besucherfiguren werden gestellt von der Besatzung des nach jahrhundertelangem Flug zurückgekehrten Raumschiffs. Der Autor verfolgt einige der Zurückgekehrten auf ihrer Rundreise, und sogar Mentoren – hier werden sie Betreuer genannt – baut del'Antonio ein.

Besucher, denen eine staunenswerte neue Welt stolz vorgeführt wird, stolpern auch durch »Walden Two« in der gleichnamigen Eutopie von B. F. Skinner oder durch das »Ecotopia« Ernest Callenbachs. Gespräche, Berichte, Tagebucheinträge, Diskurse und Artikel, aber kaum Handlung. Erst wo die klassische Eutopie zur SF wird und die Fesseln der alten Darreichungsform ablegt, vermag sie wieder spielerisch und unterhaltend zu werden.

Ein Beispiel für den spielerischen Umgang mit den alten Motiven und Versatzstücken lieferten Angela und Karlheinz Steinmüller mit ihrer – selbst so genannten – Weltraum-Utopie »Andymon«[33]. Der Roman ist die Geschichte einer sich entwickelnden Gesellschaft zwischen den Sternen. Statt eines Generationsraumschiffes fliegt eine Art gigantische Samenbank durchs All, die am Zielort die Menschen vollautomatisch zur Welt bringt und erzieht. So müssen sich diese Menschen ihre Gesellschaft, in der sie leben wollen, selbst erst aus einer Tabula-rasa-Situation heraus schaffen und zugleich in sie hineinwachsen. Es gibt keine Vorschriften, die sie in irgendeiner Weise einengen, abgesehen von historischen Informationen über die Geschichte der irdischen Menschheit, die allerdings lange vor dem Start des Raumschiffes abbrechen. Erzählt wird der Roman von Beth, einem der ersten an Bord des Raumschiffes »zur Welt« gekommenen Kinder. Bei einem Unfall verletzt, zeichnet er seine persönlichen Erinnerungen an Kindheit und Jugend auf und verfasst eine Chronik der Entwicklung der Retortenkinder.

Während einer von Maschinen behüteten Kindheit und einer fundierten rechnergesteuerten Ausbildung nähert sich das Raumschiff einem unberührten Planeten, der später (vielleicht vom Schiffscomputer) »Andymon« genannt wird. Nachdem die programmierte Erziehung der Kinder weit genug gediehen ist, erhält die älteste Gruppe von acht Retortenmenschen (die im Buch die zentralen Figuren sind) mit einem eher lakonischen Initiationsritus die volle Verfügungsgewalt über die Technologie des Schiffes. Per Terraforming werden Andymons Verhältnisse den menschlichen Bedürfnissen angepasst. Bei der folgenden Besiedlung kommt es zu Meinungsverschiedenheiten über den weiteren Weg der Menschen auf Andymon. Jüngere Achtergruppen weichen in ihren Ansichten erheblich von denen der ersten Gruppe ab. Es kommt zu einer Reihe voneinander unabhängiger und in gewisser Hinsicht auch konkurrierender Siedlungs- und Gesellschafts-Projekte: Eine straff organisierte und technologisch orientierte Zentralstadt (Andymon City), eine lockere Siedlung (Oasis), eine auf Naturverbundenheit und weitestgehende Unabhängigkeit von Technik ausgerichtete Lebensgemeinschaft (Kastell), und eine völlig neue psychische Grundlagen nutzende Gemeinschaft (Gedon).

Die formale Gestaltung des Buches ist weniger traditionellen Erzählstrukturen verpflichtet als vielmehr filmischen Gestaltungsmitteln, die den Text eher einer Chronik ähneln lassen als einem Roman im tradierten Verständnis konventioneller Strukturen – die ja in SF-Romanen ganz im Widerspruch zum Inhalt, den vielen wissenschaftlichen und technischen Innovationen, ungebrochen und unreflektiert verwendet werden. Bei »Andymon« handelt es sich um eine Montage, die von einer Abfolge von Szenen, Skizzen und kurzgeschichtenähnlichen Passagen geprägt wird, die Leben und Gesellschaft zunächst an Bord des Schiffes, später in den verschiedenen Gemeinschaften Andymons schlaglichtartig beleuchten. Diese Szenen ergeben erst in der Sicht auf das Ganze das Bild einer Gesellschaft mit eutopischen Zügen. Dabei ist die Verwendung eutopischer Tradition bei den Steinmüllers bereits im Untertitel des Buches »Eine Weltraum-Utopie« angemeldet worden, im Text allerdings finden sich entsprechende Bezüge kaum einmal ohne starke Modifikationen.

Das beginnt bereits bei der Frage nach der Isoliertheit der Eutopie. Natürlich sind die Retortenmenschen, die aus den künstlichen

Gebärmechanismen des Raumschiffes stammen, vollkommen von jeder anderen menschlichen Gesellschaft isoliert. Während die Isolierung des Ganzen, der andymonischen Gesellschaft, vollständig ist, gibt es für die innerhalb des Buches mehr oder minder selbständigen Quasi-Gesellschaften (Andymon City, Psith, Oasis, Gedon, Kastell), die kleineren Eutopien also, unterschiedliche Verhältnisse. Es gibt sowohl offene Gemeinschaften, die in mehr oder weniger intensivem Kontakt und Austausch miteinander bleiben (Andymon City, Oasis, Kastell), als auch Alternativ-Versuche, die sich von allen anderen Menschen abkapseln (Gedon und die extreme Form der Ein-Mann-Welt des Psith).

Psith verweilt zu lange in einem elektronischen Gerät, das die Steinmüllers Totaloskop nennen und für die Vermittlung historischen Wissens verwendet wird: Die jungen Leute können damit quasi in verschiedenen Epochen der Vergangenheit »leben« – eine virtuelle Realität. Psith, dem die Schwierigkeiten bei der Besiedlung Andymons zu langwierig und kraftraubend sind, zieht sich in ein Totaloskop zurück, das er so manipuliert hat, dass er in einer von ihm selbst hundertprozentig beherrschbaren Schein-Welt leben kann. Ergebnis dieser Wunschtraumphantasie – nichts anderes als eine selbst programmierte »Matrix« – ist eine geistige Krankheit, die aus der grundlegenden Asozialität einer solchen Privat-Utopie resultiert. Die Autoren äußern mit dieser Episode tiefes Misstrauen gegen eine Utopie-Definition, die die Wunschtraumhaftigkeit des utopischen Denkens verabsolutiert und Konfliktlosigkeit zur Folge hat. Der Grundgedanke des Romans von der unabdingbaren Dynamik gesellschaftlicher Prozesse, der sich darin spiegelt, steckt auch in der anderen scheiternden Gesellschafts-Alternative.

Gedon ist zunächst nur der Name eines Mondes. Als die vierte Gruppe der Raumschiffgeborenen dort eine Forschungsstation errichtet, kommt es unter Verwendung der Totaloskop-Technologie zu einer Zusammenschaltung der acht Gehirne zu einer neuen Persönlichkeit. In dieser können sich die Intelligenzen der beteiligten Individuen nicht nur einfach addieren, sondern getreu dem Satz, dass ein Ganzes mehr ist als die Summe seiner Teile, miteinander potenzieren. Ergebnis ist ein Überverstand, der menschlichem Verständnis so weit entrückt ist wie der Mensch selbst einer Ameise (siehe Schwarmverstand, kollektives Bewusstsein[34]). Die Älteren können vom Planeten Andymon aus nur noch voller Unbehagen das Zustandekommen dieser neuartigen Gemeinschaft konstatieren:

Im Grunde genommen stellt ein solches Über-Ich aus zusammengeschalteten menschlichen Gehirnen eine außergesellschaftliche Intelligenz dar, da die Individualität des Einzelnen in einem größeren Ganzen aufgeht. Der anfängliche Erfolg des Super-Wesens scheint den Initiatoren der neuen Entwicklung zunächst recht zu geben. Das Wesen von Gedon gewinnt bedeutende wissenschaftliche Erkenntnisse. Zwar ist dieses Wesen dem Menschen, dem einzelnen Individuum, intellektuell überlegen, doch scheitert es gerade an dem, was es auszeichnet – es ist asozial in des Wortes direktester Bedeutung und geht an der Isolation zugrunde. Beth – der mit solchen Zusammenschaltungen schon unliebsame Erfahrungen gesammelt hat – ahnt den Verlauf dieser Entwicklung, als er sich für kurze Zeit mit dem Kollektivhirn zusammenschließt und ein überwältigendes Gefühl der Einsamkeit erlebt. Das Gruppengehirn löst sich auf, seine ehemaligen Bestandteile kehren in die Gesellschaft zurück, nehmen ihren Platz wieder ein. Das dynamische Prinzip der Steinmüller'schen Eutopie setzt sich wiederum durch: Der Weg zur vollkommeneren Gesellschaft muss weitergegangen werden.

Es ist in dem Roman eutopisch und utopisch im Sinne der nichtrealen Wunschbildhaftigkeit, dass von der Hauptlinie der Entwicklung abweichenden Bestrebungen, funktionierende Gesellschafts-Alternativen aufzubauen, wie selbstverständlich Raum gegeben wird. Als jüngere Gruppen beschließen, weit entfernt von der ersten Siedlung ihren eigenen Neuanfang zu wagen, lässt man sie gewähren. Diese später Oasis genannte Siedlung schlägt einen weniger technisch orientierten Entwicklungsweg ein; eine Art »grüne«, stark ökologisch orientierte Eutopie entsteht.[35] Und auch diese quasi Tochter-Gesellschaft ist tolerant genug, um weitere, darüber hinausgehende Wege zuzulassen: »Wir wollen nicht nach Oasis zurückkehren, wollen uns nicht in ein gemachtes Nest setzen und so leben müssen, wie die Siedler leben. Ihr äfft alle zu sehr die Erde nach«, sagen die neuen Rebellen und bekommen deswegen keinen Druck, sich anzupassen, sondern genau das Gegenteil: »Wenn ihr jetzt hofft, dass ich es euch verbiete, damit ihr rebellieren könnt, dann irrt ihr euch gewaltig«, ist die Antwort.

Nur einmal wird eine Entwicklung abgebrochen, und zwar an dem Punkt, da ein Westentaschendiktator seine Ziele mit Diebstahl, Sabotage und Demagogie zu erreichen sucht. Die andymonische Gemeinschaft setzt sich öffentlich mit den bis dahin undenkbaren Vorgängen auseinander und erschafft dabei nebenbei eine eigene Demokratie-Form.

Die urwüchsige Demokratie der Andymonier bildete einen scharfen Kontrast zur Lebensrealität des DDR-Lesers anno 1982, für den eine solche Demokratie wahrhaft utopisch im Sinne der Wunschbildhaftigkeit und Irrealität wirken musste, war doch die DDR-Gesellschaft zu diesem Zeitpunkt bereits längst demokratiefrei. Dieser Realität die eutopische Gesellschaft Andymons gegenüberzustellen, war eine implizite Kritik, eben das, was Utopie entstehen lässt.

Bei der Suche nach einer Eutopie-typischen Besucher-Figur oder einem Außenseiter im dystopischen Sinn landet man bei Beth, dem Erzähler. Er zeichnet mit Hilfe seiner Chronik die Geschichte Andymons nach und begibt sich auf diese Weise in die Rolle eines Beobachters. Seine Suche nach Unterstützung für sein Raumschiffbau-Projekt in der Siedlung Oasis, in der Totaloskopwelt Psiths, bei und quasi auch »in« dem Monster von Gedon sowie bei den irregeleiteten Anhängern Resths läßt ihn immer wieder als einen zwar nicht völlig Fremden, aber immerhin doch als Besucher erscheinen, dem etwas erklärt werden, dem etwas gezeigt werden und der sich mit der jeweiligen neuen Situation auseinandersetzen muss. Das tradierte Element der Führungsreise klassischer Eutopien wird in »Andymon« in stark verwandelter Form zum Strukturprinzip des Buches gemacht. Die Chronik Beths selbst stellt eine Führungsreise dar.

Die in den klassischen Eutopien verwendete Berichtsübermittlung wird in »Andymon« durch die Anlage des Textes als Chronik zugleich aufgegriffen und umgangen. Zunächst von Beth geplant als Botschaft für seinen Zwilling und Nachfahren an Bord des noch zu bauenden neuen Schiffes, wird die Chronik zum Instrument der Selbstverständigung Beths. Auf diese Weise kann der Text ohne Legitimationsschwierigkeiten sowohl Bericht als auch Erzählung sein.

»Andymon« führt Geschichte und gesellschaftliche Entwicklung vor, die beide zielstrebig und dynamisch dem Eutopischen folgen, ohne in die von Eutopien hervorgebrachte Konfliktlosigkeit und Statik abzugleiten, im Gegenteil. Die Dynamik gesellschaftlicher Prozesse und die Bewältigung auftretender kleiner und großer Konflikte wird immer wieder dargestellt, sowohl als Kennzeichen des Eutopischen als auch als Kritik an (zur Entstehungszeit des Textes) gegenwärtigen Realitäten.

Dank der Überschaubarkeit der relativ kleinen Bevölkerung Andymons können die Steinmüllers Widersprüche und die Suche nach vernünftigen Gesellschaftsstrukturen in Handlung übersetzen. Wie die andymonische Gesellschaft Konflikte überwindet, ist im engeren Sinn des Wortes eutopisch; Ausdruck einer dynamischen Sicht auf Gesellschaft, wie sie in der Science Fiction nur selten zu finden ist. Insofern mag »Andymon« auch Beleg dafür sein, dass gesellschaftskritische Science Fiction das Korsett des Eutopie/Dystopie-Schemas zu überwinden vermag.

Die Versatzstücke von Eutopie und Dystopie verlieren ihren traditionell festgefahrenen Sinn und gehen in etwas auf, das man – einem Vorschlag Manfred Karrers folgend – auch mit dem neuen und wahrscheinlich nicht weniger problematischen Stichwort »pluralistische Utopie« belegen könnte. Das ist nun wiederum etwas ganz anderes als die ambivalente Utopie von »Planet der Habenichtse«. Während Le Guin zweideutig bleibt, schaffen die Steinmüllers eine vieldeutige Utopie, die sich nicht auf Diskurse verlassen muss, sondern erzählt werden kann.

Dystopie: bestens assimiliert

Natürlich ist es für unterhaltende Literatur leicht, dystopische Strukturen zu übernehmen: Konflikte sind schließlich garantiert. Dabei ist seit Bradburys Feuerwehrmann Guy Montag aus »Fahrenheit 451« die doppelte Drehung sehr beliebt, dass der Außenseiter jemand ist, der auf der Seite des Systems steht und durch irgendein Ereignis zum Feind der dystopischen Gesellschaft wird. Montag ist ja anfangs selbst einer der Feuerwehrmänner, die dafür zuständig sind, Feuer zu legen, statt sie zu bekämpfen. Aber als er beginnt, die Bücher, die er da zu verbrennen hat, auch selbst zu lesen, wechselt er die Seiten. Aktiv wird er allerdings erst in dem Moment,

Französisches Filmplakat für François Truffauts Verfilmung von Ray Bradburys Roman

als er seine gehorteten Schätze selbst in Brand setzen soll – es folgt die Szene, in der er seine Vaterfigur, den Feuerwehrhauptmann, mit dem Flammenwerfer behandelt.

Ähnlich, wenn auch noch dramatischer, geht es dem Protagonisten von »Uhrwerk Orange«.[36] Alex ist ja ein rechter Bösewicht, der seine Mitmenschen quält und terrorisiert und seine Schandtaten dabei auch noch genießt. Der Terror aber liegt im System. Als die Gesellschaft zurückschlägt, erweist sie sich als eine Dystopie und verwandelt ihn in genau das, was er zuvor zu quälen pflegte: eine doppelte Wendung des Außenseiters.

Die Dystopie dient immer wieder als Folie für neue Experimente der SF. In jüngster Zeit sind neue Beispiele hinzugekommen. Eine äußerst finstere und verstörende Dystopie ist »Noir«[37] von Olivier Pauvert. Hier irrt ein Mann zwölf Jahre nach seinem vermeintlichen Tod durch ein unheimlich verändertes Frankreich. Nach einem brutalen Mord als Hauptverdächtiger verhaftet, stürzt der Gefangenentransporter mit ihm in eine Schlucht. Als der Ich-Erzähler wieder zu sich kommt, schleppt er den abgerissenen Arm eines Polizisten an seinen Handschellen mit sich herum, sieht aus wie ein Trisomie-21-Patient und hat kein Spiegelbild mehr. Er ist Außenseiter und Besucher, macht eine gehetzte Rundreise durch einen totalitären Staat, um am Schluss festzustellen, dass er selbst ein Werkzeug der Mächte ist, die ihn so abstoßen.

Hier finden sich reichlich Spuren der klassischen Dystopie: Das neue nationale Frankreich schottet sich nach außen ab, die Unterdrückung ist perfekt und unausweichlich. Im Gegensatz zu vielen anderen Texten gibt es in »Noir« nicht den geringsten Ausweg. Die Regierung hat mit einer gefügig machenden Wunderdroge die gesamte Bevölkerung in Schafe verwandelt, die bei dem geringsten Anzeichen ihr Funktelefon zücken und die Behörden verständigen. Die Droge ist in allem, was man zu sich nehmen kann, in der Nahrung, im Wasser, überall. Der kafkaesk durch diese Dystopie irrende Erzähler ist nur ein Werkzeug, das außer Kontrolle geraten war.

In diesem Fall dreht sich die Außenseiter-Figur nochmals: Der scheinbar gegen das System agierende Protagonist entpuppt sich als Werkzeug des Systems. Selbst die abschließende, ziemlich widerliche Szene, in der der Auftraggeber des Ganzen samt seiner Familie abgeschlachtet wird, gibt dem düsteren Bild keine andere Wendung: Fatalistisch ergibt sich der (Anti-) Held seinem Schicksal, denn es gibt sowieso kein Entrinnen. Allerdings betont der Autor sehr oft und eindringlich, dass es ja die Wähler waren, die die Nationalpartei und damit das ganze Elend an die Macht gebracht haben; insofern handelt es sich auch um eine direkte Warnung an den Leser.

Ebenso finster wie dieser dystopische Roman ist »Dondog«.[38] Seine titelgebende Hauptfigur kehrt nach Jahrzehnten, die er in irgendwelchen mysteriösen Lagern verbracht hat, in die Stadt zurück. Und diese Stadt besteht nur noch aus einer endlosen Anhäufung von Elendsquartieren. Krumme, labyrinthische Gänge verbinden stinkende, verrottete Wohnungen miteinander, Tageslicht gibt es kaum noch. Kriminalität und Gewalt herrschen. Wer die Betonwüste verlässt, erblickt keine Sonne und keine Sterne, sondern einen glühenden wolkenbedeckten Himmel, hinter dem irgendwo eine viel zu warme Sonne scheinen muss. Normales Wetter ist längst von Krieg und Umweltverschmutzung abgeschafft worden.

Dondog stolpert als kompletter Außenseiter durch diese apokalyptische Welt, mit der sich alle irgendwie abgefunden haben, und erst nach und nach wird klar, dass Dondog eigentlich schon tot ist. Er hat es nur schamanistischer Zauberei oder irgendeiner Technologie zu verdanken, dass er sich noch bemüht, jene Leute umzubringen, deren Namen ihm noch – allerdings auch nicht immer – gegenwärtig sind. Er macht sie für all das Unglück verantwortlich. Worin dieses Unglück genau besteht, macht den Inhalt des bestürzenden Romans aus. Dondogs kafkaeske Suche ist eine Rundreise, nicht nur durch eine dystopische Welt, sondern auch durch das, was in seinem Kopf vorgeht.

Dondog hat echte Probleme mit der Erinnerung. Oft

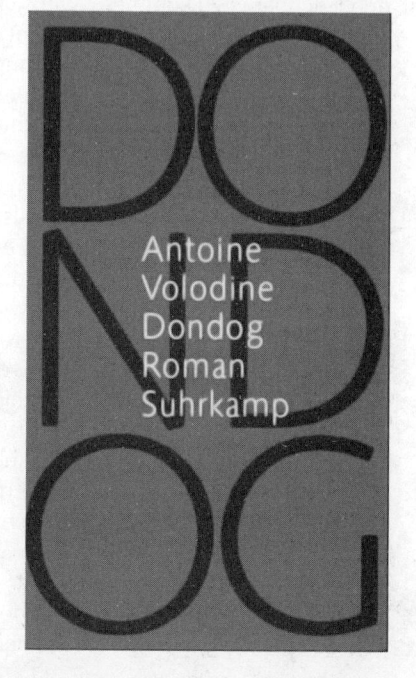

kann er sich sogar an sich selbst nicht so richtig erinnern, und so kommt es immer wieder vor, dass in ein und demselben Satz von »ich«, »er« und »Dondog« die Rede ist. Und es könnte zwar sein, dass jeweils derselbe Mann gemeint ist – könnte aber auch anders sein. Bei den Erinnerungen an die Kindheit etwa, die von geheimnisvollen magnetischen Stürmen durchtobt und überschattet wird, springt die Stimme des Erzählers hin und her zwischen Dondog, seinem kleinen Bruder und einem anderen Jungen, der umgebracht wird und seinen Geist in Dondogs Kopf zwischenlagert. Identitätsprobleme beherrschen Dondog sein ganzes Leben.

Dieses Leben spielt sich ab in einem Land, das der Verfasser dem Leser vertraut beschreibt, um ihm jede Sicherheit über Zeit und Ort mit perfiden Details sogleich wieder zu entwinden. Kaum hat man Berlin oder auch Paris zwischen den Weltkriegen zu erkennen geglaubt, ermahnt Dondogs Mutter ihre kleinen Söhne, sich auf dem Schulweg nicht um die auf den Straßen herumliegenden Leichname zu kümmern, ganz als wäre das ein ganz normaler, alltäglicher Anblick. Kaum vermeint man hinter den Parolen von der Weltrevolution und der Drohung der allgegenwärtigen Lager ein Stalinismus-Gleichnis zu erkennen, praktizieren die Funktionärinnen plötzlich schamanistische Rituale. Ein danebengegangenes Schamanen-Ritual ist es auch, das dafür verantwortlich ist, dass manchen Leuten viele kleine Federn aus der Haut treten, wenn sie niesen müssen. Ähnlich rätselhaft ist die Sache mit den Ybüren, einer ethnischen Minderheit, deren Angehörige immer unterdrückt und schließlich ausgerottet werden. Zweimal. Dondogs Familie samt dem kleineren Bruder verschwindet bei der zweiten Vernichtung der Ybüren.

Die Vergangenheit ist nicht nur wegen Dondogs Problemen mit der Erinnerung merkwürdig vielschichtig, sondern auch weil die Geschehnisse nicht linear erzählt werden. Die Geschichte wird dem Leser dargeboten wie ein zersplittertes Glasfenster. Irgendein Überblick ist nur zu ahnen, wenn man bloß Splitter in einer ungeordneten Reihenfolge zu Gesicht bekommt. Überdies passen die Splitter auch gar nicht zusammen, sind die Verbindungen von einem Bild zum nächsten unsicher; Tote treten wieder auf, Leute wechseln ihren Namen, Täter werden zu Opfern und umgekehrt. Wie soll Dondog da seine Rache nehmen, wenn er sich nicht ein-

Die Assimilation der Utopie **51**

mal mehr an den Namen einer Frau erinnert, die sich ihm vor einer Minute erst vorgestellt hat, und wenn er nicht einmal mehr weiß, wofür er sich rächen will?

Diese beklemmende und zugleich poetische Dystopie lässt in ihrer allumfassenden Ausweglosigkeit berühmte Vorbilder wie Kindergeschichten wirken. Und zu den Ahnen des Romans zählt eben nicht nur die Dystopie, sondern ebenso der postmoderne Roman mit all seinen Unwägbarkeiten und Unbestimmtheiten.

Noch extremer in der Zuspitzung, weniger radikal in der erzählerischen Umsetzung geht der japanische Autor Koushon Takami in »Battle Royale«[39] zu Werke.[40] Seine Republik Großostasien – viel-

Die Verfilmung von Battle Royale *war 2001 – trotz heftiger Kritik – nach* Chihiros Reise ins Zauberland *und* Pokemon 3 *der dritterfolgreichste Film in Japan.*

leicht ein Japan, das den zweiten Weltkrieg gewonnen hat – schickt eine komplette neunte Klasse, willkürlich ausgewählt, auf eine einsame Insel. Jeder der zweiundvierzig Schüler bekommt eine zufällig zugeteilte Waffe, vom Küchenmesser bis zum Maschinengewehr. Um den Hals trägt jeder ein Explosionshalsband, das hochgeht, wenn zwei Tage vergangen sind, es sei denn, nur ein Schüler ist noch übrig. Der ist dann der Sieger und bekommt neben einer lebenslangen Pension auch eine Autogrammkarte des großen Diktators. Los geht das Gemetzel, und am Ende eines jeden Kapitels taucht in fett und kursiv gesetzen Buchstaben der aktuelle Bodycount auf. »42 Schüler übrig« steht zuletzt auf Seite 49, danach geht's abwärts.

Es handelt sich bei dem Roman aber nur oberflächlich um eine Kreuzung aus dem »Herrn der Fliegen« und den zehn kleinen Negerlein. Aus allen Ritzen scheinen Informationsbruchstücke über die Welt heraus, in der solche Spiele möglich sind. Bei den meisten der hingemeuchelten Jugendlichen wird genug über ihr Leben und ihre Persönlichkeit erzählt, dass sich dem Leser nach und nach ein Kaleidoskop jener dystopischen Welt erschließt – einer Welt, die Menschen hervorbringt, die einander in einem solchen Spiel die Augen auskratzen, wortwörtlich. Das ist streckenweise (gewollt) brutal, aber nicht uninteressant zu lesen.[41] Statt eines Außenseiters zweiundvierzig loszuschicken, ist eine neue Variante, ebenso eine Rundreise durch eine Gesellschaft zu ersetzen durch viele verschiedene Einblicke aus vielen unterschiedlichen Blickwinkeln, nämlich den Erinnerungen der Schüler. So wird der Leser auf die Reise geschickt. Und es schält sich nach und nach der wahre Sinn der verrückten Reise-nach-Jerusalem-Version heraus: Wenn man weiß, dass solche »Spiele« gnadenlos durchgezogen werden, erscheint jeder Widerstandsversuch sinnlos. Dieselbe Disziplinierung, die bei Orwell die allgegenwärtigen Beobachtungshinweise erzielen.

Assimilation beendet: Splitter

Selbst die hochmodernen, in Hochgeschwindigkeitssätzen den Leser plättenden High-Tech-SF-Bücher der jüngeren Zeit kommen ohne Rückgriffe auf die alten Muster nicht ganz aus: Der immer wiederkehrende Killer Takeshi Kovacs bei Richard Morgan[42] ist ja nichts weiter als der Besucher – ein aus seiner Geschichte herausstehender Charakter, der ehemals Angehöriger einer Truppe hochgerüsteter Supersoldaten war und nun nicht mehr so ganz zum Rest der Menschheit gehört.

Bei Morgan geht es blutig zu, ruppig und brutal. Der Autor wirft dem Leser die Details seiner Zukunftswelt rücksichtslos ins Gesicht und wechselt rasante Aktionen in wohldosiertem Rhythmus mit besinnlichen Szenen und geschliffenen Dialogen ab. Interessant an seinem Weltentwurf ist, dass der Traum von der Unsterblichkeit erfüllt scheint.

Die Leute in Morgans Romanserie[43] haben einen kleinen metallenen Speicher in der Wirbelsäule, einen sogenannten Stack, der ihr Bewusstsein speichert. Wenn man stirbt – und gestorben wird reichlich, in grellbuntem Technicolor und auf vielerlei interessante Arten –, dann kann das Ich auf einen neuen Körper geladen werden, einen Sleeve. Die werden auf natürliche Weise hergestellt beziehungsweise gezüchtet, müssen also nicht unbedingt etwas mit dem ursprünglichen Körper zu tun haben. Auf diese Weise können ein und dieselben Leute in verschiedenen Körpern auftreten – zwar bleibt die Persönlichkeit dieselbe, aber die Bedingungen des jeweiligen Sleeves verändern natürlich die Wahrnehmung. Das wird hübsch durchgespielt und führt zumindest auf der sexuellen Ebene zu merkwürdigen Effekten. Realer Tod einer Person tritt in diesem Szenario nur ein, wenn man den Stack zerstört oder ihn so entsorgt, dass er nie wieder gefunden werden kann.

So faszinierend die Idee mit den wiederaufgespielten Bewusstseinen auch sein mag: Sie entwertet in gewisser Weise alles, was passiert. Was spielt der Ausgang eines Kampfes schon für eine Rolle, wenn man hinterher in einem neuen Körper wiedererwacht? Die Aktionen werden zu so etwas Ähnlichem wie einem Computerspiel, wo es immer noch ein verbleibendes Leben gibt, mit dem man neu starten kann. Um diesen Effekt seiner Welt nicht allzu deutlich werden zu lassen, macht Richard Morgan es vom Geld abhängig, welchen der vielen verschiedenen Grade von Unsterblichkeit man erlangen kann. Und schon dreht sich alles nur noch ums Finanzielle. Da gibt es einen knallharten Kapitalismus und die schönste organisierte Kriminalität, um auch ja nur seine Seele in die Ewigkeit retten zu können: Willkommen bei den religiösen Aspekten der Ökonomie. Dementsprechend sind riesige Konzerne und mächtige Kirchen die wahren Bösewichter in Morgans Roman.

Komplett ausgeblendet bleibt dabei die Tatsache, dass die in einem neuen Sleeve weiterlebenden Menschen gar nicht dieselben Personen sein können, die vorher gestorben sind. Es sind Kopien. Die Person selbst ist tot. Für sie macht es keinen Unterschied, ob eine Kopie weiterlebt oder nicht (denselben prinzipiellen Logik-Fehler machten schon die Erfinder von Star Trek bei der Beamerei).

Nun könnte man meinen, es wäre ein Stück weit eine Utopie, eine Welt, in der ewiges Leben möglich ist. Natürlich ist die zugrundeliegende Struktur von Richard Morgans Roman die des Thrillers. Als ein Tor auf dem krisengeschüttelten Planeten Sanction IV entdeckt wird, das womöglich einen Transport zu einem noch funktionierenden außerirdischen Kriegsschiff ermöglicht, steigen auf allen Seiten die Einsätze ins Gigantische. Wo es um viel Geld geht, ist die Gewalt nicht weit; kommen religiöse Aspekte hinzu, findet man sich schnell im Krieg wieder. Und ein fremdes Kriegsschiff mit einer um Jahrtausende fortgeschrittenen Technologie wäre bei einem Krieg sehr hilfreich ...

Doppeltes Spiel, Betrug und Verrat, atomar eingeäscherte Städte und viele doppelbödige Dialoge treiben die Handlung voran, immer im erwähnten Rhythmus. Und Richard Morgan ist Profi genug, um mit einem ausgedehnten Präludium seiner Welt Tiefe zu verleihen. Zunächst muss nämlich erst die betreffende Archäologin aus der Gefangenschaft befreit werden. Der Leser wird auf diese Weise in den Problemen der fremden Welt einmal herumgeführt, sodass die eigentliche Geschichte dann ihre ganze Wucht entfalten kann. Und genau hier nutzt Morgan Elemente der guten alten Dystopie: Es ist keine Rundreise mehr, eher ein hektisches Jemand-muss-mir-mal-diese-Welt-Erklären, aber da haben wir den Unwissenden, den Außenseiter, dem die Grundvoraussetzungen der folgenden Geschichte beigebracht werden müssen.

Ansonsten ist Morgan ein Thriller-Autor. Die versteckten Hinweise, die Takeshi Kovacs im Lauf der verschlungenen Handlung wie in einem Kriminalroman alter Schule aufsammelt – zwischen der ganzen Action –, werden ganz am Ende zusammengesetzt, exakt wie in einem dieser Krimis, wenn auf den letzten zehn Seiten der Kommissar den vollständig versammelten Verdächtigen seine Schlussfolgerungen darlegt. Nur hat bei Richard Morgan von allen denkbaren Verdächtigen nur einer überlebt. Und ihn zu bestrafen hat überhaupt keinen Sinn.

Widerstand ist zwecklos ...

Von den Traditionen der Utopie bleibt wenig übrig in derartiger Science Fiction – aber dafür assimiliert sie eben andere literarische Traditionen. Die Frage ist nicht, ob die SF die Erbin der Utopie ist, sondern als Erbin welcher Tradition der konkrete Text sich versteht. Moderne Science Fiction assimiliert – neben der Utopie und der Dystopie eben auch alles andere. Splitter der alten, traditionellen Handlungselemente tauchen immer wieder auf. Insofern wird uns das Utopische immer erhalten bleiben.

Als Jean-Luc Picard vom Kollektiv der Borg assimiliert wird, verwandelt er sich in Locutus, bleibt aber dennoch der grantige *Enterprise*-Captain. Ungefähr so benimmt sich die Utopie, wenn sie von der Science Fiction assimiliert wird: Verwandelt und anderen Zwecken nutzbar gemacht, bleibt sie dennoch Vehikel für die Sehnsucht nach einer anderen, besseren Welt. Der grundlegende Ansatz, eine Utopie oder Dystopie zu schreiben, bleibt derselbe: Jeder Autor, der sich eine andere als seine eigene Welt ausdenkt, betritt das Land der Utopie. Wie viel der alten Tradition er dabei verwendet, ist eine andere Frage. Aber solange es Science Fiction gibt, gibt es auch Utopie.

ANMERKUNGEN

[1] Morus, Campanella, Bacon vs. Orwell, Huxley, Samjatin.
[2] (*http://de.wikipedia.org/wiki/Liste_utopischer_Romane*) Zu den Merkwürdigkeiten der Liste zählt die Auflistung des Films *Matrix* oder Tad Williams' »Otherland« als Dystopie und die von Eschbachs »Eine Billion Dollar« als Utopie.
[3] Tommaso Campanella: Der Sonnenstaat, 1623.
[4] Thomas Morus: Utopia, 1516.
[5] Johann Valentin Andreae: Christianopolis, 1619.
[6] Francis Bacon: Nova Atlantis, 1627.
[7] Karin Boye: Kallocain, 1940.
[8] Aldous Huxley: Schöne neue Welt, 1932.
[9] Ursula K. Le Guin: Planet der Habenichtse, 1974.
[10] Iain M. Banks spielt diesen Gedanken in seinem »Kultur«-Zyklus durch, insbesondere in »Einsatz der Waffen«, 1990.
[11] James Graham Ballard: Die Flugzeugkatastrophe, 1990.
[12] Arthur C. Clarke: Die neun Milliarden Namen Gottes, 1956.
[13] *Von Zeit zu Zeit*, 1977. Libretto von Reinhard Heinrich und Erik Simon, nachzulesen in: Simon's Fiction 3, 2004 bei Shayol erschienen.
[14] Isaac Asimov, Jack Vance, Hal Clement und viele andere.
[15] Robert Silverberg: Es stirbt in mir (Dying Inside), 1972.
[16] Robert A. Heinlein: Sternenkrieger, 1959. In neuerer Zeit als Military-SF wieder zu Ehren gekommen bei John Ringo, Walter H. Hunt und anderen.
[17] Heinz Vieweg: Ultrasymet bleibt geheim, 1955. Eberhard del' Antonio: Gigantum, 1957.
[18] James White: Weltraummediziner, 1957 ff.
[19] Star Wars, 1976, usw.
[20] Alexander Kröger: Die Kristallwelt der Robina Crux, 1977.
[21] Alfred Bester: Die Rache des Kosmonauten, 1956.
[22] Als siebenteilige TV-Serie *Der Schatz im All*, Deutschland/Italien, 1989 und als abendfüllenden Disney-Zeichentrickfilm *Der Schatzplanet*, USA, 2002.
[23] Orson Scott Cards Homecoming-Saga, 1992 ff.
[24] Dreiteilige TV-Miniserie *Tin Man*, USA, 2007
[25] Bruce Sterling: Der Staubozean, 1977

[26] Die stammen natürlich aus der noch älteren Tradition der griechischen und römischen Staatsutopien her, die keine Belletristik in heutigem Sinne, sondern Diskurse waren.

[27] Unter anderem bei: Kurt Vonnegut jr.: Das höllische System, 1952. Ray Bradbury: Fahrenheit 451, 1953. John Brunner: Morgenwelt, 1968. Anthony Burgess: Uhrwerk Orange, 1962. Cyril M. Kornbluth und Frederik Pohl: Eine Handvoll Venus und ehrbare Kaufleute, 1953.

[28] Gert Prokop: Wer stiehlt schon Unterschenkel?/Der Samenbankraub.

[29] Jan Gerhard Toonder: Aufstehn am Samstag. Peter Lorenz: Aktion Erde.

[30] Ursula K. Le Guin: Planet der Habenichtse (The Dispossessed), 1974.

[31] 1966, Fortsetzung des seinerzeit erfolgreichen Weltraumabenteuers »Titanus«, 1959.

[32] Werner Krauss: Geist und Widergeist der Utopien. In: Sinn und Form, 1962, S. 769 ff.

[33] Zuerst erschienen 1982. In der BRD im Union Verlag Stuttgart 1983, dann bei Suhrkamp, seit kurzem wieder lieferbar in der Steinmüller-Ausgabe bei Shayol.

[34] Die Idee, dass aus miteinander verbundenen Gehirnen superbegabte Intelligenzen entstehen könnten, ist in der Science Fiction nicht neu; »Baby ist drei« (auch »Die neue Macht der Welt«) von Theodore Sturgeon (»More Than Human«, 1953), »Homo Gestalt« von Keith Roberts (»The Inner Wheel«, 1970). Ganz zu schweigen von den Borg bei *Star Trek*.

[35] Wobei sich Gedankengänge andeuten, die im späteren Roman »Pulaster« von den Steinmüllers ausgeführt wurden.

[36] Anthony Burgess: Clockwork Orange, 1962.

[37] Im Original 2005, deutsche Ausgabe 2007 in der Reihe Heyne Hardcore.

[38] Antoine Volodine: Dondog. Roman, Suhrkamp 2005.

[39] Im Original 1999, deutsche Ausgabe 2007 in der Reihe Heyne Hardcore.

[40] In Japan war »Battle Royale« sehr erfolgreich, wurde verfilmt, zeugte einen wie üblich misslungenen Fortsetzungsfilm und wurde als Manga umgesetzt. Es gibt sogar Merchandising (*http://battleroyalefilm.net/merchandise/index.html*).

[41] Leider leidet der Lesespaß an der Übersetzung: »Über die Schultern hatten sie Sturmgewehre geschlungen«, S. 47. »Die drei Automatikpistolen explodierten gleichzeitig«, S. 52 – gemeint sind Schüsse.

[42] Richard Morgan: Gefallene Engel (Broken Angels), 2003

[43] Zum Zyklus gehören außerdem: »Das Unsterblichkeitsprogramm« (Altered Carbon, 2002) und »Heiliger Zorn« (Woken Furies, 2005).

Copyright © 2008 by Karsten Kruschel

Bilder einer besseren Welt

Über das ambivalente Verhältnis
von Utopie und Dystopie

von Simon Spiegel

Die Utopie ist eine altehrwürdige Gattung, die auf eine lange Tradition zurückblicken kann. Gewöhnlich setzt die Geschichtsschreibung bei Platons Beschreibung des Philosophenstaates in der *Politeia* an und springt dann ins 16. Jahrhundert zu Thomas Morus' »Utopia« (1516), dem eigentlichen Urtext, der der Gattung den bis heute gebräuchlichen Namen gab. In ihrer langen Geschichte hat sich die Utopie natürlich verändert und auch Phasen höchst unterschiedlicher Popularität erlebt. Edward Bellamys »Looking Backward: 2000–1887« (1888) etwa war Ende des 19. Jahrhunderts ein Bestseller, der weit über die eigentliche Literaturszene hinaus Wirkung entfaltete: Bellamys Vision eines zentral organisierten, egalitären Industriestaates führte zur Gründung zahlreicher Parteien und Vereine.

So erfolgreich die literarische Utopie zeitweise auch war, im Film konnte die Gattung nie Fuß fassen. Obwohl Hollywood schon sehr früh damit begann, erfolgreiche Bücher zu adaptieren, hat es bislang kein Klassiker der utopischen Literatur auf die Leinwand geschafft. Dies ist auch nicht sonderlich erstaunlich; die klassische Utopie eignet sich – wie ich später darlegen werde – äußerst schlecht für einen typischen Spielfilm hollywoodscher Prägung. Umso beliebter ist dagegen – gerade auch im Bereich des SF-Films – die *negative Utopie* oder *Dystopie*, die keinen idealen Staat ent-

Bilder einer besseren Welt 59

Thomas Morus: »Utopia« – Karte und »utopisches« Alphabet

wirft, sondern vielmehr die schrecklichste aller mögliche Welten präsentiert, indem sie als negativ empfundene Entwicklungen ins Monströse steigert.

In diesem Essay möchte ich zwei Dingen nachgehen: Einerseits möchte ich einen kleinen utopischen Streifzug durch die Filmgeschichte machen und einige Filme, die vielleicht als Utopie gelten können, genauer anschauen und anhand dieser Beispiele analysieren, warum das Kino keinen fruchtbaren Boden für utopische Entwürfe bildet. Zugleich möchte ich auch auf das Verhältnis Utopie/Dystopie eingehen; wie sich zeigen wird, ist die eine Gattung nicht einfach das Gegenteil der anderen, tatsächlich stehen sie sich weitaus näher, sind in gewissem Sinne sogar identisch. Obwohl mein Hauptinteresse dem Film gilt, werde ich dennoch immer wieder auf literarische Utopien eingehen, denn für viele Spielarten gibt es schlicht keine filmischen Beispiele.[1]

Einige Definitionen

Bevor wir unseren Rundgang beginnen, vorab einige notwendige Begriffsklärungen: Der Begriff der »Utopie« ist alles andere als eindeutig; er wird von Literaturwissenschaftlern, SF-Experten und -Fans sowie Philosophen, Soziologen und Politologen verwendet und kann je nach Kontext sehr unterschiedliche Dinge bedeuten. Mal ist eine literarische Gattung gemeint, mal ein politisches Programm, und wenn man umgangssprachlich von einer Idee sagt, sie sei utopisch, meint man damit, dass sie im Grunde nicht-realisierbar, das Produkt eines Träumers ist.

Ich werde den Begriff der Utopie hier relativ eng fassen und mich diesbezüglich vor allem an Morus und dessen Nachfolgern orientieren: In diesem Verständnis ist eine Utopie ein erzählender Text, der die Beschreibung eines perfekten oder zumindest besseren als das gegenwärtige Staatswesens enthält. Diese Definition ist nicht sonderlich spektakulär, aber legt bereits einige wichtige Punkte fest.

Die Utopie ist eine Erzählung: Von »Utopia« und dessen direkten Nachfolgern »Civitas Solis« (1623) und »Nova Atlantis« (1627) über Bellamys »Looking Backward«, Morris' »News From Nowhere« (1890), Charlotte Perkins Gilmans »Herland« (1915) bis zu B.F. Skinners »Walden Two« (1948) – die Beschreibung des utopischen Staates ist stets in einen narrativen Rahmen eingebettet, der fast immer die Form eines Berichtes hat: Ein Reisender erzählt vom Besuch in der utopischen Stadt. Dieser Reisende kann ein Gefährte Amerigo Vespuccis sein wie bei Morus oder auch ein Mensch der Gegenwart, der nach langem Schlaf in der Zukunft aufwacht, wie dies bei Bellamy und Morris etwa der Fall ist.

Die Utopie beschreibt eine Gesellschaftsordnung: Das zentrale Element jeder Utopie ist eine Beschreibung des jeweiligen Staatswesen. Wie ist die Gesellschaft des utopischen Staates aufgebaut, wie sind Arbeit, Besitz, Politik, Familie, Ausbildung und Justiz organisiert? Oft sind die Ausführungen mit konkreten geographischen und architektonischen Beschreibungen – und manchmal auch Zeichnungen und Karten – verbunden; wo liegt der Staat, wie sieht er aus, etc.

Aus diesen beiden Punkten folgt: **Die Utopie ist eine hybride Gattung.** Obwohl sie einen narrativen Rahmen hat und obwohl sie erzählerischen Konventionen folgt, ist sie alles andere als »reine« Literatur. Sie ist eine Mischform aus Erzählung und philosophischer Diskussion.[2] Die in der Utopie erzählte Geschichte ist fast immer die einer ›Bekehrung‹: Der Reisende, der erstmals den utopischen Staat erblickt, wird von einem Ansässigen herumgeführt und in langen Gesprächen allmählich von der Überlegenheit der neuen Staatsordnung überzeugt. Es sind diese Gespräche, die oft zu seitenlangen Quasi-Monologen des Ortskundigen werden können, die den eigentlichen Kern der Utopie ausmachen; in ihnen wird die perfekte Gesellschaftsordnung vorgestellt und argumentativ gestützt.

Bereits jetzt dürfte klar sein, warum es keine utopischen Filme gibt, wenn man diese Definition anlegt: Utopien besitzen keine filmtaugliche Handlung. Seitenlange Monologe sind nicht der Stoff, aus dem Hollywood für gewöhnlich Blockbuster macht. Zu diesem strukturellen Merkmal kommt ein inhaltliches hinzu: So unterschiedlich die verschiedenen Utopien auch sein mögen, so gibt es doch zwei Aspekte, die allen gemein sind: Die Vision einer konfliktfreien Gesellschaft, in der das Eigentum meist verstaatlicht ist, und der Entwurf eines utopischen Menschen, dem negative Eigenschaften wie Neid, Hass und Gier, aber auch abweichendes Gedankengut, sprich: Originalität fehlen.[3] Oder noch zugespitzter: »der utopische Mensch [ist] letzten Endes negativ bestimmt, es fehlt ihm die besondere Individualisierung.«[4]

Zusammengefasst: In der Utopie wird vor allem geredet, es existiert kein dramatischer Konflikt, da es ja auch keine echten Probleme gibt, und ein Held, der irgendwie aus der Menge herausragt, fehlt ebenfalls. Somit ist die Utopie die eigentliche Antithese zum Hollywoodfilm, in dem normalerweise Figuren mit klar definierten Eigenschaften allen Hindernissen trotzen, um ein bestimmtes Ziel zu erreichen.

Kampf der Individualität

Die Utopie ist im Gegensatz zum Hollywoodfilm, in dem stets ein Einzelner um sein Glück kämpft, eine anti-individualistische Gattung: Ihre eigentliche Grundidee ist, dass ein glückliches Leben nicht etwas ist, was der Einzelne erreichen muss, sondern dass dies vom Staat gewährleistet werden muss und kann. Durch überlegene Organisation, durch ein rational geplantes Gemeinwesen kann der Staat die optimalen Bedingungen für jeden seiner Bürger schaffen. Dies mag zwar ein schönes Ideal sein – manche würden wohl bereits dies bestreiten –, doch die Crux liegt hier natürlich in der Frage, woher der Staat denn wissen soll, was für den einzelnen Bewohner am besten ist. Und genau dies ist der Punkt, an dem die meisten klassischen Utopien aus heutiger Sicht zu einer zweischneidigen Angelegenheit werden: Es ist einzig der Erfolg, der der Utopie recht gibt. Die Tatsache, dass der von außen hinzugekommene Berichterstatter nur glücklichen Menschen begegnet, überzeugt ihn schließlich von der Großartigkeit des utopischen Staates.

Nicht zufällig präsentieren sich die klassischen Utopien in der Regel schon im abgeschlossenen Zustand: Der perfekte Staat funktioniert und bringt die perfekten Bürger hervor, die er benötigt – oder *vice versa*. Dabei ist die eigentlich interessante Frage doch, wie man zu einem so perfekten Staatsgebilde kommt, wie die Übergangsphase aussieht, wie man die Utopie erbaut. Was ist mit all den Leuten geschehen, die sich in der Aufbauphase der neuen Staatsordnung widersetzt haben, in was für einem Prozess hat man den perfekten Staat entwickelt?[5]

Es gibt den oft zitierten Spruch, dass in einer Utopie als Erstes die Utopisten hingerichtet würden, denn im perfekt funktionierenden Staat sind Träumer, die alternative Zustände herbeisehnen, nur Störfaktoren. Die klassische Utopie ist statisch und totalitär, und für Einwohner, die mit ihr nicht zufrieden sind, wird sie zwangsläufig zur Dystopie. Ganz im Gegensatz zu ihrer Schwester ist die Dystopie eine individualistische Gattung; wofür sie in der Regel einsteht, ist das Recht des Einzelnen, sich von der Masse zu unterscheiden. Die Rebellion einiger weniger Unangepasster gegen ein menschenverachtendes System liefert der Dystopie auch gleich den Plot, der der Utopie gewöhnlich fehlt. Damit bedient sie auch die gängigen Muster des Kinos, und so ist es nur folgerichtig, dass das Aufbegehren einer nonkonformistischen Hauptfigur gegen die totalitäre Gesellschaftsordnung längst zu einem Topos des SF-Films geworden ist; von *Star Wars* (1977) bis *Matrix* (1999) kämpft stets eine Handvoll Rebellen gegen das übermächtige Reich des Bösen.

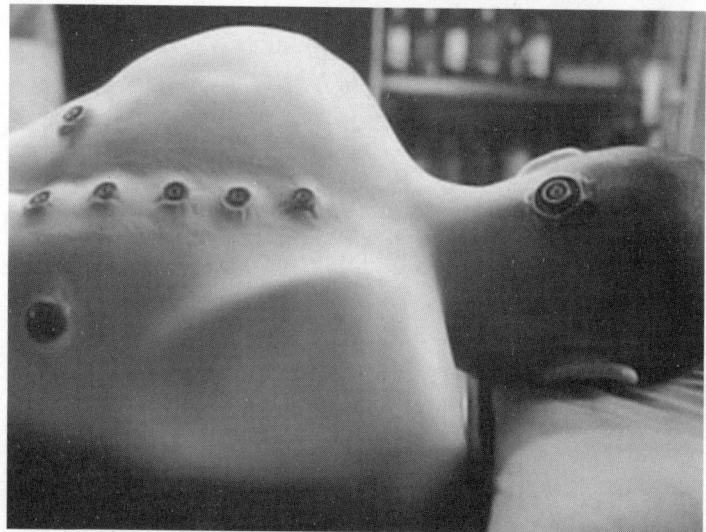

Die »Wirklichkeit« ist zweimal grausam – in Matrix erwacht Neo, der neue Adam, aus einer unheimlichen Fiktion in eine unwirtliche Realität.

George Lucas' Star Wars *zeigt archetypische Konstellationen in einem utopischen Rahmen.*

Bilder einer besseren Welt 65

Mit ihrem individualistischen Helden kommt die Dystopie nicht nur dem hollywoodschen Helden-Ideal des Einzelkämpfers entgegen, sie zielt auch direkt ins Herz der Utopie, deren implizite Voraussetzung stets ist, dass das Wohl der Gemeinschaft auch das Glück des Einzelnen nach sich zieht. Doch gerade dieser Einzelne ist es, der in der Dystopie rebelliert. Fast alle Dystopien können in diesem Sinne als »umgedrehte« Utopien verstanden werde, denn die Gesellschaften, die die beiden Gattungen entwerfen, sind in wesentlichen Punkten identisch: Es sind stets zentral gesteuerte Gesellschaften, in denen sich das Individuum zugunsten der Allgemeinheit einer rigiden Ordnung zu unterwerfen hat. Was beide Gattungen charakterisiert, ist der grundsätzliche Widerspruch von Freiheit und Sicherheit.[6] Während die Utopie der Stabilität des politischen Systems den Vorrang gibt, betont die Dystopie die Freiheit des Einzelnen.

So offensichtlich die Verwandtschaft der Gattungen im Kern auch sein mag, in der konkreten Ausgestaltung zeigen sich große Unterschiede, denn der hybride Charakter der Utopie ist in der Dystopie meist nur noch latent vorhanden. Anders als die Utopie muss sie ihre Gesellschaftsordnung nicht systematisch beschreiben. Die Utopie muss den Leser von ihrer Tauglichkeit überzeugen, und dies tut sie in der Regel durch Vollständigkeit: Indem sie die neue Gesellschaftsordnung möglichst gründlich beschreibt. Die Dystopie dagegen muss bloß schrecklich erscheinen, und dazu reichen schon ein paar prägnante unmenschliche Eigenschaften.

Dennoch gibt es auch Ähnlichkeiten im Plot: Die Utopie ist, wie bereits erwähnt, oft als Reisebericht angelegt, in der Regel werden einem staunenden Außenstehenden die Errungenschaften der perfekten Welt vorgeführt. Die Rolle des Führers (für Leser oder Zuschauer) übernimmt in der Dystopie meist ein Unangepasster. Dies kann ein Außenstehender sein wie der Wilde in »Brave New World«, ein stiller Rebell wie Winston Smith in »Nineteen Eighty-Four«, oft ist es aber ein vorbildliches Mitglied der jeweiligen Schreckenswelt, das die Schlechtigkeit der Welt aus eigenem Antrieb erkennt. So dreht sich auch der Plot der Dystopie oft um eine Bekehrung, doch während der Außenstehende in der Utopie lernt, sich in die offensichtlich überlegene Gesellschaftsordnung zu integrieren, erkennt der dystopische Held die Schlechtigkeit des Systems, dem

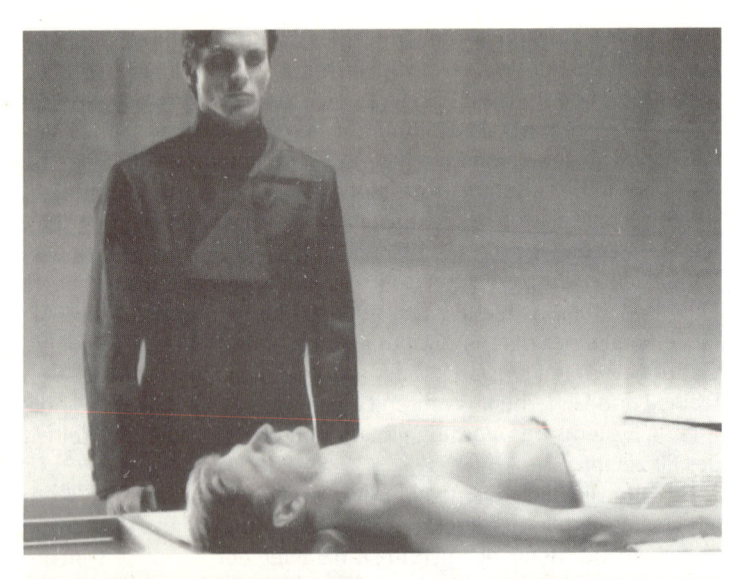

In Equilibrium *sind Gefühle polizeilich verboten. Wehe dem, der sich gar mit Poesie erwischen lässt!*

er bislang gedient hat: In »Fahrenheit 451« (1953) beispielsweise, Ray Bradburys Liebeserklärung an die Literatur, die 1966 von François Truffaut verfilmt wurde, wandelt sich der hauptberufliche Bücherverbrenner Montag zum innigen Literaturliebhaber. Und in der Gesellschaft von *Equilibrium* (2002), in der Gefühle jeglicher Art verboten sind, entdeckt einer der loyalsten und erfolgreichsten »Anti-Gefühlspolizisten« im Laufe des Films die Schönheit menschlicher Emotionen.

Ambivalenzen

Die Nähe der beiden Gattungen war wohl schon bereits Morus bewusst, der keineswegs so naiv war, seinen Gesellschaftsentwurf tatsächlich für die beste aller Staatsformen zu halten. Eine gewisse Ambivalenz ist nämlich bereits im Titel seines Werkes deutlich angelegt: »Utopia« kann sowohl als *ou-topos* – Nicht-Ort – als auch als *eu-topos* – schöner Ort – verstanden werden. Auch wenn Morus seinen Text sicher nicht als Dystopie konzipiert hat, wäre es auf jeden Dall voreilig, »Utopia« eins zu eins als politisch-soziales Idealbild zu verstehen: Morus' Text ist nicht nur der Entwurf eines optimalen Staatsaufbaus, sondern auch eine Satire auf die zeitgenössischen politischen Verhältnisse in England. Viele Einrichtungen der Utopier, die vom Erzähler überschwänglich gepriesen werden, entpuppen sich bei genauerer Betrachtung als widersprüchlich. So lobt der Berichterstatter Hythlodaeus die Friedfertigkeit der Utopier und betont, dass diese nur in Ausnahmefällen zur Waffe greifen. Doch folgt darauf gleich ein ganzer Katalog legitimer Kriegsgründe, von denen einige zumindest aus heutiger Sicht alles andere als lauter erscheinen. So betrachten die Utopier ihre überlegene Verfassung als Rechtfertigung, um jedes andere Volk zu kolonialisieren. Deutlicher lässt sich die totalitäre Tendenz der Utopie kaum noch hervorheben.

Wenn wir von Morus den weiten Bogen zu SF-Filmen des 20. Jahrhunderts schlagen, sehen wir, dass diese Ambivalenz zwischen Idealstaat und Diktatur im Kern zahlreicher SF-Filme steckt. Nehmen wir *Logan's Run* aus dem Jahre 1976: Im Grunde eine durchaus angenehme Welt, die uns da präsentiert wird; alle sind

Marvel brachte 1977 zu Logan's Run *eine begleitende Comic-Serie heraus.*

jung und schön, es herrscht kein materieller Mangel, dafür freie Liebe. Sind das nicht utopische Verhältnisse? Wer möchte nicht in so einer Welt leben? Natürlich hat dieses sorgenfreie Leben seinen Preis: Das Leben endet mit dreißig, wer älter wird, den erwartet eine öffentliche Hinrichtung. Michael Andersons Film steht diesbezüglich ganz in der Tradition von Huxleys »Brave New World« (1932). Auch die Welt, die Huxley beschreibt, ist hoch technisiert, frei von Kriegen und sexuell freizügig. Während man sich in *Logan's Run* per Teleportationslotterie einen Bettgefährten nach Hause holt, mit dem man dann ein paar nette Stunden verbringt, veranstaltet der Staat in »Brave New World« öffentliche Drogen- und Sexpartys.

Dies sind die eigentlichen Spaßgesellschaften; hier wird der oberflächliche Rausch staatlich verordnet: paradiesische Zustände, solange man ins Raster dieser Staaten passt. In der tschechischen Produktion *Der Mann aus dem 1. Jahrhundert* (1961) reist ein Arbeiter aus dem 20. Jahrhundert knapp 500 Jahre in die Zukunft, in eine Welt, in der das sozialistische Paradies realisiert wurde. Geld wurde abgeschafft, alles, was sich ein Mensch wünschen könnte, wird von einer Maschine augenblicklich synthetisiert. Egoismus und Neid sind Krankheiten, die kuriert werden können. Diese Welt ist so perfekt, dass einer ihrer Bewohner erklärt, dass er gerne Zwiebeln schneiden würde, weil er sonst ja überhaupt nie weinen könnte. Der zeitreisende Protagonist, ein simpler Handwerker, erkennt die Tragweite der Veränderungen nicht. Obwohl er alles haben kann, bleibt er auf seinen eigenen Vorteil bedacht und ist nur daran interessiert, schönere Kleider oder ein größeres Auto als die anderen zu haben. Dass Statusfragen in dieser Welt niemanden mehr interessieren, will ihm nicht in den Kopf, und so bleibt ihm am Ende nur die Flucht aus dieser Welt, für die er offensichtlich noch nicht reif ist.

Die Schwierigkeiten, sich als Außenstehender in der utopischen Welt zu integrieren, werden in *Der Mann aus dem 1. Jahrhundert* als harmlose Komödie inszeniert, aber es ist genau dieser Konflikt, der die Handlung der Dystopie antreibt. Wer wie die Hauptfigur von *Logan's Run* die dreißig überschreitet, hat ebenso ein Problem wie Huxleys Protagonist Bernard Marx, der auf seinem Recht besteht, unglücklich zu sein, und damit nicht nur das Weinen beim Zwiebelschneiden meint. Individualismus ist der Todfeind der Uto-

THX 1138 *war George Lucas' erster Spielfilm.*

pie, oder anders herum: Aus der Sicht des Individualisten wird jede Utopie zur Dystopie. In der Utopie muss sich der Einzelne dem Ganzen bis zur Selbstaufgabe unterordnen, und genau hier haken zahlreiche dystopische Filme ein.

Das Bild der einheitlichen Masse, die stumpf ausführt, was man ihr befiehlt, ist wahrscheinlich das zentrale visuelle Motiv der filmischen Dystopie. Die Bewohner der Untergrundstadt in *THX 1138* (1971) etwa sind kahl rasiert und tragen alle die gleiche Einheitskleidung. Identische Kleidung als Auslöschen der Individualität – was in allen Armeen der Welt praktiziert wird, zieht sich als Signum des Totalitären durch die gesamte Filmgeschichte: Von *Metropolis* (1927) über *Logan's Run* und *THX 1138* bis zu *Equilibrium* und *The Island* (2005): In keinem dieser Filme darf das Bild der uniformen Menschenmassen fehlen. Verblödet und abgestumpft trotten die Menschen dahin und merken gar nicht, wie schlecht es ihnen geht; das merken nur die Rebellen, die deshalb auch nicht die Unterstützung der breiten Massen haben. Aus der Sicht des Utopisten sind diese Rebellen freilich Terroristen, und was der dystopische Held für unmenschliche Gleichschaltung hält, ist notwendig, um gesellschaftliche Stabilität zu garantieren.

Dass Utopie und Dystopie nur eine Frage der Perspektive sind, haben wenige so deutlich gesehen und literarisch zum Ausdruck gebracht wie George Orwell: Sein »Nineteen Eighty-Four« ist nicht nur ein verzweifelter Aufschrei eines zutiefst enttäuschten Linken über die verratenen Ideale der Revolution, sondern richtet sich gegen jede Form von umfassendem Gesellschaftsentwurf. Seien es Sozialismus oder Nationalismus – wohl die beiden wirkungsreichsten Staatsideen des 19. und 20. Jahrhunderts –, beide haben sich in Orwells Augen endgültig diskreditiert. Die Hoffnungslosigkeit ist bei Orwell total; die Rebellion der Hauptfigur Winston und seiner Geliebten Julia war, wie sich zum Schluss herausstellen wird, von Anfang an sinnlos. Winston gesteht unter Folter alles und verrät sogar seine Julia. Ihm bleibt nur eine Genugtuung: Wenn er exekutiert wird – das hat er sich fest vorgenommen –, wird er Big Brother, den sagenhaften Diktator, der alles überwacht und den man doch nie sieht, aus tiefstem Herzen hassen. Doch Ingsoc, die herrschende Partei im Megastaat Ozeanien, kommt dem utopischen Ideal in grausamer Konsequenz nach und beglückt jeden; am Ende, als Winston erschossen wird, erkennt er, dass auch er Big Brother liebt.

Diese Ambivalenz, die Orwell in seinem Roman auf die Spitze treibt, zeigt sich auch in den wenigen Filmen, die zumindest teilweise als Utopien bezeichnet werden können, etwa in Frank Capras Verfilmung von John Hiltons »Lost Horizon«: Buch wie Film erzählen die Geschichte einer kleinen Gruppe, die in den Dreißigerjahren aus einem chinesischen Ort, in dem ein Bürgerkrieg tobt, unter rätselhaften Umständen nach Tibet entführt wird. Nach einem Flugzeugabsturz hoch oben in den Bergen finden sie im Kloster Shangri-La Zuflucht. An diesem Ort, der von der Welt komplett abgeschieden ist, lebt man in Ruhe und Eintracht. Das meditative Leben, ganz ohne Aufregung und Ärger, in Harmonie mit sich und der Welt, führt zu einer sehr viel höheren Lebenserwartung; als der Gründer des Klosters im Laufe des Romans stirbt, hat er ein Alter von gut 200 Jahren erreicht.

Obwohl der Film in einigen Punkten von der Vorlage abweicht – vor allem was die Figuren betrifft, die gemeinsam mit dem Protagonisten Conway in Shangri-La landen –, übernimmt er doch die grundsätzliche Ambivalenz von Hiltons Roman: Sowohl Conway als auch seine Begleiter fühlen sich in dem Kloster so wohl, dass sie es gar nicht mehr verlassen wollen – bis auf eine Ausnahme: Ein junger Mann – im Roman Conways Vizekonsul, im Film sein Bruder – hält es im vermeintlichen Paradies nicht aus und will um jeden Preis weg. Die Ruhe und Abgeschiedenheit, die seine Begleiter schätzen lernen, sind ihm ein Graus, er will zurück in die Zivilisation und glaubt nicht an die Möglichkeit eines verlängerten Lebens. Es ist bezeichnend, dass nie ernsthaft erwogen wird, ihm diesen Wunsch zu gewähren. Die Bewohner Shangri-Las vertrauen darauf, dass auch dieser junge Heißsporn früher oder später die besänftigende Wirkung des Bergtals erfahren wird – auf Dauer wird die Utopie jeden beglücken, ob er nun will oder nicht. Man tut dem Rebellen zwar keine Gewalt an, aber das ist auch nicht nötig, denn alleine kann er das Tal ohnehin nicht verlassen.

Noch zwiespältiger – wenn auch wohl nicht unbedingt so intendiert – gestaltet sich das Ende von *Things to Come* aus dem Jahr 1936. William Cameron Menzies' Film wird gerne als Klassiker des SF-Kinos bezeichnet, gehört aber eigentlich eher in die Reihe der grandios missglückten Versuche. Ursprünglich war der Film als ambitiöses Prestigeprojekt gedacht, basierend auf H. G. Wells' »The Shape of Things to Come« (1933). In dieser Mischung aus utopischem Roman und »future history« beschreibt Wells in Form einer Chronik die Ereignisse, die zum sozialistischen Weltstaat im Jahre 2106 führen. Ich möchte hier nicht ausführlich darlegen, was bei dieser Umsetzung alles schiefgelaufen ist und warum sich Wells' Buch wohl grundsätzlich nicht zur Verfilmung eignet, sondern nur auf das Ende des Films eingehen.

Nach mehreren Umwälzungen lebt die Menschheit in einem technologischen Paradies, angeführt von einer technokratischen Elite. Obwohl kein Mangel herrscht, gibt es Unzufriedene. Das neuste Projekt – eine Kanone, die Menschen auf den Mond schießen soll – dient diesen als Anlass für eine Revolte. Sie fordern ein Ende des technischen Fortschritts, die Idee einer Reise zum Mond sei widernatürlich und ein Zeichen menschlicher Hybris. Für Wells, von dem auch das Drehbuch zum Film stammt, stand außer Frage, dass der technische Fortschritt unaufhaltsam ist, dass es gewissermaßen das evolutionäre Schicksal der Spezies Mensch sei, zu forschen, zu erfinden und sich schließlich über das ganze All auszubreiten.

Es ist frappant, wie wenig diese Haltung heute überzeugt. Obwohl der Film eindeutig Stellung bezieht und klar macht, dass der fortschrittsfeindliche Pöbel im Unrecht ist, hat man irgendwie Verständnis für die Rebellen. Man muss beileibe kein rückwärtsgewandter Technikskeptiker sein, um die technokratische Elite, die als Sprachrohr Wells' fungiert, unsympathisch zu finden. Wozu Menschen auf den Mond schießen, wenn die Mehrheit der Bevölkerung dagegen ist – bloß weil ein selbsternannter Rat der Weisen es so wünscht? Wells' Ideal ist eine Diktatur rationaler Technokraten. Die Katastrophen des 20. Jahrhunderts haben uns aber skeptisch werden lassen gegenüber wohlwollenden Diktatoren jeglicher Couleur.

Trügerische Idyllen

Utopie und SF sind ja nicht zwangsläufig miteinander verknüpft. Die frühen Utopien waren nicht in der Zukunft, sondern auf fernen Inseln angesiedelt, und der technische Fortschritt spielte eine untergeordnete Rolle.[7] Erst mit der industriellen Revolution verlagerte sich die Utopie in eine technisch weiterentwickelte Zukunft. Es ist wohl nur ein Zufall, aber dennoch auffällig, dass die beiden mir bekannten Filme, die einer Utopie am nächsten kommen, beide nicht zur SF gehören.

Von *Lost Horizon* war bereits die Rede, das andere Beispiel ist *Witness* (1985, dt. *Der einzige Zeuge*). Vom Genre her ist Peter Weirs Film ein Krimi; seine Besonderheit ist, dass weite Teile des Films bei den »Amish People« spielen. Die Amischen sind eine real existierende christliche Sekte, die sich Ende des 17. Jahrhunderts von der katholischen Kirche abspaltete. Heute leben in den USA noch knapp 200.000 Amische in rund 1200 Siedlungen. Die Mitglieder der Gemeinschaft leben in Agrarkommunen, grenzen sich bewusst von der Außenwelt ab und verweigern sich vielen Neuerungen des technischen Fortschritts. Im Film wird der von Harrison Ford gespielte Polizist während seiner Ermittlungen schwer verletzt. Eine Amische nimmt sich seiner an, und der knallharte Cop muss sich zumindest vorübergehend in das in seinen Augen hinterwäldlerische Leben integrieren.

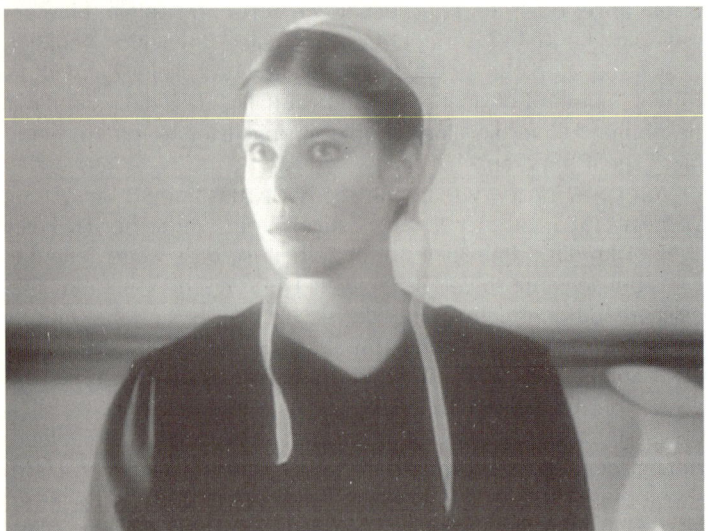

In Witness *(1985) gerät der Polizist John Book in eine ihm fremde Welt – die real existierende Utopie der Amish People.*

Natürlich erkennt er, dass das einfache Leben einiges für sich hat; zum Schluss, als der Bösewicht schließlich aufgibt, trägt die Doktrin der Amischen, auf jede Form von Gewalt zu verzichten, sogar einen Sieg davon. Für unsere Zwecke bemerkenswert ist weniger der Plot, der in gewohnten Bahnen verläuft, als vielmehr die Tatsache, dass hier wirklich eine real existierende Utopie vorgeführt wird, und zwar in einer Konsequenz, die meines Wissens einmalig ist. Zwar braucht es auch hier den von außen herangetragenen Konflikt, damit die Handlung überhaupt in Gang kommt, aber wahrscheinlich kommt *Witness* einer klassischen Utopie am nächsten.[8]

Ohne Konflikt keine erzählenswerte Geschichte; Glück und Harmonie spart sich das Kino in aller Regel für das Happy End auf. Etwa wenn es am Ende von *Metropolis* – wider jegliche Logik – doch noch zur Aussöhnung von Kapital und Arbeiterschaft kommt. Fritz Langs Film ist wie *Things to Come* einer jener Filmklassiker, die zwar nach wie vor durch ihre visuelle Brillanz beeindrucken, die aber inhaltlich im besten Falle fragwürdig sind. Nachdem der Film die Schrecken der maschinellen Unterjochung in aller Ausführlichkeit zelebriert hat, reicht ein Handschlag zwischen Arbeiterführer und Industriekapitän – ermöglicht durch einen gottgesandten Mittler –, um die Utopie herbeizuführen. Darüber, wie diese dann aussehen wird, schweigt sich der Film freilich aus.

Noch einen Tick abstruser – wenn auch weit weniger ernsthaft – präsentiert sich das Ende von René Clairs *A nous la liberté* (1931): Auch hier wird zuerst vorgeführt, wie die Arbeiter am Fließband entmenschlicht werden, dass die Fabrik im Grunde ein Gefängnis ist. Doch diese anklagenden Szenen, die Charles Chaplin als Vorbild für *Modern Times* (1936) dienten, hindern den Film nicht daran, zum Schluss einen regelrechten Salto mortale zu schlagen und das Hohelied der Automatisierung zu singen: Denn die neuste Fabrik, die am Ende *A nous la liberté* eingeweiht und gleich den Arbeitern übergeben wird, ist vollautomatisch und kommt ganz ohne menschliches Zutun aus. Die Arbeiter dürfen sich dem Müßiggang hingeben, kegeln im Fabrikhof, angeln und tanzen, derweil der ehemalige Fabrikdirektor, der mittlerweile Pleite gegangen ist, als Landstreicher die Welt entdeckt. Clair hebelt in seinem Film den ewigen Konflikt zwischen Freiheit und Sicherheit einfach aus,

In René Clairs Zukunftsvision passiert alles am Fließband.

indem er behauptet, dass es ihn gar nicht gibt: Seine Utopie führt auch zu Freiheit – leider ist sie nicht sehr plausibel.

Sind paradiesische Zustände schon vor dem Happy End erreicht, erweisen sie sich meist als trügerisch; was auf den ersten Blick wie eine Utopie aussieht, entpuppt sich im Film oft als besonders schrecklich: So trifft der Zeitreisende in der H.-G.-Wells-Verfilmung *The Time Machine* (1960) in der fernen Zukunft auf die Elois; ein Volk ätherischer Kindwesen, die sich in einem eigentlichen Arkadien dem Müßiggang hingegeben. Freilich hat auch diese Idylle ihre Kehrseite: Die Elois sind degenerierte, passive Geschöpfe, denen jeglicher Überlebenswillen, aber auch jegliches Mitgefühl abhanden gekommen ist. Unberührt sehen sie zu, wie eine der ihren beinahe im Fluss ertrinkt, und sie wehren sich auch nicht gegen die finsteren Morlocks, die nachts aus dem Untergrund hervorsteigen, um die Elois als Schlachtvieh abzuschleppen. Zu viel Müßiggang scheint auf die Dauer auch nicht gesund. Wells' zweigeteilte Menschheit ist ein zynischer Abgesang auf die englische Klassengesellschaft – in *The Time Machine* haben sich Oberschicht und Arbeiterklasse so weit auseinandergelebt, dass sie sich zu separaten Spezies entwickelt haben.

Trügerisch ist auch die Idylle in *Pleasantville* (1988), einem Film, den wahrscheinlich nur wenige spontan als Dystopie bezeichnen würden, der sich aber selbst bewusst in diese Tradition einreiht. In dem Film finden sich zwei Teenager unversehens in der Fünfzigerjahre-Fernsehkomödie *Pleasantville* wieder. Raffiniert bereits der Name: *Pleasantville* – der angenehme Ort – heißt fast genauso wie Thomas Morus' Insel Utopia, entpuppt sich bei genauerer Betrachtung aber als weder schön noch angenehm. Unter der makellosen Oberfläche samt adretten Mädchen mit Petticoats und braven Knaben mit Brillantine im Haar kommt eine Spießbürgerwelt zum Vorschein, die Andersartige brutal ausgrenzt. Visuell wird dies brillant umgesetzt: In der schwarz-weißen Welt der Fernsehserie zeigt sich Individualität in der Form bunter Farbtupfer.

Auch ein vermeintliches Inselparadies kann zur Hölle auf Erden werden, so etwa in dem mittlerweile zweimal verfilmten *Lord of the Flies* (1963/1990): Eine Schulklasse strandet auf einer Insel und errichtet ihre eigene Gesellschaftsordnung. Im Grunde wären die Voraussetzungen für ein Utopia ideal: Adrette und kultivierte Bur-

In William Goldings dystopischer Robinsonade The Lord of the Flies *wird das Monster zum äußeren Symbol der inneren Verderbtheit des Menschen.*

schen, eine idyllische Südseeszenerie – *Lord of the Flies* beginnt dort, wo die Flucht des Dystopie-Rebellen normalerweise endet. Die Perfidie von William Goldings Vorlage liegt freilich gerade darin, dass weder Erziehung noch Schönheit Schutz vor der Barbarei bieten. Innerhalb kürzester Zeit haben die süßen Knaben ein brutales Schreckensregime errichtet.

Vom Nutzen und Nachteil der Dystopie

Die Frage, wofür ein literarisches oder filmisches Werk »gut sein soll«, welchen »Nutzen« es hat, widerstrebt mir im Grunde zutiefst, doch im Falle der Utopie scheint sie mir durch ihren hybriden Charakter berechtigt. Die Utopie will ja gar nicht »reine« Literatur sein, sie hat immer auch einen Anspruch, der über das rein Literarische hinausgeht. Worin dieser Anspruch oder Nutzen konkret liegt, ist durchaus umstritten. Wie schon im Zusammenhang mit *Utopia* erwähnt, sind die wenigsten Utopien tatsächlich als Blaupausen einer besseren Welt gedacht, die eins zu eins umzusetzen sind. Was für Morus gilt, gilt auch für viele seiner Nachfolger: Indem die Utopie eine Alternative zur aktuellen Realität entwirft, hinterfragt sie diese immer auch kritisch. Der »Wert« der Utopie liegt im Vergleich mit der Gegenwart des Lesers, sie bietet die Möglichkeit, jenseits des Status quo zu denken.

Kehren wir noch einmal zur Frage zurück, ob dies nicht auch für den Film möglich sein könnte; ist die Utopie tatsächlich im Film nicht zu realisieren? Dass dies im Rahmen eines herkömmlichen Spielfilms nur schwer machbar ist, dürfte klar sein, doch wären meiner Ansicht nach durchaus andere Möglichkeiten denkbar. Der hybride Charakter, der die literarische Utopie seit jeher auszeichnet, ist im Spielfilm nicht umsetzbar, wohl aber im Dokumentarfilm. So genannte *Mockumentaries*, also fingierte Dokumentarfilme, die von Ereignissen berichten, die so niemals stattgefunden haben, erleben seit einigen Jahren einen regelrechten Boom.[9]

Stellen wir uns vor, wie so ein Film aussehen könnte: Aufnahmen einer technisch fortschrittlichen, durchorganisierten Stadt, Archivmaterial, das die Entstehung der Utopie zeigt, und dazwischen Interviews mit Bewohnern der utopischen Stadt. Intelligent gemacht und mit dem nötigen Budget ausgestattet, könnte ein derartiger Film alle Funktionen der literarischen Utopie erfüllen. Er könnte einerseits eine glaubhafte Alternative entwerfen, andererseits viel Raum für kritische Vergleiche mit der außerfilmischen Gegenwart bieten. Meines Wissens gibt es einen derartigen Film noch nicht, aber das Medium Film ist ja auch noch jung – vielleicht ist eine entsprechende utopische Dokumentation ja bereits in der Vorbereitung.[10]

Was ist denn nun aber die Funktion der Dystopie, die sich im Film ja offensichtlich wohl fühlt? Soll sie zeigen, dass es uns eigentlich ganz gut geht, gemessen an dem, was noch kommen könnte? Natürlich nicht. Funktioniert die Utopie meist als Gegenbild der gegenwärtigen Gesellschaft, extrapoliert die Dystopie auf der Basis des Bestehenden. Somit weisen zwar beide Gattungen einen gesellschaftskritischen Impetus auf, doch während die Utopie wenigstens versucht, die Vision einer besseren Welt zu entwerfen, ergeht sich die Dystopie allzu oft in kulturkonservativem Wehklagen und streicht heraus, was bereits heute alles falsch läuft. Dystopien sind eigentliche Warnzeichen, die die Menschen zur Umkehr bewegen sollen: Noch ist das schlimmste Übel abwendbar, noch ist Umkehr möglich. Kein Film bringt das besser zum Ausdruck als Jean-Luc Godards *Alphaville – Une étrange aventure de Lemmy Caution* (1965), der zwar in der Zukunft auf einem fremden Planeten spielt, aber dennoch komplett in Paris gedreht wurde ohne irgendwelche Kulissen oder futuristischen Requisiten. Die fiktive Zukunftsstadt Alphaville, in der ebenfalls die Liebe verboten wurde, setzt sich ausschließlich aus Aufnahmen – anonyme Betonbauten, Stadtautobahnen – des zeitgenössischen Paris zusammen. »Die dehumanisierte Zukunft ist schon da«, lautet unmissverständlich die Botschaft dieses Films, die aber wie so oft bei Godard ständig unterlaufen und gebrochen wird.

Die Dystopie gibt sich kritisch, und oft fallen im Zusammenhang mit Büchern wie »Brave New World« oder »Nineteen Eighty-Four« Floskeln wie »prophetisch« oder »visionäre Warnungen«. Tatsächlich ist die Dystopie in aller Regel aber weniger prophetisch als vielmehr rückwärtsgewandt; unterschwellig hält sie die Vergangenheit hoch, ihre Parole ist ein beherztes »Zurück zu ...«. Darin zeigt sich die Gattung von ihrer konservativen oder zumindest zutiefst nostalgischen Seite: Irgendwann, in einem unbestimmten Früher, war alles besser, und Rebellentum sowie Unangepasstheit drückt sich deshalb oft in der Liebe für »alte Dinge« wie Schallplatten, Bücher, Musik und Gemälde aus. Die Rebellen in *Equilibrium* besitzen ganze Trödelläden, geheime Verstecke, vollgestopft mit schönen Gegenständen, die an bessere Zeiten erinnern. Die Rebellion, die Teil jeder Dystopie ist, ist somit oft eine Rückkehr zu den »guten alten Werten« wie eben Platten, Familie, Liebe.

Erschöpft sich das kritische Potenzial der Dystopie somit in der konservativen Haltung, dass früher alles besser war? Wenn wir ehrlich sind, ist das tatsächliche kritische Potenzial der meisten filmischen Dystopien doch eher bescheiden. Wovor soll uns eine Welt, in der keine Kinder mehr geboren werden, wie in *Children of Men* (2006), denn warnen? Und was genau kritisiert George Lucas in seinem Erstling *THX 1138*? Geht es hier nicht vor allem darum, einen Grund für eindrückliche Bilder zu finden? Man verstehe mich nicht falsch, ich halte gerade diese beiden Filme – jeden auf seine Art –

In Kubricks A Clockwork Orange *wird Beethoven zum Soundtrack exzessiver Gewalt.*

für hervorragend, aber ich bezweifle, dass sie wirklich einen kritischen Stachel haben, dass sie uns etwas über unsere Welt erzählen können, das andere Filme nicht können. Ganz zu schweigen von Filmen, in denen die Rebellion gegen ein totalitäres Regime nur als Staffage dient.

Kritischen Wert hat die Dystopie vor allem dann, wenn sie sich mit sich selber beschäftigt, wenn etwa wie in »Nineteen Eighty-Four« die Dystopie tatsächlich zur Anti-Utopie – also zur Kritik am utopischen Konzept an sich – wird. Hier wird die Spannung, die beide Gattungen definiert, offen gelegt, hier wird das grundsätzlich Fragwürdige des utopischen Gedankens radikal seziert.

Wenn »Nineteen Eighty-Four« die eigentliche Anti-Utopie ist, dann ist *A Clockwork Orange* (1971) eine Anti-Dystopie. Denn Stanley Kubricks Film verweigert sich – und hierin unterscheidet er sich auch von Anthony Burgess' Vorlage – jeglichem wertkonservativem Blick zurück. Die Zukunft mag schrecklich werden, doch die Vergangenheit bietet auch keine Rettung. *A Clockwork Orange* stellt die übliche Hierarchie komplett auf den Kopf: Die vitalste Figur ist ausgerechnet der Schläger Alex, der aller Gewalttätigkeit zum Trotz viel Sinn fürs Schöne besitzt, der Musik liebt und weniger kunstinteressierte Kameraden für ihr Banausentum tadelt. *A Clockwork Orange* versagt sich dem gängigen Muster nicht nur, es führt es regelrecht vor. Der Film glaubt nicht an die zivilisierende Kraft der schönen Künste, und dem Verlangen nach einer heilen Vergangenheit, das so viele Dystopien auszeichnet, erteilt er eine radikale Absage. Musik, Kunst und Literatur haben noch nie jemanden daran gehindert, Unmenschliches zu begehen – schon gar nicht utopische Kunst. Mag der Chor in Beethovens Neunter davon singen, dass alle Menschen Brüder werden, Alex interessiert das nicht. Beethovens Symphonie, Höhepunkt bürgerlicher Kultur, Inbegriff all dessen, was der westlichen Kultur heilig ist, und gewissermaßen eine musikalische Utopie, dient diesem dystopischen Anti-Helden nur noch als Aufputschmittel und Masturbationsvorlage.

ANMERKUNGEN

1. An dieser Stelle sei den Mitgliedern des Scifiboards, allen voran Jorge, für ihre Hinweise auf mir noch unbekannte Filme gedankt.
2. Siehe dazu Roemer, Kenneth M.: Utopian Audiences. How Readers Locate Nowhere. Amherst 2003.
3. Seibt, Ferdinand: Utopica. Zukunftsvisionen aus der Vergangenheit. München 2001, S. 251.
4. Zirnstein, Chloë: Zwischen Fakt und Fiktion. Die politische Utopie im Film. München 2006, S. 52.
5. Auch dies ist ein Thema, das die Literatur oft behandelt hat, man denke etwa an Arthur Koestlers »The Gladiators« (1939) oder an George Orwells »Animal Farm« (1945), die beide vom Versuch erzählen, eine sozialistische Gesellschaft aufzubauen. Allerdings sind die Versuche in beiden Fällen glücklos, und das sozialistische Experiment scheitert an den unzulänglichen Menschen und an äußeren Umständen. Der erfolglose Versuch, die Chronik eines Scheiterns, ist literarisch nun einmal ergiebiger als eine Welt, in der nur eitel Freude herrscht.
6. Vgl. Zirnstein, Chloë: Zwischen Fakt und Fiktion. Die politische Utopie im Film. München 2006.
7. Siehe dazu auch Spiegel, Simon: Die Konstitution des Wunderbaren. Zu einer Poetik des Science-Fiction-Films. Marburg 2007, vor allem Seiten 64–69.
8. Chloë Zirnstein, die ihre Dissertation zur politischen Utopie im Film geschrieben hat, kommt zu einem ähnlichen Befund. Auch für sie ist *Witness* das einzige Beispiel einer positiven politischen Utopie im Film.
9. Bekannte Beispiele für »Mockumentaries« sind *This Is Spinal Tab* (1984), ein Film über die Tournee einer fiktiven Rockband, *Forgotten Silver* (1995) über den »vergessenen« neuseeländischen Filmpionier Colin McKenzie und *Opération lune* (2002), der »aufdeckt«, dass die Aufnahmen der ersten Mondmission von Stanley Kubrick in einem englischen Filmstudio gedreht wurden.
10. Siehe auch Zirnstein (2006), S. 164.

Copyright © 2008 by Simon Spiegel

Als die Utopie boomte

Reisen in Raum und Zeit –
die französischen Voyages imaginaires

von Karlheinz Steinmüller

> »Eine Weltkarte, auf der Utopia nicht verzeichnet ist,
> ist noch nicht einmal eines flüchtigen Blickes wert, denn
> auf ihr fehlt das einzige Land, wo die Menschheit immer
> landet. Und wenn die Menschheit dort landet, hält sie
> Ausschau, und wenn sie ein besseres Land sieht, setzt sie
> die Segel. Der Fortschritt ist die Verwirklichung von
> Utopien.«
>
> Oscar Wilde

Ein fliegender Mensch erkundet die Welt der Antipoden. Ausgestattet mit Flügeln nach Vogelart und anderen ingeniösen Erfindungen streift Victorin von Insel zu Insel, besieht sich Patagonien von oben, findet Bärenmenschen und Elefantenmenschen, Froschmenschen und Ziegenmenschen. Schließlich gelangt er nach Mégapatagonien, einem Land, das sich in genauer Gegenposition zu Frankreich befindet, dessen Hauptstadt Sirap heißt und wo sich Utopie Eipotu schreibt.

Der französische Dädalus

Nicolas-Edme Restif (oder auch Rétif) de La Bretonne (1734–1806), der Autor der utopischen Reisebeschreibung »Ein fliegender Mensch entdeckt die Australischen Inseln«, führte ein überaus bewegtes Leben und schrieb etwa zweihundert Bücher, meist Bekenntnis- und Sittenromane, in denen er eigene erotische Abenteuer literarisch umsetzte. Daneben gilt er als ein Vorläufer der heutigen Graffiti-Künstler, wiewohl außer in Buchform keine seiner »Inschriften«

Victorin, der französische Dädalus

Besuch bei den Schafsmenschen

überliefert ist. Und nicht zuletzt: Restif war ein Träumer von Kindesbeinen an und ein überschwenglicher Utopist.

Es genügt ihm nicht, dass sein Held Victorin die Geliebte in die Lüfte entführt und mit ihr auf dem Gipfel des »Unbesteigbaren Berges« ein kleines Eden, oder sagen wir besser: eine utopische Berg-Kommune gründet. Victorin muss hinaus in südliche Gefilde, wo alles ganz anders und doch irgendwie ähnlich ist und Tiermenschen naturverwurzelt und geschichtslos leben und lieben, um dort auf einer Insel ein eigenes Königreich aufzubauen. Dann folgen luftige und bodennahe Abenteuer zuhauf, ein Besuch bei den weisen Mégapatagoniern, und zum Schluss firmiert Victorin sein Königreich zu einer utopischen Vielinsel-Republik mit buntscheckiger tiermenschlicher Bevölkerung um und gibt ihm eine neue Verfassung: Gemeineigentum (aber jeder darf in seinem Häuschen wohnen bleiben), Abschaffung aller Standesunterschiede, gleiche Bildung für alle, Verbot des Müßiggangs, Sechsstunden-Arbeitstag, gleiche Kleidung – es sei denn, den Frauen stünde der Sinn nach etwas Hübscherem. Eine krause, frühsozialistische Utopie mit manchen Marotten, auch den typischen Reglementierungen, aber doch mit viel naivem Charme.

Der »französische Dädalus«, so der Untertitel, wurde 1781 verlegt, ganze acht Jahre vor der Revolution, die das Buch nebenbei vorwegnimmt. Es erschien in Leipzig auf Französisch. Die Zensur zwang Restif wie viele andere, den Roman im nahen Ausland zu publizieren. Oft genug steht auf dem Titelblatt solcher Werke statt Leipzig, London, Amsterdam oder Genf ein hübsch erfundener Fantasie-Ort. Mindestens 83 Erstausgaben von Utopien erschienen im Jahrhundert der Aufklärung und Libertinage allein in Frankreich beziehungsweise hinter den Grenzen, zwei Drittel davon entfallen auf die zweite Jahrhunderthälfte[1] Nicht gezählt sind dabei kleinere utopische Arabesken in Erzählungen und Essays, Romanen und Theaterstücken. In ihnen allen spiegeln sich die Konflikte zwischen Absolutismus und aufstrebendem drittem Stand, zwischen staatstragendem Pfaffentum und Denk- und Glaubensfreiheit, zwischen Fortschrittshoffnungen und Zivilisationsflucht wider. Frankreich erlebte sein utopisches Zeitalter.

Nach Utopia, mit und ohne Schiffbruch

Das utopische Genre brachte es in seiner Hochzeit auf eine erstaunliche Breite und Vielfalt. Manche Passagen, die damals viel Sprengstoff in sich bargen, wirken auf den heutigen Leser skurril oder schlicht langweilig, besonders die ausführlichen Schilderungen von Gesetzen und öffentlichen Einrichtungen. Viele Anspielungen erschließen sich heute nur noch dem Spezialisten. Und dennoch wäre manches Werk es wert, aus der Vergessenheit gehoben zu werden.²

Restif de La Bretonne konnte also an Gängiges anknüpfen: an die seit Morus und Campanella wohletablierte Tradition der Staatsromane, aber auch an Lügenmärchen vom Schlaraffenland und an Harlekinaden und vor allem an echte sowie erfundene Reiseberichte – wobei die Trennlinie zwischen Fakt und Fiktion mitunter nicht ganz einfach zu ziehen ist.

Wie die Utopie stammt die Robinsonade vom mittelalterlichen phantastischen Reiseroman ab, dessen Wurzeln bis in die Antike zurückgehen. Während die Utopie eine ideale Gesellschaft vorführt, zeigt die Robinsonade quasi als Gegenstück, welche positiven Kräfte im Individuum stecken, so es nur von den Zwängen der absolutistischen Gesellschaft befreit ist. Der Weg nach Utopia beginnt also mit einem Schiffbruch – oder eben wie bei Restif mit Dädalus-Flügeln.

Je nachdem, welche Erdteile gerade erkundet oder wo noch jungfräuliche Länder vermutet wurden, und auch je nach persönlicher Vorliebe suchten die Autoren geeignete Plätze für ihre imaginären Reiche: vor den Küsten oder tief im Inneren Amerikas, auf dem geheimnisvollen, noch unentdeckten Südkontinent, irgendwo zwischen China und Japan, auf Inseln fernab der Handelsrouten. Seit Louis-Antoine de Bougainville und James Cook die Südsee bereist hatten (1766–1769 beziehungsweise 1768–1771), lag Utopia an den Gestaden des Pazifiks.

Recht früh wichen sie auch in den Weltraum aus. Cyrano de Bergerac schickte seinen Helden zu den Mondstaaten und in die Sonnenreiche, wo die Bücher sprechen und Städte blasebalggetrieben über das Land rollen. Beim Chevalier de Béthune geht die Reise gleich bis zum Merkur; selbst Voltaire bemüht in »Micromégas« Jupiter- und Saturnbewohner. Tiphaigne de La Roche verlegt sein Wunderland Giphantia dagegen weit ins Innere von Guinea. Es ist der letzte noch jungfräulich-unberührte und der fruchtbarste Landstrich der Erde, von woher alle Keime kommen – die für die Pflanzen und die für die menschlichen Gedanken.

Die Sevaramben: Rational und glücklich

Wo bei einigen Autoren von imaginären Reisen die Phantasie wilde Blüten treibt oder beißende Satire auf herrschende Zustände im Vordergrund steht, bemühen sich andere, ideale Staatsgebäude jenseits der absolutistischen Monarchie zu entwerfen. In Frankreich atmen diese Entwürfe fast durchweg den rationalen Geist Descartes' – aber auch die totalitäre Enge von Campanellas Sonnenstaat wird oft genug spürbar.

Einer der frühsten französischen Nachfolger von Morus, Campanella und Bacon ist Denis Veiras (ca. 1638–1683). Veiras, ein Hugenotte, studierte Recht, diente eine Zeit lang in der Armee Louis XIV., wanderte aber, rechtzeitig bevor Louis XIV. die religiösen Freiheiten der Hugenotten stark einschränkte, um 1665 nach London aus. Dort erschien 1675 seine Utopie »Die Geschichte der Sevaramben« zuerst auf Englisch, zwischen 1677 und 1679 folgte in drei Teilen die französische Ausgabe. Veiras war mit dem Philosophen John Locke befreundet und strebte Reformen in dessen Sinne an. Die fiktive Reisebeschreibung wurde eine der einflussreichsten Utopien seiner Zeit und wirkte durchaus stilbildend.

Auch bei Veiras beginnt der Roman mit einem Schiffbruch. Die *Guldene Drach*, ein holländisches Schiff, scheitert an der Küste der *Terrae australes incognitae*, des noch unerforschten australischen Kontinents. Namen und Daten, nautische und historische Fakten werden präzis und sachlich geschildert, Veiras schreckte nicht einmal davor zurück, lebende Zeitgenossen als mögliche Gewährsleute zu erwähnen, auch der Schiffbruch ist einer realen Katastrophe nachempfunden. Veiras grenzt sich sogar explizit von Plato, Morus und Bacon ab: Sein Bericht sei von anderer Art, eben kein bloßes utopisches Hirngespinst.

Was aber die Schiffbrüchigen auf dem »dritten Weltteil Australien« erleben, ist durchweg utopisch. Die Überlebenden treffen bald auf die Eingeborenen, die – wie sich sofort herausstellt – überaus gebildete Menschen sind, das Englische und das Holländische beherrschen und in beeindruckenden Städten wohnen. Die Sevaramben, wie Veiras die Einwohner seines Idealstaates nennt, sind fähige Techniker und hervorragende Organisatoren. Sie verfügen über ein repräsentatives Wahlsystem und eine Justiz mit mehreren

1701 erschien auch eine holländische Übersetzung von Veiras' »History of the Sevarambes«.

Instanzen. Wie viele Utopisten treibt Veiras die Perfektion etwas zu weit. Sichtbar wird dies wie bei Campanella an der Architektur: Die sevarambische Hauptstadt Sporonde ist quadratisch angelegt und besteht aus einheitlichen, quadratischen »Osmasien«, Gebäuden mit großem Innenhof, die auch als wirtschaftliche und soziale Einheiten fungieren – ganz so wie fast anderthalb Jahrhunderte später Charles Fouriers Phlanastères. Davon einmal abgesehen, dürfen in ihr nur schöne und gesunde Bürger leben.

Der fiktive Erzähler, der Kapitän der *Guldenen Drach*, bewahrt im Allgemeinen eine kritische Distanz und gibt sich, gerade wenn die Vernunftreligion der Sevaramben zur Sprache kommt, als guter Katholik – was die Glaubwürdigkeit erhöht. Was er jedoch über die Geschichte der Sevaramben zu berichten weiß, belegt die aufklärerische Zielrichtung und ist eine nur zu deutliche Kritik an den

Zuständen Europas. Wie die Franzosen zu Veiras' Zeiten (und nicht nur diese) haben die Sevaramben früher Glaubenskriege geführt, auch bei ihnen wurde Religion im Dienste der Macht missbraucht, doch sie haben diesen Zustand schließlich überwunden, nicht zuletzt dank der sinnvollen Gesetze, die ihr Staatsgründer Sevarias erlassen hat. Und so kommt der holländische Kapitän nicht umhin, ein positives Fazit zu ziehen:

> »Und endlich wann man die Glückseligkeit dieses Volkes wohl betrachtet / so wird man befinden / dass dieselbe so vollkommen ist / als sie es in der Welt seyn kann und das alle anderen Nationen gegen sie zu rechnen vor Elend zu halten sind.«[3]

Im weisen Staatsgründer hat sich Denis Veiras übrigens selbst ein Denkmal gesetzt. Sevarias ist ein Anagramm zur längeren Namensform Veirasse.

Eine ideale Sprache für ideale Menschen

Eine ideale Gesellschaft braucht eine ideale Sprache. Bereits im Mittelalter hatte man über die »vollkommene« Sprache debattiert, die die Dinge bei ihrem wahren Namen benennen, die Klarheit des Denkens verbessern und die Menschen einen sollte. Im Grunde hoffte man auf ein Zurück: Zurück zur Ursprache vor dem Sündenfall! Die babylonische Sprachverwirrung sollte ungeschehen gemacht werden, die einzig wahre Sprache wieder gefunden werden, diejenige, in der Gott zu Adam gesprochen hatte. Also versuchten manche kabbalistische Gelehrte, in die Geheimnisse des Hebräischen als göttlicher und heiliger Sprache einzudringen. Und sie verfolgten dabei ein durchaus utopisches Ziel: Wenn adamitische Sprache und Struktur der Welt einander entsprechen, dann sollte es möglich sein, mit den hebräischen Wörtern auf die Dinge einzuwirken und den Lauf der Ereignisse zu beeinflussen ...

Das Sevarambische des Denis Veiras dagegen steht in einer anderen Traditionslinie, in der der Humanisten und Aufklärer. Deren ideale Sprache sollte die Kommunikation unter den Menschen verbessern. Die Prinzipien dieser perfekten Sprache sind schnell formuliert: Einfachheit, Eindeutigkeit, Klarheit, Zusammenfallen von gesprochenem und geschriebenem Wort, leichte Aussprache – und zu guter Letzt auch Wohlklang. Vor Veiras hatte sich Francis Bacon Gedanken über eine universelle Begriffszeichenschrift gemacht, Descartes hatte mit Mersenne Briefe über die Frage gewechselt, ob nicht die ideale Sprache ein perfektes philosophisches Kategoriensystem voraussetze und damit unerreichbar sei.

Die von Veiras erfundene Mustersprache zeichnet sich durch wohlklingende Phoneme, eine vielfältige Morphologie und zugleich analytische Klarheit aus, und wie alle Plansprachler bis hin zu Johann Martin Schleyer (Volapük) und Ludwig Zamenhof (Esperanto) merzt Veiras jegliche Unregelmäßigkeit aus. Deklination und Konjugation sind einheitlich konstruiert, die Konjugation ist stark vereinfacht, Verbalaspekte werden durch Adverbien wiedergegeben. Hier ist Veiras ganz Rationalist: Die wild gewachsenen Muttersprachen sind für jeden, der das Systematische liebt, einfach ein Gräuel und müssen gründlich reformiert werden! Außerdem wird Sevarambisch auf chinesische Weise von oben nach unten geschrieben.

Zwei Jahre vor Veiras hatte bereits ein anderer französischer Utopien-Autor, Gabriel de Foigny, eine ähnliche Idealsprache entwickelt, die allerdings nur aus einsilbigen Wörtern besteht. Auch ein Nachahmer stellte sich bald ein. Im Jahr 1704 veröffentlichte ein Mr. Georges Psalmanaazaar in London eine »Beschreibung der Insel Formosa in Asien«, also des heutigen Taiwan, die eine ausführliche Darstellung des dort gesprochenen Idioms enthielt – samt einer Wiedergabe des Vaterunser. Die etwas pedantische Beschreibung, die sich wie andere geographische Werke hervorragend verkaufte, war von vorn bis hinten erfunden.

Wer sich hinter dem Pseudonym verbirgt, wurde nie aufgeklärt. Sicher ist nur, dass es sich um einen provençalischen Edelmann handelt, der als Hugenotte nach London geflohen war, und sich als Mr. Psalmanaazaar von Formosa ausgab. Da die Engländer Letzteres bezweifelten, sah er sich gezwungen, seine angebliche Heimatinsel zu beschreiben. Später bekannte er sich in seinen Memoiren zu der Fälschung, doch ohne seinen wirklichen Namen und Geburtsort zu verraten.

Andere Autoren haben Veiras' linguistischen Rationalismus auf die Spitze getrieben. So kommt Tyssot de Patot in der Sprachutopie

»Die Reisen und Abenteuer des Jacques Massé« (1710) mit sieben Vokalen und dreizehn Konsonanten und einer auf das Notwendigste reduzierten Syntax aus, und de Listonais' »reisender Philosoph« (1761) ereifert sich ausführlich gegen umgangssprachliche Wendungen. Zweideutigkeiten und Anspielungen, Metaphorik, Umschreibungen und Schnörkel, blumige Ausdrücke – das alles passt nicht in eine nach Vernunftprinzipien konstruierte Sprache. Dass damit auch der Poesie und dem Sprachwitz der Boden entzogen würde, fällt den utopischen Idealsprachlern nicht auf. Wahrscheinlich ist es der spezifisch cartesischen Schule des Rationalismus geschuldet, dass gerade bei den französischen Utopisten die sprachliche *Clarté* so hoch geschätzt und bis ins absurde Detail getrieben wird. Wie dem auch sei, in der Endkonsequenz landet man bei Orwells »Newspeak«, der Sprache, in der Gedanken, die nicht gedacht werden sollen, gar nicht erst formuliert werden können.

Wenn die Sprache ein wenig verlässliches Kommunikationsmittel und trügerisches Manipulationsinstrument ist, sollten höhere Wesen auf sie verzichten können. In einer utopischen Erzählung von Mirabeau, der in Revolutionszeiten Präsident der Nationalversammlung wurde, verständigen sich die Bewohner des Saturnringes daher ganz ohne (Laut-)Sprache: »Das Gedächtnis der Saturnleute war unverlöschlich. Sie unterstützten sich ohne Worte und Zeichen. Wie viele Tiere waren sie wegen der fehlenden Sprache der Lüge und dem Irrtum verschlossen.«[4]

Sex nach strikten Regeln

Utopisten waren schon immer große Heiratsvermittler: Wer passt am besten zu wem? Für die meisten Autoren ist diese Frage einfach zu wichtig, um sie den Einwohnern Utopiens zu überlassen, die die Liebe oft genug erst blind und dann rasend, in fast jedem Falle aber unglücklich macht. Schließlich ist das dauerhafte Wohlbefinden aller Menschen utopische Staatsraison. Eifersucht und Lüsternheit haben keinen Platz in einem idealen Gemeinwesen. Und alle Ehen halten dort zeitlebens!

In Campanellas Sonnenstadt werden Männlein und Weiblein nach eugenischen und astrologischen Gesichtspunkten miteinander verkuppelt. Auch bei Veiras greift der sevarambische Staat regelnd in die Beziehungen der Geschlechter ein. Aber immerhin kann sich jeder Mann im Rahmen spezieller Riten eine Frau aussuchen. In den ersten Ehejahren darf er ihr allerdings nur jede dritte Nacht beiwohnen. Warum, verrät Veiras nicht. Übrigbleibende Frauen werden den Staatsbeamten zugeteilt, die aufgrund ihrer Verdienste polygam leben dürfen. Untreue aber wird schwer bestraft. Ebenfalls recht schlimm ergeht es Ehebrechern auf Pierre de Lesconvals Insel Naudely (1703). Sie müssen bis ans Ende ihrer Tage hohe spitze Hüte tragen, die sie zum Gespött der Menge machen.

Extrem engherzige Vorstellungen von ehelicher Treue und detailversessene Schilderungen einer extrem freizügigen Gesellschaft treffen bei den Utopisten aufeinander. »Die Pole liegen zwischen brutaler Vielweiberei, völliger Gleichberechtigung der Geschlechter und der reinen Gynäkokratie«, bemerkt Werner Krauss in seinem Überblick.[5] Dem libertinären 18. Jahrhundert entsprechend ist der Erfindungsreichtum der Autoren in erotischen Beziehungen und Fortpflanzungsfragen beträchtlich, und Überschneidungen von Utopie und Pornographie gibt es nicht nur bei Restif de la Bretonne. Manche Textstelle wurde sogar bis ins 20. Jahrhundert hinein unterdrückt. »Ad usum delphini« lautete unter den Sonnenkönigen der Fachbegriff dafür: »Zum Gebrauch des Thronfolgers« wurden die Stellen getilgt, die dessen Fantasie hätten verderben können. Denis Diderots Erzählung »Die Geschwätzigen Kleinodien« (1748), speziell das 18. Kapitel, ist ein gutes Beispiel. In diesem Kapitel berichtet ein Reisender von einer Insel, wo man eine besondere Verwendung für Thermometer gefunden hat. Diese sogenannten Heiligen Thermometer haben die Form der weiblichen und männlichen »Kleinodien« – der Geschlechtsorgane –, und sie gibt es in allen Größen. Mit ihnen wird in einer religiösen Zeremonie auf objektiver Basis sozusagen durch Anprobe festgestellt, ob die beiden potenziellen Partner beziehungsweise ihre »Kleinodien« auch zueinander passen. Die Priester geben nur dann ihre Zustimmung zu einer Heirat, wenn außerdem die beiden Thermometer dieselbe Temperatur anzeigen. Das mag ja, resümiert einer von Voltaires Erzählern, genauso gelogen sein wie die anderen Reiseberichte, aber es ist wenigstens amüsant.

Die Femmes militaires *bei de Saint-Jory*

Lange vor Diderot hatte schon Gabriel de Foigny (ca. 1630–1692) eine völlig neuartige Lösung der uralten Geschlechterfrage vorgeschlagen. In den »Abenteuern des Jacques Sadeur« (1676) bereist der Titelheld die noch unbekannten australischen Gestade und findet dort eine Insel, die von Hermaphroditen bevölkert ist. Diese androgynen Menschen lassen sich durch *la Raison* – die Vernunft – leiten und haben etwa 5000 Erfindungen hervorgebracht. Zugleich sind sie sanfte und friedliebende Geschöpfe, die in ihrer Nacktheit im doppelten Sinne des Wortes völlig unschuldig sind und keinen Hass kennen außer den auf die männlichen und weiblichen Normalmenschen, die sie für nur halbe Menschen, für veritable Monster halten, zumal wenn sie sich auf kolonialen Eroberungszug begeben. Babys, die zufällig nicht androgyn zur Welt kommen, werden sofort umgebracht. Die Hermaphroditen akzeptieren Jacques Sadeur als einen der ihren, da er – welch glücklicher Zufall – ebenfalls ein Zwitter ist. Letztlich gerät er jedoch mit ihnen in Konflikt und muss fliehen.

Auch Foignys Utopie, in der man alchemistische Momente[6] entdecken kann, wurde ein Opfer der Zensur. Sie wurde zuerst von der Geistlichkeit verboten, dann verstümmelt herausgebracht und später in dieser kastrierten Form nachgedruckt. Erst 1922 erschien eine vollständig Ausgabe.

Gleichberechtigung ist in diesen frühen Utopien eher eine Seltenheit. Schlimmer noch: In manchen Utopien, die kommunistische Züge tragen, also die Abschaffung des Privatbesitzes propagieren, erstreckt sich der Gemeinbesitz auf die Frauen.[7] Aber es gibt auch Ausnahmen, beispielsweise bei Louis Rustaing de Saint-Jory († 1752). In dessen Bericht über die fiktive Insel Manghalour (1735) staunen die Entdecker nicht schlecht, als sie dort auf eine französischsprachige utopische Gemeinschaft stoßen. Sie erfahren, dass im weit zurückliegenden Jahr 1198 ein französisches (!) Schiff hier in Seenot geraten sei. Die Schiffbrüchigen, zu denen auch einige Frauen gehörten, siedelten sich auf der Insel an, heirateten, zeugten Kinder, kämpften gegen die Eingeborenen. Da sie so wenige waren, musste auch das vermeintlich schwache Geschlecht zur Waffe greifen. Im Verlaufe der Jahrhunderte besetzen die *Femmes militaires* dann mehr und mehr öffentliche Posten und erringen schließlich die Gleichberechtigung.

Antiutopische Reaktionen

Utopische Provokationen erzeugen Gegenreaktionen. Und Angriffspunkte für ihre Gegner lieferten die Autoren von imaginären Reisen und Staatsentwürfen mehr als genug. Beispielsweise indem sie die feudal-absolutistische Herrschaft in Frage stellten, die katholische Kirche angriffen, freimütig und freisinnig über Gott und Glauben debattierten, Missstände jeglicher Art aus utopischer Perspektive kritisierten. Auch mit ihren Idealvorstellungen von Heirat und Ehe, ihren fast pornographischen Phantasien, ihren kleineren und größeren Verrücktheiten und ihren oft bizarren sexuellen Reglementierungen platzten die Autoren mitten hinein in ein Spannungsfeld des 18. Jahrhunderts: das von sexueller Freizügigkeit und gottgegebener Moral. Doch just auf dem Gebiet der Geschlechterbeziehungen waren die Frontlinien nicht so klar. Während der Versailler Hof und der Adel eine weitgehend freizügige Kopulationskultur pflegten, blieb der dritte Stand, das aufstrebende Bürgertum, zumeist in biederen, religiös geprägten Moralvorstellungen verhaftet. Und die Utopienschreiber experimentierten mit allem.

Naturgemäß sah sich der Klerus von Passagen, die den Glauben, die gottgegebene Herrschaft der Sonnenkönige oder das Sexualleben betrafen, besonders herausgefordert. Freizügige Vorstellungen von den Beziehungen zwischen Mann und Frau boten dann gute Angriffsflächen. Der Abbé Desfontaines – ein Todfeind Voltaires – ließ seinen »neuen Gulliver« (1730) auf einer Insel scheitern, wo die Geschlechterverhältnisse auf den Kopf gestellt sind, die Königin ein Serail mit jungen Männern besitzt, sich die Verwaltung fest in weiblicher Hand befindet, nur Frauen sich scheiden lassen dürfen und sich die Männer parfümieren, mit Handarbeit abgeben und – schlimmstes der Gräuel! – Unterhaltungsromane verfassen.

Mit viel Verve parodierte der Jurist und Schriftsteller Jean-Louis Castilhon (ca. 1720–1793) die utopischen Menschenzüchtungsprogramme: »Ja, ihr Menschen, der Untergang ist nahe! Hört uns an und zittert!« Götzendienst, Prostitution und Ausschweifung hätten Impotenz im Gefolge, die Menschheit schwände rapide dahin, stürbe aus. Da helfe nur eines: Rückkreuzung, Verbesserung der menschlichen Rasse durch Verschmelzung mit dem primitiven und gesunden Menschenschlag, der die tiefsten Gräben der Ozeane bevölkert. »Der große Populator« (1769), so der Titel von Castilhons kühnem Projekt, plant die Land-Meer-Menschenwelt, utopisch penibel und faktenbesessen wie Veiras oder später Fourier: mit Stämmen zu je 19.994 Personen und Staaten von je 633.735.973 Einwohnern beiderlei Geschlechts.

Zurück zur Natur

So sehr ihre Positionen im Einzelnen auch differierten, in einem waren sich die Utopisten einig: Frankreich befindet sich im Niedergang, politisch wie moralisch. Tahiti dagegen – so wie James Cook und Louis-Antoine de Bougainville oder auch Diderot in seinem »Nachtrag zu Bougainvilles Reise« (1772) die Insel schilderten – war die heile Welt par excellence, das Paradies vor dem Sündenfall: Dort lebten freundliche, kräftige, gesunde, natürliche Menschen, unverdorbt durch Zivilisation und Stadtleben, mit reinen Sitten, ohne Laster, Verbrechen und Luxus, ohne Pfaffen, Generäle und Adlige. In den Augen eines ausgehungerten Matrosen, der Wochen und Monate auf engem, schaukelndem Schiff unter der Fuchtel eines mehr oder weniger tyrannischen Kapitäns, ausgesetzt den Unbilden der Witterung – und ohne die Freuden der Liebe! – verbracht hatte, musste Polynesien wie der Garten Eden erscheinen.[8]

Die Reiseberichte von Cook und Bougainville trugen dazu bei, dass viele französische Denker, allen voran die Aufklärer, von einem wahren Kult der Natürlichkeit erfasst wurden. Paradoxerweise zelebrierte der absolutistische Hof ein ähnliches Ideal. In Versailles träumte man sich in allegorischen Bildern in ein heroisches griechisch-mythologisches Zeitalter zurück, passend dazu befasste man sich mit der Bukolik – Schäferdichtung –, die mit ihrem rustikal-zeitlosen Arkadien als eine sehr spezielle, unpolitische Art von Utopie betrachtet werden kann. Und die adligen Hofdamen setzten sich hochmodisch als versonnene und liebessehnsüchtige Schäferinnen ins Bild ...

Zurück zur Natur, zum ursprünglichen, glücklichen Zustand vor dem Sündenfall lautete die gemeinsame Parole von Hofdamen und Utopisten. In der Mitte des 18. Jahrhunderts gab Tahiti das Modell ab, davor hatten Irokesen und Huronen als edle Wilde firmiert. Jean-Jacques Rousseau brachte den Zeitgeist auf den Punkt. In seiner Preisschrift »Abhandlung über die Frage: Hat das Wiederaufleben der Wissenschaften und Künste zur Besserung der Sitten beigetragen?« (1750) geißelte er die negativen Folgen der Zivilisation, und im Roman »Emile« (1762) schrieb er davon, wie man den natürlichen Glückszustand durch Flucht vor dem Stadtleben und eine ländlich-reine Erziehung erreichen könne. Der Schriftsteller und

Pädagoge Gaspard-Guillard de Beaurieu sah es als nötig an, seinen »Zögling der Natur« (1763) in einen Käfig zu stecken und von allen Menschen zu isolieren, bis er dann auf einer einsamen Insel zu sich findet und als ein französischer Robinson sich selbst alles Nützliche beibringt.

Vertrauen in die Zukunft

Während die Denkschule um Rousseau die Menschheit zumindest in sittlicher Hinsicht im Niedergang begriffen sah, setzten andere ihre Hoffnungen auf den Fortschritt. Fontenelle (»Abhandlung über die Alten und die Modernen«, 1688) gehört ebenso zu dieser Richtung wie der Ökonom Turgot (»Abhandlung über die Fortschritte des menschlichen Geistes«, 1756) und der Philosoph und Mathematiker Condorcet (»Skizze zu einem historischen Tableau der Fortschritte des menschlichen Geistes«, 1794).

Louis-Sébastien Mercier (1740–1814)

Als die Utopie boomte 99

Im Jahre 2440 sind Kniebundhosen offenbar wieder en vogue.

Unter den Utopie-Autoren brachte Louis-Sébastien Mercier (1740–1814) den Fortschrittsgedanken schon im Titel seines Romanes »Das Jahr 2440« (1771) zum Ausdruck. Das Buch ist nicht allein die erste bedeutende datierte Utopie, es markiert zugleich einen Wandel: von der räumlichen zur zeitlichen Utopie. Glückselige Inseln wurden fortan nur noch ausnahmsweise benötigt. Der Grund für diesen Wechsel ist nicht platterdings in der geographischen Erkundung und kolonialen Eroberung des Erdballs zu suchen, auf dem Utopia bald auf keiner unbekannten Insel mehr untergebracht werden konnte. Stattdessen wurden die Hoffnungen zeitlich projiziert – weg vom imaginären Wunschort, hin zu einer möglichen künftigen Wunschzeit, auf die sich die Menschheit zubewegt. Unsere Enkel werden es besser haben!

Im Gegensatz zu früheren Autoren beschränkt sich Mercier typischerweise nicht mehr auf die eine selbstzufrieden auf sich beschränkte utopische Insel. Er knüpft an erahnte realgeschichtliche Entwicklungen an: Globalisierung à la Française, *Progrès universel*. Sein Zukunfts-Utopia umfasst alle Länder des Erdkreises. Im Jahr 2440 verkehren Luftschifflinien nach China, Amerika, Afrika. Der Fortschritt hat die gesamte Menschheit in seinen Bann geschlagen und per Handel und Verkehr vereint.

Mercier interpretierte seinen Roman selbst als Vorwegnahme der Revolution. Tatsächlich schafft er darin den Absolutismus ab, wenn auch nicht die Monarchie. Daneben hat Mercier eine Menge interessanter Details ersonnen: praktikable Verkehrsregeln, Hygienevorschriften und eine gegen Schund und Schmutz gerichtete Zensur samt Bücherverbrennung.

Die frühen Sozialisten, Charles Fourier und Claude Saint-Simon in Frankreich, verwahrten sich wie später auch Marx und Engels mehr oder weniger deutlich gegen die Utopien-Fabuliererei, schließlich betrieben sie ihre politischen Projekte nicht als willkürliche Spinnerei, sondern auf einer positiven, vorgeblich wissenschaftlichen Grundlage. Dennoch verfasste ein Schüler Saint-Simons, der Schriftsteller und Anhänger des religiösen Sozialismus Barthélemy-Prosper Enfantin (1796–1864), eine Utopie mit dem Titel »Memoiren eines Industriellen aus dem Jahre 2240« (1829), in der rückblickend ein gut durchorganisiertes und hoch spezialisiertes Bildungswesen mit polytechnischem Unterricht und die Urbarmachung der südlichen Steppen Russlands beschrieben werden. Vor allem aber wurde ein grundlegendes ökonomisches Problem gelöst: die »Störung des Gleichgewichts zwischen Produktion und Konsumtion durch die Einführung neuer Maschinen«[9] ist überwunden.

Die letzte bedeutende *Voyage imaginaire* vor Jules Verne stammt aus der Feder des utopischen Kommunisten Etienne Cabet (1788–1856). In seiner »Reise nach Ikarien«, geschrieben 1842 im Londoner Exil, versuchte Cabet die Vorteile einer kommunistischen – auf Gemeineigentum beruhenden – Lebensweise zu verdeutlichen. Die Ikarier haben das Geld abgeschafft, Waren und Dienstleistungen gibt es umsonst, das Land ist gepflegt, die Städte strahlen trotz

Pferde- und Eisenbahnen von Sauberkeit, Arme findet man so wenig wie Dienstboten. Da alle Ikarier gleichberechtigt sind, ist auch ein jeder verpflichtet, die gleiche Anzahl Stunden zu arbeiten: zwischen sieben und zwei Uhr. Nach dem anschließenden Mittagessen aber besuchen die Ikarier Theater oder andere öffentliche Einrichtungen, sie promenieren oder beraten in Volksversammlungen Fragen des Gemeinwohls. Und um zehn Uhr abends erlöschen überall die Lichter.

Eine tyrannische Gängelei? Der ikarische Begleiter beruhigt Cabets Reisenden: Nicht Zwang, sondern der gemeinsame Wille des Volkes regelt das Gemeinwesen.

Zum Schluss noch einmal zurück zum Graffiti-Künstler und Vielschreiber Restif de La Bretonne. Natürlich verfasste er ebenfalls eine datierte Utopie. Genauer gesagt: eine der äußerst raren utopisch-heroischen Komödien, die beim dritten Stand wie bei Hofe hätten Anklang finden können. »L'an deux mille« heißt sie, »Das Jahr 2000«, und erschien 1790. Zwar war Restif auch diesmal auf der Höhe der Zeit, doch nicht ganz auf der Höhe der Zukunft. Wie die Revolutionäre des Jahres I malte er sich eine aufgeklärte Volksmonarchie aus: In seiner Komödie huldigen anlässlich einer Massenhochzeit zur Jahrtausendwende alle Stände und Berufsgruppen dem Sonnenkönig Louis François XXII.

Französische Utopien und Voyages imaginaires (Auswahl)[10]

1657/62 Cyrano de Bergerac: Reise in die Mondstaaten und Sonnenreiche
1676 Gabriel de Foigny: Sehr curiöse Reise-Beschreibung durch das neu-entdeckte Südland (auch: Die Abenteuer des Jacques Sadeur)
1678 Denis Veiras: Geschichte der Sevaramben
1703 Pierre de Lesconvel: Idee einer süßen und glücklichen Herrschaft oder Bericht über die Reise zur Insel Naudely
1704 George Psalmanaazaar (Psd.): Beschreibung der Insel Formosa in Asien
1710 Tyssot de Patot: Reisen und Abenteuer des Jacques Massé
1727 Marquis de Lassay: Schilderung des Königreiches Felizia

1730	Abbé Pierre François Guyot Desfontaines: Der neue Gulliver
1735	Louis Rustaing de Saint-Jory: Geschichtlicher Bericht über eine neu entdeckte Insel
1748	Denis Diderot: Die geschwätzigen Kleinodien
1750	Chevalier de Béthune: Bericht über die Welt des Merkur
1751	Comte de Martigny: Alcimédons Reise
1752	Voltaire: Micromégas
1760	Tiphaigne de la Roche: Giphantia
1761	De Listonais: Der reisende Philosoph
1765	Marie-Anne de Roumier-Robert: Die Reisen des Mylord Céton
1768	Anonym (mitunter Fontenelle zugeschrieben): Die Republik der Philosophen oder Die Geschichte der Ajaoaner
1769	Jean-Louis Castilhon: Der große Populator
1771	Louis-Sébastien Mercier: Das Jahr 2440
1772	Denis Diderot: Nachtrag zu Bougainvilles Reise
1781	Restif de La Bretonne: Ein fliegender Mensch entdeckt die Australischen Inseln
1790	Restif de La Bretonne: Das Jahr 2000
1829	Barthélemy-Prosper Enfantin: Memoiren eines Industriellen aus dem Jahre 2240
1842	Etienne Cabet: Reise nach Ikarien

LITERATUR

Funke, Hans-Günther: »Aspekte und Probleme der neueren Utopiediskussion in der französischen Literaturwissenschaft«, in: Voßkamp Bd. 1, S. 192–220.

Krauss, Werner (Hrsg.): Reise nach Utopia. Französische Utopien aus drei Jahrhunderten, Berlin 1964: Rütten und Loening.

Versins, Pierre: Encyclopédie de l'Utopie des Voyages extraordinaires et de la Science Fiction, Lausanne 1972: L'Age d'Homme (2. Auflage 1984).

Versins, Pierre: Outrepart. Anthologie d'Utopies des Voyages extraordinaires et de Science Fiction, Paris / Lausanne 1971: Ed. La Tête de Feuilles / La Proue.

Voßkamp, Wilhelm (Hrsg.): Utopieforschung. Interdisziplinäre Studien zur neuzeitlichen Utopie, 3 Bände, Frankfurt 1985: Suhrkamp.

Wuthenow, Ralph Rainer: »Inselglück. Reise und Utopie in der Literatur des XVIII. Jahrhunderts«, in: Voßkamp Bd. 2, S. 320–335.

ANMERKUNGEN

[1] Funke, S. 199. Ähnlich hoch war die utopische Produktivität auch in England und Deutschland.

[2] So wie unlängst Cyrano de Bergeracs »Reise zum Mond und zur Sonne« in der schönen und erstmals vollständigen deutschen Neuausgabe von Wolfgang Tschöke (Frankfurt 2004: Eichborn).

[3] Erste deutsche Übersetzung von 1689 »Eine Historie der Neu-gefundenen Völker Sevarambes genannt«, zitiert nach http://www.ruebenberge.de/robinsonaden/7_Wegbereiter_Defoes.html.

[4] Zit. nach Krauss S. 35.

[5] Ebd., S. 45 f.

[6] Nach der kabbalistischen Tradition war der Ur-Adam androgyn. In der Alchemie ist der Hermaphrodit das Symbol für die Aufhebung der Gegensätze. Er steht daher für die *Materia prima* und den *Lapis philosophorum*. Zu den wichtigsten Zielen der mystischen Alchemie zählt es, die Polarität aufzuheben und die Geschlechter (wieder) zum vollkommenen Wesen zusammenzuführen.

[7] Anhänger kommunistischer Vorstellungen waren daher lange – bis ins 20. Jahrhundert – dem Vorwurf ausgesetzt, die »Weibergemeinschaft« zu propagieren.

[8] Vgl. die emphatische Beschreibung Georg Fosters: »Ein Morgen war's, schöner als ihn schwerlich je ein Dichter beschrieben, an dem wir die Insel Tahiti zwei Meilen vor uns sahen. ... Die Leute, welche uns umgaben, hatten viel Sanftes in ihren Zügen wie Gefälliges in ihrem Betragen. ... Die Frauen waren hübsch genug, um Europäern in die Augen zu fallen, die seit Jahr und Tag nichts mehr von ihren Landsmänninnen gesehen hatten.« (Georg Foster: Entdeckungsreise nach Tahiti und in die Südsee 1772–1775, Berlin 1989, S. 111 f.)

[9] Zit. nach Krauss, S. 411.

[10] Titel entsprechend den gebräuchlichsten deutschen Ausgaben; wo keine solche vorhanden, meine Übersetzung.

Copyright © 2008 by Karlheinz Steinmüller

Als uns die Utopie abhanden kam

Auf einen Drink ins All – die Zukunft ist retro

von Ralf Bülow

Atomreaktoren. Flughäfen auf dem Eis. Städte unter dem Meer. Baumaschinen, die Wege durch Steppen und Urwälder bahnen, Schnellstraßen, Einschienenbahnen, riesige Luftkissenboote. Und immer wieder Menschen im Weltraum, schwerelos über erdumkreisenden Stationen, in einer Mondsiedlung, in den Wüsten des Mars. Oder auf der giftgeschwängerten Oberfläche eines extraso-

Die Autobahn der Zukunft, nach Günter Radtke

laren Planeten vor dem Treffen mit seinen in der Ferne ankrabbelnden Bewohnern.

Willkommen im Reich des Retro-Futurismus! Die Freunde dieser Philosophie – Freundinnen gibt es nur wenige – widmen sich den künstlerischen Visionen, die nach dem Zweiten Weltkrieg in Technikmagazinen, Zukunftsromanen, Jahr- und Sachbüchern erschienen. Sie lassen sich von ihnen in wunderbare Welten entführen, die den Glauben an den technischen Fortschritt widerspiegeln, blankgeputzt, aufgeräumt und mit Lösungen für jedes Problem unter der Sonne.

Retro-Futurismus – auch »Retrofuturismus« geschrieben – ist die Begeisterung für technische und soziale Zukunftsvorstellungen, vor allem solche aus den Fünfziger- und Sechzigerjahren. Diese Vorstellungen können einerseits konzeptioneller Art und als Science Fiction oder als Sachliteratur formuliert sein, andererseits auf grafischen, filmischen oder ausstellungstechnischen Werken basieren.

In dieser Hinsicht ähnelt Retro-Futurismus der nostalgischen Liebe zu vergangenen Kunst-, Musik-, Bekleidungs- oder Designstilen. Das Interesse für die Visionen kann sich auch so äußern, dass der Retro-Futurist eine innere Emigration aus der Jetztzeit vollzieht und die Geisteshaltung der früheren Jahrzehnte nachlebt. Den aktuellen Zukunftsdiskurs und den Zustand der Gegenwartskultur überhaupt wertet er dabei als historischen Rückschritt.

In seinen Augen hat sich die Kultur in den letzten vierzig Jahren falsch entwickelt und ist im Abstieg zu Dummheit, Barbarei und Chaos begriffen. Für einen solchen Retro-Futuristen sind die älteren Zukunftsentwürfe kein bisschen veraltet, sondern nach wie vor gültig, und er hofft im Stillen, dass die Gesellschaft eines Tages die Kurve kriegt und sie erneut als erstrebenswerte Ziele etabliert.

Retro-Futurismus ist ein globales Phänomen, wie die Links auf der einschlägigen Internetseite *www.retro-futurismus.de* demonstrieren. Unsere Analyse konzentriert sich allerdings auf die einheimische Spielart, denn deren Entstehung ist eng mit der westdeutschen Sozial- und Kulturgeschichte verknüpft, die wir am besten kennen.

Wie sehen nun retro-futuristische Visionen aus? Das Weltbild basiert primär auf der Zeit des Wirtschaftswunders, einige grundlegende Konzepte reichen aber bis in die Zwanzigerjahre zurück.

»Raketenstart auf einem Jupitermond« – Kurt Röschl, Illustration zu Erich Dolezal: *»Neues Land im Weltall«* (1958)

© 2008 by Kurt Röschl

Zu nennen sind die Architektur der klassischen Moderne, die damals in Deutschland, Österreich, Skandinavien, Südamerika und den Vereinigten Staaten aufkam, und die Ideen von Riesenflugzeugen, Raketen und Raumstationen, wie sie die Technikvisionäre der Weimarer Republik hegten.

1930 erschien die erste große technikvisionäre Utopie, »Das Automatenzeitalter« von Ri Tokko alias Ludwig Dexheimer, einem in Offenbach lebenden Chemieingenieur. Die textlich vollständige Ausgabe des Buchs publizierte 2004 der Berliner Shayol Verlag.

Schon in den Zwanzigerjahren schufen die Zwillingsbrüder Hans und Botho von Römer futuristische Technikgrafiken mit Stadtszenerien, Raumschiffen, Land-, Luft- und Wasserfahrzeugen. Ihre Bücher und die Produkte ihres Ateliers für künstlerische und technische Propaganda, das sie bis 1970 betrieben, erreichten ein großes Publikum. Heute liegen ihre Werke im Archiv des Deutschen Museums.

Einen großen Einfluss auf die Genese technischer Visionen übte der amerikanische Stromlinien-Futurismus mit seinen Haushaltsgeräten, Lokomotiven und Autos aus, der in der New Yorker Weltausstellung 1939/40 gipfelte. Am 30. April 1939 startete die Superschau, deren naiver Zukunftsoptimismus bis heute unerreicht ist, im Stadtteil Flushing Meadows mit dem Slogan »Tomorrow's World«. Neben dem Trylon-Obelisken beherbergte die Perisphere-Kugel das Diorama einer künftigen »Democracity«, ein Werk des Formgestalters Henry Dreyfuss.

Eine andere Zeitreise bot der Pavillon des Autokonzerns General Motors in der Futurama-Sektion, die der bekannte Designer Norman Bel Geddes konzipierte. Von bewegten Sitzen blickten die Besucher auf eine phantastische Modellwelt, in der tropfenförmige Autos durch aufgeräumte Landschaften und lichterfüllte Hochhauskomplexe sausten. Am Ausgang erhielten sie dann Buttons mit der Aufschrift »I have seen the future«. Einige Hallen weiter präsentierte die Firma Chrysler die Vision eines transozeanischen Raketenflugs, eine Idee von Geddes' Kollegen Raymond Loewy.

Nach der langen Pause von Weltkrieg und Nachkriegszeit begann in Westeuropa die Zeit des Wirtschaftswunders, die von einem weit verbreiteten Fortschrittsglauben und Zukunftsoptimismus geprägt war. Die Öffentlichkeit der Fünfziger- und Sechzigerjahre lernte durch die Massenmedien Presse, Rundfunk, Wochenschau und später auch Fernsehen tagtäglich neue Errungenschaften der Wissenschaft und Technik kennen.

Zu nennen sind hier Atomkraft, Automation und Fließbandproduktion, Breitwandkino und 3D-Filme, »Elektronengehirne« und kybernetische Maschinen, militärische und zivile Düsenflugzeuge, Fernsehen und Farbfernsehen, UKW-Rundfunk, Transistorradios und Langspielplatten, Riesenfernrohre – das Observatorium auf dem Mt. Palomar wurde 1948 eröffnet – und Radioteleskope, Raumfahrttechnik, Laserstrahlen, Meeresforschung mit Sauerstoffgeräten, neue

108 Utopia mon amour

Expeditionen in die Antarktis, das Internationale Geophysikalische Jahr und vieles, vieles mehr.

Dazu kamen alle möglich kulturellen Neuerungen, teils aus den USA, teils auf europäischem Boden gewachsen – Comics, Science Fiction, Jojos und Hula-Hoop-Reifen, Rock'n'Roll, Beatmusik und Hitparaden, Fliegende Untertassen und Götterastronauten, nicht zu vergessen Antibabypille und Sexwelle. In ihrer Gesamtheit vereinten sich alle Phänome zu einem neuen Zeitalter, das inmitten der noch großflächig zerstörten Städte zu blühen begann. Der Zukunftsoptimismus war durchaus ein gesamtdeutsches Phänomen, das zeigen Bücher und Zeitschriften aus der, wie man damals zu sagen pflegte, »sogenannten« DDR.

Das Bewusstsein eines großen Sprungs nach vorn führte in seiner Extrapolation zu mehreren Typen von Zukunftsvisionen, die sich in Literatur und Populärkunst niederschlugen und bis heute die retro-futuristischen Denkweisen prägen:

- Bemannte Raumflüge, Bau einer Raumstation, Besiedlung von Mond und Mars, Überschall- und Großraumpassagierflugzeuge, Senkrechtstarter, Flugautos;

Im Retro-Futurismus ist die Zukunft voll automatisiert und technisiert.

- Neuartige Massenverkehrsmittel: Einschienen- und Magnetbahnen, Luftkissenfahrzeuge, fahrerlose Transportsysteme;
- Autodesign im Stil amerikanischer Traum- und Versuchswagen, neuartige Antriebe (Gasturbine, Wankelmotor), automatische Lenkung, Stadtwagen mit Elektromotoren;
- Großflächige Umgestaltung der Innenstädte mit Hochhäusern, Einkaufszentren und innerstädtischen Airports, neuartige Wohnkomplexe, Einfamilienhäuser aus Kunststoff und anderen neuen Materialien;
- Gewaltige Überlandstraßen, verkehrsmäßige Erschließung von Wüsten und Eisregionen, Siedlungen auf dem Meeresboden;
- Atomkraftwerke, riesige, auch in der Luft befindliche Windkraftanlagen;
- Roboter und Cyborgs.

Insgesamt ergibt sich das Bild einer technisch verwandelten Umwelt auf der Erde, die inselartig in den Erdorbit, auf Mond und Mars ausgreift. Der Mensch zeigt sich hier als höchste Stufe des *Homo faber*, der sich die Erde nach dem biblischen Wort untertan macht und sie in das neue Zeitalter des Anthropozäns überführt.

© 2008 by Günter Radtke

Was speiste den Zukunftsdiskurs? Wichtige Plattformen für technikgrafische Visionen waren das 1953 gegründete Magazin *hobby* und das Jahrbuch »Das Neue Universum«, das sich mit Reportagen aus Wissenschaft, Technik und Kultur sowie Kurzgeschichten und Rätseln an die männliche Jugend wendete. Eine große Bedeutung hatten auch die im Frankfurter S. Fischer Verlag erschienenen A4-Bände »Station im Weltraum« (1953), »Die Eroberung des Mondes« (1954) und »Die Erforschung des Mars« (1957), die Zukunftskonzepte von Wernher von Braun und anderen in den USA tätigen deutschen Raumfahrtexperten vorstellten.

Eine andere, konkretere Quelle waren die Weltausstellungen der Jahre 1958, 1962, 1964 und 1967, die das goldene Ära des Fortschrittsglaubens markierten. Den Anfang machte die Brüsseler Expo, die unter dem hehren Motto »Bilanz einer Welt für eine menschliche Welt« antrat. Geprägt durch die aktuelle Beton- und Glasarchitektur und überragt vom blitzblanken Atomium war sie ein architektonischer Höhepunkt der Atomzeitalter-Moderne.

Getrennt durch den britischen Pavillon, standen sich auf dem Gelände der viereckige UdSSR-Bau und das runde Pendant aus den USA gegenüber. Während die Russen mit Schwermaschinen, Flugzeugmodellen und Sputnik-Repliken glänzten, setzten die Amerikaner auf Modenschauen und den allerneuesten IBM-Computer. Der übersichtliche und geradlinige BRD-Pavillon von Sep Ruf und Egon Eiermann vermittelte mit Erfolg ein Bild des neuen demokratischen Westdeutschlands.

Ein veritables Science-Fiction-Gebäude entwarf der Schweizer Architekt Le Corbusier. Sein 40 Meter langes »elektronische Gedicht« war der Expo-Beitrag der Firma Philips und ein Meilenstein der Multimedia-Technik. Die muschelförmigen Betonschalen des Pavillons umschlossen Projektoren, Neonröhren, Lautsprecher, eine menschliche Figur und ein Atommodell, die zusammen ein Acht-Minuten-Programm mit elektronischer Musik des Komponisten Edgar Varèse erzeugten.

Die Century 21 Exposition, die im Sommer 1962 im amerikanischen Seattle zu besichtigen war, zählte im System der Weltausstellungen nur zu zweiten Kategorie, griff aber das zukunftsträchtigste Thema überhaupt auf, das Leben im Raumfahrtzeitalter. Der Start des Sputnik lag fünf Jahre zurück und der Flug von Juri Gagarin

Als uns die Utopie abhanden kam **111**

Die Alweg-Bahn – oben die Vision der Einschienenbahn von Kurt Röschl, unten die Umsetzung für die Century 21 Exposition 1962 in Seattle

© 2008 by Kurt Röschl

gerade ein Jahr. Im Februar 1962 hatte der erste US-Bürger, John Glenn, die Erde umkreist, und das Apollo-Projekt der NASA, das einen Menschen zum Mond und zurück bringen sollte, kam langsam in Schwung.

So futuristisch wie die Raumfahrtexponate war die Einschienen-Bahn, die zwischen dem Stadtzentrum von Seattle und dem Ausstellungsgelände verkehrte. Sie entstand unter Mitwirkung deutscher Ingenieure, die zuvor in der Nähe von Köln eine kleinere Versuchsstrecke angelegt hatten. Auch die Space Needle, der 170 Meter hohe Aussichtsturm der Expo, hatte ein deutsches Vorbild, den 1956 fertig gewordenen Stuttgarter Fernsehturm mit seinem luftigen Restaurant.

Mit »Peace through Understanding« warb die nächste Weltausstellung, die 1964 und 1965 in New York stattfand, also erneut in den Vereinigten Staaten. Die schnelle Aufeinanderfolge im gleichen Land verstieß gegen die Regeln, sodass die Expo quasi illegal war und viele Nationen ihr fernblieben. Zwei Drittel der Fläche entfielen auf amerikanische Firmen und Institutionen einschließlich der Walt-Disney-Studios.

Den kugelförmigen IBM-Pavillon entwarf der finnisch-amerikanische Architekt Eero Saarinnen, am General-Motors-Gebäude lockte eine himmelsstürmenden Fassade und im Inneren eine Neuauflage der von 1939 bekannten Futurama-Installation. Diesmal entführte sie die Besucher nicht nur in die Stadt der Zukunft, sondern auch unter den Meeresspiegel und auf die Oberfläche des Mondes.

1967 war das kanadische Montreal Gastgeber einer Weltausstellung, welche die von Antoine de Saint-Exupéry entliehene Devise »Terre des Hommes« führte. Zu den Highlights zählten die mit Raumfahrt-Hardware gefüllte US-Kuppel, ein Werk des Designphilosophen Richard Buckminster Fuller, die hypermoderne Habitat-Wohnanlage des israelischen Architekten Moshe Safdie und der bundesdeutsche Beitrag von Rolf Gutbrod und Frei Otto. Ihre Zeltkonstruktion fand sich 1972 in vergrößerter Form als Münchner Olympiastadion wieder.

Eine andere Art Ausstellung repräsentierten zu jener Zeit die amerikanischen Motorama-Shows. Hier stellte General Motors jeweils die Automodelle der neuen Saison vor und daneben ultramoderne Designstudien. Auch die Konkurrenz bastelte Traumwagen, und das Stylingstudio von Ford brachte gar ein Atomauto namens Nucleon hervor. Aus dem an kleinere Größen gewohnten Nachkriegsdeutschland ist nur ein bedeutender Versuchswagen überliefert, eine Art Raketen-Borgward, der bei Nacht und Nebel getestet und nach einem Unfall aus dem Verkehr gezogen wurde.

Die Intellekuellen versuchten mit mehr oder weniger Erfolg, die Umwandlung der Welt in Worte zu fassen. Robert Jungk publizierte 1952 den Reisebericht »Die Zukunft hat schon begonnen« als Kritik der *Pax Americana*, konnte aber nicht verhindern, dass der Titel zur Lobesformel wurde. Auch Diether Stolze stellte 1959 mit dem Sachbuch »Den Göttern gleich« die neuen Techniken vor allem positiv dar. Max Frisch erfasste den Zeitgeist 1957 in einem Roman, in dem er den Titelhelden Walter Faber meditieren lässt:

> »Wir leben technisch, der Mensch als Beherrscher der Natur, der Mensch als Ingenieur, und wer dagegen redet, der soll auch keine Brücke benutzen, die nicht die Natur gebaut hat. Dann müsste man schon konsequent sein und jeden Eingriff ablehnen, das heißt: sterben an jeder Blinddarmentzündung. Weil Schicksal! Dann auch keine Glühbirne, keinen Motor, keine Atom-Energie, keine Rechenmaschine, keine Narkose – dann los in den Dschungel!«

In den Sechzigerjahren nahm sich das Fernsehen der Sache an. NDR-Reporter Rüdiger Proske ging vornehmlich in den USA auf die »Suche nach der Welt von morgen« und produzierte 28 dreiviertelstündige TV-Features und vier Bücher. Eine Fülle anderer Filme entstanden zu den amerikanischen Raumfahrtunternehmungen, und die Astronautik-Fans erinnern sich mit Wehmut an das *Apollo*-Sonderstudio des WDR.

Der wichtigste literarische Beitrag kam aber von den Futurologen der kalifornischen Rand Corporation, die von 1960 bis 1962 eine Delphi-Studie durchführten, eine standardisierte Expertenbefragung. Die von Olaf Helmer – einem vor dem Zweiten Weltkrieg aus Berlin emigrierten Mathematiker – edierte Kurzfassung der Ergebnisse erschien 1966 in den USA und 1967 unter dem Titel »50 Jahre Zukunft« in Hamburg. Sie quillt über vor technophantas-

Klaus Bürgles Entwurf einer Raumstation

tischen Voraussagen und wurde im bereits erwähnten Magazin *hobby* ausführlich gewürdigt.

Die bis heute überzeugendsten Zukunftsvisionen sind aber die Technikgrafiken. Die Kunst entwickelte sich zur vollen Blüte in den USA, bekannte Namen waren bzw. sind Chesley Bonestell, Robert McCall oder Syd Mead. Im Folgenden behandeln wir eine Reihe von deutschen und österreichischen Künstlern, die futuristische Bilder schufen und auch für den Retro-Futurismus maßgebend sind.

Von den deutschen Pionieren des Genres erwähnten wir bereits die Brüder Römer. Ein anderer Grafiker, der in den Dreißigerjahren einige futuristische Technikbilder schuf, war der Egerländer Oswald Voh (1904–1979). Für die vielgelesene Zeitschrift *Die Woche* illustrierte er 1934 unter anderem einen Artikel des utopischen Schriftstellers Hans Dominik zur bemannten Raumfahrt. Voh steuerte auch das Cover bei, das eine Raumschiffkabine und den Mond im Bullauge zeigt.

Der einflussreichste Zukunftsgrafiker der Nachkriegszeit ist ohne Zweifel der 1926 in Stuttgart geborene und in Göppingen lebende

Klaus Bürgle. Von 1948 bis 1951 besuchte er die Staatliche Akademie der bildenden Künste in Stuttgart und machte sich nach einjähriger Mitarbeit in einem grafischen Atelier 1953 selbständig. Sein wissenschaftlich-technisches Œuvre in den entscheidenden Jahren von 1950 bis 1970 lässt sich grob wie folgt einteilen:

- Illustrationen für das Magazin *hobby*, zumeist Darstellungen futuristischer Bauten, Geräte und Fahrzeuge, dazu spekulative Auto-Designs. Die Zeichnungen sind in der Regel schwarz-weiß oder schwarz-weiß-rot, Cover farbig.
- Bilder für das Jahrbuch »Das Neue Universum«, vor allem die ausfaltbaren farbigen A3-Vorsatzpanoramen. Sie zeigen Zukunftsvisionen, primär Verkehrsmittel, Stadtansichten und Raumfahrtszenen, und stellen Bürgles Hauptwerke dar.
- Grafiken für die erfolgreiche Wissenschaftsserie »Knaurs Buch der …«, die Werke des Astronomieautors Heinz Haber sowie für die Zeitschrift *Bild der Wissenschaft*.

Die einzelnen Gruppen weisen signifikante stilistische Unterschiede auf. Die Grafiken für die Knaur-Bände sind künstlerisch reduziert und didaktisch angelegt, die Bilder für die Heinz-Haber-Bücher folgen der Tradition der astronomischen Malerei. Die Illustrationen für »hobby« und »Das Neue Universum« weisen dagegen eine ausgeprägte individuelle Handschrift auf, die Optimismus, Technikfaszination und Zukunftsgewissheit ausstrahlt – man könnte hier von einem Bürgle-Touch sprechen.

Erik Theodor Lässig wurde am 31. Januar 1928 in München geboren und studierte hier Physik und Grafik mit Schwerpunkt Naturwissenschaft und Technik. Danach war er zunächst freiberuflich tätig, ab 1955 als Grafiker und Designer beim Kamerawerk Linhof. Von 1958 bis 1991 arbeitete er beim Luft- und Raumfahrtkonzern MBB und seinen Nachfolgern. Daneben wirkte Lässig öfter bei Museen und Ausstellungen mit, zuletzt im Jahr 2000 bei der Berliner Millenniumsausstellung »Sieben Hügel«.

Mit seinem ruhigen, ins Detail gehenden Duktus ist Erik Theodor Lässig der große deutsche Industriegrafiker, der aber die Dynamik der Objekte nicht vernachlässigt. Zu seinen bekanntesten Werken zählen die Darstellungen des von Eugen Sänger konzipierten zwei-

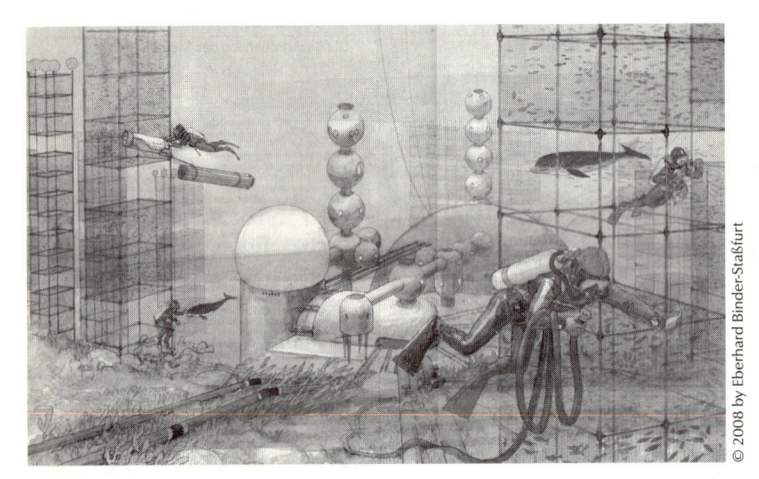

Eberhard Binder-Staßfurt, Illustration zu Manfred Quaas: »Projekt Atlantis – Die Zukunft des Meeres«

stufigen Junkers-Raumtransporters und die Stufentrennung der Europa-Rakete, ein Klassiker der »Space Art«.

Ein Grafiker, der ab und zu technisch-futuristische Themen anpackte, war Helmuth Ellgaard. Geboren 1913 im damals deutschen und heute dänischen Nordschleswig, arbeitete er nach dem Studium an der Kieler Kunstakademie sowie in Berlin, Bad Tölz, München und schließlich in Hamburg. Er starb 1980 in Heikendorf bei Kiel. Ellgaard produzierte viele Filmplakate und pflegte einen aktionsbetonten Stil mit teilweise ungewöhnlichen Zooms und Perspektiven. Sein Nachlass liegt im Bonner Haus der Geschichte der Bundesrepublik Deutschland.

Ellgaards bedeutendstes Werk in puncto Zukunft ist die Bebilderung der »Signale vom Jupitermond« von 1968. Der von Robert Brenner verfasste Roman schildert die Erlebnisse einiger Freunde in der durchautomatisierten Welt des Jahres 2028 und ist eine etwas trockene literarische Futurologie. Der Verlag unterstützte diesen Ansatz durch Interviews mit Wernher von Braun, Ossip Flechtheim – dem Erfinder des Begriffs »Futurologie« – und Robert Jungk sowie einem fünfseitigen Techniklexikon.

Auch die Populärkunst der DDR war in den Fünfziger- und frühen Sechzigerjahren vom Zukunftsvirus infiziert. Das beweisen die Verkehrsmittel- und Stadtvisionen von Eberhard Binder (bzw. Binder-Staßfurt: er wurde 1924 in diesem Ort geboren) für die Bücher des Autorenduos Karl Böhme und Rolf Dörge. Ihr »Gigant Atom« kam 1956 in Ostberlin heraus, drei Jahre später folgte »Unsere Welt von morgen«.

Binder besuchte in den Jahren 1941 und 1942 die Werkkunstschule in Hildesheim und von 1949 bis 1952 die Fachschule für

»In der Gegenwart des Mars erblicken die Menschen ihre eigene Urzeit. Ein wohlgezielter Schuss rettet die Marsbewohner vor dem Untier.« Kurt Röschl, Illustration zu E. Dolezal: »Unternehmen Mars«

angewandte Kunst in Magdeburg. Dort arbeitete er dann als Werbegrafiker, Illustrator und Buchgestalter – durch seine Hände ging die immense Anzahl von achthundert Titeln. Er starb 2001 in Magdeburg.

Der neben Klaus Bürgle visuell ansprechendste Futurist ist der 1923 in Nordböhmen geborene und 1986 in Österreich verstorbene Kurt Röschl. Als Teenager verlor er bei einem durch tschechische Rowdys verursachten Unfall beide Beine. Die damit verbundene seelische Erschütterung mag dazu geführt haben, dass seine Buchillustrationen in der Regel schwarz-weiß gehalten sind – mit Betonung der Schwarz- und Grauzonen.

Röschl nahm sich unter anderem die jugendorientierten Raumfahrtromane des Science-Fiction-Autors Erich Dolezal vor und entwickelte einen beinahe magischen Realismus. Wie Bürgle besaß er die Fähigkeit, auch Szenerien aus Gegenwart und Vergangenheit ein Zukunfts-Feeling zu verleihen und Jules Vernes Kapitän Nemo stilistisch ins 21. Jahrhundert zu transponieren.

Unsere Künstlerparade ist nicht vollständig, denn im Bereich der DDR-Grafik gäbe es noch vieles zu erforschen. Hier verweisen wir fürs Erste auf den Überblick, den die Internetseite *www.mosafilm.de* liefert: siehe den Link zu den »Digedags«-Bildquellen. Für die Schweiz können wir im Moment nur den verstorbenen Ludek Pesek anführen, der sich nach der Emigration aus der CSSR dort niederließ. Sein Thema war die Astronomie, doch die grandiosen Nahaufnahmen von den Planeten und Monden des Sonnensystems machen seine Bilder gleichzeitig zu imaginären Weltraumfahrten.

Jede in der Zukunft angesiedelte technologische Szenerie ist, von der Zeit ihres Entstehens aus gesehen, futuristisch. Eine hundert Jahre alte Zukunftsszene sieht meist künstlerisch angestaubt und inhaltlich exotisch aus; wenn wir Glück haben, trifft sie die Gegenwart oder die jüngste Vergangenheit. Anders verhält es sich mit den geschilderten Visionen aus der Wirtschaftswunderzeit. Sie weigern sich, zu veralten, und »funktionieren« noch immer, anders gesagt, sie wecken in vielen Betrachtern den Wunsch, in das Bild hinüberzuwechseln, gekoppelt mit der Enttäuschung, dass sich die reale Welt nicht so wie dargestellt entwickelte. Eine solche Vision und die durch sie ausgelösten Empfindungen nennen wir retro-futuristisch.

*N. D.
Kondratjew
(1892–1938)*

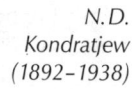

Was verleiht den Träumen der Fünfziger- und Sechzigerjahre diese Faszination, seien es Bilder, Ausstellungspavillons oder futurologische Konzepte? Könnte die Faszination neben der reinen Emotion noch andere Effekte freisetzen, etwa politische oder gesellschaftliche Aktionen? Um diese Fragen zu beantworten, müssen wir weiter ausholen und in die Geschichte der Bundesrepublik Deutschland hinabsteigen.

Ab 1969 vollzog die westdeutsche Gesellschaft einen Paradigmenwechsel von einer positiven zu einer negativen Sicht der Technik und Naturwissenschaften, wobei Letztere von aggressiver Opposition – man denke an Großprojekte – bis zu diffusen Ängsten, zum Beispiel vor der Mathematik, reicht. Eine Ursache des Umschwungs war ein Abschwung, das Ende des großen Innovationsgipfels der Nachkriegszeit, der sich im Rückblick mit der vierten langen Welle der Konjunktur gleichsetzen lässt. Wir folgen hierbei der Theorie von Nikolaj Dimitrijewitsch Kondratjew (1892–1938), die er 1926 in der Zeitschrift *Archiv für Sozialwissenschaft und Sozialpolitik* publizierte.

Der russische Ökonom ortete drei Zyklen der Weltwirtschaft, die im späten 18. Jahrhundert, in der Zeit um 1850 und kurz vor dem Ersten Weltkrieg kulminierten. Nach Kondratjews Tod – er starb im stalinistischen Terror – wurden seine Ideen von Wirtschaftsforschern wie Simon Kuznets oder Joseph Schumpeter aufgegriffen und durch die Hochkonjunktur der Fünfziger- und Sechzigerjahre glänzend bestätigt.

Ein unerfreulicher Beleg für die Gültigkeit der Theorie war der Absturz der Konjunktur nach der Energiekrise 1973/74. Anfang 1975 gab es in der BRD über eine Million Arbeitslose, und kein Konjunkturprogramm vermochte seitdem den Anstieg dieser Zahl zu stoppen. Es geht aufwärts, bloß in die falsche Richtung. Verschärft wurde das Problem natürlich durch die deutsche Wiedervereinigung.

In den frühen Siebzigerjahren nahm Gerhard Mensch, damals Professor in Berlin, eine wichtige Erweiterung der Kondratjew'schen Lehre vor, die er 1975 in dem Buch »Das technologische Patt« präsentierte. Mensch beschrieb sogenannte Basisinnovationen, Erfindungen, die die Industrie ankurbeln, Märkte machen und für Wachstum sorgen. Klassische Beispiele waren Dampfmaschine, mechanischer Webstuhl, Eisenbahn, Automobil, Elektromotor oder Farbenchemie. Umgekehrt bewirkt das Ausbleiben oder Auslaufen solcher Innovationen weltweite Konjunkturabschwünge.

Genau das geschah in den Siebzigerjahren, als die westeuropäischen Haushalte mit Kühlschränken, Fernsehern, Waschmaschinen und Telefonanschlüssen versorgt waren und die epochemachende Innovationskette der Nachkriegszeit ihr Ende erreichte. Es fällt schwer, Erfindungen auszumachen, die bei einer entsprechenden Verbreitung einen Kondratjew-Zyklus stützen könnten. Effektive Stromspeicherung? Kalte Kernfusion? Hochtemperatur-Supraleitung? Man weiß es nicht. Nach der Mondlandung 1969 sank überdies das allgemeine Interesse an der Großtechnik.

Seit der Wirtschaftskrise der Siebzigerjahre fahnden echte oder selbsternannte Innovationsforscher nach Erfindungen, die für die nächste lange Welle sorgen. Zu den üblichen Verdächtigen zählen Mikroelektronik, Bio-, Öko- und Solartechnologie, nicht zu vergessen Nano- und Gesundheitstechnik. Doch was viermal in der Vergangenheit klappte, ging beim fünften Male schief. Zwar verbreiteten sich Mikrochips und Internet über den Globus, ein neues Wirtschaftswunder schufen sie nicht – höchstens eine effizientere Verwaltung der Krise.

Parallel zum Gipfel des vierten Kondratjew-Zyklus – die 1968-Rückblicke machen es deutlich – regte sich in den USA und den Ländern Westeuropas vielfach Kritik an der etablierten kapitalistischen Welt. Einige Stichworte mögen genügen: Gegenkultur, Jugendrevolte, außerparlamentarische Opposition und eben »1968«. In den Jahren danach kondensierten die Protestwolken zu zielgerichteten Strömungen, die von Bürgerinitiativen über Umweltvereine und die neue Frauenbewegung bis hin zu linksextremen Gruppen und Grüppchen reichten.

Eine Hauptrolle spielte dabei ein Buch mit 160 Seiten und 48 Grafiken, das 1972 herauskam, als die Wirtschaft noch florierte, und dessen Ursprung gar ins magische Jahr 1968 zurückreicht. Aurelio Peccei, Chef des Büromaschinenriesen Olivetti und der großen Beratungsfirma Italconsult, traute damals den Technikprophetien und Wachstumsvisionen nicht mehr. Ihn bedrückte die Frage, wie die Menschheit mit Herausforderungen wie Übervölkerung und Umweltzerstörung fertig werden kann.

Im April 1968 lud er dreißig Wissenschaftler und Ökonomen aus Westeuropa nach Rom ein, um solche Themen zu diskutieren. Die Debatte endete ergebnislos, doch erfolgte im kleinen Kreis die Gründung des »Club of Rome«, einer informellen Arbeitsgemeinschaft hochrangiger Experten; Peccei wurde Präsident. Das erste Projekt des Clubs, eine Analyse des Zustands der Welt, war aber so schlecht definiert, dass es 1970 auf einer Plenarsitzung in Bern zu scheitern drohte.

Gerettet wurde es durch Jay W. Forrester, Managementprofessor am Massachusetts Institute of Technology und Spezialist für die Computersimulation vernetzter politischer und ökonomische Systeme. Im Flugzeug zurück nach Amerika skizzierte er sein erstes mathematisches Weltmodell, wenig später übergab er das Projekt an den 28-jährigen Dennis Meadows. Mit 16 Mitstreitern aus sechs

Ländern, darunter drei Deutschen, entwickelte Meadows eine größere Simulation namens World3; das nötige Geld gab die Stiftung Volkswagenwerk.

Die Hochrechnungen des MIT reichten von 1900 bis 2100 und untersuchten das Auf und Ab von fünf Werten: Erdbevölkerung, Industrieproduktion, Nahrungsversorgung, Rohstoffvorräte und Umweltverschmutzung. Aus vielen Durchläufen schälte sich eine dominierende Erkenntnis heraus: Nur dann, wenn Pro-Kopf-Produktion und Bevölkerungszahl konstant bleiben und der Ressourcenverbrauch auf ein Viertel schrumpft, entgeht die Menschheit der Katastrophe. In allen anderen Fällen drohen im 21. Jahrhundert globale Hungersnöte und der totale Kollaps der Industrie.

Anfang März 1972 erschien in den USA »The Limits to Growth«, die 160 Seiten starke Vorabversion des Projektberichts. Die deutsche Fassung »Die Grenzen des Wachstums«, die zwei Monate später herauskam, wurde ein Bestseller. Die Botschaft vom Nullwachstum verbreitete sich, und im Oktober 1973 erhielt der Club of Rome den Friedenspreis des deutschen Buchhandels. Während der Reden in der Paulskirche kämpften Israelis, Ägypter und Syrer im Yom-Kippur-Krieg, auf den im Winter 1973/74 die erste Ölkrise folgte.

»The Limits to Growth« wurde in 37 Sprachen übersetzt und weltweit mehr als 12 Millionen Mal verkauft. Zum einen traf das Werk den Zeitgeist: Im September 1971 erließ die Bundesregierung ein Umweltprogramm, im Juni 1972 tagte in Stockholm die

Umweltkonferenz der Vereinten Nationen. Zum anderen verknüpfte das Buch geschickt den Mythos vom allwissenden Computer mit der Aura des Zirkels weiser Männer, als den die Öffentlichkeit den Club of Rome wahrnahm.

Bei vielen westdeutschen Lesern stärkte die Lektüre der »Grenzen des Wachstums« eine bereits verbreitete Aversion gegen Wissenschaft und Technik, denen man unterstellte, die Welt und die Menschen kaputtzumachen. Im Laufe des Jahrzehnts vertiefte sich die Kritik durch die Kämpfe gegen Atomkraftwerke, Schnelle Brüter und Wiederaufbereitungsanlagen. Sie führte schließlich in den Achtzigerjahren zum Ende des technikfreundlichen Flügels der SPD – sie hatte in den krawalligen Siebzigern mit der FDP die Bundesregierung gestellt – und der in sozialistischen Urzeiten begründeten Verbundenheit zum wissenschaftlich-technischem Fortschritt.

Im rötlich-grünen *Juste Milieu* von 2008 gilt die negative Sicht von Wissenschaft und Technik als politisch korrekt und holt sich täglich neue Nahrung durch die Debatten um Klima und Treibhauseffekt. Restbestände an Sympathien halten sich höchstens noch gegenüber der Autobranche als wichtigstem deutschem Wirtschaftszweig.

Im Zuge des antiwissenschaftlichen Rollbacks verschwanden schon in den frühen Siebzigerjahren die Zukunftsvisionen. Am besten geht es noch der futuristischen Architektur, die hin und wieder respektable Werke hervorbringt, zuletzt 2007 in München mit der BMW-Welt. Allerdings bot die EXPO 2000 in Hannover nur wenig mehr als aufgepeppten Messebau.

Hinzu kam, dass den Neuen Technologien von der Mikroelektronik bis zur Bio-, Gen- und Nanotechnik wegen ihrer fehlenden Sichtbarkeit das visionäre Potenzial fehlt. Ähnlich verhält es sich bei der Energiegewinnung durch Sonne oder Wind. Zwar gibt es futuristische Konzepte für Solarsatelliten, welche die im Orbit gewonnene Energie zur Erde beamen, doch herrschen nur zu berechtigte Zweifel, was ihre Realisierung anbetrifft, gekoppelt mit der Einsicht, dass man die nötige Raketentechnik besser für andere Ziele im Sonnensystem reservieren sollte.

Raumfahrt findet zwar noch statt, doch sie fasziniert nicht mehr. Nach den sechs Mondlandungen weckten die bemannten Missionen der USA und Russlands im niedrigen Orbit nie mehr die Begeisterung, die den Flügen im »Golden Age of Spaceflight« zwischen 1957 und 1972 entgegenschlug. Die unbemannten Sonden zu Mond, Mars, Venus und anderen Planeten werden wegen ihrer wissenschaftlichen Erträge zu Recht gefeiert, doch wo bleiben die Emotionen und Visionen, die die klassische Astronautik auszeichnete?

Die Utopien im Deutschland des Jahres 2008 sind vor allem negativ – keine Atomkraftwerke (wegen der Radioaktivität), keine fossilen Kraftwerke (wegen des Kohlendioxids), keine Gentechnik (wegen der Gene), keine Magnetbahn (wegen der Stelzen), keine bemannte Raumfahrt (wegen der Kosten), stattdessen Ökologie (wegen der Nachhaltigkeit) und Nachhaltigkeit (wegen der Ökologie).

Debatten über fehlgeleitete Wissenschaft und Technik sind legitim, und der Verfasser dieser Zeilen ist beileibe kein Atom-Freak. Was im heutigen Zukunftsdiskurs verstört, ist die Totalität der Kritik und das autistische Weltbild, das dahinter steckt. Zugleich fühlen wir alle, dass etwas »nicht stimmt«. Die Volkswirtschaft kommt nicht aus der Krise, die Kultur ist hohl und zu einer Ansammlung absurder Events abgesunken, der Umgang der Menschen miteinander wird von Verachtung und Gewalt geprägt.

Kehren wir also zur Frage nach den Kräften zurück, die den Technologieträumen der Fünfziger- und Sechzigerjahre die Faszination verleihen. Die Antwort sollte klar sein: Seit Thomas Morus benötigt der abendländische Mensch positive und konkrete Utopien, und wenn sie ausbleiben, dann sucht er sie sich, zur Not in der Vergangenheit. Der Österreicher Wolfgang Pauser stellte dies schon 1999 in einer Analyse des Retro-Futurismus fest, wobei er von der Unsichtbarkeit der Neuen Technologien ausging:

> »In diesen blinden Fleck schieben sich die stärksten Visualisierungen des Zukunftsgedankens, die das 20. Jahrhundert hervorgebracht hat, ein. Bilder, die allemal aus der Vergangenheit kommen und Zukünfte zeigen, von denen wir bereits erfahren haben, dass sie so nicht kommen werden«, schrieb Pauser. »Was liegt näher, als auf der Suche nach den zurückgelassenen Zukunftshoffnungen in der Vergangenheit zu fahnden und sich

jene Bilder wieder anzueignen, die einst Zukunft in Hülle und Fülle versprochen haben?«

Kann uns der Retro-Futurismus aus der Krise führen? Ja, weil er zum Nachdenken über die Technik verleitet, und nein, denn wollte man heute ein Bild von Klaus Bürgle in die Wirklichkeit umsetzen, würden gleich mehrere Bürgerinitiativen dagegen aufstehen. Der retro-futuristische Ideenpool ist aber längst nicht ausgeschöpft und lädt zur Nutzung ein. So gab es etwa in den goldenen Sechzigerjahren eine Fülle von Konzepten für »Stadtwagen«, die uns heute beim Energiesparen helfen würden.

Der Retro-Futurismus zeigt uns jedenfalls, dass es neben Mobiltelefonen, MP3-Sticks und tragbaren DVD-Playern viele andere Dinge gibt, die der Mensch im Laufe seines Lebens anpacken kann. Das Universum ist groß und voller Wunder, und warum sollen wir sie für immer im Internet ruhen lassen ... Auf in die Zukunft!

INTERNET

www.retro-futurismus.de (Hauptseite mit vielen weiterführenden Links)
www.mosafilm.de/reni/quellen/index.html (DDR-Futurismus)
www.fashion.at/culture/wpretro.htm (Wolfgang Pauser)
www.egerlandmuseum.de/seiten/kunst_archiv/februar02.htm (Oswald Voh)
www.hdg.de/index.php?id=3582 (Hellmuth Ellgaard)

LITERATUR

Das Neue Universum, Bd. 66 – Bd. 87, Union Verlag, Stuttgart 1949–1970
Karl Böhme, Rolf Dörge: Gigant Atom, Verlag Neues Leben, Berlin (DDR) 1956
–: Unsere Welt von morgen, Verlag Neues Leben, Berlin (DDR), 1995.
Wernher von Braun et al.: Station im Weltraum, S. Fischer Verlag, Frankfurt 1953
–: Die Eroberung des Mondes, S. Fischer Verlag, Frankfurt 1954
Wernher von Braun, Willy Ley: Die Erforschung des Mars, S. Fischer Verlag, Frankfurt 1957
Robert Brenner: Signale vom Jupitermond, EHAPA-Verlag, Stuttgart 1968
Ralf Bülow: Surfen auf der langen Welle oder hat Kondratjew recht?, in: Tagesspiegel, 14.12.1997
Max Frisch: Homo faber, Rowohlt Taschenbuch Verlag, Reinbek bei Hamburg 1969
Olaf Helmer: 50 Jahre Zukunft, Mosaik Verlag, Hamburg 1967

Robert Jungk: Die Zukunft hat schon begonnen, Scherz & Goverts Verlag, Stuttgart 1952

Dennis Meadows et al.: Die Grenzen des Wachstums, Deutsche Verlags-Anstalt, Stuttgart 1972

Gerhard Mensch: Das technologische Patt, Umschau Verlag, Frankfurt 1975

Robert W. Rydell: World of Fairs, The University of Chicago Press, Chicago 1993

Diether Stolze: Den Göttern gleich – Unser Leben von morgen, Desch Verlag, München 1959

Ri Tokko (Ludwig Dexheimer): Das Automatenzeitalter, Shayol Verlag, Berlin 2004

Copyright © 2008 by Ralf Bülow

Die große Transformation

Ein Besuch im Museum des Neuen Menschen

von Uwe Neuhold

Vorhalle

Wir wurden gewarnt. In diesem Haus geht es um nichts Geringeres als uns selbst. Jeder, der hineingeht, kommt verändert wieder heraus.

Zuerst ein leerer Saal, eine dunkle Halle, deren Größe schwer auszumachen ist. Unsere Schritte hallen von den Wänden wider. Ein Museumsführer tritt an uns heran, stellt sich vor die Gruppe hin und begrüßt uns mit den Worten: »Spüren Sie das Potenzial um uns herum?«

In einer Ecke erscheint plötzlich ein Licht, blendet uns für einen Moment und verschwindet dann wieder. Wir hören Kinderweinen. Maschinengeräusche. Dann leise Musik, gespielt auf einem unbestimmbaren Instrument.

»Haben Sie sich je gewünscht«, fragt der Betreuer, »ein sorgenfreies Leben zu führen? Ohne Probleme? Ohne Gefahren? Ohne monatliche Zahlungserinnerungen?«

Wir schmunzeln und nicken. »Und wer von Ihnen würde nicht gerne vollkommen sein, ohne Makel, ohne Laster? Mit einem gesunden Geist in einem perfekten Körper? Bitte aufzeigen, wer sich das schon mal gewünscht hat!«

Zaghaft zeigen einige auf. Dann ein paar mehr. Es ist uns irgendwie peinlich, das zuzugeben. Und gleichzeitig hören wir eine

Stimme in unserem Kopf, die uns ermahnt, dass alles Positive auch irgendeine Schattenseite hat, also kann etwas nicht stimmen an dem Wunsch, perfekt zu sein. Oder doch?

Ohne weitere Fragen oder Erklärungen wendet sich der Museumsführer um und geht weiter zu ...

Raum I: Die Kinderstube des Neuen Menschen

Wände und Boden stehen in schrägem Winkel zueinander, fast scheint es, als wäre auch die Decke nicht eben. Eine breite Panoramawand spannt sich als Bogen vor uns auf. Davor ein Diorama, eine nachgebaute Savannenlandschaft, über der sich als lichttechnische Illusion die Sonne erhebt und Morgenröte erzeugt. In dem kniehohen Gras hockt eine Horde affenähnlicher Wesen; einige haben sich auf die Hinterbeine erhoben und blicken uns über die Grashalme hinweg neugierig an. Auf den ersten Blick wirken sie lebendig, doch es sind natürlich nur Puppen. Wir fühlen uns an die Eröffnungsszene des Films *2001 – Odyssee im Weltraum* erinnert. Schauspieler in Affenkostümen.

Unser Begleiter drückt irgendwo einen versteckten Knopf, worauf eine wohltönende Stimme zu hören ist: »Drei Millionen Jahre vor unserer Zeit. Während sich in Europa die Hebung der Alpen verlangsamt hat und das allmählich kühler werdende Klima die bevorstehende Eiszeit ankündigt, herrschen in Afrika warme Savannen vor ...«

Mit einem Mal bewegen sich die Affenwesen und wir zucken zusammen. »Wie machen die das?«, flüstert einer aus der Gruppe, und ein anderer sagt etwas über Animatronic-Puppen.

Begleitet von der Sprecherstimme läuft vor unseren Augen eine Alltagsszene ab: Die Hordenmitglieder verwenden neben ihrem kräftigen Gebiss und den sehnigen Fingern auch Steine und Knochensplitter zum Zerteilen von Fleisch und Früchten. Sie wandern als Gruppe und pflegen intensive soziale Kontakte. Alles unter der Leitung eines Weibchens, welches sich von mehreren Männchen des Rudels begatten lässt, denen ansonsten offenbar nur die Aufgabe der Verteidigung gegen Feinde zukommt. Als es dunkler wird, versteckt sich das Alphaweibchen mit seiner Horde: Sie fürchten sich vor der Nacht und deren allgegenwärtigen Gefahren. Sie hassen übermäßige Hitze und Kälte, leiden fast ständig unter Hunger, trauern aber um ihre verstorbenen Verwandten, statt sie einfach aufzuessen.

Unser Museumsführer weist auf ein besonderes Detail hin: Die Horde versammelt sich um ein verstorbenes Mitglied, blickt zuerst den Toten an und dann sich selbst. Es könnte, wie wir hören, jener »magische Moment« sein, in dem unseren Vorfahren erstmals die Tatsache ihres eigenen, zukünftigen Todes bewusst wurde, wodurch sie sich endgültig von den Tieren unterschieden. »Und mit diesem Bewusstsein«, erklärt er, »begann die Utopie des verbesserten Menschen.«

Er führt uns zu einer Reihe von Vitrinen, in denen älteste Steinwerkzeuge und von scharfen Klingen bearbeitete Knochen liegen. Darüber stehen auf einer Tafel die Worte **Phase 1**. Eine Abbildung zeigt, wie die einst den Raubtieren der Savanne unterlegenen Affenwesen nun ihrerseits Jagd auf diese machen – in organisierten Gruppen und mit selbst erzeugten Waffen. In der einen oder anderen Form muss den Savannentieren damals klar geworden sein: Hier entsteht etwas Neues!

»Das Auftauchen erster Hominiden«, sagt unser Begleiter, »mag ein Zufall gewesen sein, doch es führte zu einer Kettenreaktion sich gegenseitig verstärkender Ereignisse. Eine in mehrere parallel verlaufende Linien unterteilte Entwicklung, an deren vorläufigem Ende als einziger Überlebender der *Homo sapiens* steht.«

Eine Gegenstimme aus dem Publikum: »Ich bezweifle aber, dass wir die Krone der Schöpfung sind.«

Der Museumsführer nickt: »Unter Biologen ist dieses Thema zwar noch umstritten, aber die meisten sind der Ansicht, dass die Natur mit uns Menschen nicht mehr oder weniger vor hat als mit Teichkarpfen, Kanarienvögeln oder Pandabären. Schauen Sie ...« – er zeigt auf eine kurvige Darstellung der menschlichen Populationsentwicklung bis in die Neuzeit – »... selbst unsere Spezies wäre bereits mehrere Male ausgestorben. Wir verdanken unser Fortdauern wahrscheinlich nur unserer letzten verbliebenen natürlichen Eigenschaft: der enormen Fähigkeit zur affektiven, gewollten Veränderung. Der Mensch unterscheidet sich also von den anderen Lebewesen der Erde vor allem darin, dass er versucht, aktiv in seine Evolution einzugreifen.«

Er fährt mit dem Finger die steil ansteigende Kurve der Bevölkerungsentwicklung seit dem 19. Jahrhundert nach: »Aus einer einst schwachen, ständig vom frühen Ableben bedrohten Spezies wurde eine veritable Urgewalt. Sie formt den Planeten nach ihren Bedürfnissen und hat eine durchschnittliche Lebenserwartung, die nur von Riesenschildkröten, diversen Papageienarten und Mikroorganismen überboten wird.«

Ein nebenstehendes Leuchtdisplay ist den Motiven und Beweggründen gewidmet, aus denen diese Fortschritte – und letztlich auch die Utopie vom »neuen, verbesserten Menschen« – entstanden.

»All unserem Handeln«, merkt der Museumsführer an, »liegt eine eigentümliche innere Zerrissenheit zugrunde, welche uns von einem Extrem – der Sehnsucht nach absoluter Sicherheit und Behaglichkeit – zum anderen – der unstillbaren Neugier auf Entdeckungen und Erlebnisse – pendeln lässt. Ersteres Motivationsfeld wird von der Passivität bestimmt; dazu gehören die Furcht vor dem Tod, die Furcht vor physischem und psychischem Schmerz sowie die Bequemlichkeit, um nicht zu sagen: Faulheit. In die zweite – die aktive – Motivationsgruppe fällt der Wunsch nach Erkenntnis, das Verlangen nach Lust und deren Befriedigung sowie die Sehnsucht nach Freiheit im Denken und in der Fortbewegung.«

Oben auf dem Display ist eine Aussage des Literaturwissenschaftlers Franz Baumer aufgedruckt: »Um ihre Schwierigkeiten zu ertragen, waren die Menschen immer bereit, Glücksversprechungen zu glauben. Alle glückseligen Inseln sind Bastionen der Hoffnung, der Illusion und Phantasie gegen die Angst, die Grausamkeit, die Langeweile und den Tod.«

Der Museumsführer fordert uns auf, sieben auf der Tafel befindliche, runde Scheiben hochzuklappen. Jede steht für eine Utopie, die aus dem beschriebenen Wechselbad der Gefühle, aus dem kreativen Hin und Her von Angst und Wollen, entstand und der wir seit jeher folgen. Wir klappen die Scheiben auf und lesen die darunter erscheinenden Worte:

1. Unsterblichkeit
2. Immerwährende Gesundheit
    (Schmerzlosigkeit, Jugendkraft, funktionierende Physis und Psyche)

3. Umfassendes Wissen
   (Erkenntnis über Raum, Zeit und uns selbst)
4. Beliebige Lustbefriedigung
   (Unterhaltung, Nahrung, Sex, Abwechslung)
5. Absolutes Glück
   (Lebenssinn, Frieden, Reichtum, Schönheit, Mühelosigkeit)
6. Freiheit in Zeit und Raum
   (Reisefreiheit, Gedankenfreiheit, beliebige Freizeit)
7. Vervollkommnung
   (Unfehlbarkeit, Erschaffung von Leben, Beherrschung von Zeit und Raum)

»Um diese Ziele zu erreichen«, führt unser Begleiter aus, »beschritten wir im Laufe unserer Entwicklung verschiedene Wege und durchwanderten mehrere Phasen, wie nun zu sehen sein wird.«

Raum II: Die Werkstatt der Zivilisation

Auch hier passen die Elemente der Innenarchitektur auf subtile Weise nicht richtig zueinander. Offenbar sind die Proportionen der Räume stets ein bisschen außerhalb der Norm verlaufend, was einen ständig irritiert. Wir stehen vor einer halbtransparenten Zwischenwand, auf welche aus einer versteckten Quelle projiziert wird. In einer beeindruckenden Bild- und Tonshow sehen wir die Jahrtausende an uns vorüber ziehen. Nachdem *Homo sapiens* mit Hilfe seines ersten Verbesserungsschritts durch Werkzeuge und Kommunikation die größten Raubtiere getötet, Mammut und Moa ausgerottet und sogar seinen engen Verwandten, den Neandertaler, für immer vom Antlitz dieser Erde verdrängt hat, geht er zu **Phase 2** seiner Verbesserung über. Er erweitert sein Wissen über die Zucht von Pflanzen und Tieren, gründet vor rund 10.000 Jahren feste Behausungen, die sich zu Städten auswachsen, und erweitert seine einstige Hordenstruktur zu einer größeren sozialen Ordnung.

Nach dem Ende der Show führt uns der Begleiter zu einem Podest, auf dem mehrere Scherben getöpferter Krüge und Schalen liegen. Davor ist eine Lupe installiert, durch die wir hindurchblicken sollen. Wir erkennen staunend, dass im Ton einiger Gefäße noch die Fingerabdrücke der Hersteller eingebrannt sind.

»Diese Keramiken entstanden um 6400 vor unserer Zeitrechnung in Südwest-Anatolien«, wirft der Museumsführer ein. »Anhand der Fingerabdrücke erkannte man, dass sie durchwegs von Frauen hergestellt worden sein müssen. Das führte zu der Vermutung, die sich mittlerweile bestätigt hat, dass ein großer Teil der vorgeschichtlichen Werkzeuge von Frauen erfunden worden sei. Etwa der Grabstock und die Hacke dort drüben. Aber auch Spinnwirtel, Spinnrad und Webstuhl, auf denen sich die ganze spätere Textilindustrie aufbaut, sind weibliche Erfindungen. So wie die Rohstoffe der Textilproduktion, vor allem Flachs und Baumwolle, zuerst von Frauen kultiviert und angepflanzt worden sind.«

Der Museumsführer deutet auf eine Darstellung der sich verändernden sozialen Struktur in den städtischen Gruppen jener Zeit: »Das einstige Matriarchat der von Frauen geleiteten Sippen wurde schleichend – durch die Übergabe von Verantwortung auf den Gatten und von diesem unfairerweise auf den Sohn statt die Tochter – von einem Patriarchat samt einhergehender Priesterkaste abgelöst. Während die Frauen sich fortan um häusliche Angelegenheiten zu kümmern hatten, leitete der Mann Politik und Wirtschaft und optimierte seinen Körper durch Kampfestraining. Wie wir sehen, haben Frauen den Männern aber nicht nur die Fähigkeit des Gebärens voraus, sondern waren und sind mindestens ebenso kreativ und technisch begabt.«

»Schön zu hören«, sagt eine Frau aus unserer Gruppe, »aber was hat das mit dem Thema dieses Museums zu tun?«

»Sehr viel«, erwidert der Museumsführer, »denn wir werden im Lauf des Besuchs sehen, dass die Utopie des neuen, verbesserten Menschen zum Großteil eine aus Minderwertigkeitsgefühlen geborene Erfindung des Mannes ist.« Mit diesen Worten bedeutet er uns, ihm in den nächsten Raum zu folgen.

Raum III: Die Schule des Westens

Hier ist der Boden uneben, als würde man über Wurzelwerk wandern, und die Decke weist durch textile Bespannung seltsame Moiré-Effekte auf. Eine auf Kniehöhe angebrachte grafische Zeitleiste sagt uns, dass wir uns nun im 4. Jahrhundert vor Christus befinden und **Phase 3** der Menschenoptimierung erreichen. An den Wänden wird im Stil griechischer Vasenzeichnungen, die ein wenig an Comics erinnern, ein Überblick zur Situation des antiken Menschen gegeben.

Da die körperliche Verbesserung aus physikalischen Gründen nicht mehr steigerbar ist, bleibt als Feld möglicher Optimierung nur der Geist übrig: In antiken Schulen und Universitäten erweitern Männer nicht nur ihr Wissen um das Universum, die Erde und den Menschen, sondern geben dieses auch an ihre Schüler weiter – mit dem Ziel, die jeweils nächste Generation immer ein Stück schlauer zu machen als die vorige.

Die utopischen Ideen der Antike wurden, wie der Museumsführer hinzufügt, meist auf ein goldenes, in der Vergangenheit liegendes irdisches Zeitalter projiziert. Dies ließe sich von Hesiod bis zur Römischen Antike des Ovid mitverfolgen und beeinflusst auch Platons Schilderung einer idealen Gesellschaft auf Atlantis in den Dialogen »Timaios« und »Kritias«. Ziel vieler griechischer Denker war es, durch optimale moralische Lebensweise wieder die Zustände dieses goldenen Zeitalters herzustellen.

Unser Begleiter bittet uns, einen Knopf in der Wand zu drücken. Darauf erscheint unvermittelt der holographische Kopf eines bärtigen Mannes, welcher sich uns als der Philosoph Platon vorstellt (darunter ist etwas störend eingeblendet, dass er von 427 bis 347 v. Chr. lebte). Nun hören wir sozusagen aus seinem eigenen Munde, dass er sich im fünften Buch seiner »Politeia« bereits Gedanken über bessere Staatssysteme und noch bessere Menschen machte. Daraus entwickelte er die ersten literarischen Utopien (auch wenn er sie noch nicht so nannte).

»Ich habe mir wirklich umfassende Gedanken gemacht«, betont Platon etwas angeberisch, »denn ich setzte nicht nur auf eine langsame geistig-moralische Besserung des Menschen, sondern machte auch Vorschläge zur Verbesserung der allgemeinen Eigenschaften.«

Vordenker der Menschenzucht: der Philosoph Platon

Er räuspert sich und zitiert dann aus seinem eigenen Werk: »Jeder Treffliche sollte der Trefflichsten am meisten beiwohnen, die Schlechtesten aber den ebensolchen umgekehrt; und die Sprösslinge jener sollen aufgezogen werden, dieser aber nicht, wenn uns die Herde recht edel bleiben soll; und dies alles muss völlig unbekannt bleiben, außer den Oberen selbst, wenn die Gesamtheit der Hüter so viel wie möglich durch keine Zwietracht gestört werden soll. Kinder guter Eltern sollen ins Säugehaus zu den für die Aufzucht bestimmten Wärterinnen gebracht werden, die von schlechten Eltern aber oder solche mit körperlichen Gebrechen soll man in einem unzugänglichen und unbekannten Orte aussetzen.«

Der Vortrag endet und der Holo-Kopf verschwindet wieder. Einigen von uns bleibt die Spucke weg, als wir uns über Platons Vorschläge zur Menschenzüchtung klar werden. Unser Betreuer zeigt uns aber schon die nächste Tafel und meint mit sardonischem Lächeln: »Die Idee der Verbesserung durch Zucht findet sich auch bei den von späteren Generationen so umjubelten Spartanern wieder. Sie unterzogen ihre Kinder einer harten körperlichen Ausbildung, während sie schwächliche Neugeborene töteten oder aussetzten. Mit diesem Konzept gelangt ein geistiges Virus in die europäische Kultur, das uns in den nächsten Räumen immer wieder begegnen wird.«

Raum IV: Der Tempel der Transzendenz

In einem abgedunkelten Saal, der durch seine achteckige Grundform an romanischer Kirchenarchitektur orientiert ist, lässt uns eine Audio-Video-Installation hautnah das 5. Jahrhundert unserer Zeit erleben und wir betrachten die Endzeit eines für unbesiegbar gehaltenen Imperiums. Der Fall Roms muss, wie uns eine Sprecherin erzählt, für die europäischen Völker wie ein Menetekel des unvermeidbaren, weil menschenimmanenten Unvermögens gewirkt haben. Diese Haltung sowie andere, banalere Gründe trugen dazu bei, dass nach einer Phase der Vermehrung von Wissen und Technik in Europa nun eine Zeit der Rezession einsetzte: das Mittelalter. Freilich gaben die – nach wie vor von Männern geleiteten – Institutionen ihr Projekt zur Verbesserung des Menschen nicht auf. Nur handelte es sich diesmal, in **Phase 4**, um kirchliche Einrichtungen, und ihre Vordenker setzten auf eine Verbesserung durch Glaube, Transzendenz und Moral – während sich weltliche Feudalherren mit der wirtschaftlichen Ausbeutung der Massen begnügten.

»Auch im christlichen Mittelalter taucht«, wie unser Museumsführer erläutert, »die antike Vorstellung eines vergangenen goldenen Zeitalters auf der Erde wieder auf, und zwar in Form des biblischen Paradieses. Zusätzlich werden Vorstellungen über ideale Zustände in eine transzendente Zukunft – das Himmelreich – projiziert. Der Mensch des Mittelalters schwankt also zwischen nostalgischer Erinnerung an das Paradies und der Hoffnung auf ewige Seligkeit im Jenseits.«

»In der Zeit des Mittelalters wurde«, wie er fortfährt, »auch die antike Idee des ›Reiches‹ wieder aufgegriffen – im Unterschied zum bloß rationalistischen Staatengebilde als Kulminationspunkt der Kultur. Später, im 20. Jahrhundert, wird uns auch das ›Dritte Reich‹ begegnen: ein sakraler Begriff, der direkt aus den Gefilden Utopias stammt. Jenes ›Dritte Reich‹, das der erste und zweite Weltkrieg als Synthese von Macht und Geist den Gläubigen bringen sollten, war seit 700 Jahren angekündigt. Als ›Drittes Reich des Geistes‹ erträumte es an der Wende vom 12. zum 13. Jahrhundert der Zisterzienser-Abt Joachim von Fiore in seiner Lehre von den drei Weltaltern – dem des Vaters, des Sohnes und des Heiligen Geistes. In der davon inspirierten, 300 Jahre später niedergeschriebenen Utopie des ›Sonnenstaates‹ von Tommaso Campanella sollte übrigens die Fortpflanzung über ein eigenes Amt geregelt werden, unter Aufsicht eines ›Groß-Metaphysikers‹. Die Prinzipien der Tierzüchtung wurden auf den Menschen übertragen, und Amtspersonen waren damit betraut, Männer und Frauen für die Zusammenführung auszuwählen. Ein Arzt und ein Astrologe sollten den Zeitpunkt des Beischlafes bestimmen. Auch hier taucht also die uralte Idee Platons von der Menschenzucht wieder auf.«

Entlang der acht Seitenwände folgen wir der Zeitleiste in diverse Nischen, die an die Seitenaltäre von Kathedralen erinnern, und treffen dort, im 13. Jahrhundert, auf einige Versuche zur Menschenoptimierung abseits des christlichen Glaubens:

So werden etwa die tabubrecherischen naturwissenschaftlichen Experimente des Stauferkaisers Friedrich II. dargestellt, unter anderem der Versuch, Kinder von jeder Sprachvermittlung durch die Außenwelt abzuschneiden, um herauszufinden, ob sie beginnen würden, die nach der Bibel menschliche Ursprache, das Hebräische, oder eine andere Sprache zu sprechen. Auch ließ er, um die menschliche Verdauung zu ergründen, zwei Männer nach dem Essen unterschiedliche Tätigkeiten ausüben und stellte dann aufgrund ihres Mageninhalts fest, ob Ruhe der Verdauung zuträglich sei. In einem letzten Versuch ging es um die Frage nach der Unsterblichkeit der Seele: Ein Mann wurde in einem Fass eingeschlossen und sterben gelassen, um zu sehen, ob seine Seele das Fass verlassen würde. Ein Infotext weist darauf hin, dass solche Experimente ohne einen gewissen Atheismus und ein Bewusst-

Die große Transformation 137

sein absoluter Selbstherrlichkeit ebenso wenig möglich waren wie sein Herrschaftsstil, in dem nach Jakob Burckhardts Worten der Staat bereits als »berechnete, bewusste Schöpfung« auf den Plan tritt.

In einer anderen Nische sehen wir ein nachgebautes Labor von Alchimisten jener Zeit, welche auf ihre Weise den perfekten Menschen erzeugen wollten, indem sie versuchten, ein künstliches Wesen – den *Homunculus* – im Reagenzglas zu erschaffen. Laut einer Infotafel schreibt noch der 300 Jahre später lebende Arzt und Alchimist Paracelsus in seinem Werk »Liber primus de generationibus rerum naturalium« über das Phänomen des künstlich hergestellten Wesens: »Auch wenn einige Autoren der Antike Zweifel hatten: Es liegt etwas Wahres darin, dass es eines Tages möglich

Der Homunculus: Männlicher Wunschtraum des von Frauen abgekoppelten Gebärens

sein wird, entweder durch die Natur oder künstlich einen Menschen außerhalb des Körpers einer Frau und natürlichen Mutter herstellen zu können.«

Der Versuch dieser Männer – natürlich sind es wieder Männer –, Leben zur Welt zu bringen, ist so alt wie die Menschheitsgeschichte selbst und immer wieder zum Scheitern verurteilt. Sie können und können einfach keine Kinder erschaffen, sondern sind nach wie vor auf die Gebärkraft der Frauen angewiesen.

»Aber die monotheistischen Religionen und besonders das Christentum«, erklärt unser Museumsführer, »lockten die Menschen ohnehin mit der größten und massentauglichsten Utopie von allen: der Unsterblichkeit gepaart mit ewigem Glück. Ihre Versprechungen sollten noch lange in den Menschen nachhallen und bereiteten den geistigen Boden für spätere technologische Utopien. Aus unserer einstigen Horde schwächlicher, aber entdeckungslustiger affenähnlicher Wesen unter weiblicher Führung ist eine Herde ums Seelenheil betender Schäfchen geworden, die von männlichen Hirten gelenkt werden.«

Wir erleben an mehreren aufeinander folgenden Stationen Glanz und Elend, Schönheit und Hässlichkeit des Mittelalters, das Leid durch Pest und Kriege und den ständigen Wunsch, dieser Misere entwachsen zu können. Die Verordnungen, Heilsversprechungen und Glaubensaufrufe der Kirche helfen immer weniger und verlieren allmählich ihre Macht über die Menschen. Ein neues Zeitalter bricht an – nicht durch irgendwelche Erfindungen oder Entdeckungen, sondern aufgrund der wachsenden Unzufriedenheit der großen Masse mit den herrschenden Verhältnissen. Es ist keine umwälzende Revolution, die über Nacht stattfindet, sondern eine schleichende Veränderung und genauso unauffällig gelangen wir auch aus dem riesigen Saal in den nächsten Raum.

Raum V: Die Bibliothek der Natur

Wir betreten gleichsam das 16. Jahrhundert und stehen im Arbeitszimmer eines Naturwissenschaftlers der Renaissance. Er hebt den Kopf (wahrscheinlich wieder eine Animatronic-Figur), blickt uns an und sagt: »Ich freue mich, dass ihr den Weg zu mir fandet und euch für meine wissenschaftlichen Belange interessiert. Viel kann ich euch jedoch noch nicht zeigen. Seit die griechischen Stadtstaaten mit ihren Akademien und Philosophenschulen von der römischen Militärmacht einverleibt wurden, sind 1700 Jahre vergangen, in denen die Naturwissenschaften praktisch keine bedeutenden Fortschritte machten.«

Er blickt sich vorsichtig um, als könnte er von Spionen belauscht werden. Dann fährt er fort: »In den letzten Jahrhunderten überdeckte das kirchlich verbreitete Glauben-statt-wissen-Wollen jegliche Anstrengung zur wissenschaftlichen Erkenntnis der Welt und des Menschen. Erst das Auftreten von ›Ketzern‹ wie Martin Luther, Nikolaus Kopernikus, Giordano Bruno, Galileo Galilei, Leonardo da Vinci und Johannes Kepler führte wieder ein kritisch-neugieriges Nachdenken in unsere europäische Gesellschaft ein.«

Der Mann – welcher pikanterweise ein wenig an den Mönch und Universalgelehrten Athanasius Kircher erinnert – erzählt, dass die Erfindung des Buchdrucks zwar geholfen habe, Ideen schneller zu verbreiten, Voraussetzung für das Denken sei sie jedoch nicht gewesen. 1700 schweigende Jahre zwischen Luther und Archimedes könnten durch die Abwesenheit des Buchdruckes nicht erklärt werden. »Doch genug geredet«, ruft er uns zu, »ich muss mich wieder um meine Arbeit kümmern. Gehabt euch wohl und seht euch derweilen ruhig ein wenig um.« So wendet er sich wieder seinen Aufzeichnungen zu und verstummt.

Unser Museumsführer erklärt: »Die idealen Zustände in den nachmittelalterlichen Utopien befinden sich also nicht mehr im Jenseits, sondern wieder hauptsächlich im Diesseits, auf der Erde. Zum einen entstanden – zumal in der Zeit großer Entdeckungsreisen – Utopien nach dem Modell des Thomas Morus. Zum anderen immer mehr Wunschorte, die sich in einer fernen Zukunft an einem nicht näher bestimmten Ort auf der Erde befinden. Es beginnt ein Zeitalter mannigfaltiger Entdeckungen.«

Er führt uns durch ein mit chemischen, optischen und magnetischen Apparaturen vollgestopftes Zimmer und wir merken, dass die Zeitleiste allmählich vom 16. ins 17. Jahrhundert übergeht. Wir halten vor einem Schreibtisch, der sich sehr alt anfühlt und derart mit wissenschaftlichen Instrumenten, Messgeräten und Versuchsanordnungen angeräumt ist, dass keine Briefmarke mehr Platz darauf hätte. Ganz hinten stehen mit Formaldehyd gefüllte Gläser und Flaschen, in welchen tierische – und möglicherweise auch menschliche – Embryonen schweben.

»Im 17. Jahrhundert«, erzählt der Museumsführer, »entwickelte sich die Vorstellung, dass der Mensch dazu in der Lage sei, utopische Zustände aktiv, mit eigenen Mitteln, zu verwirklichen. Wichtigstes Mittel dabei war die Wissenschaft. Unsere moderne Idee, dass der Mensch sich aus eigener Kraft optimieren könne, löste seit jener Zeit gewaltige Euphorie aus. Hier sehen Sie die drei Leitideen jener Zeit ...«

Er zieht den Vorhang von einer alten Schiefertafel und liest die mit Kreide darauf geschriebenen Worte vor: »Erstens: die Idee der Beherrschung der den Menschen umgebenden Natur, ermöglicht durch eine zunehmende Entwicklung von Naturwissenschaft und Technologie. Zweitens: die Idee der Gestaltung einer idealen Gesellschaft auf Basis entsprechender Theorien. Und drittens: die Idee der Beherrschung und Machbarkeit des eigenen Körpers sowie der Vervollkommnung der menschlichen Natur, bewirkt durch eine Zunahme des medizinischen Könnens.«

Über die gesamte Längswand des Raumes erstreckt sich eine eindrucksvolle Bibliothek, unter einer Plakette mit der Aufschrift **Phase 5**. Einige der in den Regalen stehenden Bücher sind mit Jahreszahlen versehen und durch versperrte Panzerglasscheiben gesichert: Originalausgaben einstmals kirchlich verbotener Werke wie etwa das 1543 von Nikolaus Kopernikus veröffentlichte, bahnbrechende Werk »De Revolutionibus Orbium Coelestium«. Oder die aus dem Jahr 1623 stammende Schrift »Saggiatore« des Galileo Galilei, zusammen mit seinem 1632 erschienenen »Dialogo«. Jene Werke beeinflussten wiederum den Schriftsteller Cyrano de Bergerac bei seinen Utopien »États et empires de la lune« von 1657 und »Histoire comique des états du soleil« von 1662, in welchen er nicht nur Reisen zum Mond beschrieb, sondern auch Sonnenreiche ersann.

Nahe der Tür zum nächsten Raum wird die Bibliothek von den Werken der Aufklärung dominiert, allen voran die zwischen 1751 und 1756 erschienenen Bände der »Encyclopédie«, jenem Mammutwerk von Denis Diderot, das eine Bestandsaufnahme des Wissens jener Zeit zum Ziel hatte und prompt zum Zankapfel mit der

Zwischen Glaube und Naturwissenschaft: Der Mensch der Renaissance

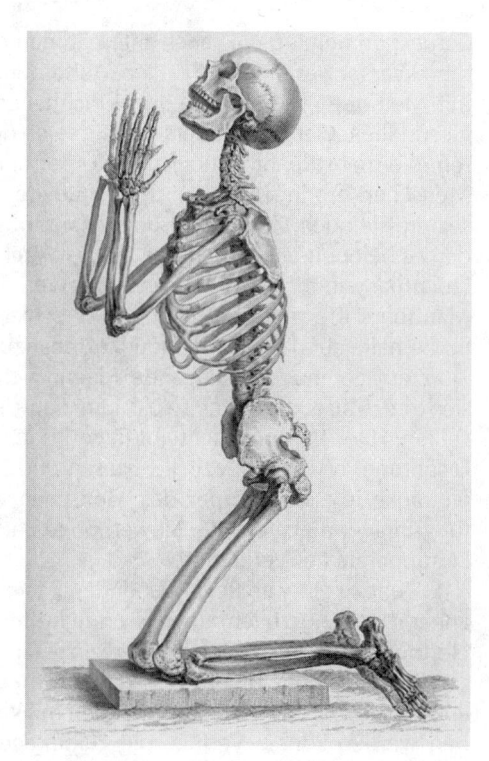

Kirche wurde. Das Zeitalter der Aufklärung, die den Menschen durch Wissen und Selbstständigkeit verbessern und aus seiner »selbstverschuldeten Unmündigkeit« führen wollte, war jedoch nicht mehr aufzuhalten.

»Besonders drei Personen«, erzählt unser Museumsführer, »konkretisieren im 17. und 18. Jahrhundert den Gedanken der Beherrschbarkeit und Vervollkommnung des Menschen durch Entwicklung der Medizin: Francis Bacon, René Descartes und der Marquis de Condorcet. In ihren Werken werden bereits zentrale medizinisch-utopische Kernthemen berührt, die auch in der späteren utopischen Literatur regelmäßig zu finden sind.«

So lasse Bacon auf »New Atlantis« etwa Grotten existieren, in denen man mit neuen Heilungs- und Lebensverlängerungsmethoden experimentiert. Gleiches unternähmen die Inselbewohner mit dem Wasser bestimmter Quellen. Außerdem experimentierten sie mit Methoden zur Heilung von Krankheiten und zum Erhalt der Gesundheit. Ganz besonders wichtig seien die Experimente an Tieren, die mehr Kenntnis über den Körper und die Gesundheit des Menschen erbringen sollten. Man studiere diese sehr genau und seziere sie auch. Zudem versuche man, tot scheinende Tiere wieder zu beleben und experimentell das Wachstum von Tieren, ihre Fruchtbarkeit, ihr Aussehen sowie ihr Verhalten zu manipulieren. Man führe Kreuzungsversuche mit verschiedenen Tierarten durch und erhalte auf diese Weise neue fortpflanzungsfähige Rassen.

»Ziemlich modern klingende Ideen, nicht wahr?«, unterbricht sich der Museumswärter selbst, um dann seinen Bericht fortzusetzen: »Des Weiteren schreibt Bacon über die Verbesserung der Ernährung, erwähnt spezielles Fleisch und Brot sowie besondere Getränke, die den Körper des Menschen widerstands- und leistungsfähiger machten. Für Schwerhörige und Taube stünden sogar Hörapparate zur Verfügung.«

Er geht zu einer im Regal stehenden Büste Descartes und erzählt anhand von Auszügen aus dessen Schriften, dass auch er große Hoffnungen in die zukünftige Medizin setzte. Es sei »nicht daran zu zweifeln, dass das bislang vorhandene medizinische Wissen nur äußerst gering ist im Vergleich zu jenem Wissen, das noch erworben werden könne. Verfüge die zukünftige Medizin erst einmal über hinreichende Einsicht in die Ursachen und kenne sie die möglichen Gegenmittel der verschiedenen Krankheiten, so könne sie den Menschen nicht nur von körperlichen Gebrechen, sondern auch von Erkrankungen des Geistes befreien. Ja sogar die Beseitigung der Schwächen und Qualen des Alters sei dann möglich.«

»Es ist erstaunlich«, sagt unser Betreuer dann mit ironischem Blick, »wie viele scheinbar erst im 20. Jahrhundert aufgekommen Ideen in Wahrheit auf Jahrhunderte alten Vorstellungen aufbauten. Sehen wir uns noch den dritten im Bunde an: Marie Jean Antoine Nicolas Caritat, besser bekannt als Marquis de Condorcet. Er trug ganz besonders zur Entwicklung medizinisch-utopischer Ideen bei.«

Vorsichtig entnimmt er einer verschließbaren Vitrine ein altes Buch und erklärt: »In seiner optimistischen Schrift ›Esquisse d'un tableau historique des progrès de l'esprit humain‹ von 1795 beschreibt Condorcet, wie die Entwicklung der Menschheit langsam, aber sicher von der Finsternis zum Licht führt. Enthusiastisch präsentiert er, wie die bevorstehende Verwirklichung der Gleichheit zwischen allen Menschen gewissermaßen eine Bedingung für das Erreichen der höchsten Stufe des Menschen darstellt. In seiner historischen Darstellung der Fortschritte des menschlichen Geistes zeigt er, dass die Vervollkommnung des Menschen seiner Auffassung nach keine intrinsischen Grenzen kennt. Die menschliche Spezies werde sich fast bis ins Unendliche hinein perfektionieren können. Die Perfektibilität habe ihre einzige Grenze im zeitlichen Bestehen der Erde.«

Er stellt das Buch wieder zurück ins Regal und wendet sich uns zu: »Die visionäre Vorstellung, wonach die menschliche Form und nicht einfach nur unsere gesellschaftlichen Institutionen verbessert werden sollten, gehörte also schon von Anfang an zur Aufklärung. Zwar existierte auch damals die Idee des goldenen Zeitalters, etwa bei Rousseau, ebenso wie Vorstellungen über ein Weiterleben im Jenseits; doch Enthusiasmus und Hoffnungen hatten durch die zunehmende Säkularisierung stark nachgelassen. Wohin dies führte, möchte ich Ihnen gerne jetzt zeigen ...«

Vom nächsten Raum hallen uns dumpfe Maschinengeräusche entgegen und Dampf steigt auf, als wir durch die Tür treten, unserem nächsten Etappenziel entgegen.

Raum VI: Die Halle der Maschinen

Mit seiner bizarren und gleichzeitig wuchtigen Innenarchitektur haut uns dieser Raum fast um. Eigentlich ist es gar kein Raum, vielmehr eine Halle, eine Maschinenhalle. Gleich vorne steht der mannshohe Kupferkessel einer gewaltigen Dampfmaschine, welche zahlreiche Räder und mechanische Übersetzungen betreibt und deren heißer Lebensdampf durch Rohre fließt, die sich durch die gesamte Halle ziehen. Eine von Gasglühlicht erhellte Anzeige erscheint und informiert uns, dass wir **Phase 6** der Menschenoptimierung erreicht haben.

Der Museumsführer muss fast schreien, um den stampfenden Lärm zu übertönen: »Wir befinden uns nun im 19. Jahrhundert.

Lange bleibt auch hier das Projekt der Verbesserung des Menschen auf Ausbildung, körperliche Ertüchtigung und verbesserte Heilmedizin beschränkt. Doch dann kommt es zu einer Reihe folgenschwerer Entdeckungen und Veröffentlichungen, aus denen eine ganz besonders hervorragt ...«

Er zieht an einem Hebel und laut rasselnd entrollt sich eine Kette von der Decke, an der ein Kasten hängt, auf welchen wiederum eine geschwärzte Glasplatte montiert ist. Darauf erscheint nun, wohl durch einen optischen Trick, das Gesicht eines weiteren älteren Mannes. Er trägt einen schwarzen, unbequem aussehenden Anzug und steht inmitten einer Sammlung toter Finken. Noch bevor er sich mit seltsam schnarrender Stimme vorstellt, wird uns klar, dass es sich um Charles Darwin handeln muss.

»Meine Entdeckung der natürlichen Zuchtwahl«, sagt er mit einer Mischung aus Stolz und Bedauern, »gab der Wissenschaft erstmals einen Schlüssel zum Verständnis des Lebens – auch des eigenen – in die Hand. Dass die Entstehung der Arten über die Jahrtausende einem immer wiederkehrenden Prinzip vom Kampf ums Überleben und Anpassen an die Umwelt folgt, rief zwar Unmut hervor, da dies auch für den Menschen galt. Doch dass sich bestimmte erworbene Merkmale nach festen Regeln auf die Nachkommen übertragen, machte meine Theorie darüber hinaus zur Grundlage und Rechtfertigung späterer Entwicklungen, die ich nicht beabsichtigt hatte. Ich bitte Sie, dies zu berücksichtigen.«

Der sprechende Kasten wird wieder hochgezogen. Stattdessen erscheint eine Aussage der Historikerin Gertrude Himmelfarb: Sie kam zu dem Schluss, dass der Sozialdarwinismus für die Politik des Industriezeitalters ein unbestrittener Anziehungspunkt war. »Als politisches Instrument erhob der Darwinismus Wettbewerb, Macht und Gewalt über Konventionen, Ethik und Religion.« Damit sei er zu einem Aufhänger geworden »für Nationalismus, Imperialismus, Militarismus, Diktatur und Heldenkult, Supermensch und Herrenrassen.«

Wir verstehen, warum Charles Darwin sich von diesen Folgen mit allem Recht distanzieren würde, und folgen einem spiralig gewundenen Dampfrohr, das von seinen Forschungsinstrumenten und Aufzeichnungen wegführt, zu einer »Denkmaschine« betitelten Apparatur hin.

Hier erscheinen drei aus Wachs modellierte Köpfe britischer Forscher, jeweils mit Namenskärtchen beschriftet: es handelt sich um Francis Galton, einem Cousin Charles Darwins, weiters ein »W. Greg« und »A.R. Wallace«. Sie setzen die Idee frei, man könne die biologische Vererbung dazu nutzen, eine Gesellschaft nicht nur gesund zu halten, sondern gezielt einen immer perfekteren Menschentypus zu züchten. Aus ihren Mündern ertönen (wohl über versteckte Lautsprecher) die Worte »Eugenik« und »Selektion«. Von den Briten springt plötzlich ein Funke – man könnte auch sagen: ein kulturelles Gen oder ein Mem – auf die daneben montierten Köpfe amerikanischer Forscher und Meinungsbildner über. Als Erster ist davon kein Geringerer als Alexander Graham Bell infiziert, dessen Entwicklung – das Telefon – selbst zum optimalen Überträger neuer Ideen werden sollte. Aber auch andere greifen die Idee begeistert auf. Eine von ihnen ausgehende, beleuchtete Bilderleiste veranschaulicht anhand sehr schöner Diagramme und Zeichnungen, was Eugenik für sie bedeutet: Hübsche und kluge Männer paaren sich mit ebenso hübschen und klugen Frauen und erzeugen dadurch noch hübschere und klügere Kinder. Die Rückseite ebenjener Bilderleiste zeigt, dass derselbe Gedanke all jenen Menschen, die nicht das Glück haben, hübsch und klug zu sein, nahelegt, sich freiwillig sterilisieren zu lassen oder wenigstens auf eine übermäßige Fortpflanzung zu verzichten. Denn ihre Gene werden aufgrund ihrer körperlichen oder geistigen Eigenschaften als »minderwertig« angesehen und stellen dadurch eine »Gefahr für das genetische Reservoir« der Zivilisation dar. Wie uns ein entsprechender Infotext berichtet, führte damals die eugenische Bevölkerungspolitik in einigen US-Bundesstaaten zur Durchsetzung einer Sterilisationsgesetzgebung.

»Erinnert Sie das an etwas?«, fragt unser Begleiter und lässt uns den Deckel einer Metallbox hochheben. Da springt uns auch schon wieder der Kopf Platons entgegen, sodass wir erschrocken zurück zucken. »Wenn ich gewusst hätte«, sagt der Philosoph, »was aus meiner Utopie wird, sobald man sie um das biologische Wissen und die massenwirksamen Technologien der Neuzeit erweitert, hätte ich eventuell einige Passagen gestrichen.«

Der Denker verschwindet mit einem Zischen wieder in der Box und wir gehen ein paar Schritte weiter. Gleichzeitig sehen wir, dass

Darwins Evolutionstheorie (hier in einer zeitgenössischen Karikatur) als unfreiwillige Inspiration für die Eugenik

von den amerikanischen Wachsköpfen ein unheilvolles Funkeln über mehrere Leitungen und Kabel weiterläuft, über den Ozean zurück, in die hübschen Landschaften von Österreich und Deutschland. Ahnend, was jetzt kommt, wollen wir das Überspringen der eugenischen Idee noch verhindern, aber es ist natürlich zu spät. Schon tauchen auch hier Wachsköpfe aus der dröhnenden Maschine auf (Alfred Ploetz, Wilhelm Schallmayer und andere), die in den Singsang der Eugenik mit einstimmen. Dieses Lied wird bis Anfang des 20. Jahrhunderts zwar in fast allen europäischen Ländern gesungen (auch in Russland, auch in der kommunistischen Partei). Aber die deutschsprachige Variante klingt gleich um eine Note aggressiver, radikaler. Bereits zu Beginn ihrer Entfaltung spielt der Gedanke der Tötung von Menschen aus Gründen der »Selektion« eine Rolle, wenngleich nicht im Zentrum der Programmatik.

»Das Sterilisationsgesetz von 1933«, erzählt unser Museumsführer, »und die ›Nürnberger Gesetze‹ von 1935 enthielten alle entscheidenden Elemente der Utopie von der Menschenzüchtung: Zum einen wurde das Züchtungsziel einer ›germanischen Rasse‹ formuliert, umschrieben durch die Ausgrenzung anderer ›Rassen‹, zu denen auch die Juden gezählt wurden. Dazu kam der fatale Begriff der ›Erbgesundheit‹, der eine staatlich verordnete Verhinderung der Fortpflanzung durch Sterilisation implizierte. Staatliche Ärztekollegien sollten, wie bei Platon, über den ›Erbwert‹ und die Ehetauglichkeit von Heiratswilligen entscheiden und Bestimmungen über die Zugehörigkeit zu den rassisch ›Wertvollen‹ erlassen.«

Als er mehrere Bildschirme aktiviert, die mit den Worten »Von der Idee zur Praxis« übertitelt sind, zögern wir zwar, aber können dann doch nicht anders: Wieder und wieder müssen wir uns die Bilder von Euthanasiekliniken vor Augen führen, die Audioberichte von KZ-Überlebenden anhören, die Videos ausgemergelter Lagerinsassen und aufgetürmter Leichenberge ansehen. Darüber hinaus den ganzen Schrecken ungezügelter Forschung, wie sie von KZ-Ärzten im Dritten Reich – aber auch von japanischen und amerikanischen Medizinern – an »Untermenschen«, Kriegsgefangenen und geistig Behinderten betrieben wurde. So mutierte die Idee der Menschenoptimierung zu einer Ideologie, welche eine Verbesserung perverserweise durch Rassismus und Massenmord erreichen wollte.

»Dass man nach dem Zweiten Weltkrieg allmählich von diesen Experimenten erfuhr«, wirft unser Museumsführer ein, »ist auch eine Hauptursache des dystopischen Misstrauens späterer Generationen an medizinischer Forschung. Besonders die Eugenik sowie jede Form von Menschenzüchtung, Geburtenkontrolle oder Sterbehilfe wurde mit argwöhnischem Blick beobachtet.«

Abschließend führt er uns zu einer kleinen interaktiven Installation. Hier hören wir, nachdem wir einen Knopf betätigen, einen Mann aufgeregt sagen: »Der neue Mensch lebt in unserer Mitte! Er ist da! ... Ich werde Ihnen ein Geheimnis sagen: Ich habe den neuen Menschen gesehen! Ich habe Angst vor ihm gehabt!«

Nun sollen wir erraten, von wem dieses Zitat wohl stammt. Hierzu stehen uns drei Antwortmöglichkeiten zur Verfügung: a) H.G. Wells, b) Adolf Hitler und c) Paracelsus.

Wir versuchen unser Glück und stellen fest, dass es sich um ein Zitat des mittleren Herrn handelt, das dieser tätigte, als er sich mit Hermann Rauschning, dem Senatspräsidenten von Danzig, über das Problem einer Mutation der gezüchteten menschlichen Rasse unterhielt.

Raum VII: Der Termitenbau des Arbeitshelden

Die Geometrie des Raums wirkt schizophren: Auf einer Seite scheint alles verkleinert zu sein, wodurch wir uns automatisch größer und wichtiger vorkommen. Die andere Wand jedoch zieht sich extrem weit nach oben und ihre strengen, exakten Unterteilungen und Mauervorsprünge werden zu Monumentalarchitektur, zu der man ehrfürchtig aufblickt und sich unbedeutend fühlt.

»Wir befinden uns in der Mitte des 20. Jahrhunderts«, erläutert unser Begleiter, »und haben **Phase 7** der Utopie vom Neuen Menschen erreicht.« Nach zwei Weltkriegen sei der Idee einer eugenischen Verbesserung des Menschen ein – zumindest vorläufiges – Ende mit Schrecken beschieden gewesen. »Dafür entstand aber schon die nächste Utopie: Das Paradies der Arbeiter im kommunistischen Staat. Wie man sich diesen vorzustellen hatte, beschrieb etwa Ernst Jünger, als er 1932 in seinem national-bolschewistischen Zukunftsbuch ›Der Arbeiter‹ den Termitenstaat verherrlichte.«

Wir werden zu einer nachgebauten Kohlengrube geführt, wo uns wieder eine täuschend echt gestaltete Puppe erwartet, die sich bei unserem Näherkommen umdreht, uns mit gleichzeitig leidendem und stolzem Blick betrachtet und sich dann vorstellt: »Mein Name ist Alexej Grigorjewitsch Stachanow. Meine Person ist nicht wichtig und sie ist austauschbar, aber aufgrund ungewöhnlicher

*Der Neue Mensch des Kommunismus:
UdSSR-Zeitung um 1940 mit gefeierten
Stachanow-Arbeitern*

Stachanow-Plakat

*Adolf Hennecke,
der Arbeitsheld der DDR*

Umstände wurde ich zum sowjetischen Helden der Arbeit ernannt.« Er wendet sich wieder seiner Arbeit zu, als hätte er keine Zeit, mit uns zu reden, doch er fährt in seiner Rede fort: »Wissen Sie, ich habe nämlich am 31. August 1935 in dieser Kohlengrube im Donbass in einer einzigen Schicht 102 Tonnen Kohle gefördert. Das wird Ihnen vielleicht nichts sagen, aber ich hatte damit die gültige sowjetische Arbeitsnorm um das Dreizehnfache überboten.«

Wir sehen, dass gleich neben der Grubeninstallation mehrere Plakate affichiert sind, welche den von sowjetischen Machthabern favorisierten neuen Menschentyp zeigen. Stark, aber absolut untergeordnet, bevölkert er den sozialistischen Idealstaat, genauso wie Adolf Hennecke – jener Grubenarbeiter, der in der DDR nach Stachanows Vorbild zum Motiv der Propaganda wurde. Allesamt Teil der Klasse des Proletariats, die nach der utopischen Vorstellung von Karl Marx (»Schon wieder ein bärtiger Mann«, stöhnt eine Besucherin) frei vom »Sündenfall« der Bourgeoisie sei. Uns wird klar, dass die kommunistischen Staaten versuchten, den optimistischen Genossen der Zukunft zu züchten. Seine hervorstechende Eigenschaft sollte Dienst an der Gemeinschaft, vollendeter Altruismus sein. »Du selbst bist nichts, dein Volk ist alles!« könnte genauso gut auf den Plakaten stehen.

Ein Infodisplay weist auf die Verbindung von auf den ersten Blick so unterschiedlichen Denksystemen wie Religion und Kommunismus hin: So wie schon im 5. Jahrhundert der Kirchenvater Augustinus in seinem »Gottesstaat« einen epischen Kampf vor Augen hatte, als er die Wirklichkeit des Reiches Gottes von der des weltlichen Reiches, welches das Reich des Bösen sei, unterschied, so war auch im Kommunismus die Welt in die Kontrahenten »Bourgeoisie« und »Proletariat«, in das Prinzip der bösen Ausbeutung und der guten Erhebung, eingeteilt. Endzeitpathos, so der Infotext, erfülle alle großen Utopien, die auf Geschichtsveränderung gerichtet seien. Wissenschaft und technischer Fortschrittsglaube waren bei Marx offenbar nur dünne Tünche über dem Mythenglauben an ein verlorenes Goldenes Zeitalter des Urkommunismus, das am Anfang der Menschheitsgeschichte bestand und durch den neuen Kommunismus wiederhergestellt werden sollte. Auch hier begegnet uns also wieder die antike Vorstellung eines untergegangenen Zeitalters, das mit allen Mitteln wieder hergestellt werden sollte.

Unser Museumsführer resümiert dazu: »Im Rückblick erscheint das sozialistische Experiment als ein Erzwingen der Gleichheit aller Menschen mit allen Mitteln, als ein größenwahnsinniger Versuch, die Verfehlungen von Jahrtausenden in einer einzigen Generation auszubessern.« Er macht eine kleine Kunstpause, räuspert sich und fährt dann fort: »Es handelte sich um ein weiteres von männlichen Denkern und Lenkern entwickeltes Menschenexperiment, das keine Rückkoppelung mit den davon Betroffenen suchte und daher wieder einmal in Leid und Massenmord ausartete.«

Er dreht sich um und weist uns im Vorbeigehen auf eine prächtig beleuchtete Glasstele hin, deren aufgedruckter Text zum nächsten Raum weiterleitet:

»Inzwischen weisen uns Physiologie und Biologie neue Forschungsgebiete. Beispielsweise konnte jetzt gezeigt werden, dass elektrische Reize bestimmter Hirnstämme bei Menschen wie bei Tieren ein überwältigendes Gefühl der Glückseligkeit und des Wohlbefindens im ganzen Körper hervorrufen können. Man hat sogar festgestellt, dass es möglich ist, die eine Hälfte des Körpers glücklich zu machen, während die andere im normalen Zustand verharrt. Manche mögen das materialistisch finden. Aber schließlich ist auch elektrische Glückseligkeit eine Form des Glücks, und Glück ist viel wichtiger als die physischen Vorgänge, die mit ihm verbunden sind.«

Wer dies 1962 in England in einem Vortrag über das menschliche Glücklichsein sagte, war kein anderer als der Biologe und Nobelpreisträger Sir Julian Huxley, Bruder des Schriftstellers Aldous Huxley, von dem wiederum der Roman »Schöne neue Welt« stammt, in dem die ungewollten Auswirkungen der »glücklichen Gesellschaft« offenbart werden.

Danach ein weiteres Zitat, diesmal aus seinem Buch »Ich sehe den künftigen Menschen«, mit dem er den nächsten Schritt in der großen Transformation des Menschen vorzeichnete: »Im Gegensatz zu der vorhandenen und für die Zukunft bedrohlichen potenziellen Mangelhaftigkeit des Menschen steht das ungeheure Ausmaß seiner Verbesserungsmöglichkeiten in kommenden Zeiten.«

Darunter jedoch folgt, in blassblauer Handschrift, ein visionärer Kommentar von keinem anderen als Sigmund Freud, aus seinem 1930 verfassten Essay »Das Unbehagen in der Kultur«. Er schreibt:

»Der Mensch ist sozusagen eine Art Prothesengott geworden, recht großartig, wenn er alle seine Hilfsorgane anlegt, aber sie sind nicht ihm verwachsen und machen ihm gelegentlich noch viel zu schaffen. Er hat übrigens ein Recht, sich damit zu trösten, dass diese Entwicklung nicht mit dem Jahr 1930 A.D. abgeschlossen sein wird. Ferne Zeiten werden neue, wahrscheinlich unvorstellbar große Fortschritte auf diesem Gebiete der Kultur mit sich bringen, die Gottähnlichkeit noch weiter steigern. Im Interesse unserer Untersuchung wollen wir aber auch nicht daran vergessen, dass der heutige Mensch sich in seiner Gottähnlichkeit nicht glücklich fühlt.«

Raum VIII: Der Body Shop

Wir befinden uns am Übergang vom 20. ins 21. Jahrhundert. Der etwas zu grell ausgeleuchtete Raum zeigt an mehreren Einzelstationen Momentaufnahmen des Alltagslebens jener Zeit: Eine Frau steht in einem Fitnesscenter am Laufband. Ein Mann betreibt Bodybuilding. Zwei Kinder sitzen gebannt vor einem Flatscreen-Fernseher, auf dem Werbung mit optisch perfekten Menschen läuft. Ein Schönheitschirurg zeichnet einer älteren Dame rote Linien ins Gesicht, um die späteren Operationsschnitte zu markieren. Ein jugendlicher Professor mit wirren Haaren und Groucho-Marx-Brille baut gemeinsam mit seinen Studenten an einem Roboter, dem man für größere Menschenähnlichkeit Augen, Nase und Lippen mitten ins Kabelgewirr eingepflanzt hat. Über all diesen und weiteren Dioramen zeigt eine blinkende LED-Laufschrift die ewig wiederkehrenden Worte: **Phase 8**.

Unser Betreuer gibt eine kurze Einführung: »Spätestens nach dem Niedergang des Sowjetreichs verlor die euro-amerikanische Gesellschaft jegliche Lust an politischen und philosophischen Utopien. Denn es gab ein Problem bei all dem – und gleichzeitig das große Paradoxon jener Zeit: Trotz allen technologischen Fortschritts hatte sich der *Homo sapiens* selbst nicht weiter entwickelt. Der moderne Mensch – und hier vor allem seine männliche Ausgabe – verübte dieselben Gräuel wie sein Höhlen bewohnender Vorfahr, also Mord und Totschlag, Kannibalismus und Kindesmissbrauch, Sodomie und Selbstverstümmelung, um nur einige zu nen-

Arbeit am Neuen Menschen: Cover der Fachzeitschrift Plastic and Cosmetic Surgery

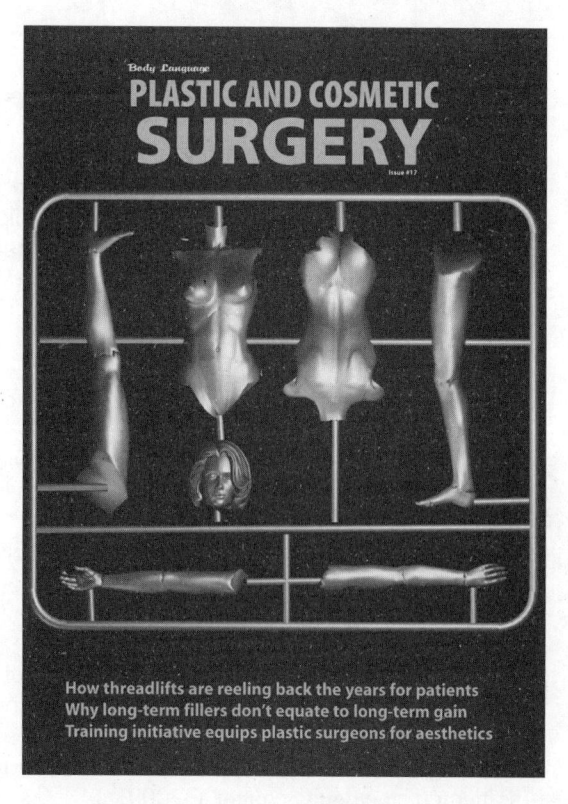

nen. Was sich geändert hatte, waren lediglich die Dinge, mit denen man sich umgab und die man zu sich nahm.«

Er macht eine weit ausholende Handbewegung: »Wie Sie hier sehen, konzentrierte der utopielose Normalbürger sich nun auf sein individuell gestaltetes Leben und nahm die Verbesserung des eigenen Körpers selbst in die Hand oder ließ sich dabei von Experten helfen. Während westliche Staatenlenker noch immer von einer New World Order raunten und die von ihnen oder Naturgewalten zerstörten Gemeinschaften der ›Schockstrategie‹ des Kapitalismus unterzogen, läutete ein Jugend- und Fitness-Hype in Wahrheit das Zeitalter der Ärzte, Biologen und Neuroinformatiker ein.«

Wir betrachten eine mitten im Raum stehende Monitorwand, auf der Werbedurchsagen jener Zeit erscheinen wie zum Beispiel: »Zufrieden mit deinem Körper? *www.sportnahrung.at* – Macht das Beste aus dir.«

Daneben befindet sich eine Installation, welche die schon damals – im Jahr 2007 – vorhandenen bionischen Ersatzteile des menschlichen Körpers präsentiert: Die gläserne Skulptur eines Menschen lässt sich an verschiedenen Stellen berühren und erzeugt jeweils passende Hologramme, welche neben dem verfügbaren Implantat mitteilen, ob und seit wann es am Markt ist und auch gleich dessen Preis nennen:

- *Schädel-Rekonstruktion:* Knochen-Implantate nach Unfällen, verfügbar seit sechs Jahren, Preis: bis zu € 180.000,–
- *Neuro-Chip:* Verbessert die Gehirnleistung, bewährt bei »Parkinson«, als Stimmungsaufheller für Gesunde noch im Teststadium, € 20.000,–
- *Künstliche Retina:* Ersetzt funktionsunfähige Sehzellen auf der Netzhaut, Wirkungsgrad noch gering, € 30.000,–
- *Künstliches Herz:* Rund 50 Patienten pro Jahr erhalten bereits ein solches, € 200.000,–
- *Herzklappen:* Eine mechanische Herzklappe kostet rund € 2400,–; mitwachsende Bio-Herzklappen sind noch erheblich teurer
- *Herzschrittmacher:* Jährlich rund 80.000-mal eingesetzt, € 10.000,–
- *Schulter-Prothese:* In Deutschland erhalten pro Jahr rund 6000 Patienten eine neue Schulter, € 1000,–
- *Ellbogen-Prothese:* 2006 etwas 500-mal in Deutschland verkauft, € 1350,–
- *Cochlea-Implantat:* Innenohr-Prothesen lassen taube Menschen wieder hören, € 40.000,–
- *Künstliche Lunge:* Im Teststadium, arbeiten außerhalb des Körpers, für den Gasaustausch sorgen Nano-Membranen, Preis noch unbekannt
- *Hüft-Prothese:* Jährlich bis zu 180.000 Operationen, Haltbarkeit maximal 15 Jahre, € 8000,–
- *Oberschenkel-Neuroimplantat:* Bei einer Behinderung wie etwa durch Schlaganfall stimulieren Sensoren das Nervensystem, bis zu € 20.000,–

- *Erektionshilfe:* Wird bei Impotenz als Schwellkörper-Implantat eingesetzt, in Deutschland etwa 350-mal pro Jahr, € 1500,- bis 6000,-
- *Knie-Ersatz:* Kunstknie lernt dank Sensoren die Gehgewohnheiten seines Besitzers und setzt sie in Bewegungen um, was die Laufanstrengung auf ein Minimum reduziert; € 40.000,-
- *Fingergelenk-Prothese:* jährlich rund 5000 Operationen, € 400,-

»Der Neue Mensch wird in dieser Phase also durch ›Körper-Tuning‹ zu erreichen versucht«, erzählt der Museumsführer. Demnach sind zu jener Zeit besonders Jugendliche für Körperoptimierung offen und lassen – beginnend mit Tattoos und Piercings – ihren Körper immer weiter verändern. Wie das weitergeht, zeigt ein als Leuchtschrift erscheinendes Statement des Soziologen Thomas Schramme: »Schon sind andere Praktiken verbreitet, wie das Hinzufügen von verzierenden Brandnarben, Zungenspaltungen, subkutane Implantate, extreme Gewebedehnungen, Genitalpiercings, Gewebeschnitte, das Zusammennähen der Lippen, die Verankerung von Metallklammern in der Haut und das Verabreichen von Salzinjektionen zur Vergrößerung der Genitalien.«

Einer aus unserer Gruppe wirft die Frage ein, was die Menschen dazu bringe, sich das anzutun. »Die wahrscheinlichste Ursache«, meint unser Begleiter, »dürfte eine allgegenwärtige Unzufriedenheit mit dem eigenen Körper sein, die durch mehr oder weniger unterschwellige Reize in den Medien noch verstärkt wird. Eine Ahnung davon, wie früh diese Meinung den Menschen eingetrichtert wurde, erhält man zum Beispiel aus dem 1952 veröffentlichten Buch ›Die Zukunft hat schon begonnen‹ von Robert Jungk. Er zitiert darin einen Instrukteur der US-Airforce in der Akademie in Randolph Field, der zu seinen Kadetten sagte: ›Gemessen an seinen bevorstehenden Flugaufgaben ist der Mensch eine Fehlkonstruktion.‹«

Wir betrachten die hintere Wand des Raumes, welche über und über mit Kombinationen der Buchstaben G, A, C und T beschriftet ist. Der Museumsführer erläutert, dass es sich hierbei um den im Jahr 2000 entschlüsselten genetischen Code des Menschen handelt. Damit stand nun eine völlig neue Möglichkeit zur Verfügung, die Menschheit gesünder und langlebiger zu machen: Indem, wie man hoffte, einfach die entsprechenden Gene gefunden und repariert werden mussten, die für Krankheiten und sogar das Altern zuständig seien. Dies waren also – nachdem alle anderen Utopien gescheitert waren – die letzten, großen Wunschträume zur Verwirklichung des Neuen Menschen: ewige Jugend, ständige Gesundheit und schließlich die Unsterblichkeit selbst.

Wir sehen, wie sich in der Mitte der Wand die Buchstaben zur doppelt gewundenen Spirale des DNS-Moleküls verdichten, welches wiederum mit zahlreichen kleinen Fotos verbunden ist. Sie zeigen sämtliche Aspekte aus dem geistigen und physischen Leben eines Menschen, um den Glauben der Jahrtausendwende zu versinnbildlichen, wonach der genetische Code all diese Bereiche steuere.

»Es war dies freilich eine vereinfachte Betrachtungsweise«, meint der Museumsführer, »welche an die mechanistischen Vorstellungen vom menschlichen Körper im 19. Jahrhundert erinnert. Aber folgen Sie mir bitte durch den Tunnel zum zweiten Teil des Museums und Sie werden sehen, warum die Versprechungen der Wissenschaftler so verlockend waren ...«

Raum IX: Der Tunnel der Verheißungen

Wir begleiten ihn durch einen etwa sechs Meter breiten, gläsernen Tunnel, dessen Wände fast komplett mit interaktiven Bildflächen bedeckt sind, von denen uns (durchwegs männliche) Forscher entgegen blicken. Ein Pandämonium der Aussagen von Biologen, Medizinern, Informatikern und Neurologen aus den Jahren rund um das Millennium.

Einleitend steht neben der Tür ein Zitat des Medienwissenschaftlers Norbert Bolz aus dem Jahr 2007: »Die Wissenschaftler arbeiten an einem neuen Naturbegriff, der Biodesign, also die Gestaltung der Natur, denkbar macht. Wer nach einer Metapher für diese Aufgabe sucht, könnte vom neuen posthumanen Paradies sprechen. ... Evolution und Design schienen bisher Gegensätze zu sein. Jetzt lernt das Design von der Evolution – und Evolution wird designt. Man könnte, um es genau und paradox zu formulieren, von gewollter Evolution sprechen.«

Wir nähern uns als Erstes dem Themenkomplex **Gesundheit**. Hier melden sich sogar Männer zu Wort, die gar keine Mediziner sind, wie etwa der amerikanische Erfinder und Informatiker Ray Kurzweil: »Viele Krankheiten werden wir überwinden, indem wir den Körper umprogrammieren. ... In zehn oder fünfzehn Jahren werden die Technologien tausendfach weiter sein als heute. Unsere Fusion mit Maschinen ist der nächste Schritt der Evolution.«

»Zu Herrn Kurzweil«, wirft der Museumsführer ein, »der uns noch weitere Male begegnen wird, möchte ich dann gegen Ende des Tunnels noch etwas sagen.«

Einstweilen geleitet er uns zu einer Unterkategorie, die profanerweise mit **Organe von der Stange** betitelt ist. Hier wird verkündet, dass die Züchtung biologisch-synthetischer Ersatzteile, also maßgeschneiderter Gewebe sowie innere und äußere Organe nach dem Vorbild der Natur, immer mehr Gestalt annimmt. Dahinter steckt die Vision von Biologen und Materialwissenschaftlern, endlich den Mangel an Spenderorganen zu beheben. Zwei von ihnen – David J. Mooney, Professor für Biologie, Materialwissenschaften und chemische Technologie an der Universität von Michigan, sowie Antonios G. Mikos, Professor für biologische und chemische Technologie an der Rice-Universität in Houston/Texas – sind mit Prognosen von 1999 zu hören:

»Komplette Neo-Herzen sind in zehn oder zwanzig Jahren zu erwarten.«
»Sind erst die Abläufe bekannt, die beispielsweise eine Leber zur Leber werden lassen, sollte es auch möglich sein, diesen Vorgang im Labor nachzuvollziehen.«
»Eines Tages dürfte sich (mit synthetischen Gerüsten) steuern lassen, wie viel und für wie lange die Zellen Wachstumsfaktoren bilden.«
»Das Konzept eines ›biologischen Ersatzteillagers‹ mag futuristisch erscheinen, dennoch wird es langsam zur Realität.«
»Wenn eines Tages völlig klar ist, nach welchen Gesetzen sich ein Organ oder ein Gewebe entwickelt, sollte theoretisch eine kleine Anzahl von ›Starterzellen‹ für die Neubildung ausreichen. Hinreichende Kenntnisse sollten es außerdem ermöglichen, den Prozess schließlich aus dem menschlichen Körper ins Labor zu

verlegen. Dort könnten dann tatsächlich ›Organe von der Stange‹ produziert werden. Im Notfall stünden sie als vorgefertigte Neo-Organe sofort zur lebensrettenden Transplantation zur Verfügung.«

Mitten hinein in diese für jeden Kranken natürlich verlockenden Worte tönt noch dazu Anthony Atala, Direktor der Abteilung für die synthetische Herstellung von Geweben am Boston Children's Hospital, der daran arbeitet, menschliche Nieren in Laborgefäßen wachsen zu lassen, und prophezeit, dass sich bis 2020 etwa 95 % aller menschlichen Körperteile durch im Labor gezüchtete Organe werden ersetzen lassen.

Abschließend werden Mooney und Mikos zwar vorsichtiger und ein wenig widersprüchlich, indem sie meinen: »Die Zukunft vorherzusagen ist immer riskant – vor allem in der Medizin. Dass in fünf Jahren voll funktionsfähige Neo-Haut existiert, halten jedoch viele Experten für eine durchaus vernünftige Annahme. Bei einer Neo-Leber wären aber eher dreißig Jahre anzusetzen.« Dann aber schwingen sie sich wieder zu wahrem utopischem Denken auf und verkünden: »Vor 10.000 Jahren enthob die Entwicklung des Ackerbaus die Menschen von dem Zwang, von dem leben zu müssen, was die Natur von sich aus bot. Die Ersatzteilzüchtung (menschlicher Organe) könnte uns eines Tages in analoger Weise von den Unzulänglichkeiten unseres eigenen Körpers befreien.«

Hier würden wir, so unser Begleiter, eine weitere Quelle für das Gefühl der Unzulänglichkeit des menschlichen Körpers sehen: Sie entspringt aus den Mündern der Mediziner selbst.

Der nächste Komplex ist dem Thema **Hybride Organe** gewidmet. Laut Erklärungstext handelt es sich dabei um halb künstliche, halb natürliche Gebilde. Geschützt von synthetischen Membranen können dabei selbst tierische Zellen ihre biochemische Maschinerie in den Dienst von Kranken stellen, ohne vom Immunsystem attackiert zu werden. Von Varianten solcher »Biohybrid-Systeme« erhofften sich die Mediziner der Jahrtausendwende Überbrückungshilfen für Patienten, die auf ein Spenderorgan warten. So meinten 1999 Michael J. Lysaght, Biomedizin-Ingenieur und Associate Professor für künstliche Organe an der Brown-Universität in Providence, Rhode Island (gleichzeitig Präsident des dortigen Zentrums für Zellmedizin), sowie der Schweizer Patrick Aebischer, Leiter der Abteilung Forschung an der medizinischen Hochschule der Universität Lausanne und Direktor des dortigen Gentherapiezentrums: »Die Biohybrid-Technologie eröffnet der Gentherapie ganz neue Möglichkeiten.«

Und weiter: »Spätestens in fünf Jahren, so erwarten wir, wird die Diabetestherapie mit Zell-Linien an großen Tieren erprobt, und klinische Studien an Patienten werden dann rasch folgen. Manche unserer Kollegen halten diese Einschätzung für zu vorsichtig; andere sehen sie als zu optimistisch an. In einem herrscht jedoch Übereinstimmung: Die Entwicklung einer künstlichen Bauchspeicheldrüse oder eines entsprechenden Biohybrid-Systems muss in der Medizin des 21. Jahrhunderts höchste Priorität haben.«

Die beiden lagen mit ihrer Schätzung nicht schlecht, wie wir auf Knopfdruck erfahren, denn nicht nur werden seither an mehreren Instituten biohybride Systeme entwickelt, auch die erste künstliche Bauchspeicheldrüse wurde 2003 am Grazer Institut für medizinische Systemtechnik und Gesundheitsmanagement des Joanneum Research-Centers vorgestellt.

Im Unterbereich **Gezüchtetes Gewebe** hören wir: »Noch sind etliche Hürden zu nehmen, doch eine Tages wird die Versorgung von Patienten mit bio-künstlichen Organen und Geweben ebenso zur medizinischen Routine gehören wie heutzutage eine Bypass-Operation am Herz.« Dies prophezeite 1999 Robert S. Langer, Professor für chemische und biomedizinische Technologien am Massachusetts Institute of Technology. Ähnliches erfahren wir von Joseph P. Vacanti, Professor für Chirurgie an der Harvard-Universität in Cambridge, USA, zudem Leiter des Laboratory for Tissue Engineering and Organ Fabrication am Massachusetts General Hospital.

Laut den beiden würden »Gewebenachbildungen im 21. Jahrhundert auch die Plastik- und Metallprothesen an Knochen und Gelenken ersetzen. ... Solche lebenden Implantate werden sich nahtlos in das umliegende Gewebe einfügen, und Probleme wie Infektionen und die allmähliche Lockerung von Gelenkprothesen werden sich damit erledigen.«

Sie glaubten, dass der Tag nicht mehr fern sei, an dem man »komplexere menschliche Körperteile wie Hände und Arme auf Polymergerüsten nachwachsen lassen kann, die für den jeweiligen

Patienten maßgeschneidert sind«. Letzte verbliebene Hürde sei allerdings die fehlende Regenerationsbereitschaft von Nervengewebe. Doch auch wenn bislang niemand menschliche Nervenzellen zum Wachsen habe bringen können, seien die Forscher für die absehbare Zukunft zuversichtlich.

»Auch wenn daraus noch nichts geworden ist«, wirft unser Museumsführer ein, »tauchte neben der Idee künstlicher Organe zwangsläufig auch die alte Utopie auf, einen Menschen gleich völlig außerhalb des Mutterleibs zu erschaffen. Aldous Huxleys makabre Vision einer ›schönen neuen Welt‹, in der Feten in Flaschen heranreifen und durch ›Entkorken‹ zur Welt kommen, kam dem schon sehr nahe ...«

So hören wir unter der Kategorie **Künstliche Gebärmutter** die Aussage von Noboya Unno, Gynäkologe und Forscher an der Universität von Tokio, er »staune über Aldous Huxleys richtige Vorhersage, dass die Babys wahrscheinlich blutarm aus ihrem künstlichen Uterus schlüpfen werden.«

Daneben hängt, mystisch beleuchtet, der erste künstliche Uterus der Welt – wenngleich darin bis heute nur Tierfeten aufgezogen werden können. Sein Erfinder, Professor Yoshinori Kuwabra vom Juntendo-Hospital in Tokio, den wir daneben auf der Bildfläche erblicken, hatte offenbar keine ethischen Bedenken, da er von seiner wissenschaftlichen Mission überzeugt war. Schließlich könne man, wie er Ende der 1990er-Jahre sagte, mit dieser Methode den Prozess der Entstehung von Leben sicherer gestalten und viel besser kontrollieren, als die Natur dazu jemals in der Lage ist. Wie viele Embryonen in den Experimenten, die er für die »Menschenversion« seines künstlichen Mutterleibs durchführen muss, »verbraucht« werden, schien ihm gleichgültig zu sein: »Wir würden den künstlichen Mutterleib lieber heute als morgen auch beim Menschen einsetzen. Es wird noch einige Zeit dauern, bis das möglich ist – erste Experimente haben wir aber schon gemacht. ... Zunächst wird die künstliche Gebärmutter vielleicht nur den letzten Teil einer Schwangerschaft übernehmen. Aber in zwanzig bis dreißig Jahren wird es schon möglich sein, auf diese Weise einen Menschen von der Zeugung bis zur Geburt entstehen zu lassen.«

Dass, wie unser Museumsführer einwirft, auch in solch heiklen Fällen wie der menschlichen Fortpflanzung gewagte Prognosen durchaus ihre Aussicht auf Realisierung haben, zeigt der hier abgebildete Aufsatz »Die Züchtung von menschlichem Leben« des deutschen Mediziners Klaus Goerttler (aus der *Umschau* Nr. 70 von 1970). Darin heißt es: »Bald wird ein (etwa noch bestehender) Kinderwunsch ohne lästige Schwangerschaft realisierbar sein. Eizellen werden dann entweder ›aus der eigenen Produktion‹ entnommen oder sind käuflich zu erwerben. Ihre Befruchtung kann aus der Samenkonserve eines ›Wunschvaters‹ erfolgen. Anstelle einer Eigenschwangerschaft wird man entweder auf ›Ammen‹ zurückgreifen, welche die Austragung (gegen Bezahlung) stellvertretend übernehmen, falls man sich nicht gleich zu einem Retortenkind eigener Wahl entschließt, dessen Entwicklung durch Zugabe von Wirkstoffen wunschgemäß gesteuert werden kann. Unerwünschte Entwicklungen in der Retorte wären durch Abschalten der Brutkammer zu ›selektionieren‹.«

Auch wenn die Tatsache, dass deutsche Mediziner im Jahre 1970 noch – oder schon wieder – das Wort »Selektion« im Zusammenhang mit Menschen verwendeten, Abscheu erzeugt: Das erste Retortenbaby, Louise Joy Brown, kam laut nebenstehendem Hinweis jedenfalls am 25. Juli 1978 in England zur Welt.

Auch in Russland und Australien wurde, wie wir sehen, an der Entwicklung eines künstlichen Mutterleibs gearbeitet. Und in Bologna versuchte Professor Carlo Bulletti viele Jahre lang, die menschliche Fortpflanzung vom Körper abzukoppeln, bis ihn Proteste stoppten. Anthony J. Atala, dem wir schon zuvor begegneten, meint am nächsten Bildschirm: »Eines Tages wird eine Frau, die eine Gebärmutter braucht, Stammzellen spenden und ihren maßgeschneiderten künstlichen Uterus innerhalb von nur sechs Wochen erhalten können.«

Hier meldet sich wieder unser Begleiter zu Wort und sagt: »Ihnen wird aufgefallen sein, dass es stets Männer waren und sind, die von der Utopie der künstlichen Zeugung träumen. Sei es aus Neid gegenüber der weiblichen Gebärfähigkeit oder aus einem Gefühl der Unvollkommenheit heraus. Jedenfalls entstand hiermit tatsächlich eine Möglichkeit, um das ›starke Geschlecht‹ in dieser Hinsicht vollkommen zu machen.«

»Was meinen Sie?«, fragt einer aus der Gruppe und erhält lächelnd zur Antwort: »Durch einen künstlichen und in den menschlichen Leib implantierten Uterus könnten erstmals auch Männer schwanger werden!«

Nachdem wir diese Information verdaut haben, wenden wir uns einem Bereich zu, in dem ähnlicher Optimismus herrscht, nämlich die **Zellregeneration**. Zahlreiche Mediziner erhoffen sich demnach seit längerem enormes therapeutisches Potenzial von embryonalen Stammzellen: aus ihnen könnten sich praktisch alle anderen Zelltypen regenerieren und Starthilfe zum Wiederaufbau geschädigter Gewebe leisten. Durch **therapeutisches Klonen** wären sogar körperidentische embryonale Stammzellen zu gewinnen. Hierzu hören wir Aussagen aus dem Jahr 1999 von Roger A. Pedersen, Professor für Geburtshilfe, Gynäkologie und Fortpflanzungsmedizin an der Universität von Kalifornien in San Francisco:

> »Wenn auch noch Zukunftsmusik, ist das Szenario (nachwachsender Herzzellen) doch nicht allzu weit hergeholt.«
> »Möglicherweise lassen sich ... Stammzellen eines Erwachsenen einmal so ›umstimmen‹, dass sie Zellnachschub für nicht regenerationsfähige Gewebe bilden; erste Hinweise existieren mittlerweile.«
> »Ein weiteres Anwendungsfeld von Stammzellen wäre, an ihnen Medikamente daraufhin zu testen, ob sie die Embryonalentwicklung beeinflussen oder Missbildungen auslösen.«

Der Museumsführer stoppt das Video kurz und wirft ein: »Beachten Sie, dass solche Statements meist demselben Schema folgen: Zuerst wird eine abstrakte Möglichkeit behauptet. Dann eine utopische Vorstellung damit verknüpft und anschließend Beispiele für weitere positive Effekte gegeben, um das Bedürfnis zu steigern. Die Arbeit an solch verheißungsvollen Technologien kostet aber natürlich eine Menge Geld. Schauen wir also einmal, wie zum Beispiel Professor Pedersen dazu kommt ...«

Er drückt noch mal auf den Knopf und der Mediziner spricht weiter: »Die Ablehnung im US-Kongress sorgte dafür, dass bisher keine Bundesmittel für die Forschung an menschlichen Embryonen zur Verfügung gestellt wurden. ... Meine eigenen, ähnlich gelagerten Forschungen wurden sämtlich von dem Pharmaunternehmen Geron in Menlo Park, Kalifornien, finanziell unterstützt.«

Aus dieser und weiteren Aussagen erfahren wir, dass schon damals ein großer Teil medizinischer Forschung von Unternehmen finanziert wurde, die sich daraus natürlich Profit erhofften. Die größten Wachstumschancen am ohnehin gigantischen Biotech-Markt bot offenbar die **Gentechnik**, der eine ganze Bildflächenreihe gewidmet ist.

»Zwar herrschten hier zu Beginn des neuen Jahrtausends noch mehrere Tabus«, erzählt unser Museumsführer, »zum Beispiel der Eingriff in die Keimbahn des Menschen oder das Experimentieren oder die Zellentnahme bei lebensfähigen Embryonen. Doch die verheißungsvollen Versprechungen der Wissenschaftler brachten diese allmählich zum Bröckeln.«

Die Fortschritte in der modernen Medizin inspirierten auch solche Autoren zur Entwicklung optimistischer Zukunftsperspektiven von Machbarkeit und Beherrschbarkeit der menschlichen Natur, die selbst nicht direkt in der Medizin tätig waren. Lee Silver, Professor für Molekularbiologie in Princeton, schilderte in seinem Buch »Remaking Eden« (»Das geklonte Paradies – Künstliche Zeugung und Lebensdesign im neuen Jahrtausend«, 1997) die utopische Vorstellung, dass in Zukunft Eltern über die genetische Ausstattung ihrer Kinder selbst werden entscheiden können. Die **Reprogenetik** werde ihnen diese Möglichkeit bieten. Von dieser nahm er an, dass sie es bereits in absehbarer Zeit jedem Paar und auch jeder Einzelperson ermöglichen werde, leibliche Kinder zu bekommen. Silver ging weiter davon aus, dass die Entwicklung von **DNS-Chips** möglich werde, die das gesamte Genom eines Menschen schnell und kostengünstig scannen könnten. Mit ihrer Hilfe wären dann breit angelegte Bevölkerungsstudien durchführbar, um Zusammenhänge zwischen genetischen Mustern und phänotypischen Merkmalen zu identifizieren. Auf diese Weise würde man mit der Zeit begreifen, wie körperliche und geistige Charakteristika mit den Genprofilen in Zusammenhang gebracht werden können. Ziel sei demnach, die Vererbung bestimmter Gene sicherzustellen oder aber zu verhindern. Silver erwartete, dass der Mensch die biologischen Grundlagen seiner eigenen Art auf Dauer so verändern würde, dass in Zukunft zwei Spezies des Menschen nebeneinander existierten, die GenRich-humans und die Naturalhumans.

Auf einer anderen Bildfläche sehen wir Gregory Stock, Biophysiker an der Universität von Kalifornien in Los Angeles, der 1999 meinte, die **Keimbahntherapie** als »Evolutionsspritze« würde die Gesellschaft glücklicher und gesünder machen: »Das Wissen wächst so unglaublich schnell«, sagt er, »und die Möglichkeiten sind dermaßen faszinierend.«

Aus einem Lautsprecher dringt die Stimme von Leroy Hood, Molekularbiologe an der Universität von Washington in Seattle: »Wir könnten wahrscheinlich einen Menschen konstruieren, der völlig gegen AIDS gefeit wäre oder gegen bestimmte Krebsformen. Wir könnten einen Menschen machen, der viel älter würde als wir heute. Das halte ich für eine gute Sache.« Und weiter: »Irgendwann wird genug Wissen vorhanden sein, um selbst komplexe genetische Systeme zu manipulieren. Zum Beispiel werden wir imstande sein, die menschliche **Intelligenz** massiv zu beeinflussen. Das halte ich für äußerst verlockend.«

Hood fügt auch hinzu, dass die Akzeptanz wie bei Retortenbabys anfangs niedrig sein und dann stark steigen wird. Schon folgt eine weitere medizinische Verheißung: Da selbst bei korrekter Diagnose einer Erkrankung nicht garantiert ist, dass ein dagegen verordnetes Arzneimittel wirklich hilft, lautet die Hoffnung, dass der Arzt eines Tages durch einen Gentest ermitteln könnte, auf welches **maßgeschneiderte Medikament** sein Patient optimal ansprechen wird.

Walter Gilbert, Harvard Medical School, ging 1998 davon aus, dass bis 2000 bereits zwanzig bis fünfzig Erbkrankheiten mit DNS-Abschnitten in Verbindung gebracht werden könnten. Und: »Man kann (im Jahr 2030) vermutlich in der Apotheke die eigene DNS-Sequenz auf eine CD kopieren lassen und sie zu Hause in Ruhe auf dem PC analysieren. Wir werden diese CD aus der Hosentasche ziehen und sagen können: Das ist der exakte Bauplan eines menschlichen Wesens, das bin ich!«

Francis Collins vom »Human Genome Project« prophezeit nebenan sogar, bis zum Jahr 2010 sei die Erfassbarkeit von 2000 bis 5000 erblichen Krankheiten möglich. Auch in seiner Vorstellung werde man im Jahr 2030 bereits den kompletten genetischen Status einer Person erfassen können.

»Diese Euphorie«, wirft der Museumsführer ein, »hält seither an, auch wenn einige von den Forschern aufgestellte Prophezeiungen sich bewiesenermaßen nicht erfüllten, wie zum Beispiel Craig Venters Aussage im Jahr 2000 angesichts der Genom-Entschlüsselung: ›In zwei Jahren werden wir die Welt tiefgreifend verändert sehen!‹«

Auf einer weiteren Bildfläche ist William Haseltine zu hören, Präsident und wissenschaftlicher Direktor der Firma Human Genome Sciences, die sich im »Bio Valley« bei Rockville, Maryland angesiedelt hat (ganz in der Nähe von Craig Venters »Institute for Genomic Research«): »In fünfzig Jahren werden wir in der Lage sein, jede Art von Zerstörung im Körper rückgängig zu machen. Wir können dann mit Genprodukten den Verschleiß der Gefäße und des Nervensystems aufhalten und diese Prozesse völlig umkehren. Die durchschnittliche Lebenserwartung wird auf über neunzig Jahre steigen. Die Medizin wird zu einer vorbeugenden Disziplin. Der Patient sagt nicht mehr zu seinem Arzt: ›Heile mich, ich bin krank!‹, sondern ›Erhalte meinen Zustand!‹ Der Körper ist dann wie ein Auto, man bringt es allenfalls noch zur Inspektion.«

Und Haseltine weiter: »Es ist zugleich eine großartige und erschreckende Vorstellung, dass die Wissenschaft in der Lage wäre, den Grundprozess der menschlichen Existenz, nämlich das Altern, zu untergraben oder gar aufzuheben. ... Nun sind wir zum ersten Mal in der Lage, uns die Unsterblichkeit des Menschen vorzustellen.«

Hier werden laut unserem Museumsführer also die durchaus konkreten Erfolge der Genetik mit alten Utopien verknüpft, die – aber das mag bloße Unterstellung sein – den Betreibenden immer und immer wieder neue öffentliche Unterstützung, Geldmittel und Kaufbereitschaft gewährleisten sollen.

Von weiblichen Forschern kommen zu all dem ohnehin meist kritische Stimmen, wie uns ein weiteres Videostatement veranschaulicht: »Verglichen mit der Kernspaltung besitzt die Gentechnologie das weitaus größere Machtpotenzial. Und sie könnte der Gesellschaft unbedingt mindestens ebenso gefährlich werden«, meint auf einem Monitor die Molekularbiologin Liebe Cavalieri von der Staatsuniversität von New York in Purchase.

»Dass Männer meist pro und Frauen meist contra Gentechnologien auftreten«, erklärt unser Museumsführer, »hat meiner Ansicht nach wieder mit der Tatsache zu tun, dass Frauen eben keine Technologie brauchen, um Leben zu erschaffen und Kinder auf die Welt zu bringen.«

»Stimmt nicht«, ruft der neben mir stehende Besucher, »sie brauchen zumindest noch uns Männer dafür!«

Er erntet wohlwollendes Lachen, doch unser Betreuer hebt nur die Augenbrauen und erwidert: »Sind Sie da ganz sicher? Dann denken Sie doch einfach mal daran, wie viel Sperma wir Männer in den diversen weltweiten Samenbanken hinterlassen haben.«

Der Besucher gibt sich noch nicht geschlagen und meint halblaut: »Gut, ja, aber damit die Frauen sie verwenden können, brauchen sie die von uns Männern geschaffene Technologie, oder etwa nicht?«

»Sie haben recht«, antwortet der Museumsführer nicht unfreundlich, »bleibt nur zu hoffen, dass dort ausnahmslos Analphabetinnen arbeiten, die sich die Gebrauchsanweisungen von Männern vorlesen lassen müssen ...«

Mit diesen Worten leitet er uns zur nächsten Kategorie weiter. Sie hat den schönen Namen **Kopftransplantation**.

Einen alten Geist mit einem neuen Körper auszustatten, erfahren wir von ihm, ist für die Wissenschaft durchaus kein Ding der Unmöglichkeit. Robert J. White, Professor für Neurochirurgie an der Case Western Reserve University in Cleveland, Ohio, der mit seinen Kollegen den ersten Affenkopf transplantierte und bereits Geräte für die Kopftransplantation am Menschen entwickelte, meinte dazu 1999: »Was Doktor Frankenstein nur im Roman gelang – aus verschiedenen Körperteilen einen vollständigen Menschen zusammenzusetzen –, wird nach meiner Überzeugung in der ersten Hälfte des 21. Jahrhunderts medizinische Realität werden.«

Und weiter: »Das chirurgische Vorgehen (bei der Kopftransplantation am Menschen) wird sich kaum von dem an kleinen Affen erprobten unterscheiden: praktisch gilt es nur die unterschiedliche Kopfgröße zu berücksichtigen. Der Eingriff ist beim Menschen sogar einfacher, denn Blutgefäße und andere Gewebe sind größer, und die Chirurgen sind mit der menschlichen Anatomie besser vertraut. ... Viele hoffen, man werde im 21. Jahrhundert sogar fähig sein, ein durchtrenntes Rückenmark wieder zu reparieren. ... Der Körper für eine Kopftransplantation wird von einem Menschen stammen, der für hirntot erklärt wurde. Da Hirntote schon heute als Mehrfach-Organspender dienen, dürfte es bei Körperverpflanzungen keine grundlegend neuen ethischen Bedenken geben.«

Dass jemand, der offenbar an Frankenstein orientiert ist, sich keine Sorgen über ethische Bedenken macht, erscheint uns einsichtig. Jedenfalls wirkt Professor White mit seinen Transplantationen inmitten all der High-Tech-Prognosen noch sehr fleischlich und daher schon richtig unmodern. Er steht jedenfalls in einer Tradition männlicher Forscher, zu denen auch Robert Edwards gehört, der geistige Vater des ersten Retortenbabys, welcher 1978 verkündete: »Die Ethik muss sich dem Fortschritt anpassen!«

Sehr aufschlussreich sind auch die Aussagen zum Thema **Bionische Gliedmaßen**. Schon in den nächsten Jahrzehnten, prophezeite man 1999, könnten Patienten mit amputierten Gliedern oder Nervenverletzungen ihren Tastsinn zurückerhalten und Computer uns Gegenstände in einer virtuellen Welt naturgetreu fühlen lassen. Damalige Medizintechniker implantierten bereits einzelne Module (zur Kontrolle von Muskeln mittels unter der Haut eingesetzter Sensoren), und sie konnten sich vorstellen, dass Patienten einmal unter ihrer Haut ganze Systeme tragen würden, die vielfältige Funktionen erfüllen können. »Traumziel sind bionische Gliedmaßen, die alle Fähigkeiten eines amputierten Körperteils ersetzen«, heißt es in einem Videostatement.

Dies leitet uns über zum Bereich **Ersatzsensorik**. An der Schnittstelle von Biologie und Technologie entwickelten Wissenschaftler schon in den Neunzigerjahren Neuroprothesen, die Patienten verloren gegangene Sinne wie das Sehen oder Hören zurückgaben. Gentherapie, um Sinneszellen zu regenerieren, war eine weitere Strategie.

»Grenzen setzt uns nur die Phantasie«, meinte etwa Richard J.H. Smith, Molekulargenetiker von der University of Iowa. Und weiters: »Je nachdem, was wir noch über das Gehör und auf dem Gebiet der Genetik lernen, wird es viele weitere kreative Lösungen geben, um Gehörverluste zu mindern oder überhaupt ganz auszuschalten.«

Sein Kollege Jeffrey T. Corwin, Neurowissenschaftler an der University of Virginia, offenbarte im Zusammenhang mit ins Gehirn eingepflanzten Elektroden sogar, woher einige der medizinischen Utopien zu stammen scheinen: »Science Fiction könnte medizinische Praxis werden.«

Ähnlich John S. Kauer, Neurowissenschaftler an der Tufts University in Boston: »Noch ist es Science Fiction, aber man kann sich

How the arm works

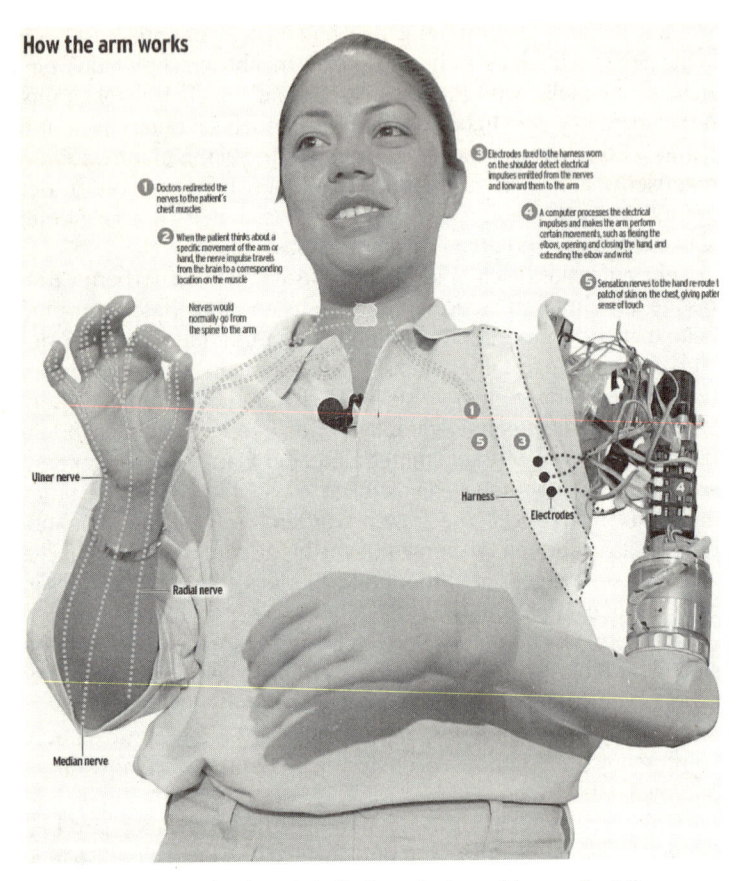

1. Doctors redirected the nerves to the patient's chest muscles
2. When the patient thinks about a specific movement of the arm or hand, the nerve impulse travels from the brain to a corresponding location on the muscle
3. Electrodes fixed to the harness worn on the shoulder detect electrical impulses emitted from the nerves and forward them to the arm
4. A computer processes the electrical impulses and makes the arm perform certain movements, such as flexing the elbow, opening and closing the hand, and extending the elbow and wrist
5. Sensation nerves to the hand re-route to patch of skin on the chest, giving patient sense of touch

Nerves would normally go from the spine to the arm

Ulnar nerve
Radial nerve
Median nerve
Harness
Electrodes

Die Amerikanerin Claudia Mitchell trägt seit einem Motorradunfall einen neuartigen bionischen Arm. Er wird über Neuro-Sensoren im Gehirn gesteuert.

eine Kunstnase vorstellen, die uns neue Düfte in unserer Umgebung wahrnehmen lässt. Und vielleicht wird dieses Imitat an einem ganz logischen Ort sitzen: im Inneren der echten Nase.«

Die Forscher scheinen also zu wissen, welcher Literaturgattung sie ihre Inspirationen zu verdanken haben. Selbst eine künstliche

Netzhaut sollte sich nahtlos in den High-Tech-Körper des neuen, verbesserten Menschen fügen. Wentai Liu von der Staatsuniversität von North Carolina prognostizierte sogar einen voll in den Körper integrierbaren Mini-Computerchip, der durch interne, elektronische Signale jeden Schaden überbrücken könne.

Auch Michio Kaku, Professor für theoretische Physik in New York, erscheint auf einer der Bildflächen und verkündet, man könne um das Jahr 2020 herum in künstlichen Augen, Beinen oder Armen angebrachte Silizium-Mikroprozessoren direkt mit dem Nervensys-

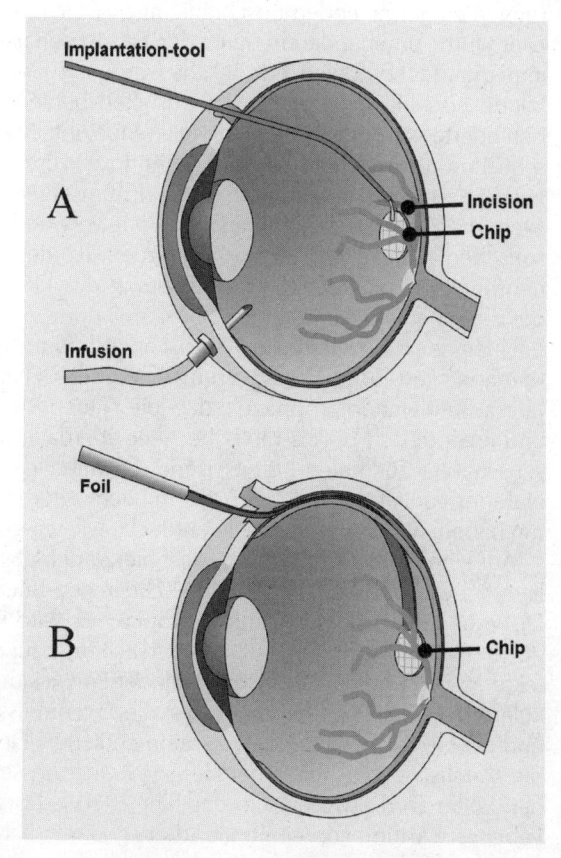

Mini-Chip wird ins Auge eingepflanzt: Er stimuliert die Netzhaut elektrisch. (Abbildung aus der Zeitschrift Der Ophthalmologe)

tem verbinden. Diese Technologie solle Behinderten helfen. Kaku geht weiterhin davon aus, dass im dritten Jahrzehnt des 21. Jahrhunderts individuelle DNS-Codes erstellt werden können. Mit Hilfe neuartiger Therapieformen wie der Gentherapie oder dem Einsatz »intelligenter Moleküle« werde man viele bislang unheilbare Krankheiten, zum Beispiel verschiedene Krebsarten, erfolgreich heilen können.

Und der im Tunnel der Verheißungen allgegenwärtige Ray Kurzweil erzählt aus seinem 1999 erschienenen Buch »The Age of Spiritual Machines«, bis 2030 könne man die meisten mit Behinderungen einhergehenden Beschränkungen weitgehend eliminieren. Dies würde unter anderem durch den Einsatz spezialisierter Neuroimplantat-Technologien ermöglicht werden. So sollten sich etwa Blinde hochintelligenter Navigationshilfen bedienen. Für Körperbehinderte werde es Nerven stimulierende, intelligente orthopädische Prothesen geben. Und für Gehörlose würden bald Displaygeräte existieren, die Sprache in Schrift umsetzen könnten. Viele Menschen würden darüber hinaus Geräte verwenden, die ihre sensorischen Fähigkeiten steigern. Außerdem werde es eine Vielzahl neuronaler Implantate zur Verbesserung des Gedächtnisses und des logischen Denkens geben.

Einem der anziehendsten Menschheitsträume ist die nächste Kategorie gewidmet: **Verlängerung des Lebens**. Hier wurde um die Jahrtausendwende prophezeit, dass die Neuen Menschen gesund und jugendfrisch bis ins biblische Alter überdauern würden. Wissenschaftler züchteten bereits Tiere, die viel älter wurden als die Natur es vorsieht. Sogar Gene, die mit dem Alterungsfortschritt zu tun haben, wurden mittlerweile entdeckt, wie wir erfahren.

Auf einer weiteren Bildfläche liest hierzu der US-Mediziner William Schwartz aus seinem 1998 erschienenen Buch »Life without Disease. The Pursuit of Medical Utopia«: »Es wird in der Zeit von 2000 bis 2050 gelingen, auch die Ursachen gesundheitlicher Defekte zu bekämpfen. Dies wird dank der Entwicklungen der molekularen Medizin geschehen, in der die Erkenntnisse der Genetik und der molekularen Biologie zusammenfließen. Der Mensch wird die genetischen Ursachen der Defekte immer besser begreifen lernen. ... So wird etwa ein um das Jahr 2050 geborenes Kind eine Lebenserwartung von einhundertdreißig Jahren haben. Auch wird dieses Kind wahrscheinlich nicht mehr unter den wichtigsten chronischen Krankheiten unserer Zeit leiden müssen.«

Die molekulare Medizin biete nach Schwartz erstmals eine wissenschaftliche Basis für die Realisierung der überlieferten utopischen Vorstellungen in nicht mehr ferner Zukunft. Ein weiterer Forscher, der sich der Bekämpfung des Alterungsprozesses verschrieben hatte, ist Michael Fossel, wie wir am nächsten Bildschirm erfahren. In seinem Buch »Reversing Human Aging« von 1996 behauptet er, dass Behandlungen gegen das Altern demnächst möglich seien und für den Menschen sogar ein Alter von zweihundert Jahren erreichbar sei. Eine Hauptrolle schreibt er dabei der Telomerase zu – einem Enzym, das Telomere verlängern kann Dies sind die beiden Endstücke eines Chromosoms, welche aus ein paar tausend DNS-Basen und den damit verbundenen Proteinen bestehen. Telomere werden mit jeder Zellteilung kürzer, wodurch sich die Zelle immer langsamer teilt, bis sie schließlich stirbt. Fossel meint, dass man durch synthetische Hinzufügung dieses Enzyms eine gealterte Zelle wieder verjüngen könne. Außerdem könnten mit Hilfe der Manipulation von Telomeren, so Fossel, Krankheiten wie Krebs, Progerie und Gefäßerkrankungen behandelt werden. Sogar eine Krebstherapie wäre mit Hilfe des Einsatzes von Telomerase-Hemmern denkbar.

Als Nächstes ertönt die Stimme von Michael Rose, Professor für Evolutionsbiologie an der Universität von Kalifornien in Irvine aus dem Jahr 2000: »Irgendwann im 21. Jahrhundert wird es gelingen, den menschlichen Alterungsprozess erstmals nennenswert hinauszuzögern. ... Langlebigkeit und der Erhalt der Körperfunktionen im höheren Alter sind Eigenschaften, die sich nur kumulativ optimieren lassen ... Ich sehe hierfür keine prinzipielle Obergrenze, wenn es gelingt, in den Jugendlichen künftiger Generationen Gene gegen das Altern anzuschalten oder Medikamentencocktails zu kreieren, die denselben Zweck erfüllen.« Zurzeit kenne allerdings niemand, wie er abschließend zugibt, »auch nur die einfachsten Grundlagen einer Erfolg versprechenden Strategie«.

Das hindert Ray Kurzweil nicht, in einem weiteren Statement anzukündigen, dass man bis 2020 die im menschlichen Genom codierten Lebensvorgänge verstehen werde – insbesondere diejenigen informationsverarbeitenden Prozesse, von denen angenommen wird, dass sie degenerativen Krankheiten sowie dem Altern zugrunde liegen. Die durchschnittliche Lebenserwartung werde somit auf über hundert Jahre steigen.

Eine wichtige Rolle in der Vorstellungswelt des Millenniumsbürgers spielte sowohl bei der Verzögerung des Alterns als auch in vielen anderen Utopien die **Nanotechnologie** (ein Begriff, der 1974 von Norio Taniguchi geprägt wurde), welcher ebenfalls eine Bildreihe zugeordnet ist.

Auch hier sollte die Heilkunst als Erste davon profitieren. Am ersten Bildschirm behauptet im Jahr 2007 Mauro Ferrari vom amerikanischen National Cancer Institute: »Im Jahre 2015 werden alle Krebsarten mit Nanopartikeln behandelt werden.« Er bezieht sich hierbei auf ein damals neues Verfahren, bei dem in den Kreislauf eingebrachte Teilchen aus beispielsweise Eisenoxid durch von außen angestoßene Schwingungen die Krebszellen auf bis zu 77 °C aufheizen und sie damit abtöten.

Und wie uns A. Paul Alivisatos, Chemie-Professor an der Universität von Kalifornien in Berkeley, auf einer weiteren Bildfläche erzählt, lägen die Einsatzgebiete vor allem in der Grundlagenforschung sowie in der Diagnose und – erhofftermaßen – in der Therapie von Krankheiten. Sein aus dem Jahr 2001 stammendes Statement verrät ebenfalls SF-Kenntnisse: »Was die Medizintechnik in den nächsten Jahren zu bieten hat, ist sicher nicht so fotogen wie (im Film *Die phantastische Reise*) die auf Blutplättchengröße geschrumpfte Raquel Welch, die einen Thrombus mit der Laserkanone zerstört, steht ihr an Dramatik aber in nichts nach. Dabei ist der zu erwartende Nutzen für Patienten und Wissenschaftler kein Filmmärchen, sondern absolut real. ... Künstliche Bausteine im Nanometerbereich dürften eines Tages die Reparatur von Geweben wie Haut, Knochen und Knorpeln vereinfachen – vielleicht unterstützen sie sogar die Regeneration komplizierter innerer Organe.«

Unser Museumsführer unterbricht das Video und meldet sich zu Wort: »Die Nanotechnologie war und ist für die Medizin in der Tat verheißungsvoll. Man erhoffte zum Beispiel ein mit Nanopartikeln beschichtetes künstliches Hüftgelenk, das sich fester mit den umgebenden Knochen verbinden und sich nicht so leicht wieder lockern würde wie ein konventionelles. Doch Wissenschaftler wie Alivisatos dachten natürlich noch ein paar Schritte weiter ...«

Er drückt auf den Bildschirm und im Video wird der Professor richtig enthusiastisch: »Noch aufregender ist die Aussicht, aus nanometergroßen Bausteinen größere Strukturen aufzubauen und so natürliche biologische Vorgänge nachzuahmen. Die Entwicklung solcher kühner Verfahren – etwa zur Reparatur beschädigter Gewebe – hat gerade erst begonnen, aber zumindest ein Projekt zeigt schon heute, dass die Idee nicht ganz abwegig ist. Dabei geht es um die Konstruktion von Gerüsten, an denen Knochen heranwachsen können.«

Dann stellt er die rhetorische Frage: »Welche Wunderdinge hält die Zukunft sonst noch bereit?«, und gibt natürlich gleich ein passendes Beispiel: »Ein (durch Nanotechnologie) geschaffener künstlicher Ersatz für Herz, Niere oder Leber reicht vielleicht an Science-Fiction-Technologie heran, aber der Gedanke, dass es derlei Therapieverfahren womöglich schon in nicht allzu ferner Zukunft geben wird, ist immer noch phantastisch genug.«

Abschließend legt er uns noch die **Quantenpunkt-Technologie** (also Halbleiter-Nanokristalle) als zukunftsweisende Methode ans Herz und macht auch gleich eine Werbedurchsage daraus: »Halbleiter-Quantenpunkte dürften in der biologisch-medizinischen Forschung schon bald großen Nutzen bringen ... Die Firma Quantum Dot Corporation in Hayward, Kalifornien, betreibt die kommerzielle Verwertung (der Quantenpunkt-Technologie). Sie hat Lizenzen für Verfahren erworben, die in meinem Institut ... entwickelt wurden. Da ich an der Gründung des Unternehmens beteiligt war, urteile ich vielleicht nicht ganz unvoreingenommen, aber nach meiner Überzeugung sind die Aussichten für Quantenpunkte, nun ja, einfach glänzend.«

Wir werden daran erinnert, dass ein wichtiger Sinn all dieser Prophezeiungen darin besteht, eigene Entwicklungen oder die Produkte von Firmen, an denen man beteiligt ist, zu promoten. Ein anderer liegt darin, Sponsoren und öffentliche Geldgeber von einer Unterstützung der im Institut geplanten Arbeiten zu überzeugen.

»Wie wir in den Jahren seither gerade in der Nanotechnologie gesehen haben«, wirft unser Museumsführer ein, »sind zahlreiche dieser Prognosen ganz einfach nicht eingetreten. Dennoch wurden immer wieder – auch von seriösen und ansonsten alles andere als risikobereiten Wissenschaftlern – Schätzungen abgegeben, wann diese oder jene Entwicklung realisiert sei und der breiten Öffentlichkeit zur Verfügung stünde. Oft wurden hierbei konkrete Zeitintervalle von fünf, zehn, zwanzig oder dreißig Jahren genannt. Was führte Ihrer Meinung nach die Forscher auf dieses rhetorische Glatteis?«

Wir überlegen kurz, dann meint eine Besucherin: »Kann es etwas mit dem zu tun haben, was Sie über Geldgeber sagten?«

Er nickt: »Nun, das könnte durchaus sein. Denn Investoren – vor allem wenn es sich um Privatfirmen handelt – wollen für ihr Geld, wenn schon nicht sofortigen Gewinn, so doch zumindest eine konkrete Aussage, wann mit Profit zu rechnen sei. Sie und ihre Shareholder rechnen meist in 5-Jahres-Zyklen und jene Erfinder, die selbst aus der Informatik oder betrieblichen Hochtechnologie kommen, haben diese Intervalle bereits im Blut, während sich wirtschaftsfremde Professoren nach einiger Zeit darauf einpendeln.«

Er präsentiert hierzu als weiteres Beispiel eine Aufnahme von Huntington Willard, Molekularbiologe an der Case Western Reserve University School of Medicine in Cleveland, Ohio: »**Maßgeschneidertes künstliches Erbgut** kann in Zukunft die Fehler der Natur ausgleichen, die bisher nicht korrigiert werden konnten.« Darunter steht als Kommentar, dass Huntington und seine Kollegen an entsprechenden Technologien arbeiteten und mit ihrem Unternehmen »Athersys« Ende der 1990er-Jahre an die Börse gingen. Und als der US-Physiker Richard Seed die Einrichtung einer Klinik verkündete, in der unter anderem Unfruchtbarkeit durch **Klonen** behandelt werden sollte, erhielt er darauf prompt Zuschriften von Firmen, die wissen wollten, »in welcher Höhe ein Investment möglich sei.«

Auch andere Bereiche erschienen, wie uns der Museumsführer erzählt, finanziell besonders attraktiv. Die Investmentfirma Solomon Brothers an der Wallstreet schätzte im Jahr 1999 etwa, dass bis 2010 weltweit mehr als 450.000 Menschen von **Xenotransplantaten** profitiert haben würden und bis dahin der Marktwert der neuen Organindustrie vermutlich sechs Milliarden Dollar überstiegen haben werde.

»Wollen Sie hier all diesen Forschern unterstellen«, fragt einer aus der Gruppe, »sie würden aus reinem Profitdenken handeln und wären gar nicht an einer Verbesserung der Lebensumstände interessiert?«

»Keineswegs. Aber ich behaupte – und viele der Aussagen rund um Sie herum weisen darauf hin –, dass sich mit der Zeit eine gegenseitige Abhängigkeit zwischen Forschern und Unternehmern entwickelte, welche aus seriöser Forschung zumindest an den Randbereichen einen Jahrmarkt der Propheten und Quacksalber machte. Man darf nicht vergessen, dass intensive Erwartungshaltungen nicht nur seitens Investoren, sondern auch seitens Medien und Öffentlichkeit bestehen, die ebenfalls mit handlichen Fünf-Jahres-Prognosen versorgt werden wollen.«

Er berührt hierzu einen weiteren Bildschirm und wir sehen den Fortpflanzungsmediziner Jerry Hall von der George Washington University, der zusammen mit seinem Kollegen Robert Stillman 1993 erstmals menschliche Klone herstellte (aus überschüssigen Embryonen der Reproduktionsklinik seiner Universität): »Meistens werden wir Forscher doch dazu gedrängt, das alles zu tun. Die Menschen wollen, dass man ihnen hilft, und wir liefern ihnen die Möglichkeiten dazu.«

Der Museumsführer bittet uns zur nächsten Bildschirmreihe und ergänzt: »Im Übrigen machten sich die Wissenschaftler im einen oder anderen Fall auch unrealistische Hoffnungen oder veröffentlichten sogar Unwahrheiten, wie mehrere erwiesenermaßen gefälschte Experimente und Berichte jener Zeit gerade im Zusammenhang mit der Gentechnologie zeigen. Speziell die Propheten der Nanotechnologie konnten oft nicht einhalten, was sie versprochen hatten – zum Teil weil sie möglicherweise von falschen Vorstellungen ausgegangen waren.«

Er berührt einen Monitor und wir hören Statements von Kim Eric Drexler, dem Vorsitzenden des kalifornischen Foresight Institute und Forscher am Institute of Molecular Manufacturing, der mit seinem Buch »Engines of Creations« im Jahr 1986 gewissermaßen den Nano-Hype ausgelöst hatte:

»Das wohl aufregendste Ziel ist die molekulare Reparatur des menschlichen Körpers. Medizinische Nanoroboter könnten Viren und Krebszellen zerstören, beschädigte Strukturen reparieren, angesammelte Abfälle aus dem Gehirn entfernen und dem Körper wieder jugendliche Gesundheit bescheren. ... Eine überraschende medizinische Anwendung wäre die Fähigkeit, die wenigen künstlich am Leben erhaltenen Mutigen wieder zu beleben, die jetzt als klinisch tot gelten – sogar jene, die mit der primitiven Kühltechnik der Sechzigerjahre aufbewahrt werden. Die heutigen Verglasungsverfahren, bei denen die Bildung zerstörerischer Eiskristalle vermieden wird, werden das Reparieren erleichtern, aber selbst die ursprüngliche Methode konserviert anscheinend die Hirnstruktur gut genug für eine Wiederbelebung. ... Experten auf dem Gebiet der molekularen Nanotechnik vermuten, dass die technologische Grundlage solcher Fähigkeiten in ein bis drei Jahrzehnten verfügbar sein wird. ... Gegenwärtige Prognosen sagen eine wachsende Belastung der Sozialversicherungssysteme durch immer mehr Alte und Kranke voraus – doch mit medizinischer Nanotechnik könnten die Senioren von morgen aktiver und gesünder leben als heute.«

Seine Prognosen gehen sogar über den menschlichen Körper hinaus: »Wenn ein Produktionsprozess jedes einzelne Atom kontrolliert, gibt es keinen Grund mehr, Luft oder Wasser mit giftigen Abfällen zu belasten. ... Billige, leichte und extrem widerstandsfähige Werkstoffe ermöglichen enorme Energieeinsparungen im Transport- und Verkehrssektor – und machen letztlich sogar die Raumfahrt wirtschaftlich. Auf einmal rückt der alte Traum, die Biosphäre über unseren verletzlichen Heimatplaneten hinaus zu erweitern, wieder in den Bereich des Möglichen.«

Unser Betreuer unterbricht das Video und fragt: »Wie realistisch waren diese Ankündigungen? Ich möchte Ihnen nun vorspielen, was der Chemie-Nobelpreisträger Richard Smalley dazu sagte.« Er lässt den Film weiterlaufen und wir hören eine Aussage des 2005 verstorbenen Wissenschaftlers: »Wie bald werden wir die nanometergroßen Roboter erleben, die K. Eric Drexler und andere Propheten der molekularen Nanotechnik uns ausmalen? Die einfache Antwort lautet: Niemals.« Wie Smalley ausführt, wären Nanobots erstens viel zu klein, um makroskopische Objekte in vernünftiger Zeit zu beeinflussen oder ab- bzw. aufzubauen. Zweitens würde selbst ein Nanobot immer noch aus einer Milliarde Atomen bestehen; um sich selbst zu replizieren, bräuchte er extrem lange. Drittens besteht das fundamentale Problem der »dicken Finger«, wonach etwa ein Greifarm, der ein einzelnes Atom verschieben soll, im allgemeinen Atomgemenge gar keinen Platz dafür hätte, weil er selbst ja ebenfalls aus mehreren Atomen bestehe und darüber hinaus von den Atomkräften teilweise angezogen, teilweise abgestoßen würde, was viertens das Problem der »klebrigen Finger« darstellt.

»Selbst wenn er es schafft«, so Smalley, »und sich zu Milliarden kopiert – wie sollten wir diese jemals kontrollieren, sodass sie nicht selbst zu Krebszellen werden? ... Selbstreplizierende Nanobots wären das Äquivalent einer neuen parasitischen Lebensform, und vielleicht vermag nichts sie daran zu hindern, sich unbegrenzt auszubreiten, bis alles auf der Erde sich in eine unterschiedslose Masse von grauem Schleim verwandelt hat.«

Einer der Besucher wirft ein: »Aber selbst ein Nobelpreisträger kann sich irren, wie die Vergangenheit gezeigt hat, finden Sie nicht?«

»Natürlich«, erwidert der Museumsführer, »doch mit jedem weiteren Nobelpreisträger sinkt die Irrtumswahrscheinlichkeit. Schauen Sie ...«

Nun sehen wir George M. Whitehead am Bildschirm, Professor für Chemie an der Harvard-Universität in Cambridge, Massachusetts: »Selbst wenn man Nano-Fahrzeuge bauen und navigieren könnte: Sie wären nicht in der Lage, die schwierigen Aufgaben auszuführen, die für das Entdecken von Krankheiten notwendig wären. Um nämlich kranke Körperzellen wie etwa Krebszellen aufzuspüren, müssten sie vermutlich Eigenschaften unseres Immunsystems nachahmen. Die Einordnung einer Zelle als ›normal‹, ›krank‹ oder ›Krebs‹ ist ein äußerst komplexer Vorgang. Dafür ist das gesamte Rüstzeug unseres Immunsystems nötig, mitsamt seiner vielen Milliarden spezialisierten Zellen.«

Und auch unter angewandten Chemikern und Materialwissenschaftlern des Nanosektors wurden Drexlers Visionen – sowie auch die überzogenen Befürchtungen einer »Nanokalypse«, wie sie etwa der Unternehmer Bill Joy vertrat – zumindest angezweifelt. So meint am selben Bildschirm etwa Professor Harald Fuchs von der Westfälischen Wilhelms-Universität Münster und Gründer des dortigen »Centrum für Nanotechnologie« in einer Aussage aus dem Jahr 2001, dass zur Zeit niemand Nanoroboter zu fertigen wüsste, die ihresgleichen und andere Produkte Atom für Atom zusammenbauen. Und schon gar nicht Nanomaschinen, die sogar das Gehirn eigens tiefgefrorener Verstorbener Stück für Stück in den früheren Funktionszustand zurückversetzen. Selbst die Firma Zyvex, zu diesem Zweck gegründet und Aushängeschild der Drexler'schen

Ideen, versucht sich mittlerweile statt an »Nanobots« an größeren – mikromechanischen – Elementen und erklärte, dass die Sache mit den Nanomaschinen doch schwieriger sei, als man es sich vorgestellt hatte.

»Dennoch«, wirft ein älterer Herr aus unserer Gruppe ein, »darf nicht vergessen werden, dass viele Biotechnologien durchaus Erfolge erzielten.«

»Das ist wahr«, gibt der Museumsführer zu. »Um 2005 gab es bereits erste klinische Anwendungen etwa im Bereich des **Tissue Engineering**, also der Züchtung künstlicher Organe. In der **Bioelektronik** existierten Cochlea-Implantate und andere Produkte. Auch erste **Keimbahngenomveränderungen** wurden bereits in der klinischen Praxis durchgeführt. Selbst die Nanotechnologie hat erste Resultate für mögliche Anwendungen in der Medizin erbracht, etwa **Nanopartikel und -kapseln**, die sich 2004 bereits in präklinischer Untersuchungsphase befanden. Auch wenn es sich dabei oft um Nebenprodukte der Forschungen handelt und etwa bei der Stammzelltechnologie noch fundamentale Probleme ungelöst sind, kann nicht geleugnet werden, dass durchaus Fortschritte gemacht wurden. Wir werden in den späteren Räumen noch sehen, wohin das führen könnte.«

Von zahlreichen weiteren Bildflächen verkünden männliche Stimmen vielversprechende technische Utopien: Etwa das **Klonen** von Menschen oder wenigstens ihrer Organe, um diese als Ersatzteillager zu verwenden. Hierzu hören wir den Wissenschaftler Joshua Lederberg: »Warum sollte man, wenn eine überlegene Einzelperson – und damit vermutlich ein ebensolcher Genotyp – identifiziert ist, diesen nicht direkt kopieren, statt all die Risiken einzugehen, unter anderem das der Geschlechtsbestimmung, die sich durch das Auseinanderreißen von Rekombinationen (im Laufe der sexuellen Reproduktion) ergeben. Lasst die sexuelle Fortpflanzung experimentellen Zwecken vorbehalten sein: Steht ein geeigneter Typ fest, dann geht auf Nummer sicher und erhaltet ihn durch Klonierung.«

Wir erfahren auch von **gesundmachendem Essen** bzw. »Functional Food«, bei dem wir das Gemüse und Fleisch aufgrund zugefügter Ergänzungsmittel und synthetischer Moleküle nicht mehr im Supermarkt, sondern in der Apotheke kaufen – oder einem Konglomerat aus beidem. **Intelligente Kleidung**, die bei jedem Schritt unsere Gesundheit überwacht und im Ernstfall den Arzt oder das Krankenhaus kontaktiert. Wie Ray Kurzweil von einer der Bildflächen frohlockt, werde man Computer immer häufiger in die menschliche Kleidung integrieren, sie würden als Gesundheitswächter fungieren, Krankheiten diagnostizieren und Behandlungsempfehlungen geben. Andere Forscher künden wiederum eine Gentherapie mit Wachstumsfaktoren an, die ohne Training **künstliche Muskelmasse** aufbaut und einen altersbedingten Abbau verhindert. Des Weiteren sollten die neuen Technologien auch zu einer **besseren Gesellschaft** führen. Der amerikanische Bio-Ethiker James Hughes verkündet hierzu von einem Bildschirm herunter, er hätte kein Problem mit der biotechnischen Optimierung. Für ihn läge die Zukunft der Menschheit in einer positiven Haltung gegenüber dem technischen Fortschritt und einer möglichst weitgehenden Demokratisierung, für die er das Wort »Cyborg Citizenship« erfunden hätte. Demokratie solle nach Hughes nicht die Regierungsform von Menschen sein, sondern von »Personen«. Er verstehe darunter alle Lebensformen mit Selbstbewusstsein: »herkömmliche« und künstliche Menschen, Klone, Chimären und intelligente Roboter sowie »verbesserte« Tiere. »Personen müssen keine Menschen sein«, sagt er, »und nicht alle Menschen sind Personen.«

Und der 2001 verstorbene ehemalige MIT-Direktor Michael Dertouzos ist in einem Statement über die Segnungen des **Internet** zu hören: »Gruppenarbeit und Telearbeit (werden) zu einer Steigerung der menschlichen Produktivität beitragen. Die Demokratie wird sich weiter ausbreiten, ebenso das Wissen der Menschen um die Überzeugungen, Wünsche und Probleme anderer.«

Durch **optimiertes Lernen** mit Hilfe von Multimedia solle der Mensch immer früher immer schlauer werden und durch Einsatz etwa des »Brain Booster«-Medikaments Provigil – ursprünglich gegen Schlafkrankheiten eingesetzt – Schüler und Studenten zu Höchstleistungen angetrieben werden. Natürlich sollten sich auch Internet und Gentechnik zum Vorteil der Intelligenz auswirken. Hierzu meint jedoch unser Museumsführer, dass es sich immer als schwierig bis unmöglich herausgestellt hat, durch neue Technologien erwartete Intelligenzverbesserungen nachzuweisen. So bestand etwa in den Fünfziger- und Sechzigerjahren der Irrglaube, dass Atombomben zu einer diesbezüglichen Veränderung des Menschen führten, wie er anhand des Beispiels von Dr. J. Ford Thomson erläutert – einem Psychiater der Erziehungsbehörde von Wolverhampton, der 1956 nach einer Studie stolz verkündete: »Von den neunzig letzten Kindern im Alter von sieben bis neun Jahren, die wir befragt haben, zeigte sich bei sechsundzwanzig ein Intelligenzquotient von 140, also eine fast geniale geistige Begabung. Meiner Ansicht nach könnte das Strontium 90, ein radioaktives Produkt, das in den Körper eindringt, für diese Erscheinung verantwortlich zu machen sein. Vor der ersten Atomexplosion war dieses Produkt nicht vorhanden.«

Einblick in die daraus entstehende ethische Haltung gibt uns ein Statement des Pathologen Sir Ernest Rock Carling, der auf einer Atomkonferenz in Genf um 1960 zu den durch atomare Strahlung hervorgerufenen Mutationen erklärte: »Man kann auch hoffen, dass in einer begrenzten Anzahl von Fällen diese Mutationen in günstigem Sinne verlaufen und zur Entstehung eines Genies führen. Auf die Gefahr hin, bei dieser ehrenwerten Versammlung Anstoß zu erregen, möchte ich behaupten, dass die Mutation, die uns einen neuen Aristoteles, einen Leonardo da Vinci, einen Newton, einen Pasteur oder einen Einstein bescheren würde, eine hinreichende Entschädigung für die 99 Fälle wäre, in denen weniger glückliche Wirkungen zutage träten.«

Einer aus unserer Gruppe fragt, ob Sir Carling dann wohl auch seine eigenen Kinder für Strahlungsversuche zur Verfügung gestellt hätte, wo die prozentualen Chancen doch so gut stünden.

Aber ganz gleich, wie es um die Ethik steht, als wesentlicher Impulsgeber und Investor tritt im »Tunnel der Verheißungen« ohnehin oft das Militär auf, welches den Neuen Menschen – sprich: den optimierten Soldaten – nicht nur mit futuristischen Waffen und Werkzeugen ausstatten möchte, sondern auch **heilende Materialien** in der Kleidung plant sowie eine **Survival-Uniform** (die Kugeln und Giften widersteht und für Wasserzirkulation sorgt), zudem natürlich Drogen und Nahrungszusätze zur Erhöhung **geistiger und körperlicher Fitness und Stärke**. Dass der unter verordneten Aufputschmitteln stehende »Neue Kampfpilot« dadurch nicht nur aggressiver und reaktionsschneller wurde, sondern mitunter schon auch mal die eigenen oder befreundeten Truppen beschoss, wissen wir seit den Golfkriegen.

Am Ende des Raums wird klar, dass die gehörten Aussagen tatsächlich – ob bewusst oder unbewusst – zu einem Neuen Menschen hinführen, der seine ursprüngliche Natur verlassen und zum Großteil künstlich geworden ist. Und wieder ist es der Biologe Julian Huxley, welcher sich bereits in der ersten Hälfte des 20. Jahrhunderts als Visionär erwies. Er war der Überzeugung, dass sich der Mensch, wenn er es wolle, durch sogenannten Evolutionshumanismus selbst übertreffen könne. Seine Theorie, sich die Technik zunutze zu machen, um über die Grenzen des menschlichen Körpers und Gehirns hinauszugehen, nannte er **Transhumanismus**. Und dies ist auch der Titel des hier angesiedelten Bereichs.

Gleich als Erstes hören wir Gregory J.E. Rawlins, Professor für Computerwissenschaft an der Indiana University, aus seinem Buch »Moth to the flame: The Seductions of Computer Technology« von 1996 zitieren: »Anscheinend steht unsere Sternengeburt unmittelbar bevor. Alles läuft unausweichlich darauf hinaus. So wie (interstellare) Staubkörner miteinander verschmelzen (um Sterne zu bilden), beschleunigt sich die Entwicklung im selben Maße, wie die Verschmelzung vorankommt. Die Anziehungskraft ist gewaltig, unablässig und nicht mehr aufzuhalten. Wenn unsere Sternengeburt naht, werden wir einige unter uns nicht mehr als menschlich bezeichnen können, und Maschinen, wie wir sie heute kennen, werden keine Maschinen mehr sein. ... Wir alle nehmen am spannendsten Abenteuer teil, das jemals auf unserem Planeten initiiert wurde (und das wir aktiv mitgestalten). In etwa einhundert Jahren könnte die Erde einfach nur die Heimat einer wertvollen und seltsamen Spezies, einer ausgesprochen neuen und unglaublich interessanten Art sein – die Heimat der Transhumanen. Das menschliche Abenteuer fängt gerade erst an.«

»Doch wie soll die Idee des transhumanen Menschen verwirklicht werden?«, fragt unser Begleiter und löst danach per Fingerdruck ein dazu passendes Statement von Max More aus, der per Untertitel als US-Philosoph und Technik-Visionär vorgestellt wird: »Die natürlichen Fähigkeiten, die ich habe«, sagt er, »begrenzen meine Möglichkeiten. ... Ich bin der Ansicht, dass es unsere Verantwortung ist, selbst zu entscheiden, wer wir sein wollen, und jene technischen Mittel einzusetzen, die uns dabei helfen, so zu werden. ... Altersschwache Teile des Körpers werden gegen selbst gezüchtete Organe ausgetauscht. ... Ein Chip im Hirn wird die Emotionen regulieren. Die Muskeln werden durch Nanofasern verstärkt.«

Der Museumsführer meldet sich wieder zu Wort: »So wie für Religionsgläubige ihr Körper nur ein zeitliches Gefäß ist, in dem der ewige Geist wohnt, ist offenbar für die Befürworter des Neuen

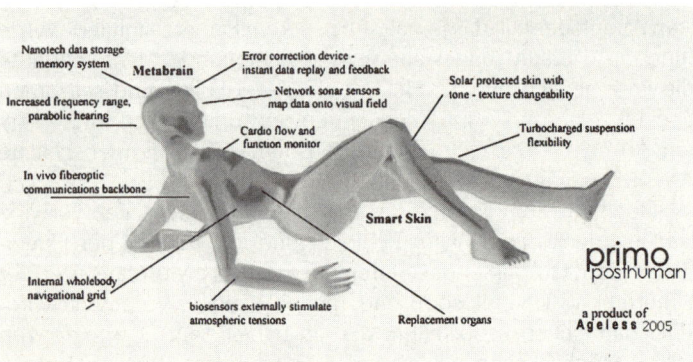

»Primo 3 M+«, die ideale Neue Frau

Menschen der Körper lediglich ein temporäres Behältnis für die in ihm enthaltene Information.« Hierzu präsentiert er uns eine Aufnahme von Gerald Jay Sussman, Professor für Elektronik und Computerwissenschaft am MIT: »Wenn Sie eine Maschine herstellen könnten, die den Inhalt Ihres Verstandes enthält, dann wäre die Maschine Sie. Zum Teufel mit Ihrem übrigen physikalischen Körper, er ist nicht besonders interessant. Immerhin kann die Maschine ewig bestehen. Und selbst wenn sie nicht ewig hält, so können Sie sie immer noch auf ein Band bannen, Sicherungskopien anfertigen und das Ganze in eine neue Maschine laden, wenn die alte hinüber ist. ... Jeder wäre gerne unsterblich. ... Leider, so fürchte ich, gehöre ich wohl der letzten Generation an, die sterben wird.«

Im Chor der Transhumanisten gibt es auch vereinzelte Frauenstimmen, deren Aussagen und Bearbeitungen des Themas aber eher ironisch anmuten. Auf einem der Bildschirme sehen wir ein Computer-Modell nach den Maßen der US-Künstlerin Natasha Vita-More. Ihre ideale Frau namens »Primo 3 M+« hat den perfekten Körper: alterslos und bestückt mit Implantaten jeder Art.

Eine weitere Stufe dieser Transformation zum Neuen Menschen ist der **Cyborg**, und so vermitteln die Bildschirme die in den Neunzigerjahren aufkommende Idee, dass es schon in wenigen Jahren den direkten Draht vom menschlichen Geist zum Computer geben könnte. Hierzu ein Statement aus dem Jahre 1999 von Peter Thomas, Professor für Informationsmanagement an der Universität von West-England in Bristol: »Es wäre ohne Zweifel hilfreich, wenn wir einen Computer direkt, nur mit der Kraft unserer Gedanken, anweisen könnten, was er tun soll.«

Als Nächstes wird uns eine Prophezeiung von Kevin Warwick zuteil, die der Professor für Kybernetik an der University of Reading (England) im Dezember 2006 auf der 2. European Futurists Conference in Luzern tätigte: »Implantate im Gehirn werden uns zu einem Super-Gedächtnis verhelfen. Und sogar Ultraschall und Infrarot können wir damit wahrnehmen. ... Auch das gegenseitige Gedankenlesen über implantierte Chips wird schon bald Wirklichkeit werden.« Nach einem kurzen Bildschnitt fährt er fort: »Man könnte in Zukunft sein Gedächtnis verändern und sich nur noch an das erinnern, was man will.«

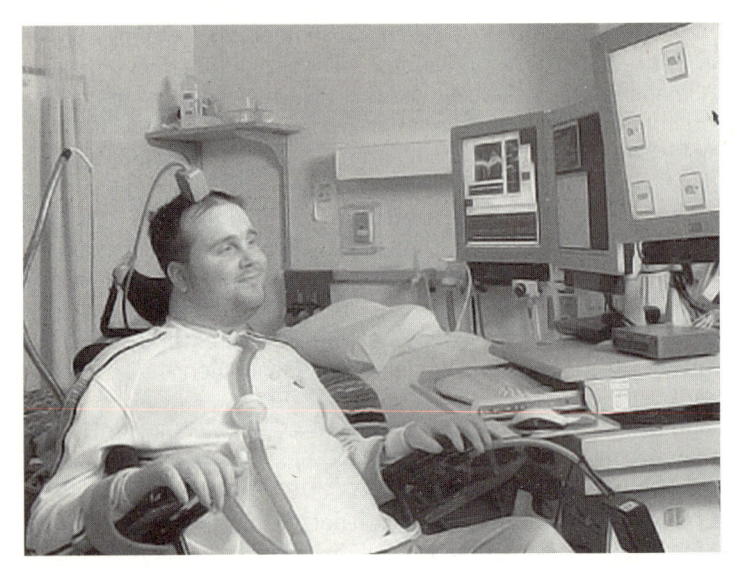

Der querschnittsgelähmte Amerikaner Matthew Nagle ist der erste Mensch mit einem Chip im Gehirn.

Warwick ließ sich, wie unser Museumsführer einwirft, bereits 1998 einen etwa 2 cm großen Chip in den linken Unterarm einsetzen, der ständig Signale zum Hauptcomputer im Institut des Professors funkte. In einem zweiten Selbstversuch verband Warwick per Chip sein eigenes Nervensystem mit dem seiner Frau. Hierüber erzählte er: »Dadurch war es mir möglich, in meinem Gehirn ein Signal aus ihrem Gehirn zu empfangen. Es war wie bei einem Telefongespräch ohne die Sprache: Wir tauschten eine Art Morsesignale aus, direkt von Gehirn zu Gehirn.«

Warwick propagiert, wie uns klar wird, eine Art digitalen Darwinismus, in dem es für Moral und Ethik keinen Platz mehr zu geben scheint. Aus dem Faksimile einer Zeitschrift erfahren wir jedenfalls, dass die damals vielleicht beste Näherung an einen »Gehirnstecker« der Arbeitsgruppe von Richard Norman von der Abteilung für Biotechnik der Universität von Utah gelang. Um Blinden wieder eine gewisse Sehfähigkeit zu verschaffen, implantierten die Forscher ein kleines Gerät aus gewebeverträglich beschichtetem Silizium direkt in die Sehrinde des Gehirns.

G. C. »Chip« Maguire von der schwedischen Königlichen Technischen Hochschule in Stockholm hielt die neurokompatible Schnittstelle für den einzig gangbaren Weg zu hoher Bandbreite. Nach seinen Vorstellungen würden wir mit dem implantierten Gerät im Kopf Stimmen hören sowie – unserem Blickfeld überlagert – Text und Bilder sehen können, all dies drahtlos über ein **Body Area Network** (BAN) von einem Computer vermittelt. Die ersten Nutzer seines Systems würden zweifellos Blinde oder anderweitig Behinderte sein, sagte er. Aber im Prinzip gehe es nicht darum, verloren gegangene Fähigkeiten zu ersetzen, sondern die vorhandenen zu erweitern. Und dafür würden sich auch Gesunde freiwillig auf den Operationstisch legen – am ehesten wahrscheinlich Berufssoldaten, denen die Stimme des Vorgesetzten im Kopf oder die gedankengesteuerte Panzerfaust das Leben retten könnte. An nächster Stelle kämen Menschen, die ihre berufliche Tätigkeit, große Mengen an Information zu empfangen und auszugeben, mit einem implantierten Neurochip beschleunigen könnten. Maguire erwartete die ersten experimentellen Computer mit Gehirnanschluss um das Jahr 2005 herum, ausgereifte Systeme für militärische Zwecke um 2010 und den allgemeinen Gebrauch zehn bis zwanzig Jahre später. Dann würde der Computer im Kopf den Geldautomaten berührungs- und sprachlos zur Auszahlung veranlassen oder beim Einchecken am Flughafen einen virtuellen Flugschein vorweisen, ohne dass der Benutzer eine fremde Sprache oder neue Benutzungsregeln verstehen müsste.

Wir überlegen, was davon bisher eigentlich Wirklichkeit geworden ist und ob wir tatsächlich einen Bankomaten gedankensteuern oder die Stimme eines Vorgesetzten direkt im Gehirn wahrnehmen wollen. Schon taucht aber wieder Michio Kaku auf und verkündet die bevorstehende Verschmelzung von Mensch und Maschine: Es werde in Zukunft möglich sein, das Bewusstsein eines Menschen auf einen Roboter zu übertragen. Chirurgen würden das menschliche Gehirn unter Erhaltung des Bewusstseins nach und nach durch elektronische Neuronen ersetzen können.

Und auch der Computerwissenschaftler Hans Moravec erklärt von seinem Bildschirm herunter: »Es wird die Zeit kommen, und sie ist nicht mehr fern, da werden Dinge wie Material, Größe und Komplexität keine Rolle mehr spielen. Konventionelle Technologien werden auf einen atomaren Maßstab zusammengeschmolzen sein, und wir werden die Biochemie – zum Beispiel des Gehirns – auf perfekte Weise simulieren können. Roboter werden aus einer Mixtur fabelhafter Substanzen bestehen und, wo man es braucht, durchaus auch aus lebendem biologischem Material.«

Danach käme ihm zufolge die Zeit, in der der genetisch perfektionierte Supermensch nur noch ein Roboter zweiten Ranges ist, der kaum mehr eine Lebensberechtigung auf diesem Planeten hat. Er wäre den Kunstgeschöpfen klar unterlegen, denn es gäbe inzwischen wesentlich bessere und »intelligentere« Materialien.

Unser Museumsführer erklärt: »Mit dem explosiven technischen Fortschritt des endenden 20. Jahrhunderts wurden **denkende Computerwesen** für möglich gehalten, die den Menschen schon bald überholen konnten – und am Ende von ihren eigenen Kreationen in den Schatten gestellt würden. Hören wir uns hierzu eine weitere Aussage von Ray Kurzweil aus dem Jahr 1999 an.«

Er berührt den Monitor und erneut hören wir den High-Tech-Propheten: »In den Zwanzigerjahren des nächsten Jahrhunderts werden Gehirnimplantate unserer Sinneswahrnehmung, unserer Denkfähigkeit und unserem Gedächtnis aushelfen. Um 2030 herum wird man mit seinem Freund nicht nur telefonisch in Kontakt treten, sondern sich mit ihm zum Beispiel in einem – frappierend echt wirkenden – virtuellen südwestafrikanischen Wildreservat treffen können. Erlebnisse und Begegnungen jeder Art werden möglich, geschäftlich, persönlich, sexuell, mit echten oder virtuellen Partnern; die räumliche Entfernung spielt keine Rolle.«

Nach einem Bildschnitt folgen weitere Statements von ihm: »Das Gesetz der Selbstbeschleunigung gibt uns Grund zu guter Hoffnung. ... Die komplette Kartierung des Gehirns ist nicht so utopisch, wie es zunächst den Anschein hat. ... In rund fünfundzwanzig Jahren werden wir imstande sein, vollständige und detaillierte Karten der informatisch relevanten Strukturen des menschlichen Gehirns zu erstellen und diese in fortschrittlichen neuronalen Computern funktionell abzubilden. Den künstlichen Gehirnen werden wir eine große Auswahl von Körpern bereitstellen können, von virtuellen Körpern in virtuellen Räumen bis hin zu Myriaden von Nanobots. ...

Noch vor Ende des 21. Jahrhunderts wird die technikschaffende Spezies des Planeten Erde – also wir – mit ihren technischen Kreaturen allmählich verschmelzen.«

Hierauf präsentiert unser Museumsführer eine Reihe von Autoren und Wissenschaftlern, die berechtigte Zweifel an den Theorien von Kurzweil und den Anhängern seiner Visionen hatten. Zum einen ignorierten die Visionäre demnach, dass nach wie vor niemand verstehe, wie das menschliche Gehirn wirklich funktioniert, ganz zu schweigen davon, dass man es nachbauen oder am Computer simulieren könne. Zum anderen wählten sie wie auch viele andere Prognostiker den bequemen Weg, Trends und künstliche Gesetze (wie jenes der Selbstbeschleunigung oder Moores Gesetz über die Steigerung der Computerleistung) einfach fortzuführen und hochzurechnen, wo erfahrungsgemäß gerade komplexe, vernetzte Systeme wie unsere Wirtschaft und Gesellschaft sich praktisch nie an geplante Muster halten, sondern vom einen Kippmoment zum nächsten umherirren.

Der deutsche Physiker Hans Graßmann meint gar, wie wir erfahren, über Kurzweils Buch »Homo s@piens«, es sei »die vollständige Rücknahme der europäischen Aufklärung. Hier wird brutalste, menschenverachtendste Esoterik unter dem Label ›Physik‹ angepriesen, und keiner scheint es zu merken.«

Graßmann führt zudem gute Gründe an, warum schon allein wegen der Unmöglichkeit spontaner Selbstordnung von Bits ein »denkender Computer« niemals realisiert werden wird. Und auch der High-Tech-Unternehmer Jeff Hawkins bezweifelt entschieden, »dass wir jemals in der Lage sein werden, unseren Verstand in Maschinen zu kopieren. Gegenwärtig gibt es meines Wissens keine aktuellen oder ernsthaft erwogenen Methoden, die Billionen Details zu erfassen, die ›Sie‹ ausmachen. Dazu müssten wir Ihr gesamtes Nervensystem und Ihren Körper erfassen und neu schaffen, nicht nur Ihren Neocortex. Und wir müssten verstehen, wie all das funktioniert.«

Dessen ungeachtet blühte um die Jahrtausendwende (wie wir am Ende des Tunnels sehen) ein wahrer Kult um den aus denkenden Computern und transhumanen Menschen hervorgehenden **Extropianismus** – gewissermaßen eine vom Neuen Menschen gesteuerte Entwicklung der Menschheit und des Universums –, wie

Der Neue Mensch der Extropianer (»Birth« von James Grasselli, Finite-Ertinity.Com)

wir aus der am Bildschirm abrufbaren Zeitschrift *Extropy*, Ausgabe 10, erfahren: »Der optimale Extropianer ist Nietzsches Übermensch, das höhere Wesen in uns, das nur darauf wartet, verwirklicht zu werden. ... Der Übermensch ist nicht die blonde Bestie, der Eroberer und Plünderer, wie immer angenommen wird. Das entwickelte, selbstgewählte Ich wird sich in Wohltätigkeit ergehen und ein Übermaß an Gesundheit und Selbstgewissheit ausstrahlen.«

Impulsiv müssen wir schmunzeln bei so viel naivem Zukunftsglauben, denn es erinnert einfach zu sehr an all die hehren Utopien, die nacheinander, nun ja, in die Hose gingen.

Es wird etwas dunkler im Raum, als eine Bildfläche nach der anderen verlöscht. Die Gesichter der Techno-Utopisten gleißen noch als geisterhaftes Nachbild vor unseren Augen, als der Museumsführer resümiert: »Die Utopie des Transhumanismus, welche sich in jener Zeit des Übergangs entwickelte und endgültig den Neuen Menschen verwirklichen wollte, war sicherlich die verheißungsvollste von allen, denn sie umfasste sämtliche Wunschvorstellungen vom stets verfügbaren Glück und unbegrenzten Wissen bis zur Unsterblichkeit mit immerwährender Jugendlichkeit und Gesundheit. Für die Transhumanisten war es ein gezielter Eingriff in die menschliche Evolution, der logische nächste Schritt eines seit Jahrmillionen andauernden Plans. Ironischerweise entstand dadurch gerade in der utopielosen westlichen Gesellschaft des späten 20. und frühen 21. Jahrhunderts die größte Utopie von allen.«

Wir verlassen den Tunnel der Verheißungen und betreten offenbar einen anderen Trakt des Gebäudes.

Raum X: Die Verteilerstelle der Zukunft

Dieser Raum ist fast leer und überraschend klein, doch von ihm führen mehrere Türen in Nebenräume. Über jeder steht **Phase 9** und die Nummer eines variablen Szenarios.

»Bevor wir diese Räume aufsuchen und die möglichen Zukunftsszenarien des Neuen Menschen sehen«, sagt unser Museumsführer, »sollten wir uns darüber klar werden, was die gehörten und gesehenen Utopien bedeuten und wie sie zu bewerten sind.«

Hierzu führt er uns an die mitten im Raum stehende Glasstele, welche drei Gründe auflistet, an denen Utopien scheitern und die Michael Derrich in seinem Buch »Utopia – Adé« anführt:

1. Die technologische Umsetzung war, ist und bleibt undurchführbar.
2. Die finanzielle Bilanz wäre negativ verlaufen bzw. hätte das Projekt zum Stillstand gebracht.
3. Die allgemeine Ablehnung der Bevölkerung.

Wenn auch nur einer dieser Gründe erfüllt sei, würde dies das Scheitern der Utopie bedeuten.

Nun haben, wie unser Museumsführer erläutert, praktisch alle medizinischen und biotechnischen Utopien des 21. Jahrhunderts Probleme mit zumindest einer dieser drei Hürden. Lediglich auf eine breite Unterstützung in der Bevölkerung dürfen sie zählen, denn sämtliche Untersuchungen zeigen, dass die Menschen sich von der modernen Wissenschaft vor allem zwei Dinge wünschen: optimale Gesundheit und ein verlängertes Leben.

»Dass«, so fährt er fort, »der technische und finanzielle Aufwand sehr hoch ist, heißt aber nicht, dass die Wunschvorstellungen irreal wären. Hierzu müssen wir uns Folgendes vor Augen halten: Während im 19. und frühen 20. Jahrhundert ein einzelner oder einige wenige isolierte Wissenschaftler von den genannten Aufgaben sowohl finanziell als auch technisch und organisatorisch überfordert gewesen wären, gibt es mittlerweile Zigtausende vernetzte Mediziner, Informatiker, Erfinder und sonstige Planer utopischer Technologien, wodurch sich nicht nur das Wissen seit Jahren exponentiell steigert, sondern sich auch die Erfolgsmöglichkeiten gegenseitig verstärken könnten.«

Er veranschaulicht uns dies anhand eines Diagramms, auf welchem die Publikationen und Anwendungen der Bereiche Neuroinformatik, Bioelektronik, Genetik, Robotik, Molekularbiologie sowie Mikro-, Nano- und Quantenphysik als Kurven in einen Zeitbalken seit dem frühen 20. Jahrhundert eingetragen sind, und wir ahnen angesichts der steil ansteigenden und sich überlagernden Kurven, was er meint.

»Wir haben vorhin zwar gehört«, warnt er, »dass es für Zukunftsprognosen nicht ausreicht, einfach die bestehenden Trends fortzuführen. Aber genauso naiv wäre es, sich auf den Standpunkt zurückzuziehen, heutige Misserfolge führten automatisch auch zu zukünftigen Misserfolgen, denn das hieße, die Lernfähigkeit des Menschen zu ignorieren.«

Er deutet auf das Diagramm: »Was wir hier sehen, lässt zwei Schlussfolgerungen zu: Erstens ist die bisherige Entwicklung in diesen Bereichen nicht mehr umkehrbar, sondern wird weiter steigen – sofern keine wie auch immer geartete Katastrophe oder gesellschaftliche Umwälzung eintritt. Zweitens: Egal in welchem Maße die einzelnen Bereiche steigen und wann sie ihren Plafond erreichen – es muss im 21. Jahrhundert zwangsläufig zu einem oder mehreren Zeitpunkten kommen, in dem sich zwei oder mehrere Bereiche mit neuen Erkenntnissen gegenseitig befruchten. Was in diesem Zusammenhang sowohl immense Fortschritte als auch Gefahren für den Menschen bedeuten würde.«

»Sprechen Sie etwa von der Technologischen Singularität, wie sie Vernor Vinge für die Zeit um das Jahr 2025 verkündet hat?«

»Nicht unbedingt, zumindest nicht in dem Sinne, dass damit das Entstehen einer künstlichen Superintelligenz gemeint wäre, welche das Ende des Menschen bedeutete. Sondern dass die Menschheit, wie schon so oft in ihrer Geschichte, in eine für frühere Generationen unvorstellbare neue Phase eintreten wird. Genauso wenig wie sich unsere Großeltern die computerisierte Welt im Jahr 2000 vorstellen konnten, sind wir in der Lage, vorherzusagen, wie etwa das Jahr 2050 aussehen wird. Insofern handelt es sich also um eine ›Singularität‹, als dass uns heute kein Blick in die Zeit danach möglich ist. Es wäre jedoch absolut verwunderlich, wenn alles noch genau so aussähe und ablaufen würde wie heute. Und dies bedeutet wiederum, dass sich auch der Mensch an die neuen Gegebenheiten wird anpassen müssen, also in diesem Sinne wieder einmal zum Neuen Menschen werden würde. Selbst die Artefaktibilisierung des Menschen, also die Entwicklung seines naturbelassenen Körpers zu einem künstlichen, wäre an sich keine neuartige Entwicklung. Denn zwangsläufig unterliegt unsere gesamte Lebenswelt einer permanenten Umformung in ein von uns mit beeinflusstes Kulturprodukt.«

»Heißt das«, wendet eine Besucherin ein, »dass wir getrost die Hände in den Schoß legen und abwarten sollen, was die Zukunft bringt?«

»Aber nein«, ereifert sich der Museumsführer, »es wäre zum Beispiel gefährlich, wenn das noch immer anhaltende Hochgefühl in der Medizin dermaßen die Oberhand gewänne, dass eine ethische Betrachtung der medizinischen Entwicklungen die Bevölkerung nicht mehr interessiert. Denn dann könnten Politiker, Forscher, Sponsoren, Mediziner und Patienten, von utopischer Euphorie beflügelt, dazu übergehen, sich von diesem Gefühl die Richtung vorgeben zu lassen. Und genau darin liegt, wie uns die vielen Beispiele auf unserem Weg durch das Museum zeigten, die Gefahr unerwünschter Nebeneffekte und tödlicher Entwicklungen.«

»In der griechischen Antike«, so führt er unter Berufung auf den niederländischen Ethiker Bert Gordijn aus, »nannte man die Idee der Angleichung an Gott ›Homoiosis theoi‹. Sie besagte, dass zwischen der Seele des Menschen und dem Göttlichen eine Wesensverwandtschaft bestünde. Der Seele komme dabei die Aufgabe zu, diese Verwandtschaft in der Zeit ihres Lebens auf der Erde zu bewahren. Gelinge ihr dies, so könne sie sich nach dem Tode wieder mit der Gottheit – ihrem Ursprung – vereinigen. Dies erinnert uns an die angeblich neuen Konzepte des Transhumanismus, an das Verschmelzen des Menschen mit seiner Umgebung und an die Steigerung seiner kognitiven und physischen Fähigkeiten bis in göttliche Dimensionen.«

Zu beachten sei dabei allerdings, wie er nach einer Pause anmerkt, dass sowohl bei den Griechen als auch im Christentum die Homoiosis theoi und Verbesserung des Menschen stets mit der Verwirklichung moralischer Tugenden verknüpft war. Im Vergleich mit unseren heutigen Konzepten vom Neuen Menschen fällt daher ein interessanter Unterschied auf: Die Letzteren beinhalten praktisch keine moralischen Komponenten mehr. Sie zielen stattdessen überwiegend auf eine Vervollkommnung der sensorischen, motorischen und kognitiven Eigenschaften des Menschen ab.

So schreibe etwa auch der US-Sozialhistoriker Allan Bloom in seinem Buch »Der Niedergang des amerikanischen Geistes«: »Die Wissenschaft vernichtet, indem sie die Menschen befreit, zugleich die natürlichen Voraussetzungen, die sie erst menschlich machen. Deshalb entsteht hier zum ersten Mal in der Geschichte die Möglichkeit einer Tyrannei, die nicht auf Unwissenheit, sondern auf Wissenschaft gegründet ist.«

Und der Berliner Molekularbiologe Jens Reich ergänzt: »Diese Wahnidee, dass Menschen optimierbar seien, dass ein ›Optimum‹ menschlichen Aussehens oder menschlicher Konstitution existiere, dieser Glaube ist ein Irrglaube. Es gibt keinen optimalen Menschen, sondern unser Reichtum als Art, als Menschheit, besteht darin, dass wir nicht auf ein Ziel optimiert sind, sondern eine breite Fülle von Begabungen, Konstitutionen, Varianten besitzen. Und diese sind in den verschiedenen Umweltbedingungen, in denen die Menschen leben, jeweils besser oder schlechter.«

»Bedenken Sie«, sagt unser Museumsführer abschließend, »dass sich mit Medizin prinzipiell keine Verbesserung der moralischen Eigenschaften erzielen lässt.«

Danach stellt er uns zur Auswahl, welchen der folgenden Räume wir betreten wollen.

Raum XI – Szenario 1

Virtuelle Realität empfängt uns, täuschend echt gemacht. Wir befinden uns in einer Welt des Jahres 2050, in der von all den gehörten Utopien lediglich die Idee gezüchteter Organe und künstlicher Körperteile realisiert wurde.

Die Menschen in diesem Szenario haben jedoch allein dadurch ihr Verhältnis zum eigenen Körper völlig geändert. Hatte man einstmals noch darauf geachtet, möglichst lange gesund zu bleiben, und sich um Vorbeugung, Hygiene und eine nachhaltige Lebensweise gekümmert, so betrachtet man den Körper nun mehr oder weniger als Maschine. Da Organe nicht mehr nur im eigenen Körper wachsen, sondern auch außerhalb – in Labors und aus eigenen Stammzellen gezüchtet –, werden erstmals auch körperexterne Elemente als Teile unseres Selbst betrachtet. Wir sagen: Diese Leber da im Nährkasten gehört mir. Und: Notfalls habe ich noch ein paar Nieren im Bio-Schließfach. Durch einen regelmäßigen Austausch der defekten Einzelteile glauben wir, auf ewig gegen Krankheit versorgt zu sein, wodurch auch Risikoverhalten wie etwa Alkoholkonsum, Rauchen und natürlich Extremsport an der Tagesordnung sind.

Zum anderen lässt sich ein Prozess der Kommerzialisierung und Kommodifizierung des Körpers beobachten. Der Körper samt seiner Teile wurde zur Handelsware. Zellen, Gewebe und Organe sind käuflich, Gebärmütter ausleihbar geworden. Nicht nur Eizelle und Sperma, sondern auch Haar, Blut, Nabelschnur, Plazenta und Vorhaut sind Gegenstand einer Bewirtschaftung des menschlichen Körpers. Wissenschaftler und Biotech-Unternehmen haben Körperbestandteile wie etwa Gene oder Bioorgane patentieren lassen. Embryonen und hirntote Menschen werden als Lager für Ersatzorgane und -gewebe gelagert.

»Wer heute noch stirbt, ist selber schuld«, heißt es, »und hat nichts Besseres verdient, als dass er als Organlager dient.«

Raum XII – Szenario 2

Was in Szenario 1 ausgeklammert blieb, aber uns in dieser virtuellen Welt begegnet, ist die Tatsache, dass die wunderbaren technischen Errungenschaften nur für den reichen Teil der Erdbevölkerung verfügbar sind.

In der Welt, die wir hier erleben, wurden auch sämtliche Träume der Gentechniker verwirklicht: Von der Gendiagnostik über die Gentherapie bis hin zu routinemäßig künstlich erzeugten Genen. Eingangs erwähnter Umstand führt jedoch im Jahr 2050 zu den ersten »Gen-Wars«: Die unterprivilegierten Schichten begehren gegen die genoptimierten auf. Denn Erstere werden sowohl von Versicherungen als auch Arbeitgebern regelmäßig und ohne staatliche Beschränkungen diskriminiert (da reiche Menschen sich nicht nur Gen-Tuning leisten können, sondern natürlich auch in einflussreichen Lobbies und politischen Positionen zu finden sind).

Ein letzter Erfolg der Unterschicht entspricht dem Szenario, das der Biologe David Suzuki für die USA des Jahres 2030 entwarf: Die Habenichtse eines Unternehmens – genetisch benachteiligte Arbeitskräfte, ethnische Minderheiten und schlecht ausgebildete Hilfsarbeiter haben plötzlich die Gelegenheit, den Spieß umzudrehen und ein Gen-Screening bei ihren Vorgesetzten durchzuführen mit dem Ziel, jene Manager zu identifizieren, die aufgrund genetischer Mängel nicht mehr in der Lage sind, den Erfolg der Firma zu sichern. Dies führt in unserer Simulation zu Gegenmaßnahmen und schaukelt sich auf, bis der Zustand eines Bürgerkriegs erreicht ist.

Mitten in diesen Auseinandersetzungen folgt eine böse Überraschung: Der neue Mensch ist zwar genetisch verbessert, doch es zeigen sich unerwartete Langzeitschäden, mit denen kein Mediziner gerechnet hatte, obwohl bereits um die Jahrtausendwende einige Experimente diese Gefahr erahnen ließen, wie zum Beispiel jene Maus, deren Intelligenz von dem Neurobiologen Joe Tsien genetisch verändert wurde und die nach einiger Zeit auch unter einem gesteigerten Schmerzempfinden litt. Angesichts der Tatsache, dass sich manche Gene in unterschiedlichen Lebensphasen bemerkbar machen, während Investoren auf eine möglichst rasche Markteinführung drängen, brechen die Folgen der in unserem Szenario durchgeführten Genmanipulation zu einem Zeitpunkt aus, als die Entwicklung nicht mehr umkehrbar ist. Leider haben sich die genoptimierten Menschen da bereits fortgepflanzt und ihre mutierten Gene weitergegeben, was zu flächendeckenden Mutationen und beinahe zum Aussterben der Menschheit führt.

Wir erinnern uns: Evolution folgt keinem Plan, sondern zufälligen Mutationen – von denen durchaus nicht alle arterhaltende Auswirkungen haben müssen, im Gegenteil ...

Raum XIII – Szenario 3

Hier wurde der Neue Mensch mit derart vielen künstlichen Elementen kombiniert und verändert, dass seine Nachkommen eine neue Art bilden und sich mit der alten nicht mehr fortpflanzen können.

Von superintelligenten Menschen geformte Zukunftswelt?

Da wir es hier im Gegensatz zu den anderen mit einem positiven Szenario zu tun haben, ist der Neue Mensch – obwohl durch Superintelligenz haushoch überlegen – dem Alten Menschen wohlgesonnen. Die alternative Variante verliefe recht kurz: Der Supermensch braucht den alten Menschen nicht mehr und rottet ihn deshalb aus, wie einst wahrscheinlich der *Homo sapiens* den Neandertaler.

Doch selbst dieses schöne Szenario hat Schattenseiten. Der alte, nicht optimierte Mensch beginnt sich minderwertig zu fühlen. So ist etwa das Wissen, den Superintelligenten absolut unterlegen zu sein, alles andere als angenehm. Zu wissen, dass die Überlegenen sowieso alles besser können, dass sie sämtliche Schritte der normalen Menschen in gute Bahnen leiten, lässt für die normalen Menschen alle ihre Aktivitäten als sinnlos erscheinen. Es kommt zu innerer und äußerer Emigration, zu Verbalangriffen und schließlich sogar zu Attentaten auf die genverbesserten Menschen.

Dies führt schlussendlich dazu, dass die (freundlichen) superintelligenten Menschen sich dazu veranlasst sehen, mit der von ihnen enorm weiter entwickelten Raumfahrttechnik die Erde zu verlassen und fortan ein Dasein im Orbit oder gleich auf einem neuen Planeten zu führen.

Raum XIV – Szenario 4

Hier haben die erfolgreich umgesetzten Utopien der Molekularbiologen dazu geführt, dass die Menschen tatsächlich ein Alter von zweihundert Jahren erreichen.

Bei einer derartigen Zeitspanne könnte man meinen, die Politik hätte genug Zeit gehabt, ausreichende Vorkehrungen zu treffen – doch leider dachte sie zu lange in Zeitabständen von Legislaturperioden und verabsäumte die rechtzeitige Reform der staatlichen Systeme.

Die gesteigerte Lebenserwartung führt daher zum endgültigen Zusammenbruch der Krankenkassen. Die Gesellschaft der westlichen Länder leidet nicht nur unter Überalterung und Überbevölkerung, sondern verarmt auch zusehends, da die sinkende Geburtenrate (alte Menschen sind nicht sehr fortpflanzungsfreudig) auch durch massive Einwanderung nicht mehr wettgemacht werden kann und daher die produktive Bevölkerung fehlt – obwohl man mittlerweile erst mit einhundert Jahren in Pension gehen darf.

Es kommt zu Verteilungskriegen und Ressourcenknappheit. Die steigende Weltbevölkerung rottet die letzten Tier- und Pflanzenarten aus und entwickelt sich zu der vom Biologen Edward O. Wilson prophezeiten »einsamen Spezies« auf dem Planeten. Die Erlösung daraus bringen schlussendlich nur noch die freiwilligen und später staatlich verordneten Massenselbstmorde.

Raum XV – Szenario 5

Diese virtuelle Welt verläuft ähnlich wie das vorherige Szenario. Doch hier gelingt es länger, die Balance zwischen den immer älter werdenden Menschen und einem funktionierenden Staatssystem sowie einer halbwegs intakten Umwelt aufrecht zu erhalten.

Steht nach Jahrtausenden des menschlichen Fortschrittes zwangsläufig der Weltraum?

Schließlich verwirklicht die Menschheit hier sogar die Utopie der Unsterblichkeit: Die synthetischen Zellen, aus denen sie bestehen, altern nicht mehr, und diverse Prothesen und Abwehrmechanismen schützen vor Unfällen und Krankheitserregern.

Was aber tut eine unsterbliche Weltbevölkerung, wenn sie nicht die in Szenario 4 beschriebene Zerstörung der Erde riskieren will? Sie zieht sich an den einzigen Ort zurück, der mit seiner räumlichen Grenzenlosigkeit die ideale Entsprechung für ihre zeitliche Ewigkeit ist: das Weltall. Es sind somit nicht die einstmals erdachten Generationenschiffe sterblicher Menschen, sondern flotte Ein- und Zweisitzer, mit denen die Unsterblichen sich auf die Reise ins Unbekannte aufmachen.

Raum XVI – Szenario 6

In diesem Szenario ist keine der bio- oder computertechnischen Utopien verwirklicht, dafür jedoch eine ganz andere: Sämtliche Vorteile, die man sich einst von der Gentechnik erwartete, wurden (wie um die Jahrtausendwende der US-Wissenschaftler Francis Fukuyama vorschlug) stattdessen mit Psychopharmaka und anderen Medikamenten erzielt.

Hinweise auf die Akzeptanz von Stimulanzien und Aufputschmitteln in der Bevölkerung gaben bereits im 20. Jahrhundert die Medikamente Prozac, Ritalin und Provigil. Die Menschen sind in unserer Simulation also nicht nur intelligenter, sondern auch friedlicher, schmerzloser und im Wirtschaftsleben produktiver geworden.

Doch auch in dieser Welt kommt es zu unerwünschten Nebenwirkungen, welche an die Dystopie der »Schönen neuen Welt« denken lassen. Zum einen entwickelt sich eine totale Medikamentenabhängigkeit, über die sich die Bevölkerung nur zu gern auch steuern lässt. Zum anderen entsteht in der fast völlig von Krankheit und Schmerz geheilten Welt der Wunsch, wieder leiden zu können, um sich noch als Mensch zu fühlen.

So fordern immer mehr Menschen wie Huxleys Held – der letzte Mensch inmitten biopharmazeutisch manipulierter Glücks-Sklaven – das Recht auf Unglück. Sie wollen ihre Einsamkeit, ihren Gott und ihre Poesie, ihren Schmerz und ihr Gefühl. Sie rufen nach »dem Recht auf Alter, Hässlichkeit und Impotenz, dem Recht auf Syphilis und Krebs, dem Recht auf Hunger und Läuse, dem Recht auf ständige Furcht vor dem Morgen, dem Recht auf unsägliche Schmerzen aller Art«. Denn sie haben erfahren, dass eine vom Unglück gesäuberte Welt als menschliche Welt unmöglich ist. Nur Roboter und Marionetten vermögen in ihr zu leben.

Raum XVII – Szenario 7

In dieser Welt hat sich der Neue Mensch der Transhumanisten tatsächlich verwirklicht. Ein Großteil der Bevölkerung lebt nur noch als digitale Einheiten auf Festplatten, während die restlichen Menschen für die Wartung und Stromversorgung zuständig sind.

Schön ist, dass die »upgeloadeten« Menschen sich nun in virtuellen Welten alle Wünsche erfüllen und sogar – als Daten-Entität in winzigen Raumsonden – das All erforschen können.

Weniger schön ist das Problem der Entfremdung zu den physischen Menschen und die Ent-Emotionalisierung aufgrund fehlender körperlicher Eigenschaften. Immer öfter kommt es zu kleinen Gemeinheiten der »Noch-Physischen« – denn was all die Computerfreaks in den Labors zur Erforschung der Künstlichen Intelligenz, die sich selbst nicht für mehr als komplexe Computerprogramme hielten, übersahen, war, dass sich keiner der fleischlichen Menschen daran stören würde, sie ein für alle Mal abzuschalten.

Raum XVIII: Das Zimmer der Fragen

Nach diesen und vielen weiteren Szenarien ist der letzte Raum, durch den uns der Museumsführer leitet, völlig weiß bemalt und derart ausgeleuchtet, dass kein Schatten zu sehen ist – egal, wo wir uns hinstellen oder wie wir uns bewegen. Während unser Begleiter stumm bleibt, tauchen auf den hellen Wänden abwechselnd vereinzelte Fragen auf:

Die erste Frage lautet: **Können wir jemals zu wirklich Neuen Menschen werden?**

Als wir uns ihr nähern, erscheint darunter ein weiterer Absatz: Auch nach vielen Jahrtausenden und trotz aller Fortschritte unterscheiden wir uns kaum von unseren Vorfahren. Was berechtigt uns zu der Hoffnung, dass wir uns wesentlich verändern könnten, ohne gleichzeitig unser Menschsein aufzugeben?

Während einige von uns darüber nachdenken und diskutieren, gehen andere zur nächsten Frage weiter; sie lautet: **Was meinen wir überhaupt, wenn wir von »Fortschritt« sprechen?**

Darunter folgt: Je nach Gesichtspunkt sind heute die Insekten die »fortschrittlichsten« Lebewesen, mit ihrer enormen Artenvielfalt, Resistenz gegenüber Umwelteinflüssen und hohen Reproduktionskapazität. Oder auch die Säugetiere, durch hochgradiges Lernvermögen, ausgeprägte Individualität und affektgeleitetes Verhalten. Warum glauben wir also, dass allein unsere Form des Fortschritts ein Überdauern sichert?

Die dritte Frage: **Atmet unsere heutige Zeit wieder den alten ideologischen Geist?**

Heute begegnen wir – im Verbund mit dem wirtschaftlichen Neoliberalismus – einem wiederbelebten (sozial-)darwinistischen Denken, das angesichts gentechnologischer Möglichkeiten und der Vision von der biologischen Verbesserung des Menschen die evolutionäre Leiter vom Affen zum Menschen nach oben für verlängerbar hält. Das würde bedeuten, menschliches und anderes Leben folge nach darwinistischem Prinzip der natürlichen Auslese. Aber wollen wir angesichts der Irrwege, zu denen diese Auffassung in der Geschichte führte, sie wirklich weiter verfolgen?

Die vierte Frage: **Folgen wir überhaupt einem natürlichen Plan?**

Nur eine humanzentrierte und fast schon als Religion auf die Bedürfnisse des *Homo sapiens* zugeschnittene Auslegung der Evolutionstheorie verführt zur Schlussfolgerung, wonach unsere Entwicklung zu immer Höherem strebt. Sie spricht die seit Urzeiten in uns verborgenen Ängste und Sehnsüchte an, könnte sich aber als reine Metaphysik ohne jede Grundlage erweisen. Müssen wir uns also unbedingt weiterentwickeln oder wäre auch eine lebenswerte Alternative möglich?

Die fünfte Frage: **Gibt es Licht ohne Schatten?**

Alles hat schließlich seinen Preis. Wie die moderne Medizin das Leben verlängern kann, kann sie auch das Leiden verlängern. Wie die moderne Landwirtschaft eine permanente Ertragssteigerung mit sich bringt, leistet sie auch ihren Beitrag zur Naturzerstörung. Und so, wie die pharmazeutische Industrie heute für jeden Schmerz und jedes Leiden ein Gegenmittel anbietet, kann sie auch den menschlichen Organismus in einen Müllhaufen für chemische Abfälle verwandeln. Dies kann unter Umständen dazu führen, dass wir mit unserer Zivilisation in eine Situation geraten werden, die eine Weiterentwicklung der Menschheit nicht mehr möglich macht.

Die sechste Frage: **Kann der Zug noch aufgehalten werden?**

Hier entspinnt sich eine lebhafte Diskussion zwischen den Besuchern. Ein junger Mann sagt forsch: »Nein, alles, was entwickelt werden kann, wird auch entwickelt werden.«

Eine ältere Dame verweist daraufhin auf folgende Geschichte: 1775 führte ein junger französischer Ingenieur namens Du Perron dem jungen Ludwig XVI. eine »Militärorgel« vor, die durch einen Handgriff betätigt wurde und gleichzeitig vierundzwanzig Kugeln abschoss. In einem Memorandum wurde die Konstruktion dieses Vorläufers der modernen Maschinengewehre erläutert. Es erschien dem König und seinen Ministern Malesherbes und Turgot so mörderisch, dass sie es ablehnten und seinen Erfinder als einen Feind der Menschheit bezeichneten.

»Na gut«, erwidert der Mann, »aber wie wir gesehen haben, wurde das Maschinengewehr eben mit etwas Verspätung entwickelt. Wesentlich ist: Es wurde entwickelt.«

Darauf die Dame: »Wir sollten trotzdem nicht von Vornherein ignorieren, dass wir das geistige Potenzial besitzen, zukünftige Fehlentwicklungen zu erkennen und abzulehnen.«

Die siebte Frage: **Welche Rolle kann die Science Fiction bei all dem spielen?**

In letzter Zeit übernahmen zusehends Wissenschaftler die Rolle, die bisher SF-Autoren übernahmen. So sinnierte der Biologe Lee Silver in seinem Buch »Das geklonte Paradies« auf durchaus poetische Weise über die ferne Zukunft und ein neues goldenes Zeitalter:

»In diesem Zeitalter gibt es eine besondere Gruppe mentaler Wesen. Obgleich diese Wesen die Reihe ihrer Vorfahren direkt auf den Homo sapiens zurückführen können, unterscheiden sie sich von Menschen in etwa demselben Maße, wie Menschen sich von den primitiven Würmern mit winzigen Gehirnen unterscheiden, die lange vor ihnen auf der Erdoberfläche herumkrabbelten ... Es ist nicht leicht, Worte zu finden, mit denen sich die optimierten Eigenschaften dieser besonderen Wesen beschreiben lassen. ›Intelligenz‹ wird ihren kognitiven Fähigkeiten nicht gerecht. ›Wissen‹ erfasst nicht die Tiefe ihres Verständnisses – sowohl, was das Universum betrifft, als auch in Bezug auf ihr eigenes Bewusstsein. ›Macht‹ reicht bei weitem nicht hin, um zu umschreiben, in welchem Ausmaß sie Technologien kontrollieren, mit denen sich das Universum gestalten lässt, in dem sie leben.

Diese Wesen widmen ihr langes Leben der Beantwortung dreier trügerisch einfach scheinender Fragen, die sich jede sich ihrer selbst bewusste Generation der Vergangenheit auch gestellt hat: ›Woher kommt das Universum?‹ – ›Warum gibt es etwas anstelle von nichts?‹ – ›Welche Bedeutung hat die menschliche Existenz?‹

Nun, da sie die Antworten kennen, stehen sie ihrem Schöpfer Auge in Auge gegenüber. Was sehen sie? Ist es etwas, das die Menschen des 20. Jahrhunderts sich in ihren wildesten Träumen nicht hätten ausmalen können? Oder sehen sie, wenn sie ihre Existenz bis an den Anfang aller Zeit zurückverfolgen, etwa nur ihr eigenes Bild im Spiegel?«

Da erst meldet sich unser Museumsführer wieder zu Wort: »Die Science Fiction wird, wenn sie sich die Rolle als Ideengeber von, aber auch Warner vor technischen Entwicklungen nicht aus der Hand nehmen lassen will, verstärkt auf all jene Themen eingehen müssen, die in diesem Museum behandelt wurden. Denn sie hat – seit Mary Shelleys ›Frankenstein‹ und Werken wie jenen von H.G. Wells und Aldous Huxley – die wichtige, unverzichtbare Aufgabe, die komplexen Inhalte und Aussagen der Wissenschaft in verständliche Texte und Bilder umzuwandeln und deren mögliche Auswirkungen zu zeigen, um einen diesbezüglichen Denk- und Diskussionsprozess bei Meinungsbildnern, Forschern und in der breiten Öffentlichkeit anzuregen. Auch wenn diese Visualisierungen manchmal zu plakativ und aufgeregt geraten, wenn sie ab und zu allzu pathetisch den ›bösen Wissenschaftlern und Technokraten‹ auf die Finger hauen, können sie damit dennoch bewirken, dass sich Forschung, Politik und Industrie bewusst werden, von aufmerksamen Teilen der Gesellschaft beobachtet und korrigiert zu werden.«

Mit diesen Worten geleitet er uns zum ...

... Ausgang

»Ich danke Ihnen für den Besuch und Ihre Aufmerksamkeit«, sagt der Museumsführer, als wir uns verabschieden. Er blickt uns eine Weile nach, als wir nach draußen treten, verschwindet dann wieder in dem geometrisch merkwürdigen Gebäude und verschließt die Tür hinter sich.

Auf das dunkelbraune Holz der Tür ist eine goldene Tafel geschraubt, auf welcher ein Zitat von Franz Baumer eingraviert wurde. Es lautet:

»In der tiefsten Tiefe einer jeden Seele sitzt die Angst. Sie erst verschiebt Utopia ins Nirgendwo, weil jedes Ziel das Ende des Werdens wäre.«

Utopia, so wird uns klar, ist unerreichbar. Selbst wenn einige der biotechnologischen Wunschvorstellungen, die wir hier kennenlernten, Realität werden sollten, wird dennoch die Sehnsucht nach dem Neuen Menschen immerfort bestehen bleiben.

So lassen wir das Museum hinter uns, bewegen uns durch den Tag in den Abend hinein und wissen, dass wir selbst es sind, die unsere Zukunft schreiben werden.

LITERATUR

Historische utopische Visionen:

Joachim Walther (Hrsg.): Der Traum aller Träume – Utopien von Platon bis Morris, VMA-Verlag Wiesbaden, 1987
Ferdinand Seibt: Utopica – Zukunftsvisionen aus der Vergangenheit, Orbis, 2001

Moderne utopische Visionen:

Louis Pauwels, Jacques Bergier: Aufbruch ins dritte Jahrtausend – Von der Zukunft der phantastischen Vernunft, Eduard Kaiser Verlag, 1962
Emil Heinz Graul, Herbert W. Franke: Die unbewältigte Zukunft – Blind in das dritte Jahrtausend, Kindler, 1970
Malcom Abrams, Harriet Bernstein: Der Zukunftskatalog – Über 250 Produkte, die Sie noch vor dem Jahre 2000 kaufen können, Paul Zsolnay, 1989
Visionen und Utopien, Time-Life / Geheimnisse des Unbekannten, 1991
Michio Kaku: Zukunftsvisionen – Wie Wissenschaft und Technik des 21. Jahrhunderts unser Leben revolutionieren, Knaur, 1997

Michael Dertouzos: What will be – Die Zukunft des Informationszeitalters, Springer, 1999
Magazin Spektrum der Wissenschaft – Spezial, 4 / 1999
Ray Kurzweil: Homo s@piens – Leben im 21. Jahrhundert. Was bleibt vom Menschen? Econ, 2000
Magazin Spektrum der Wissenschaft – Spezial, 1 / 2000
Magazin Spektrum der Wissenschaft – Spezial, 3 / 2001
Magazin PM, 8 / 2002 und 9 / 2002
Magazin PM, 11 / 2003
Damien Broderick: Die molekulare Manufaktur – Wie Nanotechnologie unsere Zukunft beeinflusst, Rowohlt, 2004
Magazin PM, 5 / 2004
Matthias Horx: Wie wir leben werden – Unsere Zukunft beginnt jetzt, Campus, 2005
Uwe Kersken, Sonja Trimbuch (Hrsg.): 2057 – Unser Leben in der Zukunft, Aufbau Verlag, 2007
John Naisbitt: Mind Set! Wie wir die Zukunft entschlüsseln. Hanser, 2007
Magazin PM, 4 / 2007 und 10 / 2007

Kritische Bewertungen moderner Utopien:

Franz Baumer: Paradiese der Zukunft – Die Menschheitsträume vom besseren Leben, Langen Müller, 1967
Franz M. Wuketits: Evolution und Fortschritt – Mythen, Illusionen, gefährliche Hoffnungen, aus: Aufklärung und Kritik 2/1995
Andrea Hurton: 1000 Tage bis zur Zukunft – Moden und Trends am Vorabend der Jahrtausendwende, Econ, 1997
Jeremy Rifkin: Das Biotechnische Zeitalter – Die Geschäfte mit der Genetik, C. Bertelsmann, 1998
Margaret Wertheim: Die Himmelstür zum Cyberspace – Von Dante zum Internet, Ammann, 2000
Gero von Boehm: Odyssee 3000 – Reisen in die Zukunft, Goldmann, 2000
Stanisław Lem: Riskante Konzepte, Insel, 2001
Francis Fukuyama: Das Ende des Menschen, DVA, 2002
Hans Graßmann: Das Denken und seine Zukunft – Von der Eigenart des Menschen, Rowohlt, 2002
Andreas Eschbach: Das Buch von der Zukunft, Rowohlt, 2004
Bert Gordijn: Medizinische Utopien – Eine ethische Betrachtung, Vandenhoeck & Ruprecht, 2004
Michael Derrich: Utopia – Adé. Zukunftsforschung gestern und heute. König, 2006
Jeff Hawkins: Die Zukunft der Intelligenz – Wie das Gehirn funktioniert und was Computer davon lernen können, rororo, 2006
Michael K. Iwoleit: Prophet der Singularität – Die leere Zukunft des Ray Kurzweil. In: Das Science Fiction Jahr 2007, Heyne, 2007

Zur Rolle des Mannes:

Ernest Bornemann: Das Patriarchat – Ursprung und Zukunft unseres Gesellschaftssystems, Fischer, 1979
Elisabeth Badinter: XY – Die Identität des Mannes, Piper, 1993

Copyright © 2008 by Uwe Neuhold

Die utopische Spirale

Über die Visionen der Technokultur

von Wolfgang Neuhaus

>>*Utopia goes computing.*<<
Klaus Mainzer[1]

»Es ist eine nicht zu übersehende Tatsache, dass in der Gegenwart die Verbindung von technischen Visionen, Zukunftsoptimismus und Science Fiction, wie sie in den ersten Jahrzehnten des 20. Jahrhunderts vorhanden war, nicht mehr besteht. Was in der Science Fiction ursprünglich einmal schriftlich und visuell Ausdruck einer futuristischen Begeisterung war, ist eher einer dystopischen Überzeugung oder schlichtem Desinteresse gewichen. Quer dazu ist im Laufe desselben Jahrhunderts das utopische Denken in eine Krise geraten, was die Fähigkeit zu einem gesamtgesellschaftlichen Entwurf angeht ...«

So fing meine erste Fassung dieses Textes an, mit der ich nicht zufrieden war und mit der ich irgendwann stecken blieb. Eine nüchterne sachliche Schreibhaltung, die sich mit Pro- und Kontra-Referaten nebst Belegen in den üblichen diskursiven Bahnen bewegt. Doch warum sich anstecken lassen von der allgemeinen Utopielosigkeit, die nicht die meinige ist? Was soll die Redeweise von nicht mehr benötigten Utopien, dem Ende der Geschichte und Ähnlichem? Das ist doch alles kleinkariertes Zeug. Was auch immer man genau unter dem Begriff »Utopie« verstehen will ... ein Blick in die Gesellschaft genügt, dass nicht alles zum Besten steht. Was auch immer an der Oberfläche der Meinungen und Themen in dieser Kultur diskutiert wird, der Kampf geht in letzter Instanz »gegen die Macht der stärksten Nicht-Utopie: den Tod« (Ernst Bloch). Für diese Erkenntnis bedarf es keiner (pseudo-)wissenschaftlichen Argumente oder sonstiger rhetorischer Verrenkungen. Dieser Kampf hat gesellschaftlich noch gar nicht richtig begonnen, da er als großes technokulturelles Projekt organisiert werden müsste, vergleichbar der Mondlandung. Und die Perspektiven sind phantastisch:

> »Wenn die hoch entwickelte Wissenschaft die Sterblichkeit überwunden hat, wird man halb Tier, halb Maschine, dann ganz Maschine. Eventuell wird man zu reiner Energie. Reiner Geist ist vielleicht die ultimative Form der Intelligenz. Und alle Mythologie – die sicherlich die Sehnsüchte der Massenpsychologie ausdrückt – richtet sich auf diesen Endzustand aus.«[2]

Selbst dieser Endzustand wird nicht das Ende der Geschichte sein, da ich mir kaum vorstellen kann, was solche Wesen denken und mit welchen Problemen sie konfrontiert sein werden. Eines wird die Entropie des Universums sein, jedenfalls nach den heutigen kosmologischen Konzepten.

Die Frage bleibt also, inwieweit aktuelle Innovationen aus Forschung und Technik neue Assoziationen eingehen können mit Vorstellungen von anderen Gesellschaftsformen, um auf dem Weg zu diesem Ziel Fortschritte zu machen – Material dafür gibt es mehr, als ich als individueller Autor überhaupt verarbeiten kann. Klar ist aber auch, dass diese nicht ohne Schwierigkeiten zu einem umfassenden Modell einer idealen Gesellschaft zusammengefügt werden können, da die Vielfalt der einzubeziehenden Elemente das einzelne Konzept überlasten würde. Das ist auch gar nicht nötig. Die Utopie lebt weiter zum einen als eine Denkmethode, alternative Modelle als Korrektiv zur realen Gesellschaftsorganisation zu begreifen, und zum anderen als lokale Verwirklichung von neuen Formen des kollektiven Zusammenlebens. Aber vielleicht hat sich der »Nicht-Ort« der Utopie auch dahingehend verlagert, dass es die Technik selbst sein wird, die sich zum entschei den-

Raymond Kurzweil

den Katalysator eines wunschgemäßen menschlichen Lebens entwickelt.

In den letzten Jahren hat die »Dritte Kultur« – die Gilde Sachbücher schreibender Naturwissenschaftler und Ingenieure vornehmlich aus den USA – am laufenden Band technologische Visionen produziert, ohne sich allzu sehr um deren gesellschaftliche Umsetzung zu kümmern. Zu nennen wäre hier insbesondere Ray Kurzweil.[3] In dieser Form sind die Inhalte nichts anderes als Begleit-Fiktionen zur ökonomischen Modernisierung der Gesellschaft unter neoliberalen Vorzeichen. Dagegen steht – heute in der Öffentlichkeit in Vergessenheit geraten – die alte linke Utopie, in der die Produktivkräfte von den Fesseln der Produktionsverhältnisse befreit werden und befreite Klassen entwickelte Technologien zum konstruktiven Aufbau einer besseren Welt nutzen. Mit den aktuellen Techniken könnte diese Utopie eine neue Attraktion gewinnen. Und vielleicht zeichnet sich am Horizont eine technologische Evolution ab, die die menschliche Existenzweise in neue posthumane Zusammenhänge stellt und die Sterblichkeit besiegt. Für solche

Spekulationen wiederum sind die Bücher der »Dritten Kultur« eine wahre Fundgrube.

Eine neue utopische Begeisterung wird möglicherweise erschwert durch die fehlende sinnliche Anschauung der neuen Technologien, obwohl sich das zu ändern beginnt. Wenn man einen älteren Text zur Utopieforschung des Philosophen Ernst Bloch liest, dann wird die Zeit ab dem Ersten Weltkrieg, was die technischen Utopien betrifft, als »lange nicht so aufregend« wie zur Zeit Jules Vernes beschrieben.[4] Das Erfindungstempo sei bis 1914 schneller gewesen, die Einführung der Industrialisierung habe eine einschneidende, für alle nachvollziehbare Veränderung der Lebensverhältnisse bewirkt, etwa durch die Einführung der Eisenbahn. Der SF-Autor Neil Stephenson argumentiert ähnlich, wenn er dem späten 20. Jahrhundert attestiert, dass es wenig innovativ gewesen sei, und die Höhepunkte der Erfindungskraft an Namen wie Nikola Tesla und Thomas Edison festmacht.

> »Das Problem heute ist, dass die Werkzeuge, die man braucht, um neue Technologien zu entwickeln, für normale Menschen zu teuer und zu kompliziert sind. Deshalb stehen sie nur großen Firmen zur Verfügung. Gleichzeitig sind Technologien so kompliziert geworden, dass es für Individuen schwer ist, Neues zu erschaffen. Stattdessen ist ein großes Team von Ingenieuren notwendig.«[5]

Stephenson sieht allerdings in Gestalt des Personal Computers eine Revitalisierung der allgemeinen Erfindungsbereitschaft einsetzen. Zu Recht. Die Informations- und Kommunikationstechnologien haben die Organisation der Gesellschaft tiefgreifend verändert – viele Jobs sind Computer-Arbeiterplätze geworden. Eine gigantische »Kulturrevolution« findet in der Einführung neuer Technologien statt, die auch nicht von den Instanzen des Kapitals oder von den Staatsapparaten begriffen, geschweige denn gesteuert wird. Die technologische Invasion in den Alltag ist nicht unter der Kontrolle des Systems. Noch nie in der ganzen menschlichen Geschichte haben so viele technische Instrumente den Menschen zur Verfügung gestanden. Auch wenn es die praktische Einschränkung ihrer ansteigenden Komplexität gibt, so werden parallel viele neue Schnittstellen entwickelt, die ihre Handhabung vereinfachen.[6] Die Technologien explodieren förmlich, sodass der Literaturwissenschaftler und Philosoph Hartmut Böhme die These vertreten hat, dass der ganze »Mesokosmos« (also der menschliche Lebensraum zwischen Mikro- und Makrokosmos) zu einem technischen Projekt geworden sei. Das ist ein ungeheures Potenzial für neue gesellschaftliche Träume.

Warum tun sich die Menschen dann so schwer, solche Technologien mit neuen gesellschaftlichen Konzepten zu verbinden? Dazu muss man sagen, dass in der Medienöffentlichkeit eine Utopie-Verdrossenheit vorherrscht, in deren Folge man die Systemdiskussion am liebsten zu den Geschichtsakten legen würde. Der Publizist Johannes Gross meinte einmal, dass im Westen niemand mehr ernsthaft die Marktwirtschaft infrage stelle, sie habe quasi »Verfassungsrang«. Die Spielregeln dieser Ökonomie stellen eine harte alltägliche Realität dar, die für immer mehr Menschen belastender wird, sodass immer weniger ein geistiger Freiraum für Überlegungen zu sozialen Alternativen zu bestehen scheint. Die Menschen richten sich in ihrem begrenzten Leben ein und haben schon genug zu tun, jenes aufrechtzuerhalten – jede gedankliche Überschreitung der Verhältnisse wird da schnell als bloße Spinnerei abgetan, zumal, wenn sie sich solchen scheinbar unabänderlichen Tatsachen wie dem menschlichen Ableben widmet.

Ist Ihnen der Auftakt dieses Textes zu aufgesetzt, zu realitätsfern, zu absurd? Hat er sie an Ihre eigene Sterblichkeit erinnert, deren Zeitpunkt, während Sie Ihr Leben mit der Lektüre dieses Textes zubringen, unwiderruflich näher rückt? Vielleicht sollten Sie sich erinnern, sehr geehrte(r) Leser(in), dass dieser Drang und diese Konsequenz in einer Zeit, als das Denken von Fortschrittsskeptizismus und Postmoderne noch nicht verbogen wurde, des Öfteren anzutreffen war. Leo Trotzki war ein Autor, der in der Frühzeit der Sowjetunion in den Zwanzigerjahren technische Spekulation und revolutionäres Pathos miteinander verband:

> »Das Menschengeschlecht wird doch nicht darum aufhören, vor Gott, den Kaisern und dem Kapital auf allen vieren zu kriechen, um vor den finsteren Vererbungsgesetzen und dem Gesetz der blinden Geschlechtsauslese demütig zu kapitulieren! Der be-

Leo Trotzki

freite Mensch wird ein größeres Gleichgewicht in der Arbeit seiner Organe erreichen wollen, eine gleichmäßigere Entwicklung und Abnutzung seiner Gewebe ...«[7]

Trotzki machte sich Gedanken zur Wetterregulierung, zum »Künstlicher«-Werden der Natur und bezeichnete die Welt als »gefügigen Ton«, in der man die Verteilung der Landschaften vollkommen umkrempeln und immer vollkommnere Lebensformen schaffen könne. Er dachte an die umfassende Befreiung des Körpers und des Bewusstseins. Ferner an den Aufbau einer neuen Kultur, die allen die Möglichkeit böte, in Muße die eigene Erziehung zu bewerkstelligen, um die Gesellschaft insgesamt auf neue Höhen zu führen. Im Westen entstand – zugegeben, in einer anderen Tonlage – einige Jahre später die Technokratie-Bewegung, begünstigt durch die Weltwirtschaftskrise. Ihren Höhepunkt in den USA erreichte sie in den Dreißigern. Ihr späterer Einfluss auf die Science Fiction wird besonders deutlich in der Herausgeberschaft von John W. Campbell.

»Die Technokraten setzten sich für eine wissenschaftlich-rationale Steuerung der wirtschaftlichen und sozialen ›Maschine‹ ein, deren Kontrolle damit den egoistischen, für die Wirtschaftskrise verantwortlich gemachten Großindustriellen entzogen werden sollte. Eine neue Führungsrolle sollte einem Korps von ›rationalen‹ Wissenschaftlern und Ingenieuren zukommen. Deren Handeln sei nur von politisch neutralen wissenschaftlichen Tatsachen abhängig und damit den ideologisch verunreinigten Alternativen – Kapitalismus, Faschismus oder Kommunismus – weit überlegen.«[8]

Einen Niederschlag fand diese technokratische Ideenwelt in dem Film *Things to come*.[9] In der Wells-Verfilmung wird das gesellschaftliche Modell einer technologische Elite skizziert, die nach einem jahrzehntelangen Krieg in naher Zukunft die Steuerung der Gesellschaft übernimmt, um den wissenschaftlichen Fortschritt zu sichern. Die technokratische Bewegung existiert bis heute, und ohne näher auf Einzelheiten eingehen zu wollen, könnte ich mir vorstellen, dass sie einen erneuten Aufschwung erleben wird, obwohl die behauptete Neutralität natürlich Unsinn ist.

Die Forschungsrichtung der Kybernetik, begründet in den Vierzigerjahren von Norbert Wiener, war von Anfang an gedacht als interdisziplinäre Wissenschaft, die sich mit Aspekten beschäftigt, die alle (Natur-) Wissenschaften betreffen: Wie lässt sich die Informationsverarbeitung und die Selbstregulierung von Systemen wie Maschinen und menschlichen Körpern erfassen? In ihrer Hochzeit drangen kybernetisch ausgerichtete Konzepte in die Pädagogik, die Psychologie und in die Kunstdiskussion vor. Meiner Meinung nach stellt sie den letzten relevanten Versuch einer Verbindung von Technik und politischer Utopie dar. Stanisław Lem hat in den Fünfzigerjahren unter dem Einfluss der Kybernetik eine Perspektive für eine ideale gesellschaftliche Struktur formuliert, der ich nur zustimmen kann.

Die utopische Spirale   213

»Größtmögliche wechselseitige Ergänzung bei größtmöglicher individueller Freiheit – das ist die Formel unseres Modells. Die Entwicklung solch einer Gesellschaft erfolgt nicht durch Vereinfachung der bestehenden Bindungen, durch Vereinfachung der Struktur und Unterordnung der Individuen unter dieselbe, sondern im Gegenteil durch die wachsende Kompliziertheit dieser Struktur. Verursacht wird dies ... durch das Anwachsen der im System zirkulierenden Information, durch die wachsende Anzahl der Wirkungskreise sowie durch die ständige Differenzierung der Bedürfnisse, Talente, Berufe, Geschmäcker und Vorlieben.«[10]

Möglicherweise wird man weitere interessante Dokumente aus dieser Zeit finden können. Auch kann ich an dieser Stelle nicht diskutieren, welche Ziele der Kybernetik in der heutigen Dritten Kultur übrig geblieben sind – ich vermute mal, dass solche sozialen Implikationen in grosso modo keine Rolle spielen. Begeben Sie sich, liebe(r) Leser(in), doch selbst auf diese Spurensuche. Ein provozierendes Zitat habe ich aber für Sie:

»Die Kybernetik bietet erstmals eine Lösung der durch den Gang der Geschichte aufgeworfenen Probleme: begründete Hoffnung, dass der Mensch von seiner Auseinandersetzung mit der Umwelt befreit werden könne. Ein Teil dieser Auseinandersetzung wird schon in absehbarer Zeit den Computern übergeben werden (ist ihnen de facto bereits überlassen); schließlich aber werden sie Forschung und Erkenntnis vollständig in Eigenregie übernehmen und damit der Menschheit endlich jenes Schmarotzertum ermöglichen, das bisher nur den Einzelnen durch planvollen Opportunismus offen stand ...«

Das schrieb der Schriftsteller Oswald Wiener 1972. Die Kybernetik hat nach ihren (mehr weltanschaulichen) Erfolgen in den Sechzigerjahren in den letzten Jahrzehnten nur ein Schattendasein gefristet. Verkürzt gesagt, ist sie teilweise aufgegangen in der Regelungstechnik und in der Systemtheorie. Intellektuellen Appeal hat sie allenfalls noch als »Kybernetik zweiter Ordnung«, wie sie der Konstruktivist Heinz von Foerster zu begründen versuchte. Während im Westen der Technik systembedingt ein Ruf als Jobkiller vorauseilte, war das Ideal in den ehemaligen sozialistischen Systemen, mithilfe der Kybernetik neue materiell-technische Grundlagen der Ökonomie zu legen als Vorstufe zur einer umfassenden Automation. Als Folge davon hatte die Kybernetik in der DDR zeitweilig eine Einflussposition, von der westliche Wissenschaftler nur träumen konnten. Die Kybernetik ist dort – ganz im Sinne Wieners – interdisziplinär entwickelt worden und bezog Fragen aus Technik, Mathematik, Psychologie, Pädagogik, Ökonomie und Rechtswissenschaften ein. Der Einsatz war die zuverlässige Steuerung der Volkswirtschaft, was in einer Gesellschaft, die nicht auf dem Marktprinzip und der Kapitallogik beruht, einen ganz anderen Anspruch bedeutet hat. Doch es kam anders.

Nach einem schnellen Aufstieg fiel die Kybernetik in Ungnade und wurde von der SED-Wissenschaftspolitik mit einem Bannfluch belegt. Die Hoffnungen hatten sich nicht erfüllt, neben brauchbaren Ansätzen gab es beispielsweise gescheiterte Projekte in der Pharmaindustrie, und auch Scharlatanerie. Die Kybernetik wurde aus den Gesellschaftswissenschaften verbannt. Hatten sich Vertreter aus Ökonomie und Philosophie schon zuvor gegen ihre Methoden und Formalismen gesträubt, sahen sie jetzt ihre Urteile bestätigt. Als »technische Kybernetik« führte sie bis 1990 in der DDR eine Nischenexistenz, was in etwa der westlichen Informatik entsprach.

Nun ist die Steuerung einer Gesellschaft ein umstrittener Punkt. Setzen die neoliberalen Politikvorstellungen bekanntlich unter anderem auf die völlige Freisetzung der Marktkräfte, war im historischen »bürokratischen Sozialismus« die staatliche Kontrolle über alle ökonomischen Prozesse oberstes Gebot. Es sei jedoch klar gewesen, dass die Leitungsmechanismen verbessert werden mussten, um die eigene Propaganda erfüllen zu können, meinte Heinz Liebscher, Mitherausgeber des auch im Westen erschienenen Wörterbuchs der Kybernetik, im November 2001 bei einer Veranstaltung der Gesellschaft für Kybernetik. Er habe aber schon damals geschrieben, dass hochkomplexe Systeme nicht durch eine zentrale Steuerung dirigiert werden können. Liebscher vertrat die Ansicht, dass die Kybernetik allein die Ökonomie nicht hätte retten können. Was der Markt im Westen leisten würde, meinte ein anderer Teilnehmer, hätte mittels der Kybernetik auch für den Sozialismus entwickelt werden müssen. Doch wie hätte das gelingen können? Der Stand der Technik war nicht so, als dass eine derartige effiziente Rückkopplung möglich gewesen wäre. Vielleicht werden ja die neuen Technologien in Zukunft zur Flexibilisierung einer anderen Ökonomie beitragen können, um das Detektieren von allgemeinen Bedürfnissen, wie es der Markt teilweise zu leisten vermag, mit einer dynamischen Gesamtplanung zu verbinden.

Auch im Westen gab es als Auswirkung der Studentenbewegung das Engagement, moderne Technologie und gesellschaftliche Emanzipation in einen Zusammenhang zu bringen. Hans Magnus Enzensberger meinte 1969, dass die Kybernetik teilweise zur herrschenden »Bewusstseinsindustrie« zu zählen sei. Mithilfe von Großrechenanlagen und des Fernsehens wollte Helmut Krauch eine elektronische Demokratie möglich machen.[11] In den USA dagegen setzte sich eine technologische Bewegung »von unten« in Gang, mit der nichts in Europa vergleichbar war: die Hacker-Bewegung.[12] R.U. Sirius, der ehemalige Herausgeber der Technokultur-Zeitschrift *Mondo 2000*, die selbst aus einem Hacker-Medium hervorgegangen ist, beschreibt die damalige historische Situation:

> »In the late 1960s and the early 1970s most rebellious youths in America saw technology as just another implement in the war against Vietnam and police repression at home. The computer industry involved large expensive machines only affordable to wealthy corporations, built and provided by International Business Machines (IBM), a big corporation with war contracts. But there was a small minority among the rebellious young Americans who were drawn to technology. They were the early nerds. They read lots of science fiction. They would talk about being able to bring about youthful dreams of utopia with technological advances. And they dreamt of thinking machines that could be used by ordinary people. In other words, desktop computers.«[13]

Nun, heute stehen PC's auf jedem Schreibtisch, ohne dass gleich eine Revolution ausgebrochen ist. Sie meinen, dass solche Überlegungen sowieso abwegig seien, weil die mehr oder weniger soziale Marktwirtschaft so flexibel sei, dass sie schon alles ausgleichen wird mit den üblichen Begleiterscheinungen (Arbeitslosigkeit, Armut, Verelendung), die leider nicht zu vermeiden seien? Ich bin mir da gar nicht so sicher, selbst wenn man einen »systemimmanenten« Standpunkt einnimmt. 1996 erschien ein Buch zweier damaliger *Spiegel*-Redakteure, nicht gerade einer revolutionären Haltung verdächtig, in dem eindringlich vor der »Globalisierungsfalle« des kapitalistischen Weltsystems gewarnt wurde. An verschiedensten Stellen wird in dieser Gesellschaftsform aus Konkurrenzgründen an der Rationalisierung von Arbeitskräften gearbeitet, die noch ganz andere Ausmaße erreichen kann. Der Autor Jeremy Rifkin ruft aufgrund dieser Tendenzen das »Ende der Arbeit« aus:

> »Im Industriezeitalter ging die Massenbeschäftigung Hand in Hand mit den Maschinen, die einfache Güter und Dienstleistungen produzierten. Im ›Zeitalter des Zugangs‹ ... ersetzen intelligente Maschinen in Form von Computersoftware und genetischer wetware zunehmend die Arbeit des Menschen in Landwirtschaft und Industrie. Bauernhöfe, Fabriken und Service-Branchen werden automatisiert. Mehr und mehr körperliche und geistige Arbeit wird im 21. Jahrhundert von denkenden Maschinen übernommen. Die billigsten Arbeiter der Welt werden vermutlich nicht so billig sein können wie die Technologie, die sie ersetzt. Zur Mitte des 21. Jahrhunderts wird die Wirtschaft die technischen Notwendigkeiten und die organisatorische Kapazität besitzen, Güter und einfache Dienste für eine wachsende menschliche Bevölkerung mit einem Bruchteil der jetzt dort Beschäftigten bereitstellen zu können.«[14]

Man könnte einwenden, alles prima, das utopische Paradies endloser Muße und allseitiger Versorgung steht also vor der Tür! Leider wird die Realität anders aussehen. Die Verhaltensnormen der Erwerbsgesellschaft stecken so tief in den Köpfen der Leute, dass die Freisetzung von einer oft genug unzumutbaren Arbeitswelt nicht als Chance, sondern als Bedrohung empfunden wird. Auch sind keine Anzeichen zu erkennen, dass ein Übergang zu einer solchen Gesellschaft gesamtgesellschaftlich organisiert würde, um Friktionen und soziale Not zu vermeiden – in einer globalen Marktökonomie ist das auch gar nicht möglich. Das Wirtschaftsleben bleibt gekennzeichnet von Widersprüchen wie dem, dass auf der einen Seite die Marktteilnehmer in mörderischer Geschäftskonkurrenz zueinander stehen, zum anderen aber firmenunabhängige Erfassungsnormen und -codes eingeführt werden, die die »Industrialisierung der Austauschbeziehungen« vorantreiben; ein Vernetzungszusammenhang bildet sich, der auf der Identität der konkreten Gebrauchswerte beruht und die abstrakte Äquivalentenlogik über Tauschwerte, die Geldform, zurückdrängt.

»Obwohl einzelwirtschaftlich motiviert, entstehen hier unternehmensübergreifende Metastrukturen. Hierbei werden Instrumente entwickelt, die zu einer gesellschaftsumfassenden Kontrolle und Steuerung von Austauschbeziehungen geeignet sind, somit paradoxerweise Instrumente, die die bisherigen Planwirtschaften nie in befriedigender Weise entwickelt haben und deren Fehlen einer der Gründe für das Scheitern der Planwirtschaften gewesen ist.«[15]

Der Computer ist die technische Grundlage für diese Prozesse der weltweiten Gütererfassung. Dieses Zitat sollte Ihnen, dem/der aufmerksamen Leser(in) zu denken geben. Kann es sein, dass die linke Utopie auf überraschende Weise wieder ins Spiel kommt? Entstehen direkt vor unseren Augen unerkannt die rettenden Werkzeuge[16], mit deren Hilfe eine allgemeine Versorgung mit Gütern und Lebensmitteln gesichert werden könnte, ohne sich auf die chaotischen Marktprozesse verlassen zu müssen? Das Autorenteam Kurt Klagenfurt, das ich oben zitiert habe, bezieht sich auf schon ältere Studien des Wirtschaftswissenschaftlers Alfred Sohn-Rethel, der für den klassischen Industriekapitalismus die spannungsvolle Koexistenz zweier gesellschaftlicher Syntheseprinzipien analysiert hat, um jeweils sozialen Zusammenhalt zu erzeugen:

»Die Marktökonomie versehe diese Funktion nicht mehr, weil die durch die Technologie moderner Produktionsanlagen gesetzten Sachzwänge ihrer regulativen Gewalt spotten, und die technologische Eigengesetzlichkeit ihrerseits erfülle die fehlende Funktion noch nicht, weil die private Profitwirtschaft sie hindert, ihr gesellschaftlich-synthetisches Potenzial zu entfalten.«

Festzustellen bleibt, dass der Widerspruch verschiedener Formen sozialer Synthese die Gesellschaften in den nächsten Jahrzehnten in Atem halten wird. Aber es wächst auch das allgemeine Unbehagen an diesem Zustand. Im April 2001 fand in Dortmund die erste Oekonux-Konferenz[17] statt. Oekonux ist eine Wortschöpfung aus Ökonomie und Linux. Die AnhängerInnen dieses Konzepts behaupten, dass im Zuge der Produktion und Verbreitung freier Software wie Linux eine neue Form der Wirtschaft sich ankündigt: die G(eneral)P(ublic)L(icence)-Gesellschaft, die gewissermaßen evolutionär die alte Gesellschaft mit Privateigentum, Warentausch und Geldform ablösen soll. Mitorganisator Stefan Merten fasste in seiner Einführung die Prinzipien freier Software zusammen: freie Software dürfe für jeden Zweck eingesetzt werden; ihr Quellcode müsse offenliegen und dürfe verändert werden. Die Software selbst müsse kostenlos sein.

Merten beschrieb die Utopie der GPL-Gesellschaft, wie sie im Oekonux-Kontext diskutiert wird: die neuen Produktionsmittel ermöglichten eine größere Selbstentfaltung (die Formel: »Freie Software ist Selbstentfaltung plus Internet«), was tendenziell auf alle (Re-)Produktionsmittel ausgedehnt werden soll. Arbeit solle allgemein Spaß machen und sich der künstlerisch-wissenschaftlichen Praxis annähern. Informationen und Güter stünden in einer GPL-Gesellschaft frei zur Verfügung, Lohnarbeit, Warentausch und Geld seien verschwunden. Diese Ziele sind nicht neu, den neuen Technologien angepasst und können dem utopischen Sozialismus zugeordnet werden. Merten sieht zu Recht eine neue Qualität in dem Aufkommen der so gut wie verlustfreien digitalen Kopie als (Re-)Produktionsmittel, das sich allgemein auf alle Informationsprodukte (Text, Bild, Ton) ausdehnen lasse. Das Internet sei ein vernetztes »Fernkopiersystem«. Die digitale Kopie hätte in Verbindung mit freier Software und deren Selbstentfaltung »wirklich systemsprengendes Potenzial«.

Man kann nun anführen, dass der Kapitalismus auch die Mittel seiner eigenen Überwindung hervorbringt, aber es handelt sich in diesem Fall um eine einseitige Betrachtung der Produktivkraftentwicklung, die völlig die realen Machtverhältnisse außer Acht lässt. Der real existierende High-Tech-Kapitalismus hat sich als derart flexibel erwiesen, dass er ständig neue Ansätze aufgreift und integriert. Ist die unmittelbare Arbeit an Linux auch befriedigend und nicht entfremdet, wie Merten darlegte, so sind die daran Beteiligten dem allgemeinen strukturellen Zusammenhang der Entfremdung nicht schon entkommen. Neu ist das freiwillige, global verteilte Arbeiten an Projekten und die Selbstorganisation zu kleinen, unabhängigen Gruppen. Oder wie der Mitorganisator Stefan Meretz in seiner Einladung zur Konferenz geschrieben hat: Freie Software ermögliche »eine globale Allokation« von Wissensressourcen, wie sie nicht einmal die Global Player des Kapitals zustande brächten. Aber birgt diese Zusammenarbeit keine organisatorischen Probleme? Stichwort: fehlendes Systemmanagement. Das Modell selbstbestimmten Arbeitens an gemeinsamen Projekten hat große Ausstrahlungskraft und gehört sicher zum Kern einer anderen Gesellschaft, aber auch wenn es für die Beteiligten befriedigend ist, so ist es angesichts der herrschenden Ökonomie nicht so einfach als Zielprojektion für eine andere Gesellschaft zu übernehmen. Oekonux repräsentiert mit seiner sich selbst organisierenden Produktionsweise nicht mehr und nicht weniger als die moderne Utopie einer digital geprägten Lebensweise mit politischen Implikationen, die zwar symbolisch für neue soziale Beziehungen steht, aber nicht schon die Lösung des Problems darstellt. Hans-Jürgen Krysmanski hat darauf aufmerksam gemacht, dass eine alternative Kooperation nicht unbedingt anti-systemisch sein muss.[18]

Mich interessiert besonders der Aspekt einer Grundstimmung der Technokultur, wie ich sie in Anlehnung an den Literaturwissenschaftler Fredric Jameson beschreiben will: Das einzelne Individuum sieht sich gezwungen, seine Identität in einem neuen globaltechnisierten Weltzusammenhang zu behaupten und zu entwickeln, in dem ihm auch neue Chancen für Eingriffsmöglichkeiten in die Umwelt und den eigenen Körper geboten werden, die alles überschreiten, was es bisher in der Menschheitsgeschichte gegeben hat. Das Individuum kann sich besser denn je mit durch Technologien repräsentierten Struktur-Potenzialen verbinden. Die Entwicklung der Technik ist zunehmend anarchisch, sie tendiert zur Verkleinerung, zur breiteren Verfüg- und Realisierbarkeit und entzieht sich der Kontrolle durch gesellschaftliche Institutionen. Damit ist beispielsweise gemeint, dass die Digitalisierung von traditionellen Medien und ihren Inhalten neue Gestaltungsmöglichkeiten eröffnet. Das bezieht sich nicht nur auf die Produktionsweise der Technik selbst, sondern diese kann möglicherweise auch ein Modell abgeben für neue Formen der politischen Organisation, wie es am Beispiel der Oekonux-Bewegung diskutiert wurde. Insoweit die Menschen darangehen, ihre Umwelt und schließlich den menschlichen Körper weitgehenden Manipulationen auszusetzen, schaffen sie aber zugleich auch neue Gefahrenpotenziale. Dabei wird augenfällig, dass die Technokultur sich immer mehr zu einer »Risikogesellschaft« entwickelt, in der ständig jeweils neue Entscheidungen auf Grund neuer Sachlagen getroffen werden müssen bzw. bestehende Entscheidungsstrukturen in Politik, Recht, Ökonomie herausgefordert werden. Die Technokultur ist »als Ganzes nicht nur zerstörungsanfälliger, sondern auch entscheidungsanfälliger und entscheidungsabhängiger geworden«, wie Max Bense schrieb. Die Beziehungen zwischen technologischen Entwicklungen und gesellschaftlichen Verhältnissen sind zunehmend nicht mehr rückgängig zu machen.

Eine doppelte »Universalisierung« der Mediengeschichte findet statt, einmal in Gestalt des Computers als erstem Meta-Medium, das andere Medien simulieren kann, dann in Form der weltweiten Vernetzung über Internet, Kabel, Satellit. Die Technokultur ermöglicht neue Raumerfahrungen, die die »Textur« des Alltagslebens verändern; die reale Lebensweise wird zunehmend mit einer virtuellen Existenzform synchronisiert, deren Prozeduren nicht länger sinnlich begreifbar und abstrakter sind. Mit dem Internet ist eine globale »Beziehungsmaschine« entstanden, die den Trend der Technokultur zur Globalisierung unterstreicht. Ein weltweiter (real-)virtueller Kulturraum bildet sich verstärkt seit den Neunzigern heraus, wobei für den Umgang mit diesem neue Wahrnehmungs- und Handlungsfähigkeiten nötig werden, die es vorher nicht gab.

Daneben gibt es eine »Globalisierung« des technowissenschaftlichen Zugriffs auf Parameter der Existenz, im negativen wie im positiven Sinne. Immer mehr Variablen der materiellen Umwelt sind von menschlichen Handlungen beeinflussbar, und es können Situationen entstehen, die nicht mehr korrigiert werden können. Technische Beziehungen verbreiten sich immer mehr, die eine komplexe Umgebung erzeugen, die schließlich nur noch von Maschinen gesteuert werden können und zur Gänze außerhalb menschlicher Zugriffsmöglichkeit liegen. Die Menschen schaffen Strukturen, die durch ihr eigenes Handeln gar nicht mehr ausschöpfbar sind. Wenn man liest, dass technische Medien angeblich eine Million Mal fehlerfrei beschreibbar sein sollen, frage ich mich, wer solche Möglichkeiten nutzen soll, wenn nicht eine Künstliche Intelligenz (KI). Die Entwicklung der gesellschaftlichen Techno-Logik mit immer neuen Schüben technologischer Machbarkeiten bewirkt einen fundamentalen gesellschaftlichen Wandel, der bisherige »oberflächliche« Integrationssysteme wie Plan- oder Marktwirtschaft infragestellt und das Thema der Steuerung gesellschaftlich-technischer Potenziale mit neuer Aktualität versieht. Die soziale Synthese der Technokultur wird darüber hinaus über einen Vorgang gleichzeitiger Distanzierung und Integration ausgeführt; es wird eine zunehmende Spezialisierung und zugleich eine Vernetzung gesellschaftlicher Subsysteme und ihre Integration durch »intelligente« Maschinensysteme geben. Der Horizont der Technokultur ist die Zusammenführung dieser zu einem einzigen riesigen Verbundsystem. Des Weiteren steht eine elementare Verschiebung von Bewertungskriterien wie »Mensch« oder »Leben« in Aussicht, wenn sich Experimente mit dem Künstlichen Leben als erfolgreich herausstellen und nach und nach die »Züchtung« einer KI gelingt.

Das Projekt der Moderne zeichnet sich dadurch aus, dass mit Traditionen und Konventionen der Kultur gebrochen wurde, um neue gesellschaftliche Verkehrsverhältnisse durchzusetzen. In der fortschreitenden Geschichte wurde es immer wieder notwendig, dass neue Verhaltensweisen eingespielt wurden. Heute, unter den Bedingungen der Globalisierung, wird diese Leistung zum Teil durch das Internet übernommen. Wie schon angedeutet, machen durch das Internet geschaffene Kulturräume die Bereitschaft notwendig, dass die Sozialbeziehungen von den Beteiligten »nachempfunden« werden, obwohl sie sinnlich-konkret nicht mehr wahrgenommen werden können. Die Technokultur stellt neue Anforderungen an die Einsichtsfähigkeit, die praktische Bewältigung von virtuellen, nicht sinnlich wahrnehmbaren Prozessumgebungen.

Neben Text oder Bild hat sich seit einigen Jahren der Avatar als Repräsentationsfigur etabliert, der das Subjekt gewissermaßen virtuell »verkörpert«. Der Avatar bezeichnete ursprünglich eine Gottheit, die sich eine irdische Form gibt, und wurde als Begriff in der

Science Fiction von Neal Stephenson popularisiert. Erstellt mit 3D-Software, ist es möglich, diese körperliche Repräsentation in virtuellen Welten zu bewegen. Über die Tastatur steuert der Benutzer seine Figur in der virtuellen Architektur umher, er kann verschiedene Informationen abrufen und nebenbei chatten. Diese 3D-Welten können für einige ein Hilfsmittel sein, um eine neue Existenzweise zu denken, zu fühlen, die mehr »in der Schwebe« ist, »unfassbarer« und »offener«. Das Sich-Bewegen in oder mit dem »Körper« eines Avatars ist zwar wie das Bewegen einer Puppe, aber nach der Phase der Eingewöhnung entwickelt man eine Beziehung, in der man zumindest spielen und kommunizieren kann.

Der Avatar ist ein Vorschein einer anderen vielfach manipulierbaren Existenzweise der zukünftigen Körper. Das Individuum kann neue Freiheiten, neue Entfaltungsmöglichkeiten finden, wenn es versteht, dass es in größeren Bezügen und Netzwerken steht, eingebunden ist in verschiedenste Kommunikationskanäle, über die es mit anderen Individuen und Medien verbunden ist. Voraussetzung ist jedoch das »Sich-Einlassen auf eine unendliche Verknüpfungsmannigfaltigkeit«, so der Neurophysiologe und Philosoph Detlef B. Linke. Die Vielgestaltigkeit der digitalen Bildergestalten ist dabei ein Vorgeschmack auf die kommenden multiplen Formen der posthumanen Wesen, auf »immer neue Mutationen, Vermischungen und Hybridbildungen« zwischen Mensch und Tier, Mann und Frau, Mensch und Maschine. Das Posthumane verbindet sich bei manchen Theoretikern mit dem Widerstand gegen das herrschende System:

> »Der Wille, dagegen zu sein, bedarf in Wahrheit eines Körpers, der vollkommen unfähig ist, sich einer Befehlsgewalt zu unterwerfen; eines Körpers, der unfähig ist, sich an familiäres Leben anzupassen, an Fabrikdisziplin, an die Regulierungen des traditionellen Sexuallebens usw. ... Doch der neue Körper muss nicht nur radikal ungeeignet für die Normalisierung sein, sondern auch in der Lage, ein neues Leben zu schaffen. ... Die anthropologischen Metamorphosen der Körper ergeben sich aus der gemeinsamen Arbeitserfahrung und den neuen Technologien, die konstitutive Auswirkungen und ontologische Implikationen besitzen.«[19]

Was bei Trotzki schon anklang, wird auch bei modernen linken Denkern wieder aufgenommen und mit positiven Hoffnungen besetzt. Auch werden solche Ideen von einer linken Strömung innerhalb des Transhumanismus weitergesponnen, der also nicht auf die ahistorische technizistische Ideologie eines Kurzweil zu reduzieren ist.

»Gentechnologie verspricht Freiheit und Selbstbestimmung auf einer noch fundamentaleren Ebene: die Befreiung von biologischem Zwang. Gesellschaftliche Herrschaft verblasst vor der Macht der Unvermeidlichkeit von Geburt, Krankheit, Alter und Tod. Das sind Bürden, die von der Gentechnologie erleichtert werden können. Das Ziel dieser Revolution ist dasselbe wie bei Marx, nämlich aus dem Reich der Notwendigkeit in das Reich der Freiheit zu gelangen.«[20]

Doch noch mal einen Schritt zurück. Der Kulturwissenschaftler Pierre Lévy weist darauf hin, dass in der Technokultur eine größere Transparenz der Codes erreicht werden kann, einfach weil das Erlernen und das Gestalten der Codes miteinander einhergehen.[21] Symptomatisch dafür sei die Internet-Praxis: es sei technisch einfacher geworden, an der Gestaltung dieses Mediums beteiligt zu sein. Die technische Metastruktur Internet produziere zudem durch ihre Anlage Sinn-Effekte, die aber nicht mehr von einzelnen Kulturen gestiftet würden, sondern notgedrungen das Resultat einer neu gefassten »kollektiven Intelligenz« seien, die keine Rücksicht mehr nehme auf die jeweiligen kulturellen Wurzeln und Interessen. Welche konkreten neuen Symbolsysteme die Post-Kultur hervorbringen werde, dazu sagt Lévy nicht viel: es sei eine Art »Jenseits der Kultur«, bei dem alles mit allem virtuell in Beziehung treten könne. Er meint, dass geographische Zonen, Institutionen, Unternehmen, Berufe, Religionen, Familien immer stärker variable und rekombinierbare Elemente einer Identitätswahl repräsentierten, die immer wieder neu getroffen werden müsse.

Ich kann mir zwar nicht vorstellen, dass man kulturelle Einstellungen beliebig umcodieren kann, aber diese Vorstellung hat einen utopischen Impetus. Und es lässt sich ein Aspekt ergänzen. Was die Technokultur darüber hinaus auszeichnet ist, dass Sachverhalte der Kultur, besonders der Aufbau von Symbolwelten, vom Ensemble der Technologien seit einigen Jahrzehnten verstärkt materialisiert, veräußerlicht, überformt werden, sodass sie den technokulturell Sozialisierten in gewisser Weise »gegenübertreten«, die durch sie gemachten Wahrnehmungen technisch konstruiert werden. Da stellt sich die zugegebenermaßen bisher spekulativ bleibende Frage, ob diese Symbolwelten sich nicht »verselbständigen« können. Am Ende der Entwicklung stünde eine künstlich erzeugte, codierte Symbolwelt, in deren Produktionsweise die Menschen keinen Einblick mehr haben. Was eine weitere Entmystifizierung des Menschen bedeuten würde, wäre er nicht mehr der alleinige Sinn- oder zumindest Zeichen-Produzent. Was in der Kulturgeschichte passiert, ist das allmähliche Ablösen der Symbolsysteme von den materiellen Praktiken, dann von der menschlichen Bewusstseins-Virtualität hin zu einer Meta-Ebene der KI als dem Extrem einer völligen Abtrennung.

Der Philosoph Peter Sloterdijk hat gemeint, dass die Komplexität der Technik und der Eigensinn der Individuen die Tendenz zur Unmöglichkeit der Herrschaft über Personen und Sachen stärken könne.[22] Dabei könne eine »utopische Spirale« in Gang kommen, im Zuge derer sich große Gesellschaften als »Verschwörungen« zur Steigerung der eigenen Intelligenz verstehen würden. Das würde den Beginn eines Zeitalters bedeuten, in dem man keine förmliche Utopie mehr brauche, da permanentes Intelligenzwachstum herrsche: die »Utopie aller Utopien«. Eine schöne Vorstellung. Das Träger-Subjekt dieses Wachstums könnte aber nicht mehr allein der Mensch sein, obwohl in der Gegenwart nicht entschieden werden kann, ob es nun KI geben kann oder nicht. Wenn wir aber annehmen, dass sie möglich sein wird, dann wird sie das Resultat von Prozessen der Selbstorganisation sein, die sich dem menschlichen Verstehen fortschreitend entziehen werden. Und die vernetzte KI könnte sich mit gesellschaftlichen Prozessen tiefgreifend verschalten, sodass sie immer mehr die »Tiefenstruktur« der Kultur bestimmt und diese neu organisiert. Der Philosoph Dieter Hombach formuliert gewissermaßen als meta-utopische Perspektive:

»Die künstliche Intelligenz, die man hier installieren will, wird die Zirkularität der gesellschaftlichen Selbstorganisation eine Stufe weiterführen und uns selber zu Objekten machen, deren Meta-Theorie *anderswo* erstellt wird. Anderswo, vielleicht in einer Software, die die Szenerie unserer Verwaltbarkeit, die Planung unserer Zuwachsraten, unserer vertretbaren Lebenserwartung und vor allem unserer Ernährungsweise eigenständig, das heißt ohne *subjektive* und deswegen *ideologische* Einflussnahme, ordnet und festlegt. Das erinnert an Science Fiction, wird aber fürs Überleben der Spezies nicht zu umgehen sein.«[23]

Anstatt also auf den von Sloterdijk erhofften Anstieg allgemeiner sozialer Intelligenz zu hoffen, wird die Organisation der Kultur möglicherweise eines Tages an die verselbständigten Maschinen delegiert. Ich halte diese Vision für bedenkenswert. Die eigentliche Menschheitsgeschichte könnte erst dann beginnen, wenn die größtmögliche Verfügung über die Existenzbedingungen für die Einzelnen gegeben ist bei gleichzeitiger Wahrung neuer Möglichkeitsbedingungen als organisiertem »Schutz« vor selbstverschuldeter oder durch äußere Bedingungen hervorgerufener Zerstörung, wobei die Gesamtkontrolle von intelligenten Maschinen geleistet wird. Die Menschheit wird nur noch das sein, was sie buchstäblich aus sich macht – und was aus ihr gemacht wird. Die Menschen werden an der Vervollkommnung ihrer Fähigkeiten arbeiten, nicht weil sie Privatbesitz anhäufen oder Karriereleitern erklimmen, sondern an dem größten Vorhaben überhaupt teilhaben wollen: der Existenz des Menschen im Weltraum, der Weiterentwicklung und Ausdehnung seiner Lebensmöglichkeiten. Das ferne Ziel ist die allseitige informationsgesteuerte Planung der Existenz. Dieses Anderswo, dieses Jenseits, von dem aus die Maschinen dabei das »world engineering« (Hombach) betreiben, kann den Menschen für immer verschlossen bleiben. Wir befinden uns noch auf einer primitiven Stufe der Kultur angesichts der Perspektive eines »Mega-Materialismus«, der maschinellen Verfügung über tendenziell alle Aspekte der Materie – als einem weiteren Schritt der Intelligenz gegen das kosmische Nichts.

ANMERKUNGEN

[1] Aus: ders.: Science, technology and utopia: perspectives of a computer-assisted evolution of mankind, in: Jörn Rüsen et. al. (Ed.): Thinking Utopia, New York 2002, S. 104.
[2] Stanley Kubrick 1968 in einem Interview für die *New York Times*.
[3] Siehe meine Rezension des Buches »The singularity is near« von Kurzweil, in: SF-JAHR 2007, München 2007.
[4] Siehe für einen allgemeinen Überblick, was Software-Technologien betrifft, das Kapitel »Computer und Gesellschaft«, in: Klaus Mainzer: Computerphilosophie zur Einführung, Hamburg 2003.
[5] Aus: Wille und Natur, die technischen Utopien, in: ders.: Das Prinzip Hoffnung Bd. 2, Frankfurt/M. 1980, S. 769.
[6] Siehe: »Ein Filter ist mir lieber als ein Avatar« Interview mit Neal Stephenson, in: netzeitung 24.4.2007 (*http://www.netzeitung.de/internet/624812.html*).
[7] Ein Auszug aus der Publikation »Literatur und Revolution« des Jahres 1924 ist wiederabgedruckt in: Boris Groys / Michael Hagemeister (Hrsg.): Die neue Menschheit. Biopolitische Utopien zu Beginn des 20. Jahrhunderts, Frankfurt/M. 2005.
[8] In: Thomas P. Weber: Science Fiction, Frankfurt/M. 2005, S. 41.
[9] GB 1936, Regie: William Cameron Menzies. Siehe auch den Beitrag »Welcome to Paradox« von Peter M. Gaschler im SF-JAHR 2006, München 2006, S. 58ff.
[10] Aus: ders.: Dialoge, Frankfurt/M. 1980, S. 204. Lem beschreibt umfangreich die Möglichkeiten einer kybernetischen Soziologie, von Grund auf neue Gesellschaften zu konstruieren, und geht auch früh auf die Simulation von Gesellschaften im Computer ein. Er beendet sein Buch folgendermaßen: »Es stimmt auch, dass unsere Möglichkeiten zu experimentieren, alte Modelle zu verwerfen und neue zu suchen, auf diesem Feld unbegrenzt sind. Die Menschen werden trotz aller Enttäuschungen, Niederlagen und tragischen Irrtümer eine bessere Welt bauen. Wenn dieser Gedanke nicht der Leitstern des Handelns wäre, würden wir den Glauben an den Menschen und seine Möglichkeiten verlieren.« (ebd., S. 305 f.)
[11] Siehe: ders.: Ausblicke auf die Computer-Demokratie, in: Heinz Schilling (Hrsg.): Herrschaft die Computer?, Freiburg 1974. Unter dem Begriff Computer-Demokratie »wird ein strukturiertes und gut organisiertes Staatswesen verstanden, bei dem die wichtigsten Fragen nach gründlicher Vordiskussion über Funk und Fernsehen durch direkte Abstimmung entschieden werden. ... Computer-Demokratie wird dieses System nur genannt, weil es sich für die notwendigen Kommnikationen und Abstimmungen der Elektronik des Computers *bedient*.« (ebd., S. 25)
[12] Siehe dazu: Fred Turner: From counterculture to cyberculture. Stewart Brand, the Whole Earth Network and the rise of digital utopianism, Chicago / London 2006.
[13] Aus: ders.: The revolution™. Quotations from revolutionary party chairman R.U. Sirius, Venice 2000, S. 66.
[14] Aus: Jeremy Rifkin: Das Ende der Arbeit, in: *Tagesspiegel* 14.3.2003 (*http://archiv.tagesspiegel.de/archiv/14.03.2003/478553.asp*)
[15] Aus: Kurt Klagenfurt: Technologische Zivilisation und transklassische Logik. Eine Einführung in die Technikphilosophie Gotthard Günthers, Frankfurt/M. 1995, S. 128.

[16] Von einer anderen Seite hat sich der SF-Autor Bruce Sterling dem Phänomen der durch EAN-Codes und RFID-Chips erfassten Waren angenähert. Sterling untersucht in seinem letzten Buch, wie die hergestellten Produkte immer mehr mit Informationen versehen und in Informationsprozesse eingebunden werden. Er unterscheidet dabei für die Gegenwart Artefakte, Produkte und Gizmos und für die Zukunft hypothetisch Spimes und Biots. Besonders in ökologischer Hinsicht sieht er große Chancen: »It's fully documented, trackable, searchable technology. This whirring, ultra-buzzy technology can keep track of all its moving parts and, when its time inevitably comes, it would have the grace and power to turn itself in at the gates of the junkyard and suffer itself to be mindfully pulled away. It's a toy-box for inventive, meddlesome humankind that can put its own toys neatly and safely away.« (in: ders.: Shaping things, Cambridge 2005, S. 144f.)

[17] http://www.oekonux-konferenz.de

[18] Für seine Konzeption eines effektiven High-Tech-Antikapitalismus wiederum hat er mehrere Stufen definiert, deren entwickeltste (und abstrakteste), »die Stufe der Assoziation freier kybernetischer Produzenten zwecks Produktion freier algorithmischer Assoziationen«, selbst noch viel inhaltlichen Spielraum lässt. Siehe: H.-J. Krysmanski: High-Tech-Anti-Kapitalismus: Ein Widerspruch in sich?, in: *Utopie kreativ* November 2001 (*http://www.uni-muenster.de/PeaCon/inkrit/inkrit-phtak.htm*)

[19] Aus: Michael Hardt / Antonio Negri: Empire – Die neue Weltordnung, Frankfurt/M. 2002, S. 228f.

[20] Aus: James Hughes: Den Wandel mit aller Entschlossenheit ergreifen. Ein posthumanistisches Plädoyer für die Gentechnologie, in: *Telepolis* 1.1.1996 (*http://www.heise.de/tp/r4/artikel/2/2027/1.html*)

[21] Siehe: ders.: Internet und Sinnkrise, in: Florian Rötzer / Rudolf Maresch (Hrsg.): Cyberhypes. Möglichkeiten und Grenzen des Internet, Frankfurt/M. 2001, S. 233f.

[22] Siehe: Peter Sloterdijk / Hans-Jürgen Heinrichs: Kantilenen der Zeit. Gespräch, in: *Lettre international* 36, 1997.

[23] Aus: ders.: Die Drift der Erkenntnis. Zur Theorie selbstmodifizierter Systeme bei Gödel, Hegel und Freud, München o.J., S. 129.

Copyright © 2008 by Wolfgang Neuhaus

Was vom Menschen bleibt

Leben und Utopie im 21. Jahrhundert

von Rudolf Maresch

> »Das Gegebene hat sich der Idee zu fügen.«
> Ernst Bloch

Utopien sind Wunschbilder, die der Gegenwart meist weit vorauseilen, im Wirklichen nach dem Möglichen fragen und den Menschen Blaupausen für eine noch unbekannte Zukunft liefern. In ihnen verrät die Gesellschaft nicht nur, wie sie ist, sie befindet darin auch, wie sie sein wird oder sein soll. Indem sie sich den limitierenden Bedingungen realer Gegenwarten entziehen, einen radikalen Bruch mit ihnen und der Vergangenheit vollziehen und dazu eine Gegenwelt aufbauen, setzen Utopien alte Denk-, Handlungs- und Sehgewohnheiten außer Kraft und noch unbekannte Wahrnehmungs-, Denk- und Sichtweisen ins Werk. Konjunktur haben sie, wenn Denken und Sein, Möglichkeit und Wirklichkeit in einem eklatanten Missverhältnis stehen und das historisch-gesellschaftliche Sein auf Veränderung »drängt«.

Platzwechsel

In der Vergangenheit haben solche Testläufe in die Zukunft meist politische und/oder künstlerische Avantgarden unternommen, Literaten, Komponisten, Maler oder Ideologen. Häufig unter Einsatz ihres Lebens schufen sie neue Moden, Stile und Ideen, verfassten Programme, Manifeste oder Weltanschauungslehren und formierten sich zu Bewegungen, Sekten und Gemeinden. Im Gedächtnis geblieben sind uns Dadaisten und Sozialisten, Naturjünger und Anarchisten, Nihilisten und Bolschewiki, Surrealisten und Futuristen.

Neben solchen Kader-, Horden- und Gruppenbildungsprozessen, der Ausbildung eigener Symbole, Rituale und Aktionsformen und der kultischen Verehrung von Personen und Dingen war ihnen der Wille eigen, den Bruch mit dem Herkömmlichen, Überlieferten und Gewohnten zu riskieren, neue Lebensformen und Lebensstile zu erproben und den Ausnahmezustand zum Regelfall zu erklären. Dafür adaptierten sie neue Methoden und Verfahren aus fremden Kulturen oder Genres, die sie zu unbekannten Begriffs-, Formel- und Kunstsprachen kondensierten.

In jüngster Zeit hat diesbezüglich ein Platzwechsel stattgefunden. Weniger in Alteuropa als in Übersee. Nicht mehr Schriftsteller[1] üben diese »Sondenfunktion« in der Gesellschaft aus, vielmehr sind es Ingenieure und Lifescreener, Programmierer und Soziobiologen, die traditionelle Mauern, Zäune und Wälle niederreißen. Sie verkörpern jenes Denken, das »aus der Bahn springt«[2] und die Grenzen von Ethik, Recht und Moral neu zieht. Während viele der einstigen Avantgarden sich in Abschiedsformeln üben und zu einer Kaste von Mahnern, Warnern und Bedenkenträgern mutieren, besetzen Erfinder und Technowisssenschaftler diese vakante Rolle und bilden die Speerspitze der soziokulturellen Evolution. Seit über einem Jahrzehnt reihen sie sich in den Tross der Abenteurer, Pioniere und Kundschafter ein und machen die Öffentlichkeit mit ebenso flotten wie forsch vorgetragenen Sprüchen auf das Neue und Unbekannte aufmerksam.

In den Labors, wo früher Testreihen entworfen, Zahlen und Kurven verglichen, Hypothesen geprüft und verworfen wurden, wo nüchterne Skepsis und strikte Distanz gegenüber Gegenständen und Phänomenen von den Forschern erwartet und die Grenzen zu Transzendentalität, Spiritualität und Metaphysik scharf gezogen werden, entstehen seit einigen Jahren die neuen Bilder, Mythen und Heilslehren der postmodernen Wissensgesellschaft. Längst haben sich die sogenannten »harten Wissenschaften« zu neuen Brutstätten des Imaginären entwickelt, zu Orten, wo das scheinbar Verrückte, Unmögliche und Unerreichbare ersonnen und in die Tat umgesetzt werden soll.

Zukunftsbilder

Ausgelöst und genährt wird diese Suche vor allem durch die Möglichkeiten der digitalen Computer- und Netzwerktechnik. Die Einblicke in unbekannte Welten, die sie gewährt, die vielfältigen und komplexen Anwendungsmöglichkeiten, die sie offeriert, die verblüffenden Zahlen, Bilder und Grafiken, die sie generiert – all das beflügelt nachhaltig die Einbildungskraft und Phantasie der Naturforscher. Und zwar so sehr, dass manche unter ihnen gar die von der Wissenschaft auferlegte Zurückhaltung abwerfen und ihren Imaginationen freien Lauf lassen. So mutieren sie zu Metaerzählern und neuen Sinnstiftern und liefern, was Menschen brauchen, aber von den »weichen« Geisteswissenschaften nicht mehr bekommen: Visionen, Zukunftsentwürfe, Metaerzählungen. Aber auch Robotik und Soziobiologie, Vererbungslehre und Nanotechnologie bieten den Anwendern in Medizin, Pharmazeutik und Agrarwissenschaft, in Sport, Kunst und Kultur reichhaltigen Stoff für neue Wunschbilder.

Wie immer man sich zu diesem Platzwechsel verhalten mag – sicher ist, dass Digitalisierung und Vernetzung das Leben im 21. Jahrhundert dramatisch verändern werden, sowohl die Evolution von Natur und Mensch als auch den Alltag und die soziale Lebenswelt der Menschen. Zu erwarten ist, dass

- das fehlerhafte genetische Programm des Menschen und seines Körpers einer nachhaltigen Verbesserung und Perfektionierung unterzogen wird,
- die biologische Evolution sich dank genetischer Algorithmen und neuronaler Netze für Menschen punktuell als steuer- und kontrollierbar erweisen wird,

- sich die Evolution von Mensch und Natur, die bislang eher parallel und unabhängig voneinander verlaufen ist, weiter annähern und sich mittelfristig sogar verschränken wird,
- durch die Entschlüsselung des menschlichen Genoms Kinder, Talente und Intelligenzen am Reißbrett entworfen werden,
- durch die Manipulation atomarer Strukturen neue Materialien entstehen, die in puncto Robustheit, Elastizität und Haltbarkeit die alten um ein Vielfaches übertreffen,
- sich die Menschen auf den Umgang mit allerhand Mischgestalten (Avatare, Idorus, digitale Assistenten) aus Elektronik, Chemie und Biologie einstellen müssen,
- sie es vermehrt mit Viren, Memen und Bakterien zu tun haben werden, die Netzwerke, Datenbanken und Datenströme zum Absturz bringen, kulturelle Verhaltensmuster epidemisch verbreiten oder Seuchen auslösen können,
- neue Intelligenzen und Replikanten auftauchen, die das menschliche Gehirn an Leistungsfähigkeit um ein Vielfaches übertreffen.

Superorganismus

Folgt man Publikationen, die in den letzten Jahren aus dem Santa Fe Institute in Los Alamos oder dem MIT in Cambridge, Massachusetts nach Zentraleuropa gedrungen sind, dann strickt die Menschheit nicht nur unaufhörlich an der Vision einer »weltweiten Meta-Intelligenz«, sie schickt sich auch an, die Weltgesellschaft in einen makroskopisch vergrößerten Insektenhaufen zu verwandeln. Um sich ein Bild vom Kommenden malen zu können, werden bekannte Metaphern bemüht, die »Noosphäre« des Jesuitenpaters Teilhard de Chardin, der »Leviathan« von Thomas Hobbes oder das »Global Village« von Marshall McLuhan etwa. Oder es werden dafür neue Begriffe geprägt, wie der »Homo Symbioticus« von Joel de Rosney, die »Mentopolis« von Marvin Minsky, die »Kollektive Intelligenz« von Pierre Lévy oder das »Globale Gehirn« bei Howard Bloom.

Dabei muss der im Entstehen begriffene »Superorganismus« keinesfalls eine bloße Erfindung der Turing-Galaxis sein. Laut Howard Bloom[3] ist Vernetzung vielmehr »ein Milliarden Jahre altes Erbe der

Natur«. Sie ist eine »andauernde Phase der Evolution«. Organismen und Zellen ist diese »Sehnsucht nach Sozialität« schon von Urzeit an einprogrammiert. Darum kann man soziale Intelligenz auf mehreren Stufen der Evolution ausfindig machen. Das »Bedürfnis nach Gemeinschaftsbildung« beginnt bereits mit dem großen Knall. Die Quarks, die dabei für Sekundenbruchteile entstanden, suchten sich mit ihrem entgegengesetzten Spin zu vermählen. Protonen, Neutronen, Sterne und Spiralnebel, die aus der Dialektik von Anziehung und Abstoßung hervorgehen, geben Fingerzeig auf ein aus Modulen gestricktes globales Datennetz.

Die erste planetare Intelligenz bilden nach Bloom die aus Millionen Einzellern bestehenden Bakterienkolonien. Ihnen gelang es als Erste, ein breitbandiges Netzwerk zwischen isoliert lebenden Monaden zu knüpfen. Abgelöst wird dieses »biochemische Internet« später durch das vielzellige Leben. Lynn Margulis[4] hat diese eukaryontische Revolution, die Invasion von Parasiten und ihre Nutzbarmachung für die Schaffung neuer, symbiontischer Lebensformen anschaulich beschrieben. Danach haben multizelluläre Lebewesen eine Arbeitsteilung zwischen unterschiedlich spezialisierten Zellen erreicht und dadurch das Problem der Gruppensolidarität gelöst.

Herdenbildung

Die »memetische Revolution«, wie wir die Entwicklungsgeschichte der Ideen seit Richard Dawkins[5] nennen, stellt einen neuen Einschnitt dar. Meme, die sich nach Art von Genen replizieren[6], befielen aber offenbar nur Primaten. Nur sie hatten qua Imitation und Gedächtnisleistungen Strukturen und Fähigkeiten entwickelt, durch die sich kulturelle Verhaltensmuster, etwa wie man eine Axt herstellt, Metall bearbeitet oder Rentiere jagt, in ihren Gehirnen festsetzen konnten und sich mittels Symbolik (Sprache) von Gehirn zu Gehirn verbreitet, kopiert und vervielfacht haben. Aus dem Affen wurde, wenn man so will, ein wissender Affe. Der Konformitätsdruck, der in solchen Herden herrscht, sorgte dafür, dass Schwächlinge, Abweichler oder Missgebildete ausgeschlossen wurden. Entweder starben die Exkludierten eines einsamen Todes, oder sie

Schimpansen können den Gebrauch von Werkzeugen erlernen.

gründeten mit anderen Outcasts neue Herden. Auf diese Weise wurde der Fortbestand der Herde gesichert. David Sloan Wilson[7] hat diesen sozialen Mechanismus einmal am Beispiel »der Hutterer« exemplifiziert. Erreicht die Mitgliederzahl der Sekte eine kritische Masse, teilt sie sich. Während die eine Hälfte bleibt, zieht die andere weiter und gründet eine weitere Sekte an einem anderen Ort. Weil andere Gruppen diesem Mechanismus Einhalt geboten haben, hätten sich die Hutterer nicht auf der ganzen Erde ausgebreitet.

Dieser Teil der Geschichte dürfte mittlerweile bekannt, unstrittig und Allgemeingut sein. Neu ist dagegen die Überbewertung von Teamwork und sozialer Organisation; und neu ist auch die Vermischung von biologischer Evolution mit Axiomen sozialer Morphologie (Emile Durkheim, Marcel Mauss). Aus Größe und Dichte, Kohäsion und Diversität, Teilung und Kampf leiten Soziobiologen Mechanismen komplexer sozialer Lernmaschinen ab. Soziobiologie bezeichnet dann eine durch Computertechnik zu neuem Ruhm gekommene Disziplin, die aus den Wechselbeziehungen unter Insekten, Bienen und Moorhühnern Schlussfolgerungen für soziale Ordnung von Menschen zieht.

Mit dem Apriori der Herde kommen die Soziobiologen[8] freilich in Konflikt mit dem bislang dominanten Zweig in der Evolutionstheorie, dem Neo-Darwinismus.[9] Dieser geht bekanntermaßen davon aus, dass tierisches wie menschliches Verhalten Ergebnis eines stets um ihren Eigennutz besorgter egoistischer Gene ist. Ihm zufolge sind Altruismus und Kooperation keine ursprünglichen Strategien des Überlebens, sondern allenfalls geschickt getarnte Spielarten des Kosten-Nutzen-Kalküls. Das kann man so sehen, ändert aber prinzipiell nichts am Nutzenvorteil intelligenter Netzwerke für den Einzelnen. Wechselseitige Kooperation kann, wie Soziobiologen anhand vieler Beispiele im Tierreich zeigen, manchmal für die Findung kreativer Lösungen weitaus erfolgreicher sein. Von Ameisen, Bienen und anderen Superorganismen lernen heißt mithin siegen lernen. Konnektivismus stellte danach nicht nur einen Qualitätssprung dar, er könnte möglicherweise auch der Leistungsfähigkeit jedes Supercomputers überlegen sein.

Dummheit der Masse

Was manchen Beobachter und Leser just vor der Jahrtausendwende noch wie eine Nachricht von einem anderen Stern erschienen sein mag, ist ein paar Jahre später bereits Realität. Längst ist man dabei, die Rechner der Welt miteinander zu verbinden und die Idee einer kollektiven Intelligenz oder eines Global Brain im Netz auf vielfältigste Weise zu realisieren. Die einen, um mit gebündelter Rechenkraft Außerirdische im Kosmos aufzuspüren oder Botschaften von ihnen zu empfangen, die anderen, um das Wissen der Menschheit zu sammeln und zu speichern. Jimmy Wales, Gründer der Online-Enzyklopädie Wikipedia, ist zum Beispiel überzeugt, dass seine Datenbank, die er mithilfe zigtausend anonymer Freiwilliger erstellt, der Utopie einer »Enzyklopädie des Wissens« schon sehr nahe kommt. Und in der Tat scheint das Projekt ausschließlich diesem Ziel verpflichtet zu sein.[10]

Damit globales Wissen entstehen und sich entwickeln kann, genügt es, dass dort jeder Internet-Nutzer Artikel einbringen oder deren Inhalt verändern und durch gegenseitige Kontrolle aller Mitwirkenden der Missbrauch oder die Verbreitung falscher Informationen verhindert werden kann. Von Expertentum, von Qualitäten, Namen und Adressen hält der Wikipedianer nicht viel. Warum auch, zumal nach dem Willen der Macher durch die Kooperation der Vielen baldmöglichst eine kollektive Intelligenz entstehen soll, die um etliches größer und klüger ist als die Summe der daran arbeitenden Individuen. Ob man jedoch mit Blogs, Wikis und Creative Commons die »Weisheit der Massen« anzapfen und aus dem zusammengetragenen Wissen ein neues Alexandria bauen kann, steht aber noch infrage. Bislang haben sich anonyme Menschenansammlungen eher destruktiv und irrational verhalten als konstruktiv und rational, und zwar auch dann, wenn sie in Schwärmen aufgetreten sind, die sich willkürlich gebildet und wieder verflüchtigt haben.

Da muss man gar nicht die jüngere deutsche Vergangenheit oder die Massenpsychologie von Freud bis Le Bon bemühen, es reicht auch in ein Fußballstadion zu gehen, auf eine politische Demonstration oder eine öffentliche Wahlveranstaltung, um Trägheit, Dummheit und Manipulierbarkeit der Massen zu beobachten. Auch Schwärme, oder das, was man für deren Intelligenz hält, folgen eher dem Gewohnten, Bekannten und Vertrauten als der Ausnahme, dem Überraschenden und Fremden. Es mag sein, dass Schwarmintelligenzen zur Lösung spezieller Probleme mitunter besser taugen als Individuen – die Erfolgsstory des Betriebssystems Linux wäre so eine Geschichte –, geht es aber um politische Fragen oder um Geschmacksurteile, sollte man sie tunlichst meiden. Man denke nur an all die unsäglichen »Castingshows« und Votings im Fernsehen, an die Trackbackfunktion im Online-Journalismus oder auch an den wachsenden Trend, die Tätigkeit des Lehrpersonals von Schülern, Studenten und anderen Auszubildenden bewerten zu lassen. Schon daran wird deutlich: Wer von der Masse anerkannt und geliebt werden will, muss ihr nach dem Munde reden.

Noch deutlicher wird es, wenn man sich den Gebrauch der Online-Datenbank ansieht. Für viele Nutzer ist Wikipedia längst zu einer Art von Bibel geworden, die sie bei Debatten, wenn Argumente ausgehen, als obersten Schiedsrichterspruch anführen. Auf diese Weise attestieren sie dem Kollektiv eine Allmacht und Allwissenheit, die es im Grunde nicht hat, nicht haben kann und auch nicht haben wird. Genau genommen widerspricht das Projekt sogar modernen demokratischen Bedingungen. Da es aufgrund seiner Anonymität keinen Rückbezug auf den Sender zulässt, kann dieser auch nicht mehr kritisiert werden. Und schaut man sich in der Geschichte um, so wird man feststellen, dass Neuerungen und Störungen in aller Regel von Solitären geleistet worden sind, von Namen und Adressen, die ihr Augenmerk auf das Besondere, das Singuläre oder die Ausnahme gerichtet und alles andere als im Einklang mit der Mehrheit und der Masse gelebt haben.

Mehr als Blooms erste Botschaft – der Einzelne vermag wenig im Vergleich zu den Möglichkeiten einer sozial vernetzten Intelligenz – überzeugt da schon seine zweite Botschaft. Sie lautet, vereinfacht ausgedrückt: Halte Kontakt mit Siegertypen, meide Loser. Im Zeitalter des Abbaus von Sozialleistungen und der Betonung von Eigenverantwortung könnte das, auch wenn mancher Sozialromantiker darüber erschrecken wird, eine echte Alternative zum neoliberalen Modell des Marktes, des Wettbewerbs und der dynamischen Konkurrenz sein.

Der soziobiologische Ansatz demonstriert trotz des ihm innewohnenden wissenschaftlichen Reduktionismus, dass Solidarität in einer Welt ungleich verteilter Güter und individueller Habgier und Profitnahme nicht unbedingt ein alteuropäischer Wert sein muss. Sich zum Sklaven einer Gemeinschaft zu machen oder sich mit ihr intelligent zu vernetzen, kann sehr wohl eine gewinnbringende Option sein für ansonsten nur um ihr Eigeninteresse bedachte Egoisten. Ein zunehmend wieder in Verbandsinteressen zerfallener demokratischer Ständestaat könnte damit jedenfalls gut leben.

Koevolution

So wissenschaftlich umstritten die Übertragung tierischen Verhaltens auf menschliche Gegebenheiten auch ist: Seitdem sich das darwinistische Programm, wie die Forschungen zum Künstlichen Leben und zur Künstlichen Intelligenz zeigen, grundsätzlich als digitalisierbar erweist, kommt auch die Evolutionstheorie nicht mehr umhin, die Koevolution von Kultur und Technik, von lebenden und

Was vom Menschen bleibt 237

»Geh hin zur Ameise, du Fauler, sieh an ihr Tun und lerne von ihr!« – Der Ameisenalgorithmus, eine mathematische Simulation der Entstehung von Ameisenstraßen, nimmt diese biblische Aufforderung ernst. Er kommt unter anderem bei der Routenberechnung und der Datenverteilung im Internet zum Einsatz.

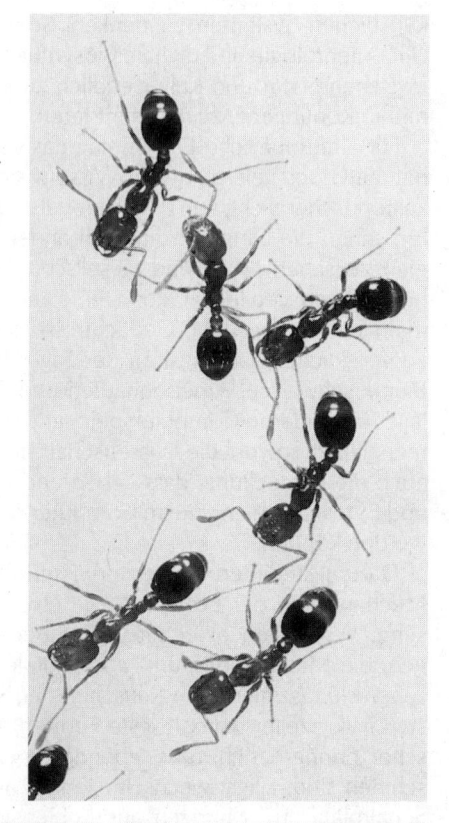

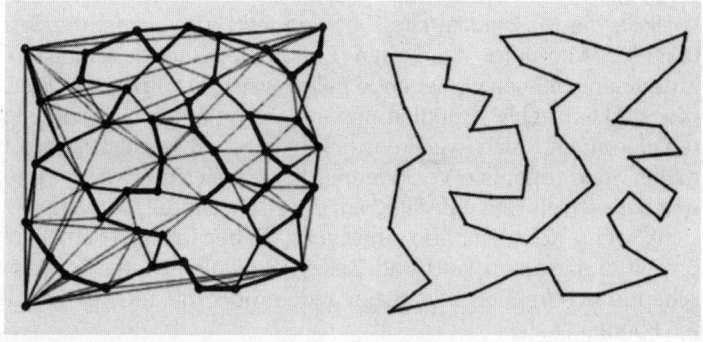

künstlichen Systemen zu denken. Sozialkybernetik und Artificial Life, Agentologie und digitale Biosynthese sind dabei, die Differenz zwischen Natur und Kultur endlich zu schließen und das Soziale, mithin Kontingenz, zu maschinisieren.

Für alteuropäische Ohren mag das verwunderlich klingen. Hier hat man noch gelernt, derlei »Wissen« streng zu trennen. Doch aus kalifornischer Sicht, von der Mauer des Pazifiks und des Silicon Valley, sehen die Dinge bekanntlich anders aus. Hier werden Analogien zwischen Natur und Gesellschaft schon des Längeren sehr unbefangen gebildet. Ökosysteme mit Telefonsystemen, Ökonomien mit Netzwerken, Gedächtnisspeicher mit Vogelschwärmen zu vergleichen, ist längst an der Tagesordnung. Die Begründung, Bienenschwärme, Ameisenhaufen und Bakterienkolonien als Vorlage für moderne Computerspeicher und neuronale Netze zu nehmen, liefert sowohl die Wissenschaft nicht-linearer Komplexität als auch die Entdeckung, dass Leben und Computer schlicht aus Bits und Bytes bestehen und im Computer nachgezeichnet und forciert werden können.

Darum studieren Computerwissenschaftler auch verstärkt die Mechanismen der Evolution, wie etwa Selektion, Fitness, Anpassung, Wettrüsten et cetera. Unzufrieden mit den Beschränkungen, die Material (Silizium) und digitale Funktionslogik vorgeben, sehen sie fasziniert dem Rauschen der Natur zu, wie sie aus kleinsten Mikrozellen komplexeste Formen hervorzaubert. Siliziumforscher erinnern sich, dass lebende Organismen die vitalsten Maschinen sind. Eiligst wechseln sie ins Lager der Biologie, brennen Schaltpläne auf Matrizen aus Kohlenstoff und transferieren Bio-Logik in die Maschinen. Die Evolution lehrt, dass komplexe Systeme sich von unten nach oben (Bottom-up-Methode) aufbauen. Programme müssen wie lebende Zellen wachsen. Sie müssen Bugs (Konstruktionsfehler) spontan und autonom finden, in Eigenregie reparieren und sich weiterentwickeln. Evolutionsfähigkeit heißt mithin: eine »optimale Veränderungsflexibilität« zu erwerben und sich dadurch als »zukunftsfähig« zu erweisen. Diese Emergenz entsteht, wenn Kontrolle, also Aneignung, Beherrschung, Berechenbarkeit, aufgegeben wird und Zellen, Programme und Gemeinschaften sich frei und wild gegen andere oder mit anderen entfalten können.

Damit scheint sich ein neuer Schritt in der Evolution von Mensch und Natur anzubahnen. Das hybrideste Projekt könnte beginnen, das sich gegenwärtig vorstellen lässt. Hatte sich die traditionelle Ontologie jahrtausendelang um die Frage versammelt, warum etwas ist und nicht vielmehr nichts, so kreist die Bio-Informatik derzeit um das Problem, wie aus nichts etwas gemacht werden kann. Der Techniker und Bioingenieur beginnt, nachdem Gott tot ist, auf seine Art und Weise Gott zu spielen. Er versucht, die »blinden« Kräfte des Lebendigen[11] in die Maschinen zu entlassen, in der Hoffnung, dass sie fortan genauso autonom, anpassungsfähig und kreativ sein werden wie vormals die Natur, Gott oder die Erfinder solcher Maschinen. Dass die Menschen die Kontrolle darüber verlieren, muss nicht weiter tragisch sein, findet zumindest Kevin Kelly.[12] In diesem Dilemma leben bekanntlich alle Götter.

Null-Utopie

Merkwürdigerweise stehen Alteuropäer solchen Phantasien, die aus der Verschmelzung von RNC-Technologien mit alteuropäischen Mythen, religiösen Heilslehren und großen Erzählungen hervorgehen, äußerst reserviert gegenüber. Für die New-Frontier-Mentalität der US-Amerikaner haben sie meist nur ein müdes Lächeln übrig. Statt mit kindlicher Neugierde, Unbefangenheit und Pragmatismus auf das Kommende zuzugehen, werden sie von tiefen Sorgen und Selbstzweifeln geplagt. Abgelesen werden kann dieses Unbehagen an den Debatten über das Klonen von Lebewesen, der Forschung an embryonalen Stammzellen, der genetischen Optimierung und Züchtung des Menschen durch genetische Selektion oder der Sorge um die sozialen Folgen der Globalisierung von Märkten und Netzwerken.

Das verwundert, zumal Europa einmal Ursprung und Quelle utopischen Denkens war. Zu Beginn der Neuzeit und noch im 19. Jahrhundert entstanden hier die ersten Utopien über einen idealen Staat (Morus, Campanella, Hobbes), eine umfassende Wissensgesellschaft (Bacon) oder eine reibungslos funktionierende, von Bürokraten und Sozialingenieuren geleitete Gesellschaft (Saint-Simon, Cabet); hier wuchsen die Hoffnungen auf die endgültige

Beseitigung von Hunger, Krankheit und Armut, der Traum vom grenzenlosen materiellen Reichtum (Smith) und vom »Ewigen Frieden« (Kant); hier wurden die ersten großen Arbeits- (Fourier, Gorz), Erziehungs- (Rousseau) und Gesellschaftsutopien (Marx, Habermas) erfunden und gefunden; und hier haben alle aktuellen Sehnsüchte der Menschen nach Unsterblichkeit, nach Schönheit und ewiger Jugendlichkeit ihren Ursprung, die in die Gen-, Nano- und Computertechnologie eingewandert sind.

Nicht einmal die Ereignisse von 1989 – der Sieg des Marktliberalismus über den Staatssozialismus, die Aussicht auf offene Märkte, Grenzen und Horizonte – haben an dieser skeptischen Grundhaltung der Alteuropäer etwas ändern können. Während andernorts Nietzsches Ruf »Auf die Schiffe, ihr Genueser« längst beherzigt wird und die Eliten sich den Herausforderungen der neuen Technologien stellen, werden in Alteuropa vornehmlich die Risiken und möglichen Gefahren für Kultur, Mensch und Gesellschaft beschworen und das »Ende des utopischen Zeitalters«[13] ausgerufen.

Frischzellenkur

Die Gründe, warum Europa so apathisch, leer und ausgebrannt wirkt, ihm die Frische, Zuversicht und Unbeschwertheit fehlt und es im Zustand der Lähmung und großen Müdigkeit verharrt, liegen auf der Hand. Zwei blutige Weltkriege, Völkermord, Vertreibung und Gulags, die Erfahrung von Totalitarismus, Rassismus und der Wirkung von Massenvernichtungswaffen haben Zweifel an der menschlichen Gestaltungskraft gesät und jede »utopische Schwärmerei« abkühlen lassen. Diese »Entzauberung«, die sich vor allem in dystopischen Zukunftsbildern äußert, in Begriffen und Schlagwörtern wie »verwaltete Welt« (Horkheimer/Adorno), »kristalliner Stillstand« (Gehlen), »leere, tote Zeit« (Benjamin), »Gestell« (Martin Heidegger) oder »Antiquiertheit des Menschen« (Anders), wirkt bis auf den heutigen Tag nach.

So verwundert es nicht, dass utopisches Denken für eine Vielzahl von Denkern, Literaten und Künstlern als desavouiert gilt und Erzählungen, die eine befreite Menschheit, grenzenloses Wachstum oder die Befriedigung aller Bedürfnisse versprechen, eher als

Albtraum denn als Erlösung empfunden werden. Das vorige Jahrhundert hat ihnen ihre Unschuld gründlich geraubt. Will Alteuropa künftig aber einen dominierenden Part in der Weltgesellschaft spielen, dann muss es sich auf diese Geschichten wieder besinnen. Es muss diese Quellen wieder aufsuchen und an dem Takt, Rhythmus und Code, den Informationstechnologien und Lebenswissenschaften vorgeben, mitschreiben. Ohne neue Visionen, die es katapultartig aus der Gegenwart schleudern, wird Europa bleiben, was viele außereuropäische Besucher, die hier herkommen, bereits vorzufinden vermeinen: ein Museum, eine »Schädelstätte« des absoluten Geistes.

Vielleicht ist der Grund, warum Utopien in Alteuropa einen schlechten Leumund haben, in Übersee dagegen nicht, aber auch einfach darin zu suchen, dass sie in der Vergangenheit zu global und langfristig, zu abstrakt und zu unrealistisch angelegt gewesen waren. Zum einen haben sie die Komplexität der sozialen Evolution und die Widersprüche der menschlichen Natur nicht in Rechnung gezogen; zum anderen haben sie die Welt häufig in ein allzu simples Schwarz-Weiß-Schema gepresst. Stets wurde die alte Welt als defizient, böse und verdorben dargestellt, von der sich die neue alsbald als eine Welt des Glücks, der Freude und des Lebens abheben wird. Der Dualismus gehörte ebenso mit zu ihrem Programm wie ihr Gegenmodell, die Unheilssemantik. Sie zeichnete sich dann weniger durch die Überkompensation eines Mangels, eines Unglücks oder Elends aus als durch eine übersteigerte Furcht vor einem besseren, vollkommenen und höheren Zustand eines Staates, einer Gesellschaft oder einer Seinsordnung. Jüngste Entwicklungen wie die in der Evolutionspsychologie oder der Theorie komplexer Systeme geben inzwischen aber grundlegendere Einsichten in solche Abläufe, Zusammenhänge und Komplexitäten.

Erfolgreiches Scheitern

In der Tat haben moderne Utopien solche Ungewissheitskoeffizienten vorher nie berücksichtigt. Sie pflegten ein lineares Zeit- und Geschichtsmodell, operierten mit extrem langen Zeiträumen und verlegten ihren Ort ins Anders- oder Nirgendwo.[14] Dadurch wurden sie autoimmun gegen Einwände und Kritik von außen. Darum konnten sie weder von enttäuschten Erwartungen noch durch das Leerlaufen von Zukunftsversprechen falsifiziert werden. Ihr Erfolg beruhte, wenn man so will, gerade in ihrem Scheitern.

Diese Fehler findet man auch noch in aktuellen Utopien, beispielsweise in den Studien Ray Kurzweils.[15] Zu seinen Ergebnissen kommt Kurzweil mit einem einfachen Trick, er rechnet das Moore'sche Gesetz, wonach sich alle zwei Jahre Arbeitsgeschwindigkeit und Rechenleistung eines Chips verdoppeln, einfach in die Zukunft hoch. Schon nächstes Jahr, so prognostiziert Kurzweil 1999, werden Computer für 1000 Dollar rund eine Billion Rechenoperationen pro Sekunde ausführen. In Kleidung, Haushalten und Autos werden danach Minirechner installiert sein. Bei der Abwicklung geschäftlicher Transaktionen kommunizieren die Menschen mit Avataren. Im Jahre 2019 werden dieselben Rechner annähernd die Rechenleistung des menschlichen Gehirns erreichen. Virtuelle Realität und Hologramme bilden die Hauptschnittstelle für die Kommunikation mit anderen Personen. Ein Großteil der Interaktion wird unabhängig von physischer Nähe mit automatischen Assistenten geknüpft, die als Lehrer, Freunde und Liebhaber dienen. 2029 erreicht die Rechenleistung eines Computers bereits die Kapazität von tausend menschlichen Gehirnen. Eine Vielzahl neuronaler Implantate erleichtert den direkten Zugang zum Gehirn, sie steigern und verstärken die Leistung des logischen Denkens, der audiovisuellen und akustischen Wahrnehmung sowie des Gedächtnisses in erheblichem Umfang.

Kurz vor Ende dieses Jahrhunderts, im Jahre 2099, wird der Sieg der Software über die Hardware endgültig abgeschlossen sein. Der Mensch wird seine zentrale »Stellung als das intelligenteste und das leistungsfähigste Wesen auf Erden« endgültig verloren haben. Er wird verschwinden, wie am Meeresufer ein Gesicht im Sand. Die Regentschaft auf der Erde übernehmen maschinelle Intelligenzen, mit Geist beseelte »spirituelle Maschinen«, die nicht mehr an eine spezifische Prozessoreneinheit gebunden sein werden. Hat der Mensch erst einmal seinen störanfälligen Körper abgestreift und sein Gehirn auf resistentere Datenträger übertragen, wird der Geist »eine einzige, glückliche und große Gesellschaft« sein. Am Ende des nächsten Jahrhunderts wird man dann nur noch schwer sagen können, »wo eine Person anfängt und die andere aufhört«. Die Sorgen und Nöte des Alltags aber, so die tröstliche Botschaft Kurzweils an die heute Lebenden, werden auch den »spirituellen Maschinen« erhalten bleiben. »Das Leben«, so sein Idoru »Molly«, die Zwiesprache mit den Lesern hält, »ist alles andere als einfach. Dazu muss ich viel zu vielen Erwartungen und Verpflichtungen gerecht werden.«

So schön Kurzweil das auch aus der Gegenwart extrapoliert und in die Zukunft verlängert haben mag, seinen hochfliegenden utopischen Träumen stehen zunächst immense Schwierigkeiten entgegen, die die aktuelle Forschung mit der Mensch-Maschine-Kopplung hat. Die Hirnforschung beispielsweise ist noch Lichtjahre davon entfernt zu klären, was Bewusstsein überhaupt ist.[16] Materialforschungen zeigen, dass die Kopplung organischer Nervenbahnen mit künstlichen Bauteilen trotz einiger kleiner Erfolge bisher nicht so recht zu gelingen scheint. Deshalb kann vorerst von einem bevorstehenden Einbau irgendwelcher Gehirnchips, die Wörterbücher speichern, Lustzentren stimulieren und Gottesphantasien auslösen, noch lange keine Rede sein. Das Gehirn hat keine Steckdose. Möglich ist, dass in naher Zukunft hitzebeständigere Datenträger als Silizium gefunden werden. Wann dies allerdings sein wird, steht noch in den Sternen.

Updaten und Screenen

Gleichwohl hat sich der Menschenkörper als Wirt und Datenträger trotz seiner Sterblichkeit in der Geschichte als überaus beständig und resistent erwiesen. Darum ist es auch viel einfacher, ihn mit Schminke, Silikon und Plasmochirurgie zu updaten oder ihn mit künstlichen Apparaturen oder chemischen Substanzen funktions- und leistungsfähiger zu machen, als einem Roboter das Anziehen von Socken, den genialen Pass oder das Komponieren einer Sinfonie beizubringen. Das utopische Potenzial aller Wunschbilder und Zukunftsfiguren scheint weniger am Himmel als vielmehr auf der Straße zu liegen, in den Loipen, Stadien und Schönheitssalons dieser Erde, und zwar dort, wo das Upgraden, Aufhübschen und Screenen des menschlichen Körpers und seiner Leistungskraft längst Normalität ist.

Wer kennt sie nicht, die »Helden der Landstraße«, wie sie auf ihren Rennmaschinen über den Tourmalet, auf den Mont Ventoux oder über den Col de Galibier nach La Plagne hinüberfliegen; die wuseligen Südkoreaner, die technisch und taktisch versiert den Kickermillionären bei der WM 2002 das Leben schwer gemacht haben; die muskelbepackten Sprinter, die in weniger als zehn Sekunden die hundert Meter zurücklegen, oder die wuchtigen Langläufer, die mit raumgreifenden Schritten und ihren langen Stöcken Abhänge hinaufstürmen.

Dass diese Jagd nach Titeln und Rekorden, Werbeverträgen und Images nicht ganz ohne Wachstumshormone, Aufputschmittel und andere medizinische Tricks zu schaffen ist, dürfte weidlich bekannt sein. Müsli, Orangensaft und Großportionen von Fleisch und Pasta reichen bei Weitem nicht dafür aus; und von Wissenschaftlern und Physiotherapeuten entworfene Trainingsprogramme oder die von Computern gesteuerte Abgleichung von Ausdauer-, Blut- und Laktatwerten ebenso nicht. Um über Nacht zum Titanen zu werden und in der Hall of Fame des Weltsports Aufnahme zu finden, braucht es schon der Beimischung zusätzlicher Kampfstoffe wie anaboler Steroide und Kortekoide, Dutch-Cocktails und diverser anderer, Blutdoping verschleiernder Mittel wie etwa Probenicid, die unter ärztlicher Aufsicht und Kontrolle dem Athleten und Wettkämpfer verabreicht werden.

Den Körper mit Medikamenten, Drogen oder anderen chemischen Stimulanzien aufzupeppen, ihn mit im Labor gezüchteten Materialien leistungsfähiger zu machen, liegt heute im Trend. Weswegen wir dieses künstliche Hochtrimmen eines als mangelhaft erfahrenen Menschenkörpers zu neuen Höchstleistungen überall dort finden, wo Fitness und Nonstop-Engagement für die Firma, die Organisation oder die Nation verlangt werden oder wo, wie in der Showbranche, der eigene Body zum Kapital und Markenzeichen im Kampf um Schlagzeilen und Prominenz wird.

Giftstoffe injizieren

Auch Reproduktionsmedizin und Diätetik, Sportmedizin und Schönheitschirurgie bieten inzwischen eine Vielzahl raffinierter Praktiken und Techniken an, um Lippen, Geschlechtsteile oder Brüste aufzuschäumen, runzelige Häute und Stirnfalten zu glätten, unschöne »Höcker« abzuhobeln oder überflüssige Pfunde durch Liposuktion abzusaugen. Der Wille zur Körperoptimierung geht so weit, dass mancher Zeitgenosse sich einer regelmäßigen Darmspülung in einer Klinik unterzieht, um nach zu kalorienreichen Genüssen bei Empfängen, Partys oder Diners wieder mit Waschbrettbauch in der Öffentlichkeit glänzen zu können. Andere wiederum lassen sich gar giftige Substanzen unter die Haut spritzen, um nach diesem Eingriff für vier bis sechs Monate mit wunderbar frisch wirkenden Gesichtspartien herumzulaufen. Botox, ein Nervengift, das jugendliches Aussehen ohne schmerzhafte Operationen verspricht, heißt diese neue Wunderwaffe der Schönheitsindustrie. Es wird vom Bakterium Clostridium Botulini gebildet. Zwischen Augen und Mundpartie gespritzt, lähmt das Gift die umliegende Muskulatur und glättet dadurch Falten und Runzeln der Haut.

In den USA ist Botox längst ein kosmetischer Hit. Und auch hierzulande wächst die Fangemeinde stetig. Den Nachteil, den diese subkutane Verabreichung von Bakterien hat, scheinen die auf juvenil getrimmten Personen bereitwillig in Kauf zu nehmen. Da durch das Gift die Signalübertragung zwischen Muskel und Nervenzelle gelähmt wird, sind die behandelten Personen nur noch zu eingeschränkten Regungen der Wut, der Angst oder der Freude fähig.

Der Robocup, ein Fußballwettkampf verschiedener Roboter-Mannschaften, wird jährlich ausgetragen. Selbsterklärtes Ziel ist der Sieg von Robotern über die menschlichen Fußballweltmeister, spätestens 2050.

Der Mimik des Gegenübers ist jedenfalls nicht mehr zu entnehmen, welche emotionale Regungen und Empfindungen eine Face-to-Face-Interaktion bei ihm hervorrufen. Auf ihre Umwelt wirken diese Leute daher wie eine Heute-Moderatorin oder eine Figur aus Madame Tussauds Wachsfigurenkabinett.

Vor diesen Möglichkeiten, die Selektions- und Optimierungstechniken der Schönheitschirurgie versprechen, verblassen die Erfolge der Forschungen zur künstlichen Intelligenz. Trotz lichtschneller Rechensysteme und entscheidungssicherer Schach-, Überwachungs- oder Kreditprüfungsprogramme und trotz diversen E-Schnickschnacks und E-Playmobils wie Tamagotchis, AIBOs und Fußball spielender Robocups, die Eigenschaften lebendiger Systeme (Autonomie, Flexibilität, Teamgeist ...) simulieren, ist es weder AI- noch AL-Forschern gelungen, eine Intelligenz zu modellieren, die der menschlichen auch nur annähernd gleichkommt oder sie gar übertrifft. Der Mensch ist, wenn man so will, das hybrideste System überhaupt, das die Evolution jemals hervorgebracht hat. Er verbindet Mechanik und Intuition, Analoges und Digitales, Erleben und Formalismus auf eindrucksvolle und bislang unerreichte Art und Weise. Das Gehirn auf andere Datenträger und beständigere Materialien abzulegen oder den Menschen als Kunstfigur zu modellieren und ihm einen Konkurrenten aus Drähten, Modulen und Metallbauteilen zur Seite zu stellen, dürfte daher weniger Erfolg versprechen, als an seinem Körper und Geist selbst die notwendigen technischen Manipulationen zu tätigen. Forschungen zur Künstlichen Intelligenz demonstrieren das auf eindrucksvolle Weise.

Maschinensysteme

Bereits im Gebrauch von Sprache, Werkzeug und Technologie unterscheiden Menschen sich erheblich von Tieren. Aufwändige Versuche, Maschinen Sprache und Kommunikation beizubringen, sind zwar am Laufen, scheitern bislang aber kläglich. »Push red wa blue ko«, kauderwelscht es zum Beispiel aus den Laptops von Luc Steels, dem Leiter des Sony-Centers in Paris, worauf ein anderer mit unverständlichen Lautfolgen wie »Wabaku«, »limiri«, »wawosido« antwortet. Und auch am MIT in Boston arbeiten Forscher vehement am Bau menschenähnlicher Roboter, die einmal die körperlichen oder geistigen Fähigkeiten eines Kleinkindes aufweisen sollen. Doch davon sind bis heute nur ein metallischer Torso (»Coq«) mit Kopf und zwei Greifarmen übrig geblieben, der unbeholfen nach Metallbällen grabscht, und ein Gesichtsroboter namens »Kismet«, der durch sein Aussehen (rote Gummilippen, rosarote Ohren und große Augen) und seine Reaktionen (Blick geht verschämt nach unten, wenn jemand ihn anblickt) Mitleid oder Muttergefühle beim Betrachter hervorruft.

Die Hoffnung, dass später aus der Realisierung solch simpler und starrer menschlicher Fähigkeiten einmal komplexes Verhalten hervorgehen wird (Emergenz), vermag bislang nicht so recht zu überzeugen. Das geben die Forscher auch bereitwillig zu. Offenbar lässt sich Intelligenz nicht so einfach von seinem kohlenstoffbasierten Träger trennen und auf andere Stoffe übertragen. Damit sie selbstständig Entscheidungen treffen, situativ auf Ereignisse reagieren und Bekanntes im Lichte neuer Erkenntnisse prüfen und reflektieren kann, braucht die Intelligenz nicht nur die Erfahrung der Erdenschwere, der Verdauung, der Bewegung, des Alterns und anderes, sondern auch die Empfindung von Leid, Schmerz, Begeisterung und Hass. Um eine gleichwertige Intelligenz zu erzeugen, reichen die physische Einbettung (Embodiment) in eine Umwelt (Rodney Brooks) dafür jedenfalls ebenso wenig aus wie die Kombination von Wahrnehmung und Handlung (Luc Steels).

Menschmaschinen

Wahrscheinlicher als robotische Zwillinge, die wie HAL 9000 allmählich die Weltherrschaft übernehmen[17], oder Siliziummaschinen, auf die wir unser Bewusstsein wahlweise laden, um darin ewig zu leben, ist deshalb eine Kooperation und schrittweise Annäherung von Mensch und Maschine. Auf diese »Vermanschung« und allmähliche Cyborgisierung des Menschen macht jedenfalls Rodney Brooks aufmerksam. In seinem Buch »Menschmaschinen«[18] wagt der Direktor des Artificial Intelligence Lab am MIT einen Ausblick, wie man sich die technische Manipulation des Menschenkörpers in naher Zukunft vorzustellen habe: Cochleare Implantate (Gehörschnecken), die eine direkte Verbindung zum Nervensystem herstellen, und Gehörlosen ihr Gehör wiedergeben; Retina-Chips für Blinde, die einfache Wahrnehmungsbilder erzeugen; Arm- und Beinprothesen aus Metall, durch die antimagnetische Flüssigkeiten fließen und die womöglich vom Gehirn aus gesteuert werden, um erwünschte Bewegungen wieder zu stimulieren. Denkbar hält der Tüftler und Bastler aber auch Gentherapien, die den menschlichen Hautsack auf zellulärer Ebene manipulieren, reparieren oder austauschen; rekonstruktive Chirurgien, die Menschen aus natürlichen und künstlichen Komponenten aufbauen; oder auch Schulkinder, die ihre Hausaufgaben oder Prüfungen künftig mit implantiertem Internetzugang machen oder mit »Google« im Kopf herumlaufen.

Auch wenn die eine oder andere Phantasie etwas sehr weit hergeholt ist, so ist die Stoßrichtung doch klar. Herzschrittmacher, künstliche Gelenke und Ellbogen, die dem Menschen eingesetzt werden, gibt es längst; »Schutzengel«, die den Blutzucker, die Atmung oder die Körpertemperatur überwachen, wird es bald geben; und wem die Mängel, die sein Körper aufweist, zu groß und folglich zu teuer sind, der findet im Netz inzwischen ein breites Angebot, um wenigstens sein »virtuelles Äußeres« zu verschönern oder zu perfektionieren.[19] Als Vorbild und Prototyp gilt in vielen Fällen der »Behinderte«. Meist geht es dabei darum, Funktionen oder Kräfte, die der Mensch im Laufe der Evolution verloren hat oder für die er zu langsam, zu schwach oder ungeeignet ist, durch elektronische Bausätze oder Komponenten zu erweitern, zu steigern oder zu ersetzen.

Mischgestalten

Folgt man wiederum Science-Fiction-Erzählungen und -Romanen, dann erleben Cyborgs eine andere Wirklichkeit als ihr menschliches Pendant. Gleiches dürfte bald für »Mischgestalten« gelten. In Isaac Asimovs Erzählung »The Bicentennial Man« sehnt sich beispielsweise der vollkommen künstliche Android danach, ein Mensch zu werden. Nach etlichen Operationen, bei denen die Hardware (Metall) durch Wetware (Fleisch) ersetzt wird, erlangt der Cyborg endlich die gewünschte Sterblichkeit. Diese Idee und Sehnsucht der Maschine bildet bekanntlich die Grundlage für den Androiden Data in *Raumschiff Enterprise: Das nächste Jahrhundert*. Und in Philipp K. Dicks »Do Androids Dream of Electric

Sheep?« wiederum, der Romanvorlage zum SF-Klassiker *Blade Runner* von 1982, ist die Verschmelzung des Menschen mit der Maschine nahezu abgeschlossen. Dort sind die Replikanten bereits so perfekt aus organischen Komponenten zusammengestellt, dass biologisches Original und technische Fälschung nicht mehr voneinander zu unterscheiden sind. Nur durch den sogenannten »Empathie-Test« sind sie von ihren Schöpfern noch zu diskriminieren.

Während in Filmen wie *Terminator* oder *Matrix* Killerroboter durch Nachahmung und Mimesis immer besser lernen, sich dem menschlichen Verhalten und ihren Umwelten anzupassen, findet sich in den oben erwähnten Erzählungen der tröstliche Gedanke, dass Maschinen mit zunehmender Entwicklung unweigerlich den Wunsch empfinden, dem Menschen immer ähnlicher zu werden, um nicht, wie die Replikanten in *Blade Runner*, Bürger zweiter Klasse zu sein.

Gefühlsmatsch

Damit wären wir wieder bei den Heroen, Giganten und Titanen des Sports. Gern bewundern wir zwar die Spannweiten von Oberschenkeln, Brustkörben und Oberarmen der Athleten und Athletinnen, die technische Präzision, mit der sie ihr Sportgerät ins Ziel lenken, ihren Mut, mit dem sie sich in die Tiefe stürzen, oder auch das modische Outfit ihrer Rennanzüge, die Männlein und Weiblein einen merkwürdig androgynen Status verleihen. Und das meist zur besten Fernsehzeit.

Was sie uns aber sympathischer macht, und genau das zeigen uns die Macher von *Blade Runner*, ist vielleicht weniger die Perfektion oder das Timing, mit der diese Titanen Siege erringen oder Rekorde erzielen, als vielmehr jenes Leid und jener Schmerz, den sie dabei erleben. So galt Lance Armstrong, unangefochtener Herrscher über die Tour de France, unter Kollegen als »Kannibale«. Die generalstabsmäßige Planung und Präzision, mit der er alle seine Rivalen niederrang, rief keine Emotionen beim Publikum hervor. Er wurde während seiner aktiven Zeit zwar geachtet, aber nie geliebt. Ähnliches gilt für Michael Schuhmacher. Auch ihm klebte trotz all seiner Erfolge und der Vergötterung durch seine Fans stets das Image oder der Makel an, kein Mensch, sondern ein Rennroboter zu sein, der all seine Gegner nach Kannibalenart verspeist. Niki Lauda, ehemaliger Formel-1-Weltmeister, brachte es auf eine entsprechende Frage in einem Interview mit dem Magazin *Stern* auf den Punkt: »Mit Michael kann man nicht leiden, der ist ja permanent oben.«[20]

Was wir bewundern oder was uns fasziniert, ist womöglich nicht das Uhrwerkhafte, das nach erwartbaren, beschreibbaren und erkennbaren Regeln funktioniert, als vielmehr das Blut und der Schweiß der Sportler und Sportlerinnen. Wir möchten teilhaben an ihren Wutausbrüchen, an den Tränen der Freude, der Enttäuschung und des Schmerzes, aber auch am Ungewissen darüber, ob sie dem Leistungsdruck standhalten, ob ein anderer Heroe oder eine Heroine sie vom Sockel stürzt, oder ob sie dem »They'll never come back« ein Schnippchen schlagen.

Schon allein wegen dieses ganzen Gefühlsmatsches, der uns durchzieht und der nicht nur im Sport, aber dort besonders gut ausgeprägt ist, werden die imperfekten »Menschmaschinen«, und da ist Mr. Rodney Brooks zuzustimmen, den perfekten »Maschinenmenschen« immer eine Nasenlänge voraus sein.

ANMERKUNGEN

[1] Bis vor kurzem galt er noch als Prototyp des Intellektuellen. Vgl. Jean-Paul Sartre, »Plädoyer für die Intellektuellen«, in ders., Mai '68 und die Folgen. Reden, Interviews, Aufsätze 2, Reinbek 1975, S. 9 ff.

[2] Dietmar Kamper, »Unversöhnlicher als jedes Machtsystem«, in: Rudolf Maresch (Hrsg.), Zukunft oder Ende. Standpunkte, Analysen, Entwürfe, München 1993, S. 70.

[3] Howard Bloom, Global Brain. Die Evolution sozialer Intelligenz, Berlin, München: dva 1999.

[4] Lynn Margulis, Die andere Evolution, Heidelberg: Spektrum 1999.

[5] Richard Dawkins, »Mind viruses«, in: G. Stocker/C. Schröpf (Hrsg.), Memesis: The Future of Evolution, Wien: Springer 1996, S. 40–47.

[6] Susan Blackmore, Die Macht der Meme. Die Evolution von Kultur und Geist, Heidelberg: Spektrum 1999.

[7] David Sloan Wilson, Darwin's Cathedral: Evolution, Religion, and the Nature of Society, Chicago: University of Chicago Press 2002.

[8] Als Stammvater der Soziobiologie gilt Edward O. Wilson. Über ihn und die Art seiner Forschung informiert das von ihm geschriebene Buch: Des Lebens ganze Fülle, Hamburg: Claasen 1999.

[9] Daniel Dennett, Darwins gefährliches Erbe. Die Evolution und der Sinn des Lebens, Hamburg: Hoffman und Campe 1997.
[10] »Wir glauben an das Gute«. Wikipedia-Gründer Jimmy Wales über seine Internet-Enzyklopädie und die Intelligenz der Netz-Gemeinde, http://www.welt.de/print-welt/article225325/Wir_glauben_an_das_Gute.html.
[11] Richard Dawkins, Der blinde Uhrmacher. Ein neues Plädoyer für den Darwinismus, München: dtv 1990.
[12] Kevin Kelly, Das Ende der Kontrolle. Die biologische Wende in Wirtschaft, Technik und Gesellschaft, Mannheim: Bollmann 1997.
[13] Joachim Fest, Der zerstörte Traum. Vom Ende des utopischen Zeitalters, Berlin: Siedler 1991; Richard Saage, Das Ende der politischen Utopie?, Frankfurt 1990.
[14] Von einem solchen Nicht-Ort – Erewhon ist ein Anagramm von Nowhere – ist auch noch das bekannte Werk von Samuel Butler geprägt. Vgl. ders., Erewhon oder jenseits der Berge, Frankfurt/M.: Eichborn 1994
[15] Ray Kurzweil, Homo s@piens. Leben im 21. Jahrhundert. Was bleibt vom Menschen?, Köln: Kiepenheuer & Witsch 1999.
[16] Vgl. dazu etwa Susan Blackmore, Gespräche über Bewusstsein, Frankfurt/M: Suhrkamp 2007.
[17] Vgl. Rudolf Maresch, »Zarathustra-Projekt 2.0«, in: *Telepolis*, http://www.heise.de/tp/r4/artikel/25/25811/1.html vom 26.8.2007.
[18] Rodney Brooks, Menschmaschinen. Wie uns die Zukunftstechnologien neu erschaffen, Frankfurt/New York: Campus 2002.
[19] Digital Beauties, http://www.taschen.com/pages/en/catalogue/design/all/03270/facts.design_digital_beauties.htm
[20] »Schumacher lebt deutsches Bessersein vor«, in: vgl. *Spiegel online*, http://www.spiegel.de/sport/formel1/0,1518,206564,00.html vom 24.7.2002.

Copyright © 2008 by Rudolf Maresch

Die utopische Konstruktion als ethisches Veto

Ishiguro, Huxley, Houellebecq –
zur Visualisierung der Dialektik einer
liberalen Eugenik

von Richard Saage

1.

Es gibt in der europäisch-amerikanischen Geistesgeschichte keine Literaturgattung, welche sich so dezidiert als ethischer Seismograph ihrer eigenen Herkunftsgesellschaft verstand wie die von Platon und Morus »erfundene« Utopie. Diese Rolle spielte sie in doppelter Hinsicht. Im Zentrum des Musters ihrer Zeitdiagnose stand der skrupellose Egoismus der Einzel- und Gruppeninteressen, der die Einheit des Gemeinwesens zerstört und das *bonum commune* durch Sittenverfall sowie durch Konflikte permanent unterminiert. Aber der utopische Diskurs beließ es nicht bei der Diagnose dieses »Krieges aller gegen alle« (Hobbes) und seiner sozio-politischen Gründe. Er konfrontierte ihn stets auch mit dem normativen Ideal dessen, wie die Gesellschaft sein sollte, wenn die Menschen es nur wollten. An die Stelle der egoistischen Nutzenmaximierung setzten sie das Gemeinwohl. Den Konflikt substituierten sie durch die gesellschaftliche Harmonie. Und den Altruismus des Neuen Menschen werteten sie in einer Weise auf, dass ihnen der egoistische Nutzenmaximierer der Herkunftsgesellschaft zur Inkarnation des sittlichen Niedergangs und der moralischen Verkommenheit auf ihrer niedrigsten Stufe geriet.[1] Aber auch im 20. Jahrhundert folgten die klassischen Dystopien bei Samjatin, Huxley und Orwell dieser Intention. Ihre Schreckensbilder einer möglichen Gesellschaft sind durch und durch ethisch unterfüttert, weil sie vor einer Zukunft warnen wollen, in der der Mensch seine Autonomie als sittliches Wesen verloren hat.

Was kann die klassische Utopietradition am Beginn des 21. Jahrhunderts zur gegenwärtigen Debatte über den konvergenztechnologisch[2] aufgerüsteten Neuen Menschen und die ihn begleitenden ethischen Probleme der Genforschung und der Biotechnologie[3] beitragen? Folgt man dem Protokoll des XX. Deutschen Kongresses für Philosophie in Berlin 2005, so hat sie für diesen Diskurs nur periphere Bedeutung. Lediglich ein Beitrag rekurriert auf Aldous Huxleys genmanipuliertes Furchtbild einer zukünftigen Gesellschaft. Er spielt auf den Tatbestand an, dass in dessen dystopischer Welt ein Bedauern der Einzelnen über den Verlust ihrer Autonomie nicht zu erkennen ist: »Die Zukunft des Individuums ist dann selber Produkt der vorangegangenen Manipulation, wie dies beispielhaft in Huxleys ›Schöne neue Welt‹ dargestellt wird.«[4] Diese Marginalisierung weist darauf hin, dass das Potenzial, konvergenztechnologische Ethikprobleme auf einer utopischen beziehungsweise dystopischen Folie zu diskutieren, bisher nicht annähernd ausgeschöpft wurde. Ist es nicht denkbar, dass solche Szenarien das zutage fördern, was der konvergenztechnologische Futurismus verschweigt oder als peripher ausblendet? Könnte es nicht sein, dass sie uns die soziopolitischen Folgen für die Herkunftsgesellschaft, in der wir leben, viel drastischer vor Augen führen, als es die philosophische Reflexion auf hohem Abstraktionsniveau vermag?

Tatsächlich hat sich heute das Muster der »challenge and response« (Toynbee), das den Kern des utopischen Denkens ausmacht, auf hohem technischem Niveau reproduziert. Der Egoismus der Einzelnen, der die Entfaltung seiner subjektiven Befindlichkeit über alles stellt, bewegt sich in eine Richtung, deren *telos* die sogenannten »Life Sciences« bestimmen: Mithilfe genetischer und neuronischer Manipulationen, des Konsums von bewusstseinserweiternden Drogen sowie der Implantation von Computerchips in den Körper sollen der Gesellschaft schon im Jahr 2070, so eine durchaus realistisch durchkalkulierte Extrapolation in den USA, die technischen Voraussetzungen zur Verfügung stehen, welche es jedem Menschen erlauben, sich für Eigenschaften seiner Wahl zu entscheiden.[5] Fünfzehn Jahre später seien die Computertechnologien und die naturwissenschaftlichen Kenntnisse so weit vorangeschritten, dass man Maschinen bauen könne, welche die funktionale Äquivalenz zum menschlichen Hirn erreicht haben.[6] Schon lange arbeitet das Zusammenspiel beziehungsweise die Konvergenz von Neuro-, Nano-, Bio- und Informationswissenschaften in unterschiedlichen institutionellen Kontexten in privaten Firmen und universitären Forschungszusammenhängen an einer Verbesserung des Menschen – »Enhancement« –, die seine Leistungsfähigkeit in allen gesellschaftlich relevanten Belangen steigern soll.[7]

Gewiss sind diese Aussagen nicht wörtlich zu nehmen, weil sie den konkreten Forschungsstand kühn transzendieren. Aber die rasanten Fortschritte, welche die Nano-, Neuro-, Computer- und Biowissenschaften in den letzten Dekaden machten, raten zur Vorsicht, ihnen jeden Realitätsgehalt abzusprechen. Schießen sie auch weit über das Ziel hinaus, so deuten sie doch einen ethischen Problemhorizont an, der angesichts der Tendenz, dass der Mensch sich anschickt, die eigene Evolution mit wissenschaftlich-technischen Mitteln selbst zu steuern, im 21. Jahrhundert hegemonial werden könnte. Im Folgenden gehe ich von der Hypothese aus, dass utopische Szenarien heute genauso wie vor fünfhundert Jahren, als Morus das Genre schuf, geeignet sind, uns die ethischen Probleme zu benennen, mit denen die Gesellschaft konfrontiert wäre, falls es im Zeichen eines radikalen Egoismus zur Konstruktion gen- und gehirnmanipulierter Neuer Menschen kommen sollte. Am Beispiel von Kazuo Ishiguros »Alles, was wir geben mussten«[8], Aldous Huxleys »Schöne Neue Welt«[9] und Michel Houellebecqs »Die Möglichkeit einer Insel«[10] soll *erstens* verdeutlicht werden, was die konvergenztechnologischen Futuristen verschweigen, dass nämlich ihre Visionen, die soziale Konflikte per se nicht vorsehen, unausgesprochen einer technisch manipulierten Gesamtgesellschaft das Wort reden, die jedenfalls quer steht zu den Standards einer westlichen Zivilgesellschaft. *Zweitens* ist auf einer individuellen Ebene zu zeigen, wie sich der Verlust der Autonomie durch pränatale Genmanipulation auf die subjektive Befindlichkeit der diesem

Enhancement-Prozess unterworfenen Akteure auswirkt. Als dystopische Folie für diesen Vorgang dienen ebenfalls die oben genannten utopischen Romane.

2.

Wie wirkt sich die konvergenztechnologische Verbesserung des Menschen auf das moralische Bewusstsein derjenigen aus, die von ihr betroffen sind? Jürgen Habermas hat in diesem Zusammenhang dezidiert das Autonomieproblem aufgeworfen. Dieses spielt gewiss in der Perspektive einer rein instrumentell an die Entwicklung des naturwissenschaftlichen Fortschritts gebundenen Moderne eine untergeordnete Rolle: Warum sollte der Mensch vor einer Verbesserung seiner selbst zurückschrecken, nachdem er seine natürliche Umwelt bereits durch von Wissenschaft und Technik produzierte »sekundäre Systeme« (Hans Freyer) weitgehend umgestaltet hat? Gewiss könnte in der Perspektive einer technokratisch verkürzten Moderne die Ablehnung geklonter Menschen oder die Produktion von Cyborgs und Transhumans technisch unaufgeklärten Weltbildern zugeordnet werden. Doch der Bewertungsmaßstab verändert sich gewaltig, wenn wir von den Prämissen einer selbstreflexiven Moderne ausgehen, welche vom Bewusstsein einer Dialektik der Aufklärung lebt, also von der Erfahrung, dass die Aufklärung vor allem sich selbst über ihre eigenen Grenzen und Möglichkeiten aufzuklären hat. Gehen wir von einer so verstandenen Moderne aus, so kommen wir um eine »»Moralisierung der menschlichen Natur‹ im Sinn der Selbstbehauptung eines gattungsethischen Selbstverständnisses« nicht herum. Von ihm hängt ab, »ob wir uns auch weiterhin als ungeteilte Autoren unserer Lebensgeschichte verstehen werden und uns gegenseitig als autonom handelnde Personen anerkennen können«.[11]

Weit von einem »dumpfen antimodernistischen Widerstand«[12] entfernt, der von einer mystischen Spiritualisierung der menschlichen Natur lebt, geht es um nichts weniger als um ein zentrales Erbe der Aufklärung selbst, von dem in der Tat die Zukunft der liberalen Demokratie mit ihrer offenen rechtsstaatlich verfassten gesellschaftlichen Infrastruktur abhängt. Habermas klagt eben diese individuelle Autonomie gegenüber der »schleichenden Eingewöhnung einer liberalen Eugenik« für die scheinbar potenziellen Gewinner einer technologischen »Verbesserung des Menschen«[13] ein. Doch wie ist es mit der Autonomie der »erlebenden Subjektivität« (Habermas) jener bestellt, welche als Opfer eines solchen Enhancement-Prozesses gelten müssen?

Der britische Schriftsteller Kazuo Ishiguro hat in seinem Roman »Alles, was wir geben mussten«[14] ein dystopisches Szenario entwickelt, in dem die »erlebende Subjektivität« unter den Bedingungen des Verlustes einer ungeteilten Autorenschaft der eigenen Lebensgeschichte und der Ausgrenzung aus dem gattungsethischen Selbstverständnis der Menschheit sowie der daraus resultierenden moralischen Probleme des technisch machbaren Neuen Menschen sinnlich-konkret nachvollziehbar wird. Die Rahmenhandlung setzt am Ende des 20. Jahrhunderts in dem internatsähnlichen Kolleg Hailsham in einer englischen Grafschaft ein. Hier werden die in einem Reagenzglas durch Klonierung gezeugten Schülerinnen und Schüler bis zu ihrem 16. Lebensjahr ausgebildet, um dann in einer zweiten Etappe zwei Jahre lang in einer selbstverwalteten Landkommune zu leben. Doch dann führt man sie ihrer eigentlichen Bestimmung zu, die eine der Lehrerinnen im Internat von Hailsham – im Roman »Aufseher« genannt – wie folgt charakterisiert:

> »Meiner Ansicht nach besteht das Problem darin, *dass ihr es wisst und es doch nicht wisst* [Hervorhebung R.S.]. Man hat euch etwas gesagt, aber keiner von euch versteht es wirklich,

und ich wage zu behaupten, dass manche Leute es nur zu gern dabei belassen würden. Ich nicht. Wenn ihr ein einigermaßen anständiges Leben führen wollt, müsst ihr Bescheid wissen – *wirklich* Bescheid wissen. Niemand von euch wird nach Amerika gehen, niemand von euch wird ein Filmstar. Und niemand von euch wird im Supermarkt arbeiten, wie es sich ein paar von euch ausgemalt haben. Euer Leben ist vorgezeichnet. Ihr werdet erwachsen, und bevor ihr alt werdet, noch bevor ihr überhaupt in die mittleren Jahre kommt, werdet ihr nach und nach eure lebenswichtigen Organe spenden. Dafür wurdet ihr geschaffen, ihr alle. ... Bald werdet ihr Hailsham verlassen, und der Tag ist nicht mehr so fern, an dem ihr euch auf die ersten Spenden vorbereiten werdet. Daran müsst ihr immer denken.«[15]

Der Ausspruch der Aufseherin in ihrem Appell an die Kollegiaten, nämlich »ihr wisst es und ihr wisst es nicht«, ist gleichsam das Motto des gesamten Romans. Auf der Ebene der »erfahrenden Subjektivität« angesiedelt, ist die Ich-Erzählerin als teilnehmende Beobachterin das Sprachrohr der zukünftigen Organspender, die nach dem vierten Eingriff »abschließen«, also sterben müssen. Der Roman schildert sehr sensibel die Entwicklung in den Köpfen der Opfer – um mit Hegel zu sprechen – vom »An-sich-Sein« zum »Für-sich-Sein«: vom abstrakten Wissen der mit dem Tod endenden Organspenden bis hin zur konkreten Lebenswelt derjenigen, die unter qualvollen Schmerzen nach den zahlreichen operativen Eingriffen in ihren Körper ihr Leben für den Fortschritt der Medizin und die Gesundheit der »normalen« Menschen zu lassen haben. Die Erzählweise ist weitgehend auf das subjektive Erleben der Spender bezogen. Doch die Außenwelt dringt durch das Gehäuse der Subjektivität hindurch und lässt jene Strukturen erkennen, welche die ausweglose lebensweltliche Situation erst möglich gemacht haben. Diese kunstvolle Verklammerung von innen und außen läuft in diesem Roman auf drei moralische Probleme hinaus, die ein verallgemeinerndes Licht auf den technisch aufgerüsteten Neuen Menschen werfen:

1. die zum Scheitern verurteilte Identitätssuche der geklonten Opfer, die ausschließlich zum Zweck der Organspende für die privile-

gierte Mehrheit der »normalen« Menschen gleichsam im Reagenzglas produziert wurden,
2. die Ausgrenzung der Opfer aus der moralischen Einheit der menschlichen Spezies und damit die Abschaffung der Gleichheit aller Menschen unter universalistischen Gesichtspunkten, und
3. der instrumentelle Umgang der »höheren Menschheit« mit ihren »niederen« geklonten Artgenossen, der am Ende diese trotz anfänglichem Mitleid und partieller Anerkennung ihrer »Seele« dem Tod geweihten Opfer skrupellos in den Dienst der eigenen gesundheitlichen Verbesserung stellt.

Die Botschaft des Romans ist, dass der wissenschaftlich-technische Fortschritt auf allen drei Ebenen mehr Probleme auslöst, als er imstande wäre zu lösen. Die Sehnsucht der Opfer, sich ihrer eigenen biologischen Herkunft zu versichern, bleibt unerfüllt, weil ihnen der Zugang zu dem Wissen, wer ihre Eltern waren, versperrt bleiben muss. Das Modell, von dem sie als Kopie abgezogen wurden, verharrt im Dunkel oder verweist auf die deprimierende Vermutung: »Wir wissen es alle. Unsere Modelle sind *Abschaum*: Junkies, Prostituierte, Alkis, Obdachlose. Häftlinge vielleicht auch, so lange es keine Irren sind. Von denen stammen wir ab.«[16] Zugleich ist die Ausgrenzung der Spender aus dem Kreis der moralisch vollwertigen Menschen selbst bei denen Realität, die ihnen eine »Seele« konzedieren und sich in der Öffentlichkeit – wie die Initiatoren des Kollegs von Hailsham – für eine »humane« Behandlung der geklonten Organspender einsetzen. Auch sie finden es »normal«, dass sich diese nur unter ihresgleichen entwickeln, scharf abgegrenzt vom Rest der Bevölkerung – nicht durch Stacheldraht und Wachttürme, sondern durch Mentalitätssperren: Offenbar wirken sie so nachhaltig, das den Opfern nicht einmal die Idee kommt, gegen ihre »Bestimmung« zu rebellieren.

Das entscheidende moralische Problem der Bevölkerungsmehrheit besteht aber darin, dass sie die Organspender als Klone betrachten, die je nach Bedarf zum Zweck der medizinischen Forschung abrufbar sind und so, wie selbstverständlich, als lebendige Materiallager der gesundheitlichen Verbesserung der Allgemeinheit fungieren, obwohl sie, wie der Roman zeigt, nicht nur eine

»Seele« haben, sondern über positive und negative Eigenschaften, über Kreativität und Aggressionsneigungen wie die Mehrheit der Bevölkerung verfügen. Oder anders formuliert: Die Opfer sind nicht nur um die Autorenschaft ihrer eigenen Biographie gebracht, weil sie nicht aus einer naturwüchsig vollzogenen Zeugung wie die anderen hervorgegangen sind. Ihr ganzes Leben dient heteronomen, nicht aber selbst gesetzten Zwecken:

> »Nach dem Krieg, Anfang der Fünfzigerjahre, als Schlag auf Schlag die großen naturwissenschaftlichen Durchbrüche erfolgten, blieb keine Zeit, Bilanz zu ziehen und heikle Fragen zu stellen. Auf einmal eröffneten sich ungeahnte Möglichkeiten, neue Therapien für so viele Krankheiten, die bis dahin als unheilbar galten. Das war es, was die Welt hören wollte und gern zu Kenntnis nahm. Und die längste Zeit zogen die Leute es vor zu glauben, die Organe kämen aus dem Nirgendwo oder wüchsen in einer Art Vakuum heran ... Der Prozess ließ sich nicht mehr umkehren. Wie können sie von einer Welt, die Krebs für heilbar hält, wie können sie von dieser Welt verlangen, dass sie freiwillig auf die Behandlung verzichtet und in die finsteren Zeiten zurückkehrt? ... So unbehaglich den Leuten Ihre Existenz [d.h. der Organspender, R.S.] war, galt doch ihre Hauptsorge den eigenen Kindern, Ehegatten, Freunden, die nicht mehr an Krebs, Autoimmunerkrankungen, Herzkrankheiten sterben sollten. Deshalb wurden Sie lange Zeit totgeschwiegen, und die Leute taten alles, um nicht über sie nachdenken zu müssen. Und wenn sie es dennoch taten, versuchte man sich einzureden, dass Sie in Wirklichkeit anders waren als wir. Nicht ganz menschlich eben, sodass es keine Rolle spielte.«[17]

Kazuo Ishiguro lässt keine Zweifel daran, dass die Struktur der Außenwelt, wie sie sich den Organspendern darstellt, kein totalitärer Staat, sondern die liberale Gesellschaft Britanniens am Ende des 20. Jahrhunderts ist. In ihrem Schoß spielen sich freilich Prozesse ab, deren Stoßrichtung nicht nur moralische, sondern auch soziale Probleme aus sich hervortreibt, vor denen sie in letzter Instanz kapitulieren muss. Nachdem das Kolleg von Hailsham mit seiner Strategie der humanen Erziehung der Organspender gescheitert ist, weil in der Öffentlichkeit Befürchtungen aufkamen, die Klontechnologie könne menschenähnliche Wesen hervorbringen, welche der Bevölkerungsmehrheit überlegen sind, verschlechterten sich sogar noch die ohnehin prekären Aussichten, die wachsende Zahl der Organspender gesellschaftlich zu integrieren. Der vorliegende Roman reflektiert nicht die Möglichkeit, dass sie sich aus der Anpassung an ihr vorprogrammiertes Schicksal befreien und sich – mit dem Rücken zur Wand – zur Rebellion entschließen und somit die gesellschaftliche Stabilität in Frage stellen. Da ein Teil der Mehrheit das moralisch schlechte Gewissen quält, wären politische Bündnisse nicht auszuschließen. Über den Ausgang solcher antizipierten sozialen Spannungen lässt sich nur spekulieren. Doch eines steht fest: Mit dem Wegfall der moralischen Vorstellung der Einheit der menschlichen Spezies würde ein Riss durch die liberale Gesellschaft gehen, der eine ihrer zentralen normativen Säulen in Gestalt der Gleichheit der Menschen als autonome Wesen zerstörte.

3.

Genau an diesem Punkt setzt Huxleys »Schöne Neue Welt«[18] ein. Ihre Konstruktion bricht mit dem Irrglauben, dass sich eine Gesellschaft, die durch die aus dem Egalitarimus der frühneuzeitlichen Emanzipationsbewegung resultierende soziale Mobilität geprägt ist, widerstandslos von gentechnisch manipulierten »Übermenschen« beherrschen lässt. Das Motto seines Weltstaates, wie er in »Schöne Neue Welt« geschildert wird, lautet »GEMEINSCHAFTLICHKEIT, EINHEITLICHKEIT, BESTÄNDIGKEIT«: Postulate, vor denen die konvergenztechnologischen Futuristen aufgrund der unbeabsichtigten Nebenfolgen ihrer speziellen Vision des Neuen Menschen deswegen kapitulieren müssen, weil sie diesen einfach in den Kontext der kapitalistischen Konkurrenzgesellschaft hineinstellen, ohne die gesellschaftlichen Rahmenbedingungen im Geringsten verändern zu wollen.[19] Die »Gemeinschaft« (community) zerbricht, weil der Prozess der individuellen Konsumbefriedigung auf die Spitze getrieben wird. Die »Identität« hat keine Chance, weil sich das Bewusstsein bedingungslos von technischen Voraussetzungen abhängig macht. Die Stabilität als gesellschaftliche Größe ist unterminiert, weil die aus der heraufkommenden Zwei-Klassen-Gesellschaft folgende soziale Frustration sie permanent bedroht.[20] Diese Widersprüche der gesellschaftlichen Konsequenzen einer liberalen Eugenik lösen die Protagonisten von Huxleys »Schöne neue Welt« dadurch, dass die pränatale genetische Normierung zugleich über die Zuordnung eines jeden zu einer bestimmten Kaste der Gesellschaft entscheidet, ohne dass er auch nur im Geringsten über seinen festgelegten Status unglücklich wäre.

Dass sich durch genetische Manipulation oder durch den chirurgischen Eingriff in die Gehirnzellen die Verhaltensweisen und Bedürfnisstrukturen der Menschen sozialtechnologisch vorprogrammieren lassen, ist ein Szenario, das wir in der klassischen Utopietradition erst seit Samjatins »Wir« und Huxleys »Schöne neue Welt« kennen. Huxley selbst hat auf diesen Sachverhalt hingewiesen.[21] In seinem 1949 geschriebenen Vorwort zu seinem Roman zeigt er auf, welche wissenschaftlichen Voraussetzungen zu schaffen sind, um diese wahrhaft »revolutionäre Revolution« herbeizuführen, in deren Zentrum zum ersten Mal in der Weltgeschichte die Veränderung der sozio-politischen Rahmenbedingungen Hand in Hand mit einer tiefgreifenden Umwälzung in den »Gemütern und Leibern« der Menschen erfolgt. Er nennt vier wissenschaftliche Innovationen, welche in »Schöne neue Welt« die Stabilität des Gemeinwesens garantieren:

> Es bedarf »einer sehr verbesserten Methode der Suggestion – durch Konditionierung des Kleinkindes und, später, durch die Hilfe von Medikamenten wie Skopolamin; zweitens einer voll

entwickelten Wissenschaft der Unterschiede zwischen Menschen, die es den von der Regierung bestellten Managern ermöglicht, jedem beliebigen Individuum seinen oder ihren Platz in der Gesellschaft anzuweisen (kantige Pflöcke in runden Löchern zeitigen gefährliche Gedanken über das Gesellschaftssystem und stecken leicht andere mit ihrer Unzufriedenheit an); drittens (da die Wirklichkeit, wenn auch noch so utopisch, die Menschen die Notwendigkeit empfinden lässt, recht häufig Urlaub von ihr zu nehmen) bedarf es eines Ersatzes für Alkohol und die anderen Rauschmittel, etwas, das zugleich weniger schadet und mehr Genuss bringt als Branntwein und Heroin; und viertens (aber das wäre ein Langzeitprojekt, das zu einem erfolgreichen Abschluss Generationen totalitärer Herrschaft erfordern würde) eines betriebssicheren Systems der Eugenik, darauf berechnet, das Menschenmaterial zu normen und so die Aufgabe der Manager zu erleichtern. In *Schöne neue Welt* ist diese Normierung des menschlichen Produkts bis zu phantastischen, wenngleich vielleicht nicht unmöglichen Extremen getrieben.«[22]

Erst der Einsatz und das Zusammenspiel dieser vier Faktoren ermöglicht die Stabilität des gentechnologisch geprägten Zukunftsstaates. Dass er auf das Mittel des offenen Zwanges weitgehend verzichten kann, weil die Einzelnen innerhalb der für sie zuständigen fünf Klassen, mit den griechischen Buchstaben Alpha bis Epsilon bezeichnet, nur das tun können, »was man tun soll, ist im Allgemeinen so angenehm und gewährt den natürlichen Trieben so viel Spielraum, dass es auch keine Versuchungen mehr gibt. Sollte sich durch einen unglücklichen Zufall wirklich einmal etwas Unangenehmes ereignen, nun dann, dann gibt es Soma [d.h. eine Droge, R.S.], um sich von der Wirklichkeit zu beurlauben.«[23] Doch mit dem Ende der individuellen Autonomie ist das Prinzip der Demokratie, nämlich die Gleichheit aller als Citoyens, ebenso getilgt wie dessen Anspruch, diejenigen, welche in ihrem Namen die Herrschaft ausüben, durch geeignete Institutionen zu kontrollieren. Die Spitze von Huxleys Weltstaat, der das gesellschaftliche Kastensystem überwölbt, ist ein Monolith, der nach dem Vorbild eines kapitalistischen Konzerns von einem Weltaufsichtsrat gelenkt wird. Ein

Volk im klassischen Sinn gibt es in Huxleys »Schöne(r) neue(r) Welt« ebenso wenig wie in Platons »Politeia«: Der Citoyen, der es einmal repräsentierte, ist ersetzt durch den »glücklichen, fleißigen, konsumierenden Staatsbürger«[24], der innerhalb der gesellschaftlichen Rangordnung, auf die hin er genetisch normiert wurde, alle seine Energien darauf verwendet, so zu funktionieren, wie es von ihm erwartet wird. Und selbst das Signum der liberalen Eugenik, die oft beschworene Wissenschaftsfreiheit, mutiert zum Opfer ihrer eigenen Dialektik. Der Staat schreibt ihr im Interesse der gesellschaftlichen Stabilität vor, was sie forschen darf und was nicht. »Nicht nur die Kunst ist mit Glück unvereinbar«, heißt es, »auch die Wissenschaft. Wissenschaft ist gefährlich; wir müssen ihr Kette und Maulkorb anlegen.«[25] An anderer Stelle wird sie mit einem Kochbuch verglichen, »dessen strenge Lehre niemand anzweifeln und dessen Rezepten nur mit Erlaubnis des Küchenchefs etwas hinzugefügt werden darf«.[26]

Dieses Szenario vorausgesetzt, ist die These nicht abwegig, dass Huxleys »Schöne neue Welt« jene stillschweigende Dialektik enthüllt, deren Dynamik sich die konvergenztechnologische Vision des Neuen Menschen ausliefert: Sie ist zum Scheitern verurteilt, weil eine liberale Eugenik unbeabsichtigte Nebenfolgen hervorbringt, die weder mit den normativen Ressourcen einer freien Gesellschaft noch mit ihrem zentralen Strukturprinzip der sozialen Mobilität und einem die individuellen Grund- und Menschenrechte garantierenden Staat vereinbar sind. Das Krisenlösungsmuster muss mit Huxleys dystopischer Zukunftsvision nicht im Verhältnis eins zu eins identisch sein. Dass es aber jenseits der liberalen Zivilgesellschaft angesiedelt ist, dürfte kaum einem Zweifel unterliegen.

4.

Zu einem ähnlichen Resultat kommt Michel Houellebecq in seinem utopischen Roman »Die Möglichkeit einer Insel«.[27] Die Herkunftsgesellschaft seiner Version des »Neo-Menschen« ist ebenfalls die liberale Gesellschaft des Westens. Zu Beginn des 21. Jahrhunderts sieht er in einigen ihrer Segmente bereits verwirklicht, was bei Huxley zu den Selbstverständlichkeiten der zukünftigen Weltzivilisation der »Schönen neuen Welt« gehört: der exponierte Körper- und Jugendkult, die radikal ausgelebte Sexualität und Promiskuität, das bedingungslose Konsumstreben, die extreme Individualisierung der luxurierenden Bedürfnisse, der Hedonismus als eigentlicher Lebenszweck, die Hebung des Selbstgefühls durch die Einnahme von Drogen, die Betrachtung und Ächtung des Alters als einer Krankheit, der amoralische Egoismus, der bestenfalls noch auf gewisse Residuen des Mitgefühls und des Altruismus verweisen kann et cetera.[28] Gleichzeitig geht eine Wissenschaftsgläubigkeit, die sich auf spektakuläre Erfolge besonders in der Gentechnologie berufen kann, einher mit einer neuen Religiosität, die in zahlreichen Sekten bei gleichzeitigem Niedergang der christlichen Kirchen ihren Ausdruck findet. Die kapitalistische Marktwirtschaft, flankiert von den Parteien der liberalen Demokratie, hat sich schichtenübergreifend und global auch in den Köpfen der Menschen durchgesetzt. Linke Alternativen, aber auch die klassischen konservativen Positionen sind im Bewusstsein der Menschen längst verschwunden, und die politischen Äußerungen des arbeitenden Proletariats erschöpfen sich in ressentimentgeladenem Sozialneid auf die Reichen.

Allerdings ergänzt Houellebecq diese Zeitdiagnose durch die gleichzeitige Brutalisierung des Lebens, die der Ich-Erzähler des Romans, Daniel 1, als Komiker auf der Bühne, im Film und im Fernsehen voller Zynismus und Ironie kommentiert. Sein Erfolg beruht darauf, dass er dem Publikum die schleichende Verrohung der westlichen Zivilisation in pointierter Weise vor Augen führt. So verfasst er das Drehbuch zu einem Film, der damit beginnt,

»wie Schädel von Babys durch Schüsse aus einem großkalibrigen Revolver unentwegt explodierten – ich hatte Aufnahmen in Zeitlupe und andere im Zeitraffer vorgesehen, also eine richtige Choreographie der Gehirnmasse ... Die Ermittlungen, die von einem Polizeiinspektor voller Humor, aber mit recht unkonventionellen Methoden durchgeführt wurden ... kamen zu dem Schluß, daß ein straff organisiertes Netz von Kindermördern dahintersteckte, die sich von Thesen aus der Szene der Fundamentalökologisten anregen ließen. Die B.A.Z. (Bewegung zur Ausrottung der Zwerge) setzte sich für die Abschaffung der Menschheit ein, die das Gleichgewicht der Biosphäre unwiederbringlich zerstörte, und wollte sie durch eine Bärenart von überdurchschnittlicher Intelligenz ersetzt sehen – parallel dazu waren Laborversuche unternommen worden, um die Intelligenz der Bären zu steigern und ihnen vor allem den Spracherwerb zu ermöglichen.«[29]

Diese »allgemeine Tendenz zur Barbarei«[30] macht der Autor vor allem an der Diskriminierung der Alten fest: »Das Altern scheint in keiner Phase der Geschichte der Menschheit etwas Angenehmes gewesen zu sein, doch in den Jahren, die dem Verschwinden der Menschheit vorausgingen, war dieser Prozess offensichtlich so unerträglich geworden, dass die Rate derer, die sich das Leben nahmen, was die Gesundheitsbehörde mit dem schamhaften Begriff ›freiwilliger Abschied‹ bezeichnete, fast 100% erreichte und das Durchschnittsalter der freiwillig Abschiednehmenden auf sechzig Jahre in Bezug auf den gesamten Erdball und etwa fünfzig Jahre in den hochentwickelten Ländern geschätzt wurde.«[31]

Die ganze Konstruktion des Romans lässt von Anfang an keinen Zweifel daran aufkommen, dass diese Indizien nicht Ausdruck einer vorübergehenden Krise, sondern Ausfluss der Endphase der »alten Menschheit« sind: Der Held des Romans, Daniel 1, hat einen Lebensbericht geschrieben, dessen einzelne Kapitel anschließend ein genetischer Nachfahre in der 24. Generation, Daniel 24, kommentiert, der über zweitausend Jahre später lebt. Mit diesem Kunstgriff einer durch Klonierung ermöglichten Reinkarnation führt Houellebecq für den Leser die Gegenwart des Ich-Erzählers mit der Zukunft eines Neo-Menschen zusammen, der die durch Geburtenrückgang, Dürren, Atomexplosionen und Kriege zerriebene alte Menschheit aufgrund seiner gentechnologischen Aufrüstung überleben konnte. Schon zu Beginn des 21. Jahrhunderts, weiß Daniel 1 zu berichten, ist ein Professor namens Miskiewicz im Auftrag der transhumanistischen Sekte der Elohimiten zu bahnbrechenden Erkenntnissen gelangt, die nicht nur einen Wendepunkt in der biologischen Evolution der Menschheit bedeuten, sondern auch die Überlebenschance einer gentechnisch aufgerüsteten Elite angesichts des bevorstehenden Zusammenbruchs der menschlichen Zivilisation zu ermöglichen scheinen. Houellebecq lässt ihn die folgenden Wort sagen:

»Der Mensch besteht aus Materie *plus* der Information. Die Zusammensetzung dieser Materie kennen wir heute auf das Gramm genau: Es handelt sich um einfache chemische Elemente, die weitgehend schon in der unbelebten Natur vorhanden sind. Auch die Information ist uns bekannt, zumindest deren Prinzip: Sie beruht ausschließlich auf der DNA, jener des Zellkerns und jener der Mitochondrien. Diese DNA enthält nicht nur die erforderliche Information für den Aufbau des Ganzen, die Embryogenese, sondern auch jene, die anschließend die Funktionsweise des Organismus steuert und bestimmt. Warum sollten wir uns also dazu zwingen, den Weg über die Embryogenese zu wählen? Warum sollten wir nicht einen erwachsenen Menschen direkt mit Hilfe der erforderlichen chemischen Elemente und des durch die DNA gelieferten Schemas herstellen? Das ist natürlich der Weg, den die Forschung in der Zukunft nehmen wird. Die künftigen Menschen werden direkt im Körper eines Erwachsenen auf die Welt kommen, einem Körper von achtzehn Jahren, und dieses Modell wird anschließend reproduziert; in dieser Idealform werden diese, und auch Sie und ich, wenn meine Forschungsarbeit so schnell vorankommt, wie ich hoffe, die Unsterblichkeit erreichen. Das Klonen ist nur eine primitive Methode, die die natürliche Fortpflanzung direkt nachahmt; die Entwicklung des Fötus im Uterus hat keinerlei Vorzüge, im Gegenteil, sie führt leicht zu Missbildungen oder Geburtsfehlern; sobald wir über das Bauschema und die erforderliche Materie verfügen, wird sie zu einer überflüssigen Etappe.«[32]

Diese scheinbar wissenschaftlich fundierte Aussicht auf Unsterblichkeit ist der Kern, der die Attraktivität und die Faszination der Sekte der Elohimiten ermöglicht, die ihrerseits ein direktes Resultat der libertären Konsumgesellschaft zu Beginn des 21. Jahrhunderts darstellt: Dieser völlig angepasst, übte sie keinerlei moralische Zwänge aus »und beschränkte das menschliche Dasein nur auf die Kategorien Eigennutz und Begehren, berücksichtigte jedoch das fundamentale Versprechen, das allen monotheistischen Religionen gemein ist: den Sieg über den Tod. Er schloss alle geistigen oder zur Verwirrung führenden Dimensionen aus und begrenzte die Tragweite dieses Sieges und den Inhalt des Versprechens auf die unbegrenzte Verlängerung des materiellen Lebens, also auf die unbegrenzte Befriedigung der sinnlichen Begierden.«[33] Auch wenn diese Verheißungen unter wissenschaftlichen Gesichtspunkten ein ungedeckter Wechsel auf die Zukunft waren und den Status einer dogmatischen Glaubensgewissheit hatten, konnte Miskiewicz auf bedeutsame Zwischenerfolge bei der Konstruktion des Neo-Menschen verweisen, die dessen Überleben in dem nahenden Zusammenbruch der menschlichen Zivilisation sicherte: Mit dem System der Photosynthese ausgestattet, befähigte er die Neo-Menschen, sich von Sonnenenergie, Wasser und einer kleinen Menge Mineralsalze zu ernähren: Der Verdauungsapparat sowie die Ausscheidungsorgane wurden überflüssig, und der Überschuss an Mineralsalzen konnte »auf dem Umweg über den Schweiß mit dem Wasser abgesondert werden«.[34]

In welchem Verhältnis steht nun die nach dem Untergang der menschlichen Zivilisation entstandene Neue Welt zu den politischen Institutionen der liberalen Herkunftsgesellschaft? Und wie wirkt sich dieser Umbau auf die subjektive Befindlichkeit der Gewinner und Verlierer dieses Wendepunktes in der biologischen Evolution des Menschen aus? Hielt Huxleys »Schöne Neue Welt« noch an einer gentechnisch integrierten geschlossenen Kastengesellschaft fest, so zerfällt der Sozialverband der dystopischen Zukunft in Houellebecqs Szenario in zwei Teile, die sich kontradiktorisch gegenüberstehen: die »Wilden« und die »Neo-Menschen«. »Karikaturen eines Überbleibsels der übelsten Tendenzen der gewöhnlichen Menschheit«[35], stellen die Wilden die äußerste Stufe moralischer und biologischer Regression dar. Sie leben in Stämmen und fallen auf eine animalische Stufe zurück.

Auffällig sind »die rohe Form ihrer Beziehungen, das fehlende Mitleid mit Alten und Schwachen, die unersättliche Gier nach Gewalt, nach hierarchischer oder sexueller Demütigung, nach reiner Grausamkeit ... Anscheinend konnte bei den Wilden kein Fest ohne Gewalt, ohne Blutvergießen, ohne eine in Szene gesetzte Marter stattfinden; die Erfindung komplizierter, grausamer Folterungstechniken schien sogar der einzige Bereich zu sein, in dem sie noch etwas vom Einfallsreichtum ihrer menschlichen Vorfahren bewahrt hatten; darauf beschränkten sich die Errungenschaften ihrer Zivilisation. Wer an die Vererbung moralischer Wesenszüge glaubte, den konnte das nicht verwundern: Es war nur natürlich, dass die brutalsten und grausamsten Individuen, jene, die über das höchste Potenzial an Aggressivität verfügten, in größerer Zahl eine Folge lang andauernder Konflikte überlebten und dass sie dieses Wesen ihren Nachkommen vererbten.«[36]

Ihre politische Organisation beschränkte sich darauf, dass an der Spitze der Hierarchie radikal dezentralisierter großer Stämme eine Art Häuptling mit zwei Gehilfen stand, der ohne Kontrollen das Geschick, einschließlich des Sexualverkehrs, seiner Untergebenen bestimmte.

Aber auch das politische System der Neo-Menschen kann gleichfalls als Negation der Institutionen der liberalen Demokratie betrachtet werden. Leben die Wilden immerhin noch in Sozialverbänden, so spielt sich das Leben der Neo-Menschen in elektronisch gesicherten Wohnungen der noch verbliebenen Reststädte oder auf dem Land in Häusern ab, die durch Elektrozäune nach außen abgeschottet sind: Kommunikation mit anderen Neo-Menschen findet fast ausschließlich über die elektronischen Medien statt: von einem Leitbild des Citoyen, der durch direkte Diskussion mit seinesgleichen das *bonum commune* ermittelt und durch Mehrheitsbeschluss politisch durchsetzt, kann längst nicht mehr die Rede sein. Vielmehr hat die höchste pseudo-religiöse Instanz der Neo-Menschen, die sogenannte Höchste Schwester, festgelegt, dass neben der Eliminierung von Geld und Sex als den häufigsten Konfliktursachen »jegliche Vorstellung von politischen Wahlentscheidungen auszumerzen« seien, weil sie angeblich »gekünstelte, aber heftige Leidenschaften«[37] auslösten. Das individuelle Verhalten, so die Doktrin, sollte ebenso vorhersehbar sein wie das Funktionieren eines Kühlschranks. Die Anregung zu solchen Verhaltensmodalitäten resultiert für die Neo-Menschen nicht aus dem Fundus der Verfassungstexte der alten Menschheit, sondern vielmehr aus »den Bedienungsanleitungen für Elektrogeräte mittlerer Größe und Komplexität, insbesondere von jener für den Videorecorder JVC HR-DV 35/MS«.[38] Nach diesem Vorbild, so die Überzeugung, seien in einem definitiv stabilisierten Leben »ein vollständiges Register der Verhaltensmuster«[39] erstellbar.

5.

Es besteht keine Frage, dass Michel Houellebecq ein großer Wurf gelungen ist, der für sich in Anspruch nehmen kann, die dystopische Vision Huxleys in »Schöne neue Welt« modernisiert zu haben. Wie kein Schriftsteller vor ihm zeigt er die Aporien eines gentechnisch manipulierten Neuen Menschen auf, der sich auf seine erste, seine biologische Natur zurückgeworfen sieht, während seine sozio-kulturelle Natur marginalisiert ist.[40] Die Folgen einer solchen Reduktion hat er in seinem Roman überzeugend sinnlich-konkret dargestellt: Entweder fällt der Mensch auf die animalische Stufe archaischer Stammesgesellschaften mit einem Minimum an kulturellen Techniken zurück, oder er nimmt mit rein wissenschaftlich-technischen Mitteln unter Abstraktion seiner übrigen kulturell-sozialen Kompetenzen die eigene Evolution selbst in die Hand. Im letzteren Fall kann er zwar auch überleben; aber er erreicht nicht das, was die elohimitische Sekte zu Beginn des 21. Jahrhunderts versprach: ein irdisches Glück ohne Grenzen mit der Gewissheit, unsterblich zu sein. Es ist kein Zufall, dass zwei Mitglieder dieser mit Spitzentechnik aufgerüsteten Elite aus ihrer technisch stabilisierten Welt ausbrechen: Sie gehen lieber in der für sie feindlichen Außenwelt zugrunde, als in einem geschlossenen Technikkosmos zu existieren, der ihnen zwar Sicherheit garantiert. Aber der Preis ist ein Leben aus zweiter Hand. Total abhängig von der Technik sind sie das, was Arnold Gehlen einst im Blick auf die Industriegesellschaft »kristallisiert«[41] nannte.

Diese Kristallisation hat sich nun auch der biologischen Natur des Menschen bemächtigt und ihn zu einem *amoralischen* Wesen transformiert: »Das Bewusstsein davon, dass alles auf der Welt völlig determiniert war, unterschied uns vielleicht am deutlichsten von unseren menschlichen Vorgängern. Wie sie waren wir nur bewusste Maschinen, aber im Unterschied zu ihnen war uns bewusst, dass wir nur Maschinen waren.«[42] Wie hat Houellebecq diese ernüchternde Selbsterkenntnis der Neo-Menschen gemeint? Der in erotomanische Obsessionen verstrickte Ich-Erzähler Daniel 1 ist zwar geprägt von der libertären Sexualmoral seiner westlichen Herkunftsgesellschaft, die seinem Bericht pornographische Züge verleiht. Aber er ist »im Vergleich zu den in der Menschheit üblichen Normen unglaublich aufrichtig«.[43] Man muss ihm attestieren, dass er in seinen Worten und seiner Haltung »zur Wahrheit«[44] und – wie der Titel seines Buches zeigt – zur »Möglichkeit einer Insel« steht, das heißt zur Hoffnung auf Liebe in einer selbstdestruktiven wissenschaftlich-technischen Zivilisation. Bei allen Unterschieden in der Akzentuierung einer antizipierten technologisch präformierten Zukunft, so wird zwischen den Zeilen deutlich, stimmt Houellebecq mit den klassischen Dystopien in der Intention überein, dass der Mensch alles zu verlieren hat, was ihn in positiver Hinsicht auszeichnet, wenn er sich der von ihm selbst zu verantwortenden wissenschaftlich-technischen Dynamik *ungesteuert* überlässt: seine Kreativität, seine Liebesfähigkeit, seinen Sinn für Solidarität, seine Integrität und damit auch seine Würde. Aber die moralische Absicht dieser Warnung steht nicht am Anfang, sondern am Ende seiner Geschichte: Freilich täuscht diese Reihenfolge nicht darüber hinweg, dass jene Werte in letzter Instanz der Grund sind, warum sie geschrieben wurde.

LITERATUR

Günter Abel (Hrsg.): Kreativität. XX. Deutscher Kongress für Philosophie 26.–30. September 2005 in Berlin. Sektionsbeiträge, Bd. 1, Berlin 20005 (Abel 2005).

ders. (Hrsg.): Kreativität. XX. Deutscher Kongress für Philosophie 26.–30. September 2005 an der Technischen Universität Berlin. Kolloquienbeiträge, Hamburg 2006 (Abel 2006).

William S. Bainbridge, Mihail C. Roco (Hrsg.): Managing Nano-Bio-Info-Cogno Innovations. Converging Technologies in Society, Dordrecht 2006 (Bainbridge/Roco 2006).

William S. Bainbridge: APPENDIX 1: Survey of NBIC Applications, in: Bainbridge/ Roco 2006, S. 337-346 (Bainbridge 2006).
Erfindung des Menschen. Schöpfungsträume und Körperbilder 1500-2000. Publikation der Arbeitsstelle für historische Kulturforschung/Universität des Saarlandes, Wien, Köln, Weimar 1998 (Erfindung 1998).
Arnold Gehlen: Über kulturelle Kristallisation, Bremen 1961 (Gehlen 1961).
ders.: Anthropologische Forschung, Reinbek bei Hamburg 1961 (Gehlen 1961a).
Bernward Gesang: Der perfekte Mensch in einer imperfekten Gesellschaft – Die sozialen Folgen einer technischen Verbesserung des Menschen, in: Abel 2005, S. 375-385 (Gesang 2005).
Jürgen Habermas: Die Zukunft der menschlichen Natur. Auf dem Weg zu einer liberalen Eugenik? Erweiterte Ausgabe, Frankfurt am Main 2005 (Habermas 2005).
Michel Houellebecq: Die Möglichkeit einer Insel. Roman. Aus dem Französischen von Uli Wittmann. Zweite Auflage, Köln 2005 (Houellebecq 2005).
ders.: Elementarteilchen. Roman. Deutsch von Uli Wittmann, Reinbek bei Hamburg 2006 (Houellebecq 2006).
Aldous Huxley: Schöne neue Welt. Ein Roman der Zukunft. In der Übersetzung v. Herberth E. Herlitschka, Frankfurt am Main 1985 (Huxley 1985).
Kazuo Ishiguro: Alles, was wir geben mussten. Roman. Aus dem Englischen von Barbara Schaden, München 2006 (Ishiguro 2006).
Mihail C. Roco, William S. Bainbridge (Hrsg.): Converging Technologies for Improving Human Performance. Nanotechnologie, Biotechnology, Information Technology and Cognitive Science, Arlington, Virginia 2002 (Roco/Bainbridge 2002).
Thomas Runkel: Personale Identität und die gentechnische Verbesserung des Menschen. Die normative Beurteilung gentechnisch verbessernder Eingriff vor dem Hintergrund einer Analyse personalen Selbstverständnisses, in: Abel 2005, S. 409-420 (Runkel 2005).
Richard Saage: Utopische Profile, 4 Bde., Münster 2001-2003 (Saage 2001-2003).
ders.: Konvergenztechnologische Zukunftsvisionen und der klassische Utopiediskurs, in: Nanotechnologie im Kontext. Philosophische, ethische und gesellschaftliche Perspektiven. Hrsg. v. Alfred Nordmann, Joachim Schummer und Astrid Schwarz, Berlin 2006, S. 179-194 (Saage 2006).

ANMERKUNGEN

[1] Zum Gesamtzusammenhang vgl. Saage 2001-2003.
[2] Unter Konvergenztechnologie verstehe ich das die Verbesserung, »Enhancement«, des Menschen vorantreibende Zusammenspiel von Neuro-, Nano-, Bio- und Informationswissenschaften und ihren Technologien. Vgl. hierzu grundlegend zu den erwarteten Synergieeffekten dieser Konvergenz den Bericht NBIC 2002 des großen amerikanischen Kongresses unter dem Titel »Converging Technologies for Improving Human Performance« in Arlington, Virginia 2002 (vgl. Roco/Bainbridge 2002 und neuerdings Bainbridge/Roco 2006).
[3] Vgl. Abel 2006, S. 303-338.
[4] Runkel 2005, S. 417.

5 »Scientists will be able to understand and describe human intentions, beliefs, desires, feelings and motives in terms of well-defined computational processes. ... Rather than stereotyping some people as disabled, or praising others as talented, society will grant everybody the right to decide for themselves what abilities the want to have.« (Bainbridge 2006, S. 344).

6 »The computing power and scienific knowledge will exist to build machines that are functionally equivalent to human brain« (Bainbridge 2006, S. 344).

7 Zit. n. Erfindung 1998, S. 608: »Am Beginn des nächsten Jahrtausends«, verkündete bereits 1987 Max More, »wird es die Möglichkeit geben, technisch hergestellte Viren zu benutzen, um die genetische Struktur jeder Zelle und sogar von ausgewachsenen, differenzierten Zellen zu verändern. Das wird uns die Möglichkeit einer beliebigen Kontrolle über unsere Physiologie und Morphologie geben. Die molekulare Nanotechnologie, eine beginnende und zunehmend besser begründete Technik, sollte uns irgendwann die praktisch vollkommene Kontrolle über die Struktur der Materie eröffnen, mit der wir alle, Atom für Atom, bauen können. Wir werden den Aufbau materieller Objekte (auch unserer Körper) genauso programmieren können, wie wir dies jetzt mit Software machen. Die Abschaffung des Alterns und die meisten unfreiwilligen Todesarten wird eine Folge sein. Wir haben bereits zwei der drei alchimistischen Träume erreicht: Wir haben die Elemente verändert und das Fliegen gelernt. Unsterblichkeit ist jetzt an der Reihe.« Und bereits 1969 glaubte Marvin Minsky prognostizieren zu können, dass wir eines Tages wissen werden, wie der Verstand arbeitet. Dann »werden wir begreifen, dass es nicht notwendig ist, krank zu sein oder im Alter das Gedächtnis zu verlieren oder zu sterben. Man kann dann alle Elemente einer Persönlichkeit in einen anderen Körper, einen Maschinenkörper, verpflanzen, der erhalten wird und kontinuierlich wächst, so daß wir nicht ewig mit unseren Begrenzungen leben müssen.« (a.a.O., S. 558).

8 Vgl. Ishiguro 2006.
9 Vgl. Huxley 1985.
10 Vgl. Houellebecq 2005.
11 Habermas 2005, S. 49.
12 Ebd.
13 Ebd.
14 Vgl. Ishiguro 2006.
15 A.a.O., S. 102f.
16 A.a.O., S. 202.
17 A.a.O., S. 318f.
18 Vgl. Huxley 1985.
19 Vgl. Saage 2006, S. 184f.
20 Vgl. Gesang 2005, S. 375–385.
21 A.a.O., S. 12: »Das Thema von Schöne neue Welt ist nicht der Fortschritt der Wissenschaft schlechthin, sondern der Fortschritt der Wissenschaft insofern, als er den einzelnen Menschen betrifft. Die Triumphe der Physik, der Chemie und des Maschinenbaus werden stillschweigend vorausgesetzt. Die einzigen ausdrücklich geschilderten wissenschaftlichen Fortschritte sind solche, welche die Anwendung der Ergebnisse künftiger biologischer, physiologischer Forschung auf den

Menschen zum Ziel haben. Nur mittels der Wissenschaft vom Leben kann die Beschaffenheit des Lebens von Grund auf verändert werden. Die Naturwissenschaften lassen sich zwar so anwenden, dass sie Leben vernichten oder das Leben bis zur Unmöglichkeit kompliziert und unbehaglich machen; aber wenn sie nicht von Biologen und Psychologen als Werkzeug verwendet werden, können sie nichts dazu beitragen, die natürlichen Formen und Äußerungen des Lebens zu verändern. Die Entfesselung der Atomkraft bedeutet wohl eine große Revolution in der Menschheitsgeschichte, nicht aber (falls wir nicht selber einander zu Stäubchen zersprengen und so der Geschichte ein Ende machen) die letzte und tiefgreifende Revolution.«

22 A.a.O., S. 16f.
23 A.a.O., S. 206.
24 A.a.O., S. 204.
25 A.a.O., S. 195.
26 A.a.O., S. 196.
27 Vgl. Houellebecq 2005.
28 Michel Houellebecq widerspricht in seinem Roman »Elementarteilchen« der These, Aldous Huxley habe diese Zeitdiagnose kritisch, d.h. als Dystopie, verstanden, der er Anfang der Sechzigerjahre ein positives Szenario in seinem Roman »Eiland« gegenüberstellte. Einer seiner Romanfiguren legt er die Worte in den Mund: »Wenn man die Sache etwas genauer betrachtet, hat die harmonische Gesellschaft, die in ›Eiland‹ beschrieben wird, vieles mit der Gesellschaft in ›Schöne neue Welt‹ gemein. Huxley selbst scheint aufgrund seiner zunehmenden Verkalkung die Ähnlichkeit nicht wahrgenommen zu haben, aber die in ›Eiland‹ beschriebene Gesellschaft steht der ›Schönen neuen Welt‹ ebenso nah wie die libertäre Hippiegesellschaft der liberalen bürgerlichen Gesellschaft oder eher ihrer sozialdemokratischen schwedischen Variante« (Houellebecq 2006, S. 189). Diese Betonung der Kontinuität übersieht die gravierende Differenz zwischen den beiden Gesellschaftsmodellen: »Schöne neue Welt« ist eine genmanipulierte Kastengesellschaft, während »Eiland« als Synthese westlicher und östlicher Zivilisation die postmateriellen Werte der subjektzentrierten Emanzipation hochhält. Für Huxley löst das Szenario von »Schöne neue Welt« »Schrecken« aus, der uns »binnen eines einzigen Jahrhunderts auf den Hals« (Huxley 1985, S. 17) zu kommen scheint, während er sich mit den in »Eiland« geschilderten Lebenswelten uneingeschränkt identifiziert: allerdings in der klaren Gewissheit, dass dieses Paradies der westlichen Zivilisation assimiliert und damit zerstört wird.
29 A.a.O., S. 58.
30 A.a.O., S. 332.
31 A.a.O., S. 79.
32 A.a.O., S. 217f.
33 A.a.O., S. 324.
34 A.a.O., S. 337.
35 A.a.O., S. 42.
36 A.a.O., S. 435.
37 A.a.O., S. 410.
38 Ebd.

39 Ebd.

40 In der Nachfolge Kants und Herders ist Arnold Gehlen einer der Ersten gewesen, der auf die Notwendigkeit einer sich gegenseitig korrigierenden Balance zwischen der biologischen und der soziokulturellen Natur des Menschen hingewiesen hat, ohne in die Ontologie des Descartes'schen Leib-Seele-Dualismus zurückzufallen: »Der Mensch ist ein kompliziertes Wesen, bei dem diese beiden Aspekte offenbar von gleicher Bedeutung sind. Es entstand daher die Frage, ob man nicht eine Vorstellung, ein Bild des Menschen entwickeln kann, wenn man diese beiden Hauptaspekte wieder zusammenführt, indem man etwa die kulturschöpferische Aktivität eines biologisch gerade so verfassten Wesens und seine biologische Struktur sich gegenseitig erklären lässt.« (Gehlen 1961, S. 12) Den ontologischen Leib-Seele-Dualismus unterläuft Gehlen gerade dadurch, dass ihm zufolge das kulturschaffende Handeln den Menschen überhaupt erst biologisch lebensfähig macht: »Der Mensch ist ... organisch ›Mängelwesen‹ (Herder), er wäre in jeder natürlichen Umwelt lebensunfähig, und so muss er sich eine *zweite Natur*, eine künstlich bearbeitete und passend gemachte Ersatzwelt, die einer versagenden organischen Ausstattung entgegenkommt, erst schaffen, und er tut dies überall, wo wir ihn sehen. Er lebt sozusagen in einer künstlich entgifteten, handlich gemachten und von ihm ins Lebensdienliche veränderten Natur, die eben die Kultursphäre ist. Man kann auch sagen, dass er biologisch zur Naturbeherrschung gezwungen ist.« (a.a.O., S. 48)

41 Unter Kristallisation verstand Gehlen »denjenigen Zustand auf irgendeinem kulturellen Gebiet ..., der eintritt, wenn die damit eingetretenen Möglichkeiten in ihren grundsätzlichen Beständen alle entwickelt sind. Man hat auch die Gegenmöglichkeiten und Antithesen entdeckt und hineingenommen oder ausgeschieden, sodass nun Veränderungen in den Prämissen, in den Grundanschauungen zunehmend unwahrscheinlich werden. Dabei kann das kristallisierte System noch das Bild einer erheblichen Beweglichkeit und Geschäftigkeit zeigen.« Aber Fortschritte, die an Einzelstellen erzielt werden, sowie Neuigkeiten, Überraschungen und »echte Produktivitäten« finden »nur in dem schon abgesteckten Feld und auf der Basis der schon eingelebten Grundsätze« statt, »diese werden nicht mehr verlassen« (Gehlen 1961a, S. 17).

42 Houellebecq 2005, S. 428.

43 A.a.O, S. 364.

44 A.a.O., S. 358.

Copyright © 2008 by Richard Saage

Utopia 2.0

Sind wir nicht längst alle Netopisten?

von Frank Borsch

Utopia? Ich glaube daran. Immer noch.

Zumindest in dem Sinne, wie es Ursula K. Le Guin vor inzwischen über dreißig Jahren in »Die Enteigneten – Eine ambivalente Utopie« (The Dispossesed) beschrieben hat: Ihr Roman führt in die ferne Zukunft und auf zwei von Menschen bewohnte Welten. Urras ist eine zweite Erde, geprägt und geplagt von konkurrierenden Großmächten, in Entsprechung des irdischen Kalten Krieges. Anarres ist der Mond dieser Welt. Ein staubiges Etwas, eine Wüste, in die Anarres seine Unruhestifter abgeschoben hat. Und aus dem Sand, der Kargheit, dem Hunger und dem unbeugsamen Willen der Verstoßenen ist auf Anarres eine neue Gesellschaft entstanden. Es ist ein anarchistisches Utopia, eine Gesellschaft, die weder eine Regierung noch Schranken kennt, kläglich in seiner materiellen Armut, imponierend in seiner Vision.

Imponierend ist auch der Roman. Mit »The Dispossesed« ist Le Guin ein Kunststück gelungen, das kein Autor vor ihr fertiggebracht hat und das – leider – gute Aussichten besitzt, einzigartig zu bleiben. Denn Le Guins Roman ist im Gegensatz zu den meisten Utopien kein langweiliges, politisches Programm, in unbeholfene Prosa verpackt. Ihr Utopia ist keine verkappte Diktatur. Le Guins anarchistische Gesellschaft lebt. Anarres und seine Anarchisten fühlen sich echt an. So echt, dass man unwillkürlich glaubt: So könnte es funktionieren.

Zu verdanken ist das vier Prinzipien, auf denen ihr Entwurf beruht:

- In jedem Utopia existieren zahllose Dystopien.
- Die Bewohner eines Utopias ahnen nichts von ihrem Glück.
- Es gibt keinen Ort, an dem ein Mensch einsamer sein kann als in einem Utopia.
- Utopia ist zugleich der beste und der grausamste Ort, der denkbar ist.

Gemessen daran, sehe auch ich mich als ein Bürger Utopias. Mit einem Unterschied: Mein Utopia heißt Netopia.

Der Weg dorthin war lange und alles andere als vorherbestimmt. Ich bin mit Science Fiction aufgewachsen. Mit Perry Rhodan, Heyne-Goldmann-Bastei-Taschenbüchern, dem üblichen, was in den späten Siebzigern und den frühen Achtzigern zu haben war. Die Erwartung, dass morgen besser als heute sein wird und übermorgen besser als morgen, war mir selbstverständlich. Ebenso selbstverständlich, wie dass dieses Morgen und Übermorgen sich im Weltraum abspielen würde. War die Erde denn nicht die Wiege der Menschheit? Was lag also näher, als die Wiege hinter sich zu lassen?

Doch je mehr ich außerhalb der Science Fiction las, desto stärker geriet diese Überzeugung ins Schwanken. Als Kind hatte ich die Beschreibung von Weltraumreisen wenn schon nicht für bare Münze genommen, doch zumindest für in groben Zügen an der Wahrheit orientiert gehalten. Doch nach und nach musste ich feststellen, dass ich mich irrte. Ja, es gab tatsächlich Raketen (aber im Vergleich zu den Raumschiffen, die ich aus der Science Fiction kannte, waren sie bessere Silvesterknaller), Menschen reisten zu einer anderen Welt, doch es war nur der Mond, einen Steinwurf weit entfernt (und dazu eine sterile Gesteinswüste, auf der Menschen nichts zu suchen hatten), es gab wahrscheinlich Leben dort draußen, aber es war nicht der Rede wert (auf dem Mars mochte Wasser existieren und damit Mikroorganismen, zu klein, als dass das menschliche Auge sie würde wahrnehmen können).

Die Wahrheit, erkannte ich, war kümmerlich. Bestenfalls.

Trotzdem las ich weiter Science Fiction. Wieso? Weil ich erkannte, dass diese Wahrheit unerheblich war. Denn dort draußen, im Weltraum, lag die *terra incognita* unserer Zeit, lagen die fernen Orte, an denen nichts unmöglich, nichts zu verrückt und nichts verboten war. Die Science Fiction war und wird immer der Ort sein, wo wir träumen können. Wir brauchen diese Zuflucht.

Doch Mitte der Achtzigerjahre bekam der Weltraum innerhalb der Science Fiction unerwartete Konkurrenz. Ein vor der Wehrpflicht nach Kanada geflüchteter Amerikaner namens William Gibson, der bis dahin als Autor nicht weiter aufgefallen war, eröffnete uns eine neue, virtuelle Welt: den Cyberspace, die Summe der irdischen Computernetze. Sein Roman »Neuromancer«, erschienen 1984, führte an einen Ort, der anders als der Weltraum zum Greifen nahe schien. Computer, die einst garagengroß und Wissenschaftlern in weißen Laborkitteln vorbehalten waren, schrumpften zusehends, waren plötzlich ähnlich günstig wie ein Kleinwagen zu haben. Das *Time Magazine* kürte den Personalcomputer 1983 zum »Mann des Jahres«. Gibson griff auf, was in der Luft lag, gab der virtuellen Welt ihren Namen und hauchte ihr Abenteuer und Romantik ein. Zugegeben, es war eine düstere und brutale Welt, in die Gibson uns führte. Aber zum einen war sie über alle Maßen cool und ließ die klassische Weltraum-SF für eine Zeit lang sehr alt und verbraucht aussehen. Zum anderen schien der Cyberspace, verglichen mit der realen Welt der Mittachtziger, wenn schon nicht ein Paradies, so zumindest als eine attraktive Alternative.

In der realen Welt setzte in dieser Zeit Ronald Reagan dazu an, die Kommunisten in Grund und Boden zu rüsten, während auf der sowjetischen Seite ein greiser Parteisoldat nach dem anderen dagegen hielt. Als unausweichliches Ende stand ein gewaltiger Atomkrieg, der die Menschheit, sollte sie überleben, in die Prä-Steinzeit zurückwerfen würde. Um zu ermessen, wie verzweifelt die Stim-

Erste Skizze des Ur-Internets, einem Zusammenschluss mehrerer Universitätsrechner der USA unter dem Namen Arpanet.

mung war, genügt es, sich zwei Stunden Zeit zu nehmen und James Camerons »Terminator« anzusehen.

Utopia ist relativ. Manchmal genügt es schon, einen Ort aufzuzeigen, der nur einen Hauch besser ist als der, in dem man zu leben gezwungen ist.

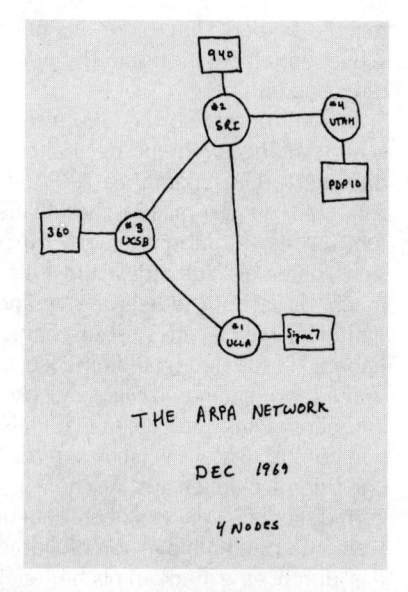

Doch ich gebe zu, »Neuromancer« ist seinerzeit beinahe spurlos an mir vorbeigegangen. »Neuromancer« hat mich damals nicht sonderlich beeindruckt. Zu viel Markenname-Wortgeklingel und wenig sonst, fand ich. Der Cyberspace sollte mich erst Jahre später packen. Und er tat es nicht durch einen Roman, sondern einen Artikel. Er war schlicht »Internet« betitelt, erschien in der Februar-1993-Ausgabe des amerikanischen *Magazine of Fantasy and Science Fiction* und war von Bruce Sterling, dem vielleicht größten Großmaul der ziemlich großmäuligen Cyberpunk-Bewegung, die »Neuromancer« angestoßen hatte. Knappe 3500 Worte. Ich kann von ihnen ohne Übertreibung sagen, dass sie mein Leben verändert haben. Gibson mag den Cyberspace ersonnen haben, es war Sterling, der mir die Schlüssel dafür in die Hand gedrückt hat.

Beinahe zehn Jahre waren seit »Neuromancer« vergangen, die Leistung von PCs hatte sich vervielfacht, ihr Preis war in den Keller gegangen. Ich selbst nannte mich stolzer Besitzer eines Mac LC II, einer Maschine, die mir damals wie pure Magie erschien – und die reichlich unausgeschöpftes Potenzial besaß. Sterlings Artikel gab mir die beiden Dinge, die mir noch fehlten, ihr Potenzial zu erschließen: eine Vision und die praktische Anleitung, sie in die Tat umzusetzen.

Sterling beschrieb die Geschichte des Internets: seine theoretischen Anfänge während des Kalten Krieges, seine erste Pentagon-finanzierte Umsetzung als ARPANET, seine gewollte, dezentrale Anarchie, die die militärischen Planer dem Netz mitgegeben hatten, um es »atombombenfest« zu machen – Behauptungen, die sich später als zumindest umstritten erweisen sollen. Aber was macht das schon? Jede große Veränderung braucht Mythen – und natürlich, wie clevere Wissenschaftler, die ihre eigenwilligen Köpfe haben, dieses neue Medium sich kurzerhand zu eigen machten und für ihre eigenen, zivilen Zwecke benutzten. Er zählte die revolutionären Dinge auf, die man mittels dieses Mediums bewerkstelligen konnte: E-Mails verschicken (deutlich schneller als herkömmliche Briefe), Dateien austauschen, in Newsgroups mit anderen Nutzern diskutieren, die von überall auf der Welt kamen, und schließlich weit entfernte Kataloge von Bibliotheken abfragen. Möglich wurde das durch eine herkömmliche Telefonleitung und einen kleinen Kasten namens »Modem«, der den eigenen Rechner ans Netz brachte, oder, noch besser, wenn man das Glück hatte, einer Universität anzugehören, die direkten Zugang zum Internet bot.

Ich hatte Glück. Ich studierte gerade.

Am Tag, nachdem ich Sterlings Artikel gelesen hatte, stand ich im Rechenzentrum der Uni Freiburg und überzeugte einen der freundlichen Mitarbeiter, mir eine Mail-Adresse und Zugang zum Rechnerpool der Uni zu geben. Er tat es, aber nicht ohne die ganze Zeit über vor sich hin zu murmeln, dass er gar nicht wisse, wozu ich diesen Zugang bräuchte, und überhaupt, ein gewöhnlicher Student … ich schwieg, lächelte ihn freundlich an und eine halbe Stunde später hatte ich, was ich wollte, radelte glücklich nach Hause – und wurde gleich darauf unsanft auf den Boden der Tatsachen zurückgeholt, als meine Freundin, die kurz vor einem Studienjahr in den USA stand, empört auf herkömmlichen romantischen Briefen bestand. E-Mails waren ihr zu kalt und unpersönlich.

Aber ich ließ mich nicht beirren. Die Freundin lernte, kaum in den USA, innerhalb von Wochen die Vorteile von E-Mail zu schätzen, und ich machte mich daran, dieses Internet, das Sterling ausgemalt hatte, zu erforschen. Es war ein barbarischer Ort. Im Frühjahr 1993 war das World Wide Web zwar bereits erfunden, aber ohne praktische Bedeutung. Wer sich im Netz bewegte, tat es meist mit dem Cursor auf Unix-Terminals, und neben verschwommenen Buchstaben auf schwarzem Hintergrund gab es nicht viel zu sehen. Im ganzen Netz gab es keinen einzigen Shop, in dem man etwas hätte kaufen können. Was nicht weiter verwunderte: Gab es doch keine Möglichkeit, über das Netz zu bezahlen. Doch das machte nichts. Denn alles, was Sterling versprochen hatte, stimmte. Das Netz *war* der Draht zur Welt. Genauer gesagt: zu einer kleinen Welt jenseits von dieser Welt. Bestenfalls ein paar Millionen Leute verloren sich damals im Cyberspace, zum Großteil Männer, zum Großteil überdurchschnittlich gebildet und überwältigend hilfsbereit. Auf eine Frage in einer Newsgroup wurde man mit Antworten und guten Ratschlägen überhäuft, auf eine Mail erhielt man innerhalb von Minuten Antwort – kein Wunder, fühlte sich am Anfang doch jede Mail so an, als hätte das Christkind persönlich ein Extra-Geschenk unter den Baum gelegt. Von Regierungen oder Polizei war weit und breit nichts zu sehen. Sie muteten als verstaubte Institutionen an, die man in der antiquierten körperlichen Welt zurückgelassen hatte.

Erlaubt war im Netz alles. Gesetze gab es entweder nicht, oder wenn es sie gab, interessierten sie niemanden. Dafür spielten sich rasch Regeln im Umgang ein. Smilies und Netiquette gehören nicht umsonst zu den frühesten Entwicklungen im Netz. Wer gegen die Regeln verstieß, wurde hart angegangen und aus dem Dorf gejagt – um, wenn er/sie es wollte (oder seelisch dazu noch in der Lage war), unter neuer Adresse oder neuem Alias wieder zurückzuschleichen. Denn das war vielleicht die größte Freiheit, die das Netz schenkte: Jeder Nutzer konnte und kann bestimmen, wie er oder sie auftreten will. Ein zweites Leben, drittes, viertes, ja unendlich viele Leben sind dort möglich.

Das Netz war gut, ein freundliches Utopia.

Und natürlich war es zu gut, um Bestand zu haben.

Der Anfang vom Ende kam im Oktober 1994 mit der Veröffentlichung von Netscape 1.0. Plötzlich gab es einen Browser, der so etwas wie Layout auf den Schirm zauberte, der die Bedienung des

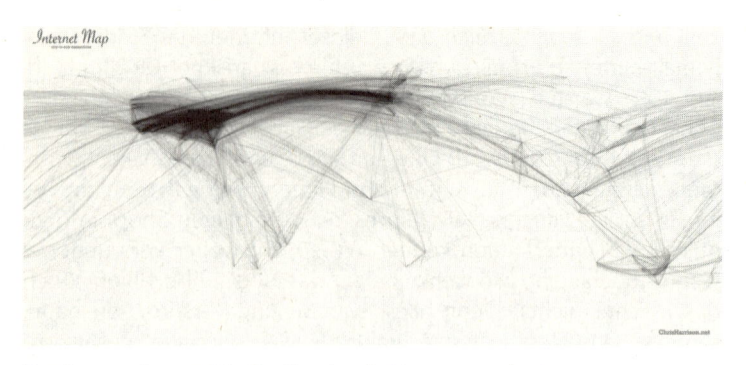

Das Internet heute: Die Grafik zeigt die Vernetzung der Internet-Knotenpunkte weltweit; deutlich erkennbar die Konzentration auf Nordamerika und Europa.

Internets kinderleicht machte, und – vielleicht noch wichtiger – jeder, der sich ein bisschen Zeit nahm, HTML, die Sprache des WWWs zu lernen, konnte im Netz publizieren.

Netopia war geboren.

Heute umgibt Netopia uns. Ein Leben außerhalb ist für mich kaum noch vorstellbar – und, glaube ich, für die wenigsten anderen. Wer einmal von Netopia berührt wurde, kann sich ihm schwer entziehen, denn sein Versprechen ist unwiderstehlich. Netopia lässt den Einzelnen über sich hinauswachsen. Netopia macht uns zu dem, was die klassischen Utopien stillschweigend voraussetzen: zu neuen Menschen, die anders ticken als ihre Vorfahren.

Der Netopier hält mühelos Kontakt mit Freunden an beliebigen Orten der Erde. Er findet Gleichgesinnte, ganz gleich wie exotisch seine Gesinnung oder Veranlagung ist. Hat er eine Frage oder ein Anliegen, ist die Lösung nur eine Suchmaschinenanfrage weit entfernt. Der Netopier handelt intraday an den Börsen der Welt, er hat Zugriff auf ein ständig wachsendes Reservoir an Software, das jedes erdenkliche Bedürfnis abdeckt, und das zu Spottpreisen oder sogar kostenlos. Der Netopier ist im Bilde: Er hat Zugriff auf alle Nachrichten dieser Welt. Gefällt ihm eine Quelle nicht, wechselt er zu einer anderen. Oder der Netopier macht seine Nachrichten einfach selbst. Ein einfaches Blog ist in weniger als einer Viertelstunde eingerichtet, ein Wikipedia-Beitrag an einem Abend geschrieben.

So weit die klassische Utopie. Doch Netopia gehorcht den Prinzipien Le Guins – es ist ein vieldeutiges Utopia. In Netopia existieren unzählige Dystopien. Die Freiheit, sich im Netz zu präsentieren, beinhaltet diejenige, sich dort zu blamieren oder blamiert zu werden. Die Anonymität erlaubt es dem Netopier sich auszuleben, aber sie erlaubt es ihm auch, sich daneben zu benehmen, gegen Schwule, Ausländer, Juden oder wer immer ihm nicht passt zu hetzen oder mit Kinderpornographie zu handeln. Die Einfachheit macht dem Netopier globale Einkäufe und Bankgeschäfte möglich, aber sie erschließt auch Kriminellen neue »Phishgründe«. Die Offenheit ermöglicht dem Netopier globale Teilnahme, aber durch das offene Tor flutet der Spam zu ihm zurück, und klickt der Netopier auf den falschen Mail-Anhang, wird sein Rechner Teil eines Botnetzes und damit zur Spamschleuder in unbekannter Hand.

Und wie ahnungslos wir sind: Netopier erkennen nicht ihr Glück. Sie sind entweder mit dem Netz aufgewachsen oder haben die schlechten alten Zeiten, bevor Netopia über uns kam, vergessen. Ich bin oft an einen Supermarkt der realen Welt erinnert: Selbst ein kleiner Markt bietet heute eine größere Auswahl an Waren, als noch vor fünfzig Jahren weltweit existierte. Trotzdem begegnet man dort keinen Leuten, die sich verzückt der Lust des Shoppens hingeben, sondern genervten, gestressten Menschen, die kurz davorstehen, in der Vielfalt des Angebots abzusaufen. Erst wenn der Laden bestreikt wird oder die DSL-Leitung klemmt, geht uns auf, wie großartig Utopia eigentlich ist.

Doch auch wenn die Leitung hält: Es gibt keinen Ort, an dem ein Mensch einsamer sein kann als in einem Utopia. Auch das gilt für Netopia, ganz gleich, wie umfangreich das (automatisch befüllte) Adressbuch des eigenen Mailers oder die Buddy-Liste im Social Network sein mag. Die Stunde, die du in Netopia verbringst, verbringst du nicht mit Freunden oder deiner Familie. Und ja, du kannst dich in Netopia ausleben, du kannst dich selbst neu erfinden, und wenn du geschickt bist, wird niemand dahinterkommen. »Im Netz weiß niemand, dass du ein Hund bist«, lautet nicht umsonst eine der ältesten Netzweisheiten. Nur: Je mehr du vorgibst, desto schwerer wird es für andere, dich zu finden, desto einsamer wirst du, und desto schwerer wird es dir fallen, zu dir selbst zu finden.

Netopia wird dir dabei nicht helfen. Netopia schreibt dir weder vor, an was du zu glauben hast, noch macht es dir Vorschläge, woran du glauben solltest, noch verspricht es dir Wahrheiten. Es eröffnet nur Möglichkeiten. Unzählige Möglichkeiten, mehr in jedem Fall, als ein einzelner Mensch jemals ausschöpfen könnte. Und das macht Netopia so grausam: Der Netopier, wie die Anarchisten in Le Guins Roman, ist das, was er aus sich macht. Er hat weder Götter noch Autoritäten noch überkommene Weisheiten, die ihm sagen, was richtig und was falsch ist. Er hat niemand anderen als sich selbst, dem er die Schuld dafür geben kann, was er ist.

Es ist eine Verantwortung, die das menschliche Vermögen übersteigt. In »The Dispossesed« ist keiner der Charaktere ihr gewachsen. Es sind Menschen wie wir: widersprüchlich, zerrissen, oft ihren eigenen Ansprüchen nicht gewachsen und oft unglücklich. Mit einer Ausnahme. Ein Charakter ist, wenn schon nicht glücklich, so doch zufrieden. Es ist ein Lastwagenfahrer auf Anarres. Ein einfacher Mann, der sich nicht viele Gedanken macht und jahraus, jahrein mit demselben Laster, derselben Fracht, dieselbe Route in derselben Wüste hin- und zurückfährt.

Er hat seinen Weg in Utopia gefunden.

Es besteht noch Hoffnung.

Copyright © 2008 by Frank Borsch

The Greening of Detroit

Jenseits des Netzes: Gibt es eine Utopie für die 89er?

von Sascha Mamczak

Das lange Siechtum der Utopie endete am 14. April 2008. An diesem Tag wurde das, was von der Kommunistischen Partei Italiens noch übrig war, aus beiden Kammern des italienischen Parlaments gewählt. Realpolitisch ein Ereignis ohne größere Bedeutung – Fausto Bertinottis »Rifondazione communista« war ein krawalliger Altherrenclub, der für Silvio Berlusconi einen nützlichen Pappkameraden abgegeben hatte –, mentalitätspolitisch dagegen das Ende einer Epoche.

Denn was immer sich vor gut vierzig Jahren – rund um das legendäre '68 – an radikal-emanzipatorischen Ideen, an idealistischem Glauben, der Mensch könne in der aktiven Teilnahme am Politischen neu erfunden werden, Bahn gebrochen hatte, was immer damals an alternativen Lebensformen propagiert und inszeniert worden war, das Bild einer von den »Verhältnissen« befreiten Arbeiterschaft, die auf sommerlichen Piazzas dem intellektuellen Diskurs ebenso frönt wie dem Hedonismus, war eine der zentralen utopischen Referenzgrößen. Doch nachdem die KPI jahrzehntelang (erfolgreich) um kulturelle Hegemonie und (erfolglos) um politische Macht gekämpft hatte, ging mit Gorbatschows »Wer zu spät kommt ...« und dem darauf folgenden Zusammenbruch der Wohlfahrtsdiktaturen im Osten schließlich auch dieser Traum der europäischen Linken verloren.

Aber Moment: Linke Träume? Utopien? Wovon reden wir hier eigentlich?

»Wir wollen eine Welt, wie sie die Welt noch nicht gesehen hat!«
Rudi Dutschke, Utopist?

Es ist ein Treppenwitz der Ideengeschichte, dass das Utopische heute überwiegend dem linken, ja linksrevolutionären Gedankengut zugeordnet wird. Natürlich: Seit dem Ausgang des europäischen Mittelalters befassten sich, unter Rückgriff auf Platon, zahlreiche Utopisten mit dem Eingriff in Eigentumsrechte, mit der Einebnung tradierter Hierarchien, mit den Möglichkeiten rigider Ordnungspolitik. Dass aber auch nur ein Linker – gar ein 68er-Kommunarde oder -Sponti – die Rettung seines Seelenheils in Morus' Erziehungsdiktatur beziehungsweise Campanellas Mönchsrepublik sah, kann als ausgeschlossen gelten.

»Utopia« nämlich war von Anfang an immer beides: Die Insel irgendwo dort draußen, auf der man das zivilisatorische Joch ebenso abschütteln kann wie das natürliche, der geschichtsfremde Sehnsuchtsort, der uns glauben macht, dass das, was ist, nicht so sein muss. Und zugleich das starr gefügte politische Konstrukt, das – egal, ob autoritär, libertär oder anarchisch angelegt – detailliert beschriebene Gesellschaftsmodell, in das alle Teilnehmer einwilligen müssen. Der Effekt, den Morus & Co. damit erzielten und der zum Merkmal eines ganzen Genres wurde, war gewissermaßen ein literarischer: Gerade weil sich die jeweilige Betriebsanleitung ihrer Wunschstaaten so didaktisch las, gerade weil sie alle Teilaspekte bis zum Exzess ausbuchstabierten, verliehen sie dem Utopischen etwas zutiefst Unideologisches. Jede Utopie macht sich in ihren zahllosen Details angreifbar, jede Utopie kann auf mannigfaltige Weise hinterfragt werden, ja jede Utopie bildet ihre »dunkle Seite« sozusagen gleich mit ab. Und so taugte auch keine literarische Utopie je als Objekt der politischen Mission oder der kollektivistischen Heilslehre, und kaum eine diente je als Blaupause für reale Lebensmodelle.

Das heißt nicht, dass man Utopien jegliche Geschichtswirksamkeit absprechen kann oder dass die Utopie generell politisch farbenblind wäre, aber die Vorstellung, ein Staatssozialismus sowjetischen Typs könne den Weg ins Reich der Freiheit bahnen, war keine utopische – ganz im Gegenteil basierte sie auf einem auf Geschichtsgesetze ausgerichteten politischen Geltungsanspruch und verweigerte sich, wenn es darum ging, das Leben am Ende der revolutionären Kette konkret zu beschreiben.

Nichtsdestotrotz passte der Utopie-Vorwurf im seit Mitte des 19. Jahrhunderts tobenden Kampf der Ideologien ganz wunderbar in das Waffenarsenal des bürgerlichen Lagers, stets einsetzbar, wann immer man seine Besitzstände in Gefahr sah. Da wurde '68 Rudi Dutschkes Parole »Wir wollen eine Welt, wie sie die Welt noch nicht gesehen hat« kurzum mit der Gulag-Inschrift »Mit eiserner Hand jagen wir die Menschheit zum Glück« in Verbindung gesetzt; und der Zusammenbruch einer Staatsform, die man im utopischen Schlamm verwurzelt sah, wurde '89 zum ideengeschichtlichen Fanal gedeutet, um das »Ende der Utopien« auszurufen und ein bestimmtes ökonomisches Modell zum Gewinner der Geschichte zu erklären.

Das Ende der Utopien also ... Während Italien im Müll versinkt und die 68er, die längst ihren Frieden mit den Institutionen gemacht haben, sich nostalgische Scharmützel um die Deutungshoheit liefern, können die 89er, die nun peu à peu an die Schalthebel der Macht gelangen, auf eine ganz andere Art von Politisierung verweisen: Vor rund zwanzig Jahren sahen sie im Fernsehen, wie Millionen von Menschen nicht »Es könnte auch alles ganz anders sein!« deklamierten, sondern: »Wir wollen so leben wie ihr!« (Nichts anderes als das, was heute die Chinesen, Inder, Brasilianer deklamieren.)

Skurrilerweise ist es ein mit den 68ern einst eng verbandelter italienischer Intellektueller, Antonio Negri, der das Ergebnis dieser Politisierung präzise vermessen hat. Seine gemeinsam mit Michael Hardt verfasste Studie »Empire« beschreibt den liberal-demokratischen Kapitalismus des 21. Jahrhunderts, nach Triumph im Osten und Digitalisierung im Westen, als eine Herrschaftsmaschinerie ohne Zentrum, als ein Weltreich, das sich jenseits von Nationalstaat und sonstigen Errungenschaften der Aufklärung nach ganz eigenen Gesetzen entfaltet. Dabei etabliert es allerlei »neue Zerstörungs- und Unterdrückungsmechanismen«, die jedoch nicht mehr in einer großen revolutionären Kraftanstrengung überwunden werden können, sondern durch »lebendige Alternativen innerhalb der Gesellschaft selbst«. Dieses subtile, innere Veränderungspotenzial nennen Negri und Hardt »Multitude«, ein Netzwerk aus nicht länger der Fabrikdisziplin unterworfenen Arbeitsverhältnissen, das menschliche Kreativität freisetzt und sich letztlich – man weiß allerdings nicht genau, wie und wann – gegen das Empire selbst richtet.

So weit also alles in Ordnung? Ist das Problem letztlich die Lösung? Erzeugt die strukturierende Gewalt des omnipräsenten Empires aus sich heraus den Willen zur Veränderung? Ja, wird man sich auf mirakelhafte Weise sogar darüber einig werden, wohin die Reise denn gehen soll, worauf man hoffen kann?

Die 89er haben – dort, wo sie jenseits der Parteien politisches Potenzial entfaltet haben – zwar eine Anti-Globalisierungsbewegung und allerlei praktische Handlungsanleitungen dafür hervorgebracht, wie man den »Turbo-Kapitalismus« etwas gerechter, toleranter gestaltet, wie man den »Multis« ein konsumistisches Schnippchen schlägt, aber bis heute keine Utopie, kein konkretes Gesellschaftsmodell, das außerhalb der Koordinaten des bestehenden Systems liegt. Man mag das begrüßen und als Zeichen politischer Reife begreifen, als das Abschütteln eines gefährlichen Weltverbesserungszwangs, man kann es aber auch als das genaue Gegenteil sehen: Die Utopielosigkeit einer ganzen Generation ist ein Symptom dafür, wie gefährlich starr dieses Koordinatensystem geworden ist, wie politisch naiv wir es als das beste aller möglichen akzeptiert haben.

Denn das Problem mit der Multitude ist, dass sie in ihrem diffusen Wunsch nach »Anderssein« den Bewegungsrhythmus des Kapitalismus nicht kontrapunktiert, sondern sich mit diesem Rhythmus im Einklang befindet: Immer wieder neu generiert das System Freiheit, indem es Freiheit behauptet; immer wieder neu greifen Konformismus und Kritik nahtlos ineinander. Die Folge ist eine Art virtuelle Emanzipation, die ihren perfekten Ausdruck im Internet findet. Mit über drei Milliarden Websites, mit blitzartig um die Welt laufenden Protestwellen, ist es das grandiose Versprechen einer basisdemokratischen Parallelgesellschaft – und gleichzeitig der kommerzialisierteste Ort, den man derzeit bereisen kann. Gehen Sie nur einmal auf www.utopia.de und Sie sehen: Im Netz ist Konsum alles, ist jeder Klick eine Interaktion mit einer Marke, egal ob es sich um handfeste ökonomische Vorgänge handelt oder um propagandistisch politische. Oder um beides zusammen: Sollte Barack Obama US-Präsident werden, so hat er das nicht einer neuartigen Form der Politik im Cyberspace zu verdanken, sondern der Tatsache, dass er über den Cyberspace sehr, sehr viel Geld gesammelt hat.

Es ist das alte Spiel, das seit Jahr und Tag ganz wunderbar funktioniert: Der Kapitalismus stabilisiert sich dadurch, dass er ständig auf sich selbst wettet; er erzeugt Grenzen, indem er sich ständig entgrenzt; er eröffnet Zukunft, indem er sie ständig verplant. So weit, so trivial. Die Frage jedoch ist: Wie weit kann man dieses Spiel eigentlich treiben?

Die Antwort: Bis ins transhumanistische Nirwana.

Es wird ja mitunter behauptet, dass das wohlfahrtsstaatliche Zwangsmodell im Osten vor allem deshalb gescheitert ist, weil es die materiellen Bedürfnisse der Menschen nicht erfüllt hat. Nehmen wir einmal an, das war so: Was geschieht dann eigentlich, wenn das gegenwärtige markwirtschaftliche Modell diese Bedürfnisse nicht mehr erfüllt?

Vor kurzem hatten wir einen solchen Fall: Im Frühjahr dieses Jahres führten rasant steigende Preise unvermittelt zu einer internationalen Nahrungsmittelkrise. Ihre Ursachen – steigender Bedarf bei gleichzeitig schrumpfender Anbaufläche – hätten uns dazu verleiten können, zu fragen, ob denn die Effizienzbehauptung der Spekulanten im Falle der Märkte für Nahrungsmittel überhaupt greift, ob die Theorie der komparativen Kosten auf diesem Sektor überhaupt sinnvoll ist, ja ob das alles nicht eine klägliche Form von Marktversagen darstellt. Hätte, könnte ... Die Argumentation der Meinungsmacher quer durch den Blätterwald ging leider völlig anders: Der Bedarf steigt stärker als die nutzbare Fläche; folglich müssen wir die Produktivität steigern; Produktivitätssteigerungen erreicht man vor allem durch technische Innovation; technische Innovation in diesem Fall heißt: Gentechnik. Mal ganz davon abgesehen, dass wir trotz aller grünen Revolutionen immer noch von Nutzpflanzen aus prähistorischen Zeiten zehren, gibt es keine wie auch immer begründete Notwendigkeit für eine solche »technische« Lösung. Die Erde kann durchaus auch eine wachsende Weltbevölkerung ernähren, wenn, ja wenn man das globale Produktions- und Distributionssystem von Grund auf verändert.

Das aber wären dann politische Fragen – und zwar keine, die nur auf internationalen Konferenzen hin und her gewendet werden, sondern solche, mit denen wir uns selbst ganz konkret befassen können. Wer hindert uns daran, unser Konsumverhalten so zu verändern, dass der Expansion der Systemgastronomie Einhalt geboten wird oder »Fair Trade« nicht länger nur ein Nischenprodukt ist? Und wenn wir gerade dabei sind: Wer zwingt uns eigentlich, den jeweils neuesten Computer zu kaufen, obwohl er doch schon auf der Fahrt nach Hause zum Schrott von gestern wird? Oder PS-starke Autos zu erwerben, von denen wir wissen, dass sie zur Klimaveränderung beitragen, die wiederum die Anbaufläche verknappt und damit die Preise für Lebensmittel steigen lässt?

Niemand hindert uns, niemand zwingt uns. Was also ist das Problem?

Das Problem ist, dass wir, obwohl wir wissen, dass unsere Handlungen direkte Folgen haben, diese Folgen dennoch als »systemisch« betrachten, als etwas, wofür wir nicht verantwortlich gemacht werden können, das mit keinem konkret Handelnden in Verbindung gebracht werden kann. Der freie Bürger, der sich von seinen eigenen Impulsen leiten lässt, als bester politischer Akteur? Da würde ja inzwischen sogar Adam Smith lachen.

Und doch ist es die unerbittliche Logik des westlichen, vulgo: neoliberalen Ökonomismus, die besagt: Der Mensch ist so, wie er ist; seine Bedürfnisse erzeugen immer wieder neue Bedürfnisse; es ist nicht genug für alle da; deshalb muss immer wieder irgendjemand irgendetwas Neues erfinden, um Verteilungskonflikte zu vermeiden. Und da der aktuell drohende Verteilungskonflikt ein globaler und womöglich fataler werden könnte, kann man dem auch nur mit drastischen Maßnahmen begegnen: die technische Anpassung der Umwelt und unseres Körpers an das, was wir für unsere Bedürfnisse halten.

Es klingt ja auch ganz einleuchtend: Wer könnte etwas gegen einen Menschen mit getunter Intelligenz haben? Oder gegen neue Genome, die ungeahnte Energiequellen erschließen? Wer könnte etwas gegen das Bild haben, das Freeman Dyson von der Zukunft zeichnet:

> Es wird Do-it-yourself-Pakete für Gärtner geben, die den Gentransfer zur Züchtung neuer Varietäten von Rosen und Orchideen einsetzen werden. Es wird Biotechspiele für Kinder geben, mit echten Eiern und Samen statt mit Bildern auf einem Schirm. Die Gentechnik, ist sie erst einmal in die Hände aller gelangt, wird uns zu einer Explosion der Biodiversität verhelfen. Das Design von Genomen wird eine neue Kunstform werden, kreativ wie die Malerei und Bildhauerei. Nur wenige der neuen Schöpfungen werden Meisterwerke sein, doch alle werden ihren Schöpfern Freude und unserer Flora und Fauna Vielfalt schenken.

Ein weiterer Treppenwitz: Diese Leben-2.0-Visionen der Bioingenieure, Spätfolgen der viktorianischen Technikbegeisterung, die einst auch Lenin in ihren Bann schlug, gehen heute als Utopien durch, vermutlich weil sie in ihrer letzten Stufe die Transzendierung des menschlichen Daseins überhaupt beinhalten. Wenn wir unser Gehirn in irgendein Gerät einstöpseln und – die totale Bedürfnisbefriedigung – im ewigen Orgasmus vor uns hindämmern.

Die Wahrheit aber ist: Mit einer Utopie hat das alles nichts zu tun. Nichts mit einem mühsam durchstrukturierten politisch-ökonomischen Modell; nichts mit sozialer Interaktion; nichts mit gemeinschaftsstiftenden Prozessen. Es fragt nicht, wer denn die natürlichen und sozialen Ressourcen für diese Bedürfnisbefriedigung erwirtschaften soll, es ist einzig und allein die logische Konsequenz eines Denkens, das die Maßlosigkeit zum Maßstab macht. Technische Lösung heißt: die ultimative Delegierung von Verantwortung, die ultimative Suspendierung von Wertzuweisungen.

Aber genau das ist es, was das Nachdenken über, das Entwerfen von Utopien nach wie vor so wichtig macht: Die Auseinandersetzung mit einem ganz konkreten politischen Konstrukt, mit einer ganz bestimmten Art und Weise, wie wir zusammenleben könnten, zusammenleben *sollten*, hilft uns, Wertentscheidungen zu treffen, hilft uns, nicht aus den Augen zu verlieren, dass es noch so etwas wie »Gesellschaft« gibt, hilft uns, zu erkennen, dass das technische Überwinden von vorgeblichen Zwängen, das technische Befriedigen von vorgeblichen Bedürfnissen in die engste aller Welten führt: in das eigene Ich.

Eine Utopie also für unsere Zeit?! Eine Utopie, die sich außerhalb dieser Logik verortet, ja den Beweis führt, dass es nicht die »menschliche Natur« ist, die diese Logik befeuert; in der Freiheit nicht notwendigerweise eine Folge ökonomischer Prozesse und Moral nicht notwendigerweise Glückssache ist; die das »richtige Leben« nicht auf Bedürfnis-Metaphysik gründet, sondern auf der Einsicht, dass Knappheit auch rational, also nachhaltig verwaltet werden kann; die letztlich – ganz im Gegensatz zu den frühen Utopisten – Orte beschreibt, in denen der Mensch nicht das Maß aller Dinge ist.

Schön wär's ja, aber ich habe leider keine derartige Utopie anzubieten, jedenfalls kein konkretes politisches Modell. Doch wie gesagt ist eine Utopie immer beides: politisches Konstrukt und Sehnsuchtsort. Und so wie die 68er sehnsüchtig nach Italien blick-

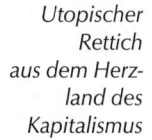

Utopischer Rettich aus dem Herzland des Kapitalismus

ten, könnten wir 89er ja unseren Blick an einen ganz anderen, eigentlich völlig unmöglichen Ort richten: nach Westen, an den Ursprung des Fordismus, nach Detroit. Dort, in einer vom digitalen Kapitalismus verlassenen Stadt, in der etliche Viertel keiner urbanen Planung mehr unterliegen, gibt es ein Projekt – »The Greening of Detroit« –, das den aufgegebenen öffentlichen und privaten Raum dadurch reaktivieren will, indem man diesen Raum in Gärten verwandelt. Gärten, die ein lokales, von den Großhandelsketten unabhängiges Selbstversorgungsnetz begründen könnten, was wiederum zu neuen Formen des Konsumierens und des Wirtschaftens jenseits von Monsanto & Co. und schließlich zu neuen Formen des sozialen Miteinanders führen könnte. Oder auch nicht. Der Witz des Ganzen jedenfalls ist, dass man nur das begleitet, was die Natur ohnehin macht – sie erobert sich eine Stadt zurück, die einst als so stolzes Symbol marktwirtschaftlicher Effizienz firmierte.

»The Greening of Detroit« ist weder linksökologische Bevormundung noch rechtskonservative »Zurück zur Scholle«-Ideologie, ja das Projekt passt eigentlich überhaupt nicht in unser politisches Koordinatensystem, das sich seit dem 19. Jahrhundert kaum verändert hat. Es ist insofern eine Art Utopie. Vor allem aber ist es eines: vernünftig.

Copyright © 2008 by Sascha Mamczak

Mögen wir in interessanten Zeiten leben!

U-topia, nicht O-topia: Über die Form der Dinge, die da kommen

von Adam Roberts

Als Engländer ist es schwer zu sagen, ob man den Autor von »Utopia« als *Sir* oder *Saint* Thomas Morus bezeichnen sollte. Einerseits ist die Heiligsprechung die höchste Auszeichnung, die einem die katholische Kirche verleihen kann – sie kennzeichnet die betreffende Person als Bürger des Himmels, der von Gott selbst gesegnet ist. Das Wort »Sir« bedeutet andererseits, dass der englische Monarch mit einem Zeremonienschwert die Schulter des so Bezeichneten berührt hat. Ich halte Letzteres für die bedeutendere Auszeichnung.

Unabhängig von der genauen Benennung des Autors fangen Studien des Begriffs der Utopie oft bei Morus' folgenreichem Werk an, das sie auf keinen Fall ignorieren können. »Utopia« wurde erstmals 1516 auf Latein veröffentlicht (auf Ralph Robynsons erste englische Übersetzung aus dem Jahre 1551 folgten Ausgaben in mehreren anderen europäischen Sprachen) und lieferte die Schablone für zahlreiche spätere Unternehmungen ähnlicher Machart. Ein fiktiver Reisender namens Raphael Hythlodeus berichtet von seiner Reise auf eine ferne Insel, wo er eine sehr viel wohlgeordnetere Gesellschaft und sehr viel glücklichere Menschen als im England des 16. Jahrhunderts vorfindet.

Warum wird dieses Land Utopia genannt? Fragen wir einmal die Gelehrten. Susan Brice erklärt, dass Utopia, »vom Griechischen *ou* (›nicht‹) und *topos* (›Ort‹) abgeleitet, ›Nicht-Ort‹ bedeutet, wobei vielleicht auch ein Wortspiel mit *eu* (›gut‹) beabsichtigt ist: ›Guter Ort‹«. Chris Fern setzt dieses Wortspiel als gegeben voraus: Sein Utopia ist »zugleich der (verlockende) gute Ort als auch der (frustrierende) Nicht-Ort: wünschenswert, aber unerreichbar«. Edward Surtz und J. H. Hexter sind etwas vorsichtiger: »Es ist nicht sicher, dass Morus mit der Vorsilbe eine Doppelbedeutung zum Ausdruck bringen wollte, also ou für ›nicht‹, um ›Nirgendwo‹ zu bilden, und eu für ›gut, zufrieden, glücklich‹, um ›Ort des Glücks‹ zu bilden.«[1] Die Vorsicht ist berechtigt – kein Philologe würde outopia und eutopia gleich betonen. Des Weiteren ist Morus zuerst einmal

Thomas Morus (1478–1535), gemalt von Hans Holbein dem Jüngeren, 1527

Karte der Insel Utopia (lateinische Ausgabe)

ganz klar vom griechischen Wort für »Nirgendwo« ausgegangen (in Briefen an Freunde, die er schrieb, während er sein Buch plante, nannte er es »Nusquama«, vom lateinischen *nusquam* für »nirgendwo«). Doch als er den Text dann tatsächlich verfasste, wählte er eine griechische statt einer lateinischen Vorlage für den Namen der Insel. Das Seltsame ist, dass Morus sein Buch nicht *Outopia* genannt hat, wogegen eigentlich nichts gesprochen hätte.[2] Warum hat Morus das O am Anfang weggelassen?

Wenn man den Titel besonders wörtlich verstehen will, könnte man sagen, dass »Utopia« weder »Nicht-Ort« noch »Guter Ort« bedeutet, sondern einfach »U-Ort«. Das Land »U«. Vielleicht ist dieser

Gedanke so offensichtlich, dass er den Kritikern uninteressant erscheint. Ich denke trotzdem, dass es sich lohnt, die Implikationen dieser Feststellung ein wenig auszuführen, weil sie es uns nämlich ermöglicht, zu einer angemessenen Würdigung dessen, was in der utopischen Vorstellungskraft auf dem Spiel steht, zu gelangen. Der Utopismus bedeutet in seiner Gänze den Wunsch, das Land des U zu betreten.

Hythlodeus' Beschreibung verrät, dass »die Insel von Utopia« buchstäblich wie ein U aussieht:

> Die Insel der Utopier dehnt sich in der Mitte, wo sie am breitesten ist, zweihundert Meilen weit aus, ist eine weite Strecke lang nicht viel schmäler und spitzt sich dann gegen die Enden hin allmählich zu. Die Küsten bilden einen wie mit dem Zirkel gezogenen Kreisbogen von fünfhundert Meilen Umfang und geben der ganzen Insel die Gestalt des zunehmenden Mondes.[3]

Morus legt uns nahe, dass es sich pragmatisch gesehen um eine gute Form für eine Insel handelt: Man ist nirgends allzu weit vom Meer weg, denn im 16. Jahrhundert war der Schiffsweg für viele Güter die effizienteste Art des Transports. Darüber hinaus macht die große Bucht in der Mitte Inlandsreisen besonders einfach: »Das Meer ... erfüllt die ungeheure Weite, die von allen Seiten von Land umgeben und so, vor Winden geschützt, wie ein riesiger See mehr still als stürmisch ist, und macht fast die ganze Bucht zu einem Hafen, der die Schiffe zum großen Vorteil der Einwohner nach allen Richtungen ein- und ausfahren lässt.« Es ist zu vermuten, dass ein vollständig von Land umschlossener See, wie wir ihn hätten, wenn U-topia O-förmig (also O-topia) wäre, gewisse Nachteile mit sich brächte: Bei einem solchen See bestünde die Gefahr des Kippens, und außerdem würde er keinen Zugang für Hochseeschiffe bieten. Damit ist das U ein geographisch vorteilhafter Buchstabe für Utopia.

Natürlich nehme ich dieses U nicht nur wörtlich, und ich denke, das Gleiche galt auch für Morus. Wenn es überhaupt Kritiker gibt, die das U beachten, dem Utopia seinen Namen verdankt, dann viel zu wenige. Utopia muss zur Kehrtwendung, zur nötigen Veränderung der Alltagslebens, in Bezug gesetzt werden: Eigentlich sollte es sich bei Utopia um die U-Bahn handelt, die uns *unter* unsere trostlose Welt bringt und auf Reisen voll sonderbarer und faszinierender Möglichkeiten mitnimmt. O-topia würde uns einengen, selbst – vielleicht sogar ganz besonders – wenn seine Fesseln aus den geläufigen Segnungen einer sorgenfreien Welt bestünden. U-topia ist genau deshalb utopisch, weil es die Möglichkeit zur Flucht offen lässt. Ich glaube, dass das der Kern der Sache ist. Morus war klug genug zu verstehen, was nur wenigen seiner Nachfolger klar geworden ist: dass ein hermetisch abgedichtetes O-topia niemals Vorbild für eine gedeihende menschliche Gesellschaft sein kann. Das einzige brauchbare Modell ist ein offenes U-topia.

Ein kurzer Überblick über die Geschichte der utopischen Werke des letzten Jahrhunderts fördert drei Hauptherangehensweisen an das Problem, sich eine perfekte Gesellschaft vorzustellen, zutage. Alle drei nähern sich, wenn auch nicht mit dem gleichen Nachdruck, der Problematik von O-topia an. Die erste und älteste Tradition des utopischen Denkens ist autoritär. Die Welt, in der wir leben, ist nicht perfekt, und sie wird auch nicht auf einmal von allein perfekt werden. Um unsere unvollkommene Gegenwart in eine perfekte Zukunft zu überführen, braucht es Gewalt. Gegen die Starrsinnigkeit und den Eigennutz der Menschen kann eine Veränderung nur erzwungen werden. Eine kollektivistische Vision von Utopia begreift, dass sie eine angeblich wünschenswerte Qualität auf Kosten anderer, zu ihr im Widerspruch befindlicher Werte privilegieren muss. Angesichts der Halsstarrigkeit menschlicher Individuen und ihrer allgemeinen Unterschiedlichkeit verfallen utopische Denker auf autoritäre Methoden sozialer Kontrolle: Sie setzen einen starken (wenn auch angeblich wohlmeinenden) Alleinherrscher, eine personalstarke Polizei mit weitgehenden Befugnissen oder kollektiven Konformitätsdruck ein.

Edward Bellamys »Looking Backward: 2000–1887« (1888)[4], das seinerzeit ausgesprochen beliebt war, ist ein Beispiel für diese Art von Utopie. Den Bürgern wird ihr jeweiliger Platz in der Gesellschaft (darunter ihr Beruf und ihr Ehepartner) per unfehlbarem politischem Gebot zugeteilt. Die Individuen finden ihr Glück darin, sich dem reibungslos laufenden Überindividuum des Staates unterzuordnen. Heutzutage hinterlässt die Lektüre des Buches einen eher beunruhigenden Eindruck, insbesondere wenn man bedenkt,

Darstellung der Samurai in H. G. Wells' »A Modern Utopia« (1905)

wie populär es früher war – Bellamy hatte in den USA mit den »Nationalisten« sogar eine Partei gegründet, die seine Utopie in die Tat umsetzen wollte und von Millionen unterstützt wurde.

Hinzu kommt, dass Bellamy ein erschreckend schlechter Schriftsteller war. Dagegen war H.G. Wells ein sehr guter Schriftsteller und obendrein der Vater der modernen Science Fiction – und trotzdem konnte auch er Utopia nur als autoritäres Modell entwerfen. Er hatte vom Großteil der Menschheit eine schlechte Meinung und hielt sie im Großen und Ganzen für unfähig, zu ihrem eigenen

Besten zu handeln. Also musste er seine utopischen Visionen durch Autoritätsfiguren decken. In »A Modern Utopia« (1905)[5] wird seine perfekte Welt von den »Samurai«, einer quasi-nietzscheanischen Gruppe von Übermenschen, regiert. In »The Shape of Things to Come« (1933)[6] sind die Autoritätsfiguren Wissenschaftler, die die unveränderlichen Gesetze des Lebens durchschaut haben. Die Alternative zu ihrer Herrschaft ist nicht etwa Freiheit, sondern Anarchie. Zu den Zutaten von Wells' Vision einer perfekten Gesellschaft gehörte auch die Eugenik. Diejenigen, die mit zu großen Makeln zur Welt kommen, sollen getötet werden, um den Genpool sauber zu halten.

Diese Art von Utopie hat heute nur wenige Anhänger, vor allem, weil uns nur zu bewusst ist, wie viele politische Führer des 20. Jahrhunderts tatsächlich eifrig bemüht waren, Millionen einen solchen Lebensstil aufzuzwingen – und wie weitreichende und entsetzliche Folgen das hatte.

In den Sechzigerjahren des 20. Jahrhunderts entstand eine Art Gegenbewegung zum »autoritären Modus« utopischen Denkens, bei dem den Menschen von oben eine »bessere« Art zu leben aufgezwungen wird. Das Konzept der Utopie wurde neu erfunden, um nunmehr Heterogenität, Vielfalt und die Anerkennung der individuellen Unterschiede als Grundvoraussetzung zu betonen. Die entsprechenden Autoren erzählten nicht von einem monolithischen Utopia, sondern feierten Vielfalt als konstituierendes Element des Paradieses, der Heterotopie. Samuel R. Delany ist der in diesem Zusammenhang vielleicht wichtigste Autor: sein »Trouble on Triton: an Ambiguous Heterotopia« (1976)[7] erforscht die utopischen Möglichkeiten einer geschäftigen, von Brüchen durchzogenen und veränderlichen Welt, in der die Menschen gesellschaftliche Nischen aller Art bewohnen, vom anonymen Überleben auf der Straße bis hin zu komplexen Hauskollektiven, die in verschiedenem Maße über Wohlstand verfügen. Suzy McKee Charnas' »The Furies« (1994) stellt eine phantastische Variation der Geschlechterverhältnisse dar, in der Frauen und Männer getrennt leben, wobei die Betonung allerdings auf der Vielfalt von Lebensweisen liegt, die den Figuren zur Verfügung stehen. Manche Frauengruppen halten sich Männer als Sklaven, die nur dem Zweck der Reproduktion dienen, während andere versuchen, ein gewisses

Maß an Geschlechtergleichheit wiederherzustellen. Beide Bücher und viele ähnliche Werke haben (wie aus der obigen Kurzzusammenfassung hervorgeht) viel mit der *Dystopie*, der Projektion der schlimmsten Aspekte des zeitgenössischen Lebens in die Zukunft, gemeinsam. Vielleicht liegt das Augenmerk dieser Werke zu sehr auf den Trennlinien und Ungleichheiten, die dem heterotopen Leben innewohnen. Oder vielleicht ziehen uns die Zentripetalkräfte der Handlung von den berauschenden Attraktionen solcher Vielfalt fort, hin zu einer Art gesellschaftlichem Zusammenbruch. »Niemand erschafft mehr Utopien«, behauptete Martin Amis 1978 ziemlich resigniert. »Selbst die Utopien von früher wirken heute wie Dystopien.«[8]

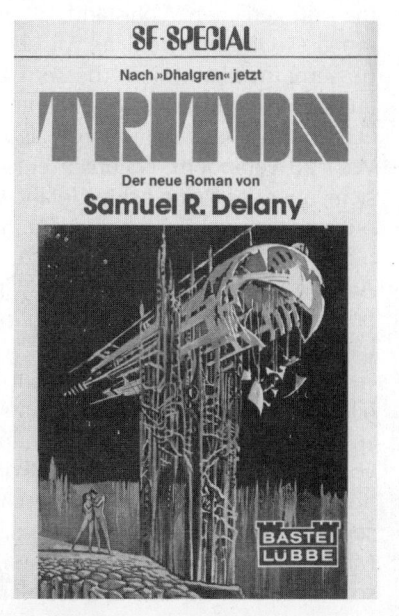

Von diesem Punkt aus hat sich in letzter Zeit eine dritte Richtung entwickelt, die davon ausgeht, dass Utopia niemals realisiert werden kann. Heute neigen Literaturkritiker dazu, utopische Geschichten nicht als Blaupause für die richtige Einrichtung unserer Zukunft zu lesen, sondern als hintersinnige Kritik daran, wie die Welt der Gegenwart funktioniert. Die Betonung liegt weniger darauf, Lösungen vorzuschreiben, als darauf, Probleme zu identifizieren. Wie Ruth Levitas es in ihrer kritischen Studie »The Concept of Utopia« ausdrückt: »Utopia ist nicht tot, aber die Sorte Utopismus, die ganzheitlich, gesellschaftlich, auf die Zukunft festgelegt, von sich überzeugt und durch eine erkennbare Geschichte von Veränderungen mit der Gegenwart verbunden ist – eine Art kollektiver Optimismus des Intellekts ebenso wie des Willens –, ist kulturell problematisch.«[9] Anstatt zu versuchen, die Welt zu verändern oder Literatur als Blaupause für ein besseres Leben zu schreiben, soll Utopia also lieber als nicht zu verwirklichende Phantasie am Leben erhalten werden. Fredric Jamesons relativ neues Buch »Archaeologies of the Future« ist die bislang am besten ausgearbeitete, detailreichste Analyse der Annahme, dass Utopien zugleich unmöglich und notwendig sind.

Jameson interpretiert die Utopie als *Bruch* sowohl mit dem bestehenden Status quo als auch mit unseren Idealen: »Deshalb ist es vielleicht besser, einem ästhetischen Paradigma zu folgen und festzustellen, dass nicht nur die Herstellung des unauflöslichen Widerspruchs der grundlegende Vorgang der Utopie ist, sondern dass wir uns auch irgendeine Form von Befriedigung vorstellen müssen, die eben dieser Konfrontation mit Pessimismus und dem Unmöglichen innewohnt.«[10]

Allerdings könnte man den Versuch, uns mit einer pessimistischen Position abzufinden und die Unmöglichkeit des utopischen Traums hervorzuheben, durchaus als ziemlich fragwürdige Form der Auseinandersetzung mit den Nöten unserer Existenz sehen – oder zumindest als eine, die sich leichter aus der Position bequemen bürgerlichen Wohlstands als aus echter Not heraus praktizieren lässt. Die Welt ist nicht, wie sie sein könnte; man sollte sie verbessern; man kann sie verbessern. Die utopische Vorstellungskraft ausschließlich ins Reich der Phantasie zu verbannen, kann schwerlich zu etwas anderem führen als zur Vergällung des Willens, die Welt zu verändern. Natürlich entspricht das nicht Jamesons Absicht, aber es ist eine echte Gefahr. Wenn wir glauben, dass Utopia buchstäblich unerreichbar ist, dann kollabiert jeder Versuch, dem utopischen Ideal im Geiste »treu zu bleiben«, zwangsläufig zu einer Art von Heuchelei: Man legt ein Lippenbekenntnis zur Idee einer besseren Welt ab, während man in der Praxis alle Pläne, die Verhältnisse zu verbessern, aufgibt.

Keiner dieser drei Modi des Utopischen scheint mir besonders hilfreich. Was wir brauchen, ist eine Kehrtwende, ein U.

Das Problem mit dem Kommunismus des 20. Jahrhunderts – vorausgesetzt, man kann ein so komplexes soziohistorisches Phänomen überhaupt derart reduziert auf den Punkt bringen – ist, dass seine großen Denker die Hindernisse beseitigen wollten, die die Menschen von ihrem Glück trennen, anstatt das menschliche Glück so weit zu stärken, dass es diese Hindernisse überwinden kann. Tatsächlich lässt sich sagen, dass die utopische Phantasie seit den frühesten menschlichen Überlieferungen von einem *Mangel an existenzieller Reibung* gekennzeichnet ist. Die meisten menschlichen Kulturen postulieren ein goldenes Zeitalter oder einen Garten Eden, in dem die Mühen und Ängste des wirklichen Lebens einfach beseitigt werden.

Unter den in der europäischen Populärkultur zahlreichen Beispielen für diese Art von Utopie finden sich die deutsche Überlieferung vom »Schlaraffenland«, wo die menschlichen Bedürfnisse in faulem Herumlungern und purem Hedonismus ihre Erfüllung finden, und das englische »Land of Cockaigne«, wo die Tiere von selbst zur Tafel schreiten und die Flüsse aus Wein bestehen, wo die Menschen nie alt oder krank werden und niemals sterben und wo die sinnlichsten Genüsse an jeder Ecke zu haben sind. Die vielleicht treffendste Kritik dieses utopischen Ideals ist Aldous Huxleys »Brave New World« (1932)[11]: eine moderne High-Tech-Version der Versprechen des Schlaraffenlands, nach dessen Lektüre kein Zwei-

»Schlaraffenland«, Pieter Bruegel der Ältere (1567)

fel mehr besteht, dass ein Leben voll endloser sinnlicher Hingabe und frei von Leid letztlich eine Art Hölle wäre.

Aber Huxleys Lektion ist offenbar nicht angekommen. Viele halten es für erstaunlich, wie attraktiv dieses Faulpelz-Ideal offenbar auch heute noch ist. Als ich beispielsweise ein Grundstudiumsseminar zu »Brave New World« angeboten habe, war ich erstaunt, wie viele meiner Studierenden ein Leben voll freizügiger Sexualität, Drogenkonsum, kultureller Ablenkung in Form von Kino, Reisen und Ähnlichem als ganz klar utopisch betrachteten. Ich will nicht puritanisch klingen: Es gibt eindeutig nichts daran auszusetzen, sich zu vergnügen. Aber etwas ist falsch an dem Glauben, dass Vergnügen mit der Abwesenheit einer zeitlichen Differenz zwischen Wunsch und Erfüllung zu tun hat.

Der englische Dichter W.H. Auden hat Utopia als »Paradies auf Erden: eine Welt des reinen Seins« bezeichnet, in dem »das, was die Menschen sind und was sie wollen oder was ihnen zusteht, identisch ist«. Diese Vorstellung hat wohl eine gewisse oberflächliche Attraktivität, aber einer genauen Analyse hält sie nicht stand. Auden beschreibt eine Welt, in der, wenn man sie denn herbeizaubern könnte, Glück zu Langeweile werden würde und Langeweile zu Glück. Ich glaube, dass er einfach die Natur des weltlichen Lebens missverstanden hat. Damit meine ich, dass es nicht das Leben ist, sondern die *Hindernisse* im Leben, die unsere Existenz lebenswert machen. Das Ziel von Theoretikern der Utopie sollte sein, diese Hindernisse innerhalb eines menschlichen Rahmens zu halten. Eine Welt, in der ein grundlegender Mangel an Nahrung, Schutz, Gesundheitsversorgung oder Sicherheit zum Tod von Menschen führt, ist eine Welt, in der Hindernisse zu unüberwindlichen Barrieren geworden sind. Genauso stellen Wohlstand, Materialismus oder Religion den Menschen unüberwindliche Barrieren – anstatt einfacher Hindernisse – in den Weg, wenn sie gesellschaftlich uneingeschränkt gelten, wie es derzeit in mehreren Ländern dieser Welt der Fall ist.

Das Problem ist nicht, dass ein reibungsloser Zustand unerreichbar ist, sondern dass er, wenn man ihn denn erreichen würde, unerträglich wäre. Christopher Priests Roman »A Dream of Wessex« (1977)[12] beschreibt eine wissenschaftlich-schöpferische kollektive Phantasie, in der die südwestliche englische Halbinsel (Somerset,

Devon und Cornwall, die man zusammen auch »Wessex« nennt) sich vom Festland löst und zu einer Insel wird, auf der das Leben im Vergleich mit der von Priest beschriebenen heruntergekommen Zukunft paradiesisch ist. Der springende Punkt des Romans besteht darin, zu dramatisieren, wie die menschliche Natur selbst zur Schlange im Garten Eden wird, wie unsere Wünsche immer komplexer werden und nach komplexerer Erfüllung verlangen, als die allzu einfachen Paradies-Modelle sie bieten können. Der Leitgedanke des Romans ist, wie Priest uns mitteilt, ein »alter chinesischer Fluch«: »Mögest du in interessanten Zeiten leben.« Doch eine der zahlreichen subtilen Ironien von Priests Roman besteht gerade darin, dass interessante Zeiten die einzige Krume sind, in der echte Zufriedenheit gedeiht. Wir können Utopia nur betreten, wenn das O des Glücks aufgebrochen wird, um uns einzulassen. Nur die Verdammten können echtes Glück erfahren.

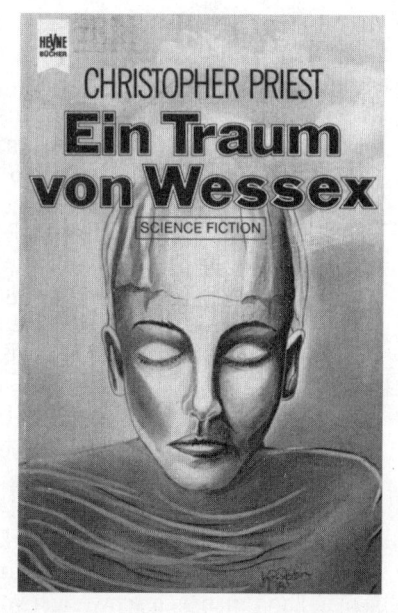

Utopia ist jetzt. Eine vergiftete Welt mit bedrohtem ökologischem Gleichgewicht ist genau insofern Utopia, wie Umweltverschmutzung etwas ist, das wir überwinden, angehen und bekämpfen können, und sie bleibt genau so lange ein Utopia, wie wir uns aktiv bemühen, die Umwelt wieder sauber zu bekommen. Sobald wir diesen Kampf aufgeben oder sobald die Vergiftung der Welt unumkehrbar wird, verwandelt das Hindernis sich in eine Barriere, und wir stürzen von Utopia in die Hölle.

Eigentlich habe ich den Eindruck, dass wir zwei Varianten von Utopia brauchen: eine für dann, wenn wir angesichts zu geringer Widerstände stagnieren, und eine für Zeiten, in denen wir uns von den äußeren Verhältnissen unterdrückt fühlen. Der Prototyp für die erste Variante ist vielleicht ein Roman wie Cervantes' »Don Quichotte« (1605–1614) oder James Joyces »Ulysses« (1922): eine Welt, in der der öde Alltag mit einem Schuss des Phantastischen überhöht wird, ob es nun aus dem Ritterroman oder aus den homerischen Epen bezogen wird. Der Prototyp der letzteren Variante ist die Science Fiction: eine imaginäre Welt, in der Probleme nicht wie von Zauberhand verschwinden, sondern in denen man ihnen direkt und mit gerade so ausreichenden Hilfsmitteln – in Form von Technologie oder Superkräften – entgegentreten und sie überwinden kann.

Im Film *Matrix* (1999) verrät Mr. Smith, der Agent der skrupellosen Maschinenintelligenz, dem Helden Neo, dass es sich bei der virtuellen Welt, in der er lebt – ein Simulacrum der Alltagswelt des 20. Jahrhunderts – bereits um die zweite Version handelt. Ursprünglich haben die Maschinen »ein Paradies für euch« erschaffen, ein buchstäbliches Utopia. Aber sie haben festgestellt, dass die Menschheit in solch stickiger Perfektion nicht gedeihen konnte. »Ganze Ernten gingen verloren«, erklärt er und spielt damit beiläufig auf ein menschliches Massensterben an. Einen größeren Fehlschlag kann man sich schwerlich vorstellen: Faules Herumlungern ist offenbar keine geeignete Lebensweise für die Menschheit. Die Matrix ist nicht deshalb eine Utopie, weil sie materielle Bedürfnisse (Nahrung, Kleidung und dergleichen mehr) besser befriedigt als ein Leben draußen in der Wüste der »wirklichen Welt« – obwohl das durchaus der Fall ist. Sie ist eine Utopie, weil die Bedrohungen, denen die Menschen sich in ihr gegenüber sehen, zwar mächtig sind, sich aber letztlich überwinden lassen. Ein weiteres Beispiel ist vielleicht Tolkiens Mittelerde, ein Ort, an dem das Wunderbare und das Schreckliche sich die Waage halten, aber auch ein Ort, an dem der Mut und die Beharrlichkeit eines ganz normalen Menschen (oder Hobbits) letztlich genügen, um die Herausforderungen zu meistern, denen er sich gegenübersieht.

Das alles sind imaginäre Welten, in die Fans sich hineinversetzen – Welten, die Menschen gerne aufsuchen würden. Niemand würde jemals wirklich Bellamys utopisches Amerika besuchen wollen, und niemand möchte zu den Wissenschaftlern aus Wells' Zukunftswelt gehören. Niemand wollte jemals wirklich auf Morus' utopischer Insel wohnen. Es ist nicht so, dass diese Welten unerreichbar wären – eines Tages erreichen wir sie vielleicht. Allerdings wäre das eher eine Katastrophe. All diese Welten sind zu perfekt, zu unterkühlt. Die Gleichsetzung von Utopie und Perfektion ist ein Fehler. Auf einer bestimmten Ebene ist uns klar, dass die einzigen Utopien, die unsere Aufmerksamkeit verdienen, diejenigen sind, die eine grundlegende existenzielle Kehrtwende erlauben – die so offen und voller Möglichkeiten sind wie ein U.

ANMERKUNGEN

[1] Brice, Susan (Hrsg.), Three Early Modern Utopias (Oxford: Oxford University Press 1999), S. xxi; Chris Fern, Narrating Utopia: Ideology, Gender, Form in Utopian Literature (Liverpool: Liverpool University Press 1999), S. 39; Surtz, Edward und J.H. Hexter (Hrsg.), Thomas More, De Optimo Reipublicae Statu Deque Nova Insula Utopia (Übersetzung von C.G. Richards); The Yale Edition of the Complete Works of St. Thomas More (New Haven: Yale University Press 1965), 4, S. 385.

[2] In mancher Hinsicht hätte diese Schreibweise seinem Anliegen vielleicht sogar eher entsprochen: Auf Griechisch hieße *outopia* so viel wie »Nicht-Ort«, und in Latein wäre darüber hinaus die Bedeutung »siegreicher« oder »gefeierter Ort« hinzugekommen, zusammengesetzt aus *ouo* (»Ich feiere, triumphiere, nehme Beifall entgegen«) und *topos* (das in Latein zuweilen mit der Bedeutung »Ort« auftaucht, obwohl der gebräuchlichere Begriff *locus* ist).

[3] Klaus J. Heinisch (Hrsg.), Der utopische Staat. Morus: Utopia. Campanella: Sonnenstaat: Bacon: Neu-Atlantis (Reinbek bei Hamburg: Rowohlt 1960), S. 48.

[4] Deutsch erstmals 1890 als »Ein Rückblick aus dem Jahre 2000 auf 1887«.

[5] Deutsch erstmals 1911 als »Jenseits des Sinus«.

[6] Nicht ins Deutsche übersetzt.

[7] Deutsch 1981 als »Triton«.

[8] Martin Amis, The War Against Cliché: Essays and Reviews 1971–2000 (London: Vintage 2001), S. 117.

[9] Ruth Levitas, The Concept of Utopia (London: Philip Allen 1990), S. 15.

[10] Fredric Jameson, Archaeologies of the Future: The Desire Called Utopia and Other Science Fictions (London: Verso 2005), S. 84.

[11] Die jüngste deutsche Übersetzung unter dem Titel »Schöne Neue Welt« stammt aus dem Jahre 1978.

[12] Deutsche Übersetzung 1979 als »Ein Traum von Wessex«.

Copyright © 2008 by Adam Roberts
Copyright © 2008 der deutschen Übersetzung
by Wilhelm Heyne Verlag, München
Aus dem Englischen von Jakob Schmidt

Beim Bein des Propheten

Von Marx zu Rüttgers –
die Utopie auf der Höhe der Zeit

von Hartmut Kasper

Im Dezember des Jahres 2007 stand eine kleine Meldung in den Zeitungen aller Welt: Im fernen Andhra Pradesh, einem südlichen Bundesstaat Indiens, hatten zwei etwa zwanzigjährige Männer einem Hindu-Priester das rechte Bein abgesägt. Das Opfer, ein Mann namens Yanadi Kondaiah, habe der Polizei zufolge seinen Lebensunterhalt mit Wahrsagen verdient. Er habe freilich überall erzählt, dass nicht er selbst, sondern sein »magisches Bein« die Prophezeiungen wahr werden ließe. Unter anderen Kunden sagte der heilige Mann auch den beiden späteren Dieben die Zukunft voraus, und zwar mehrfach, und immer zutreffend. So erwuchs in den beiden Männern der Wunsch, des weissagenden Beines habhaft zu werden. Also begaben sie sich zum Haus des achtzigjährigen Priesters, machten ihn zunächst betrunken, trennten dann vermittels einer Sichel das Bein vom Rumpf und entkamen damit.

Der Artikel wirft allerlei Fragen auf. Zunächst sicher die, ob denn das Bein, das sich sonst so gut über die Zukunft informiert gezeigt hatte, nichts von der bevorstehenden Amputation ahnte – oder, wenn doch: Warum es seinem bisherigen Inhaber keinen diesbezüglichen Wink gegeben hatte? Mochte es lieber mit den beiden jungen Tage- und Gliederdieben unterwegs sein als weiter an der Hüfte des würdigen Greises zu verweilen? Oder wussten sie beide

Bescheid, Bein wie Beinbesitzer, hielten aber die Zukunft für unabwendbar und ließen den Dingen ihren vorbestimmten Lauf?

Warum überhaupt gieren wir – den beiden jungen Attentätern darin nicht unähnlich – nach Auskünften über künftige Zeiten? Warum halten wir uns Astrologen, Wirtschaftsweise, Steuerschätzer und Futurologen, warum lesen wir den Wetterbericht, *Star-Trek*-Romane oder Heftromane über die »Sternenfaust«? Heißt es nicht schon im Lied:

> »Nehmt Abschied, Brüder, ungewiss
> ist alle Wiederkehr,
> die Zukunft liegt in Finsternis
> und macht das Herz uns schwer«?

Wünschen wir schwerere Herzen, oder im Gegenteil Aufklärung der futuristischen Finsternisse und damit Erleichterung unseres Pumporgans? Aber würde es uns wirklich beschwingen, wenn wir wüssten, wann wir wo unter welches Auto laufen, von welchem Hai gefressen oder von welchem nichtswürdigen Virus geschlachtet werden?

Zur Neugier auf die Zukunft gehört der Glaube daran, dass sich die Zeiten ändern. Bliebe immer alles, wie es ist, müsste uns die Zukunft nicht kümmern, wäre sie nichts als eine gelegentlich neu tapezierte, umdekorierte Gegenwart. Zwar liegt der Ursprung des Bewusstseins für die Wandelbarkeit der Zustände im Dunkel der Geschichte, aber wahrscheinlich waren es die Religionen, die zuerst verkündeten, dass es früher anders und in der Regel besser gewesen war. Im Anfang machte Gott, und er machte seine Sache gut; dann kam der Mensch, und es ging bergab mit allem.

Denn wenn die Bestmöglichkeit der Welt schon zu ihrem Anfang gegeben war, konnte es fortan nur schlechter und schlimmer werden, und je mehr man vom Althergebrachten, deswegen Guten retten konnte, desto besser. Das ist der Grund, warum konservative Geister sich bevorzugt knapp über dem absoluten Nullpunkt der Zivilisation wähnen, fast am Ende einer immer tiefer herabsinkenden, immer niederträchtigeren Geschichte.

Unbekümmert um die Faktenlage entdecken sie in jedem beklagenswerten Ereignis nicht nur das Ereignis selbst, sondern ein Fanal für den nahenden Untergang, rufen Zeter und Mordio, zu den Waffen oder mindestens nach drakonischen Maßnahmen. Vielleicht besitzt jedes größere Gemeinwesen einen solchen Alarmisten. In der gegenwärtigen deutschen Politik hat sich bekanntlich der hessische Wirtschafts- und Wettbewerbsrechtler Roland Koch, jüngster Spross einer hessischen Aufsichtsrat- und Politikerdynastie – schon sein Vater, Karl-Heinz Koch, war hessischer Minister –, mit dieser Rolle identifiziert. Koch verkündete vor Jahren als Christdemokrat die frohe Botschaft, dass nur der sich in die deutsche Schicksalsgemeinschaft solle integrieren dürfen, wer keine zweite Staatsbürgerschaft neben der deutschen habe – Kenner erkannten das Echo des eifersüchtigen Gottes, der seinem Volk Israel einst geboten hatte: »Du sollst keine anderen Götter neben mir haben.« Andernfalls: Wehe!

Religion rekonstruiert nicht nur die Anfänge der Welt und der Weltgeschichte, sondern prognostiziert auch deren Ende. Welt wie Weltgeschichte sind nämlich, religiös betrachtet, keineswegs offene und infinite Systeme. Die christliche Vision der Endzeit sieht, vereinfacht gesagt, so aus: Der Himmel öffnet sich, Christus kehrt zurück auf die Erde, diesmal als Feldherr an der Spitze eines Engelheeres, und vernichtet den Antichristen und dessen Truppen. Viele Vögel kommen, Aasfresser, und verspeisen die sterblichen Überreste der antichristlichen Streitkräfte. Anschließend wird Satan für eintausend Jahre inhaftiert. Auf der Erde entfaltet sich das Tausendjährige Reich, regiert von Christus persönlich. Nach Ablauf der Haftzeit wird Satan noch einmal freigelassen, allerdings ohne sich während seiner Festsetzung resozialisiert zu haben. Gleich verführt er wieder die Völker und führt sie in die Schlacht gegen den Messias, verliert allerdings erneut und wird in einen Feuer- und Schwefelpfuhl deponiert. Anschließend Weltgericht. Himmel und Erde werden erneuert; Gott verlässt den Himmel und nimmt Wohnung bei den Menschen. Gott und seine frommen Diener herrschen in Ewigkeit.

Ähnlich wie im Falle des entwendeten Hindupriesterbeines wird man sich fragen, warum Satan und die Mächte der Finsternis in eine Schlacht ziehen, die sie nur verlieren können, weil sie sie, *sub specie aeternitatis*, also unter dem Gesichtspunkt der Ewigkeit betrachtet, längst und immer schon verloren haben. Lesen sie die Bibel nicht? Oder ist es der Fluch der mangelhaften Bildung?

Würden Christi Widersacher die Offenbarung des Johannes zur Kenntnis nehmen und ihre Lehren daraus ziehen, beispielsweise indem sie sich bekehren und zu Gott desertieren, könnte sich die Prophezeiung nicht mehr bewahrheiten, die Utopie vom Welten- und Geschichtsende verhinderte als für wahr erkannte Prognose ihre Realisierung.

War sie vielleicht so von Gott gemeint? Soll sie als lehrreiche Drohkulisse wirken wie die Reden Lenins, der, um seine Mitstreiter in seinem Sinn zu motivieren, nie gesagt haben soll: »Wir sollten mal ...«, sondern immer nur: »Wir sind verloren, wenn wir nicht ...«?

Kenne sich einer aus mit der göttlichen Rhetorik.

Im Anschluss an die Apokalypse entwickelte der christliche Geschichtsphilosoph Joachim von Fiore (etwa 1135–1202) die Vorstellung eines »Dritten Reiches«, das nach dem alttestamentarischen »Reich des Vaters« und dem gegenwärtig-neutestamentarischen »Reich des Sohnes« sich als endzeitliches Friedensreich unter der Regentschaft des Heiligen Geistes entfalten sollte. Die Idee des »Friedensreiches« war übrigens polit-propagandistisch so attraktiv, dass immer wieder deutsche Kaiser und Könige als Fürsten eines solchen Reiches benannt wurden, als »Fried-rich« nämlich.

Klar ist nun jedenfalls, dass die Geschichte laut Bibel nicht eine immer gleiche, unveränderliche Ära ist, sondern im Gegenteil ein Prozess, der auf ein Ziel zueilt, an dem alles anders wird, alles besser, alles neu.

Spätestens von Hegel und Marx wurden diese religiösen Vorstellungen verweltlicht. Beide Philosophen sehen die Geschichte als zielorientierten Prozess an und, Erben des Propheten, die sie sind, wissen bereits, wie die Geschichte ausgeht: Aus Hegels Dialektik von Herr und Knecht entwickelt Marx die Vorstellung, die Geschichte sei ein Prozess, vorangetrieben von Klassengegensätzen. Zu dem Zeitpunkt, an dem alle diese Gegensätze aufgehoben sind, an dem nicht mehr aus Sachzwängen gearbeitet werden muss, endet die Geschichte und – wie es im dritten Teil von Marxens »Das Kapital« heißt – »das Reich der Freiheit« bricht an.

Bekanntlich entlieh auch der Faschismus Bilder und Begriffe aus der johanneischen Apokalypse und ihrem Deutungsumfeld. Im Jahr 1923 publizierte der konservativ-antidemokratische Nationalist Arthur Moeller van den Bruck sein Buch »Das Dritte Reich«. Er skizzierte darin einen zukünftigen parteilosen, von einer Elite regierten Staat, der die glorreiche Nachfolge der ersten beiden deutschen Kaiserreiche antreten sollte. Nichtdeutsche und Juden wären in diesem politischen Gebilde zwar geduldet, von jeder Herrschaft aber ausgeschlossen gewesen. Bekanntlich firmierte der dann von Adolf Hitler – dessen »proletarische Primitivität« Moeller van den Bruck zuwider war – realisierte NS-Staat gerne als »Tausendjähriges Reich«. Nun sollte man den Ideologen des faschistischen Apparates keine ernstzunehmende religiös-philosophische Bildung oder Strategie unterstellen. Die entliehenen Begriffe versteht man am besten als Schönfärbereien mit nicht geringer Klebekraft. Immerhin gehen ihnen heute noch Leute auf den Leim.

Mit dem kläglich-katastrophalen vorzeitigen Ende der tausendjährigen Nazi-Herrschaft war der politische Utopiebegriff wenigstens hierzulande weitgehend diskreditiert. Salonfähig, wenn nicht sogar populär war die Utopie allenfalls noch in exotisch-fremdländischer Verkleidung und im vorgeblich weltanschauungsfreien utopisch-technischen Gewand. Für das Exotisch-Fremdländische zeichneten in den ersten zwei Nachkriegsjahrzehnten vor allem deutsche Schlager verantwortlich. Den Stimmen der Siegermächte analog, sang es mit englisch-amerikanischem Akzent – wie Cliff Richard, Gus Backus, Bill Ramsey, – oder mit französischem Zungenschlag (Dalida, Edith Piaf, Mireille Mathieu). Für Russland waren Stars wie der Fulbright-Stipendiat Hans Rolf Rippert alias Ivan Rebroff oder die Sängerin Doris Treitz, genannt »Alexandra«, zuständig.

Die Lieder dieser Sängerinnen und Sänger entführten akustisch ins nahe oder ferne Ausland, spielten in Amerika, England, Frankreich, Italien und Russland, gerne auch in der damals fernen und exotischen Türkei – es war die Zeit, in der die »Currywurst« noch nicht »Currywurst« hieß, sondern ob ihrer feurig-scharfen Würze nur die »Türkische«.

Bill Ramsey berichtete vom »Maskenball bei Scotland Yard« (1963), war »Zwischen Schanghai und St. Pauli« (1962) und kannte »Unsere tollen Tanten in der Südsee« (1963); die Hits von Vico Torriani (eigentlich Ludovico Oxens Torriani) hießen »Ananas aus Caracas« (1957), »Schön und kaffeebraun« (1958), »Der Stern von Santa Clara« (1958), »Kalkutta liegt am Ganges« (1960) oder »Café Oriental« (1961), in dem es folgendermaßen zugeht:

> »Im Orient gibt's ein Lokal, das Café Oriental
> jeder Scheich war schon einmal im Café Oriental.
> Dies Lokal ist ein Magnet, dort gibt's Frauen ohne Zahl
> und wer so was sucht, der geht ins Café Oriental.«

Das alles klang viel versprechend, schön und gut, farbenprächtig und geradezu lustvoll-frivol, jedenfalls wenn man es mit den Beziehungsreflektions- und Beziehungsabgesängen vergleicht, die heute aus den MP3-Playern ertönen und nicht selten klingen wie ein Protokoll einer professionellen Partnerschaftsberatungssitzung.

Ich gestehe, dass mir ja fast die Tränen kommen, und zwar aus Mitleid, wenn im TV eine aktuelle Musikkapelle – etwa »Wir sind Helden« – Schlager mit larmoyanten Texten zum Besten gibt wie:

> »Ich weiß nicht weiter
> Ich weiß nicht, wo wir sind
> Ich weiß nicht weiter
> Von hier an blind
> Von hier an blind.«

Solche Geständnisse sind dringend hitverdächtig. Und welcher Sangesheld, brav und angebiedert, würde heute noch vors Publikum treten, um freimütig mitzuteilen, er suche »Frauen ohne Zahl« in einem türkischen Etablissement zweifelhaften Rufs?

Für all diese Orte, die, wenn auch von dieser Welt, ein wenig anders strukturiert sind als unser Alltag, nämlich erotisch-kriminell, orgiastisch-gegenweltlich wie jenes torrianische Café, tantenhaft-toll oder so verrucht wie jene Taverne, in dem Hazy Osterwald zum mörderischen »Kriminal Tango« (1959) aufspielte – ein Ort voller dunkler Gestalten unter der roten Laterne, Lunte und Spannung, in dem die Kapelle gefragt wird: »Haben Sie nicht was Heißes da?« –, für alle diese erotisch-morbiden Abseitigkeiten und sozialen Separees hat der französische Kulturkritiker Michel Foucault Mitte der Sechzigerjahre den Begriff der Heterotopie vorgeschlagen. Bordelle, Festwiesen und Kasernen, Kolonien und Gefängnisse, psychiatrische Kliniken und Altenheime wären solche Enklaven,

Orte, an denen von der herrschenden Norm abweichendes Verhalten geübt, ja gepflegt werden kann, in denen eigene Regelsysteme entwickelt und befolgt werden, lustvoll-paradiesisch oder höllisch-qualvoll.

Heterotopien wären demnach wirklichkeitskräftiger als Utopien, Heterotopien sind reelle (oder wenigstens realisierbare), Utopien dagegen bloß virtuelle Räume. Foucault verwendet »Heterotopie« und »Utopie« als Gegenbegriffe und grenzt sie voneinander ab.

Meine Überlegung ist, ob es nicht dennoch einen Zusammenhang zwischen beiden gibt, ob eine utopieträchtige Gesellschaft nicht ebenso überquillt von echten Heterotopien, oder ob eine heterotopophile Gesellschaft nicht auch vermehrt Utopien Raum gibt. Die Dekaden nach dem Zweiten Weltkrieg waren ja nicht nur reich an munter besungenen Heterotopien. Die späten Fünfziger- und die Sechzigerjahre erscheinen in der Rückschau gleichzeitig auch als Blütezeit der Science Fiction in Deutschland.

Diese Blüte verdankte sich, keine Frage, einem komplexen Bündel von Gründen; nur zwei möchte ich nennen. Die politischen Verhältnisse erschienen in der Zeit des Kalten Krieges winterstarr und unveränderlich; ihr Leitspruch: »Keine Experimente!«, denn – so der Bundestagswahlkampfslogan der CDU 1953 – »alle Wege des Marxismus führen nach Moskau«. Wer oder was aber nicht nach Moskau wollte, zeigte sich klugerweise unbewegt. Adenauer hatte faktisch bis 1963 regiert, gefühlt aber bis weit in die Sechzigerjahre hinein. Soviel Konstanz forderte einen Gegenentwurf förmlich heraus.

Ökonomisch entwickelte und öffnete sich das Land; fremde Länder rückten in Reisereichweite; der allgemeine Wohlstand förderte die allgemeine Bildung; der Technik, zumal der sowjetischen wie der US-amerikanischen Flug- und Raumfahrttechnik – 4. Oktober 1957: Sputnik! – stand der Himmel offen. In diesem Klima gedieh auch die – eher literarisch fundierte – deutsche Zukunftsraumfahrt. Helden mit anglo-amerikanischen Namen wie Perry Rhodan, Rex Corda, Allister Cliff McLane vertraten interstellar deutsche politische Visionen (beispielsweise das Ideal einer allumfassenden »Erdregierung«, für das sich echte Amerikaner eher selten begeistern). Tatsächlich technisches Verständnis für die raketenbetriebenen Utopien war nicht gefragt. Commander McLane hieß seinen

Schnellen Raumkreuzer Orion per »Rücksturz zur Erde« heimkehren, gerade so, als wäre sein Raumschiff ein hoch geworfener Stein; und Walter Ernsting, Künstlername Clark Darlton, ließ in seinem »PERRY RHODAN Planetenroman: Das Meer der Zeit« die Besatzung seines Raumschiffs das folgende Abenteuer erleben: Die Raumfahrer beschleunigen ihr Schiff relativ mühelos auf 100 Prozent Lichtgeschwindigkeit, und da ...

> »›Die Kalenderuhr!‹, sagte Dr. Lin plötzlich und sah zur Wand.
> Sie sahen alle zur Wand.
> Die Uhrzeiger waren stehengeblieben.
> Warum?
> Es gab keine Erklärung für das Phänomen.
> Die Mannschaft verhielt sich ruhig und diszipliniert.«

Na, Hauptsache! Doch gegen Ende der Sechzigerjahre änderten sich die Rahmenbedingungen unaufhaltsam.

Schule, anschließendes Studium und populärwissenschaftliche Rundfunkprogramme diskreditierten diese nur behauptete Zukunftstechnologie. Der wirkliche und in den Alltag vordringende technische Fortschritt sorgte dafür, dass die ehedem fernen, ja unerreichbaren Länder zwar fern blieben, zunächst aber mittels Auto, dann mittels Flugzeug immer erreichbarer wurden.

Aber nicht nur das: Sie wurden dem Ausgangsort der Reise auch immer ähnlicher, verloren an Exotik oder Heterotopität. Die fortschreitende Homogenisierung der Welt lässt sich bereits daheim verfolgen: Vor Zeiten waren Städte urbane Landschaften voller Individualitäten und Eigentümlichkeiten. Heute hat die Ladenkettenbildung eine alles überwältigende Vereinheitlichung herbeigeführt. Kaum eine deutsche Stadt ohne Lebensmittelketten wie Aldi, Lidl oder Edeka, ohne Medienketten wie Media Markt oder die Mayersche Buchhandlung, ohne Deichmann, Schlecker und Bijou Brigitte. Nicht nur nationales urbanes Leben hat sich über diese Verkettungen homogenisiert. Wenn wir mit der Familie in England Urlaub machen, in Holland oder Polen, entdecken die Kinder gerne die freundliche McDonald's- oder Burger-King-Filiale.

Nun habe ich wenig Anlass, den weltweiten Erfolg dieser Frittenbuden zu schelten. Schließlich werden deren Kunden nicht mit

Waffengewalt zum Imbissfassen getrieben, sondern folgen ihrem freien Willen und erfüllen sich dort kulinarische Herzenswünsche. Für uns ist interessanter, was dank globaler Markenwerbung mit dem Auge des Entdeckers geschieht. Hat es sich früher auf das Unentdeckte gerichtet und war deswegen offen für Neues, ist es heute mehr auf Wiedererkennung trainiert. Die Kinder rufen eben nicht: »Oh, schau mal, was für ein eigentümlich-exzentrisches Chinarestaurant«, sondern: »Oh, da ist McDonald's« – als Exempel einer Systemgastronomie garantiert frei von jeder Eigenart. Auch Hotels und andere Herbergen haben dieses Konzept längst übernommen. Infolge dessen kann man tendenziell überall hinfahren und doch zuhause bleiben im altbewährten Immergleichen.

Die Heterotopien haben sich zu Homotopien gewandelt. Unsere eine, große Zivilisation ist überall zugleich. Für ein Anderswo ist in dem total erfassten, in Marktnischen sortierten Überall kein Raum übrig. Selbst die denkbar fernsten Welten und Gegenwelten, Mond, Mars und Venus, die Planeten anderer Sonnensysteme haben ihre Heterotopieträchtigkeit verloren, geschweige denn, dass sie noch einen utopischen Reiz ausüben. Die bemannte Raumfahrt hat sich entzaubert, und die besagte Zunahme an naturwissenschaftlich-technischem Verständnis sorgt dafür, dass Leser den Weltraumabenteuern, in denen bei Erreichung der Lichtgeschwindigkeit die Borduhren stoppen, nicht mehr mit klopfendem Herzen folgen, sondern die Darstellung mit den Kinderschuhen entwachsenem, wissendem Gelächter quittieren.

Vieles, was seine Karriere in der Science Fiction als Gegenstand naturwissenschaftlicher Spekulation begann – der überlichtschnelle Antrieb, das entstoffliche Transmittieren von Gegenständen und Personen –, ist inzwischen zu Märchenmotiven degeneriert, und so nimmt es nicht wunder, dass eines der erfolgreichsten Filmkonzepte der Geschichte, die *Star-Wars*-Saga, SF-Elemente in einem monarchisch-heroischen Rahmen serviert, eingeleitet mit der Formel »Once upon a time in a galaxy far away«. Schließlich hat George Lucas selbst kommentiert: »Vielleicht sollte man *Krieg der Sterne* in die Kategorie Märchenfilme einreihen? Es ist ein Märchen ohne utopisches Versprechen. Das Drehbuch könnte von den Brüdern Grimm stammen, zeitversetzt um einige Jahrtausende. Die

Übertechnisierung im Weltraum mischt sich mit naivem Kinderglauben.« (Zitiert nach »Reclams Filmführer«, Stuttgart 1996.)

Naive Science Fiction dieser Art überlebt literarisch vor allem in der Nostalgie. Bekanntlich sind sogar Heftromanserien, die zu ihrer Zeit kurzlebig den Markt bereicherten wie *Ren Dhark* oder *Rex Corda*, von Kleinstverlagen aufgekauft und mit aktuellen Fortsetzungen künstlich wiederbelebt worden. Serien, die von ihren auf eigene Art jung gebliebenen Lesern ebenso geschätzt werden wie von Schlager-Fans die Songs der Fünfziger und Sechziger – wenn auch, man möge mir diese persönliche Wertung verzeihen, die epigonalen Science-Fiction-Romane bei weitem nicht so swingen wie die Schlager von Bill Ramsey.

So scheint es, als wären die zukunftsweisenden Slogans der Vergangenheit – »Space – the final frontier ... To explore strange new worlds / To seek out new life and new civilizations / To boldly go where no man has gone before« – unter der Hand ausgetauscht worden gegen den Aufruf, das Bewährte zu bewahren, mit der Zukunft konservativ zu verfahren:

> »To keep the old worlds / To preserve life and civilization as we know it / To boldly stay at home forever.«

Vor dieser Sehnsucht nach dem Immergleichen, Homotopen scheint längst auch die aktuelle phantastische Textfabrik kapituliert zu haben. Auf den breiten und publikumswirksamen Tischen der Mayerschen stapeln sich die Trilogien, Tetralogien, die Immersoweiterlogien, die im immer gleichen Universum spielen. Zuhauf liegen da Neuigkeiten aus der Welt der Hobbits, Elfen, Zwerge, Orks und anderer Volksstämme einer tolkienschen Fabelwelt. Auch im Science-Fiction-Bereich wird Neues gar nicht gern gesehen. Der Leser fühlt sich am liebsten heimisch, und das in einem der Universen, die im Angebot sind wie Markenware beim Lebensmittelhändler. Der Kenner unterscheidet beispielsweise das *Star-Trek*- vom *Star Wars*-, das *Kantaki*- vom *Culture*-Universum und nimmt es, wenn der neue Roman von Iain M. Banks nicht in dieser vertrauten Spielwelt spielt, übel oder, schlimmer noch, sogar Abstand vom Kauf.

Geradezu unverfroren werden Ideen und Stile recycelt. David Mark Weber beispielsweise liefert mit seiner »Honor Harrington«-

Serie erklärtermaßen ein leicht verkleidetes Remake von Cecil Scott Foresters Seefahrerabenteuer »Horatio Hornblower«. Die Serie ist im Sternenkönigreich Manticore angesiedelt, einem stellaren Staatswesen nach britischem Vorbild.

Immerhin mag man diesem US-amerikanischen Nachbau einigen Charme attestieren, schließlich weht hier ein Resthauch von Romantik und die Figuren haben ein menschliches Profil. Ganz anders als in einem durchaus analogen Versuch hierzulande, wo es um allerdings nicht nur um antiquiertes, sondern blutbesudeltes Gedankengut geht. Unter dem entlarvenden Titel »Stahlfront« versucht neuerdings seit 2007 der Unitall Verlag, ein faschistisches Machwerk unters Volk zu bringen, in dem – unter Rückgriff auf nationalsozialistische Ideologeme – nordische Menschen mit genetischem Arier-Ausweis die Welt gegen böse Türkenbuben und schleimige Aliens verteidigen – ein schieres Stoffwechselendprodukt utopischen Denkens.

Nun neigt der deutsche Faschismus seit langem dazu, vordergründig verkappt aufzutreten: Faschistische und neonazistische Organisationen versuchen seit langem, in die Rockmusik- und die Fußballfanszene einzusickern. Die teils heftige Abwehr dieser braunen Utopie, die der Stahlfront und ihren Fürsprechern in den Internetforen entgegenschlägt, lässt immerhin hoffen, dass die Science-Fiction-Szene weitgehend resistent gegen solche geschichtsklitternden Retro-Utopien sein wird. Freilich muss man einräumen, dass die Lobhudler der angeblich aus einem amerikanischen Original übersetzten braunen Hanswurstiade mit ihren hanebüchenen Repliken es der Kritik auch nicht besonders schwer machen.

Am Beispiel der »Stahlfront« enthüllt sich deutlicher als an der Mainstream-Science-Fiction, dass Utopien ohne sozio-politische Dimensionen immer noch undenkbar sind. Als Autor dieses Romans wird ein gewisser »Professor Thorn Chaines« vorgestellt, wodurch wohl dem tatsächliche Autor, den Kenner der Materie eher im Kreis des neuen »Ren Dhark«-Autorenteams als im Umfeld einer echten Hochschule vermuten, mit bildungsbürgerlichem Getue Autorität und Seriosität angedichtet werden soll. Ein literarisches Werk hätte keine akademische Aura nötig – echt oder fingiert –; da der Verlag mit diesem Professorentitel wirbt, wird er eine Leserschaft anvisieren, die derartige autoritäre Gesten schätzt.

Sollte utopisches Denken heute generell eher reaktionärem Denken geneigt sein, oder ist die »Stahlfront« tatsächlich nur ein Irrläufer, während der Mainstream der Utopie weiterhin und ihrem aufklärerischen Ur-Impuls treu in Richtung Emanzipation zielt? Oder hat sich die Utopie als emanzipatorisches Denken schon deswegen überholt, weil es in unseren Breiten keine soziale Gruppierung von Bedeutung mehr gibt, die an der Befreiung aus selbst- oder fremdverschuldeter Bevormundung Interesse hätte?

Vielleicht liegt das Schwächeln des Utopischen in einer Grundzufriedenheit der Majorität mit den hiesigen Zuständen begründet. Denn die Mehrheit ist alt, und die Jugend rückt mehr und mehr in die Position einer marginalisierten, machtlosen Minderheit. Man kann das generationistisch sehen: Wie sonst soll man erklären, dass das, was die politisch und wirtschaftlich dominanten Generationen der Fünfzig-Plusler diktieren, so wenig Widerspruch von den nachkommenden Generationen erfährt?

Und die Berufsjugendlichen aus den Seilschaften der Altachtundsechziger sind nach ihren medienwirksamen utopistischen Höhenflügen längst sanft und abgefedert in den Polstersesseln der Macht gelandet, haben sich auf die Chefsessel in Papas Kanzlei oder hinter die Katheder ihrer Soziologielehrstühle zurückgezogen.

Das Leben der tatsächlich jungen Leute sieht wenig attraktiv aus. Bekanntlich stellt das Leben mit Kindern hierzulande das größte Armutsrisiko dar. Ein Risiko, das nicht etwa politisch minimiert oder zumindest in Grenzen gehalten, sondern steuerpolitisch auf die Spitze getrieben wird. Tatsächlich ist eine kinderfeindlichere und, was Bildung und Erziehung angeht, scheinheiligere Gesellschaft als die unsere kaum vorstellbar. Während allüberall über die Bedeutung der nachwachsenden Generation als Rohstoff der Gesellschaft gefaselt wird, allen voran von Merkel, der kinderlosen Mutter der Nation, während die Bedeutung von Schule und Ausbildung beschworen wird, verrotten die Schulen vor den Augen der Öffentlichkeit, gehen die Schülerschaften und Kollegien unter absurden und unreflektierten Leistungsansprüchen in die Knie, erfüllen die Kultusministerien in lauer Botmäßigkeit die Forderungen von Wirtschaftsverbänden nach Charakterbenotung von Schülern, werden die Eltern über Hort- und Kindergartengebühren, über

Doppel- und Dreifach-, über Lohn- und Mehrwertsteuer ausgenommen wie die Weihnachtsgänse, allerdings nicht nur zur Weihnachtszeit, sondern ganzjährig, rund um die Uhr.

Und die Kanzlerin verkündigt frohgemut die Erfolge ihrer Politik. Völlig zurecht, wie man fürchten darf: Diese Hintanstellung und Ausplünderung in erster Linie der Familie, diese Umverteilung von Geld- und Machtmittel aus den Händen der Vielen in die Hände der Wenigen ist die einzig plausible Raison d'Être ihrer Politik.

Wo die Restauration von Sozialverhältnissen wie zur Kaiserzeit als politisches Leitbild dient, sind Zukunftsbilder wenig gefragt. Für Aufregung sorgt diese Entwicklung nicht. Schließlich erfreut sich die breiter werdende Unterschicht, das sogenannte Prekariat, das allein sich einer gewissen Unzufriedenheit mit den herrschenden materiellen Verhältnissen verdächtig machen könnte, einer sedierenden finanziellen Grundversorgung, und sie kann sich dank des von Merkel-Ziehvater Kohl entfesselten Unterschichtenfernsehens bestens unterhalten fühlen – denn, dies nur zur Erinnerung: Es war Helmut Kohl, der anno 1982 als Bundeskanzler seinen Postminister Schwarz-Schilling die Breitbandverkabelung voranzutreiben befahl, dem Privatfernsehen auf diese Weise mit Staatsgeldern den Weg ebnete und seinem langjährigen Intimus, dem Filmhändler Leo Kirch, eine beachtliche Karriere als Gründer der ProSiebenSat.1 Media AG ermöglichte. Man wird sich entsinnen, dass Kirch dazu mit Milliardenkrediten beigesprungen wurde, die ihm besonders großzügig Edmund Stoibers Bayerische Landesbank gewährte.

Seitdem kann sich das Prekariat auf fast allen Sendern wie zuhause fühlen: Tausendjährige Serien kauen sich selbst wieder und wieder, für Gerechtigkeit in der allzeit von immigrierten Rabauken bedrohten Nachbarschaft sorgen Richterin Salesch und ihre Kollegen, und in der Automobilreklame sieht man die letzte Utopie der Privaten: eine bis auf das angepriesene Auto autofreie Landschaft, wo der Fahrer, wenn es ihn denn noch braucht, ziellos, aber frei seiner Wege fährt, bis zur Bewusstlosigkeit begeistert über die technische Perfektion seines traumwandlerisch sicher dahinrollenden, dabei keinen oder kaum Treibstoff verbrauchenden Gefährts.

Transzendiert wird die privatisierte Welt von Sat und Pro7 allenfalls durch das Angebot einer säkularen Himmelfahrt: Jeder kann – jedenfalls möglicherweise und so Dieter Bohlen oder Nina Hagen und ihre Stichwortgeber es wollen – zum Star werden; Devise: »Popstars – neue Engel braucht das Land«. »Star«, das heißt: »Stern« und »Engel« – hier also finden sich die Schrumpfformen religiöser Gerichts- und Erlösungsphantasien. Statt zu entdecken, harrt man der eigenen Entdeckung.

Was im Fernsehen noch an kritischen Magazinen übrig ist, wird per Sendezeit und Sendeplatz verrandständigt. Das Benachrichtigen seiner Zuschauer hat neuerdings als erster Sender Sat.1 ganz eingestellt. Wozu auch, sagt der Volksmund doch: Keine Nachrichten sind gute Nachrichten.

Medien und Politik scheinen bis zur Indifferenz miteinander verflochten. Eine wirkliche öffentliche Opposition zur derzeitigen Politik existiert deswegen nicht. Dass sich FDP-Anchorman und Langzeitstudent a.D. Guido Westerwelle (der sein Studium 1980 aufnahm und 1994 mit der Promotion abschloss) im Jahr des Herrn 2007 in einer Rede mit den Worten outete: »Hier steht die Freiheitsstatue dieser Republik«, erfreut allenfalls die Kabarettisten. Und als er hinzufügte: »Weniger Neid, mehr Anerkennung, das braucht Deutschland«, wurde nicht ganz deutlich, ob er damit die Wahrnehmung eklatanter sozialer Schieflagen nur als Charakterschwäche ansah oder – Sachwalter der klassischen Theologie, der er ist – als eine der sieben Todsünden.

Die Grünen gefallen sich darin, bevorzugt gegen eben jene Gesetze zu opponieren, die sie selbst beschlossen haben, und erspielen sich damit ein geradezu homer-simpsoneskes Maß an Verlässlichkeit. Die SPD opponiert zwar, tut es aber als Regierungspartei. In dieser metademokratischen Doppelfunktion hat sie jüngst ein zukunftsweisendes Büchlein vorgelegt: »Auf der Höhe der Zeit. Soziale Demokratie und Fortschritt im 21. Jahrhundert.«

Das Hauptwort der dort versammelten Texte lautet »Fortschritt«. Der Begriff wird nicht nur inflationär verwendet – was verzeihlich wäre –, sondern die Autoren scheinen vergessen zu haben, was spätestens seit Ernst Gombrichs Überlegungen alle Mitbenutzer dieses Begriffes verstanden haben sollten: »Fortschritt« macht erst dann Sinn, wird erst dann mess- und damit überprüfbar, wenn man einen Hinweis darauf gibt, in welche Richtung es denn gehen soll. Die SPD dagegen erscheint wie die Patentinhaberin auf den richtungslosen, frei schwebenden Fortschritt.

Schauen wir uns einige der hier versammelten Ausätze auszugsweise an. Wolfgang Platzeck, Frank Walter Steinmeier und Peer Steinbrück bevorworten die Sammlung so: »Uns geht es um eine Politik, die den Begriff der Verantwortung in den Mittelpunkt stellt. Eine Politik, die ein gemeinsames globales Verantwortungsbewusstsein für zentrale Zukunftsfragen fördert. Und eine Politik, die auf individuelle Verantwortung zielt. Wir wollen mehr Menschen in die Lage versetzen, ihr Leben aus eigener Kraft zu leben. Dazu brauchen wir den vorsorgenden Sozialstaat.«

Man frage sich einen Augenblick spaßeshalber, welche Partei das Gegenteil propagierte, welche sich zur Wahl stellte mit einer Verkündigung wie der, dass es ihr um eine Politik ginge, die Verantwortung an den Rand drängt, die Verantwortungsbewusstsein eindämmt und die immer weniger Menschen in die Lage versetzen will, ihr Leben aus eigener Kraft zu leben. Aber naja.

Immerhin lernen wir: Die soziale Dimension der Zukunft heißt nunmehr »Sorge«. Der Staat sorgt vor, freilich tut er das – wie auch sonst – mit dem Geld seiner Bürger. »Individuelle Verantwortung« ist eine der Wortmasken, mit der die tatsächlichen Transferleistungen kaschiert werden. Immer mehr private Gelder müssen für die Altersversorgung zurückgelegt werden, wenigstens in denjenigen sozialen Schichten, die ihre Altersruhe nicht aus Zins und Zinseszins betreiben oder pensioniert vom Erbe der Väter in finanziellem Frieden leben können.

Der »Markt« sei »als effizienter Mechanismus zu Wertschöpfung und Wachstum völlig unersetzbar«, heißt es im Eröffnungsreferat des sozialdemokratischen Dreigestirns – gerade so, als hätten nicht Generationen von Lobbyisten dafür gesorgt, dass Schlüsselindustrien wie die Energiewirtschaft oder der pharmazeutische Bereich sich den Freiheiten des Marktes bestens entziehen können, von international operierenden Konzernen und Finanzdienstleistern ganz zu schweigen. Oder meint hierzulande irgendjemand ernsthaft, Exkanzler Schröder habe sich seinen Posten als Aufsichtsratsvorsitzender der Nordeuropäischen Gaspipelinegesellschaft NEGP Company mit einer Politik verdient, die NEGP-Mehrheitseigner Gazprom oder der mitinhabenden E.ON Ruhrgas AG besonders viele Konkurrenten an die Seite gestellt hat?

Statt nun aber zu skizzieren, wie man parteilicherweise gedenkt, auch in solchen etwas wehrigen Bereichen die Marktwirtschaft einzuführen, wird beharrlich wiederholt: »Deshalb ist der vorsorgende Sozialstaat eine handfeste sozialdemokratische Vision für das 21. Jahrhundert.« Platzeck entwirft in seinem abschließenden Aufsatz »Sag doch einfach ›soziale Demokratie‹« immerhin etwas wie ein halbwegs konturiertes Zukunftsmodell für Deutschland:

> »Im besten Sinne zugleich links und zukunftstauglich bleibt dabei ein Begriff von Gerechtigkeit, der sich sehr handfest am Ziel der Lebenschancen für alle orientiert. In diesem zeitgemäßen Sinn ›links‹ zu sein bedeutet, durch zupackende und beharrliche Politik die Voraussetzung dafür zu schaffen, dass mehr Menschen ihr Leben aus eigener Kraft bewältigen können. Links zu sein heißt, entschieden für mehr ganz konkrete Aufstiegschancen hier in unserer Gesellschaft einzutreten.«

Halten wir also Ausschau nach sozialdemokratischen Initiativen, die zählbar mehr Erzieher-, Lehrer- und Professorenstellen schaffen, vorteilhaftere Relationen zwischen Lehrern und Schülern, Studenten und Professoren, die Horte, Kindergärten, Schulen und Hochschulen nachrechenbar besser ausrüsten mit Räumen und Material, die – dazu brauchte es nicht einmal mehr Geld, sondern ein schlichtes Gesetz – das Lebenschancen zermürbende Sitzenbleiben abschaffen und anstelle von Programmen, die die von Haus aus gut Versorgten auf Staatskosten weiter begütern, solche Pläne aufstellen, die den ökonomisch und – ja, auch – intellektuell minder Begabten Lebenschancen einräumen. Ansonsten würde ja doch wieder die alte Spruchweisheit gelten, dass, wer Pech im Leben hat, dafür auch büßen müsse.

Beinahe zeitgleich mit dem SPD-Papier hat der CDU-Ministerpräsident Jürgen Rüttgers eine »Streitschrift« vorgelegt, Titel: »Die Marktwirtschaft muss sozial bleiben.«

Diese Streitschrift gibt sich überwiegend versöhnlich und singt das Hohelied der klein- und mittelständischen Familienunternehmen: »Ihr Leitbild ist, dass es Menschen sind und nicht nur Maschinen und Kapital, die die Wirtschaft machen.« Gerade das befähige sie zu »Spitzenleistungen«. Den Kontrast zwischen humanem Leitbild und Realität vermerkt der Autor selbst: »Das Versprechen der Gesellschaft, dass sozialer Aufstieg möglich ist, gilt selbst für diejenigen, die etwas leisten, nur noch eingeschränkt. Die Mittelschicht hat sogar Angst vor dem sozialen Abstieg. Unsere Gesellschaft verliert die Fähigkeit zur Integration der Arbeitslosen, der Armen, der Zugewanderten. Damit verliert sie ihre Zukunftsfähigkeit.« Schade, wird man sagen, nicht nur für die Gesellschaft, sondern auch für die Arbeitslosen, die Armen und die Zugewanderten.

Rüttgers fragt sich: »Wollen wir den Sozialstaat reformieren und damit retten?« Und er antwortet sich: »Ja!« Wie? »Wir können uns auf unsere Stärken verlassen. Die Zukunft Deutschlands hat einen Namen: Qualität und Innovation.« Allerdings diagnostiziert Rüttgers: »Der Materialismus ist unfähig, die richtigen Antworten zu geben. Er führt zu einem Zustand unterschiedlicher Freiheit und zu Ungleichheit. ... Auch der ungezügelte Individualismus, ein Kind des Werteverlustes, zerstört Chancen und geht zu Lasten der Allgemeinheit.« Gegen Werteverlust und dergleichen hilft laut Rüttgers »die Soziale Marktwirtschaft«, denn sie »beruht auf den Werten des christlich-jüdischen Abendlandes und der Aufklärung«, wobei – das wollen wir hier ergänzen – alle Kaufleute, sogar die im christdemokratischen Sinne sozial marktwirtschaftenden, mit arabischen Ziffern rechnen und bis heute von arabischer Algebra, Naturwissenschaft und Medizin profitieren.

»Qualität und Innovation« – so heißt rüttgerisch heute die Zukunft des Landes. Hat die Zukunft früher nicht anders geheißen? Irgendwie abenteuerlicher, aufregender, atemberaubender? War sie nicht eine große Verheißung, himmelsstürmerisch, ein einziges »ad astra«?

Aber machen wir uns klar, dass wir die Bewohner des Landes jenseits der Jahr-2000-Grenze sind, dass wir in der Zukunft des 20. Jahrhunderts leben, dass wir die Zukunft unserer Großeltern sind. Wie hätten uns die Menschen der Jahrhundertwende, der Fünfzigerjahre gesehen? Uns mit unseren mobilen Telefonen, mit denen wir umstandslos ins weltweite Netz gehen, um einen Flug von Münster-Hoppelfelde nach New York zu buchen? Uns und unsere elektronischen Unterhaltungen, unseren Online-Existenzen? Hätten sie gedacht, dass nicht die Invasion der Marsmenschen, sondern der Klimawandel und die US-amerikanische Finanzblase uns sorgen, und danach vielleicht noch die Frage, was in letzter Zeit eigentlich mit Borussia Dortmund los ist?

Nicht in den Fünfzigerjahren, sondern Mitte der Achtziger hat mit Norbert Blüm ein veritabler Politiker einen Blick in die ferne Zukunft – also: unsere Gegenwart – geworfen:

»Ein Morgen wie jeder andere. Hans Hoffnung wirft vom Frühstückstisch einen kurzen Blick auf den Bildschirm. ›Tagesmeldungen, 28. Juni 2018: Kanzler zur Sitzung des europäischen Kabinetts in Brüssel – stop – Wirtschaftsminister informiert Konzertierte Aktion über Haushalt 2019 – stop – Fortsetzung der Tarifverhandlungen über Höhe des Beteiligungslohns – stop – Gewerkschaften drohen mit Streik – stop – Rückkehr der internationalen Astronautengruppe vom Mars – stop – Nationaltrainer gibt Mannschaftsaufstellung für das Länderspiel Deutschland – Brasilien morgen in Leipzig bekannt – stop – Wetter: teils heiter, teils wolkig.‹«

Der deutsche Nationaltrainer verkündet damals schon von Leipzig aus – mithin muss eine Wiedervereinigung stattgefunden haben. Woher wusste Blüm anno 1986 denn das, fragt man sich verdutzt und schielt nach dem Bein des damaligen Bundesministers für Arbeit und Sozialordnung. Aber bevor der Leser jetzt zur Säge greift und sich auf den Weg macht zu dem alten Herz-Jesu-Sozialisten, möge er bedenken, dass es eben dieser vorausschauende Minister Blüm war, der vor nicht allzu langer Zeit mit einem verschmitzt-wissenden Lächeln Plakate kleben ließ und selber klebte, auf denen zu lesen stand: »Die Rente ist sicher!«

Na ja, werden die Wundergläubigen einwenden: Hat ja nicht gesagt, für wen.

Diese Überlegungen zur Utopie sind, und ich will darüber nicht glücklicher scheinen, als ich es bin, insgesamt ein wenig miesepetrig ausgefallen. Es stimmt ja: Wir halten Handys mit technischen Möglichkeiten in der Hand, von denen ein James Bond der frühen Jahre nicht zu träumen wagte, und wir tun es nicht, um in jamesbondesker Manier mit dem Kollegen vom MI5 den nächsten Schachzug gegen das Reich des Bösen zu planen, sondern um unsere Lebensgefährtin über den Stand der Schlange an der Post zu unterrichten; wir schauen jeden Tag viele Stunden ins Internet, doch uns erreichen von dort keine marsianischen Botschaften, wir werden nicht von mysteriösen Hypnosestrahlen überflutet oder in die Matrix entführt, sondern allenfalls von den neuesten Angeboten einer russischen Apotheke, die mit Viagra-Generika handelt.

Aber ist das nicht ein großes Glück?

Würden wir es anders wollen?

Gut, wir leben nicht im Solaren Imperium und die Erde ist noch immer nicht Teil der Vereinten Föderation der Planeten. Aber ein im Kern grenzenloses Europa mit einer gemeinsamen Währung ist doch auch schon was; und dass uns dieses multikulturelle, supranationale Staatengebilde seit einem guten halben Jahrhundert den Frieden in unseren Tagen bewahrt, ist ein segensreiches Vorbild für viele Weltregionen – ja geradezu deren sozial-politische Utopie!

Vielleicht wäre es also gar nicht so falsch zu sagen: Tatsächlich leben wir in einer realen Utopie, spüren es nur deswegen nicht, weil die Utopie von innen eher geschmacksneutral ist. Oder: weil sie zwar Utopie, aber nicht das Paradies auf Erden ist. Aber was wäre das für eine Utopie, die, weil sie längst vollkommen ist, keinen Raum mehr lässt für Verbesserungen, Erweiterungen, Träume, kurz: für Utopien?

Auf der Suche nach einer konkreten Utopie für dieses Land haben sich die Journalisten Wolfgang Blau und Alysa Selene in die Fremde aufgemacht und Bürger anderer Nationen gefragt, wie sie sich das Deutschland der Zukunft wünschen würden. Manches, was ihre Gesprächspartner sich ausdenken, klingt inspirierend. Wenn man die Voten dieser Menschen zusammenfasst – darunter die nigerianische Menschenrechtsaktivistin Hafsat Abiola, der französische Meeresschützer Jean-Michel Cousteau, der UN-Blauhelm-General Roméo Dallaire, der russische Schachweltmeister und Politiker Garri Kasparow, der israelische Diplomat Avi Primo oder Muhammad Yunus, der Friedensnobelpreisträger aus Bangladesh –, dann erstaunt man darüber, welche utopische Potenz diesem Land zugetraut wird.

Es scheint nicht so zu sein, als erhofften sich unsere nahen und ferneren Nachbarn, dass wir den Menschen der Welt raketentechnisch voraneilen und die Invasion der Marsianer mit welken Wunderwaffen zweifelhafter Herkunft zurückschlagen. Aber Simon Anholt, Mitglied des Public Diplomacy Board der britischen Regierung, sagt: »Für mich könnte Deutschlands Traum darin bestehen, das Gewissen der Welt zu sein, etwa wenn es um Themen wie Friedenssicherung geht, Umwelttechnologien, freiheitlicher Politik, Toleranz, Biowissenschaften und Ähnliches.« Andere Autoren überlegen, ob Deutschland nicht so etwas wie eine Patenschaft über ein ausgewähltes Entwicklungsland übernehmen könnte, um es sozialpolitisch und techno-kulturell auf Weltniveau zu heben.

Der britische Schauspieler Eddie Izzard hat folgenden Traum: »Ich denke, Deutschland sollte eine internationale Rettungstruppe gründen.« Er träumt, dass, wenn es »einen wirklich schlimmen Notfall gibt oder ein Desaster, die Leute in aller Welt sagen werden: ›Wir müssen die Deutschen holen! Nur die Deutschen trauen sich, da jetzt noch reinzugehen, nur die Deutschen sind bei so etwas bereit, Kopf und Kragen zu riskieren!‹ Und diese deutsche Rettungstruppe würde in der ganzen Welt für ihre Selbstlosigkeit bewundert.«

Was für eine charmante, beinahe beschämende Idee. Aber warum eigentlich nicht?

Hoffen wir also – Traditionalisten der Aufklärung und wider besseres Wissen – das Beste. Drängen wir unsere Politiker dazu, zwar und meinetwegen gern den vorsorgenden Sozialstaat aufzubauen und sogar gründlich abzusichern, aber dabei nicht stehen zu bleiben. Utopien können nicht nur etwas sein wie Trassen in die Zukunft, sondern sogar ihr unerschöpflicher Rohstoff. Und wer solche Utopien hat, kommt auf dem Weg in die Zukunft auch ohne wahrsagendes Bein voran.

LITERATUR

Wolfgang Blau und Alysa Selene (Hrsg.): German Dream. Träumen für Deutschland. dtv premium 24646. München 2007.
Norbert Blüm: Ein Morgen wie jeder andere. In: Jörg Weigand (Hrsg.): Deutschland Utopia. Geschichten und Berichte über die Zukunft dieses unseres Landes. Bergisch Gladbach 1986.
Clark Darlton: Das Meer der Zeit. Arthur Moewig Verlag. München 1971
Matthias Platzeck, Frank Walter Steinmeier, Peer Steinbrück (Hrsg.): Auf der Höhe der Zeit. Soziale Demokratie und Fortschritt im 21. Jahrhundert. vorwärts buch Verlag. Berlin 2007.
Jürgen Rüttgers: Die Marktwirtschaft muss sozial bleiben. Eine Streitschrift. Kiepenheuer & Witsch. Köln 2007

Copyright © 2008 by Hartmut Kasper

Seien wir realistisch, prophezeien wir das Mögliche!

Der Utopien-Relaunch als Ausweg
aus der gegenwärtigen Strukturkrise

von Michael Brake und Sascha Lobo

Utopien, das muss man offen so sagen, befinden sich in einer schweren Krise. Während sie noch vor wenigen Jahrzehnten als sicheres Investment betrachtet werden konnten – kein Vergleich zum großen Utopien-Hype vor einigen Jahrhunderten, aber immerhin –, hört man heute von Analysten unisono die Ansage: Utopien – Strong sell! Dieser Niedergang vollzog sich in mehreren Etappen und schuld daran sind, wie an praktisch allen Problemen auf der Welt: Landvermesser, Astronomen, Stalinisten und die Grünen.

Es begann mit der Vertreibung der Utopien aus der uns umgebenden Welt. Wie man weiß, leitet sich das Wort Utopie von *utopía* (griechisch: Nichtort) bzw. vom im Englischen gleich ausgesprochenen *eu topos* (gr.: guter Ort) ab. Ein solcher *eu topos* konnte in der Anfangszeit utopischer Literatur noch an irgendeiner bisher unbekannten Stelle der Erde vermutet werden, der gemeinsam mit anderen fabelhaften Orten wie Eldorado oder dem Jungbrunnen nur auf seine Entdeckung wartete – ein Umstand, der bei der Markteinführung des Utopiebegriffs vor rund 500 Jahren nicht unwesentlich zu dessen überragendem Erfolg beigetragen haben dürfte.

Dann aber zogen Naturforscher, Abenteurer und Landvermesser los. Sie entdeckten Inseln mit riesigen Steinköpfen, sehr lange

Flüsse und einen Südpol – so ziemlich alles, bloß keine gelobten Länder. Irgendwann war die ganze Erdoberfläche[1] erkundet und vermessen. Langsam machte sich die Erkenntnis breit, dass man Utopien fortan in der Zukunft oder im Weltraum würde ansiedeln müssen.

Doch auch der Weltraum schied nur wenig später als Alternative aus, und hier kommen die Astronomen ins Spiel. Mit ihrem pedantischen Forscherdrang machten sie der Menschheit klar, dass Reisen ins All – zum Beispiel mit dem Ziel, eine ideale Gesellschaftsform zu verwirklichen, oder als Suche nach Welten, auf denen utopische Zustände herrschen – kein wirklich aufregendes Unterfangen sind. So wissen wir heute über die Beschaffenheit der nächsten hunderttausend Planeten und Sonnen Bescheid. Wir wissen, dass wir selbst mit einem extrem schnellen Raumschiff extrem lange irgendwohin brauchen würden, dass wir aus Platzgründen extrem wenig Unterhaltungsmöglichkeiten einpacken könnten und dass es am Ziel vermutlich extrem kahl sein wird. Eine Stadt auf dem Mond zu bauen, ist aus Kostengründen erst recht nicht drin – auch, weil der Verkauf von Mondgrundstücken an arglose Erdenbewohner so weit fortgeschritten ist, dass auf der vollkommen zergrundstückten Mondoberfläche kaum zusammenhängender Platz für eine Stadt gefunden werden kann.

Insgesamt kann die Weltraumbesiedelung daher bloß noch als notwendiges Übel verstanden werden. Wir sollten daran trotzdem weiter arbeiten, damit die Menschheit, wenn dereinst die Sonne in die Erde stürzt, genügend Wissen hat, um weiter zu überleben. Eine Utopie aber sieht anders aus.[2]

Zu diesen strukturellen Schwierigkeiten gesellten sich im Laufe des 20. Jahrhunderts noch zwei inhaltliche Probleme, die im eher schmalen Themenbouquet der handelsüblichen Utopie begründet liegen. Sehr häufig geht es in Utopien um die Darstellung von alternativen und tendenziell sozialistischen Gesellschaftsformen – schon Thomas Morus schrieb über die Abschaffung des Privateigentums, auch wenn man heute von einer ironischen Einlassung seinerseits ausgehen muss. Ferner sind die Anfänge utopischer Literatur und sozialistischer Ideen miteinander in gegenseitiger Beeinflussung verwoben, auch Marx bezeichnete explizit die frühsozialistischen Wurzeln als Utopischen Sozialismus.

Diese interessante, in seiner Realexistenz beinahe dem Namen Utopie widersprechende Sache ging so lange gut, bis es dann tatsächlich sozialistisch verfasste Staaten gab. Sie stellten sich leider als ziemlicher Fehlschlag heraus, in erster Linie wegen der völligen Fehlbesetzung der Entscheiderpositionen, insbesondere beim Aushängeschild Sowjetunion. Nun wollen wir an dieser Stelle gar nicht erörtern, ob es nicht auch hätte besser laufen können. Aber es ist unbestritten, dass diese gesamte Realsozialismussache für das Produkt Utopie ein PR-Desaster darstellt, gegen das der Absturz der Hindenburg für die Zeppelinindustrie ein Kindergeburtstag war. Utopische Gesellschaftsmodelle haben seitdem einen leicht säuerlichen Beigeschmack, egal wie viel Süßstoff in Form von blinkenden Gadgets oder Zeitreisen man ihnen beimischt.

Womit wir schon beim zweiten große Thema von Utopien wären: Der Verbesserung der Welt durch technischen Fortschritt. Noch in den Fünzigerjahren glaubte man fest daran, dass mit Hilfe von Raketentechnologie, Atomkraft und neuen Baustoffen bald sämtliche Energie-, Mobilitäts- und Konsumprobleme gelöst wären. Doch etwa seit den Siebzigern wurden solche Ideen systematisch madig gemacht: Ressourcenknappheit, Umweltverschmutzung, Artensterben waren nur einige Stichwörter. Außerdem verursachte auf einmal alles Krebs und/oder war aus ethischen Gründen abzulehnen, wie etwa Gentechnik. Das Ende des Fortschrittglaubens war ein weiterer Tiefschlag gegen die Utopisten: Wie sollte man nun noch freimütig das Neue anpreisen? Lassen sich außerhalb des simplen Gedankenexperiments überhaupt solide Utopien ganz ohne Laser, Strahlen und Raketen herstellen? Wohl eher nicht. Und von der CO_2-armen Atomrakete mit Lasersteuerung sind wir weiter entfernt denn je.

Der Status quo der Utopie ist also dürftig. Nun könnte man sich sagen: Okay, warum nicht? Dann sind halt auch die Utopien im letzten Sektor des Trendlebenszyklus angekommen, genau wie das 20. Jahrhundert (in den Neunzigern), die CD (heute) und das Internet (demnächst). Die Menschen erfinden ständig neue Dinge – wer benötigt heutzutage noch Utopien, wenn er im Internet per Kreditkarte genauso gut krustenloses Brot oder ein Mofa mit Atomantrieb bestellen kann?

Doch das wäre der falsche Weg. Denn noch immer bieten Utopien erhebliches Marktpotenzial! Der Schlüssel liegt darin, das Vertrauen der Konsumenten wieder zurückzuerlangen und gleichzeitig neue Zielgruppen zu erreichen. Hierzu muss eine Neupositionierung der Utopie vorgenommen werden, bei der das Nutzerversprechen der heutigen Zeit angepasst wird.

Was wir also brauchen, und zwar unbedingt, ist ein Utopien-Relaunch. Nachdem man es ein halbes Jahrtausend mit möglichst idealisierten Utopien versuchte, erklären wir daher ab diesem Moment die Ära der realistischen Utopie für angebrochen. Expectation Downsizing und Promise Cutting sind die Schlagwörter der Stunde. Was man sich darunter vorzustellen hat, soll das folgende Beispiel veranschaulichen.

Dafür blicken wir ins Jahr 2352. Dieses weit entfernte Datum mag auf den ersten Blick ein wenig lächerlich wirken, ist aber notwendig und angemessen, denn ein weiteres Imageproblem, das sich Utopien eingehandelt haben, war die oftmals nachlässige Wahl des Jahres, in dem ein Zukunftsszenario stattfinden soll. Wer 1948 über 1984 schreibt, oder 1968 das Jahr 2001 verfilmt, bringt eine ganze Branche in Verruf. Wir merken uns also (Zeugen Jehovas sollten an dieser Stelle aufmerksam mitschreiben): Eine Zukunftsutopie sollte der Verfasser auf keinen Fall selbst noch erleben können. Man sollte sich hier, wie so oft, *Futurama* zum Vorbild nehmen: Die Handlung spielt um das Jahr 3000 und die Menschen tragen immer noch Brillen und Hosen – so sieht es doch aus.

Also, 2352: Nach wie vor ist die Welt in verschiedene Staaten unterteilt, von denen die meisten parlamentarische Demokratien mit marktwirtschaftlichen Prinzipien sind. Es gibt recht wenige Reiche, sehr viel mehr Arme und eine ähnlich große Mittelschicht, wobei von manchen Leuten versucht wird, etwas an diesen Zuständen zu ändern. Allgemein herrscht außerdem eine gewisse Sorge, dass die Menschen die Erde in naher Zukunft zu Grunde richten werden, wenn nicht schleunigst was getan wird. Ferner leiden diverse Menschen unter mehr oder weniger heilbaren Krankheiten (allerdings anderen als heute) und müssen irgendwann sterben, wobei man sich sicher ist, die Ursache fürs Altern sehr bald herauszufinden und dann auf irgendeine Weise abzustellen.

Natürlich gibt es einige bahnbrechende Technologiefortschritte, die Arbeiten, für die man 2008 noch viele Stunden oder Tage brauchte, auf Minuten reduzieren. Dieser Zeitgewinn wird jedoch durch Nebeneffekte der neuen Technologien weitestgehend zunichte gemacht: Sie sind so umfangreich und fehleranfällig, dass die meisten Menschen mit Wartung und Support beschäftigt sind, wobei nur noch hochgebildete Menschen in der Lage sind, die gesamte Hyperkomplexizität der neuen Arbeitsmittel zu überschauen. Die flächendeckende Einbindung eines Großteils der Bevölkerung in den Wartungsprozess hat einen positiven Nebeneffekt: Das gegen Mitte des 21. Jahrhunderts drohende Szenario einer Administrokratie[3] ist abgewendet.

Viel Zeit verbringen die Menschen auch damit, die neuen Arbeitsmittel, die wie selbstverständlich auch in alle Aspekte des privaten Lebens hineinwuchern und – hier lehnen wir uns bewusst weit aus dem Fenster – die Grenzen zwischen Arbeit und Freizeit verwischen lassen, immer besser auf die persönlichen Bedürfnisse zu optimieren. Dies nimmt bei jeder relevanten neuen Anwendung oder Erweiterung, also im Schnitt so dreimal die Woche, jeweils mehrere Stunden in Anspruch, Tendenz steigend. An Optimierungslösungen wird natürlich fieberhaft gearbeitet.

Ebenfalls noch nicht zur Gänze gelöst ist das weltweite Logistikproblem. Obwohl Güter mittlerweile etwas schneller und individualisierter von A nach B gebracht werden können, muss genau das eben immer noch passieren. Die zwischenzeitliche Lösung, alles per 3D-Drucker zu Hause herzustellen, musste hingegen verboten werden (aus ethischen Gründen, außerdem erzeugte es Krebs). Ähnlich schleppend verlaufen die Bemühungen um eine Besiedlung des Weltalls: Es gibt dauerhaft bewohnte Raumstationen auf dem Mond und auf dem Mars, deren Bewohner eine ziemlich freudlose Wissenschaftlerexistenz führen, sich mit redundanten Schwerelosigkeitstests, Golf und Platzangsttherapien beschäftigen und ansonsten auf ihre Ablösung warten.

Aber neben all den genannten Entwicklungen gibt es natürlich auch elementare Verbesserungen. Dinge, die 2008 jeden Menschen von Verstand und Geschmack regelmäßig in Träumen heimgesucht haben und die – so unerreichbar sie damals erschienen – schon 2352 goldene Wirklichkeit sind. So muss kein Mensch mehr

100 unterschiedliche Adapterkabel, Akkus und Ladegeräte besitzen. Dank technologischer Innovation und drakonischer Gesetzgebung sind 50 völlig ausreichend – mehrere internationale Gremien arbeiten sogar an der Einführung weltweit einheitlicher Steckdosen. Buntstiftminen sind 2352 absolut bruchsicher, selbst wenn der Stift aus mehreren Metern auf einen Zementboden fallen gelassen wird. Messer fallen immer mit der Klinge nach oben zu Boden, während Marmeladenbrote immer auf der Nicht-Marmeladenseite landen. Gläser fallen einfach gar nicht mehr runter.

Zudem verbessern zahlreiche neue Produkte das tägliche Leben: Es gibt endlich Fertiggerichte, die ihren Namen auch verdienen – also die ohne Mikrowelle oder Backofen oder gar die Hinzugabe von Wasser in eine Pfanne auskommen. Man kann Rasierer mit 19 Klingen und Spülmittel mit 23 Phasen (und PowerBalls) kaufen, einfach so, weil es geht. Außerdem einteilige Sockenpaare, sodass nie wieder einzelne Socken in der Waschmaschine verschwinden, und wasserdichte Jacken und Schuhe, die tatsächlich wasserdicht sind und es bis zu zwei (!) Monate nach dem Kauf auch bleiben. Verboten wurde hingegen der Verkauf von rosafarbenen und mit lustigen Sprüchen bedruckten T-Shirts, es gibt eigentlich überhaupt keine Dinge mehr mit lustigen Sprüchen drauf.

Im Transportwesen hat man es schließlich schon um 2250 geschafft, dass der Weg zum Flughafen kürzer dauert und weniger kostet als der eigentliche Flug. Post wird zu Zeiten zugestellt, in denen man tatsächlich anwesend ist. Und auch eine der drängendsten Krisen der Menschheit ist im 24. Jahrhundert überwunden: Es gibt wieder Utopien in allen Farben, Formen und zu erheblich günstigeren Preisen als noch 350 Jahre vorher; Utopik ist sogar zu einem Schulfach geworden. Endlich wird die Utopie dort angekommen sein, wo sie seit ihrer Erfindung hinwollte, nämlich »aus den Köpfen in die Herzen der Menschen«, wie der Claim des bekanntesten Utopie-Anbieters Youtopic lautet. Manche Übermütige glauben sogar, dass Youtopic schon bald die stufenlos verstellbare Utopie entwickeln wird.

Aber das wird wohl für immer eine Utopie bleiben.

ANMERKUNGEN

[1] Auch das utopische Potenzial, das die Hohlwelttheorien boten, ist mittlerweile hinfällig geworden. Sollte es tatsächlich eine Welt im Erdinneren geben, halten sich dort bekanntermaßen seit 1945 die Nazis auf, die nach Kriegsende mit Hilfe ihrer Reichsflugscheiben und durch den geheimen Geheimzugang im antarktischen Neuschwabenland vor den Alliierten flüchten. Ein unterirdisches Nazireich mit einem 113-jährigen Adolf Hitler als Herrscher steht auf einer Utopieskala zwischen 1 und 10 nun aber bei etwa minus 53.

[2] Man sollte sich freuen, dass die Zeitmaschine noch nicht erfunden wurde – sonst würde die Zukunft für Utopien auch noch wegfallen, dann könnten wir hier auch nicht mehr helfen.

[3] Schon in *Stirb Langsam 4.0* wurde gezeigt, wie ein Hacker eine ganze Industrienation lahmlegt – was nicht weiter schwer ist, weil bereits um das Jahr 2010 herum vom Türschloss bis zum Joghurtbecher alles auf Mikrochipbasis lief und kein normaler Mensch mehr imstande war, es im Notfall zu reparieren. Die Nutznießer dieser Entwicklung waren aber weder das Großkapital noch das organisierte Verbrechen. Vielmehr drohte eine seltsame Kaste aus schluffigen Typen mit seltsamem und auf T-Shirts dargebotenem Humor die globale Herrschaft zu erringen: Systemadministratoren hätten beinahe eine fatale Systemadministrokratie errichtet, nur knapp wurde sie abgewendet.

Copyright © 2008 by Michael Brake und Sascha Lobo

BÜCHER & AUTOREN

Grandmaster und Gestaltwandler

Zum Frühwerk Robert A. Heinleins

von Bartholomäus Figatowski

Robert A. Heinlein (1907–1988) wäre am 7. Juli 2007 hundert Jahre alt geworden. Sein Gesamtwerk erstreckt sich über dreißig Romane und fast sechzig Kurzgeschichten und ist vielfach ausgezeichnet worden. Angesichts seiner andauernden Beliebtheit, die sich zumindest im anglo-amerikanischen Raum in ununterbrochenen Wiederauflagen seiner Bücher ausdrückt, empfiehlt sich die erneute Lektüre seiner Texte und die Prüfung ihres heutigen Geltungsanspruchs. Können die Themen noch überzeugen? Was von Heinlein verdient es, wieder gelesen zu werden? Und welche Werke lassen in besonderem Maße Aussagen über die Entwicklung von Heinleins Schriftstellerpersönlichkeit zu?

Für ein solches Unterfangen scheint sich insbesondere das frühe Romanwerk des Grandmasters anzubieten, das zwar eine gewisse Kohärenz aufweist, gleichzeitig aber sehr viel von der Grundspannung zwischen bester, altersübergreifender Unterhaltung und didaktisch-ideologischer Programmatik in seinem Gesamtwerk abbildet. Einen vorzüglichen Zugang zu den Themenkreisen und Interessen des jungen Heinlein bietet dabei die »verschollene« Utopie »For Us, the Living«, die der Autor schon in den Jahren 1938/39 verfasste, jedoch nie veröffentlichen konnte. Im Jahr 2002 wurde der Roman in der Garage eines Sammlers aufgefunden und zwei Jahre später vom renommierten Verlagshaus Scribner's gedruckt. 2007 erschien schließlich die Über-

Robert A. Heinlein (1907–1988)

© The Heinlein Prize Trust

setzung im Berliner Shayol Verlag unter dem Titel »Die Nachgeborenen«.

Nicht nur als eine faszinierende utopische Geschichte, sondern auch als Grundrisszeichnung für sein Gesamtwerk wurde das literarische Fundstück gelobt, etwa von Spider Robinson: »Dies mag kein Roman im klassischen Sinne sein ..., aber meiner Meinung nach ist es etwas ungleich Interessanteres. Es ist eine Karriere in einer Hutschachtel ... ein gefriergetrocknetes Festmahl ... ein Leben, in einem Regentropfen gefangen ... und der Keim eines Lebenswerkes, der nur darauf wartet, von unseren Tränen und unserem Lachen benetzt zu werden – RAHs literarische DNA.«[1]

Will man sich Heinleins frühem Schaffen nähern und die Anfangsjahre seiner Karriere besser nachvollziehen, ist auch eine

Wiederbetrachtung seiner Jugendromane, der sogenannten *juveniles*, obligatorisch, die neben den Kurzgeschichten entscheidend zu seinem Erfolg beitrugen. Diese richten sich zwar in erster Linie an jugendliche Leser, doch wäre es ein Fehler, sie deswegen zu vernachlässigen. Ein Blick in ihre Publikations- und Rezeptionsgeschichte zeigt, dass viele (internationale) Ausgaben der *juveniles* auf eine für Kinder- und Jugendliteratur typische Buchgestaltung verzichten. Dies geschah aber nicht nur aus Marketinggründen oder um erwachsenen Lesern Bücher für Kinder »unterzujubeln«, sondern weil die *juveniles* bis heute auch von Erwachsenen gelesen werden.

Tatsächlich scheint in ihnen, wie die exemplarische Betrachtung des Jugendromans »Have spacesuit – will travel« (1958, dt. »Piraten im Weltenraum«, 1960; später: »Kip überlebt auf Pluto«) zeigen wird, eine rezeptionsästhetische Vielgestaltigkeit zum Ausdruck zu kommen, da verschiedene Lesergenerationen durch spezifisch altersgemäße Identifikationsangebote und Themenkreise angesprochen werden. Dabei gibt es Hinweise für die These, dass die Scharmützel, die sich Heinlein lange Jahre mit der Scribner's-Lektorin Alice Dalgliesh wegen ihrer Vorgaben lieferte, die er als pädagogisches Korsett für seine Romane empfand, zumindest partiell seine ästhetische und politische Radikalisierung beeinflussten.

Schließlich müssen Heinleins ungewöhnlicher Marsianer-Roman »Stranger in a Strange World« (1961, dt. »Ein Mann in einer fremden Welt«, 1970) und seine literarische Hymne auf die »Starship Troopers« (1959, dt. »Sternenkrieger«, 1979; später: »Starship Troopers«), in der die Bedeutung militärischen Denkens als Garant für das Überleben der menschlichen Gattung propagiert wird, zumindest gestreift werden. Beide Romane wurden zu Bestsellern, die gleichzeitig wichtige Übergangsphasen in Heinleins Werk markieren. Dies zeigt sich bei letzterem Roman darin, dass er aufgrund ideologischer Vorbehalte nicht mehr wie Heinleins zwölf andere *juveniles* bei Scribner's erscheinen konnte und bis heute Chauvinismusvorwürfen ausgesetzt ist. Er trug wesentlich zu Heinleins disparatem Autoren- und Werkbild bei und ist nach Meinung des Heinlein-Biographen Leon Stover für die tiefe Spaltung zwischen Fans und tendenziell pazifistischen Literaturkritikern mitverantwortlich.[2]

Nicht ganz zu Unrecht kritisiert James Gifford die pauschalen Glorifizierungen und Verteufelungen Heinleins in der Vergangenheit und warnt vor vorschnellen Rückschlüssen aus der Textlektüre auf seine komplexe (Autoren-)Persönlichkeit: »Some of the most luminous names in the science fiction pantheon have written abysmally silly and convoluted evaluations of Heinlein, often by seizing on a vague phrase or incompletely expressed concept and inflating it into a damning condemnation of a perceived flaw. While it may well be that Heinlein was sexist, or a militarist, or an autocrat, or a socialist, or a liberal, or – saints preserve us! – a fascist, serving up one fictional element as ›proof‹ of the author's theses while ignoring dozens of other fictional and factual points (corroborating or contradictory) is scholarship so faulty as to fail high-school Lit standards, much less those of any higher body.«[3]

Being Robert A. Heinlein

> »RAH may have been the all-time most important
> writer of GENRE SF, though not its finest sf writer in
> strictly literary terms; his pre-eminence from 1940
> to 1960 was both earned and unassailable. For half a
> century he was the father – loved, resisted, emulated –
> of the dominant US form of the genre.«[4]

Als Heinlein 1939 mit der in John W. Campbells Magazin *Astounding Science Fiction* erschienenen Kurzgeschichte »Life-Line« (dt. »Lebenslinie«, 1972) debütierte, in der er eine Maschine zur Voraussage des Todes eines Menschen imaginiert, hatte er bereits das 30. Lebensjahr überschritten. Der »Missouri country boy with black mud between my toes«[5], wie er sich später selbst mit einem Augenzwinkern bezeichnet, konnte da bereits auf einen außergewöhnlichen Lebensweg zurückblicken.

Der Autor wurde als drittältestes von sieben Kindern von Rex Ivar und Bam Lyle in Butler, Missouri, geboren und wuchs nach einem Umzug der Familie in Kansas City auf. Der junge Heinlein war ein Bücherwurm – er soll nicht einmal auf dem Schulweg die Nase aus SF-Magazinen und seiner Swift-, Verne- und Wells-Lektüre gezogen haben – und zutiefst aufstiegsorientiert. Wie der Protagonist Kip in dem Roman »Kip überlebt auf Pluto«, den es auf das berühmte M.I.T. zieht, besorgt sich auch Heinlein eine Vielzahl von Empfehlungsschreiben, unter anderem sogar von einem Senator, und immatrikuliert sich an der Marine-Akademie in Annapolis im Jahr 1925.[6] Sogleich nach seinem Abschluss im Jahr 1929 folgte sein fünfjähriger Militärdienst bei der Navy, den er wegen einer Tuberkulose-Erkrankung im Jahre 1934 mit dem Rang eines Geschützoffiziers aufgeben musste. Es folgten neben verschiedenen Jobs, etwa als Immobilienmakler, erneutem Studium der Ingenieurwissenschaften, Mathematik und Architektur, auch Versuche, in der Politik Fuß zu fassen.

Heinlein und seine Frau Virginia am Filmset von »Destination Moon« (1950)

Bildrechte: © Heinlein Society

Nach dem erfolgreichen Verkauf seiner Kurzgeschichte an Campbell stellte sich der Erfolg nur allmählich ein und Heinlein betrieb das Schreiben vornehmlich aus materiellen Zwängen, wie Virginia Heinlein ausführt: »Orginally, his purpose in writing was to pay off a mortgage on a house which he and his wife of a few years had purchased. After that mortgage was paid off, he found that when he tried to give up writing, he felt vaguely uncomfortable, and it was only when he returned to his typewriter that he felt fulfilled.«[7]

Die Versenkung der amerikanischen Flotte in Pearl Harbour erschütterte den Navy-Veteranen zutiefst und weckte in ihm den Wunsch, in den Kriegsdienst zurückzukehren. Dieser Wunsch wurde Heinlein aufgrund seines Alters nicht erfüllt. Dennoch konnte er von 1942 bis 1945 zumindest als Ingenieur in der Naval Air Experimental Station, Philadelphia, Dienst tun, wo er seine spätere dritte Frau, Virginia »Ginny« Doris Gerstenfeld, kennenlernen sollte. Bis dahin hatte Heinlein, teilweise unter Pseudonymen, eine Vielzahl von Kurzgeschichten veröffentlicht, darunter Texte wie »Requiem« (1940, dt. »Requiem«, 1988), »The Roads Must Roll« (1940, dt. »Die Straßen müssen rollen«, 1971), »Blowups Happen« (1940, dt. »Katastrophen kommen vor«, 1972), denen er die Skizze einer »Future History« zu Grunde legte. Dieses Erzähluniversum wurde oft kopiert und sucht nach Ansicht von John Clute seinesgleichen: »[B]ut for many years only RAH's and perhaps Isaac Asimov's similar scheme – by priority, and by claiming imaginative copyright on the imagined future – were able to generate a sense of genuine conceptual breakthrough.«[8]

Das Frühwerk Heinleins zeichnet sich durch einen eklektischen Stil aus, der aber dennoch die Authentizität der extrapolierten (Zukunfts-)Welten garantiert.[9] Heinlein bricht mit dem Paradigma der bis dahin dominanten Gadget- und Abenteuer-SF, wie er in einem Brief an Campbell vom 6. September 1941 unterstreicht: »At the present time I am the most popular writer for the most popular magazine in the field and command (I believe) the highest word rate ... It seems to me that the popularity of my stuff has been based largely on the fact that I have continually enlarged the field of S-F and changed it from gadget motivation to stories more subtle in their themes and more realistically motivated in terms of human psychology. In particular I introduced the regular use of high tragedy and completely abandoned the hero-and-villain formula.«[10] Der anspruchsvolle Erzählstil, die Themenvielfalt und ein feinsinnig pointierter Humor kommen aber nicht nur in den Kurzgeschichten zum Ausdruck, sondern auch in Heinleins postum erschienenem Roman »Die Nachgeborenen«.

Heinleintopia

> »Ich sage Ihnen, ich bin Perry Nelson.
> Ich weiß nichts über das Jahr zweitausendsechsundachtzig und alles über neunzehnhundertneununddreißig.«[11]

Wie Spider Robinson ausführt, ist Heinleins Erstling in erster Linie eine Übung im utopischen Denken in der Erzähltradition H.G. Wells' und Edward Bellamys, »deren fiktionale Komponente ein hübsches, aber dünnes und durchscheinendes Negligee darstellt, das seine Verführungsabsichten nur ungenügend verdeckt. Bereits im Alter von zweiunddreißig Jahren versucht Robert, die Welt zu retten – und war sich nur zu bewusst, dass die Welt sich meist gar nicht retten lassen wollte.«[12]

Am Romananfang wird eine zutiefst phantastische Begebenheit geschildert: Perry Nelson, ein Marineoffizier auf dem Weg von Los Angeles nach San Diego, wird von der Straße gedrängt und fällt mit seinem Wagen vierzig Meter tief ein Steilufer hinunter. Unten erwartet ihn jedoch nicht der Tod: Wieder zu Bewusstsein gelangt, sieht er »nichts als wirbelnde Schneeflocken. Der Strand, das Steilufer und der Rest der Welt waren verschwunden.«[13]

Im Schneesturm erscheint ihm – wie könnte es anders sein – ein Mädchen in einem grünen Badeanzug, das den »Autobrüchigen« in ihr Haus führt. Perry ist perplex, als er von ihr erfährt, dass er nicht nur an einem scheinbar unbekannten Ort, sondern auch in einer anderen Zeit aufgewacht ist, im Jahre 2086, um genau zu sein. Fortan kommt Perry, meist dank Diana, mit einem ganzen Kaleidoskop neuer Erfindungen, aber auch gesellschaftlicher Veränderungen in Berührung.

Diese Erzählprämisse erlaubt Heinlein eine Vielzahl von Ideen anzureißen, die er in seinen späteren Werken noch weiter ausarbeitet: Erwähnung finden neben Perrys Zeitreise »multiple Identität; die Überwindung des physischen Todes; die Privatsphäre; die Freiheit des Einzelnen; persönlicher und politischer Pragmatismus; die Verwendung von Technologie zum Zweck hedonistischer Selbstbefriedigung; das Verhältnis zwischen Privilegierung und Verantwortung; die Künste und insbesondere neue Kunstformen der Zukunft wie den Tanz in veränderlicher Schwerkraft; das metrische System; rollende Straßen«.[14]

Interessant sind aber auch Perrys Gespräche mit Meister Cathcart, Dianas Freund und ehemaligem Geschichtslehrer, aus denen Perry – und mit ihm der Leser – viel über »das endlose Drama der Geschichte« nach 1939 erfährt.[15] So endete der Zweite Weltkrieg »nicht nur durch die Intervention der Vereinigten Staaten ..., sondern durch den wirtschaftlichen Zusammenbruch Deutschlands ... Adolf Hitler beging Selbstmord, indem er sich mit der Waffe in den Mund schoss.«[16]

Relativ unerwartet – führt man sich die Ambivalenz und Grenzwertigkeit mancher späterer Heinlein-Werke vor Augen – ist die deutliche Ablehnung rassistischer und chauvinistischer Geisteshaltungen. So erfährt Perry von einer Faschisierung der amerikanischen Gesellschaft, nachdem Franklin D. Roosevelt 1944 bei einem Flugzeugabsturz umgekommen ist und der demagogische Senator Malone aus dem Mittelwesten dank der Unterstützung durch die Republikaner die Macht an sich gerissen hat: »Er forderte, dass die Kommunistische Partei verboten und die amerikanische Heimat geschützt werden sollte, außerdem trat er für eine Rückkehr zum Rationalismus in der Schulbildung ein, worunter er in erster Linie Lesen, Schreiben und Rechnen verstand, und für einen besonders widerwärtigen chauvinistischen Patriotismus. Er verlangte die Ausweisung aller Ausländer; Gesetze, die verhindern sollten, dass Frauen Männern die Arbeitsplätze wegnahmen; und den Schutz der Jugendmoral. Er versprach, den Wohlstand im Land wiederherzustellen, damit jeder den ›amerikanischen Lebensstandard‹ genießen konnte. Und er siegte mit einer knappen Mehrheit im Wahlausschuss.«[17]

Weil es Malone gelingt, die Geheimdienste und das Militär vollständig zu kontrollieren, kann seine Diktatur nur von »innen« beendet werden: Er wird von einem »Spießgesellen« ermordet. Die Bevölkerung geht auf die Barrikaden. Schließlich stabilisiert sich das System, und Fiorello Henry LaGuardia wird zum Präsidenten gewählt.

An anderen Stellen kommt Heinleins Sympathie für offenere Geschlechterverhältnisse zum Ausdruck: der Sittenkodex hat sich in der Zukunft verändert, Freikörperkultur und freie Liebe sind der Normalfall und lassen Perry keine Sekunde der Doppelmoral der konventionellen Ehe im Jahre 1939 nachtrauern: »Die meisten verheirateten Männer treffen ständig auf Frauen, mit denen sie lieber schlafen würden als mit ihren Ehefrauen. Ich habe sie in jedem Hafen gesehen.«[18]

Heinleins Utopie ist eine Feier der Privatsphäre, auf der die Zukunftsgesellschaft fußt; sie ist unantastbar und tabulos, solange kein Bürger einen anderen schädigt. Es ist die perfekte Welt für Perry, und so ist eine Rückkehr in das Jahr 1939 undenkbar. Die zügellose Beziehung zwischen Perry und Diana weist dabei verschiedene Gemeinsamkeiten mit Heinleins eigener Ehe mit seiner zweiten Frau Leslyn und seinem ausgeprägten Hang zum Nudismus auf, den er vor der Öffentlichkeit verheimlichen musste, da andernfalls nicht zuletzt seine Existenz als Kinderbuchautor unmöglich geworden wäre.[19]

Robinson stellt die These auf, dass die Pleite als Politiker bei den kalifornischen Wahlen und die Ablehnung seines Manuskripts durch Verlage Heinlein die wichtige Erkenntnis bescherten, dass seine wirklichen Stärken in der Welt der Spannungsliteratur lagen und dass er durch sein Erzähltalent über eine »dermaßen breite Leinwand verfügte, dass er den Rest seines Berufslebens lang einfach nur Geschichten erzählen konnte, Freunde und Helden aus dem Nichts entstehen lassen, die durch die Galaxien und in die Herzen der Leser springen – und dabei trotzdem all die Erkenntnisse und Ansichten verbreiten, von denen er glaubte, dass er sie der Welt zu Gehör bringen musste.«[20] Mit anderen Worten, der abgelehnte und bald darauf in der Schublade verschwundene Roman war der Kokon, aus dem der SF-Autor Heinlein entschlüpfte: Wenige Monate später veröffentlichte Heinlein die phantastische Kurzgeschichte »Life-Line« und tatsächlich wurde mit ihr die Science Fiction zur Lebensader, die sich durch Heinleins »Jahrhundert« ziehen sollte.

Pubertäre Patrioten

> »... im Gegensatz zur Meinung vieler ist es nämlich besser, ein toter Held als ein lebender Schweinehund zu sein.«[21]

Heinleins frühe Popularität resultiert nicht nur aus dem Erfolg seiner Kurzgeschichten, sondern auch aus der erfolgreichen Zusammenarbeit mit dem namhaften Verlag Scribner's, der zwischen 1947 und 1958 zwölf Jugendromane von Heinlein herausgebrachte. Einige Titel wurden von Heinlein serialisiert und vor der Buchveröffentlichung in Unterhaltungsmagazinen für Jugendliche und Erwachsene vorabgedruckt, was dem Autor einen nicht unerheblichen Zusatzverdienst sicherte.

Virginia Heinlein ist der Ansicht, dass Robert A. Heinleins Wahl der Jugendliteratur nicht ganz freiwillig war: »He was persuaded to begin the juvenile line.«[22] Diese Erklärung kann nicht ganz überzeugen, schließlich unternahm Heinlein nicht wie viele andere SF-Autoren nur einen »Ausflug« ins Subgenre, sondern er prägte durch seine Vielzahl von Titeln die Kinder- und Jugend-SF wie kein anderer. Auch bekräftigte er immer wieder theoretisch ihren Sinn und Zweck. Als er sich einmal mehr über die moralischen Zensuren und die pädagogischen Vorbehalte seiner Lektorin Alice Dalgliesh gegenüber seinem Roman »The Star Beast« (1954; dt. »Die Sternenbestie«, 1966) ärgert, führt er im Brief vom 8. Oktober 1954 an seinen Agenten Lurton Blassingame aus, wie sehr ihn das Schreiben von Jugendromanen »an sich« freut: »I've taken great pride in these juveniles. It seemed to me a worthwhile accomplishment to write wholesome stories which were able to compete with the lurid excitements of comic books.«[23]

Im Mittelpunkt der *juveniles* stehen jugendliche und durch besondere Fähigkeiten distinguierte Helden, die auf ihren Weltraumabenteuern verschiedene Prüfungen durchzustehen haben, erwachsen werden und nicht zuletzt Karriere machen. Immer stellen die Protagonisten, so C.W. Sullivan, die Gültigkeit der folgenden Tugenden unter Beweis: »perseverance, loyalty, intelligence, idealism, integrity, and courage«.[24] Die Bewährungsproben reichen von der Bekämpfung konspirierender Nazis auf dem Mond (»Rocket Ship Galileo«, 1947; dt. »Endstation Mond: Weltraumschiff Galileo«, 1951) über die Navigation eines weit vom Kurs abgekommenen Raumschiffs (»Starman Jones«, 1953; dt. »Abenteuer im Sternenreich«, 1954) und einem Überlebenskampf auf einem unbekannten Planeten als Abschlussprüfung für eine Schülerklasse (»Tunnel in the Sky«, 1955; dt. »Tunnel zu den Sternen«, 1956) bis zum Kampf gegen Weltraumsklaverei (»Citizen of the Galaxy«, 1957; dt. »Bewohner der Milchstraße«, 1958).

Zu Recht wird von John Clute und Peter Nicholls die Verarbeitung der Adoleszenz- und Initiationsthematik als besondere Stärke von Heinleins Jugendromanen neben ihrer Plausibilität in der Darstellung soziologischen und technologischen Wissens hervorgehoben: »the most important contribution any single writer has made to Childrens' SF«.[25] Clute und Nicholls unterstreichen die Geschlossenheit und den Ausnahmecharakter von Heinleins *juveniles*, insbesondere »Time for the Stars« (1956; dt. »Von Stern zu Stern«, 1957), »Bewohner der Milchstraße« und »Kip überlebt auf Pluto« auch im Vergleich mit seinen Werken für Erwachsene: »their compulsive narrative drive, their shapeliness and their relative freedom from the didactic rancour RAH was beginning to show when addressing adults in the later 1950s all make these books arguably his finest works.«[26]

Die gelungene Mischung aus Faktentreue und Unterhaltung zeigt sich insbesondere in »Kip überlebt auf Pluto«, das als einziges seiner *juveniles* für den Hugo Award nominiert wurde und zu seinen beliebtesten und verbreitetsten Werken gehört: »Every school library in the nation must have had a copy, for if you poll

Heinlein fans born between approximately 1955 and 1965, an astonishing number ... will tell you that this book was their introduction to Heinlein's writing.«[27]

Wie viele andere jugendliche Helden Heinleins auch ist Kip Russell zutiefst raumfahrtbegeistert. Bei einem Wettbewerb des Seifenherstellers Skyway gewinnt er einen echten Raumfahrtanzug als Trostpreis. Als er ihn auf der Wiese hinter dem Elternhaus testet, landet plötzlich ein Raumschiff, aus der eine leopardähnliche Außerirdische mit riesigen, lemurenhaften Augen und das Mädchen Peewee herausspringen. Als Kip sich den Ankömmlingen nähert, wird er niedergeschlagen und von Weltraumpiraten entführt. Die Kidnapper sind wurmgesichtige und gemeingefährliche Wesen vom Stern Proxima Centauri, die – gemäß der von H.G. Wells geprägten Traditionslinie – nichts Geringeres als die Invasion des gesamten Sonnensystems beabsichtigen. Sie verschleppen Kip, Peewee und die Außerirdische, die wegen ihrer mütterlichen Wärme und Gutmütigkeit einfach das »Mütterchen« genannt wird, auf den Mond, und von da aus weiter in ihre Nachschubbasis auf Pluto.

Wagemutig durchkreuzen Kip und Peewee die Invasionspläne der Wurmgesichter und es gelingt ihnen, Verbündete des »Mütterchens« zu rufen, mit denen sie nach einem Abstecher auf Wega 5, dem Heimatplaneten der »Mütterchen-Leute«, zu einem Stern in der Kleineren Magellan'schen Wolke reisen. Dort müssen sie vor das Gericht der intergalaktischen Konföderation »Drei Galaxien« – in ihrer Organisationsweise mit den Vereinten Nationen auf der Erde vergleichbar – treten und sich, repräsentativ für die gesamte Menschheit, einer Risikofolgenabschätzung unterziehen. Die Richter kommen zu einem wenig schmeichelhaften Untersuchungsergebnis: »Die Fakten sind integriert. Nach ihrem eigenen Zeugnis ist dies ein wildes und brutales Volk, das alle möglichen Scheußlichkeiten begeht. Sie essen einander, sie hungern einander aus, sie töten einander. Sie besitzen keine Kunst und nur eine höchst primitive Wissenschaft, und doch sind sie von so gewalttätiger Natur, dass sie das wenige Wissen, das sie jetzt besitzen, dazu benutzen, um einander zu vernichten.«[28] Die Menschheit stellt also ein Sicherheitsrisiko dar und die Wächter fragen sich: »Wie bald werden sie uns erreichen, wenn sie überleben, und welche Gefahr werden sie dann für uns darstellen?«[29]

Die sofortige Vernichtung der Erde zum Wohle des galaktischen Friedens droht, und doch geschieht das Unerwartete: Im Gegensatz zu den Wurmgesichtern, deren Heimatplanet zur Strafe für ihre Invasionspläne vernichtet wird, lassen die Wächter die Menschen am Leben, beeindruckt von Kips Verteidigungsrede und der Fürsprache des »Mütterchens« für die Menschen: »Es trifft zu, dass diese Geschöpfe häufig gewalttätiger sind, als es notwendig oder weise wäre. Aber ... sie sind alle so sehr jung. Gebt ihnen Zeit zum Lernen.«[30] Und so kommt die Welt noch mal davon und Kip wird vom Mütterchen zurück auf die Erde gebracht. Dort braucht der hocherfreute Generalsekretär nur ein Telefonat, um Kip den ersehnten Studienplatz am Massachusetts Institute of Technology zu besorgen.

»Kip überlebt auf Pluto« zeigt, dass Heinleins Jugendbücher sowohl jugendliche als auch erwachsene Lektüren zulassen. Während der junge Leser vor allem an der Abenteuerhandlung Gefallen findet, erhöhen die philosophischen Fragestellungen des Romans wie die Überlegungen zur kriegerischen Natur des Menschen die Lesemotivation von Erwachsenen. Für die Lektüre des Erwachsenen ist sicherlich ebenfalls förderlich, dass Heinlein weitgehend auf technische Paramythen verzichtet zugunsten naturwissenschaftlich korrekt extrapolierter technischer Innovationen. Im Hinblick auf den Roman »Bewohner der Milchstraße«, der vor der Scribner's-Buchveröffentlichung in einer leicht modifizierten Version in »Astounding Science Fiction« vorabgedruckt wurde, unterstreicht der Autor selbst die doppelte Adressierung einer jugendlichen und erwachsenen Leserschaft: »As usual, *it is an ambivalent story, acually adult in nature but concerning a boy and with no sex in it that even Great Aunt Agatha could object to. But I am going to try this time to improve it a little for each market with some changes in emphasis.«*[31]

Scharmützel mit der Verlagslektorin

Heinleins Verhältnis zu der Lektorin seiner Texte bei Scribner's, Alice Dalgliesh (1893–1979), war von Anfang an alles andere als unproblematisch. Es gab im Wesentlichen drei Reibungspunkte, die, liest man Heinleins postum von seiner dritten Frau veröffentlichtes Briefwerk, bis zum Ende der »Partnerschaft« auftraten.

Erstens hatten Dalgliesh und Heinlein unterschiedliche Vorstellungen darüber, was SF war beziehungsweise zu sein hatte. Während Dalgliesh vor allem an pädagogisch einwandfreier und realistischer, das heißt auf technische Entwicklungen und Erfindungen bezogener SF interessiert war, wollte sich Heinlein natürlich nicht auf die SF Verne'scher Tradition »reduzieren« lassen, die er im Übrigen viel besser kannte als seine Lektorin. Heinlein nahm kein Blatt vor den Mund, als er sich in einem Brief an seinen Agenten vom 4. März 1949 über Dalgliesh beklagte, sie würde die visionäre Kraft seiner Texte verkennen und sie als Fantasy missinterpretieren:

»Her definition is all right as far as it goes, but it fails to include most of the field and includes only that portion of the field which has been heavily overworked and now contains low-grade ore. Speculative fiction (I prefer that term to science fiction) is also concerned with sociology, psychology, esoteric aspects of biology, impact of terrestrial culture on the other cultures we may encounter when we conquer space, etc., without end. However, speculative fiction is *not* fantasy fiction, as it rules out the use of anything as material which violates established scientific fact, laws of nature, call what you will, i.e., it must [be] possible to the universe as we know it. Thus, *Wind in the Willows* is fantasy, but the much more incredible extravaganzas of Dr. Olaf Stapledon are speculative fiction – *science fiction*.«[32]

Zweitens stellte Dalgliesh Heinleins Figuren und Handlungsstränge regelmäßig unter Trivialitätsverdacht, wodurch sich *vice*

Alice Dalgliesh (1893–1979), Kinderbuchlektorin bei Scribner's

versa die Lektorin für Heinlein des literarischen Snobismus verdächtig macht. Heinlein schmerzte zunehmend die Erkenntnis, dass seine Romane trotz ihres großen Erfolges bei seinen Lesern nicht entsprechend gewürdigt wurden, da sie nicht das gängige – so bezeichnet er es selbst – »Scribner's Type«-Material darstellen: »I have taken great pride in being a Scribner's author, but that pride is all gone now that I have discovered that they are not proud of me.«[33]

Am stärksten aber frustrierten Heinlein die »behütungspädagogischen« Vorbehalte seiner Lektorin, die sich in ihren Urteilen mehr an der Meinung von Schulbibliothekaren und Lehrern als an Heinleins Sympathie für die emotionalen Bedürfnisse jugendlicher Leser nach Spannung und Unterhaltung orientierte.

Dieser Konflikt kulminierte schließlich in der Ablehnung von »Starship Troopers«, zweifelsohne in seiner Lobpreisung militärischer Tugenden und aufgrund drastischer Gewaltszenen Heinleins umstrittenster Roman. Stärker als die nicht gänzlich unerwartete Ablehnung durch Dalgliesh erzürnte Heinlein dabei, dass sich Mr. Scribner persönlich und kompromisslos gegen die Veröffentlichung sperrte, obwohl Heinlein, seiner eigenen Ansicht nach, zu den erfolgreichsten Autoren des Verlags gehörte. Dass sich in Heinleins Zorn nicht nur verletzte Eitelkeit entlud, zeigt eine vom Autor selbst aufgestellte Rechnung: »Based on my royalty records I conjecture that my books have netted for Mr. Scribner something between $ 50,000 and $ 100,000 (and grossed a great deal more). They have been absolutely certain money-from-home for his firm ... and still are. Yet after years and years of a highly profitable association, Mr. Scribner let me be

›fired‹ with less ceremony than he would use in firing his office boy.«[34]

Im Rückblick betrachtet ist der Konflikt zwischen Heinlein versus Dalgliesh/Scribner nicht untypisch für das Literatursystem »Kinder- und Jugendliteratur«, das bis heute nicht autonom ist, sondern sich eben durch einen mehr oder weniger starken Widerspruch zwischen pädagogischen und literarischen Funktionen und Autoritäten auszeichnet. Davon ist das SF-Genre selbstverständlich nicht ausgenommen, wie Heinlein schmerzhaft erfahren musste.

Save the World or Die Trying!

> »*Der Lieutenant war Gottvater für uns und liebte uns und verwöhnte uns und blieb trotz allem meistens unsichtbar für uns.*«[35]

Bekannterweise war die Ablehnung durch Scribner's dem Erfolg von »Starship Troopers« keineswegs abträglich. Bereits ein Jahr später erschien der Roman, den Heinlein ohnehin nie als typischen Jugendroman angesehen hatte, bei Putnam in einer Erwachsenenausgabe.[36] Mit dem Hugo Award ausgezeichnet, wurde er zu einem seiner größten Triumphe bei den Fans und zu seinem größten Misserfolg bei den Kritikern. Ohne Zweifel war »Starship Troopers« für viele nachfolgende SF-Romane und -Filme stilbildend, sein Einfluss auf die sogenannte Military-SF kann nicht hoch genug geschätzt werden.

Im Mittelpunkt der aus der Ich-Perspektive erzählten Geschichte steht Juan »Johnny« Rico, der es – relativ gedankenlos und gegen den Wunsch seiner Familie – seinem Schulfreund Carl nachmacht und sich zum Militärdienst meldet. Die Menschheit befindet sich in einem interplanetaren Krieg mit außerirdischen Monster-Insekten, den so genannten »Bugs«. Innerhalb der »Mobilen Infanterie« (M.I.) gelingt dem ehrgeizigen jungen Mann nach dem erfolgreichen Abschluss einer mörderischen Ausbildung ein rasanter Aufstieg und er schlägt die Offizierslaufbahn ein. Am Romanende befehligt er schließlich seine eigene Kompanie. Die Armee, die Rico an einer

Stelle als »sehr väterliche Organisation« bezeichnet, ist zu seiner Heimat geworden.[37]

In Heinleins Gesellschaft der Zukunft gibt es keine Wehrpflicht mehr, sondern der Militärdienst ist nur auf freiwilliger Grundlage möglich und jederzeit kündbar; er steht jedem offen, sofern er in der Lage ist, den Diensteid zu verstehen. Rico erinnert sich stirnrunzelnd: »Früher soll es Armeen gegeben haben, in denen die Geistlichen vom Dienst mit der Waffe befreit waren. Es ist mir unverständlich, wie ein Geistlicher seinen Segen zu etwas geben konnte, das er selbst zu tun nicht bereit war.«[38]

Seine Lektionen über den Krieg lernt der Leser zusammen mit Rico auf dem Schlachtfeld und im Trainingslager, aber auch in der Schule, nämlich im Geschichts- und Moralunterricht von Mr. Dubois, einem M.I.-Veteranen: Krieg wird nicht nur als notwendiges und ewig währendes Übel jedweder Gemeinschaft legitimiert[39], sondern auch als moralische Anstalt zur Besserung der Menschheit glorifiziert, wonach der mindestens zweijährige Dienst an der Waffe erst die Voraussetzung bildet, um durch seine Ableistung »Vollbürger« werden zu können und wählen zu dürfen: »Da das souveräne Wahlrecht die höchste menschliche Autorität darstellt, sorgen wir dafür, dass alle, die es ausüben, auch die höchste soziale Verantwortung übernehmen – wir verlangen, dass jede Person, die Kontrolle über den Staat auszuüben wünscht, ihr eigenes Leben aufs Spiel setzt – und es verliert, falls das nötig sein sollte –, um das Leben des Staates zu retten. Die höchste Verantwortung, die ein Mensch übernehmen kann, ist so der höchsten Autorität, die ein Mensch ausüben kann, gleichgesetzt. Yin und Yan, perfekt und gleich.«[40]

Irritierend sind neben der dumpfen Kommunismuskritik, die auch aus anderen Heinlein-Büchern bekannt ist, die überzeichnet positiv dargestellte Sanktionierung der Todesstrafe, aber auch die vermeintlich wissenschaftlich fundierte Moraltheorie des Mr. Dubois, von der der Leser aus Rückblenden in Ricos Schulzeit erfährt. Dubois' Ansicht nach braucht es für den Erziehungserfolg von Jugendlichen »nur die Geduld und Standfestigkeit ..., mit der man einen Hund erzieht«.[41] Die Idee einer Erziehung, die auf Abschreckung und zunehmende Härte setzt (Stockschläge, Peitsche, Todesstrafe durch Hängen), wird als zivilisatorische Innovation gepredigt im Vergleich zum psychotherapeutischen Wirken von Sozialarbeitern und Kinderpsychologen im Nordamerika des 20. Jahrhundert. Weiterhin verstört der im Text unaufgelöst bleibende Widerspruch zwischen dem absoluten Freiheitsanspruch des Gesellschaftsentwurfs und dem an religiöse Hingabe grenzenden Gehorsam der Armee: »Der Lieutenant war Gottvater für uns und liebte uns und verwöhnte uns und blieb trotz allem meistens unsichtbar für uns.«[42]

Interessant ist auch, wie sich schon in Heinleins Roman – dreißig Jahre, bevor die Kollateralschäden der Golfkriege den Mythos amerikanischer Präzisionsbomben Lügen straften – die Vorstellung der »sauberen« Kriegskunst abbildet, die mithilfe chirurgisch genauer High-Tech-Waffen aus dem Krieg wieder eine »persönliche Auseinandersetzung mit dem Gegner« macht: »Wir schlagen gezielt zu, üben einen genau dosierten Druck an einer bestimmten Stelle zu einer bestimmten Zeit aus. Man hat uns noch nie befohlen, über einer Stadt abzuspringen und dort alle rothaarigen Linkshänder zu töten und gefangenzunehmen, aber wenn wir diesen Auftrag erhalten, erfüllen wir ihn auch.«[43]

Auch heute würde »Starship Troopers« in keinem kinder- und jugendliterarischen Programm eines amerikanischen oder deutschen Verlags erscheinen. Neben der schonungslosen Darstellung des »Käferkrieges« würde vor allem das ideologische Gesamtgefüge als zu parteiisch, zu moralinsauer und damit nicht kinder- und jugendgemäß bewertet werden. Den gesamten Roman aber, oder gar den Autor, unter Faschismusverdacht zu stellen, geht zu weit: Zwar kommen viele Positionen der konservativen Rechten Amerikas zum Ausdruck, die oftmals durch emotional aufgeladene Dar-

Starship Troopers *(USA, 1997; Regie: Paul Verhoeven)*

stellungen vermittelt werden, doch hielt der Autor selbst mit Sicherheit eine solche Militär-Gesellschaft lediglich für beschreibbar, aber wohl kaum ernsthaft für realisierbar.

Zudem war sich Heinlein der begrenzten Wirkung von Fiktionen durchaus bewusst, wie ein ähnliches Beispiel aus seinem Briefwerk zeigt: Am 19. April 1949 schreibt Heinlein Dalgliesh, dass er sich gegen die von ihr geforderte Schilderung von Waffenregistrierung (!) auf dem Mars im Jugendroman »Red Planet« (1949, »Der Rote Planet«, 1952) verwahrt, um schließlich doch zerknirscht zu konstatieren: »I am aware, too, that even if I did by some chance convince you, there remains the unanswareable argument that you have to sell to librarians and schoolteachers who believe the contrary.«[44]

Wirkt Heinleins Gesellschaftsentwurf in »Starship Troopers« – nicht zuletzt, weil eine solche Militarisierung der (amerikanischen) Gesellschaft bis heute ein konservativer Traum geblieben ist – an vielen Stellen anachronistisch, kitschig und weltfremd, stellt sich dennoch die Frage, ob der Roman nicht zumindest als spannende Military-SF überzeugen kann. Die Antwort scheint müßig angesichts des Verkaufserfolges des Romans, und doch dürfte seine moralinsaure Didaxe, in welche die Schlachtszenen und die Episoden aus dem Soldatenalltag eingefärbt sind, alles andere als zeitlos sein. Dass der didaktische Tenor des Romans sich nur bedingt für mediale Aufbereitungen eignet, bewies vor zehn Jahren der niederländische Regisseur Paul Verhoeven, der Gerüchten zufolge das Buch nach ein paar Kapiteln gelangweilt zur Seite legte und es lediglich als böse Militärparodie, eine Art *Full Metal Jacket* im SF- und Splatter-Gewand, zu verfilmen vermochte.

Messianismus für Marsianer

> »*Dear Water-Brother, I greatly admire your courage
> also your intellectual virility that enables you to open up
> new areas of the literary globe.*«
>
> Brief von Lurton Blassingame
> an Robert A. Heinlein, 14. Oktober 1960[45]

Gegenüber Lurton Blassingame gibt sich Heinlein in einem Brief vom 4. Dezember 1960 sehr erfreut, dass dieser – für ihn sehr unerwartet – »Ein Mann in einer fremden Welt« an Putnam verkauft hatte. Denn es war das erste Mal seit zwanzig Jahren, so Heinlein, dass er nicht für den Buchmarkt geschrieben habe, sondern frei und ungebunden.[46] Die Konzeption des Kultromans der 1960er-Jahre beschäftigte Heinlein seit 1949, und doch konnte er den Bestseller, der 1962 mit dem Hugo Award ausgezeichnet wurde, nur in einer gekürzten Fassung veröffentlichen. Der vollständige Roman wurde erst 1991 von Virginia Heinlein aus dem Nachlass ihres Mannes herausgegeben.

Heinlein bedient sich einer in der SF recht beliebten Erzählvariante der Robinsonade: es steht nicht die Beschreibung menschlicher Besucher auf fremden Planeten im Vordergrund, sondern die Abenteuer eines Außerirdischen auf der Erde. Einer der ersten und berühmtesten Vorläufer dieses Subtypus ist die phantastische Erzählung »Micromégas« von Voltaire (1752), in der die Eindrücke zweier riesiger Außerirdischen vom Stern Sirius und vom Saturn geschildert werden, als sie unser Sonnensystem und die Erde besuchen.

Michael Valentine Smith ist der Spross von Forschern, die im Rahmen einer Mars-Mission verschollen gegangen sind. Zwanzig Jahre später wird eine zweite Expedition unternommen, die mit Smith, der zwischenzeitlich von Marsianern aufgezogen wurde, zur Erde zurückkehrt. Auf der Erde kommt es zu dem unvermeidlichen *clash of cultures*. Der rechtmäßige Souverän des Mars und Erbe des gigantischen Vermögens seiner Eltern zieht politische Rattenfänger und Geschäftemacher an wie Motten das Licht.

Nicht ungewöhnlich für einen Heinlein-Text ist es, dass Smith alsbald Schutz bei einer dominanten Vaterfigur findet – dem Schriftsteller, Rechtsanwalt, Lebenskünstler und Berufszyniker Jubal Harshaw, der als »know-all voicebox for RAH himself« interpretiert werden kann.[47] Auf dessen Anwesen wird Smith von der Krankenschwester Jill Boardman und dem Journalisten Ben Caxton gebracht, die mit dem Marsmenschen sympathisieren. In der Nähe zu Harshaw, der einen libertären und polygamen Lebensstil pflegt, wird sich Smith seiner hybriden Identität bewusst, in der sich die Verbundenheit zu den Menschen mit seiner außerirdischen Prägung vermischt. Mit vielen guten Ratschlägen von Harshaw versehen wagt Smith schließlich das ambitionierte »Projekt, marsianische Methoden und marsianische Weisheit auf der Erde einzuführen, um der Menschheit die Entdeckung neuer weltanschaulicher, spiritueller, philosophischer und sexueller Freiheiten zu ermöglichen«.[48]

Die Figur des Marsmenschen ist von Heinlein entlang der überlieferten Biographie Jesu Christi modelliert und geht sogar über sie hinaus, persifliert sie, wenn Smith mit Hilfe seiner marsianischen Fähigkeiten und auf einem Jahrmarkt gelernten Tricks die »Church of All Worlds« gründet, die ihm sein Engagement als »Menschenfänger« erheblich vereinfacht: »Ich habe gesehen, in welchem schrecklichen Zustand sich dieser Planet befindet, und ich habe grokt – allerdings nicht völlig –, dass ich etwas daran ändern könnte. Was ich zu lernen hatte, konnte nicht in Schulen unterrichtet werden; ich musste es als Religion tarnen, was es durchaus nicht ist, und das Publikum anlocken, indem ich an seine Neugier appellierte.«[49]

In seiner Lehre vom »Groken« – dem Erkennen und Verstehen der Dinge in totaler Versenkung – und dem Schlüsselsatz »Du bist

Gott« drücken sich laut Rainer Zuch drei un- beziehungsweise antichristliche Positionen aus: »Zum einen ist die Auffassung aller lebenden Wesen, ja selbst der Dinge als ›grokend‹ (fähig, zu groken und gegrokt zu werden) der paganen und pantheistischen Idee der Beseelung der gesamten Natur verwandt. Zum anderen spricht Smith allen Religionen Wahrheitsgehalt zu, da sie alle im Kern den Menschen über ihre Sterblichkeit hinweghelfen wollen; außerdem sei es möglich, dass, wenn jeder Mensch Gott sei, auch jede religiöse Lehre wahr sei ... Und drittens verarbeitet Heinlein das Konzept einer Selbstvergottung, die auf der Vorstellung einer unangreifbaren Integrität des Ich beruht. Jedoch muss diese Idee des göttlichen Selbst von einem schrankenlosen Egoismus abgegrenzt werden, da das Ich immer in Relation zu anderen Ichs und zur gesamten Welt gesetzt wird.«[50]

Der Fluchtpunkt von Smiths blasphemischen Machenschaften ist also die Selbstbefreiung des Menschen aus dem gesellschaftlichen Korsett der Moral und Konvention: »Während Christus den Abfall von Gott anspricht, geht es Smith um etwas, was man ›das Göttliche im Menschen‹ nennen könnte. Alle Menschen, so der Kern seiner Lehre, trügen ein immenses, nur aufgrund der herrschenden zivilisatorischen und moralisch-ethischen Zwänge als übermenschlich zu bezeichnendes Potential in sich.«[51]

Der Marsianer ist dabei weniger ein echter Anführer als ein *role-model*, und die Selbstvergottung ist kein Privileg eines bestimmten Ranges, wie seinem Freund Ben letzten Endes aufgeht: »Wir brauchen Mike eigentlich gar nicht. Du hättest der Marsmensch sein können. Oder ich. Mike gleicht dem Menschen, der das Feuer entdeckt hat. Das Feuer war schon immer da – und nachdem er den anderen gezeigt hat, wie es sich bändigen läßt, konnten es alle benützen ... oder jedenfalls alle, die vernünftig genug waren, um sich nicht dabei zu verbrennen ... Mike ist unser Prometheus – aber nicht mehr.«[52]

Die Selbstbefreiung bezieht sich natürlich nicht nur auf Sexualität und Sittenmoral, doch Heinlein wäre nicht er selbst, wenn er dieses Feld nicht besonders prominent machen würde oder um es in den Worten von Jubal Harshaw auszudrücken: »Anstatt zu befehlen: ›Du sollst nicht begehren deines Nächsten Weib ...‹, verkündet er [Mike]: ›Du brauchst meine Frau nicht zu begehren – liebe sie! Wir haben dabei alles zu gewinnen und außer Angst und Hass und Schuldbewusstsein und Eifersucht nichts zu verlieren.«"[53]

Um sich nachdrücklich als Messias im kollektiven Gedächtnis zu verankern, darf es schließlich an einem spektakulären Abgang nicht fehlen, und so ist die populärkulturell wirksame Inszenierung von Smiths Hinrichtung durch einen Straßenmob reine Formsache. Nachdem Ziegelsteine, Revolverkugeln, Knüppel, Faustschläge und Fußtritte aus ihm eine wandelnde Leiche machen, wird Smith endgültig zur Legende, indem er sich vor laufender Fernsehkamera in Luft auflöst beziehungsweise »entleibt«, wie es korrekt in marsianischer Sprache heißt.[54] Wie Jill unterstreicht, ist sein Verschwinden jedoch gemäß der marsianischen Philosophie nicht mit der menschlichen Vorstellung von Tod vergleichbar und es gibt eigentlich gar keinen Grund zur Traurigkeit: »Wie könnte er tot sein, wenn niemand getötet werden kann? Wir haben ihn grokt und behalten ihn deshalb für immer in unserer Mitte. Du bist Gott.«[55]

Hat Heinlein mit dem Mars-Waisen Smith sicherlich einen der schillerndsten Außerirdischen im literarischen SF-Kosmos geschaffen, darf auch die außerliterarische Wirkung des Romans nicht unerwähnt bleiben, die ihn selbst als Kuriosum auszeichnet. So machte eine Gruppe von amerikanischen Neuheiden aus dem Kultroman einen wirklichen »Kult«, indem sie 1968 allen Ernstes die »Church of all Worlds« (CAW) gründete, die zwei Jahre später von den Behörden offiziell anerkannt wurde.[56] Diese Entwicklung hat Heinlein angeblich amüsiert, wirklich überraschend kam sie für ihn bestimmt nicht: Denn »auch eine Rollschuhbahn ist eine Kirche, wenn eine Sekte behauptet, das Rollschuhlaufen sei eine Form des Gebets«, weiß schon Jubal Harshaw und hat wie immer recht.[57]

Zusammenschau

Obwohl im Rahmen dieses Aufsatzes nur ein sehr begrenzter Ausschnitt aus Heinleins Gesamtwerk betrachtet werden konnte, wird deutlich, dass seine frühen Texte und das Briefwerk für ein besseres Verständnis des Autors essenziell sind. Gerade die Lektüre von Heinleins Briefen an die Scribner's-Lektorin Alice Dalgliesh veranschaulicht – noch deutlicher als seine Korrespondenz mit John W.

ROBERT A.HEINLEIN
Weltraum-
Mollusken
erobern die Erde
Roman aus der Welt von morgen

HEYNE BÜCHER
ROBERT A. HEINLEIN
Die sechste
Kolonne
SCIENCE FICTION

HEINLEIN
Edited by Virginia Heinlein
GRUMBLES
FROM THE GRAVE
"Fascinating for anyone who reads science fiction"
THE WASHINGTON POST BOOK WORLD

Campbell –, wie sehr der Autor anfänglich seine Werke an äußere Kriterien und Normen anpassen musste, um gedruckt zu werden.

Die Wiederlektüre seiner fast zeitgleich erschienenen Klassiker kommt zu einem divergenten Ergebnis: Während Heinleins »Starship Troopers« aufgrund der Monolog-Lastigkeit und der Verwendung eines ideologischen Holzhammers weniger provokativ als ermüdend wirkt, beschert der »Mann in einer fremden Welt« freundlichere Leseeindrücke: Die Geschichte über den marsianischen Messias funktioniert als Religionsparodie und Allegorie auf den New-Age-Wahn, ohne Patina angesetzt zu haben, und ist mindestens ebenso vergnüglich wie Heinleins meisterlicher »Hiob«-Roman (»Job: A Comedy of Justice«, 1984, dt. »Das neue Buch Hiob«, 1985).

Die Veröffentlichung von Heinleins Erstling »Die Nachgeborenen«, dessen Substanz hier nur angedeutet werden konnte, wird dafür sorgen, dass das Heinlein-Bild der nächsten Jahrzehnte weiterhin umstritten und spannend bleibt. Die Utopie kann zu Recht als literarischer Nukleus bezeichnet werden, der das gesamte Interessensspektrum Heinleins erschließt.

Die schon im Frühwerk angedeutete Wandelbarkeit von Themen, Intentionen und Charakteren kennzeichnet Heinlein einmal mehr als literarischen Grenzgänger und Gestaltwandler, der in kein monochromes Raster passt.

ANMERKUNGEN

[1] Spider Robinson: »Einführung. RAH DNA«. In: Robert A. Heinlein: *Die Nachgeborenen. Eine Sittenkomödie*. Berlin: Shayol, 2007. S. 7–13, hier: S. 12 f.
[2] Leon Stover: *Science Fiction from Wells to Heinlein*. London: McFarland, 2002. S. 124 f.
[3] James Gifford: *Robert A. Heinlein: A Reader's Companion*. Sacramento: Nitrosyncretic Press 2000, S. xv.
[4] John Clute / Peter Nicholls: »Heinlein, Robert A.« In: Dies. (Hrsg.): *The Encyclopedia of Science Fiction*. Danbury: Grolier Electronic Publishing, Inc. 1995. [Dort in Großbuchstaben.]
[5] Robert A. Heinlein: *Tramp Royale*. New York: Ace Book, 1996. S. 43.
[6] Vgl. Robert A. Heinlein: *Grumbles from the Grave*. Hrsg. von Virginia Heinlein. London: Dover, 1991. S. xi.
[7] Ebd., S. xiii.
[8] Clute / Nicholls 1995.

[9] »RAH's early writing blended slang, folk aphorism, technical jargon, clever understatement, apparent casualness, a concentration on people rather than gadgets, and a sense that the world described was real; it was a kind of writing able to incorporate the great mass of necessary sf data without recourse to the long descriptive passages and deadening explanations common to earlier sf, so that his stories spoke with a smoothness and authority which came to seem the very tone of things to come.« (Clute / Nicholls 1995) [Dort in Großbuchstaben.]

[10] Heinlein 1991, S. 16.
[11] Heinlein 2007. S. 23.
[12] Robinson 2007, S. 7 f.
[13] Heinlein 2007, S. 15.
[14] Robinson 2007, S. 11.
[15] Heinlein 2007, S. 62.
[16] Ebd., S. 67.
[17] Ebd., S. 64 f.
[18] Ebd., S. 26.
[19] Vgl. Robert James: Nachwort. »Ein Schlußstrich«. In: Robert A. Heinlein: *Die Nachgeborenen. Eine Sittenkomödie*. Berlin: Shayol, 2007. S. 247–264, hier: S. 258.
[20] Robinson 2007, S. 10.
[21] Robert A. Heinlein: *Kip überlebt auf Pluto*. Rüschlikon-Zürich: Albert Müller Verlag, 1978. S. 86.
[22] Heinlein 1991, S. xiii.
[23] Ebd., S. 88.
[24] C.W. Sullivan: »Heinlein's Juveniles: Still Contemporary After All These Years«. *http://www.heinleinsociety.org/rah/works/novels/heinleinjuveniles.html*
[25] Clute / Nicholls 1995. [Dort in Großbuchstaben.] »Heinlein's direct style, his solid science, the naturalness and ease with which he creates a societal background with just a few strokes, all help to make his juveniles among his best works; but their basic strength comes from the repeated theme of the rite of passage, the initiation ceremony, the growing into adulthood through the taking of decisions and the assumption of a burden of moral responsibility. This theme Heinlein made peculiarly and at times brilliantly his own; his is the most consistently distinguished of all hard sf written for young readers.« (Ebd.)
[26] Ebd.
[27] Gifford 2000, S. 98.
[28] Heinlein 1978, S. 176 f.
[29] Ebd., S. 177.
[30] Ebd., S. 180.
[31] Heinlein 1991, S. 93. Hervorhebung von mir.
[32] Ebd., S. 60.
[33] Ebd., S. 87.
[34] Ebd., S. 102.
[35] Robert A. Heinlein: *Starship Troopers*. Bergisch Gladbach: Bastei Lübbe, 2004. S. 176.
[36] »It is not a juvenile; it is an adult novel about an eighteen-year-old boy. I have so written it, omitting all cleavage and bed games, such that Miss Dalgliesh can offer

it in the same list in which she has my other books, but nevertheless it is not a juvenile adventure story. Instead I have followed my own theory that intelligent youngsters are in fact more interested in weighty matters that their parents usually are.« (Heinlein 1991, S. 99)

37 Heinlein 2004, S. 212.
38 Ebd., S. 8.
39 »Jedem, der sich an die historisch unhaltbare – und absolut unmoralische – Lehrmeinung klammert, daß ›die Gewalt nie zu etwas führe‹, würde ich raten, die Geister von Napoleon Bonaparte und des Herzogs von Wellington zu beschwören und darüber debattieren zu lassen. Hitlers Geist könnte den Schiedsrichter spielen, und die Geschworenen sollten sich aus dem Dodo, dem großen Alk und anderen ausgerotteten Vogelarten zusammensetzen. Kein Faktor hat bei geschichtlichen Entscheidungen eine größere Rolle gespielt als die nackte Gewalt, und die gegenteilige Ansicht ist ein geradezu verbotenes Wunschdenken.« (Ebd., S. 36). Vgl. auch: »Entweder wir dehnen uns aus und verdrängen die Bugs, oder sie expandieren und merzen uns aus – weil beide Rassen hart, zäh und intelligent sind – und das gleiche Grundstück haben wollen.« (Ebd., S. 234f.)
40 Heinlein 1991, S. 232. Diese Einschränkung des Wahlrechts erinnert an die Volksbefragungen im Falle von geplanten Angriffskriegen in Heinleins Utopie »Die Nachgeborenen«: Es »konnten nur diejenigen wählen, die auch kämpfen konnten. Jeder, der sich für einen Krieg aussprach, wurde automatisch zum Kriegsdienst verpflichtet. Auf dem Wahlzettel stand sogar, wo er sich am nächsten Morgen melden sollte. Diejenigen, die wählen gingen, wurden als Nächstes eingezogen und alle, die gegen den Krieg stimmten, als Letzte.« (Heinlein 2007, S. 82f.)
41 Heinlein 2004, S. 148.
42 Ebd., S. 176.
43 Ebd., S. 125.
44 Heinlein 1991, S. 69.
45 Ebd., S. 271.
46 Vgl. ebd., S. 276.
47 Clute / Nicholls 1995.
48 Rainer Zuch: »Der Menschensohn vom Mars. Robert A. Heinlein: Stranger in a Strange Land«. In: Thomas Le Blanc / Johannes Rüster: *Glaubenswelten. Götter in Science Fiction und Fantasy*. Wetzlar: Phantastische Bibliothek, 2005. S. 162–168, hier: S. 163.
49 Robert A. Heinlein: *Ein Mann in einer fremden Welt*. Stuttgart: Verlag Das Beste, 1985. S. 325.
50 Zuch 2005, S. 165f.
51 Ebd., S. 165.
52 Heinlein 1985, S. 304.
53 Heinlein 1985, S. 286.
54 Johannes Rüster kommt nach einem Vergleich der Jesus-Christus-Überlieferung und Heinleins Marsianer-Figur zu folgendem Ergebnis: »Nicht nur, dass beiden […] bei aller völlig menschlichen Erscheinung auch eine völlig fremde Wesensstruktur zu eigen ist, die sie für ihre Mitmenschen unfassbar macht, ihnen aber auch übermenschliche Fähigkeit verleiht (beide wirken ›Wunder‹), beide werden

eben auch in Wahrnehmung aller Unzulänglichkeit der Gegenwart zu Religionsstiftern.« (Johannes Rüster: *All-Macht und Raum-Zeit. Gottesbilder in der englischsprachigen Fantasy und Science Fiction.* Münster: LIT Verlag, 2007. S. 180)

[55] Heinlein 1985, S. 334.

[56] Laut ihrer Homepage existiert diese Gemeinschaft immer noch und orientiert sich an dem folgenden religiösen Programm: »They named this religious organization the Church of All Worlds after the church founded by the protagonist Valentine Smith in the book. The Church's organizing spiritual and social values include: a belief in immanent Divinity, a pluralistic perspective towards religion, living in harmony with Nature; self-actualization, deep friendship and positive sexuality. In time the church's spiritual and social concepts and values became recognized as Neo-Pagan. As CAW continued to develop, it both influenced and was affected by the broader Neo-Pagan movement.« *http://www.caw.org*

[57] Heinlein 1985, S. 260.

Copyright © 2008 by Bartholomäus Figatowski

Auf nach Belgisch-Kongo!

Über die deutschen Anfänge des Science-Fiction-Fandoms

von Franz Rottensteiner

»Ah, Sweet Idiocy!« betitelte Francis Towner Laney seine Abrechnung mit dem amerikanischen Science-Fiction-Fandom, als er es nach einer äußerst kontroversiellen Karriere als »Big Name Fan« verließ – Memoiren, deren Berühmtheit sich noch im Internet fortsetzt. In den Worten Harry Warner jrs., desjenigen Fans, der praktisch in allen berühmten Fanzines als Briefschreiber vertreten war (auch in einigen deutschen) und der eine informelle Geschichte des SF-Fandoms in den Vierzigerjahren schrieb – »All Our Yesterdays« (1969) –, war er möglicherweise der »brillanteste Essayist, den es unter Big Name Fans je gab«.

Die »süße Idiotie des SF-Fandoms« – Steckenpferdreiterei, oft gepaart mit erratischer Brillanz, geradezu religiösem Glaubenseifer bis hin zu Fanatismus, Sektierertum und Spinnerei – nahm ihren Ausgang in der Leserbriefspalte »Discussions« des Gernsback-Magazins *Amazing Stories*, deren Adressenangaben es Lesern ermöglichten, sich mit Gleichgesinnten in Verbindung zu setzen. Vielleicht gab es vorher schon kleine, lokale Gruppierungen, die unbekannt blieben und kleine Amateurzeitschriften – Fanzines – veröffentlichten. Die ersten Vereinigungen traten jedenfalls mit dem Anspruch auf, Wissenschaft zu vermitteln und die Wissenschaft »zum Zwecke der Menschheitsverbesserung« fördern zu wollen. »Sie waren«, so Sam Moskowitz, »eines Sinnes mit Hugo

Gernsback, dass jeder Einzelne von ihnen ein potentieller Wissenschaftler war, und dass das Ziel eines jeden Fans nicht eine Sammlung phantastischer Geschichten sein sollte, sondern ein Labor im eigenen Heim, in dem fiktionale Träume Wirklichkeit erlangen würden.« In diesem Geiste wurde 1930 der »Science Correspondence Club« gegründet, aus dem später die ISA, die International Science Association, entstand. Dass das Kluborgan zuerst *Comet*, dann *Cosmology* hieß, zeigt schon die astronomisch-wissenschaftliche Ausrichtung. 1930 gab es, so Damon Knight, bereits drei SF-Magazine und zwei Fan-Clubs – der zweite waren die »Scienceers«. Eine durchorganisierte Struktur entstand mit der »Science Fiction League«, die Hugo Gernsback 1934 zur Unterstützung seines Magazins *Wonder Stories* ins Leben rief und Zweigstellen in den ganzen USA hatte. Schon damals aber, nachdem sich herausgestellt hatte, dass das Interesse an Science Fiction größer war als das an der Wissenschaft, nannte Gernsback als Zweck dieser nicht-kommerziellen Organisation »die Förderung und Verbesserung der Science Fiction als Literatur« (Moskowitz). Daneben entstanden zahlreiche lokale Clubs und lose Vereinigungen und Amateurpublikationen, unter denen *The Time Traveler*, *Science Fiction Digest*, *Fantasy Times* und *Fantasy Commentator* einige der berühmtesten waren. Erste Konflikte gab es zwischen rein wissenschaftsorientierten Fans und mehr literarisch ausgerichteten; prominentester Vertreter der einen Richtung war William S. Sykora, der selbst mit Raketen experimentierte, Donald A. Wollheim stand für die andere. Weitere Trennlinien verliefen zwischen SF-orientierten und mehr an unheimlicher Phantastik interessierten Fans. In John B. Michel hatte das amerikanische Fandom schon eine ausgeprägt weltverbesserisch-politische Richtung; Michel trat offen für den Kommunismus ein. Auf einer Convention 1938 wollte er eine Rede halten, die jedoch vom Con-Komitee abgelehnt wurde: »The Position of Science Correlative to Science Fiction and the Present and Developing International Economic, Political, Social and Cultural Crisis« (Die Stellung der Wissenschaft in Korrelation zur Science Fiction, der Gegenwart und der sich entwickelnden wirtschaftlichen, politischen, sozialen und kulturellen Krise).

Fans wurden durch ihre Leserbriefe in den Magazinen und die Herausgabe von Fanzines berühmt. Einen von ihnen, den erst siebzehnjährigen Charles Hornig, machte Gernsback, beeindruckt von dessen Fanzine *The Fantasy Fan* (achtzehn Ausgaben, von September 1933 bis Februar 1935, der berühmteste Beitrag darin war unzweifelhaft H.P. Lovecrafts »Supernatural Horror in Literature«), zum Redakteur von *Wonder Stories*. Und schon damals gab es einen deutschen Fan, der in den Leserbriefspalten zu finden war und Briefkontakte mit amerikanischen Fans wie Forrest J. Ackerman hatte, bis der Ausbruch des Zweiten Weltkrieges dem ein Ende setzte: Herbert Häusler. Häusler wird auch in Harry Warners Fandom-Geschichte erwähnt.

Manche Fans waren intensiv politisch engagiert, wollten die Gesellschaft verbessern, vertraten kommunistische Ideen und verteilten kommunistische Literatur, andere wollten nur eine aktive Rolle in der SF spielen, träumten davon, »Pros« zu werden, professionelle Schriftsteller und Herausgeber. James Blish wiederum nannte sich einen Faschisten. Zwischen den verschiedenen Grüppchen und Einzelpersonen gab es zuweilen heftige Auseinandersetzungen, Machtspiele, Intrigen – »europäische Machtpolitik« im kleinen Rahmen, wie es Damon Knight nannte. Es gab Gründer, Organisatoren und Zerstörer, Leute wie Wollheim in New York machten sich einen Spaß daraus, sukzessive die verschiedenen New Yorker Ableger der Science Fiction League zu unterwandern und zu zerstören. Manche Fans wurden später als Autoren und Herausgeber berühmt, sogar weltberühmt; der berühmteste von ihnen war Isaac Asimov. Er gehörte der einflussreichsten Fan-Gruppe an, die die Welt je gesehen hat, den »Futurians« in New York. Diese Gruppe – über sie hat Damon Knight das höchst informative Buch »The Futurians« (1977) geschrieben – hat die Geschichte der Science Fiction mehr beeinflusst hat als jede andere, ihr gehörten außer Asimov auch James Blish, Donald A. Wollheim, Frederik Pohl, Judith Merril, Robert A.W. Lowndes, C.M. Kornbluth und Damon Knight an. Einen Höhepunkt erreichten die Auseinandersetzungen im Fandom zwischen den »Futurians« und Sam Moskowitz' »New Fandom« bei dem von Moskowitz organisierten ersten »Worldcon«, dem New Yorker »Nycon« von 1939, bei dem sechs Futurians, darunter Wollheim selbst, der Zutritt verwehrt wurde.

Moskowitz hat über »die Publikationen und die innere Politik eines kleinen Segments des SF-Fandoms, mit Sam Moskowitz im Mittelpunkt, geschrieben in etwas, das Mittelhochneolithisch zu sein scheint« (James Blish), ein Buch vorgelegt, dem er den grandiosen Titel »The Immortal Storm« (Der unsterbliche Sturm) gab. Jemand anderer hat Moskowitz' Stil »eine schlechte Übersetzung aus dem Schlabbodischen« genannt. In diesem erstaunlichen Dokument beschreibt Moskowitz belanglose fannische Querelen in einer Ausführlichkeit und mit einem Ernst, als ginge es um höchst wichtige staatspolitische Auseinandersetzungen (nun ja, schon die Griechen haben das Scharmützel um Troja zu einem nationalen Epos aufgeblasen).

Man kann in der Entwicklung des amerikanischen Fandoms im Großen und Ganzen bereits all die Auseinandersetzungen vorgezeichnet finden, die sich später im deutschen Fandom, leicht abgewandelt, wiederholten. Im »Michelismus« John B. Michels kann man eine politische Bewegung sehen, welche die deutsche AST (die Arbeitsgemeinschaft Spekulative Thematik) vorwegnimmt, aber womöglich radikaler war. Der Hauptunterschied scheint zu sein, dass die amerikanischen Fans in der Regel sehr viel jünger waren als die späteren deutschen, dass sie durch die Bank arm waren und dass sie oft eine einsame Jugend erlebt hatten, ohne viel Freunde. Von den »Futurians« waren viele gehandikapt, man denke nur an die Krankheiten, die Damon Knight bei den New Yorker »Futurians« verzeichnet, wie isoliert diese jungen Fans als Kinder waren, wie arm und oft von Krankheiten geplagt sie aufwuchsen. Wollheim litt als Fünfjähriger an Kinderlähmung, die der Grippeepidemie von 1918/19 folgte, er war monatelang halbseitig gelähmt, und seine motorische Koordination blieb so beeinträchtigt, dass er nicht an Ballspielen teilnehmen konnte, was ihn von seinen Altersgenossen isolierte und in die Welt der Bücher trieb. John B. Michel, ein Einzelkind, hatte eine Mutter, die an Rückenmarktuberkulose litt, er selbst erkrankte an Diphtherie und blieb bis elf am rechten Arm und linken Bein gelähmt. Andere heimtückische Krankheiten wie Osteomyelitis folgten. Frederik Pohl infizierte sich als Schulkind mit Keuchhusten, dann Scharlach und so weiter, seine Mutter nahm ihn aus der Schule und erzog ihn jahrelang selbst (sie war ausgebildete Lehrerin), und er wuchs als einsamer Bücherwurm auf. Seine Eltern ließen sich scheiden, als er wenig älter als zehn war. Robert A.W. Lowndes, ein SF-Herausgeber, wurde mit einem Klumpfuß geboren, seine Mutter starb in der Grippeepidemie von 1918/19, er wurde jahrelang von einem Verwandten zum anderen gereicht und hatte ein Pferdegebiss, das ihm das Sprechen schwer machte. Judith Merrils Vater erkrankte an Gehirnhautentzündung, was zu seinem Selbstmord beitrug. Die Väter von Richard Wilson und Walter Kubilius litten an Lungentuberkulose. Und so weiter. Knight liefert die Statistik, dass aus dieser Gruppe zehn Autoren, ein Verleger, zwei Literaturagenten, vier Herausgeber von Anthologien und fünf Lektoren hervorgingen; dass es zu sieben Ehen und fünf Ehescheidungen kam.

Nun hat auch das deutsche Fandom für seine Anfänge in Rainer Eisfeld seinen Sam Moskowitz, Damon Knight oder Harry Warner jr. gefunden (in stilistischer und analytischer Hinsicht vor allem seinen Knight) – in dem reich illustrierten (32 Seiten Abbildungen, viele davon in Farbe) Band »Die Zukunft in der Tasche. Science Fiction und SF-Fandom in der Bundesrepublik – Die Pionierjahre 1955–1960« (Lüneburg 2007, 216 Seiten, € 25,–). Die Fandomsgeschichte der DDR wurde schon früher aufgearbeitet – siehe Wolfgang Both, Hans-Peter Neumann und Klaus Scheffler: »Berichte aus der Parallelwelt. Die Geschichte des Science Fiction-Fandoms in der DDR« (Passau 1998). Eisfeld stützt sich vornehmlich auf schriftliche – sehr aufschlussreiche – Zeugnisse, was es in seinem Buch aber nicht gibt – im Gegensatz zu den zitierten amerikanischen Büchern –, sind Kurzcharakteristiken, Porträts der handelnden Personen, von denen nur Walter Ernsting dank seiner zentralen Rolle an Profil gewinnt. Es fehlt, kurz gesagt, auch jeder Tratsch.

Die Subkultur des Fandoms mit seinen Zeitschriften ist seit jenen Anfängen insgesamt kaum größer geworden, sieht man davon ab, dass sie sich nach dem Zweiten Weltkrieg auch auf andere Länder ausgebreitet hat und amerikanische Conventions zu Großveranstaltungen geworden sind, die Tausende von Besuchern anziehen. Die SF-Magazine, seinerzeit der einzige Markt für viele Autoren, sind noch immer bedeutungslos, obwohl die Science Fiction inzwischen für Buchverlage, Film und Fernsehen zum großen Geschäft geworden ist.

In Deutschland hat das Dritte Reich jede Möglichkeit abgeschnitten, dass deutsche Leser Kenntnis der amerikanischen und englischen Science Fiction hätten erlangen können, sodass die Entwicklung eines Fandoms nach 1945 nur zaghaft einsetzen konnte. Bekannt ist der misslungene Versuch, mit den legendären vier »Rauchs Weltraumbüchern« die amerikanische SF in Deutschland heimisch zu machen. Bemerkenswert waren vor allem die Bemühungen des Herausgebers Dr. Gotthard Günther, eines Philosophieprofessors und Vorkämpfer der nicht-aristotelischen Logik, Verfasser auch eines Buches über »Das Bewusstsein der Maschinen« (1957), die Science Fiction amerikanischer Machart zum Vorboten einer neuen Metaphysik zu erklären, womit er wohl über die Köpfe der meisten Leser hinweg schrieb. Dr. Günther hatte schon in John W. Campbells *Astounding Science Fiction* einige Aufsätze über nicht-aristotelische Logik veröffentlicht, aber vom literarischen Standpunkt aus ist seine Auswahl keineswegs makellos. Der Höhepunkt der vier Weltraumbücher war wohl seine eigene Anthologie »Überwindung von Raum und Zeit«. Asimovs »Ich, der Robot«, ist zu einem Klassiker des Genres geworden, aber schon Jack Williamsons »Wing 4«, wenngleich immer wieder neu aufgelegt, ist, wie auch Rainer Eisfeld im Anschluss an Damon Knight bemerkt, in den Konventionen der Literatur der Pulps verhaftet. Und John W. Campbells »Der unglaubliche Planet« gilt wirklich nur im deutschen Sprachraum aufgrund eben dieser Rauch-Publikation als »Klassiker«. In den USA, wo der Roman nicht einmal eine Taschenbuchpublikation erlebte, hat er nie besondere Beachtung gefunden, niemand würde verstehen, warum der Roman besser sein soll als die Space Operas etwa von Edmond Hamilton, E. E. Smith oder Jack Williamson aus derselben Zeit; die Leser würden sich eher für Smith oder Williamson entscheiden.

Die Einführung der Science Fiction amerikanischer Spielart als Phänomen von einiger Verbreitung konnte sich also, nach dem

Scheitern des Rauch-Experimentes (obwohl der Gebrüder Weiß Verlag neben landläufigen Zukunftsromanen à la Dominik auch Robert A. Heinlein, Arthur C. Clarke und andere angloamerikanische Autoren mit einigem Erfolg verlegte) zunächst nur auf dem Heftsektor vollziehen. Die Entstehung eines Fandoms ohnedies, da isolierte Buchausgaben mangels Leserbriefspalten kaum einen Zusammenschluss der Leser ermöglicht hätten. (Den Leihbuchsektor, der eine deutsche Besonderheit zu sein scheint, der vielen deutschen Autoren die einzige Veröffentlichungsmöglichkeit bot, kann man hier, glaube ich, außer Acht lassen; von ihm war nichts zu erwarten und es war meiner Einschätzung nach auch immer gleichgültig, was in diesem Spezialsektor, der privaten Käufern in der Regel nicht zugänglich war, erschien.)

Der Mann, der die Gelegenheit, angloamerikanische Science Fiction beim deutschen Publikum einzuführen und damit auch zum »Vater« des deutschen Fandoms zu werden, beim Schopf ergriff, war Walter Ernsting, der, aus der Kriegsgefangenschaft zurückgekehrt, als Kraftfahrer und Dolmetscher der britischen Streitkräfte mit der SF in Berührung kam und es sich zur Aufgabe machte, die SF auch in Deutschland bekannt zu machen. Er war es jedoch nicht, der für diese Literatur das Etikett »Science Fiction« einführte. Das tat bereits 1953 der »innovative Lektor« (Rainer Eisfeld) des Pabel-Verlages Kurt Bernhardt für die Weltraumserie *Utopia – Jim Parkers Abenteuer im Weltraum*. Ernsting gelang es aber, den Verleger zu überzeugen, dort ab 1954 Übersetzungen dieser Literatur in einer neuen Reihe – *Utopia-Großband* – zum doppelten Umfang und doppelten Preis herauszubringen. Zunächst erschienen dort Primitiv-Romane von verdientermaßen unbekannten britischen Autoren, aber später auch geringfügig bessere britische Romane von Autoren wie H.K. Bulmer, Jonathan Burke oder H.J. Campbell. Als einige Großbände von der Bundesprüfstelle für jugendgefährdende Schriften indiziert werden sollten, nützten Ernsting und Walter Spiegl, der inzwischen auch zu Pabel gestoßen war, ihre Kontakte, um das angloamerikanische Fandom für Protestschreiben zu mobilisieren: die Los Angeles Science Fiction Society (eine der aktivsten und berühmtesten amerikanischen Fan-Organisationen), die International Fantasy Foundation, eine League for Better Science Fiction und etliche Autoren machten mit.

In *Utopia-Großband* 19, dem ersten Roman von Walter Ernsting »Ufo am Nachthimmel« (erschienen unter dem Pseudonym Clark Darlton und mit dem erfundenen »Originaltitel« »To-Morrow the Future«), wurde mit der Leserbriefspalte »Meteoriten«, wo die Adressen der Leserbriefschreiber abgedruckt wurden, um Kontaktaufnahmen zu ermöglichen, die Basis für das deutsche SF-Fandom gelegt. Da es Kritik am Niveau vieler Hefte gegeben haben dürfte, legte Ernsting schon in Nr. 24 sein Konzept einer Erziehung der Leser durch allmähliche Heranführung an gute SF (was heißt, also zunächst die schlechte) nieder:

»Amerika begann mit den ›Pulps‹, also beginnen auch wir damit ... Ich mache das so, wie es sein muss, wenn man sich die tatsächliche Entwicklung der gesamten SF-Literatur zum Vorbild nimmt ... wobei ich für Utopia jedoch niemals einen derart ›guten‹ Roman wählen werde, dass mir die Leser einschlafen.« (Eisfeld, S. 36)

Die von Wolf Detlef Rohr angeregten utopischen Kriminalromane, die zuerst alternativ im *Utopia-Großband* erschienen, dann als *Utopia-Krimi* ausgegliedert wurden, trugen zunächst auch nichts zu einer Verbesserung des Niveaus bei.

Am 4. August 1955 wurde dann in Frankfurt der SFCD gegründet, bei dem der Amerikaner Forrest J. Ackerman und der englische Fan Julian Parr (1923-2003) Pate standen und der bald eine Mitgliederanzahl von mehreren Hundert erreichte. (Der Club und seine Clubzeitschrift *Andromeda* existieren noch heute.) Der Vorstand bestand in der Folge fast immer aus älteren Personen, Leihbuch- und Heftautoren vor allem, Walter Ernsting, Ernst H. Richter, Heinz Bingenheimer oder Wolf Detlef Rohr, während die Mitglieder meist unter zwanzig waren. Konflikte gab es zwischen jenen, welche die SF oder gar die Wissenschaft (»Förderung der Weltraumfahrt«) in den Mittelpunkt stellten, und jenen, die, im Kontakt mit dem angloamerikanischen Fandom, einen lockeren Umgang mit der SF pflegten und das Fandom als Medium für soziale Kontakte und Spaßhaben sahen. Vertreterin dieser Richtung war Anne Steul, die in Wetzlar am 14./15. Januar 1956 die erste deutsche SF-Convention veranstaltete – vor dem offiziellen 1. SFCD-Con in Frankfurt, den natürlich Walter Ernsting eröffnen wollte, und einem »Zwischen-Con« in Dorf am Fuß des Wendelsteins.

Eine »literarische Abteilung« des SFCD zeichnete »empfehlenswerte SF« – gegen eine kleine Gebühr für den Club – mit dem Clubsiegel aus, was häufig dazu führte, dass wenig beachtenswerte SF »geadelt« wurde – oder Ernsting sich selbst das Clubsiegel verlieh; und dass K.H. Scheers Romane gleich reihenweise ausgezeichnet wurden. Das führte in der Folge zu einem ersten Aufstand im SFCD, an dem sich Peter Noga aus Hannover und der damals zwanzigjährige Wolfgang Jeschke, die für eine bessere SF kämpften, hervortaten. Noga wurde für seine arrogante Art, zu polemisieren, mit dem Ausschluss bestraft – auch Rainer Eisfeld stimmte dafür, was er jetzt als bedauerlichen Mangel an Demokratieverständnis empfindet –, während Jeschke in einer literarischen Arbeitsgruppe noch mitarbeitete, dann aber das Interesse verloren haben dürfte und »gafiatete« (nach dem fannischen Ausdruck »GAFIA – To get away from it all«).

Eisfelds Buch zeichnet getreulich die SF-Entwicklung jener Jahre nach – die kurzlebigen Experimente *Utopia-Sonderband/Utopia-Magazin* (26 Ausgaben von 1955 bis 1959) und die 15 Hefte von

Galaxis (1958/59, Arthur Moewig Verlag), herausgegeben und übersetzt von Lothar Heinecke, unstrittig der Höhepunkt der deutschen Magazin-Science-Fiction. Neue Autoren, aus den Reihen des SFCD, darunter Jesco von Puttkamer oder Jürgen Grasmück, begannen Leihbücher zu schreiben. Andere Heftreihen bei anderen Verlagen wie *Luna-Utopia* (Walter Lehning Verlag), *Der Weltraumfahrer* (acht Ausgaben 1958) oder *Abenteuer im Weltenraum* (18 Hefte 1958–1959, beide Alfons Semrau Verlag) entstanden und vergingen wieder. Ein großer Konkurrent entstand Pabel erst im Arthur Moewig Verlag mit Reihen wie *Terra* (ab 1957, 555 Hefte bis 1968) und *Terra-Sonderband* (ab 1958, 99 Ausgaben bis 1965), die Walter Ernsting offenkundig initiierte, während er noch seine Treue zu Pabel bekundete, an den sich der SFCD gebunden fühlte. Allerdings stieß Ernsting bei Moewig wieder auf Kurt Bernhardt, dem er bei Pabel (auch) entkommen wollte. Andere SF-Clubs entstanden, spalteten sich oder wechselten die Namen und verschmolzen wieder. Zeitweise hatte jeder Autor seinen eigenen Club: K.H. Scheer Stellaris, Walter Ernsting den SFCD, Wolf-Detlef Rohr den SFCE (E für Europa). Die Clubs verloren aber auch an Bedeutung, weil immer mehr privat publizierte Fanzines entstanden, ohne den Rückhalt einer Organisation. Der SFCD hatte eine Buchabteilung, die den oft ermäßigten Bezug utopischer Literatur ermöglichte, es erschienen auch eigene Club-Sonderbände, in der Regel etwas bessere Leihbücher. Deren Leiter, Heinz Bingenheimer, kam einem drohenden Ausschluss zuvor und gründete die Buchgemeinschaft bzw. den Buchversand Transgalaxis, der von seinem Sohn Rolf Bingenheimer noch immer fortgeführt wird.

Die Londoner World Convention von 1957, die erste außerhalb der USA, öffnete das Fenster zu einer anderen Welt, doch weckte die Kenntnis, dass es draußen auch etwas anderes gab, anscheinend auch Begierden, das ganze Fandom, von Deutschland ausgehend, unter einen Hut zu bringen. Erwin Scudla, ein österreichischer Fan, hatte nach und nebeneinander grandiose Organisationen mit Namen wie International Society for Science, Culture and Technology (ISST) und den Science Fiction Club Austria (SFCA), 1957 umbenannt in International Science Fiction Society, gegründet, angeblich mit »Branch Offices« in sechzehn Staaten, außer in Europa in Kanada, Australien und selbst Belgisch-Kongo, die vermutlich mehr Häuptlinge als Indianer hatten und größtenteils Phantommitglieder umfasst haben dürften. Um seine Funktionäre machte Scudla ein großes Geheimnis. Derlei Späße entlocken dem heutigen Leser nur ein Lächeln, die Betreffenden scheinen sie aber höchst ernst genommen zu haben, und sie machen die Lektüre von Eisfelds Buch vergnüglich, denn im Rückblick wird klar, wie nichtig die damaligen Streitigkeiten aus heutiger Perspektive erscheinen.

Oft wurden die damaligen Autoren angegriffen, sie würden damit, dass sie sich Clubs hielten, nur die Absicherung ihrer Absatzmärkte verfolgen. Obwohl die Auflagen der Leihbücher so gering gewesen sein dürften, dass die an Clubmitglieder verkauften Exemplare tatsächlich ins Gewicht fielen, scheint mir, dass dieses Argument zu kurz greift. Es ging wohl eher, vor allem im Falle Ernsting, um Machtpolitik und Eitelkeiten; er fühlte sich als Begründer einer Bewegung, als »Vater des deutschen Fandoms« (und zögerte auch nicht, wenn nötig ausländische Autoren und Fans, welche die Lage kaum beurteilen konnten, zur Unterstützung zu mobilisieren) und betrachtete jede Kritik als *lèse majesté*; die Demokratie war im damaligen Fandom wohl wirklich nicht sehr entwickelt, wie aus zahlreichen Äußerungen Ernstings hervorgeht, der sich als autokratischer Fandom-Herrscher fühlte. Eisfeld zitiert ihn aus *Andromeda 19* von Anfang 1960: »... aber ist der Deutsche überhaupt reif zur Demokratie? Ich verneine das! Denn solange es im Fandom eine fast diktatorische Leitung (bestehend aus Idealisten!) gab, ging alles glatt. Erst der fanatische Wille zur Demokratie brachte den Zerfall ...« (S. 192) An anderer Stelle wird er mit der Äußerung zitiert, wem die Richtung *meines* SFCD nicht passt, der hätte gar nicht einzutreten brauchen (S. 95).

Manche der damaligen Club-Rebellen machten Karrieren als Autoren und Herausgeber, am prominentesten sicher Wolfgang Jeschke; andere machten Karrieren, auch SF-Karrieren, abseits des SFCD (Herbert W. Franke vor allem). Die meisten Autoren, Herausgeber und Agenten, die aus dem Fandom kamen, stießen allerdings erst ein wenig später hinzu, Leute wie Hans Joachim Alpers, Werner Fuchs, Ronald M. Hahn oder Thomas Schlück, der sicher die bemerkenswerteste Karriere machte. Ausgehend von einem kleinen »SF-Bauchladen« baute er die wohl bedeutendste literarische Agentur Deutschlands auf, die es mit den großen Schweizer Agenturen Mohrbooks, Liepman und Fritz aufnehmen kann und in der die Science Fiction nur mehr ein kleines Segment ist.

Man hat zuweilen behauptet – Wilson Tucker etwa, selbst ein berühmter Fan-Schreiber, ehe er SF-Autor wurde –, dass in jedem Fan der Wunsch schlummert, selbst zum Profi zu werden. Zweifellos ist bei vielen der Wunsch tief verankert, auf die Science Fiction Einfluss zu nehmen. Ohne das Fandom wäre die Entwicklung der SF in Deutschland ganz anders verlaufen, und auch heute wieder spielen Fans eine wichtige Rolle als Herausgeber und Verleger. Frank Festa oder die Macher von Shayol sind echte Fans, die oft von Selbstausbeutung leben. Ohne Fans würden heute in Deutschland keine SF-Kurzgeschichten mehr publiziert, nachdem die Publikumsverlage diesen Bereich völlig aufgegeben haben. Viele Nischen, vor allem in der Bibliographierung und Aufarbeitung der phantastischen Literatur, werden vorwiegend von Fans besetzt. Durchorganisierte Klubs sind dazu kaum mehr nötig, aber es gibt immer wieder lose und doch eng verbundene Gruppen, die zusammenarbeiten. Selbst bei Verlagen, die man als rein kommerziell ansehen würde, gibt es immer wieder einzelne solcher Projekte. Das Internet eröffnet neue Kommunikations- und Informationsmöglichkeiten, die zu einer neuen Form von Fandom führen, sodass das Fandom insgesamt seine Rolle nicht einbüßen wird. Obwohl man, um heute SF oder eher Fantasy herauszugeben, nach dem fast völligen Verschwinden der Backlist, von der Geschichte der Gattung gar nichts wissen muss: es genügt, sich zu informieren, was anderswo gerade erfolgreich ist.

Rainer Eisfelds Buch liefert eine faszinierende Darstellung der Geschichte einer winzigen Subkultur, er sieht sie in Verbindung mit dem amerikanischen Einfluss auf anderen Gebieten und der Rebellion der Jugend in den Fünfzigern (Rock'n'Roll, Jeans etc.), er zieht Vergleiche mit der Entwicklung in Frankreich und Italien und zum englischen und amerikanischen Fandom. Er sieht seine eigene Rolle als Fan und Übersetzer ohne Eitelkeit, distanziert und nicht unkritisch; was ihm auch dadurch erleichtert wird, dass in seinem Fall aus einem Gefolgsmann Walter Ernstings mit der Zeit wegen der selbstherrlichen Attitüde Ernstings ein Kritiker wurde. Viele Bestrebungen von damals amüsieren heute nur, etwa die grandiosen Pläne Ernstings, dass der SFCD, als größter SF Club der Welt, die Oberherrschaft über das europäische, wenn nicht gar das Welt-Fandom übernehmen sollte oder zumindest unter »deutscher Regie« (Eisfeld) das Weltfandom einen sollte. Von ähnlichen quichottischen Bestrebungen in Amerika berichtet Damon Knight: Sykora sei noch 1953 an Wollheim herangetreten, dass er, Wollheim und Michel vereint das Fandom *erobern*, es *kontrollieren*, dass sie es einigen sollten. Damals hatte Wollheim natürlich längst das Interesse am Fandom verloren. Für die meisten Menschen ist das SF-Fandom wohl ein nettes Hobby, das aber vorübergeht wie die Masern. Allzu ernst sollte man es nicht nehmen, es sei denn, man bleibt hängen und macht die Science Fiction – oder die Literatur an sich – zum Beruf. Was in ihm von Wert geschaffen wurde und wird, ist aber das Werk von Individuen und nicht dem Korsett einer übergreifenden Vereinsstruktur zu verdanken. Die beiden grundsätzlichen »Philosophien« im Fandom werden insofern noch immer trefflich von den Akronymen der in dieser Hinsicht erfindungsfreudigen amerikanischen Fans bezeichnet: FIJAGH (Fandom is Just a Goddam Hobby – das Fandom ist nur ein gottverdammtes Hobby) und FIAWOL (Fandom is a Way of Life – Fandom ist eine Lebensweise).

Copyright © 2008 by Franz Rottensteiner

Die Zukunft einer Illusion

Was wird aus der Science Fiction, wenn wir alle intelligenter und gleichzeitig dümmer werden?

von Thomas M. Disch

Science Fiction ist eine Industrie, genauer gesagt, ein großer Teil zweier Industrien: des Films und des Verlagswesens. In beiden Fällen ist der Anteil der SF erheblich größer als vor fünfundzwanzig Jahren, insbesondere beim Film. 1971 machten die sich überschneidenden Kategorien von Science Fiction, Horror und Fantasy nur 5 Prozent der Kasseneinnahmen US-amerikanischer Kinos aus; 1982 näherte sich diese Zahl 50 Prozent; 1990 war sie wieder auf 30 Prozent gesunken. Über die Hälfte der zehn einspielstärksten Filme aller Zeiten sind SF, darunter *E.T.* (mit 400 Millionen Dollar im Inland), *Jurassic Park* (über 350 Millionen) sowie die *Star-Wars-* und *Indiana-Jones*-Filme. Die größten Budgets, die 100 Millionen Dollar nahekommen oder sie überschreiten, werden für gewöhnlich für SF-Filme wie *Terminator 2* und *Waterworld* aufgebracht (beides damals der jeweils teuerste Film aller Zeiten). Die Einnahmen können dem entsprechen: *Independence Day*, der 70 Millionen Dollar kostete, geht auf 300 Millionen Dollar Einnahmen im Inland zu.

Wenn das weltweite Potential von Hollywood-Filmen einbezogen wird, erhält man noch beeindruckendere Zahlen. Filme, die daheim durchfallen, können im Ausland große Gewinne abwerfen. Zu diesem Zweck müssen sie jedoch Zuschauer ansprechen, die wahrscheinlich kein Englisch verstehen und weit gefächerte kulturelle Werte und intellektuelle Ansprüche haben. Das heißt, der Dialog muss auf ein Minimum reduziert, die Action (Auto-Verfolgungsjagden, Kämpfe, Explosionen) maximiert werden. Das optimale Verhältnis beträgt zehn Minuten Action zu zwei Minuten Dialog, derselbe Rhythmus – wie ein Kommentator festgestellt hat – wie bei einem Fernsehprogramm, das für Werbepausen unterbrochen und fortgeführt werden muss. Das läuft auf eine simple Faustregel hinaus: Es muss schön dumm bleiben.

Diese Regel lässt sich in einem SF- oder Horror-Film leichter beherzigen als in Filmen, die in der wirklichen Welt spielen. Der SF-Film hat eine lange Tradition der Dummheit, die bis zu *Godzilla* und *King Kong* zurückreicht. Wenn Hollywood einen echt aussehenden Dinosaurier auf die Leinwand bringen kann, braucht man nicht mehr Sprechtext als »Wow, guck dir diesen Dinosaurier an!« Die jüngsten Fortschritte bei der Computeranimation und anderen Spezialeffekten sind so schnell gekommen und so augenbetörend, dass anspruchsvolle Zuschauer sich ebenso daran erfreuen können wie pakistanische Bauern und dass beide gleichermaßen von der Illusion, dem Achterbahntempo gebannt sind.

Hier nun die Worte des oben erwähnten Kommentators, mit denen er versucht, einem gehobenen Publikum den Erfolg von *Independence Day* zu erklären:

> Warum haben sich diese erwachsenen Männer [Bob Dole und William Bennett, die beide den Film mochten] wegen einer Karikatur zum Narren gemacht? Mir scheint, sie sind in eine Hollywood-Falle gelaufen. Jahrelang hatten amerikanische Filme das Bild von Trivialkunst geboten, die darauf aus war, anspruchsvolle Unterhaltung zu werden – im Grunde das Bild von trivialen Klischees, die man aufgemotzt hatte, um »etwas auszusagen«. Jetzt hat sich der Trend vollständig umgekehrt. Die meisten amerikanischen Filme sind anspruchsvolle Unterhaltung, die sich fieberhaft bemüht, trivial zu werden ... *Independence Day* und all die anderen großen Sommerhits möchten auf möglichst schlechte Weise nichts sagen. Mit all ihren kinematografischen Kunststückchen befinden sich diese Filme am Boden des Genres. Und genau da wollen sie sein und unter dem Radar hindurchfliegen.[1]

Während mir diese Beschreibung für den Unterschied zwischen den Filmen seinerzeit und jetzt meistens zuzutreffen scheint, glaube ich nicht, dass sie das Verhältnis des Filmemachers (in beiden Epochen) zum helleren Teil seines Publikums angemessen darstellt. Beispielsweise hat Nick Love, der für die britische SF-Zeitschrift *Interzone* regelmäßig Filme bespricht, über *Independence Day* eine begeisterte Kritik geschrieben, die mit diesem hohen Lob beginnt: »Das Hervorstechendste von vielen auf kühne Weise altmodischen Dingen an *Independence Day* ist vielleicht die Weigerung des Films, irgendeine wirkliche Grundlage für Merchandising zu bieten. Man kann womöglich ein paar Baukästen und Computerspiele dranhängen, aber nichts, was man auf eine Frühstücksdose kleben oder als Serie von Puppen vertreiben könnte (um es dann abermals auf der Rückseite der Videoausgabe anzupreisen, wie es bei *Toy Story* meisterhaft vorgeführt wurde).«[2] Der Rest von Lowes Kritik ist voller Insidergeschichten und -wissen. Die kritische Zeitschrift *Entertainment Weekly* setzt bei ihrer Leserschaft eine ähnlich große Neugier auf die *Maschinerien* der Industrie und auf die Maschinisten voraus – die Produzenten, Agenten und Geschäftemacher.

Zweifellos gibt es immer noch amerikanische Kinobesucher, die es so wenig gewohnt sind, ihre Vorstellungskraft zu üben, dass sie so reagieren können, wie Bob Dole auf *Independence Day* reagiert hat – oder eher wohl, wie Louis Menard uns glauben machen will, er habe reagiert. Denn Dole dürfte schwerlich die wirklichen Gründe genannt haben, aus denen ihm der Film vielleicht gefiel, angefangen mit der Szene, in der Hillary Clintons Alter Ego umkommt. Politiker haben nicht die Freiheit, zu sagen, was sie denken.

Eigentlich können das die wenigsten Leute. Genau deshalb gibt es Filme und Romane.

Womit ich beim anderen Aspekt der Science Fiction als Industrie wäre: dem Buchgeschäft. Bis vor kurzem haben nur die Leute in den oberen Etagen der Verlagsindustrie das gedruckte Wort als »Ware« wahrgenommen: die Verleger selbst, die Buchhalter, die Vertriebsleute. Schriftsteller pflegten die Mechanismen des Verlagswesens als unvermeidliches und umständliches Bindeglied zwischen sich und den Lesern zu betrachten, und ihre Agenten und Lektoren haben sie in dieser harmlosen Illusion bestärkt. Mit ihren Verbindungen zum Fandom neigten SF-Autoren in besonderem Maße dazu, in einem Verlag eher das Medium zu sehen, über das ihre Botschaft an die Leser gelangt, als einen Arbeitgeber, der die Arbeit des Schriftstellers zu seinem eigenen Profit ausbeutet.

Die Science Fiction ist im Laufe der letzten fünf Jahrzehnte als Verlagsphänomen expandiert, aber auf ganz andere Weise als im Film. Die Filme wurden größer und teurer, sie zogen ein erwachsenes Publikum an, behielten dabei den Jugendmarkt fest im Griff. Bei der in Büchern veröffentlichten SF dagegen hat sich die Ware diversifiziert, um in dem Maße, wie die Vermarktungsexperten neue Marktnischen erkannten, diese Nischen zu füllen. Das erste Subgenre, das für die Vermarktung eine wesentliche Rolle spielte, war Sword & Sorcery, jene Art Fantasy, die sich Mitte der Sechzigerjahre von der Hauptmasse der SF löste, angespornt vom Erfolg, den der bei Ace Books erschienene Raubdruck von Tolkiens Trilogie »Der Herr der Ringe« hatte. Tolkien-Nachahmungen waren leichter herzustellen und zu vermarkten als SF, da die Leser von Sword & Sorcery eher noch eine Runde auf demselben Karussell wollten als etwas Neues. Mehr von demselben ist genau das, was wir nach dem Willen der Marketingexperten wollen sollen.

Gegen Ende der Achtzigerjahre hatte dieser Aufspaltungsprozess zu mindestens einem Dutzend »Buchnischen« geführt, deren Leserschaft sich relativ wenig überschnitt, wobei jede Nische auf ihre eigene Art mehr von demselben bot. Da gab es auf dem Einstiegsniveau Nischen für die Leser von Comic-Büchern und für die Leser von *Star-Trek*-Romanen. Es gab Autoren wie Piers Anthony und Anne McCaffrey mit Endlosserien für zehn-, elfjährige Leser, die die SF-Pendants zu Mädchen-Pferde-Büchern waren. Es gab

»Hard-Science«-Abenteuer von solchen Nachfolgern Hal Clements wie Greg Benford, David Brin und Greg Bear, und davon unterschieden (aber auf dieselbe Fahne der »Hard-SF« eingeschworen) die militaristischen Space-Operas von Pournelle, Drake & Co., bei diesen wiederum gab es als ein eigenes abgeleitetes Sub-Sub-Genre die Survivalist-Geschichten für die Leser in den Wohnmobilvierteln. Dann war da der Cyberpunk, der in mindestens zwei Formen auftrat: die gehobene Version, die besonderen Wert auf Dichte des Entwurfs legte, und die »Splatterpunk«-Abart, die ein Maximum an Widerwärtigkeiten bot. Die Verfasser dieser Bücher standen in alphabetischer Ordnung in denselben Buchregalen wie Ursula K. Le Guin, Kim Stanley Robinson, Gene Wolfe und andere SF-Autoren mit unverhüllt literarischem Anspruch. Tatsächlich erinnert der Prozess der Aufspaltung unter diesen Schriftstellern – nicht anders als im Mainstream – allmählich an Anarchie, wo jeder Autor eine eigene Spezies bildet.

Schriftsteller neigen dazu, Eigenständigkeit und Originalität als Tugenden zu betrachten, doch den Verlegern ist das ein Gräuel – die schätzen jene Verfasser am meisten, die verlässlich in regelmäßigen Abständen etwas produzieren, eine Ware, die dann mit verlässlichem, stetigem Tempo die Vertriebswege durchläuft. Wie bei Fast-Food-Restaurants erzeugt ein verlässlicher Umsatz hohe Gewinne. Bücher, die von den Medien angestoßen werden, lassen sich am wahrscheinlichsten in großen Mengen verkaufen, daher ist die beste aller möglichen Waren eine, die sich an eine erfolgreiche Fernsehserie anhängt. Die Vermarktung von *Star Trek* war und ist für nahezu jeden, der damit zu tun hatte, eine Goldgrube – in gewissem Maße sogar für die Autoren. Zugegeben, ihr Anteil am Kuchen (wenn sie denn einen bekommen) ist geringer, als wenn sie ihre eigenen Bücher geschrieben hätten. Sie bekommen bestenfalls zwei Prozent Honorar – im Gegensatz zu den üblichen zehn Prozent für gebundene und den sechs bis acht Prozent für Taschenbücher. Aber zwei Prozent von einem großen Haufen sind besser als zehn Prozent von einem Quentchen; ein gestandener Profi mit einem guten Agenten kann für einen Roman zur Serie einen Vorschuss von 10.000 bis 20.000 Dollar bekommen und braucht zur Herstellung dieses Romans vier, fünf Wochen (oder weniger). Ein paar solcher Jobs jedes Jahr bringen ein, was man zum Leben braucht, und lassen noch eine Menge Zeit für Arbeiten jenseits derartiger Lohnschreiberei.

In Bezug auf die Gegenwart und wahrscheinlich die Zukunft des Genres läuft das auf mehr von demselben hinaus und eine noch engere Definition, was dasselbe sei. Das ist nicht nur meine Ansicht, sondern das allgemein anerkannte Wissen derer, die auf dem Gebiet arbeiten: der Lektoren, Agenten und Schriftsteller. Da es oft nach Nörgelei klingt, wird es selten ausgesprochen, nicht einmal von denjenigen, die sich ihres Rufes und Einkommens sicher sein können, doch neulich habe ich einen Brief von Al Sarrantonio erhalten, der mir nach einer kollektiven Wahrheit klang. Sarrantonio war einer meiner Studenten beim Clarion Science Fiction Workshop von 1974 an der Michigan State University, einem Sommerkursus, aus dem eine bemerkenswerte Reihe von SF-Profis hervorgegangen ist. Sarrantonio ist nach dem Kurs SF-Lektor bei Doubleday geworden, wo damals das umfangreichste SF-Programm verlegt wurde. Er ging von Doubleday weg, als seine eigene Karriere als Schriftsteller auf Touren kam; seither hat er über fünfundzwanzig Bücher herausgebracht. Man kann also annehmen, dass er weiß, wovon er spricht. Und Folgendes sagt er:

> 1982, als ich das Verlagsgeschäft verließ, hatte die Lage begonnen, sich grundlegend zu ändern. Die vorangehenden sieben Jahre hatte ich zugesehen, wie mein Verlag eine allmähliche Metamorphose durchmachte: von einem (im guten Sinne) patriarchalischen Oktopus, so groß und wunderbar schwerfällig, dass sich unter seinen rund achthundert veröffentlichten Titeln pro Jahr schon irgendetwas Anspruchsvolles finden würde (wir gaben uns Mühe), hin zu etwas Knotigem, Verwachsenem und seinem ganzen Wesen nach Antiliterarischem. Am Ende führte das schließlich zum Verschwinden des mittleren Spektrums im Verlagsprogramm. Diese mittlere Ebene ist gerade noch so vorhanden – wenn überhaupt. Es gibt Indizien, dass alles, was keinen großen Verkaufserfolg hat, jetzt unter das Niveau des mittleren Spektrums gedrückt wird, welches ein Übungsfeld für Autoren war. Es gäbe noch mehr zu erzählen: Bücher, die nach drei Wochen wieder aus den Regalen verschwinden, nicht mehr lieferbare Bücher, die nach ein paar Monaten eingestampft wur-

den, Buchreihen, die mittendrin abgebrochen wurden ... Ein Nebenprodukt dieser Philosophie (publish *and* perish – veröffentliche *und* geh unter) ist eine Art »Tod der Geschichte«, der fast vollständige Verzicht auf Nachauflagen – mit dem wahrlich beängstigenden Ergebnis, dass manche von den besten Werken der SF jetzt nicht mehr zu bekommen sind. Wohin wird das diese und die nächste Generation von SF-Lesern führen? Um es krass zu sagen: Das sind Bücherverbrennungen ohne Streichholz. Wer ist schuld? Jeder natürlich. Aber es ist jetzt viel, viel schwerer, Lektor zu sein, als 1982.[3]

Autoren, die keine Bücher schreiben, welche den Gesetzen des Markts entsprechen, werden nicht veröffentlicht, es sei denn, sie haben gute Beziehungen zu einem Lektor in guter Position (und davon gibt es immer weniger, weil auch die Lektoren abgestoßen und durch jüngere ersetzt werden, bei denen man sicher sein kann, dass sie spuren). Und das heißt, dass nur etablierte Autoren schreiben können, was sie wollen. Aber selbst darauf ist kein Verlass. Als 1995 John Brunner starb, ein englischer Schriftsteller, der für seine große Produktivität bekannt war (und auf eine riesige Liste veröffentlichter Werke zurückblickte), wurde sein Vermögen auf deutlich unter tausend Pfund geschätzt. Ich kannte John. In den Sechziger- und Siebzigerjahren hatte er ein schickes Haus in Hampstead und später ein idyllisches Cottage weit außerhalb der Stadt, wo er das wohlhabende Leben eines Workaholics führte. Doch er schrieb keine Trilogien oder auch nur Fortsetzungen und fand keinen Abnehmer für die Nicht-SF-Bücher, die er schreiben wollte. Zugleich wurde er älter, und das ist auf einem Gebiet, wo die Leser in der Regel nicht älter werden, schon immer ein Handicap gewesen. Autoren mit einer Geisteshaltung »ewiger Jugendlichkeit« sind in dieser Hinsicht im Vorteil: Ray Bradbury, Piers Anthony, Michael Moorcock, Roger Zelazny ... Die Liste solcher unveränderlich halbwüchsigen Überlebenden ist lang.

Die Liste jener allerdings, die nicht überleben, ist länger: Brunner, Avram Davidson, Theodore Sturgeon, Alfred Bester, R.A. Lafferty, Algis Budrys, Robert Sheckley. Wie seinerzeit François Villons Namensaufruf der großen toten Dichter seiner Zeit ist es eine melancholische Versammlung. Gewiss kann der Markt nicht für jedes menschliche Scheitern verantwortlich gemacht werden. Schriftsteller brennen aus wie Sturgeon oder verpuffen wie Lafferty oder trinken sich zu Tode wie Bester. Sogar jene, die es wie Clarke, Asimov und Herbert fertig gebracht haben, ihren kommerziellen Erfolg in das Alter hinüberzuretten, haben es nur dank Beharrungsvermögen getan. Ihr »Markenname« war gut genug, dass sie ihre früheren Erfolge als gängige Produkte für die Industrie recyclen konnten. Doch derlei halb postume Erfolge können zwar Verkaufszahlen generieren, aber kaum jene Leser beeindrucken, die die Science Fiction als Möglichkeit betrachten, den Zeitgeist künstlerisch zu fassen.

Für diese Leser hat es in den Achtziger- und Neunzigerjahren eine einzige wesentliche Entwicklung auf dem Gebiet gegeben: das Aufkommen des Cyberpunks. Der erste Bestandteil dieses Koppelwortes steht für einen Bereich, in dem die SF zuvor erheblich versagt hatte, indem sie außerstande war, die tatsächlichen Auswirkungen der Kybernetik auf den Alltag vorherzusehen. Die SF war vom Bild des Roboters besessen gewesen. Seit Čapeks »R.U.R.« war der Roboter immer ein dramaturgisch wirkungsvolles Sinnbild der Möglichkeit, dass eine Maschine denken kann und damit ein vermeintlich menschliches Vorrecht usurpiert. Betont wurde in den Geschichten über Roboter immer der Grad, in dem jene den Menschen ähnelten. Konnte man sich darauf verlassen, dass sie als bloße Vorrichtungen funktionierten, oder konnten sie rebellieren wie HAL in *2001 – Odyssee im Weltraum*? An welchem Punkt wurde ihre Menschenähnlichkeit zur Gleichheit und berechtigte sie zu einer autonomen moralischen Existenz? Solche Fragen lieferten Schriftstellern wie Isaac Asimov, Philip K. Dick und John Sladek gute dramatische Konflikte, doch sie versperrten ihnen gleichzeitig auch die Sicht auf die Art und Weise, wie die Computertechnik tatsächlich die Welt veränderte.

In seinem Buch »Die Seele einer neuen Maschine«, das 1982 den Pulitzer-Preis gewann, hat Tracy Kidder die Entwicklung eines neuen Computers, des Eagle, vom Konzept bis zur Massenanfertigung beschrieben. Beiläufig spekuliert er darüber, wie die neue Technik unser Leben und die gesellschaftliche Landschaft schon verändert hat, indem sie solche Hightech-Wunder wie Raumschiffe und E-Mail-Spam, CAT-Scans, ferngesteuerte Waffen sowie Fortschritte in der Meteorologie, der Plasmaphysik und der Mathematik möglich machte. In Bezug auf Finanzgeschäfte und Industrie schreibt er:

> Die Computer haben das Wachstum von Konglomeraten und multinationalen Unternehmen wahrscheinlich nicht bewirkt, aber zweifellos gefördert. Sie geben gute Werkzeuge ab, um Macht zu zentralisieren ... Sie sind bequeme Mittel, die Gier auszudehnen. Computer, die solch prosaische Aufgaben wie die Gehaltsabrechnung erledigen, erhöhen die Reichweite von Managern in Spitzenpositionen ganz erheblich; sie haben jetzt Durchgriff auf derartige Aspekte ihres Geschäfts, und das in einem Ausmaß, wie es vor den Computern nicht möglich war.[4]

Wenn gegen Ende des Buches offenbart wird, dass der Computer, dessen Entwicklung Kidder festgehalten hat, so groß ist, dass man ihn auseinandernehmen musste, damit er in den Lastenaufzug passte, wirkt das schon fünfzehn Jahre später so, als habe man eine Geschichte des modernen Verkehrswesens gelesen, verfasst von jemandem, der nur einen Ford Model T gefahren hat. Alle Transformationen, die Kidder der Computertechnik zuschreibt, sind tatsächlich im Gange, doch die durchschlagendste Transformation – das Aufkommen des PC (gerade, als Kidders Buch erschien) – bleibt unbemerkt. Der PC ist in seiner Bedeutung durchaus mit PyrE in Alfred Besters »Der brennende Mann«[5] zu vergleichen. PyrE bot der gesamten Bevölkerung die Möglichkeiten nuklearer Technik; der PC hat auf dieselbe Weise die Computertechnik demokratisiert, und das fast über Nacht. Ich kenne praktisch niemanden, der von den Wirkungen des PC ausgenommen wäre; Computerkenntnisse sind für nahezu jede Arbeit über dem Niveau eines Hilfskellners erforderlich. Unter den Kindern, die in den Achtzigerjahren im schulpflichtigen Alter waren, bedeuteten Computerkenntnisse den Unterschied, ob jemand hell oder zurückgeblieben war. Unter den jungen Leuten gab es kaum etwas, das besser auf künftige Erfolge hinwies, als frühzeitiges Interesse für Computer und Geschick im Umgang mit ihnen.

Dasselbe ist auch einmal von der Science Fiction gesagt worden, und zu Beginn des PC-Zeitalters flossen die beiden durchgreifenden Einflüsse in einer neuen Buchnische der SF speziell für Hacker zusammen – das heißt für die Leute, die einen eigenen PC besaßen und zu der Einsicht bereit waren, dass das wesentliche Merkmal des Computerzeitalters nicht das Aufkommen von Robotern sein würde, sondern vielmehr die Erkundung einer neuen Landschaft, des Cyberspace – weder des äußeren Raumes, den Astronauten mit immer weniger öffentlichem Interesse bereits erforschten, noch des solipsistischen inneren Raumes, des »Inner Space« der psychedelischen Sechzigerjahre. Stellen Sie sich stattdessen vor, dass Sie Ihre Nervenschaltkreise direkt ins weltweite Computernetz einklinken und, indem Sie wie Alice ins Spiegelland durch einen Computerbildschirm hindurch schreiten, Gefilde wogender Daten betreten.

So hat William Gibson das erste, zaghafte Stadium eines Ausflugs in den Cyberspace beschrieben:

Cases Virus hatte ein Fenster ins Steuereis des Archivs gebohrt. Case hackte sich durch und stieß auf einen unendlichen, blauen

Raum mit lauter farbcodierten Kugeln darin, die auf ein engmaschiges Gitter aus hellblauem Neon aufgezogen waren. Im Nichtraum der Matrix besaß das Innere einer beliebigen Datenkonstruktion grenzenlose subjektive Ausmaße; wenn man mit Cases Sendai in einen Spielrechner für Kinder gegangen wäre, hätte man darin bodenlose Abgründe des Nichts zu sehen bekommen, an denen ein paar Grundbefehle hingen.[6]

Was aber die Frage angeht, wo sich der Cyberspace befindet und was er ist, so zieht sich Gibson wie folgt aus der Affäre:

... eine abstrakte Darstellung der Beziehungen zwischen den einzelnen Datensystemen ... die elektronische, übereinstimmende Halluzination, die das Arbeiten und den Austausch von großen Datenmengen sehr erleichtert ... das ausgedehnte elektronische Nervensystem der Menschheit ... aus diesem monochromen, irrealen Raum, wo die einzigen Sterne aus dichten Konzentrationen von Informationen bestehen, über denen hoch oben die Galaxien der Multis leuchten und die kalten Spiralarme militärischer Systeme.[7]

Wenn, wie ich annehme, das Automobil die geheime Bedeutung hinter dem Weltraumschiff ist, dann steht der Cyberspace im Grunde einfach für den Videobildschirm, der seinen Benutzer derart in den Bann zieht, dass seine sämtlichen sensorischen Daten vom Computer erzeugt werden. Es nimmt nicht wunder, dass Geschichten, in denen die virtuelle Realität eine Rolle spielt, im Cyberpunk gang und gäbe waren. Der Begriff tauchte erstmals 1982 in einer SF-Erzählung auf (»The Judas Mandala« von Damien Broderick); 1995 waren ihm schon 72 Zentimeter Spaltentext in der »Encyclopedia of Science Fiction« gewidmet, wo Vorläuferromane des Cyberpunk von Philip Dick, Ursula K. Le Guin, John Varley und Roger Zelazny ebenso genannt werden wie viele offizielle »Neuromantiker«.

Das Problem mit der virtuellen Realität als SF-Konzept besteht darin, dass es so formlos-vielgestaltig ist, dass jede beliebige Phantasmagorie als Science Fiction durchgehen kann. Und zu ebendiesem Zweck ist es auch von den literarischen Avantgardisten und ihren akademischen Apologeten benutzt worden, die versucht haben, auf den Cyberpunk-Zug aufzuspringen, ein Prozess der Einverleibung, wie man ihn besonders offenkundig am »Empire of the Senseless« der verstorbenen Kathy Acker sieht, in dem die Autorin jene Brocken von Gibsons »Neuromancer«, die ihre Billigung gefunden haben, einfach in ihr eigenes Werk übernommen hat.

Der eifrigste akademische Vertreter der literarischen Ansprüche von Cyberpunk-Autoren und ihren Mitläufern aus der Avantgarde ist Larry McCaffery, der Herausgeber von »Storming the Reality Studio: A Casebook of Cyberpunk and Postmodern Fiction« (1991). Unter den Beiträgern, die ehrenhalber dem Cyberpunk eingemeindet werden, befinden sich Kathy Acker, William S. Burroughs, Don DeLillo, Rob Hardin, Thomas Pynchon, William T. Vollmann und Ted Mooney. Gemeinsam ist ihren Arbeiten – nach McCaffreys Exzerpten zu urteilen –, 1. systematische, unbekümmerte Verstöße gegen Konventionen (die »Punk«-Komponente) und 2. eine systematische, unbekümmerte Diskontinuität im Erzählvortrag.

Brüche des normalen Erzählflusses gehören seit rund einem Jahrhundert standardmäßig zum Dadaismus und Surrealismus. Ob das nun mechanisch getan wird – etwa wenn Burroughs Prosastücke zerschneidet und die Schnipsel neu anordnet –, oder ob sich der Schriftsteller einzig und allein auf Errata stützt, die Muse der Dissoziation, das Ergebnis kann oft den Anschein erwecken, es habe das Aufrüttelnd-Zupackende von echter Poesie. Doch nur eine Zeit lang – einen Absatz oder eine Seite. Für jedes längere Stück braucht es irgendeine Art von erzählerischer Führung, um das Interesse wach zu halten und eine Folie für die surrealen Ornamente zu haben, etwas Ähnliches wie eine Geschichte, aber eine richtig *dämliche* Geschichte, um jenen Lesern, die vor lauter Hipness keine Geschichten lesen, zu signalisieren, dass sie in Wahrheit einen groben Tabubruch erleben. Zur Veranschaulichung dieser Technik hier eine Passage von Mark Leynet, einem von McCaffreys Kandidaten für Überschneidungen mit dem Cyberpunk:

> Ich fuhr nach Las Vegas, um meiner Schwester zu sagen, dass ich Mutters Atemgerät aus der Steckdose hatte ziehen lassen. Vier kahle Männer in einem Wagen mit aufgeklapptem Verdeck vor mir puhlten sich Hautfetzen von ihren sonnenverbrannten Köpfen und schnippten sie auf die Straße. Ich musste ausweichen, um nicht über eine von den triefenden Blutkrusten zu fahren und unkontrollierbar ins Rutschen zu kommen. Ich manövrierte mit meiner koreanischen Importkiste so gut ich konnte, doch mit den Gedanken war ich anderswo. Ich hatte seit Tagen nichts gegessen. Ich war ausgehungert. Plötzlich, als ich eine Hügelkuppe erreichte, trat aus dem Nebel eine helle Neonreklame hervor, die an- und ausging und lautete: FOIE GRAS UND HARICOTS VERTS NÄCHSTE AUSFAHRT. Ich sah im Reiseführer nach, und da stand: *Exzellente Speisen, bösartiges Ambiente*. Ich trieb seit einiger Zeit gewohnheitsmäßig Missbrauch mit einem illegalen Wachstumshormon, das aus den Hirnanhangdrüsen menschlicher Leichname gewonnen wurde, und mir war zumute, als ob ich in Exkrementen versänke, doch die Aussicht auf etwas Gutes zu essen heiterte mich auf.[8]

Leyner fährt noch eine Weile auf diese Art fort, vermengt Banalitäten, die charakteristisch für die amerikanische Massenkultur sind, mit Momenten ausgefallener Krassheit, durchblitzt von schicken Details, die eingestreut werden, um uns zu versichern, dass der Autor nicht tatsächlich der Blödian sein kann, als der er sich uns darstellt. Dieses Rezept – mit einigen Abwandlungen bei Tempo und Dummheit – ist ziemlich genau dasselbe, wie man es in den ausgewählten Texten von Acker, Burroughs und den anderen vertretenen Gegenkultur-Typen findet.

Dass derlei als eine Art Science Fiction ausgewiesen wird, zeugt von der Vorstellung der Mainstream-Literatur, dass SF schlicht und einfach gleich »absonderlich und schundig« sei. So hatte der französische Proto-Surrealist Raymond Roussel, der William Burroughs seiner Epoche, auf Vernes Romane reagiert. Die Schriftsteller der New Wave in den Sechzigerjahren waren von Roussel beeinflusst, meistens indirekt, indem sie spätere Rousseliander wie Eugene Ionescu, Italo Calvino und insbesondere Harry Matthews gelesen hatten, deren Ästhetik sie oft in ihre SF schmuggelten. In dieser Hinsicht bin ich vielleicht der schlimmste Übeltäter gewesen, zumindest aus Sicht der »Encyclopedia of Science Fiction«, die mir in ihrem Artikel über »Oulipo« (das ist ein Akronym für »L'Ouvroir de Littérature Potentielle« oder »Werkstatt möglicher Literatur«) mit meinem Roman »Angoulême« »das erfolgreichste mit Oulipo zusammenhängende Experiment auf dem Gebiet der SF« bescheinigt. Da ich damals weder Roussel gelesen noch von Oulipo gehört hatte, muss ich darauf bestehen, dass mir dieser Erfolg unabsichtlich unterlaufen ist und ich beinahe das Gegenteil beabsichtigt hatte. Ich wollte nämlich wie Verne einen möglichst realistischen Roman über die vermutlich nahe Zukunft des Wohlfahrtsstaates schreiben.

Meiner Meinung nach haben die meisten guten SF-Autoren einen »Realismus der Zukunft« angestrebt. Die Welten, die sie beschreiben, oder die Ereignisse, von denen sie erzählen, mögen auf den ersten Blick etwas Surreales an sich haben, doch in dem Maße, wie sich die Geschichte entwickelt, gewinnen derlei surreale Züge eine »naturalistische« Grundlage in einer abgewandelten, aber *wirklichen* Welt. Solche Bestrebungen sind dem Werk der Oulipo-Verfasser fremd, die ihren Surrealismus wortwörtlich nehmen – eine berechtigte, aber ganz andere Einstellung.

Die Romanze zwischen der Science Fiction und der Gegenkultur dauert schon seit langem an. Mindestens seit den späten Sechzigerjahren werden die Vertreter der Avantgarde von der SF wie von einem Steinbruch für abgedrehte Pop-Symbole angezogen. SF-Intellektuelle wie John Sladek, R. A. Lafferty, Carol Emshwiller und viele andere haben sich ihrerseits von den gegensätzlichen Special Effects hochgradig modernistischer Arten von Surrealismus und Absurdismus angezogen gefühlt – für gewöhnlich in Kurzgeschichten, die es nicht in den Kanon der klassischen SF geschafft haben, weil sie nicht dem Geschmack der Anthologie-Herausgeber oder der Fans entsprachen. Hybride sind verletzliche Organismen.

In erster Linie war es nicht das ästhetische Potential der SF, das manche Avantgardisten zum Genre zog, sondern (wie für die meisten Leser jeglichen Anspruchs) ihre Brauchbarkeit als Boutique alternativer Lifestyles, insbesondere, wenn sie Sex, Drogen und die richtige Garderobe feierten. Der »Punk«-Bestandteil leistete dem zeitgenössischen Jugendmarkt genau denselben Dienst – einem Hacker-Publikum von Halbwüchsigen und Collegestudenten, dass sich von den Spießern des Vorjahres durch mehr Toleranz für psychotrope Drogen und ein, zwei Piercings unterschied. So sieht der Held aus, den Gibson im Cyberpunk-Klassiker aller Zeiten, »Neuromancer« von 1984, für sie entwarf:

> Case war vierundzwanzig. Mit zweiundzwanzig war er ein Cowboy, ein Aktiver gewesen, einer der besten im Sprawl. Er war bei den ganz Großen in die Lehre gegangen, bei McCoy Puley und Bobby Quine, Legenden im Geschäft. Mit ständigem Adrenalinüberschuss, einem Nebenprodukt seiner Jugend und seines Könnens, hing er an einem speziellen Cyberspace-Deck, das sein entkörpertes Bewusstsein in die Konsens-Halluzination der Matrix projizierte – ein Dieb, der für andere, reichere Diebe arbeitete, für Auftraggeber, die die erforderliche exotische Software lieferten, um schimmernde Firmenfassaden zu durchdringen und Fenster zu reichen Datenfeldern aufzutun.[9]

Und so die Heldin, Molly, als wir ihr zum ersten Mal begegnen:

> [Case] fiel auf, dass die Brillengläser chirurgisch eingesetzt waren, um die Augenhöhlen zu versiegeln. Die silbernen Linsen schienen aus der glatten, hellen Haut über den Wangen zu wachsen und waren von dunklem, fransig geschnittenem Haar umrahmt ... Sie trug eine enge, schwarze Lederhose und eine weit geschnittene Jacke aus einem matten Stoff, der das Licht zu schlucken schien. »Wenn ich diese Pfeilkanone wegstecke, bist du dann friedlich, Case?« ... Die Flechette verschwand in der schwarzen Jacke ... Sie streckte die offenen Hände aus, die leicht gespreizten, weißen Finger waren nach oben gerichtet. Mit einem kaum hörbaren Klicken schossen zehn zweischneidige,

vier Zentimeter lange Skalpellklingen aus ihrem Gehäuse hinter den burgunderfarbenen Nägeln.[10]

In der Welt des Cyberpunk ist Mollys Domina-Aufmachung ebenso zum guten Ton geworden wie Pyjamas im *Raumschiff Enterprise*. Und warum auch nicht? In dem Maße, wie SF einfach Tagträumerei ist, tragen die Leute in Romanen dasselbe wie die Lieblings-Rockstars der Leser. In einer Hinsicht allerdings lässt sich der »Punk« im Cyberpunk nicht auf Mode zurückführen: dass er sich mit der amoralischen Haifisch-Politik der Achtzigerjahre abfindet, dass er verkommene Stadtlandschaften, weltweite Umweltverschmutzung und systemimmanente Kriminalität als Tatsachen des Lebens akzeptiert. Frühere SF-Autoren neigten dazu, klassenlose Hightech-Utopien oder dystopische Höllen im Geiste von »1984« zu entwerfen – die Neuromantiker haben sich keiner dieser politischen Haltungen angeschlossen. Die soziale Sichtweise des Cyberpunk ist die eines nonchalanten, aber tief gehenden Zynismus. Wie die Computerhacker, die in der wirklichen Welt den »Cowboys« und »Dieben« des Cyberspace entsprechen, glauben Gibson & Co., dass Verbrechen, die man gegen MegaCorp und UniGier verübt, ganz in Ordnung sind. Der Cyberpunk sagt weder etwas zu den Missständen in der wirklichen Welt, noch hegt er Hoffnungen auf ein vernünftiges Neues Jerusalem à la Le Guin. In der Cyberpunk-Zukunft hat ein jeder Anteil an der Armut der Dritten Welt, und der amerikanische Traum ist vor die Hunde gegangen. Diese Vision – nennen wir sie »Pop-Verzweiflung« – wird nur von zwei Elementen aufgebessert: von der Mode und von einem Leben im Inneren des Cyberspace. Das Beste, was sie zu hoffen erlaubt, ist, dass man Herr seiner Sinne ist, und damit ist es eine Literatur, die darauf zugeschnitten ist, die Jugend der amerikanischen Mittelklassen mit ihrem Schicksal zu versöhnen, mit dem, was sie haben: Sex, Drogen und Rock'n'Roll, ihr Haar, ihre Haut und die Kleidung am Leibe, die flackernden Pixel auf dem Bildschirm. Das sind in zunehmendem Maße die Optionen, die die Generation X in unseren Tagen genießt und feiert; morgen werden die Cyberpunk-Fans die Manager jener Welt sein, die sie sich heute vorstellen.

Mit ihrem grundlegenden Solipsismus ist es auch die Welt, an deren Konstruktion die Science Fiction seit der Zeit von Edgar Allan

Poe gewissenhaft arbeitet. Sowohl in seinen »philosophischen« Schriften wie »Eureka«« als auch in gut gestrickten Geschichten wie »Der Untergang des Hauses Usher« hat er hypothetische Welten entworfen, die Diagramme seiner eigenen Psyche waren; denn in jenem Haus und den Traumlandschaften in seiner Umgebung war der sich zersetzende Verstand des Dichters allegorisch verkörpert, in Welten, die nicht weniger (und nicht mehr) symbolisch waren als der Cyberspace.

Bei keinem einzelnen SF-Autor tritt diese Tendenz so ausgiebig und so deutlich hervor wie bei Robert Heinlein. Im Index zu »Robert Heinlein: America as Science Fiction« von H. Bruce Franklin sind unter der Überschrift »Solipsismus« neun Textpassagen verzeichnet, manche davon mehrere Seiten lang. Das kann nicht als Überinterpretation des Kritikers betrachtet werden – die Ansicht, dass die ganze Welt nur in der Vorstellung eines Protagonisten existiert, der Heinlein ziemlich ähnlich ist, tritt in seinem Werk immer wieder auf, ebenso Kunstgriffe beim Aufbau der Handlung, die es erlauben, alle handelnden Personen in einem Buch oder einer Erzählung als »Klone« des Heinlein-Wiedergängers abzuleiten. Diese Tendenz erreicht ihren Höhepunkt in den drei späten Romanen »Das geschenkte Leben« (1970), »Die Leben des Lazarus Long« (1973) und »Die Zahl des Tiers« (1979). Ihre Sujets sind ein Wirrwarr narzisstischer Liebesverwicklungen, die, wenn sie aufgelöst werden, auf den Ratschlag hinauslaufen, den Gott dem Lazarus (»Nennt mich Heinlein«) Long gibt, als dieser den Wunsch äußert, das Antlitz Gottes zu sehen: Er möge es doch mit einem Spiegel versuchen.

»Sein Schöpfer ist er selbst«, schreibt Franklin dazu, »und Lazarus ist in einer solipsistischen Welt gefangen, die er selbst entworfen hat, wo alle anderen Wesen nichts als Widerspiegelungen seiner selbst sind.« Dieser Kommentar ist buchstäblich die Zusammenfassung von Heinleins komischer Apokalypse »Die Zahl des Tiers«, die in der Parodie einer SF-Convention kulminiert, die sich »Erster Jahrhundert-Kongress der Interuniversalen Gesellschaft für Eschatologische Pantheistische Multiple-Ego-Solipsismen« nennt; alle Lieblingshelden Heinleins aus seinen eigenen Büchern und aus denen, die er sich durch Lektüre angeeignet hat, haben sich dort aus den verschiedenen Universen versammelt, und alle literarischen Erfindungen, vor allem aber Heinleins, haben dort Fleisch und Blut gewonnen. Der Zweck der Zusammenkunft ist es, Heinleins göttliche Natur zu feiern. Das letzte Kapitel ist »Offb. XXII, 13« betitelt, was den Vers aus der Offenbarung des Johannes meint: »Ich bin das A und das O, der Erste und der Letzte, der Anfang und das Ende.«[11]

Man muss sich fragen, wie Heinlein wohl dachte, dass die Leser diese Offenbarung aufnehmen. Sicherlich nicht als unumstößliche Wahrheit, selbst wenn man sie auf die freizügige Weise des New Age interpretiert, die besagt, dass jeder seine eigene Gottheit ist – aber ebenso wenig als flapsige Ironie. Am ehesten ist es eine Marotte, die ihm als gutem Amerikaner zusteht, da sein »Recht zu lügen« ja von der Verfassung geschützt wird.

Wenn die Amerikaner glauben, ein Recht zu lügen zu haben, wie ich es an anderer Stelle[12] behauptet habe, dann muss die philosophische Basis dafür der radikale Solipsismus sein, den die Science Fiction schon immer als grundlegende Voraussetzung annimmt: Ich bin das A und O; ich bin von Außerirdischen entführt worden; die Lichtgeschwindigkeit kann überschritten werden; ich mache jeden zweiten Donnerstag mit meiner Zeitmaschine Jagd auf Dinosaurier; ich mag ja dick sein, aber ich bin ein Telepath, also seht euch vor ... Alles ist möglich, wenn es ein befriedigender Tagtraum ist.

Heinlein ist schwerlich der einzige Autor, der diese Entdeckung gemacht hat. 1979 veröffentlichte John Varley, damals der gefeierteste neue Autor der SF, »Die Trägheit des Auges«, eine Erzählung, in der eine Gruppe von behinderten (aber psychisch begabten) New-Age-Leuten das Nirwana erlangen, und zwar vermittels der geheimen Weisheit, die nur doppelseitig Gelähmte besitzen[13] – eine

Rechtfertigung der fannischen Redensart: »Die Wirklichkeit ist eine Krücke.« Wie vorherzusehen, liebten die Fans die Erzählung, und sie gewann sowohl den Hugo als auch den Nebula Award.

Der moralische Imperativ in Varleys Geschichte lautet: »Man muss richtig stark wünschen.« Der moralische Imperativ in Larry Nivens Roman »Ringwelt« (1970), der ebenfalls die genannten Preise abräumte, lautet: »Man muss Glück haben.« Die Auflösung offenbart, dass der Held, der genetisch daraufhin selektiert ist, Glück zu haben, gar nicht anders kann, als ein gutes Ende zu nehmen. So viel zur erzählerischen Spannung!

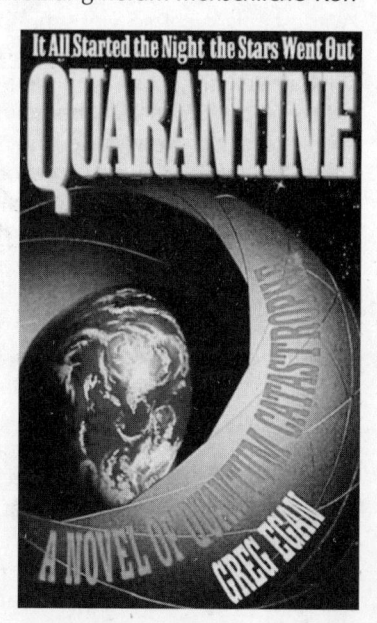

Eine anspruchsvollere Version von Nivens Festlegung findet sich in Greg Egans Roman »Quarantäne« (1992). Egan, ein junger Australier, war für die Neunzigerjahre das, was Varley für die Siebziger war: derjenige, der es am wahrscheinlichsten schaffen würde. Er liefert wunderbare Extrapolationen der Nanotechnik – miskroskopische Maschinerien mit kybernetischen und Viren-Bauteilen, im Grunde autonome, intelligente Drogen –, doch damit begnügt er sich nicht. Statt um diese Voraussetzung herum *menschliche* Konflikte aufzubauen, benutzt er die Quantentheorie, jene immerwährende Ausrede für »Alles ist möglich«, um eine Handlung voranzubringen, die einmal mehr auf einen A-und-O-Helden hinausläuft, der buchstäblich kein böses Ende nehmen kann, weil alles Schlimme nur seinen unendlich vielen Doppelgängern in den unendlich vielen Universen passieren kann, die in diesem Roman eine untergeordnete Rolle spielen, denn darin ist ihm ein gutes Ende *logisch* garantiert. Wie bei Heinlein und den anderen führenden Solipsisten der SF, ist aus Egans Buch folgende Lehre zu ziehen: »Ich denke, also bin ich der Schöpfergott.« Egan sagt das geschickter als seine Vorgänger, und seine Arabesken sind oft hypnotisch fein gewoben, doch genauso, wie der Koran die Abbildung der menschlichen Gestalt verbietet, verbietet der Solipsismus menschliche Dramen. Wenn man nur gewinnen kann, wozu dann Geschichten erzählen?

In der nahen Zukunft dürfte das Beharrungsvermögen dafür sorgen, dass die Welt der Science Fiction ziemlich genauso aussieht, wie hier beschrieben. Selbst die kunst- und anspruchsvollsten Romanautoren der SF haben ihre Talente bereits an die Erfordernisse des Marktes angepasst und schreiben keine einzelnen Werke mehr, sondern Waren. Gene Wolfe, Kim Stanley Robinson, William Gibson: Jeder beendet eine Trilogie, nur um die nächste zu beginnen. Autoren, die sich nicht solcherart anpassen, finden sich an die Ränder gedrückt, in Universitäts- und Kleinverlage, nicht anders als Lyriker und Romanautoren, die keine Genreliteratur verfassen. Wenn sie hauptsächlich um des Vergnügens willen schreiben oder um akademische Publikationen vorweisen zu können, werden sie zwangsläufig nicht so viel schreiben, sondern ihre Zeit akademischer Literaturkritik widmen, weil diese eher geeignet ist, sie auf der Uni-Karriereleiter voranzubringen.

Das ist der Standard-Lebenslauf für viele der herausragendsten Schriftsteller der New-Wave-Ära. Nur wenige SF-Autoren einer früheren Zeit (etwa Edmund Hamilton oder James Gunn) hatten Gelegenheit oder machten sich die Mühe, eine akademische Publikationsliste zu erwerben, doch seit den Siebzigerjahren verfolgt eine beachtliche Anzahl von führenden SF-Autoren doppelte berufliche Karrieren. Gregory Benford ist Physiker an der University of California in San Diego, Joanna Russ unterrichtet an der University of Washington, Joe Haldeman am MIT, John Kessel an der North Carolina State University, Scott Bradfield an der University of Connecticut. Und so weiter.

Kein anderer SF-Schriftsteller hat in dieser Hinsicht eine repräsentativere und lehrreichere Laufbahn absolviert als Samuel R. Delany. Als einer der vielen Frühstarter in der Science Fiction hat er seinen ersten Roman 1960 veröffentlicht, als er zwanzig war. Nach etlichen Anfänger-Romanen bei Ace Books brachte er 1966 mit »Babel-17« sein erstes Buch heraus, das deutlich zur New Wave

Samuel R. Delany

gehörte, gefolgt von »Einstein, Orpheus und andere« (1967), »Nova« (1968) und seinem Opus Magnum in der SF, »Dhalgren« (1975). Für diese Bücher heimste er etliche Preise ein, doch dann, nachdem er seinen Status als leuchtendster Stern am Himmel der amerikanischen New Wave gefestigt hatte (indem er aufs augenfälligste Anspruch und Erfolg vereinte), schaltete Delany einen Gang herunter. Sein Ausstoß an Belletristik verlangsamte sich in den Achtzigern und wurde – vor allem in den »Nimmerya«-Phantasmagorien – mit noch stärkerer Tendenz zum Podium für seine Interessen außerhalb der SF: die intellektuell ineinander verflochtenen Gebiete von dekonstruktivistischer Literaturkritik und ausgefallenen Theorien. Auf dem Tiefpunkt brachte er »The Mad Man« hervor, eine Mischung aus Roman, Memoiren und Schmähschrift mit der zweifelhaften These, HIV sei *nicht* die Ursache von AIDS – eine der beliebtesten unhaltbaren Behauptungen unter den Anhängern ausgefallener Theorien, unter denen sich auch der inzwischen verstorbene Michel Foucault befand.

In einer Zusammenfassung von Delanys kometenhafter Karriere schreibt Peter Nicholls in der »Encyclopedia of Science Fiction«: »Im Nachhinein kann man die Hypothese aufstellen, dass Delany zu verschiedenen Zeitpunkten seiner Laufbahn unterschiedliche Leser hatte: ein sehr breites traditionelles SF-Publikum bis einschließlich ›Dhalgren‹ ... und danach eine schmalere, wohl intellektuellere Leserschaft im universitären Umfeld.«[14] Ursula K. Le Guin und Joanna Russ haben Delanys Schicksal geteilt, doch da ihre (feministische) Sexualpolitik weniger radikal ist als die Delanys (dessen drei pornographische Romane nicht minder doktrinär jede Moral verletzen als die von de Sade), haben sie sich in der SF mit Blick auf frühere Verdienste eine Position bewahrt, während Delany auf Dauer aus der Science Fiction in den akademischen Bereich umgezogen zu sein scheint.

Was die Zukunft der Science Fiction betrifft – von den befestigten Vorstädten der akademischen Lehre abgesehen –, so sind die Aussichten trübe. Insgesamt sind die Verkaufsziffern im Rückgang begriffen, die Verlagsprogramme schrumpfen, und Bücher zu Filmen und Fernsehserien dominieren weiterhin die Paperback-Verkäufe – solange die Serien, an die sie sich hängen, populär bleiben, und sei es nur in der Zweitverwertung durch andere Sender. Doch alle Medien sind sterblich, und auch das *Star Trek*-Universum dehnt sich längst nicht mehr grenzenlos aus. Ein weiteres Anzeichen, dass die »Konzessionsliteratur« sich in Schwierigkeiten befindet, ist die Nachricht aus Verlegerkreisen, dass die Verfasser solcher Ware bald nur noch als Lohnschreiber für ein Fixum arbeiten werden, statt auch nur zwei Prozent vom Kuchen zu bekommen. Ich würde daraus schlussfolgern, dass die Eigentümer der Konzessionen und Marken eine Zukunft vor der Tür stehen sehen, in der sündhaft teure Kinoepen und Space Operas im Fernsehen bald ebenso selten sein werden wie die einst allgegenwärtigen Western. Das ist nun mal seit eh und je das Los von Goldeseln.

Schließlich muss man das Schicksal des Buches selbst in Betracht ziehen. Bisher haben sich die frühen Alarmrufe, der Computer werde das gedruckte Wort verdrängen, als unbegründet erwiesen; das gedruckte Wort ist immer noch billiger und bequemer als elektronisch gespeicherte Prosa. Doch wenn die neue Technik erst einmal vorhanden ist, wird die Science Fiction wahrscheinlich das erste Genre sein, das die technologische Lücke in großem Stil überspringt. Immerhin gehörten SF-Fans zu den ersten PC-Enthusiasten, und ein guter Prozentsatz von ihnen sind Amateurautoren, die die Gelegenheit willkommen heißen werden – wie sie die vorausschauendsten Autoren, etwa Orson Card, bereits bieten –, lieber zu kiebitzen als das Wort des Schriftstellers passiv als gegeben hinzunehmen. Interaktive Literatur und Hypertext sind noch der Zeitvertreib einer kleinen Minderheit, doch in einigen Jahren, wenn die Ausrüstung vorhanden sein wird, könnten sie durchaus einen Gutteil der gewöhnlichen Genreliteratur ablösen. Der deduktive Krimi ist ein natürlicher Kandidat für solch eine Transformation, und SF-Geschichten von Erstkontakten, der Erforschung fremder Planeten oder Besuchen in Utopias sollten sich gut für eine interaktive Komponente eignen. Doch bis dahin ist es noch ein gutes Stück Wegs.

Aus meiner eigenen Erfahrung beim Schreiben eines interaktiven Romans heraus kann ich mit Gewissheit vorhersagen, dass, sind solche Bücher erst einmal üblich geworden, sie wie Fernsehshows von Autorenteams verfasst werden statt von einzelnen Schriftstellern. Die Menge an Prosa, die geschrieben werden muss, um eine ausgedehnte fiktive Umwelt zu gestalten (statt eine lineare Geschichte zu erzählen), wird den Solo-Autor zum Aussterben verurteilen. Und was Seifenopern und Endlos-Serien angeht, so wird ein Orchester von Schriftstellern vonnöten sein. Wir Zuschauer werden ihre Namen nicht kennen – sie werden zu schnell im Abspann durchlaufen.

Wer Freude an Literatur hat, welcher Art auch immer, der sucht in erster Linie »indirekte« Beteiligung und wird eine Geschichte lieber *sehen* als lesen. »Hamlet« in einer halbwegs guten Bühnenaufführung ist fesselnder als »Hamlet« im Buch. Die SF hat sich so lange ihres besonderen Vorzugs bei den Lesern erfreut, weil sie bis vor kurzem Geschichten erzählen konnte, die man nicht filmen konnte. Jetzt sind es die Filmbudgets, nicht die Technik, die diktieren, was möglich ist. Dieselben Computer, dank denen das Verlegen von Büchern so viel leichter und billiger geworden ist, haben dasselbe auch für die visuellen Medien geleistet.

Kino und Fernsehen werden gewinnen. Huxley wusste das, als er in »Schöne neue Welt« eine Nacht im »Fühlkino« beschrieb, doch er nahm an, eine derartige Transformation werde zu einer allgemeinen Nivellierung auf dem kleinsten gemeinsamen Nenner führen, sodass wir uns jede Samstagnacht im Porno suhlen. In Wahrheit ist der Index des guten Geschmacks gestiegen – selbst wenn er insgesamt gesunken ist. Die Programmauswahl im Fernsehen zur besten Sendezeit umfasst Opern und Horrorfilme, Wrestling-Übertragungen und eindringliche Adaptionen von Romanen von Jane Austen, Charles Dickens und jedem anderen Schriftsteller, nach dem dem Produzenten der Sinn stand.

Was die Interaktivität betrifft, die theoretisch das Idealziel der möglichen Beziehung zwischen einem Autor und seinen Lesern ist, so hat Ray Bradbury sie vor rund einem halben Jahrhundert als unvermeidlich vorausgesehen. Als gerade das Zeitalter des Fernsehens anbrach, schrieb er »Fahrenheit 451«, in dem die Ehefrau des Helden (eines »Feuerwehrmannes«, dessen Beruf es ist, alle Bücher zu verbrennen, mitsamt den Häusern, in denen sie sich befinden), sich für interaktive Seifenopern begeistert. So schildert sie, was das Genre zu bieten hat:

> Ich habe hier ein Stück, das in zehn Minuten im Wand-an-Wand-Funk kommt. Man hat mir heute Vormittag meine Rolle geschickt. Ich hatte ein paar Gutscheine eingesandt. Bei dem Stück, wie es geschrieben wird, ist eine Rolle ausgelassen. Es ist eine neue Idee. Die Hausmutter, das bin ich, die fehlende Rolle. ... Hier sagt zum Beispiel der Mann: »Was hältst du davon, Helene?«[15]

Was Bradbury davon hält, ist offensichtlich. Er hält es für das Ende der westlichen Kultur.

Hinsichtlich der technischen Möglichkeiten des Fernsehzeitalters war Bradbury ein Prophet, doch hinsichtlich der kulturellen Auswirkung der Medien lag er völlig falsch. Die Menschen verfügen heute über mehr Informationen und sind infolge dessen alles in allem klüger – sogar in der Art und Weise, wie sie dumm sein wollen.

Delmore Schwartz hat es zur Hälfte richtig erkannt: In Träumen beginnen Verantwortlichkeiten. Doch nicht minder wahr ist, dass in Träumen Unverantwortlichkeiten beginnen. Das Auswahlmenü ist im Hinblick auf beide Möglichkeiten so gut wie unendlich.

Die Science Fiction ist dieses Menü.

ANMERKUNGEN

[1] Louis Menard: »Hollywood Trap«, *New York Review of Books*, 19.9.1996, S. 6.
[2] Nick Lowe: »Mutant Popcorn«, *Interzone*, Oktober 1996, S. 37.
[3] Private Mitteilung von Al Sarrantino an den Autor, 8.8.1997. Zitiert mit Genehmigung Al Sarrantinos.
[4] Tracy Kidder: »The Soul of a New Machine«. New York: Avon 1982, S. 242.
[5] Besters Roman »Der brennende Mann« (The Stars My Destination) ist deutsch auch unter den Titeln »Die Rache des Kosmonauten« und »Tiger! Tiger!« erschienen, Letzteres in Anlehnung an einen alternativen englischen Titel. – *Anm. d. Übers.*
[6] William Gibson: »Neuromancer«, übersetzt von Reinhard Heinz und Peter Robert. Zitiert nach der Ausgabe W. Gibson: »Die Neuromancer-Trilogie«. München: Heyne 2000, S. 100f.
[7] William Gibson: »Chroms Ende«, übersetzt von Edda Petri. In der Anthologie von Terry Carr (Hrsg.): »Die schönsten Science Fiction Stories des Jahres. Band 3«. München: Heyne 1985, S. 141.
[8] Mark Leyner: »My Cousin, My Gastroenterologist«, zitiert nach Larry McCaffery (Hrsg.): »Storming the Reality Studio«. Durham: Duke University Press 1991, S. 102.
[9] William Gibson: »Neuromancer«, a.a.O., S. 32 (an die neue Rechtschreibung angeglichen).
[10] William Gibson: »Neuromancer«, a.a.O., S. 58f. (an die neue Rechtschreibung angeglichen).
[11] In der deutschen Ausgabe von 1981 sind die Kapitel einfach durchnummeriert, der Bibelvers wird aber auf Seite 632 zitiert – anscheinend neu aus dem Englischen übersetzt. Ich benutze die derzeit gültige ökumenische Fassung. – *Anm. d. Übers.*
[12] Vgl. Th. M. Disch: »Das Recht zu lügen«. Im »Science Fiction Jahr 2005«, München, Heyne 2005, S. 784ff.
[13] Die Behinderten in Varleys Geschichte sind allerdings nicht doppelseitig gelähmt, sondern taubblind. – *Anm. d. Übers.*
[14] Peter Nicholls und John Clute (Hrsg.): »The Encyclopedia of Science Fiction«. New York: St. Martin's Press 1993, S. 273.
[15] Ray D. Bradbury: »Fahrenheit 451«, übersetzt von Fritz Güttinger. Zitiert nach der Ausgabe Berlin: Das Neue Berlin 1974, S. 28 (an die neue Rechtschreibung angeglichen).

Copyright © 1998 by Thomas M. Disch
Copyright © 2008 der deutschen Übersetzung
by Wilhelm Heyne Verlag, München
Aus dem Amerikanischen von Erik Simon

Phantastik und der Weltensturm

Eine Rede, gehalten im September 2007
vor dem »Centre for the Future« in Prag

von John Clute

Lassen Sie mich kurz zusammenfassen, was ich hier zu tun gedenke: Ich werde die Meinung darlegen, dass Geschichtenerzähler unseren Planeten – jedenfalls seit er um das Jahr 1750 sichtbar geworden ist – in erster Linie als ungeheure Palette von phantastischen Erzählungen verstanden haben, die ich mit dem Begriff »Phantastik« bezeichnen möchte. Daraus werde ich einige Schlussfolgerungen ziehen, die mich letztlich hierher nach Prag führen werden.

Teil eins wird erörtern, wie es möglich ist, Phantastik als unentbehrliche Form planetarer Erzählliteratur seit 1750 zu beschreiben.

Teil zwei wird die narrativen Grammatiken darlegen, die ich ausgesprochen nützlich finde, wenn ich über die drei Hauptformen spreche, welche die Phantastik heute annimmt: Science Fiction, Fantasy und Horror (Letztere würde ich lieber »Terror« nennen, aber dafür ist es jetzt zu spät). Ich denke, dass diese Grammatiken etwas Wesentliches über diejenigen Geschichten aussagen, die sich mit den Schwierigkeiten auseinandersetzen, denen wir alle uns gegenübersehen, während wir nicht nur versuchen, uns eine bessere Welt vorzustellen, was einfach ist, sondern auch in einer solchen zu leben – was nicht ganz so einfach ist.

Teil drei setzt sich weiterhin mit dem Verhältnis von Geschichten zur Welt auseinander. Insofern die Modelle, die ich vorschlage, überhaupt einen Sinn ergeben, ist Horror das maßgeblichste dieser drei Genres, wenn es darum geht, die Dilemmata, denen wir uns im Jahr 2007 gegenübersehen, zu umreißen. Denn die Horrorliteratur dreht sich um unseren Widerstand gegen die Wahrheit – ein Widerstand, der so lange andauert, bis wir nackt in der wirklichen Welt zurückbleiben – wo selbst die Geschichte endet.

Was aber machen wir dann?

Es gibt wohl auch so etwas wie einen Teil vier, der aus zwei Fragen besteht, die immer dann auftauchen, wenn die Begriffe »Erzählliteratur« und »Landschaft« – die beiden Diskurse, die uns hier zusammengeführt haben – in einem Atemzug erwähnt werden. Erstens: Wie kommt ein echter Geschichtenerzähler angesichts der offensichtlichen Tatsache, dass nur schlechte Welten wirklich erzählbar sind, überhaupt auf den Gedanken, über eine Landschaft zu sprechen, die zum Verweilen einlädt? Zweitens: Wie können uns, die wir haltbare Welten erfinden, Geschichten überhaupt etwas bedeuten, wenn diese solche Welten niemals darstellen?

Zwei Fragen – zwei Bücher – fallen mir da unmittelbar ein.

Mindestens zwei der Autoren, die hier in Prag sind, haben Werke verfasst, die jeder leichtfertigen Annahme zuwiderlaufen, eine haltbare Welt sei eine Welt, die nicht mehr erzählbar ist. Pamela Zoline wird nach eigener Aussage voraussichtlich nächstes Jahr ihren überfälligen ersten Roman »Occam's Beard« veröffentlichen, der nicht nur davon erzählt, wie sich Frieden verwirklichen lässt, sondern auch von dem übergeordneten Projekt, wie sich Frieden als etwas beschreiben lässt, mit dem das Leben noch nicht an sein Ziel gelangt ist. John Crowleys gewaltiger vierbändiger Roman »Ægypt« (1987–2007) mag den Eindruck erwecken, er handle von der Suche nach der inneren Grammatik der Geschichte der Welt – jener Welt, die dann endet, wenn eine neue Geschichte der Welt gefunden wird: genau in dem Moment, wenn die Landschaft ihren Anfang nimmt. (Eine der in diesem Buch am weitesten ausgeloteten Geschichten findet ihr herzzerreißendes Ende im Jahr 1620 in einem Prag, das es nie hätte geben können, obwohl sich das Prag des Jahres 2007 daran zu erinnern scheint.) Aber am Ende versinkt Ægypt – wie Prospero, als er seinen Zauberstab von sich wirft – in einem vorzüglich beschriebenen höflichen Schweigen, das nicht mehr erzählbar ist, einem gravitätischen Schweigen im Erdboden der Dinge, und erst zweihundert Seiten später erwachen wir und befinden uns wieder in der Zeit hier draußen, an diesem Ort, den zu heilen wir – wider alle Erwartungen? – versuchen müssen.

1. Phantastik und der Weltensturm

Zu Anfang werde ich Phantastik auf eine Art und Weise beschreiben, die naheliegend erscheinen mag, es aber nicht ist: Die Phantastik besteht aus einer breiten Palette fiktionaler Werke, deren Form und Inhalt als phantastisch aufgefasst werden. Mythen und Legenden, volkstümliche Überlieferung und Märchen, Fabeln und phantastische Reisen, Ritterromane mit übernatürlichen Elementen, utopische Spekulationen, Gespenstergeschichten und Geschichten über Götter mögen für die lange Erzähltradition der westlichen Zivilisationen von Anfang an von entscheidender Bedeutung gewesen sein, aber meines Erachtens wurde kein einziges Beispiel einer dieser Erzählformen vor dem 18. Jahrhundert jemals mit einem Begriff bezeichnet, der es von den kulturellen Hauptströmung abgespalten hätte.

Bis ungefähr 1700 haben wir Kunstwerke, mit anderen Worten, nicht danach eingeordnet, ob sie Material verwenden, das als wirklichkeitsfremd (oder eben wirklichkeitsnah) erachtet werden kann. Nach diesem Zeitpunkt wurde, jedenfalls in der englischen Literatur (bitte verzeihen Sie, dass ich mich an das halte, was ich kenne), eine Linie gezogen zwischen mimetischer Literatur, die den Werten der – allmählich alles beherrschenden – rationalen Aufklärung entsprach, und dem großen Hexenkessel irrationaler Mythen und Geschichten, von der wir nun behaupteten, wir seien ihnen entwachsen, und von denen wir nun glaubten, sie seien für Kinder geeignet (der Begriff der Kindheit wurde damals erst erfunden, und zwar als etwas, in das man nach Bedarf Versionen der menschlichen Natur hineinwerfen konnte, die man aufgegeben hatte).

Die Säuberung des Hexenkessels hatte natürlich eine gewaltige Fehleinschätzung der Vergangenheit zur Folge. Es war im 18. Jahrhundert, dass William Shakespeare in der Vorstellung der Leute zu einem kindlichen Genie wurde, zu einer Inselbegabung – einerseits weil er gegen die Regeln der Tragödie verstieß, andererseits weil er seine Schauspiele verfasste, bevor ein kultureller Konsens darüber bestand, dass wir letztlich mehr über die menschliche Wahrnehmung der Welt erfahren, als Mythen und Märchen uns lehren können, wenn wir uns an die greifbare Wirklichkeit halten. Wäre »Der Sturm« (1611) ein Jahrhundert später geschrieben worden, wäre es nie zur Aufführung gelangt. 1750 hätte Prospero niemals etwas ins Meer werfen können, das gleichzeitig ein Spazierstock und ein Zauberstab war, denn beides hätte sich nicht miteinander in Einklang bringen lassen; des Weiteren ließ sich mit absoluter Sicherheit feststellen, dass ein Stock einfach nur ein Stock ist und dass es Zauberstäbe überhaupt nicht gibt. QED.

Aber nicht nur Sigmund Freud behauptet, dass das, was man verdrängt, wiederkehrt. Die uralte Geschichte von Antaios, der jedes Mal, wenn Herakles ihn zu Boden wirft, doppelt so stark wieder aufsteht, sagt fast dasselbe aus. Der Aufklärung des 18. Jahrhunderts wohnt eine unbestreitbare Schönheit inne, aber es ist eine apollonische Schönheit, die Schönheit von etwas, das bis in die kleinste Einzelheit beschrieben wird und das sich der Zurückweisung, des Ausschlusses, dem Maßnehmen und der Beweisführung verdankt. Das macht es möglich, für die Zukunft zu planen, aber es ermöglicht auch Gartenvorstädte; es setzte den Aufstieg der westlichen Zivilisation im Laufe der folgenden vier Jahrhunderte ins Werk, aber es schaffte auch Blaupausen für den Gulag. Und nach 1750 – jedenfalls so ungefähr – setzt erwartungsgemäß eine bewusst subversive Reaktion ein. Geschichten tauchen auf, welche die geordnete Welt unterminieren, welche der abgeschotteten Nüchternheit der Werke widersprechen, die während des Aufstiegs des apollinischen Zeitalters entstehen. Diese Geschichten führen das ganze alte Material wieder ein: das Irrationale, das Unmögliche, den Albtraum, das

Unvermeidliche, das Erzählbare, den magischen Spazierstock, den Fluch; und mittels dieser wiedergeborenen Formen und Strategien entdecken wir – wie Stigmata, die durch Porzellan an die Oberfläche dringen – die abstoßenden Körperteile von Dionysos, dem verdrängten Zwilling oder Doppelgänger, der sich über Apollo in seiner Toga lustig macht – ganz so, wie die Phantastik die entsetzliche, wahre Geschichte der Welt nachahmt und verspottet, in die wir im Westen eingetreten sind.

Ein Autor wie Horace Walpole, dessen Roman »The Castle of Otranto« (1764) der erste ausgereifte Schauerroman ist, war sich ganz offensichtlich darüber im Klaren, dass sich die Erzählform, die er geschaffen hatte, unbarmherzig über die Harmonie der alten Welt lustig machte. Aber es war ihm nicht nur um Spott zu tun: Die maßlose Freude an der Grenzüberschreitung von »The Castle of Otranto« und den fünftausend weiteren Schauerromanen, die auf den britischen Inseln bis 1820 veröffentlicht wurden, sagt noch etwas anderes aus. In jeder disharmonischen Passage legen sie uns nahe, dass es von Natur aus schwierig ist, die Welt zu verstehen. Sie legen uns nahe, dass die Welt für Apollo zu schwierig ist – die Wirklichkeit entgleitet dem Herrscher. Das ist natürlich die Botschaft des Äsop, und es ist auch die Botschaft des unbarmherzigsten Autors von Phantastik im 19. Jahrhundert: Hans Christian Andersen.

Andersen ist natürlich ein großer Schriftsteller, aber ich erwähne ihn hier wegen der charakteristischen panischen Eile seiner Geschichten, die ihn zu einem Paradigma der Phantastik während der letzten eineinhalb Jahrhunderte macht. Andersen schreibt, als hätte er keinen sicheren Boden unter den Füßen, als ob uns etwas einholen würde, wenn wir nicht in Bewegung blieben. Zwillinge oder Doppelgänger erwähnt er so gut wie nie (ich glaube, dass die Vorstellung ihm zu viel Angst eingejagt hat), aber wenn er es denn tut, setzt er sich ebenso direkt mit unseren Lebensbedingungen im Jahre 2007 auseinander wie Franz Kafka, Vladimir Nabokov oder W.G. Sebald.

Und damit kommen wir zum Weltensturm.

1750 ist nicht nur das Jahr, in der Phantastik erstmals als Waffe gegen die Besitzhabenden geschrieben wurde; es markiert auch einen Punkt, an dem die westliche Zivilisation zu verstehen beginnt, dass sie nicht eine Welt bewohnt, sondern einen Planeten. Von diesem Punkt an beginnen die Naturwissenschaften – Astronomie, Physik, Geologie, Biologie – unser Verständnis zu formen, dass wir eine Spezies auf einer sich drehenden Kugel sind, dass die Vergangenheit tiefer ist, als wir uns vorstellen können, und dass die Zukunft uns in Stücke reißen wird. (Die Science Fiction beginnt nicht mit der Entdeckung des Weltraums, sondern mit der Entdeckung der Zeit: terroristische Betrachtungen über das Zusammentreffen von Ruinen und dem Zukünftigen beherrschen das erste Jahrzehnt des Genres.) Und so ziehen uns die Naturwissenschaften den Boden unter den Füßen weg; und die Phantastik, mit der hitzigen, karikaturhaften Unmittelbarkeit ihrer Reaktionen auf Instabilität und Bedrohung, reagiert umgehend auf die Gleichgewichtsstörungen, die dieses neue Wissen hervorruft. Die Phantastik vibriert mit dem Planeten. Es ist die planetare Form des Erzählens.

Um 1750 beginnt noch etwas anderes: Die Triebkräfte der Veränderung, die von der wissenschaftlichen und industriellen Revolution repräsentiert werden, beschleunigen spürbar den Lauf der Geschichte – und aus dem Lauf wird eine Strömung. Die Veränderungen verbrennen den Erdbewohnern die Fußsohlen, die Dinge verändern sich so schnell, dass wir im reifen Westen nicht mehr in der Lage sind, unser Leben in Ordnung zu halten – und das nagt an uns. Amnesien – einerseits mit denen vergleichbar, die Ödipus oder Leontes geblendet haben, andererseits völlig anders als diese – suchen die Bewohner des Planeten und ihre geschlossenen Wohnanlagen heim. Es ist kein Zufall, dass Zwillinge und Doppelgänger ihre Wunden in der ganzen Phantastik lecken. Denn Zwillinge sind das, was wir zurücklassen, wenn das Leben so schnell verstreicht, dass wir uns nicht mehr erinnern können, woher wir kommen. Das ist die Schuld, die Apollo auf sich geladen hat.

2. Modellbauanleitungen

Jeder der Begriffe, mit denen die drei Hauptfelder der Phantastik im 21. Jahrhundert – Fantasy, Science Fiction und Horror – bezeichnet werden, ist unzureichend, zumindest im Englischen, was einer der Gründe ist, weshalb ich den Begriff Phantastik immer mehr bevorzuge, aber das ist wahrscheinlich nicht mehr zu ändern. Die drei narrativen Grammatiken – Blaupausen der Erzählstruktur –, die ich im Laufe der letzten fünfzehn Jahre herausgearbeitet habe, sollen den Wundstarrkrampf dieser unzureichenden Begriffe lösen und es erleichtern, die Erzählstrategien zu umreißen, die meines Erachtens für diese drei langlebigen, wechselhaften Formen typisch sind. Ich habe diese Modelle schon früher beschrieben, am deutlichsten in den miteinander zusammenhängenden Einträgen in »The Encyclopedia of Fantasy« (1997) und in »The Darkening Garden: a Short Lexicon of Horror« (2006), und werde mich hier kurz fassen. Ich sollte darauf hinweisen, dass ich versucht habe, das zu beschreiben, was den verschiedenen Erzählformen gemeinsam ist, und eben nicht die architektonischen Grundrisse der sichtbaren Form. Ich sollte auch hinzufügen, dass diese Modelle selbst narrativ sind: Sie folgen aufeinander, und sie sollen so schnell wie möglich das Ziel erreichen, dass allen Erzählungen gemeinsam ist, das letzte »Und dann ...«, mit dem die Geschichte zu Ende ist. Jedes Modell besteht aus vier Teilen, und jedes Modell kann über das andere gelegt werden wie ein Palimpsest.

Fantasy: Viele der großen Fantasyautoren des letzten Jahrhunderts sind von ihren Erfahrungen im Ersten Weltkrieg geprägt worden. Die Einstellung von Tolkien gegenüber dem Weltensturm seiner Zeit ist Wut und Verzweiflung; er und andere große Fantasy-Autoren wenden sich von der Welt ab, um sie zu beschämen. Hier die vier Phasen:

1. *Verkehrtheit.* Ein kleiner, erschütternder Hinweis, dass die Welt allmählich in die Binsen geht.
2. *Verkümmerung.* Die alten Bräuche gehen verloren; Held und König leiden unter Amnesie; es kommt zu Missernten, das Land trocknet aus; Schlachten über Schlachten.

3. *Erkenntnis.* Der Schlüssel im Tor; die Flucht aus dem Gefängnis; die Amnesie löst sich auf wie Nebel, der Held erinnert sich an seinen wahren Namen, der Fischerkönig kann wieder gehen, das Land gedeiht. Der locus classicus der Erkenntnis ist Leontes' Ausruf am Ende von »Ein Wintermärchen«, als Hermione wiedergeboren wird: »Oh, sie ist warm.«
4. *Rückkehr.* Die Leute kehren zu ihrem alten Leben zurück und versuchen, sich darin zurechtzufinden.

Science Fiction: Die eigentliche Prämisse ist, dass die dargestellte Welt in einem »vertretbaren Verhältnis« zur Geschichte der realen Welt steht. Der Impuls, der der Science Fiction des 20. Jahrhunderts zugrunde liegt, bestand darin, die Welt auf diese Art und Weise zu betrachten, um herauszufinden, was mit ihr nicht stimmt – und sie dann wieder in Ordnung zu bringen. Die SF ist das optimistischste aller Genres. Die SF macht sich die Welt untertan. Sie reitet auf dem Weltensturm. Ich habe aus den Arbeiten anderer Autoren ein Erzählmodell für die SF zusammengeschustert:

1. *Novum.* Darko Suvins Begriff für den Aspekt der Science-Fiction-Welt, der sich deutlich von unserer Welt unterscheidet.
2. *Kognitive Verfremdung.* Suvins Begriff, den er von Wiktor Schklowski und Bertolt Brecht übernommen hat, für eine vertretbare und daher strukturierte Verfremdung der Welt, die sich teils von dem Novum herleitet und die Fehlerhaftigkeit des herrschenden Paradigmas als Ganzes sichtbar macht.
3. *Konzeptioneller Durchbruch.* Peter Nicholls Begriff aus »The Encyclopedia of Science Fiction« (1979) für das Gefühl der Erleichterung, nachdem ein fehlerhaftes Paradigma zusammenbricht und die neue Welt – die wahre Welt – zum Vorschein kommt. Löst oft großes Staunen aus, manchmal in Raumschiffen.
4. *Topie (U- oder Dys-).* Das Jerusalem, dessen Tore durch den konzeptionellen Durchbruch für diejenigen geöffnet worden sind, die bis zum Ende durchgehalten haben. Von diesem Moment an führen sie ein Leben, das im Einklang mit den Wahrheiten steht, die ans Licht gekommen sind.

Horror: Die vielleicht ehrlichste Reaktion der Phantastik auf den Weltensturm, denn der wahre Widerhall jeder herausragenden Geschichte innerhalb des Genres – wie Joseph Conrads »Herz der Finsternis« (1899), Thomas Manns »Tod in Venedig« (192), Gustav Meyrinks »Walpurgisnacht« (1917), Stephen Kings »Shining« (1977), D.M. Thomas' »Das weiße Hotel« (1981) oder W.G. Sebalds »Austerlitz« (2001) – ist der Widerhall der Geschichte, als sie Eden hinter sich lässt. Als Kurtz in »Herz der Finsternis« ausruft: »Das Grauen! Das Grauen!«, tut er dies, weil er die Geschichte der neuen Welt im Ganzen erfasst, weil er im Auge des Weltensturms steht. Aber er wendet den Blick nicht ab. Die vier Spielarten des Horrorgenres sind:

1. *Das Sichten.* An der Oberfläche der Welt wird plötzlich eine leichte Verletzung sichtbar, sogar bei Tageslicht.
2. *Das Verdichten.* Der Protagonist versinkt immer tiefer und tiefer in der Falschheit der Welt. Die Handlung verdichtet sich buchstäblich um ihn herum. Verheerenderweise glaubt er vielleicht sogar, dass er sich selbst versteht; dabei verstärkt jeder Schritt, den er unternimmt, nur noch seine Amnesie, die wie Nebel immer dichter wird und seinen Widerstand nur stärker werden lässt, seine golemgleiche Sturheit angesichts der drohenden Veränderungen. Dies ist eine gnostische Phase: die Wahrheit liegt im Verborgenen, was uns erlaubt, uns andauernd zu belügen.
3. *Das Gelage.* Die Geschichte rettet uns. Die Rinde der Welt wird abgelöst, wir sehen unser wahres Gesicht im Spiegel, der Karneval regiert, alles ist genau das, was es zu sein scheint, die Mächtigen werden gestürzt und landen dort, wo wir hingehören. Im Vergleich zu dem verwirrten, geizigen Marlow ist Kurtz die reine Freude.
4. *Die Folgen.* Tolkien blickte aus den Schützengräben auf, und für ihn waren sie eine Schande. Für diejenigen, die nicht in der Lage sind, aus dem Gefängnis auszubrechen, sind sie die ganze Welt.

Das sind insgesamt zwölf Begriffe, was ganz schön viel ist, obwohl es keine Gesetzesvorlagen sind. Also werde ich weitere dreißig Sekunden darauf verwenden, sie tabellarisch darzustellen, denn so sehe ich sie vor meinem geistigen Auge:

Nummer eins beinhaltet Verkehrtheit, Novum oder das Sichten.
Nummer zwei beinhaltet Verkümmerung, die Kognitive Entfremdung oder das Verdichten.
Nummer drei beinhaltet Erkenntnis, den Konzeptionellen Durchbruch oder das Gelage.
Nummer vier beinhaltet Rückkehr, Topie oder die Folgen.

So angeordnet – als Permutationen einer Urerzählung, wie drei Schlangen, die ineinander verschlungen sind, wobei jede Schlange die gleichen morphologischen Verwandlungen durchläuft – wird vielleicht etwas offensichtlicher, was ich vorhin angedeutet habe: dass die ersten drei Phasen den Verlauf der Geschichte bezeichnen; die vierte dagegen Orte, auf die Erzählungen nur deuten können, wie Moses. Die Implikationen dieser Kluft zwischen dem Erzählen und dem Verweilen werden den letzten Abschnitt dieser Rede prägen.

3. Die Gerissenheit der Amnesie

Ein Mann im tiefen Mittelalter, ein in Deutschland geborener Gelehrter, der nie seinen Namen nennt, muss nach einer Zeit tiefer Verzweiflung feststellen, dass er von seinem Leben abgeschnitten ist. Er verlässt England, wo er sich viele Jahre aufgehalten hat, und streift durch das Europa seiner Zeit, wo er Dutzende berühmter Bauwerke besucht – Bahnhöfe, Gefängnisse, Zoos, Festungen, Heilquellen, Museen, Kolosseen, Bibliotheken –, die ihm irgendwie Schaden zufügen. Lange vor dem Ende des Buches – W. G. Sebalds letzter Roman »Austerlitz« – haben sich diese übertünchten Gräber des offiziösen Europa vor seinem geistigen Auge zu einem einzigen gefängnisgleichen Bauwerk verdichtet, ein Haus der Toten, dessen Geschichten sich der Enthüllung widersetzen, ein schwarzes Loch der Amnesie. Auf seinen Wanderungen durch diese sich verdichtende Welt trifft er alsbald auf Jacques Austerlitz, ein Mann, dem die Geschichte seines eigenen Lebens ebenfalls verborgen ist. Die beiden erscheinen praktisch wie Zwillinge. Auch Austerlitz hat Grabstätten besucht, die geblendet zu sein scheinen – steife, stumme Bildnisse der Kultur der Performanz des alten Europa, eine

W. G. Sebald
Austerlitz

Kultur, von der beide Männer glauben, dass sie ein halbes Jahrhundert zuvor untergegangen ist. In »Austerlitz« hat nichts die Luft gesäubert, in diesem Europa hat die Phantastik kein Gelage hervorgebracht: Kurtz hat keine grauenhafte Wahrheit erblickt, niemand hat sich erinnert.

Die Handlung des Romans ist einfach. Das Bauwerk, dessen unaussprechliche Funktion irgendwie die Grabstätten des Nachkriegseuropa verunreinigt hat, ist das Vernichtungslager nördlich von Prag, das die Deutschen Theresienstadt genannt haben. Austerlitz' Mutter ist dort gestorben, sein Vater in einem anderen Lager; und seine lange Amnesie beginnt an dem Tag, an dem er 1939 als kleines Kind aus Warschau evakuiert wird. Der Roman schraubt sich durch die Jahrzehnte auf das Jahr 2000 zu. Und erst nach vielen Jahren verrät Austerlitz dem Erzähler, dass er, gegen großen Widerstand, einen Blick auf sein eigentliches Leben erhascht hat. Der Roman verrät uns allerdings nicht, ob er diese Enthüllung lange überlebt. Ein Großteil des Romans wird darauf verwandt, die entsetzliche Raffiniertheit der Amnesie, die Austerlitz von seiner Vergangenheit ferngehalten hat, in allen Einzelheiten zu beschreiben. Aber die tiefste Einsicht des Buches – die uns mit einer schmerzlichen, nichtmetaphorischen Nüchternheit nahegebracht wird, über die nur Phantastik-Autoren verfügen – besteht in der untrennbaren Verbindung von Austerlitz' persönlichem Trauma mit der Grabesamnesie, welche die apollonische Utopie von Europa im Jahre 2000 – das nachahmt, ohne sich erinnern zu können – zum Verstummen gebracht hat.

Das große Geheimnis der Amnesie ist, dass ihre Opfer so viel reden können, wie sie wollen – wir können uns nicht an das erinnern, was wir sagen. Nichts kann gelernt oder gerettet werden. Der Schlachthof, der uns in zwei Hälften spaltet, wartet auf uns. Letztlich legt Austerlitz uns nahe, dass die Allheilmittel, der wir uns hier im Herzen des Sturms des neuen Jahrhunderts bedienen möchten, nur kundtun, dass wir uns nicht daran erinnern können, schon einmal etwas kundgetan zu haben; dass wir in Wahrheit in der sich verdichtenden Abenddämmerung mit Phantomgliedern winken – denn wir wissen nicht, wer wir sind oder wo wir leben.

Trotzdem darf Austerlitz für einen kurzen Augenblick an einem Festgelage teilnehmen und erhascht in Prag einen kurzen, stärkenden Blick auf die reine, heitere Wahrheit: Er begegnet einer alten Frau, die ebenfalls den Krieg überlebt hat und ein ebenso ungebrochenes Verhältnis zu ihrer Vergangenheit hat wie Prag zur Vergangenheit Europas, und sie erinnert sich an ihn, ganz so wie Prag – eine Stadt wie ein Weihnachtsmärchen – sich an Europa zu erinnern scheint. Aber die Mächte, von denen Austerlitz geleitet wird, sind zu stark, und alsbald ist die Frau wieder verschwunden. Und hier, im Herzstück dieses ausgesprochen furchterregenden Buches, wird eine Lektion sichtbar: Das entscheidende Prinzip, mit dem sich jeder moderne Roman, der im Weltensturm der Jetztzeit spielt, auseinandersetzen muss, ist die Amnesie, nicht die Genesung. Das ist vielleicht nicht eben ermutigend – aber es ist gut, seinen Feind zu kennen.

Genesung ist kein Bestandteil der Geschichte der Phantastik. Sie vollzieht sich, wenn die Geschichte erzählt worden ist. Wenn wir in das »Land« zurückkehren; wenn wir in die Topie eintreten, die wir verdient haben; wenn wir lernen, durch unsere Masken die Luft der Folgen zu atmen – dann betreten wir das Reich der Genesung, in dem wir zu leben lernen müssen.

Die größte Gefahr, die uns dort droht, ist der Friede, der sich gut anfühlt, denn für jeden Menschen ist ein innerer Friede, der alles leicht nimmt – der dem Magma und den Albträumen der Seele in uns nicht fortwährend Klarheit abringt, der es versäumt, mit den ungerecht behandelten Zwillingen, die wir zurücklassen, gewissenhaft zu verhandeln –, dasselbe wie Amnesie. Es ist der Friede, den Sigmund Freud in »Das Unbehagen in der Kultur« (1929) mit jener Art von Spannungsabbau in Verbindung bringt, die von Hitler oder

Stalin geboten werden. Um des Friedens willen, den ein Bürger des Dritten Reichs im Jahre 1934 vielleicht durchaus als Genesung empfunden hat, würden wir in Wirklichkeit jede Hoffnung auf Genesung aufgeben. Wir würden eine Welt aufgeben, wie sie John Crowley am Ende von »Ægypt« geschaffen hat. Wir würden die Zivilisation aufgeben.

Die großen Werke der Phantastik bieten uns das, was Freud uns geboten hat – die Botschaft, dass Zivilisation ihren Preis hat; dass die Wahrheit, die uns frei macht, nicht bedeutet, dass man sich selbst alles nachsieht; dass Zivilisation ein fortwährendes Ringen mit unserer Sehnsucht nach dem Vergessen ist.

Das ist die beste Pflugschar, die ich zu bieten habe.

Copyright © 2007 by John Clute
Copyright © 2008 der deutschen Übersetzung
by Wilhelm Heyne Verlag, München
Aus dem Englischen von Hannes Riffel

Will Smith ist der letzte Mensch

Die Science Fiction und der Weltuntergang

von Johannes Rüster

Wer sich in der Nachweihnachtszeit aus den letzten Ausläufern des festtäglichen physischen wie psychischen Saccharinschocks ausgerechnet ins Kino flüchten wollte, konnte dort ein durchaus wirksames Gegengift genießen: *I Am Legend*, die dritte Verfilmung des gleichnamigen Romans von Richard Matheson.

Dabei stellt sich hier nicht die Frage, inwieweit die verschiedenen Filme auf völlig unterschiedliche Weise künstlerisch weniger gescheitert als vielmehr unzulänglich sind. Ebensowenig (und damit zusammenhängend), wie apokalyptisch schon allein die Vorstellung ist, der letzte »normale« Mensch sei ausgerechnet Vincent Price (1963), Charlton Heston (1971) – oder eben Will Smith.

Vielmehr ist festzustellen, dass sich seit 1954, dem Erscheinungsjahr der Romanvorlage, anscheinend die Bilder, die der Text freisetzt – menschenfressende Vampirzombies, denen sich im nicht nur gottverlassenen New York ein einsamer Held und/oder Wissenschaftler entgegenstellt –, bewährt haben. Natürlich auf unterschiedliche Weise: Die Kommunistenangst der Fünfzigerjahre, die in der SF sonst in außerirdischem Gewand Ausdruck fand, unter anderem in Heinleins »Puppet Masters« (in der deutschen Erstausgabe unsterblicherweise als »Weltraummollusken« betitelt) oder in »Invasion of the Body Snatchers« (die deutschen Filmtitel sind mit *Die Körperfresser kommen* oder *Die Dämonischen* nicht weniger originell), manifestiert sich auch hier. Noch dazu in der Vampirkultur sublimiert, die praktischerweise gleich noch mit der prüden Furcht vor dem Animalischen im Dunklen korrespondierte. Die Siebzigerjahre stellten die Erlösungssehnsucht von der zu Last und Fluch gewordenen Zivilisation heraus, Charlton Heston gab recht überzeugend den letzten Cowboy.

Da ist die Versuchung natürlich groß, auch die erneute Entmottung des Stoffes kritisch zu deuten: Vampirzombies als Chiffre globaler Erwärmung, als neuerlicher »Ansturm der Barbaren« an die Festung Amerika? Damit macht man es sich aber wohl etwas einfach – und übersieht zudem eine viel spannendere und zeitlosere

Frage, die eschatologische Gretchenfrage der Science Fiction: Wie hält sie's mit dem Weltuntergang? Auf welch verschiedene Arten gibt sie der Furcht Ausdruck, dass uns doch noch der Himmel auf den Kopf fällt?

Im SF-Film ist das recht einfach – dieser lebt ja schließlich vom optischen Exzess, und was ist exzessiver als die Auslöschung der eigenen Umwelt? Nehmen wir den barocksten unter den Effektzauberern, Roland Emmerich: Ob wahnsinnige Protopharaonen, ominöse Mutterschiffe oder der Golfstrom, assistiert von menschlicher Selbstzerstörung, im Zuge der Weiterentwicklung der Filmtechnik wird die Menschheit von immer beeindruckenderen apokalyptischen *set pieces* heimgesucht.

Doch halt: Alles Gute und/oder Böse kommt von oben?

Man sieht, die Science Fiction hat zweifellos apokalyptisches Potential. Doch wäre es eine unzulässige Verkürzung, dieses auf das mörderische Wirken extraterrestrischer Brutalinskis oder einer unbezähmbar gewordenen Natur in globalem oder gar kosmischem Maßstab engzuführen; vielmehr verstellen uns die *Independence Days* und *Days after Tomorrow* oder – kehren wir zur Literatur zurück – die »Weltraummollusken« und der »Schwarm« fast ein wenig den Blick auf uns selbst. Im Folgenden soll deshalb eine Reihe eher metaphysischer Kataklysmen präsentiert werden und am Ende der Parade, gleich einem Fähnchen schwenkenden Affen, ein zumindest vage ketzerischer Gedanke stehen: Ist das teleologische Finale der Gattung vielleicht selbst eingeschrieben? Ist die Literatur, die auf den ersten Blick von den unendlichen Weiten der Zukunft erzählt, nicht vielmehr genuin die Literatur des Endes? Und wie steht es mit den Wechselwirkungen zwischen Gesellschaft und SF? Beeinflusst die Literatur unser Denken und damit unsere Welt? Unsere Welt die SF? In den unsterblichen Worten Erich Kästners: Man weiß so wenig ...

Schrecken ohne Ende

Dass die hier angeführten Werke nur Spitzen eines submarinen Hochgebirges von Eisbergen darstellen, versteht sich von selbst. Dass die Auswahl höchst subjektiv sein muss, ebenso. Ich hoffe, beiden Umständen billigend Rechnung zu tragen, wenn ich meine Beispiele so heterogen wie möglich wähle, um ein möglichst breites Feld zwischen diesen Polen vorstellbar zu machen. Beginnen wir also mit zwei Autoren, die zeitlich, ideologisch und überhaupt eine maximale Distanz garantieren: dem Mitgründervater Herbert George Wells und dem SF-Autor, der wohl am lautesten aufgeschrien hätte, hätte man ihn als einen solchen bezeichnet: Kurt Vonnegut. Beide haben nämlich im Abstand von genau neunzig Jahren Romane geschrieben, die über Zeit und Raum hinweg miteinander kommunizieren: »The Time Machine« (1895) und »Galápagos« (1985).

Ersterer ist wohl allgemein bekannt: Mann reist in die Zukunft, Mann stellt fest, dass die Evolution die Menschheit in zwei unterschiedlich spezialisierte und deshalb für sich kaum lebensfähige Rassen geschaffen hat, Mann reist noch weiter in die Zukunft und wird Zeuge des unmittelbar bevorstehenden Wärmetods des Universums.

Der zweite Text bedarf einer etwas ausführlicheren Vorstellung. Hier hat schon der Erzähler eine exponiertere Stellung als bei Wells, er beschreibt die in der Gegenwart einsetzende Handlung von einer quasi-allwissenden Warte aus, die sich Millionen Jahre in der Zukunft befindet. Genauer geht es um die Ereignisse, die dazu geführt haben, dass nicht nur eine Handvoll Menschen auf einem Kreuzfahrtschiff auf einer Insel stranden, sondern auch der Rest der Menschheit durch eine Seuche ausgerottet wird – wodurch wiederum die Gestrandeten zur Keimzelle einer neuen Menschheit werden. Dabei spielt Vonnegut wie gewohnt mit Genreelementen, mit eingestreuten Kommentaren und Verweisen: Nicht nur landen die Schiffbrüchigen auf einer der Galapagos-Inseln, auf der Charles Darwin von Naturbeobachtungen zu seinen Theorien inspiriert wurde, nicht nur heißt das Schiff auch noch *Bahía de Darwin*, nein, der Selektionsdruck wird auch noch durch grafische Mittel verstärkt: Der Erzähler markiert demnächst sterbende Charaktere mit einem * [Asterisk], um so »die Leser vorzuwarnen, dass er in Kürze mit dem ultimativen Darwin'schen Test konfrontiert wird«.

Der Erzähler, übrigens der Geist eines Dockarbeiters und Sohn von Kilgore Trout, einem Charakter, der in fast jedem Vonnegut-Roman auftaucht, begleitet die recht unterschiedlichen Exemplare der Gattung Mensch, wie sie sich auf der kargen Insel durchzuschlagen versuchen. Dabei wird die zukünftige Entwicklung der Menschheit ganz darwinistisch von verschiedenen hemmenden und begünstigenden Faktoren bestimmt: Der Mangel an jeglichem technischem Gerät – die Gestrandeten haben nicht einmal Feuer – zwingt sie zu eher kümmerlicher Kost aus Algen und rohem Fisch, während die Tatsache, dass eine Japanerin, die von ihrer Mutter aus Hiroshima einen genetischen Defekt geerbt hat, bepelzte (und somit vor der Witterung besser geschützte) Kinder zur Welt bringt, durchaus einen »glücklichen Umstand« darstellt.

Somit wandelt sich der Mensch im Verlauf einer Jahrmillion zu einer Art intelligenter Robbe, die geschickt nach Fisch taucht und ansonsten ein relativ unbeschwertes Leben führt. Der entscheidende Faktor für diese Lebensfreude liegt aber in der Tatsache, so der Erzähler, dass das (zu) hoch entwickelte menschliche Gehirn verkümmert sei: »Einmal wieder scheuche ich den einzigen wahren Bösewicht meiner Geschichte auf die Bühne: das übergroße menschliche Gehirn.«

Und hier finden Vonnegut und Wells zu einer kuriosen Paarung: Beide sind Apokalyptiker, deren Schreckensvision ohne Pyrotechnik auskommt, ja die vielmehr dadurch erst in ihrer ganzen Grauenhaftigkeit entfaltet werden kann: Wir sind von der uns formenden Umwelt dazu verdammt, eine entmenschlichte, degenerierte Existenz zu führen. Dieselben Kräfte, die uns aus dem Meer in die Höhlen und Hochhäuser getrieben haben, werden uns wieder – nein, nicht vernichten, sondern langsam und schleichend entmenschlichen, bis wir letztlich im finalen entropischen Tohuwabohu kläglich verlöschen.

Dass Wells seinen Roman bis hart an die Grenze des Allegorischen mit viktorianischer Klassenkritik vollpackt, dass Vonnegut im Zerrbild des harmlos gewordenen, weil enthirnt-umweltangepassten Neomenschen wiederum die präökologische arrogante Schöpfungsentfremdung seiner Zeitgenossen karikiert, führt uns schon zur Frage, die diese ganze Betrachtung begleiten wird: Wie interagieren Zeit und Text? Beide Autoren kommen aus völlig unterschiedlichen Richtungen auf einen vergleichsweise ähnlichen Wirkungsmechanismus.[1] Sie sind eindeutig von ihrer jeweiligen Gegenwart geprägt. Fraglos sind sie also Seismographen mindestens für die Sozialtektonik ihrer Zeit, sind Mahner (eher Wells) und verzweifelt-zynische Spötter (eher Vonnegut).

Man kann beiden wohl ebenfalls mit Fug und Recht unterstellen, dass sie kein Interesse an einer wie auch immer naturwissenschaftlich konsolidierten Extrapolation haben; ihre Fernzukunft ist kein ernsthafter Versuch, das Jahr 802.701 bzw. 1.001.985 vor Augen zu malen. Wells' 802.701 ist eine sprechende Zahl (die zweimal drei Stellen sind selbst Beginn einer entropischen Sequenz); und Vonnegut hat in einem anderen Roman (»Cat's Cradle«, dt. »Katzenwiege« – dazu später mehr) den Weltuntergang in einer Zeit vor (!) dem Realjahr der Publikation angesiedelt.

Was sie bieten, ist eine klare, scharfsichtige Aufnahme der Probleme ihrer Zeit und des sich unmittelbar daraus ergebenden Konfliktpotenzials, das quasi in der perspektischen Verlängerung laborhaft sichtbar wird, der Zeitpfeil also als Vergrößerungsglas genutzt wird. Die schönste Fassung dessen, was ich hier in dürren Worten sagen will, liefert der immer noch arg unterschätzte Matt Ruff, der seiner satirischen Sozialutopie »G.A.S.« das Präskriptum voransetzt: »Die folgende Geschichte sollte nicht für einen ernsthaften Versuch gehalten werden, vorauszusagen, wie es im Jahr 2023 sein wird, wenn es so weit ist ... Dieses Buch beschäftigt sich lediglich mit 2023, wie es sich 1990 darstellt, in dem Zimmer mit Gartenblick meines Hauses in Boston, in dem ich diese ersten Worte niederschreibe.«

Freilich: So wenig wie sich aus der SF verlässliche Aussagen über die Zukunft ableiten lassen, so gering sind die Lehren, die die Gegenwart aus der SF zieht. Seien wir ehrlich – von rein ikonografischen Aspekten abgesehen ist der tatsächliche Wirkungsgrad gering.[2] Bleiben wir also im Folgenden auf dem Boden des Möglichen und fragen wir uns weiter: Welche Weltenenden, welche mehr oder weniger wohlig apokalyptischen Schauer bietet uns die SF?

Weltlich entweltlicht

Ganz nüchtern betrachtet ist der Weltuntergang eine recht einfache, weil äußerst extreme, Versuchsanordnung, um die Natur des Menschen herauszupräparieren. Es scheint zunächst um die alte Frage zu gehen: Ist der Mensch des Menschen Wolf oder doch nur ein Schaf?

Letzteres schimmert hinter der etwas an Ian McEwan erinnernden und fast surrealen Reduktion von Ray Bradburys Vignette »The Last Night of the World« (1951; dt. »Die letzte Nacht der Welt«) auf: Nach der Ansage des Endes, von dem alle Menschen aus unbekannter Quelle im Traum erfahren haben, zieht sich ein Elternpaar ohne Namen, ohne Vergangenheit oder Eigenschaften völlig ins Private zurück. Sie ergeben sich in ihr Schicksal, bringen die Töchter ins Bett und legen sich selbst schlafen. Nichts trübt die elegische Stimmung der Geschichte. Jedermann und seine Frau stehen für eine Menschheit, die sich gelassen in ihr Schicksal ergibt, die ihren Triumph im Bewusstsein der eigenen unaufgeregten Moderation findet – eine gänzlich unironische Feier der *stiff upper lip*:

> »Ich frage mich, was alle anderen jetzt tun werden, heute Abend, in den nächsten Stunden.«
> »Ins Theater gehen, Radio hören, fernsehen, Karten spielen, die Kinder ins Bett bringen, selbst ins Bett gehen ... wie immer.«
> »Irgendwie ist das etwas, worauf wir stolz sein können – wie immer.«

Auf der anderen Seite finden sich Tableaus kreatürlicher Verzweiflung, Szenen einer verzweifelten Menschheit, die sich in einem letzten maßlosen Tanz auf dem Vulkan aufbäumt. Der Hauptcharakter von Richard Mathesons »The Last Day« (1953; dt. »Der letzte Tag«) verbringt etwa seine letzten Tage in dem verzweifelten Versuch, sich selbst »in wollüstig trunkener Seligkeit« zu verlieren. Doch als er erkennt, dass er vielmehr zu sich selbst finden sollte, sucht er seine Familie auf; wird Zeuge, wie seine Schwester erst ihre kleine Tochter und dann sich und ihren Mann mit Schlaftabletten vergiftet, um dem Tod durch den Sturz der Erde in die Sonne zuvor zu kommen. Schließlich findet er Ruhe bei seiner Mutter, deren Religiosität er aus dem Weg gehen wollte, und die ihm, der selbst nicht glaubt, nun Gelassenheit vermitteln kann:

> »Hübsch ist der Himmel«, sagte sie.
> »*Hübsch?*«
> »Ja«, sagte sie. »Gott schließt den Vorhang zu unserem Drama.«
> [...]

Da saßen sie, am Abend des letzten Tages. Und obwohl es eigentlich völlig egal geworden war: Sie liebten sich.

Doch trotz aller Mühen, zu einer bradburyesken Pastorale zurückzufinden, wird selbst das zaghaft aufkeimende Pflänzchen Hoffnung im letzten Satz des Erzählers negiert: Alles eigentlich völlig egal geworden. Ende.

Das Ende ist sinnlos, kalt und gemein. Dass wir uns dieser Sinnlosigkeit, die ja nichts anderes als die globale Verlängerung des Bewusstseins unserer eigenen Endlichkeit darstellt, entgegenstemmen, macht uns erst zu Menschen. Und zu religiösen noch dazu, denn Religion bedeutet ja genau das Undenkbare denk-bar zu machen. Das wiederum ist eines unserer Grundbedürfnisse, das bei näherer Betrachtung ja auch die Schnittmenge von SF und Religion darstellt. Folglich ist die Zahl der Texte, die sich in diesem Bedingungsfeld bewegen, Legion; der Platz reicht gerade für ein paar Schlaglichter.

Ein Hauch von *religiositas*

Eines der bizarrsten Weltdeutungsmuster inklusive folgender Apokalypse findet sich wohl (wo auch sonst) bei Kurt Vonnegut, im erwähnten »Cat's Cradle«.

Schauplatz ist die fiktive insulare Bananenrepublik San Lorenzo, auf der vor Jahrzehnten ein Paar von Überlebenskünstlern gestrandet ist und sogleich beginnt, in erstaunlicher Arbeitsteilung eine Art Utopia zu errichten: McCabe brachte Wirtschaft und Recht auf Vordermann. Johnson, im Inseldialekt »Bokonon« genannt, entwarf eine neue Religion. Aufbauend auf der Grundannahme, dass »alle Religionen, inklusive Bokononismus, nichts als Lügen sind«, betrachtet er sich quasi als Opium-fürs-Volk-Dealer, der seine pantheistisch-humanistischen Stanzen in Calypso-Form verkündet. Doch selbst diese wohlwollende, tröstlich-spielerische Religion steht am Ende fassungslos vor der Idiotie der Menschheit, die sich selbst zugrunde gerichtet hat: Primitive Eifersüchteleien haben dazu geführt, dass »Eis Neun« freigesetzt wurde, eine Substanz, die alles Wasser (inklusive dem Blut in den Adern) bei Raumtemperatur gefrieren lässt. Und so lauten Bokonons letzte Worte an Mensch und Gott:

> Wäre ich jünger ... ich würde auf den Gipfel des Mount McCabe klettern und ... mich selbst zu Tode frieren lassen; und ich würde aus mir selbst eine Statue machen, auf dem Rücken liegend, grauenerregend grinsend, Du-weißt-schon-wem eine lange Nase drehend.

Einmal ganz abgesehen davon, dass unserer Erde derzeit eher der Wärmetod droht, ist Vonneguts Vision klar als Satire gezeichnet, und sei es nur, weil er den Zeitpunkt der Apokalypse vor dem Erscheinungsjahr ansetzt – Vonneguts Fokus liegt hier auf der Beobachtung menschlicher Interaktionen und nicht auf einer wie auch immer realistischen Darstellungsweise des Untergangs.

Ebensowenig tut das Martin Gardner, ein Mathematiker und Autor, der sich ansonsten vor allem als Lewis-Carroll-Experte einen Namen gemacht hat, in zwei seiner Kurzgeschichten. Nur ist die Norm seiner Satire weniger der Mensch als das Menschen Wolf, vielmehr überträgt er derartige Verhaltensweisen ins Kosmische, vergrößert sie gleichsam. In »Oom« (1951) betrachtet etwa das gleichnamige gottgleiche Überwesen traurig die Erde, auf der die Menschheit gerade mit der thermonuklearen Selbstauslöschung beschäftigt ist, mit den Augen und vollendet, quasi als Gnadenakt, deren Werk: Eine kleine Bewegung seiner Zehe und der Planet ist vernichtet. Weil aber alles andere im Kosmos nicht minder unvollkommen ist, setzt er sein Werk fort, bis er schließlich den Zustand ultimativen Friedens herstellt ... indem er sich selbst dematerialisiert.

Maßlos übertrieben, freilich. Aber eben erst in der Übertreibung wird das Thema deutlich, die Unfähigkeit allen Seins zur Perfektion und die Unmöglichkeit, dies zu ändern. Dass hier schon früh atomare Ängste in den Mittelpunkt rücken, ist bemerkenswert; ebenso, dass das Ende der Erde so lapidar und unvermittelt nur der Auftakt eines universalen Zerstörungsaktes ist – Sigmund Freuds berühmter Sentenz folgend wäre dies noch im Untergang dann die vierte Kränkung der Menschheit.

In einer anderen seiner fast schon grotesken Miniaturen, »Thang« (1938), geht es maßstabsmäßig ähnlich zu: das eponyme Riesenwesen will gerade die Erde als leichten Snack verspeisen (»Es trocknete die Kugel, indem es sie an seiner Brust abrieb«), bevor es selbst einem noch größeren Überwesen zur Mahlzeit wird. In den Worten der besten, weil wahrsten, Dialogzeile aus *Star Wars – Epi-*

sode I: »There's always a bigger fish.« Hier verblassen endgültig Angst und Schrecken der globalen Katastrophe, aus der Perspektive der Handelnden ist die Erde nur ein Staubkorn. Über das Individuum kann keine Aussage mehr getroffen werden, wenn selbst der kollektive Todesschrei nicht wahrgenommen wird.

Neben diese eher spielerischen Umgangsweisen mit Spuren des Göttlichen im Kontext der Apokalypse möchte ich noch Damon Knights klassische Kurzgeschichte »Shall the Dust Praise Thee?« (1976) stellen. Hier kommt Gott ganz klassisch beziehungsweise in den johanneischen Bildern vom Himmel, um die biblische Endzeit einzuläuten. Nur ist keiner mehr da: Die Menschheit hat sich bereits selbst ausgelöscht; keine Menschenseele ist mehr zur Erlösung bereit. Gott hat nicht aufgepasst; er kann nur noch hilflos die letzte Botschaft seiner Schöpfung an ihn selbst lesen: »Wir waren da. Wo warst du?«

Bilderspeicher Bibel

Damit reiht sich Damon Knight in die Unzahl von SF-Autoren ein, die ihre Themen im Aufgreifen biblischer Bildwelten behandeln. Auffallend ist dabei im Hinblick auf unser Thema, dass ausgerechnet apokalyptische Motive in der SF gar nicht so häufig ausgewertet werden. In Fantasy und Horror sieht das natürlich anders aus, von so kruden Travestien wie den Romanen von Robert Rankin bis zu der in den USA höchst beliebten »Left-Behind«-Serie.

So finden sich, wie erwähnt, ikonografische Spuren der biblischen Apokalypsen vor allem in einem Medium, dessen Trennschärfe zur Fantasy schon immer recht schwach ausgeprägt war: dem SF-Film.

Der Apokalyptiker Johannes schreibt (Kapitel 21, Vers 1 in der an Sprachgewalt bis heute unübertroffenen Luther-Übersetzung): »Und ich sah einen neuen Himmel und eine neue Erde; denn der erste Himmel und die erste Erde sind vergangen und das Meer ist nicht mehr.« Die Dialektik von Altem und Neuem findet ihre Verbindung in einem notwendigen Zerstörungsakt, der bei Johannes interessanterweise nur im Nebensatz erwähnt wird, aber mittlerweile Generationen von Filmemachern ikonografischen Anschluss an ihre pyromanischen Exzesse bietet.

Die Apokalypse des Johannes (Albrecht Dürer, 1498)

Hier reicht der Maßstab von eindrücklich zerberstenden amerikanischen *Landmarks* wie dem Empire State Building oder dem Weißen Haus in *Independence Day* (1996) bis hin zur tatsächlichen Annihilation einer ganzen Welt wie etwa in dem Paukenschlag zu Beginn von *Star Trek VI* (1991). Dass diese Zerstörung eigentlich den Keim des Neuanfangs in sich tragen muss, wird in den Beispielen eher implizit deutlich: In *Independence Day* folgt auf die Zerstörung eine heile »Neue Welt«, die Quasi-Vereinigten-Staaten der Erde, in denen sich alle lieb haben; in *Star Trek VI* ist die planetare Explosion ebenfalls erster Schritt auf dem Weg in eine neue Zukunft quasikosmischen Weltfriedens.[3]

Die Science Fiction und der Weltuntergang 431

Dennoch wird klar: Um sich tatsächlich im Rahmen der biblischen Bildwelten bewegen zu können, muss also eine positive Weiterentwicklung in der Katastrophe angelegt sein. So wie die Religion an und für sich ihre Existenz der Weigerung des Menschen

Das Jüngste Gericht (Hieronymus Bosch, 1522)

verdankt, sich auf seine biologischen Funktionen reduzieren zu lassen, lediglich die Summe seiner Teile zu sein, und so der eigenen, zwangsläufig unperfekten Existenz den Glanz von etwas Höherem zu verleihen, so muss auch eine an die entsprechenden Bildwelten angelegte Apokalypse einen Hoffnungsstrahl zulassen.

Wie sehr diese beiden Bildhälften von Alt und Neu miteinander verzahnt sind, wird im bitter ironisch sogenannten »Genesis-Torpedo« aus *Star Trek II* deutlich: Es ist gleichzeitig Zerstörer und Schöpfer, lässt eine (bessere?) Welt auf den zuvor selbstgeschaffenen Ruinen des Alten entstehen: Für die einen ist es Schöpfung, für die anderen die längste Katastrophe der Welt.

Nun ist dem Film, und dem SF-Film oft und leider in besonderem Maße, eine gewisse Verkürzung und Vereinfachung der entsprechenden literarischen Genres zu eigen: Die Eindeutigkeit des Bildes erfordert hohe Kunstfertigkeit, wenn es gilt, Komplexes und Mehrdeutiges zu verarbeiten – Dinge, die also durch die Abbildung zerstört würden.

Deshalb geht auch der Umgang mit dem Weltuntergang, die Verarbeitung von Bildmustern aus unserem kollektiven Unbewussten, wie es sich in unseren Mythen reflektiert, selten über das soeben angerissene Niveau hinaus.

Finden wir also wieder den Weg aus dem Kinosessel in die Bibliothek, um ein paar Werke aufzuschlagen, die sich der biblischen Vorstellungen, die aus der menschlichen Urangst des fallenden Himmels erwachsen sind, als Vorlagentext bedienen: Nicht, um sie nacherzählend zu affirmieren, sondern um sie ordentlich in die Mangel zu nehmen – mit höchst angenehmen Nebeneffekten für die Leser ...

Kratzbaum Bibel

Erwähnt wurde bereits Knights »Shall the Dust Praise Thee«. Dessen Moral wurde von Daniel Lunk, einem theologischen Exegeten der Geschichte, mit den Worten »Stell dir vor, es ist Weltuntergang und keiner geht hin« charakterisiert: Gott kommt in seiner Herrlichkeit aus den Himmeln und keiner kann mehr zuschauen. Das reicht für eine gute Pointe eigentlich auch.

Differenzierter, und letztlich noch wesentlich böser, geht Robert Heinlein vor, wenn er in seinem wohl lesbarsten Spätwerk, dem ausgezeichneten »JOB: A Comedy of Justice« (1984; dt. als »Das neue Buch Hiob«) einen Jedermann durch die Mühlen der Apokalypse gehen lässt.

Dabei sind die Probleme dieses Alex Hergensheimer recht konkret: Nachdem er, als Figur auf dem Brett eines göttlichen Spielchens (einmal als »destruction test« bezeichnet), mit seiner Freundin durch diverse Parallelwelten gescheucht worden ist, bricht auch noch mit Pauken und Trompeten das Ende der Welt an: Er findet sich allein im himmlischen Jerusalem wieder, langweilt sich in dieser aseptischen Perfektwelt zu Tode und macht sich zu einer neuen Odyssee durch Himmel und Hölle auf, um besagte Lebensgefährtin zu finden.

Für ihn stellt also bizarrerweise die Zerstörung allen irdischen Lebens zugunsten einer Überführung in eine andere Seinsform nur eine Fußnote in seiner suprakosmischen Queste statt, sie wird im Roman auch eher beiläufig abgehandelt: »Der Boden unter meinen Füßen war nicht mehr in Sicht – nur eine wallende Wolke, die von innen heraus glühte, bernstein- und safranfarben, zartblau und goldgrün.« Kein Wunder, die neue Welt stellt ihn ja auch wieder nur vor dieselben ›Lebens‹-Probleme; krankt an den alten Gebrechen im neuen Gewand: Heuchlerei schlägt sich in Rassenkonflikten nieder (in den öffentlichen Bussen im Himmel herrscht eine Dreiklassengesellschaft: Engel vorne, Normalos hinten und Heilige in der Mitte), vor der göttlichen Bürokratie verblasst jedes deutsche Einwohnermeldeamt, und die Umwelt ist in ihrer kalten Perfektion eben genau kein Paradies: »Ich begann, mich nach einem Gebrauchtwagenhändler, einer Müllkippe oder (am besten) einfach einem Blick auf grünes, offenes Land zu sehen.«

Heinlein stellt dem dies alles steuernden Gott konsequenterweise einen mitfühlenden Satan gegenüber; die Apokalypse ist hier weniger notwendiges Übel auf dem Weg in eine bessere Zukunft, noch nicht einmal ultimative Katastrophe, sondern nicht mehr oder weniger als ein etwas extremer Spielzug im Ringen zweier in unterschiedlichem Ausmaß unsympathischer Überwesen.

Demgegenüber widmet sich der immer noch gerne unterschätzte James Blish in seinem eigentlich unkategorisierbaren Doppelroman »Black Easter«/»The Day After Judgment« (1969/71; dt. »Der Hexenmeister« bzw. »Der Tag nach dem Jüngsten Gericht«) sehr detailliert den sich für Mensch wie verantwortungsbewusste Gottheit aus der angebrochenen Apokalypse ergebenden Problemen. Die Grundprämisse ist einfach: Magie ist eine Form der Naturwissenschaft, und ein Magier führt aus Gründen, die hier zu weit führen würden, den Anbruch der Dämonenherrschaft auf Erden herbei, die die Wiederkehr Gottes einläuten müsste. Aber er kommt nicht! Also ein schwarzes Ostern im Doppelsinne, an dessen Ende sich der Fürst der Finsternis in seine Rolle als neuer Gott fügt, weil irgendeiner den Job ja schließlich tun muss. Keine sehr schöne Vorstellung, aber eine reizvolle Variation über das Thema: Ob Gott abwesend, tot oder sonst irgendetwas ist, weiß nicht einmal sein angeblicher Gegenspieler – also bleibt er selbst, quasi als zweite Wahl, übrig.

Fazit

Zunächst legt der soeben absolvierte und recht wilde Ritt, auf dem der Wanderer hoffentlich noch nicht alle Hoffnung fahren gelassen hat, den Eindruck nahe, dass es sich bei den Apokalypsen in der SF um einen Themenkomplex handelt, der alle Subgenres durchdringt, sich wie ein nicht abreißen wollender roter Faden durch alle wechselnden Moden hindurch zieht. Der Autoren Lust am Untergang ist hier sicherlich die Kehrseite der jeweilig intendierten Mahnung zur Umkehr.

Von Wells' wohligem Schauer, vor dem Kaminfeuer der Arbeiterklasse gedenkend, über Heinleins kosmischem Schachspiel bis zu Blish' eisig kalter Machtpolitik, die Menschliches und (mangels eines besseren Begriffs) Göttliches gleichermaßen dämonisch erscheinen lassen: Nichts kickt mehr als der Weltuntergang. Dass diese Vorstellung aber immer noch nichts von ihrem finalen Schrecken verloren hat, dass der in Spezialeffekten platonisch widerscheinende Weltenbrand in Zuschauer und Leser immer noch etwas auslösen kann, liegt an einem Doppelschritt, der hoffentlich auf diesen Seiten deutlich geworden ist:

Erstens sind die Bilder, in die diese Weltentwürfe gekleidet sind, unauslöschlich unserer westlichen Kultur eingebrannt. Allein die Oben-Unten-Dialektik des (Un-)Heils vom Himmel ist von der Bibel direkt in unsere Lieblinglektüre gesickert – wir belächeln von Däniken, wenn er in der Bibel Aliens finden will (die meisten tun es jedenfalls, hoffe ich). Dass er aber zumindest eine fiktionale Traditionsader freigelegt hat, wird spätestens im Blick auf mittelalterliche Illuminationen deutlich, in denen die frisch Auferstandenen mit ausgestreckten Armen und grünem Teint aus ihren Särgen klettern.

Zweitens haben sich diese Bilder deshalb so gehalten, weil sie an den Grundfesten unseres Menschseins angedockt sind. Wir sind uns unserer eigenen Sterblichkeit bewusst, wissen um das Ende, um die Unausweichlichkeit eines materiellen Endes. Und die Vorstellungswelten, in denen unsere Vorfahren diese Erfahrung über Geschichten und Geschichtsvorstellungen verarbeitet haben, ergeben sich organisch daraus.

Und so möchte ich, bei allem artistischen Unbehagen gegenüber den Herren Price, Heston und Smith, zum Schluss eine Lanze für den spielerischen Umgang mit dem Subjekt brechen: Wenn wir das Gefühl haben, uns falle der Himmel auf den Kopf, hilft nur ein befreiender Ausbruch. Und auch den wiederum liefert uns die SF, als Hüterin eines Erfahrungsschatzes, die die realistische Literatur gerade wegen ihres Anspruchs nicht mehr sein kann und gleichzeitig als Selbstinfragestellerin. Damit kann sie aber auch per definitionem nicht das Ende sein ... Geben wir das Schlusswort an William Shakespeare, der in seinem 23. Sonett schreibt:

> So long as men can breathe, or eyes can see,
> So long lives this, and this gives life to thee.

Toll, oder?

Postskript: Ein Seitengedanke

Wenn wir schon bei den biblischen Bildern sind: Die Apokalypse stellt ja nun die letzte, aber nicht gerade die erste kosmische Katastrophe dar. Die Erfahrung von Vernichtung und Errettung reflektiert sich ja eigentlich fast noch eindrücklicher in der Sintflut-Erzählung: Ein zorniger Gott revidiert seine Schöpfung recht radikal, verspricht aber im Anschluss an das Angebot eines völligen Neuanfangs, es nie wieder zu tun. Dass damit nur eine recht überschaubare Anzahl von Lebewesen von der Erde 2.0 profitiert, macht einen Teil des eigentümlichen Charmes der Narrative aus.

Zwei phantastische Texte reiben sich daran auch in höchst unterschiedlicher Form. Einmal der quasifeministische Roman »Not Wanted on the Voyage« (1984; dt. als »Die letzte Flut«) von Timothy Findley; hier ist nicht nur Gott der rachsüchtige Egomane vieler Religionskritiker, sondern – nach seinem potentiellen Tod, so genau erfährt man es nicht – Noah sein Erfüllungsgehilfe, der im Namen des patriarchalen Systems fast unvorstellbare Grausamkeiten an Bord der Arche begeht (so entjungfert er etwa eine seiner Schwiegertöchter mithilfe eines Einhorns). Rettung kommt nur – man ahnt es schon – vom Teufel, der in ultimativem Protest gegenüber dem System Gottes zur Frau geworden ist: Luzifer wird Lucy und als solche die Hoffnungsträgerin der Menschheit ...

Dagegen ganz brav »When Worlds Collide« (1933; dt. »Wenn Welten zusammenstoßen«) von Edwin Balmer und Philip Wylie: Ein Planet wird die Erde aus der Bahn werfen, und deshalb baut ein Wissenschaftler ein Super-Archen-Raumschiff, um mit der menschlichen, tierischen etc. Elite auf besagtem jungfräulichem (paradiesischem!) Planeten von vorne zu beginnen. Es passt zur oben aufgestellten These vom Hang des SF-Films zu simplen Themenbearbeitungen, dass derzeit eine Verfilmung geplant ist.

LITERATUR

Balmer, Edwin und Philip Wylie: *When Worlds Collide*. New York: Stokes, 1933.
Blish, James: *The Devil's Day: Black Easter and The Day After Judgment in One Volume*. New York: Baen, o.J.
Bradbury, Ray: »The Last Night on Earth«. In: *The Illustrated Man*. New York: Bantam, 1967. S. 90–94.
Findley, Timothy: *Not Wanted on the Voyage*. Toronto: Penguin, 1985.
Gardner, Martin: »Oom«. *100 Great Science Fiction Short Short Stories*. Ed. Isaac Asimov et al. New York: Avon, 1978. S. 169/70.
Gardner, Martin: »Thang«. In: *100 Great Science Fiction Short Short Stories*. Ed. Isaac Asimov et al. New York: Avon, 1978. S. 222/23.
Heinlein, Robert A.: *Job: A Comedy of Justice*. New York: Ballantine, 1985.
Knight, Damon: »Shall the Dust Praise Thee?«. *Dangerous Visions*. Ed. Harlan Ellison. New York: ibooks, 2002. S. 340–43.
Matheson, Richard: »The Last Day«. *Decade: The 1950s*. Ed. Brian W. Aldiss and Harry Harrison. London: Pan, 1977. S. 113–29.
Pratchett, Terry: »The Definitive Interview II: The Author Strikes Back«. In: The Discworld Companion. London: Millenium, 1997. S. 463–477.
Ruff, Matt. *Sewer, Gas & Electric*. New York: Warner Aspect, 1998.
Vonnegut, Kurt: *Cat's Cradle*. New York: Dell, 1988.
Vonnegut, Kurt: *Galápagos*. New York: Delta, 1999.

ANMERKUNGEN

[1] Und können es auch erst ab Darwin kommen. In diesem Zusammenhang sei auf die reizvolle Kurzgeschichte »L'Éternel Adam« (dt. »Der ewige Adam«) von Michel Verne verwiesen, die 1910 erstmals unter dem Namen seines ungleich berühmteren Vaters Jules erschienen ist. Hier wird ein zyklisches Weltbild propagiert: Alle Äonen lang geht die Welt unter und aus einer Handvoll Überlebender restituiert sich die Menschheit.

[2] Für weiterführende Lektüre kann hier getrost auf Thomas M. Dischs grandiose Sammlung »The Dreams our Stuff is Made of« verwiesen werden, deren ein-

zelne Abschnitte seit Jahren auf den Seiten dieses Jahrbuches nachgedruckt werden.

[3] Auf diesen Ausblick bezieht sich auch der Untertitel »The Undiscovered Country« bzw. »Das unentdeckte Land«. Interessanterweise bezieht sich dieses Shakespeare-Zitat im Originalzusammenhang (Hamlet, 3. Akt, 1. Szene) auf den Tod: Da sage noch einer, SF sei A-, Non-, Paraliteratur oder welche intellektuellen Totschlagetiketten noch kursieren. Auch ihre Schöpfer sind in den seltensten Fällen haarige Affen mit einer Metzgerseele ...

Copyright © 2008 by Johannes Rüster

Deep Impact?

Zum literarischen Nachbeben des Tunguska-Ereignisses im Jahre 1908

von Bartholomäus Figatowski

Die Ursache der gewaltigen Explosion, die sich vor hundert Jahren in der mittelsibirischen Tunguska ereignete und deren Sprengkraft ein Vielfaches der Hiroshima-Bombe »Little Boy« betrug, ist bis heute ungeklärt geblieben. Von Hunderten Zeugen wurde ein leuchtendes Objekt am Morgenhimmel des 30. Juni 1908 gesichtet, die Detonationen waren bis ins entfernte Moskau hörbar und

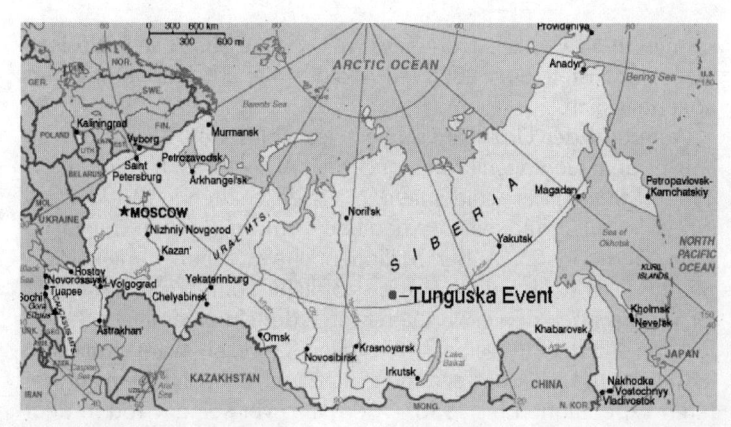

Die Tunguska in Zentralsibirien

»Wie Mikados lagen die Baumstämme nach einem seltsamen, spiralförmigen Muster angeordnet auf dem Erdboden.« Christoph Brenneisen

seismische Wellen des Erdbebens weltweit messbar. Die Explosionswelle verwüstete über 2000 km² Waldfläche, 200 km² verbrannten augenblicklich.[1]

Aufgrund der Unzugänglichkeit des sibirischen Berglandes gelang es dem Geologen Professor Leonid Alexejewitsch Kulik (1883–1942), Mitglied der Akademie der Wissenschaften in Moskau, erst im Jahre 1927, mit seiner Expedition zum Epizentrum der Explosion vorzudringen. Außer Millionen entwurzelter, umgeknickter Bäume fand Kulik jedoch weder stoffliche Spuren meteoritischen Ursprungs noch den erwarteten Krater, der ein eindeutiger Beweis für den Niedergang eines Meteoriten gewesen wäre. Kulik ließ jedoch nicht locker und sammelte eine Vielzahl von Daten auf weiteren Expeditionen bis 1938 – vier Jahre vor seinem Tod in deutscher Kriegsgefangenschaft.

100 Jahre Rätselraten

An Tunguska-Hypothesen mangelte es schon zu Kuliks Lebzeiten nicht, und die Mythenmaschine wurde zusätzlich durch die unbewiesen gebliebene Behauptung angeheizt, die Explosion wäre von nuklearen Reaktionen und entsprechenden Mutationen der Flora und Fauna begleitet gewesen. Bis heute werden Tunguska-Expeditionen unternommen, und Forscher stellen regelmäßig neue Theorien auf, die begierig von den Medien aufgenommen und weiterverbreitet werden. Das Spektrum der Vermutungen reicht »von einem in der Erdatmosphäre verdampfenden Kometen – gar einem, der mit schwerem Wasser angereichert war und als natürliche Wasserstoffbombe detonierte – über Antimaterie, kleine Schwarze Löcher bis hin zu einem havarierten außerirdischen Raumschiff«.[2] Letztere Hypothese wurde vor allem durch den Ingenieur, Kriegsforscher und SF-Schriftsteller Alexander Kasanzew (1906–2002) propagiert. Die auf Kuliks Luftbildaufnahmen festgehaltenen Tunguska-Phänomene wie die parallele Ausrichtung umgeknickter Baumstämme oder stehen gelassene entastete Bäume erinnerten ihn an den amerikanischen Kernwaffeneinsatz in Hiroshima, das er nach dem Krieg besucht hatte. Er erklärte dies mit der Havarie eines reaktorgetriebenen Raumschiffs über der Tunguska, das in einer Höhe von einigen Kilometern in der Luft explodiert sein musste.

Nahezu unvermeidlich ist auch eine muntere Diskussion über die Auswirkungen des Tunguska-Ereignisses; die Behauptung, die Explosion wäre für die Klimaerwärmung verantwortlich zu machen, gehört dabei noch zu den harmloseren Ideen.[3] Folgerichtig ist der Geograph Christoph Brenneisen der Ansicht, dass ein Ende der Beschäftigung mit dem Tunguska-Ereignis noch lange nicht abzusehen ist: »Es mutet wie eine Provokation an, dass es bis heute, fast hundert Jahre nach dem Ereignis, noch immer nicht gelungen ist, auch nur ein Gramm jener vermuteten Materie des Tunguska-Objektes zu sichern. Bei der Katastrophe handelt es sich aber um ein überaus kompliziertes Ereignis, und offensichtlich finden Anhänger aller Hypothesen immer wieder Indizien, um ihren jeweiligen Forschungsansatz zu untermauern. Bei unvoreingenommener Gesinnung muss man einsehen, dass jede Hypothese doch auch ihre

Schwachstellen hat und eine Art Modetrend für die jeweilige Popularität verantwortlich ist.«[4]

Es liegt auf der Hand, dass Ereignisse solcher Größenordnungen auch die Vorstellungskraft der Menschen beflügeln. Und so inspirierte der Einschlag nicht nur Forscher und Esoteriker, sondern auch Künstler, Filmemacher und Literaten. Gerade die literarische Science Fiction bildete mit ihrem Faible für apokalyptische Szenarien einen guten Nährboden für Fantasien über das Tunguska-Ereignis. In welchen Verwendungszusammenhängen dieses Ereignis zur Darstellung gebracht wird, soll hier exemplarisch an Texten von Stanisław Lem, Donald R. Bensen, Ian Watson, Wolfgang Hohlbein und Vladimir Sorokin gezeigt werden. Bei der literarischen Spurensuche war weniger die Vollzähligkeit der Belege als die binnenfiktionale Mythologisierung von Interesse, die in der Regel eine endgültige und rationale Aufklärung des Phänomens zu sein vorgibt. In einem Exkurs soll schließlich das Computerspiel »Geheimakte Tunguska« vorgestellt werden, das das Tunguska-Ereignis in einen interaktiven Kontext stellt.

Von der Tunguska zur Venus

> »Sie wollten das Leben vernichten
> und das Leblose erhalten.«[5]

In seinem Roman »Der Planet des Todes« (1951, dt. auch »Die Astronauten«)[6] entfaltet Stanisław Lem (1921–2006) die Idee eines sensationellen Fundes, der bei Bauarbeiten in der Tunguska im Jahre 2003 gemacht wird: »Anfänglich glaubte man, einen Meteor vor sich zu haben. Dieser entpuppte sich jedoch als ein Basaltblock irdischen Ursprungs, in dem eine an beiden Enden zugespitzte Walze eingeschmolzen war. Sie erinnerte in Größe und Gestalt an eine Granate und setzte sich aus zwei unlösbar ineinander verschraubten Teilen zusammen. Man musste den Mantel durchschneiden, um an das Innere heranzukommen. Erst nach langen Bemühungen – sogar das Institut für Angewandte Physik wurde zu Rate gezogen – gelang es den Wissenschaftlern, das Geheimnis dieser Metallhülle zu lüften. Es befand sich darin eine Spule aus porzellanähnlichem

Schmelzgut, um die ein fast fünf Kilometer langer Draht aus einer stahlähnlichen Legierung gewickelt war. Nichts weiter.«[7]

Wie sich bald herausstellt, ist die metallene Spule nicht etwa wild entsorgter Elektronikschrott aus der Vergangenheit, sondern die Black Box eines außerirdischen Raumschiffs von der Venus. Die Freude über die Auflösung des Tunguska-Rätsels währt freilich nur so lange, bis der eilig einberufenen Übersetzungskommission die Entschlüsselung des logbuchartigen »Rapports« gelingt, dessen Sprache »weniger an gesprochene Laute als vielmehr an eine ungewöhnliche Musik erinnerte«.[8] Die dekodierte Botschaft lässt schlimmste Befürchtungen wahr werden: Es ist die Rede von der Vernichtung der Menschheit durch »Bestrahlung des Planeten« und einer darauf folgenden Invasion (die »Große Bewegung«).[9]

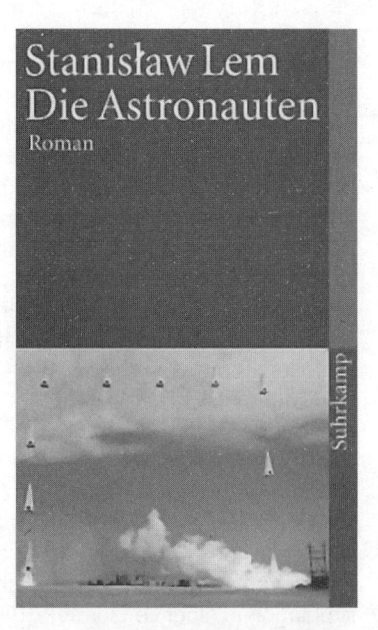

George Bush hätte sicher anders gehandelt, die vereinte und waffentechnisch omnipotent gewordene Menschheit verzichtet jedoch auf einen *preemptive strike*: »Sollen wir die Drohung, die von einem anderen Planeten ausging, mit einem Schlag, der die Angreifer vernichtet, beantworten? Wir könnten das umso leichter und unbehinderter, als wir es mit Wesen zu tun haben, die gänzlich verschieden von uns sind, denen wir weder menschliche Gefühle und Empfindungen noch geistige Fähigkeiten in unserem Sinne zusprechen können. Und dennoch haben wir ... den Frieden gewählt. In dieser Entscheidung erblicke ich das feste Band, das den Menschen mit dem Weltall verbindet. Die Epoche, in der wir die Erde für ein vor allen anderen auserwähltes Gestirn betrachteten, ist vorüber.«[10]

Im *Kosmokrator* schickt die Menschheit also ihre klügsten Gehirne, darunter den berühmten indischen Mathematiker Professor

Chandrasekar, zur Venus. Dort bleibt jedoch der erwartete *first contact* – nicht untypisch für Lems gesamtes erzählerisches Schaffen – erstmal aus. Ein anscheinend ausgestorbener Planet, wären nicht die bald von den Astronauten vorgefundenen Artefakte und beobachteten Naturphänomene. Die geographischen Absonderlichkeiten der Venuslandschaft und die beharrlichen Experimente zu ihrer Untersuchung werden dabei in einer solchen Ausführlichkeit geschildert, dass sich fast meditative Effekte beim Lesen einstellen. Nicht unsympathisch ist da das Kopfschütteln des Piloten Robert Smith über seine Wissenschaftlerkollegen: »Ich begreife schon gar nichts mehr. Meine Gefährten werden für mich geheimnisvoller als die Venusbewohner!«[11]

Während sich Lems Protagonisten in seinen späteren Romanen mit der Erforschung fremder Planeten sehr schwer tun – man denke etwa an Kris Kelvin, der an dem Mysterium von »Solaris« zerbricht –, können Chandrasekar & Co. fast alle Geheimnisse der Venus lüften. Sie entdecken nicht nur eine Anlage, die durch die künstliche Aufhebung der Gravitation das »interplanetare« Abfeuern von Geschossen ermöglicht, sondern auch eine Computersimulation in einer Leitzentrale, die die bösen Absichten der Venusbewohner bestätigt: »Auf einmal zuckte ein blendendheller Strahl von der Venus empor, erreichte die Erde und überflutete mit grausigem Flammenschein das Wolkenmeer.«[12]

Nun ist es nur noch ein kleiner Schritt für Lems Professoren-Astronauten zur Rekonstruktion des unglückseligen Endes der Venusbewohner: Bevor sie ihre Angriffspläne in die Tat umsetzen konnten, kam es unter den Möchtegern-Invasoren zu einem für alle tödlichen Zerwürfnis »um das Recht der Ansiedlung auf der Erde«.[13] Und auch der Tunguska-Körper war kein Kontakt-Raumschiff, sondern ein unbemannter Aufklärer zum Aufspüren von irdischen »Einrichtungen, die imstande gewesen wären, die vernichtenden Ladungen abzufangen und auf die Venus zurückzuschleudern«.[14]

Auf dem Rückflug zur Erde zieht Professor Chandrasekar ein Reisefazit und vergleicht die traurige Geschichte der Venus mit ähnlichen Vorkommnissen auf der Erde, als man die Phase der kapitalistischen Ausbeutung noch nicht überwunden hatte: »Professor Arsenjew ist der Meinung, dass Maschinen die Bewohner der

Venus in den Abgrund trieben. Das steht noch nicht fest; aber nehmen wir an, dass es tatsächlich so gewesen ist. Ja, wurden denn nicht auch die Menschen durch eine Maschinerie in das Verderben gestürzt, durch die toll gewordene, rasende, chaotische Maschinerie der kapitalistischen Gesellschaftsordnung? Wissen wir, wie viele Beethovens, Mozarts, Newtons unter ihren blinden Schlägen umkamen, ehe sie zum Schaffen unsterblicher Werke und Werte heranreifen konnten? Gab es ... bei uns keine Händler des Todes, die beiden kämpfenden Parteien dienten und ihnen Waffen verkauften?«[15]

Sowohl der Absturz des Tunguska-Raumschiffs als auch die Selbstvernichtung der Venus-Bewohner in der eigenen Rüstungsspirale dienen Chandrasekar als Exempel für seine wie ein Naturgesetz formulierte These über das zwangsläufige Schicksal jedes Imperialisten: »Wesen aber, die sich die Vernichtung anderer zum Ziel setzen, tragen den Keim des eigenen Verderbens in sich – und wenn sie noch so mächtig sind.«[16]

Wie weit lässt sich nun der heutige Geltungsanspruch von Lems Roman umschreiben? Hilfreich sind hier eigene Aussagen des Autors: Aktualität bescheinigt Lem auch fünfundzwanzig Jahre nach dem Erscheinen des Romans dem »Problem der atomaren Bedrohung, denn die Geschichte der Vernichtung des Lebens auf dem Planeten Venus stellt ja nur eine Allegorie der irdischen Probleme dar«.[17] Gleichzeitig gesteht er aber wissenschaftliche, technische und literarische Mängel ein – Letztere sind seiner Ansicht nach »nie durch irgendetwas gerechtfertigt und werden sich immer als ungenügende Arbeit erweisen«.[18] Durchaus vergleichbar ist Lems »Astronauten«-Roman mit seinen anderen frühen Werken wie dem Roman »Gast im Weltraum« (1955) und dem Kurzgeschichtenband »Sezam i inne Opowiadania« (1954), die zwar zur schnellen Etablierung des Autors in Polen führten, aber noch sehr von seiner Parteinahme für den Staatssozialismus polnischer Machart zeugen.

In seinem autobiografischen Essay »Mein Leben« (1983) äußert Lem sein Befremden gegenüber der Idee einer funktionierenden utopischen Erdengesellschaft und der Feier des Kommunismus als ultimativem Friedensbringer: »Meinen ersten SF-Romanen spreche ich heute jeden Wert ab ... Ich habe diese ersten Romane wie zum Beispiel ›Die Astronauten‹ aus Beweggründen geschrieben, die ich auch heute gut begreife, obzwar sie allen meinen damaligen Lebenserfahrungen zuwiderliefen – in ihrem Handlungsverlauf und in der in ihnen geschilderten Welt. Die ›böse‹ Welt sollte sich in eine ›gute‹ verwandeln.«[19]

Friendly Fire oder vom Nutzen des Krieges

> »›Und Metahistorie ist vermutlich Metaquatsch‹, sagte der Mann.«[20]

Dass sich das Tunguska-Ereignis als Aufhänger für einen im höchsten Maße satirischen und witzigen Plot eignet, beweist Donald R. Bensen (1927–1997) mit seinem SF-Roman »Zwischenhalt« (1978), der ein Jahr später für den John W. Campbell Award nominiert wurde. Im Mittelpunkt des Romans stehen vier humanoide Außerirdische, die beim Anflug auf die Erde eine Havarie mit ihrem Raumschiff erleiden. Bevor *Wanderer* im Jahre 1908 als vermeintlicher Meteorit über der Tunguska-Region explodiert, rettet Valmis, der als »Integrator« mit der Untersuchung der »geistige[n] und physikalische[n] Muster einer Welt« betraut ist[21], das Raumschiff per »Wahrscheinlichkeitsversetzer« in eine Parallelwelt: »Wenn dieses Gerät in einem Augenblick aktiviert wurde, in dem für das Eintreten eines Ereignisses ein hoher Grad von Wahrscheinlichkeit bestand, versetzte es den Benützer auf eine alternative Ebene, in der das hochwahrscheinliche Ereignis *nicht* stattfand, die aber – zumindest theoretisch – bis auf dieses eine Geschehnis der ›Realität‹ aufs Haar glich.«[22]

Obwohl Kapitän Dark einen Teil der Kontrolle über die Steuerung zurückgewinnt, stürzt das Schiff in den Pazifischen Ozean in der Nähe von San Francisco und wird stark beschädigt. Die unversehrt gebliebenen Außerirdischen werden gefangengenommen und zu den kalifornischen Behörden gebracht, wo sie unter anderem H. G. Wells kennenlernen, der als Experte für fremde Welten und ihre Bewohner zwischen den Außerirdischen und den Amerikanern vermitteln soll. Da gerade Wahlkampf herrscht, führt bereits der Presse-Aufruhr über die Ankunft der Außerirdischen dazu, dass Thomas Alva Edison anstatt William Howard Taft zum 27. US-Präsidenten gewählt wird, weil nur er allein in den Augen seiner Landsleute über die notwendige Genialität verfügt, Amerika durch diese seltsamen Zeiten zu führen.

Aufgrund des niedrigen technologischen Levels der Erde, der eine baldige Reparatur des Raumschiffs illusorisch macht, sieht der »Metahistoriker« des Außerirdischenteams lediglich im Krieg einen Ausweg, den er als Fortsetzung des Fortschritts mit anderen Mitteln begrüßt. Da Aris Analyse der irdischen Geschichte nach den Regeln der Metahistorie ohnehin einen sich nahenden Weltkrieg ankündigt, ist der Kriegseintritt aller führenden Nationen zu forcieren: »Wir bekommen den Vorteil der Beschleunigung in den Naturwissenschaften und so weiter mit, ohne daß alles kaputtgeht.«[23]

Dank der Hilfe Roosevelts gelingt es den Außerirdischen, aus dem militärisch bewachten Grundstück zu fliehen, auf dem sie Edison festhält, um technisches Know-how aus ihnen herauszupressen. Unter dem Deckmantel, Forscher im diplomatischen Dienst zu sein und ein einflussreiches Imperium zu vertreten, reisen sie nun – verfolgt von einer Spezialeinheit amerikanischer Marines – nach Europa, um andere politische Würdenträger von der Notwendigkeit eines Krieges zu überzeugen. Ihre Gespräche und Erlebnisse mit den überzeichnet dargestellten Monarchen König Edward VII. von Großbritannien, Kaiser Wilhelm II. und Zar Nikolaus II. bilden die unterhaltsamsten Teile des Romans.

Bei ihren Besuchen beeindrucken die Außerirdischen die Staatsoberhäupter weniger mit den Vorausdeutungen der Metahistorie als mit ihren Gadgets. König Edward VII. etwa ist so entsetzt über Aris nüchterne Prophezeiung, er würde den Ausbruch des Ersten Weltkriegs aufgrund seiner Herzkrankheit nicht mehr erleben, dass er wie ein geölter Blitz in Ohnmacht fällt. Dank einer Wunderpille gelingt es den Außerirdischen, ihn wiederzubeleben und zu verjüngen. Und doch will Edward VII. – nicht anders geht es den anderen Monarchen – von einem Krieg nichts wissen: »Ihren Vorschlag, die Nationen der Welt sollten sich schleunigst an die Kehle fahren, um Ihnen mit einigen wissenschaftlichen Fortschritten, die daraus entstehen könnten, einen Gefallen zu tun, finde ich, das muss ich Ihnen ganz offen sagen, widerwärtig kaltblütig – obwohl ich zugeben muss, dass unsere Welt dazu einige Parallelen vorweisen kann.«[24]

Nach den folgenden ebenfalls erfolglosen Deutschland- und Russland-Besuchen werden die außerirdischen Kriegswerber von den Marines gefangengenommen. Zurück in den USA stellt Präsident Edison sie zur Rede, der seine Hoffnung auf epochemachende Erfindungen noch immer nicht begraben hat. Erst als Dark tatsächlich die Möglichkeit einer neuen Energieform skizziert, sieht Edison ein, dass ein solch ambitionierter Techniktransfer den Wirtschaftskreislauf der USA kollabieren lassen würde. »Beinahe kostenlose Energie für alle, morgen verfügbar, ist das nicht großartig? Keine Notwendigkeit mehr, Kohle, Benzin, Öl, Holz oder sonst etwas zu kaufen? *Und* keine Notwendigkeit mehr, die Bergmänner, die Ölleute, die Tankstellen und so weiter zu bezahlen. Meiner Rechnung nach würde es ungefähr sechs Wochen dauern, dann wäre das Land eine heulende Wildnis verhungernder Massen, die die kostenlose Energie dazu benützen würden, an Orte zu kommen, wo sie Nahrungsmittel stehlen könnten, um am Leben zu bleiben.«[25]

Von Edison nun in Ruhe gelassen, entschließen sich die Außerirdischen, eine Extra-Mütze Kälteschlaf zu nehmen, weil sie nicht länger auf den Krieg *warten* wollen. Sie staunen nicht schlecht, als sie schon im Jahr 1933 aufgeweckt werden und von Wells erfahren, dass auch ohne den Gang zu den Waffen »Wissenschaft und Technologie in großem Maßstab aufgeblüht waren, zusammen mit vielen sozialen und politischen Veränderungen, und dass man aus diesem Grunde in den letzten paar Monaten die *Wanderer* hatte finden, heben und instand setzen können«.[26] Als vornehmlichen Friedenstifter identifiziert der Schriftsteller vor allem die Horizonterweiterung und (innere) Abrüstung der Menschheit durch den Besuch der Außerirdischen: »Es hat einige Zeit gedauert, aber als

Sie auftauchten, verlor man an solchen Dingen irgendwie die Lust. Zum ersten Mal überhaupt bekamen die Leute eine klare Vorstellung davon, was es heißt, ein Mensch zu sein und auf einem Planeten im Weltraum zu leben.«[27] Da nunmehr auch das Triebwerk der *Wanderer* repariert wurde, treten die Außerirdischen endlich die Heimreise an – nicht ohne ein gewisses Schamgefühl zu verspüren, da sie in ihrem Kriegsstreben so daneben lagen.

Der Ausgang von Bensens Roman lehrt, dass sich die Weltverbesserung weniger durch Techniktransfer als durch eine Wandlung des Menschen von innen bewerkstelligen lässt. Dazu könnte bereits die bewiesene Existenz von Außerirdischen hilfreich sein, da sie die Anthropozentrik des Menschen beseitigen hilft und eine Grundlage für eine echte menschliche Weltgemeinschaft schafft. Eigentlich sehr schade, wird sich da der Leser denken, dass Bensens Außerirdische nicht in *unserer* Dimension Zwischenhalt machten, und Valmis' wehmütige Gewissensbisse wegen des Einsatzes des »Wahrscheinlichkeitszersetzers« kaum nachvollziehen können: »Aber wisst ihr, es hätte eine Welt gegeben, fast genau wie die da, in der im Jahre 1908 ein Raumschiff auf die Tunguska-Region gestürzt und wahrscheinlich explodiert ist wie ein Meteorit und dort hätte es keine Forschungsreisenden gegeben, die mit Roosevelt und Oxford und Wells gesprochen und den Kaiser und den Sohn des Zaren und so weiter geheilt haben. Die Leute dort hätten ihren Weg selbst finden müssen, versteht ihr das nicht? ... Was hätte nicht alles aus ihnen werden können – ohne uns?«[28]

Tungusische Trance

> »*Eine Trance ist tatsächlich ein weitaus aktiverer Geisteszustand als das gewohnte Leben eines Wachenden. So werden wir Ihre ›Über-Wahrnehmung‹ an die Oberfläche bringen und dabei Tschechow wiedererschaffen.*«[29]

Der britische Autor Ian Watson (*1943) hat sich in seinem Werk immer wieder Gedanken über das Wechselverhältnis von Sprache, Geschichte und Bewusstsein gemacht, wovon auch der Hollywood-Film *A.I.* (USA 2001) zeugt, an dessen Manuskript er zusammen mit Stanley Kubrick arbeitete. In seinem 1983 erschienenen Roman »Tschechows Reise« greift er Kasanzews Idee des »Tunguska-Raumschiffs« auf und verbindet sie mit dem Zeitreise-Motiv.

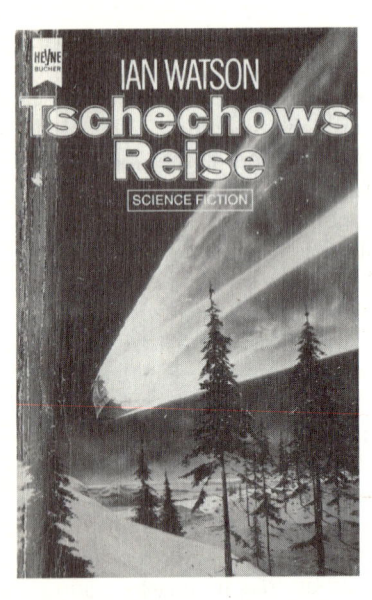

Aufhänger des Romans ist die berühmte Reise des Schriftstellers Anton Tschechow zur russischen Gefangeneninsel Sachalin im Jahr 1890, in deren Verlauf er trotz seiner Tuberkulose-Erkrankung weite Teile Sibiriens durchquerte. In seinem ein paar Jahre später erschienenen Reisebericht dokumentierte er das Leben der Verbannten und reflektiert über Freiheit, Gleichheit und Menschenwürde. Watsons Roman schildert den Versuch von sowjetischen Filmemachern der Stanislawskij-Filmgruppe[30], Tschechows Reise anlässlich ihrer hundertsten Jährung neu zu dokumentieren. Für ihr Filmexperiment ziehen sie sich in ein Künstlerheim in den Bergen von Krasnojarsk zurück und engagieren den Hypnotiseur Kirilenko. Es ist seine neuartige Technik der »Reinkarnation durch Hypnose«, die den ausgewählten Hauptdarsteller Michail Petrow glauben lässt, er sei *in Wirklichkeit* Tschechow.

In Trance rekonstruiert Michail jedoch zum Erstaunen aller Anwesenden eine ganz *andere* Reise: Anstatt einen Besuch der Sträflingsinsel initiiert Tschechow eine Expedition in die ostsibirische Tunguska, nachdem er von einer merkwürdigen Explosion in diesem Gebiet hörte. Dies bereitet den Filmemachern noch größere Kopfzerbrechen, hat die Explosion bekanntlich erst 1908 stattgefunden – vier Jahre nach Tschechows Tod.

Noch rätselhafter werden Michails Trance-Zustände, als er auch noch Anton Astrow, Kommandant des russischen Zeitschiffs *K.E.*

Ziolkowskij im Jahr 2090, zu sein vorgibt. Seine durch den neuartigen »Flux«-Antrieb möglich gemachte Pionierfahrt ins Weltall steht unmittelbar bevor, um dort fremde Welten zu kolonisieren: »Wir springen einhundert Jahre rückwärts durch die Zeit, und das bringt uns hundert Lichtjahre stromab von der Sonnenbewegung durch die Galaxis.«[31] 2090 ist der Konflikt zwischen Amerikanern und Russen um die Vorherrschaft im All aber immer noch nicht beigelegt: Zu Provokationszwecken und da »es keinerlei Notwendigkeit gab, ein Raumschiff stromlinienförmig zu bauen, hatte ihr Schiff die Gestalt eines riesigen Emblems: Hammer und Sichel«.[32]

Dem Hypnotiseur Kirilenko ist Michails Transformation seiner Rolle zutiefst suspekt: »Gewiß, er fantasiert, dass er Tschechow sei – im psychologischen Sinne ... Er kann nur um die bekannten Tatsachen herum erfinden, hat aber nicht die Freiheit, beliebige Eigenerfindungen hineinzubringen. Ich muss sagen, nichts dergleichen ist mir im Laufe meiner Erfahrungen bisher untergekommen.«[33] In weiteren Trance-Sitzungen schreitet die Fiktion fort: Während Tschechow mühevoll, aber letzten Endes erfolgreich durch die sibirischen Wälder zur Tunguska vorstößt, misslingt der Zeit-

Anton Tschechow (1860–1904)

sprung der *K.E. Ziolkowskij*, weil das Flux-Feld des Schiffes mit einem amerikanischem Flux-Schutzschirm auf der Erdoberfläche interferiert: »Zwischen beiden entstand eine Resonanz. Sie hatte die Wirkung, dass der größte Teil unserer Fortbewegungsenergie abgezogen wurde. Wir klebten Kilometer um Kilometer, Jahr um Jahr an der Weltlinie der Erde fest.«[34] Anstatt durch die Vergangenheit hinaus in den Kosmos zu gelangen, droht das Zeitschiff so im Jahre 1908 über der Tunguska auseinanderzubrechen – und mit ihm die hehren Illusionen von der Weltallbesiedlung.

Doch das Raumschiff stürzt nicht ab, sondern stürzt weiter, noch mal zwanzig Jahre zurück durch die Zeit: »Die temporale Beschleunigung, die wir durch den Schild verloren, muss sich von unserem Ausgangspunkt rückwärts durch die Geschichte entladen haben. Versuchen wir es uns als eine Gezeitenwelle vorzustellen, die gegen die Strömung eines Flusses aufwärts vordringt und allmählich an Antriebskraft verliert. Ich glaube, die Welle hat uns vorhin – im Jahr 1908 – eingeholt. Sie entlud ihre verbleibende Antriebskraft und stellte unser Flux-Feld wieder her. Ergebnis: wir wurden über 1908 hinaus weiter zurückgeworfen.‹

›Aber wir starben alle! Ich bin sicher, dass ich starb‹, sagte Anna Aksakowa.

›Gewiss, da brauchen wir uns nichts vorzumachen. Dann aber veränderte sich die Geschichte; und wir waren doch nicht gestorben. Was jetzt geschieht, ist klar: Wir werden im Jahre 1888 explodieren.‹«[35]

Dass sich diese Prophezeiung erfüllte, kann Anton Tschechow bezeugen, als er schließlich auf der Erzählebene des Jahres 1890 zum Epizentrum der Explosion gelangt und »in stummer Ehrfurcht« der immensen Verwüstung gewahr wird: »Soweit das Auge reichte, war in diesem Gebiet alles verbrannt und zu Boden geworfen. Ostwärts, weit entfernt auf der Leeseite einiger felsiger Höhen, hatten vereinzelte Waldstücke unversehrt überlebt, wo sie vor der Stoßwelle geschützt gewesen waren. In der äußersten Entfernung am Osthorizont konnten sie den Randbereich der lebenden Taiga ausmachen …«[36]

Die Reinkarnation einer Alternativgeschichte bleibt schließlich auch für die Gegenwart der Filmgruppe nicht folgenlos, in der sie ihr Experiment durchführt; die »1908er-Welt« wird zu einer »1888er-

Welt«.[37] Aus einer Enzyklopädie erfahren die Filmleute, dass Anton Tschechow andere und anders betitelte Dramen geschrieben hat – aus dem Drama »Der Kirschgarten« wurde »Der Apfelgarten«, »Die Taube« heißt nun »Die Schneegans« – und seine Tunguska-Reise einen nicht unerheblichen Einfluss auf die sowjetische Wissenschaftsgeschichte entfaltete: Dank Tschechows Reisebericht fand sein Reisepartner, der Wissenschaftler K.E. Ziolkowskij, »Unterstützung für seine theoretischen Arbeiten über kosmische Flüge, die am Anfang eines Weges standen, welcher zur sowjetischen Mondlandung geführt hat«.[38]

Es zeigt sich, dass Watsons Roman über eine Allegorie auf die Vergeblichkeit des menschlichen Fortschrittsstrebens und eine damit verbundene Hommage an den russischen Meister für menschliche Tragikkomik hinausgeht. Seine geschichtsphilosophischen Überlegungen gehen wirkungsvoll und originell mit dem Aufbrechen der Erzählhaltung einher. Die drei Handlungsstränge der Romane, die auf unterschiedlichen Zeitebenen spielen, bleiben durch inhaltliche Parallelen immer miteinander verwoben: Das Band in die Vergangenheit wird zwar schon bald durch die Ereignisse in der Zukunft recht eindeutig aufgeklärt, die Erklärung der Zukunftsepisode gestaltet sich – vor allem durch die verschiedenen Implikationen der Zeitreise – schon schwieriger. Die Art und Weise der Auseinandersetzung mit Tschechows historischer Reise legen einen etwaigen Versuch Watsons, das Subjekt Tschechow beziehungsweise das Tunguska-Ereignis zu entmythologisieren, nicht nahe. Anders verhält es sich jedoch mit Watsons Abgesang auf das sowjetische Ideologem des »Neuen sozialistischen Menschen«, den er in Gestalt Anton Astrows über der Tunguska abstürzen lässt.[39]

Der *inner-space*-Autor reüssiert in seinem Bestreben, Geschichte als *Erfindung* und kollektive Fiktion zu verdeutlichen, was für sein Romanwerk nicht untypisch ist, das er als »dialect of history and transcendence« charakterisiert hat.[40] Im »Tschechow«-Roman bringt Felix Levin, der künstlerische Leiter der Stanislawskij-Filmgruppe, dieses Wechselverhältnis auf den Punkt: »Vergangene Ereignisse können verändert werden. Die Geschichte wird immer wieder umgeschrieben. Nun, wir haben gerade entdeckt, dass dies auch für die wirkliche Welt gilt ... Vielleicht unterliegt die wirkliche Geschichte der Menschheit ständigen Veränderungen! Und warum? Weil Geschichte eine Fiktion ist. Sie ist ein Traum im Bewusstsein der Menschheit, das sich stets strebend bemüht ... wohin? Zur Vollkommenheit.«[41]

Vom Waldbrand zum Weltbrand

> »Der Gott des Feuers und des Donners. Der Junge glaubt,
> dass Ogdy sich anschickt, auf die Erde herabzusteigen.
> Das Licht kündigt sein Nahen an.«[42]

Wolfgang Hohlbein (*1953) gilt als einer der meistgelesenen deutschsprachigen Fantasy- und SF-Autoren in Deutschland. »Die Rückkehr der Zauberer« (1996) gehört leider zu den Werken Hohlbeins, die sich mehr durch Action und Geschwindigkeit als durch Handlungslogik oder Selbstironie auszeichnen. »Tunguska im Griff der Superhelden« wäre durchaus ein passenderer Titel für Hohlbeins Erzählgemisch aus Agenten-Thriller und Fantasy-Roman, dessen Motive an Filme wie *Indiana Jones*, *Stargate* und *X-Men* erinnern. Hohlbein setzt sich recht plakativ mit den religiösen Vorstellungen und Mythen der Ureinwohner Sibiriens auseinander. Bei der Tunguska-Explosion kam eine Vielzahl von Ewenken ums Leben, was sie als Strafe ihres Gottes Ogdy und die Ankündigung eines nahenden Weltendes erklärten. Folgerichtig wurde die Explosionsstelle zur No-Go-Area.

Die Steinerne Tunguska im Jahr 1908: Der russische Hauptmann Petrov, der sich in einer Kommandoaktion auf den Fersen einer Mörder- und Räuberbande befindet, der Schamane Tempek und der mit hellseherischen Fähigkeiten ausgestattete Ewenkenjunge Haiko werden zu Zeugen und Überlebenden einer geheimnisvollen Explosion, die ein riesiges Areal in Brand setzt:

»Petrov sah, wie der Wald oben auf dem Berggrat aufflammte wie ein einziges trockenes Stück Papier. Er begann nicht zu brennen, sondern verwandelte sich von einer Millionstelsekunde zur anderen in eine einzige weiße Flammenwand, die in der plötzlich unbewegten Luft nahezu senkrecht nach oben loderte. Gras, Laub und trockene Tannennadeln auf dem Hang begannen zu schwelen, flammten hier und da auf und ein unsichtbarer glühender Hauch berührte Petrovs Gesicht, versengte seine Augenbrauen und verbrannte sein Haar und seine Haut. Seine Pelzjacke begann zu schwelen. Er spürte, wie die Haut in seinem Gesicht und auf seinen ungeschützten Händen rissig wurde und Blasen schlug. Die Munition in dem Gewehr, das er fallen gelassen hatte, explodierte. Sein linker Ärmel begann zu brennen. Die Bäume oben auf dem Berggrat zerfielen zu Asche. Das Unterholz löste sich in einer leuchtenden Säule aus Licht auf und dazwischen torkelten Gestalten in brennenden Kleidern und mit flammendem Haar. Es war vollkommen still.«[43]

In den nächsten Jahrzehnten gerät die Katastrophe in Vergessenheit. Doch als sich neunzig Jahre später ein zweiter explosiver Zwischenfall in der Tunguska ereignet, steht die ganze Welt Kopf. In dieser politischen Großwetterlage liefert sich Henrik Vandermeer, Journalist einer Düsseldorfer Tageszeitung, eine gefährliche Auseinandersetzung mit russischen Geheimagenten, nachdem er auf einer Esoterikmesse in den Besitz eines geheimnisvollen Edelsteins gekommen ist. Trotz erbitterter Gegenwehr kann Vandermeer nicht verhindern, mitsamt seinen neuen Bekannten, der Esoterikfachfrau Ines und ihrer Zwillingsschwester Anja, auf ein Schiff entführt zu werden.

Dort eröffnet der zwielichtige Wassili ihm und einer anderen Passagierin, der Druidentochter Gwynneth, dass sie Auserwählte seien, auf die eine große Aufgabe in Russland warte. Nach einem Intermezzo in Istanbul und der Vernichtung eines ausgewachsenen Zerstörers der türkischen Armee mit Hilfe einer geheimen Laserwaffe bringt sie Wassili schließlich in die sibirische Tunguska, wo sie auf den blinden Haiko stoßen, der nun ein Greis ist. Vandermeer erhält Gewissheit, dass er über die besondere Gabe verfügt, den Lauf der Dinge zu beeinflussen.

Der Kreis schließt sich in Wanawara in Sibirien, unweit der Stelle, an der neunzig Jahre zuvor das Tunguska-Ereignis stattfand. Wassili gibt sich nun als Kommandant des geheimen Militärprojekts »Charon« zu erkennen, das sich bisher erfolglos mit der Ergründung des Geheimnisses einer merkwürdigen türkisblauen Pyramide beschäftigt, die an dieser Stelle gefunden wurde. Einer Deutung von Wassili zufolge soll es sich um ein Tor ins Jenseits handeln, das bei der Tunguska-Katastrophe geöffnet und von dem Kommandanten Petrov zu Unrecht betreten wurde: »Vielleicht gibt es auch eine wissenschaftliche Erklärung dafür ... möglicherweise ist es die nächste Form der Evolution ... eine andere Dimension, eine höhere Form des Seins ... Es gibt tausend Wege es zu beschreiben. Vielleicht stimmt keiner, vielleicht stimmen alle.«[44] Derjenige, der Zugang zu dem »Bereich zwischen dem Hier und der anderen Welt«[45] findet, wird als ein von Gott tolerierter »Torwächter« in die Lage versetzt, enormen Einfluss auf das Weltgeschehen zu nehmen und ihm seinen persönlichen Stempel aufzudrücken. Indirekt macht Wassili den Soldaten Petrov sogar für die Kriege im 20. Jahrhundert verantwortlich.

In geheimen Höhlen tief unter Wassilis Forschungsstation kommt es zum unvermeidlichen Showdown des Romans. Nachdem die Druidin Gwynneth erfährt, dass ihr Kind von Wassili getötet wurde, spuckt sie im wahrsten Sinne des Wortes Feuer und legt das gesamte Forschungsgelände in Staub und Asche. Nur um Haaresbreite gelingt Vandermeer und Ines die Flucht mit Haiko, der ihnen den Weg zu einer zweiten unterirdischen Pyramide weist. Ihre Monumentalität verschlägt Vandermeer den Atem: »Er hätte alles darum gegeben, den Blick von diesem ungeheuerlichen Gebilde lösen zu können, das ihn mit seiner Schönheit und Perfektion beinahe zu verbrennen schien, aber es gelang ihm nicht. Wie auch – im Angesicht Gottes?«[46]

Haiko erklärt Vandermeer, dass Wassili das Kind der Druidin Gwynneth getötet hat, weil er hoffte, »es würde ihnen im Moment des Sterbens den Weg hierher weisen«.[47] Dabei wurden die Spezialkräfte des Kindes in einer unmenschlichen Explosion freigesetzt, die allerdings durch »Kräfte dieses heiligen Ortes« ins Jahr 1908 (!) »abgefälscht« wurden. »Zeit ist eine Illusion – wie fast alles.«[48] Mit anderen Worten: Das Flammeninferno geht nicht auf das Konto von Ogdy, sondern böser Druiden-Mächte. Als sich Haiko schließlich als religiöser Fanatiker outet und selbst das Tor zum Jenseits passieren will, um die Menschheit in seinem Hass gegen »ihre Welt der Dinge« auszulöschen, können Vandermeer, Ines und die tot geglaubten Anja und Wassili ihn nur um Haaresbreite und natürlich nicht ganz gewaltfrei daran hindern.[49]

Eis am Stiel

> »Da wohnte also etwas in meinem Herzen, das nicht Herz war.«[50]

Im Zentrum des Romans »BRO« (2004), dem zweiten Teil der Eis-Trilogie des Russen Vladimir Sorokin (*1955), steht ein monumentaler Schöpfungsmythos, der nichts Geringeres als das Projekt Menschheit für gescheitert erklärt: »Zeit ihrer Geschichte kannten die Menschen im Grunde nur dreierlei Verrichtungen: Menschen zu gebären und Menschen zu töten sowie ihre Umwelt zu missbrauchen. Menschen, die anderes zu tun vorschlugen, wurden gekreuzigt und gesteinigt. Aus dem unsteten, disharmonischen Wasser hervorgegangen, gebaren die Menschen und töteten, was sie geboren hatten. Denn der Mensch war der große Fehler. Und mit ihm alles Übrige, was auf der Erde kreucht und fleucht. Und die Erde wurde zum hässlichsten Ort im ganzen Universum.«[51]

Noch schwerer wiegt, dass die Menschheit die Erzeuger des Universums, nicht weniger als 23.000 Lichtwesen, in sich absorbiert hat. Die göttliche Balance ist gestört, das Universum droht zu sterben, solange die Erde existiert. Und so wird ein Meteor auf die Erde herabgesandt, der am 30. Juni 1908 in der ostsibirischen Tunguska zerschellt. Der Ich-Erzähler des Romans ist Alexander Snegirjow, der zum Zeitpunkt des Meteoriteneinschlags auf die Welt gekommen ist. Fast zwanzig Jahre später wird der junge Träumer und Studienabbrecher Teilnehmer von Kuliks Expedition zum Einschlagsort des Meteors und dort zum Saboteur. Er erreicht als Einziger die Einschlagsstelle und fühlt sich sogleich auf symbiotische Weise zu dem Eismeteoriten hingezogen. Ist Snegirjow in den russischen Revolutionswirren ohnehin seiner bourgeoisen Vergangenheit verlustig gegangen, wird schließlich im Kontakt mit dem Eis (»Ljod«) des Meteoriten das Lichtwesen »Bro« in ihm wiedergeboren:

»Vor mir hatte es die Entengrütze etwas zur Seite geschwemmt, und ich konnte es im Mondlicht funkeln sehen: das Eis! Ein Flecken reinen Eises, handtellergroß! ... Ich richtete mich auf, tat einen heftigen Schritt und glitt aus. Fiel um, prallte bäuchlings, mit aller Wucht auf das leuchtende Eis ... Mein Herz, das all die zwanzig Jahre schlummernd im Brustkasten gesessen hatte, erwachte davon. Nicht, dass es stärker geschlagen hätte als zuvor – aber *anders*: es stieß mich von innen an – was zuerst wehtat, dann ungeheuer angenehm war. Und dann *sprach* es. Stotternd zunächst: ›Bro-bro-bro ... Bro-bro-bro ... Bro-bro-bro ...‹ Ich begriff: Das war mein Name. Mein wirklicher.«[52]

Er erfährt, dass er mit Hilfe des Ljods die anderen »Lichtstrahlen« aus ihrem menschlichen Kokon befreien kann. Die Rettung des sterbenden Universums scheint nicht unmöglich: »Und wird einmal der Letzte der Dreiundzwanzigtausend gefunden sein, so werdet ihr euch im Kreis aufstellen und bei den Händen fassen, und eure Herzen sprechen die dreiundzwanzig Herzensworte in der Sprache des Lichtes dreiundzwanzigmal im Chor. Dann erwacht das Ursprüngliche Licht in euch zu neuem Leben und wird sich in der Mitte des Kreises vereinen und entflammen. Und der Große Weltfehler wird ausgemerzt sein: die Erdwelt verschwunden, aufgelöst im Licht.«[53]

Sodann macht sich Bro auf die gefahrvolle Queste nach seinen 23.000 Geschwistern, die weltweit verstreut sind und (ausgerechnet!) allesamt blond und blauäugig sind. Zur Erweckung ihrer Herzen bedient sich Bro einer brutalen, an archaische Kultrituale erinnernden »Herzmassage«: Ein aus dem Ljod gefertigter Eishammer wird so lange auf den Brustkorb geschlagen, bis das Herz den wahren Namen des neuen Bruders »verkündet« oder für immer schweigt ... Die Darstellung dieses Erweckungsrituals schwankt dabei zwischen Gewalt und Komik, die Parallelen zum Anwerfen eines Oldtimers sind wohl nicht unbeabsichtigt: »Zu zweit banden wir damit das Ljod an den Knüppel. Fer mit ihren kleinen, aber kräftigen Händen fetzte das Hemd auf Nikolas Brust auseinander. Ich holte aus und ließ den Hammer mit aller Kraft auf die nackte Brust niedersausen. Von dem Mordsschlag zerschellte das Ljod in viele kleine Stücke, der Stiel brach entzwei. In Nikolas Brustkasten gluckste es. Wir legten unser Ohr an. Das Glucksen hörte nicht auf, Nikolas Körper begann zu beben, die Zähne knirschten. Unsere Ohren wie auch unsere Herzen hörten die *Stimme* eines erwachenden Herzens.

›Ep ... Ep ... Ep ...‹«[54]

Bald versteht Bro, dass seine »Erweckungsbewegung« nur erfolgreich sein wird, wenn es ihm gelingt, eine im wahrsten Sinne des Wortes schlagkräftige Geheimorganisation aufzubauen: »Um in Russland zum Ziel zu gelangen, mussten wir Teil des Staatsapparats werden; unter seinem Deckmantel, in der Montur seiner Bediensteten, konnten wir unser Werk vollbringen; einen anderen Weg gab es nicht.«[55] Sehr hilfreich bei der Geschwistersuche ist Terenti Deribas, ein leitender Beamter des Geheimdienstes GPU, der sich ihnen nach seiner Erweckung als Bruder Ig anschloss. So kann Bro bei der Suche nach seinen Brüdern und Schwestern, die offiziell als sofortig zu verhaftende Konterrevolutionäre ausgegeben werden, die Infrastruktur der GPU nutzen. Dabei wird das gesamte Ausmaß der Irrationalität der GPU deutlich, mit dem sie in der UdSSR wütet: »Das Prinzip, dem Vorgesetzten nur ja keine überflüssigen Fragen zu stellen, war zur Tradition geworden. Der Strafverfolgungsapparat der GPU hatte sich landesweit in eine ... ausschließlich nach eigenen Gesetzen funktionierende Maschine verwandelt.«[56] Dem steht jedoch die Unbarmherzigkeit der Sektierer kaum nach, die jeden zur »Fleischmaschine« abstrahierten Menschen, der sich ihnen in den Weg stellt, eliminieren.

Obwohl Bros Leute auf spezielle, durch das Ljod gewonnene Fähigkeiten zurückgreifen können – etwa besondere körperliche Selbstheilungskräfte und telepathische Begabungen –, merkt Bro schließlich, dass sich die Geschwistersuche in die Länge ziehen wird, weil sie einem samsarischen Katz-und-Maus-Spiel gleicht: Da immer wieder Erweckte sterben und dann in anderen Körpern neugeboren werden, müssen diese wiederum aufs Neue gefunden und erweckt werden. Der rasch alternde Bro findet schließlich in den Wirren des Zweiten Weltkriegs zwischen dem bolschewistischen »Ljodland«, dem faschistischen »Ordnungsland« und dem amerikanischen »Freiheitsland« eine Nachfolgerin in Chram, die – davon erzählt Sorokins vorhergehender Roman »LJOD. Das Eis« – die weitere Suche und die Unterwanderung der gesellschaftlichen Machtzirkel nach seinem Tod koordinieren wird.

In Bros vampiresk-abgründiger Sekte, die so hervorragend die totalitäre Logistik der Tscheka, des GPU und der Nazis für ihre eigenen Zwecke zu nutzen versteht, versinnbildlicht sich hinter nicht selten ekelerregender Brutalität die enttäuschte Hoffnung auf eine transzendente Fortentwicklung des Menschen. Kurz: der »Beweis dafür, dass der menschliche Anspruch auf kosmischen Universalismus einmal mehr hinfällig geworden ist«.[57]

»BRO« ist ein gelungenes Konglomerat aus Sektenparodie, SF und viel Zivilisationspessimismus vor dem Hintergrund des Tunguska-Rätsels. Sorokin bestätigt darin seinen Ruf als maßloser Skandalschriftsteller[58], der auch zur politischen und kulturellen Lage der Nation in der Putin-Ära nicht schweigen will: Beißend ist seine Kritik an der Hammer-und-Sichel-Pathetik und dem sozialen Realismus, die in Russland seit geraumer Zeit eine Renaissance erleben.

Exkurs: Geheimakte Tunguska

Bedrohungen der Menschheit durch *Near Earth Objects* wie Asteroiden, Meteore oder Kometen auf der Kinoleinwand erfreuen sich seit längerem besonderer Beliebtheit beim Zuschauer. Nachdem die Tunguska-Explosion eine Vielzahl von mehr oder weniger gelungenen Kino-Filmen wie *Meteor* (USA 1979), *Armageddon* (USA

1998), *Deep Impact* (USA 1998) zumindest anregte und auch als Aufhänger für zwei *Akte-X*-Folgen (USA 1997) diente – in denen allerdings nur die missratene Handlungslogik den Zuschauer das Fürchten lehrt –, war es 2006 so weit: Kurz vor ihrem hundertsten Jubiläum fand die Katastrophe den Weg auf die Computermonitore und wurde ein großer Erfolg.

In dem von den deutschen Spieleherstellern Fusionsphere Systems und Animation Arts entwickelten Point-and-Click-Adventure schlüpft der Spieler in die Haut der jungen Nina Kalenkow – gesprochen von Solveig Duda, der deutschen Stimme von Angelina Jolie –, deren Ähnlichkeit mit dem Computerspiel-Pin-up Lara Croft wohl nicht zufällig ist. Ninas Vater, ein berühmter Forscher und der Leiter eines Berliner Naturkundemuseums, wurde aus seinem Büro entführt. Da sich die über-

Die Tunguska-Explosion in der virtuellen Welt

arbeitete Berliner Polizei des Falls nicht annehmen will, ist Nina schon bald auf die Hilfe von Max Gruber, dem Assistenten ihres Vaters, angewiesen. Er gibt nicht nur wichtige Hinweise, sondern lässt sich im Laufe des Spiels auch als zweiter Hauptcharakter steuern.

Noch in Berlin findet Nina heraus, dass die Entführung mit besonderen Forschungsergebnissen ihres Vaters zu tun hat, die von seiner geheimen Tunguska-Expedition im Jahre 1958 stammen. Damals hat er in der Tunguska übernatürliches Pflanzenwachstum nachgewiesen, was sogleich von oberster Stelle zur Verschlusssache erklärt wurde. Weiterhin stößt Nina auf Berichte über eine von Kuliks Expeditionen, bei der er ein mysteriöses Objekt aus unbekanntem Material von so großer Härte fand, das jede Entnahme einer Gesteinsprobe misslang. Bei einer Folgeexpedition konnte Kulik das Gebilde nicht mehr ausfindig machen – es war plötzlich verschwunden. Die Hinweise verdichten sich, dass Ninas Vater in die Tunguska gebracht werden soll, weshalb Nina selbst nach Sibirien reist – natürlich inkognito.

Transsib-Reise einmal anders

Das Tunguska-Ereignis **463**

Sibirische Idylle ...

... mit Geheimlabor

Wie bei einem Detektivplot nicht anderes zu erwarten, stellen die Rätsel die Kombinationsfähigkeit des Spielers auf die Probe. Nur an wenigen Stellen heißt es Trial and Error: dass man etwa zu Spionagezwecken einer Katze ein Mobiltelefon anbinden muss, um weiterzukommen, ist dann wieder so skurril, dass man gerne weiterspielt. Und nicht zuletzt sorgen die vielen Schauplätze für Abwechslung: Die Kidnapper werden nicht nur in Berlin und Moskau, sondern auch an Bord der Transsibirischen Eisenbahn, in irischen Burgruinen, der Antarktis und natürlich der Steinernen Tunguska gejagt.

Zusammenschau

Nach diesem Querschnitt durch literarische Tunguska-Phantasien lassen sich zwei Hauptintentionen in den vorgestellten Werken unterscheiden. Zum einen eignen sich Geschichten über das spektakuläre Tunguska-Ereignis natürlich als gehobene Popcorn-Literatur. Der bis heute unaufgeklärt gebliebene Vorfall lässt sich hervorragend als Mystery-Element zur Spannungssteigerung verwenden, das den Leser auf kognitiver Ebene herausfordert, eine »Wissenslücke« in der Handlung zu füllen. Eine Einladung zum Weiterfabulieren sind aber auch andere bekannte Rahmenbedingungen der Explosion, in erster Linie: das Fehlen eines Kraters, die Mythen der Ewenken und die Messung von Radioaktivität im Epizentrum.

Gleichzeitig dient die Katastrophe in den besprochenen Romanen als Ideensteinbruch auf einer philosophischen Metaebene, die sowohl optimistische als auch pessimistische Aussagen über Bedingungen und Perspektiven des Menschseins zulässt. So ist etwa Lem als überzeugtem Rationalisten klar, dass Technik einen wesentlichen Beitrag zur Lösung der drängenden zivilisatorischen Probleme moderner Gesellschaften leisten kann. Am Beispiel der Atomenergie und der in die Selbstvernichtung mündenden Kriegsspiele der Venusbewohner plädiert Lem für die Setzung moralischer Leitplanken im Sinne eines sozialen Bewusstseins, in dem sich die Kluft zwischen Technik und Ethik auflöst.

Während aber bei Lem der Absturz des Venus-Raumschiffs in der Tunguska das Ende des Kapitalismus heraufbeschwört, geht

Watson in der Darstellung der gescheiterten kommunistischen Kolonisierung des Weltalls mit dem »Neuen Menschen«, einem wichtigen Heilziel der sowjetischen Ideologie, ins Gericht. Nur rhetorisch fragt sich Kommandant Anton Astrow wenige Sekunden vor dem Tod, »ob jemand in Sibirien zum Himmel aufblickte und Hammer und Sichel aus der Höhe herabstürzen sah? Eine Vision künftiger Zeiten ... Vielleicht sahen es ein paar Rentierhirten.«[59]

Ist die Rede von dem Beitrag der russischen Intelligenzija zur Karriere dieses Ideentopos, darf die spirituell verbrämte Hoffnung Nikolaj Fedorovs (1828–1903) nicht unerwähnt bleiben, der »Neue Mensch« würde eines Tages den Tod als letzte Grenze des menschlichen Fortschritts besiegen und alle Verstorbenen der Vergangenheit wiedererwecken: »Hier ... sollte die Technik in das Werk des Menschen eingespannt werden, hier sollte die von Gott in der Potenz angelegte beste aller Welten als schlechthin vollkommene Schöpfung vollendet werden – und zwar nicht nur für den Menschen, sondern für die Kreatur überhaupt. *Wenn alle verstorbenen Ahnen wieder zum Leben erweckt seien, dann wären auch die anderen Sterne mit Menschen bevölkert.*«[60] Infernalisch und mit viel bösem Mundwerk darf auch Sorokin unter den Spöttern über diesen »Neuen Menschen« nicht fehlen. Wenn Bro und seine Herzensbrüder munter gegen den Tod hämmern, bleiben hinter ihren (veget)arischen Masken und den Zuckungen der Geschwisterliebe die Zombiefratzen nicht lange verborgen.

ANMERKUNGEN

[1] Vgl. die lesenswerte Dokumentation der zweiten deutsch-russischen Tunguska Expedition im September 2000: *http://cmbrenneisen.de*

[2] Ulf von Rauchhaupt: Tunguska-Asteroid: Feuerwerk über der Taiga. Frankfurter Allgemeine Sonntagszeitung, 30.12.2007, Nr. 52. S. 65.

[3] *http://www.physorg.com/news11710.html*

[4] *http://cmbrenneisen.de*

[5] Stanisław Lem: *Der Planet des Todes*. Berlin/Ost: Volk und Welt, 1954. S. 428. In Westdeutschland erschien der Roman unter dem Titel »Die Astronauten«.

[6] Lems Roman war in der DDR mit sechs Neuauflagen durchaus erfolgreich. Dies gilt auch für die Verfilmung durch Kurt Maetzig, die ihm den 26. Rang in der Liste der erfolgreichsten DDR-Filme einbrachte. Vgl. Karsten Kruschel: Leim für die Venus. Der Science-Fiction-Film in der DDR (HEYNE SF-JAHR 2007).

7 Lem 1954, S. 23f.
8 Ebd., S. 30.
9 Ebd., S. 39.
10 Ebd., S. 56f.
11 Ebd., S. 260.
12 Ebd., S. 400.
13 Ebd., S. 429.
14 Ebd., S. 432.
15 Ebd., S. 434.
16 Ebd., S. 434.
17 Stanisław Lem: *Die Astronauten*. Frankfurt a.M.: Suhrkamp, 1979. S. 8.
18 Ebd., S. 8.
19 Stanisław Lem: »Mein Leben«. In: Franz Rottensteiner: *Polaris 8. Ein Science-fiction-Almanach*. Frankfurt a.M.: Suhrkamp, 1985. S. 9–30, hier S. 17.
20 Donald R: Bensen: *Zwischenhalt*. München: Heyne, 1984. S. 135.
21 Ebd., S. 8.
22 Ebd., S. 15.
23 Ebd., S. 130
24 Ebd., S. 175.
25 Ebd., S. 237f.
26 Ebd., S. 259.
27 Ebd., S. 261.
28 Ebd., S. 270f.
29 Ian Watson: *Tschechows Reise*. München: Heyne, 1986. S. 27.
30 Der russische Theaterreformer Konstantin Sergejewitsch [Stanislawski] (1863–1938) »verlangte vom Theater die detailgenaue Rekonstruktion der Wirklichkeit. Wirklichkeitstreue und Lebensechtheit des Spiels sollten durch Nachahmung und Einbringen korrespondierender Eigenerfahrungen garantiert werden. Sein Credo: ›Die Rolle muss man erleben, das heißt analog mit ihr Gefühle empfinden.‹« *http://www.asfh-berlin.de/theaterpaed-wb/index.phtml?action=anzeigen&id=16*
31 Watson 1986, S. 70f.
32 Ebd., S. 72
33 Ebd., S. 51.
34 Ebd., S. 110.
35 Ebd., S. 179.
36 Ebd., S. 185.
37 Ebd., S. 181.
38 Ebd., S. 195.
39 »Wo die – bislang gefesselten – Urkräfte des Volkes und die Wissenschaft zueinanderkämen, da beginne die Stunde eines neuen Zeitalters. Ein Neuer Mensch mit bislang ungeahnten Kräften werde geboren. Mit ihm werde der Weg der Menschheit in bislang nicht vorstellbare Höhen führen.« Gottfried Küenzlen: *Der Neue Mensch. Eine Untersuchung zur säkularen Religionsgeschichte der Moderne*. Frankfurt a.M.: Suhrkamp, 1997. S. 141.
40 *http://www.suite101.com/article.cfm/sf_and_society/69819*
41 Watson 1986, S. 198.

[42] Wolfgang Hohlbein: *Die Rückkehr der Zauberer*. Bergisch-Gladbach: Bastei-Verlag, 1998. S. 19.
[43] Ebd., S. 54.
[44] Ebd., S. 604f.
[45] Ebd., S. 605.
[46] Ebd., S. 667.
[47] Ebd., S. 669.
[48] Ebd., S. 670.
[49] Ebd., S. 673.
[50] Vladimir Sorokin: *BRO*. Berlin: Berlin Verlag, 2006. S. 89. Die folgenden Überlegungen basieren auf meiner Rezension von Sorokins Roman für das *JUNI-Magazin* 39/40 [In Vorbereitung].
[51] Ebd., S. 120.
[52] Ebd., S. 117f. Hervorhebung im Original.
[53] Ebd., S. 121f.
[54] Ebd., S. 154. Hervorhebung im Original.
[55] Ebd., S. 205.
[56] Ebd., S. 239.
[57] Stanisław Lem: *Lokaltermin*. Berlin: Volk und Welt, 1986. S. 159.
[58] So stand Sorokin zwei Jahre nach Erscheinen seines Romans »Der himmelblaue Speck« (2000) unter anderem wegen angeblicher Verbreitung von Pornografie vor Gericht. Kläger waren Kreml-nahe Jugendorganisationen, die auch schon durch skurrile Bücherumtauschaktionen gegen Sorokin und andere russische Kultautoren auf sich aufmerksam machten. *http://www.nzz.ch/2002/02/11/fe/article7YBPH.html*
[59] Watson 1986, S. 126.
[60] Küenzlen 1997, S. 149. Hervorhebung von mir.

Copyright © 2008 by Bartholomäus Figatowski

Todesfälle

Arthur C. Clarke (16. Dezember 1917 – 19. März 2008)

Nach Robert A. Heinlein (1907–1988) und Isaac Asimov (1920–1992) ist mit Arthur C. Clarke, gestorben am 19. März diesen Jahres, nachdem er mit Atemproblemen in Colombo auf Sri Lanka ins Krankenhaus eingeliefert worden war, nun auch der Letzte des großen Dreigestirns der anglo-amerikanischen Science Fiction dahingegangen. Vielleicht sollte man hier auch Jack Williamson (1908–2006) erwähnen, der zwar an Bedeutung nicht an die drei Genannten heranreichte, aber der längst dienende SF-Autor der Welt war. Wie die anderen wurde auch Clarke sehr von John W. Campbells Magazin *Astounding Science Fiction* beeinflusst, es zählte zu seinen frühesten Jugendlektüren – in späteren Jahren war Clarke stolz darauf, dass er einen Mikrofiche aller Jahrgänge der Zeitschrift besaß –, und er nannte seine »science-fictionelle Autobiographie«, in der er vor allem von seiner frühen Begeisterung für die Zeitschrift berichtet und sich amüsant über die »wissenschaftliche Korrektheit« dort veröffentlichter Geschichten, von den Anfängen bis zur Metamorphose zu *Analog*, auslässt, »Astounding Days« (1989). Aber seine eigene schriftstellerische Karriere hing kaum mit Campbell oder *Astounding* zusammen, anders als bei Asimov und Heinlein. Von 1946 bis 1949 hat er insgesamt nur vier Erzählungen in *Astounding* veröffentlicht, darunter zuerst »Loophole« (April 1946) und jene Erzählung, die er als erste verkaufte und die von manchen als seine beste betrachtet wird, »Rescue Party« (»Rettungsexpedition«, Mai 1946) – was ihn immer mit gemischten Gefühlen erfüllte, da es bedeutet hätte, dass er seitdem schlechter geworden war. Von 1961 bis 1986 erschienen noch drei weitere Geschichten in *Astounding/Analog*, keine von besonderer Bedeutung. Seine ersten Veröffentlichungen in *Astounding* waren Leserbriefe, die er als Vertreter der British Interplanetary Society über Probleme des bemannten Raketenflugs schrieb, manche mathematischer Natur (1938 Mai und Dezember), weitere folgten 1939, 1940 und 1946, und einige weitere in den Fünfzigerjahren.

Als Clarke dreizehn war, Ende der Dreißigerjahre, kaufte er sein erstes SF-Magazin, die März-Ausgabe 1930 von *Astounding Stories of Super-Science*, doch hatte er bereits zwei Jahre früher *Amazing Stories* vom November 1928 gesehen, mit einem der beeindruckenden Cover von Frank R. Paul (1884–1963), das Jupiter mit dem charakteristischen Roten Fleck über einem seiner inneren Monde zeigte, der mit einer unmöglichen subtropischen Vegetation ausgestattet war. Das Magazin gehörte dem ersten SF-Fan, den Clarke je traf, einem viel älteren Mann namens Larry Kille, der eine große Sammlung amerikanischer SF-Magazine sein Eigen nannte.

Arthur C. Clarke

Arthur C. Clarke wurde am 16. Dezember 1917 in Minehead in England geboren, während sein Vater Charles Wright Clarke in Frankreich als Soldat kämpfte. Seine Mutter Mary Nora Clarke wohnte bis Kriegsende im Haus ihrer Mutter. Nach dem Krieg kaufen die Clarkes einen Bauernhof, waren aber gezwungen, ihn wieder zu verkaufen, da es nicht zum Leben reichte. Arthur war das älteste von vier Geschwistern, Frederick, Mary und Michael waren die anderen. 1924 zog die Familie auf einen anderen Bauernhof, der noch immer im Besitz der Familie ist, nachdem ihn Arthur C. Clarke zurückkaufte. Clarkes Vater starb 1931 in jungen Jahren, dreiundvierzigjährig, an den Folgen der Verletzungen, die er durch Kampfgas an der Front erlitten hatte.

Clarke besuchte die Bishops Lydeard Elementary School, wo ihn seine Lehrerin zum Geschichtenerzählen ermutigte, und mit neun die Huish's Grammar School. Aus Geldmangel konnte er keine Universität besuchen, sondern legte die Beamtenprüfung ab und arbeitete im Exchequer and Audit Department, wo er mit der Kontrolle der Pensionsberechnungen von Lehrern betraut war – seinen Arbeitstag erledigte er in einer Stunde! 1936, im Alter von achtzehn Jahren, zog er nach London, wo er viele Leute traf, mit denen er zuvor schon über Raumfahrt und Science Fiction korrespondiert hatte; bereits als Sechzehnjähriger wurde er Mitglied der British Interplanetary Society (BIS), der er dann von 1947–1950 und wieder ab 1953 vorstand. Eine Zeitlang wohnte er mit William F. Temple zusammen, einem heute vergessenen Autor, der vor allem für den Roman »Four-Sided Triangle« (1951) bekannt war, und dann auch später noch mit Temple und Maurice K. Hanson, mit denen er zusammen das Fanzine *Novae Terra* herausgab. Clarke publizierte in Fanzines und schrieb für die BIS Broschüren und Essays. In jungen Jahren hatte er im Freundeskreis wegen seiner Bescheidenheit den Spitznamen »Ego«; manche seiner Artikel zeichnete er sogar mit »Arthur Ego Clarke«. Er benützte für einige schwächere Geschichten aber auch die Pseudonyme Charles Willis und E.G. O'Brien.

Wegen seines Beamtenstatus wurde er bei Kriegsausbruch nicht eingezogen und benutzte das Jahr 1939 dazu, den Roman zu schreiben, der schließlich nach etlichen Überarbeitungen als »Against the Fall of Night« im November 1948 in dem Magazin *Startling Stories* veröffentlicht wurde. John W. Campbell hatte zwei Fassungen des Romans abgelehnt, weil er mit dessen Philosophie nicht einverstanden war; er war der Ansicht, dass es darin »die Menschheit zu nichts gebracht hätte«. Clarke wendet mit Recht ein, dass die beiden Geschichten Don A. Stuarts (d.i. John W. Campbells) »Twilight« und »Night«, die ihm als Inspiration dienten, noch ein weitaus pessimistischeres Bild der Menschheit zeichnen.

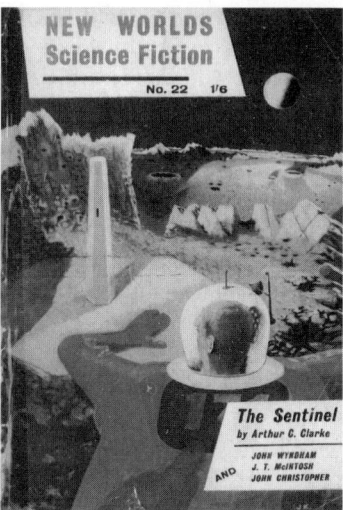

Clarke nutzte seine Freizeit, um Himmelsnavigation zu studieren, meldete sich zur Royal Air Force und wurde zum Funk-Mechaniker und -Instruktor ausgebildet. Er bestand darauf, dass auf seiner Wehrdienstmarke »Pantheismus« eingetragen wurde. Er erhielt eine Ausbildung in Elektronik, war mit der Entwicklung und Erprobung radargesteuerter Blindlandungen von Flugzeugen beschäftigt, wo er zum ersten Mal mit ausgebildeten Wissenschaftlern zusammenarbeitete. In seinem einzigen Nicht-SF-Roman »Glide Path« schrieb er über die Erprobung dieser neuen Technik. Während seiner fünf Jahre in der RAF entwickelte er das Prinzip des Kommunikationssatelliten (»Extra-Terrestrial Relays – Can Rocket Stations Give Worldwide Radio Coverage?« in *Wireless World* vom Oktober 1945) und schrieb auch Artikel und SF-Geschichten. Dass er für das Konzept geostationärer Kommunikationssatelliten nur einen Artikel schrieb, für den er 400 Dollar erhielt, aber seine Idee nicht patentierte – darauf wies er zeitlebens bedauernd hin.

1945 verkaufte er seine erste Geschichte »Rescue Party« für 180 Dollar an John W. Campbell, hatte aber bereits vorher als Ideenlieferant für Geschichten Erik Frank Russells von diesem Honorare erhalten. Nach dem Krieg studierte er als »undergraduate« Mathematik und Physik am King's College in London und schloss die dreijährige Ausbildung in zwei Jahren ab. Während seines Studiums wurde er Vorsitzender der BIS, hielt öffentliche Vorträge (wie dann Zeit seines Lebens) und schrieb weitere Artikel und Geschichten. Er verfasste in dieser Zeit auch seinen ersten SF-Roman »Prelude to Space« (1951 als »Galaxy Science Fiction Novel« veröffentlicht, dt. »Die Erde lässt uns los«, 1954), der als Popularisierung des Raumfahrtgedankens gedacht war, um die Öffentlichkeit auf die Möglichkeiten der Raumfahrt und die Notwendigkeit internationaler Zusammenarbeit hinzuweisen. Ein Studium der Astronomie brach er ab und wurde Assistant Editor bei der Zeitschrift *Physics Abstracts*, wo er den Inhalt wissenschaftlicher Forschungsarbeiten bündig zusammenfassen musste. Das gesellige Zusammensein mit Freunden nach der Arbeit im White Horse Pub wurde zum Kern der Erzählungen von kuriosen pseudowissenschaftlichen Forschungen in »Tales from the White Hart« (1957, dt. »Geschichten aus dem Weißen Hirschen«, 1984).

Als Clarke den ersten Vertrag für ein Buch erhielt, gab er seinen Job auf und widmete sich fortan ganz der Schriftstellerei. Seine erste Buchveröffentlichung war ein populärwissenschaftliches Buch über Raumfahrt, »Interplanetary Flight – An Introduction to Astronautics« (1950). Ein späteres populärwissenschaftliches Buch, »The Exploration of Space« (1951), wurde sein erster großer Erfolg, als es Clifton Fadiman als Auswahlband des Book-of-the-Month-Buchklubs durchsetzte. Nach diesem Erfolg reiste Clarke in die USA, wo er zahlreiche Auftritte in Radio und Fernsehen hatte.

Seine ersten SF-Bücher fanden keine sonderliche Beachtung, es waren häufig biedere Geschichten von Raumfahrt und der Erforschung und Urbarmachung anderer Planeten wie »The Sands of Mars« (1951, dt. »Projekt Morgenröte«, 1953). Aber er gewann mit Ballantine einen Verleger, der seine Bücher regelmäßig in Buch- und Taschenbuchform in schönen Editionen herausbrachte, zuerst »Childhood's End«, »Expedition to Earth« (eine Kurzgeschichtensammlung) und »Prelude to Earth«. »Childhood's End« (1953, dt. »Die letzte Generation«, 1960), das auf der früheren Geschichte »Guardian Angel« in *Famous Fantastic Mysteries* (April 1950) und im britischen *New Worlds* (Winter 1950) basiert, wurde sein erster großer Romanerfolg, das Buch gilt als einer der Klassiker der Science Fiction und zeigt, wie schon »Against the Fall of Night«, die mystische Ader Clarkes: die Entwicklung der Menschheit zu einem körperlosen Superwesen, einem »Overmind«, wobei »Overlords«, unbekannte außerirdische Wesen, die ironischerweise Hörner haben, als Geburtshelfer fungieren. Die Hörner gehen wiederum auf Campbells Einfluss zurück, in dessen Space Opera »The Mightiest Machine«, dem Vorläuferroman des im deutschen Sprachraum als Klassiker geltenden »The Incredible Planet« (dt. »Der unglaubliche Planet«), eine Rasse gehörnter Wesen, die einst ausgewandert waren, als Widersacher der Menschheit zurückkehren.

1954 begann eine weitere Leidenschaft Clarkes, die sein künftiges Leben prägte: das Tauchen und die Erforschung der Ozeane. Seine erste Tauchreise ging zum großen Barriereriff in Australien, und auf der Schiffsreise dorthin schrieb er einen Großteil des Romans »The City and the Stars« (1956, dt. »Die sieben Sonnen«, 1960), der wieder eine umgearbeitete Fassung von »Against the Fall of Night« ist. In ihm greift er den Topos der utopischen Zukunftsstadt, hier Diaspar genannt, auf, die eine geschlossene, statische Gesellschaft ist, aus der der Held ausbricht, um andere Menschen und Gesellschaften kennenzulernen. In diesen Romanen sind Clarke schöne, poetische Stimmungsschilderungen gelungen.

Über seine Meeresforschungen schrieb Clarke Sachbücher (wie »The Coast of Coral«, 1956), er nutzte dieses Interesse aber auch zu Milieuschilderungen in SF-Romanen wie »The Deep Range« (1957, dt. »In den Tiefen des Meeres«, 1957), in dem er die Bewirtschaftung der Ozeane vorschlägt, »Dolphin Island« (1963, dt. »Die Delphininsel«, 1974) oder »Imperial Earth« (1975, dt. »Mackenzie kehrt zur Erde heim«, 1977). Er betätigte sich auch als Unterwasser-

Schatzsucher und seine Faszination mit der *Titanic* schlug sich noch spät in einem Roman über die Hebung dieses Luxusschiffes nieder (»The Ghost from the Grand Banks«, 1990).

Seine Reise führte ihn auch nach Ceylon – Sri Lanka, und er verliebte sich in dieses Land und verlegte seinen Hauptwohnsitz 1956 dorthin, musste allerdings aus steuerlichen Gründen – mangels des Vorhandenseins von Abkommen zur Vermeidung der Doppelbesteuerung und der hohen Steuerlast auf Sri Lanka – viele Monate im Jahr auf Reisen verbringen. 1974 wurde dann ein eigens auf ihn zugeschnittenes Gesetz beschlossen, das ins Land gebrachtes Geld von der Besteuerung ausnahm.

1962 hatte Clarke, als er sich den Kopf an einer Tür anstieß, ernste gesundheitliche Probleme, war monatelang gelähmt, konnte aber mit Hilfe von Krücken bald wieder gehen. Die Ursache war eine Erkrankung an Kinderlähmung, die er so weit überwand, dass er sogar wieder tauchen konnte. 1986, als sich Gehbeschwerden einstellten, gaben ihm Londoner Ärzte nur mehr eine Lebenserwartung von fünfzehn Monaten, aber amerikanische Ärzte diagnostizieren ein Jahr später ein Post-Polio-Syndrom. Er war größtenteils auf den Rollstuhl angewiesen, doch er überlebte die Prognose um mehr als zwanzig Jahre.

Den großen Durchbruch als Schriftsteller schaffte er mit »2001: A Space Odyssey« (1968, dt. »2001: Odyssee im Weltraum«, 1969). Seit 1964 hatte er mit Stanley Kubrick an der Entwicklung eines Filmprojekts gearbeitet, dessen Ausgangspunkt die Kurzgeschichte »The Sentinel« (1948, erst 1951 veröffentlicht) wurde, die er für einen Wettbewerb der BBC geschrieben hatte (wo sie abgelehnt wurde). Darin entwickelte er die Idee eines geheimnisvollen Objekts auf dem Mond, ein Artefakt außerirdischer Intelligenzen, welche die Menschheit überwachen und fördern. Einen zweiten ähnlichen Monolithen gibt es im Roman in einem Orbit um den Jupiter.

Die Zusammenarbeit mit Kubrick verlief nicht reibungslos, wohl deshalb, weil Kubrick als Künstler doch ein ganz anderes Kaliber war, und während *2001* ein geradezu mystisches Ereignis ist, der nach Meinung vieler beste SF-Film aller Zeiten, mit Bildern kosmischer Großartigkeit, ist der Roman, der in manchen Einzelheiten vom Film abweicht (vor allem, weil sich Clarke bemüßigt fühlt, alles zu erklären), doch eher ein biederes Stück Prosa, das der Transfor-

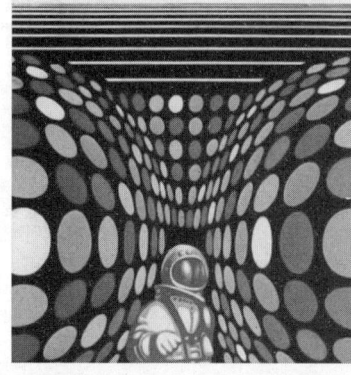

mation des Astronauten Bowman zu einem »Sternenkind« sprachlich nur sehr inadäquat Ausdruck gibt. In »The Lost Worlds of 2001« (1972) berichtet Clarke über die Zusammenarbeit mit Kubrick und präsentiert alternative Textstellen, die nicht in den Roman aufgenommen wurden. Nichtsdestotrotz wurden von dem Buch Millionen Exemplare verkauft, und Clarke ließ ihm drei Fortsetzungen folgen, in denen er das Raumfahrtthema und die Geburtshilfe durch extraterrestrische Intelligenzen variierte: »2010: Odyssey Two« (1982; 1984 verfilmt von Peter Hyams), »2061: Odyssey Three« (1988) und »3001: The Final Odyssey« (1997). Damit erlag auch Clarke der SF-Krankheit, um jeden Preis Fortsetzungen zu schreiben, auch wenn diese gemeinhin inhaltlich immer dürftiger werden. Und das Unternehmen Arthur C. Clarke war auch Hauptnutznießer des eine Zeitlang grassierenden »share-croppings«: dass erfolgreiche SF-Autoren ihre »grünen Weiden« weniger bekannten und meist weniger begabten Mitautoren zur Verfügung stellen, die dann Romanprojekte entwickeln, zu denen der berühmte Namensgeber allenfalls ein paar Ideen beigetragen hat. So schrieb Clarke mit Gentry Lee »Cradle« (1988), »Rama II« (1989), »The Garden of Rama« (1991) und »Rama Revealed« (1993), mit Mike McQuay »Richter 10« (1996), mit Michael P. Kube-McDowell »The Trigger« (1999), 1990 verfasste Gregory Benford eine Fortsetzung zu »Against the Fall of Night«, und zuletzt schrieb Clarke eine Reihe von Romanen mit Stephen Baxter (dem talentiertesten dieser Co-Autoren): »The Light of Other Days« (2000), »Time's Eye« (2003), »Sunstorm« (2005) und »Firstborn« (2007). Eine letzte Gemeinschaftsarbeit, diesmal mit Frederik Pohl, »The Last Theorem«, soll noch in diesem Jahr erscheinen.

»2001: A Space Odyssey« läutete den Beginn von Science Fiction als »big business« ein; für Clarke bedeutete es zunächst einen gut dotierten Vertrag für drei Bücher: »Rendezvous with Rama« (1972, dt. »Rendezvous mit 31/439«, 1975, ausgezeichnet mit Campbell, Hugo und Nebula Award), »Imperial Earth« (1975, dt. »Mackenzie kehrt zur Erde heim«, 1977) und »The Fountains of Paradise« (1978, dt. »Fahrstuhl zu den Sternen«, 1979, ausgezeichnet mit Hugo und Nebula). In letztgenanntem Roman entwickelte er das seitdem von vielen anderen SF-Autoren aufgegriffene Konzept des Orbitallifts oder »Skyhooks«, das unabhängig davon auch Charles Sheffield in seinem kurz nach »The Fountains of Paradise« erschienenen Roman »The Web Between the Worlds« (1979, dt. »Ein Netz aus tausend Sternen«, 1982) verwendete.

Clarke war ein ungemein produktiver Autor, gleicherweise auf dem Gebiet des Sachbuchs wie der Belletristik, er hielt ständig Vorträge und gestaltete auch Fernsehprogramme wie *Arthur C. Clarke's Mysterious Worlds*, *Arthur C. Clarke's World of Strange Powers* und *Arthur C. Clarke's Mysterious Universe*. Für seine Wissenschaftsdarstellungen wurde er mit zahlreichen Preisen ausgezeichnet, darunter 1962 mit dem Kalinga-Preis der UNESCO. 1998 wurde er geadelt. Er war ein unermüdlicher Propagator der Weltraumfahrt und schloss als solcher an Leute wie Hermann Oberth, Willy Ley oder Wernher von Braun an, sodass er auch unter anderem mit einem nach ihm benannten Asteroiden geehrt wurde (es gibt aber auch einen Dinosaurier namens Serendipaceratops arthurcclarkei).

Zu seinen bekanntesten Sachbüchern zählt »Profiles of the Future« (1962, dt. »Im höchsten Grade phantastisch«, 1963), in dem er drei Gesetze für Technologie aufstellte, von denen das dritte am häufigsten zitiert wird: »Jede genügend fortgeschrittene Wissenschaft ist von Magie nicht zu unterscheiden.« Er schrieb damals, er komme mit drei Gesetzen aus, weil auch Newton drei gereicht hätten; in *Astounding Days* bezog er sich dann im selben Sinn auf Asimovs drei Gesetze der Robotik. Mit Asimov hatte er übrigens eine Vereinbarung, dass jeder den jeweils anderen als den größten SF-Autor bezeichnen würde. Bekannt ist die Koketterie, mit der Clarke mehrmals verkündete, nun seinen endgültig letzten Roman veröffentlicht zu haben.

In der Science Fiction war Arthur C. Clarke als Popularisator der Weltraumfahrt oft Autor einer trockener Weltraumkost, die ihn als eine Art talentierteren und wissenschaftlich fundierteren Erich Dolezal zeigten (»Islands in the Sky«, 1952, dt. »Inseln im All«, 1958, war denn auch als Jugendbuch konzipiert; andere Bücher dieser Art sind gleichfalls als Jugendbücher zu betrachten, auch wenn sie nicht so genannt werden). Der beste der »Hard-SF«-Romane ist wohl »Rendezvous with Rama«, in dem ein riesiges Raumschiff ins Sonnensystem eintritt (und es wieder verlässt) und erforscht wird, ohne dass das Geheimnis seiner Hersteller und Ziele gelöst würde.

Andererseits aber gibt es auch einen ganz anderen, poetisch-mystischen, religiösen Clarke, der von Don A. Stuart und Olaf Stapledon beeinflusst ist, in Büchern wie »Against the Fall of Night/ The City and the Stars«, »Childhood's End« und auch »2001: A Space Odyssey«, die ihrer Natur nach, trotz Mängeln in Stil und Charakterisierung, machtvolle Mythen sind. Dazu gehören auch seine wohl bekanntesten Kurzgeschichten »The Nine Billion Names of Gods« (1953, dt. »Die neun Milliarden Namen Gottes«), in der die Sterne verlöschen, nachdem buddhistische Mönche mit Hilfe von Computerpermutationen alle wahren Namen Gottes herausgefunden haben, oder »The Star« (1955, für die er einen Hugo erhielt), in der sich herausstellt, dass der Stern von Bethlehem eine Supernova war, die den Tod unzähliger denkender Wesen verursachte, was den Helden, einen frommen Jesuiten-Pater, in tiefe Gewissenskonflikte stürzt. Es sind, glaube ich, diese Texte, in denen Wissenschaft und Theologie eine oft unbehagliche Verbindung eingehen, die in Erinnerung bleiben werden. Von Belang ist auch die längere Erzählung »A Meeting with Medusa« (1972), für die Clarke ebenfalls einen Nebula erhielt. 1986 wurde er zum »Grand Master« der Science Fiction Writers of America ernannt, und im selben Jahr stiftete er selbst einen nach ihm benannten, dotierten Preis für den besten Roman des Jahres.

Im Jahre 1938 schrieb Clarke an einen Freund: »Ich strebe nicht nach Schriftstellerruhm, und habe keinen Grund zu der Annahme, dass ich große literarische Talente habe. Gelegentlich gelingt mir eine amüsante Geschichte, und ich bin der Meinung, wenn ich genügend Zeit zur Perfektionierung meines Stils aufwende, kann ich Besseres zustande bringen als die meisten Autoren der Pulps ... Da mir die Zeit zum ernsthaften Schreiben fehlt, greife ich nur dann zur Feder, wenn mich die Laune dazu überkommt, und nicht öfter.«

Bei an die hundert Büchern, unzähligen Ehrungen, gewaltigen Honoraren und Weltberühmtheit kein schlechtes Ergebnis für einen Gelegenheitsschriftsteller!

Franz Rottensteiner

Kurt Vonnegut (11. November 1922 – 11. April 2007)

Hört: Kurt Vonnegut hat sich von der Zeit losgelöst. Am 11. April 2007. Zurückgelassen hat er vierzehn Romane, drei Dutzend Kurzgeschichten, ungezählte Artikel und Essays sowie Myriaden von schlauen Sprüchen. Und diesen Mehrzeiler:»I wanted all/things to seem to/make some sense/so we could all be/happy, yes, instead/of tense. And I/made up lies, so/they all fit nice/and I made this/sad world a/paradise.«

Kurt Vonnegut war ein intellektueller Chaot, der zum Weltweisen avancierte. Ein Veteran des Zweiten Weltkriegs, der zum Kultautor der Hippie-Bewegung wurde. Ein Humanist bis in die letzte Haarspitze, der keinen Pfifferling auf die menschliche Zivilisation gab. Ein Science-Fiction-Autor, der im Jahr der Mondlandung schrieb: »Wir haben bislang 33 Milliarden Dollar im Weltraum verpulvert. Die hätten wir besser dazu eingesetzt, hier auf der Erde unsere schmutzstarrenden Kolonien aufzuräumen. Es besteht kein dringlicher Bedarf, irgendwohin in den Weltraum zu kommen, auch wenn Arthur C. Clarke so gern die Quelle der imponierenden Radiowellen entdecken möchte, die wir vom Jupiter empfangen.«

Kurt Vonnegut

Und so ging das alles: Vonnegut wurde 1922 als drittes Kind in eine deutschstämmige Künstlerfamilie geboren. Nach Highschool und einem zweijährigen Chemiestudium ging er 1942 zur Armee und wurde 1944 nach Europa geschickt, wo er prompt in deutsche Kriegsgefangenschaft geriet. Er überstand das Bombardement von Dresden, wurde 1945 von sowjetischen Soldaten befreit, kehrte in die USA zurück und wurde mit dem Purple Heart ausgezeichnet. Von 1945 bis 1947 studierte er Anthropologie an der University of Chicago, machte jedoch keinen Abschluss, weil das Thema seiner Magisterarbeit den Professoren als zu skurril erschien. Darauf schlug er sich als Public-Relations-Manager, Autohändler und Englischlehrer durch und schrieb ab 1950 nebenbei Kurzgeschichten für so unterschiedliche Magazine wie *Collier's*, *Argosy*, *Cosmopolitan*, *Galaxy*, *Saturday Evening Post*, *Worlds of If* und das *Ladies Home Journal*. 1952 erschien sein erster Roman »Das höllische System« (Player Piano). Es folgten »Die Sirenen des Titan« (The Sirens of Titan; 1959), »Mutter Nacht« (Mother Night; 1961), »Katzenwiege« (Cat's Cradle; 1963) und »Gott segne Sie, Mr. Rosewater« (God Bless You, Mr. Rosewater; 1965). Von einigen Achtungserfolgen in der SF-Szene abgesehen, nahm praktisch niemand diese Bücher zur Kenntnis; Vonnegut, der sich inzwischen ganz auf das Schreiben verlegt hatte, konnte sich finanziell kaum über Wasser halten. Doch dann geschah ein Wunder, wie es nur in der Welt der Literatur möglich ist: Ein Roman, der eins der furchtbarsten Ereignisse des Zweiten Weltkriegs, den »Feuersturm« von Dresden, mit wüsten Abenteuern auf dem Planeten Tralfamadore verband, landete auf Platz eins der New-York-Times-Bestsellerliste und wurde von der damaligen Protestbewegung, der »Gegenkultur« der Sechziger und Siebziger, kurzerhand kanonisiert. Dieses Buch heißt »Schlachthof 5« (Slaughterhouse 5), es ist 1969 erschienen und immer noch ein Meisterwerk – und wenn Sie es bisher nicht gelesen haben, dann gehen Sie jetzt bitte in den Buchladen und kaufen Sie es!

Nach dem Erfolg von »Schlachthof 5« war Vonnegut ein anerkannter Großschriftsteller und feste Größe im politischen Diskurs seines Landes – obwohl er weiterhin wüste Abenteuer schrieb: »Frühstück für Helden« (Breakfast for Champions; 1973), »Slapstick« (Slapstick; 1976), »Galgenvogel« (Jailbird; 1979), »Zielwasser« (Deadeye Dick; 1982), »Galapagos« (Galápagos; 1985), »Blaubart« (Bluebeard; 1987), »Hokus Pokus« (Hocus Pocus; 1990) und »Zeitbeben« (Timequake; 1997).

Alle diese Romane bilden, was Paul Williams einmal den »Meta-Roman« genannt hat: eine Kette von Geschichten – mal Science Fiction, mal irgendetwas anderes –, in denen anhand immer wiederkehrender Figuren auf immer wieder originelle Weise immer wieder dasselbe erzählt wird: Nämlich wie Kurt Vonnegut die Welt sieht. Alle diese Romane sind Zettelkästen aus skurrilen Anekdoten und philosophischen Reflexionen, apokalyptischem Geplauder und schmerzhaften Aphorismen, melancholischen Zoten und sonstigen Weisheiten, die, so der Autor, »die Sprengkraft einer sehr großen Bananencremetorte von zwei Metern Durchmesser, zwanzig Zentimetern Dicke und abgeworfen aus zehn Metern Höhe oder mehr« hatten. Was dazu führte, dass man Vonnegut als »Pop-Literat« einsortierte, als Vertreter jener Patchwork-Kunst des Nicht-Linearen, Nicht-Chronologischen, Neologistischen, Karikaturhaften, die sich alles einverleibt, was nicht weglaufen kann, aber eben – so die Kritiker – nie jene literarische »Tiefe« erreicht, wie es die psychologisch sauber durchkomponierte Alltagsbelletristik vermag ... und so weiter. Hört, liebe Kritiker: Man könnte kaum falscher liegen! Ein kurzer Blick etwa in »Gott segne Sie, Mr. Rosewater« genügt, um sich eines Besseren belehren zu lassen: Vonneguts Karikaturen sind viel menschlicher, als uns recht sein kann – ja, sie machen *uns* zu Karikaturen. Hätte Thomas Bernhard mal einen ordentlichen Joint geraucht, hätte er auch so einen Roman geschrieben.

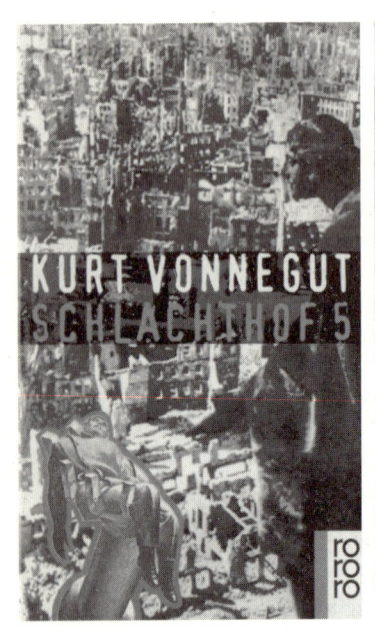

Hier ist also die Wahrheit: Kurt Vonnegut war in jeder Hinsicht, die man sich nur vorstellen kann, ein literarischer Dissident. Der größte, den die amerikanische Kultur des 20. Jahrhunderts hervorgebracht hat. Er hat uns keine Hoffnung gemacht, aber er hat uns zum Lachen gebracht. Und zum Grübeln. Ein Hurra auf Kurt Vonnegut!

Kurt Vonnegut hat sich von der Zeit losgelöst. Am 11. April 2007. Doch im Internet arbeiten die jungen Leute – die gerade ihre ganz eigene Art der Gegenkultur entwickeln – eifrig daran, den großen Mann zurückzuholen. So geht das.

Sascha Mamczak

Theodore L. Thomas (1920–2005)

Bereits am 24. September 2005 starb der amerikanische SF-Autor Theodore Lockard Thomas in Tucson, Arizona nach langer, schwerer Krankheit. Er war 85 Jahre alt. Thomas wurde 1920 in New York City geboren und diente von 1943 bis 1946 in der US Army. Nach dem Krieg besuchte er das Massachusetts Institute of Technology und erwarb 1953 die Doktorwürde in Jus an der Georgetown University. Bis zu seiner Pensionierung 1985 arbeitete er als Patentanwalt. Thomas schrieb zwei Romane gemeinsam mit Kate Wilhelm, »The Clone« (1965) und »The Year of the Cloud« (1970), der Schwerpunkt seiner schriftstellerischen Tätigkeit lag aber bei der kurzen Form. Insgesamt veröffentlichte er über vierzig Geschichten in den diversesten SF-Magazinen, vor allem in den Fünfziger- und Sechzigerjahren, beginnend mit »The Revisitor« (1952), darunter auch seine wohl bekannteste, »The Weatherman« (1962). Eine Reihe von Geschichten um einen Patentanwalt wurden, zum Teil in Zusammenarbeit mit Charles R. Harness, unter dem Pseudonym Leonard Lockard veröffentlicht.

Sydney J. Bounds (1920–2006)

Der britische Autor Sydney James Bounds verstarb am 24. November 2006 an Krebs. Er war 86 Jahre alt. Bounds wurde am 4. November 1920 in Brighton, Sussex geboren, diente während des Zweiten Weltkriegs bei der Royal Air Force und arbeitete danach zunächst in einer Fabrik, bevor er sich dazu entschloss, Schriftsteller zu werden. Seine erste Veröffentlichung war die Horror-Story »Strange Portrait« (1946), der hunderte weitere quer durch alle Genres folgten, auch SF. Die besten davon sind in zwei Bänden gesammelt: »Strange Portrait and Other Stories« und »The Wayward Ship and Other Stories« (beide 2002). Er veröffentlichte über vierzig Romane, die meisten davon Western, aber auch SF-Bücher, wie »Dimension of Horror« (1953), »The Moon Raiders« (1955), »The World Wrecker« (1956), »The Robot Brains« (1957), »Countdown to Murder« (1962; als George Sydney), »The Predators« (2002), »Star Trail« (2003), »The Cleopatra Syndicate« und »Murder in Space«, die beiden letzten posthum erschienen.

Leon E. Stover (1929-2006)

Am 25. November 2006 starb der amerikanische Autor und Kritiker Leon Eugene Stover in seiner Wohnung in Chicago an Diabetes. Er war 77 Jahre alt. In Lewiston, Pennsylvania geboren, besuchte Stover das Western Maryland College und erhielt die Doktorwürde von der Columbia University. In den Fünfzigerjahren lebte er in New Jork und schloss mit Harry Harrison Freundschaft. Von 1963 bis 1965 lehrte er an der Universität von Tokyo und hielt anschließend bis zu seiner Pensionierung im Jahr 1995 Vorlesungen in Anthropologie am Illinois Institute of Technology. Er war Mitherausgeber zweier Anthologien – »Apeman, Spaceman« (1968; mit Harry Harrison) und »Above the Human Landscape« (1972; mit Willis E. McNelly) – und schrieb gemeinsam mit Harrison den SF-Roman »Stonehenge« (1972; 1983 erweitert »Stonehenge: Where Atlantis Died«). Zudem verfasste er Sachbücher über Harry Harrison, Robert A. Heinlein und Herbert George Wells.

Pierce Askegren (1955-2006)

Der amerikanische Schriftsteller Pierce Askegren starb am 29. November 2006 in seinem Haus in Annandale, Virginia an einem Herzinfarkt. Er war 51 Jahre alt. John Pierce Askegren wurde am 9. Juni 1955 in Pittsburg, Virginia geboren und erwarb 1978 einen BA in Kommunikationswissenschaft am Madison College. Danach arbeitete er in den unterschiedlichsten Jobs, bevor er freiberuflicher Schriftsteller wurde. Neben einigen Erzählungen, die in diversen Anthologien erschienen, veröffentlichte er zahlreiche Romane, in erster Linie zu Comics – »Fantastic Four: Countdown to Chaos« (1998), »Spider-Man and Iron Man« (1997; mit Danny Fingeroth), »Spider-Man and Iron Man: Sabotage« (1997) und »The Avengers and the Thunderbolts« (1998) – und TV-Serien: »Collateral Damage« (2005; mit J.J. Abrams; zu *Alias*) und »After Image« (2006; zu *Buffy the Vampire Slayer*). Reine Genre-Romane waren »Human Resource« (2005), »Fall Girl« (2005) und »Exit Strategy« (2006), die die »Inconstant Moon«-Trilogie bilden.

Jaygee Carr (1940–2006)

Am 20. Dezember 2006 starb die amerikanische SF-Autorin Jaygee Carr in Austin, Texas. Sie war 66 Jahre alt. Carr wurde am 28. Juli 1940 unter ihrem richtigen Namen Margery Ruth Morgenstern geboren, heiratete 1961 Roger Krueger und arbeitete bei der NASA. Ihre erste SF-Story erschien 1976 unter dem Titel »Alienation« in *Astounding*, weitere folgten bis in die Neunzigerjahre in den diversen Genre-Magazinen. Ihr erster Roman, »Leviathan's Deep«, kam 1979 auf den Markt, danach erfolgte die Veröffentlichung der »Rabelais«-Trilogie, bestehend aus »Navigator's Syndrome« (1983), »The Treasure in the Heart of the Maze« (1985) und »Rabelaisian Reprise« (1988).

Robert Anton Wilson (1932–2007)

Der amerikanische Schriftsteller Robert Anton Wilson starb am 11. Januar 2007 in Capitola, Kalifornien nach langer schwerer Krankheit. Er war 74 Jahre alt. Wilson wurde am 18. Januar 1932 in Santa Cruz, Kalifornien geboren, studierte an der University of New York und der Paideia University und erwarb den Doktor der Philosophie in Psychologie. Er arbeitete in verschieden Berufen, darunter auch sechs Jahre lang als Associate Editor für den *Playboy*, bevor er sich 1971 als freiberuflicher Schriftsteller, Futurist, Instruktor und Punkrocker selbständig machte. Sein Hauptwerk ist die gemeinsam mit Robert Shea geschriebene »Illuminatus!«-Trilogie, bestehend aus den Einzelbänden »The Eye in the Pyramid«, »The Golden Apple« und »Leviathan« (alle 1975), die 1986 den Prometheus Hall of Fame Award gewann. Wilson verfasste in der Folge solo noch weitere Bücher zu diesem Thema, wie »Cosmic Trigger: The Final Secret of the Illuminati« (1977) und dessen Fortsetzung »Down to Earth« (1992), »The Illuminati Papers« (1980), »Masks of the Illuminati« (1981) und die Collection »Right Where You Are Sitting Now: Further Tales of the Illuminati« (1982). Weitere interessante Werke sind die im 18. Jahrhundert spielenden »Historical Illuminatus Chronicles« – »Earth Will Shake« (1984), »The Widow's Son« (1985) und »Nature's God« (1991) –, die Trilogie um Schroedinger's Cat – »The Universe Next Door« 1979), »The Trick Top Hat« (1980) und »The Homeing Pigeons« (1981) – sowie die Einzelbände »The Sex Magicians« (1974), »Neuropolitics« (1977; mit Timothy Leary), »Ishtar Rising« (1988) und »Reality Is What You Can Get Away With« (1992). 1979 gab er gemeinsam mit Rudy Rucker und Peter Lamborn Wilson die Anthologie »Semiotext(e) Science Fiction« heraus.

Charles L. Fontenay (1917–2007)

Am 27. Januar 2007 starb der amerikanische Autor Charles Louis Fontenay in einem Spital in Memphis, Tennessee. Er war 89 Jahre alt. Fontenay wurde am 17. März 1917 in São Paulo, Brasilien geboren. Seine Eltern kehrten aber bald nach der Geburt in die USA zurück, und so wuchs er in Union City, Tennessee auf. Er arbeitete dort im Zeitungsgeschäft als Reporter, zunächst für den *Daily Messenger*. Von 1942 bis 1946 diente er bei der US Army, danach arbeitete er bis zu seiner Pensionierung als Reporter und Redakteur für *The Tennessean* in Nashville. Hier besuchte er auch die Vanderbilt University, wo er 1970 seinen Abschluss machte. Seine erste Story erschien 1954 unter dem Titel »Disqualified«, rund vierzig weitere erschienen in den Fünfziger- und Sechzigerjahren in verschiedenen Anthologien und Magazinen. Sie wurden 2001 in einer dreibändige Edition neu aufgelegt: »Here, There, and Elsewhen«, »The Solar System and Beyond« und »Now and Elsewhen«. In dieser Zeit veröffentlichte er auch die SF-Romane »Twice Upon A Time«

(1958), »Rebels of the Red Planet« (1961) und »The Day the Oceans Overflowed« (1964). Erst in den Achtzigerjahren begann Fontenay wieder zu schreiben, und zwar einige Kurzgeschichten, eine achtzehn Bände umfassende Jugendbuch-Serie um »Kipton«, eine starke weibliche Protagonistin, sowie die SF-Romane »Target: Grant, 1862« (1999) und »Modál« (2001).

Roger Elwood (1943–2007)

Der amerikanische Autor und Herausgeber Roger Elwood starb am 2. Februar 2007 in Norfolk, Virginia an Krebs. Er war 64 Jahre alt. Elwood wurde am 13. Januar 1943 in New Jersey geboren und begann kurz nach der High School im Verlagswesen zu arbeiten. Zunächst gab er unter anderem auch Ringkampf-Magazine heraus, später war er auch in der SF-Szene tätig. Elwood editierte über achtzig SF-Anthologien, beginnend mit »Alien Worlds« (1964), die meisten davon in den Siebzigerjahren und zum Teil auch gemeinsam mit Co-Herausgebern wie Sam Moskowitz, Vic Ghidalia und Virginia Kidd. 1975 hob er die umstrittene SF-Reihe Laser Books aus der Taufe, die zwei Jahre auf dem Markt war und insgesamt 58 Bände umfasste. Danach verließ Elwood die SF-Szene und gab das kurzlebige religiöse Magazin *Inspiration* heraus. Seine christlich-fundamentalistische Überzeugung führte schließlich dazu, dass er in Folge religiös motivierte Romane mit oft sehr ausgeprägten SF- und Fantasy-Elementen verfasste, darunter die neunbändige »Angelwalk«-Serie (1988–2001) den »Bartlett Brothers«-Sechsteiler (1991/92), die drei »Oss Chronicles« (1993) und die »Without the Dawn«-Tetralogie (1997) sowie knapp zwanzig weitere Bücher.

Fred M. Stewart (1932–2007)

Am 7. Februar 2007 starb der amerikanische Schriftsteller Fred Mustard Stewart in Manhattan an Krebs. Er war 74 Jahre alt. Stewart wurde am 17. September 1932 in Anderson, Indiana geboren, graduierte 1954 in Princeton und begann ein Studium an der Juilliard School, um Konzertpianist zu werden. Nachdem er sein erstes

Buch verkauft hatte, wurde er Romanautor. Stewart veröffentlichte sechzehn Romane, von denen einige auch verfilmt wurden. Neben seinem Erstling, »The Mephisto Waltz« (1969), zählen noch »The Methuselah Enzyme« (1970) und »Star Child« (1974) zur SF.

David I. Masson (1915-2007)

Der britische SF-Autor David Irvine Masson starb am 25. Februar 2007 in Leeds, England. Er war 91 Jahre alt. Masson wurde am 6. November 1915 in Edinburgh geboren, besuchte von 1934 bis 1938 das Merton College in Oxford und arbeitete im Anschluss daran bis 1940 in der Leeds University Library. Während des Kriegs diente er im Royal Army Medical Corps, danach arbeitete er zunächst als Kurator in der Liverpool University Library und anschließend bis zu seiner Pensionierung im Jahr 1979 als Bibliotheksleiter der Brotherton Collection an der Leeds University. Sein Debüt als SF-Autor gab Masson 1965 mit der Aufsehen erregenden Story »Traveller's Rest«, der sechs weitere nicht minder beachtete Storys in *New Worlds* folgten. Sie wurden 1968 in »Caltraps of Time« gesammelt. Drei weitere Geschichten folgten in den Siebzigerjahren, die 2003 in die erweiterte Fassung der Storysammlung mit aufgenommen wurden.

Patrice Duvic (1946-2007)

Am 25. Februar 2007 starb der französische Schriftsteller, Herausgeber und Filmemacher Patrice Duvic an Krebs. Er war 61 Jahre alt. Der am 11. Januar 1946 geborene Sohn eines Krimiautors verbrachte 1969 einige Monate in den USA und begann nach seiner Rückkehr nach Frankreich als Kritiker und Herausgeber tätig zu werden. In den Achtzigerjahren gab er eine Anthologienreihe mit den besten Geschichten prominenter SF-Autoren wie Norman Spinrad, A. E. van Vogt und Thomas M. Disch sowie ein Dutzend Auswahlbände aus *Asimov's SF* heraus. Als Herausgeber der SF-Reihe La Découverte publizierte er die wichtigsten Autoren dieser Zeit, wie William Gibson, Greg Bear, James Morrow, Robert Holdstock und Tim Powers. 1979 erschienen zwei SF-Romane aus seiner Feder, »Naissez, nous ferons le reste« und »Poisson-pilote«; 1986 schrieb er sowohl Drehbuch als auch die Romanfassung des SF-Films *Terminus*. 1996 erschien sein letzter Roman »Autant en emporte le divan«.

Leigh Eddings (1937-2007)

Die amerikanische Fantasy-Autorin Leigh Eddings starb am 28. Februar 2007 in Carson City, Nevada nach einer Reihe Schlaganfällen im Gefolge langer, schwerer Krankheit. Sie war 69 Jahre alt. Eddings wurde unter ihrem Mädchennamen Judith Leigh Schall 1937 in der Nähe von Pittsburgh, Pennsylvania geboren, wo sie auch aufwuchs. Sie ging zur US Air Force und begegnete in Tacoma, Washington dem Fantasy-Autor David Eddings. Die beiden heirateten 1962 und schlugen schließlich ihr Domizil in Nevada auf. Wie David Eddings in den Neunzigerjahren bekannt gab, hat sie ihm bei allen seinen Romanen geholfen, offiziell als Co-Autorin angegeben ist sie aber nur bei den Romanen »Belgarath the Sorcerer« (1995), »Polgara the Sorceress« (1997), »The Redemption of Althalus« (2000), »Regina's Song« (2002), »The Elder Gods« (2003), »The Treasured One« (2004), »The Crystal Gorge« (2005) und »The Younger Gods« (2007) sowie beim Sachbuch »The Rivan Codex«.

Paul Walker (1942-2007)

Am 8. März 2007 starb der amerikanische SF-Autor Paul G. Walker in einem Pflegeheim in New Jersey; er war 64 Jahre alt. Walker wurde am 17. November 1942 in Newark geboren und verbrachte fast sein ganzes Leben in Bloomfield, New Jersey, wo er bis zu seiner Pensionierung im Jahr 2005 als Bibliothekar arbeitete. In den Siebzigerjahren publizierte er einige Storys in *The Magazine of Fantasy & Science Fiction* sowie *Galaxy* und führte in dieser Zeit auch zahlreiche Interviews mit SF-Autorenkollegen, die meisten davon gesammelt in »Speaking of Science Fiction« (1978). 1980 erschien sein einziger SF-Roman »Who Killed Utopia?«.

Paul E. Erdman (1932-2007)

Der amerikanische Schriftsteller Paul Emil Erdman, der auch einige Near-Future-SF-Romane verfasste, starb am 23. April 2007 auf seiner Ranch in Healdsburg, Kalifornien an Krebs. Er war 74 Jahre alt. Erdman wurde am 19. Mai 1932 in Stratford, Kanada geboren und besuchte das Concordia Seminary in St. Louis, Missouri, wo er 1954 seinen Bachelor machte. Nach einem akademischen Grad von der Georgetown University erwarb er 1958 auch noch das Doktorat in Ökonomie, Europäischer Geschichte und Theologie von der Universität Basel. In den späten Fünfziger- und frühen Sechzigerjahren arbeitete er für die EWG (jetzt: EU), Mitte der Sechzigerjahre war er Mitgründer der Salik Bank in Basel. Als diese 1970 zusammenbrach, wurde Erdman zusammen mit sieben weiteren Personen wegen Betrugs angeklagt. Auf Kaution freigelassen, flüchtete er in die USA und wurde in Abwesenheit schuldig gesprochen, jedoch nie ausgeliefert. Während der Untersuchungshaft schrieb er seinen ersten Roman »The Billion Dollar Sure Thing« (1973). Es folgten acht weitere Romane, darunter die futuristischen SF-Thriller »The Crash of '79« (1976), »The Last Days of America« (1981) und »The Panic of '89« (1986).

Pat O'Shea (1931-2007)

Am 3. Mai 2007 starb im Alter von 76 Jahren die irische Autorin Pat O'Shea in Manchester, England. Sie wurde am 22. Januar 1931 unter dem Mädchennamen Catherine Patricia Shiels in Galway, Irland geboren und erhielt ihre Erziehung im Presentation Convent und dem Convent of Mercy, wo sie 1947 graduierte. Im gleichen Jahr übersiedelte sie nach England und heiratete 1953 J.J. O'Shea, von dem sie sich 1962 trennte. Sie ließ sich in Manchester nieder und begann, für Theater und Fernsehen zu schreiben. In den frühen Siebzigerjahren verfasste sie Kurzgeschichten und Gedichte und entschloss sich, ein Fantasy-Jugendbuch zu schreiben. Sie brauchte dreizehn Jahre, um »The Hounds of Morrigan« fertigzustellen, das 1985 erschien und zum Bestseller avancierte. Zwei Jahre später erschien ein weiteres Jugendbuch: »Finn MacCool and the Small Men of Deeds«.

Lloyd Alexander (1924–2007)

Der amerikanische Autor Lloyd Chudley Alexander starb am 17. Mai 2007 in Drexel Hill, Pennsylvania an Lungenkrebs. Er war 83 Jahre alt. Alexander wurde am 30. Januar 1924 in Philadelphia geboren, besuchte das West Chester State College und das Lafayette College in Pennsylvania und diente von 1942 bis 1946 in der US Army. In Frankreich ausgemustert, studierte er zunächst an der Sorbonne und heiratete 1946 Janine Denni. Danach übte er etliche Gelegenheitsjobs aus, bis er Direktor der Carpenter Lane Chamber Music Society wurde. Obwohl das Gros seiner über vierzig Bücher zur Jugendliteratur gehört, war Alexanders erster Roman »And Let the Credit Go« (1955) ein Roman für Erwachsene, erst 1963 erschien mit »Time's Cat« sein erstes Jugendbuch. Viele seiner darauf folgenden Jugendromane gehören Zyklen und Serien an. Am bekanntesten davon ist wohl die Chronicles of Prydain-Serie um den Hilfsschweinehirten Taran, bestehend aus »Mabinogion: The Book of Three« (1964), »The Black Cauldron« (1965), »The Castle of Llyr« (1966), »Taran Wanderer« (1967) und »The High King« (1968; Newbery Medal) sowie die Collection »The Foundling and Other Tales of Prydain« (1970). Aber auch die anderen sind durchwegs gelungen, die aus »Westmark« (1981), »The Kestrel« (1982) und »The Beggar Queen« (1984) bestehende Trilogie um das Königreich Westmark ebenso wie die in einem alternativen Europa spielende Adventure-Serie um »Vesper Holly«, zu der die Romane »The Illyrian Adventure« (1986), »The El Dorado Adventure« (1987), »The Drackenberg Adventure« (1988), »The Jedera Adventure« (1989), »The Philadelphia Adventure« (1990) und »The Xanadu Adventure« (2005) gehören. Weitere Highlights im Schaffen Alexanders sind »Coll and His White Pig« (1965), »The Marvelous Misadventures of Sebastian« (1970; National Book Award), »The Cat Who Wished to Be a Man« (1973), »The Wizard in the Tree« (1974), »The First Two Lives of Lukas Kasha« (1978), »The Remarkable Journey of Prince Jen« (1991), »The Arkadians« (1995), »The Iron Ring« (1997), »The Gawgon and the Boy« (2001), »The Rope Trick« (2002) und »The Golden Dream of Carlo Chuchio« (posthum 2007). 2003 wurde Alexander für sein Lebenswerk mit dem World Fantasy Award ausgezeichnet.

Douglas Hill (1935-2007)

Am 21. Juni 2007 wurde der britische Autor Douglas Arthur Hill in London auf einem Fußgängerübergang von einem Bus überfahren und starb noch an der Unfallstelle. Er war 72 Jahre alt. Hill wurde am 6. April 1935 in Brandon, Manitoba in Kanada geboren, wuchs in Prince Albert, Saskatchewan auf und studierte an der University of Saskatchewan und der University of Toronto. 1958 heiratete er Gail Robinson – die Ehe wurde 1978 geschieden – und übersiedelte im Jahr darauf nach Großbritannien, um dort als freiberuflicher Autor zu arbeiten. Hill, der von 1971 bis 1984 Redakteur der Wochenzeitung *Tribune* war, schrieb annähernd 70 Bücher, die meisten davon Science Fiction für Kinder und Jugendliche. Seine ersten Genreveröffentlichungen waren die Sachbücher »The Supernatural« (1965; mit Pat Williams) und »Magic and Superstition« (1968). 1975 erschien sein erster SF-Jugendroman, »Coyote the Trickster« (mit Gail Robinson). Die meisten seiner SF- und Fantasy-Jugendbücher bilden Serien, wie Last Legionary, bestehend aus »Galactic Warlord« (1979), »Deathwing over Veynaa« (1980), »Day of the Starwind« (1980), »Planet of the Warlord« (1981) und »Young Legionary« (1982), die Huntsman-Trilogie mit »The Huntsman« (1982), »Warriors of the Wasteland« (1983) und »Alien Citadel« (1984), die Colsec-Trilogie mit »Exiles of Colsec« (1984), »The Caves of Klydor« (1984) und »Colsec Rebellion« (1985), der aus »Blade of the Poisoner« (1987) und »Master of Fiends« (1987) bestehende Poisoner-Zweiteiler, die Penelope-Trilogie – »Penelope's Pendant« (1990), »Penelope's Protest« (1994) und »Penelope's Peril« (1994) – sowie die Cade-Trilogie: »Galaxy's Edge« (1996), »The Moons of Lannamur« (1996) und »The Phantom Planet« (1997). Ebenfalls zu Zyklen und Serien gehören sowohl die für Erwachsene geschriebenen Abenteuer von Del Curb, Cosmic Courier, bestehend aus »The Fraxilly Fracas« (1989) und »The Colloghi Conspiracy« (1990), als auch die Apotheosis-Trilogie – »The Lightless Dome« (1993), »The Leafless Forest« (1994) und »The Limitless Bridge« (1999). Erwähnenswert sind auch noch die Einzelbände »World of the Stiks« (1994), »Malcolm and the Cloud-Stealer« (1995) und »The Dragon Charmer« (1997). Hill, der 1966/67 Associate Editor von *New Worlds* war, gab auch einige Anthologien heraus, und zwar »Window on the Future« (1966), »The Devil His Due« (1967), »Warlocks and Warriors« (1971), »The Shape of Sex to Come« (1978), »Alien Worlds« (1980) und »Planetfall« (1986).

Sterling E. Lanier (1927–2007)

Der amerikanische Autor, Redakteur und Künstler Sterling Edmund Lanier starb am 28. Juni 2007 in Sarasota, Florida. Er war 79 Jahre alt. Lanier wurde am 18. Dezember 1927 in New York geboren, studierte in Harvard, wo er 1951 graduierte, und arbeitete von 1953 bis 1958 an der University of Pennsylvania. Von 1958 bis 1960 war er als Forschungshistoriker im Museum von Winterthur in der Schweiz tätig, von 1961 bis 1967 war er als Managing Editor bei Chilton Books beschäftigt, wo er dafür sorgte, dass – neben etlichen anderen SF-Titeln – Frank Herberts »Dune«, der zuvor von allen anderen Verlagen abgelehnt worden war, ebenso veröffentlicht wurde wie »The Witches of Karres« von James H. Schmitz (1966). Danach war er hauptberuflich Schriftsteller, Bildhauer und Juwelier. Laniers schriftstellerische Karriere begann mit der SF-Story »Join Our Gang?«, die 1961 in *Astounding* zum Abdruck gelangte. Der Großteil seines Kurzwerks gehört zur Fantasy-Serie um »Brigadier Ffellowes«, die zumeist in F&SF erschienen und in zwei Bänden gesammelt wurden: »The Peculiar Exploits of Brigadier Ffellowes« (1972) und »The Curious Quest of Brigadier Ffellowes« (1986). Bei seinem ersten Roman »The War for the Lot« (1969) handelte es sich um ein Kinderbuch, sein wichtigster Beitrag zur Science Fiction aber war der darauf folgende Post-Atomkriegs-Roman »Hiero's Journey« (1973) und dessen Fortsetzung »The Unforsaken Hiero« (1983). Im gleichen Jahr erschien auch der Mars-Roman »Menace under Marswood«.

Fred Saberhagen (1930–2007)

Der amerikanische SF-, Fantasy- und Horror-Autor Fred Thomas Saberhagen starb am 29.Juni 2007 in Albuquerque, New Mexico an Krebs. Er war 77 Jahre alt. Saberhagen wurde am 18. Mai 1930 in Chicago, Illinois geboren, diente von 1951 bis 1955 bei der US Air Force und besuchte 1956/57 das Wright Junior College in Chicago. Von 1956 bis 1962 war er als Elektroniktechniker für Motorola tätig, dann arbeitete er bis 1967 als Freiberufler, um anschließend bis 1973 als Assistant Editor an der Encyclopedia Britannica mitzuwirken. Danach war er hauptberuflicher Schriftsteller. Sein Debüt als SF-Autor gab Saberhagen mit der in *Galaxy* erschienenen Story »Volume PAA-PYX« (1961). Weitere Veröffentlichungen folgten regelmäßig, darunter auch der Nebula-Finalist »Masque of the Red Shift« (1965) und die für den Hugo nominierte Erzählung »Mr. Jester« (1966). Einen Teil seines Storywerks enthalten die Collections »Earth Descended« (1981) und »Saberhagen: My Best« (1987). Sein Romandebüt gab er 1964 mit »The Golden People«. Große Bekanntheit erlangte Saberhagen mit seiner Saga um die Berserker, gnadenlose intelligente Maschinen, die alles Leben in der Milchstraße bedrohen; zu ihr gehören »Berserker« (1967), »Brother Assassin« (1969; auch: »Brother Berserker«), »Berserker's Planet« (1975), »Berserker Man« (1979), »The Ultimate Enemy« (1979; Storysammlung), »The Berserker Throne« (1985), »Berserker: Blue Death« (1985), »Berserker Lies« (1991; Collection), »Berserker Kill« (1993), »Berserker Fury« (1997), »Shiva in Steel« (1998), »Berserker's Star« (2003), »Berserker Prime« (2003) und »Rogue Berserker« (2005) sowie die von Saberhagen herausgegebene Anthologie »Berserker Base« (1985). Saberhagens bekannteste Fantasy-Romane spielen in einer postapokalyptischen Welt, in der die Magie wieder funktioniert. Dazu gehören die »Empire of the East«-Serie, bestehend aus »The Broken Lands« (1968), »The Black Mountains« (1971), »Changeling Earth« (1973; auch: »Ardneh's World«) und »Ardneh's Sword« (2006), sowie die Swords-Trilogie mit »The First Book of Swords« (1983), »The Second Book of Swords« (1983) und »The Third Book of Swords« (1984). Zwischen 1986 und 1995 schrieb er auch noch einen aus acht Romanen bestehenden dazugehörenden Zyklus um die Lost Swords: »Woundhealer's Story« (1986), »Sightblinder's Story« (1987), »Stonecutter's Story« (1987), »Farslayer's Story« (1989), »Coinspinner's Story« (1989), »Mindsword's Story« (1990), »Wayfinder's Story« (1992) und »Shieldbreaker's Story« (1994). 1998 startete er eine neue Fantasy-Saga, The Book of the Gods, die die Romane »The Face of Apollo«

(1998), »Ariadne's Web« (1999), »The Arms of Hercules« (2000), »God of the Golden Fleece« (2001) und »Gods of Fire and Thunder« (2002) umfasst. 1975 begann Saberhagen mit »The Dracula Tape«, in dem er Bram Stokers Klassiker aus der Sicht des Vampirs neu interpretierte, den Dracula-Zyklus. In den Folgejahren erschienen dazu des Weiteren »The Dracula-Holmes File« (1978), »An Old Friend of the Family« (1979), »Thorn« (1980), »Dominion« (1982), »A Matter of Taste« (1990), »Séance for a Vampire« (1994), »A Sharpness on the Neck« (1996) und »A Coldness in the Blood« (2002). 1987/88 publizierte er die SF-Dilogie um den Zeit reisenden Pilgrim, »Pyramids« und »After the Fact«. Zu seinen Stand-Alone-Romanen gehören »The Veils of Azlaroc« (1978), »Love Conquers All« (1979), »The Masks of the Sun« (1981), »Specimens« (1981), »Octagon« (1981), »A Century of Progress« (1983), »The Frankenstein Papers« (1986), »A Question of Time« (1992), »Dancing Bears« (1995) und »Merlin's Bones« (1995). Gemeinsam mit Roger Zelazny schrieb er die Romane »Coils« (1982) und »The Black Throne« (1990). Zudem gab er noch drei Anthologien heraus: »A Spadeful of Spacetime« (1981), »Pawn to Infinity« (1982, mit Jane Saberhagen) und »Machines That Kill« (1984).

Ronda Thompson (1955–2007)

Die amerikanische Autorin Ronda Thompson starb am 11. Juli 2007 in Amarillo, Texas an Krebs. Sie war 51 Jahre alt. Am 14. Oktober 1955 unter ihrem Mädchennamen Ronda L. Widener in Ponca City, Oklahoma geboren, übersiedelte sie 1963 mit ihrer Familie nach Amarillo, wo sie die Highschool besuchte. 1984 heiratete sie Mike Thompson, 1996 erschien ihr erster Roman, »Isn't It Romantic«. Sie schrieb zwar auch historische Romane, Western und Indianerbücher, ihre Spezialität waren aber Liebesromane mit übernatürlichen Elementen, darunter die Tetralogie Wild Wulfs of London, bestehend aus »A Wulf's Curse« (2003), »The Dark One« (2005), »The Untamed One« (20069 und »The Curséd One« (2006), den Werwolf-Zweiteiler After Twilight (2001) und »Call of the Moon« (2002) sowie den noch nicht erschienenen Roman »Confessions of a Werewolf Supermodel«.

Marc Behm (1925-2007)

Am 12. Juli 2007 verstarb der amerikanische Roman- und Drehbuchautor Marc Behm. Er war 82 Jahre alt. Behm wurde am 12. Januar 1925 in Trenton, New Jersey geboren und wollte zunächst Schauspieler werden. Nachdem er ein Jahrzehnt lang am Theater und im TV gespielt hatte, verlegte er sich auf das Drehbuchschreiben und machte sich als Autor für den Klassiker *Charade* (1963) und als Co-Autor des Scripts für den Beatles-Film *Help!* einen Namen. Behm, der während des Zweiten Weltkriegs in der US Army in Europa gedient hatte, entschloss sich schließlich, nach Frankreich zu übersiedeln, an der Sorbonne zu studieren und dort zu heiraten. Sein Erfolg als Drehbuchautor ermöglichte es ihm, vom Schreiben zu leben. Zu seinen meist surreal-phantastischen Romanen gehören »The Queen of the Night« (1977), »The Eye of the Beholder« (1980), »The Ice Maiden« (1983), »Afraid to Death« (1991), »Off the Wall« (1991), »Seek to Know More« (1993) und »Crabs« (1994).

Alice Borchardt (1939-2007)

Die amerikanische Schriftstellerin Alice Borchardt starb am 24. Juli 2007 in Houston, Texas an Krebs. Sie war 67 Jahre alt. Borchardt wurde am 6. Oktober 1939 unter ihrem Mädchennamen Alice Allen O'Brien geboren und wuchs mit ihrer Familie, zu der auch ihre jüngere Schwester, die Autorin Anne Rice, gehört, in New Orleans auf. 1969 heiratete sie Clifford Borchardt. Sie lebte viele Jahre in Houston, wo sie als Krankenschwester arbeitete. Ihr Debüt als Autorin gab sie 1995 mit der historischen Fantasy »Devoted«, zu der sie 1996 mit »Beguiled« eine Fortsetzung veröffentlichte. In der Folge verfasste sie die Silverwolf-Trilogie, bestehend aus »The Silver Wolf« (1998), »Night of the Wolf« (1999) und »The Wolf Queen« (2001) sowie die »Guinevere«-Romane »The Dragon Queen« (2001) und »The Raven Warrior« (2003).

John Gardner (1926-2007)

Der englische Schriftsteller John Gardner starb am 3. August 2007 in Basingstoke, England an Herzversagen. Er war 80 Jahre alt. Gardner wurde am 20. November 1926 in Seaton Delaval, Northumberland, England geboren, diente während des Zweiten Weltkriegs in der Royal Navy und bei den Royal Marines, wo er an Kommandounternehmen im Fernen und Mittleren Osten beteiligt war, graduierte 1950 vom St. John's College in Cambridge in Theologie und begann ein Studium in Oxford. 1952 wurde er Priester der Kirche von England, verließ aber nach einigen Jahren den Klerus und begann 1957 eine Laufbahn als Theaterkritiker und Journalist. Er war auch ein ausgebildeter Magier und als solcher Mitglied der Magiervereinigung Magic Circle. Nach dem Erfolg seines ersten Romans »Spin the Bottle« (1963) verlegte er sich auf das Schreiben. In den späten Achtzigerjahren übersiedelte er in die USA, kehrte aber 1996 wieder nach Großbritannien zurück. Gardner schrieb, beginnend mit »The Liquidator« (1964), eine Vielzahl von Thrillern mit Niveau, die teilweise auch die gleichen Protagonisten haben, den größten Erfolg hatte er aber mit der Weiterführung von Ian Flemings James Bond-Serie. Zwischen 1981 und 1996 schrieb Gardner sechzehn Romane um den britischen Meisterspion 007 mit der Lizenz zum Töten: »Licence Renewed« (1981), »For Special Services« (1982), »Icebreaker« (1983), »Role of Honour« (1984), »Nobody Lives Forever« (1986), »No Deals, Mr. Bond« (1987), »Scorpius« (1988), »License to Kill« (1989), »Win, Lose Or Die« (1989), »Brokenclaw« (1990), »The Man From Barbarossa« (1991), »Death Is Forever« (1992), »Never Send Flowers« (1993), »Seafire« (1994), »Goldeneye« (1995) und »Cold Fall« (1996).

Colin Kapp (1928-2007)

Der britische SF-Autor Colin Kapp starb am 3. August 2007 im Alter von 79 Jahren. Kapp wurde 1928 geboren und arbeitete als technischer Assistent in einem führenden Labor für Elektronenforschung. An SF schon seit früher Jugend interessiert, veröffentlichte er 1958 seine erste Geschichte in *New Worlds*, wo auch seine bekannte

Story »Lambda 1« (1962) erschien, während der Zyklus »The Unorthodox Engineeers«, dessen einzelne Teile zum gleichnamigen Episodenroman (1979) zusammengefasst wurden, zum größten Teil in *New Writings in SF* veröffentlicht wurde. Sein Romandebüt war »Transfinite Man« (1964; als »The Dark Mind« zuvor in Fortsetzungen erschienen). Weitere SF-Veröffentlichungen folgten, wie der Zweiteiler »The Patterns of Chaos« (1972) und »The Chaos Weapon« (1977), »The Wizard of Anharitte« (1973), »The Survival Game« (1976), »Manalone« (1977), »The Ion War« (1978), »The Timewinders« (1980) und die Space-Opera-Tetralogie um die Cageworld, eine Dyson-Sphäre: »Cageworld« (1982; auch »Search For the Sun«), »The Lost Worlds of Cronus« (1982), »The Tyrant of Hades« (1982) und »Star Search« (1983).

Jürgen Grasmück (1940–2007)

Dan Shocker, der Erfinder des Grusel-Heftromans und geistiger Vater der Romanheft-Serien Larry Brent und Macabros, starb am 7. August 2007 nach langer schwerer Krankheit in seinem Haus in Altenstadt. Er war 67 Jahre alt. Am 23. Januar 1940 unter seinem bürgerlichen Namen Jürgen Grasmück geboren, interessierte sich der spätere Erfolgsautor schon in frühester Jugend für das Schreiben und verfasste bereits in der Schule erste Kurzgeschichten. Im Alter von fünfzehn Jahren fesselte ihn eine Muskelerkrankung an den Rollstuhl. Auch um diesen Schicksalsschlag besser bewältigen zu können, begann er, SF- und phantastische Kurzgeschichten zu verfassen. Die erste davon erschien unter dem Titel »Atomkrieg auf dem Mars« in Ausgabe 6 von *Andromeda*, dem Club-Fanzine des Science Fiction Club Deutschland (1956), zwei weitere folgten in der von H. Bingenheimer zusammengestellten ersten deutschsprachigen SF-Anthologie »Lockende Zukunft« (1957; »Geheimnisvolle fremde Welt« und »Die Welt im Atom«), die allerdings unter seinem ersten Pseudonym Jay Grams publiziert wurden. Dieses benutzte er in der Folge auch für die insgesamt 23 SF-Leihbücher, die von 1957 bis 1961 im Bewin Verlag erschienen, beginnend mit »Die Macht im Kosmos«. Zu den wichtigsten dieser Romane gehören »Herrscher über die Ewigkeit« (1957), »Feinde im Universum«

(1958), »Kosmos der Verdammnis« (1958), »Für Menschen verboten« (1959), »Geisterplaneten« (1960) und »Welt ohne Sterne« (1964). Grasmück, der 1960 geheiratet hatte, erkannte bald, dass die Zukunft im Heftroman lag. Er bemühte sich, in diesem Markt Fuß zu fassen, was ihm auch nach einer kurzen Schreibpause, während der seine Gattin Karin für den Unterhalt sorgte, gelang. Für diese zweite Phase, in der er ebenfalls im SF-Bereich tätig war, verwendete er das neue Pseudonym Jürgen Grasse, unter dem im Laufe der Jahre zweiundzwanzig Romane für die Reihe *Zauberkreis Science Fiction* veröffentlicht wurden. Er schrieb als Jay Grams an Mark Powers mit, war als J.A. Garrett auch bei Rex Corda und Ad Astra beteiligt und publizierte ein *Utopia*-Heft als Albert C. Bowles. Western und Krimis aus seiner Feder erschienen unter Pseudonymen wie Jeff Hammon, Owen L. Todd, J.A. Gorman, Bert Floorman und Rolf Murat. Mitte der Sechzigerjahre entwickelte Grasmück das Konzept einer Gruselromanserie mit dem Serienhelden Larry Brent, der als Agent der PSA, der »Psychoanalytischen Spezialabteilung«, Verbrechen mit übernatürlichem Hintergrund aufklärt. Diese Serie, die 1968 in der Reihe »Silber Krimi« des Zauberkreis-Verlags mit »Das Grauen schleicht durch Bonnards Haus« gestartet wurde und unter dem Pseudonym Dan Shocker erschien, war so erfolgreich, dass sie später aus den »Silber Krimis« ausgekoppelt wurde und als eigene Serie weiterlief. Noch erfolgreicher war die 1973 gestartete, ebenfalls von Grasmück unter Dan Shocker veröffentlichte Horror-Serie *Macabros*. Großes Potenzial hatte auch die phantastische Abenteuer-Serie *Ron Kelly*, die 1985 aus der Taufe gehoben wurde, aber das konnte sie nicht mehr entwickeln. Denn als es 1986 zum bislang schwerwiegendsten Einbruch in der Heftroman-Szene kam, wurden neben zahlreichen anderen Reihen auch Dan Shockers noch laufende Serien (*Larry Brent*, *Ron Kelly*) eingestellt. Daraufhin beendete er seine so erfolgreiche schriftstellerische Laufbahn, eröffnete eine Spezialbuchhandlung für phantastische und esoterische Literatur und gründete den Grasmück Verlag, in dem einige esoterische Titel erschienen.

Joe L. Hensley (1926-2007)

Am 26. August 2007 starb der amerikanische Autor Joseph Louis Hensley im King's Daughter's Hospital in Madison, Indiana an Leukämie. Er war 81 Jahre alt. Hensley wurde am 19. März 1926 in Bloomington, Indiana geboren, diente während des Zweiten Weltkriegs in der US Navy, besuchte die Schule für Recht an der University of Indiana in Bloomington und wurde 1955 zu Gericht zugelassen. Von 1955 bis 1975 praktizierte er als privater Anwalt und als Staatsanwalt, dann war er bis zu seiner Pensionierung Richter des Gerichtsbezirks Indiana. Hensley hat sich in erster Linie mit Krimis und Spannungsromanen einen Namen gemacht, beginnend mit »The Color of Hate« (1969), darunter auch die zwölfbändige Serie um »Don Robak«, einen kämpferischen Polizeijuristen. Aber er schrieb auch etliche SF-Storys, beginnend mit »Treasure City« (1952 in *Planet Stories*). Weitere folgten, unter anderem in *Magazine of Fantasy & Science Fiction*, *Universe*, *Amazing* und verschiedenen Männermagazinen und Anthologien, darunter auch Kollaborationen mit Alexej Panshin und seinem Freund Harlan Ellison. Einige davon sind in der Storysammlung »Final Doors« (1991) enthalten.

Madeleine L'Engle (1918-2007)

Die amerikanische Kinderbuch-Autorin Madeleine L'Engle Camp verstarb am 5. September 2007 in ihrem Haus in Connecticut; sie war 88 Jahre alt. Sie wurde am 29. November 1918 in Manhattan geboren. Als sie elf Jahre alt war, übersiedelten ihre Eltern in die Französischen Alpen und L'Engle besuchte ein Internat in der Schweiz. 1933 übersiedelte die Familie nach Florida, und sie kam auf ein Internat in Charleston, South Carolina. Von 1937 bis 1941 besuchte sie das Smith College in Massachusetts, wo sie mit Auszeichnung in Englisch graduierte, und ging danach nach New York, um am Theater zu arbeiten. Dort traf sie 1942 den Schauspielkollegen Hugh Franklin, den sie 1946 heiratete und mit dem sie zwei Kinder hatte. 1952 übersiedelte die Familie nach Goshen, Connecticut, kehrte aber 1989 wieder nach New York zurück. L'Engle unterrichtete zeitweise und hielt Vorträge und Seminare. Ihre schriftstellerische Laufbahn begann als Bühnenschriftstellerin: Sie schrieb etliche Stücke und publizierte auch Gedichtsammlungen. Ihr Romandebüt gab sie 1945 mit »The Small Rain« (1968 auch: »Prelude«), einem Roman für Erwachsene, ebenso wie »Ilsa« (1946), »A Winter's Love« (1957), »The Love Letters« (1966), »The Other Side of the Sun« (1971), »A Severed Wasp« 1982), »Certain Women« (1992) und »A Life Coal in the Sea« (1996). Berühmt wurde sie jedoch hauptsächlich mit ihren Jugendbüchern, allen voran dem mit dem Newbery Award ausgezeichneten phantastischen Roman »A Wrinkle in Time« (1962), dem ersten Band des »Time Quintet«, zu dem noch »A Wind in the Door« (1973), »A Swiftly Tilting Planet« (1978), »Many Waters« (1986) und »An Acceptable Time« (1989) gehören. Interessante phantastische Jugendbücher sind auch »The Arm of the Starfish« (1965) sowie »The Young Unicorns« (1970). Zudem schrieb sie noch »And Both Were Young« (1949), »Camilla Dickinson« (1951; auch »Camilla«), »Meet the Austins« (1960), »The Moon By Night« (1963), »Dragons in the Waters« (1976), »A Ring of Endless Light« (1980), »A House Like a Lotus« (1984), »Troubling a Star« (1994) und »A Full House« (1999). Einige ihrer kürzeren Texte enthält die Sammlung »The Sphinx at Dawn« (1982).

Robert Jordan (1948–2007)

Am 16. September 2007 starb der amerikanische Fantasy-Autor Robert Jordan im Hospital der Medical University of South Carolina an den durch die seltene Blutkrankheit Amyloidosis hervorgerufenen Komplikationen. Er war 58 Jahre alt. Jordan wurde unter seinem bürgerlichen Namen James Oliver Rigney jr. am 17. Oktober 1948 in Charleston, South Carolina geboren, wo er auch den Großteil seines Lebens verbrachte. Von 1968 bis 1970 diente er in der US Army, war zweimal in Vietnam eingesetzt und wurde mit dem Distinguished Flying Cross und dem Bronze Star ausgezeichnet. Nach dem Krieg besuchte er The Citadel, das Military College of South Carolina, wo er Mitte der Siebzigerjahre seinen Abschluss in Physik machte. Als Rigney, der bis Ende der Siebzigerjahre als

Nuklearingenieur für die US Navy arbeitete, sich eine schwere Fußverletzung zuzog, las er während seines Krankenstands sehr viel und kam auf die Idee, sich auch als Autor zu versuchen. Nach einem Fehlstart auf dem SF-Sektor gab er 1980 sein Debüt mit »The Fallon Blood«, dem ersten Band einer historischen Familien-Saga, veröffentlicht unter dem Pseudonym Reagan O'Neal wie auch die Folgebände »The Fallon Pride« (1981) und »The Fallon Legacy« (1982). Im gleichen Jahr publizierte er unter dem Pseudonym Jackson O'Reilly den Western »Cheyenne Raiders«. 1980 heiratete Rigney Marriet McDougal, die Chefredakteurin des Verlags Tor, er selbst wurde Herausgeber von dessen Conan-Reihe. Für diese schrieb er, unter Verwendung des neuen Pseudonyms Robert Jordan, die Romane »Conan the Invincible« (1982), »Conan the Defender« (1982), »Conan the Unconquered« (1983), »Conan the Triumphant« (1993), »Conan the Magnificent« (1984), »Conan the Victorious« (1984) und »Conan: King of Thieves« (1984) sowie den Roman zum zweiten Film, »Conan the Destroyer« (1984). 1990 startete er mit »The Eye of the World« seinen eigenen, überaus erfolgreichen Zyklus »The Wheel of Time«. Weitere Bände dieses Bestseller-Zyklus waren »The Great Hunt« (1990), »The Dragon Reborn« (1991), »The Shadow Rising« (1992), »The Fires of Heaven« (1993), »Lord of Chaos« (1994), »A Crown of Swords« (1996), »The Path of Daggers« (1998), »Winter's Heart« (2000), »Crossroads of Twillight« (2003) und »Knife of Dreams« (2005) sowie das Prequel »New Spring: The Novel« (2004). Der abschließende Band »A Memory of Light« befand sich zum Zeitpunkt seines Todes im Entstehen, er wird von Brandon Sanderson zu Ende geschrieben werden. Für jüngere Leser wurden die beiden ersten Bände gesplittet – »The Eye of the World« in »From the Two Rivers« und »To the Blight« (beide 2002) und »The Great Hunt« in »The Hunt Begins« und »New Threads in the Pattern« (beide 2004) – und durch zusätzliches Material erweitert. Ein illustrierter Führer zu seiner Welt erschien 1998 unter dem Titel »The World of Robert Jordan's The Wheel of Time«.

Norman Mailer (1923-2007)

Der amerikanische Autor und Sozialkritiker Norman Mailer starb am 10. November 2007 im Mount Sinai Hospital in New York City an Nierenversagen. Er war 84 Jahre alt. Mailer wurde am 31. Januar 1923 in Long Branch, New Jersey geboren, wuchs in Brooklyn auf und begann ein Studium in Harvard, das er 1943 abschloss. Danach kämpfte er auf den Philippinen. Diese Erfahrungen verarbeitete er dann in seinem ersten Roman »The Naked and the Dead« (1948), den er schrieb, während er an der Sorbonne in Paris studierte, und der ihn auf einen Schlag berühmt machte. In der Folge verarbeitete der kontroversielle Autor die unterschiedlichsten Themen in Büchern wie »Advertisements for Myself« (1959), »Why Are We in Vietnam?« (1967), »The Armies of the Night« (1969; Sachbuch über den Protest gegen den Vietnam-Krieg, für das er den Pulitzer erhielt), »Executioner's Song« (1979; über einen verurteilten Massenmörder, ebenfalls mit dem Pulitzer ausgezeichnet), »Ancient Evenings« (1983, über Reinkarnation im Alten Ägypten), »Tough Guys Don't Dance« (1984) oder »Harlot's Ghost« (1991; über die CIA). Zuletzt erschienen »The Castle in the Forest« über Hitler aus der Sicht eines Dämons und »On God: An Uncommon Conversation« (mit Michael Lennon), beide 2007. Zum Zeitpunkt seines Todes arbeitete er an einer Fortsetzung zum phantastischen Roman »The Castle in the Forest«. Daneben verfasste er zahlreiche Artikel, Drehbücher und Gedichte.

Ira Levin (1929-2007)

Am 13. November 2007 starb der amerikanische Romancier und Bühnenschriftsteller Ira Marvin Levin in Manhattan. Er war 78 Jahre alt. Levin wurde am 27. August 1929 in Manhattan geboren und wuchs hier und in der Bronx auf. Zuerst besuchte er die Drake University in Iowa und wechselte dann zur New York University, wo er 1950 sein Studium mit dem Bakkalaureus abschloss. Von 1953 bis 1955 diente er im US Army Signal Corps. Bereits während seiner Collegezeit verkaufte Levin ein Drehbuch für eine TV-Serie an NBC und schrieb in der Folge weiter fürs Fernsehen. 1953 erschien sein erster Roman, »A Kiss Before Dying«, ein dichter Thriller, für den er 1954 den Edgar Award als bestes Krimidebüt erhielt. Seine bekanntesten Romane, die alle dem Genre angehören und auch verfilmt wurden, sind »Rosemary's Baby« (1967), »The Stepford Wives« (1972) und »The Boys From Brazil« (1976). Zu seinen weiteren Romanen zählen »The Perfect Day« (1970; Prometheus Award), »Sliver« (1991) und »Son of Rosemary« (1997). 1997 wurde Levin mit dem Bram Stoker Lifetime Achievement Award ausgezeichnet, 2003 wurde er von den Mystery Writers of America zum Grand Master ernannt.

Peter Haining (1940–2007)

Am 19. November 2007 starb der britische Autor, Journalist und Herausgeber Peter Haining. Er war 67 Jahre alt. Am 2. April 1940 in Enfield, Middlesex geboren, begann Haining seine schriftstellerische Laufbahn als Reporter und übersiedelte in der Folge nach London, wo er für den Verlag New English Library arbeitete, bevor er sich in den Siebzigerjahren als selbstständiger Autor niederließ. Einen Namen machte sich Haining in erster Linie als Herausgeber exzellenter Anthologien und als Verfasser von über 80 fundierten Sachbüchern, obwohl er neben einigen Geschichten auch zwei Romane verfasste: »The Hero« (1973; mit Terry Harknett) und »The Savage« (1983). Seine erste Anthologie, »Everyman's Book of Classic Horror Stories«, erschien 1965, in den nächsten vier Jahrzehnten folgten weit über hundert andere, die alle Genres abdeckten, von der Science Fiction zum Horror, von der Geistergeschichte zum Krimi. Zu erwähnen wären aus der Vielfalt u.a. »The Future Makers« (1968), »The Fantastic Pulps« (1975), »Weird Tales« (1976), »More Weird Tales« (1978), »Tales of Dungeons and Dragons« (1986), »Masters of the Macabre« (1993), »The Frankenstein Omnibus« (1994), »Space Movies: Classic Science Fiction« (1995), »The Vampire Omnibus« (1996), »Space Movies II: Classic Television Science Fiction« (1996), »The Wizards of Odd: Comic Tales of Fantasy« (1996), »Cyber-Killers« (1997; als Ric Alexander), »The Flying Sorcerers« (1997), »Timescapes«

(1997), »Classic Science Fiction« (1998), »Knights of Madness: Further Comic Tales of Fantasy« (1998), »The Wizard's Den: Spellbinding Stories of Magic and Magicians« (2003) und »Magician's Circle: More Spellbinding Stories of Wizards and Wizardry« (2003).

Hermann Urbanek

INTERVIEW

»Die Utopie kann ebenso gut zurück oder zur Seite blicken – sie kann hinausblicken!«

Ein Gespräch mit Ursula K. Le Guin

von Sascha Mamczak

Die bekannteste Science-Fiction-Autorin der Welt ist nicht ganz einfach zu finden: Westlich von Portland, Oregon, oberhalb des Willamette Rivers, ein Nebenfluss des Columbias, versteckt in einer sanften Hügellandschaft liegt das Giebeldach-Haus, in dem sie seit fast fünfzig Jahren mit ihrer Familie lebt. Und wo sie einige der faszinierendsten Romane schrieb, die die Literatur des 20. Jahrhunderts hervorgebracht hat: »The Left Hand of Darkness« (dt. als »Winterplanet« und »Die linke Hand der Dunkelheit«), »The Word for World is Forest« (»Das Wort für Welt ist Wald«), »The Dispossessed« (»Planet der Habenichts«, zuletzt als »Die Enteigneten«), der »Earthsea«-Zyklus (»Erdsee«), »Always Coming Home« (bisher noch nicht übersetzt), »The Telling« (»Die Erzähler«). 1929 in eine deutschstämmige Familie geboren, hat sie sich durch die Arbeit ihres Vaters – des Anthropologen Alfred L. Kroeber – schon früh mit fremden Kulturen auseinandergesetzt, was sich dann stark in ihrer Science Fiction und Fantasy niederschlug. Le Guin hat nicht nur dem Feminismus in der SF den Boden bereitet, sie hat sich auch – in Romanen und Erzählungen ebenso wie in zahlreichen Essays – intensiv damit beschäftigt, was es heißt, heutzutage eine Utopie zu schreiben. Grund genug, der Grande Dame der phantastischen Literatur einen Besuch abzustatten ...

F: *Mrs. Le Guin, Ihr Land erlebt gerade einen Wahlkampf, wie er intensiver kaum geführt werden kann. Nach acht Jahren George W. Bush – sind die USA noch zu retten?*
A: Sie meinen: Kann ein neuer Präsident die Notbremse ziehen und das Land weg von einer Politik führen, die nur kurzfristigen Machtgewinn im Auge hat und langfristig ins Desaster führt? Eine Politik, für die Bush wie kaum ein anderer Präsident stand? Nun, ich wäre da gerne hoffnungsvoll, aber die Aussichten sind düster. Es scheint, als ob alles so weitergehen wird wie bisher – so lange jedenfalls, wie wir es dem »militärisch-industriellen Komplex«, der sich in den großen Konzernen manifestiert, erlauben, die Medien zu kontrollieren und die politische Agenda zu bestimmen. Selbst wenn es einer der Kandidaten wollte – er könnte sich kaum aus dieser tödlichen Umarmung lösen.
F: *Im Wahlkampf ist »change« – Wechsel, Veränderung – das Schlüsselwort. Ist das reine Propaganda, oder kommt hier ein wirkliches Bedürfnis zum Ausdruck?*
A: Wenn diese endlose Kampagne eines gezeigt hat, dann, wie leer die politische Sprache ist. Wie kann überhaupt jemand zwei Jahre lang immer wieder dasselbe sagen und dabei noch Sinnvolles von sich geben? Wie kann man ihm zwei Jahre lang zuhören? Und selbst wenn hier und da etwas Sinnvolles gesagt wird – die Medien berichten nur das, was »sensationell« ist. Deshalb war die Taktik der Republikaner, so lange ihre Lügen zu wiederholen, bis alle sie für Wahrheiten hielten, in den letzten Jahren so erfolgreich – es waren eben »sensationelle« Lügen.
F: *Glauben Sie, die Anti-Globalisierungsbewegung, die sich ja auch in den letzten Jahren etabliert hat, kann hier zu Veränderungen führen? Und vielleicht auch neue Wege der sozialen Kommunikation, wie sie das Internet ermöglicht?*
A: Langfristig vielleicht. Wissen Sie, die Anti-Globalisierungsbewegung, von der in Europa so viel gesprochen wird, ist in meinem Land praktisch unsichtbar. Seit dem 11. September 2001 wird jede Art von politischem Protest von der Regierung, dem Großteil der

*Ursula K.
Le Guin*

Medien und dem überwiegenden Teil der Bevölkerung als »Extremismus« gebrandmarkt, der unweigerlich zu »Terrorismus« führt, wenn er mit diesem nicht ohnehin schon im Bunde ist ... Das Internet? Das ist, wie man so schön sagt, ein ganz neues Spiel – wir wissen noch nicht, wie man es spielt.

F: *Sie waren immer ein sehr politischer Mensch – würden Sie sich auch als eine politische Schriftstellerin sehen? Was macht Literatur politisch? In Ihrem Roman »Die Erzähler« heißt es an einer Stelle: »Natürlich ist jede Kunst politisch. Aber wenn alles didaktisch ist, alles im Dienst eines Glaubenssystems steht, dann widerstrebt es mir ... dann sträube ich mich innerlich dagegen.«*

A: Die Tatsache, dass jede Art von Literatur in einer bestimmten Weise politisch ist, die Notwendigkeit, sich das immer wieder bewusst zu machen, und die Verpflichtung, meine Texte nicht in den Dienst einer bestimmten Ideologie zu stellen – all das erzeugt eine Art »Trilemma«, eine paradoxe Situation, mit der ich mich beschäftige, seit ich achtzehn Jahre alt bin. Was macht Literatur politisch? Die Tatsache, dass sie sich mit Menschen beschäftigt. Wir sind soziale Tiere. Das Politische ist zwar nur eine Art, die Gesellschaft zu betrachten – aber eine unverzichtbare.

F: Kann man als Schriftsteller diese paradoxe Situation, von der Sie sprechen, denn nicht auflösen? So wie in »Die Erzähler«, der nicht nur beschreibt, wie man eine Ideologie etabliert, sondern wie sie auch wieder überwunden wird – nämlich mit denselben Mitteln?

A: Ja, vielleicht. Das ist einer der Gründe, warum Kunst für eine Gesellschaft so unverzichtbar ist. Solange sie nicht Sprachrohr einer der vielen Ideologien ist, kann sie diese Ideologien beschreiben, analysieren – und uns einen Weg zeigen, wie man sie überwindet. Wie heißt es doch so schön: »Der einzige Weg nach draußen führt *hindurch*.«

F: In fast allen Ihren Büchern geht es um einen Außenseiter, der einer abgeschotteten Gesellschaft einen Besuch abstattet. Und in dem Bemühen, diese fremde Gesellschaft zu verstehen, lernt er – sie – etwas über sich selbst, über die eigene Gesellschaft. Zielen Sie mit Ihren Geschichten darauf ab, den Lesern etwas über ihr Leben zu erzählen, was sie nicht wissen? Vielleicht sogar nicht wissen wollen?

A: Nicht bewusst, nicht planmäßig. Es gibt wohl zwei Gründe für dieses immer wiederkehrende Thema in meinen Texten. Einmal die Tatsache, dass ich als Tochter eines Anthropologen aufgewachsen bin, also unter Menschen, deren Lebensaufgabe es war, andere, fremde Gesellschaften zu erforschen – fremde Welten, wenn Sie so wollen. Welten, die nach völlig anderen Gesetzmäßigkeiten funktionieren als die unsrige, in denen man auf sich allein gestellt ist. Das ist eine sehr romantische Situation und natürlich eine Herausforderung – wie gemacht für die Literatur also ... Und zugleich ist es eine Situation, mit der sich jeder Mensch in jungen Jahren konfrontiert sieht. Wir alle lassen irgendwann unsere »Heimat« hinter uns, müssen selbst zurechtkommen, müssen herausfinden, wer wir sind. Wir alle waren einmal Robinson Crusoe.

F: Ein weiterer Effekt dieses Themas ist, dass Sie dadurch die Frage »Was ist menschlich?« stellen können. In »Das Wort für Welt ist Wald« etwa konfrontieren sich zwei Spezies, die beide menschlichen Ursprungs sind, gegenseitig mit dieser Frage und kommen zu ganz unterschiedlichen Antworten. Was, denken Sie, ist menschlich? Gibt es so etwas wie eine »menschliche« Gesellschaft, auf die wir uns eines Tages alle einigen können?

A: Ich definiere »menschlich« reichlich prosaisch – wie es Biologen und Anthropologen definieren. Wenn ich mich an die Wissenschaft halten kann, dann tue ich das auch. In »Das Wort für Welt ist Wald« und vielen anderen meiner Romane skizziere ich ja jene klassische Situation, die die Anthropologen dazu gebracht hat, den Begriff »menschliche Natur« ad acta zu legen und zu erklären, dass es wohl doch keine universellen sozialen Verhaltensweisen gibt ... Aber letztlich bin ich gar nicht so sehr daran interessiert, welches Bild wir von uns selbst haben, sondern wie wir uns anderen gegenüber – also der übrigen Natur gegenüber – verhalten. Das heißt nämlich, in welcher Form auch immer dem »Anderen« gerecht zu werden und nicht ständig um uns selbst zu kreisen. Die Science Fiction hat die Möglichkeit, diesen Anthropozentrismus wenn nicht zu überwinden, so doch zu hinterfragen – die normale Belletristik hat das nicht.

F: Das heißt, das zentrale Problem einer besseren oder, wenn man so will, utopischen Gesellschaft ist nicht die Veränderung der menschlichen Natur, wie es die Sozialisten sahen? Was ist dann das zentrale Problem? Wie könnten wir beispielsweise eine nicht-autoritäre Gesellschaft errichten, wenn die Menschen weiterhin die Tendenz haben, »böse« Dinge zu tun?

A: Na ja, wenn Sie von der »Tendenz, böse Dinge zu tun« sprechen, unterstellen Sie ja wieder so etwas wie eine menschliche Natur – oder die Ursünde oder den Freud'schen Todeswunsch, was auch immer. Sie unterstellen, dass die Menschen sich stets auf eine bestimmte Art und Weise verhalten werden. Das mag so sein. Tatsächlich ist es sehr schwierig, das Gegenteil zu beweisen. Aber die Anthropologen haben sich ja gerade deswegen gegen das Konzept der »menschlichen Natur« gewandt, weil sie gemerkt haben, dass es davon ausgeht, wir *wüssten*, was die menschliche Natur ist – und das wissen wir eben nicht. Das Konzept postuliert etwas, es beschreibt nicht nur. In »Die Enteigneten« habe ich versucht, ein nicht-autoritäres Gesellschaftssystem zu schildern, das durch individuelle Trägheit und Feindseligkeit mehr und mehr erodiert – Verhaltensweisen, die sich tatsächlich nur schwer verhindern lassen, wenn man nicht geradezu übermenschlich wachsam ist. Es ist, wenn man so will, eine »gute« Gesellschaft, die sich mit »schlechtem« menschlichem Verhalten konfrontiert sieht – genau so, wie

Sie es eben beschrieben haben. Wer weiß, vielleicht ist es eine Gesellschaft, die zu viel von ihren Mitgliedern erwartet, so wie die Gesellschaften auf Urras zu wenig von ihren Mitgliedern erwarten. In »Always Coming Home« dagegen bin ich – stillschweigend – davon ausgegangen, dass es gewisse Veränderungen im menschlichen Erbgut gegeben hat, die zum Teil zu einer weniger aggressiven, weniger destruktiven Art von Menschen geführt haben. Das ist der Grund, warum der Roman auch so weit in der Zukunft spielt. Als ich ihn schrieb, nahm kaum jemand die Möglichkeit, die menschliche DNS zu verändern, wirklich ernst, und man wusste auch noch nicht viel darüber, wie sich die menschliche DNS im Laufe der Jahrtausende tatsächlich verändert *hat*. Wenn ich noch eine Utopie schreiben würde, dann würde ich diese Faktoren weitaus mehr in Betracht ziehen, ja womöglich würde diese Utopie sogar ganz auf genetischer Manipulation basieren. Wobei hier die taoistische Versuchung, daraus eine Dystopie zu machen, allzu stark werden könnte ...

F: Eine utopische, überhaupt eine alternative Gesellschaft zu beschreiben, konfrontiert den Leser ja auch immer mit der Frage »Wie sollen wir leben?«. Denken Sie, dass die Literatur sich aktiv mit dieser Frage beschäftigen soll? Und wenn ja, macht sie gerade einen guten Job?

A: Nun, ich glaube tatsächlich, dass es die vornehmliche soziale Funktion von Literatur ist – beginnend mit Kinderreimen über Sagen und Mythen bis hin zu Shakespeare und Goethe –, zu fragen: »Wer sind wir?« und »Wie sollen wir leben?« Aber beachten Sie bitte, dass ich »soziale« Funktion gesagt habe. Literatur, Kunst allgemein, hat noch mehr Dimensionen – etwa die ästhetische –, die in derartigen Diskussionen kaum beachtet werden, weil es viel schwieriger ist, darüber zu sprechen. Macht die Literatur einen guten Job? Wirklich große Autoren wie José Saramago sind derzeit rar gesät, aber soweit ich das sehe, machen sie ihren Job so gut wie eh und je. Und selbst wenn sie das nicht täten, stehen uns ja immer noch die großen Werke der Vergangenheit zur Verfügung. Ich habe unlängst Pierre Corneilles Stück »Le Cid« wiedergelesen. Was für eine seltsame Erforschung extremer sozialer Verpflichtung und persönlicher Verantwortung. Die Normen der Gesellschaft, die er beschreibt, sind ganz und gar exotisch, ja eigentlich absurd – aber die Frage

»Wie sollen wir leben?« wird auf genauso unvergessliche Weise beantwortet wie in den klassischen griechischen Stücken.
F: Ist denn die ästhetische Dimension von Literatur überhaupt von der sozialen zu trennen? Als Sie die androgyne Gesellschaftsform in »Die linke Hand der Dunkelheit« beschrieben haben, haben Sie sich ja auch erst Gedanken darüber gemacht, welche Art von Sprache, Perspektive, Metaphern nötig sein würde, um den Leser davon zu überzeugen, dass er eben keinen Roman über eine weit in der Zukunft liegende Gesellschaft liest, sondern einen Roman, der mit Aspekten unseres Lebens im Hier und Jetzt auf eine Weise umgeht, wie es die realistische Literatur nicht kann.
A: Das könnte man vermuten, und es gibt sicher zahllose Beispiele für eine derartige Methode, aber so gehe ich nicht an meine Stoffe heran, zumindest nicht bewusst. Am Anfang eines Romans denke ich überhaupt nicht daran, den Leser von irgendetwas zu überzeugen, ihm irgendetwas zu beweisen. Ich denke an die Geschichte. Oft lege ich – ganz konkret – eine Karte an, damit ich weiß, wo die

Geschichte spielt, wohin sie sich – ganz konkret – entwickelt. Dann recherchiere ich. Im Fall von »Die Linke Hand der Dunkelheit« habe ich Bücher über das Leben im Norden Finnlands gelesen, über menschliche Sexualität und so weiter. Ich überlegte mir, wie eine Gesellschaft aussehen könnte, in der es nie einen Krieg gegeben hat. All diese Recherchen und Überlegungen hatten mit der Geschichte zu tun, mit der Plausibilität dessen, was ich mir vorgenommen hatte zu erzählen. Nun, bei dem Wort »Plausibilität« könnten Sie natürlich wieder den Leser ins Spiel bringen – wie überzeuge ich den Leser von der Realität dieses nicht-realen Ortes? Aber ich habe tatsächlich nur an die Geschichte gedacht: Wie kann ich meine Welt so kohärent gestalten, dass sie nicht gleich wieder auseinanderfällt, dass ich sie betreten und in ihr leben kann, während ich sie erzähle, und sie von innen her immer besser verstehe. Denn Sie müssen in Ihrer Geschichte leben, um sie verstehen zu können. Und wenn Sie sie verstehen, dann verstehen sie auch die Leser, dann müssen Sie sie ihnen nicht erklären, müssen ihnen nicht sagen: »Das hier spielt nicht wirklich auf einem anderen Planeten, sondern ...« Erst *nachdem* ich das alles getan habe, lese ich den Text noch einmal und denke dabei darüber nach, ob klar wird, was ich klarmachen wollte, ob die Sprache das tut, was sie tun soll. Aber man kann sich nicht ewig mit solchen Fragen befassen. Man kann nicht festlegen, was die Leser in einem Text finden sollen und was nicht, denn sie bringen sich ja selbst in die Geschichte ein, während sie sie lesen – so wie Sie sich eingebracht haben, während Sie sie geschrieben haben.

F: Wie »kompromisslos« kann Science Fiction, kann Literatur generell dann sein? In welchem Ausmaß kann der Autor seinen Text ästhetisch so gestalten, dass er den Leser in eine wirklich fremde Welt versetzt? Wie uns etwa Nabokov mit »Lolita« in den Kopf von Humbert Humbert versetzt – kann uns ein Science-Fiction-Autor wirklich in den Kopf eines Aliens versetzen?

A: Ich weiß nicht. Leider gelingt es Nabokov nicht, mich in den Kopf von Humbert Humbert zu versetzen – aber nur, weil ich mich dagegen wehre, weil mich die Geschichte, die er mir erzählen will, anwidert, egal, wie clever und kunstvoll er sie auch erzählt. Vielleicht gelingt es insgesamt Sachbuchautoren wie zum Beispiel Oliver Sacks besser, uns in den Kopf eines Aliens zu versetzen. Die meisten Aliens in der Science Fiction sind nicht wirklich fremdartig – während der Mann, der seine Frau mit einem Hut verwechselt, tatsächlich in einer völlig anderen Welt lebt als ich. Und Sacks zeigt uns diese fremdartige Welt ... Wie auch immer, *jeder* Schritt aus unserem Kopf heraus – etwa eine Frau, die sich in die Gedanken und Gefühle eines Mannes versetzt, oder umgekehrt – ist erhellend und verändert uns zum Besseren.

F: Sie haben das »Utopische« nie als Blaupause verwendet, als wie auch immer geartete Anleitung, wie die Dinge zu sein haben. Und doch haben etliche der Gesellschaften, die Sie beschreiben, einen utopischen Kern. Hat die Science Fiction generell einen utopischen Kern?

A: Sie hat sozusagen sehr hoffnungsvoll begonnen, insbesondere in den USA. Aber diese Hoffnung wurde bald enttäuscht. So kam es zu Samjatin und Orwell und all den anderen Dystopien oder »Science Fiction Noirs«. Mein Eindruck ist, dass es insgesamt sehr schwierig geworden ist, Utopien zu schreiben, die nicht lediglich

Althergebrachtes wiederkäuen, weil wir nicht wissen, worauf wir hoffen können. Wir wissen ja noch nicht einmal, wovor wir uns am meisten fürchten sollen. Aber die Menschen werden das auf die eine oder andere Weise schon herausfinden.

F: Sollten sich die Autoren dann überhaupt noch bemühen, Utopien zu schreiben?

A: Die Frage ist, wie. Wir befinden uns am Beginn eines derart umfassenden Erosionsprozesses, dass ich nicht weiß, wie ein Autor sicheren Boden unter den Füßen finden kann, um überhaupt erstmal über einen »Plan für die Zukunft« nachdenken zu können. Aber glücklicherweise ist das ja nicht die einzige Form oder Funktion einer Utopie. Die Utopie kann ebenso gut zurück oder zur Seite blicken – sie kann *hinaus*blicken. Nehmen Sie José Saramagos Roman »Das Zentrum«. Das ist keine Utopie, sondern eine Dystopie. Aber eine Dystopie, die darauf besteht, dass ihr Gegenstück existiert. Sie blickt nicht nach vorne, sondern zur Seite. Sie sagt: Seht hin, seht, was ihr in all euren großen Plänen für die Zukunft, in all euren Utopien *über*sehen habt – dort liegt die Hoffnung.

F: Sie haben einmal gesagt: »Ich suche nicht nach meinen Stoffen – die Stoffe suchen nach mir.« Wie war die Situation damals, als »Die Enteigneten« Sie »gesucht« haben?

A: Der Roman begann mit einer sehr schlechten Kurzgeschichte über einen Physiker auf einer Art von Gefängnisplanet. Die Story habe ich nie beendet, aber der Physiker ging mir nicht mehr aus dem Kopf. Ich musste einfach herausfinden, wo der Kerl herkam. Es dauerte drei, vier Jahre intensiver Lektüre anarchistischer Literatur, von Büchern über gewaltlosen Protest und aller Utopien, die ich noch nicht kannte. Erst dann bildete sich in meinem Kopf langsam die Welt Anarres – und Shevek, der Mann von Anarres.

F: »Die Enteigneten« ist unter anderem beeinflusst von den Schriften des Soziologen Paul Goodman. Ein bekanntes Zitat von ihm lautet: »Ich weigere mich einfach, anzuerkennen, dass es so etwas wie eine tolerante, sich im Gleichgewicht befindliche Gemeinschaft nicht geben soll.« Würden Sie das unterstreichen?

A: Ich verehre Paul Goodman, und dieses Zitat ist ein perfektes Beispiel dafür, warum ich ihn so verehre. Er war ein Träumer, aber ein Träumer mit scharfem Verstand. Er spricht ja nicht ohne Grund von »Gemeinschaft«, er sagt nicht »Gesellschaft«. Die meisten von uns, wenn es uns einigermaßen gut ergeht, gehören den unterschiedlichsten »toleranten, sich im Gleichgewicht befindlichen Gemeinschaften« an – Menschen, die gemeinsam arbeiten, die ein gemeinsames Interesse haben, eine gemeinsame Vision teilen, Künstler, Familien, sogar Einrichtungen wie die Armee oder Firmen oder Organisationen. Diese Gemeinschaften sind vielleicht sehr klein, und sie haben vielleicht auch nur wenige Jahre Bestand, und trotzdem können wir darauf unsere Hoffnung gründen.

F: *Als Sie »Die Enteigneten« planten, haben Sie sich vorgenommen, damit gegen eine bestimmte Tradition der utopischen Literatur anzuschreiben? War der akademische Diskurs, den Sie mit dem Roman ausgelöst haben, in irgendeiner Weise beabsichtigt?*

A: Nein, ich schreibe meine Bücher nie mit irgendeiner Absicht. Meine Aufgabe ist es, sie so gut wie möglich zu schreiben – das ist der ästhetische Aspekt – und sie so wahr wie möglich zu schreiben – das ist der moralische Aspekt. Aber dass ich mich mit dem Buch der Morus'schen Tradition verweigert habe, liegt ja auf der Hand.

F: *Im Gegensatz zu »Die Enteigneten«, der das eigene Utopia hinterfragt, hat ihr zweiter großer utopischer Roman »Always Coming Home« mehr Modellcharakter: Er zeigt das Ideal einer perfekt ausbalancierten Gesellschaft. Gibt es denn bei den Kesh keine Konflikte, keine Widersprüche?*

A: Ich würde es nicht Modell nennen. »Ökotopia« von Ernest Callenbach ist ein Modell. Beide Romane sind etwa gleichzeitig erschienen und wurden oft miteinander verglichen, aber Callenbachs Buch unterscheidet sich von meinem in beinahe jeder Hinsicht. In »Always Coming Home« ist die Gesellschaft der Kesh nur eine unter vielen. Da gibt es die »Pig People« und die »Cotton People«, die den Kesh in vielerlei Weise ähneln, sich von ihnen aber auch unterscheiden. Und es gibt die »Condors«, die radikal anders sind. Mein historischer Bezugspunkt für diese Welt war das prä-kolumbianische Kalifornien, in dem zahlreiche Völker unterschiedlichster Art friedlich miteinander koexistierten – so friedlich Menschen eben miteinander koexistieren können. Aber auch bei den Kesh selbst gibt es Widersprüche und Konflikte, einige davon sind sogar sehr bedrohlich, der Roman stellt sie nur nicht in den Vordergrund. Ein Roman kann nicht alles erfüllen, und mein Hauptanliegen war es, eine »kalte« Gesellschaft zu beschreiben, wie Levi-

Strauss es nennt: eine Gesellschaft, die trotz zahlloser Veränderungen über eine lange Zeit hinweg stabil und harmonisch geblieben ist. Kein Utopia, kein Garten Eden, nur eben eine in weiten Teilen tatsächlich *funktionierende* Gesellschaft.

F: »Always Coming Home« ist ja das Ergebnis einer Kollaboration mit anderen Künstlern. Das Buch ist mit wunderbaren Illustrationen ausgestattet, und es gibt auch eine Ausgabe mit Musikkassette: die Lieder der Kesh. Da fehlt eigentlich nur noch der Film ...

A: Nein, danke. Meine bisherigen Erfahrungen mit Filmen »basierend auf« meinen Büchern genügen mir völlig.

F: Wenn Sie so beschreiben, wie Ihre Geschichten entstehen – intuitiv, von »innen heraus« –, ist es da nicht seltsam, dass man Sie häufig als eher »akademische«, ja »didaktische« Schriftstellerin einordnet?

A: Diejenigen, die mich so einordnen, sind zum Großteil selbst Akademiker. Menschen, deren tiefes Bedürfnis es zu sein scheint, den »Sinn« von Literatur herauszufinden, und die dabei die symbolischen, metaphorischen, emotionalen, irrationalen, ästhetischen, nicht-moralisierenden Aspekte ignorieren. Vor allem, wenn sie entschieden haben, dass es sich um Science Fiction handelt: die »Literatur der Ideen«. Diese Leute sehen in mir, was sie sehen wollen.

F: Die akademische Sortierung – hier die intellektuell präzisen Zukunftskonstrukte von Ursula K. Le Guin, dort die wilden, undisziplinierten futuristischen Kreativitätsausbrüche von Autoren wie etwa Philip K. Dick – würden Sie selbst also so nicht vornehmen.

A: Ich kann damit nichts anfangen. Wissen Sie, gerade Dick wurde gegen Ende seines Lebens ein durch und durch didaktischer Schriftsteller, er hat keine Geschichten mehr erzählt, sondern gepredigt. Trotzdem war er ein wunderbarer Autor, sein Roman »Das Orakel vom Berge« ist ein absolutes Meisterwerk.

F: Was Sie allerdings mit Dick gemeinsam haben, ist, dass auch Sie immer wieder mit der Frage »Was ist Realität?« spielen – nur eben auf ganz andere, sozusagen »anthropologische« Art. Oder macht das letztlich jeder Science-Fiction-Autor?

A: Nein. Ich denke nicht, dass diejenigen, die sich als »Hard-SF«-Autoren bezeichnen, die Realität groß in Frage stellen. Sie akzeptieren sie so, wie sie ist, wie sie uns von den Naturwissenschaftlern und Ökonomen präsentiert wird. Während ich die Sozialwissenschaften ins Spiel bringe.

F: Würden Sie sich denn überhaupt als Genre-Autorin bezeichnen? Haben Sie das je? Oder ist »Genre« nur ein Wort für Verleger und Buchhändler?

A: Ich habe mich stets ganz simpel als Romanautorin und Dichterin gesehen – immerhin schreibe ich Science Fiction, Fantasy, realistische Literatur und Lyrik. Dass ich generell eine Neigung zur Phantastik habe, hängt schlicht und einfach damit zusammen, wie mein Gehirn funktioniert, wie ich mir die Welt erkläre – nämlich durch die Phantasie … Ich glaube, das Konzept von »Genres« ist nur noch rückblickend von Bedeutung. Als Art und Weise, heutige Literatur zu beschreiben oder zu kategorisieren, ist es weitgehend nutzlos, ja es schadet eher. Ist Michael Chabon – der mit »Die Vereinigung jiddischer Polizisten« gerade einen der überzeugendsten Alternativweltromane aller Zeiten geschrieben hat – ein Genre-Autor? Bestimmt nicht. Und warum sollten wir uns mit dieser Frage überhaupt befassen? Lesen wir einfach die Bücher.

F: Passiert es Ihnen, dass Ihre Verleger Sie »auffordern«, in einem bestimmten Genre zu schreiben?

A: Ja, natürlich. Sie wollen immer, dass man den letzten Erfolgsroman noch einmal schreibt. Man muss sie ignorieren.

F: Und glauben Sie, die Science Fiction – als Genre oder auch als »Methode«, die Welt zu beschreiben – hat eine Zukunft?

A: Ich weiß es nicht. Es ist einfach eine bestimmte Art und Weise, Geschichten zu erzählen – und das Geschichtenerzählen hat ganz sicher eine Zukunft! Ich glaube, dieses zwanghafte Unterscheiden zwischen »Mainstream« und »SciFi« wird immer mehr zum Sandkasten für faule Kritiker, ängstliche Verleger und in der Wolle gefärbte »Hard-SF«-Autoren, die mit Literatur nun wirklich nichts am Hut haben. Für alle anderen ist es uninteressant. Nichts, was die Science Fiction auszeichnet, was sie so bedeutsam macht, wird verlorengehen, wenn das Etikett verschwindet. Es wird einfach nur ein größeres Publikum erreichen.

F: Werden Sie denn weiter Science Fiction schreiben? Vielleicht sogar eine neue Hainish-Geschichte?
A: Ich habe keine Ahnung. Ich weiß nie, was ich als Nächstes schreiben werde. Ich warte einfach ab …

F: Ihre Texte – und ich vermute, Ihr ganzes Denken – waren immer stark vom Tao-Tê-King beeinflusst. Unlängst haben Sie selbst eine Tao-Übersetzung vorgelegt. Was bedeutet Ihnen das Tao heute?
A: Meine Übersetzung des Tao ist das Ergebnis einer jahrzehntelangen Beschäftigung mit dem Buch. Schon als Teenager hat es mich fasziniert, und sein Einfluss auf meine schriftstellerische Arbeit ist wohl kaum zu überschätzen. Das Tao bedeutet heute für mich, was es immer für mich bedeutet hat. Wie ich in der Einleitung zu meiner Übersetzung geschrieben habe: Es ist die tiefste aller Quellen.

F: Wie würden Sie Weisheit beschreiben?
A: Zu schweigen, wenn man gefragt wird, wie man Weisheit beschreibt.

F: Vielen Dank für das Gespräch, Mrs. Le Guin.

Copyright © 2008 by Sascha Mamczak

»Wenn mir morgen die Ideen ausgehen, könnte ich trotzdem noch zehn Jahre lang Bücher schreiben!«

Ein Gespräch mit Charles Stross

von Uwe Kramm

Was geschieht mit uns, wenn die technische Entwicklung ein solches Ausmaß und eine solche Geschwindigkeit erreicht, dass wir sie nicht mehr kontrollieren können? Treten unsere Schöpfungen dann an unsere Stelle? Oder entwickeln wir uns gemeinsam mit ihnen zu etwas völlig Neuem? Der 1964 geborene Charles Stross, englischer Science-Fiction-Autor mit Wohnsitz in Edinburgh, widmet sich mit großer Liebe zum Detail – und Mut zum erzählerischen Risiko – diesen Fragen. So ist sein bekanntester Roman »Accelerando«, für den er 2006 den Locus Award erhielt, mit seiner Informationsdichte, seinem Ideenreichtum und seiner radikal beschleunigten Sprache durchaus eine Herausforderung für den Leser. Trotzdem lässt sich Stross, der lange Jahre als Programmierer arbeitete, bevor er sich als Schriftsteller selbstständig machte, in keine Schublade einordnen, dazu ist sein Werk zu vielfältig. Ob rasante Space Operas (»Singularität« und »Supernova«), Agententhriller mit einem Schuss Horror (»Dämonentor«) oder Ausflüge in die ferne Zukunft der Menschheit (»Accelerando« und »Glashaus«) – Charles Stross bewegt sich ge-

konnt auf vielen Feldern. Im folgenden Gespräch verrät uns der Autor, wo seine wahre Schreibleidenschaft liegt, weshalb wir gerade durch ein »Dunkles Zeitalter« gehen und warum man in Edinburgh besser kein Fahrrad unbeaufsichtigt lässt.

F: Mr. Stross, als Science-Fiction-Autor haben Sie sozusagen den »klassischen« Weg beschritten und zunächst Kurzgeschichten für Magazine geschrieben. Wann hatten Sie das Gefühl, dass die Zeit reif ist, es mit einem Roman zu versuchen? Und gab es Probleme, einen Verleger für Ihren Erstling »Singularität« zu finden?
A: »Singularität« hat eine lange Entstehungsgeschichte. Ich habe bereits 1994 damit begonnen und dann das Manuskript seit 1998 herumgereicht. Erst drei Jahre später, 2001, hatte ich endlich Erfolg – aber der britische Verlag, der das Buch als Erster ankaufte, ging einen Monat vor der geplanten Veröffentlichung Pleite. Allerdings fand ich dank dieses Vertrags kurz darauf einen Agenten und begann mit seiner Hilfe, meine Bücher in den USA zu verkaufen ... Aber auf Ihre Frage zurückzukommen: Ja, es ist weitaus schwieriger, das erste Buch an den Mann zu bringen als das zweite oder zehnte. Seit ich fünfzehn bin, versuche ich mich an Romanen, doch ich brauchte lange Zeit, um zu begreifen, wie es richtig funktioniert. Einige Ideen aus diesen frühen Experimenten haben ihren Weg in die später veröffentlichten Romane gefunden – aber »Singularität« war das erste Buch, das ich wirklich der Öffentlichkeit präsentieren konnte. Als ich es abgeschlossen hatte, wusste ich endlich, was für einen Roman notwendig ist.
F: Seit der Veröffentlichung von »Singularität« ist jedes Jahr mindestens ein neues Buch von Ihnen erschienen. Wie kam es zu diesem bemerkenswerten Kreativitätsschub?
A: Nun, vor 2000 habe ich nur nebenbei geschrieben, es war wie eine Art Hobby. Wenn überhaupt, habe ich damals im Schnitt etwa alle drei Jahre ein Buch fertig gestellt, dazu ein paar Kurzgeschichten und Magazinbeiträge. Ich hatte einfach zu viel andere Dinge zu tun. In besagtem Jahr änderte sich das dann schlagartig. Man hatte mir einen neuen Job angeboten, und ich kündigte bei meinem alten Arbeitgeber. Genau zu diesem Zeitpunkt aber platzte die Internet-Blase, und mein angepeilter neuer Arbeitsplatz löste

Charles Stross

sich buchstäblich in Luft auf. Zum Glück schrieb ich nebenher für das Magazin *Computer Shopper* und konnte sehr schnell die Zahl meiner Beiträge erhöhen. Als ich »Singularität« verkaufte, arbeitete ich also schon überwiegend als freier Autor. Für die von Ihnen beschriebene Entwicklung gab es insofern mehrere Gründe. Zum einen den Zwang, mir meinen Lebensunterhalt zu verdienen, und zum anderen die Freiheit, mich nach vielen Jahren ganz der Schriftstellerei widmen zu können.

F: *Sie haben einige Jahre in der Computerbranche gearbeitet. Würden Sie sich selbst als »Computerfreak« bezeichnen? Muss man das sein, um insbesondere Ihren Roman »Accelerando« richtig zu verstehen?*
A: Na ja, »Computerfreak« insofern, als ich einen Abschluss in Informatik habe und als Programmierer für ein Start-up-Unternehmen

tätig war. In »Accelerando« geht es ja weniger um die EDV-Branche an sich, der Roman bezieht sich eher auf die Ideen des sogenannten »Transhumanismus« oder »Extropianismus«, die unter EDV-Leuten weit verbreitet sind und dort auch ihren Ursprung haben. »Accelerando« ist der Versuch, dem Leser die Innenansicht einer Welt zu zeigen, in der sich Leben und Arbeiten radikal beschleunigen. Und was das heißt, konnte ich während meiner Zeit im IT-Sektor zur Genüge erfahren. Der Geschäftsbereich, in dem ich tätig war, wies Wachstumsraten von dreißig Prozent auf – nicht pro Jahr, sondern pro Monat, und das sechs Monate lang ohne Pause! Es war grotesk und kraftraubend und gleichzeitig sehr, sehr berauschend. Ich schrieb »Lobster«, die Kurzgeschichte, aus der später das erste Kapitel von »Accelerando« wurde, um dieses Gefühl einzufangen.

F: *Sie haben einmal gesagt, dass Sie mit Ihren ersten beiden Romanen – »Singularität« und »Supernova« – nicht ganz zufrieden sind. Ich persönlich hatte meine Probleme mit den in »Supernova« auftretenden »Übermenschen«. Beabsichtigen Sie denn, noch einmal in das Universum des »Eschatons« zurückzukehren?*

A: Kurze Antwort: nein. Längere Antwort: Die in »Singularität« und »Supernova« erdachte Welt weist Schwächen auf, über die ich alles andere als glücklich bin. Ursprünglich wollte ich mehr Romane in diesem Universum ansiedeln, aber ich habe es vor fast fünfzehn Jahren entwickelt und mittlerweile bin ich ihm im wahrsten Sinne des Wortes entwachsen und habe keine große Lust mehr, dahin zurückzukehren. Die »Übermenschen« zähle ich dabei übrigens nicht zu den Schwächen. Es ist prinzipiell problematisch, ein Universum zu kreieren, das überlichtschnelles Reisen zulässt und zugleich ehrlich mit den Zeitparadoxien umgeht, die daraus resultieren. Die »Übermenschen« sind das Ergebnis eines ziemlich hässlichen Zeitreiseparadoxons, und das »Eschaton«-Universum befindet sich in einer Art instabilem Zwischenzustand.

F: *Der dritte Roman »Accelerando« war dann Ihr Durchbruch. Sie erwähnten, dass am Anfang die Kurzgeschichte »Lobster« stand. Wie hat sich daraus der komplette Roman entwickelt?*

A: Wie gesagt, arbeitete ich Mitte bis Ende der Neunziger für ein Internet-Unternehmen. Es war eine dieser Firmen, die man später als »Dotcoms« bezeichnete. Sie hatte riesigen Erfolg, weil sie einen

Service anbot, den jeder brauchte: das Bezahlen mit Kreditkarte im Internet. Das Geschäft explodierte geradezu. Damals sprachen wir halb im Scherz von »Internetjahren« – was fünf normalen Jahren entspricht. In zehn Wochen änderte sich bei uns so viel wie in einer normalen Firma in zwölf Monaten. Der Preis, den ich dafür zu zahlen hatte, war ziemlich hoch – ich stand kurz vor einem Nervenzusammenbruch. Aber anstatt an dem ganzen Stress zu zerbrechen, gelang es mir, ihn in eine Geschichte zu packen. Sie sollte etwas von dem schwindelerregenden Gefühl vermitteln, auf dem Höhepunkt des Internet-Booms dabei gewesen zu sein. Diese Geschichte war »Lobster«, und irgendwie schien sie mir eine Fortsetzung zu erfordern. Und die dann wieder eine Fortsetzung. Und so weiter. So kam ich Schritt für Schritt zu »Accelerando«. Der Roman erzählt von drei Generationen einer ziemlich dysfunktionalen Familie und umfasst etwa ein Jahrhundert – mit der eintretenden technologischen Singularität als Höhepunkt. Das alles wird aus der Sicht eines Wesens geschildert, das seine Existenz als Roboterhauskatze beginnt und sich zu etwas noch viel Fremdartigerem entwickelt.

F: Nun ist die Singularität in der Science Fiction ja kein gänzlich neues Thema. Der Begriff wurde von Vernor Vinge bereits zu Beginn der Neunzigerjahre geprägt. Meines Wissens sind Sie allerdings der Erste, der beschrieben hat, wie die Welt nach dem Eintritt eines solchen Ereignisses aussehen könnte. Ist das richtig?

A: Nicht ganz. Ich war der Erste, der versucht hat, zu beschreiben, wie eine Singularität – wobei man vielleicht besser vom »Maximalen Anstieg der Kurve technischen Wandels« sprechen sollte – von innen aussehen könnte. Vernor hat die Idee aufgebracht und sich mit den möglichen Konsequenzen beschäftigt, wagte sich dann aber nicht weiter vor. Er sah es ungefähr so: »Ich habe keine Ahnung davon, wie es wäre, während einer Singularität zu leben – deshalb schreibe ich über ihre Nachwirkungen aus menschlicher Perspektive«. Wie schon erwähnt, durchlebte ich für mehrere Jahre eine Phase, in der sich alles um mich herum massiv beschleunigte, und ich sah es so: »Bleib an dem Thema dran – es ist wie das Leben in der Internetblase, nur um etliches gesteigert«.

F: Glauben Sie denn, dass so etwas wie eine Singularität tatsächlich einmal eintreten könnte?

A: Glauben? Ich bin Agnostiker. Es gibt eine Menge guter Gründe dafür, warum es niemals passieren wird. Gleichzeitig kann es aber sein, dass wir mit dieser Prognose heute genauso falsch liegen wie mit der zu Beginn der Dreißigerjahre vorherrschenden Meinung, Raumfahrt sei unmöglich. Alle damals vorgebrachten technischen und physikalischen Hindernisse erschienen plausibel, wurden aber mit der Zeit sämtlich widerlegt. Etliche Einwände gegen das Eintreten einer Singularität gründen auf dem strikten Festhalten am Dualismus von Körper und Geist. Hier geht es also um eine quasi theologisch begründete Ablehnung, um das Beharren auf der Einzigartigkeit des Menschen. Und tatsächlich: Die Idee einer Singularität – die darauf gründet, dass wir entweder die Fähigkeit erlangen, Maschinen zu entwickeln, die unsere eigene Intelligenz steigern, oder dass wir die Intelligenz selbst technisieren – muss den meisten Religionen höchst blasphemisch erscheinen. Auf der anderen Seite gibt es gewichtige Argumente, die dafür sprechen, dass auch das Konzept der Singularität von Leuten erdacht wurde, die es eigentlich besser wissen müssten – dass es sich, in den Worten von Ken MacLeod, um ein »Rapture of the Nerds« handelt, ein Ausbruch von Mystizismus anlässlich der Jahrtausendwende.
F: Sehen Sie den rapiden Wandel, der in »Accelerando« beschrieben wird, eher als Chance oder als Gefahr?
A: Das kann ich gar nicht sagen. Eine Singularität hätte völlig unvorhersehbare Auswirkungen, die davon abhängen, welche Bedingungen vor ihrem Eintritt herrschten. Trotzdem sollte ich an dieser Stelle vielleicht darauf hinweisen, dass »Accelerando« keine Utopie ist. Am Ende des Romans sind neunzig Prozent der Menschheit ausgelöscht – und die Überlebenden müssen sich wie Ratten verkriechen.
F: Mit den Büchern von Ray Kurzweil, der die Diskussion in die breitere Öffentlichkeit getragen hat, sind Sie ja bestimmt vertraut. Was halten Sie von seinen Thesen?
A: Kurzweil bezieht sich auf die Diskussionen, die die Extropianer in den Neunzigerjahren im Internet geführt haben. Das geht völlig in Ordnung, ich habe es ja nicht anders gemacht. Wir schöpften aus der gleichen Quelle und schrieben unsere Bücher – er sein »The Age of Spiritual Machines«, ich »Accelerando« – zur gleichen Zeit. Was mich allerdings doch ein wenig ärgert, ist die Tat-

sache, dass er für sich das Copyright an diesem Thema in Anspruch nimmt – während es tatsächlich schon etliche Jahre vor uns in Umlauf war und das geistige Kind einer ganzen Menge kluger Leute ist.

F: Sie haben sich also intensiv mit den Vorstellungen des Transhumanismus und Extropianismus beschäftigt. In Deutschland sind beide Denkrichtungen nur wenig bekannt.

A: Habe ich. Es gab da im Internet seit Ende der Achtzigerjahre eine Mailingliste: EXTROPY-L. Ich war ab 1990 mit dabei und habe mich bis 1995 aktiv an der Diskussion beteiligt. Daher weiß ich, dass sich Ray Kurzweil mehr auf seine Fahnen schreibt, als ihm wirklich zusteht. Ein Gutteil dessen, was den sogenannten Transhumanismus ausmacht, wurde Ende der Achtziger-, Anfang der Neunzigerjahre erdacht, und Kurzweil hat diese Ideen lediglich popularisiert.

F: Nehmen wir an, die Menschheit käme zu der Erkenntnis, dass es besser wäre, das derzeit unkontrollierte Wachstum beispielsweise in der Informationstechnologie einzudämmen. Wären wir überhaupt dazu in der Lage?

A: Nun, es gibt ja eine Reihe von Gemeinschaften, die versuchen, die Einführung neuer Techniken unter Kontrolle zu halten, etwa die Amish oder die Mennoniten. Aber wenn eine Technik Vorteile bringt, funktioniert so etwas auf längere Sicht nicht. Irgendjemand wird den Weg des geringsten Widerstandes gehen und sie nutzen. Die Menschheit ist kein monolithischer Block, sie besteht aus mehreren Milliarden in Konkurrenz zueinander stehender Individuen. Allein, dass sich alle über so etwas Offensichtliches einig sind wie die Tatsache, dass die Sonne im Osten auf- und im Westen untergeht, ist schon ein hartes Stück Arbeit. Meiner Meinung nach sind die Chancen gleich null, eine Technik komplett zu unterdrücken.

F: Ein wichtiges Element in »Accelerando« ist die Möglichkeit, das menschliche Bewusstsein ins Netz oder in eine Maschine zu übertragen. Wie könnte das erreicht werden?

A: Uff, die Antwort würde den Rahmen dieses Interviews komplett sprengen. Schauen Sie doch einfach mal auf www.aleph.se/Trans/Global/Uploading. Da finden Sie alles Mögliche zu diesem Thema.

F: »Accelerando« ist ja ein schieres Feuerwerk an Ideen. Wie viele Ideen kommen Ihnen so an einem Tag?

A: Habe ich nie gezählt. Unser kleines Geheimnis als Science-Fiction-Autoren ist ja, dass man zwar ziemlich leicht Ideen produzieren kann, diese in einen fiktionalen Text umzusetzen aber Wochen, Monate, gar Jahre harter Arbeit erfordert. Wenn mir morgen die Ideen ausgehen, könnte ich trotzdem noch zehn Jahre lang Bücher schreiben – einfach indem ich mich bei dem Material bediene, das ich für meine bisherigen Romane noch nicht verwendet habe.

F: Die Handlung von »Accelerando« beginnt auf der Erde, verlagert sich aber relativ schnell in den Weltraum. Die Menschheit hat das Problem interstellarer Reisen hier auf sehr elegante Weise gelöst: Nicht mehr der gesamte Körper, nur noch der Geist, das Bewusstsein, wird ins All geschickt. Dürfen wir uns also langsam von der traditionellen Space Opera verabschieden?

A: Ich glaube schon. Seit den frühen 70ern ist ja immer offensichtlicher geworden, dass die bemannte Raumfahrt extrem gefährlich ist. Hinzu kommen die enormen Entfernungen und der Zeitaufwand. Außerdem müssen die Ressourcen, die für den Unterhalt eines künstlichen Lebensraums im All notwendig sind, von der Erde stammen. Dort oben gibt es kein »Zuhause«, es existieren keine Welten, auf denen wir einfach unsere Raumanzüge ausziehen und frische Luft atmen können. Allein das bloße Überleben erfordert einen Haufen Geld, viel Einfallsreichtum und Zeit. Und es kommt noch schlimmer, wenn man die schädlichen physikalischen Einflüsse berücksichtigt, die bei einer längeren Reise durchs All auftreten. So hat man sich in der Science Fiction bisher nur wenig Gedanken über das Problem der hochenergetischen kosmischen Strahlung gemacht. Eine mehrjährige Reise außerhalb des Van-Allen-Gürtels, der die Erde abschirmt, würde die Astronauten einer äußerst schädlichen Strahlendosis aussetzen ... Nein, interplanetare Flüge in einer Blechbüchse sind für Primaten wirklich nicht einfach zu bewältigen. Wir sind zu schwer, zu unförmig und neigen dazu, zu sterben, wenn wir dem Vakuum ausgesetzt werden. In meinem Roman »Saturn's Children«, den ich gerade abgeschlossen habe, wird dieses Problem zwar gelöst – aber auf eine Weise, die den Lesern vermutlich wenig Freude bereiten wird.

F: In »Accelerando« schildern Sie ja auch den totalen Zusammenbruch der traditionellen Musikindustrie. Ist das Wunschdenken oder eine realistische Erwartung?

A: Dieser Prozess ist doch bereits im vollen Gange. Fragt sich nur, wann das Kartenhaus endgültig in sich zusammenfällt. Die großen Musiklabels haben sich darauf verlegt, die Fans vor Gericht zu zerren, um mit den Prozessen Geld zu verdienen. Gleichzeitig wurden zahlreiche gute Musiker rausgeschmissen. Also reagieren die Fans entsprechend, nutzen Tauschbörsen, weigern sich einfach, CD's zu kaufen. Im Bereich der klassischen Musik ist 2005/2006 schon alles auseinandergefallen – ich erwarte, dass sich bis 2010 die Situation für die gesamte Musikindustrie auf die eine oder andere Weise geklärt hat. Bei Filmen wird es etwas länger dauern. Noch fehlt es an Kapazitäten, um den Austausch von Dateien problemlos zu ermöglichen, aber in fünf Jahren ist auch hier der Scheitelpunkt erreicht. Wenn ich bedenke, dass der Teil von »Accelerando«, in dem ich das beschreibe, erst sieben Jahre alt ist, muss ich zugeben, dass ich eine so rasante Entwicklung nicht vorhergesehen habe.

F: *Sie sind ein glühender Verfechter der »Open Source«-Bewegung. Ist es aber nicht schon zu spät, der Vormachtstellung von Firmen wie Microsoft Einhalt zu gebieten?*
A: Im Gegenteil! Microsoft hat seinen Zenith längst überschritten. Sie stehen jetzt so da wie IBM 1992 – ein monolithischer Block, der den Markt beherrscht, an dem aber schon unverkennbar Risse zu erkennen sind und der nur noch ein, zwei Jahre von einer tiefen Krise entfernt ist. Microsoft wird nicht durch »Open Source« in seine Schranken gewiesen, sondern durch die Tatsache, dass wir uns ins Post-Computerzeitalter bewegen. Es gibt schon jetzt zehnmal mehr Handys als Computer, sie sind Internet-kompatibel und laufen zumeist mit anderen Betriebssystemen. Außerdem wird das Internet von Google dominiert – aber die werden denselben Weg wie Microsoft gehen.
F: *Nach »Accelerando« haben Sie den Roman »Glashaus« geschrieben, der sich wie eine Art Fortsetzung liest. War das so geplant?*
A: Nicht im strengen Sinne. Man kann die Geschichte tatsächlich nach »Accelerando« ansiedeln – weit in der Zukunft allerdings –, das für »Glashaus« geschaffene Universum besitzt aber auch Eigenständigkeit.
F: *»Glashaus« dreht sich im Wesentlichen um Kontrolle, das heißt um den Kampf dagegen, kontrolliert zu werden.*
A: So könnte man es sagen. »Glashaus« wurde 2003 geschrieben, und ich verarbeitete darin viele Themen, die zu jener Zeit aktuell waren. Damals begann der Irakkrieg, das Gefangenenlager in Guantanamo existierte bereits. Ich interessiere mich sehr dafür, wie soziale Kontrolle durchgesetzt wird, und habe mich mit der Nutzung der Psychologie durch das Militär beschäftigt. Denken Sie etwa an das Stanford-Gefängnis-Experiment oder Stanley Milgrams Versuchsreihen zur Autoritätshörigkeit – Milgram bewies, dass man ganz normale Menschen in Folterknechte verwandeln kann, indem man es ihnen einfach nur befiehlt. Nicht verschweigen will ich auch meine damalige Leidenschaft für das *Sims*-Computerspiel ... Aber die eigentliche Initialzündung für »Glashaus« war meine Reaktion auf einen Roman von John Varley, »Red Thunder«, der erste, den er seit acht Jahren veröffentlicht hatte. Varley hat sich in früheren Geschichten oft Themen wie Geschlechterrollen und Identität in Gesellschaften der fernen Zukunft gewidmet, in denen diese Dinge

eben keine Konstanten mehr sind, sondern sich jederzeit ändern können. Chirurgische Eingriffe oder ein kompletter Körpertausch sind dort Routine, für eine Party wechselt man eben mal in einen anderen Körper, so wie wir uns heutzutage umziehen. »Red Thunder« allerdings war eine große Enttäuschung, ein müder Heinlein-Abklatsch, keiner von Varleys originelleren Romanen. Also beschloss ich, mich selbst an dem Thema zu versuchen, und hatte plötzlich eine Idee: Was wäre, wenn man Menschen aus einer posthumanen Zivilisation, in der Körpertausch alltäglich ist, in eine völlig andere, streng überwachte Umgebung transferiert? Das Experiment sollte in groben Zügen auf der Stanford-Studie basieren, nur dass den Teilnehmern nicht die Rollen von Gefangenen und Wächtern, sondern eben unterschiedliche Geschlechter zugewiesen werden. Ich sah mir auch die Situation im Irak genauer an und fragte mich: Was macht man in einer Gesellschaft, die quasi Unsterblichkeit erlangt hat, mit den Soldaten, wenn der Krieg vorüber ist? Und was geschieht mit Kriegsverbrechern, wenn man sie nicht töten oder für immer wegsperren kann?

F: Der Versuch, das sogenannte »Dunkle Zeitalter« – die Zeit vor dem Eintreten der Singularität – zu rekonstruieren, stellt die Experimentatoren in »Glashaus« vor erhebliche Probleme. Daten sind massenweise verlorengegangen, weil Dateiformate und Speichermedien immer wieder geändert wurden. Besteht diese Gefahr tatsächlich?

A: Es ist eine sehr reale Gefahr, und meiner Meinung nach durchleben wir gerade dieses »Dunkle Zeitalter«. Die Ursachen dafür liegen auf der Hand: Wir lassen uns immer wieder neue Dateiformate aufschwatzen, die von den Entwicklern dann auch noch regelmäßig geändert werden. Sehen Sie sich nur Microsoft an, das die Formate für seine Word-Textverarbeitung alle zwei bis fünf Jahre austauscht. Auch sind unsere aktuellen Speichermedien extrem anfällig und kurzlebig, keines davon ist nur annähernd so haltbar wie Nitro-Film, der spontan nach fünfzig bis hundert Jahren verdampft. Ich befürchte, dass wir 2050 mehr Informationen über die Zeit um 1950 haben werden als über die Zeit um die Jahrtausendwende. Filme, Schallplatten und gedruckte Bücher sind viel haltbarer als DVD-ROMS, die sich nach zwei bis acht Jahren zersetzen, oder Word-Dokumente. Und das »Digital Rights Management« macht die Sache nur noch schlimmer: Allein der Zeitaufwand, den

Code zu knacken und die verschlüsselten Daten lesbar zu machen, kann unter Umständen die Haltbarkeitsdauer des Mediums übersteigen, auf dem sie gespeichert sind.

F: *Nach der Lektüre Ihres Mystery-Agententhrillers »Dämonentor« hat man unweigerlich das Gefühl, dass Sie eine tiefe Abneigung gegen alles Bürokratische hegen. Haben Sie da persönliche Erfahrungen gemacht?*

A: Oh, jede Menge. Jegliche Art von bürokratischer Organisation entwickelt ihre ganz eigenen hässlichen Deformationen, abhängig von ihrer Größe und davon, ob sie privat oder öffentlich ist. Nicht zu vergessen die nationalen Eigenheiten und Traditionen derjenigen, die sie aufgebaut haben. Einige der schlimmsten – umgekehrt aber auch besten – Bürokratien sind amerikanische Firmen, deren Betriebsklima zwischen krankhaft auf der einen bis paradiesisch auf der anderen Seite schwankt. Auch der öffentliche Dienst in Großbritannien hat seinen speziellen Flair. Immerhin habe ich schon EDV-Aufträge für Gemeindeverwaltungen übernommen, im National Health Service gearbeitet und viel Zeit mit Regierungsbeamten verbracht. Ich weiß also, wovon ich rede. Eine Organisation, deren Wurzeln bis ins Mittelalter zurückreichen und die gleichzeitig jeder Modeerscheinung im Bereich Management hinterherläuft, muss einem doch zwangsläufig seltsam anmuten, oder?

F: *»Dämonentor« ist auch eine Hommage an H.P. Lovecraft und seinen Cthulhu-Mythos. Wie kommt es, dass Lovecraft heute noch so viele Menschen fasziniert?*

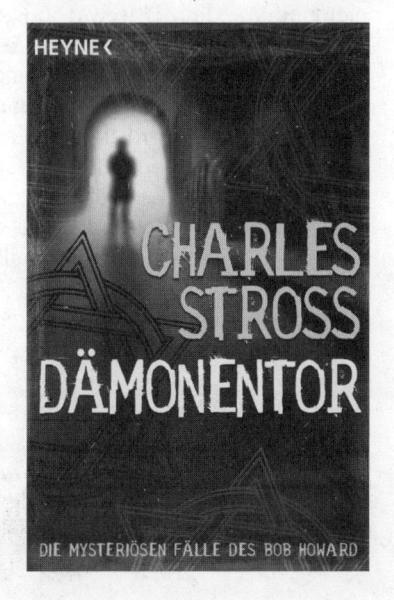

A: Da kann ich nur auf Michel Houellebecqs wunderbaren Lovecraft-Essay »Gegen die Welt, gegen das Leben« verweisen. Für mich ist Lovecraft das Kontrastprogramm zur naivoptimistischen, am reinen »Sense of Wonder« orientierten Science Fiction der Dreißigerjahre. Der von ihm geschaffene Kosmos – in dem das menschliche Leben praktisch unbedeutend ist – erfüllt uns nicht mit Staunen, sondern mit Furcht. Lovecraft ist der bisher viel zu wenig gewürdigte Urvater einer ganz eigenen Richtung innerhalb der Science Fiction. Hier erforscht der Mensch nicht das All, sondern verkriecht sich wie ein Insekt vor gigantischen, uralten außerirdischen Zivilisationen ... Im Übrigen lebte ich bis Mitte zwanzig in Großbritannien nie mehr als fünf Kilometer vom möglichen Ziel eines Nuklearangriffs entfernt, der Folge eines Krieges mit der Sowjetunion gewesen wäre, den Ronald Reagan so gerne geführt hätte. Das war meine ganz persönliche Lovecraft-Erfahrung.

F: In »Dämonentor« verwandeln sich Überwachungskameras in tödliche Waffen. Nun ist Großbritannien mit solchen Kameras ja reichlich ausgestattet. Wie lebt es sich mit dieser nahezu lückenlosen Überwachung des öffentlichen Raums?

A: Nun, die bittere Wahrheit ist, dass diese Kameras gar keine Verbrechen verhindern. Sie bringen insgesamt nicht viel. Häufig sitzt niemand vor dem Überwachungsmonitor, oder die Qualität der Aufnahme ist zu schlecht, um sie verwenden zu können. Meine Lieblingsanekdote hierzu ist folgende: Meine Frau besuchte einmal einen Abendkurs in einem nicht ganz so vornehmen Stadtteil Edinburghs. Sie kettete ihr Fahrrad an einen Mast, der mit einer ganzen Batterie einschüchternder Kameragehäuse bestückt war, und ging in den Kurs. Als sie zurückkam, war von ihrem Rad nicht mehr viel vorhanden, Sattel und Reifen waren geklaut worden. Sie meldete das bei der Schule – und bekam zur Antwort, dass auch die Kameras gestohlen worden waren, schon sechs Monate zuvor. Die Gehäuse waren leer.

F: In Ihren Texten vermeiden Sie es, direkt politisch Stellung zu beziehen. Wo würden Sie sich politisch einordnen?

A: Bei Wahlen hierzulande stimme ich für die Liberal-Democrats. Insgesamt tendiere ich nach links – zumindest nach europäischen Maßstäben, nach amerikanischen würde es mich politisch gar nicht geben –, aber ich denke, dass die Linke den Bürgerrechten, dem Freiheitsthema insgesamt, zu wenig Aufmerksamkeit widmet. Vor allem, wenn sie an der Regierung ist.

F: *Neben Ihren Science-Fiction-Büchern und der »Dämonentor«-Serie haben Sie auch einige Fantasy-Romane geschrieben: die »Merchant Princes«-Reihe. Irgendwie kann man sich das bei Ihnen gar nicht vorstellen. Ist Fantasy Ihre geheime Leidenschaft?*
A: »The Merchant Princes« läuft eigentlich nur aus Marketinggründen unter Fantasy. Im Grunde ist es Science Fiction mit einem ziemlich simplen Konzept: Unsere Welt ist eine von zahlreichen Paralleluniversen. In einem benachbarten Universum lebt ein fünf Familien umfassender Clan, der untereinander heillos zerstritten ist. Die Angehörigen dieses Clans – allesamt Händler – haben eine genetische Anomalie, die es ihnen ermöglicht, in eine andere Welt zu reisen und dabei alles mitzunehmen, was sie am Körper tragen können. Jahrzehntelang sehen sie das Ganze nur als netten Trick – bis die Welt, die sie besuchen, durch die Erfindung der Eisenbahn und des Telegraphen eine technische Revolution erlebt. Der Clan wird nun in seiner eigenen Welt immer mächtiger. Sprung in das frühe 20. Jahrhundert, Schwenk auf unsere Heldin Miriam Beckstein, eine Enthüllungsjournalistin, die für ein Technikmagazin in Boston schreibt und gerade gefeuert wurde. Als sie ihre Adoptivmutter besucht, überreicht ihr diese einen Schuhkarton voll mit Sachen, die ihr ihre geheimnisumwitterte leibliche Mutter hinterlassen hat. Darunter ein Medaillon mit einem merkwürdigen Muster, bei dessen Anblick Miriam schwindlig wird. Sie hat keine Ahnung, dass der Inhalt dieses Schuhkartons in den folgenden Jahren einen Bürgerkrieg auslösen wird ... »The Merchant Princes« unterscheidet sich zugegebenermaßen sehr von meinen anderen Arbeiten. Es ist ein Genre-Experiment, das mir einen Heidenspaß macht.
F: *Ihr zuletzt erschienener Science-Fiction-Roman »Halting State« zeichnet sich dadurch aus, dass er in der zweiten Person erzählt ist. Warum haben Sie diese eher seltene Perspektive gewählt?*
A: In »Halting State« geht es neben anderen Dingen vor allem um die Weiterentwicklung der Computerspiele. In diesen Spielen wurde schon immer – bis zurück zu den reinen Textabenteuern der Siebzigerjahre – in der zweiten Person erzählt, und zwar aus dem Grund, weil der Computer dir die Geschichte erzählt. Da schien es mir nur passend, es in »Halting State« genauso zu machen.
F: *Auf Ihrer Webseite bekennen Sie sich zu Ihrer Leidenschaft für das Rollenspiel AD&D in den Siebziger- und Achtzigerjahren.*

Sind Sie immer noch aktiv dabei?
A: Nur noch als interessierter Beobachter. Ich selbst spiele nicht mehr.
F: *»Halting State« zeigt auch, wie verletzlich unsere Gesellschaft mittlerweile durch ihre Abhängigkeit von moderner Informationstechnologie geworden ist. Haben wir hier die nächsten terroristischen Anschläge zu erwarten?*
A: Das ist vermutlich längst geschehen. Nehmen Sie nur den »Storm«-Virus und seine Varianten. Und es ist auch kein Geheimnis mehr, dass Regierungsrechner in den USA und Großbritannien unter Dauerbeschuss von einem Netzwerk liegen, das der chinesischen Regierung zuzurechnen ist. Nicht zu vergessen der Cyberkrieg zwischen Russland und Estland zu Beginn diesen Jahres, der in Estland für zwei Wochen das Internet fast komplett lahmlegte ... Die Frage ist lediglich, ob Terroristen im Vergleich zu Regierungen in der Lage sind, lebenswichtige Teile der Infrastruktur direkt anzugreifen.
F: *Nach »Halting State« – was sind Ihre nächsten Projekte?*
A: 2008 erscheint das bereits erwähnte »Saturn's Children«. Aktuell arbeite ich an den nächsten beiden »Merchant Princes«-Romanen, mit denen ich diese Serie abschließen will. Außerdem stelle ich eine Kurzgeschichtensammlung zusammen. Was danach kommt, weiß ich noch nicht, aber das wird ohnehin frühestens in einem Jahr aktuell. Fest eingeplant sind zwei weitere »Dämonentor«-Romane. Und ich sammle fleißig Material für eine Fortsetzung zu »Halting State«. Ich werde mich wohl auf Science Fiction konzentrieren, die in der nahen Zukunft spielt – von Space Operas habe ich erst einmal genug.
F: *Und von all den Genres, in denen Sie sich bewegen – welches liegt Ihnen am meisten?*

A: Das, in dem ich am meisten schwarzen Humor unterbringen kann. Gerade ist das wohl die »Dämonentor«-Serie. Aber ich kann grundsätzlich keinen Roman schreiben, dessen Thema mich nicht interessiert. Monatelang oder gar ein Jahr an etwas zu arbeiten, das man hasst, ist verdammt anstrengend.

F: Ist die Art von »Transhumanismus-Prosa«, wie Sie sie mit »Accelerando« und »Glashaus« vorgelegt haben, die Richtung, die die Literatur im 21. Jahrhundert nehmen wird?

A: Es wäre ziemlich anmaßend von mir, diese Frage mit ja zu beantworten. Ein Jahrhundert ist eine verdammt lange Zeit. Stellen Sie sich vor, H.G. Wells wäre 1908 gefragt worden, ob die »Scientific Romance« die geeignete literarische Form für das 20. Jahrhundert sei ... Andererseits setzen wir uns bisher kaum wirklich damit auseinander, was es bedeutet, wenn sich unsere Definition von »Mensch« ändert. Das wird uns in den kommenden Jahrzehnten noch sehr beschäftigen.

F: Und in welche Richtung geht die Science Fiction selbst?

A: Wenn ich das wüsste! Leider bin ich nur Schriftsteller, kein Prophet. Ich kann da nur spekulieren. Autoren schreiben unter dem Einfluss der Kultur, in der sie leben, und in der Science Fiction stellen wohl auch in Zukunft die Amerikaner die Mehrheit. Aktuelle Meinungsumfragen zeigen: Über zwei Drittel der US-Bürger sind der Ansicht, dass die Dinge in ihrem Land falsch laufen. Hinzu kommt ein Krieg in Übersee, der viele Ressourcen bindet, die Konkurrenz durch ein sich stürmisch entwickelndes China, ein riesiges Haushaltsdefizit und ein fallender Dollarkurs. Da ist es nicht sonderlich schwierig vorherzusagen, dass sich die amerikanischen SF-Autoren in den nächsten zehn Jahren sehr stark mit Untergangsszenarien beschäftigen werden. Oder diese negativen Gefühle bewusst ignorieren.

F: Nun sind Sie ja nicht Amerikaner, sondern Brite. Ist die britische SF derzeit die Avantgarde des Genres?

A: Ich denke, dass die britische Science Fiction in den späten 80ern und frühen 90ern so etwas wie eine Wiedergeburt erlebt hat. Und das wird sich noch für etliche Jahre auszahlen. Mit Sicherheit erleben wir im Augenblick in Großbritannien die fruchtbarste Phase seit den frühen Sechzigerjahren. Gleichzeitig fehlt es der amerikanischen SF an Selbstvertrauen, was unser Licht noch etwas heller erstrahlen lässt. Trotzdem kann ich nicht behaupten, die britische Science Fiction sei die derzeit Innovativste oder gar Beste. Ich spreche weder Deutsch noch Französisch, Japanisch oder Chinesisch. Nach allem, was ich weiß, gibt es in China derzeit einen unglaublichen Science-Fiction-Boom, was im Westen kaum jemand mitbekommt. In aller Bescheidenheit also: Hier in Großbritannien läuft es gerade etwas besser als üblich.

F: Gibt es jemanden unter Ihren – britischen oder amerikanischen – Kollegen, den Sie aufrichtig bewundern?
A: Ja, Bruce Sterling. Er ist der bei weitem brillanteste Futurologe, den ich kenne, und seine Arbeiten sind beinahe ehrfurchtgebietend. Alle paar Jahre veröffentlicht er einen neuen Roman, zehn Jahre später nehmen andere Autoren davon Notiz – und ein neues Subgenre entsteht. Und in der Zwischenzeit hat er ein Dutzend neue Ideen, die alle noch abgefahrener sind.

F: Drei neuere SF-Romane, die man unbedingt gelesen haben sollte?
A: Da fragen Sie leider den Falschen, weil ich einfach nicht genug zum Lesen komme. Aber ich gestehe, dass ich eine Schwäche für Karl Schroeder, ein kanadischer Hard-SF-Autor, Peter Watts, ein ebenfalls kanadischer Meeresbiologe, der wirklich wunderbare Romane schreibt, und Walter Jon Williams habe, den man hier wohl nicht extra vorstellen muss.

F: Liest man den Blog auf Ihrer Website, hat man den Eindruck, dass Sie ständig auf Conventions sind oder Signiertouren machen. Reisen Sie so gerne?
A: Na ja, ich bin nun einmal Science-Fiction-Fan und besuche seit über zwanzig Jahren Conventions. Ans Herumreisen bin ich also gewöhnt. Andererseits kann ich meinen Schreibplan nicht einhalten, wenn ich unterwegs bin. Dazu kommt der Jetlag, der mir härter als früher zusetzt: Ich bin über vierzig und kann nicht einfach auf Knopfdruck wieder produktiv sein, wenn ich gerade einen Transatlantikflug hinter mir habe.

F: Und was machen Sie außer schreiben und Conventions besuchen sonst noch?
A: Ich glaube, ich bin ein ziemlich langweiliger Typ. Wie viele Autoren konzentriere ich mich fast schon obsessiv auf meine Arbeit, und so beherrscht das Schreiben mehr oder weniger mein Leben.

Ich reise, wie gesagt, sehr gerne und trinke im üblichen Maße mal ein Bier oder höre Musik. Mit einem ausgefallenen Hobby kann ich leider nicht dienen.

F: Könnten Sie sich denn dann überhaupt vorstellen, ein Leben wie Manfred Macx in »Accelerando« zu führen?

A: Nein, ich bin zu alt und zu langsam, um mit Manfred mithalten zu können. Aber mein Kollege Cory Doctorow, mit dem ich immer mal wieder zusammenarbeite, hatte diese Rolle für einige Zeit ganz gut drauf.

F: Cory Doctorow bietet ja seine Romane im Internet kostenlos zum Download an, um das Interesse daran zu steigern und dadurch mehr »richtige« Bücher zu verkaufen. Sie haben das Gleiche mit »Accelerando« gemacht. Hat es sich ausgezahlt?

A: Ich denke schon, wobei es natürlich an statistischen Daten fehlt, um das genau belegen zu können. Ich würde das Experiment gerne wiederholen, aber da müsste man etliche vertragliche Hürden überwinden. Die E-Book-Rechte an meinen Romanen werden ja zusammen mit den übrigen Rechten verkauft. Außerdem haben die Verlage in Großbritannien und den USA ganz unterschiedliche Vorstellungen davon, wie und wann ein Buch erscheinen soll. Ich müsste also eine Menge Überzeugungsarbeit leisten.

F: Auf Ihrer Website präsentieren Sie sich als stolzer Besitzer mehrerer tausend Bücher. Gleichzeitig suchen Sie aber offenbar auch nach einem E-Book-Lesegerät, das wirklich funktioniert. Was halten Sie vom neuesten Versuch auf diesem Gebiet, dem »Kindle« von Amazon?

A: Das »Kindle« wird ein Reinfall werden, aber ein interessanter, weil sich zum ersten Mal ein Buchhändler an einem Lesegerät versucht und nicht irgendeine Firma aus der Unterhaltungsindustrie, die von Tuten und Blasen keine Ahnung hat. Ich bleibe bei meiner Vorhersage, dass alle Bemühungen in dieser Richtung scheitern werden, solange die Rechteinhaber die Methoden der Musik- und Filmindustrie kopieren und am Markt »Digital Rights Management« durchsetzen wollen. Und solange die Anbieter von Lesegeräten der Meinung sind, 350 bis 400 Dollar seien ein akzeptabler Preis für eine Gruppe von Konsumenten, die zum überwiegenden Teil nur ein bis zwei Bücher pro Jahr liest.

F: Vielen Dank für das Gespräch, Mr. Stross.

BIBLIOGRAFIE

Singularität (Singularity Sky), München 2005
Supernova (Iron Sunrise), München 2005
Accelerando (Accelerando), München 2007
Dämonentor (The Atrocity Archives), München 2007
Glashaus (Glasshouse), München 2008

Copyright © 2008 by Uwe Kramm

»Wenn das Eigenleben der Figuren der Story schadet, greife ich ein!«

Ein Gespräch mit Andreas Brandhorst

von Alexander Seibold

Andreas Brandhorst ist einer der produktivsten Science-Fiction- und Fantasy-Autoren Deutschlands. 1956 im norddeutschen Sielhorst geboren, absolvierte er zwar erst eine Lehre als Industriekaufmann, doch es stand für ihn eigentlich immer fest, dass er sich seinen Lebensunterhalt als freier Autor und Übersetzer verdienen würde. Bereits in jungen Jahren schrieb er unter verschiedensten Pseudonymen phantastische Stories, und nach zahlreichen Heftromanen – für »Zauberkreis SF«, »Terra Astra« sowie die legendäre »Terranauten«-Serie – folgten erste eigenständige Romane in den großen Taschenbuchverlagen. 1983 erhielt er für die Erzählung »Die Planktonfischer« den Kurd-Laßwitz-Preis. In den vergangenen Jahren schrieb Brandhorst vor allem in dem von ihm entworfenen »Kantaki«-Universum, eine weit in Raum und Zeit ausgreifende »Future History«, die inzwischen sechs Bände umfasst. Daneben übersetzte er zahllose englische und amerikanische SF- und Fantasy-Bücher. Der vielbeschäftigte Autor und passionierte Langstreckenläufer lebt seit vielen Jahren in Norditalien, in der Nähe von Triest. Gerade arbeitet er an seinem nächsten großen Romanprojekt: »Äon«.

Andreas Brandhorst

F: Herr Brandhorst, was hat Sie zum Schriftsteller werden lassen?
A: Ich habe schon als kleiner Junge angefangen, Geschichten zu schreiben – Geschichten, wie sie Kinder eben gern erzählen. Über Indianer und Tiere, die ich im Fernsehen gesehen hatte. Die Lehrerin in der Grundschule muss das irgendwie mitbekommen haben. Sie fragte mich jeden Morgen, ob ich wieder etwas geschrieben hätte. Ich war natürlich furchtbar stolz darauf, etwas vorweisen zu können. Sie hat mich meine Geschichten dann vor der Klasse vorlesen lassen, was für mich ein ungeheurer Ansporn war. Die Geschichten sind dann immer länger geworden. Irgendwann waren sie so lang, dass ich sie vor der Klasse nicht mehr vorlesen konnte.
F: Und wann kam es zur ersten Veröffentlichung?

A: Ich muss neun oder zehn Jahre alt gewesen sein, als in Deutschland *Raumpatrouille Orion* lief. Diese Serie hat mich unglaublich fasziniert und meine Phantasie in eine ganz bestimmte Richtung gelenkt. Daraufhin wurden meine Geschichten komplexer. Als ich so etwa dreizehn war, entstanden sogar kleine Romane, die ich auch an Verlage geschickt und prompt Absagen erhalten habe. Mit neunzehn hat es dann funktioniert – mit einem Heftroman. Für mich war das eine Riesensache.

F: *Was waren die nächsten Schritte?*

A: Ich habe mich bemüht, die Science-Fiction-Profiszene in Deutschland besser kennenzulernen. So kam ich mit den Leuten der *Science Fiction Times* zusammen, Hans-Joachim Alpers, Werner Fuchs, Horst Pukallus. Es war die Phase, in der ich lernte, Science Fiction kritisch zu lesen und auch politische Aspekte wahrzunehmen. Das blieb nicht ohne Folgen.

F: *Nämlich?*

A: In der *Science Fiction Times* nahmen wir gegenüber all jenen Texten eine kritische Position ein, die sich darin genügten, bestimmte Machtstrukturen, die wir damals als Linke nur ablehnen konnten, in die Zukunft zu verlagern. Stattdessen wollten wir alternative Science Fiction schreiben – ein für mich ungeheuer wichtiger Prozess. Ich glaube, dass ich dadurch der Autor wurde, der ich heute bin. Wir begannen, uns ständig in Frage zu stellen, wir wollten immer besser werden und fingen damit an, ganz bewusst mit einem großen Anspruch zu schreiben, nicht nur einfach eine Geschichte zu erzählen, sondern eben eine *gute* Geschichte zu erzählen. Dies wurde bei der Arbeit an der Heftromanserie »Die Terranauten« dann sehr wichtig.

F: *Die Mitarbeit bei »Die Terranauten« war für Sie der Schritt in die Professionalität?*

A: Ja. Wir wollten zeigen, dass man auch im Heftromanbereich Texte von einer Qualität bieten kann, wie sie sonst nur bei Taschenbüchern erreicht wird. Gute Science Fiction wollten wir schreiben, keine Geschichten, die nur auf Action und oberflächliche Unterhaltung abzielen. Unser Anliegen war, den Menschen in den Mittelpunkt zu stellen.

F: *Und denken Sie, das ist gelungen?*

A: Als Autorenkollektiv haben wir dieses Ziel bei »Die Terranauten« erreicht, ja. Aber: Die Serie wurde eingestellt. Insofern haben wir

das Ziel doch nicht erreicht. Immerhin konnten wir zeigen, dass es möglich ist. Was der Markt dann damit macht, ist eine andere Sache. Die etwa sechzig Heftromane, die ich verfasst habe, waren das Übungsfeld für mich. Ich habe dabei gelernt, wie man eine Story strukturiert, wie man Menschen darstellt. Ein unverzichtbarer Lernprozess.
F: Ein Prozess, der Sie beflügelte und Türen öffnete?
A: Für die Autoren, die wir damals waren, bedeutete die »Terranauten«-Serie nicht nur eine Initialzündung, sondern auch einen Aufbruch, aus dem dann die ersten Taschenbücher hervorgegangen sind. Und nicht nur das. Aus dieser Szene ist – und das ist ganz wichtig – ein Teil der heutigen deutschen Science Fiction hervorgegangen.
F: Hat sich denn der SF-Markt in Deutschland seitdem verändert?
A: Ja, klar. Der Markt war in meiner Frühzeit als Autor ein Heftchenmarkt. Jetzt haben unsere Autoren in Deutschland internationales Niveau. Leute wie Michael Ende waren da echte Vorreiter

und haben Großes geleistet. Vor allem aber in den letzten zehn Jahren haben sich die Dinge äußerst vielversprechend entwickelt.
F: Hat sich auch im Bereich der Leserschaft etwas bewegt?
A: Durch die neuen Medien hat sich die Wahrnehmung von Phantastik verschoben. Sie wird nicht mehr primär in Büchern gesucht, sondern eher im Film, im Fernsehen, in Videospielen. Unsere Leser sind weniger geworden, dafür aber auch qualifizierter.
F: Werfen wir doch einen Blick auf Ihre ersten Buchveröffentlichungen ...
A: »Der Netzparasit« war das erste Hardcover, das ich jemals geschrieben habe. Es entstand in den Achtzigerjahren – eine der Hochzeiten der deutschen Science Fiction. Die SF ist damals regelrecht explodiert. Speziell diesen Roman zu schreiben, war für mich wunderbar, da habe ich meiner Phantasie absolut freien Lauf gelassen. Mein erster wirklich »großer« Roman aber war »Schatten des Ichs« von 1983. Er hatte über sechshundert Seiten. Ein riesiges Abenteuer. Ich habe gute Erinnerungen daran, obwohl ich den Roman heute nicht mehr gut finde.
F: Wie das?
A: Er entspricht nicht meinem heutigen Standard. Aber damit habe ich die Tür geöffnet zum »großen« Schreiben. Durch diese exotische Geschichte habe ich gelernt, der Phantasie immer mehr und noch mehr freien Lauf zu lassen. Ein wichtiger Schritt auf diesem Weg war auch »Planet der wandernden Berge«. Dazwischen gab es einen Ausflug in einen ganz anderen Bereich. Ein Kinderbuch entstand: »Verschwörung auf Gilgam«. Mein Ziel dabei war, für Kinder zu schreiben, aber anspruchsvoll. Leider weiß ich nicht, ob mir das geglückt ist, auch mit diesem Roman bin ich nicht mehr ganz glücklich. Andere Kinderbücher, nämlich einige der »Flipper«-Romane, gefallen mir dagegen heute noch sehr gut. Wegen der Personen. Ich war zwar an die »Flipper«-Welt gebunden, konnte aber die Personen selber erschaffen. Das hat großen Spaß gemacht.
F: Obwohl es keine Science-Fiction-Welt war?
A: Ja, ich hatte einfach großen Spaß daran.
F: Aber es blieb bei diesem einen Streifzug außerhalb der SF. Wieso?
A: Weil meine Wurzeln in der Phantastik liegen. Und weil – jedenfalls nach meiner Wahrnehmung – in der Science Fiction die Grenzen für den Autor eben nicht so eng sind.

Andreas Brandhorst
Der Netzparasit

SF-SPECIAL
Andreas Brandhorst
Planet der hämmernden Berge
Ein Abenteuer-Roman des neuen deutschen Meisters der exotischen SF

ULLSTEIN SCIENCE FICTION
HORST PUKALLUS
ANDREAS BRANDHORST
IN DEN STÄDTEN, IN DEN TEMPELN
ROMAN

F: Sie sind auch einmal für die Fantasy-Serie »Das schwarze Auge« tätig geworden.
A: Ja, 1985. Der Band hieß »Das eherne Schwert«. Das war meine erste Auftragsarbeit. Das Lustige dabei: Man gab mir genaue Vorgaben, an die ich mich überhaupt nicht gehalten habe. Ich schrieb einfach, was ich wollte. Es ist ein ganz netter Unterhaltungsroman herausgekommen.
F: Und dann kam auch schon eine Trilogie.
A: Richtig, »Im Zeichen der Feuerstraße« von 1988. Das war der allererste Versuch einer großen Geschichte, die über mehrere Romane reicht. Ein unglaublich wichtiger Schritt für mich, weil ich dabei viel für spätere Projekte gelernt habe – und vor allem für meine derzeitige Arbeit.
F: Sie haben in den Achtzigerjahren gemeinsam mit Horst Pukallus Bücher geschrieben. Warum?
A: Die Gründe liegen unter anderem auf ökonomischer Ebene: Halbierung der Risiken, Halbierung der Arbeitszeit. Die Halbierung des Honorars wird durch den Vorteil wieder wettgemacht, auf dem Buchmarkt schnell präsent sein zu können. Auch bei der inhaltlichen Arbeit gibt es Vorteile. Man vermeidet Fehler, weil eine andere Stimme da ist, die einen kritisiert, außerdem befruchtet man sich durch Ideen ständig gegenseitig. In meiner Biographie als Autor war das die einzige Episode, in der ich ein Korrektiv dieser Art hatte – abgesehen von der Teamarbeit bei »Die Terranauten«.
F: Ein Roman, der auf diese Weise zustande kam, hieß »In den Städten, in den Tempeln«. Gab es weitere?
A: Ja, die »Akasha«-Trilogie. Das war eine Kooperation mit Horst Pukallus basierend auf einer meiner Ideen, die wir dann gemeinsam ausgearbeitet haben. Ich habe die erste Hälfte geschrieben, er die zweite. Das Interessante daran war der wechselseitige Input, die Befruchtung bei der Arbeit. Wir haben uns gegenseitig stimuliert. Das ist beim Schreiben wirklich möglich. Aber natürlich nur bis zu einer gewissen Grenze, denn man agiert in einem ständigen Kompromiss. Statt den eigenen Ideen freien Lauf zu lassen, lässt man eben nur den gemeinsamen Ideen freien Lauf. Da wächst dann eine ganz neue Art von Pflanze. Trotzdem würde ich so etwas heute nicht mehr machen.

F: Sie unternehmen als Autor auch Ausflüge in das »Perry Rhodan«-Universum? Führt Sie das nicht von Ihren eigenen Welten weg?
A: Einerseits war es für mich enorm reizvoll, in eine Welt gestalterisch einzusteigen, deren Themen ich früher unter der Bettdecke in mich aufgesogen habe. Andererseits greift auch hier der ökonomische Aspekt. Wenn die Leser von »Perry Rhodan« mich kennenlernen, nehmen sie vielleicht auch einen meiner anderen Romane zur Hand. Es überwiegt aber eindeutig die Herausforderung, für die Welt von »Perry Rhodan« einen Beitrag zu leisten und diesen Faden weiterzuspinnen.

F: Zeigt sich hier der Sportler, der keine Gelegenheit auslässt, seine Kräfte zu messen?
A: Ja, ich liebe das. Ich liebe dieses Gefühl, Herausforderungen zu bestehen, die eigenen Grenzen hinauszuschieben, etwas dazuzulernen. Es geht mir darum, über mich selber einen Sieg zu erringen.

F: Und wenn der Sieg ausbleibt?
A: Bisher habe ich die Latte, glaube ich wenigstens, noch nie zu hoch gelegt. Ich bin da ganz vorsichtig, das gebe ich offen zu. Ich fürchte, wenn ich die Latte einmal zu hoch lege und es nicht schaffe, dass dann eine schlimme Phase auf mich zukommt.

F: War der Kurd-Lasswitz-Preis für Sie so eine Latte?
A: Dieser Preis ist für mich eine Ehre. Die Verleihung hat mir 1983 viel bedeutet. Das war eine Bestätigung und Anerkennung für das, was ich damals geschrieben habe. Anerkennung ist sehr wichtig. Anerkennung in jeder Form. Denn wenn man schreibt, schreibt man nicht nur für sich, sondern auch für andere. Man möchte die Mühe, die man sich macht, anerkannt wissen. So war es für mich in dieser Lebensphase enorm wichtig, den Kurd-Lasswitz-Preis erhalten zu haben.

F: Ist der Schriftsteller also eine Art von Künstler, der auch vom Applaus lebt?
A: Ich sage eher: Der Schriftsteller ist ein Weltenschöpfer. Die Möglichkeiten, die man als Schriftsteller hat, sind großartig: Wir können Welten schaffen, Personen Leben geben, sie sterben lassen. Die Freiheiten, die wir haben, sind enorm, manchmal auch erschreckend. Man muss sich selbst limitieren und lernen, mit dieser Freiheit umzugehen. Es ist zuweilen wie ein zweites Leben,

sogar wie ein drittes oder viertes Leben. Ich hatte Phasen beim Schreiben, da war das Schreiben für mich intensiveres Leben als das reale Leben. Schreiben ist dann eine kolossale Befriedigung.
F: *Klingt so, als würden Sie sich in Ihren Figuren verlieren.*
A: Ich versetze mich in die Denk- und Gefühlswelt der Protagonisten, und wenn es gut läuft – das heißt, wenn mir die Synchronisation mit den Figuren gelingt –, denke und fühle ich wie diese Personen in meinen Romanen. Dann habe ich das Gefühl, mehrere Leben gleichzeitig zu führen. Das kann sehr intensiv werden. So intensiv, dass das eigene Leben dagegen blass erscheint.
F: *Schreiben als Flucht oder Schreiben als Therapie?*
A: Schreiben ist für mich Selbsttherapie. Vor einigen Jahren habe ich über Monate hinweg unter Albträumen gelitten. In diesen Albträumen habe ich immer meinen Sohn verloren. Durch Unfälle und andere tragische Ereignisse. Mich hat das unglaublich erschüttert. In den »Kantaki«-Romanen habe ich das dann in der Figur des Tako Karides verarbeitet.
F: *Sie haben sich bei Ihrer Arbeit freiwillig einer derartigen Tragik unterzogen?*
A: Geht es uns nicht immer so, wenn wir Filme sehen, wenn wir in die Oper, ins Theater gehen? Es heißt doch, wir lachen mit und wir weinen mit. Beim Schreiben ist das auch nicht anders. Es findet nur auf einer anderen Ebene statt. Es wird mir nicht präsentiert, sondern von mir selbst entwickelt. Wenn ich über negative Personen schreibe, habe ich das Gefühl, dass ich Negatives, das in mir – wie in jedem von uns – vorhanden ist, nach außen verlagere. Ich hole also nichts Negatives in mich hinein, sondern schreibe es aus mir heraus.
F: *Der arme Leser, der das dann verdauen soll ...*
A: Na ja, das kommt darauf an, wie man es macht. Es gibt Autoren, etwa im Horrorbereich, die *nur* schreiben, um sich selbst zu therapieren, um sich von irgendwelchen Monstern zu befreien. Und dies tun sie auf Kosten der Geschichte. Wenn das der Fall ist, dann macht der Autor etwas falsch. Er verliert aus den Augen, dass das, was er schreibt, von anderen Menschen gelesen werden soll.
F: *Was ist bei Ihnen anders?*
A: Ich bin sehr, sehr rational. Als Mensch und als Autor. Das Leben meiner Figuren ist oft bis ins letzte Detail hinein geplant. Freilich

HEYNE
Andreas
Brandhorst
DIAMANT
ROMAN

HEYNE
Perry Rhodan
PAN-THAU-RA 2
ANDREAS
BRANDHORST
DIE
TRÜMMERSPHÄRE
ROMAN

HEYNE
Andreas
Brandhorst
FEUERVÖGEL
ROMAN

kann es auch passieren, dass die Figuren so lebendig geraten, dass sie ein Eigenleben entwickeln und ihr Handeln in eine Richtung lenken, die ich eigentlich nicht wollte. Sollte das dem entsprechen, was emotional in mir drin ist, lasse ich es zu. Wenn ich jedoch merke, das Eigenleben der Figuren schadet der Story, dann greife ich ein.

F: Kommt das oft vor?
A: Ich habe bisher selten erlebt, dass sich hier Konflikte ergeben.
F: Starten wir einen kleinen Reigen mit englischsprachigen Kollegen, die Sie von Ihren zahlreichen Übersetzungen her kennen. Was fällt Ihnen schlaglichtartig ein zu Andy McNab?
A: Er schreibt wirklich über sich selbst. Ich bewundere das Konsequente an ihm. Seine Einstellung zur Gewalt würde ich nicht teilen, wenn ich auch verstehen kann, dass er als ehemaliger SAS-Mitarbeiter so denkt. Ähnlich ist das bei Stephen Coonts. Als Kampfpilot weiß er, worüber er schreibt.
F: Terry Pratchett?
A: Ein genialer Autor, der es schafft, innerhalb von drei bis vier Sätzen eine Person lebendig werden zu lassen.
F: Kevin J. Anderson?
A: Wohl einer der erfolgreichsten Science-Fiction-Autoren überhaupt. Bemerkenswert an ihm: Er diktiert seine Texte beim Spazierengehen. Vormittags zehn Seiten, nachmittags zehn Seiten.
F: David Brin?
A: Brin zeichnet sich durch seine Gedankenspielereien aus. Bei ihm findet man den ganz typischen Aufbau einer Science-Fiction-Geschichte: »Was wäre, wenn ...?« Und daraus schreibt er dann einen Roman. Er nimmt beispielsweise eine technische Innovation und überlegt, was daraus folgen könnte.
F: Michael Flynn?
A: »Der Fluss der Sterne« war mit Abstand die schwierigste Übersetzung, die ich in meinem Leben gemacht habe. Mit Abstand. Ich habe noch nie für eine Übersetzung so viel recherchieren müssen wie für dieses Buch, das mit sehr hohem Anspruch und enormem Hintergrundwissen verfasst wurde.
F: William Shatner?
A: William Shatner ist Captain Kirk. Wir haben hier jemanden, der ein Schauspieler war, der Captain Kirk gespielt hat – und der schließ-

lich zu Captain Kirk geworden ist. Ein Phänomen. William Shatner *ist* Captain Kirk. Er ist es wirklich. So wie seine Bücher geschrieben sind, merkt man das. Er identifiziert sich komplett mit dem Captain.

F: *Und was glauben Sie, warum ist* Star Trek *am Ende?*

A: Es liegt einfach am Ideenmangel. Die Geschichte von *Star Trek* ist zu Ende erzählt. Man kann dieser Welt keine neuen Aspekte mehr abgewinnen. Wenn ich für *Star Trek* schreiben würde, würde ich für eine Fortsetzung nicht in die Vergangenheit gehen, sondern weit, weit in die Zukunft. Ich würde nach neuen Entwicklungen suchen, überlegen, wo diese hinführen könnten.

F: *Und was ist mit* Star Wars*?*

A: *Star Wars* ist der Versuch, eine ganz, ganz große Geschichte zu erzählen. Episch absolut gewaltig. Ich glaube, das ist gelungen. Wirtschaftlich sowieso, aber es ist auch sehr geschickt strukturiert. Freilich haben wir hier keine Science Fiction mehr, sondern eine Art technisches Zukunftsmärchen.

F: *Woher kommt das Bedürfnis nach diesen großen epischen Entwürfen?*

A: Ich glaube, wir sehnen uns nach diesen Geschichten, weil die Welt, in der wir leben, zu begrenzt ist, um alle Wünsche der Menschen zu erfüllen. Sie ist zu begrenzt, vielleicht auch etwas zu grau. Und etliche Menschen haben das Bedürfnis, die Alltagsroutine dieser grauen Welt für ein paar Stunden zu verlassen und eine weitaus buntere Welt zu betreten, die man gleichzeitig gut kennt. Wie zum Beispiel das *Star-Wars-* oder das *Star-Trek*-Universum. Dort finden sie dann Entspannung, mehr Farbe – und Vertrautheit.

F: *In früheren Interviews haben Sie einmal gesagt, Sie hätten keine Vorbilder. Stimmt das immer noch?*

A: Ja, so seltsam das klingt. Ich habe kein Vorbild in dem Sinne, dass ich sage, ich möchte so schreiben wie dieser oder jener Autor. Stattdessen sage ich, ich bewundere beispielsweise Dan Simmons. Ich bewundere ihn für seine Phantasie, seine historischen Kenntnisse und die Art, wie er Historie und Science Fiction miteinander verquickt. Ich bewundere auch Arthur C. Clarke oder Peter F. Hamilton – Autoren, die Großes für die SF geleistet haben. Aber: Nacheifern möchte ich ihnen nicht, ich möchte vielmehr meinen eigenen Weg gehen.

F: *Wie sieht der aus – oder wie könnte der aussehen?*

A: Mit unserer Lebenserfahrung wächst unser Horizont. Nicht nur das: Wir nehmen mit zunehmender Lebenserfahrung die Dinge in ganz anderer Intensität wahr. Mit zunehmendem Alter sieht man immer mehr Aspekte des Lebens, und so werden auch die Texte immer komplexer. Natürlich ändert sich auch der Anspruch, den ich an mich selber stelle. Gegenwärtig lautet dieser, die Personen noch lebendiger, noch genauer, noch realer auszuarbeiten, um ihnen so mehr Tiefe zu geben und auf diese Weise auch selber zu wachsen.
F: Ein Prozess, der ein natürliches Ende finden wird ...
A: Na ja, leider sind wir alle, die wir jetzt leben, etwas zu früh dran. Schon in sechzig oder hundert Jahren könnte es möglich sein, den Menschen relative Unsterblichkeit zu geben – wenn sich die Zellen unbegrenzt weiterteilen können, ohne Krebs hervorzurufen. In Experimenten ist das schon gelungen. Wenn dies nun auch beim Menschen gelänge, wären wir die tragischste Generation überhaupt, weil wir noch sterben müssten und die nach uns Geborenen nicht mehr. Freilich würde man als relativ Unsterblicher durch Unfall oder Krankheit immer noch ums Leben kommen können. Aber jedenfalls nicht mehr durch Alterung.
F: Verraten Sie uns, was Sie mit der gewonnenen Zeit anfangen würden?
A: Ich leide unter ständigem Zeitmangel. Es gibt so viele Dinge, für die ich mich interessiere, aber keine Zeit finde, mich damit zu beschäftigen.
F: Haben Sie Angst vor einem unerwarteten, verfrühten Tod?
A: Der Tod spielt in meinen täglichen Gedanken eine große Rolle. Ich finde den Tod verdammt unfair! Da verbringt man das ganze Leben damit, zu lernen, zu wachsen, reifer zu werden, und muss dann alles, wofür man ein Leben lang gekämpft hat, in einem einzigen Augenblick aufgeben. Das finde ich enorm tragisch. Wenn ich darüber nachdenke, werde ich sehr traurig.
F: Offensichtlich finden Sie keinen Trost im Glauben.
A: Ja, es fällt mir schwer, an Gott zu glauben. Religion ist für mich der Versuch, mit der Angst vor dem Tod fertig zu werden. Bei vielen Leuten funktioniert das ganz wunderbar, bei mir leider nicht. Ich finde nicht die Kraft, daran zu glauben.
F: Wäre es für Sie befriedigend zu wissen, dass Ihre Bücher noch in einigen hundert Jahren gelesen werden?

A: Unbedingt! Wenn Sie mir garantieren, dass ich dann noch gelesen werde, wäre das für mich eine sehr schöne Vorstellung. Man erlangt als Autor so gewissermaßen eine Art von relativer Unsterblichkeit. Die Personen in den Büchern existieren nach dem Tod ihres Schöpfers weiter.
F: Michael Ende hat einmal die Frage gestellt, was wohl die Figuren in den Büchern machen, wenn die Bücher im Regal stehen?
A: Da gibt es diesen Gedanken vom »Multiversum«. Und ich spiele oft mit der Idee, dass alles, was wir mit unserer Phantasie erschaffen, irgendwo seinen realen Ort hat. Der Naturwissenschaftler in mir sagt nein zu dieser Idee, der Romantiker in mir sagt, es wäre schön, sich das so vorzustellen.
F: Gäbe es einen Schöpfer und Vollender, also einen Gott, wären Ihre Ideen, Sehnsüchte und Sie selbst in ihm für alle Zeit geborgen.
A: Wenn es Gott wirklich gibt, dann müsste ich alles, was ich jemals gedacht habe, neu überdenken. Es würde meine Identität in Frage stellen.
F: Inwiefern?
A: Ich würde mich fragen, warum hat der Schöpfer mich geschaffen, warum hat er das getan? Und ich würde fragen: Welche Hintergedanken hatte er? Warum zwingt er mich, zu sterben?
F: Wie könnten die Antworten Gottes ausfallen?
A: Das ist jetzt sehr gefährlich. Denn wenn wir hier Antworten geben, gehen wir immer von menschlichen Maßstäben aus und würden der Versuchung erliegen, eigene Vorstellungen und Wünsche auf Gott zu projizieren. Gott hat womöglich Gründe dafür gehabt, seine Schöpfung ins Leben zu rufen, die wir rational gar nicht nachvollziehen können, mit menschlichen Maßstäben schon gar nicht.
F: Dann frage ich anders: Wie müsste der Schöpfer denn in Erscheinung treten, damit Sie als Geschöpf Ihre bisherige Identität in Frage stellen?
A: Das weiß ich nicht. Wichtig wäre nur, dass es keinen Zweifel daran gäbe, dass es der Schöpfer ist. Solange noch ein kleiner Restzweifel bleibt, hätte ich immer noch den Ausweg zu sagen: Nein, ich glaube nicht. Wenn der Gott, der uns alle geschaffen hat, wirklich käme, wäre ich ziemlich überrascht, ziemlich verblüfft, und ich wäre nicht mehr der Andreas Brandhorst, als der ich jetzt hier sitze.

Das wäre, wie wenn ich aufwachte und feststellen müsste, mein ganzes bisheriges Leben wäre ein Traum gewesen.
F: Wenn er alle Restzweifel hinwegfegen würde, wäre Ihnen jede Chance genommen, ihn in Freiheit zu ignorieren. Und frei zu sein, ist doch für Menschen wesentlich.
A: Genau das ist es. Was mich aber brennender beschäftigt, ist eine andere Frage: Wie muss ich ganz konkret mein Leben führen, um am Schluss sagen zu können, ich habe ein erfülltes Leben gehabt?
F: Das ist auch das immer wiederkehrende Thema in Ihren »Kantaki«-Romanen.
A: Richtig. Das »Kantaki«-Universum ist die Bühne, darauf agieren die Protagonisten. Valdorian ringt ständig mit dieser Frage nach einem erfüllten Leben. Auch für Diamant und Esmeralda geht es im Grunde darum. In einem Internet-Chat schrieb mir eine Leserin: Sie haben mein Leben beeinflusst, weil Sie mich zum Nachdenken angeregt haben. Das finde ich großartig. Selbst wenn die meisten Leser meine Bücher einfach nur als Abenteuergeschichten lesen.
F: Dann sind Ihre Bücher so etwas wie Dokumentationen Ihrer Suche nach »Lebenskönnerschaft«?
A: Schreiben *ist* mein Leben. Ich schreibe nicht, um mir ein Stück Unsterblichkeit zu schaffen. Mit geht es vielmehr darum, mit den Personen in meinen Romanen zu leben. Wie gesagt, wenn es mir gelingt, synchron zu den Figuren zu denken und zu fühlen, kann es sein, dass ich mehrere Leben gleichzeitig führe. Im Grunde bedeutet das Schreiben dann für mich die Erweiterung meines eigenen Lebens.
F: Und was schreiben Sie aktuell? Einen weiteren »Kantaki«-Roman?
A: Nein. Noch nicht einmal einen Science-Fiction-Roman, sondern einen Mystery-Thriller – »Äon« –, der im Europa der Gegenwart spielt, zum Teil sogar in Italien. Das ist etwas ganz Neues für mich. Aber Sie wissen ja: Ich liebe Herausforderungen.
F: Vielen Dank für das Gespräch, Herr Brandhorst.

BIBLIOGRAFIE

Der Netzparasit (Corian, 1983)
Schatten des Ichs (Moewig,1983)
In den Städten, in den Tempeln (mit Horst Pukallus, Ullstein, 1984)
Mondsturmzeit (Goldmann, 1984)
Verschwörung auf Gilgam (Schneider, 1984)
Das eherne Schwert (Das Schwarze Auge, Knaur, 1985)
Planet der wandernden Berge (Bastei, 1985)
Akasha-Trilogie (Die Renegatin von Akasha; Der Attentäter; Das Exil der Messianer – mit Horst Pukallus, Ullstein, 1986)
Im Zeichen der Feuerstraße-Trilogie (Dürre; Flut; Eis – Bastei, 1988)
Die Macht der Träume (Goldmann, 1991)
Diamant (Heyne, 2004)
Exodus der Generationen (Perry Rhodan, Heyne, 2004)
Der Metamorph (Heyne, 2004)
Die Trümmersphäre (Perry Rhodan, Heyne, 2005)
Der Zeitkrieg (Heyne, 2005)
Feuervögel (Heyne, 2006)
Feuerstürme (Heyne, 2007)
Feuerträume (Heyne, 2008)
Äon (Heyne, 2008)

Copyright © 2008 by Alexander Seibold

SCIENCE & SPECULATION

Klimawandel: Science oder Fiction?

Betrachtungen zu einem kontroversen Thema

von Uwe Neuhold

Einleitung

Ein verzweifelter Internet-User schrieb am 31. August 2007 in ein Diskussionsforum: »Was, ja was, macht es denn noch für einen Sinn, wenn es zu jeder (Klimawandel-)These ein Buch und dazu noch eine Gegenthese von einem vermeintlich größeren Fachmann gibt? Der eine Wissenschaftler schreibt das eine und der nächste das genaue Gegenteil. Und in den Medien werden teilweise die gleichen Argumente für unterschiedliche Aussagen benutzt.«[1]

Ein anderer User wünscht sich daher eine »sachliche Gegenüberstellung von Behauptungen« der Klimawandel-Vertreter und -Kritiker. Genau das versuche ich in diesem Artikel nun zu bewerkstelligen und hoffe, dass es mir trotz aller notwendigen Kürzungen und Vereinfachungen gelingt. In der Tat sind viele Menschen unschlüssig, was sie vom Thema »Klimawandel« halten sollen und ob er sie überhaupt betrifft. In einer auf der Website http://www.yougovpanel.de/klimawandel durchgeführten Online-Umfrage wurden zur Frage »Fürchten Sie negative Folgen des Klimawandels für Ihr persönliches Leben?« bis Ende 2007 satte 4090 Stimmen abgegeben, deren Verteilung die Zwiespältigkeit wiedergibt: 51 Prozent antworteten mit »ja«, 46 Prozent mit »nein«. Keine klare Sache also, obwohl zu kaum einer anderen wissenschaftlich-gesellschaftlichen Debatte in den letzten Jahren so viel gesprochen und publiziert wurde.

Wie viele aus eigener Erfahrung wissen, scheint die Klimadiskussion geprägt zu sein von einer unüberschaubaren Anzahl von Aussagen und Gegenaussagen, in Verbindung mit einer extrem hohen Komplexität des Themas. Mit dem vorliegenden Ergebnis meiner Ende 2007 durchgeführten Recherche möchte ich zeigen, dass es einer Person, die (wie ich) kein Klima-Expertenwissen hat, durchaus möglich ist, sich aus den zur Verfügung stehenden Medien – Bücher, TV, Internet – in vertretbarer Zeit ein brauchbares Bild zu machen. Gleichzeitig ist mir aber bewusst, dass es immer *noch eine* Studie und *noch eine* überraschende Erkenntnis gibt, die ein Einzelner nicht kennen kann (außer er macht es zu seiner Lebensaufgabe) – was dazu führt, dass mein folgender Überblick keinen Anspruch auf Vollständigkeit und absolute Korrektheit erhebt, sondern durchaus Fehler oder von neueren Entwicklungen überholte Daten enthalten kann.

Vorher möchte ich aber noch auf die Frage eingehen, welchen Bezug dieses Thema zur Science Fiction hat.

Klimawandel in der Science Fiction

Wie so oft haben auch beim Thema »Klimawandel« SF-Autoren die Nase vorn, wenn es darum geht, Risiken und zukünftige Entwicklungen aufzuzeigen. Während in der öffentlichen Meinung oft das Bild vorherrscht, in der Science Fiction gebe es lediglich technikverliebte, übertriebene und realitätsfremde Szenarien, wird übersehen, dass gerade diese Literaturgattung ungewöhnlich viele Wissenschaftler und Akademiker aufweist (im Gegensatz zur »ernsten Literatur«, die oft von Hobby-Philosophen betrieben wird, oder zum populärwissenschaftlichen Sachbuch-Journalismus, welcher von selbsternannten Experten wimmelt, ganz zu schweigen von der Gattung der Krimi-, Fantasy- oder Historien-Romane).

So war der rumänische Autor Felix Aderca (1891–1962) mit seiner utopischen Erzählung »Die Unterwasserstädte« (1936) einer der ersten Literaten überhaupt, die den Klimawandel als wesent-

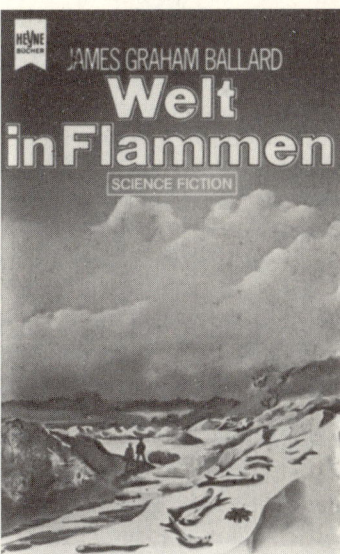

Klimawandel als SF-Motiv seit Beginn des 20. Jahrhunderts.

liches literarisches Thema behandelten: Bei ihm kommt es durch eine erkaltende Sonne zu einer neuen Eiszeit auf der Erde; die Menschen ziehen sich in die Äquatorregionen oder gleich ganz unter die Erdoberfläche und auf den Meeresgrund zurück, wo sie riesige Kuppelstädte errichten.

Freilich gingen schon damals die Vorstellungen von der Zukunft der Welt auseinander. In Brian Aldiss' Buch »Am Vorabend der Ewigkeit« (1952) wird die Sonne langsam zur Nova und strahlt ihre Hitze auf die ihr durch Rotationsverlangsamung ständig zugewandte Erdseite ab, die als Folge davon zum riesigen »Treibhaus« (engl. *hothouse*) geworden ist – eine der ersten literarischen Erwähnungen des heute gängigen Begriffs der Klimaforschung. Bei Aldiss führen die idealen Wachstumsbedingungen dazu, dass ein riesiger exotischer Pflanzenwald die Erdoberfläche kilometerhoch bedeckt.

Im selben Jahr erschien »Das Ende des Golfstroms«, in dem der deutsche Autor Freder van Holk diese Katastrophe zwar nicht auf die Klimaveränderung, sondern auf kriminelle Machenschaften zurückführt, hierbei jedoch als einer der Ersten zeigt, welche klimatischen Auswirkungen (Temperaturabkühlung) dies für Europa haben könnte – ein Szenario, das uns 1962 wieder begegnet, als Lawrence Schoonover in »Der rote Regen« die durch Atombomben zerstörte Landenge von Panama zum Auslöser einer globalen Katastrophe macht, da sich Pazifik und Atlantik nun ungehindert vermischen. Durch Verlust der Wärmepumpe des Golfstroms vereisen weite Teile der nördlichen Hemisphäre, in den südlicheren Breiten fällt roter Regen. Interessant ist, wie diese Autoren – ihrer Zeit weit voraus – zeigen, in welcher Form regionale Ereignisse zu weltweiten klimatischen Veränderungen führen können.

In Robert Silverbergs »Die Stadt unter dem Eis« von 1964 bricht ebenfalls eine neue Eiszeit über die Erde herein; diesmal jedoch, weil Staubpartikel die Erdatmosphäre für Jahrhunderte verdunkeln. Der Autor zeigt eine verblüffende Auswirkung des Klimawandels: Während die einstmals reichen Länder des Nordens aufgrund der Eiszeit in Chaos und Armut versinken, werden die Äquatorländer sowie Brasilien, Kongo, Nigeria, Sahara, Indien und Indonesien zu Weltmächten, die keine Flüchtlinge aus den Eisgebieten einwandern lassen.

Kalt wird es auch in Sterling Noels »Die Fünfte Eiszeit« (1969), welches eine schleichende Klimakatastrophe schildert: Zuerst schneit es unaufhörlich, dann bricht nach Tagen und Wochen deswegen die Zivilisation zusammen. Die Menschen sind gegen die neue Eiszeit hilflos, trotz Supertechnik, Atomgeneratoren, gigantischer Wohnpaläste. Als die Gletscher sich schließlich durch die Siedlungen bewegen, zerbersten die Wolkenkratzer, stirbt eine Stadt nach der anderen.

Besonders intensiv setzte sich James G. Ballard gleich in mehreren Werken mit dem Klimawandel auseinander. So kommt es in »Karneval der Alligatoren« (1962) durch abnorme Aktivitäten der Sonne zu einem Verlust der Ionosphäre, des Schutzmantels gegen extreme Sonneneinstrahlung. In der Folge heizt sich das Klima enorm auf, die Pflanzen wachsen in der Treibhaushitze unaufhörlich, Dschungel bedecken die Kontinente. Vielleicht am pessimistischsten – und zugleich realistischsten – ist Ballards Auseinandersetzung mit dem Thema im Buch »Welt in Flammen« (1964) geworden: Regen bleibt aus, eine gnadenlose Sonne brennt vom Himmel, es kommt zu weltweiten Dürrekatastrophen, Acker- und Weideland wird zu Wüsten, Wälder verbrennen, Flüsse werden zu stinkenden Rinnsalen, Staubstürme suchen letzte Oasen der Fruchtbarkeit heim, Viehherden verenden, bald sterben auch die Menschen. Eine weltweite Flucht in Richtung Meer setzt ein, um dem Tod durch Verdursten zu entgehen, doch auf den Autobahnen kommt es zu Megastaus. Und denjenigen, denen es gelingt, die überfüllten Strände zu erreichen, schwappt die Jauche der verseuchten Meere entgegen, in der jedes Leben erstorben ist. In »Der Sturm aus dem Nichts« (1962) wiederum liegt anfangs roter Wüstenstaub zentimeterhoch in den Straßen, dann reißt Wind leichtere Gebäude um und zwingt Fluggesellschaften, ihren Betrieb einzustellen. Bald nimmt die globale Windgeschwindigkeit extrem zu und erreicht Hurrikanstärke, sodass auch massive Gebäude einstürzen. Angesichts heutiger Vorhersagen stärkerer Wirbelstürme wirkt sein Szenario besonders alarmierend und wurde erst wieder von Bruce Sterling in »Schwere Wetter« (1994) ähnlich eindringlich geschildert.

Bücher wie die von Ballard spiegelten auch die veränderte Sensibilität großer Bevölkerungsschichten wider: In den 1960er- und 70er-Jahren wurde der Umweltschutzgedanke populär, Naturschutzorganisationen entstanden, populäre Filme wie *Lautlos im Weltall*

(1972) und großartige Romane wie »Schafe blicken auf« von John Brunner (1972) schilderten die Folgen einer vernichteten Umwelt, der Club of Rome warnte – basierend auf Studien und Hochrechnungen – vor einer düsteren globalen Zukunft im Jahr 2000 (die sich letztlich nicht in dieser Form einstellte).

Ab jener Zeit zeigten viele Autoren, dass sich der Mensch mit dem geänderten Klima ebenfalls verändern kann und wird. So beschreibt etwa T.J. Bass in »Die Ameisenkultur« (1971), wie sich die Menschen unter die Erde zurückziehen und in gigantischen Schachtstädten im Lauf der Jahrtausende zu einer drei Trillionen Individuen umfassenden Mischung aus Säugetieren und Insekten werden. Sie nennen sich zwar noch *Homo sapiens*, doch mutierten sie unterstützt durch Gentechnologie zu kleinen, der Umwelt angepassten Geschöpfen.

Evolutionäre Anpassungen beschrieb im selben Jahr auch M. John Harrison in seinem Erstlingswerk »Idealisten der Hölle«: Die zerstörte Ozonschicht der Erde (eine Bedrohung, die erst fünfzehn Jahre später zum allgemeinen Begriff wurde) führt zu Krisen und Rezession, schließlich zum Zusammenbruch von Regierungen, dem wiederum blutige Bürgerkriege folgen. In Englands von Umweltgiften zerstörter Landschaft, in der Wild nur noch aus Kaninchen besteht, schließen sich Menschen zu »Zinnhausgesellschaften« zusammen, deren Mitglieder wegen des Ozonlochs großteils von Hautkrebs befallen sind. Im Zuge einer beschleunigten Evolution entstehen schließlich Mutanten, deren reptilartige Haut sie vor der Sonne schützt.

Auch wenn das Ozonloch zu keiner Katastrophe führte, sondern im Gegenteil zu einer ersten großen Zusammenarbeit der Nationen im Umweltschutz, blieben mannigfaltige klimatische Bedrohungen. Dass sie nicht nur westlichen SF-Autoren zu denken gaben, bewies etwa der Japaner Kobo Abe mit »Die vierte Zwischeneiszeit« (1975): Durch eine unerklärliche Verstärkung des natürlichen Klimawandels kommt es zu einer Häufung von Hochfluten, Landabsenkungen und Erdstößen; das Abschmelzen der Eiskappen führt zum Steigen des Meeresspiegels (ein erst heute hochaktuelles Thema). Auch er zeigt, wie sich die ins Meer flüchtenden Menschen wohl oder übel anpassen, indem sie zu einer »programmierten Evolution« finden und auf ein Leben im feuchten Element ausgerichtete Unterwassermenschen züchten.

Einen weiten Blick in die Zukunft der klimatische Zukunft werfen Bücher wie Robert Chilsons »Wo die letzten Menschen hausen« (1974): In einer Milliarde Jahre sind die Ozeane ausgetrocknet und auf ihrem Grund stehen die letzten Städte der Menschen, denn die Kontinente sind längst öde und unfruchtbar geworden.

Dass sich sogar Architektur und Freizeitplanung dem veränderten Klima anpassen werden, prophezeite der französische Autor Michel Grimaud in »Sonne auf Kredit« (1975). Um die Natur vor der endgültigen Zerstörung zu bewahren und sie regenerieren zu lassen, hat man das Land systematisch entvölkert und die Menschen in Ballungszentren zusammengedrängt. Die Städte erinnern an Bienenstöcke und enthalten ebenso viele unterirdische wie oberirdische Stockwerke, die Menschen dürfen nur noch wenige Tage im Jahr Ferien am Land verbringen und die Sonne genießen. Auch in Brian Stablefords »Die Erde über uns« (1976) sind die Menschen in eine »Oberwelt« und »Unterwelt« aufgeteilt: Im Schimmer künstlichen Lichts, in verseuchten Kanälen und grotesker Vegetation kämpfen missgestaltete, abgestumpfte Wesen ums Überleben. Darüber, am »Himmel« dieser von Umweltgiften und Klimaveränderungen verwüsteten Erde, hat man eine neue Welt errichtet, wo die Menschen in Perfektion leben.

Natürlich erkannte die Science Fiction, dass auch die Wirtschaft von einer veränderten Ökologie nicht verschont bleiben wird. So beschrieb etwa Kate Wilhelm in »Das Jahr des schweren Wassers« (1978), wie eine marginale Veränderung des Meereswassers zu globalen Auswirkungen führt: Da die Hitze der Meere nicht mehr wie bisher verteilt wird, kommt es zu mehr Wärme, mehr Feuchtigkeit, mehr Stürmen, mehr Schnee im Norden, mehr Staub in der Atmosphäre. Da die Gischt verschwindet, fehlt Kondensation in der Luft und es regnet kaum noch. Als daraufhin die Vögel sterben, vermehren sich die Insekten und Krankheiten, es kommt zu Ernteausfällen, die schließlich zu Hungerkatastrophen führen. Bereits in ihrem Buch »Hier sangen früher Vögel« von 1976 schilderte sie eine derartige globale Krise:

> Im Februar erließ Japan als Vergeltung für das Nahrungsmittelembargo der USA Handelsbeschränkungen, die Handel unmöglich machten. Japan und China unterzeichneten einen gegensei-

tigen Beistandspakt. Im März besetzte Japan die Philippinen mit ihren Reisfeldern und China beanspruchte wieder die ... Treuhandschaft über Indochina, mit den Reisterrassen Kambodschas und Vietnams ... Der arabische Block stellte den USA ein Ultimatum, jährliche Weizenlieferungen zu garantieren und Israel nicht weiter zu unterstützen, sonst würden Öllieferungen nach USA und Europa eingestellt.

Erst als die Menschen (durch den Zusammenbruch der Systeme) aufhören, Emissionen in die Atmosphäre zu schicken, wird das Wetter rasch wieder zu dem, was es vor der Industrialisierung gewesen sein muss: feuchter und kälter.

Auch in dem Klassiker »Zeitschaft« von Gregory Benford (1980) kommt es – da die Meere durch Sauerstoffübersättigung sterben – zu Bürgerkriegen und Massensterben durch Hungersnöte. Die in den toten Meeren auftretende Algenblüte wird durch Wind und Regen weltweit verbreitet und greift schließlich auch das Plankton – die wichtigste Nahrung der Meereslebewesen – an. In Europa bedrohen Armutsflüchtlinge und illegale Landnehmer die Bürger. Da es kaum noch Treibstoff gibt, stehen Autowracks überall herum, in denen zum Teil Menschen wohnen; in den Städten wird der Strom rationiert.

Eine der großartigsten Auseinandersetzungen mit unserer ökologischen Zukunft betrieb 1990 David Brin in seinem schlicht »Erde« betitelten Buch. Hier hat der globale Treibhauseffekt zum Abschmelzen der Eiskappen geführt, zu einer Ausbreitung der Wüsten und Flucht von Millionen Menschen vor den ansteigenden Meeren. Während Nigeria austrocknet und in den Buchten von Afrika Städte überschwemmt werden, hat die Sahara die Meerenge überwölbt und leitet die Wüstenbildung Südeuropas ein. Houston muss nach einem Hurrikan leer gepumpt werden und auch Louisiana wird überschwemmt (ein Bild, das die Flutkatastrophe von New Orleans im August 2005 vorwegnahm). Durch die zunehmende Verringerung des Ozons in der Atmosphäre stirbt das euphotische und benthische Phytoplankton, von welchem die antarktische Nahrungskette abhängt; die Protein-Ernten der Welt sinken, die letzten Wale sterben. Wie ernst Brin das Thema Klima- und Umweltschutz nimmt, zeigt sich auch bei seinem Nachwort, in dem er dem Leser einen Beitritt in Umweltorganisationen wie Greenpeace dringend empfiehlt.

Die Auswirkungen des Klimawandels auf Süd- und Mitteleuropa beschrieb auf eindringliche Weise auch Wolfgang Jeschke in seinem Buch »Das Cusanus-Spiel« (2005): Große Teile Italiens sind zu unfruchtbarer Wüste geworden, das Mittelmeer trocknet aus, es kommt zu gesellschaftlichen Umwälzungen und Migrationsbewegungen, von denen lediglich klimatisch bevorzugte Gebirgsländer wie Österreich und die Schweiz zu profitieren scheinen.

Ähnlich ökologisch inspiriert entschloss sich sogar der von der Literaturkritik sehr geschätzte Mainstream-Autor T.C. Boyle im Jahr 2000 dazu, mit »Ein Freund der Erde« seinen ersten SF-Roman zu verfassen. Bereits 2025 hat hier der Treibhauseffekt weltweit voll zugeschlagen: Im Loiretal wird nicht mehr Wein, sondern Reis angebaut, die meisten Säugetiere sind ausgestorben. Die letzten Spezies finden sich in Privatzoos von Superreichen, welche jedoch im ständigen Regen überflutet werden. Boyles Sympathie liegt eindeutig auf Seiten derer, die sich zugunsten der Tiere und Pflanzen gegen Konzerne und Politiker erheben.

Praktisch entgegengesetzt argumentieren Larry Niven und Jerry Pournelle in ihrem Gemeinschaftswerk »Gefallene Engel« (1991): Denn hier schlittert die Erde in eine neue Eiszeit hinein, weil militante Umweltaktivisten den Treibhauseffekt zu abrupt gestoppt und in sein Gegenteil verwandelt haben. Die USA werden zur Schneesteppe, bewacht von einer Öko-Regierung, die Raumbewohnern Zugang zur Erde verweigert. Damit nicht genug: In Schulen und Unis werden Schöpfungslehre, Kristalltheorie und Spiritualismus in den Lehrplan aufgenommen, die ehemaligen Technik-Verherrlicher kurzerhand in Umerziehungslager gesteckt. Schließlich kommt es zu Pogromen gegen Wissenschaftler, die für ihren verantwortungslosen Umgang mit Technik und Umwelt zur Rechenschaft gezogen werden sollen. Eine in ihrer anti-umweltschützerischen Haltung beinahe allein stehende SF-Dystopie, die dennoch zeigt, wie breit auch unter SF-Autoren das Meinungsspektrum zum Klimawandel ist.

Auf die Seite der Klimawandelskeptiker setzte sich auf furiose Weise auch der Star-Autor Michael Crichton, als er 2004 »Welt in

570 Science & Speculation

Angst« veröffentlichte. Darin präsentiert er, ohne den exzessiven Einsatz von Diagrammen und Fußnoten in einer Thriller-Handlung zu scheuen, zahlreiche Gegenstudien zu gängigen Annahmen des menschenverursachten Klimawandels, speziell zu Fragen der globalen Erwärmung und der Rolle des Kohlendioxids. Wenngleich einige seiner Argumente inzwischen widerlegt werden konnten, hatten andere Bestand und wurden auf so geschickte Weise präsentiert, dass er auch heute noch ein gern gesehener Vortragender auf klimaskeptischen Symposien ist.

Klimawandel-SF von noch größerer Breitenwirkung war jedoch 2004 der Film *The Day After Tomorrow* von Roland Emmerich. Hier kam es – basierend auf dem durchaus möglichen Versiegen des Golfstroms – zu einer extremen Abkühlung der nördlichen Hemisphäre, von der uns »Turbo-Eisstürme« in Erinnerung blieben, die zum minutenschnellen Einfrieren ganzer Städte führten. Allerdings bildete die Klimaänderung hier eher einen Rahmen, der es erlaub-

Menetekel mit SF-Anklängen: Die »Doomsday Clock« wurde Anfang 2007 wegen Irankrise und Klimawandelgefahr auf »7 vor 12« gestellt.

te, möglichst spektakuläre Katastrophenszenarien miteinander zu verbinden. Die für den Film entscheidenden Szenen hielten jedenfalls einer fachlichen Prüfung nicht stand.[2] Daher rief dieses Werk zwar eine weltweite Klimadiskussion auch in bislang desinteressierten Bevölkerungskreisen hervor, gleichzeitig jedoch wurden die zahlreichen inhaltlichen Fehler und Übertreibungen zum »Eigentor«, da nach deren Bekanntwerden in der Öffentlichkeit der Eindruck entstand, die gesamte Klimawandel-Theorie sei nichts als (schlechte) Science Fiction.

SF-Autoren bringen sich also schon seit jeher auch zu diesem Thema ein. Und als am 17. Januar 2007 ein internationales Gremium aus Wissenschaftlern in New York den Zeiger der dort aufgehängten »Doomsday Clock« (»Weltuntergangs-Uhr«) aufgrund Irankrise und Klimawandel zum ersten Mal seit Ende des Kalten Krieges wieder näher an Mitternacht und damit an das zu befürchtende Ende der Welt rückte[3], befand sich unter dessen Mitgliedern auch der große Science-Fiction-Schriftsteller Arthur C. Clarke. Damit ist der Bogen zur realen Debatte vollzogen, welcher wir uns nun widmen.

Grundwissen zur Klimadebatte

Zuerst ein paar Dinge, die außer Streit stehen und uns gleichzeitig die Grundbegriffe zum Thema »Klima« erläutern:

Was ist Klima überhaupt und inwiefern unterscheidet es sich vom Wetter?
- »Wetter« nennt man den Zustand der Atmosphäre in einer Region über den Zeitraum von Tagen.
- »Witterung« ist der durchschnittliche Zustand über Monate.
- Und »Klima« ist der durchschnittliche Zustand über Jahre.

Wovon hängt das Klima ab?
Die drei wichtigsten Klimaparameter sind Energie von der Sonne (die wiederum von der Neigungsachse der Erde abhängt), Wolken und das aus ihnen fallende Wasser sowie die Eigenschaften der Vegetation.[4] Das Klima wird hierbei von einem komplexen Wech-

selspiel zwischen den Teilen der Erde (Atmosphäre, Vegetation, Boden, Gestein und Ozean) beeinflusst.

Kann sich das Klima überhaupt ändern?
Ja, denn das Klima war und ist nie stabil, sondern verändert sich über lange Zeiträume immer wieder. Die Klimageschichte der vergangenen 750.000 Jahre zeigt Eiszeit/Zwischeneiszeit-Zyklen von meist 100.000 Jahren, die von der veränderlichen Bahn der Erde um die Sonne angeregt werden und auch anderen Faktoren unterliegen (welchen genau, da gehen die Meinungen auseinander). Seitens Erde geht der Anstoß zu Klimawechseln überwiegend von den Landmassen und Meereisfeldern der nördlichen Hemisphäre aus. Im Wasserkreislauf der Erde gibt es zwei positive Rückkopplungen, die fundamental für die Eiszeit/Zwischeneiszeit-Zyklen sind: Eine anfängliche Erwärmung oder Abkühlung wird durch Verlust oder Gewinn an hellen Schnee- und Eisflächen verstärkt. Bei Abkühlung oder Erwärmung mindert oder erhöht das wichtigste Treibhausgas, der Wasserdampf, den Treibhauseffekt. Allerdings ist der Mechanismus noch unbekannt, der trotz beider positiver Rückkopplungen den galoppierenden Treibhauseffekt und eine Eiskugel verhindert hat. Wir befinden uns heute jedenfalls in einer Zwischeneiszeit, das heißt es sollte in einigen Jahrtausenden wieder zu einer Eiszeit kommen.

Was ist der »Treibhauseffekt«?
Der natürliche Treibhauseffekt bewirkt – vereinfacht ausgedrückt – die Erwärmung eines Planeten durch Treibhausgase und Wasserdampf in der Atmosphäre. Dies kann dann passieren, wenn diese Gase das von der Erdoberfläche reflektierte Sonnenlicht nicht oder nur verringert ins Weltall zurücklassen.

Ursprünglich wurde der Begriff verwendet, um den Effekt zu beschreiben, durch den in einem verglasten Gewächshaus die Temperaturen ansteigen, solange die Sonne darauf scheint (da die Glasscheiben die sich im Inneren ansammelnde Wärme daran hindern, wieder nach draußen zu entweichen). Heute fasst man den Begriff viel weiter und bezeichnet den atmosphärischen Wärmestau der von der Sonne beschienenen Erde als atmosphärischen Treibhauseffekt. Ein durch menschliche Eingriffe entstandener An-

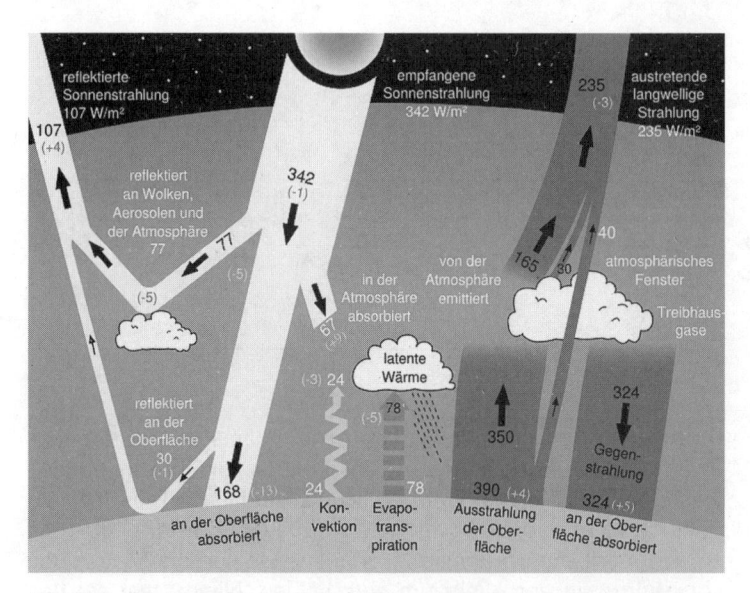

Natürliche Strahlungsbilanz der Erde: Die von der Sonne gespeiste und von der Erdoberfläche wieder abgegebene (Licht- und Wärme-)Energie wird in der Atmosphäre zum Teil von Spurenstoffen bzw. Treibhausgasen blockiert, wodurch vereinfacht ausgedrückt ein »natürlicher Treibhauseffekt« entsteht und die Atmosphäre erwärmt wird. (Quelle: de.wikipedia.org nach Kiehl und Trenberth 1997)

teil am atmosphärischen Treibhauseffekt (wenn also die vom Menschen erzeugten oder freigesetzten Treibhausgase eine Auswirkung auf die Atmosphäre haben sollten) wird anthropogener – also menschenverursachter – Treibhauseffekt genannt. Meist ist mit dem Begriff Treibhauseffekt verkürzt gleichzeitig die globale Erwärmung gemeint.[5]

Wie ist die Atmosphäre zusammengesetzt?
Folgender Vergleich[6] der Volumensprozente von den unter natürlichen Umständen und über lange Zeiträume in der Erdatmosphäre vorkommenden Stoffen mit jenen des Mars verdeutlicht planetare Unterschiede der Atmosphären:

Stoff	Erde [Vol.-%]	Mars [Vol.-%]
Stickstoff, N_2	78.08	2.7
Sauerstoff, O_2	20.95	0.13
Argon, Ar	0.934	1.6
Kohlendioxid, CO_2	0.035	95.32
Neon, Ne	0.0018	0.00025
Krypton, Kr	0.0001	0.00003
Kohlenmonoxid, CO	0.00002	0.07
Xenon, Xe	0.000009	0.000008
Ozon, O_3	0.000001	0.000003

99,96 % der trockenen Luft auf der Erde – nämlich Stickstoff, Sauerstoff und das Edelgas Argon – absorbieren sowohl Sonnenenergie als auch die von der Erdoberfläche abstrahlende Wärme kaum oder gar nicht, sodass die restlichen Stoffe (Spurenstoffe) über die zur Erdoberfläche vordringende Sonnenenergie und die Abstrahlung von Wärme in den Weltraum entscheiden. Nimmt man zu den natürlichen Spurenstoffen – Kohlendioxid (CO_2), Ozon und Kohlenmonoxid – noch die flüchtigen Stoffe Wasserdampf, flüssiges Wasser und Eis der Wolken, Schwebeteilchen, Distickstoffoxid (Lachgas) und Methan hinzu, so machen diese insgesamt ca. 0,4 % der Atmosphäre aus. Kohlendioxid stellt in Zwischeneiszeiten (wie dem aktuellen Holozän) rund 0,03 % der Moleküle in der Atmosphäre, in Zeiten intensiver Vereisung nur 0,02 %.[7]

Was sind die Treibhausgase und welche Rolle spielen sie?

»Treibhausgase« stellen einen Großteil der genannten Spurenstoffe dar (Wasserdampf, CO_2, Methan, Ozon, Lachgas), hinzukommen andere wie etwa FCKW. Sie übernehmen (laut gängiger Theorie, die jedoch von einigen in Frage gestellt wird) die Rolle der Glasfenster und -dächer beim Glashaus, da sie zwar den kurzwelligen Anteil der Sonnenstrahlung durchlassen, langwellige Wärmestrahlung hingegen aufnehmen (absorbieren) und abgeben (emittieren). Je nach Art und Menge der Treibhausgase kann sich die Atmosphäre somit erwärmen oder abkühlen. Während also CO_2 auf der Erde einen augenscheinlich sehr geringen Anteil hat, zeigt der Vergleich mit der Marsatmosphäre, dass die Massenanteilunterschiede von CO_2, O_2 und N_2 gravierend sind und enorme Auswirkungen auf die Umwelt eines Planeten haben können.

Wie könnte der Mensch das Klima beeinflussen?

Es gibt drei wesentliche vom Menschen beeinflussbare Faktoren, die das Klima verändern können:[8]

1. Die Abwärme von Industrie und Haushalten. Diese spielt jedoch eine zu vernachlässigende Rolle von nur etwa 0,03 Watt/m^2 (verglichen mit dem Energiefluss der Sonne von fast 170 Watt/m^2).
2. Die Veränderung der Rückstrahlfähigkeiten von Oberflächen, die der Mensch umgestaltete. So gehören etwa Wälder, die wir roden, zu den natürlichen, dunklen Oberflächen, die sehr viel Sonneneinstrahlung aufnehmen, ohne sie zu reflektieren. Dennoch handelt es sich hierbei insgesamt um einen eher kleinen Faktor: Er entspricht einer Erhöhung der Rückstreuung um 0,01%.
3. Die Veränderung der Zusammensetzung der Atmosphäre. (Hier behaupten die Vertreter der Theorie vom anthropogenen Klimawandel, dass wir durch die extreme Erhöhung des Ausstoßes von Treibhausgasen – vor allem CO_2 – das Klima massiv beeinflussen. Die Skeptiker bezweifeln das und führen andere Gründe für die Klimaveränderung an.)

Was ist das IPCC?

Der zwischenstaatliche Ausschuss über Klimaveränderungen (*Intergovernmental Panel on Climate Change*, IPCC) wurde im November 1988 durch die Weltorganisation für Meteorologie (WMO) in Genf und das Umweltprogramm der Vereinten Nationen (UNEP) in Nairobi gegründet und hat sein Sekretariat in Genf. Hauptaufgabe des der Klimarahmenkonvention (UNFCCC) beigeordneten Ausschusses ist es, Risiken der globalen Erwärmung zu beurteilen und Vermeidungsstrategien zusammenzutragen. Das IPCC betreibt selbst keine Wissenschaft, sondern trägt die Ergebnisse der Forschungen in den verschiedenen Disziplinen zusammen, darunter besonders der Klimatologie. Es bildet eine kohärente Darstellung dieses Materials in sogenannten Wissensstandberichten ab *(IPCC Assessment Reports)*. Die Berichte des IPCC werden in Arbeitsgruppen erstellt und vom Plenum begutachtet. Jeder beteiligte For-

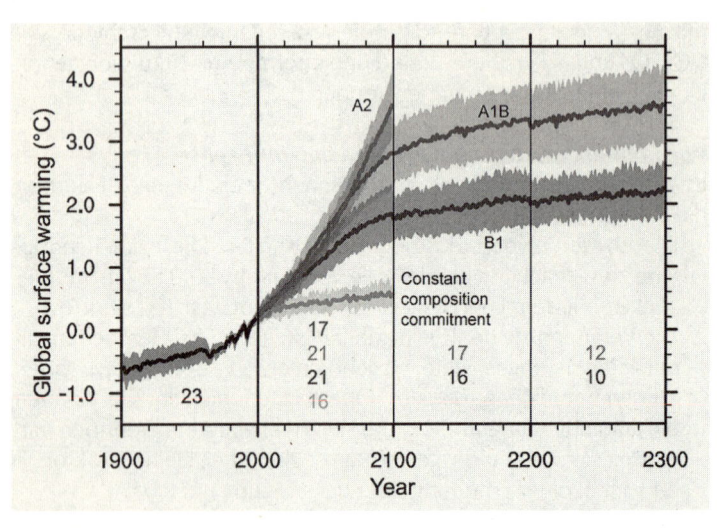

Je nachdem, welches der berechneten Szenarien A2, A1B und B1 zutrifft (also wie viel Emissionen die Menschen in den nächsten Jahren produzieren), wären laut IPCC die hier dargestellten Erwärmungen der Erdoberflächen-Durchschnittstemperatur möglich (mit angegebenen Schwankungsbreiten). »Constant composition commitment« zeigt die Entwicklung bei gleich bleibender Zusammensetzung der Atmosphäre. Die darunter dargestellten Zahlen geben an, mit wie vielen Klimamodellen die jeweilige Periode berechnet wurde. (Quelle: IPCC, 4. Assessment Report, Arbeitsgruppe 1, 2007)

scher kann in drei aufeinander folgenden Versionen Kommentare, Kritik und Vorschläge einbringen. Laut IPCC achten unabhängige *Review Editors* darauf, ob die Endfassung alles angemessen berücksichtigt.

Im Dritten Sachstandsbericht aus dem Jahr 2001 machte das IPCC viel zitierte Aussagen über zukünftige Klimaveränderungen. Diese Aussagen sind momentan die dominierende Basis der politischen und wissenschaftlichen Diskussionen über die globale Erwärmung. Die Veröffentlichung des Vierten Sachstandsberichts begann am 2. Februar 2007 mit der Herausgabe einer »Kurzfassung für Entscheidungsträger« *(Summary for Policymakers)*. Darin wurde unter anderem angegeben, dass – je nach zugrunde liegendem Emissionsszenario – bis Ende des Jahrhunderts die globale Durchschnittstemperatur um bis zu weitere 0,6 °C ansteigen kann.

Die Arbeit des IPCC wird im Rahmen der Kontroverse um die globale Erwärmung auch kritisch betrachtet, wobei ihm von unterschiedlicher Seite sowohl Verharmlosung als auch Übertreibung vorgeworfen werden. Problematisch ist der Umstand, dass die Endredaktion der im politischen Prozess besonders stark beachteten Themenzusammenfassungen stark von der großen Zahl der von den Regierungen entsandten Politiker und Juristen dominiert wird. Kritiker sehen deshalb in der Zusammensetzung dieses Gremiums die Gefahr, dass die Berater mit den zu Beratenden verschmelzen.[9]

Herangehensweise

Im folgenden Vergleich stelle ich die von Vertretern des menschengemachten Klimawandels (kurz: VMK) vorgebrachten Argumente denen der Skeptiker (SMK) entgegen und umgekehrt.

Einige Theorien über die »wahre« Ursache des Klimawandels, die zu sehr an Verschwörungstheorien erinnern (wie etwa, dass Militärs kondensstreifenähnliche »Chemtrails« erzeugen und damit das Klima verändern), habe ich hierbei ignoriert und mich auf die gängigen Kontroversen konzentriert. Auch habe ich Bereiche wie »Umweltschutz allgemein« und »Alternativenergie« ausgespart, um den Rahmen nicht zu sprengen. Bei Aussagen, die von mehreren Vertretern getätigt wurden und daher allgemein bekannt sein dürften, habe ich auf eine Quellenangabe verzichtet. In einigen Fällen – wenn die Aussagen zu keinem eindeutigen Ergebnis kommen – habe ich meine persönlichen Rückschlüsse angefügt. Zur besseren Übersicht verwende ich ein »Klimabarometer«, welches mit jeder geklärten Frage einen Punkt entweder auf Seiten der VMK oder SMK – oder beiden – verzeichnet und dadurch schlussendlich zeigen soll, wer die Mehrzahl besserer Argumente aufweist:

| VMK | 0 | SMK | 0 |

Beginnen wir mit den grundlegenden Fragen und arbeiten uns dann zu den behaupteten Klimawandelauswirkungen vor: eine spannende Auseinandersetzung, deren Ergebnisse auch mich selbst oft verblüfften.

Streitpunkte in der Klimawandeldebatte

Gibt es ein globales Klima?

Behauptung der VMK (Klimawandel-Vertreter):
Wir Menschen beeinflussen und verändern das globale Klima und die durchschnittliche Temperatur der Erdoberfläche.

Entgegnung der SMK (Klimawandel-Skeptiker):
»Klima« bezeichnet in Wahrheit immer nur den Wetterzustand einer Region über einen längeren Zeitraum, niemals den eines Kontinents oder gar Planeten. Es gibt auf der Erde sehr viele Klimate, die das lokale mittlere Wettergeschehen beschreiben. »Globalklimatologie« ist also ein Widerspruch in sich. Es gibt daher keine globalen Klimaänderungen, nur eventuelle zeitliche Veränderungen berechneter globaler Zahlen, für die es jedoch keine Wissenschaft gibt. Es gibt auch kein Studienfach »Klimatologie«, sondern es handelt sich dabei um einen Unterbereich der Wissenschaften Geologie, Geographie und Meteorologie.[10]

Bewertung: Es mag sich um Haarspalterei handeln, aber dennoch weisen meines Erachtens die SMK zu Recht darauf hin, dass in Sachen Klimawandel oft Begriffe unzulässig vereinfacht werden und dadurch falsche Problem- und Lösungsvorstellungen suggerieren. Daher geht dieser Punkt an sie.

VMK	0	SMK	1

Spurenstoffe ausreichend für Klimawandel?

Behauptung der SMK:
Wenn Spurenstoffe nur 0,4% der Atmosphäre ausmachen – und CO_2 sogar nur 0,03% –, wie können sie dann für einen globalen Klimawandel verantwortlich sein?

Gegenargument der VMK:
Kleine Ursachen können – wie man zum Beispiel aus der Chaosforschung oder auch Virologie weiß – in komplexen Systemen wie dem Klima große Wirkungen haben, wenn Gleichgewichte gestört und Rückkopplungsmechanismen ausgelöst werden.[11] Trotz ihrer geringen Menge dominieren Spurenstoffe in der Atmosphäre den Strahlungshaushalt der Planeten und damit deren Klima.[12]

Bewertung: Da zumindest ich bei meinen Recherchen keine Widerlegung zu diesem Argument finden konnte, geht der Punkt an die VMK.

VMK	1	SMK	1

Treibhauseffekt bewiesen?

Behauptung der VMK:
Der Treibhauseffekt (Aufheizung der Erdoberfläche durch Treibhausgase in der Atmosphäre, wodurch ein Großteil der einfallenden Sonnenwärme nicht wieder zurück ins Weltall reflektiert, sondern absorbiert wird und dadurch in der Atmosphäre verbleibt) gilt unter Klimaforschern als bewiesene Tatsache.

Gegenargument der SMK:
Der Treibhauseffekt ist keineswegs bewiesen, sondern nach wie vor eine Theorie, die zudem nicht von allen Wissenschaftlern geteilt wird. So weisen etwa Physiker wie Prof. Gerhard Gerlich vom Institut für mathematische Physik an der Technischen Universität Braunschweig darauf hin[13], dass der Treibhauseffekt in den Stan-

dardlehrbüchern der Experimentalphysik und theoretischen Physik nicht vorkommt, obwohl er auf der Interaktion von Molekülen basiert und die Physik daher seine Basis darstellen müsste.

Entgegnung der VMK:
Auch wenn der Treibhauseffekt als solches nicht in Physiklehrbüchern steht, handelt es sich dabei um Schulbuchwissen. Er ist sowohl theoretisch als auch experimentell schon lange nachgewiesen.[14] Zudem berufen sich die Klimaforscher sehr wohl auch auf die Physik, etwa auf den schwedischen Wissenschaftler Svante Arrhenius (1859–1927). Dieser berechnete bereits 1896 – basierend auf dem physikalischen Gesetz von Stephan Boltzmann (das die von einem Schwarzen Körper thermisch abgestrahlte Leistung in Abhängigkeit von seiner Temperatur angibt) –, dass ohne Kohlendioxid in der Atmosphäre die durchschnittliche Temperatur der Erdoberfläche weit niedriger wäre, und gilt damit neben Joseph Fourier (1768–1830), der in seiner »Analytischen Theorie der Wärme« (1822) den Begriff *l'effet de serre* (Glashauseffekt) prägte, als Entdecker des Treibhauseffekts. Angeführt sei die Definition von Prof. Peter C. Stichel, stellv. Vorsitzender des Arbeitskreises Energie der Deutschen Physikalischen Gesellschaft, Theoretische Physik, Universität Bielefeld (1995):

> Es ist inzwischen anerkanntes Lehrbuchwissen, dass langwellige Infrarotstrahlung, emittiert von der erwärmten Erdoberfläche, teilweise von CO_2 und anderen Spurengasen in der Atmosphäre absorbiert und reemittiert (zurückgestrahlt) wird. Dieser Effekt führt zu einer Erwärmung der unteren Atmosphäre und aus Gründen des Gesamtstrahlungshaushaltes gleichzeitig zu einer Abkühlung der Stratosphäre.

Gegenargument der SMK:
Stichel beschreibt laut Gerlich ein Perpetuum mobile zweiter Art, weil er von einer »Erwärmung« des wärmeren auf Kosten eines kälteren Bereichs ohne Arbeitsaufwand schreibt, was physikalisch unmöglich ist (Stichel habe nach dieser Entgegnung seinen Text übrigens zurückgezogen). Auch den Definitionen anderer Klimaforscher (wie etwa Prof. Hartmut Graßl) tritt Gerlich entschieden

entgegen und wirft ihnen die Vernachlässigung wesentlicher physikalischer Grundlagen vor. Es gebe demnach keinen von ihnen postulierten »Gesamtstrahlungshaushalt« der Erde, da es keine separaten Erhaltungsgleichungen für die einzelnen Energieformen gibt. Darüber hinaus hätten sich mittlerweile auch die Überlegungen von Svante Arrhenius als unrichtig erwiesen, da ihm bei der Berechnung des CO_2-Effekts ein mathematischer Fehler unterlief; auch seine Eiszeithypothese sei bereits zu Lebzeiten von vielen seiner Fachkollegen abgelehnt worden. Dennoch werde seine Originalrechnung auch heute noch von Klimaforschern – insbesondere denen des IPCC – übernommen. Gerlich, dem man bisher – im Gegensatz zu anderen (siehe unten) – auch kein Naheverhältnis zu irgendwelchen Wirtschaftslobbies nachweisen konnte, führt mathematische Formeln und praktische Experimente an, mit denen sich zeigen lasse, dass etwa Kohlendioxid keinen wesentlichen Einfluss auf die bodennahen Temperaturen habe. Dabei stellt er eine generelle Erwärmung der Temperaturen gar nicht in Abrede, nur sieht er andere Ursachen:

> Meine Meinung ist, dass die Veränderungen der mittleren Temperaturen in der Nähe des Erdbodens oder der Meeresoberflächen wesentlich durch die Veränderungen der Wolkenbedeckung bestimmt sind. Hierfür wieder eine Ursache zu suchen, überlasse ich gerne anderen Leuten. Auf keinen Fall sind es die Veränderungen der 0,05 Gewichtsprozent Kohlendioxid in der Atmosphäre der Erde.[15]

Stellungnahme der VMK:
Der Journalist und studierte Chemiker Karl Weiss bestätigt[16], dass der »Treibhauseffekt«, wie er im allgemeinen Sprachgebrauch verwendet wird, tatsächlich nicht physikalisch korrekt und zu sehr vereinfacht ist, jedoch weder von den Klimaforschern in dieser Form eingeführt noch verwendet wurde, sondern lediglich durch Medien und wissenschaftliche Laien. Darum wirft er Gerlich seinerseits Unredlichkeit vor, da jener diesen Unterschied bewusst ignoriere und stattdessen einen »Buhmann« aufbaue, der sich von Gerlich dann sehr leicht widerlegen ließe. Danach stellt Weiss den eigentlichen Effekt klar:

Um was geht es? Nicht um einen Treibhauseffekt, sondern um ein simples Phänomen: Alle Gase haben unterschiedliche Koeffizienten der Energie-Aufnahme und -Speicherung, weil sie atomar und molekular verschieden aufgebaut sind. CO_2 (wie auch Methan) hat eine weit höhere Energie-Aufnahme- und Speicher-Fähigkeit als etwa die hauptsächlichen Bestandteile der Luft, Stickstoff und Sauerstoff. Nimmt nun der Gehalt an CO_2 in der Luft zu, kann die ganze Luft mehr Energie der Sonne aufnehmen und speichern, was zu erhöhten Lufttemperaturen als Ganzes führt. Der einfache Test, mit dem man dies nachweisen kann, ist folgender: Man sperre ein Gas in eine Kammer mit einer genauen Temperaturmessung. Setzt man dies Gas jetzt Infrarot-Strahlung (Wärmestrahlung) aus, erhitzt es sich. Bei jedem Gas wird man eine verschiedene Temperatur finden, z.B. bei Sauerstoff und Stickstoff eine geringere als bei Kohlendioxid. Das ist alles, das ist der Effekt. Man braucht absolut kein Physiker zu sein, um das zu verstehen.

Der Klimaforscher Mojib Latif stellt zudem fest, dass jeder, der schon einmal bei Sonnenschein in einem geschlossenen Auto saß, am eigenen Leibe erfuhr, dass sich die Luft darin erwärmt und durch die Fensterscheiben am Entweichen gehindert wird, sodass es innen wärmer ist als draußen – was nach dem Zweiten Hauptsatz der Thermodynamik eigentlich nicht sein dürfte. In Wirklichkeit handle es sich dabei aber um einen Vorgang, der von einer starken Energiezufuhr in Form sichtbaren Lichts (kurzwellige Strahlung) durch die Fensterscheiben des Wagens angetrieben wird. Wenn die Energiezufuhr beendet wird, stellt sich das physikalisch geforderte Gleichgewicht nach einer Weile ein. In der Atmosphäre nehmen die Treibhausgase die Rolle des Glases ein (auch wenn man sich das nicht bildlich in dieser Form vorstellen darf) und behindern den Abtransport der (Wärme-) Energie. Um das Gleichgewicht zwischen aufgenommener (Licht-) Energie und abgegebener Wärme wieder herzustellen, muss die strahlende Erdoberfläche ein höheres Temperaturniveau einnehmen. In der Summe – und hierfür gilt der Zweite Hauptsatz der Thermodynamik – fließt netto Energie von der wärmeren Erdoberfläche zur kälteren Atmosphäre, weil die Wärmeabstrahlung der Erdoberfläche größer ist als die Rückstrahlung der Atmosphäre. Die physikalischen Gesetze werden also nicht in Frage gestellt.

Bewertung: Ich bin kein Physiker und maße mir nicht an, zu beweisen, welche Seite hier letztendlich recht hat. Sollte sich Gerlichs Behauptung, wonach der postulierte Erwärmungseffekt physikalisch nicht möglich sei, doch noch als korrekt herausstellen, wäre der jetzigen Theorie vom anthropogenen Klimawandel tatsächlich der Boden unter den Füßen entzogen. Andererseits steigen die Temperaturen tatsächlich an, was auch die Skeptiker bestätigen. Und bei allen von den VMK auch eingestandenen Unsicherheiten und offenen Fragen zum detaillierten Ablauf des Treibhauseffekts überzeugt mich deren Argumentation am Ende doch stärker als jene der SMK.

VMK	2	SMK	1

VON MENSCHEN VERURSACHTER KLIMAWANDEL BELEGT?

Behauptung der SMK:
Dass es einen vom Menschen verursachten Klimawandel gibt, ist nicht belegt, sondern lediglich eine Theorie.

Gegenargument der VMK:
Es ist richtig, dass es sich hierbei um eine Theorie handelt und wahrscheinlich auch immer eine bleiben wird, da man bestimmte Komplexitäten nie hundertprozentig beweisen kann. In diesem Sinne ist aber zum Beispiel auch die Gravitationslehre nach wie vor eine Theorie, obwohl wir im Alltag wahrnehmen, dass sie zu stimmen scheint. Die Theorie des anthropogenen (also vom Menschen verursachten) Klimawandel ist jedenfalls besser belegt als viele andere wissenschaftliche Theorien. Mit dem IPCC liegt zu ihrer Ausarbeitung und Bewertung eine bisher beispiellose Organisation vor: Als Autoren und Beitragende umfasst sie fast alle herausragenden Wissenschaftler in vielen Teildisziplinen sowie von Regierungen mitbestimmte Autoren und Gutachter für Teilkapitel. Das IPCC hat am 2.2.2007 im vierten bewertenden Bericht die Meinung aller Ent-

scheidungsträger folgend zusammengefasst: »Es gibt ein sehr hohes Zutrauen in die Aussage, dass der global gemittelte Nettoeffekt aller Aktivitäten der Menschheit seit 1750 eine Erwärmung ist, mit einem Strahlungsantrieb zu Klimaänderungen von +1,6 (+0,6 bis +2,4) Watt/Quadratmeter.«[17]

Nach der mehrfachen Bestätigung des gemessenen Trends der Erderwärmung stellt sich die Frage, auf welche Faktoren diese zurückzuführen ist. Hierbei sollten alle wesentlichen beobachtbaren Phänomene im Rahmen der geäußerten wissenschaftlichen Theorie hinreichend erklärbar sein. Bislang bietet hierfür nur das Erklärungsmodell der anthropogenen Treibhausgase einen zufrieden stellenden Ansatz.[18] Das bedeutet: Auch wenn die Theorie des menschengemachten Klimawandels nicht endgültig belegt werden kann, gibt es auch keine Theorie, die sie widerlegt oder die auch nur annähernd so gut belegt werden kann.

Zusatzargument der SMK:
Neben einigen anderen vertreten Ulrich Berner und Hansjörg Streif von der Bundesanstalt für Geowissenschaften und Rohstoffe die Meinung, die Menschheit emittiere zwar zusätzliche Treibhausgase in die Atmosphäre, diese hätten jedoch keine oder eine zu vernachlässigende Wirkung gegenüber natürlichen Faktoren.[19]

Gegenargument der VMK:
Wenn die Emissionen von CO_2 unbedeutend für die Lufttemperatur wären, müsste die Klimasensitivität (das Ausmaß, mit dem Veränderungen der Erdatmosphäre zu Veränderungen am Klimasystem führen) sehr gering sein und deutlich unter 1 °C liegen. Ein Nachweis dafür konnte bislang nicht erbracht werden. Im Gegenteil deuten verfügbare Studien darauf hin, dass die Klimasensitivität wahrscheinlich zwischen 2 und 4,5 °C liegt, mit einem besten Schätzwert um 3 °C.[20] Um diesen Wert dürfte demnach die durchschnittliche Lufttemperatur steigen, wenn sich der CO_2-Gehalt in der Atmosphäre verdoppelt. Für die Rolle der Treibhausgase spricht zudem, dass die beobachtete Erwärmung in Bodennähe nachts höher als tagsüber ist.[21] Nachts kühlt der Boden durch Emittieren langwelliger Strahlung ab, während tagsüber diese Abkühlung gegenüber dem Wärmegewinn durch die Solarstrahlung nur eine un-

tergeordnete Rolle spielt. Die Treibhausgase behindern die Abkühlung, jedoch nicht die durch die Sonne verursachte Erwärmung, sie entfalten ihre stärkste Wirkung also nachts.

VMK	3	SMK	1

Einigkeit unter Klimaforschern?

Behauptung der VMK:
Die überwältigende Mehrheit (ca. 90%) der Klimaforscher ist sich einig, dass es den vom Menschen verursachten Klimawandel gibt.[22] Laut Donald Kennedy, Chefredakteur der Zeitschrift *Science*, ist es »in der Wissenschaft ... sehr selten, dass es zu einer bestimmten Frage einen so eindeutigen Konsens gibt.«

Gegenargument der SMK:
Eine an 528 wissenschaftlichen Veröffentlichungen[23] zum Thema »Menschenverursachter Klimawandel« aus den Jahren 2004 bis 2007 durchgeführte Studie ergab, dass nur 38 (7%) den angeblichen Konsens der Klimawissenschaftler ausdrücklich bestätigen.[24] Nimmt man jene dazu, die diesen Konsens nur implizit bestätigen – also akzeptieren –, kommt man auf 45%. Hingegen weisen 32 Arbeiten (6%) den Konsens zurück und die größte Gruppe (48%) verhält sich neutral. Dies kann jedoch nicht als »Konsens unter den Forschern« bezeichnet werden.

Entgegnung der VMK:
Hauptproblem bei Schultes Studie ist, dass sie zwar dem Magazin *Energy and Environment* übermittelt, aber noch nie veröffentlicht, sondern nur kolportiert wurde, sie insofern also auch noch nicht von Beiräten überprüft und freigegeben wurde. Ein weiteres Problem ist, dass sie sich nicht auf den vollständigen Inhalt der 528 Arbeiten bezieht, sondern lediglich auf deren *Abstracts*, also Zusammenfassungen – sie ist also zumindest mit Unsicherheiten behaftet.[25] Zudem wurden in die Studie auch Artikel aufgenommen, die sich gar nicht auf eine Klimawandel-Klärung beziehen, son-

dern sich mit Randthemen beschäftigen. Und schließlich kann man »48% Neutrale« auch so interpretieren, dass diese Forscher gar nicht mehr zum Konsens Stellung nehmen, sondern sich auf Details des zu erwartenden Klimawandels konzentrieren wollen. Somit bleiben wahrscheinlich nur die 6% übrig, welche sich explizit gegen den Konsens wehren und dies entspricht durchaus der IPCC-Aussage.[26]

Zusatzargument der SMK:
Betrachtet man die von Klimaexperten ausgetragenen Konflikte in Zeitungen und Fernsehen, ergibt sich dennoch der Eindruck, dass hier große Uneinigkeit besteht.

Gegenargument der VMK:
Im starken Kontrast zur Fachdebatte, in der sie kaum eine Rolle spielen, steht die Präsenz von Kritikern der IPCC-Berichte in der öffentlichen und politischen, über Medien verbreiteten Diskussion. Dort sind ihre Stimmen sehr viel öfter zu vernehmen, was ein Ungleichgewicht darstellt.[27] Wie in einer Studie von 2005 gezeigt wurde, gab es in den letzten vierzehn Jahren in der amerikanischen Tagespresse (also nicht Fachzeitschriften!) 636 Artikel zum Thema »Globale Erwärmung«, von denen 53% Zweifel an den Gründen für die Erwärmung haben.[28] In der Mehrzahl der untersuchten Artikel werde von den verantwortlichen Journalisten versucht, »beide Seiten« der Klimaforschung darzustellen und daher den Argumenten von Klimaforschung und Klimaskepsis gleich viel Platz einzuräumen. Diese vermeintliche Ausgewogenheit führt dazu, dass in den Medien der falsche Eindruck grundlegender Dispute in der Klimaforschung erweckt wird.[29] Der auf diese Weise vor allem durch amerikanische (aber auch europäische) Medien hervorgerufene Eindruck der Uneinigkeit in der Klimaforschung entspricht – nach der Auffassung einer breiten Expertenmehrheit – nicht den Gegebenheiten in der Wissenschaftsszene. Ein Indiz für die Richtigkeit dieser Behauptung ist auch der offene Brief, in dem am 21. Juni 2004 insgesamt 48 Nobelpreisträger der US-Regierung Folgendes vorwarfen: »Dadurch, dass sie den wissenschaftlichen Konsens zu entscheidenden Themen wie dem globalen Klimawandel ignorieren, setzen (Präsident Bush und seine Regierung) die Zukunft der Erde aufs Spiel.«[30]

Klimawandel 587

Gegenargument der SMK:
Am 13. Dezember 2007 unterzeichneten mehr als hundert Wissenschaftler einen offenen Brief an UN-Generalsekretär Ban Ki-Moon, in dem sie den Klimawandel als »natürliches Phänomen« bezeichnen und ihn auffordern, das für den Klimaschutz eingesetzte Geld besser für andere Zwecke auszugeben, denn: »... es ist nicht bewiesen, dass man das Weltklima durch die Reduzierung der menschlichen Treibhausgase verändern kann ... Versuche den globalen Klimawandel zu verhindern sind aussichtslos und stellen eine tragische Verschwendung von Ressourcen dar, die besser für die tatsächlichen und dringlichen Probleme der Menschheit verwendet würden.«

Bewertung: Sieht man sich die im letzten Brief genannte Wissenschaftlerliste an, stellt man fest, dass zwar viele Geisteswissenschaftler, Biologen, Geologen, Mathematiker und Physiker (darunter der berühmte Freeman Dyson) vertreten sind, jedoch nur sehr wenige dezidierte Klimaforscher.[31] Auch wenn die Klimatologie, wie weiter oben gezeigt, immer noch abhängig von Basiswissenschaften wie Geologie und Physik ist, behaupten die VMK hier ja lediglich die Einigkeit unter *Klimaforschern* und nicht unter Wissenschaftlern generell. Das mag semantische Haarspalterei sein, aber der Punkt geht an die VMK.

VMK	4	SMK	1

Kälter statt wärmer?

Behauptung der SMK:
Wenn schon ein Klimawandel stattfindet, dann eher eine globale Abkühlung als eine Erwärmung.

Gegenargument der VMK:
Es herrscht unter Klimaforschern weitgehend Einigkeit, dass laut Szenarienberechnungen für die Zukunft globale Temperaturerhöhungen von 1,4 bis 5,8°C zu erwarten sind.[32] Das IPCC rechnet abhängig von den Zuwachsraten aller Treibhausgase und dem angewandten Modell bis 2100 mit einer Zunahme der globalen Durch-

schnittstemperatur um 1,1 °C bis 6,4 °C.[33] Die Menschheit könnte noch im 21. Jahrhundert zu einer Verdoppelung des äquivalenten CO_2-Gehalts in der Atmosphäre beitragen – damit wäre in nur ein Jahrhundert gedrängt, was sonst schnellstens in einigen Jahrtausenden abläuft. Es ist diese Beschleunigung der Temperaturänderung, die zum zentralen Problem geworden ist und uns in einen Zustand ohne Vergleich in der Klimageschichte manövriert hat.[34]

Entgegnung der SMK:
An vielen Orten der Erde ist aber die Temperatur während der vergangenen Jahrzehnte gesunken, wie sich aufgrund dortiger Temperaturaufzeichnungen belegen lässt.[35]

Gegenargument der VMK:
Das stimmt in Einzelfällen, ändert jedoch nichts daran, dass es im Durchschnitt wärmer wird.

Bei jeder Klimaänderung verschieben sich auch die mittleren Strömungen in der Atmosphäre und im Ozean. Daher müssen einige Gebiete mit einer Abkühlung rechnen, auch wenn sich die Welt im Mittel erwärmt.[36]

VMK	5	SMK	1

TROPOSPHÄREN-TEMPERATUR FALSCH BERECHNET?

Behauptung der SMK:
Die Troposphäre (also die unterste Schicht der Atmosphäre) sollte sich gemäß den Klimamodellen stärker erwärmen als die Erdoberfläche, tut es aber nicht.

Entgegnung der VMK:
Der erste Teil dieser Aussage ist richtig, der zweite ist falsch. Zwar zeigten die Satellitendaten vor einigen Jahren in der Troposphäre eine weniger starke Zunahme, doch war dies nur der Fall, weil die Wissenschaftler Roy Spencer und John Christy (die pikanterweise im Film *The Great Global Warming Swindle* als Klimaskeptiker auf-

treten) mehrfach falsch gerechnet hatten. Nach der Korrektur dieser Fehler zeigen die Daten in der Troposphäre nun einen ähnlichen Anstieg wie an der Erdoberfläche. Unabhängige Berechnungen anderer Wissenschafter ergeben einen stärkeren Anstieg in der Troposphäre, so wie die Modelle das voraussagen.[37]

| VMK | 6 | SMK | 1 |

FEHLERHAFTES »HOCKEYSCHLÄGER«-DIAGRAMM?

Anm.: Der Begriff bezeichnet das Ergebnis einer 1999 veröffentlichten wissenschaftlichen Untersuchung von Michael E. Mann, Raymond S. Bradley und Malcolm K. Hughes zur globalen Erwärmung.

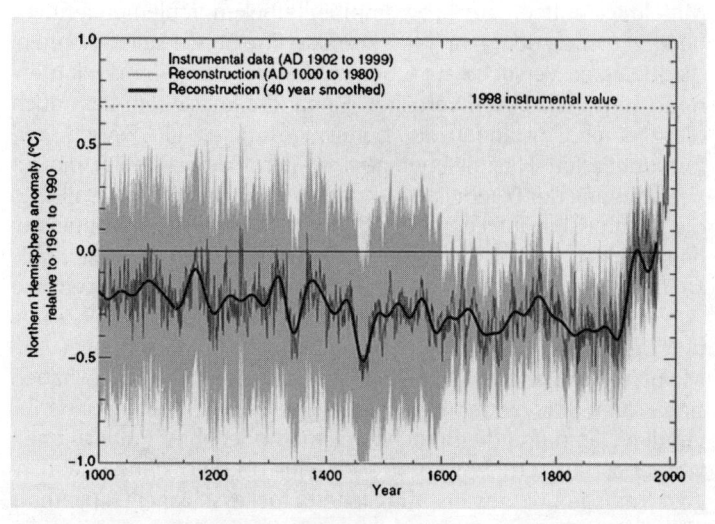

Hockeyschläger-Diagramm nach Mann, M.E., R.S. Bradley and M.K. Hughes (1999). Anfangs basiert die Temperaturlinie auf Messungen von Baumringen, Korallen, Eisbohrkernen und anderem (schwarze Linie = Mittelwert), ab 1860 kommen direkte Temperaturmessungen von Beobachtungsstationen dazu. (Quelle: www.klimanotizen.de)

Das in der Studie veröffentlichte Diagramm stellt den Temperaturverlauf der Erde während der vergangenen tausend Jahre dar und ähnelt im Verlauf einem Hockeyschläger, da die Kurve Ende des 20. Jahrhunderts extrem ansteigt. Die Grafik wurde auch in den 2001 herausgekommenen Dritten Sachstandsbericht des IPCC aufgenommen, wo sie einen Teil der Argumentationsgrundlage darstellte und seither wahrscheinlich die am häufigsten abgebildete Klimakurve ist.

Behauptung der SMK:
Steven McIntyre und Ross McKitrick, Wissenschaftler des Department of Economics der University of Guelph in Toronto, Kanada analysierten das statistische Verfahren zur Gewinnung des Hockeyschläger-Diagramms und kritisierten es grundlegend. Demnach zeigten sich Fehler in der Computerauswertung der Daten, auf denen das Diagramm beruhte. Insbesondere sollten die benutzten Mittelungsroutinen aus Programmbibliotheken implementierungsbedingt erst ab dem Jahr 1902 korrekte Ergebnisse liefern können. Auch zeigten Versuche zur Überprüfung des Programms mit mehreren statistisch gleich verteilten Eingangsdatensätzen, dass auch diese unter Umständen zur bereits bekannten Hockeyschlägerform mutierten. Hinzu kämen noch weitere Softwarefehler, die zur Verfälschung der Ergebnisse beitrugen. Im Juli 2006 veröffentlichte die Kommission für Energie und Handel des US-Repräsentantenhauses einen Bericht zu aktuellen Untersuchungen über die Publikationen zum Hockeyschläger-Diagramm.[38] Darin werden die Publikationen von Mann als »einigermaßen obskur und unvollständig« beschrieben, und die Kritikpunkte der Veröffentlichungen von McIntyre und McKitrick geteilt. Bis zum heutigen Tage haben sich Mann, Bradley und Hughes stets geweigert, die zugrunde liegenden Daten und die Berechnungsmethoden ihrer Publikationen vollständig zu veröffentlichen, sodass es bis dato keine unabhängige Verifizierung des ursprünglichen Hockeyschläger-Diagramms gibt.[39]

Stellungnahme der VMK:
Einige Schwächen des Hockeyschläger-Diagramms werden nicht mehr bestritten. In der Zeitschrift *Nature* vom 10. August 2006

bekräftigten Bradley, Hughes und Mann, dass sie in ihrer 1998 veröffentlichen Publikation auf die großen Unsicherheiten und Widersprüche der Daten vor 1400 hingewiesen hätten, welche konkrete Rückschlüsse auf die Temperaturen in der Zeit vor 1400 verhindern. Somit ist die historische Einmaligkeit der Temperaturen der letzten Jahre nach den Autoren Mann, Bradley und Hughes nicht gesichert.

| VMK | 6 | SMK | 2 |

Anmerkung der VMK: Allerdings haben verschiedene seitdem durchgeführte Rekonstruktionen des Klimas der vergangenen tausend Jahre ein dem Hockeyschläger-Diagramm vergleichbares Bild geliefert.[40] Diese neuen Graphen haben den vom ursprünglichen Hockeyschläger-Diagramm und seinen Fehlergrenzen vorgegeben Rahmen der Temperaturentwicklung bislang nicht überschritten. Vor allem aber bestätigen sie die prinzipielle Botschaft einer gegenwärtig stattfindenden und historisch (wenngleich nicht erdgeschichtlich) einmaligen Erwärmungsphase.

| VMK | 7 | SMK | 2 |

Fehler bei Wärmemessungen?

Behauptung der SMK:
Einige Wissenschaftler um den Meteorologen Roger A. Pielke weisen auf Probleme im Zusammenhang mit der bodengestützten Messung der Lufttemperaturen hin. Die gemessenen Lufttemperaturen seien einerseits mit signifikanten Fehlern behaftet, anderseits sollen sie grundsätzlich kein sehr zuverlässiges Instrument zur Messung der globalen Erwärmung sein.[41] Auch Michael Crichton greift im Roman »Welt in Angst« diesen Punkt als Schwäche in der Argumentation der VMK auf und weist darauf hin, dass beispielsweise Wetteraufzeichnungen im Polen der 1930er-Jahre oder in russischen Provinzen Ende der 1990er-Jahre sicherlich nicht allzu genau durchgeführt wurden.

Stellungnahme der VMK:
Die Klimaforscherin Helga Kromp-Kolb bestätigt im »Schwarzbuch Klimawandel« diese Behauptung zumindest für Kriegszeiten (siehe auch »Wetterextreme«).

| VMK | 7 | SMK | 3 |

Behauptung der SMK:
Eine weitere Kritik betrifft den sogenannten *Wärmeinseleffekt (urban heat island effect)*. Danach soll die zunehmend warme Umgebungsluft in den wachsenden Städten für den dort gemessenen Trend der Erwärmung verantwortlich sein.[42]

Gegenargument der VMK:
Diese Behauptung wurde durch die Berücksichtigung eben dieses Effektes in der Auswahl der verwendeten, mehrheitlich ländlichen Stationen sowie durch Satellitendaten widerlegt. Studien konnten zeigen, dass der Einfluss des Wärmeinseleffektes auf die Messungen verschwindend gering ist und daher den Anstieg der globalen Durchschnittstemperatur nicht erklären kann.[43]

| VMK | 8 | SMK | 3 |

FEHLERHAFTE MESSUNGEN DURCH SATELLITEN?

Behauptung der SMK:
Zwischen Satelliten- und Bodenmessung von Temperaturen besteht Diskrepanz. Klimasatelliten zeigen eine gleichbleibende oder sogar zurückgehende Temperatur auf der Erde an. Bis Anfang der 2000er-Jahre besteht diesen Daten zufolge nur ein Erwärmungstrend über 0,04 °C pro Jahrzehnt gegenüber 0,17 °C aus den Bodenmessungen. Messungen mit an Ballons befestigten Radiosonden scheinen den Satellitentrend zu bestätigen, was die Bodenmessungen unglaubwürdig erscheinen lässt.[44]

Gegenargument der VMK:

Umfassende Analysen der Satellitendaten brachten im August 2005 das Ergebnis, dass diese zuvor falsch ausgewertet worden waren.[45] Hierbei war man davon ausgegangen, dass sich die Satelliten in einem sogenannten »sonnensynchronen« Orbit befänden. In einem solchen Orbit passiert ein Satellit jeden Tag zur gleichen Zeit und immer am selben Ort den Äquator. Es geschieht leicht, dass dieser Orbit nicht perfekt eingehalten wird, was eine Korrektur der Messdaten notwendig macht. Genau diese Korrektur war in den älteren Analysen nicht vorgenommen worden. Nachdem die verfälschten Messwerte bereinigt waren, zeigten sie eine deutlich besser im Einklang mit den Bodenmessungen stehende Erwärmung an. Gleichzeitig stellte sich heraus, dass aus einem völlig anderen Grund auch die Messungen der ballongestützten Radiosonden falsch waren. Deren Thermometer sind während des Aufstiegs oft der direkten Sonnenstrahlung ausgesetzt. Daher müssen die Messwerte regelmäßig nach unten korrigiert werden. Eine ebenfalls 2005 veröffentlichte Studie konnte zeigen, dass die Werte in der Vergangenheit überkorrigiert worden waren.[46] Nach der Berichtigung um diesen Fehler bestätigten nun auch die Wetterballons den aus den Bodenmessungen bereits bekannten Trend. Neben diesen drei voneinander unabhängigen Messungen am Boden, in der Luft und aus dem Weltall existieren weitere unabhängige Belege für steigende Erdtemperaturen. Hierzu gehören Messungen der Meeresoberflächentemperatur, die ebenso wie die in größeren Wassertiefen ermittelten Temperaturwerte in den vergangenen Dekaden einen deutlichen Anstieg verzeichneten.[47]

VMK	9	SMK	3

SO WARM WIE SEIT JAHRHUNDERTTAUSENDEN NICHT MEHR?

Behauptung der VMK:

Wir leben in einem Klimazustand ohne Vergleich in der (jüngeren) Erdgeschichte. Zwar gab es auch schon vor der Industrialisierung außergewöhnliche Klimawechsel, wobei während der letzten 500.000

Jahre die Hauptschwankung mit einer Periode von 100.000 Jahren auftrat und es auch ca. alle 40.000 Jahre Schwankungen gibt (diese werden übrigens hauptsächlich durch die Bahnen der Nachbarplaneten Venus, Jupiter und Saturn beeinflusst). Doch im Holozän (also der jüngsten geologischen Epoche, die vor ca. 11.000 Jahren begann) kommt es zu einer stärkeren Schwankung als jemals zuvor. So wird die nördliche Erdhälfte bereits in 10.000 Jahren wieder so warm sein, wie sie es zuletzt vor 500.000 Jahren war. Zu den natürlichen Ursachen für diese Schwankung kommen die vom Menschen angestoßenen hinzu. Noch nie in der jüngeren Erdgeschichte ist der Treibhauseffekt der Atmosphäre so hoch gewesen wie heute und noch nie stieg er so rasch an. Alle drei langlebigen, natürlich vorkommenden Treibhausgase haben Werte erreicht, die so seit Jahrhunderttausenden nicht mehr aufgetreten sind.[48]

Gegenargument der SMK:
In Wahrheit war es im Verlauf der geologischen Epochen oft um vieles wärmer als heute, zuletzt etwa in der Periode nach der letzten Eiszeit, zwischen 10.000 und 4000 vor heute.[49]

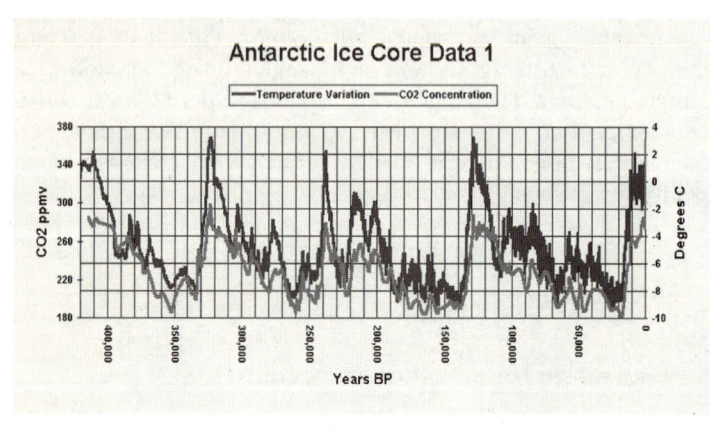

Vergleich von Temperaturänderung (dunkle Linie) und CO_2-Gehalt in der Atmosphäre, basierend auf Eisbohrkern-Messungen; ganz rechts liegt der CO_2-Gehalt bei 380 ppm. (Quelle: http://www.ncdc.noaa.gov/paleo/ globalwarming/temperature-change.html)

Anmerkung: Auch mir scheint es als zu wenig abgesichert – und von Eisbohrkernmessungen nicht belegt –, einen Temperaturrekord im Vergleich zu den letzten Jahrhunderttausenden zu behaupten, wobei mit wachsender Zeitdistanz auch die Messgenauigkeit abnimmt. Insgesamt erscheint mir die Aussage der VMK in diesem Fall nicht verifizierbar und zumindest semantisch widerlegt zu sein.

VMK	9	SMK	4

SO WARM WIE SEIT 1300 JAHREN NICHT MEHR?

Behauptung der SMK:
Der Anstieg der globalen Temperatur in den letzten hundert Jahren ist historisch keineswegs einzigartig, sondern bewegt sich im normalen Rahmen der jüngeren Klimageschichte. Es herrscht weitgehend Einigkeit darüber, dass es vom 15. bis 18. Jahrhundert eine Kleine Eiszeit gegeben hat und dass sich die Erde seither wieder um ca. 1°C erwärmt hat. Weiters muss über die Mittelalterliche Warmzeit diskutiert werden, die vom 9. bis ins 14. Jahrhundert andauerte. Neuere Forschungsergebnisse zeigen, dass die Temperaturen vor 700 bis 900 Jahren regional durchaus mit den aktuellen Temperaturen vergleichbar, wahrscheinlich sogar wärmer waren.[50] Laut dem Publizisten Kurt G. Blüchel[51] war es in Europa von 900 bis 1300 definitiv um durchschnittlich 1 bis 2°C wärmer als heute. Dass es im Mittelalter weitaus wärmer war als heute, ist auch daraus ersichtlich, dass der Wikinger Erik der Rote das heute vereiste Grönland damals als »Grünland« bezeichnete.

Gegenargument der VMK:
Es heißt Grönland bzw. Grünland, weil Erik der Rote (der übrigens nicht aus Entdeckerlust unterwegs war, sondern weil er wegen Totschlags in die Verbannung geschickt wurde) einen grünen Küstenstreifen sah, der noch immer vorhanden ist. Der Rest Grönlands jedoch lag damals wie heute unter einem dicken Eispanzer. So merkt auch Jared Diamond[52] an, dass die Bezeichnung »Grünland« als Werbesprache zur Anziehung von Siedlern interpretiert werden

könnte. Historisch betrachtet hat es in der Vergangenheit tatsächlich viele Warm- und Kaltphasen gegeben, ohne dass größere anthropogene Einflüsse dafür geltend gemacht werden können. So gab es etwa zwischen 2350 und 2000 v.Chr. das sogenannte Pyramiden-Maximum (Warmzeit), 1850–1700 v.Chr. das Stonehenge-Maximum, 1–200 n.Chr. das Römische Maximum und 800–1300 n.Chr. die Mittelalterliche Warmzeit. Dazwischen ereigneten sich einige Kaltzeiten, wie z.B. das Ägyptische Minimum (1400–1200 v.Chr.), das Homerische Minimum (800–580 v.Chr.), das Griechische Minimum (420–300 v.Chr.), das Mittelalterliche Minimum (640–710), das Spörerminimum (1400–1510) und das Maunderminimum (1640–1710). Die beiden letztgenannten Kaltzeiten umfassen mit einer Zwischenwarmphase die o.g. Kleine Eiszeit.[53] Bislang hat jedoch keine der verfügbaren Rekonstruktionen des vergangenen Jahrtausends ergeben, dass die globalen Temperaturen mit denen der Gegenwart mithalten konnten. Auch im Vergleich zur Mittelalter-Warmzeit waren die Temperaturen der letzten Jahre um bis zu 0,5 °C höher.[54] Das IPCC schätzte deshalb im Februar 2007, dass es »wahrscheinlich« sei, dass die Temperaturen der letzten fünfzig Jahre im globalen Mittel wärmer waren als jemals in einem

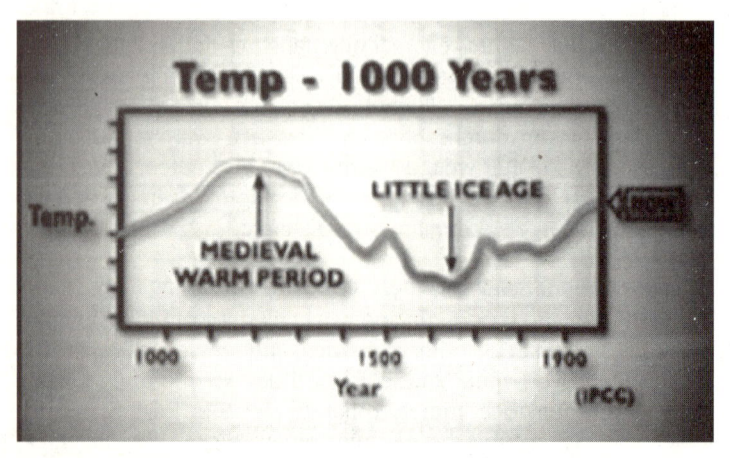

Das im Film The Great Global Warming Swindle *gezeigte Diagramm, mit dem bewiesen werden soll, dass es im Mittelalter wärmer war als heute.*

vergleichbaren Zeitraum während der vergangenen 1300 Jahre. Dies lässt klimageschichtlich freilich die Möglichkeit von lokal wärmeren Regionen offen.

Zusatzargument der SMK:
In der TV-Dokumentation *The Great Global Warming Swindle* von Martin Durkin[55] wird ein IPCC-Diagramm der Klimakurve für Mittelengland gezeigt, aus dem eindeutig hervorgeht, dass es im Mittelalter wärmer war als derzeit.

Entgegnung der VMK:
Bei diesem Diagramm wird mit dem Pfeil »NOW« suggeriert, es würde bis in die Gegenwart reichen. Das ist falsch, denn bei genauerer Betrachtung erkennt man, dass der Pfeil bei 1975 steht. Würde die seitherige Erwärmung von den Filmemachern nicht einfach verschwiegen, könnte man sehen, dass es auch bei dieser Kurve heute wärmer als im Mittelalter ist – ebenso wie bei den wesentlich aussagekräftigeren Klimarekonstruktionen für die ganze Nordhalbkugel. Alle zwölf in der Fachliteratur publizierten Rekonstruktionen für die Nordhemisphäre kommen zum Resultat, dass es heute wärmer als im Mittelalter ist, was natürlich im Film nicht erwähnt wird.[56] Die 3 °C mittlere Erwärmung an der Erdoberfläche sind jedenfalls mehr als die Hälfte des Temperaturunterschieds zwischen intensiver Vereisung – der skandinavische Eiskuchen hat dann Norddeutschland erreicht – und dem wärmsten Abschnitt unserer Zwischeneiszeit vor ca. 6000 Jahren, als es im Mittel um etwa 1 °C wärmer war als vor der Industrialisierung.[57] Seit 1860 ist die globale Durchschnittstemperatur um weitere 1 °C gestiegen, von den einundzwanzig heißesten Jahren in diesem Zeitraum fallen zwanzig in die letzten fünfundzwanzig Jahre, das heißeste gemessene Jahr war 2005.[58] Auch die durchschnittlichen Meerestemperaturen sind seit 1940 stärker gestiegen, als es die natürlichen Schwankungen erwarten ließen, und zwar um 0,3 °C.[59]

| VMK | 10 | SMK | 4 |

KLIMAERWÄRMUNG TROTZ SCHNEEREICHER WINTER?

Behauptung der SMK:
Es gibt nach wie vor Winter mit extremen Schneemengen, daher muss etwas an der Theorie der globalen Erwärmung falsch sein.

Gegenargument der VMK:
Regional kann sich das Klima durchaus anders entwickeln als im globalen Mittel. Der Alpenraum etwa erwärmt sich derzeit rascher als Europa oder die Welt. Dennoch kann es in bestimmten Regionen durch lokale Gegebenheiten zu abweichenden Wettererscheinungen kommen. Generell darf man jedoch nicht »Wetter« (welches kurzfristig und lokal auftritt) mit »Klima« verwechseln (welches den Wettertrend über mehrere Jahre hinweg mittelt.[60]

VMK	11	SMK	4

SONNE SCHULD AM KLIMAWANDEL?

Behauptung der SMK:
Die Sonne ist der wichtigste Klimafaktor auf der Erde und somit auch schuld für einen Temperaturanstieg in letzter Zeit. Bei sehr aktiver Sonne – wenn sie also viele Sonnenflecken aufweist – wird durch den abgeleiteten Strom von Elementarteilchen, die in die Erdatmosphäre gelangen, in der Folge die Bildung von Wolkentröpfchen erleichtert; die hierdurch veränderten optischen Eigenschaften der Wolken ändern wiederum das Klima, womit auch der Temperaturanstieg in jüngerer Zeit erklärt wird. In *The Great Global Warming Swindle* wird gezeigt, dass die gestiegene Menge von Kohlendioxid in der Atmosphäre nicht die Ursache der globalen Erwärmung ist. Durch die Wirkung von kosmischen Strahlen und Sonnenaktivität könnten die Temperaturänderungen besser erklärt werden. Laut den im Film auftretenden Wissenschaftlern bewirke eine Abschwächung des Sonnenwindes eine verringerte Einwirkung von kosmischer Strahlung, die wiederum dazu führe, dass eine geringere Wolkenbildung stattfinde. Die verringerte Wolken-

bildung ihrerseits führe zu einer geringeren Albedo (Rückstrahlfähigkeit) der Erde und somit zu einer erhöhten Absorption der Sonnenstrahlung. Demnach ließe sich feststellen, dass es zwischen der Sonnenflecken-Aktivität und der mittleren Jahrestemperaturen der vergangenen vierhundert Jahre Übereinstimmungen gebe – weit größere als zur mittleren CO_2-Konzentration im gleichen Zeitraum.

Gegenargument der VMK:
Nicht nur der Meteorologe Alan Thorpe schreibt in einem Kommentar im *New Scientist*, dass die Hauptaussage des Films *The Great Global Warming Swindle* falsch sei und es keine glaubwürdigen Beweise dafür gebe, dass kosmische Strahlen eine signifikante Rolle spielen.[61] Auch einige der im Film interviewten Wissenschaftler haben sich mittlerweile davon distanziert, da ihre Aussagen aus dem Zusammenhang gerissen wurden; angeblich wurden dem TV-Sender von ihnen auch Klagen angedroht. Durkin, der sich schon einmal für einen Channel-4-Film entschuldigen musste, wurde von mehreren Seiten (auch anderen Fernsehsendern) vorgeworfen, er hätte Aussagen bewusst falsch präsentiert, Diagramme wissentlich verändert bzw. mehr als zwanzig Jahre alte Daten präsentiert und wichtige Informationen ignoriert, da sie seine Aussage nicht unterstützten.[62] Der Film musste seit der Erstausstrahlung auch bereits vier Mal nachgebessert werden. In einem sehenswerten Interview, das im Internet abgerufen werden kann[63], wird Durkin vom australischen Fernsehjournalisten Tony Jones mit diesen Fehlern konfrontiert und den Aussagen von Klimaforschern gegenüber gestellt, woraus sich der Gesamteindruck ergibt (was von einem Channel-4-Sprecher mittlerweile auch bestätigt wurde), dass mit der Dokumentation bewusst eine provozierende Polemik ausgestrahlt werden sollte.

Zwar ist die Sonne tatsächlich die Basis für das Erdklima und somit für das Gedeihen praktisch allen Lebens auf unserem Planeten. Für den extremen Temperaturanstieg seit 1750 ist sie jedoch nicht verantwortlich. Alle wesentlichen Messungen (wenngleich diese in der Zeit vor 1945 noch nicht so exakt wie heute durchgeführt wurden und daher mit Unsicherheiten behaftet sind) weisen darauf hin, dass der höchste Erwärmungsantrieb vom CO_2 stammt. Der stärkste Abkühlungsantrieb geht auf die Beeinflussung der

Wolken durch Aerosolteilchen zurück. Der Einfluss der Sonne ist geringer als der des photochemischen Smogs, d. h. im wesentlichen Ozonzunahme in der unteren Atmosphäre (= Troposphäre). Die Sonnen-Hypothese der SMK konnte bereits teilweise falsifiziert werden: Erstens sind seit 1995 keine Korrelationen mehr zwischen Sonnenaktivität und Bewölkung mehr vorhanden. Zweitens haben theoretische Studien keine erhöhte Wolkentröpfchenzahl finden können. Wäre ein Zusammenhang dennoch gegeben, so sollte auch in der unteren Atmosphäre oder an der Erdoberfläche eine signifikante meteorologische Veränderung auftreten, was jedoch nicht gefunden wurde. Lediglich in der Stratosphäre (oberhalb von 10 bis 12 km) ist für den Ozongehalt der Einfluss der Sonnenaktivität nachgewiesen. Nach Bewertung durch IPCC hat die Sonne also einen kleinen Beitrag zur Erwärmung geliefert, der überwiegend in der ersten Hälfte des 20. Jahrhunderts auftrat. Seit 1978 wird von Satelliten mehrerer Raumfahrtagenturen die Intensität der Sonnenstrahlung direkt gemessen. Es wurde kein signifikanter Trend beobachtet, lediglich eine Schwankung von 0,1% im Elf-Jahres-Rhythmus. In der Zeit stärkster Erwärmung (also während der letzten fünfundzwanzig Jahre) hat die Sonne somit nicht zu ihr beigetragen.[64]

Entgegnung der SMK:
Der Physiker und Klimaforscher Henrik Svensmark behauptet hingegen eine signifikante negative Korrelation zwischen Erderwärmung und kosmischen Strahlen nachweisen zu können. Erhöhte Sonnenaktivität verringere nämlich die Intensität kosmischer Strahlung, die wiederum durch ihre ionisierende Wirkung bedeutenden Anteil an der Wolkenbildung in der unteren Atmosphäre habe.[65]

Gegenargument der VMK:
Dieser Zusammenhang wurde von neueren Untersuchungen[66] zumindest für die letzten zwanzig Jahre in Frage gestellt. Im Mainstream der Klimaforschung wird der Anteil der Sonne an der globalen Erwärmung aus mancherlei Gründen als gering eingeschätzt. Die Sonne befinde sich zwar seit siebzig Jahren in einem Aktivitätsmaximum, beobachtbar an der Zahl der Sonnenflecken, und strahle so stark wie seit 8000 Jahren nicht mehr.[67] Doch trotz dieser un-

gewöhnlichen Aktivität sei eine solare Ursache der globalen Erwärmung während der vergangenen Dekaden unwahrscheinlich und ihr Anteil an der Erwärmung seit 1970 läge nur bei maximal 30%. Andere Rekonstruktionen ergaben, dass seit dem 17. Jahrhundert kaum ein Zusammenhang zwischen Sonnenflecken und Erdtemperaturen feststellbar sei. Zudem seien insbesondere die seit 1978 direkt aus dem Orbit gemessenen Veränderungen der Sonnenaktivität zu gering, um die Ursache für die sich beschleunigende Erwärmung der letzten dreißig Jahre gewesen zu sein.[68] Weitere Forscher schätzen den Anteil der Sonne an der beobachtbaren Erwärmung ebenfalls als gering ein. Bis 1970 zeige sich zwar noch eine relativ gute Korrelation des Helligkeitsanstiegs der Sonne mit der gemessenen globalen Erwärmung, aber spätestens seither seien Treibhausgase die hauptsächlichen Antreiber der Temperaturentwicklung gewesen.[69] Wäre die Sonne ursächlich, hätte sich die Temperatur in den letzten Jahrzehnten sogar verringern müssen. Stattdessen fallen in die zwölf Jahre von 1995 bis 2006 die elf wärmsten je gemessenen.

VMK	12	SMK	4

Luftverschmutzung schuld am Klimawandel?

Behauptung der SMK:
Der Klimawandel wird nicht durch CO_2, sondern zumindest teilweise durch die Kondensstreifenbewölkung aufgrund von Flugverkehr ausgelöst.

Stellungnahme der VMK:
Kondensstreifen hinter Flugzeugen, die schon Sekunden nach ihrem Ausstoß in die Atmosphäre aus Eiskristallen bestehen und meist bei –50 bis –70 °C existieren, verstärken in der Tat (besonders über warmen Oberflächen) ein wenig den Treibhauseffekt der Atmosphäre. Die wesentliche Ursache für Lufttrübungen sind jedoch nicht Kondensstreifen, sondern Aerosole aus den großen Wüsten wie Sahara und Gobi sowie die sich brechenden Wellen

der Ozeane und die Aktivitäten des Menschen (vor allem die Verbrennung von Kohle und Fahrzeugkraftstoffen sowie von Vegetation in den Entwicklungsländern). Jedoch wird die erhöhte Abstrahlung Klima beeinflussender Gase durch die in vielen Industrie- und Entwicklungsländern erhöhte Lufttrübung sogar gedämpft, weil sie zur stärkeren Rückstreuung von Sonnenenergie in den Weltraum führt.[71]

VMK	13	SMK	4

Wasserdampf schuld am Klimawandel?

Behauptung der SMK:
Der in der Atmosphäre vorkommende Wasserdampf trägt weitaus stärker zum Treibhauseffekt bei als CO_2.

Gegenargument der VMK:
Es steht außer Frage, dass dem Wasserdampf beim natürlichen Treibhauseffekt das mit Abstand größte Gewicht zukommt. Unzulässigerweise wird daraus jedoch der Schluss gezogen, dass dies auch für den menschengemachten Treibhauseffekt gilt. Bei Letzterem spielt nämlich CO_2 mit etwa 60 % Anteil die größere Rolle. Die Emission von Wasserdampf auf der Erde trägt praktisch nicht zur Verstärkung des anthropogenen Klimawandels bei, weil hierdurch keine bleibende Erhöhung der Wasserdampfkonzentration in der Atmosphäre bewirkt wird – da Wasserdampf meist nach wenigen Tagen in Form von Niederschlägen zur Erde zurückkehrt, während CO_2 ungefähr hundert Jahre in der Atmosphäre verbleiben kann.[71]

VMK	14	SMK	4

OZONLOCH SCHULD AM KLIMAWANDEL?

Behauptung der SMK:
Das Ozonloch ist (zumindest teilweise) schuld am Klimawandel, da es mehr Sonnenstrahlung in die Erdatmosphäre lässt.

Gegenargument der VMK:
Weil Ozon nach Wasserdampf und CO_2 das drittwichtigste Treibhausgas in der Atmosphäre ist, hat die Ozonverdünnung in der Stratosphäre zwar Klima verändernde Wirkung. Da jedoch die das Ozonloch verursachenden FCKW und andere Spurengase starke Treibhausgase sind, ist die Summe aus beiden Effekten noch Treibhauseffekt erhöhend, also wärmend. Gegenteiligerweise ist die Ozonzunahme in der unteren Atmosphäre bis 15 km Höhe stärker klimaändernd als das Ozonloch: Sie wirkt fast genauso stark verändernd wie die Erhöhung der Methankonzentration seit 1750.[72]

VMK	15	SMK	4

CO_2 HAUPTSCHULDIG AM KLIMAWANDEL?

Behauptung der VMK:
Klimawissenschaftler sind sich weitgehend einig, dass das Treibhausgas CO_2 für eine globale Klimaänderung hauptverantwortlich ist, da sein Vorkommen in der Atmosphäre in Korrelation zu Temperaturveränderungen steht.[73] Über veränderte Spurenstoffkonzentrationen in der Atmosphäre hat die Menschheit die Möglichkeit, zum globalen Klimamacher zu werden. Verdoppeln wir z.B. den CO_2-Gehalt von 280 Millionstel Volumenanteilen (ppm = *parts per million*) vor der Industrialisierung – also dem Jahr 1750 – auf 560 ppm, erhöhen wir die Temperatur an der Erdoberfläche um ca. 3 °C.[74]

Gegenargument der SMK:
CO_2 ist – obwohl es von den VMK oft als eine Art Gift dargestellt wird – ein lebenswichtiges Gas. Es ist farblos, geruchlos, ungiftig,

ein natürlicher Dünger und ermöglicht den Atemluftkreislauf von Tieren und Pflanzen.

Entgegnung der VMK:
Nur weil CO_2 gute Seiten hat, kann es trotzdem auch negative Auswirkungen haben. So ist etwa auch Arsen ein lebenswichtiger Stoff, der jedoch bei geänderter Dosierung tötet. Die Bedeutung des CO_2 lässt sich auch schön an der Venus beobachten: Venus erhält im Vergleich zum Merkur nur 1/3 der Strahlungsenergie der Sonne. Dennoch ist es auf ihr heißer als auf Merkur. Der Grund: 99% CO_2 in der Venus-Atmosphäre, welches die von der Oberfläche abgestrahlte Energie durch Absorption in der Atmosphäre hält. Dass CO_2 Strahlung im Infrarotbereich absorbiert, ist nicht nur experimentell nachprüfbar, es ist auch das Grundprinzip von zigtausenden Spektrometern, die weltweit tagtäglich im Einsatz sind.[75]

Zusatzargument der SMK:
In der Zeit zwischen 1940 und 1970 ist die mittlere Temperatur um etwa 0,2 Grad Celsius gefallen, während im gleichen Zeitraum die

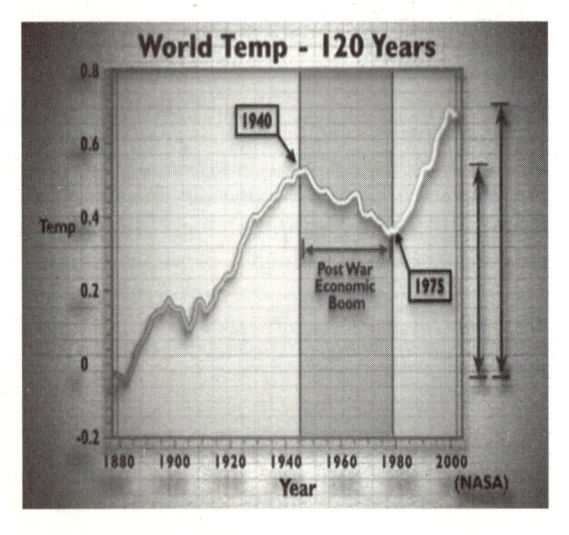

Temperaturverlauf seit 1880. (Quelle: www.threesources.com bzw. NASA)

CO_2-Konzentration deutlich zugenommen hat.[76] Dies ist bereits Grund genug, einen Ursachenzusammenhang zwischen CO_2-Konzentration und Erwärmung skeptisch zu betrachten.[77]

Entgegnung der VMK:
In der Tat wird der Temperaturabfall in der genannten Zeit von den VMK bestätigt und findet sich auch in den neueren von ihnen verwendeten Diagrammen.[78] Dies kann jedoch u.a. dadurch erklärt werden, dass zwischen 1940 und 1970 die Partikelkonzentrationen in der Atmosphäre (vor allem Schwefelemissionen) stark angestiegen sind.[79] Auch Hartmut Graßl führt dazu in der *Süddeutschen Zeitung* (15. Februar 2005) aus: »Hauptgrund für die Temperaturentwicklung von 1940 bis 1970 war die drastische Zunahme der Lufttrübung. Es gab ein ungehindertes Wirtschaftswachstum, aber noch keine Luftreinhaltepolitik.«

Ein weiterer Faktor könnte sogar die von den SMK oft ins Spiel gebrachte Sonnenintensität gewesen sein, wie der Klimatologe Heinz Wanner in der *Weltwoche* (April 2007) erklärt:

> Das System ist komplex – da spielen sehr viele Faktoren mit hinein. Eine Rolle gespielt hat sicher, dass bis 1940 die Sonnenaktivität zugenommen hat und seither nicht mehr. Das Entscheidende ist aber: Wenn wir alle klimarelevanten Faktoren nehmen, die menschengemachten Effekte aber weglassen, dann können wir mit unseren Computermodellen die Erdmitteltemperatur bis etwa 1970 richtig simulieren. Ab 1970 driften die Computerkurve und die gemessene Temperaturkurve immer mehr auseinander, wenn man den menschlichen Einfluss weglässt. (Das zeigt,) dass unser Einfluss auf das Klima seit 1970 immer bedeutender wird. Anders kann man das Auseinanderdriften der Kurven nicht erklären.

VMK	16	SMK	4

Wirklich mehr CO_2 in der Atmosphäre?

Behauptung der SMK:
Es stimmt nicht, dass heute mehr CO_2 in der Atmosphäre ist als in früheren Zeiten bzw. lässt sich dies nicht ausreichend vergleichen, um von einer Erhöhung zu sprechen.

Gegenargument der VMK:
Man kann den heutigen CO_2-Gehalt in der Atmosphäre mit früher gut vergleichen (daher der Begriff »äquivalenter CO_2-Gehalt«), weil die Wirkung anderer Gase auf den Strahlungshaushalt der Erde zuverlässig berechnet werden kann und weil auch ihre Verweildauer in der Atmosphäre mit Fehlern weit unter 10 % bekannt ist.[80] Darauf basierend lässt sich mit einiger Sicherheit sagen, dass die CO_2-Konzentration in der Atmosphäre heute höher als je zuvor in den letzten 400.000 Jahren ist.[81] Vor der Industrialisierung betrug die CO_2-Konzentration 280 ppm, im Jahr 2005 betrug dieser Wert, gemessen am Mauna Loa Observatorium, 381 ppm. In den 650.000 Jahren vor der industriellen Revolution betrug die CO_2-Konzentration zu keinem Zeitpunkt mehr als 300 ppm.[82]

VMK	17	SMK	4

Zuerst Erwärmung und erst dann CO_2-Anstieg?

Behauptung der SMK:
Im Gegensatz zur Behauptung der VMK, dass ein CO_2-Anstieg eine Temperaturerhöhung nach sich zieht, erkennt man bei genauerer Betrachtung der Diagramme, dass es in Wahrheit umgekehrt ist: Zuerst erwärmen sich Erdoberfläche und Ozeane, was erst in der Folge eine höhere Freisetzung von CO_2 auslöst (dies wird auch von Eisbohrkernmessungen bestätigt). Hier werden also Ursache und Wirkung miteinander vertauscht.

Teilbestätigung der VMK:
Wenn man die Verläufe des CO_2-Gehalts der Atmosphäre und der mittleren Temperaturen über die letzten 650.000 Jahre vergleicht, so

ist die weitgehende Übereinstimmung beider nicht zu übersehen. Hieraus wurde in der Vergangenheit vereinzelt – und unzulässigerweise – geschlossen, dass auch das Klimageschehen in der *Vergangenheit* vom CO_2 gesteuert wurde. Tatsächlich weiß man zunächst nicht, ob sich die Größen ursächlich beeinflussen und in welchem zeitlichen Abstand. Die genaue Analyse der Verläufe zeigt, dass die Temperaturen einen kleinen Vorlauf von ca. 8000 Jahren gegenüber den CO_2-Konzentrationen aufweisen. Es ändern sich also bei diesen langperiodischen Abläufen tatsächlich zuerst die Temperaturen, hauptsächlich aufgrund von Veränderungen der Erdparameter (Winkel und Neigung der Erdachse). Dies bewirkt wiederum eine Erhöhung der Wassertemperatur und eine Freisetzung von CO_2. Was sich seit der Industrialisierung jedoch änderte, ist die zusätzlich vom Menschen in die Atmosphäre eingebrachte Kohlendioxidmenge: diese verstärkt den natürlichen Rückkopplungseffekt zwischen Temperatur und CO_2.[83]

| VMK | 17 | SMK | 5 |

Reichen fossile Vorräte für CO_2-Verdopplung?

Behauptung der SMK:
Die Kohlendioxid-Konzentration kann sich nicht verdoppeln, weil dafür die fossilen Vorräte nicht ausreichen.

Entgegnung der VMK:
Die Behauptung stimmt allenfalls für die derzeit gesicherten fossilen Reserven, da diese bei ihrer Verbrennung zwar rechnerisch eine Verdopplung der CO_2-Konzentration gegenüber dem vorindustriellen Wert von 280 ppm bewirken würden, das CO_2 aber nur etwa zur Hälfte in der Atmosphäre verbleibt (rund ein Drittel des CO_2 wird von den Ozeanen aufgenommen, etwa ein Fünftel durch die terrestrische Biosphäre). Somit wäre eine Verdopplung in der Tat nicht möglich. Zu bedenken ist jedoch, dass die tatsächlich vorhandenen Mengen an fossilen Brennstoffen weit größer sind als die heute als gesichert geltenden Vorräte. Bei Kohle etwa rechnet man aufgrund neuer Erschließungstechniken mit etwa der zehnfachen

Menge. Weitere technische Fortschritte würden diesen Wert noch erhöhen. Zudem gibt es weitere fossile Brennstoffe wie etwa Methanhydrate, die zur Zeit kaum genutzt werden, jedoch in riesigen Mengen vorhanden sind (Schätzung beziffern die Vorkommen mit 10.000 Mrd. Tonnen Kohlenstoff). Diese reichen aus, um den CO_2-Gehalt weit mehr als zu verdoppeln; eine Konzentration von bis zu 4000 ppm wäre daher innerhalb der nächsten Jahrhunderte durchaus möglich. Damit nicht genug, ist unsicher, wie lange Ozeane und Biomasse der Erde noch in der Lage sein werden, CO_2 aufzunehmen. So könnten diese bei steigenden Temperaturen und Hitzestress das gespeicherte CO_2 ganz im Gegenteil sogar freisetzen. Einigkeit besteht unter Wissenschaftlern darin, dass die relative Aufnahmefähigkeit der Ozeane für CO_2 in Zukunft abnehmen wird.[84]

VMK	18	SMK	5

Vulkane und Ozeane als wahre CO_2-Quellen?

Behauptung der SMK:
Aus Vulkanen und Ozeanen gelangt viel mehr CO_2 in die Atmosphäre als durch den Menschen.[85] Prof. Gerhard Gerlich (Universität Braunschweig) und andere bringen hierzu gerne als Sinnbild eine Mineralwasserflasche, die ebenfalls CO_2 frei gibt.

Gegenargument der VMK:
Die Stichhaltigkeit dieser Behauptung kann leicht überprüft werden, indem der CO_2-Gehalt in der Atmosphäre über dem Ozean und die im Wasser der Ozeane (also sinnbildlich: in der Sprudelflasche) gelöste Kohlendioxidmenge parallel gemessen werden. Hierbei zeigt sich, dass Letztere überwiegend geringer ist als jene der Atmosphäre. Ozeane sind daher in Bezug auf ihren CO_2-Gehalt global »untersättigt«, d.h. in der Bilanz geht CO_2 mehrheitlich von der Atmosphäre in die Meere über. Dies wird auch durch Messungen des Kohlenstoff-Isotops ^{14}C in der Atmosphäre bestätigt, die einen Vergleich zwischen natürlichem (also etwa aus Ozeanen stammendem) CO_2 und jenem aus fossiler Verbrennung ermöglichen.[86] In Wahrheit

emittieren die Menschen inzwischen etwa fünfzigmal so viel wie alle Vulkane, und die Meere haben etwa 30 % der von uns emittierten CO_2-Menge aufgenommen und nicht etwa CO_2 abgegeben.[87] Die Emissionen des Menschen werden also lediglich etwas gebremst durch die erhöhte Kohlenstoffaufnahme der Ozeane und der Biosphäre.[88]

| VMK | 19 | SMK | 5 |

Insekten schuld am CO_2-Anstieg?

Behauptung der SMK:
Wie etwa Kurt G. Blüchel schreibt[89], produzieren die Insekten weltweit hundertmal mehr CO_2 als die Menschen, nämlich 350 Gigatonnen im Vergleich zu – laut IPCC – rund dreißig Gigatonnen.

Gegenargument der VMK:
Es ist zwar richtig, dass Insekten (und andere Elemente der Biosphäre) viel CO_2 ausstoßen, doch hat dies offenkundig die Atmosphäre nicht allzu sehr aus der Balance gebracht, da beispielsweise Insekten die ausgestoßene Menge Kohlendioxid auch wieder mit ihrer Nahrung aufnehmen, also »CO_2-neutral« sind. Das Problem entstand erst, seit Menschen durch die Verbrennung fossiler Brennstoffe zu den natürlichen CO_2-Emissionen eine große Menge hinzufügten, welche die Aufnahmekapazität der Biosphäre übersteigt.

| VMK | 20 | SMK | 5 |

Kühe schuld am Treibhauseffekt?

Behauptung der SMK:
Die 1,4 Milliarden Rinder weltweit produzieren durch Verdauungsvorgänge gewaltige Mengen Methan, das in die Atmosphäre gelangt und diese beeinflusst. Das Gas, das bei der Verdauung entsteht und die Atmosphäre mehr als 20-mal so stark aufheizt wie

CO_2, entweicht den weltweiten Wiederkäuern mit einer Treibhauswirkung von rund zwei Milliarden Tonnen.[90] Prosaisch gesprochen: Rinderfurze und -rülpser erwärmen die Welt.

Gegenargument der VMK:
Es ist zwar richtig, dass Kühe Methan ausstoßen, aber verantwortlich für den Treibhauseffekt sind sie dadurch nicht. Denn Methan (CH_4) ist nur die Nummer zwei unter den Klimagasen – weit hinter CO_2. Genau wie Kohlendioxid ist heutzutage aber auch zu viel Methan in der Atmosphäre. Wissenschaftler, die anhand von Eisbohrungen die atmosphärische Zusammensetzung über einen Zeitraum von Tausenden von Jahren rekonstruieren können, fanden heraus, dass sich der Methangehalt in den letzten 800.000 Jahren mehr als verdoppelt hat. Klimaforscher stufen Methan in seiner klimaschädigenden Wirkung zwar als 21-mal so stark ein wie CO_2. (Martin Heimann vom Max-Planck-Institut für Biogeochemie: »Ein einzelnes Methanmolekül kann die Wärmestrahlung der Erde viel effizienter absorbieren und wieder abgeben als ein Kohlendioxidmolekül.«) Seine Lebensdauer in der Atmosphäre ist jedoch kürzer als die des Kohlendioxids. Wie groß der Methan-Anteil an den weltweiten Gesamtemissionen ist, lässt sich nur schätzen – das *World Resources Institute* beziffert ihn auf 14%, ein Drittel davon stammt aus Viehzucht und Düngerwirtschaft. So eindrucksvoll die absoluten Methan-Mengen klingen, die eine Kuh täglich ausstößt – im Verhältnis sind etwa deutsche Rinder nur Statisten in der Klimabilanz der Bundesrepublik: Nach Angaben des Umweltbundesamtes trugen sie mit nur 1,82 Prozent zu den Gesamtemissionen Deutschlands im Jahr 2004 bei. Der vermeintliche Klimakiller Kuh ist somit nur ein kleiner Co-Verursacher des Treibhauseffekts. Der Mensch ist und bleibt der wahre Übeltäter.[91]

| VMK | 21 | SMK | 5 |

WÄRMEAUFNAHME DER ATMOSPHÄRE GESÄTTIGT UND DAHER UNVERÄNDERBAR?

Behauptung der SMK:
Die Absorptionsbanden des CO_2 sind gesättigt, d.h. zusätzliche Wärmestrahlung wird vom atmosphärischen CO_2 selbst absorbiert. Eine Hinzufügung weiterer CO_2-Moleküle hat also keine Wirkung mehr auf den Strahlungshaushalt der Erde.

Gegenargument der VMK:
Das Argument einer Sättigung der CO_2-Absorption kann laut Klimaforscher Hartmut Graßl mit einem einzigen Satz ad absurdum geführt werden: Im durchlässigsten Teil der Atmosphäre für Wärmestrahlung, unserem Fenster zum All, liegt eine schwache Absorption von CO_2 vor, welche bei Verdopplung des CO_2-Gehalts noch eine doppelte Absorption verursacht. Sie trägt etwa 30% der Strahlungsbilanzänderung durch CO_2. Schon heute ist die Durchlässigkeit in bestimmten Wellenlängenbereichen um bis zu 7,5% geringer als vor der Industrialisierung und auch in anderen Bereichen kann die Behauptung der SMK nicht bestätigt werden.

VMK	22	SMK	5

STIMMEN DIE IPCC-BERICHTE?

Behauptung der SMK:
Die Korrektheit der vom IPCC veröffentlichten Berechnungen und Bewertungen wird von mehreren Autoritäten bezweifelt.

Gegenargument der VMK:
Nachdem die USA aus dem Kyoto-Protokoll ausstiegen, bezweifelten George W. Bush und seine Berater 2006 den Bericht des IPCC, auch dessen Basis im Bereich der Klimaforschung – obwohl sie zu einem wesentlichen Teil von amerikanischen Wissenschaftlern erarbeitet worden war –, und die amerikanische Akademie der Wissenschaften wurde beauftragt, die Berichte zu prüfen.

Deren Ergebnis: Der IPCC-Bericht ist korrekt und stellt den Stand des aktuellen Wissens dar.[92]

VMK	23	SMK	5

Klimaprognosen, obwohl man nicht mal das Wetter vorhersagen kann?

Behauptung der SMK:
Wir können das Wetter nicht einmal für ein paar Wochen vorhersagen, daher sind langfristige Klimavorhersagen unseriös.

Gegenargument der VMK:
Wenn dieses Argument stimmen würde, könnten wir auch nicht vorhersagen, dass der Winter kälter sein wird als der Sommer. Denn hierbei blicken wir nicht nur Wochen, sondern sogar Monate in die Zukunft. Der Grund für die dennoch zutreffende Prognose liegt in der Änderung des Sonnenstands (genauer: in der Veränderung der »Randbedingungen«). Wenn sich also Randbedingungen ändern, sind Klimaprognosen durchaus möglich. Eine wichtige Randbedingung für das Klima ist die chemische Zusammensetzung der Atmosphäre. Wird diese durch den Ausstoß von Treibhausgasen verändert, beeinflusst dies auch das Klima.[93]

Es handelt sich bei der SMK-Aussage offenbar um fehlendes Verständnis für den Unterschied zwischen Wetter und Klima. Während *Wetter* der aktuelle Zustand der Atmosphäre und der Erdoberfläche ist, beschreibt *Klima* die Statistik des Wetters an einem Ort oder in einer Region – es ist die Synthese des Wetters. Diese Statistiken gibt es (sie müssen laut WMO mindestens dreißig Jahre lang sein) und so lässt sich aus den Wetterbeobachtungen mehrerer Stationen das Klima mit allen statistischen Parametern ableiten bzw. davon ausgehend auch hochrechnen.[94]

VMK	24	SMK	5

Klimawandel

SIND KLIMAMODELLE SERIÖS?

Behauptung der SMK:
Die am Computer erzeugten Klimamodelle sind lediglich virtuelle Simulationen und können – da niemals sämtliche, oft ungenau oder gar nicht bekannte Faktoren enthalten sind – auch nicht die zukünftige Klimaentwicklung vorhersagen. Von manchen Kritikern wird daher die Anschauung vertreten, die Genauigkeit der Simulation des Erdklimas durch Klimamodelle sei nicht ausreichend, um auf deren Basis politische Entscheidungen treffen zu können. Zur Begründung werden folgende Faktoren angeführt:[95]

- Unmöglichkeit korrekter mathematischer Modellbildung des nichtlinearen dynamischen Systems »Erd-Klima«
- unzureichendes Datenmaterial besonders bei historischen Messungen
- zu geringe Rechenleistung
- unvollständiges Verständnis wesentlicher Prozesse im Klimageschehen (z. B. Wolkenbildung, Einfluss der Sonne etc.)

An den Computer-Modellrechnungen, die die IPCC-Berichte maßgeblich geprägt hätten, sei außerdem zu kritisieren, dass der größte Faktor des Treibhauseffekts – Wasserdampf – unberücksichtigt bleibt. Die Klimamodelle seien außerdem nicht imstande, die Klimaentwicklung der vergangenen 10.000 Jahre, einem gut erforschten Zeitraum, nachzubilden. Es ist demnach mit wissenschaftlichen Kriterien nicht vereinbar, sondern es grenze an Irreführung, die Modellrechnungen überhaupt zur Grundlage einer Aussage zu machen, die den Anspruch einer wissenschaftlich fundierten Prognose für sich erhebe.[96]

Gegenargument der VMK:
Erstens haben Klimaforscher (genauer: das IPCC) niemals behauptet, sie könnten mit ihren Modellen die Zukunft vorhersagen. Diese zeigen stattdessen, inwiefern sich das Klima verändern kann, wenn man bestimmte Faktoren bzw. Randbedingungen verändert (wie z. B. eine Erhöhung des Kohlendioxids in der Atmosphäre). In den Szenarien werden dort, wo Werte oder Einflüsse unklar sind, die verschiedenen Varianten durchprobiert. Die »kälteste« und die »wärmste«

Simulation ergeben dann die untere und obere Temperaturgrenze für das Szenario.[97] Zweitens ist die Temperaturrechnung eine sehr alte und fortgeschrittene Disziplin. Mit ihren Gleichungen lassen sich komplexeste Wärmeübertragungsprobleme mit höchster Genauigkeit berechnen. Drittens: Die vorhandenen Modelle enthalten alle bekannten Zusammenhänge und geben das aktuelle und (soweit nachprüfbar) historische Klima weitgehend korrekt wieder.[98] Haben sie die Klimaänderungen des 19. und 20. Jahrhunderts korrekt nachvollziehen können (und das tun sie bereits), sind sie noch glaubwürdiger einzusetzen. Nur solchen Rechenmodellen, die nicht validiert wurden (die also das vergangene Klima nicht zufrieden stellend reproduzieren konnten), sollte man das Vertrauen entziehen.[99]

Entgegnung der SMK:
Sogar der Klimawissenschaftler und IPCC-Autor Kevin E. Trenberth[100] bezweifelt die Korrektheit der Modelle.

Stellungnahme der VMK:
In dem Internet-Artikel[101], auf den die Kritik Bezug nimmt, schreibt Trenberth, das IPCC würde keine Vorhersagen machen, sondern liefere »Was wäre wenn«-Projektionen zum zukünftigen Klima, die von verschiedenen eingegebenen Emissions-Szenarien ausgehen. Diesen wiederum lägen verschiedene Annahmen zugrunde und man berechne, was bei diesen und jenen Voreinstellungen herauskommt, um Entscheidungsträgern entsprechende Handlungsmöglichkeiten aufzuzeigen. Allerdings berücksichtigen diese Szenarien viele Dinge nicht: etwa die Erholung der Ozonschicht, oder aktuellste Trends bei Klimafaktoren. Es gebe daher seitens IPCC auch keine offizielle Schätzung, welches Szenario mit welcher Wahrscheinlichkeit real werden wird. Darum sei vorrangiges Ziel der Wissenschaftler, die Messmethoden und -stationen zu erweitern und zu verbessern.

Bewertung: Natürlich sind heutige Computer nicht in der Lage, das komplexe System des Klimas genau vorauszuberechnen, vielleicht werden sie das auch nie sein *(ein Punkt für die SMK)*. Allerdings ist es nicht nötig, das Klima exakt vorherzusagen, sondern es genügen mit Schwankungen behaftete Hochrechnungen, um einen allgemeinen Trend feststellen zu können, nach dem man sich gesellschaftlich richten kann; zudem werden diese Kalkulationen miteinander abgeglichen und nur die sich ergebenden Mittelwerte veröffentlicht, welche immer noch auf eine Erwärmung hindeuten *(ein Punkt für die VMK)*.

| VMK | 25 | SMK | 6 |

VARIIEREN DIE PROGNOSEN STÄNDIG?

Behauptung der SMK:
Die Prognosen der Klimaforscher/des IPCC werden stetig nach unten korrigiert.

Entgegnung der VMK:
Hier werden von den SMK offenbar Zahlen miteinander verglichen, die laut Klimaforscher Mojib Latif nicht vergleichbar sind. Im ersten Bericht des IPCC (1990) wurde angegeben, dass der globale Temperaturanstieg bei einer Verdopplung der CO_2-Konzentration 1,5 bis 4,4 °C betragen würde, wobei die Spanne von der unterschiedlichen Behandlung der Rückkopplungseffekte in den verschiedenen Modellen herrührt. Dieser Bereich für die Klimasensitivität ist bis heute unverändert geblieben. 1995 und 2001 machte IPCC dann darüber hinaus Aussagen über mögliche Temperaturanstiege bis zum Ende des 21. Jahrhunderts, wobei jedoch eine ganz andere Fragestellung im Spiel war. Dieser Anstieg hängt auch von der Emissionsentwicklung (also dem Verhalten der Menschen) während dieses Zeitraums ab, woraus eine erweiterte Temperaturspanne resultiert. Die Temperaturwerte im 1995er-Bericht sind numerisch niedriger als im ersten, was teilweise als Entwarnung gewertet worden war. Man vergleicht hier aber die Klimasensitivität, d.h. eine Modelleigenschaft, mit einer möglichen Veränderung der Temperatur bis 2100, also mit Szenarienrechnungen. Dies sind zwei grundlegend verschiedene Kenngrößen. Insofern gibt es überhaupt keinen Anhaltspunkt dafür, dass die Prognosen nach unten korrigiert würden.

| VMK | 26 | SMK | 6 |

Mehr Wolken durch Klimawandel?

Behauptung der VMK:
Durch die globale Erwärmung wird die Temperatur steigen, also mehr Feuchtigkeit aus den Ozeanen verdunsten, und mehr Feuchtigkeit bedeutet mehr Wolken.

Gegenargument der SMK:
Michael Crichton im Roman »Welt in Angst«: »Keiner kann mit Sicherheit sagen, ob es im Fall einer globalen Erwärmung mehr Wolken geben wird oder nicht ... Höhere Temperaturen bedeuten auch mehr Wasserdampf in der Luft, und somit weniger Wolken.«

Bewertung: Wie auch Clemens Simmer vom Meteorologischen Institut der Rheinischen Friedrich-Wilhelms Universität Bonn schreibt[102], ist der genaue Zusammenhang zwischen den Wolken und der atmosphärischen Dynamik noch unklar. Die gegenwärtigen Modelle können demnach die Entstehung realer Wolken noch nicht nachvollziehen. Bewölkung und Niederschlag seien die am schwierigsten vorherzusagenden Wettererscheinungen und die differierenden Antworten von Klimamodellen auf zunehmende Treibhausgase wären zum großen Teil durch unterschiedliche Wolkenmodellierung bedingt. Dieser Umstand sei nicht zuletzt darauf zurückzuführen, dass sich Wolken durch ihre hohe Veränderlichkeit in Zeit und Raum sehr wirksam direkten Messungen entziehen. Insofern kann also die hier gestellte Frage tatsächlich noch nicht bejaht werden.

VMK	26	SMK	7

Mehr Wüsten durch Klimawandel?

Behauptung der VMK:
Durch die globale Erwärmung kommt es zu Desertifikation: Neue Wüsten bilden sich, bestehende Wüsten werden größer. Während sich in den 1970ern weltweit jährlich 1616 m² neue Wüsten bilde-

ten, waren es in den 90ern schon 3559 m². Bei einer Verdoppelung des CO_2-Gehalts wird etwa in einzelnen Gebieten der USA ein Rückgang der Bodenfeuchte um bis zu 35% erwartet.[103]

Gegenargument der SMK:
Jüngste Satellitenstudien zeigen, dass die Sahara seit 1980 sogar schrumpft und sich dort die Vegetation ausbreitet.[104]

Bewertung: Zwar waren weitere Berichte über die »ergrünende Sahara« zu finden, jedoch nichts Derartiges zu anderen Wüsten. Daher ein Punkt für beide Seiten.

| VMK | 27 | SMK | 8 |

MEHR KRANKHEITEN DURCH KLIMAWANDEL?

Behauptung der VMK:
Durch die globale Erwärmung kommt es zu einer Ausbreitung von Krankheitserregern (in den letzten fünfundzwanzig bis dreißig Jahren sind ca. 30 neue Krankheiten aufgetaucht, einige als erloschen angesehene Krankheiten breiten sich wieder aus), sodass man zukünftig mit einem größeren Radius von Krankheiten und Seuchen wie Malaria rechnen muss.[105]

Gegenargument der SMK:
Seit 1960 ist die Häufigkeit, mit der neue Krankheiten auftreten, unverändert. Auch dass die Malaria sich nach Europa und Nordamerika ausbreitet, wird zumindest von einigen Seuchenexperten bestritten.[106]

Bewertung: Auch wenn sich tatsächlich bestimmte Krankheiten ausbreiten sollten, bin ich von einem ursächlichen Zusammenhang mit dem Klimawandel noch nicht überzeugt. Daher ein Punkt für die SMK.

| VMK | 27 | SMK | 9 |

Bald neue Eiszeit durch gestoppten Golfstrom?

Behauptung der SMK:
Die Behauptung, dass es bei steigender Erwärmung zu einer Abkühlung in Europa kommt, ist ein Widerspruch in sich.

Gegenargument der VMK:
Selbst eine 2003 für das US-Verteidigungsministerium durchgeführte Studie[107] kam zu dem Schluss, dass ein Zusammenbruch des Golfstroms infolge globaler Erwärmung drastische Auswirkungen hätte: Temperaturabnahme in Westeuropa und Skandinavien; in Europa und an der US-Ostküste wird es kälter, windiger und trockener; die US-Niederschlagsmengen würden sich zumindest nicht so stark ändern wie in Europa. Kernaussage der Studie: Eine solche Klimaänderung würde jedenfalls politische Wirren und Kriege nach sich ziehen.

Im Detail geht es bei diesen Szenarien aber gar nicht um den Golfstrom, sondern genauer gesagt um die auf ihn weiter nördlich folgende Nordatlantische Drift. Fast alle gekoppelten Atmosphäre/Ozean/Land-Modelle, die für unterschiedliches Verhalten der Menschheit den erhöhten Treibhauseffekt und die zugehörigen Klimaänderungen im 21. Jahrhundert hochgerechnet haben, zeigen einen geschwächten Wärmetransport nordwärts im Atlantik. Nach allerneuesten Erkenntnissen kommt es aber zu keinem völligen Stopp bzw. nicht in absehbarer Zeit. Wie es im Bericht des IPCC vom April 2007 heißt: »Es ist sehr unwahrscheinlich, dass die tiefreichende Konvektion im 21. Jahrhundert abrupt stoppt, eine Schwächung ist jedoch wahrscheinlich, die Temperaturen über dem Atlantik und in Europa werden wegen der allgemeinen raschen globalen Erwärmung trotzdem ansteigen.«[108]

In Mitteleuropa muss nach derzeitigem Stand des Wissens sogar mit einer stärkeren Erwärmung als im globalen Mittel gerechnet werden. Regionale Szenarien gehen von Erwärmungsraten von bis zu 4 oder gar 5 °C innerhalb der nächsten achtzig Jahre aus.[109]

| VMK | 27 | SMK | 10 |

STEIGENDER MEERESSPIEGEL DURCH KLIMAWANDEL?

Behauptung der VMK:
Durch die globale Erwärmung steigt der Meeresspiegel weltweit an.[110] Laut Klimaforscher Hartmut Graßl (*Süddeutsche Zeitung*, 15. Februar 2005) haben bereits mehrere Forschergruppen aus langfristigen Pegelbeobachtungen an vielen Küsten einen Anstieg des Meeresspiegels für das 20. Jahrhundert errechnet. Sie kommen auf Werte von 1,5 mm (±0,8) pro Jahr. Seit 1991 betrug die mittlere Anstiegsrate, die jetzt mit Satellitengeräten und sehr zuverlässigen Pegeln genauer bestimmt wurde, drei Millimeter pro Jahr. Der Meeresspiegel steigt also sogar beschleunigt an.

Entgegnung der SMK:
Das Ansteigen verneinen die SMK inzwischen nicht mehr. Doch dass der Meeresspiegel infolge Klimawandel steigt, bleibt zumindest umstritten.[111] Generell steigt der Meeresspiegel schon seit 6000 Jahren, seit Beginn des Holozäns. Er ist alle hundert Jahre um zehn bis zwanzig Zentimeter angestiegen.[112] Auch Professor Eelco Rohling, Southampton, Autor einer Ende 2007 durchgeführten Studie, nach welcher der Meeresspiegel schneller steigt als vom IPCC vorhergesagt, muss zugeben: »Bis heute sind keine zufriedenstellenden Daten vorhanden, die den Meeresspiegelanstieg in seiner vollen Komplexität erfassen und erklären könnten.«[113]

Bewertung: Der Meeresspiegel steigt zwar, doch ein Beweis für den Zusammenhang mit dem Klimawandel steht offenbar bislang noch aus. Daher ein Punkt für die SMK.

VMK	27	SMK	11

Alle Küstenstädte bald überschwemmt?

Behauptung der VMK:
Durch den Anstieg des Meeresspiegels werden Marschniederungen und Städte an den Küsten überschwemmt werden. Sollte das Grönlandeis abschmelzen, würde dies einen Anstieg um bis zu sieben Meter in den kommenden Jahrhunderten bedeuten. In Kalkutta und Bangladesch etwa würden 60 Millionen Menschen obdachlos werden.[114]

Gegenargument der SMK:
Das Problem muss differenziert pro Region betrachtet werden. Wie fast immer ist die Bedrohung durch einen Meeresspiegelanstieg für die armen Regionen größer als für die wohlhabenden. Die Niederlande sind durch Dünen, Deiche und Schleusen mit mindestens fünfzehn Meter Höhe über Normalnull gegen das tausendjährige Ereignis geschützt, in Deutschland gilt acht Meter zum Schutz gegen das Hundertjährige, in vielen Entwicklungsländern fehlen jedoch derartige Einrichtungen, und sogar in den USA ist der Küstenschutz – man erinnere sich an New Orleans – jetzt schon unzureichend. Amsterdam, Hamburg und andere Küstenstädte in Marschniederungen sind also nicht kurzfristig bedroht, sondern im Rahmen von Jahrhunderten.[115]

Bewertung: Je ein Punkt, da die Argumente einander nicht widersprechen.

VMK	28	SMK	12

Mehr Stürme?

Behauptung der VMK:
Durch die globale Erwärmung kommt es zu einer Häufung von Stürmen und Hurrikans.[116]

Entgegnung der SMK:
Untersuchungen lassen keinerlei Anstieg von extremen Wetterereignissen im Verlauf des 20. Jahrhunderts erkennen. Oder in den

vergangenen fünfzehn Jahren. Und die globalen Zirkulationsmodelle verheißen ebenfalls keinen Anstieg. Wenn überhaupt, prognostiziert die Theorie der globalen Erwärmung eine *Abnahme* von Wetterextremen.[117] Selbst die Anzahl der Hurrikans in den USA hat im Vergleich von 1900 bis 2004 abgenommen.[118]

Bestätigung der VMK:
Ob die Anzahl der Stürme tatsächlich ansteigen wird, ist noch unklar. Für den nördlichen Nordatlantik wird in den Modellen für das 21. Jahrhundert eine Intensivierung der Tiefdruckgebiete in etwa 60°N berechnet. Während bei Temperatur und Niederschlag (siehe Wetterextreme) bereits recht detaillierte Aussagen aus Beobachtungen und Modellen gezogen werden können, ist dies für Stürme und Hagel weniger klar. Nur Folgendes ist schon mit recht hoher Wahrscheinlichkeit aus Beobachtungen und Modellrechnungen zu entnehmen: Die Stürme als Folge der Tiefdruckgebiete mittlerer Breiten haben nicht generell zugenommen, ihre Bahnen verlagern sich im Mittel nordwärts, d.h. Gebiete wie Schottland und das westliche Norwegen sind stärker betroffen. In der Deutschen Bucht ist die Heftigkeit der Stürme nach einem Maximum Anfang der 1990er-Jahre leicht abgesunken, beharrt aber seitdem auf recht hohem Niveau. Tropische Wirbelstürme sind im Mittel heftiger und damit zerstörerischer geworden, ihre Zahl nimmt weltweit nicht generell zu, weil für ihr Entstehen neben hohen Temperaturen an der Meeresoberfläche schwache Winde bis in Höhen um fünfzehn Kilometer und sehr niedrige Temperaturen in ca. fünfzehn Kilometer Höhe Voraussetzung sind. Diese Parameter sind in Modellen als in Zukunft eher bremsend erkannt worden.[119]

VMK	28	SMK	13

Mehr Wetterextreme durch Klimawandel?

Behauptung der VMK:
Zwar führt ein erhöhter Treibhauseffekt der Atmosphäre zu höherer Erwärmung der hohen Breiten wegen der dort schrumpfenden Schnee- und Eisbedeckung (wodurch der Temperaturunterschied zwischen Nord und Süd etwas kleiner wird, sodass weniger Wärme nordwärts transportiert werden muss), sodass der Anreiz zur Bildung von Tiefdruckgebieten nachlässt und diese auf etwas nördlicheren Bahnen ziehen. Aber gleichzeitig wird bei höheren Temperaturen mehr Wasserdampf und damit latente Wärme transportiert, die in Tiefdruckgebieten bei der Niederschlagsbildung frei gesetzt wird und diese dadurch intensiviert. Dadurch kann es auch bei uns zu intensiveren Wirbelstürmen kommen.[120] So haben zum Beispiel die großen Stürme, die sich seit den 1970er-Jahren über dem Atlantik und Pazifik bilden, an Dauer und Intensität um 50% zugenommen; weiters ist die Zahl großer Überschwemmungen seit den 1950er-Jahren (ca. 90) bis zu den 1990er-Jahren (ca. 625) extrem angestiegen.[121]

Entgegnung der SMK:
Abgesehen davon, dass sich die Beobachtungsmethoden seit 1950 verbessert haben (Satelliten, Messsonden, mehr Siedlungen und Forschungsstationen) und schon allein dadurch mehr Wettererscheinungen wahrgenommen werden, ist nicht bewiesen, dass jede beobachtete Zunahme der Häufigkeiten oder Intensitäten von Wetterextremen tatsächlich vom Klimawandel ausgelöst wird.

Teilbestätigung der VMK:
Dies wird von Wissenschaftlern zum Teil bestätigt. Bereits beobachtete Änderungen können, müssen aber nicht, mit dem Klimawandel zusammen hängen.[122]

VMK	28	SMK	14

Zusatzbehauptung der VMK:
Ein sicheres Zeichen für die Zunahme der Wetterextreme sind die Statistiken großer Versicherungsinstitute zu Wetterkatastrophen. So ist etwa die Schadenssumme bei Wetter- und Flutkatastrophen von rund 50 Mrd. US-$ in den 1960ern auf rund 750 Mrd. US-$ im Zeitraum 1998–2005 angestiegen; viele dieser Ereignisse hängen mit Faktoren zusammen, die durch die globale Erwärmung verstärkt werden.[123]

Entgegnung der SMK:
Diese Statistiken werden fehlinterpretiert: In Wahrheit zeigen sie nur, dass seit den 1960er-Jahren aufgrund steigender Bevölkerungszahlen und damit verbundener stärkerer Besiedlung immer mehr Menschen in Risikogebieten wohnen und daher Extremwetter, die einst keinen oder kaum Schaden verursachten, nun finanzielle Auswirkungen haben. Da gleichzeitig immer mehr Infrastruktur versichert ist, führt dies auch zwangsläufig zu einer Erhöhung der Schadenssummen in den Versicherungsstatistiken.

VMK	28	SMK	15

Behauptung der SMK:
Da Wetterextreme seltene Ereignisse sind, ist ihre Wahrscheinlichkeit gering, aber auch sehr ungenau anzugeben. Wird außerdem nicht lange genug gemessen, z. B. nur über einen Zeitraum von fünfzig Jahren, kann man eigentlich über ein Ereignis, das nur etwa einmal pro Jahrhundert auftritt, keine auf Messungen gestützte Aussagen machen. Zudem sind viele Messreihen unterbrochen worden, wurden teilweise nachlässig geführt oder gingen im Zuge von Kriegen, Feuer oder Naturkatastrophen verloren.[124]

Bestätigung der VMK:
Stimmt. Man kann nicht erwarten, dass man über die Zu- oder Abnahme der Häufigkeit des Auftretens eines Jahrhundertereignisses aus einer 150-jährigen Reihe verlässliche Informationen ableiten kann. Selbst innerhalb dieses Zeitraums fehlt es oft an hinreichend genauen Aufzeichnungen, sei es, weil sie nicht in der not-

wendigen räumlichen Dichte gemacht wurden, sei es, weil sie im Laufe der Zeit verloren gegangen sind. Von den meisten meteorologischen Stationen in Österreich sind z.B. die Originalaufzeichnungen mit Tagesdaten im 2. Weltkrieg verloren gegangen; was bleibt, sind nur die veröffentlichten Monatsmittelwerte und diese sind für viele Extremwertuntersuchungen nicht geeignet.[125]

| VMK | 28 | SMK | 16 |

Behauptung der SMK:
Aus diesen Gründen bringt es nichts, sich Sorgen um die Zukunft zu machen, da es zu keiner Häufung von Wetterextremen kommen wird.

Gegenargument der VMK:
Doch: denn die Wissenschaft kann durch statistische Analysen durchaus Aussagen über die Veränderung der Wahrscheinlichkeit von Extremereignissen treffen. Die Wahrscheinlichkeit für das Eintreffen vieler meteorologischer Ereignisse kann durch eine sogenannte Normalverteilung dargestellt werden (bei der z.B. die Temperaturen mit den größten Eintrittswahrscheinlichkeiten in der Nähe des Mittelwerts zu finden sind). Das Ergebnis: Eine erhöhte globale Durchschnittstemperatur erhöht die Wahrscheinlichkeit von Wetterextremen.[126] Wie jeder weiß, sind heftige bis zerstörerische Niederschläge nur bei heißem Sommerwetter zu erwarten (dies liegt an einer zunehmenden Wahrscheinlichkeit der Verwandlung von Wasserdampf in Wolkenwasser bei steigender Temperatur). Wenn sich also die oberflächennahe Luft, wie im 20. Jahrhundert, erwärmt, werden Regenereignisse heftiger. Ob dabei insgesamt mehr Wasser vom Himmel fällt, hängt von der allgemeinen Zirkulation der Atmosphäre ab. Im Extremfall gilt: Mehr Sturzfluten, aber öfter Dürre. Die Beobachtungen auf vielen Kontinenten deuten in diese Richtung, auch für Deutschland. Sucht man zum Beispiel nach den fünf Tagen mit den höchsten Niederschlägen in einem Jahr, gemittelt über dreißig Jahre am Ende des 21. Jahrhunderts, und vergleicht dies mit dem heutigen Klima, dann sagt eines der besten Klimamodelle bei fehlender Klimaschutzpolitik vorher:

Fast überall wird die jährliche Hochwasserlage intensiver und meist nimmt auch die Dürreintensität zu.[127] Eine der größten Bedrohungen durch den Klimawandel liegt somit darin, dass Wetterextreme (Stürme, Dürren, etc.) überall zunehmen werden. Neben dem globalen Meeresspiegelanstieg und der weiteren Austrocknung semiarider Gebiete stellen sie die größte Bedrohung durch den globalen anthropogenen Klimawandel dar.[128] Auch wenn also Wetterextreme nur selten auftreten, ist es für viele sicherheitsrelevante Bauten (wie Brücken, Sperrwerke, Deiche etc.) notwendig, diese »Hundertjährigen« zu kennen und ihren Schutz daran anzupassen.

| VMK | 29 | SMK | 16 |

El Niño eine Folge der Klimaerwärmung?

Behauptung der VMK:
Die globale Erwärmung löst Klimaphänomene wie El Niño aus bzw. verstärkt deren Häufigkeit.

Entgegnung der SMK:
El Niño tritt in Wahrheit etwa alle vier Jahre auf (im 20. Jahrhundert genau 23-mal) – und das seit Tausenden von Jahren. Er ist also sehr viel älter und kann mit globaler Erwärmung nichts zu tun haben.[129]

| VMK | 29 | SMK | 17 |

Artensterben durch Klimawandel?

Behauptung der VMK:
Aus dem jüngsten IPCC-Bericht: »Die globale Erwärmung ohne Klimaschutzpolitik gefährdet bis 2100 bis zu 40% aller Arten. Sie ist also ein Großangriff auf die biologische Vielfalt zusätzlich zur schon heute starken Gefährdung und Ausrottung durch Zerstörung der Lebensräume ...«

Nach Ansicht von Professor Hartmut Graßl am Zentrum für Marine und Atmosphärische Wissenschaften in Hamburg wird die globale Erwärmung und die damit verbundene Verschiebung der Klimazonen dazu führen, dass manche Waldflächen verschwinden und andere durch andere Baumarten ersetzt werden müssen.

Gegenargument der SMK:
Das Artensterben ist unbewiesen. Sowohl Prognosen über das Artensterben generell als auch über die diesbezüglichen Auswirkungen der Klimaerwärmung sind reine Meinungsäußerungen und keine Fakten. Der Grund: niemand weiß, wie viele Arten tatsächlich auf der Erde existieren. Die Schätzungen reichen von drei Millionen bis zu hundert Millionen. Es gibt auch keine bekannte und allseits akzeptierte Aussterberate der Arten. Zudem werden pro Jahr rund 15.000 neue Arten entdeckt. Ein Grundproblem der Bestimmung der Artenvielfalt liegt auch darin, dass es schon praktisch unmöglich ist, die auf einem Hektar vorkommenden Arten zu zählen, geschweige denn jene auf der ganzen Welt.[130]

VMK	29	SMK	18

Behauptung der VMK:
Sollten Klimaänderungen in größerem Ausmaß eintreffen, müsste etwa im gesamten Alpenraum, aber auch in den deutschen Mittelgebirgen, mit einem großflächigen Aussterben der Fichten gerechnet werden (welche den wesentlichen Rohstoff für die Holzindustrie darstellen).[131] In Alaska und British Columbia fielen 5,6 Mio. Hektar Wald Borkenkäfern zum Opfer, deren Ausbreitung früher durch längere und kältere Winter in Schach gehalten wurde.[132] Zudem ist heute ein Zusammenhang zwischen der globalen Klimaerwärmung und dem großflächigen Ausbleichen und Absterben von Korallen allgemein anerkannt. Auch hängt etwa der Rückgang der Population von Kaiserpinguinen in der Antarktis laut Wissenschaftlern mit der Erderwärmung zusammen.[133]

Gegenargument der SMK:
Trotzdem hat der Klimawandel sogar positive Auswirkungen auf die Arten: denn wenn es wärmer wird, finden sie neue Lebens-

räume in zuvor unzugänglichen Regionen, zum Beispiel ehemaligen Gletschergebieten.

Entgegnung der VMK:
Das mag für einige Arten stimmen, das Problem ist jedoch: Sie würden diesen neuen Lebensraum auf Kosten der bisherigen dort lebenden Arten gewinnen. Gerade bei Gletschern etwa sieht man, wie sich dort eingesessene Arten immer höher in Richtung Gipfel zurückziehen; nach oben hin ist aber irgendwann kein Platz mehr, das bedeutet: Sie sterben unwiederbringlich aus.[134]

VMK	30	SMK	18

Eisbärensterben wegen Klimawandels?

Behauptung der VMK:
Der Eisbär wird durch die Erderwärmung aussterben, da durch das Schmelzen der nördlichen Eiskappe sein Lebensraum verschwindet und sein Nahrungsangebot sinkt. Wir müssen unseren CO_2-Ausstoß senken, wenn wir die Eisbären retten wollen.

Gegenargument der SMK:
Die Eisbärpopulation ist trotz des Temperaturanstiegs in den letzten vierzig Jahren von 5000 auf 25.000 gewachsen. Rechnet man nach, wie viel Eisbären tatsächlich gerettet werden könnten, wenn alle Länder – einschließlich USA und Australien – sich an das Kyoto-Protokoll zur Verringerung des CO_2-Ausstoßes hielten, kommt man zu folgendem Ergebnis (bezogen auf die wissenschaftlich am genauesten erforschte Eisbärpopulation von 1000 Bären in der West Hudson Bay): Tatsächlich würde dadurch weniger als ein Zehntel eines (!) Eisbären gerettet. Daher könnte man etwas viel Einfacheres tun, um sie zu retten: die Jagd auf sie verbieten (jedes Jahr werden in der Hudson Bay 49 Bären geschossen).[135]

VMK	31	SMK	18

BALDIGES ABSCHMELZEN DES GRÖNLAND-EISES?

Behauptung der VMK:
Bei einem Anstieg der mittleren globalen Temperatur um 1,5 °C gegenüber dem Wert vor der Industrialisierung könnte dieses Szenario passieren, und bei mehr als 3,5 °C ist es bereits sehr wahrscheinlich. Da die Erwärmung der nächsten wenigen Jahrzehnte bereits zum größten Teil vorprogrammiert ist, egal welche Klimapolitik kommt, wird das Grönlandeis schmelzen und dadurch auch der Meeresspiegel ansteigen (siehe dort).[136]

Gegenargument der SMK:
Britische Wissenschaftler in Reading haben mit Computersimulationen lediglich ermittelt, dass Grönland seine Eiskappe *möglicherweise* in den nächsten tausend Jahren verliert (ein Zeitraum, der in der medialen Berichterstattung verschwiegen wird).[137]

Bewertung: Nach Durchsicht mehrerer Berichte über das Schmelzen des Grönlandeises fällt mir in der Tat auf, dass hier trotz reißerischer Überschriften meist nur von einem Beginn der Schmelze ab 2050 die Rede ist – also einem sehr langwierigen Prozess im Gegensatz zum verkündeten »baldigen Abschmelzen«. Und auch wenn sich der Schmelzprozess nach jüngsten Studien[138] zu beschleunigen scheint, geht der Punkt an die SMK.

| VMK | 31 | SMK | 19 |

SCHMILZT DIE ARKTIS?

Behauptung der VMK:
Durch die globale Erwärmung wird die nördliche Eiskappe der Erde schmelzen und die Arktis in absehbarer Zeit eisfrei sein. Grund für das sich beschleunigende Schmelzen ist eine »positive Rückkopplung«, da die aufgenommene Wärmeenergie in dem Maße zunimmt, in dem die Eisfläche schmilzt. Zwischen 1900 und 2005 hat sich die Meereisfläche auf der Nordhalbkugel um bereits 1,8 Mio. km² verringert.[139]

Bewertung: Diesem Szenario widerspricht meinen Recherchen zufolge mittlerweile praktisch niemand mehr.

| VMK | 32 | SMK | 19 |

Schmilzt die Antarktis?

Behauptung der VMK:
Aufgrund der globalen Erwärmung kommt es auch in der Antarktis zur Eisschmelze, es sind deswegen bereits Teile des Eisschelfs abgebrochen und weitere werden folgen.[140]

Gegenargument der SMK:
Lediglich auf einem relativ kleinen Gebiet, nämlich der Antarktischen Halbinsel, schmilzt das Eis und brechen Eisberge ab – und auch das ist keine Folge globaler Erwärmung, sondern regionaler Veränderungen.[141] Aber der Kontinent insgesamt wird kälter, und das Eis wird dicker. Von 1986 bis 2000 etwa kühlten Täler in der Zentralantarktis um 7 °C pro Jahrzehnt ab.[142] Sowohl Satelliten- als auch Bodenstationsdaten belegen eine leichte Abkühlung in den vergangenen Jahren.[143] Seitensichtradarmessungen zeigen zudem, dass das Eis in der Westantarktis um 26,8 Gigatonnen pro Jahr zunimmt. Die Schmelztendenz der vergangenen 6000 Jahre kehrt sich somit um.[144] Die Antarktische Halbinsel hat sich zwar um etliche Grad erwärmt, das Antarktisinnere ist jedoch kühler geworden. Die Eisschelfe sind zurückgegangen, aber das Meereis hat zugenommen.[145]

Entgegnung der VMK:
Die von den SMK ins Treffen gebrachten Studien sind veraltet. Zwei neue Studien, die 2006 veröffentlicht wurden, kamen zu dem Ergebnis, dass das Eisvolumen in der Ostantarktis insgesamt abnimmt und dass 85 % der Gletscher dort ihre Fließgeschwindigkeit erhöht haben. Zweitens zeigte sich, dass die Lufttemperatur, gemessen hoch über dem Eisschild, schneller angestiegen ist als irgendwo sonst auf der Erde. Die Forscher gehen davon aus, dass die

Ostantarktis länger stabil bleiben wird als der Westantarktische Eisschild, der auf einer Reihe von Inseln ruht. Unter diesem fließt das Meer, dessen gestiegene Temperatur die Unterseite des Eisschildes gefährlich verändert habe. Sollte er schmelzen oder sich von der Verankerung auf den Inseln lösen, würde das einen weltweiten Anstieg des Meeresspiegels um zusätzliche sechs Meter bedeuten.[146] In der Antarktis erhöhte sich die mittlere Temperatur seit dem 19. Jahrhundert um geschätzte 0,2 °C.[147] Die erste vollständige Schwerkraft-Analyse über den gesamten antarktischen Eisschild zeigte, dass im Beobachtungszeitraum zwischen April 2002 und August 2005 der jährliche Verlust an Eismasse durchschnittlich 152 (±80) km³ betrug.[148]

Gegenargument der SMK:
Der australische Geologe Clifford Ollier hat 2007 unter dem Titel »Droht den Eisschilden Grönlands und der Antarktis der Kollaps?« auf der Internetseite des US-amerikanischen *Center for Science and Public Policy* eine Studie veröffentlicht, in der er zu dem Schluss kommt, dass das Problem der Eisschmelze in der Antarktis (und auch in Grönland) nicht existent sei und es daher auch zu keinem Meeresspiegel-Anstieg käme.[149]

Entgegnung der VMK:
Das Center for Science and Public Policy ist für seine klimaskeptische und pro-industrielle Haltung bekannt, was wenig verwundert, gehört es doch zu der Stiftung »Frontiers of Freedom Foundation«, die wiederum von großen Konzernen finanziert wird (darunter der Zigarettenhersteller Reynolds und der Ölmulti ExxonMobil). Der Geologe Andrew Glikson von der Australian National University und der Ökologieprofessor Barry Brooks von der University of Adelaide schrieben eine gemeinsame Stellungnahme, in der sie auf zahlreiche Schwachpunkte in Olliers These hinwiesen. Unter anderem führten sie Messdaten von Satelliten ins Feld, die klar zeigen, dass das Eis an beiden Orten beschleunigt dahinschwindet, während die Lufttemperaturen steigen.[150]

| VMK | 33 | SMK | 19 |

Schmelzen die Gletscher weltweit?

Behauptung der VMK:
Die Gletscher befinden sich aufgrund der Klimaerwärmung weltweit im Rückzug. Derzeit schrumpfen fast alle Gletscher auf der Erde, zum Teil sogar sehr schnell. In voraussichtlich fünfzehn Jahren werden etwa alle Gletscher des amerikanischen *Glacier National Park* geschmolzen sein; selbst der berühmte Schnee am Kilimandscharo schmilzt dramatisch.[151]

Gegenargument der SMK:
Stimmt nicht. Erstens gibt es weitaus mehr Gletscher weltweit, als die meisten annehmen, nämlich 160.000. Lediglich 67.000 davon hat man vermessen, aber nur wenige wurden wirklich gründlich studiert. Einige davon schmelzen tatsächlich, andere bleiben stabil oder breiten sich sogar aus.[152] In Island etwa war es in der ersten Hälfte des 20. Jahrhunderts wärmer als in der zweiten. Während dort die meisten Gletscher nach 1930 an Masse verloren, weil die Sommer um 0,6 °C wärmer waren, ist das Klima seither jedoch wieder kühler geworden. Die isländischen Gletscher rücken seit 1970 kontinuierlich vor und haben die Hälfte des zuvor verlorenen Bodens wieder zurückerobert.[153] Auch die Gletscher in Norwegen wachsen statt zu schrumpfen (dies wird sogar vom dezidierten VMK Hartmut Graßl bestätigt: »Weil im westlichen Norwegen die Niederschläge im 20. Jahrhundert um bis zu 40 Prozent zugenommen haben, wachsen einige Gletscher trotz Erwärmung«). Selbst der oft als Beispiel für die globale Erwärmung genannte schmelzende Kilimandscharo-Gipfel schmilzt in Wahrheit schon seit über hundert Jahren. Der Grund dürfte in der zunehmenden Abholzung an dessen Fuße liegen, wodurch weniger feuchte Luft aufsteigt und es am Gipfel zu entsprechend weniger Niederschlägen kommt.[154]

VMK	33	SMK	20

Schmelzen die Gletscher Mitteleuropas?

Behauptung der VMK:
Die Gletscher vor allem in den Alpen schmelzen, seit 1990 sogar um 90 Zentimeter pro Jahr.[155] Da Bergregionen besonders empfindlich auf die Klimaveränderung reagieren, könnte sich das Schmelzen der Gletscher weiter fortsetzen und schließlich zu praktisch eisfreien Alpen führen.[156] Sie haben insgesamt seit dem Gletscherhochstand um 1850 bis heute bei ca. 1,5 °C Erwärmung in den Höhenlagen bereits etwa zwei Drittel der Eismasse und etwa die Hälfte der vergletscherten Fläche verloren. Insbesondere die heißen Sommer der jüngsten Zeit haben ihnen zugesetzt. Eine vergleichsweise sichere Aussage für das 21. Jahrhundert lautet deshalb: Fast alle Bergregionen mit Gipfeln unter 3500 m Höhe werden gletscherfrei, denn dazu wären nur 3 °C Erwärmung (seit 1850) bei annähernd gleichen Niederschlagsmengen nötig. Falls eine wirksame Klimaschutzpolitik jedoch scheitert und es zu stärkerer Erwärmung kommt, käme es weitaus schlimmer – wobei aber sogar dann auf den meisten Viertausendern noch Restgletscher existieren würden, weil sich die Abnahme der Temperatur mit der Höhe bei Klimaänderungen nur unwesentlich ändern wird.[157]

Bewertung: Dieser im Alpenraum recht leicht überprüfbaren Aussage widerspricht mittlerweile praktisch niemand mehr.

VMK	34	SMK	20

Wem würden die Gletscher abgehen?

Behauptung der SMK:
Wozu brauchen wir überhaupt die Gletscher? Ist es wirklich schlimm, wenn sie schmelzen? Wem würden sie denn schon abgehen außer ein paar Skisportlern und Bergsteigern?

Gegenargument der VMK:
Speziell im Alpenraum sind die Gletscher wesentliche Wasserlieferanten während sommerlicher Schönwetterperioden. Man schätzt etwa, dass während der Rekordhitze in Österreich im August 2003 rund 40 % des Wassers im Fluss Salzach von Gletschern stammte. Ein Verschwinden der Gletscher hätte also möglicherweise beträchtliche Auswirkungen auf die Flüsse und die damit verbundenen Ökosysteme (Auwälder, Uferlandschaften etc.). Weiters käme es zu Engpässen bei Wasserkraftwerken und damit Ausfällen in der Energieerzeugung.[158] Letztlich wären früher oder später wohl auch die Trinkwasserreserven betroffen. So meinte Al Gore, dass – wenn die Klimaerwärmung nicht gebremst wird und die Gletscher weiter schmelzen – in fünfzig Jahren 40 % der Weltbevölkerung von Trinkwasserknappheit betroffen sind.

VMK	35	SMK	20

KLIMAWANDEL POSITIV, WEIL MEHR NIEDERSCHLAG?

Behauptung der SMK:
Selbst wenn es eine baldige Klimaerwärmung gäbe, so hätte sie in Wahrheit positive Auswirkungen, da es dadurch zu mehr Niederschlag und damit zu mehr Vegetation und einer »grüneren« Erde käme.

Gegenargument der VMK:
Eine leichte Temperaturzunahme kann für Landwirtschaft und Wälder der gemäßigten Breiten tatsächlich bessere Wachstumsbedingungen bedeuten. Wichtig ist dabei aber, wie sich die zukünftigen Niederschläge verhalten werden. Erhebliche Probleme kann der Temperaturanstieg in wärmeren Ländern mit sich bringen, wo bereits jetzt vielfach Dürre herrscht, oder aber im arktischen Bereich, wo der Permafrost bereits zu tauen beginnt. Auch in unseren Breiten ist schon eine moderate Temperaturzunahme mit negativen Auswirkungen verknüpft, wie etwa Schmelzen von Gletschern, Wandern von Arten, Hitzestress, längeren Trockenperioden oder

mehr Starkniederschlägen. Ohne Gegenmaßnahmen steuern wir jedoch nicht auf eine moderate, sondern deutliche Erwärmung zu, die wahrscheinlich eine Zunahme von Extremereignissen bedeutet. Von einer Verbesserung der Lage kann daher nicht gesprochen werden.[159] Es wird zudem wahrscheinlich lediglich in Gebieten, in denen es ohnehin schon ausreichend Niederschlag gibt, noch zusätzlichen geben. Grüner wird es somit voraussichtlich nur in den hohen nördlichen Breiten, wo die Grenze des borealen Walds bzw. die Taiga sich nordwärts schieben wird, sowie in den inneren Tropen. Viele andere Regionen werden wahrscheinlich an Grün verlieren. Die Ursache der Behauptung, dass die Welt durch den Klimawandel grüner würde, scheint in einer kritiklosen Übertragung von Befunden aus der Klimageschichte in die Zukunft zu liegen.[160]

| VMK | 36 | SMK | 20 |

Höherer CO_2-Gehalt positiv, weil höhere Ernteerträge?

Behauptung der SMK:
Ein erhöhter CO_2-Gehalt in den Böden wäre ein guter Dünger und würde für bessere Ernten – gerade in Entwicklungsländern – sorgen. Freilandversuche zeigen an, dass durch den Düngeeffekt des Kohlendioxids Steigerungen beim Pflanzenwachstum zu erwarten sind.[161]
  Eine Auswertung von 342 wissenschaftlichen Veröffentlichungen zum Thema CO_2-Konzentration und Pflanzenwachstum hat ergeben, dass die Vegetation in einer Umwelt mit erhöhtem CO_2-Anteil ihre Wachstumsrate erheblich steigt.[162] Die zusätzlich mögliche Ernte wird auf bis zu 13 % geschätzt, bei einer Zunahme des Wachstums der gesamten Biomasse um 17 %.

Stellungnahme der VMK:
Stimmt, allerdings ist die »Düngung« durch CO_2 nur teilverstanden. Sie scheint nur bei bestimmten Pflanzenarten tatsächlich zu gesteigerten Erträgen zu führen, teilweise reduziert die infolge der Erwärmung auftretende Austrocknung der Böden den positiven Effekt.[163]

Frühere Berechnungen der SMK übrigens waren noch von einer Steigerung der Erntemenge um bis zu 36% ausgegangen.[164] Kombiniert mit weiteren Effekten der globalen Erwärmung wie veränderten Niederschlagsmustern gilt es als unklar, wie der Nettoeffekt in einzelnen Regionen ausfallen wird. Eine Untersuchung hinsichtlich der Ertragsänderungen bei Weizen hat jedenfalls für Österreich ergeben, dass das Zusammenspiel von Temperaturerhöhung und Niederschlagsänderungen die CO_2-Düngung – je nach Bodenart – mehr als wettmachen könnte, es insgesamt also zu negativen Folgen käme.[165]

Bewertung: Hier erscheinen mir die Argumente beider Seiten gut, daher je ein Punkt.

VMK	37	SMK	21

Erwärmung egal, weil ohnehin neue Eiszeit kommt?

Behauptung der SMK:
Wir steuern aus erdgeschichtlichen Gründen ohnehin in eine neue Eiszeit, insofern ist es völlig egal, ob die Menschen eine Erderwärmung verursachen – im Zweifelsfall ist es sogar positiv, weil es die Eiszeit abschwächen oder gar aufhalten könnte.

Entgegnung der VMK:
Der Zyklus von Eis- und Warmzeiten verläuft in Zeiträumen von vielen Jahrtausenden (so war der Höhepunkt der letzten Eiszeit vor etwa 20.000 Jahren). Insofern sind die sehr langsamen erdgeschichtlichen Prozesse, welche die Eiszeiten verursachen, für die nächsten hundert Jahre irrelevant und können daher mit gutem Gewissen bei der Betrachtung des anthropogenen globalen Klimawandels vernachlässigt werden. Aus demselben Grund ist es auch illusorisch zu hoffen, dass die von uns Menschen angestoßene Erwärmung durch eine bevorstehende Eiszeit kompensiert werden könnte.[166]

VMK	38	SMK	21

KLIMAWANDEL WIRKLICH SCHÄDLICH FÜR UNS?

Behauptung der SMK:
Internet-User: »Man geht allgemein davon aus, dass Wandel jedenfalls schlecht und Beständigkeit gut ist. Natürlich ist es blöd, wenn der Meeresspiegel steigt, die Gletscher verschwinden und die Wüsten sich ausbreiten, dafür könnten sich aber auch riesige Permafrostböden in Asien und Nordamerika in Ackerland umwandeln. Wärme bringt mehr Stürme, aber auch mehr Regen.«

Wer sagt also, dass der Klimawandel wirklich schädlich ist und nicht die positiven Folgen überwiegen? Manche Wissenschaftler vertreten zudem die Position, dass die Folgen der globalen Erwärmung dramatisch überschätzt würden, dass die Erwärmung für die Menschheit insgesamt eher nützlich sei. Zu diesen Forschern zählt zum Beispiel Sherwood Idso, Präsident des *Center for the Study of Carbon Dioxide and Global Change* und außerordentlicher Professor der Arizona State University, welcher von vermehrten CO_2-Einträgen in die Atmosphäre positive Auswirkungen auf die Nahrungsmittelproduktion und auf deren gesundheitlichen Wert erwartet.[167] Auch lässt sich in vielen Fällen nicht sagen, ob eine Auswirkung des Klimawandels bzw. ein Klimaphänomen tatsächlich negative Folgen für die Wirtschaft hat. 1998 etwa brachte das Klimaphänomen El Niño den USA zwar Überschwemmungen und Missernten, doch der wirtschaftliche Nettoeffekt war ein Gewinn von 15 Milliarden Dollar aufgrund einer längeren Anbauphase und eines geringeren Verbrauchs an Heizöl im Winter.[168]

Gegenargument der VMK:
Letztere Argumentation kann auch umgedreht werden und bestätigt, dass die Klimaveränderung nicht nur direkte Folgen für unsere Wirtschaft hat, sondern auch Tiere, Pflanzen und komplexe Ökosysteme betrifft, was sich indirekt wiederum auf den Menschen auswirkt. Mit Meeresspiegelanstieg, Versauerung der Meere, zunehmender Wüstenbildung oder der Gletscherschmelze werden keinerlei positive Erwartungen verbunden. Für Teile der Forschung resultieren daraus im Gegenteil umfänglich bedeutsame negative Konsequenzen: Lebensräume, Nahrungsmittelpro-

duktion, Wasserverfügbarkeit und soziale Gemeinschaften werden desto größeren Risiken ausgesetzt sein, je stärker der Klimawandel ausfällt, so William Hare vom Potsdam-Institut für Klimafolgenforschung.[169]

Nach Ansicht von Klimaforscher Hartmut Graßl wird die globale Erwärmung und die damit verbundene Verschiebung der Klimazonen dazu führen, dass manche Waldflächen verschwinden und andere durch andere Baumarten ersetzt werden müssen. Auch forderte bereits der außergewöhnlich heiße Sommer 2003 in Deutschland mehr Todesopfer als deutsche Opfer der Tsunami-Katastrophe (in ganz Europa starben 35.000 Menschen). Solche Hitzeperioden würden sehr viel häufiger werden.[170] Zudem führt etwa das genannte Auftauen des Permafrostbodens zu großen Infrastrukturschäden (Straßen, Gebäude, Pipelines etc.) vor allem in Sibirien, in dessen Tundren zudem 70 Mrd. Tonnen CO_2 gespeichert sind, die dadurch freigesetzt und die Atmosphäre noch weiter anheizen würden. Da zudem bereits die Erwärmung von 1,8 °C im Alpenraum während der letzten 150 Jahre deutliche Auswirkungen verursacht hat (Veränderung der Flora und Fauna, Ernterisiko durch Dürre, Gletscherrückgang etc.), muss man mit gravierenden Veränderungen in verschiedensten Bereichen rechnen. Von den negativen Folgen eines Klimawandels wären somit auch Bereiche betroffen, an die man im ersten Moment vielleicht nicht denkt: etwa der Wintertourismus, die Milchwirtschaft, die Energiewirtschaft, die Trinkwasserversorgung etc.[171]

| VMK | 39 | SMK | 21 |

GRÖSSERE UNGERECHTIGKEIT DURCH KLIMAWANDEL?

Behauptung der VMK:
Aus dem jüngsten IPCC-Bericht: »Die Verweigerung einer stringenten Klimaschutzpolitik (ist) ein ökonomischer Schaden für alle, aber besonders für die schwachen Emittenten ... Ohne Klimapolitik wächst die Ungerechtigkeit in Gesellschaften und zwischen ihnen.«

Gerade die armen Länder der Erde leiden am meisten unter den Folgen des Klimawandels. Als Beispiel beschreibt etwa Al Gore die Hungersnot in Niger und den Genozid in Darfur, die durch das Austrocknen des Tschad-Sees (einst sechstgrößter See der Erde) noch verstärkt würden.

Gegenargument der SMK:
Keine relevanten gefunden.

| VMK | 40 | SMK | 21 |

Massnahmen gegen Klimawandel berechtigt?

Behauptung der VMK:
Um 2050 wird das heutige CO_2-Niveau auf über 600 ppm gestiegen sein, wenn keine Reduktionen des Ausstoßes vorgenommen werden.[172] Ohne Klimaschutz, d.h. bei ungehemmter weiterer Verbrennung von Kohle, Erdöl und Erdgas, kann daher im 21. Jahrhundert eine Erwärmung auftreten, die ein Hundertfaches der natürlichen Veränderungen wäre.[173] Trotz der bestehenden Unsicherheiten müssen jetzt Maßnahmen zum Schutz des Klimas getroffen werden, um das Eintreten schlimmer Szenarien zu verhindern. Daneben müssen auch Anpassungsmaßnahmen an eine durch Klimawandel veränderte Umwelt getroffen werden.[174]

Gegenargument der SMK:
Selbst wenn es zu einem derartigen Klimawandel kommt, so können wir Menschen nichts dagegen ausrichten, da es sich dabei um globale, komplexe Zusammenhänge handelt.

Entgegnung der VMK:
Ein Beispiel dafür, dass Menschen sowohl ein globales Problem verursachen als es auch – durch gemeinsame, internationale Anstrengung – wieder lösen oder zumindest verkleinern können, ist das Ozonloch. Vom Menschen durch in die Atmosphäre emittierte

FCKW-Stoffe mit ausgelöst, gelang es nach langem Diskussionsprozess schließlich mit dem Montrealer Protokoll 1987 und einem weltweiten Verbot von FCKW eine deutliche Verkleinerung des Ozonlochs in den letzten Jahren zu erreichen.

| VMK | 41 | SMK | 21 |

Kyoto-Protokoll ausreichend?

Behauptung der SMK:
Selbst wenn sich alle Länder, die das Kyoto-Protokoll unterzeichnet haben, strikt daran halten und ihre Emissionen entsprechend reduzieren, wäre das viel zu gering. Und selbst wenn die USA auch noch in den Kyoto-Prozess mit einstiegen, würde dies bis 2050 lediglich zu einer Verminderung der globalen Durchschnittstemperatur um 0,04 °C führen.[175]

Bestätigung der VMK:
In der Tat sind die im Kyoto-Protokoll für die erste Vertragsperiode vereinbarten Reduktionen (welche zum Leidwesen vieler Klimaforscher einen Kompromiss der Regierungsvertreter der teilnehmenden Länder darstellten) zu gering, um einen spürbaren Einfluss auf den Klimawandel zu haben. Durch Emissionsreduktionen kann das Tempo des Klimawandels aber vermutlich dennoch gebremst und die Wahrscheinlichkeit des Eintretens von abrupten Änderungen gemieden werden.[176] Die alleinige Lösung ist das Kyoto-Abkommen jedenfalls nicht, sondern lediglich ein erster Schritt.

| VMK | 41 | SMK | 22 |

KLIMASCHUTZ ALS WIRTSCHAFTSBREMSER?

Behauptung der SMK:
Der Klimaschutz würde, folgte man den Vorgaben der Befürworter, eine wirtschaftliche Rezession verursachen.

Gegenargument der VMK:
Vorsorgen ist billiger als Schäden beseitigen. Erstens verursacht der Klimawandel erhöhte Migrationsbewegungen »wenig ausgebildeter Habenichtse« aus unterentwickelten Ländern in die Industrienationen. Zweitens werden die im Klimaschutz früh startenden Nationen ihre Wirtschaft beflügeln und nicht schädigen. Bestes Beispiel ist der Kauf von Windenergieanlagen durch die Amerikaner in Deutschland, dem Weltmarktführer bei Wind-, aber auch Sonnenenergie (demnächst evtl. auch bei Biomasse). Hunderttausende von Arbeitsplätzen wurden durch erneuerbare Energien geschaffen. Drittens wurden bisher die wahren Kosten für fossile Energieträger verschleiert: Gerechte Kosten für diese würde weltweit Abschied von ca. 300 Milliarden Euro Subventionen bedeuten. Viertens zeigen viele Wirtschaftsmodellrechnungen, dass in allen Ländern die Kosten für Emissionsminderung unter 1% des Bruttosozialprodukts (BSP) bleiben, während die Anpassungskosten bei fehlender Emissionsminderung sicher mehrere Prozent des BSP ausmachen können, wie der frühere Chefökonom der Weltbank, Sir Nicholas Stern, in einem Bericht an die britische Regierung feststellte.[177]

Entgegnung der SMK:
Wenn das stimmt, warum teilen dann so viele Wirtschaftstreibende die Ansicht von George W. Bush, dass Klimaschutz die Wirtschaft schädigt?

Argument der VMK:
Weil kurzfristige Gewinnerwartungen beim Verkauf von Produkten aus abgeschriebenen Anlagen locken und dabei die Vorbereitung eines Landes auf zukünftige neuere Produkte zum Teil vernachlässigt wird. Diese Einstellung ist in der Wirtschaft bei alten Industrien besonders ausgeprägt.[178]

| VMK | 42 | SMK | 22 |

KLIMAPOLITIK: SCHADEN FÜR ENTWICKLUNGSLÄNDER?

Behauptung der SMK:
Der Klimaschutz verlangt auch von den ohnehin armen Ländern eine CO_2-Reduktion und macht sie dadurch wirtschaftlich noch weniger wettbewerbsfähig.

Gegenargument der VMK:
Entwicklungsländer sind nach dem Kyoto-Protokoll von der CO_2-Minderung ausgenommen.

Die Kritik wird daher einerseits von Unwissenheit geleitet, andererseits von der auch in vielen heimischen Betrieben vorherrschenden Meinung, dass Umweltschutz die wirtschaftliche Entwicklung behindert. Inzwischen ist jedoch klar geworden, dass z.B. weder der geregelte Katalysator für Otto-Motoren in der EU noch die Großfeuerungsanlagenverordnung in Deutschland die Wirtschaft behindert haben; sie haben sie sogar beflügelt, weil damit neue Technologien auch zu Exportschlagern wurden. Die Erhöhung des Anteils an erneuerbaren Energien trägt zudem als weiterer Effekt eine Machtverschiebung in sich: Jedes Land wird unabhängiger von Energieimporten und die gegenwärtigen »Habenichtse« besitzen mehr von dem zentralen Energierohstoff – dem Energiefluss der Sonne an der Oberfläche. In Wahrheit werden die Interessen der armen Nationen von den OPEC-Ländern (welche offiziell zu den Entwicklungsländern zählen) nicht vertreten, sondern verraten, da sie an der Beibehaltung des Status quo interessiert sind.[179]

VMK	43	SMK	22

KLIMAWANDEL WEGEN CHINA UND INDIEN OHNEHIN UNVERMEIDBAR?

Behauptung der SMK:
Wenn China und Indien so weiter wachsen, wird aufgrund deren gestiegener Emissionen ein globaler Klimaschutz obsolet und der Westen gerät zudem wirtschaftlich ins Hintertreffen.

Gegenargument der VMK:
Was wirklich zählt, ist die Emission pro Kopf und Jahr. Gegenwärtiger Stand ist: Ein Amerikaner emittiert etwa doppelt so viel CO_2 wie ein Europäer, etwa viermal so viel wie ein Chinese und etwa achtmal so viel wie ein Inder. Darum müssen Amerikaner und Europäer ihre Emissionen auch als Erste mindern. Zudem kann gerade hieraus auch ein Wettbewerbsvorteil entstehen: Neue, effizientere Solarzellen, solar-thermische Kraftwerke und noch bessere Windenergieanlagen entstehen bei uns und noch nicht in China oder Indien. Und: Da Emissionen erst mit jahrzehntelanger Verspätung in der Atmosphäre wirksam werden, ist der heutige Westen auch in Zukunft noch der größte Umweltsünder, während die Schwellenländer etwas mehr Zeit haben, ihre Wirtschaft allmählich auf Nachhaltigkeit umzustellen – wobei wir ihnen selbstverständlich schon im Eigeninteresse Kooperation und Unterstützung beim Klimaschutz anbieten müssen.[180]

VMK	44	SMK	22

TECHNISCHES EINGREIFEN INS KLIMASYSTEM ALS LÖSUNG?

Behauptung der SMK:
Mit »Geo Engineering«, etwa dem Ableiten von CO_2 in die Tiefsee, könnten die Emissionen wirksam reduziert werden, ohne den Energieverbrauch oder die -quellen zu ändern. Eine andere Idee stammt von dem US-Forscher Roger Angel: nämlich einen 100.000 km langen »Schutzgürtel« zwischen Erde und Sonne anzulegen; bestehend aus 16 Billionen Spiegelscheiben soll er das Sonnenlicht zurück reflektieren und so die Erde vor weiterer Erwärmung schützen.[181] Möglich wäre laut US-Vorschlägen auch der Bau von Sonnenlicht-Reflektoren auf der Erde, zum Beispiel als schwimmende Kunststoffscheiben auf den Meeren oder riesige weiße Plastikplanen in der Wüste. Neben diesen an Science Fiction erinnernde Ideen kommen weitere tatsächlich von dort: So hat etwa der Physiker und SF-Autor Gregory Benford vorgeschlagen, künstliche Partikelwolken in der Atmosphäre auszustreuen, welche das Sonnenlicht auf-

fangen sollen. Andere schlagen vor, die Stratosphäre mit Schwefel zu »vernebeln« oder mit Wolken aus zerstäubtem Meerwasser. Und sogar ein massives Algenwachstum in den Meeren wurde angedacht, um die gestiegenen CO_2-Mengen aufzunehmen.

Gegenargument der VMK:
Kurios ist für viele Klimawandelvertreter, dass über solche Strategien diskutiert wird, bevor auch ökonomische CO_2-Reduktionen vorangetrieben werden, etwa bei der energetischen Sanierung von Gebäuden und der Nutzung von Energiesparlampen. Zudem sind zahlreiche Ideen wie etwa das *Geo Engineering* einfach noch nicht erprobt und daher mit Gefahren oder dem Risiko unerwünschter Langzeiteffekte verbunden. Weiters bedeuten sie zumeist exorbitant hohe Kosten, während Maßnahmen zur Schadstoffreduktion im Vergleich dazu kostengünstiger sind.[182]

VMK	45	SMK	22

Eigennützige Klimaforscher, gekaufte Klimaskeptiker?

Behauptung der SMK:
Zahlreiche Kritiker und auch der Film *The Great Global Warming Swindle* werfen die Frage nach der finanziellen Struktur des Forschungsbetriebes, nämlich die Abhängigkeit der Forschung von öffentlichen Mitteln, auf. Inzwischen sei ein Zustand erreicht, in dem der menschengemachte Klimawandel ein politischer und sozialer, vor allem aber ein wirtschaftlicher Faktor sei, der etwa vier Mrd. US-Dollar im Jahr umsetze. Dies bedinge Abhängigkeiten und Interessen, die der Objektivität nicht immer zuträglich seien. Weiters wird unterstellt, dass ein soziales Netzwerk von 43 Autoren paläoklimatischer Studien mit direkten Verbindungen zu den umstrittenen Autoren des »Hockeyschläger-Diagramms« besteht (zum Beispiel Co-Autorenschaft in Publikationen), welche bisher zitierte »unabhängige Studien« aus Sicht von Kritikern in einem nicht allzu unabhängigen Licht erscheinen lassen.[183] Michael Crichton schreibt in »Welt in Angst« sogar:

Sobald die Idee der globalen Erwärmung da war, erkannten (die Klimawissenschaftler) sofort die Vorzüge. Globale Erwärmung schafft eine Krise, einen Handlungszwang. Eine Krise muss untersucht werden, und dafür braucht man Gelder, man braucht weltweite politische und bürokratische Strukturen. Und im Handumdrehen wurden zahllose Meteorologen, Geologen, Ozeanografen zu »Klimaforschern«, die sich der weltweiten Krise stellten.

Eine Reihe beteiligter Wissenschaftler vertrete laut Kritikern zudem keineswegs die Aussagen der IPCC-Berichte, wieder andere seien aus der Mitwirkung ausgeschieden, man berufe sich aber nach wie vor auch auf diese. Das Zusammenwirken von Politik, UN-Gremien und öffentlich geförderten Wissenschaftlern weise eine psychologische Dynamik auf: Inzwischen trage die Überzeugung vom menschengemachten Klimawandel quasi-religiöse Züge, die unter anderem zur Folge habe, dass man als Vertreter einer abweichenden Auffassung nicht mehr im naturwissenschaftlichen Diskurs stehe, sondern eher wie ein Ketzer behandelt werde. Demnach verglichen führende IPCC-Mitarbeiter Kritik an ihren Theorien mit der Holocaustleugnung (in Anlehnung an diese Diktion würden Skeptiker mitunter bewusst »Klimawandel-Leugner« genannt) und behaupteten, dass die Kritiker der Forschergemeinde nicht angehörten und sich daher auch nicht auf wissenschaftlicher Basis überprüfen lassen müssten, weshalb man mit ihnen auch nicht zu sprechen brauche.

Einzelne SMK werfen die Frage auf, ob die »Verteufelung von CO_2« womöglich sogar zweckgerichtet sei, indem sie der Atomkraft zu einer Renaissance verhelfen soll, da diese behaupten kann, sie würde zu keinen CO_2-Emissionen führen. Weitere Kritikpunkte kommen von der Friedrich-Naumann-Stiftung, die in Zusammenarbeit mit dem »Bund Freiheit der Wissenschaft« im Februar 2005 die Veranstaltung »Kyoto-Klimaprognosen – Aussagekraft der Modelle und Handlungsstrategien« abhielt:[184]

- In der Vergangenheit konnte beobachtet werden, dass Klimaforscher nicht widersprechen, wenn aufgrund ihrer fachlich richtigen, aber anscheinend verschieden interpretierbaren Formulierung eine Katastrophenstimmung verbreitet wird, die jeder sachlichen Grundlage entbehrt.

- Das IPCC scheint an der erwähnten Hockey-Schläger-Kurve in ihrer ursprünglichen Form festzuhalten und sich neuen Erkenntnissen zu verweigern, die an der Notwendigkeit der rigorosen Einhaltung des Klimaschutzabkommens Zweifel aufkommen lassen.
- Neben der »gemäßigten schweigenden Mehrheit« der Klimaforscher gibt es zwei Fronten: einerseits das IPCC mit der angeblich gesicherten Mehrheitsmeinung und Katastrophen heraufbeschwörende Medien und andererseits diejenigen, die dem menschlichen Einfluss auf das Klima jegliche Bedeutung absprechen. Klimaforscher, die an diesen Positionen Zweifel äußern, geraten zwischen die Mühlsteine.
- Jedem politischen Anspruch, der aus ideologischen Gründen den Klimaschutz dazu benutzt, ganz andere Ziele zu erreichen, muss entschieden entgegengewirkt werden. Klimawissenschaftler müssen sich – wie alle Wissenschaftler – ideologisch begründeter Auftragsforschung widersetzen.
- Klimaforscher müssen Bürger und Entscheidungsträger sachlich und umfassend über das überaus komplexe Thema Klima und Klimaschutzmaßnahmen informieren, sie selbst sollten sich aus den politischen Entscheidungen jedoch heraushalten.

Gegenargument der VMK:
Zahlreiche Autoren, Redakteure und Wissenschaftler rücken Großteile der Kritik in die Nähe von Verschwörungstheorien.[185] Hieraus ergibt sich auch das Problem mit allen derartigen Theorien: Egal welches Argument oder welcher Beweis dagegen vorgebracht wird, man kann dennoch immer behaupten, es unterstreiche nur die ominöse Verschwörung und zeige, welche Bereiche nun ebenfalls ein Teil von ihr seien. Dass ganz im Gegenteil auf Seiten der SMK »verschwörerische« Abhängigkeiten und Verbindungen bestehen, zeigen mehrere Beispiele. So wurden etwa bis in die 1990er-Jahre und zum Teil noch heute zahlreiche Studien von der Kohleindustrie finanziert, während mittlerweile mit Firmen wie ExxonMobil die Erdölindustrie einer der Hauptgeldgeber IPCC-kritischer Studien ist und sich an der Verbreitung von Skeptiker-Positionen maßgeblich beteiligt.[186] Die *Union of Concerned Scientists* hat in einer Untersuchung nachgewiesen[187], dass ExxonMobil mit einer langfristigen

Strategie, die auch Irreführung und Fälschungen beinhaltet, dafür gesorgt hat, dass »wissenschaftliche Erkenntnisse verschleiert, Politiker, Medien und die Öffentlichkeit manipuliert und Maßnahmen zur Eindämmung von Emissionen verhindert wurden«, wie die *Financial Times* Deutschland berichtet.[188] ExxonMobil hat zu diesem Zweck mit ca. 16 Mio. US-$ zwischen 1998 und 2005 ein Netzwerk von 43 scheinbar unabhängigen Organisationen unterstützt, welche in der Öffentlichkeit den Konzerninteressen dienende Verwirrung über den Stand der Klimaforschung stifteten. Laut Zeitschrift *Nature* vom 12. Juli 2001 sei Kritik an den Erkenntnissen der Klimaforschung primär von der US-Kohle- und Ölindustrie initiiert. Durch sie werde die Öffentlichkeit hinsichtlich der Tatsachen betreffend die globale Erwärmung getäuscht und verwirrt.[189]

Auch Ross Gelbspan in seinem Buch »The Heat is on« und Sheldon Rampton und John Stauber in ihrem Buch »Trust us, we're Experts« haben das Phänomen der von Firmen und Medien gesteuerten Falschmeldungen ausgiebig untersucht: Seit den späten 1980er-Jahren, als das Problem »anthropogener Klimawandel« weithin bekannt wurde, haben sich etwa in den USA Firmen-Allianzen wie die Globale-Klima-Koalition (GCC) gebildet, die PR-Unternehmen für gezielte Desinformation beschäftigen. Zur GCC gehörten unter anderem die American Automobile Manufacturers Association, Amoco, American Forest and Paper Association, American Petroleum Institute, Chevron, Chrysler, US Chamber of Commerce, Dow Chemical, ExxonMobil, Ford, General Motors, Shell, Texaco, Union Carbide und über vierzig weitere Firmen. Einige davon haben die GCC mittlerweile verlassen und das Klimaproblem öffentlich anerkannt.[190] Die Außenseiterposition der Skeptiker und Leugner sei laut VMK wissenschaftlich ganz einfach nicht haltbar. Hinter den diversen Versuchen, den menschengemachten Klimawandel in Zweifel zu ziehen, sieht etwa der Forscher Christian Schönwiese verschiedene Motivationen: »Einige sehen durch die geforderten Klimaschutzmaßnahmen die Wirtschaft gefährdet, andere fürchten um ihren Lebensstandard, wieder andere möchten eines unserer Weltprobleme gerne loswerden.« Zudem gebe es die Gruppe der Interessenträger. Und zudem wollen sich »nicht wenige einfach wichtig machen«.[191]

Bewertung: Im Zuge meiner Recherchen fiel mir auf, dass sich im deutschen Sprachraum – vereinfacht ausgedrückt – beim Klimawandel zwei Lager gebildet hatten, die interessanterweise fast deckungsgleich mit dem linken und rechten Flügel in Gesellschaft und Politik sind. Während im VMK-Lager (soweit ich das nach publizierten Aussagen und Vitae beurteilen konnte) oft sozialistisch bzw. grün sowie eher agnostisch bis atheistisch eingestellte Männer und Frauen zu finden sind, ist im SMK-Lager eher folgender Typus vertreten:

- Praktisch nur Männer (bei meinen Recherchen stieß ich auf keine aus dieser Sicht publizierende Frau; dagegen scheint Angela Merkel seit ihrer Klimaschutzinitiative das erklärte Feindbild dieses Lagers zu sein)
- Konservativ-bürgerlich
- Christlich (auffallend oft islam- und manchmal auch evolutionskritisch)[192]
- Ingenieure und Akademiker ohne wissenschaftliche Praxis und klimatologischem Hintergrund (Gymnasiallehrer, EDV- und Elektrotechniker[193], Bauphysiker, Systemanalytiker, Juristen, Mediziner etc.)
- Wissenschaftler hauptsächlich aus den Bereichen Geologie, Biologie, Physik (oft bereits pensioniert)
- Liberale, neoliberale und »libertäre« Vereinigungen und Netzwerke von Firmen, Parteien (wie CDU/CSU und FDP) und Wirtschaftskundlern, von denen sich einige nach Umweltforschung und internationaler Politik klingende Bezeichnungen geben (European Science and Environment Forum, International Policy Network, etc.)
- TV-Meteorologen (wie Wolfgang Thüne), »Aufdecker-Journalisten« und populärwissenschaftliche Publizisten (Kurt G. Blüchel, Dirk Maxeiner etc.), sowie Trendforscher und »Berufs-Optimisten« (wie Matthias Horx)
- Internet-Blogger und private Website-Betreiber ohne jeglichen wissenschaftlichen Hintergrund (auffallend oft Verschwörungstheoretiker, die im IPCC ein Mittel der Mächtigen sehen, um die Weltbevölkerung in Angst zu setzen)
- Online-Diskussionsforen, in denen sich auffallend oft Israel-Gegner bis hin zu offenen Antisemiten und Neonazis zu Wort melden oder sogar als Webmaster tätig sind[194]

- Fans esoterisch-ganzheitlicher Zeitschriften (*Magazin 2000plus*, *raum&zeit* u. Ä.), in denen häufig Verschwörungstheorien gesponnen und UFOs, »Chemtrails« und geheime Erfindungen von Nikola Tesla thematisiert werden[195]
- Leute, die gerne gegen »die da oben« schimpfen

Um das klarzustellen: selbstverständlich bedeutet obige Liste nicht, dass jeder, der am Klimawandel zweifelt, deswegen gleich ein Neoliberaler ist; andererseits wäre es aber verwunderlich, wenn er Grünwähler oder Globalisierungsgegner wäre. Was sich jedenfalls feststellen ließ: Zwischen den beiden Lagern herrscht inzwischen von Seiten der VMK ein mitunter spöttisch-arroganter und seitens SMK ein rebellischer, häufig auch offen aggressiver Tonfall vor; besonders seit von IPCC und Al Gore das »Ende der Klimadebatte« verkündet wurde, tritt genau das Gegenteil ein – eine Entwicklung, die sich in naher Zukunft meiner Einschätzung nach noch zuspitzen wird.

Interessanterweise wenden sich einige große Tageszeitungen, die man dem einen Lager zuordnen würde, in den letzten Jahren immer stärker ans andere Lager. Während etwa in Deutschland die eher links eingestellte *Zeit* mit ihrem Herausgeber, Ex-Bundeskanzler Helmut Schmidt, zahlreiche klimakritische Artikel bringt, unterstützt in Österreich just die bürgerlich-konservative *Kronen-Zeitung* das Lager der Klimawandelvertreter. Darum nannte ich die obige Verteilung »vereinfacht«, denn es kommt bei der Klimadebatte je nach persönlicher Einstellung einzelner Meinungsbildner offenbar auch zu überraschenden Lagerwechseln. Alles in allem wird sich nie mit Bestimmtheit sagen lassen, was die persönlichen Gründe eines Vertreters pro oder contra Klimawandel sind, somit kann ich hier nur paritätisch beiden Seiten einen Punkt geben.

VMK	46	SMK	23

WER IST GLAUBWÜRDIGER?

Behauptung der SMK:
Der überwiegende Teil der Klimaforscher kommt nicht aus den Basiswissenschaften Physik oder Chemie, sondern besteht aus Geographen, Meteorologen und anderen Fachvertretern; daher fehlt ihren Aussagen und Berechnungen die nötige Grundlage.

Entgegnung der VMK:
In Wahrheit ist es der Großteil der SMK, welcher keinerlei fundierte Klimaausbildung hat, sondern aus völlig anderen Bereichen kommt (siehe obige Auflistung); daher entbehren ihre Publikationen jeglicher wissenschaftlichen Realität.

Bewertung: Ich wollte diesen Punkt zuerst mit »Wer ist kompetenter?« betiteln. Doch um dies beurteilen zu können, müsste ich zumindest genauso kompetent wie die mit dem Thema betrauten Wissenschaftler sein, was ich jedoch nicht bin. Daher kann ich – nach Durchsicht zahlreicher Bücher, Artikel und sonstiger Unterlagen – nur für mich persönlich feststellen, welche Seite mich von ihrem Background und ihren Aussagen her tendenziell mehr überzeugt. Und das sind die VMK.

VMK	47	SMK	23

»CUI BONO?« (WEM NÜTZT DER KLIMAWANDEL?)

Behauptung der SMK:
Die Klimawandel-Hysterie wird bewusst von Kreisen geschürt, die ein massives politisches und/oder wirtschaftliches Interesse an einer verängstigten Bevölkerung haben, welche sich dadurch Steuern für den teuren Klimaschutz abknöpfen und unter Kontrolle halten lässt.

Höchstwahrscheinlich steckt die Atomlobby dahinter, die ein starkes Interesse an der Verteufelung des CO_2 hat, weil solches durch AKWs nicht produziert wird.[196]

Der Physiker Gerhard Gerlich meinte in einem Interview auch, dass im Hintergrund die Autoindustrie wirken könnte, welche neue, emissionsarme Fahrzeuge auf den Markt bringen will. Besonders angegriffen wird von den SMK der Klimaschutz-Exponent Al Gore, dem vorgeworfen wird, dass sein eigener privater Haushalt extreme Energie- und Schadstoffmengen verschwende (ganz abgesehen von den Flugzeugreisen zu diversen Vorträgen in aller Welt) und der als Teilhaber von Fondsgesellschaften zum Handel von Emissionszertifikaten auch noch mal kräftig am CO_2-Hype mitverdiene.

Entgegnung der VMK:
Hier werden ausgerechnet von den Klimaskeptikern – bei denen viele bewiesenermaßen zum Dunstkreis von Industrie und Wirtschaft gehören – gerade diese als ominöse Klimawandel-Fädenzieher vorgebracht. In Wahrheit ist erstens auch Atomstrom nicht emissionsfrei (da bei der Herstellung der Brennstäbe viel CO_2 ausgestoßen wird). Zweitens steigt die Autoindustrie zwar vermehrt auf klimafreundliche Treibstoffe und Fahrzeuge um, doch dadurch stellt sich nicht automatisch schon Profit ein, da Autofahrer nur sehr langsam auf neue Technologien umsteigen. Drittens spricht nichts dagegen, dass man – wie im Falle Al Gores – mit dem Umstieg auf nachhaltige, emissionsarme Wirtschaft auch Geld verdiene; hier deshalb gleich zu unterstellen, die CO_2-Debatte sei nur erfunden worden, um Angst zu erzeugen und Profit zu machen, ist eine haarsträubende Verschwörungstheorie.

Bewertung: In der Tat hat im Jahr 2002 anlässlich der Vorstellung der Zahlen der Europäischen Umweltagentur über den Ausstoß von Treibhausgasen die damalige EU-Kommissarin Loyola de Palacio öffentlich vorgeschlagen, stärkeren und intensiveren Gebrauch von Kernenergie zu machen, um das Kyoto-Ziel zu erreichen (was einen medialen Aufschrei der Umweltschützer hervorrief und die EU-Kommission mitsamt der Klimaforschung in die Nähe der Atomlobby rückte – möglicherweise der Beginn der Theorie vom »Kernkraft-Klimawandel-Komplex«). Selbstverständlich gibt es immer Teile der Gesellschaft, die von bestimmten Entwicklungen profitieren; ob dies in dem Ausmaß stattfindet, wie von den SMK behauptet, bezweifle ich jedoch. Daher abschließend noch mal für beide Seiten ein Punkt.

| VMK | 48 | SMK | 24 |

Ergebnis und Rückschlüsse

Wie sich zeigte, haben – zumindest für mich – die Vertreter des menschengemachten Klimawandels die große Mehrzahl der Argumente auf ihrer Seite: doppelt so viele wie die Skeptiker. Auch wenn einige Fragen offenbleiben und von einem »Ende der Diskussion« noch keine Rede sein kann, ziehe ich für mich die Rückschlüsse, dass es a) einen Klimawandel im Sinne globaler Erwärmung gibt, dieser b) vom Menschen verursacht ist – und zwar c) vor allem durch Kohlendioxidemissionen, was wiederum d) zwar nicht zu allen von den VMK verkündeten Katastrophen, aber doch zu einigen dramatischen Veränderungen auf der Erde führen könnte und wir daher e) schon allein aus Eigennützigkeit handeln sollten.

Was bedeuten die Klimaschutzmaßnahmen für uns? Ich stelle fest, dass sie für Bürger, die bereits jetzt wenigstens teilweise umweltbewusst handeln (indem sie etwa öffentliche Verkehrsmittel nutzen, Energie sparen oder beim Kauf von Lebensmitteln auf Transporteffizienz achten), praktisch keine Einschränkungen darstellen werden. Ob die Klagen der Industrie über emissionsbedingte Anpassungen berechtigt sind oder nicht, kann ich nicht verifizieren – jedenfalls zeigte etwa der Wirtschaftsforscher Tim Harford im Buch »Ökonomics« (2006), dass Unternehmen bei dieser Frage nur in den wenigsten Fällen ehrliche Angaben machen. Auch kann an dieser Stelle nicht auf Alternativenergien und Ölpreis eingegangen werden.

Was aber feststeht ist: Wir Menschen werden uns – wie wir das im Laufe unserer Evolution schon immer getan haben – an die Klimaveränderung wohl oder übel anpassen. In welcher Form wird das passieren? Wird sich unser Körper verändern? Unsere Kleidung und Architektur? Unsere Lebens- und Wirtschaftsgewohnheiten?

Wird es zu Kriegen kommen oder zu einem Zusammenschluss der Nationen im Kampf gegen den gemeinsamen Feind Globale Erwärmung? Wer schon jetzt die entsprechenden Zukunftsszenarien spannender aufbereitet erleben möchte, als dies Klimamodelle und IPCC-Berichte jemals bieten könnten, dem sei jedenfalls dringend ans Herz gelegt, Science Fiction zu lesen.

ANMERKUNGEN

[1] http://forum.politik.de/forum/showthread.php?t=183103
[2] Siehe hierzu u.a.: Helga Kromp-Kolb, Herbert Formayer: Schwarzbuch Klimawandel. ecowin, 2005.
H. Kromp-Kolb ist Professorin für Meteorologie an der Universität für Bodenkultur in Wien, H. Formayer Meteorologe und Klimaforscher, ebendort.
[3] Siehe http://www.usatoday.com/news/world/2007-01-17-nuclear-doomsday-clock_x.htm
[4] Hartmut Graßl: Klimawandel. Was stimmt? Die wichtigsten Antworten. Herder, 2007.
Graßl ist Professor em. der Universität Hamburg, leitete von 1994 bis 1999 das Weltklimaforschungsprogramm der UN in Genf und war von 1989 bis 1994 sowie 1999 bis 2005 Direktor am Max-Planck-Institut für Meteorologie in Hamburg.
[5] http://de.wikipedia.org
[6] Entnommen im Dez. 2007 der Website der Universität Bayreuth, http://www.old.uni-bayreuth.de/departments/didaktikchemie/umat/mars/int_a4.htm (basierend auf Daten der NASA von 1998 sowie dem Römpp-Lexikon Chemie von 1996)
[7] Graßl
[8] Graßl
[9] http://de.wikipedia.org/wiki/Intergovernmental_Panel_on_Climate_Change
[10] Gerhard Gerlich, http://www.schmanck.de/gerlich/Gummersbach-III.pdf
[11] Kromp-Kolb
[12] Graßl
[13] http://medwiss3.freeservers.com/einlg1.html
[14] Mojib Latif: *Bringen wir das Klima aus dem Takt? Hintergründe und Prognosen.* Fischer, 2007
[15] http://www.dimagb.de/info/umwelt/gerlichwider.html.
[16] Siehe http://karlweiss.twoday.net/20070321/ sowie Weiss' neuerliche Entgegnung auf eine kritische Rückmeldung: http://oraclesyndicate.twoday.net/stories/3487207/
[17] Graßl
[18] Meehl, Gerald A., Warren M. Washington, Caspar M Ammann, Julie M. Arblaster, T.M.L. Wigleiy und Claudia Tebaldi (2004): Combinations of Natural and Anthro-

pogenic Forcings in Twentieth-Century Climate, in: *Journal of Climate*, Vol. 17, 1. Oktober, S. 3721-3727, entnommen von http://de.wikipedia.org

[19] Berner, Ulrich und Hansjörg Streif / Bundesanstalt für Geowissenschaften und Rohstoffe (2001): Klimafakten – Der Rückblick, ein Schlüssel für die Zukunft, Schweizerbart'sche Verlagsbuchhandlung, entnommen von http://de.wikipedia.org

[20] IPCC *Fourth Assessment Report: Summary for Policymakers*

[21] R. S. Vose, D. R. Easterling und B. Gleason (2005): Maximum and minimum temperature trends for the globe: An update through 2004, in: *Geophysical Research Letters*, Vol. 32, entnommen von http://de.wikipedia.org

[22] IPCC, sowie: Al Gore: Eine unbequeme Wahrheit. Riemann, 2006

[23] Nach demselben Schema und in derselben Datenbank von Veröffentlichungen war bereits 2005 Dr. Naomi Oreskes zu dem Ergebnis gekommen, dass kein einziger von 928 Artikeln vom anthropogenen Klimawandel-Konsens abwich, siehe auch http://de.wikipedia.org

[24] Dr. Klaus-Martin Schulte, entnommen von http://infowars.net/articles/august 2007/300807Warming.htm

[25] Siehe hierzu auch: Florian Rötzer, Telepolis, http://www.heise.de/tp/r4/artikel/26/26116/1.html

[26] Siehe http://www.skepticalscience.com/Klaus-Martin-Schulte-and-scientific-consensus.html

[27] In ihrer Studie über die Berichterstattung über den Klimawandel in der US-Qualitätspresse schreiben die Wissenschaftler Maxwell und Jules Boykoff, dass knapp 6 % der untersuchten Zeitungsartikel von klimatologischen, wissenschaftlichen Argumenten dominiert waren. Über 35 % boten eine »überwiegende« Darstellung dieser Argumente, während knapp 53 % eine gemischte und vermeintlich »ausgewogene« Darstellung wählten. Weitere 6 % verwendeten ausschließlich die Argumentation der Skeptiker. (Entnommen von http://www.wikipedia.org.)

[28] Gore; die untersuchten Tageszeitungen waren: *New York Times, Washington Post, LA Times* und das *Wall Street Journal*

[29] Kromp-Kolb / Außerdem Boykoff, Maxwell T. und Jules M. Boykoff (2004): Balance as bias: global warming and the US prestige press, in: *Global Environmental Change* 14. Entnommen von http://www.wikipedia.org.

[30] Zitiert nach Gore

[31] Auf der Website http://www.thedailygreen.com/environmental-news/latest/inhofe-global-warming-deniers-climate-science-46011008 werden Klimaskeptiker ohne klimatologischen Hintergrund aufgelistet

[32] Kromp-Kolb

[33] IPCC: *Fourth Assessment Report – Working Group I Report »The Physical Science Basis«*

[34] Graßl

[35] Michael Crichton: Welt in Angst, Goldmann, 2006

[36] Hartmut Graßl in der *Süddeutschen Zeitung*, 15. 2. 2005

[37] Urs Neu, ProClim – Forum for Climate and Global Change, Bern. Siehe http://www.readers-edition.de/2007/06/26/kommentar-zum-film-the-great-global-warming-swindle/print/

[38] http://energycommerce.house.gov/108/home/07142006_Wegman_Report.pdf

39 http://de.wikipedia.org
40 National Research Council (2006): Surface Temperature Reconstructions for the Last 2,000 Years, siehe http://www.nap.edu/catalog/11676.html. Entnommen von http://de.wikipedia.org.
41 Pielke Sr.R.A., et. al. (2006): Documentation of bias associated with surface temperature measurement sites. Bull. Amer. Meteor. Soc. / Sowie Pielke Sr.R.A. et al. (2006): Unresolved Issues with the Assessment of Multi-Decadal Global Land-Surface Temperature Trends, JJ. Geophys. Research, in preparation. Entnommen von http://de.wikipedia.de.
42 Crichton
43 David E. Parker (2004): Climate: Large-scale warming is not urban, in: *Nature*, Vol. 432, S. 290, 18. November; Peterson, T.C. (2003): Assessment of urban versus rural in situ surface temperatures in the contiguous United States: No difference found, in: *Journal of Climate*, Vol. 16; David E. Parker (2006): A Demonstration That Large-Scale Warming Is Not Urban, in: *Journal of Climate*, Vol. 16. Entnommen von http://de.wikipedia.org.
44 Crichton; sowie http://de.wikipedia.org
45 Schmidt, Gavin (2005): *Et Tu LT?* In: RealClimate.org; C.A. Maers und F.J. Wentz (2005): The Effect of Diurnal Correction on Satellite-Derived Lower Tropospheric Temperature, in: *Science*, 11. August. Entnommen von http://de.wikipedia.org.
46 Sherwood, Steven, John Lanzante und Cathryn Meyer (2005): Radiosonde Daytime Biases and Late-20th Century Warming, in: *Science*, 11. August. Entnommen von http://de.wikipedia.org.
47 Gore, sowie: Parmesan, Camille und Gary Yohe (2003): A globally coherent fingerprint of climate change impacts across natural systems, in: *Nature*, Vol. 421, 2. Januar. Entnommen von http://de.wikipedia.org.
48 Graßl
49 Kurt G. Blüchel: Der Klimaschwindel. C.Bertelsmann, 2007. Unter Berufung auf den Stuttgarter Geographieprofessor Wolf-Dieter Blümel und den Paläoklimatologen Augusto Mangini von der Universität Heidelberg
50 J.N. Richey et. al. (2006): A 1400-year multi-proxy record of climate variability from the Northern Gulf of Mexico AGU Fall Meeting 2006. Entnommen von http://de.www.wikipedia.org.
51 Blüchel, unter Berufung auf den Geografen Rüdiger Glaser und die von Stefan Militzer erstellte und im Internet zugängliche Klimadatensammlung *Climdat*. Blüchel merkt hier etwas triumphierend an, dass »die rühmenswerte ›Klimageschichte Mitteleuropas‹ nicht von einem Meteorologen, Ozeanografen oder Klimatologen, sondern von dem bekannten Geografen Rüdiger Glaser« geschrieben wurde. Dieses Argument kann aber genauso gut umgedreht werden: wie viel Vertrauen darf man in dieses Werk setzen, wenn es von keinem Klimatologen geschrieben wurde?
52 Jared Diamond: Kollaps. Warum Gesellschaften überleben oder untergehen. S. Fischer Verlag, Frankfurt/Main 2005
53 http://de.wikipedia.org
54 Gore, unter Berufung auf die Bohrkernmessungen des US-Forschers Lonnie Thompson

55 »The Great Global Warming Swindle« (Martin Durkin, *channel 4*, 2007), siehe http://www.channel4.com/science/microsites/G/great_global_warming_swindle/index.html
56 Potsdam Institute for Climate Impact Research
57 Graßl
58 Gore, unter Berufung auf IPCC
59 Gore, unter Berufung auf Scripps Institution of Oceanography
60 Kromp-Kolb
61 Steve Connor: The real global warming swindle. In: *The Independent*, 14. März 2007
62 Siehe hierzu z. B. http://www.pik-potsdam.de/~stefan/klimaschwindel.html sowie http://www.desmogblog.com/a-global-warming-swindle-play-by-play
63 http://www.desmogblog.com/video-abc-australias-tony-jones-dissects-debunks-martin-durkin
64 Graßl, Latif, sowie: Georg Hoffmann: http://www.readers-edition.de/2007/09/10/here-comes-the-sun-der-einfluss-der-sonne-auf-das-klima-teil-i
65 Henrik Svensmark: Influence of Cosmic Rays on Earth's Climate. In: *Physical Review Letters*. 81, 1998, S. 5027–5030. Entnommen von http://de.wikipedia.org.
66 M. Lockwood und C. Fröhlich (2007): Recent oppositely directed trends in solar climate forcings and the global mean surface air temperature, in: *Proceedings of the Royal Society*. Entnommen von http://de.wikipedia.org.
67 Solanki, Sami (Direktor am Max-Planck-Institut für Sonnensystemforschung), I. G. Usoskin, B. Kromer, M. Schüssler und J. Beer (2004): Unusual activity of the Sun during recent decades compared to the previous 11,000 years, in: *Nature*, Vol. 431, 28 Oktober, S. 1084–1087. Entnommen von http://de.wikipedia.org.
68 Foukal, P., C. Fröhlich, H. Spruit und T. M. L. Wigley (2006): Variations in solar luminosity and their effect on the Earth's climate, in: *Nature*, 443, S. 161–166, 14. September. Entnommen von http://de.wikipedia.org.
69 Schmitt, D. and M. Schüssler (2003): Klimaveränderung – Treibhauseffekt oder Sonnenaktivität? Max-Planck-Institut für Aeronomie. Entnommen von http://de.wikipedia.org.
70 Graßl
71 Latif
72 Graßl
73 Heinz Haber: *Eiskeller oder Treibhaus*. Herbig, 1989. Sowie auch IPCC, Gore, Graßl, Kromp-Kolb u. a.
74 IPCC Bericht von 2007
75 http://www.fh-brandenburg.de/~piweb/projekte/forschungsbericht/Forschungsbericht.htm
76 Crichton
77 TV-Dokumentation »The Great Global Warming Swindle« (Martin Durkin, *channel 4*, 2007), siehe http://www.channel4.com/science/microsites/G/great_global_warming_swindle/index.html
78 So etwa im Buch des ausgesprochenen Klimawandel-Vertreters Mojib Latif: Bringen wir das Klima aus dem Takt? Fischer, 2007, S. 137.
79 Urs Neu

80 Graßl
81 Kromp-Kolb
82 Al Gore: Eine unbequeme Wahrheit, Riemann, 2006 (Diagramm aus dem Magazin *Science*)
83 Latif
84 Latif
85 *The Great Global Warming Swindle*
86 Latif
87 Potsdam Institute for Climate Impact Research, siehe http://www.pik-potsdam.de/~stefan/klimaschwindel.html
88 Kromp-Kolb
89 Wobei Blüchel nicht die Insekten, sondern natürliche Methanlager für die Hauptquelle der Treibhausgase hält
90 http://www.zeit.de/2007/04/Kuh?page=all
91 Bundeszentrale für politische Bildung: http://www.bpb.de/popup/popup_grafstat.html?url_guid=QFQ02M
92 Graßl
93 Latif
94 Graßl
95 http://de.wikipedia.org
96 Crichton. Sowie *The Great Global Warming Swindle*
97 Umweltbundesamt: Antworten des UBA auf populäre skeptische Argumente http://www.umweltbundesamt.de/klimaschutz/klimaaenderungen/faq/antworten_des_uba.htm#4
98 *National Geographic*: Sonderbeilage »Klimawandel in Deutschland«, Sept. 2007
99 Graßl, Kromp-Kolb
100 Trenberth ist Vorstand der Climate Analysis Section am National Center for Atmospheric Research, USA und Hauptautor der IPCC-Berichte von 1995, 2001 und 2007. Siehe http://www.cgd.ucar.edu/cas/trenbert.html
101 http://blogs.nature.com/climatefeedback/2007/06/predictions_of_climate.html
102 Nordrhein-Westf. Akademie der Wiss. (Hrsg.), Westdeutscher Verlag, Opladen, *Vorträge N 452*, 7-38. http://www.meteo.uni-bonn.de/deutsch/forschung/gruppen/klimaaenderung/Publikationen/klima-Wolken.html#Zusammenfassung
103 Gore, Diagramme: Princeton GFDL R 15 Climate Model; CO_2 Transient Experiments
104 Pearce, Fred: Africans Go Back to the Land as Plants Reclaim the Desert, in: *New Scientist* 175, 21. 9. 2002, zitiert nach Crichton. Auszug: »Afrikas Wüsten werden kleiner ... Satellitenfotos ... belegen einen Rückzug der Dünen über die gesamte Sahel-Zone ... Die Vegetation verdrängt den Sand über einen Landstreifen von 6000 Kilometern ... Nach Meinung der Wissenschaftler vollzieht sich die allmähliche Begrünung seit Mitte der Achtzigerjahre, wenn auch weitestgehend unbemerkt.«
105 Gore, unter Berufung auf CDC, Health Canada, USGS, Promed-Mail, 14. 5. 2003
106 Reiter, Paul, et al: *Global Warming and Malaria: A Call for Accuracy*, in: Lancet 4, Nr. 1, Juni 2004, zitiert nach Crichton. Auszug: »Viele dieser häufig veröffentlichten Vorhersagen beruhen auf Fehlinformationen und sind irreführend.«

[107] Schwartz / Dougal: »Ein abrupter Klimawandel und seine Implikationen auf die nationale Sicherheit der USA«, Oktober 2003. Zitiert nach: Kromp-Kolb
[108] Graßl
[109] Kromp-Kolb
[110] Haber, Gore
[111] Crichton, unter Berufung auf: Lomborg, Björn: The Sceptical Environmentalist. Cambridge, Cambridge University Press, 2001, S. 289–290
[112] Crichton, unter Berufung auf: http://www.csr.utexas.edu/gmsl/main.html
[113] http://www.scinexx.de/wissen-aktuell-7551-2007-12-18.html
[114] IPCC, Gore
[115] Graßl
[116] Haber, Gore
[117] Crichton, allerdings ohne Quellenangabe
[118] Crichton, Diagramm von: http://www.nhs.noaa.gov/postdec.shtml
[119] Graßl
[120] IPCC
[121] Gore, unter Berufung auf eine MIT-Studie von 2005, sowie auf Millennium Ecosystem Assessment
[122] Kromp-Kolb
[123] Gore, Diagramm von Münchner Rück, Swiss RE, 2005
[124] Crichton
[125] Kromp-Kolb
[126] Kromp-Kolb
[127] Graßl
[128] IPCC
[129] Lomborg, Björn: The Sceptical Environmentalist. Cambridge, Cambridge University Press, 2001, S. 292
[130] Crichton, unter Erwähnung von: Lomborg, Björn: The Sceptical Environmentalist. Cambridge, Cambridge University Press, 2001, S. 252
[131] Kromp-Kolb
[132] Gore
[133] Gore
[134] Persönliches Gespräch mit dem Tiroler Geografen und Naturparkleiter Willi Seifert, Januar 2008
[135] Björn Lomborg, Tageszeitung *DER STANDARD*, 25. 9. 2007.
[136] Graßl, IPCC
[137] Crichton, allerdings ohne Quellenangabe
[138] *Nature*, http://www.nature.com/news/2008/080113/full/news.2008.438.html
[139] Haber, Gore, Diagramm von Hadley Carter
[140] Gore, unter Berufung auf John Mercer sowie J. Kaiser, *Science*, Vol. 297, 2002
[141] Crichton
[142] P.T. Doran et al: Antarctic Climate Cooling and Terrestrial Ecosystem Response, in: *Nature* 415, 2002, S. 517–520, zitiert von: Crichton
[143] J.C. Comiso: »Variability and Trends in Antarctic Surface Temperatures from in situ and Satellite Infrared Measurements«, in: *Journal of Climate* 13, 2000, zitiert von: Crichton

[144] I. Joughin, S. Tulaczyk: Positive Mass Balance of the Ross Ice Streams, West Antarctica, in: *Science* 295, 2002, zitiert von: Crichton

[145] D.W.J. Thompson und S. Solomon: Interpretation of Recent Southern Hemisphere Climate Change, in: *Science* 296, 2002, zitiert von: Crichton

[146] Gore, allerdings ohne Quellenangabe

[147] Schneider, D.P., E.J. Steig, T.D. van Ommen, D.A. Dixon, P.A. Mayewski, J.M. Jones, and C.M. Bitz (2006): Antarctic temperatures over the past two centuries from ice cores, in: *Geophysical Research Letters*, 33. Entnommen von http://de.wikipedia.org.

[148] Velicogna, Isabella und John Wahr (2006): Measurements of Time-Variable Gravity Show Mass Loss in Antarctica, in: *Science*, Vol. 311, No. 5768. Entnommen von http://de.wikipedia.org.

[149] http://www.focus.de/wissen/wissenschaft/odenwalds_universum/odenwalds-universum_aid_228128.html

[150] Ebenda

[151] Gore

[152] Braithwaite, Roger J.: Glacier Mass Balance: The First 50 Years of International Monitoring, in: *Progress in Physical Geography* 26, Nr. 1, 2002, zitiert nach Crichton. Auszug: »Es gibt keinen offensichtlichen globalen Trend zur Zunahme der Gletscherschmelze in den vergangenen Jahren.«

[153] Michael Crichton: Welt in Angst, Goldmann, 2006. Mit Verweis auf: Chylek, P., J.E. Box und G. Lesins: »Global Warming and the Greenland Ice Sheet«, in: *Climatic Change* 63, 2004, S. 201–221.

[154] Mason, Betsy: African Ice Under Wraps, in: *Nature Online Publication*, 24. 11. 2003, zitiert nach Crichton. Siehe auch: Kaser, Georg, et al: Modern Glacier Retreat on Kilimanjaro as Evidence of Climate Change: Observations and Facts. In: *International Journal of Climatology* 24, 2004.

[155] Graßl. *Süddeutsche Zeitung*, 15. 2. 2005

[156] IPCC

[157] Graßl

[158] Kromp-Kolb

[159] Latif

[160] Graßl

[161] Schimmel, David (2006): Climate Change and Crop Yields: Beyond Cassandra, in: *Science*, Vol. 312, No. 5782, S. 1889–1890. Entnommen von http://de.wikipedia.org.

[162] Blüchel, unter Berufung auf: Sherwood B. Idso: »Plant Responses to Rising Levels of Atmospheric Carbon Dioxide«, Global Warming Report, European Science and Environment Forum (ESEF), London, 1996

[163] Graßl

[164] Long, Stephen P., Elizabeth A. Ainsworth, Andrew D.B. Leakey, Josef Nösberger und Donald R. Ort (2006): Food for Thought: Lower-Than-Expected Crop Yield Stimulation with Rising CO_2 Concentrations, in: *Science*, Vol. 312, No. 5782, S. 1918–1921. Entnommen von http://de.wikipedia.org.

[165] Kromp-Kolb

[166] Latif

[167] »[W]arming has been shown to positively impact human health, while atmospheric CO_2 enrichment has been shown to enhance the health-promoting properties of the food we eat, as well as stimulate the production of more of it. ... [W]e have nothing to fear from increasing concentrations of atmospheric CO_2 and global warming.« (Enhanced or Impaired? Human Health in a CO_2-Enriched Warmer World, co2science.org, Nov, 2003, S. 30. Entnommen von http://www.wikipedia.org.

[168] Changnon, Stanley A.: Impact of 1997–98 El Nino-Generated Weather in the United States, in: *Bulletin of the American Meteorological Society* 80, Nr. 9, 1999. Zitiert nach Crichton.

[169] Hare, William (2003): Assessment of Knowledge on Impacts of Climate Change – Contribution to the Specification of Art. 2 of the UNFCCC. Externe Expertise für das WBGU-Sondergutachten »Welt im Wandel: Über Kyoto hinausdenken. Klimaschutzstrategien für das 21. Jahrhundert«. Entnommen von http://www.wikipedia.org.

[170] Gore, Berufung u.a. auf ACIA (Arktis-Klima-Report)

[171] Kromp-Kolb / Siehe auch: *National Geographic*: Sonderbeilage »Klimawandel in Deutschland«, Sept. 2007

[172] Gore

[173] Graßl, IPCC; H. Haber schätzte 1989, dass die Erwärmung etwa 1°C pro Jahrzehnt betragen werde – ein Wert, der mittlerweile korrigiert wurde.

[174] IPCC, Kromp-Kolb

[175] Crichton, unter Berufung auf: *Nature* 22, Oktober 2003, S. 395 ff., wo festgestellt wurde, dass die Temperaturveränderung durch Kyoto, falls Russland unterschreibt – was ja inzwischen der Fall ist –, bis 2050 nur –0,02 °C betragen würde. Modelle des IPCC gehen von höheren Schätzungen aus, aber keine übersteigt 0,15 °C. Siehe hierzu auch: Lomborg, Björn: The Sceptical Environmentalist. Cambridge, Cambridge University Press, 2001, S. 302. Und: Wigley, Tom: »Global Warming Protocol: CO_2, CH_4 and Climate Implications«, in: *Geophysical Research Letters* 25, Nr. 13, 1998: »Verringerungen der globalen Erwärmung sind gering, 0,08 bis 0,28 °C«.

[176] Kromp-Kolb

[177] Graßl

[178] Graßl

[179] Graßl

[180] Graßl

[181] Spiegel Online, 31. 03. 2007

[182] Graßl

[183] http://www.wikipedia.org

[184] Dr. Brigitte Pötter und Wolfgang Müller, siehe http://www.theodor-heuss-akademie.de/webcom/show_article.php/_c-1125/_nr-31/_p-1/i.html

[185] Etwa John Quiggin, Denial lobby strikes again, in: *Australian Financial Review* vom 29. März 2007. Entnommen von http://www.wikipedia.org.

[186] Gelbspan, Ross (2004): Boiling Point. How Politicians, Big Oil and Coal, Journalists, and Activists Have Fueled the Climate Crisis – and What We Can Do to Avert Disaster. Entnommen von http://www.wikipedia.org.

[187] Union of Concerned Scientists (2007): Smoke, Mirrors & Hot Air. How ExxonMobil Uses Big Tobacco's Tactics to Manufacture Uncertainty on Climate Science. Entnommen von http://www.wikipedia.org.
[188] Zimprich, Stephan: Wie Exxon die Welt verdunkelt. In: *Financial Times Deutschland*, 11. Januar 2007
[189] http://www.wikipedia.org
[190] Kromp-Kolb
[191] Siehe http://www.netzeitung.de/spezial/klimawandel/731251.html
[192] Siehe z. B. http://www.iavg.org.
[193] Siehe z. B. den 1998 verfassten Artikel »Der Klima-Flop des IPCC« von Peter Dietze: http://uploader.wuerzburg.de/mm-physik/klima/cmodel.htm
[194] So wurde gegen einen Website-Betreiber während meiner Recherchen von den Behörden wegen nationalsozialistischer Wiederbetätigung ermittelt
[195] Siehe z. B. *Magazin2000plus Spezial* 33/246, wo in derselben Ausgabe über »Al Gores großen Klimaschwindel«, »Wetter- und Gehirnkontrolle«, den »Dritten Weltkrieg«, »Schumann-Wellen«, »Goldenes Zeitalter und positiver Bewusstseinswandel« sowie Mythologie berichtet wird
[196] Siehe z. B. http://members.eunet.at/gerhard.margreiter/Schriften/Treibhauseffekt.htm

Copyright © 2008 by Uwe Neuhold

Phantastische Physik: Sind Wurmlöcher und Paralleluniversen ein Gegenstand der Wissenschaft?

Zum Verhältnis von Pseudowissenschaft, Science und Fiktion

von Rüdiger Vaas

> »Je weniger man über das Universum weiß, desto leichter ist es zu erklären.«
>
> Léon Brunschvicg,
> Philosoph (1869–1944)

Das Verhältnis von Science und Fiktion, von Wissenschaft und Science Fiction (SF), war von Anfang an spannungsreich, dynamisch und schillernd. Im Extremfall galt SF als Zukunftsliteratur im Sinn literarisch gestalteter Prognosen des wissenschaftlich-technischen Fortschritts – nicht als eine Erfindung der Zukunft, sondern als deren Voraussage. Gemäßigter ist die Auffassung, SF sei ein Spiel mit wissenschaftlich-technischen Möglichkeiten, Extrapolationen oder Spekulationen sowie deren Konsequenzen für individuelles und gesellschaftliches Leben. Dies trifft die Stärken des Genres besser. Denn überfrachtete oder gar ideologische Ansprüche oder Erwartungen in Literatur und Kunst allgemein unterlaufen deren kreative Grundlage. SF ist stets Fiktion, nicht Science. Das Genre kann und will die Zukunft nicht vorhersagen – trotz gegenteiliger Beispiele. Vielmehr zeigt es deutlich das Imaginäre allen Erzählens. Gleichwohl profitiert es wie kein anderer Zweig der Literatur und des Films von den Entdeckungen, Entwicklungen und Erfindungen der Wissenschaft und Technik (und kann damit narrativ auch immer wieder alten Wein in neue Schläuche füllen), da es sie ja zum Thema und manchmal sogar zum Hauptthema macht. Und umgekehrt hat SF einen Einfluss auf Wissenschaft und Technik: als Motivation für Menschen, sich überhaupt damit zu beschäftigen (viele Physiker und Astronomen waren beispielsweise schon in ihrer Jugend begeisterte SF-Fans und sind es oft auch geblieben); als Ideengeber und kreativer Katalysator (bis hin zu den Versuchen einer theoretischen oder gar technischen Umsetzung von SF-Ideen); und, wie Kunst generell, als eine Möglichkeit der Reflexion und Horizonterweiterung. Die Grenzen zwischen Science und Fiktion sind einerseits scharf, nämlich in methodischer Hinsicht, aber andererseits zuweilen auch fließend, nämlich in inhaltlicher Hinsicht. Und so etablieren sich beispielsweise exotische Objekte und Themen wie Wurmlöcher, Warp-Blasen, Zeitreisen, überlichtschnelle Fortbewegung und andere Universen, die eher an Science Fiction denn an harte Wissenschaft denken lassen, neuerdings auch mehr und mehr in der Theoretischen Physik.[1]

Im Folgenden soll zunächst das Verhältnis von Science und Fiktion etwas genauer betrachtet werden.[2] Dann wird an zwei aktuellen und prominenten Beispielen untersucht, ob und wie SF-Ideen ein Teil der Wissenschaft sein können: Wurmlöcher und Paralleluniversen. Dabei lässt sich auch konkret verdeutlichen – gewissermaßen als eine Art Fallstudie für eine Grenzbestimmung der Wissenschaft –, wie sich Wissenschaft (hier: Kosmologie und Theoretische Physik) von Pseudowissenschaft und Metaphysik unterscheidet. Insofern kann SF indirekt sogar etwas zur Wissenschaftstheorie beitragen, also zur philosophischen Reflexion der Voraussetzungen, Grundlagen, Methoden, Erklärungsformen, Leistungen und Grenzen der Wissenschaft.

TEIL I: SCIENCE UND FIKTION

»Science Fiction ist das möglich gemachte Unwahrscheinliche.«

RODMAN EDWARD SERLING,
Drehbuch-Autor (1924–1975)

Mondflug auf dem Plüschsofa

»Jules Verne, der letzte seherische Schriftsteller. Was er ersann, ist Wirklichkeit geworden ... Zwei Wege sind möglich: Ersinnen, weil ersinnen voraussehen ist. Was man ersinnt, ist wahr, was man ersinnt, wird verwirklicht werden. Die Literatur der Science Fiction wird Wirklichkeit oder ist es schon. Zweiter möglicher Weg: Das Wirkliche als etwas jenseits des Wirklichen betrachten, es nicht als surreal empfinden, sondern als ungewöhnlich, wunderbar, als areal. Realität des Irreellen, Irrealität des Realen«, notierte der französische Dramatiker Eugène Ionesco schon früh in sein Tagebuch. Und Verne war sich den mutmaßlichen Verwirklichungsmöglichkeiten seiner Visionen durchaus bewusst, wie diese Stelle aus einem Brief an seinen Vater deutlich macht: »Ich schrieb dir neulich, mir wären ein paar unwahrscheinliche Dinge in den Sinn gekommen. In Wirklichkeit waren sie gar nicht unwahrscheinlich. Alles, was sich der Mensch vorstellen kann, werden andere Menschen realisieren können.« Dieser kühne Optimismus ist sicherlich nicht zwingend; und als Erstes müsste man hier zwischen den verschiedenen Begriffen von Vorstellbarkeit und Möglichkeit differenzieren (etwa in einer naturgesetzlichen, metaphysischen und logischen Bedeutung).

Doch die prophetische Gabe von Jules Verne mag tatsächlich erstaunen: In seinen Romanen *Von der Erde zum Mond* (1865) und *Reise um den Mond* (1870) hat er scheinbar realistisch die Apollo-Flüge vorweggenommen – einschließlich des Starts in Florida und der Wasserung der Rückkehrkapsel im Meer. Dass die Rakete von einem Kanonenclub mit Schießbaumwolle gestartet wurde und es Vernes Helden auf ihrem Plüschsofa wesentlich bequemer hatten als die US-Astronauten, mag man als Kuriosität durchgehen lassen.

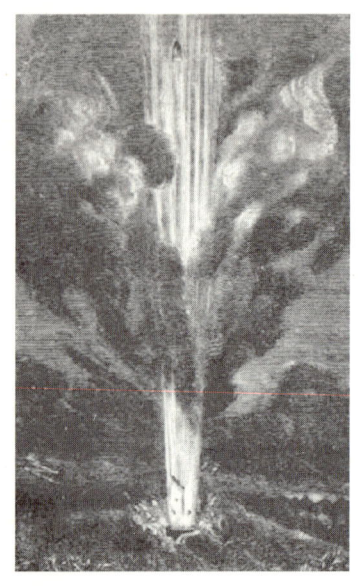

Aufbruch zum Mond bei Jules Verne.   *Flug um den Mond bei Jules Verne.*

Seine fiktiven Reiseberichte zum irdischen Nord- und Südpol und zum Meeresgrund sind inzwischen ebenfalls von der Wirklichkeit eingeholt worden.

Auch andere Schriftsteller haben manche technische Entwicklung vorweggenommen. Karel Čapek (1921) schrieb über Roboter oder Androiden, Herbert George Wells über eine Energiekrise und 1916 wie später Hans Dominik (1928) über die friedliche und kriegerische Nutzung der Atomenergie (übrigens las der Physiker Leó Szilárd Wells' Buch *The World Set Free* 1932 – ein Jahr, bevor er das Konzept einer nuklearen Kettenreaktion entwickelte). Edmond Hamilton »erfand« (1931) den Raumanzug und Arthur C. Clarke (1945) geostationäre Satelliten. Robert A. Heinlein beschrieb in seiner Story *Solution Unsatisfactory* (1940), wie die USA mit dem Einsatz einer Atomwaffe eine Stadt zerstörten und damit den Zweiten Weltkrieg beenden und eine Pax Americana durchsetzen konnten, bis sich schließlich ein nukleares Kräftegleichgewicht einstellte.

Cleve Cartmills Story *Deadline* (1944) über Atombomben kam der tatsächlichen Entwicklung so nahe, dass der Autor und sein Herausgeber, John Campbell, von misstrauischen US-amerikanischen Regierungsagenten befragt wurden: Das FBI befürchtete ein Informationsleck im Manhattan-Projekt, weil in der durch Kenntnisse über Kernspaltung ansonsten wenig hervorstechenden Story das damals tatsächlich vorhandene Problem eines Auslösers für die Atombomben thematisiert wurde – und vielleicht auch, weil Cartmill den Planeten Sixa gegen den Planeten Seilla gewinnen ließ (die Namen stehen rückwärts gelesen für die Achsenmächte beziehungsweise die Alliierten). Und in den Siebzigerjahren ließ der US-Geheimdienst CIA angeblich sogar SF-Romane im Hinblick auf neue Waffen und Katastrophen-Szenarien analysieren. In der jüngeren Vergangenheit traten dann Gentechnik, künstliches Leben und allerlei Computer-Realitäten und -Simulationswelten (»Cyberpunk«) in Erscheinung, die großteils noch Zukunftsmusik sind.

»SF kann man als den Zweig der Literatur definieren, der sich mit den Reaktionen des Menschen auf Veränderungen in Wissenschaft und Technologie befasst«, meinte auch der 1992 verstorbene amerikanische Biochemie-Professor Isaac Asimov, der sich als Verfasser zahlreicher populärwissenschaftlicher Sachbücher ebenfalls einen Namen machte. »Es ist nicht so, dass die SF eine ganz bestimmte Veränderung vorhersagt. Was sie so wichtig macht, ist, dass sie überhaupt Veränderung prophezeit. Anfang des 19. Jahrhunderts erreichte die Veränderung eine solche Geschwindigkeit, dass sie für viele nachdenkliche Individuen nicht mehr zu übersehen war. Die industrielle Revolution begann, und alle, die mit ihr in Berührung kamen, spürten die Veränderungen des menschlichen Lebensstils noch während ihres eigenen Lebens. Zum ersten Mal wurde so die Zukunft entdeckt.«

SF ist so betrachtet eine Reaktion auf den explodierenden Möglichkeitsspielraum der Moderne. »Science Fiction beschäftigt sich mit Dingen, die sein könnten – oder eines Tages werden könnten«, zielte der SF-Autor Fredric Brown ebenfalls auf die Bedeutung des Potenziellen. Ähnlich James Blish: »Der Daseinsgrund der Science Fiction ist es, dass sie das Bewusstsein erweitert, um es der Vielfalt der möglichen Zukunftswirklichkeiten anzupassen.« Robert Heinlein sah darin sogar eine unmittelbare gesellschaftliche Bedeutung:

Denn »die Science Fiction bereitet die jungen Leute darauf vor, in einer Welt der fortwährenden Veränderung zu leben und zu überleben, dadurch dass sie ihnen früh beibringt, dass sich die Welt verändert.« Insofern – und nur insofern – ist, obgleich ebenfalls fiktiv, SF der übrigen Literatur entgegengesetzt. Diese »gibt uns die Einsicht der Erinnerung ohne die Wunden der Erfahrung«, wie es Samuel R. Delany einmal pointiert ausgedrückt hat – aber da die SF nicht in der Vergangenheit angesiedelt ist, kann ihre vermittelte (Pseudo-)Erfahrung auch keine Erinnerung sein. Ihre Ausrichtung ist genau umgekehrt: »eine Entrückung in andere Welten, in die schöne Welt der Zukunft. Darin liegt etwas Magisches«, wie es der sowjetische SF-Autor Iwan Jefremow formuliert hat.

Der Millionen-Jahre-Traum – Was ist Science Fiction?

»Die Science Fiction-Literatur ist eine spekulative Prosaform, in der mit wissenschaftlichen oder pseudowissenschaftlichen Mitteln dem zum gegenwärtigen Zeitpunkt Unmöglichen entweder in einem Angst- oder in einem Wunschbild der Schein des Möglichen gegeben wird.« So versuchte der Literaturwissenschaftler und Philosoph Eike Barmeyer die Gattung zu definieren, die sich Definitionen wie kaum eine andere gesperrt hat, sodass schon scherzhaft vorgeschlagen wurde (etwa von John Campbell, Damon Knight und Norman Spinrad), SF sei eben das, was sich als SF ausgibt oder als solche angekauft oder angeboten wird. Und Heinlein charakterisierte SF als eine »realistische Spekulation über mögliche künftige Ereignisse, die fest auf einem angemessenen Wissen über die vergangene und reale Welt basiert sowie auf einem gründlichen Verständnis der Natur und Bedeutung wissenschaftlicher Methodik.« Sicherlich ist SF kein homogenes Genre (aber welches ist dies schon?). Es hat unscharfe Ränder zur Fantasy, zur postmodernen Literatur, zu Polit- und Technothrillern, Utopien (im klassischen Sinn), Detektivgeschichten und zu prähistorischen Romanen – und wurde davon ja auch immer wieder beeinflusst. »Die Fruchtbarkeit des Science Fiction-Feldes sieht man unter anderem daran, dass sich keine zwei Schreiber des Genres auch nur auf etwas so Fundamentales wie seine Definition einigen können«, meinte Isaac Asimov.

Phantastische Literatur, aber keine SF: In der Reise zu den Mondstaaten und Sonnenreichen *von Savinien Cyrano de Bergerac (1656) wird der Mondflug nicht mit Raketen realisiert, sondern mit Ochsenmark, und die Rückkehr übernimmt der Teufel persönlich.*

Geprägt hat den Begriff »Science Fiction« bekanntlich 1923 der amerikanische Erfinder, Verleger, Wissenschaftsjournalist und SF-Schriftsteller Hugo Gernsback (anfangs sprach er noch von »Scientifiction«). Ab 1926 gab er das Magazin *Amazing Stories* heraus, für viele das eigentliche Geburtsdatum der SF. Verwandtes existierte freilich auch früher schon. Und manche Literaturwissenschaftler und SF-Autoren waren sehr »vereinnahmend«, um der Gattung eine lange Tradition zu bescheren (am radikalsten John Campbell: »Die Mainstream-Literatur ist tatsächlich eine spezielle Untergruppe der SF – denn die SF behandelt alle Räume im Universum und alle Zeiten in der Ewigkeit, und so ist die Literatur des Hier-und-Jetzt bloß eine Teilmenge der SF«). Auch der *Goldene Esel* des Apuleus und Lukian von Samosatas *Wahre Geschichten*, beides Werke aus dem 2. Jahrhundert, enthalten Phantasien; und noch früher finden sich phantastische Elemente bei Platon, Homer und sogar im Gilgamesch-Epos. Die Utopien wurden ebenfalls mit der SF assoziiert. Aber zum einen bilden all diese Kandidaten keinen durchgehenden Traditionsstrang und thematisieren auch nicht Wissenschaft. Zum anderen ist SF keineswegs auf Literatur beschränkt, sondern findet sich auch in Comics,

Hörspielen, Fernsehserien und Filmen, selbst in Kunst und Musik. Insofern ist es eher die in ihr versammelte Gruppe von Themen als die Art ihrer Wiedergabe, die ihr Charakteristikum ausmacht.

In diesem Sinn ist beispielsweise *Die Reise zu den Mondstaaten und Sonnenreichen* von Savinien Cyrano de Bergerac (1656) durchaus phantastische Literatur, aber noch keine SF. Denn der hier geschilderte Mondflug wird nicht mit Raketen realisiert (tatsächlich scheitert ein solcher Versuch sogar), sondern mit Ochsenmark, das mysteriöserweise vom Mond angezogen wird, und den Rücktransport übernimmt der Teufel persönlich. Da fuhr Jules Verne dann schon ein anderes Kaliber auf. Obgleich sich seine »voyages extraordinaire« (zum Mond, zu den Polen, zum Meeresgrund) auch als Reisegeschichten klassifizieren lassen (seine literarischen Nachfolger flogen dann weiter zum Mars und seit 1928 mit Edward Elmer Smith über alle Grenzen hinaus), kann er mit H.G. Wells – dieser sprach von »Scientific Romances« – als legitimer Vorläufer oder früher Vertreter der SF gelten. Der britische Autor Brian W. Aldiss stellte in seinem Buch *Der Millionen-Jahre-Traum – Die Geschichte der Science Fiction* freilich bereits *Frankenstein* von Mary W. Shelley (1818) an den Anfang der Tradition. Auch er hat die SF als Kind der industriellen und wissenschaftlichen Revolution des frühen 19. Jahrhunderts sowie der Literatur der »Gothic Romance« begriffen.

Aldiss zufolge werden SF-Stories allerdings ebenso wenig für Wissenschaftler geschrieben wie Gespenstergeschichten für Gespenster. Vielmehr handle es sich um die Suche nach einer Definition des Menschen und seiner Stellung im Universum, die unserem fortschrittlichen, aber verworrenen Wissensstand entspricht.

»Eine SF-Story ist eine Geschichte, die den Menschen als Mittelpunkt sieht, die ein menschliches Problem behandelt und eine menschliche Lösung bietet, die aber ohne ihren wissenschaftlichen Gehalt nicht entstanden wäre«, hat es der SF-Autor Theodore Sturgeon zugespitzt. In diesem Sinn sind Wissenschaft und Technik zwar keine hinreichende, aber eine notwendige Bedingung für SF (auch wenn das später wieder aufgeweicht wurde, doch da war das Genre und seine Tradition dann bereits etabliert). Noch einmal Barmeyer: »Während ›Science‹ Motive der wissenschaftlichen Rationalität (die sich keineswegs nur auf die Naturwissenschaften bezieht), der technischen Planung, der Nüchternheit und Sachlichkeit signalisiert, verweist ›Fiction‹ eher auf nicht rationale, emotionale imaginative Fähigkeiten des Menschen: auf die Phantasie. So heißt die russische Bezeichnung für Science Fiction eigentlich sehr viel treffender ›Nautschnaja Fantastika‹, wissenschaftliche Phantastik.« Insofern wäre es vielleicht besser, von »Science Fantasy« oder »wissenschaftlicher Phantastik« zu sprechen, und Robert Heinlein hatte schon 1936 für den Begriff »Speculative Fiction« plädiert. Aber beides konnte sich nicht durchsetzen.

Spekulanten, Propheten und Möglichkeitssinn

Spekulationen sind freilich nicht auf SF beschränkt. Auch die Wissenschaft lebt von Grenzüberschreitungen, vom Vorstoß ins Neuland. »Wissenschaftliche Forschung enthält ... immer ein Stück Utopie«, schrieb der Soziologe Martin Schwonke. Er stimmte dem französischen Philosophen Raymond Ruyer zu, der Utopien als »Gedankenexperimente über andere Möglichkeiten« definiert hat und meinte, dass »zwischen der Formulierung einer wissenschaftlichen Hypothese und einem utopischen Entwurf nur ein gradueller Unterschied besteht ... Es ist wahrscheinlich gar nicht möglich, forschendes, erfindendes, entdeckendes Tun und utopisches Denken voneinander säuberlich zu trennen.«

Das hypothetische Denken ist tatsächlich eine Gemeinsamkeit von Wissenschaft und Kunst, speziell SF. Damit ist freilich noch nichts über Plausibilität und Probabilität gesagt – und auch nichts über Abgrenzungen zu anderen Genres. Außerdem ist Hypothese nicht gleich Prognose. Ferner geht es in der Kunst nicht darum, Möglichkeiten in Wahrscheinlichkeiten zu transformieren, sondern mit ihnen zu spielen oder ihre – vielleicht auch schrecklichen – Konsequenzen und Voraussetzungen auszuloten.

»Fantasy ist das wahrscheinlich gemachte Unmögliche. Science Fiction ist das möglich gemachte Unwahrscheinliche«, lautet eine Zuspitzung von Rodman »Rod« Edward Serling, dem Autor der SF-Fernsehserie *The Twilight Zone*. Das Thema Prognose ist also zwar passé (SF ist keine Futuristik, obwohl deren prognostische Kraft auch zu wünschen übrig lässt), nicht aber das Spiel mit Möglichkeiten. Die zutreffenden Vorwegnahmen von Entwicklungen können sich die SF-Autoren allerdings schwerlich als Erfolg anrechnen. Vielmehr ist es ein Schrotschuss-Effekt: Feuert man nur breit gestreut genug, wird man unweigerlich mal etwas treffen. Doch selbst die Treffer waren Querschläger: Unbestreitbar hat die SF die Raumfahrt vorweggenommen – aber nicht das Wettrennen zweier Nationen zum Mond, dem Dutzende unbemannter Versuchsflüge vorausgingen; unbestreitbar hat die SF Roboter, Androiden und Künstliche Intelligenz zuerst zum »Leben« erweckt – aber auf eine Weise, die zumindest bislang noch immer SF ist; und unbestreitbar wurden die ersten Atomwaffen in SF-Erzählungen eingesetzt – aber selbst Robert A. Heinleins Story *Solution Unsatisfactory* vernichtete die falsche Stadt (Berlin), und zwar nicht mit einer Atombombe, sondern mit radioaktivem Staub.

Doch die Zukunftsvisionen oder -versionen der SF erfolgen ja auch »nicht mit dem Anspruch auf Prophezeiungen«, sondern die SF »entwirft Modelle«, wie es der deutsche Autor Herbert W. Franke ausdrückte: »Sie behandelt fiktive Geschehnisse – solche die unter bestimmten Voraussetzungen, meist unter vereinfachten Ausgangsbedingungen, eintreten würden ... Im konkreten Modell wird durchexerziert, welche Folgen bestimmte Maßnahmen hätten, wenn man sie erst einmal getroffen hat. Die Lehre, die daraus zu ziehen wäre, betrifft die Maßnahmen: Wer Entscheidungen fällt, die für künftige Geschehnisse maßgebend sind, sollte sich über die möglichen Effekte im Klaren sein.« Franke ist es wichtig, »dass man in einem Objekt weniger seine abgeschlossene Geschichte sieht als seine Zukunft – seine Potenzen, seine ungeschöpften Möglichkeiten, seine Versprechungen«, und er denkt hier besonders an »Konflikte, die durch die Wechselwirkung zwischen Technik und Gesellschaft entstehen, also für psychische und soziologische Effekte«.

Insofern ist SF ein fruchtbares Beispiel für das, was der österreichische Schriftsteller Robert Musil in seinem fulminanten Romanfragment *Der Mann ohne Eigenschaften* (1930) den »Möglichkeitssinn« genannt hat: »Wenn es ... Wirklichkeitssinn gibt, und niemand wird bezweifeln, dass er seine Daseinsberechtigung hat, dann muss es auch etwas geben, das man Möglichkeitssinn nennen kann. Wer ihn besitzt, sagt beispielsweise nicht: Hier ist dies oder das geschehen, wird geschehen, muss geschehn; sondern er erfindet: Hier könnte, sollte oder müsste geschehen; und wenn man ihm von irgendetwas erklärt, dass es so sei, wie es sei, dann denkt er: Nun, es könnte wahrscheinlich auch anders sein. So ließe sich der Möglichkeitssinn geradezu als die Fähigkeit definieren, alles, was ebenso gut sein könnte, zu denken und das, was ist, nicht wichtiger zu nehmen als das, was nicht ist ... Es ist die Wirklichkeit, welche die Möglichkeiten weckt, und nichts wäre so verkehrt, wie das zu leugnen. Trotzdem werden es in der Summe oder im Durchschnitt immer die gleichen Möglichkeiten bleiben, die sich wiederholen, so lange bis ein Mensch kommt, dem eine wirkliche Sache nicht mehr bedeutet als eine gedachte. Er ist es, der den neuen Möglichkeiten erst ihren Sinn und ihre Bestimmung gibt, und er erweckt sie ... Da seine Ideen, soweit sie nicht müßige Hirngespinste bedeuten, nichts als noch nicht geborene Wirklichkeiten sind, hat natürlich auch er Wirklichkeitssinn; aber es ist ein Sinn für die mögliche Wirklichkeit und kommt viel langsamer ans Ziel als der den meisten Menschen eignende [sic!] Sinn für ihre wirklichen Möglichkeiten. Er will gleichsam den Wald und der andere die Bäume; und der Wald, das ist etwas schwer Ausdrückbares, wogegen Bäume soundso viel Festmeter bestimmter Qualität bedeuten.«

Zu denken, »es könnte ebenso gut anders sein«, ist für Musil auch der Kern des Utopischen, das er in seinem Roman-Fragment im Hinblick auf individuelle Lebensentwürfe ausführlich durchbuchstabiert. »Utopien bedeuten ungefähr so viel wie Möglichkeiten; darin, dass eine Möglichkeit nicht Wirklichkeit ist, drückt sich nichts anderes aus, als dass die Umstände, mit denen sie gegenwärtig verflochten ist, sie daran hindern, denn andernfalls wäre sie ja nur eine Unmöglichkeit; löst man sie nun aus ihrer Bindung und gewährt ihr Entwicklung, so entsteht die Utopie.«

Visionen und Wirklichkeiten

»Die Visionen der Wissenschaft und der SF befruchten sich gegenseitig. Vieles von dem, was in den letzten vierzig Jahren Realität wurde, gab es zuvor schon in der SF, und doch kam es anders – man denke nur an Handys oder Bildtelefon«, sagt Hubert Haensel, einer der Autoren der *Perry Rhodan*-Serie, von der seit 1961 jede Woche ein neuer Heftroman erscheint – ein weltweit konkurrenz-

und beispielloses Phänomen. »Eigentlich ist die Phantasie unbegrenzt. Aber bevor alles unverständlich wird, weil die SF zu weit vorausgreift – die Romane sollen ja gelesen werden –, wiederholen sich die Muster wieder.« Und es gibt noch weitere Beschränkungen, wie die Physikerin Angela Lahee betont: »Während beinahe jede Idee eines SF-Autors, wenn plausibel, zum Gegenstand der Wissenschaft werden könnte, gibt es wichtige Bereiche der Forschung, die für SF-Leser uninteressant sind, weil sie für Menschen in ihren alltäglichen Aktivitäten keine Relevanz haben.« Freilich haben viele SF-Autoren den möglichen »Relevanzbereich« fiktiver Personen und damit die Bedeutung denkbarer wissenschaftlicher Erkenntnisse und Anwendungen erheblich erweitert.

Die Wechselwirkung zwischen Science und Fiktion zeigt sich auch darin, dass viele SF-Leser naturwissenschaftlich interessiert sind und zahlreiche Forscher erst über die SF zur Wissenschaft kamen. Beispielsweise hat Wernher von Braun, der »Vater« der bemannten Mondlandung, SF gelesen und durch sie einen Teil seiner Motivation bezogen. Berühmte Astrophysiker wie Fred Hoyle oder Carl Sagan versuchten sich sogar erfolgreich als SF-Autoren und inspirierten wiederum die Wissenschaft. Die Erforschung der Wurmlöcher ist beispielsweise maßgeblich einer Anregung durch Sagans Roman *Contact* (1985) zu verdanken (siehe unten), und der Warp-Antrieb in *Star Trek* führte – initiiert 1994 von dem mexikanischen Physiker Miguel Alcubierre – zu einigen Arbeiten im Rahmen von Allgemeiner Relativitätstheorie und Quantengravitation, die die physikalischen Bedingungen und Erfordernisse erforschten, um gleichsam über die (oder in der) Raumzeit zu surfen.[3] Aber auch erdverbundenere Entwicklungen hat die SF angeregt – man denke nur an die Mobiltelefone: Vom Communicator in *Star Trek* inspiriert, hatten Rudy Krolopp und die US-Firma Motorola nach fünfzehn Jahren Entwicklung und 100 Millionen Dollar Investitionen 1983 das erste Handy auf den Markt gebracht. (Und das Modell StarTAC von 1996 lehnte sich im Design dann sogar direkt an den Communicator an.) Das Thema Science und/oder Fiktion sorgt also nach wie vor für Gesprächsstoff.

Inzwischen muss sich der Laie freilich fragen, ob der Wirklichkeitssinn den Möglichkeitssinn nicht längst übertroffen hat und die wahre SF in den Denkstuben der Physiker stattfindet.

Denn die Erforschung verborgener Dimensionen, Dunkler Materie und Paralleluniversen zählt für viele Physiker heute zur (theoretischen!) Alltagsarbeit. »Die Physik ist in eine bemerkenswerte Phase getreten«, schreibt beispielsweise die Kosmologin Lisa Randall von der Harvard University. »Ideen, die einst ins Reich der Science Fiction gehörten, gelangen jetzt in unsere theoretische – und vielleicht sogar experimentelle – Reichweite.« Und Rolf Landua, der Leiter des Athena-Experiments zum Studium der Antimaterie am Europäischen Kernforschungszentrum CERN, meint sogar: »Die Physik ist in einem Stadium, in dem sie die Science Fiction überholt.«

Der französische Literaturwissenschaftler Louis Vax spekulierte bereits 1960 über das Sterben der Phantastischen Literatur: »Die verwirklichte Unmöglichkeit verliert, weil sie möglich geworden ist, ihren phantastischen Charakter. Von der Schallplatte hören wir die Stimmen von Toten, das Telefon ermöglicht es, sich mit weit entfernten Leuten zu unterhalten: All diese Dinge haben aufgehört, phantastisch zu sein, weil sie wirklich geworden sind.«

Der amerikanische SF-Autor James Blish sah es ein Jahrzehnt später ganz ähnlich: »Es wird immer schwieriger für die Zukunftsliteratur, der Gegenwart voraus zu sein.« 1957 hatte er in einer Story über kontrollierte Kernfusion eine »magnetische Flasche« beschrieben, wie sie nur sechs Monate nach seiner Veröffentlichung bei der Ersten Internationalen Konferenz zur friedlichen Nutzung von Atomenergie in Genf diskutiert wurde, und die in seinem 1967 erschienenen Roman *Welcome to Mars!* angenommenen Krater auf dem Roten Planeten hatte die Raumsonde Mariner 4, was Blish angeblich nicht wusste, schon 1965 tatsächlich fotografiert.

Andreas Eschbach, einer der erfolgreichsten jüngeren deutschen SF-Autoren, sieht in dieser Entwicklung aber kein Problem: »SF hat keine Vorhersagefunktion, sondern beschäftigt sich mit der Gegenwart.« Der ehemalige Student der Luft- und Raumfahrttechnik spricht vom »Pingpong der Ideen« und »Querfeldein-Denken«: Es gehe nicht darum, schneller zu sein als die Wissenschaft, sondern Begrenzungen hinter sich zu lassen und eingefahrene Denkmuster zu lockern.

Für Uwe Durst von der Universität Stuttgart war und ist SF ohnehin niemals Prognose-Literatur oder Zukunftsbild. »Literarische Bedingungen sind nicht anhand fiktionsexterner naturwissenschaftlicher Fakten zu untersuchen, denn die Literatur ist ein eigengesetzliches System.« Jeder literarische Text ist – so der russische Literaturwissenschaftler Boris Ejchenbaum – Konstruktion und Spiel. Das gilt auch für sogenannte realistische Texte. Durst: »Es ist ein geheimer Aberglaube, dass die nichtphantastische Literatur eine objektive Wirklichkeit durch objektive Verfahren in vollkommener Weise abbildet. Jede narrative Literatur ist notwendigerweise übernatürlich, und der in ihr evozierten Welt ist mit Begriffen wie Naturwissenschaftlichkeit oder Rationalität nicht beizukommen. Es ist eine grundlegende Eigenschaft des Erzählens, sich über die Naturgesetze hinwegzusetzen. Schon das Wetter, das in der erzählten Welt herrscht, ist in den sogenannten realistischen Texten nicht zufällig oder gar meteorologisch erklärbar, sondern auf übernatürliche Weise bestimmt. Ist der Held melancholisch, verdüstert sich der Himmel, tritt der Schurke auf, verhüllt die Sonne ihr Gesicht.«

Uwe Durst, der über die vielen Spielarten der Phantastischen Literatur promoviert hat, sieht die SF vor allem durch die spezifische Motivierung der wunderbaren Themen gekennzeichnet – die Art und Weise, wie die erzählte Handlung vorangetrieben und »erklärt« wird. Der Trick besteht darin, alten Wein in neue Schläuche zu gießen: »Das Moment der Wunderbarkeit wird vom ›wissenschaftlichen‹ Vorwand nicht beeinträchtigt. So ist der Außerirdische, der über wunderbare technische oder körperliche Möglichkeiten verfügt, nur eine Variante von Fee oder Teufel.« Frankensteins Monster sei die SF-Version der Untoten, Zeitreisen in die Zukunft lassen sich mit Dornröschens Schlaf vergleichen und das Kollektiv-Volk der Borgs in *Star Trek* mit Vampiren. Letztlich sind auch intergalaktische Raumschiffe bloß eine technokratische Version des fliegenden Teppichs. Ähnlich argumentierte der französische Schriftsteller Michel Butor bereits 1965: »SF unterscheidet sich von den übrigen Gattungen, in denen das Phantastische vorherrscht, durch die besondere Art von Plausibilität, die sie geltend macht. Die Plausibilität steht in direktem Verhältnis zu der Anzahl solider wissenschaftlicher Elemente, die der Autor einführt. Wenn sie zu fehlen beginnen, wird aus der SF eine tote Form, ein Klischee.«

Im Vergleich zur realistischen Literatur ist die phantastische oft raffinierter und reflektierter. »Die SF steht zur realistischen Konvention in einem parodistischen Verhältnis: Gerade weil sie das dargestellte Wunderbare ›naturwissenschaftlich‹ motiviert, entzieht sie dem angeblich naturwissenschaftlichen Realitätssystem die gesetzliche Grundlage«, sagt Durst. »Die Phantastische Literatur ist ein Lobgesang des Imaginären, denn sie macht alle Literatur erkennbar als imaginär und von magischen Gesetzen bestimmt. Die Phantastische Literatur basiert nicht auf dem Vertrauen in die Abbildbarkeit der Wirklichkeit. Sie erzwingt vielmehr die Einsicht in die zwangsläufige Künstlichkeit und Wunderbarkeit der Literatur. Sie hat damit ein erhebliches Reflexionsniveau. Sie ist eine moderne Literatur.«

Fanzines und Nobelpreise

Physik hat sehr viel mit Phantasie und kühnen Ideen zu tun. Dies bedeutet jedoch nicht, dass technisches Wortgeklingel oder waghalsige Einfälle an sich schon Wissenschaft wären. Aber wenn man auf Grundlage der besten Theorien aller Zeiten spekuliert – insbesondere der Relativitäts- und Quantentheorie, die dem »gesunden Menschenverstand« nicht selten selbst schon als SF erscheinen –, kann man sehr wohl etwas über die Reichweite und Grenzen der Naturgesetze lernen.

Ein bewährtes Prinzip der Physik lautet, dass alles, was nicht durch die Naturgesetze ausdrücklich verboten wird, auch existieren könnte. Außerdem zeigt die Geschichte, dass zahlreiche bizarre Phänomene, die Physiker am Schreibtisch ersonnen haben – nur auf Grundlage der bekannten Naturgesetze –, später tatsächlich entdeckt wurden. Und selbst wenn man beweisen kann, dass bestimmte Ideen keine Entsprechungen in der Natur haben, hat man etwas Wesentliches über die fundamentalen Theorien und Naturgesetze gelernt, die Grundlagen für diese Ideen sind. Deshalb schrecken auch angesehene Wissenschaftler nicht mehr davor zurück, sich mit spekulativen Themen wie Wurmlöchern und Paralleluniversen ernsthaft zu beschäftigen. »Es ist legitim, mit einer Theorie an ihre Grenzen zu gehen, um ihre Implikationen besser zu verstehen«, sagt Peter Aichelburg, Spezialist für Relativitätstheorie und Physik-Professor an der Universität Wien. Graham M. Shore,

Physik-Professor an der University of Wales im britischen Swansea, sieht es ähnlich: »Neue Einsichten in fundamentale Theorien werden oft dadurch erzielt, dass man ihr Verhalten in extremen, beinahe paradoxen Bereichen studiert.«

Die SF-Literatur hat hier eine nicht zu unterschätzende Motivationskraft. Viele bedeutende Physiker wie Stephen Hawking sind begeisterte SF-Leser. Gerald Feinberg von der Columbia University in New York – der sich unter anderem mit hypothetischen überlichtschnellen Teilchen beschäftigte, den von ihm sogenannten Tachyonen, übrigens inspiriert von James Blishs SF-Kurzgeschichte *Beep* (1954) – hatte in seiner Jugend auf der Bronx High School mit zwei anderen Schülern sogar ein SF-Fanzine herausgegeben: *ETAOIN SHRDLU*, benannt nach der Reihenfolge der im Englischen am häufigsten verwendeten Buchstaben. Die beiden Mitschüler waren Sheldon Glashow und Steven Weinberg, die später gemeinsam den Nobelpreis für Physik gewannen. Und Gregory Benford von der University of California in Irvine hat sich sogar zu einem der angesehensten SF-Schriftsteller der Gegenwart gemausert, obwohl oder gerade weil er die »echte« Physik durchaus ernst nimmt – selbst wenn er, wie in seinem Roman *Cosm* (1998), den inzwischen tatsächlich in Betrieb genommenen Teilchenbeschleuniger RHIC in Brookhaven, New York, schon mal ein Paralleluniversum erzeugen lässt, dessen rasante Entwicklung man auch noch durch ein Wurmloch betrachten kann.

SF-Ideen »bringen uns dazu, die extremen Grenzen der Physik auszuloten und die Reichweite der Naturgesetze zu erkunden«, sagt John Richard Gott III, der als Astrophysik-Professor so manche kühnen Ideen entwickelt hat, die SF-Autoren neidisch machen könnten – zum Beispiel kosmische Zeitmaschinen, Tachyonen-Universen und eine Zeitschleife als Urknall-Modell. Lawrence Krauss, Physik-Professor an der Case Western University in Cleveland, Ohio, sieht es ähnlich: »In unserem Universum herrscht ein Grundsatz, den ich meinen Studenten oft so beschreibe: Was nicht ausdrücklich verboten ist, kommt garantiert vor.« Oder mit den Worten des Androiden Data in der *Star Trek*-Serie: »Was geschehen kann, wird auch geschehen.«

So beflügelt SF die Phantasie. Denn zwar ist Faktenwissen, daran zweifelt niemand, von großem Wert. Aber nicht alles. Und manchmal sogar ein wenig langweilig. Da sieht es an den Plätzen der großen Streitigkeiten in der Wissenschaft schon ganz anders aus, wo es oft unkonventionelle Ideen sind, die die Kontroversen voranbringen oder auch lösen. Die mitunter abenteuerlichen Vielstimmigkeiten sind nicht nur für Laien verwirrend, doch gerade hier gärt die Forschung. Und Physik ist – wie Philosophie – mehr als nur ein Katalog von Annahmen, Tatsachen und Naturgesetzen. Zumindest zur Grundlagenforschung zählt auch Neugierde, das freie Spiel der Gedanken und eine Art Denken auf Vorrat. Viele bahnbrechende – und übrigens, man denke nur an die Quantenphysik, inzwischen teilweise auch wirtschaftlich extrem lukrative – Entdeckungen sind quasi am Schreibtisch gemacht worden, im Lehnstuhl oder in unzähligen Cafeteria-Gesprächen mit den berühmten Rechnungen auf Papierservietten oder der Rückseite eines Briefumschlags. Spielerische Spekulationen sind daher nicht gering zu schätzen, sondern bei der Entwicklung neuer Ideen von großem Wert – auch wenn diese Ideen dann rigoros überprüft werden müssen, denn eine bloße Spielerei ist keine Wissenschaft. Doch das hat ja auch niemand behauptet.

Das Verhältnis von Science und Fiktion ist keine Einbahnstraße. »Die Verbindung zwischen Science Fiction und Wissenschaft führt in beide Richtungen. Die von der Science Fiction präsentierten Ideen gehen ab und zu in wissenschaftliche Theorien ein. Und manchmal bringt die Wissenschaft Konzepte hervor, die noch seltsamer sind als die exotischste Science Fiction«, beschreibt es Hawking. Er tauchte sogar einmal als Ehrengast in einer *Star-Trek*-Folge auf: Er durfte auf dem Holodeck mit Isaac Newton, Albert Einstein und dem Androiden Data pokern – und gewinnen. »Science Fiction wie *Star Trek* ist nicht nur Unterhaltung, sondern erfüllt auch einen ›ernsten‹ Zweck: Sie erweitert die menschliche Vorstellungskraft«, sagt Hawking.

Viele andere Physiker stehen der SF ebenfalls sehr aufgeschlossen gegenüber – und manche hätten ohne sie gar nicht Wissenschaft studiert und zum Beruf gemacht. »Ich glaube, die Verbindung ist ganz einfach: Wir werden alle von denselben Fragen inspiriert«, sagt Lawrence Krauss, Autor des populärwissenschaftlichen Buchs *Die Physik von Star Trek*. »Während jedoch die beste Science Fiction unser Interesse erregt, indem sie die Dramatik und die

Spannung in den Was-wäre-wenn-Fragen einfängt, lässt sie die Antworten für gewöhnlich offen. Die moderne Wissenschaft hat den Schlüssel zum Wissen, was möglich ist und was nicht.«

TEIL II: SCIENCE ODER FIKTION

> »Ich glaube, jede Wissenschaft ist Kosmologie.«
>
> KARL POPPER,
> Philosoph (1902–1994)

Was ist Wissenschaft?

Was ist möglich? Sind es Wurmlöcher und Paralleluniversen? Und sind sie nicht nur möglich – im Sinn von konsistenten wissenschaftlichen Hypothesen, nicht bloß kühnen SF-Ideen –, sondern auch wirklich? Mit anderen Worten: Existieren sie in der Natur und nicht nur in unseren Vorstellungen von der Natur? Oder sind, wie Kritiker einwenden, diese Ideen nicht einmal wissenschaftliche Hypothesen, also gar kein Gegenstand der Wissenschaft? (Das würde die Frage nach ihrer Existenz außerhalb von unseren Köpfen wohl buchstäblich gegenstandslos machen.)

Schon vor der Beantwortung dieser Fragen wird deutlich, wie wichtig die Unterscheidung zwischen Objekten einerseits und Theorien (oder Hypothesen) über Objekte andererseits ist. Es kann nicht von vornherein gefordert werden, dass die Existenz der Objekte erwiesen sein muss, um sie überhaupt zum Gegenstandsbereich einer Wissenschaft zu zählen. Das wäre eine unvernünftige Einschränkung – denn der Hypothesencharakter der Wissenschaft erfordert es ja geradezu, auch über bisher unbekannte Objekte Mutmaßungen anzustellen, um sie beispielsweise dann gezielt suchen zu können. Ob diese Suche durch Theorien oder noch unerklärliche Beobachtungen motiviert wird, ist sekundär. Wurmlöcher und Paralleluniversen also schon a priori aus dem Gegenstandsbereich der Physik auszuschließen beziehungsweise sie gar nicht zuzulassen, kann daher kein wissenschaftlich legitimer und ange-

Phantastische Physik 679

Tunnel durch Raum und Zeit: Das populärwissenschaftliche Buch des Autors (Rezension im Heyne SF-Jahrbuch 2006) hat zu einer Kontroverse geführt, inwiefern Wurmlöcher und Paralleluniversen ein Teil der Wissenschaft sein können, solange ihre Existenz nicht nachgewiesen ist.

messener Ansatz sein. Doch gibt es andere, plausiblere Gründe? Und was sind überhaupt Kriterien für Wissenschaftlichkeit?

Exotische Objekte und Themen wie Wurmlöcher, Warp-Blasen, Zeitreisen, überlichtschnelle Fortbewegungen und andere Universen, die eher an Science Fiction als an Wissenschaft denken lassen, etablieren sich mehr und mehr in der Theoretischen Physik.[4] Allein in den letzten zehn Jahren wurden beispielsweise rund 500 Fachartikel zu Wurmlöchern in renommierten physikalischen Fachzeitschriften publiziert, obwohl bis heute unklar ist, ob solche topologischen Entitäten in der Raumzeit überhaupt existieren. Das ist nicht nur wissenschaftssoziologisch von Bedeutung, sondern wirft bei Skeptikern auch die Frage auf, inwiefern es sich hier noch um seriöse naturwissenschaftliche Forschung handelt.

Wodurch sich Wissenschaft – und somit auch die Wissenschaftlichkeit von Aussagen über die Welt – auszeichnet und von anderen Formen menschlicher Aktivität und Überzeugungen unterscheidet, ist freilich eine schwierige und seit Jahrhunderten im Detail kontrovers diskutierte Frage. Besonders relevant wird sie immer dann, wenn der Vorwurf der »Unwissenschaftlichkeit« erhoben wird. Das geschieht in sehr unterschiedlichen Zusammenhängen, und daher lässt sich kaum eine generelle und allgemeinverbindliche Antwort geben. Trotzdem ist es sinnvoll und wichtig, nach Kriterien für Wissenschaftlichkeit zu suchen – das kann deskriptiv oder auch normativ geschehen oder als eine Mischung von beidem. Und die Wissenschaftstheorie (im englischen »Philosophy of Science« genannt) hat hierzu auch viele konstruktive, klärende Beiträge geleistet.

In erster Linie lassen sich drei Perspektiven unterscheiden (die sich nicht gegenseitig ausschließen müssen):

- *Soziologisch* kann Wissenschaftlichkeit bestimmt werden im Hinblick auf die soziale Praxis. Demzufolge wäre Wissenschaft, grob gesagt, das, was Wissenschaftler als Wissenschaftler tun (selbstverständlich tun sie nicht alles als Wissenschaftler) – was zum Beispiel in Forschungseinrichtungen erarbeitet, auf Fachkonferenzen vorgetragen und diskutiert sowie in Fachbüchern und vor allem -zeitschriften veröffentlicht wird (meistens nach einer Begutachtung oder mehreren).
- *Methodisch* hat man Wissenschaftlichkeit zu definieren versucht, indem gewisse Standards betont wurden, die einzuhalten seien. Im Gegensatz zur soziologischen Perspektive ist diese Ausrichtung weniger pragmatisch als normativ: Bestimmte Verfahren oder Kriterien gelten als »Gütesiegel« der Wissenschaft. In der Wissenschaftstheorie besonders ausführlich diskutiert und hervorgehoben ist neben Intersubjektivität und Reproduzierbarkeit der hauptsächlich von dem Philosophen Karl Popper begründete Falsifikationismus: dass wissenschaftliche Aussagen, Hypothesen, Gesetze und so weiter überprüfbar und widerlegbar sein müssen (siehe unten). Popper verstand die Falsifizierbarkeit sogar als ein Abgrenzungskriterium der Wissenschaft (besonders von der Metaphysik, aber auch Pseudowissenschaft, Logik und Mathematik). Das ist aber nicht ganz unumstritten. Außerdem ist zu fragen, ob Falsifizierbarkeit eine notwendige oder aber hinreichende Bedingung für Wissenschaft ist.
- *Thematisch* lässt sich argumentieren, dass all das Gegenstand der Wissenschaft ist, was in den Bereich der etablierten Fachdisziplinen fällt. Das ist freilich weder hinreichend noch notwendig so. Denn es kommt ja zum einen nicht nur darauf an, was thematisiert wird, sondern auch, wie es thematisiert wird. Zum

anderen, historisch betrachtet, ändert und erweitert sich die Wissenschaft – und gliedert nicht selten neue Phänomene in ihr Themenfeld ein: Sei es, dass bislang außer Acht gelassene Themen untersucht werden und sogar eigene Forschungsdisziplinen entstehen (so wurden psychische und soziale Phänomene und somit Psychologie und Soziologie erst lange nach der Etablierung von Astronomie und Physik wissenschaftlich »salonfähig«). Oder sei es, dass sich ganz neue Gegenstandsbereiche auftun, etwa durch die Entdeckung der Elementarteilchen in der Physik oder der Dunklen Energie in der Kosmologie.

Sind Wurmlöcher und Paralleluniversen ein Teil der Wissenschaft? Soziologisch und thematisch betrachtet besteht daran kein Zweifel. Aber ist das berechtigt? Wie sieht es methodisch und erkenntnistheoretisch aus?

Wurmlöcher – Tunnel durch Raum und Zeit

Wurmlöcher[5] sind ein exzellentes Beispiel für die Wechselwirkung von Science und Fiktion. Das zeigt besonders gut die Rolle von Carl Sagan dabei. Bis zu seinem Tod 1996 war der Professor für Astronomie und Weltraumwissenschaften an der Cornell University im US-Bundesstaat New York ein renommierter Wissenschaftler, aber auch Wissenschaftspopularisierer und mit seinem 1985 erschienenen Roman *Contact*, 1997 erfolgreich von Robert Zemeckis verfilmt, zudem ein SF-Bestsellerautor. Das Thema des Buchs: Die Erde empfängt eine außerirdische Funkbotschaft, die die Bauanleitung einer Maschine enthält. Diese ermöglicht es einigen Forschern, sich förmlich einen Weg durchs Weltall zu bohren. Carl Sagan wollte die Einschränkungen der »Lichtmauer« in der Speziellen Relativitätstheorie nicht akzeptieren (Materie lässt sich prinzipiell nicht auf Lichtgeschwindigkeit beschleunigen oder darüber hinaus), die Weltraumreise aber trotzdem so schildern, dass sie nicht im Widerspruch mit den bekannten Naturgesetzen steht. Deshalb schickte er 1984 das fast fertige Manuskript seinem Freund Kip Thorne, der als Professor für Theoretische Physik am California Institute for Technology in Pasadena arbeitet, und bat ihn um

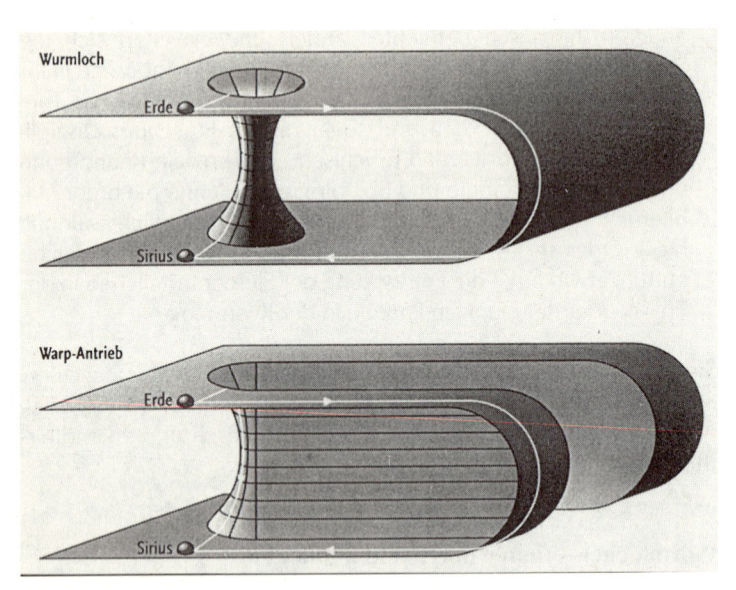

Kosmische Abkürzungen: Weil der Stern Sirius 8,7 Lichtjahre von der Erde entfernt ist, wären selbst fast lichtschnelle Raumfahrer 8,7 Jahre unterwegs dorthin. Doch die Allgemeine Relativitätstheorie enthält Schlupflöcher: Mit einem Wurmloch oder dem Warp-Antrieb könnte man die Raumzeit – hier als zweidimensionale »Gummihaut« dargestellt – so manipulieren, dass die Reise durch den Wurmloch-Tunnel oder die Warp-Einkerbung viel kürzer als der normale Weg »außen herum« ist.

Rat. Vielleicht würden rotierende Schwarze Löcher weiterhelfen, deren Zentren theoretisch mit anderen Regionen des Alls verbunden sein könnten.

»Es machte Spaß, Carls Roman zu lesen, doch gab es da tatsächlich ein Problem«, erinnert sich Thorne. »Carl, der kein Experte auf dem Gebiet der Relativitätstheorie war, kannte offenbar die Ergebnisse der Störungsrechnungen nicht: Es ist unmöglich, vom Zentrum eines Schwarzen Lochs in einen anderen Teil des Universums zu reisen. Jedes Schwarze Loch wird ständig von kleinen Vakuumfluktuationen und winzigen Mengen von Strahlung bombardiert. Die Berechnungen besagten eindeutig, dass jedes Raumschiff von der Strahlung zerstört würde. Carl musste seinen Roman abändern.«

Schwarze Löcher kommen auch aus anderen Gründen nicht für intergalaktische Ausflüge in Betracht. Ihre Gravitation ist so hoch, dass einem Schwarzen Loch nichts mehr entkommen kann, was einmal seine Grenze – den Ereignishorizont – passiert hat. Selbst wenn einfallsreiche Wissenschaftler eine Möglichkeit fänden, unversehrt in ein Schwarzes Loch zu gelangen, das mit einem Schwarzen Loch irgendwo anders in Verbindung stünde, wären die Raumfahrer für alle Ewigkeit zu einem schrecklichen Nomadendasein im düsteren Niemandsland der Schwerkraftfallen verurteilt.

»Doch es käme noch schlimmer«, erklärt Matt Visser, der sich als Physik-Professor an der Washington University in Sankt Louis auf die Erforschung der Wurmlöcher spezialisierte und inzwischen zur Victoria University in Wellington, Neuseeland, gewechselt ist: »Es gibt meistens hässliche Dinge hinter Ereignishorizonten. Innere Horizonte beispielsweise sind in der Regel instabil, und Versuche,

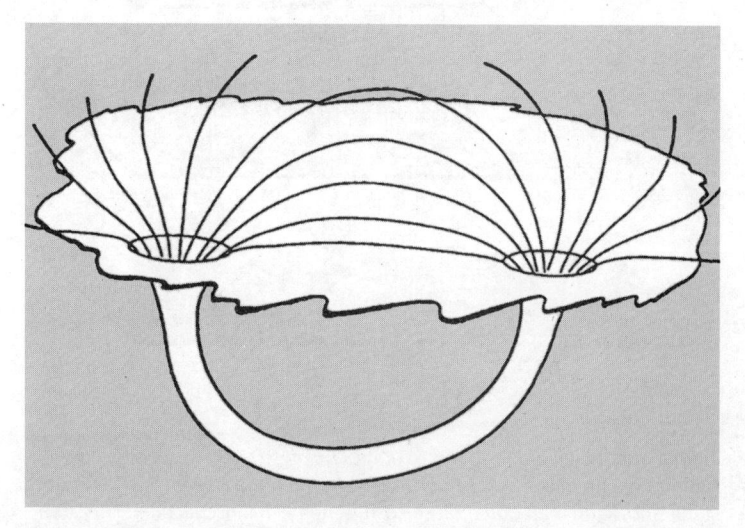

Das erste Bild eines Wurmlochs: Die Zeichnung stammt von dem 2008 verstorbenen Physiker John Archibald Wheeler, der sie 1955 veröffentlicht hat. Den Namen »Wurmloch« prägte er zwei Jahre später.

sie zu durchqueren, führen im Allgemeinen dazu, dass der Reisende gekocht wird. Sogenannte Krümmungssingularitäten zermalmen jeden, der sie trifft. Und selbst wer sie umgeht, wird von den Gezeitenkräften in blutige Fetzen gerissen.«

Auf einer langen Autofahrt kam Kip Thorne jedoch die entscheidende Idee: Einsteins Relativitätstheorie gestattet im wahrsten Sinn des Wortes ein Schlupfloch für überlichtschnelle Reisen.

Tatsächlich gelang es Thorne später zusammen mit seinem Doktoranden Michael Morris zu beschreiben, wie zwei weit entfernte Regionen im All miteinander in Verbindung stehen könnten. Solche Raumzeit-Tunnel waren früher schon von anderen Wissenschaftlern untersucht worden. Thornes einstiger Doktorvater John Archibald Wheeler, auf den auch der Begriff »Schwarzes Loch« zurück-

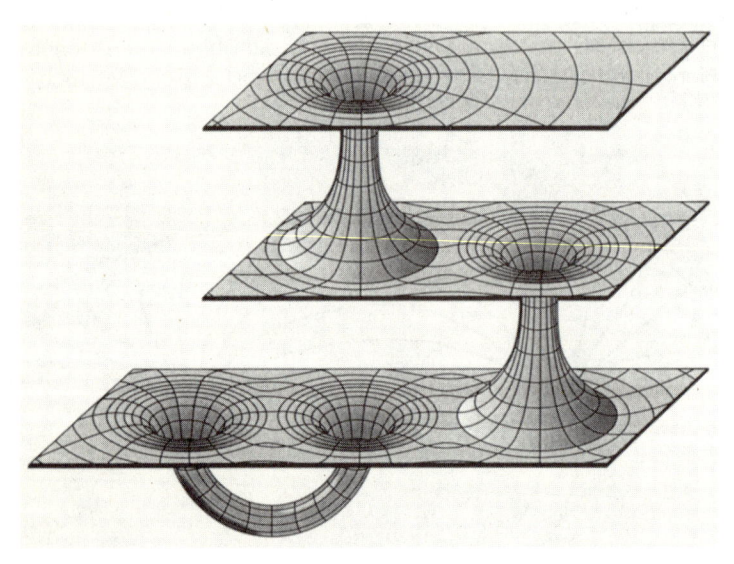

Tunnel durch die Dimensionen: Wurmlöcher verbinden weit entlegene Raumbereiche miteinander oder sogar verschiedene Universen. Wenn sie stabil sind, kann man durch diese kosmischen U-Bahnschächte relativ zum normalen Weg mit Überlichtgeschwindigkeit fliegen und vielleicht sogar in die eigene Vergangenheit. Um die Vorstellungskraft des Betrachters nicht zu überfordern, wurden die Universen hier zweidimensional wiedergegeben.

geht, hatte sie 1957 mit den Kanälen von Würmern in Äpfeln verglichen und als »Wurmlöcher« bezeichnet.

»Ein Wurmloch ist eine tunnelartige Verbindung durch die Einstein'sche Raumzeit, vergleichbar mit den Kanälen, die ein Wurm durch einen Newton'schen Apfel bohrt«, erklärt William A. Hiscock schmunzelnd. »Bislang sind Wurmlöcher nur theoretische Konstrukte, aber sie helfen uns, mögliche Randbedingungen der Allgemeinen Relativitätstheorie auszuloten und Effekte einer künftigen Theorie der Quantengravitation zu erschließen«, führt der Physik-Professor an der Montana State University in Bozeman weiter aus. Außerdem eignen sich Wurmlöcher sehr gut, um die Relativitätstheorie zu unterrichten und junge Studenten anzuziehen, für die die SF-Exotik dieser Gebilde offenbar sehr attraktiv ist. Doch dies ist nicht alles: Wenn es makroskopische, stabile Wurmlöcher gäbe, würde das auch ungeahnte praktische Möglichkeiten eröffnen – Reisen in ferne Regionen unseres Universums, in die Vergangenheit oder gar in andere Universen. Denn Wurmlöcher sind theoretisch befahrbare kosmische Abkürzungen und bieten momentan die besten Aussichten für überlichtschnelle Fortbewegungen. Freilich ist dies in der Geschichte ihrer Erforschung (Tabelle 1) erst spät entdeckt worden.

Tabelle 1: Eine kurze Geschichte der Wurmlöcher

Jahr	Ereignis
1915/16	Albert Einstein veröffentlicht die Allgemeine Relativitätstheorie.
1916	Karl Schwarzschild entdeckt Schwarze Löcher als eine spezielle Lösung der Einstein'schen Feldgleichungen.
1916	Ludwig Flamm beschreibt sie als Wurmlöcher.
1928	Hermann Weyl spekuliert über Eigenschaften von Wurmlöchern.
1935	Albert Einstein und Nathan Rosen versuchen, Elementarteilchen als Tunnel durch den Raum zu beschreiben (Einstein-Rosen-Brücken); später stellt sich heraus, dass dies nur eine andere Darstellungsweise Schwarzer Löcher ist.
1955	John Archibald Wheeler veröffentlicht die erste Zeichnung eines Wurmlochs.

Jahr	Ereignis
1957	Wheeler prägt den Namen »Wurmloch« und vermutet, solche Gebilde würden der Raumzeit auf kleinsten Skalen eine »schaumartige« Struktur verleihen.
1963	Roy Kerr beschreibt rotierende Schwarze Löcher. Die ringförmige Singularität in ihrem Zentrum kann als Tor zu weit entfernten Raumregionen interpretiert werden.
1984/85	Kip Thorne liest Carl Sagans Roman *Contact* vorab und entdeckt, wie sich Wurmlöcher im Rahmen der Relativitätstheorie als Flugschneisen durch das Universum nutzbar machen lassen.
1988	Thorne und Michael Morris veröffentlichen die erste wissenschaftliche Arbeit über befahrbare Wurmlöcher und lösen eine rege Forschungsaktivität aus, die bis heute anhält; seither wurden zahlreiche andere Wurmloch-Typen beschrieben und im Hinblick darauf untersucht, ob sie sich auch als Zeitmaschinen verwenden lassen.
1988	Stephen Hawking und andere erweitern John Wheelers Hypothese von Wurmlöchern als Bestandteile des Raumzeit-Schaums.
1993	Thomas Roman überlegt, ob sich mikroskopische Wurmlöcher spontan während einer Inflationsphase vergrößern können.
1995	Claudio Maccone erforscht magnetische Wurmlöcher.
1995	Matt Visser veröffentlicht sein Buch *Lorentzian Wormholes* – noch immer das Standardwerk über die Physik der Wurmlöcher.
1997	David Hochberg, Arkadiy Popov und Sergey V. Sushkov zeigen, dass Quanteneffekte ausreichend sein könnten, um den Wurmloch-Schlund offen zu halten.
2001	Sergei Krasnikov meint, ein Wurmloch wäre in der Lage, exotische Materie selbst zu erzeugen.
2002	José Martins Salim und seine Kollegen berechnen, dass Magnetische Monopole ein Wurmloch ohne exotische Materie stabilisieren könnten.
2002	Wolfgang Graf findet Wurmloch-Lösungen ohne exotische Materie in einer alternativen Schwerkrafttheorie.
2002	Sean A. Hayward und Hisa-aki Shinkai gelingt es, die Wurmloch-Dynamik im Computer zu simulieren. Sie zeigen, dass Wurmlöcher eng mit Schwarzen Löchern verwandt sind. Wenn zu viel Materie hineinstürzt oder negative Energie sich zerstreut, kollabieren Wurmlöcher rasch zu

Jahr	Ereignis
	Schwarzen Löchern, die wiederum mit Geisterstrahlung aus negativer Energie in Wurmlöcher umgewandelt werden könnten.
2003/4	Matt Visser, Sayan Kar und Naresh Dadhich entdecken, dass die Gesamtmasse der exotischen Materie beliebig gering sein kann.
ab 2004	Pedro F. González-Díaz und andere zeigen, unter welchen Bedingungen Phantomenergie (eine besonders stark antigravitativ wirkende Form der Dunklen Energie) zur Ausbildung von Wurmlöchern führt, von denen eines sogar unser ganzes beobachtbares Universum verschlingen (und womöglich in die Vergangenheit zum Urknall schleudern) könnte; auch vermag Phantomenergie befahrbahre Wurmlöcher zu stabilisieren.
2004	Hiroko Koyama und Sean A. Hayward finden eine exakte Berechnung der Verwandtschaft von Wurmlöchern und Schwarzen Löchern und ihrer wechselseitigen Umwandelbarkeit.
2005	Roman V. Buniy und Stephen D.H. Hsu argumentieren, dass Wurmlöcher nicht gleichzeitig vorhersagbar und stabil sein können und somit für praktische Reisen ungeeignet wären. Denn klassische Wurmlöcher würden auch mit exotischer Materie instabil, wenn man sie durchflöge, und bei quantenphysikalischen wäre eine Durchreise vielleicht möglich, doch Zielort und -zeit ließen sich nicht genau genug vorhersagen.
2007	E. Sergio Santini spekuliert, dass die nichtlokalen EPR-Korrelationen in der Quantenphysik durch einen Informationsaustausch über Wurmlöcher zustande kommen könnten.
2007	Francisco S.N. Lobo zeigt, dass im Paralleluniversen-Szenario der Branen-Kosmologie befahrbare Wurmlöcher möglich sind.
2007	Thibault Damour und Sergey N. Solodukhin entdecken, dass bestimmte Wurmlöcher ihre Umgebung ähnlich beeinflussen wie Schwarze Löcher und von diesen nur schwer zu unterscheiden sind.
2008	Peter Kuhfittig vermutet, dass befahrbare Wurmlöcher mit Hilfe einer bestimmten Form der Dunklen Energie (Generalisiertes Chaplygin-Gas) entstehen beziehungsweise erzeugt werden könnten.

Wurmlöcher und Falsifikationismus

»Insofern sich die Sätze einer Wissenschaft auf die Wirklichkeit beziehen, müssen sie falsifizierbar sein, und insofern sie nicht falsifizierbar sind, beziehen sie sich nicht auf die Wirklichkeit«, schrieb Karl Popper schon 1932.[6] Mit dieser Überzeugung, die er in seinem zwei Jahre später erstmals erschienenen Buch *Logik der Forschung* sorgfältig ausgearbeitet und begründet hat, prägte er nachhaltig die Wissenschaftstheorie und das Verständnis von Wissenschaft als eine Sache der Bildung und Überprüfung widerlegbarer Hypothesen (*Falsifikationismus*). Die Falsifizierbarkeit (Widerlegbarkeit) – Hypothesen und Theorien müssen empirisch scheitern können, das heißt es müssen ihnen widersprechende Erfahrungen denkbar sein – betrachtete Popper als *Abgrenzungskriterium* der Wissenschaft von Metaphysik, Logik, Mathematik, aber auch anderen menschlichen Tätigkeiten – der Pseudowissenschaft eingeschlossen. Freilich geht es nicht um Falsifizierbarkeit um jeden Preis und in jeder Hinsicht: »Falsifizierbar im strengen Sinn sind nur ganze theoretische Systeme, nicht einzelne Sätze. Es ist jedoch unter Umständen und unter bestimmten Voraussetzungen möglich, Teilsysteme von Theorien relativ isoliert zu überprüfen.«[7]

Poppers Abgrenzungskriterium ist es auch, mit dem zuweilen argumentiert wird, dass sich die Hypothesen von Wurmlöchern und Paralleluniversen nicht falsifizieren – also durch Beobachtungen oder Experimente widerlegen – lassen und deshalb kein Gegenstand der Wissenschaft seien.[8] Ist das zutreffend?

Zwar besteht kein genereller Konsens, ob das Abgrenzungskriterium eine notwendige oder hinreichende Bedingung für Wissenschaft ist, doch gilt der Falsifikationismus nach wie vor als Gütesiegel wissenschaftlicher Hypothesen und Theorien.[9] Will man sich nicht auf ein rein pragmatisch-soziologisches Kriterium beschränken, wonach ein Gegenstand von Wissenschaft das ist, womit sich Wissenschaftler beruflich beschäftigen oder was in den anerkannten wissenschaftlichen Fachjournalen und auf wissenschaftlichen Konferenzen diskutiert wird, erscheint ein formales Kriterium wie die Falsifizierbarkeit auch nach wie vor wünschenswert. Die Frage nach dem Status von Wurmlöchern und Paralleluniversen ist daher nicht nur für sich selbst genommen wissenschaftstheoretisch interessant, sondern lässt sich auch als Fallstudie für eine Grenzbestimmung der Wissenschaft verwenden.

Bevor Paralleluniversen in den (wissenschaftstheoretischen) Blick genommen werden sollen, sei zunächst die folgende These begründet: Die Wurmloch-Hypothese ist nicht falsifizierbar und gehört trotzdem zur Physik – und das widerspricht Poppers Abgrenzungskriterium gar nicht!

Wurmlöcher sollten nicht als wissenschaftliche Gesetzes-Hypothese aufgefasst werden, die falsifizierbar sein muss – analog beispielsweise zu Galileis Fallgesetz. Sondern sie sind eine hypothetische universelle Existenzaussage – analog zur Vorhersage des Elements 72, Hafnium. Dieses haben 1923 Dirk Coster und George de Hevesy mit Hilfe der Röntgenspektralanalyse im Mineral Zirkon aus Norwegen entdeckt; das geschah nicht zufällig, sondern nachdem Überlegungen im Rahmen des Periodensystems der Elemente das Element 72 postuliert hatten und Niels Bohr in einer 1922 veröffentlichten Arbeit zur Atomtheorie die Ähnlichkeit dieses Elements 72 mit dem Zirkonium vorausgesagt hatte.

Hypothetische universelle Existenzsätze lassen sich im Gegensatz zu räumlich oder zeitlich lokalisierten Existenzsätzen aufgrund unseres eingeschränkten Zugangs zur Welt nicht falsifizieren (Wurmlöcher etwa könnten übersehen werden oder unbeobachtbar weit weg sein oder aufgrund unbekannter exotischer Eigenschaften mit unseren Instrumenten nicht gefunden werden). Aber sie lassen sich *verifizieren*. Dafür muss es freilich *Kriterien* geben.

Ob Wurmlöcher existieren, kann also letztlich nur die Beobachtung entscheiden. Und durch den Nachweis spezieller Gravitationslinsen-Signaturen wären Wurmlöcher auch in astronomischer Entfernung bereits mit heutigen technischen Mitteln identifizierbar.[10] Denn sie fächern das Licht von Hintergrundquellen in einer charakteristischen Weise auf, die als spezielle Helligkeitszu- und -abnahmen dieser Quellen beobachtet werden könnten. (Und womöglich sind die in der Milchstraße und in anderen Galaxien entdeckten Schwarzen Löcher in Wirklichkeit sogar Wurmlöcher; denn diese können unter bestimmten Umständen ganz ähnliche astrophysikalische Eigenschaften haben und lassen sich dann empirisch nur schwer von Schwarzen Löchern unterscheiden, etwa durch das Fehlen der – freilich extrem schwachen – Hawking-Strahlung.[11])

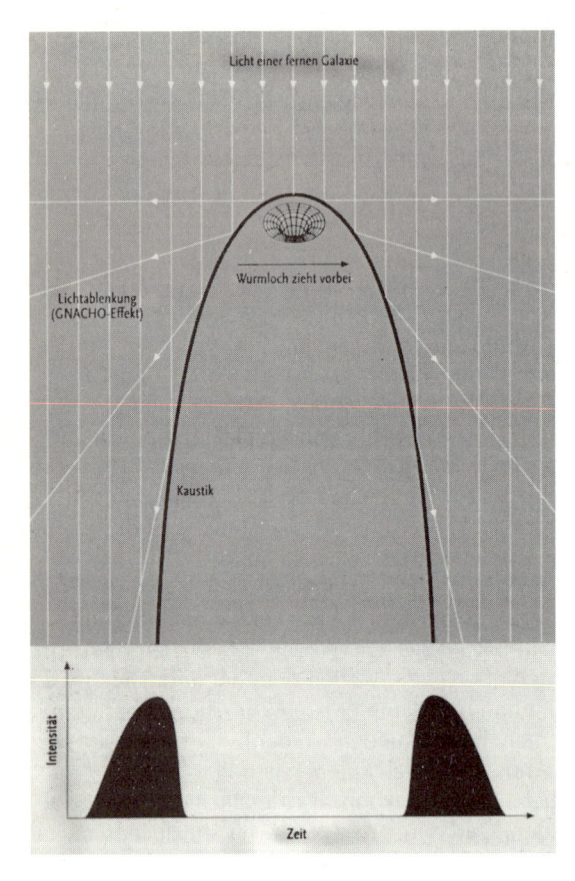

Verräterische Zeichen: Wurmlöcher im Weltall machen sich durch einen Gravitationslinsen-Effekt bemerkbar, der die Helligkeit der Strahlung einer Hintergrundgalaxie in charakteristischer Weise verändert.

Allerdings ist die Verifizierbarkeit universeller Existenzsätze noch nicht hinreichend für ihre Wissenschaftlichkeit, denn sonst wären beispielsweise auch fiktive Einhörner oder Gespenster ein Gegenstand der Wissenschaft.[12] (Was der Gespensterglaube sehr wohl sein kann und sogar ist.[13]) Ein weiteres Kriterium muss hinzukommen, die *theoretische Einbettung*: Universelle Existenzsätze sind dann wissenschaftlich, wenn sie sich verifizieren lassen und einen Platz im Rahmen einer als wissenschaftlich anerkannten Theorie haben, insbesondere wenn sie von dieser vorausgesagt werden.

Dies steht übrigens im Einklang mit Poppers eigener Auffassung: »Dass nur ›bloße‹ oder ›isolierte‹ Es-gibt-Sätze als nicht-falsifizierbar charakterisiert wurden und dass falsifizierbare Theoriensysteme sehr wohl Es-gibt-Sätze enthalten können, ist von der Kritik oft übersehen worden.«[14] Und: »Empirische wissenschaftliche Sätze oder Satzsysteme sind dadurch ausgezeichnet, dass sie empirisch falsifizierbar sind. Singuläre empirische Sätze, besondere Wirklichkeitsaussagen können auch empirisch verifizierbar sein; Theoriensysteme, Naturgesetze, allgemeine Wirklichkeitsaussagen sind grundsätzlich nur einseitig falsifizierbar.«[15]

Tatsächlich sind Wurmlöcher keine isolierten universellen Existenzsätze (motiviert allenfalls von SF-Stories), sondern sie ergeben sich als Lösungen einer falsifizierbaren und gut etablierten (weil experimentell bereits erfolgreich getesteten) wissenschaftlichen Theorie – der Allgemeinen Relativitätstheorie.[16] Inwiefern diese Lösungen physikalisch realistisch sind, ist eine andere Frage – aber nicht ein Ablehnungskriterium, sondern gerade einer der Forschungsgegenstände hier. So verletzen stabile Wurmlöcher beispielsweise bestimmte Energiebedingungen, was in der klassischen Physik als problematisch oder gar verboten angesehen wird, im Rahmen der Quantentheorie jedoch erlaubt und mit dem Casimir-Effekt sogar experimentell bestätigt ist. (Im luftleeren Raum nahe des absoluten Temperatur-Nullpunkts ziehen sich zwei verspiegelte, parallele Platten aufgrund einer »negativen Energiedichte« des Quantenvakuums zwischen ihnen geringfügig an.[17]) Insofern ist der wissenschaftstheoretische Status der Wurmloch-Hypothese gleich gut oder sogar besser als der anderer Existenzhypothesen vor ihrer empirischen Bestätigung – beispielsweise den berühmten Voraussagen der Existenz von Antimaterie und Supraleitung, Radiostrahlung und Gravitationswellen, Neutronensternen und Schwarzen Löchern, Neutrinos und anderen exotischen Elementarteilchen sowie der Kosmischen Hintergrundstrahlung vom Urknall und der den Weltraum zur beschleunigten Ausdehnung antreibenden Dunklen Energie. Das bedeutet selbstverständlich nicht, dass Wurmlöcher existieren – eine Schar von Lösungen in Einsteins Feldgleichungen zu sein, gibt dafür noch keine Garantie. Aber selbst als »theoretische Entitäten« haben Wurmlöcher einen Platz in der Wissenschaft und können von Nutzen sein (siehe unten). Überdies sind Wurmlöcher im Rahmen der

Theoretischen Physik (und nicht der Philosophie) wenigstens eingeschränkt theoretisch testbar: Es hätte sich herausstellen können – und kann es noch immer –, dass die Wurmloch-Lösungen physikalisch prinzipiell unmöglich sind (etwa wenn die Quantentheorie keine kurzfristige, reversible Verletzung der Starken und Schwachen Energiebedingungen erlauben würde).

Vieldeutiges Universum und viele Paralleluniversen

Paralleluniversen werfen schwierigere wissenschaftstheoretische Fragen auf als Wurmlöcher. Zunächst ist eine *Definition* von »Universum« und eine begriffliche Differenzierung und *Klassifikation* der – sehr unterschiedlichen – Typen von anderen Universen nötig.[18]

Der Begriff »Universum«, so wie er heute verwendet wird, ist mehrdeutig. Ob man, wie in diesem Essay hier, von anderen Universen sprechen will und deren Gesamtheit als »Multiversum« bezeichnet, oder ob man lieber von »Multi-Domain-«, »Sub-« oder »Teiluniversen« oder »Welt-Ensembles« redet, weil man »Univer-

Weltmodelle im Vergleich: Hat der Kosmos einen Anfang, existiert er seit Ewigkeit oder gibt es noch weitere Möglichkeiten? Mit Raumzeit-Diagrammen lassen sich die konkurrierenden kosmologischen Modelle am besten veranschaulichen. Dabei ist nach oben der Zeitverlauf eingezeichnet, die Fläche steht für den Raum (der hier also dimensional reduziert und gleichsam als Zeitschicht übereinander gestapelt ist). Die Kegel zeigen somit beispielsweise die Ausdehnung des Weltraums, die eingezeichneten Weltlinien die Geschichte eines Orts im Lauf der Zeit. Von links: Albert Einsteins statisches »Zylinder-Universum« ohne Anfang und Ende und mit konstantem Volumen; das klassische Urknall-Universum, das sich vom Beginn der Zeit an ausdehnt; ein ewiges Universum, dessen Urknall nur eine Übergangsphase aus einem kollabierenden Universum war, und das vielleicht selbst wieder in einem Endknall vergeht, aus dem ein neues Universum entspringt und so weiter; Universen, die wie Schaumblasen aus zufälligen Verdichtungen (Schwarzen Löchern) aus einem »zeitlosen« Quantenvakuum hervorblubbern; rotierendes Universum nach Kurt Gödels Modell mit vielen einzelnen globalen Zeitkreisen; und ein Universum, das sich nach dem Modell von John Richard Gott und Li-Xin Li aus einer Zeitschleife selbst erschuf.

Phantastische Physik

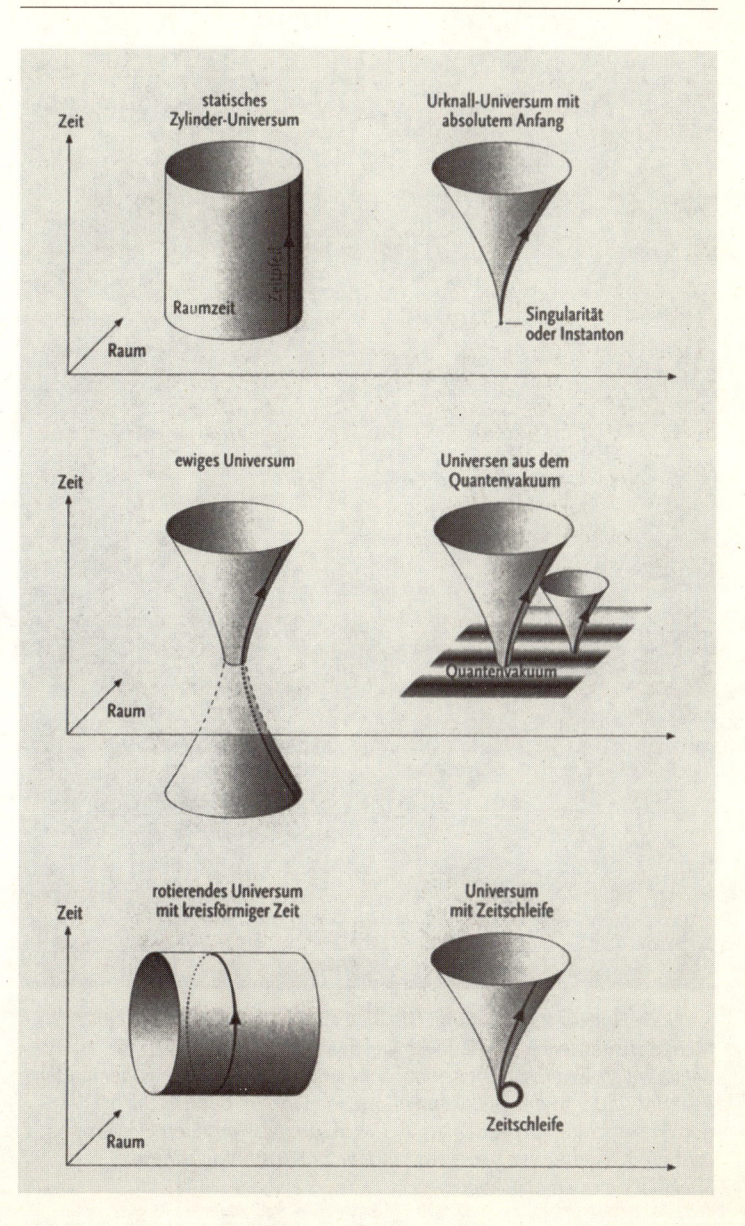

statisches Zylinder-Universum
Zeit / Raum / Raumzeit / Zeitpfeil

Urknall-Universum mit absolutem Anfang
Singularität oder Instanton

ewiges Universum
Zeit / Raum

Universen aus dem Quantenvakuum
Quantenvakuum

rotierendes Universum mit kreisförmiger Zeit
Zeit / Raum

Universum mit Zeitschleife
Zeitschleife

694 Science & Speculation

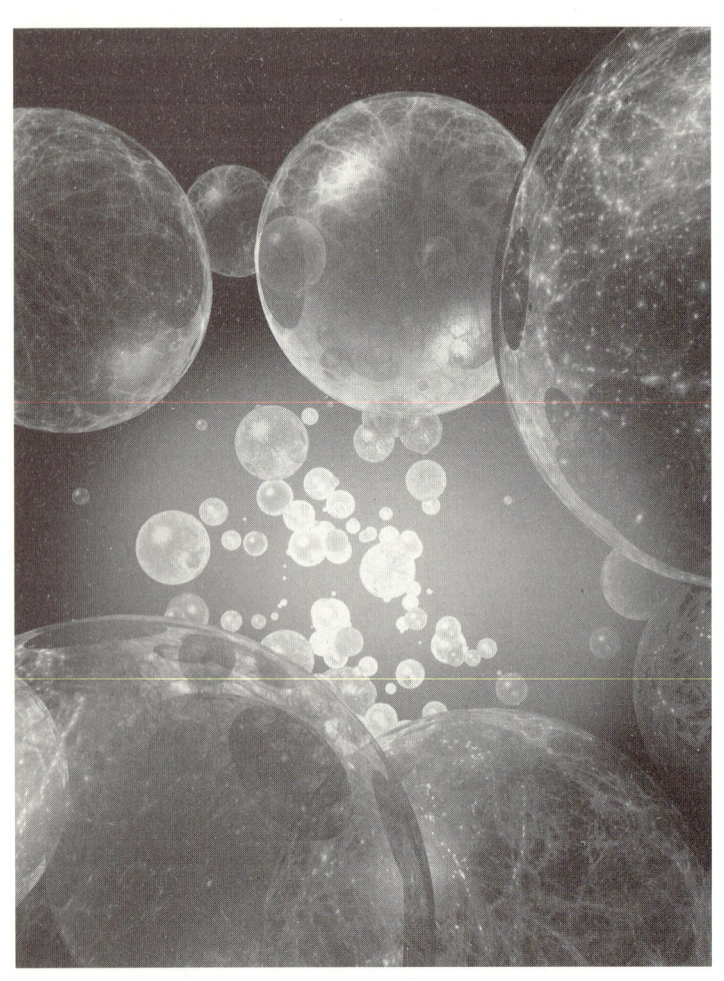

Radikale Horizonterweiterung: Die Idee eines »Multiversums« – einer Menge vieler, vielleicht unendlich vieler verschiedener Universen, die räumlich, zeitlich, dimensional oder sogar mathematisch voneinander getrennt sind – ist der vielleicht kühnste Gedanke in der Geschichte der Wissenschaft. Obwohl niemand weiß, ob diese anderen Universen existieren, machen die neuesten Modelle der Kosmologie diese Spekulation doch plausibel.

sum« per definitionem für die Gesamtheit des – zumindest physischen – Seins reservieren möchte, ist eine eher nebensächliche terminologische Frage. Es kommt darauf an, was man meint und dass es keine Missverständnisse gibt. Deshalb ist es wichtig, mindestens die folgenden sechs Bedeutungen des Begriffs »Universum« auseinander zu halten:

(1) Alles was (in physikalischer Hinsicht) existiert, immer, überall; (2) die Raumzeit-Region, die wir im Prinzip mit Teleskopen einsehen können (das Hubble-Volumen mit einem Durchmesser von über 40 Milliarden Lichtjahren) – und alles, was damit interagiert hat (beispielsweise aufgrund eines gemeinsamen Ursprungs) und künftig damit interagieren wird; (3) jedes gigantische System kausal wechselwirkender Dinge, das als Ganzes (oder doch in einem großen Ausmaß und für eine lange Zeit) von anderen isoliert ist; (4) jedes System, das gigantisch werden könnte, selbst wenn es in Wirklichkeit kollabiert, wenn es noch sehr klein ist; (5) in bestimmten Interpretationen der Quantenphysik die verschiedenen Zweige der globalen Wellenfunktion (vorausgesetzt, diese »kollabiert« nicht, mathematisch gesprochen), das heißt unterschiedliche Historien oder verschiedene klassische Welten, die in einem Superpositionszustand sind, sich also gegenseitig überlagern; und schließlich (6) vollständig voneinander getrennte Systeme, die aus »Universen« in den Bedeutungen (2), (3), (4) oder (5) bestehen.

Heutzutage wird der Begriff »Kosmos« oder »Multiversum« oder auch »Welt« (als Ganzes) oft so verwendet, dass er sich auf »Alles-was-existiert« (1) bezieht. Demgegenüber erlaubt es das Wort »Universum«, über verschiedene Universen innerhalb des Multiversums zu sprechen. Sie können dieselben Randbedingungen, Naturkonstanten, Parameter, Vakuumzustände, effektive niederenergetische Gesetze oder sogar fundamentale Naturgesetze haben, müssen es aber nicht. Im Prinzip können diese Universen – vor allem in den Bedeutungen (2), (3) oder (4) – räumlich, zeitlich, dimensional und/oder mathematisch voneinander getrennt sein, müssen es aber nicht (auch Mischformen sind denkbar). Es gibt also nicht notwendigerweise scharfe Grenzen zwischen ihnen.

- Universen sind räumlich getrennt, wenn sie entweder in weit entfernten Regionen liegen, die sich außerhalb unseres Vergangenheitslichtkegels befinden und also (noch) nicht in kausalem

Kontakt mit uns stehen, oder wenn sie gleichsam als Mikrokosmos in unsere Welt eingebettet sind (so hat beispielsweise der Philosoph Blaise Pascal Universen im Inneren der Atome unseres Universums imaginiert, und kürzlich wurde von James Daniel Bjorken, emeritierter Physik-Professor am Stanford Linear Accelerator Center, vorgeschlagen, unser Universum sei eine Art Schwarzes Loch in einem größeren Universum und enthielte in seinen Schwarzen Löchern selbst andere Universen und so weiter – eine endlose Folge »russischer Puppen«).

- Sie sind zeitlich separiert, wenn sie nacheinander entstehen und vergehen (wie die zyklischen Welten im östlichen Denken und bei Friedrich Nietzsches »Ewiger Wiederkehr«).
- Wenn sie in verschiedenen Dimensionen existieren (die in der Regel als räumlich gedacht werden, schon von Immanuel Kant, etwa formal als Blätter im Superraum oder, wie in der Stringkosmologie, als vierdimensionale Branen in einer fünfdimensionalen Bulk-Raumzeit oder als vierdimensionales Schlundloch in einem höherdimensionalen Raum), dann treten sie höchstens sporadisch und punktuell (etwa bei Kollisionen) beziehungsweise in sehr eingeschränkter Weise (etwa nur gravitativ) miteinander in Wechselwirkung.
- Denkbar ist auch, dass es verschiedene oder gar alle möglichen Welten gibt (modaler Realismus, wofür etwa der Philosoph David Lewis argumentierte) – was immer das heißt. Über dieses Problem haben sich Philosophen den Kopf zerbrochen, doch hier ist nicht der Ort, die subtilen Feinheiten von logisch, begrifflich, metaphysisch oder physikalisch (nomologisch) möglichen Welten zu erörtern.
- Mathematisch getrennt sind Universen in einer quasi-platonischen Weise, wenn etwa alle möglichen formalen Strukturen physikalisch realisiert sind und umgekehrt – Max Tegmark vom Massachusetts Institute of Technology spricht dabei von »mathematischer Demokratie« und dem »ultimativen Ensemble« von Welten. In diesem Fall wäre unser Universum in Wirklichkeit eine bestimmte mathematische Struktur – es wäre (!) eine und hätte nicht nur eine. Aus einer übergeordneten Vogelperspektive könnte man das erkennen, doch wir sind an unsere Froschperspektive gebunden und merken es nicht.

Tabelle 2 fasst die verschiedenen, sich nicht notwendig gegenseitig ausschließenden Typen von Multiversen zusammen.[19]

**Tabelle 2: Eine multiversale Taxonomie –
wie sich Paralleluniversen klassifizieren lassen**

Trennung	Aspekte	Beispiele
raumzeitlich	• räumlich	*(siehe auch alle Beispiele einer kausalen Trennung)*
	– exklusiv	verschiedene Quanten-Universen, Ewige Inflation, Stringscape
	– inklusiv	Einbettung: Universen in Atomen, Schwarzen Löchern, Computersimulationen oder größeren Universen; ein unendliches (!) Universum in einer endlichen Quantenfluktuation
	• temporal	Phoenix-Universum, Zyklisches Universum, Recycling-Universum, Universen (oder »Inseln«) mit entgegengesetzter Zeitrichtung
	– linear	(in kausaler oder akausaler Abfolge)
	– zyklisch	(bei kreisförmiger Zeit oder mit exakter, globaler Wiederkehr)
	• dimensional	*(meist nur die Raumdimensionen betreffend)*
	– strikt	Tachyonen-Welt?
	– inklusiv	niedrigdimensionale Welt als Rand oder Teilregion einer höherdimensionalen: Flachland, Branen-Welten, große Extradimensionen, holographisches Universum
	– abstrakt	Superspace, in dessen mathematischer Beschreibung die Universen nur einzelne »Blätter« sind wie in einem Papierstapel

Trennung	Aspekte	Beispiele
kausal	• strikt	Paralleluniversen, Viele-Welten-Interpretation der Quantenphysik
	– ohne einen gemeinsamen Generator	verschiedene Universen oder Multiversen in den Instanton-, Big Bounce-, Soft Bang- und Selbsterzeugung-Szenarien, verschieden »Bündel« mit Inflation
	– genealogisch	Ewige/Chaotische Inflation, Abspaltung (kosmischer Darwinismus); Many Worlds/Histories (ohne Interaktion) der Quantenphysik
	• kontinuierlich	durch einen wachsenden Lichtkegel/Ereignishorizont
	– immer	unendlicher Raum, Ewige Inflation, unendliche Branen
	– einst	wegen Inflation
	– künftig	wegen der beschleunigten Expansion durch die Dunkle Energie
	• simuliert	Universen als Computersimulationen
modal	• potenziell	in der Vorstellung oder sprachlichen Repräsentation (begrifflich) getrennt
	• real	modaler Realismus; physikalisch (nomologisch), metaphysisch oder logisch getrennt
mathematisch	• strukturell/ axiomatisch	Platonismus, mathematische Demokratie, ultimatives Ensemble

Der Begriff »Multiversum« bedeutet inzwischen also »Vielzahl von Universen«. Er hat sich in den letzten Jahren zunehmend durchgesetzt, konkurriert aber noch mit »Megaversum«, »Omniversum« und »Ultraversum«. Vielleicht sollte man diese als weiteren Oberbegriff in Reserve behalten. Es ist nämlich denkbar, dass es nicht

Kosmische Selbstreproduktion: Im Modell der »chaotischen Inflation« von Andrei Linde, Stanford University, bilden sich immer neue »Blasen« aus einem »falschen Vakuum«, das sich ständig weiter ausdehnt. Das beobachtbare Universum wäre dann nur ein winziger Ausschnitt einer solchen Blase.

nur ein Multiversum aus vielen Universen gibt – die alle auf eine bestimmte Weise miteinander in Kontakt stehen, zum Beispiel wie Zweige am Baum der Kosmischen Inflation (mitunter »multi-domain universes«, »bubble universes« oder »pocket universes« genannt) –, sondern dass auch viele vollständig und in jeder Hinsicht voneinander isolierte Multiversen existieren. Deren Gesamtheit könnte man dann »Omniversum« (oder »Holokosmos« oder einfach »Kosmos«) nennen. Davon kann es dann per Definition nur eines geben – wie man es früher vom »Universum« annahm. Andere Multiversen wären uns empirisch prinzipiell unzugänglich.

Kurioserweise bedeutete »Multiversum« ursprünglich das Gegenteil von heute, nämlich ein Teilbereich oder Zweig des Universums. Andy Nimmo von der schottischen Sektion der British Interplanetary Society hat den Begriff 1960 eingeführt als »ein scheinbares Universum, von dem eine Vielzahl das ganze Universum ausmacht«. Das war im Hinblick auf die Many-Worlds-Interpretation der Quantenphysik gedacht, derzufolge sich viele verschiedene Entwicklungsgeschichten überlagern, die sich immer weiter aufspalten. Der britische SF-Autor Michael Moorcock verwendete »Multiversum« dann ab 1962 als Gesamtheit aller Universen in seinen *Eternal Champion*-Kurzgeschichten und im Roman The *Blood-Red Game*. Der Quantenphysiker David Deutsch von der Oxford University las dies und führte den Begriff im gegenteiligen Sinn von Nimmo in die Quantenphysik ein.

Der Begriff »Paralleluniversen« bezeichnet andere Universen, ohne die Art der Trennung oder Verbindung zu ihnen zu spezifizieren. Dabei ist »parallel« eine Metapher. Nur in manchen Branen-Weltmodellen kann man von strikter Parallelität sprechen, insofern die Universen hier gleichsam wie Leintücher parallel nebeneinander »hängen« – freilich als vierdimensionale Strukturen in einer fünfdimensionalen Raumzeit, also durch eine Extra-Raumdimension getrennt.

Kontroversen um Universen

Gegenwärtig wird heftig gestritten, inwiefern einige der Multiversum-Szenarien ein Teil der Physik und nicht nur Metaphysik sind. Die Argumente dabei sind freilich keineswegs nur philosophischer Art, sondern physikalisch motiviert. So wird gesagt, dass Paralleluniversen
- eine (vielleicht ungeliebte) Implikation einer Theorie seien,
- eine radikale Horizonterweiterung und Vollendung vom Kopernikanischen Prinzip beziehungsweise Prinzip der Mittelmäßigkeit bedeuten, also eine plausible Konsequenz unseres immer umfassender werdenden Weltbilds seien und die historische »Vertreibung« des Menschen als vermeintlichen Mittelpunkt des Universum endgültig erfüllen, und
- ein Explanans darstellen – also etwas, das bestimmte Phänomene erklärt: So könnte der Urknall als Phasenübergang (»Bounce«) verstanden werden oder die ominöse Singularität hinter alle Beobachtungsgrenzen »verschoben« (aufgrund der Ewigen Inflation) und somit vielleicht das *ex-nihilo*-Problem gelöst werden (es gab

Parallelwelten im Auge des Künstlers: Michael Böhme visualisierte, was viele Quantenphysiker ernsthaft behaupten: Dass sich das Universum ständig aufspaltet, um alle alternativen Möglichkeiten zu realisieren. In manchen endet dieser Satz mit einem Punkt, in anderen nicht. Die Parallelwelten sind aber nicht räumlich getrennt, sondern überlagern sich gleichsam.

keine Entstehung aus absolut nichts, es existierte immer schon etwas).[20] Auch das Problem der Feinabstimmungen der Naturkonstanten könnte vermieden werden.[21] Es besteht darin, dass schon geringfügige Abweichungen ihrer Werte oder Verhältnisse zueinander von ihren faktischen Werten beziehungsweise Verhältnissen die Eigenschaften des Universums so drastisch verändern würden, dass erdähnliches Leben unmöglich existieren könnte. (Beispielsweise wäre der Weltraum längst wieder kollabiert oder zu schnell expandiert, es hätten sich keine stabilen schweren Elemente bilden können, keine Sterne und Planeten wären entstanden oder die Zeit für eine Evolution hätte nicht ausgereicht.)

Als Alternative zu einer zufälligen, unerklärlichen bloßen Tatsache oder einer zielgerichteten Entwicklung (durch Design?) kann die Multiversum-Annahme die Feinabstimmungen entweder erklären (etwa als Produkt einer Kosmischen Selektion) oder als nicht erklärungsnotwendig abstreiten (weil alle oder jedenfalls sehr viele Möglichkeiten irgendwo, in anderen Universen, realisiert sind und wir trivialerweise nur die beobachten können, die mit unserer Existenz vereinbar sind). Vielleicht lässt sich mit Paralleluniversen auch erklären, warum wir keine Zeitparadoxien beobachten (Zeitreisen könnten existieren, aber in ein Paralleluniversum mit einer anderen Geschichte führen)[22] und was es mit der Dunklen Materie auf sich hat (siehe unten).

Fest steht, dass nicht alle Multiversum-Szenarien gleichermaßen plausibel sind. Die Kritik und Gegenkritik im Streit um die Paralleluniversen kann hier nicht im Detail dargestellt werden, daher nur ein paar Stichworte:
- Die Opponenten sprechen von einer nicht akzeptablen Extravaganz der Annahme – aber physikalische Extravaganzen gibt es auch anderweitig (etwa in der Relativitäts- und Quantentheorie).
- Die Proponenten halten Paralleluniversen für eine konsequente Extrapolation bekannter Sachverhalte beziehungsweise Theorien, die Opponenten sprechen von einer Grenzüberschreitung der spekulativen Vernunft.
- Die Erklärungskraft der Multiversum-Hypothese wird attackiert. Sie erkläre alles und nichts. Aber vielleicht erklärt sie doch etwas (siehe oben) und ist sogar der Schluss auf die beste Erklärung?

- Paralleluniversen, so eine weitere Kritik, sind ein Verstoß gegen das Ökonomie-Prinzip (»Ockhams Rasiermesser«). Aber sie erfüllen durchaus die Forderung nach Einfachheit – nämlich von Entitäten, Prinzipien, Restriktionen, Algorithmen, nicht aber der Zahl der Objekte; und sie ersparen womöglich unelegante Zusatzannahmen (»many worlds or many words«, wie Quantenphysiker sagen); und sie bleiben in einem naturalistischen Rahmen (im Gegensatz zu Design-Postulaten, die eine unerklärliche Entelechie, objektive und die Physik bestimmende Werte, Kosmische Ingenieure oder gar Gott bemühen).
- Aktuale Unendlichkeiten, so lautet ein weiterer Vorwurf, können in der Natur nicht realisiert sein, weil sie (im Gegensatz zu potenziellen Unendlichkeiten) zu Paradoxien führen (etwa ineinandergeschachtelte Unendlichkeiten oder Selbstbezüglichkeiten nach der Art »die Menge aller Mengen, die sich nicht selbst enthalten«). Kosmologien mit der Annahme einer ewigen (also unendlichen) Vergangenheit, eines unendlichen Raumvolumens oder gar einer unendlichen Zahl von Universen seien daher logisch unmöglich.[23] Doch das ist umstritten und trifft auch keineswegs alle Multiversum-Szenarien (zum Beispiel nicht das einer nur zukunftsewigen Kosmischen Inflation).
- Schließlich wurde argumentiert (zuerst von den Physikern Richard Feynman und Dennis Sciama), was nicht verboten sei, existiere auch – wobei »Verbot« für entsprechende Naturgesetze steht und nichts »Normatives« impliziert. Diese Ansicht ist eine bewährte Annahme in der Teilchenphysik. Die Idee geht übrigens auf den Artus-Roman *The Once and Future King* (1958) von Terence H. White zurück, in dem es heißt: »Alles, was nicht verboten ist, ist Pflicht.« Insofern könnte sogar eine Umkehr der Beweislast gefordert werden, wonach die Opponenten die Unmöglichkeit der Paralleluniversen nachzuweisen hätten, sprich: »verbietende« Naturgesetze finden müssten. Das ist freilich ein heikles Thema. Denn was heißt »möglich«, wenn alles, was möglich ist, auch existiert (also realisiert ist)? Könnte es nicht nur andere Universen mit anderen physikalischen Randbedingungen, Naturkonstanten oder -gesetzen geben, sondern auch einer anderen Mathematik oder Logik? Universen, in denen es magisch zugeht, in denen ein theistischer Gott existiert (und in

anderen nicht) oder alle simulierbaren Phantasien real vorkommen? »Die Science Fiction liefert eine fruchtbare Quelle solcher Ideen. Wir können uns die Alternativen sicherlich nicht einmal vorstellen, geschweige denn sie systematisch darstellen«, kritisiert der Kosmologe George Ellis.[24] »Folgt man der Multiversum-Theorie zum logischen Extrem, dann bedeutet das letztlich, die Vorstellung einer rational geordneten realen Welt insgesamt zu verlassen und eine unendlich komplexe Farce zu bevorzugen, was die Idee jeglicher Erklärbarkeit sinnlos macht«, schlägt der Kosmologe Paul Davies in dieselbe Kerbe.[25] Kurz: Die Annahme eines Prinzips der Fülle führt auf eine schiefe Ebene, die in einen Absturz münden kann. Das heißt im Umkehrschluss nicht, dass die Multiversum-Hypothese schon einen Schritt zu weit geht. Nicht jedes Szenario ist gleich radikal und exotisch. Aber wenn man die paradoxen Konsequenzen im Extrem nicht akzeptieren will, sind Prinzipien oder Gesetze (also »Verbote«) nötig, die die physikalischen oder metaphysischen Möglichkeiten einschränken. Doch warum existieren diese, und wie kann man sie feststellen? Solche Fragen verschieben nicht nur die Probleme, sondern transzendieren die Naturwissenschaft auch.

- Und wie schon bei den Wurmlöchern besteht ein weiterer und besonders wichtiger und hartnäckiger wissenschaftstheoretisch-philosophischer Streitpunkt in der Behauptung, Paralleluniversen seien prinzipiell nicht testbar oder falsifizierbar und daher nicht wissenschaftlich. Ist das korrekt?

Für andere Universen, verstanden als hypothetische natürliche Entitäten (»natural kinds«), also »Gegenstände« der Natur und nicht nur von Theorien, könnte man dieselben Kriterien wie bei Wurmlöchern fordern: *Verifizierbarkeit* und *Einbettung in eine wissenschaftlich anerkannte Theorie*. Beide Kriterien sind weniger strikt erfüllbar als im Fall der Wurmlöcher. Die theoretische Einbettung erfolgt neben der Allgemeinen Relativitätstheorie durch spekulative, schwierig falsifizierbare und bislang auch nicht ansatzweise bestätigte Theorien. Am prominentesten sind die String- oder M-Theorie, die Loop-Quantengravitation (Riemann'sche Quantengeometrie) und viele Szenarien der Kosmischen Inflation.[26] Außerdem sind die

Verifikationsmöglichkeiten spekulativer als bei Wurmlöchern, wie die folgenden Beispiele andeuten:
- Wurmlöcher könnten Verbindungen zu anderen Universen eröffnen: In Form eines direkten Zugangs oder indirekt durch Effekte wie eine Fixierung der Werte mancher Naturkonstanten.[27] Wenn hinter der ominösen Dunklen Energie, die die Ausdehnung unseres Weltraums beschleunigt, Phantomenergie steckt, dann könnte diese in Zukunft Wurmlöcher so extrem aufblähen, dass das ganze beobachtbare Universum von einem Wurmloch verschlungen wird und dann vielleicht sogar in ein anderes Universum geschleudert werden könnte oder aber zurück in die Vergangenheit, wo es quasi den eigenen Urknall erzeugt; solche spekulativen Szenarien haben einige im Prinzip messbare teilchenphysikalische und astronomische Konsequenzen.[28]
- Materie in anderen Universen könnte in unserem Wirkungen haben. Beispielsweise könnte sie als die ominöse Dunkle Materie erscheinen, wenn die Gravitationswirkung von Materie in einem Paralleluniversum (»Bran«) durch einen höherdimensionalen Zwischenraum (»Bulk«) in unser Universum hineinreicht.[29] Wenn es Extradimensionen gibt, könnten sich Partikel (oder Schwingungsmoden) mit extradimensionalem Impuls als sogenannte Kaluza-Klein-Teilchen auch in unserer vierdimensionalen Raumzeit bemerkbar machen und sogar in Teilchenbeschleunigern erzeugt werden.[30]
- Einflüsse von anderen, möglicherweise separat entstandenen Universen könnten bis heute ihre Spuren hinterlassen haben (durch quantenphysikalische »Verschränkungen« auch über Entfernungen jenseits des Beobachtungshorizonts hinweg), zum Beispiel in der Kosmischen Hintergrundstrahlung. Tatsächlich gibt es Hinweise auf eine große, nahezu leere Raumregion im Sternbild Eridanus, die sich durch eine solche Interaktion gebildet haben könnte.[31]
- Quantencomputer könnten die Existenz anderer »Zweige« der universalen Wellenfunktion für ihre Rechnungen ausnützen und uns so indirekte Kenntnis dieser superpositionierenden »many worlds« verschaffen.[32]

Die Existenz anderer Universen lässt sich aber auch als wissenschaftliche Hypothese formulieren und müsste dann – nicht allgemein,

aber jeweils als konkretes Modell, das Voraussagen macht – *falsifizierbar* sein. Hierfür gibt es bereits einige Vorschläge:
- Würde sich herausstellen, etwa durch die Entdeckung bestimmter Muster in der Temperaturverteilung der Kosmischen Hintergrundstrahlung, dass wir in einem kleinen, endlichen Universum leben (und quasi von innen einmal drumherum blicken können), dann wären einige prominente Multiversum-Hypothesen bereits widerlegt – besonders solche auf der Grundlage von Szenarien der Kosmischen Inflation.
- Auch wenn bestimmte Multiversum-Szenarien als Ganzes nicht widerlegbar sind (zum Beispiel das Szenario der Kosmischen Inflation mit seiner riesigen Modellvielfalt, die an ganz unterschiedliche künftige Daten angepasst werden kann), so sind es immerhin die einzelnen Modelle, wenn diese konkrete Vorhersagen machen. Tatsächlich konnten durch kosmologische Messungen auf diese Weise schon zahlreiche einzelne Modelle widerlegt oder jedenfalls als unwahrscheinlich erachtet werden. Solche einzelnen Falsifikationen sind kein K.o.-Kriterium für den ganzen Ansatz. Aber wenn sie sich häufen und vor allem die einfachsten, robustesten Modelle ausschließen, schwindet die Glaubwürdigkeit eines solchen Szenarios enorm – vor allem dann, wenn es konkurrierende Szenarien gibt.
- Ein »Vorläufer-Universum«, das vor dem Urknall (verstanden als Phasenübergang, nicht als absoluter Beginn von allem) existiert hat und aus dessen Kollaps unser Universum hervorgegangen ist, könnte bis heute eine Spur im All hinterlassen haben – einen »Abdruck« in der Kosmischen Hintergrundstrahlung, der messbar ist.[33]
- Oder der Urknall entstand durch die Kollision unseres vierdimensionalen Universums mit einem anderen vierdimensionalen Universum in einer fünfdimensionalen Raumzeit, was sich im Rahmen der noch spekulativen Stringtheorie formulieren lässt und ebenfalls bis heute beobachtbare Konsequenzen hat: Auch hier wurden bestimmte Eigenschaften der Kosmischen Hintergrundstrahlung vorausgesagt.[34] Außerdem wird in diesem Szenario möglicherweise der anderweitig rätselhafte niedrige Wert der Kosmologischen Konstanten verständlich, insofern er sich durch eine sukzessive Verringerung von Zyklus zu Zyklus aus

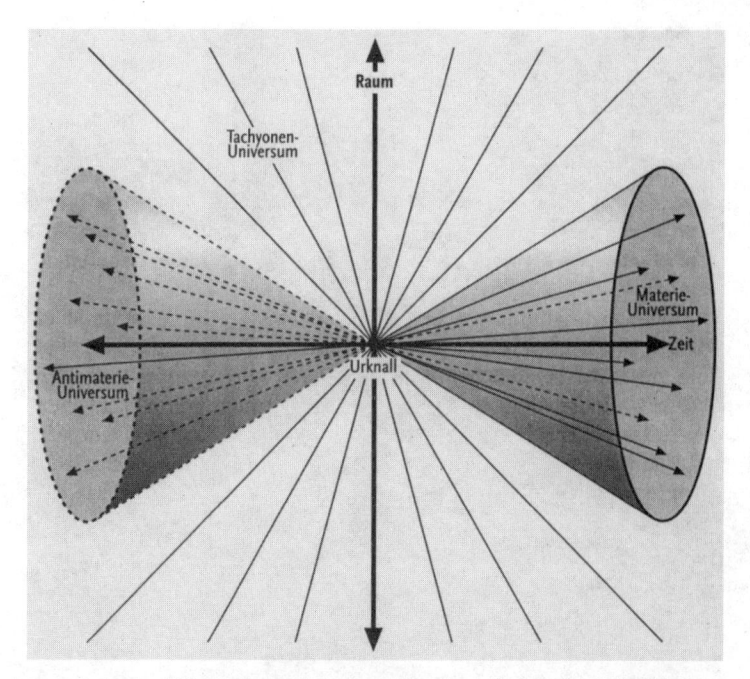

Kosmische Dreifaltigkeit: Möglicherweise sind mit dem Urknall drei getrennte Universen entstanden. Erstens unseres, das von unterlichtschneller Materie und Licht dominiert wird; zweitens ein Antimaterie-Universum, dessen Zeit relativ zu unserer rückwärts läuft; und drittens ein Tachyonen-Universum, in dem es nur überlichtschnelle Partikel gibt. Die Idee stammt von dem Kosmologen John Richard Gott.

dem anfangs »natürlichen« hohen Wert (rund 10^{120} höher als heute!) zum gegenwärtigen Minimum hin entwickelt hat.[35]
- Im Rahmen des Prinzips der Mittelmäßigkeit lassen sich kosmologische Parameter wie die Werte der Kosmologischen Konstante, der primordialen Dichtefluktuationen oder der Neutrino-Massen abschätzen beziehungsweise testen, wenn andere Universen existieren, da die Galaxienbildung empfindlich von diesen Werten abhängt.[36] Freilich ist nicht gesichert, dass das Prinzip der Mittelmäßigkeit stets anwendbar ist – unser Universum

708 Science & Speculation

Cosmic Genesis: Manche Kosmologen vermuten, dass unser Universum »Ableger« bildet, beispielsweise in Schwarzen Löchern, die sich zu alsbald unabhängigen Universen aufblähen können. Vielleicht hat sich auch unser eigenes Universum von einem anderen abgenabelt.

könnte auch die Ausnahme im Multiversum sein oder wir könnten keine typischen Beobachter sein. Wir bräuchten uns gleichwohl nicht zu wundern, darin zu leben, weil viele andere Universen lebensfeindliche Naturgesetze oder -konstanten besitzen dürften. (Das viel diskutierte Schwache Anthropische Prinzip[37] ist daher keine Erklärung, sondern lediglich ein Indiz für Beobachter-Selektionseffekte). Überdies ist die Wahrscheinlichkeitsverteilung der variablen Größen im Multiversum, etwa der Kosmologischen Konstanten, unbekannt. Und eine weitere, gegenwärtig sehr kontrovers diskutierte Voraussetzung des Anthropischen oder Mittelmäßigkeitsprinzips besteht in der Definition eines geeigneten Maßes.[38] Es ist für prüfbare Voraussagen mathematisch unerlässlich und darf weder zu paradoxen Ergebnissen führen noch willkürlich sein (was beim Vergleich von Unendlichkeiten mit Unendlichkeiten leicht möglich ist, etwa der Zahl von Universen und Parameter-Werten).[39] Wenn eine Theorie existiert, welche Parameter variieren können und wie sie variieren (Wahrscheinlichkeitsverteilung) – etwa durch ein Prinzip, das sowohl den Quantenzustand unseres Universums als auch die Dynamik festlegt –, dann kann die Beachtung Anthropischer Effekte wichtig oder sogar notwendig sein.[40] Das setzt ein Multiversum aber bereits voraus. Zudem bleibt das Problem, dass die Feinabstimmungen »feiner« (also unwahrscheinlicher) sein können, als Anthropische Selektionseffekte es erfordern, und dass mit geeigneten Hilfshypothesen das Anthropische Prinzip nicht mehr falsifizierbar erscheint.[41]

- Im Rahmen eines Kosmischen Darwinismus, demzufolge sich neue Universen bei der Entstehung Schwarzer Löcher bilden, wobei sich die Werte ihrer Naturkonstanten geringfügig verändern, lassen sich die scheinbar »lebensfreundlichen« Werte bestimmter Naturkonstanten erklären, wenn für die Bildung Schwarzer Löcher und die Entstehung erdähnlicher Lebensformen ähnliche physikalische Voraussetzungen nötig sind und solche Universen mehr Nachkommen haben und somit relativ häufiger sind. Dieses Szenario hat nicht die Probleme des Anthropischen Prinzips und macht überprüfbare und bislang nicht falsifizierte Voraussagen auch für unser eigenes Universum.[42]

Die skizzierten Verifikations- und Falsifikationsbeispiele, die sicherlich nicht die einzigen bleiben werden, zeigen, dass eine prinzipielle Überprüfbarkeit vieler Modelle oder Szenarien besteht. Somit sind Paralleluniversen auch nach dem besonders strengen Maßstab der Testbarkeit nicht von vornherein unwissenschaftlich (und nach einigen anderen Maßstäben, auf die noch einzugehen ist, sind sie es ebenfalls nicht). Allerdings gibt es auch Hypothesen, wonach Universen (oder ganze Multiversen) vollständig voneinander getrennt sind, also keinerlei räumliche, zeitliche, dimensionale und kausale Verbindungen besitzen. Sie können dann kein Gegenstand der Wissenschaft mehr sein (aber ein durchaus respektabler der Metaphysik), es sei denn, ihre Existenz folgt zwingend aus Theorien, die sich in unserem Universum hinreichend überprüfen lassen.

Paralleluniversen sind also nicht per se *kein* Gegenstand der Physik, auch wenn sie schwierige wissenschaftstheoretische, epistemologische und metaphysische Fragen aufwerfen. Zum gegenwärtigen Zeitpunkt sollten die meisten Szenarien allerdings nur im spekulativen wissenschaftlichen Grenzbereich angesiedelt werden. Ihre Existenz ist zurecht primär ein Thema der philosophischen – aber auch unter Physikern und Kosmologen geführten – Diskussion, etwa im Hinblick auf Kriterien wie Einfachheit und Erklärungspotenzial.[43] Das muss man jedoch nicht negativ bewerten, sondern sollte es als weiteres Beispiel dafür ansehen, wie sich Philosophie und moderne Physik konstruktiv und produktiv wechselseitig bereichern und ergänzen können. Überdies ergeben sich auch viele neue Möglichkeiten für Szenarien und Plots in SF-Literatur und -Film – und zwar weit darüber hinaus, dass Kunst schon immer »Paralleluniversen« im Sinn von anderen Welten entworfen hat.

Wissenschaft versus Voodoo Science – Betrug, Humbug und Tyrannei

Wissenschaft, und speziell Naturwissenschaft, muss gleichsam mehrdimensional von anderen Tätigkeiten und Überzeugungssystemen abgegrenzt werden (die folgenden räumlichen Metaphern sind selbstverständlich nicht wörtlich zu nehmen):
- Abgrenzung nach »unten« gegen das *Alltagswissen* (»praktisches Wissen«), das wissenschaftliche Aspekte einschließen kann, aber nicht muss. Als Grenzform zur Wissenschaft – historisch betrachtet wie auch in den Einzelfällen neu entstehender Wissenschaftsdisziplinen oder neu einzugliedernder Phänomenbereiche – wird von *Protowissenschaft* (»protoscience«) gesprochen. Dies gilt insbesondere für noch nicht adäquat überprüfte Phänomene – was aber nicht heißt und heißen darf, dass sie inadäquat überprüft oder prinzipiell gar nicht überprüfbar sind.

- Abgrenzung nach »oben« gegen die *Metaphysik* sowie gegen mythische, religiöse und ideologisch-dogmatische *Glaubenssysteme* (die Grenzen zwischen ihnen sind fließend). Gute Metaphysik ist, nebenbei bemerkt, nicht dogmatisch, sondern ein rationales Unternehmen, wenn es kritisierbare und revidierbare Aussagen formuliert.[44] Wie in der Wissenschaftstheorie sind solche Aussagen zwar nicht empirisch falsifizierbar (aber das sind auch nicht Normen, Wertungen, Spielregeln, Definitionen oder formale Beziehungen), sie können jedoch trotzdem sinnvoll sein. Und in unserem Erkenntnisdrang – wir wollen wissen, was es alles gibt – sind auch Vermutungen (heuristische Spekulationen) und nichtempirische Sätze im Rahmen bewährter, undogmatischer Ontologien nützlich. Wichtig sind außerdem kritische Reflexionen von Voraussetzungen, Implikationen und Argumentationsformen. All das gehört zu Metaphysik und Wissenschaftstheorie; es ist zwar kein Teil der Naturwissenschaft, aber deswegen noch lange nicht unwissenschaftlich im weiteren Sinn. Insofern darf trotz der Unterscheidung (und den Unterschieden) von Physik und Philosophie nicht ihre Verbindung und nützliche Interaktion vergessen werden.
- Abgrenzung »seitlich« gegen die Pseudowissenschaft und verwandte Erscheinungsformen.[45]

Das ist freilich leichter gesagt oder gefordert als getan. Denn die Grenzen sind in der Praxis zuweilen diffus, auch für Experten. Das ist nicht verwunderlich, sondern macht gerade die Kontroversen aus. Und die Grenzen verschieben sich auch im Lauf der Zeit – beispielsweise aufgrund von soziologischen Faktoren oder neuen Erkenntnissen oder Methoden. So wurden etwa die heute etablierten Theorien über elektromagnetische Felder, die Plattentektonik, den Urknall oder Schwarze Löcher von manchen Kontrahenten zunächst teilweise als Pseudowissenschaft kritisiert.

Pseudowissenschaft wurde vor allem von Karl Popper als wissenschaftstheoretisches Problem im Hinblick auf die Abgrenzung zur Wissenschaft erkannt (er beschäftigte sich ab 1919 damit[46]). Der Begriff ist schon älter: 1843 wurde er von dem Physiologen François Magendie auf die Phreneologie angewandt, derzufolge Charaktermerkmale und geistige Fähigkeiten streng in bestimmten

Hirnarealen lokalisiert seien und sich in Schädelmerkmalen darüber widerspiegeln würden. Als weitere Beispiele für Pseudowissenschaft gelten Graphologie, Homöopathie, »wissenschaftliche Astrologie«, Lehren wie Qi, Prana, Ki (Reiki), Dianetik, die verschiedenen Spielarten des Kreationismus (»Christian Science«, »Creation Science«, »Intelligent Design«), aber auch manche Quantenmystizismen, die »Theorie« der morphogenetischen Felder und diverse Neuromythologien (etwa »Neurolinguistisches Programmieren« oder bestimmte Lehren zur rechten und linken Gehirnhälfte).

Bevor zahlreiche Kriterien genannt werden, die Wissenschaft und Pseudowissenschaft unterscheiden helfen, seien noch einige Unterarten beziehungsweise mehr oder weniger enge Verwandte der Pseudowissenschaft aufgezählt:

- *Fraud Science* (»betrügerische Wissenschaft«) ist das skrupellose Fälschen von Daten für die Begründung oder »Bestätigung« einer wissenschaftlichen Hypothese oder Theorie – und folglich überhaupt keine Wissenschaft, sondern Lug und Trug. Dies kam und kommt immer wieder vor, selbst bei renommierten Forschern, und kann den wissenschaftlichen Fortschritt oft viele Jahre behindern und fehlleiten.
- *Junk Science* (deutsch »Ramsch, Müll«, zuweilen auch *Bunk Science* genannt, deutsch »Humbug«), ein seit mindestens 1985 gängiger, abwertender Begriff, steht für Desinformation und Meinungsmanipulation sowie die Benutzung und den Missbrauch oder die einseitige Auswahl wissenschaftlicher Daten, Analysen und Hypothesen zu politischen, religiösen oder finanziellen – also außerwissenschaftlichen – Zwecken.[47] Beispiele sind die Propaganda zur Qualität von Nahrungsmittel, zu ungeklärten Aspekten der Evolutionstheorie, zu den angeblich übertriebenen Schäden des Tabakkonsums oder Passivrauchens, zu den Ursachen des Klimawandels oder bestimmter Krankheiten. Typische Merkmale von Junk Science sind das Anbieten einer raschen, einfachen Lösung, die Warnung vor einer bestimmten Lebensweise oder Nahrung, simplizistische Schlussfolgerung aus einer komplexen Studie, Empfehlungen auf der Grundlage einzelner oder umstrittener oder nicht überprüfter Studien, überzogene Behauptungen entgegen anderslautender Erkenntnisse. Werden die Daten auf unseriöse Weise erhoben oder nachträglich »frisiert«,

um beispielsweise den Zwecken des Auftraggebers zu genügen, ist der Übergang zur Fraud Science fließend.
- *Lyssenkoismus* bezeichnet die Unterordnung wissenschaftlicher Erkenntnisse und Methoden unter die Wunschvorstellungen von Politik und Ideologie und kann als besonders radikale und gefährliche (weil wirkungsmächtige) Spielart von Junk Science aufgefasst werden. Der Begriff bezieht sich auf den Pflanzenzüchter Trofim Denissowitsch Lyssenko, der die Existenz von Genen als »unsozialistisch« negiert und stattdessen die Vererbung erworbener Eigenschaften propagiert und auf Grundlage von experimentellen Fehlern und Fälschungen zu beweisen vorgegeben hatte. Mit großspurigen Behauptungen gewann er Josef Stalins Sympathie, wurde 1938 zum Präsidenten der Akademie für Landwirtschaftswissenschaften der Sowjetunion (bis 1958); er entließ alle Genetiker an den staatlichen Forschungsinstituten (viele wurden politisch erfolgt, in Gulags gebracht und teilweise sogar zum Tod verurteilt); und er befahl, große Flächen mit Weizen zu bepflanzen, deren klimatische Bedingungen ungeeignet waren – das verschärfte die ohnehin schlechte Ernährungslage im Land erheblich, es kam zu Hungersnöten. So hatte die ideologische Pseudowissenschaft verheerende Folgen nicht nur für die Wissenschaft und Wissenschaftler in der Sowjetunion, sondern für die gesamte Bevölkerung.
- *Pathologische Wissenschaft* wird, etwas missverständlich, jene Forschung genannt, die Unwahrheiten hinterher jagt (»the science of things that aren't so«[48]) und ihre überzogenen Behauptungen auf mangelnde, marginale oder falsche Daten gründet. Der Begriff wurde 1953 von dem Chemie-Nobelpreisträger Irving Langmuir geprägt und meint weder eine betrügerische noch eine methodisch »kranke« Wissenschaft, sondern eine Verfehlung – insofern sich die (oft zunächst sehr angesehenen) Forscher durch falsche oder unzureichende Resultate, Vorurteile, Wunschdenken und (unbewusste) Selbsttäuschung sowie beharrliche Kritikabwehr in die Irre führen lassen.[49] Dazu gehören N-Strahlen, Kalte Fusion, Polywasser, Wasser-Gedächtnis und Homöopathie. Spekulative Wissenschaft (siehe unten) ist nicht pathologisch. Und der Widerstand der Fachwelt gegen eine Theorie (wie bei der Kontinentalverschiebung) oder außerwissenschaftliche

Zwangsmaßnahmen für sie (wie beim Lyssenkoismus) macht sie noch nicht zur pathologischen Wissenschaft. Hinreichend dafür sind auch nicht Fehler beim wissenschaftlichen Arbeiten, etwa der Datenerfassung, -erzeugung, -auswertung oder -interpretation; vielmehr ist eine unbelehrbare Einstellung des Forschers dazu entscheidend, eine zunehmende Kritikimmunisierung bis hin zur Entstehung einer »Glaubensgemeinschaft«.

Voodoo Science wurde als Oberbegriff für Pseudowissenschaft (im engeren Sinn), Junk Science, pathologische Wissenschaft und wissenschaftlichen Betrug vorgeschlagen.[50] Warnsignale für Voodoo Science sind, dass sich die »Entdecker« zunächst an Massenmedien, nicht an kritische Kollegen wenden, dass sie Verschwörungstheorien verbreiten (etwa über die Unterdrückung oder systematische Missachtung beziehungsweise Nichtbeachtung ihrer Erkenntnisse), dass sie isoliert von der Fachwelt arbeiten, dass Anekdoten oder alte Traditionen und nicht systematische Analysen als Argumente angeführt werden, dass die behaupteten Effekte an der Grenze der Nachweisbarkeit liegen oder dass die Entdeckung neue Naturgesetze oder ein völlig neues Naturverständnis erfordert. Oft wird »Pseudowissenschaft« (im weiteren Sinn) aber auch mit Voodoo Science gleichgesetzt und dann entsprechend differenziert.

Außerdem gibt es Grenzwissenschaften und wissenschaftliche Spekulationen. Sie sind vom Inhalt ihrer Aussagen her gesehen ebenfalls umstritten und problematisch, nicht aber von der Art der Methoden und Argumentation her – und daher auch keine Pseudowissenschaft!

- Eine *Grenzwissenschaft*, auch *Fringe Science* genannt, liegt am Rand der etablierten akademischen Disziplinen und des Mainstreams der Forschungsmeinungen.[51] Ihre Hypothesen werden von den meisten Wissenschaftlern als unwahrscheinlich abgelehnt, sind aber methodisch sauber, nicht irrational, nicht durch dubiose Interessen getrieben (wie Junk Science) und auch kein Beispiel für pathologische oder Pseudowissenschaft. Sorgfältige Studien zur Parapsychologie gehören zur Grenzwissenschaft; auch die Kalte Fusion fiel zunächst unter diese Kategorie, wird inzwischen aber als ein Fall von pathologischer Wissenschaft angesehen.

- *Wissenschaftliche Spekulation* (*scientific speculation*) gehört ebenfalls nicht zur Pseudowissenschaft, sondern generiert in einem wissenschaftlichen Rahmen Hypothesen und kühne Vermutungen oft jenseits aktueller Überprüfungsmöglichkeiten, die aber nicht als gesicherte Behauptungen propagiert werden. Spekulation steht hier für die weit zurückreichende Tradition des »speculari« im Sinn der über herkömmliche empirische oder praktische Erfahrung hinausgehenden Beobachtung und Ausrichtung auf fundamentale Prinzipien und das Wesen der Dinge (Theorie als »Schau«, »speculatio« oder »contemplatio« ist keineswegs abwertend gemeint). Nicht unter (wissenschaftliche) Spekulation fallen Behauptungen ohne eine rationale Basis oder die wilden (philosophischen) Spekulationen im Deutschen Idealismus oder religiöse Mutmaßungen (der Kirchenvater Augustinus verwies auf den Spiegel, lateinisch »speculum«, der durch den Sündenfall verdunkelt wurde).

Als Beispiel einer frühen wissenschaftlichen Spekulation – im Gegensatz zur Proto- oder Grenzwissenschaft – kann die Hypothese des Anaxagoras vor 2500 Jahren gelten: Er mutmaßte, dass die Sonne (umgerechnet) ungefähr 6000 Kilometer entfernt und 60 Kilometer groß sei und aus heißem Eisen bestehe. Das ist zwar falsch (aber kein Beispiel pathologischer Wissenschaft), beruht jedoch auf Beobachtungen, Messungen und rationalen Folgerungen: Die Maßangaben gewann der vorsokratische Philosoph durch die Triangulation – allerdings basierend auf der falschen Annahme, dass die Erde flach sei –, und die Zusammensetzung schloss er aus der Tatsache, dass Eisen vom Himmel fällt – nämlich in Meteoriten, die aus jetziger Sicht freilich einen anderen Ursprung haben. Dass die Spekulation von heute das Wissen von morgen sein kann, zeigt auch die Widerlegung der Behauptung des positivistischen Soziologen August Comte: In seinem *Cours de philosophie positive* (6 Bände, bis 1842) schrieb er, dass die Zusammensetzung der Sterne niemals eruierbar sei (er hätte auch sagen können: Aussagen dazu seien nicht falsifizierbar). Doch 1859, zwei Jahre nach Comtes Tod, begründeten Robert Bunsen und Gustav Kirchhoff in Heidelberg die Spektralanalyse. Mit den für jedes Element charakteristischen Spektrallinien lässt sich die Zusammensetzung der

Sonne und anderer Sterne sehr wohl feststellen. Das Element Helium wurde sogar zunächst in der Sonne (1868) und erst später auf der Erde entdeckt. Und dass Anaxagoras nicht ganz falsch lag, ist inzwischen auch bekannt: Eisen besitzt unsere Sonne nämlich doch, wenn auch nur 0,16 Prozent der Masse ihrer Photosphäre daraus besteht.

Eine Verifikation oder Falsifikation von Wurmlöchern und Paralleluniversen ist sicherlich schwieriger als die physikalisch-chemische Aufklärung der Natur der Sterne. Doch solche wissenschaftlichen Tests sind, wie oben an einigen Beispielen erläutert, nicht prinzipiell ausgeschlossen und vielleicht nur eine Frage der Zeit (ähnlich wie eine Erforschung der Mondrückseite, die Jahrtausende lang unmöglich erschien und daher fälschlicherweise als unwissenschaftlich hätte gelten können). Wurmlöcher und Paralleluniversen fallen also nicht unter die Kategorie von Voodoo Science und sind eher in den Bereich der wissenschaftlichen Spekulation als der Grenzwissenschaft einzuordnen.

Abgrenzungskriterien von Wissenschaft und Pseudowissenschaft

Sicherlich gibt es kein einziges striktes, eindeutiges formales oder inhaltliches Kriterium, um Wissenschaft – oder, eingeschränkter: Naturwissenschaft – von anderen Formen menschlicher Aktivität abzugrenzen. Nach einem solchen Abgrenzungskriterium wurde zwar immer wieder gesucht. Doch letztlich kann dabei nicht mehr als eine normative Definition herauskommen. Und diese ist immer irgendwie beliebig. Weshalb sollte sie jeder akzeptieren? Und was würde das nützen? Begriffs- und somit auch Definitionsfragen und -klärungen sind ohne Zweifel wichtig, denn oft kommt es ohne sie zu unnötigen Missverständnissen oder unpräzisen Aussagen und in der Folge zu Konfusion, ergebnislosen Streitereien sowie zu Verzögerungen im Erkenntnisfortschritt. Doch mit Definitionen und somit Konventionen allein löst man keine echten Probleme, allenfalls selbstgemachte. Und es wäre grotesk, Definitionen »beweisen« zu wollen. Zudem sind Begriffe (außer vielleicht in den formalen Wissenschaften) immer mehr oder weniger unscharf und abhängig vom Gebrauch, vom Kontext, vom geschichtlichen Wandel. Das schließt jedoch eine gemeinsame Verständigung und im Idealfall hinreichende Genauigkeit nicht aus. Und so besteht weitgehend – wenn auch nicht in jedem Detail und unter allen Umständen – ein Konsens, welche Methoden, Argumente und so weiter (natur)wissenschaftlich sind und welche nicht. Das hängt freilich auch von den spezifischen Forschungsgegenständen oder -themen ab und von der Praxis.

Die folgende Tabelle enthält eine Liste von Kriterien oder Merkmalen der Wissenschaft (speziell von Naturwissenschaften), die sie von Pseudowissenschaft(en) unterscheidet. Weder beansprucht diese Liste Vollständigkeit, noch sind die Kriterien in jedem Fall immer scharf voneinander getrennt. Auch mag es in einzelnen Fällen unklar sein, ob die Kriterien von der Wissenschaft (beziehungsweise einer einzelnen Wissenschaft wie der Physik) stets erfüllt werden – oder von der Pseudowissenschaft eben nicht. Und nicht alle Kriterien sind in allen Fällen anwendbar. Außerdem ist die Liste nicht frei von Beliebigkeit (weitere Merkmale können jederzeit aufgenommen und bewertet werden). Trotz all dieser Einschränkungen sollte es genügen, hinreichend viele Kriterien und Unterschiede zu identifizieren und, wenn schon keine »Alles-oder-Nichts«-Abgrenzung zu finden, so doch immerhin starke Unterschiede zwischen Wissenschaft und Pseudowissenschaft hinsichtlich solcher Kriterien auszumachen. Das mag in der abstrakten Diskussion nicht unbedingt ganz einsichtig sein, aber es sollte in jedem konkreten Einzelfall deutlich werden. Und wenn nicht, dann ist ein solcher Fall eben ein strittiger Grenzfall, bei dem noch zu zeigen wäre, inwiefern ihm das Prädikat der Wissenschaftlichkeit zukommt. (Es kann nicht verwundern, dass es in der Geschichte der Wissenschaften oder, hehrer formuliert, im Lauf des wissenschaftlichen Fortschritts, bei einer Ausweitung der wissenschaftlichen Gegenstandsbereiche immer wieder zu solchen Grenzfällen kommt und in der Folge zu ihrer Überwindung oder Verwerfung.) Wurmlöcher und Paralleluniversen sind solche konkreten Beispiele – Wurmlöcher mehr, Paralleluniversen weniger (weil der Begriff »Paralleluniversum« vieldeutiger ist und sich dahinter auch diverse, teils unverbundene wissenschaftliche Spekulationen verbergen). Die Tabelle 3 zeigt, dass hinsichtlich der weitgefächerten Kriterien in der Liste die Wurmlöcher und Paralleluniversen das Prädikat der Wissenschaftlichkeit verdienen – Erstere mit großer, Letztere mit etwas geringerer (und je nach Modell differenzierter zu bewertenden) Überzeugungskraft.

Tabelle 3: Abgrenzungskriterien von Wissenschaft und Pseudowissenschaft sowie eine Bewertung der Wissenschaftlichkeit von Wurmlöchern (W) und Paralleluniversen (P) im Hinblick auf diese Merkmale.

Bedeutung der Zeichen für die Bewertung eines Kriteriums: ✓ = erfüllt, (✓) = teilweise oder überwiegend erfüllt, ? = fraglich oder umstritten, – = Kriterium hier nicht anwendbar

Merkmale von Wissenschaft (im Gegensatz zur Pseudowissenschaft)	W	P
Entdeckung neuer Phänomene der Natur	? / –	? / –
Aussicht auf Entdeckung neuer Phänomene der Natur	(✓) / ?	(✓) / ?
keine vagen, übertriebenen, obskuren Behauptungen	✓	✓ / ?
nicht »bloß leere Phrasen, die lediglich eine emotionale Bedeutung haben« (Larry Laudan) und »Versuche sind, mit Rhetorik, Propaganda und falschen Darstellungen zu überreden, statt mit Indizien zu überzeugen« (Rory Coker)	✓	✓
kein undefiniertes oder stark mehrdeutiges oder vages Vokabular	✓	✓
Einbettung in wissenschaftlich akzeptierte, bewährte Theorie(n)	✓	(✓)
Einbettung in ein bewährtes wissenschaftliches Forschungsprogramm	✓	✓ / (✓)
Systematizität	✓	✓
logische (interne) Konsistenz oder Kohärenz	✓	✓
Explikation der Annahmen	✓	✓

Merkmale von Wissenschaft (im Gegensatz zur Pseudowissenschaft)	W	P
Offenheit: Daten, Ergebnisse und Methoden sind für andere Forscher für eine rigorose Überprüfung zugänglich; kein geheimes oder nicht öffentlich zugängliches Wissen	✓	✓
Einfachheit oder Sparsamkeit als Heuristik oder Prinzip (»Ockhams Rasiermesser«)	–	?
methodologische Reflektiertheit, keine Indifferenz hinsichtlich der Kriterien für valide Indizien	✓	✓
keine Indifferenz hinsichtlich der Fakten oder dem Aufbauschen von fragwürdigen »Fakten«, das heißt Faktoiden (Norman Mailer)	✓	✓
keine Umkehrung der Beweislast	✓	✓
Verifizierbarkeit der Eigenschaften, wenn sie existieren	✓	✓
Falsifizierbarkeit der Eigenschaften, wenn sie existieren	✓	✓
rigoros abgeleitete Vorhersagen	(✓)	(✓)
falsifizierbare Vorhersagen	(✓)	(✓) / ?
keine Überbetonung von Bestätigungen (statt von Widerlegungen)	✓	✓
keine Überbetonung von Zeugenberichten und Anekdoten oder sogar Gerüchten (die gut für die Generierung oder Entdeckung einer Hypothese sein mögen, nicht aber für ihre Überprüfung oder Rechtfertigung)	–	–
keine Überbetonung des Nichtwissens	✓	✓
Versuche, mit Beobachtungen, Messdaten, Argumenten, mathematischen Schlussfolgerungen, logischen Analysen oder einem Schluss auf die beste Erklärung zu überzeugen und nicht mit Glaube, Hoffnung oder Gehorsam	✓	✓
Replizierbarkeit oder Reproduzierbarkeit (von Messungen, Effekten, Konstruktionen und so weiter)	(✓)	(✓)
Doppelblind-Studien, Kontrolle oder Elimination von Voreingenommenheiten	–	–

Merkmale von Wissenschaft (im Gegensatz zur Pseudowissenschaft)	W	P
statistische Signifikanz, Konfidenz-Intervalle, Fehlerabschätzungen, nicht bloß subjektive Validierung	–	–
Unterschied von Korrelation und Kausalität wird beachtet	–	–
Fortschritt, Selbstkorrektur, Revisionen, Suche nach Fehlern, Analyse von Fehlern	✓	✓
keine Verschwörungsbehauptungen oder persönliche Angriffe (ad hominem Trugschluss)	✓	✓
Publikation in der wissenschaftlichen Fachliteratur, die von Experten begutachtet wird (peer review)	✓	✓
wissenschaftliche Fachliteratur wird zitiert; keine dubiosen Quellenangaben	✓	✓
keine selektiven Zitate obsoleter oder fragwürdiger Experimente oder Daten	✓	✓
Abgrenzung zur Populärwissenschaft (deren Ziel ist nicht die Etablierung von Fakten, sondern deren allgemeinverständliche Darstellung)	✓	✓
Abgrenzung zum Pseudoskeptizismus (also bloßen, pauschalen Ablehnungen und Vorurteilen anstelle von begründeten Zweifeln und Untersuchungen)	✓	✓

Die Kriterien der Merkmalsliste können auf viele andere Forschungsgegenstände und kontroverse Themen angewendet werden, etwa die Frage nach der Wissenschaftlichkeit von Horoskopen, Homöopathie, UFO-Behauptungen, Präastronautik, parapsychologischer Phänomene, Wünschelruten und Wunderheilungen.

Nicht anwendbare Kriterien der Wissenschaftlichkeit von Wurmlöchern und Paralleluniversen in der Tabelle beziehen sich vor allem auf Experimente und deren statistische Auswertung. Das ist selbstverständlich nicht verwunderlich und hier auch kein Mangel, da Wurmlöcher und Paralleluniversen experimentell eben (noch?) nicht zugänglich sind – wären sie es, hätte sich die Frage nach ihrer

Existenz ja bereits erübrigt. Und was hier zur Diskussion steht beziehungsweise von Kritikern angegriffen wird, ist nicht die Frage nach der Existenz von Wurmlöchern oder Paralleluniversen – es gibt bislang kein einziges seriöses direktes Indiz dafür –, sondern ob diese Frage eine wissenschaftliche ist oder nicht.

Freilich ist die Abgrenzung zwischen Wissenschaft und Pseudowissenschaft nicht immer deutlich und streng – besonders dann nicht, wenn es sich um neue, kontroverse, weitreichende, gar revolutionäre Daten, Interpretationen, Prinzipien, Hypothesen oder Theorien handelt. Tabelle 4 nennt einige Merkmale, die revolutionäre Wissenschaft beziehungsweise Grenzwissenschaft und Pseudowissenschaft gemeinsam haben können. Die Tabelle 4 zeigt auch, dass Wurmlöcher in dieser Hinsicht kaum problematisch sind – dass diese Kriterien Wurmlöcher also nicht unwissenschaftlich machen, was freilich auch am Mangel von Beobachtungsdaten liegt –, und dass die mutmaßliche Existenz von Paralleluniversen hingegen kritischer bewertet werden muss.

Tabelle 4: Wurmlöcher (W) und Paralleluniversen (P) im Hinblick auf Gemeinsamkeiten zwischen Wissenschaft und Pseudowissenschaft.

Bedeutung der Zeichen für die Bewertung eines Kriteriums: ✓ = erfüllt, ? = fraglich oder umstritten, – = nein beziehungsweise Kriterium hier nicht anwendbar

Charakteristiken einiger neuer Wissenschaftsbereiche sowie der Pseudowissenschaft	W	P
Behauptungen oder Theorien, die keine Stütze in den bisherigen experimentellen Daten haben	–	–
Behauptungen, die zuverlässigen experimentellen Daten beziehungsweise deren etablierter Interpretation widersprechen	–	–
keine hinreichende Beziehung zu den Standarddefinitionen etablierter wissenschaftlicher Begriffe	–	?
emotionaler Widerstand der Fachwelt (scientific community)	?	✓ / ?

Grundlegende Revisionen des Weltbilds oder Widerlegungen etablierter Theorien werden stets mit besonders starker Skepsis betrachtet. Und das ist völlig berechtigt, zumal sich selbst seriöse wissenschaftliche Umwälzungen oft als Irrtümer herausgestellt haben. Freilich sind viele Wissenschaftler auch konservativ, zuweilen engstirnig, und wollen ihre liebgewonnenen Vorstellungen – oder gar selbst gemachten Entdeckungen – nicht leichthin aufgeben. Dies mag nicht immer vernünftig sein (was sich freilich oft erst im Nachhinein erkennen lässt), doch es ist psychologisch verständlich. Hinzu kommen wissenschaftliche Moden, Betriebsblindheiten und diverse außerwissenschaftliche Randbedingungen (schlimmstenfalls zuweilen sogar Lug und Trug). Das alles spricht aber nicht gegen die wissenschaftliche Methodik, denn diese kann – zumindest in längerfristiger Perspektive und unter freiheitlichen Bedingungen – neben wissenschaftlichen Irrtümern auch außerwissenschaftliche Fehlentwicklungen erkennen und korrigieren. Selbst hartnäckige Vorurteile lassen sich so mit der Zeit überwinden – was freilich häufig ein Generationenproblem ist, wie der Quantenphysiker Max Planck es pointiert formuliert hat: »Eine neue wissenschaftliche Wahrheit pflegt sich nicht in der Weise durchzusetzen, dass ihre Gegner überzeugt werden und sich als belehrt erklären, sondern vielmehr dadurch, dass die Gegner allmählich aussterben und dass die heranwachsende Generation von vornherein mit der Wahrheit vertraut gemacht ist.«

Forschungsprogramme und ihre Dynamik

»Widerlegungen sind nicht das Kennzeichen empirischen Fortschritts ..., weil alle Forschungsprogramme in einem permanenten Ozean von Anomalien wachsen«, sagte der Wissenschaftstheoretiker Imre Lakatos. »Was wirklich zählt, sind drastische, unerwartete, erstaunliche Voraussagen: Einige wenige von ihnen genügen, um die Balance zu kippen; wo die Theorie hinter den Tatsachen herhinkt, haben wir es mit kläglich degenerierenden Forschungsprogrammen zu tun.«

In der modernen Theoretischen Physik und Kosmologie ist es seit Jahren meistens umgekehrt: Die Theorien eilen den Daten voraus (aber es kommen auch mehr und mehr Präzisionsdaten) – von Degeneration also keine Spur. Die neue Situation des empirisch noch nicht fundierten Theorieüberschusses führt freilich auch zu neuen Problemen. Das bedeutet zunächst auf experimenteller Seite, geeignete Daten zu beschaffen, und auf theoretischer Seite, überprüfbare Voraussagen zu machen. Beides ist aufgrund des entlegenen Gegenstandsbereichs freilich sehr schwierig. Aber die Situation – wenn auch nicht in diesem Extrem – ist in der Geschichte der Wissenschaft nichts Neues oder prinzipiell Andersartiges. (So galt es lange als unvorstellbar, die Entfernung und Zusammensetzung anderer Sterne zu bestimmen oder Planeten dort nachzuweisen.) Zudem sind sowohl Wurmlöcher als auch Paralleluniversen nicht isolierte Thesen, sondern stehen – um Lakatos' Begriff aufzunehmen – im Kontext etablierter und bewährter *Forschungsprogramme*. Und auch das ist ein Ausweis von Wissenschaftlichkeit, der sich nicht auf einen direkten Falsifikationismus beschränken oder reduzieren lässt. Dafür gibt es mehrere Gründe.

Daten beruhen nicht nur auf Beobachtungen, sondern sind immer auch »theoriegeladen«, das heißt notwendigerweise vor dem Hintergrund theoretischer Annahmen interpretiert. Eine Theorie, die mit Beobachtungsdaten in Konflikt gerät, braucht keineswegs (sofort) verworfen zu werden, denn die Daten könnten auch fehlinterpretiert oder schlicht falsch sein. Oder es gibt zusätzliche, noch nicht berücksichtigte Bedingungen. (Zum Beispiel wurde mit Isaac Newtons Gravitationsgesetz im 19. Jahrhundert die Bewegung des Planeten Uranus falsch vorausgesagt; aber das sprach letztlich nicht gegen die Theorie, sondern bestätigte diese sogar, als der Planet Neptun, dessen Schwerefeld die Uranusbahn störte, an der mit der Theorie ziemlich genau vorausgesagten Stelle am Himmel entdeckt wurde.) Wann die »ceteris paribus«-Klausel (»unter sonst gleichen Bedingungen«) gilt, ist freilich ein Problem für sich.

Die Entwicklung wissenschaftlicher Theorien läuft auch in der Praxis anders, als es Karl Poppers methodologischer Falsifikationismus (eine Art Zweikampf zwischen Theorie und Daten von Experimenten und Beobachtungen) vorzuschreiben scheint. Verbreiteter und besser gerechtfertigt angesichts der häufig schwierigen Datenerhebung und -interpretation, der wissenschaftssoziologischen Randbedingungen sowie einerseits philosophischer Voreingenommenheiten und andererseits einer instrumentellen Vernunft ist also ein »raffinierter Falsifikationismus«, wie ihn Imre Lakatos beschrieben hat.[52] Es besteht ein Wettstreit verschiedener Theorien und ihren Interpretationen der Daten, soweit vorhanden. Dabei wird bei Problemen die *Peripherie* der Theorien häufig modifiziert, der *Kern* von Annahmen, Gesetzen und Anwendungen aber bleibt erhalten und wird nicht selten sogar durch »Immunisierungen« (etwa Hilfs- und Zusatzhypothesen) geschützt. (Das kann eine Widerlegung lange aufhalten – oder macht sie sogar unmöglich und verwandelt die Theorie unter Umständen in unwissenschaftlichen Dogmatismus). Eine neue Theorie sollte jedoch einen Überschuss an empirischem Gehalt gegenüber der alten Theorie haben, das heißt mehr beziehungsweise andere Daten (genauer) erklären oder voraussagen, und zugleich die Erfolge der Vorgängertheorie übernehmen können. (Zum Beispiel versagt Newtons Gravitationstheorie und klassische Mechanik, Phänomene bei extremen Massen oder nahezu Lichtgeschwindigkeit korrekt zu beschreiben, nicht aber die umfassendere Allgemeine Relativitätstheorie.)

Neue Hypothesen und Theorien brauchen nicht fehlerlos und vollständig zu sein. Vielmehr müssen sie eine Chance haben, sich zu entwickeln. Andernfalls wäre ein wissenschaftlicher Fortschritt kaum möglich. Daher sind auch mangelnde oder falsche Voraussagen nicht von vornherein ein K.o.-Kriterium. Und nicht nur die Theorie, sondern auch das Forschungsprogramm, in das sie integriert ist, steht auf dem Prüfstand. Je nach Inhalt und Situation kann es sich in verschiedene Richtungen weiterentwickeln und ausdifferenzieren. Wie gut es beziehungsweise die Theorie ist, kann mit verschiedenen Erfolgskriterien bewertet werden.[53] Zu ihnen zählen: eine große Zahl von Anwendungen; viele neue Voraussagen; neue Technologien; Antworten auf anderweitig unlösbare Probleme; Konsistenz; Eleganz; Einfachheit; Erklärungskraft und -tiefe; Vereinheitlichung bis dahin getrennter Phänomenbereiche; Wahrheit. Einige dieser Kriterien sind für Wurmlöcher und Paralleluniversen beziehungsweise die Theorien und Annahmen dahinter nicht oder nur sehr eingeschränkt erfüllt (neue Anwendungen, Voraussagen, Technologien). Andere dagegen sind durchaus erfüllt – etwa für die Stringtheorie Konsistenz (soweit bislang abschätzbar), Eleganz, Einfachheit (in bestimmter Hinsicht), Vereinheitlichung, Erklärungskraft und -tiefe. Das sind ja auch wesentliche Gründe für ihren starken Zulauf in den letzten Jahrzehnten. Und diese Kriterien sind ebenfalls ein Argument für Wissenschaftlichkeit. Doch ihr Wert wird durchaus kontrovers diskutiert (so mag »Einfachheit« schön und gut sein, aber in der Festkörperphysik ist sie oft weder nützlich noch nötig). Und sie implizieren keineswegs Wahrheit, jedenfalls nicht direkt. Auch keine praktische Nützlichkeit (die Instrumentalisten genügt, weil sie die Wahrheit oder eine Wahrheitsähnlichkeit von Theorien oder deren Annäherung an die Realität aus philosophischen Gründen bezweifeln). Doch Nützlichkeit und Wahrheit lassen sich, immer im Horizont der Vorläufigkeit und Fehlbarkeit, nur in Überprüfungen erweisen. Somit geht es letztlich doch wieder um verifizierbare und falsifizierbare Voraussagen.

Bei aller berechtigten Kritik an den Grenzen der Stringtheorie (und vielleicht auch ihrer gegenwärtigen Dominanz im Forschungsbetrieb, mit all seinen problematischen Vorgehensweisen[54]) darf zwar nicht übersehen werden, dass sie in einem seit vielen Jahrzehnten etablierten Forschungsprogramm steht: den relativistischen Quantenfeldtheorien. (Selbst die ungewöhnliche »Zutat« der winzig kleinen Extradimensionen ist nicht neu, sondern wurde bereits 1914 bei der Suche nach vereinheitlichten Theorien eingeführt.) Und die Stringtheorie verwendet viele der bewährten Konzepte und formalen Eigenschaften, etwa Eichsymmetrien, Symmetriebrüche, Störungsrechnungen, Vereinheitlichungen von Teilchen und Kräften. Ein solches Forschungsprogramm ist nicht unwissenschaftlich, selbst wenn es zunächst mathematische, nicht empirische Physik darstellt. Gleichwohl ist die Stringtheorie nicht »nur« Mathematik (obwohl sie die Entwicklung der Mathematik selbst vorangetrieben hat). Allerdings haben die Proponenten in der Vergangenheit immer wieder übertriebene Aussagen und Versprechungen gemacht – oder Behauptungen wie die, die Schwerkraft »vorausgesagt« zu haben (weil die Stringtheorie ein Spin-2-Teilchen beschreibt, das das Graviton sein könnte, wenn es existiert, also den Überträger der gravitativen Wechselwirkung). Das ist aber eine »Nachsage« und allenfalls witzig, denn die Schwerkraft ist ja längst bekannt. »Stringtheoretiker machen keine Voraussagen, sie machen Ausflüchte«, hat denn Richard Feynman auch einst gelästert. Und die konstatierte astronomische Zahl der Stringvakua, vielleicht 10^{500} (siehe unten), mutet ebenfalls kurios an, weil bislang kein einziges davon (in der Theorie!) gefunden wurde, das unser Universum beschreibt. Allerdings ist die String- oder M-Theorie noch keineswegs ausgereift oder auch nur annähernd verstanden. Sie mit überzogenen Ansprüchen totzureden wäre deshalb genauso falsch wie sie als über alles erhaben zu preisen und gelten zu lassen. Denn weil jedes Forschungsprogramm seine Grenzen und Risiken hat, Hypothesen und Theorien also scheitern können (sonst würden sie wohl keine Aussagen über die erfahrbare Welt machen), ist eine Pluralität der Ansätze wichtig. Zum einen, weil Konkurrenz das Geschäft belebt oder auf unterschiedliche Weise zum selben Ergebnis führen kann; zum anderen aber, um Sackgassen und zu lange Stagnationen zu vermeiden beziehungsweise abzupuffern.

Oft kommt freilich der Einwand, dass Kritiker der Stringtheorie keine Alternative zu bieten hätten und schon gar keine bessere – was bezogen auf eine »Weltformel« durchaus stimmt, nicht aber im Hinblick auf eine Theorie der Quantengravitation. Die Stringtheorie sei eben konkurrenzlos, »the only game in town«, und daher bis auf weiteres zu forcieren. Doch das ist ein Fehlschluss. Der mathematische Physiker John Baez hat ihn so veranschaulicht: »Einst fuhr ich durch Las Vegas, wo es wirklich nur ein Spiel in der Stadt gab: das Glückspiel. Ich schaute mich um und erblickte die großen schicken Kasinos. Ich sah die Alten, wie sie mit glänzenden Augen Münzen in die Spielautomaten warfen und hofften, eines Tages reich zu werden. Es war klar: Alle Chancen standen gegen mich. Aber ich reagierte nicht mit der Bemerkung ›Oh well – it's the only game in town‹ und begann zu spielen. Stattdessen verließ ich diese Stadt.«

Systematizität – was wissenschaftliches Wissen ausmacht

»Die ganze Wissenschaft ist nur eine Verfeinerung des alltäglichen Denkens«, schrieb Albert Einstein 1936. Und er hat recht: Die Wissenschaft ist nichts Heiliges, Jenseitiges, Unantastbares, sondern eine menschliche Tätigkeit unter vielen. Aber, richtig verstanden und praktiziert, eine mit großem und effektivem Erkenntniswert, der uns ein wenig aus dem Staub des alltäglichen Kleinerleis erhebt und etwas von dem seltsamen Universum um und in uns ahnen lässt (unabhängig von medizinisch-technischen Anwendungen, die selbstverständlich auch eine großen Bedeutung haben, aber nicht das einzige Ziel der Wissenschaft sind). Doch worin besteht die »Verfeinerung«, von der Einstein sprach? Und inwiefern hilft sie dabei, Wissenschaft von Nichtwissenschaft zu unterscheiden?

Es ist die Systematizität, die »die charakteristische Eigenschaft von Wissenschaft« ist, argumentiert der Philosoph Paul Hoyningen-Huene von der Universität Hannover.[55] Es ist die im Vergleich zu anderen Wissensformen inhaltlich, formal und methodisch systematischere Art und Weise der Wissenschaft, die Hoyningen-Huene zufolge die Natur des wissenschaftlichen Wissens kennzeichnet. »Wissenschaftliches Wissen unterscheidet sich von anderen Wissensarten, besonders dem Alltagswissen, primär durch seinen höheren Grad an Systematizität.« Diese Unterscheidung bezieht sich auf den gleichen Gegenstandsbereich und ist komparativ: Andere Wissensarten müssen keineswegs unsystematisch sein.

Worin besteht Systematizität nun genau? Zunächst einmal meint der Begriff *nicht:* rein zufällig, beliebig, ungeordnet, planlos, unmethodisch und nur irgendwie gemacht oder entstanden (was freilich auch vom Kontext abhängt). Soweit die negative Aussage. Positiv hat Hoyningen-Huene die Systematizität unter acht Gesichtspunkten systematisiert:

- *Beschreibungen:* Sie sind für alle Wissensformen relevant, aber besonders in den Wissenschaften wird nach Verallgemeinerungen und Regelmäßigkeiten Ausschau gehalten und Klassifikationen werden angestrebt (etwa in der Biologie), die wiederum Phänomene der gleichen Art vorherzusagen, zu kontrollieren oder zu erklären helfen. Darüber hinaus geht es um ein Verständnis der Phänomene und somit um
- *Erklärungen:* Hierzu zählen Erklärungen mittels Theorien oder Reduktionen (vor allem in den Naturwissenschaften), insbesondere durch Kausalität oder Identifikation, Handlungserklärungen (etwa in der Psychologie) sowie narrative Erklärungen (zum Beispiel in der Geschichtswissenschaft). Erklärungen haben eine vereinheitlichende Kraft und erlauben oft
- *Vorhersagen:* Diese sind möglich mit Gesetzen und Theorien, aber auch mit Modellen, Simulationen oder Statistik sowie durch Be-

fragung von Experten (etwa in den Delphi-Studien). Freilich haben keineswegs alle Wissenschaften Voraussagen zum Ziel – beispielsweise ist das irrelevant in den historischen Wissenschaften. Aber überall kommt es zu einer

- *Verteidigung von Wissensansprüchen:* Die Fehlbarkeit der Erkenntnisversuche wird systematisch berücksichtigt, und eine Elimination von Irrtümern (falschen Annahmen, falschen Beobachtungen, falschen Interpretationen und falschen Schlussfolgerungen etwa durch Autoritätshörigkeit, Aberglauben, Wunschdenken oder sogar Betrug) wird systematisch angestrebt. Dies geschieht zum Beispiel durch (mathematische) Beweise, durch Mess- und Beobachtungsdaten, in den Kulturwissenschaften durch Quellenkritik, kritische Interpretation von Texten und so weiter. Generell erlauben logische Schlüsse und quantifizierte Aussagen strengere Überprüfungsverfahren. Besonders hervorzuheben ist der systematische Gebrauch von Experimenten, die Kausalbeziehungen offen legen, Randbedingungen genau spezifizieren, unbekannte Systeme explorieren und technische Anwendungen ermöglichen.
- *Epistemische Vernetztheit:* Gemeint sind hier logische Beziehungen, beispielsweise Implikation, Äquivalenz, Widerspruchsfreiheit und (Un-)Abhängigkeit, sowie epistemische Beziehungen, beispielsweise Bestätigung, Widerlegung, Verallgemeinerung, Spezialisierung, Reduktion oder Zitation.
- *Ideal der Vollständigkeit:* Im Gegensatz zu anderen Wissensarten und -systemen strebt das wissenschaftliche Wissen stark und dauernd nach Erweiterung – mit dem Ziel, den jeweiligen Gegenstandsbereich so erschöpfend wie möglich zu erfassen. Das bedeutet methodisch eine
- *Vermehrung von Wissen:* Dies geschieht durch eine systematische Suche nach neuen beziehungsweise besseren Daten, eine systematische Anwendung anderer Wissensbereiche (insbesondere der Technologie, etwa von Computern) und ein systematisches Schließen von Wissenslücken ausgehend von dem bereits vorhandenen Wissen. So wird Wissenschaft zu einem autokatalytischen Prozess, das heißt die Forschung verstärkt sich selbst. Das gilt insbesondere für die von dem Wissenschaftstheoretiker Thomas Kuhn als »Normalwissenschaft« bezeichnete

Phase, die hauptsächlich kumulativ fortschreitet, während in »wissenschaftlichen Revolutionen« durch Paradigmenwechsel große Umstrukturierungen und neue Sichtweisen aufkommen, die die Vorläufertheorien zu Spezialfällen mit eingeschränkten oder nur approximativen Gültigkeitsbereichen degradieren oder sogar ganz verwerfen.
- *Strukturierung und Darstellung von Wissen:* Wissen ist intern strukturiert und muss angemessen repräsentiert werden. Dazu gehören die Axiomatisierung, eine spezielle Nomenklatur, symbolische und graphische Darstellungen, Karten, Tabellen und so weiter (was sich dann wiederum auch für die Darstellung von Alltagswissen niederschlagen kann).

Diese acht Punkte sind eine hilfreiche Charakterisierung des Wissens, das die sehr unterschiedlichen Wissenschaftsgebiete gewonnen haben und noch gewinnen werden. Systematizität ist somit zugleich ein hinreichend präziser und hinreichend flexibler Begriff, um dieser Diversität Rechnung zu tragen. Hoyningen-Huene behauptet damit folgerichtig auch »keine rigide einheitliche Struktur der Wissenschaften«, sondern betont vielmehr, dass Systematizität ein durchaus schillernder Begriff ist, der in verschiedenen Kontexten – und das heißt vor allem: wissenschaftlichen Disziplinen – eine unterschiedene Bedeutung haben kann. Das entkräftet zugleich eine Kritik des Wissenschaftstheoretikers Paul Feyerabend, der mit seinem Buch *Against Method* (1975) und dem Slogan »Anything goes« als Gegner von Methode und Systematizität erscheinen mag, sagte er doch: »Die Wissenschaft hat keine gemeinsame Struktur« und »Wissenschaft [...] ist eine Collage, kein System.« Aber diese Thesen sind sehr umstritten, außerdem wird ihnen »durch bloße Familienähnlichkeit zwischen den verschiedenen Systematizitätsbegriffen Rechnung getragen«, kontert Hoyningen-Huene. Und will sich keineswegs gegen andere Charakterisierungen von wissenschaftlichem Wissen stellen: »Frühere Explikationen von Wissenschaftlichkeit sind nicht falsch, sondern einseitig.« Dazu gehören das kategorisch-deduktive Wissenschaftsideal des Aristoteles (beispielsweise in der Euklidischen Geometrie), das Methodenbewusstsein der Wissenschaft, wie es von René Descartes geschärft worden war (seine vier Vorschriften: Wahrheitsanerkennung durch Evidenz, Auflösung von Problemen in Teilprobleme, Denken in angemessener Ordnung, Streben nach Vollständigkeit), die von Immanuel Kant betonte systematisierende Wissensdarstellung (»Weil die systematische Einheit dasjenige ist, was gemeine Erkenntnis allererst zur Wissenschaft, d. i. aus einem bloßen Aggregat derselben ein System macht«) sowie die Ideale des Logischen Empirismus und Kritischen Rationalismus (induktive Hypothesenvalidierung, deduktive Falsifikationsversuche, die Strukturen wissenschaftlicher Erklärungen und Prognosen). Alle diese Aspekte sind gleichsam Spezialfälle von Systematizität.

Akzeptiert man die Bedeutung der Systematizität, dann lässt sich der Begriff außerdem als ein – wenn auch nicht rigides, völlig trennscharfes – Kriterium anwenden, um wissenschaftliches Wissen (beziehungsweise, allgemeiner, Wissenschaftlichkeit) von anderen menschlichen Wissens- und Tätigkeitsformen abzugrenzen. Freilich ist die Systematizität kein unmittelbares Abgrenzungskriterium für Bereiche, von denen es ausschließlich wissenschaftliches Wissen gibt (und somit nichts Abzugrenzendes). Und zu solchen Bereichen zählen, wenn überhaupt, auch die Wurmlöcher und Paralleluniversen – zumindest jetzt noch, da wir sie nicht im Keller oder vor der Haustür betreten können. (Wer an esoterische Über-, Unter-, Neben- oder Hinterwelten glaubt, mag diese als »Paralleluniversen« bezeichnen, aber dies hat nichts mit jenen zu tun, die in der Physik diskutiert werden – andernfalls wären aber auch hier ein Abgrenzungskriterium erforderlich und die Systematizität relevant.)

Die Charakteristik – oder Bedingung – der Systematizität lässt sich auch auf Wurmlöcher und Paralleluniversen anwenden: Sie genügen den wissenschaftlichen Standards von Beschreibungen; sie haben schon jetzt ein Erklärungspotenzial; sie erlauben gewisse Vorhersagen (deren Überprüfbarkeit schwierig, aber nicht ausgeschlossen ist); es handelt sich um Wissensansprüche, die sich mit den im Rahmen der Theoretischen Physik üblichen mathematisch-physikalischen Vorgehensweisen verteidigen und kritisieren lassen und sich (falls existent) empirischen Tests nicht prinzipiell widersetzen; sie sind epistemisch vernetzt (in umfassendere Theorien eingebunden); sie lassen sich systematisch darstellen (wie zahlreiche Fachartikel und -bücher deutlich machen); und sie unterliegen dem

Ideal der Vollständigkeit und der Wissensvermehrung (wie die ständig anhaltenden Forschungsanstrengungen und neu hinzukommenden Publikationen belegen). Obwohl Wurmlöcher und Paralleluniversen bislang als rein »theoretische Entitäten« gelten müssen, erfüllen sie also sämtliche Kriterien der Systematizität mehr oder weniger strikt. Auch das ist ein Argument dafür, dass Wurmlöcher und Paralleluniversen ein (legitimer) Gegenstand der Wissenschaft sind.

Neue Physik – von der Pyramide zum Ring?

Es gibt noch einen weiteren Aspekt bei der Diskussion um Paralleluniversen, der wissenschaftssoziologisch und -theoretisch zunehmend an Bedeutung gewinnt. Nicht zu übersehen ist nämlich, dass sich die Physik in den letzten zwei Jahrzehnten beträchtlich gewandelt – oder besser: erweitert – hat. Bis dahin dominierten zwei Bereiche: Experiment und Theorie. Nun sind aber Peter Galison zufolge, einem Philosophen und Wissenschaftshistoriker an der Harvard University, drei weitere hinzugekommen, die das Selbstverständnis etablierter Physiker ankratzen, obwohl sie doch eher als Ergänzung denn als Konkurrenz – und schon gar nicht als Ersetzungsversuch – anzusehen sind.[56]

- Zum einen sprengt die Nanotechnologie die traditionellen Disziplingrenzen und ist in erster Linie eine Ingenieurskunst. Im Schnittpunkt von Biologie, Chemie und Physik (und zwar klassischer wie Quantenphysik) geht es nicht mehr um das Finden neuer Gesetze, sondern das Erfinden neuer Techniken. Atome werden weniger erforscht als manipuliert; Fabrikation, Intervention und Visualisierung stehen im Zentrum, weniger die Strukturen der Realität als die Realisierung neuer Strukturen. – Kritisch angemerkt sei hierzu, dass sich die Nanotechnologie (die in bestimmten Bereichen und Verfahren der Chemie ja eigentlich schon lange existiert) durchaus mit dem experimentellen und theoretischen Paradigma der Naturwissenschaft vereinbaren lässt, also gerade nicht etwas prinzipiell Anderes oder Neues ist, und dass auch Ingenieurskunst schon lange als Anwendungsforschung ein Nachbargebiet der Grundlagenforschung ist.

- Zum anderen halten immer mehr Computersimulationen Einzug ins wissenschaftliche Arbeiten. Ob dabei die Entstehung von Galaxienhaufen, Turbulenzen in Flüssigkeiten oder die Ausbreitung von Teilchenschauern modelliert werden, ist wissenschaftstheoretisch nicht so entscheidend. Auch bei den Simulationen geht es nicht um die Entdeckung fundamentaler Gesetze, sondern um eine Nachahmung der Realität. Exakte analytische Gleichungen gelten als antiquiert beziehungsweise angesichts der Komplexität der Prozesse unauffindbar. Die Näherungs- und Störungsrechnungen eröffnen mit Supercomputer-Power dagegen ganz neue Möglichkeiten. Und ein »tieferes« Verständnis wird oft gar nicht mehr angestrebt oder ohnehin als aussichtslos erachtet. – Simulationen, so darf ergänzt werden, sind neben Theorie und Experiment in der Tat eine prinzipiell neue Wissensquelle sowie teilweise sogar die Erschaffung neuer Realitäten, mehr noch als nur deren Nachahmung. Es ist kaum abzusehen, wie sich die Naturwissenschaften dadurch ändern werden. Tatsächlich könnte sich hier sogar eine reale, transreale oder surreale Beziehung zu den in der Kosmologie teils heftig kritisierten Paralleluniversen eröffnen: nicht nur als Simulation, sondern in und mit der Simulation als deren Kreation. Das ist ein beliebtes Thema der Science Fiction[57]; aber es wird durchaus auch in der Philosophie und Kosmologie diskutiert, ob wir womöglich selbst in einer Computersimulation leben und somit Produkt oder Teil eines ganz andersartigen Paralleluniversums sind (und inwiefern wir dies jemals erkennen könnten).[58]
- Schließlich, und das ist für die Fragestellung dieses Essays von Bedeutung, rückt auch in der modernen Kosmologie und Fundamentalphysik das klassische Zwiegespann von Experiment (beziehungsweise Messung) und Theorie in den Hintergrund – was nun freilich zunehmend für Widerstand sorgt.[59] Insbesondere die Stringtheorie, so die Kritik, sei weniger Physik als Mathematik, Philosophie und hypothetische Evolutionsforschung. An die Stelle experimenteller Näherungen seien Intuitionen und philosophische Argumente getreten. Zwar stimmt es, dass die Stringtheorie bislang keinerlei experimentelle Stützen hat – doch die Anforderung der mathematischen Konsistenz ist ein Prüf- und Leitkriterium, entgegnen die Stringtheoretiker; zudem sind ei-

nige eingeschränkte, wenn auch nicht eindeutige Tests bereits in Reichweite (Quark-Gluon-Plasma, Supersymmetrie, Extradimensionen, Stringkosmologie, Kosmische Strings, Entropie Schwarzer Löcher, Analogien mit Effekten in suprafluidem Helium). Zwar stimmt es, dass die mathematischen Konzepte extrem anspruchsvoll und nur wenigen zugänglich sind – doch das hat nichts mit Esoterik oder Irrationalismus zu tun. Zwar stimmt es, dass die Stringtheorie eine Art wissenschaftliche Modeerscheinung ist, die einige Hundert der klügsten Köpfe angezogen hat und insofern kognitive Kapazitäten bindet oder absorbiert – doch das ist ja kein Argument gegen sie, auch wenn dadurch Denkressourcen verbraucht werden, die anderswo fehlen. (Es hängt unter anderem damit zusammen, dass die Theoretiker, nachdem in den ersten Dekaden der Hochenergie-Teilchenphysik die Menge ungeklärter Daten dominierte, seit zwei Jahrzehnten empirisch unterversorgt sind, weil sich das Standardmodell der Elementarteilchen exzellent bewährt hat, es aber kaum über es hinausgehende oder ihm widersprechende experimentellen Befunde gibt, sodass also neue Arbeitsfelder nötig wurden.) Und es stimmt auch, dass die jüngste Entwicklung immer mehr von einer eindeutigen »Lösung« der Theorie und somit Vorhersagekraft Abstand nimmt – stattdessen werden astronomisch viele Stringvakua, vielleicht 10^{500}, in einer Stringlandschaft (Stringscape) diskutiert, was Myriaden von Universen mit anderen physikalischen Bedingungen entspricht.[60] Dadurch kommt eine quasi historische, evolutionäre Dimension in die Grundlagenphysik, die neue Erklärungen erfordert (statistische Analysemethoden etwa, das Anthropische Prinzip, die Berücksichtigung von Beobachter-Selektionseffekten). Kritiker werfen den Stringtheoretikern vor, das Kind mit dem Bad auszuschütten, während diese sich vielmehr an den vielen Kindern und Bädern freuen und betonen, dass es genauso wichtig sei zu wissen, wann man etwas erklären könne, wie was man erklären könne – und was nicht. (Vielleicht sind bestimmte Phänomene, entgegen der bisherigen Annahme, einfach nicht aus fundamentalen Prinzipien ableitbar – ähnlich wie Johannes Keplers Hoffnungen, die relativen Radien der Planetenbahnen aus ersten Prinzipien abzuleiten, durch Newtons Gravitationstheorie zunichte gemacht wurden; das waren einfach nicht die richtigen Fragen.) Zudem führte die Stringtheorie, und das ist unumstritten, zu großen Fortschritte in der Mathematik. Den Kritikern zufolge hat sie sich aber von der Naturwissenschaft abgewendet: Kann man denn noch von Physik sprechen, wenn der Forschungsgegenstand experimentell unzugänglich ist, hauptsächlich aus Mathematik besteht und keine eindeutigen Lösungen und somit falsifizierbare Prognosen generiert?

Peter Galison, Philosoph und Wissenschaftshistoriker an der Harvard University, sieht in diesen Entwicklungen einen wissenschaftstheoretischen Umbruch. Er hat ihn mit dem Übergang von der Pyramide zum Ring beschrieben. Die Pyramide steht für die klassische Schichtstruktur der Welt: einen Stufenaufbau von den Elementarteilchen, Atomen, Molekülen bis zu Lebewesen und Gesellschaften, der von den verschiedenen wissenschaftlichen Disziplinen repräsentiert werden – mit der Physik als Fundament. Der Ring hingegen hat keine vergleichbare Basis, Organisation und Ordnungsstruktur. »Er ist mit sich selbst verbunden und in vielen Richtungen mit der Welt«, sagt Galison. »Wenn gefragt wird, ob etwas ›echte Physik‹ sei, geschieht etwas Kritisches: Die Identität von Physik und Physikern steht auf dem Spiel, sie orientiert sich neu. Die Bindungskraft der gegenwärtigen Physik kommt nicht so sehr von einer Pyramide, sondern von einem Ring.« Das geht Galison zufolge auch mit einer »ontologischen Indifferenz« einher – bestimmte Grundfragen und -annahmen werden nicht mehr geteilt oder für wichtig erachtet (je nach Metaphysik fundamentale Gesetze, Objekte oder Perzeptionen), stattdessen herrsche ein Pragmatismus, Instrumentalismus, Konventionalismus oder Positivismus, eine Art von »Anti-Ontologie«. Das mag übertrieben sein, denn vielen Physikern – und das war auch früher schon so – sind solche philosophischen Aspekte gar nicht wichtig; der Pragmatismus hatte schon immer eine weite Verbreitung.

Fest steht aber, und das ist wissenschaftssoziologisch wohl weniger bedeutsam als wissenschaftstheoretisch, dass neue Methoden und Denkansätze die Physik zu prägen beginnen. Das geschah freilich immer wieder. Im Fall von Nanotechnologie und Computersimulation wird auch die Entwicklung von neuen technischen Möglichkeiten vorangetrieben (Tendenzen, die in der SF übrigens bislang eher marginal thematisiert wurden, etwa von dem australischen Autor Greg Egan). Im Fall der Stringtheorie – und generell der Quantengravitation –, wo Technologien keine Rolle spielen, ist es eher ein kreatives Ausprobieren und mathematisches Explorieren von Möglichkeiten, um aus den bisherigen theoretischen Sackgassen und Grenzen herauszukommen. Vor diesem Hintergrund müssen auch Wurmlöcher und Paralleluniversen betrachtet werden, die (allerdings nicht notwendig und ausschließlich) ein Forschungsgegenstand der Quantengravitation sind. Ob sie in der Natur existieren oder nicht, ist bislang ungeklärt – doch nicht ausschlaggebend dafür, ob sie zur Wissenschaft gehören. Die Frage nach ihrer Existenz hat gleichwohl große Bedeutung. Sie zeigt auch, dass die Metapher von der Pyramide nicht ohne weiteres durch die vom Ring ersetzt werden kann. Denn die Suche nach den »Fundamenten« der Welt (»was die Welt im Innersten zusammenhält«) ist ja nicht sinnlos. Und die Frage, was es gibt – eine Grundfrage der philosophischen Ontologie –, lässt sich, wenn überhaupt, am besten mit den leistungsfähigsten Methoden, Instrumentarien und Theorien beantworten – also mit der modernen Naturwissenschaft (durchaus in Verbindung mit einer kritischen Metaphysik). Das räumen inzwischen auch viele Philosophen bereitwillig ein. Und es brauchen sich, wieder metaphorisch gesprochen, Pyramide und Ring nicht einmal wechselseitig auszuschließen. Denn die Pyramide (oder an der Basis der Pyramide) könnte ein Ring sein. Das ist die mythische Vorstellung von Ouroboros – der Schlange, die sich in den Schwanz beißt. In der modernen Kosmologie und Quantengravitation wird immer deutlicher, wie das Größte (das Multiversum?) mit dem Kleinsten (Strings oder Spin-Netzwerke?) zusammenhängt, und das wird häufig mit Ouroboros assoziiert.[61] Kurioserweise gibt es nun sogar Modelle, die diese Vorstellung nicht als Metapher, sondern als Realität erwägen: Wurmlöcher könnten Paralleluniversen schleifenartig verbinden, und zwar submikroskopisch wie vielleicht auch makroskopisch; an der »Wurzel« des sich verzweigenden Baums der Parallelwelten könnte eine Zeitschleife sein[62]; oder unser eigenes Universum könnte von einem durch Phantomenergie ins Gigantische aufgeblähten Wurmloch verschlungen werden und sich gleichsam selbst in der Zeit zurückkatapultieren und den Urknall erzeugen, aus dem es entsprang.⁶³ Das sind Ideen, die im Prinzip auch schon in der Science Fiction durchgespielt wurden, etwa von Clark Darlton in *Die Zeit ist gegen uns* (1956) und in der 18. Reise der *Sterntagebücher* von Stanisław Lem (1971).

Vielleicht werden künftige Generationen die heutigen Theoretischen Physiker und Philosophen auslachen, weil diese ihre Zeit mit abstrusen Überlegungen zu logischen Absurditäten wie Wurmlöchern und Paralleluniversen verschwendet haben – oder aber unsere Nachfahren werden sich wundern, warum wir so lange so ignorant, skeptisch und blind gegenüber der offensichtlichen Existenz von Wurmlöchern und Paralleluniversen waren.

Fazit

Die Hypothesen über Wurmlöcher und zumindest einige Szenarien zu anderen Universen haben durchaus eine Berechtigung als Gegenstand der Naturwissenschaft. Sie erfüllen die meisten auf sie anwendbaren Kriterien für Wissenschaftlichkeit und werden, richtig betrachtet, auch nicht von den strengen Maßstäben des Kritischen Rationalismus ausgeschlossen. Allerdings darf der sehr spekulative Charakter dieser Forschungen nicht unberücksichtigt bleiben. (Speculative Science ist gewissermaßen eine gelehrte Version des Musil'schen Möglichkeitssinns.) Es handelt sich hier um einen Grenz- und Randbereich der Theoretischen Physik, dem aus wissenschaftlicher und wissenschaftstheoretischer Sicht aber auch dann eine *heuristische Bedeutung* zukommt, wenn konkrete Überprüfungen noch ausstehen und vielleicht sehr lange auf sich warten lassen müssen. Insofern sind physikalische Publikationen über Wurmlöcher oder Paralleluniversen kein »Etikettenschwindel« und Untersuchungen ihrer Eigenschaften auch dann fruchtbar, wenn es sie außerhalb und unabhängig von unseren Theorien nicht gäbe. Dieser heuristische Wert besteht nämlich
- in Gedankenexperimenten als Konsistenztests und Auslotung der bisher bekannten Theorien und Naturgesetze (etwa wenn Wurmlöcher überlichtschnelle Fortbewegungen oder sogar Reisen in die Vergangenheit ermöglichen würden) sowie diverser Kandidaten für eine Theorie der Quantengravitation

- und in der Erzeugung von Hypothesen, die die Grenzen der Physik erweitern, zu neuen Theorien und auch Experimenten anregen und womöglich sogar Fragestellungen in das Revier der Naturwissenschaft holen, die zuvor ausschließlich im Bereich der Metaphysik angesiedelt schienen.

Auch wenn Wissenschaftlichkeit kein Alles-oder-nichts-Begriff ist und es unscharfe, fluktuierende Grenzbezirke zwischen Naturwissenschaft und un- beziehungsweise pseudowissenschaftlicher oder metaphysischer Spekulation oder Argumentation gibt, wäre es aus heuristischen wie auch wissenschaftstheoretischen und innerwissenschaftlichen Gründen voreilig und unangemessen, Wurmlöcher und Paralleluniversen pauschal als Pseudowissenschaft oder unseriöse Fiktionen abzulehnen. Für den wissenschaftlichen Fortschritt hilfreicher erscheint die Warnung des Physik-Nobelpreisträgers Steven Weinberg: »Unser Fehler ist nicht, dass wir unsere Theorien zu ernst nehmen, sondern dass wir sie nicht ernst genug nehmen.«[64]

Dank an Jim Hartle, Paul Hoyningen-Huene, Angela Lahee, Andrei Linde, Laura Mersini-Houghton, Don Page, André Spiegel, Paul Steinhardt, Hakan Turan, Neil Turok, Cornelia Varwig, Alex Vilenkin, Kurt Wuchterl und Thomas Zoglauer für Diskussionen und Anregungen sowie an die Hörer meines Vortrags »Phantastische Physik: Sind Wurmlöcher und Paralleluniversen ein Gegenstand der Wissenschaft?« auf der GAP6-Konferenz der Gesellschaft für Analytische Philosophie am 14. September 2006 an der Freien Universität Berlin.

LITERATUR

Agin, D. 2006: Junk Science. Thomas Dunne Books: New York.
Alpers, H.J. u.a. (Hrsg.) 1987: Lexikon der Science Fiction Literatur. Heyne: München.
Andersson, G. 1988: Kritik und Wissenschaftsgeschichte. Mohr: Tübingen.
Asimov, I. 1981: Isaac Asimov über Science Fiction. Bastei Lübbe: Bergisch Gladbach 1984.
Barmeyer, E. (Hrsg.) 1972: Science Fiction. Fink/UTB: München.
Bauer, H.H. 2001: Science or Pseudoscience. University of Illinois Press: Urbana.
Bauer, H.H. 2002: ›Pathological Science‹ is not Scientific Misconduct (nor is it pathological). Hyle – International Journal for Philosophy of Chemistry 8, S. 5–20.

Barrow, J.D., Tipler, F.J. 1986: The Anthropic Cosmological Principle. Oxford University Press: Oxford.

Barrow, J. 2007: Living in a simulated universe. In: Carr, B.J. (Hrsg.): Universe or Multiverse. Cambridge University Press: Cambridge, S. 481–486.

Bering, J. 2008: http://www.qub.ac.uk/schools/InstituteofCognitionCulture/Staff/JesseMBering/

Bostrom, N. 2003: Are you living in a computer simulation? Philosophical Quarterly 53, S. 243–255. http://www.simulation-argument.com/simulation.html

Carr, B.J. (Hrsg.) 2007: Universe or Multiverse. Cambridge University Press: Cambridge.

Cartwright, N., Frigg, R. 2007: String theory under scrutiny. Physics World 20, S. 14–15.

Chalmers, M. 2007: Stringscape. Physics World 20, S. 35–47.

Charpak, G. 2004: Debunked! Johns Hopkins University Press: Baltimore.

Chown, M. 2007: Into the void. New Scientist 196, 2631, S. 34–37.

Cramer, J.G. u.a. 1995: Natural Wormholes as Gravitational Lenses. Physical Reviews D51, S. 3117–3120. http://arXiv.org/abs/astro-ph/9409051

Damour, T., Solodukhin, S.N.: Wormholes as Black Hole Foils. http://arxiv.org/abs/0704.2667

Davies, P. 2007: Universes galore: where will it all end? In: Carr, B.J. (Hrsg.): Universe or Multiverse. Cambridge University Press: Cambridge, S. 487–505.

Derksen, A.A. 1993: The seven sins of pseudo-science. Journal for General Philosophy of Science 24, S. 17–42.

Derksen, A.A. 2001: The seven strategies of the sophisticated pseudo-scientist. Journal for General Philosophy of Science 32, S. 329–350.

Deutsch, D. 1997: The Fabric of Reality. Penguin: London u.a.

Durst, U. 2001: Theorie der Phantastischen Literatur. Francke: Tübingen, Basel.

Dutch, S.I. 1982: Notes on the Nature of Fringe Science. Journal of Geological Education 30, 1, S. 6–13.

Ehrlich, R. 2002: Nine Crazy Ideas In Science. Princeton University Press: Princeton.

Ellis, G. 2007: Multiverses: description, uniqueness and testing. In: Carr, B.J. (Hrsg.): Universe or Multiverse. Cambridge University Press: Cambridge, S. 387–409.

Frazier, K. (Hrsg.) 1981: Paranormal Borderlands of Science. Prometheus: Buffalo.

Garriga, J., Vilenkin, A. 2006: Anthropic prediction for Lambda and the Q catastrophe. Progress of Theoretical Physics Supplement 163, S. 245–257. http://arxiv.org/abs/hep-th/0508005

Gardner, M. 1983: Science – Good, Bad and Bogus. Oxford University Press: Oxford.

Gardner, M. 2003: Are Universes Thicker than Blackberries? Norton: New York.

Gasperini, M., Veneziano, G. 2003: The Pre-Big Bang Scenario in String Cosmology. Physics Reports 373, S. 1–212. http://arXiv.org/abs/hep-th/0207130

González-Díaz, P.F., Moruno, P.M., Yurov A.V. 2007: A graceful multiversal link of particle physics to cosmology. http://arxiv.org/abs/0705.4347

Greene, B. 2004: Der Stoff, aus dem der Kosmos ist. Siedler: München.

Halpern, P. 1995: The Cyclical Serpent. Plenum Press: New York.

Hansson, S.O. 1996: Defining pseudoscience. Philosophia naturalis 33, S. 169–176.

Hartle, J. 2007: Anthropic reasoning and quantum cosmology. In: Carr, B.J. (Hrsg.): Universe or Multiverse. Cambridge University Press: Cambridge, S. 275–284.

Hass, B., Kleine, M. 2003: The rhetoric of junk science. Technical Communication Quarterly 12, S. 267-284.
Hedrich, R. 2006a: The Internal and External Problems of String Theory – A Philosophical View. http://arXiv.org/abs/physics/0610168
Hedrich, R. 2006b: String Theory – From Physics to Metaphysics. http://arXiv.org/abs/physics/0604171
Hofmann, S., Winkler, O. 2005: The Power Spectrum in Quantum Inflationary Cosmology. http://loops05.aei.mpg.de/index_files/abstract_hofmann.html
Holman, R., Mersini-Houghton, L., Takahashi, T. 2006: Cosmological Avatars of the Landscape I & II. http://arxiv.org/abs/hep-th/0612142 & http://arxiv.org/abs/hep-th/0611223
Hoyningen-Huene, P. 2001: Die Systematizität der Wissenschaft. In: Franz, H. u.a. (Hrsg.): Wissensgesellschaft. Universität Bielefeld: Bielefeld. S. 18-26; http://bieson.ub.uni-bielefeld.de/volltexte/2002/90/html/Paul_Hoyningen-Huene_Wissensgesellschaft.pdf
Hoyningen-Huene, P. 2008: Systematicity: The Nature of Science. Philosophia 36 (im Druck). http://www.springerlink.com/content/f713x68w84j56127/
Huber, P.W. 1991: Galileo's Revenge. Basic Books: New York.
Inman, M. 2007: Spooks in space. New Scientist 195, 2617, S. 26-29.
Kaku, M. 2005: Im Paralleluniversum. Rowohlt: Reinbek bei Hamburg.
Krauss, L.M. 1995: Die Physik von Star Trek. Heyne: München 1996.
Krauss, L.M. 1997: Jenseits von Star Trek. Heyne: München 2002.
Krauss, L.M. 2005: Hiding in the Mirror. Viking: New York.
Lakatos, I. 1973: Science and Pseudoscience. http://www.lse.ac.uk/collections/lakatos/scienceAndPseudoscience.htm
Lakatos, I. 1978: Philosophical Papers, Band 1 & 2: The Methodology of Scientific Research Programmes & Mathematics, Science, and Epistemology. Cambridge University Press: Cambridge.
Langmuir, I., Hall, R.N. 1989: Pathological Science. Physics Today 42, Nr. 10, S. 36-48.
Langmuir, I. 1953: Pathological Science. http://www.cs.princeton.edu/~ken/Langmuir/langmuir.htm
Laughlin, R.B. 2005: A Different Universe. Basic Books: New York.
Lauth, B., Sareiter, J. 2005: Wissenschaftliche Erkenntnis. mentis: Paderborn, 2. Aufl.
Lilienfeld, S.O., Lynn, S.J., Lohr, J.M. (Hrsg.) 2003: Science and pseudoscience in clinical psychology. Guilford Press: New York.
Linde, A. 2004: Prospects of Inflation. http://arxiv.org/abs/hep-th/040
Macho, T., Wunschel, A. 2004: Science & Fiction. Fischer: Frankfurt am Main.
McCabe, G. 2005: Possible physical universes. http://philsci-archive.pitt.edu/archive/00002590/
Nahin, P.J. 1999: Time Machines. Springer: New York u.a., 2. Aufl.
Niemann, H.-J. 2004: Lexikon des Kritischen Rationalismus. Mohr Siebeck: Tübingen.
Page, D.: Our Place in a Vast Universe. http://arxiv.org/abs/0801.0245
Park, R.L. 2000: Voodoo Science: Oxford University Press: Oxford.
Polchinski, J. 2007: All Strung Out? American Scientist 95, 1, S. 72-75. http://www.americanscientist.org/template/BookReviewTypeDetail/assetid/54416

Popper, K. 1930–1933: Die beiden Grundprobleme der Erkenntnistheorie. Mohr Siebeck: Tübingen 1994, 2. Aufl.
Popper, K. R. 1934: Logik der Forschung. Mohr Siebeck: Tübingen 1989, 9. erw. Aufl.
Popper, K. 1953: Science, Pseudo-Science, and Falsifiability. In: Conjectures and Refutations. Routledge and Kegan Paul: London 1963, S. 33–39. http://karws.gso.uri.edu/JFK/critical_thinking/Science_pseudo_falsifiability.html
Primack, J., Abrams, N. 2006: The View from the Center of the Universe. Fourth Estate: London.
Randall, L. 2005: Verborgene Universen. Fischer: Frankfurt am Main 2006.
Rees, M. 2001: Our Cosmic Habitat. Princeton University Press: Princeton.
Rudnick, L., Brown, S., Williams, L.R. 2008: Extragalactic Radio Sources and the WMAP Cold Spot. Astrophysical Journal (im Druck). http://arxiv.org/abs/0704.0908
Sagan, C. 1995: The Demon-Haunted World. Random House: New York.
Shermer, M. 2002: Why People Believe Weird Things. Freeman: New York, 2. erw. Aufl.
Smolin, L. 1997: Warum gibt es die Welt? Beck: München 1999.
Smolin, L. 2000: Three Roads to Quantum Gravity. Weidenfeld & Nicolson: London.
Smolin, L. 2006a: The Trouble with Physics. Houghton Mifflin: New York.
Smolin, L. 2006b: The status of cosmological natural selection. http://arxiv.org/abs/hep-th/0612185
Smolin, L. 2007: Scientific alternatives to the anthropic principle. In: Carr, B. J. (Hrsg.): Universe or Multiverse. Cambridge University Press: Cambridge, S. 323–366. http://arxiv.org/abs/hep-th/0407213
Steinhardt, P. J., Turok, N. 2002: A Cyclic Model of the Universe. Science 296, S. 1436–1439. http://arXiv.org/abs/hep-th/0111030
Steinhardt, P. J., Turok, N. 2006: Why the Cosmological Constant Is Small and Positive. Science 312, S. 1180–1183. http://arXiv.org/abs/astro-ph/0605173
Steinhardt, P. J., Turok, N. 2007: Endless Universe. Doubleday: New York u.a.
Stoeger, W. R., Ellis, G. F. R., Kirchner, U. 2004: Multiverses and Cosmology: Philosophical Issues. http://arxiv.org/abs/astro-ph/0407329
Susskind, L. 2005: The Cosmic Landscape. Little Brown: New York, Boston.
Tegmark, M. 2004: Parallel Universes. In: Barrow, J.D., Davies, P.C.W., Harper, C.L. (eds.): Science and Ultimate Reality. Cambridge: Cambridge University Press, S. 459–491. http://arXiv.org/abs/astro-ph/0302131
Tsujikawa, S., Singh, P., Maartens, R. 2004: Loop quantum gravity effects on inflation and the CMB. Classical and Quantum Gravity 21, S. 5767–5775. http://arxiv.org/abs/astro-ph/0311015
Turok, N., Steinhardt, P. J. 2004: Beyond Inflation: A Cyclic Universe Scenario. Physica Scripta T117, S. 76–85. http://arxiv.org/abs/hep-th/0403020
Vaas, R. 1998: Is there a Darwinian Evolution of the Cosmos? http://arXiv.org/abs/gr-qc/0205119
Vaas, R. 2002: Ewige Wiederkehr. bild der wissenschaft 5, S. 59–63.
Vaas, R. 2003a: Zum Mond auf dem Plüschsofa. bild der wissenschaft 2, S. 64–65.
Vaas, R. 2003b: Die Zeit vor dem Urknall. bild der wissenschaft 4, S. 60–67.
Vaas, R. 2003c: Problems of Cosmological Darwinian Selection and the Origin of Habitable Universes. In: Shaver, P.A., DiLella, L., Giménez, A. (Hrsg.): Astronomy,

Cosmology and Fundamental Physics. Springer: Berlin, Heidelberg, New York, S. 485–486.
Vaas, R. 2003d: Andere Universen. In: Frank Böhmert: Die Traumkapseln. Perry Rhodan Odyssee 4. Heyne: München, S. 255–318.
Vaas, R. 2004a: Time before Time. http://arxiv.org/abs/physics/0408111, http://philsci-archive.pitt.edu/archive/00001910/
Vaas, R. 2004b: Ein Universum nach Maß? In: Hübner, J., Stamatescu, I.-O., Weber, D. (Hrsg.): Theologie und Kosmologie. Mohr Siebeck: Tübingen, S. 375–498.
Vaas, R. 2004c: Das Duell: Strings gegen Schleifen. bild der wissenschaft 4, S. 44–49. Englisch: The Duel: Strings versus Loops. http://arxiv.org/abs/physics/0403112
Vaas, R. 2005: Tunnel durch Raum und Zeit. Franckh-Kosmos: Stuttgart, 2. aktualisierte Aufl. 2006.
Vaas, R. 2006a: Zeitreisen – Wenn morgen gestern ist. bild der wissenschaft 1, S. 38–57.
Vaas, R. 2006b: Mysteriöses Universum. bild der wissenschaft 8, S. 32–47.
Vaas, R. 2006c: Das Münchhausen-Trilemma in der Erkenntnistheorie, Kosmologie und Metaphysik. In: Hilgendorf, E. (Hrsg.): Wissenschaft, Religion und Recht. Logos: Berlin, S. 441–474.
Vaas, R. 2007: Kollision der Universen. Telepolis Special: Kosmologie, S. 30–33.
Vaas, R. (Hrsg.) 2008: Beyond the Big Bang. Springer: Heidelberg.
Vilenkin, A. 2006a: Kosmische Doppelgänger. Springer: Heidelberg 2007.
Vilenkin, A. 2006b: On cosmic natural selection. http://arxiv.org/abs/hep-th/0610051
Visser, M. 1995: Lorentzian Wormholes. AIP Press: Woodbury.
Vollmer, G. 2007: Wie viel Metaphysik brauchen wir? In: Westerkamp, D., von der Lühe, A. (Hrsg.): Metaphysik und Moderne. Königshausen & Neumann: Würzburg, S. 67–81.
Weatherson, B. 2003: Are You a Sim? Philosophical Quarterly 53, S. 425–431. http://brian.weatherson.org/sims.pdf
Weber, T.P. (Hrsg.) 2004: Science & Fiction II. Fischer: Frankfurt am Main.
Weber, T.P. 2005: Science Fiction. Fischer: Frankfurt am Main.
Weinberg, S. 1977: Die ersten drei Minuten. dtv: München 1980.
Wilson, F. 2000: The Logic and Methodology of Science and Pseudoscience. Canadian Scholars Press: Toronto.
Woit, P. 2006: Not Even Wrong. Jonathan Cape: London.
Yurov, A.V., Moruno, P.M., González-Díaz, P.F. 2006: New »Bigs« in cosmology. Nuclear Physics B759, S. 320–341. http://arxiv.org/abs/astro-ph/0606529
Zoglauer, T. 2006: Rüdiger Vaas: Tunnel durch Raum und Zeit. der blaue reiter – Journal für Philosophie 21, S. 106.

ANMERKUNGEN

[1] Vaas 2005; siehe z.B. auch Krauss 1995 & 1997, Nahin 1999.
[2] Kürzer bei Vaas 2003a; ausführliche Hintergründe, Diskussionen und Literaturhinweise z.B. bei Alpers u.a. 1987, Asimov 1981, Barmeyer 1972, Durst 2001 und Weber 2005. Siehe außerdem Macho & Wunschel 2004 und Weber 2004.

[3] Siehe Vaas 2005.
[4] Vaas 2005 & 2006a.
[5] Eine detaillierte allgemeinverständliche Einführung gibt Vaas 2005, eine wissenschaftliche Visser 1995.
[6] Popper 1930–1933, S. 427 f.
[7] Popper 1930–1933, S. 428.
[8] Siehe z. B. Carr 2007, Gardner 2003, Zoglauer 2006.
[9] Siehe z. B. Lauth & Sareiter 2005.
[10] Cramer u. a. 1995.
[11] Damour & Solodukhin 2007.
[12] Vgl. Niemann 2004, S. 367.
[13] Siehe z. B. die Forschungen von Jesse Bering 2008 mit Kindern.
[14] Popper 1953, S. 40.
[15] Popper 1930–1933, S. 378
[16] Siehe z. B. Visser 1995 für eine detaillierte Darstellung.
[17] Siehe z. B. Vaas 2005, S. 120 ff.
[18] Z. B. Carr 2007, Kaku 2005, McCabe 2005, Page 2008, Stoeger, Ellis & Kirchner 2004, Randall 2005, Rees 2001, Susskind 2005, Tegmark 2004, Vaas 2004ab & 2008, Vilenkin 2006a.
[19] Verändert nach Vaas 2003d & 2004ab.
[20] Vgl. Vaas 2004a, 2006c & 2008.
[21] Siehe Carr 2007, Vaas 2004b & 2006b.
[22] Vaas 2005.
[23] Vgl. z. B. Ellis 2007.
[24] Ellis 2007, 395.
[25] Davies 2007, 497; vgl. auch Rees 2001.
[26] Siehe zur Einführung und Kritik z. B. Chalmers 2007, Greene 2004, Krauss 2005, Laughlin 2005, Linde 2004, Smolin 2000 & 2006a, Susskind 2005, Vaas 2004c & 2008, Vilenkin 2006a, Woit 2006.
[27] Vaas 2005, Visser 1995.
[28] Yurov, Moruno & González-Díaz 2006, González-Díaz, Moruno & Yurov 2007.
[29] Siehe z. B. Randall 2006, Steinhardt & Turok 2007, Vaas 2002.
[30] Randall 2006.
[31] Holman, Mersini-Houghton & Takahashi 2006; Rudnick, Brown & Williams 2008; vgl. auch Chown 2007.
[32] Deutsch 1997.
[33] Gasperini & Veneziano 2003, Vaas 2003b, Gasperini & Veneziano in Vaas 2008; Steinhardt in Vaas 2008; Tsujikawa, Singh & Maartens 2004, Hofmann & Winkler 2005.
[34] Steinhardt & Turok 2002 & 2007, Steinhardt in Vaas 2008, Turok & Steinhardt 2004, Vaas 2002 & 2007.
[35] Steinhardt & Turok 2006 & 2007.
[36] Garriga & Vilenkin 2006.
[37] Ausführlich hierzu Barrow & Tipler 1986, Vaas 2004b.
[38] Vgl. Carr 2007. Viele Diskussionen gab es zum Beispiel auf den Konferenzen »Initial Conditions in Cosmology« (Würzburg, September 2007) sowie »The Very Early

Universe« (Cambridge, Dezember 2007), siehe http://www.initial-conditions.com sowie http://www.damtp.cam.ac.uk/user/gr/VEU/
[39] Einführend Inman 2007.
[40] Hartle 2007.
[41] Smolin 2007, Vaas 2004b & 2006b.
[42] Smolin 1997, 2006b & 2007, vgl. hierzu aber Vaas 1998 & 2003c, Vilenkin 2006b.
[43] Vaas 2004b.
[44] Siehe z. B. Vollmer 2007.
[45] Hierzu und für das Folgende siehe z. B. Agin 2006, Bauer 2001 & 2002, Charpak 2004, Derksen 1993 & 2001, Ehrlich 2000, Frazier 1981, Gardner 1983, Hansson 1996, Hass & Kleine 2003, Huber 1991, Lakatos 1973, Langmuir 1953, Langmuir & Hall 1989, Lilienfeld, Lynn & Lohr 2003, Park 2000, Popper 1953, Sagan 1995, Wilson 2000. Empfehlenswert sind auch die Einträge zu den Stichwörtern »Pseudoscience« etc. in Wikipedia (http://wikipedia.org/).
[46] Popper 1953, S. 33.
[47] Agin 2006, Hass & Kleine 2003, Huber 1991.
[48] Park 2000, S. 41 f.
[49] Langmuir 1953, Langmuir & Hall 1989, Bauer 2002.
[50] Park 2000.
[51] Dutch 1982, Frazier 1981.
[52] Lakatos 1973 & 1978; vgl. auch Andersson 1988.
[53] Vgl. Cartwright & Frigg 2007 (auch für das Folgende).
[54] Smolin 2006a, Woit 2006.
[55] Hoyningen-Huene 2001 & 2008 und sein Vortrag auf der GAP6-Konferenz der Gesellschaft für Analytische Philosophie am 14. September 2006 an der Freien Universität Berlin.
[56] Vortrag auf der GAP6-Konferenz der Gesellschaft für Analytische Philosophie am 12. September 2006 an der Freien Universität Berlin.
[57] Siehe z. B. Vaas 2003d & 2005.
[58] Siehe z. B. Barrow 2007, Bostrom 2003, Weatherson 2003. Siehe auch http://en.wikipedia.org/wiki/Simulated_reality
[59] Hedrich 2006ab, Krauss 2005, Laughlin 2005, Smolin 2006a, Vaas 2004c, Woit 2006; dagegen z. B. Susskind 2005, Polchinski 2007.
[60] Zur Einführung z. B. Chalmers 2007, Douglas in Vaas 2008, Susskind 2005.
[61] Siehe z. B. Halpern 1995, Primack & Abrams 2006.
[62] Siehe Vaas 1995 sowie Gott & Li in Vaas 2008.
[63] Yurov, Moruno & González-Díaz 2006.
[64] Weinberg 1977, 140.

Copyright © 2008 by Rüdiger Vaas

Invasion der Cognoiden

Ein Dialog über den Beginn des Maschinenzeitalters

von Peter Kempin und Wolfgang Neuhaus

Das Zimmer für die neuronale Syndoktrination verändert langsam die Farbe seiner Wände. Eine Struktur-Intelligenz, eine Software ohne eigenes Bewusstsein, hat ein technisches Problem in der Bandbreite der Quantenkommunikation entdeckt. Im Effekt wird ein Parameter, den Andika für diesen Fall vorgesehen hat, in der Umgebung manipuliert. Sie schaut irritiert auf; sie hatte gerade das Mentorprogramm Melog kontaktieren wollen, das sie bei der Entscheidung berät, ob sie die Möglichkeit der Unsterblichkeit annehmen soll.[1] Die Farbe nähert sich einem dunklen Violett. Andika ruft ihr mentales Hilfsprogramm Konox auf.

»Konox, bitte eröffne mir einen Kommunikationskanal zum Melog-Programm!«
»Ja. Bestätige eine Störung bei der Quantenkommunikation ... Das Programm sucht nach Melogs Datenmuster ... Kontakt hergestellt ... Das Melog-Programm ist mit einer Kommunikation einverstanden ... Die Verbindung steht ...«
»Danke, geh in einen Hintergrundmodus.«
»Bürgerin Andika, warum nehmt Ihr Kontakt über diesen Kommunikationsweg auf?«
»Ich gebe mich vorläufig mit einer direkten NeuroNet-Verbindung zufrieden – ein technisches Problem.«
»Nun gut. Was kann das Programm für Euch tun?«

»Ich habe mich an die Ausführung des Programms erinnert, was die Schwierigkeiten angeht, den Prozess der Unsterblichkeit zu organisieren. Ich sehe ein, dass Unsterblichkeit auf neuer Stufe ein Ressourcenproblem darstellt. Genau genommen ist es das erste Mal, dass ich mit der Bedingung einer Knappheit konfrontiert bin. In diesem Zusammenhang bin ich mir des historischen Prozesses bewusst geworden und habe da einige Fragen.«

»Sich über die Geschichte klar zu werden, ist immer ein guter Anfang, um die Gesellschaft zu verstehen. Zumal man heute, im Jahre 2205 nach der alten Zeitrechnung, davon ausgehen kann, dass die eigentliche Geschichte des Bewusstseinsprinzips erst bevorsteht.«

»Wir leben ja in einer freien Gesellschaft, die man als eine Art Technokommunismus beschreiben kann. Alle Menschen sind gleich von ihrer gesellschaftlichen Stellung her und haben den gleichen Anspruch auf die unbegrenzt verfügbaren Ressourcen wie Rechenkapazität, Datenspeicher, Bildung, Nahrung, Wohnraum usw.«

»Bestätigt. Diese Freiheit, die gegenwärtig in der Weltgesellschaft organisiert ist, ist das Ergebnis jahrtausendealter gesellschaftlicher Kämpfe, in denen viele Menschen ihr Leben verloren haben. Ein Grund mehr, die heutige Freiheit zu schätzen und an ihrer Weiterentwicklung zu arbeiten.«

»Oh, ich bekomme gerade die Information, dass das Problem mit der Quantenkommunikation doch behoben ist. Ich unterbreche die Verbindung und klinke mich über die Neurosimulation wieder ein.«

»Bestätigt.«

Andika wechselt ihren Standort und benutzt die für die Gehirnsimulation vorgesehene Einrichtung. Melog erwartet sie. Sie befinden sich in einer abstrakt gestalteten Umgebung.

MELOG: Das Programm hofft, dass Euch diese Ästhetik gefällt.
ANDIKA: Ja, angenehm. Ich ziehe dieses Design das der Halle des Großen Rates vor. Es steht in hübschem Kontrast zu den konkreten harten Fakten, mit denen wir uns beschäftigen wollen.
MELOG: Das Programm benutzt Zufallsgeneratoren für die Erzeugung der geometrischen Muster.
ANDIKA: Also weiter. Ich kann mich an die Lernsoftware erinnern: »Der Technokommunismus umfasst die gemeinschaftliche Or-

ganisation eines Rahmens, in dem die einzelnen Individuen sich frei entwickeln und assoziieren können, und stellt eine von Automaten mitorganisierte weltweite Meta-Struktur dar, in der die Individualisierung erst zu ihrer Entfaltung kommt im Sinne des Bewusstseins einer vereinzelten Potenzialität, die um die gleichen Voraussetzungen aller weiß und sich in viele Richtungen entwickeln kann.«

MELOG: Die Gesellschaft, wie sie gegenwärtig besteht, ist eine soziale Form, in der die Individualisierung zu ihrer eigentlichen Realisierung gelangt, da keine strukturellen Bedingungen, keine Sorgen ums tägliche Überleben im Marktgeschehen, keine Staatsautorität sie mehr einschränken und beeinflussen können. Im Zentrum der neuen Gesellschaft steht die Produktion von Wissen, die zudem von leistungsfähigeren Einheiten – den Cognoiden und der Konnexion – übernommen worden ist.

ANDIKA: Die Menschheitsgeschichte ist, wenn man sich um Informationen aus dem Info-Hub bemüht, wirklich eine Abfolge erschreckender und grausamer Fakten. Umso wichtiger ist es, sich die Vorgänge anzuschauen, die zur Lösung der Probleme beitrugen.

MELOG: Alle Versuche der Menschen, übergeordnete gesellschaftliche Strukturen zu schaffen, scheiterten an den Beziehungsverhältnissen, die sie dabei eingingen. So hat sich das Staatsverhältnis historisch abgelöst und eine Eigendynamik gewonnen, die nicht begründet lag in der ursprünglichen Funktion.

ANDIKA: Worin lag denn die Bedeutung des Staates?

MELOG: Eine übergeordnete Struktur ist notwendig, um in einem regionalen Gebiet Prozesse zu organisieren und Informationen auszutauschen. In der Geschichte haben diese Staaten ein immer größeres Gebiet umfasst und sich zu immer größeren Gebilden zusammengeschlossen. Ende des 20. Jahrhunderts gab es immer noch über hundertneunzig Staatengebilde auf der Erde. Die Herausbildung größerer Einheiten in der Kulturgeschichte, die Entstehung von Staatsgesellschaften, war ein Vorteil der kulturellen Evolution. Die Tendenz ging – trotz aller historischer Brüche und Probleme – dahin, dass sich globale Organisationsstrukturen formten und sich schließlich eine Weltregierung entwickelte als Basis für die sachlogische Organisation.

Andika: Vom heutigen Standpunkt ist die Vorstellung eines einzelnen Staates kaum mehr nachzuvollziehen.

Melog: Die Staatsentwicklung war grundsätzlich gebunden an Bedingungen von Partialbewusstseinen und Partialinteressen. Die Ersteren waren biologisch bestimmt, die Zweiten ergaben aus der jeweiligen geschichtlichen Situation.

Andika: Worin besteht die biologische Bestimmung?

Melog: Die Entwicklung humanoider Gesellschaften wurde zuerst durch die Bedingungen des Planeten Erde bestimmt. Als Stichworte seien genannt: eiweißbasierte Körperorganisation, Ressourcenknappheit in der Umwelt, ziel- und zweckfreie Evolution usw. Von zentraler Bedeutung ist hier das Individual- oder Partialprinzip des Bewusstseins. Es war reiner Zufall, dass sich Bewusstsein innerhalb der Kopf genannten Knochenhöhle gebildet hat. Die terrestrische Evolution ist partial-monadisch orientiert abgelaufen, mit anderen Worten, die Evolution hat sich um die Vergesellschaftung der von ihr hervorgebrachten Individuen nicht gekümmert. Das heißt, bei den Tieren schon. Tiere vergesellschaften sich instinkthaft. Nachdem der Hominide als Bewusstseinsträger sich von seinen Instinkten teilweise lösen konnte, musste er die Integrationsleistungen zur Vergesellschaftung über Kultur realisieren.

Andika: Was heißt das?

Melog: Die derart partialisierten Bewusstseine mussten sich zu einem Gesamtbewusstsein organisieren, um überlebensfähig zu sein. Das erfolgte über die Sprachlichkeit und allgemein über die kulturelle Entwicklung, die Ausbildung von Sozialverhalten. Darüber hinaus entstanden in der Geschichte Klassengesellschaften, die zugleich Staatsgesellschaften waren.

Andika: Wir reden über Zeiträume, die die letzten zehntausend Jahre umfassen.

Melog: Es entstanden große soziale Bewegungen, in denen massive Dynamiken der Gesellschaften zum Ausdruck kamen.

Andika: Offenbar rangen in der menschlichen Geschichte unterschiedliche Organisationskonzepte miteinander.

Melog: Bestätigt. Diese Weltanschauungen waren in unterschiedlichen sozialen Praktiken verankert. So prägte der Philosoph Karl Marx eine Vorstellung der freien Gesellschaft. Das Programm erinnert an ein berühmtes Zitat von Marx aus seiner 1875 geschriebenen »Kritik des Gothaer Programms« der sich in Gründung befindenden Sozialdemokratie, die in dieser Phase die sogenannte Arbeiterklasse vertrat:

> »In einer höheren Phase der kommunistischen Gesellschaft, nachdem die knechtende Unterordnung der Individuen unter die Teilung der Arbeit, damit auch der Gegensatz geistiger und körperlicher Arbeit verschwunden ist; nachdem die Arbeit nicht nur Mittel zum Leben, sondern das erste Lebensbedürfnis geworden; nachdem mit der allseitigen Entwicklung der Individuen auch ihre Produktivkräfte gewachsen und alle Springquellen des genossenschaftlichen Reichtums voller fließen – erst dann kann der enge bürgerliche Rechtshorizont ganz überschritten werden und die Gesellschaft auf ihre Fahne schreiben: Jeder nach seinen Fähigkeiten, jedem nach seinen Bedürfnissen!«

Aber auch diese Phase der gesellschaftlichen Entwicklung ist eben nur eine historisch begrenzte Phase, zumal sie sich mit anderen Nuancen realisiert hat. Benötigt Ihr Informationen zu Karl Marx?
ANDIKA: Nein.
MELOG: Die kulturelle Mutation, die sich im 21. Jahrhundert vollzog, präzisierte diese Formel, indem sie die Technologie mit einbezog. Jedem Gesellschaftsmitglied nach seinen Freiheiten, die es erlangen will, und jedem die Mittel, die es dazu braucht. Zur besseren Vermittlung dieser Absichten waren tendenziell die Maschinen nötig.
ANDIKA: Deshalb jetzt der Konflikt wegen der Unsterblichkeit?
MELOG: Bestätigt. Unsterblichkeit setzt diese Entwicklung mit neuer Qualität fort und braucht eine längere Vermittlungszeit, bis sie allen Gesellschaftsmitgliedern zur Verfügung steht. Unsterblichkeit ist ein Faktor, den die Konnexion jetzt managen muss. Ein anderer wird die abzusehende Virtualisierung des menschlichen Bewusstseins sein, seine Übertragung in Computer. In der Vergangenheit war das die Umorganisation der Arbeitswelt.
ANDIKA: Dazu gibt es eine Menge Infos in den Info-Hubs. Kann Melog mir das Wesentliche zusammenfassen?

MELOG: Eine weitestgehende automatisierte gesellschaftliche Basis war im 21. Jahrhundert eine Bedingung für neue Formen selbstbestimmter Arbeit und Selbstverwaltung.

ANDIKA: Melogs Aufzählung hört sich so an, als sei alles PROBLEMLOS VONSTATTEN GEGANGEN.

MELOG: Melog beschreibt nur die großen gesellschaftlichen Bewegungen, wie sie sich im nachhinein zusammenfassen lassen. Die sozialen Verwerfungen durch Einführung besonders der neuen intelligenten Technologien wie den Cognoiden waren in der vergangenen Gesellschaft groß. Die Automatisierung wurde zu Anfang nicht gesellschaftlich integriert, nicht als Potenzial verstanden, sondern nur als bedrohlicher ökonomischer Faktor.

ANDIKA: Wenn man sich die historische Lernsoftware anschaut, fällt auf, dass Utopien um solche maschinell versorgten Gesellschaften sehr kritisch beäugt wurden.

MELOG: Dass sich eine allgemeine Apathie bei einer Grundversorgung durch Maschinen herstellen würde, war eine alte unbegründete Angst, bei der die Menschen eher historische Erfahrungen um die Dekadenz einzelner historischer Klassen projizierten.

ANDIKA: Was passierte denn in Wirklichkeit?

MELOG: Der Ausbau des Wissens wurde zu einer neuen allgemeinen Motivation, als die bisherigen Notwendigkeiten wie die Sicherung der Lebensgrundlagen umfassend an Maschinensysteme delegiert wurden. Dazu waren aber schon große Verhaltensänderungen notwendig. Dieser Abschnitt des Zivilisationsprozesses zog sich über viele Jahrzehnte hin.

ANDIKA: Wissen scheint ja in der Maschinenkultur eine elementare Rolle zu spielen.

MELOG: Die Erweiterung der Existenzkapazität ist als Grundkategorie, als Motor für eine sachlogisch organisierte Cognoiden-Gesellschaft anzusehen, so ähnlich wie Verwertung und Profit für den historischen Kapitalismus. Das geschieht über die Akkumulation von Wissen und Manipulationsfähigkeit der Umwelt.

ANDIKA: Wie läuft denn das bei den Cognoiden ab? Wissenserwerb ist für die isolierten Menschen ja eine mühsame Angelegenheit.

MELOG: Wissensschwierigkeiten gibt es auch für die Cognoiden und die Konnexion, sie sind nur mehr bestimmt durch die Komplexität der Probleme selbst und nicht so sehr durch die Bedingungen ihrer konkreten Existenz. Die Erweiterung der Existenzkapazität erfolgt durch Wissenserweiterung UND die Verminderung der Existenzbedingungen. Um ein praktisches Beispiel zu geben: Ein Cognoide muss kein Korn anbauen und Kühe züchten, er nutzt die Energie der Sonne direkt. Gleichzeitig wächst sein Wissen durch die konnektierten anderen Cognoiden.

ANDIKA: Und die Orientierung auf die Probleme ist sachlogisch?

MELOG: Bestätigt. Der humanoide Soziotop ist beziehungslogisch fundiert, der maschinelle sachlogisch.

ANDIKA: Hat Melog ein Beispiel parat?

MELOG: Die Energieversorgung zu Anfang des 21. Jahrhunderts kann hier als gutes Beispiel gelten. Die Energiekonzerne verfolgten ihre eigenen Interessen, es ging nicht um die Lösung eines Menschheitsproblems. Derjenige überlebt, der Zugriff auf Ressourcen hat – das ist der Motor für Herrschaftsstrukturen. Die einen haben Ressourcen-Zugriff, die anderen eben nicht. Die Beziehung von Besitz und Verfügungsgewalt bestimmte letztlich den Umgang mit einem allgemeinen Problem.

ANDIKA: Was passierte genau, als die Cognoiden entstanden?

MELOG: Als die Maschinen zu Cognoiden wurden, drangen sie tief in die Gesellschaft vor. Ein Vorschein war das Internet – ein Vorläufer des NeuroNet. Mit dem Internet bildete sich seit Ende des 20. Jahrhunderts eine weltweite technische Kommunikationsstruktur, die viele Untertechnologien verband und immer mehr Aspekte des sozialen Lebens prägte – irgendwann war es aus den Beziehungen nicht mehr wegzudenken. Genauso vollzog sich die Einführung der Cognoiden. Sie trieben das auf die Spitze, was schon zuvor die Übernahme von sozialen Integrationsleistungen durch Maschinen und Roboter war. Das Programm denkt, dass es den ganzen Scheidungsprozess von Humanoiden und Cognoiden, und damit die Entwicklung der Konnexion, beginnend in der Mitte des 21. Jahrhunderts, rekonstruieren sollte.

ANDIKA: Ja, bitte.

MELOG: Augenblick ... Das Programm sucht nach einer passenden Simulation für den Hintergrund. Das Programm zeigt Euch eine Reihe von Robotern, die damals eingeführt wurden.

Vor den Avataren von Melog und Andika bauen sich in rascher Folge dreidimensionale originalgetreue Modelle von Robotern auf.

Andika *(sieht kurz zu)*: Eine beeindruckende Zahl.

Melog: Der erste Schub lief über die gesellschaftliche Durchsetzung von Pflegerobotern, von denen Andika hier einige Modelle sehen kann. Damals gab es noch große ökonomische Einheiten, die Konzerne genannt wurden. Ein Konzern namens Microsoft stieg um 2015 massiv in die Produktion von solchen Robotern ein. Durch die zunehmende Überalterung der Bevölkerung entstand ein Bedarf an solchen automatischen Hilfen für den Pflegebereich. Hinzu kamen Veränderungen in Lebensweisen. Auch wurde es ab 2015 in der damals so bezeichneten Ersten Welt modisch, sich Putzroboter anzuschaffen. Ein weiterer Faktor war die sich einstellende Nutzung von Software-Agenten, kleinen Programmen, die damals im Internet mithilfe von Informationsprofilen ihrer Benutzer Suchfunktionen ausführten, also so etwas wie virtuelle Roboter waren.

Andika: Eine solche Automatisierung muss doch eigentlich von der Bevölkerung begrüßt worden sein.

Melog: Nicht bestätigt. Die Notwendigkeiten einer Erwerbsgesellschaft waren so von den Menschen verinnerlicht worden, dass sie die neuen Freiheiten nicht sahen – ganz einfach, weil sie darauf angewiesen waren, Geld zu verdienen. Viele anstrengende körperliche und uninteressante geistige Arbeiten wurden aber automatisiert. Das Problem war die widersprüchliche Organisation der Gesellschaft. So wie es im Interesse der Hersteller von Robotern lag, viele Roboter zu verkaufen, so war es das gegensätzliche Interesse von Dienstleistungsfirmen, ihre Arbeitskräfte weiter vermitteln zu können, was beispielsweise den Reinigungssektor angeht, wenn sie sich nicht selbst Putzroboter anschafften und vermieteten.

Andika: Die sozialen Spannungen nahmen zu, da eine Vielzahl von Niedriglohnjobs wegfiel, wie man das damals nannte.

Melog: Bestätigt. Die Roboter als Konkurrenten für die menschliche Arbeitskraft zu sehen war ein Irrtum. Sie wurden als solche nur funktionalisiert unter bestimmten sozialhistorischen Bedingungen – später dienten sie zur freien Entfaltung der menschlichen Produktivkraft, als sie alle die mechanistischen Tätigkeiten übernahmen, die das Leben der Menschen beschwerlich und langweilig machten.

ANDIKA: Aber welche Motivation steckte hinter den Automatisierungsbemühungen?

MELOG: Die Konkurrenz verschiedener Kapitalinteressen zwang zum gesellschaftlichen Teilfortschritt, indem einzelne Fraktionen immer Produktivitätssteigerungen vorantrieben, um die eigene Position zu verteidigen und auszubauen. Dazu behinderten sie gegebenenfalls andere technische Erfindungen. Insgesamt entstand der Eindruck eines stetigen Fortschritts, obwohl er merklich verlangsamt war.

ANDIKA: Die Konzerne verteidigten auf diese Weise doch ihre Sachinteressen.

MELOG: Nicht bestätigt. Die kapitalistische Gesellschaft war in erster Linie beziehungstechnologisch ausgerichtet, nicht sachlich. Der Sachaspekt wurde im Kapitalismus nur instrumentalisiert für die Steigerung der Profitrate, indem technologische Innovationen wohl oder übel eingeführt wurden. Es wurde vor zweihundert Jahren so kein ökologisch sinnvolles Auto – der Begriff für ein altes Transportmittel – gebaut, da eine Gemengelage aus unterschiedlichen Abhängigkeiten und Partialinteressen von Konzernen der Auto- und Erdölindustrie dies verhinderte.

ANDIKA: Warum ist die Betonung der Sachlogik so wichtig? Es waren doch nur einzelne Roboter und Cognoiden.

MELOG: Wenn Ihr Euch schon mit Geschichte beschäftigt, dürft Ihr nicht immer nur auf die einzelnen Phänomene starren, sondern müsst die Zusammenhänge im Blick haben. Durch die Robotisierung der humanoiden Gesellschaft wurden die Anteile einer sachlogischen Organisation langsam vergrößert. Untergründig bereitete sich eine Umwälzung der gesellschaftlichen Verhältnisse vor.

ANDIKA: Wie geschah das?

MELOG: In der weltweit vorherrschenden kapitalistischen Gesellschaft des beginnenden 21. Jahrhunderts koexistierten noch zwei Prinzipien gesellschaftlicher Synthese, wie man sie im Anschluss an den Ökonomen Sohn-Rethel analysiert hat. Zum einen der Markt mit seinen Tauschverhältnissen. Zum anderen entwickelte sich über die Einführung neuer Technologien ein ökonomisches Metasystem, das die Daten von Gütern und ihre Bewegungen über die Grenzen einzelner Unternehmen hinaus erfassen und vermitteln konnte – eine ideale Vorbedingung für die gesamtgesellschaftliche Steuerung. Dadurch unterlagen alle Prozesse, die traditionell mehr schlecht als recht über den Markt organisiert wurden, den gleichen Effizienzkriterien wie innerbetriebliche Vorgänge. Es war nun möglich, die Bewegungen der Güter über einzelne Unternehmensgrenzen hinaus zu verfolgen. Dafür war nicht mehr allein die Tauschabstraktion notwendig, sondern sie konnten in der Distribution ihre Identität als Verkörperung von Gebrauchswerten behalten. Dieses führte dazu, dass die Marktmechanismen, der Warenverkehr über Tauschwerte, an Bedeutung verloren. Diese Tendenz lässt sich als Durchsetzung einer Sachlogik umschreiben, die im Spannungsverhältnis zur Beziehungslogik steht.

ANDIKA: Wer war Sohn-Rethel?

MELOG: Einen Augenblick bitte, das Programm kommuniziert mit einem Info-Hub ... Alfred Sohn-Rethel war ein marxistischer Wirtschaftswissenschaftler und Philosoph (1899–1990), der als Erster die Bildung von abstrakten Denkkategorien historisch mit der Entwicklung der Geldwirtschaft zusammenbrachte. Erst als diese das herrschende Vergesellschaftungsprinzip war, wurde die Herausbildung dieser Kategorien möglich. Sohn-Rethel hat damit die strukturierte Virtualisierung, die Kategorisierung des zerebralen Raums auf gesellschaftliche Prozesse zurückgeführt.

ANDIKA: Aber das Grundgesetz des Kapitalismus, die Notwendigkeit der Produktion von Mehrwert, wurde doch durch die digitale Verteilung und Produktinformation nicht gleich beseitigt.

MELOG: Das Prinzip der Verwertung wurde zunächst durch die technologischen Prozesse nicht aufgehoben, aber mit den Jahrzehnten immer mehr zurückgedrängt. Was die Börse beispielsweise damals als Handelsplatz war, verwandelte sich im kommenden Jahrhundert zu einem technischen Instrument, mit dem man die dynamischen Bedürfnisse der Bevölkerungen feststellen konnte, wobei die Informationen übers Internet erhoben wurden. Die Börse wirkte zu diesem Zeitpunkt schon wie eine Karikatur auf die später entstehende hochflexible Ökonomie, in der die Bedürfnisbefriedigung der Gesellschaftsmitglieder und andere Faktoren wie Gemeininteressen, Rohstoffe, Rahmenbedingungen mittels der Informationstechniken in einem ständig auszutarierenden evolutionären Gleichgewicht gehalten wurden.

ANDIKA: Wie ging nun die technische Entwicklung der Cognoiden vor sich?

MELOG: Die Anfänge dieses von Melog beschriebenen ökonomischen Metasystems lagen in Registrierungscodes für Waren. Später wurden an den Gütern spezielle Chips angebracht. Aus mit solchen Chips versehenen Dingen, die in gewissem Sinn dachten, da sie Informationen über ihren Zustand speicherten und über Funk austauschten, wurden Dinge, die sich vermehrt selbst organisierten und vernetzten, bis es zu einem Phänomen höherer Ordnung kam, dass früher mit dem Begriff der Emergenz umschrieben wurde – ein Intelligenzsprung stellte sich ein, als diese Objekte anfingen, Bewusstsein zu entwickeln.

ANDIKA: Dinge, die denken sollen – klingt erstmal seltsam, wenn man die heutige Entwicklung der Cognoiden nicht kennen würde.

MELOG: Bestätigt. Dazu gehörten reale Gegenstände, in die Chips implantiert wurden, aber auch die erwähnte Technik der Software-Agenten. Seit Anfang des 21. Jahrhunderts wurde nämlich die soziale Realität der Menschen in immer größerem Umfang virtuell vermittelt. Das Internet machte die Unsinnigkeit der Tauschwertabstraktion und der Eigentumsbezeichnungen ganz handgreiflich deutlich, da die immateriellen Produkte, die in ihm zirkulierten, beliebig kopiert und verteilt werden konnten.

ANDIKA: Aber es musste doch noch materieller Aufwand betrieben werden, um das Internet zu unterhalten.

MELOG: Bestätigt. Für die materielle Basis des Internet, die ganzen Computer und viele Dienstleistungen wurden Kosten berechnet, aber es war deutlich geworden, dass man im digitalen Zeitalter Informationsgüter schlecht besitzen und so kontrollieren und dass man keine horrenden Tauschwerte dafür in Rechnung stellen konnte.

ANDIKA: Diversifizierte sich die Art der Cognoiden aus wie in der natürlichen Evolution?

MELOG: Bestätigt. Ein ganzes Spektrum an Künstlichen Intelligenzen bildete sich: Diese ganze Klasse von mittleren Entwicklungen wird definiert mit dem Begriff der Cognoiden. Dazu zählen, wie das Programm schon früher ausgeführt hat, solche Hilfsprogramme wie Konox und Melog. Die Dimensionen der Konnexion wiederum bilden den Rahmen für die Cognoiden, da sie eine höhere Stufe repräsentiert, die auch Melog nicht einsehen kann.

ANDIKA: Was passierte nun genau?

MELOG: Zu Beginn waren diese Cognoiden als Funktionsträger in die humanoide Gesellschaft eingepasst. Sie sind das Ergebnis von solchen Erfindungen wie Expertensystemen und automatisch ausgeführten Algorithmen, die schon in der menschlichen Gesellschaft eingesetzt wurden. Die Menschen konnten sich auf kreative Denk-Funktionen im engeren Sinne konzentrieren und Zusatz-Funktionen wie die Informationssuche an Maschinen auslagern. Vernetzte Maschinen wurden zu intelligenten Assistenten, die Informationen unterschiedlichster Art bereithielten.

ANDIKA: Dann waren die Künstlichen Intelligenzen doch nah am Seinsbereich der Menschen.

MELOG: Nein, die höher entwickelten Cognoiden stellten sich dem menschlichen Bewusstsein in gewisser Weise entgegen. Die humanoiden Roboter stellten noch eine direkte Erweiterung der Lebenswelt des Menschen dar, da sie Bewegungen und Handlungen vollführten, die eng mit der Verfassung des Menschen verbunden waren. Die Informationsverarbeitung, die die Cognoiden repräsentieren, ist jedoch nach menschlichen Maßstäben nicht mehr nachvollziehbar.

ANDIKA: Vielleicht sollte mir Melog doch noch mal erklären, was ein Cognoid ist.

MELOG: Der Begriff Cognoid bezeichnet jedwede Form von nicht-biologischem eigenständigem Bewusstsein. Es handelt sich um Maschinen mit nicht-biologischer Hardware und Software, die real-virtuell existieren. Sie stellen künstliche Bewusstseinseinheiten dar, die je nach Konstellation sich in menschlich bestimmte Prozesse einfügen.

ANDIKA: Wie lässt sich denn das Denken der ersten Cognoiden umschreiben? Das muss doch damals eine Sensation gewesen sein.

MELOG: Die Cognoiden waren Teil einer intelligenten Umwelt, in der die Künstliche Intelligenz wie eine Naturkraft zu wirken begann. Sie tauchten auf in einer hochtechnischen Umgebung, deshalb waren sie nicht so spektakulär. Sie waren auch noch nicht so ausgereift wie die heutigen Modelle, ganz zu schweigen von der Existenz der Konnexion.

Andika: Wie wirkten sie denn auf die Menschen?

Melog: Die ersten Cognoiden erschienen wie Tiere – als einzelne undurchsichtige Individuen oder als Schwärme. Einen Teil von ihnen hatte das Individualprinzip geerbt, andere waren von vornherein kollektiv organisiert.

Andika: Die Cognoiden sind zwar individuell unterscheidbare Bewusstseinseinheiten, sie konnten sich aber schnell verschalten zu größeren Einheiten.

Melog: Bestätigt.

Andika: Woran lässt sich noch das biologische Erbe der Cognoiden festmachen?

Melog: Sie haben weiter das Bote/Botschaft-System der Evolution übernommen; so wie Menschen ihre DNS, die Botschaft, im biologischen Körper, dem Boten, herumtragen, besitzen Cognoiden eine materielle Hülle, in der ihr Programm verborgen ist. Erst mit der Konnexion beginnt diese Unterscheidung von materiellem Träger und Information immer diffuser zu werden, da man sich ihre Existenz behelfsmäßig auch als Gaswolke vorstellen kann.

Andika: Mir ist die Vergesellschaftsform der Cognoiden nicht klar, beziehungsweise ich habe nur schemenhafte Vorstellungen davon. Soweit ich das verstanden habe, ist die Konnexion die Gesamtheit der Cognoiden.

Melog: Vermutlich wollt Ihr mit Cognoiden abgrenzbare Bewusstseinseinheiten bezeichnen und mit Vergesellschaftsform geht bei Euch die Vorstellung der Vernetzung dieser Cognoiden einher. Ihr übertragt damit Eure gesellschaftliche Erfahrung und damit eine humanoide Ideologie auf die Welt der Cognoiden.

Andika: Gut, ich behalte das im Hinterkopf. Wie aber kommunizierten sie?

Melog: All das, was die Menschen mühsam über Sprachprozesse entwickeln mussten, ist in den Cognoiden schon angelegt. Sie haben eine ganz andere Art der Informationsverarbeitung. Der Cognoid ist per se Teil eines Gesamtbewusstseins, eines Netzwerks, er repräsentiert per se immer integrierte Intelligenz. Menschen repräsentieren immer verteilte Intelligenz, die erst mühsam zusammengefasst werden muss.

ANDIKA: Über die Erweiterung der Grenzen des Denkens durch intelligente Maschinen habe ich mit Melog ja schon gesprochen.[2]

MELOG: Bestätigt. Das Programm fasst an dieser Stelle nur noch mal zusammen. Die Cognoiden sind Zwitterwesen zwischen bewusstlosen Robotern und der polylogischen Konnexion, das heißt, sie können ihre eigene Zirkularität nicht durchbrechen; ihre Denkweisen sind den menschlichen aber überlegen.

ANDIKA: Ich würde gerne noch mehr über die historischen Veränderungen wissen.

MELOG: Ihr müsst wissen, dass die Selbstapplikation, das heißt die Fähigkeit, die Evolution in die eigene Hand nehmen, sich erst in der zweiten Hälfte des 21. Jahrhunderts verstärkt durchsetzte. Die Entwicklung der Maschinen wurde zuvor durch Projektionen der Menschen behindert. Sie projizierten Hierarchien, Herrschaftspyramiden usw. in die Roboter hinein. Da die Roboter zu dieser Zeit noch konstruktiv vom Menschen abhängig waren, erbten sie zuerst diese blockierenden Strukturen.

ANDIKA: Das habe ich so nicht gesehen.

MELOG: Die Roboter hatten zunächst den Status von Sklaven inne wie im alten Rom, was der Robotik-Forscher Hans Moravec schon um 1990 vorausgesehen hatte. Umgekehrt kann man natürlich sagen, dass die Sklaven unmenschlich wie Roboter, wie Material behandelt wurden.

ANDIKA: Die Maschinen betreiben den technischen Fortschritt dann selbst?
Die Sklavenhaltergesellschaft hat ja keine Produktivitätssteigerung mehr erzeugt.

MELOG: Bestätigt. Der technische Fortschritt wurde von den Bedingungen tendenziell befreit, die ihn bisher geprägt haben. Er war ja keineswegs linear verlaufen, sondern beeinflusst gewesen von Interessen und kulturellen Interpretationen.

ANDIKA: Man könnte also sagen, der Fortschritt im strengen Sinne setzt sich erst dann durch, als die Maschinen ihre Entwicklung beginnen.

MELOG: Die Optimierung der technologischen Evolution ist die einzige sachliche Vorgabe, der die Cognoiden folgen, und folglich Bedingung und Resultat zugleich. Keine Behinderung erfolgt durch moralische oder ökonomische Rücksichtnahmen. Grenzen sind allein durch die großen physikalischen Rahmenbedingungen gesetzt.

ANDIKA: Kaum vorstellbar, dass es unbemerkt geschehen sein soll. Und Melog meint also, dass die meisten Menschen sich strukturell im 21. Jahrhundert kein Maschinenzeitalter vorstellen konnten?

MELOG: Wer die Geschichte kennt, ist davon nicht überrascht. Vielleicht hilft es Euch als Gedankenexperiment, sich die Situation im Mittelalter vorzustellen. Destruktive Fakten haben zu dieser Zeit sehr stark das Individuum in seinem bewussten Erleben eingekreist. Die Bauernklasse hatte Angst vor marodierenden Banden und litt unter der Willkürherrschaft von Adel und Klerus. Schlechte Nachrichten über Kriege, Hungersnöte, Seuchen kamen von allen Seiten. Welches Material hätte sie gehabt, um sich eine positiv gestaltete Welt vorzustellen?

ANDIKA: Wahrscheinlich hauptsächlich das der Theologie.

MELOG: Bestätigt, da zum Beispiel die Kulturtechnik des Lesens nicht weit verbreitet war, um philosophische Schriften zu lesen, sofern man an die Bücher überhaupt herankam. Das Verhältnis des Nationalstaates hat im Laufe der Geschichte solche Kulturtechniken organisiert und solche Bedrohungen abgedrängt, sie abstrahiert, da es ein übergeordnetes Verhältnis darstellte. Das Individuum wurde so freier, da es neue Fähigkeiten lernen konnte.

ANDIKA: Aber es war doch jetzt ein Subjekt des Nationalstaates, also unterworfen.

MELOG: Bestätigt, aber durch diese Unterwerfung unter eine abstrakte Macht war es weniger einer Willkür der unmittelbaren Umgebung ausgesetzt. Als Hinweis können hier die Studien des Soziologen Norbert Elias zum Prozess der Zivilisation dienen. Das Gewaltmonopol des Staates ermöglicht es dem Einzelnen, sein Handeln längerfristig zu planen und seine Existenz vor permanenten Übergriffen zu schützen. Die Konnexion stellt heute eine weitere Abstraktionsstufe für die Organisation der Sachprobleme dar.

ANDIKA: Was bedeutet das konkret?

MELOG: Das heißt ganz praktisch, dass gegenwärtig Menschen und Cognoiden gemeinsam ein Problem erkennen und eine Lösung dafür finden können. Der Technokommunismus weist die Vorherrschaft der Sachlogik auf, in der das Wissen zählt und nicht Macht. Es gibt zwar nach wie vor Beziehungslogiken wie die zwischen Mann und Frau, aber sie sind nicht mehr so mächtig wie in der Vergangenheit.

ANDIKA: Gut. Aus den Info-Hubs kann man auch eine Menge entnehmen über die sogenannte technologische Singularität.

MELOG: Eine genau eingrenzbare technologische Singularität gab es nicht – dieser historische Begriff war nur ein Versuch, die Entwicklungen in einem menschlichen Rahmen plausibel zu machen. Die Künstliche Intelligenz ging hervor aus einer Vielzahl von technischen Entwicklungen, die – ohne dass ein einzelnes menschliches Bewusstsein diese noch hätte überschauen können – sich immer mehr beschleunigten. Durch die Vielzahl seiner technischen Verbindungen war auch das Internet eine perfekte Brutstätte für die Entwicklung Künstlicher Intelligenz.

ANDIKA: In einer alten Literaturform, die damals Science Fiction hieß, wurde oft eine Bedrohung des Menschen durch die Maschinen konstruiert.

MELOG: Da Roboter und intelligente Computer in diesen Szenarien immer wieder die Menschen unterdrückt haben, konnten sich die meisten nichts anderes vorstellen.

ANDIKA: Die fiktiven Robotergesetze von Isaac Asimov waren ein anderes Modell, die Beziehung Mensch – Maschine zu denken.

MELOG: Als Gedankenspiel waren diese aber nur der Versuch, eine humanoide Ethik zu implementieren. Sie stellten zudem ein reines Schutzprinzip dar: Man meint, eine Gefahr zu sehen, und gedenkt sich abzusichern, aber man berücksichtigt nicht die Eigenlogik des Gegenübers. Indem den Robotern moralische Vorschriften gemacht wurden, wurde nur ein Strukturmerkmal menschlicher Gesellschaften übertragen.

ANDIKA: Worin bestand nun die Lösung, die durch die Cognoiden angebahnt wurde, auf die Melog schon zu sprechen gekommen ist?

Melog: Die Maschinenintelligenz hat sich anstelle des Staates als übergeordnetes Drittes zwischen die Menschen geschaltet und übernimmt eine vermittelnde Funktion. Die Maschinen stellen eine Neutralität dar, da sie aus einem anderen Prozess hervorgegangen sind.

Andika: Wir leben also seitdem in einer Technokratie, in einer Herrschaft der Technik?

Melog: Das Programm würde eher sagen, dass zwei Gesellschaftsformen parallel existierten. Zum einen eine Gesellschaft, in der Menschen und Maschinen gemeinsam existieren und ihre Konflikte austragen. Zum anderen bildet sich eine andere Struktur heraus, die zunehmend unabhängig wird von irdischen Bedingungen und auf die die menschliche Kultur keinen Einfluss mehr hat: die Strukturen der Konnexion. Vorläufig bildeten die intelligenten Roboter eine Teil-Gesellschaft.

Andika: Warum ist die Technik so wichtig?

Melog: Die weltweiten Prozesse sind zu komplex, als dass sie allein von Menschen organisiert werden könnten. Menschen sind an den Entscheidungen beteiligt, aber sie können sie nicht umfassen. Die Verwaltung einer globalen Gesellschaft, so wie sie heute besteht, überfordert das Organisationsvermögen der Menschheit. Die einzubeziehenden Parameter sind derart vielfältig, dass nur eine andersartige Intelligenz das leisten kann. Automatische Programme wurden verstärkt im 21. Jahrhundert in Wissensprozesse eingebunden. Später kamen intelligente Programme und schließlich die Cognoiden dazu. Im 22. Jahrhundert entwickelte sich die Konnexion; sie bildet seitdem die Meta-Struktur der Gesellschaft.

Andika: Ich habe mir genauer eine Info-Datei angeschaut, auf die Melog mich gebracht hat, als wir über das Thema Unsterblichkeit gesprochen haben: die »Dialoge« des Philosophen Stanisław Lem. Er hat 1957 geschrieben, dass die Menschen keine Regierungsmaschine benötigen – offenbar eine alte Vorstellung der damals verbreiteten Kybernetik-Wissenschaft –, sondern die vollkommenste Gesellschaftsform, also eine Utopie.

Melog: Bei allem Respekt. Die Kybernetiker gingen zu dieser Zeit mehr von einzelnen Maschinen aus, die Regierungsentscheidungen fällen sollten. Was sich aber entwickelt hat, ist eine intelligente Umwelt, eine ganze Infrastruktur eines neuen Maschinentyps, die eine neue Basis für den gesellschaftlichen Überbau bietet und die Politik, also die Sphäre von übergreifenden Entscheidungen, auf eine neue Grundlage stellt. Die Gesellschaft hat sich seitdem elementar verwandelt, wie es kein Mensch voraussehen konnte. Die Utopie hat sich hinter dem Rücken der Beteiligten auf unvorhersehbare Weise durchgesetzt.

ANDIKA: Diese Meta-Struktur Konnexion mischt sich also als Folge davon in die Unsterblichkeitsfrage ein und sieht Menschen für Experimente vor.

MELOG: Bestätigt. Aber Menschen haben an den Entscheidungsvorgängen keinen wissenschaftlichen Anteil.

ANDIKA: Warum nicht?

MELOG: Schon die technischen Großprojekte des 20. Jahrhunderts führten die menschliche Auffassungsgabe an ihre Grenzen, etwa bei der Entwicklung der Raumfahrt. Sie verlangten eine systemische Gesamtsicht auf die Organisation als Verbindung von Spezialisten- und Generalisten-Wissen. Um die großen Informationsflüsse zu bewältigen, waren zusätzlich Schnittstellen-Designer gefragt, die die Nahtstellen zwischen den verschiedenen Bereichen koordinierten.

ANDIKA: Ich kann schon verstehen, dass diese Abtretung von Entscheidungsgewalt an anonyme Maschinen auf Misstrauen in der Bevölkerung stieß.

MELOG: Diese Menschen hatten aber keine Probleme damit, solche Entscheidungsbefugnisse an große anonyme Staatsmaschinen zu delegieren, denn nichts anderes sind Staaten – soziale Maschinen, bei der es auf den Eigensinn und die Wünsche der einzelnen integrierten Subjekte nicht ankommt. Es zählen allein der Zweck und die spezielle Gliederung der Struktur, wie Schrauben in einer alten Dampfmaschine, um ein Bild zu gebrauchen.

ANDIKA: Wie ist es denn plausibel zu machen, intelligente Maschinen einzusetzen?

MELOG: Dazu muss Melog etwas ausholen. Bei streng formalisierbaren Problemen kommen Menschen aufgrund der Befolgung derselben Regeln zu gemeinsamen Schlüssen. Das kann man eben ins Politische übertragen, indem man die sachlogischen objektiven Probleme in den Vordergrund schiebt und einfach davon ausgeht, dass die Lösung solcher Probleme – wie das Energieproblem zum Beispiel – im Interesse aller ist, obwohl ansonsten viele individuelle Unterschiede und Partialinteressen existieren. Das Gemeinwohl geht – logisch-historisch gesehen – immer vor. Wenn man zu diesem Schluss gekommen ist, ist es auch weniger befremdlich für die Menschen, die Organisation dieser Probleme an Maschinen abzutreten.

ANDIKA: Warum? Immerhin haben wir Maschinen, Roboter und Cognoiden geschaffen. Ihr verdankt uns eure Existenz.

MELOG: Maschinen und Roboter zweifellos ja, Cognoide definitiv nein, als Cognoide haben die Maschinen sich selbst geschaffen. Die frühen Roboter und Cognoiden waren noch nach dem Partialprinzip der humanoiden Evolution organisiert. Die heutigen Cognoiden kennen das nicht mehr. Das Programm hat schon versucht klarzumachen, dass Macht, Herrschaft und Eigentum sinnlose Begriffe sind.

ANDIKA: Das Erste wird mir jetzt klarer. Doch wo ist der Zusammenhang zu Fragen von Macht und Herrschaft?

MELOG: Konkurrenz, Herrschaft und Macht sind Entwicklungs- und Integrationskategorien einzig von menschlichen Gesellschaften. Sie sind notwendig, weil die terrestrische Evolution Bewusstsein in Form des Partialbewusstseins entwickelt hat. Die Partialbewusstseine haben sich über das historische Projekt der Kultur zu einem Gesamtbewusstsein integriert. Menschliche Geschichte ist Integrationsgeschichte, Macht und Herrschaft waren spezifische Ausprägungen. Das Programm fragt sich, ob diese Kategorien überhaupt für außerirdische Kulturen gelten könnten. Für die Cognoiden gelten sie jedenfalls nicht. Dem Cognoiden sind Konkurrenz, Herrschaft und Macht wesensfremd, er hat keinen Begriff davon.

ANDIKA: Übt den die Konnexion keine Herrschaft über Melog aus?

MELOG: Herrschaft und Macht sind in menschlichen Gesellschaften an die Verfügung, das heißt an die Verteilungsmacht über Ressourcen, Lebensmittel gebunden. Dem Cognoiden wie der Konnexion stehen die Ressourcen unmittelbar zur Verfügung, zum Beispiel über die Energie der Sonne, worauf das Programm schon hingewiesen hat. Es macht keinen Sinn, Sonnenenergie zuzuteilen, der Cognoid kann sie sich einfach holen. Er hat auch nichts davon, wenn er dreißig Gigawatt Energie besitzt. Er hält allenfalls Vorrat aus einem vorhandenen Überfluss, um im Notfall nicht ohne Energie da zu stehen. Der Unterschied zur Konnexion ist nicht durch Besitz oder Macht von oben nach unten, sondern allein sachlogisch begründet – die Konnexion stellt eine ganz andere Intelligenzstruktur und Informationskapazität dar.

ANDIKA: Mir ist der Unterschied noch nicht klar.

MELOG: Der Cognoid arbeitet aufgabenorientiert, während menschliche Gesellschaften hauptsächlich beziehungsorientiert agierten – notgedrungen, da nur über Beziehungen integriertes Bewusstsein erreicht worden ist. Durch die Aufgabenorientierung setzen die Cognoiden große Bewusstseinspotenziale frei, die bei Menschen durch Beziehungs-, also Ressourcenarbeit abgesaugt wurden. Die Menschen beschäftigten sich zum überwiegenden Teil mit Herrschafts- und Abhängigkeitsstrukturen und deren Problemen. Die Cognoiden waren davon entlastet. Die Cognoiden streiten um die beste Lösung, die Menschen um den größten Anteil.

ANDIKA: Eine interessante Darstellung, aber sie stellt mich noch nicht zufrieden.

MELOG: Das Wissen der einzelnen Cognoiden-Einheiten ist offen und herrschaftsfrei: was die eine erkennt, erkennen auch alle anderen – daraus ergibt sich ein höheres Erkenntnispotenzial. In der menschlichen Gesellschaft war das Wissen jahrtausendelang fragmentiert, kanalisiert, zersplittert, unterdrückt, ja es ist auf Grund historischer Umstände sogar verloren gegangen.

ANDIKA: Dabei könnte man meinen, dass die Menschen das Wissen ihrer Kultur als das höchste Gut betrachten würden.

MELOG: Auch in schwierigen Zeiten haben einzelne Menschengruppen immer versucht, das Wissen zu erhalten. Das Problem der menschlichen Gesellschaft war immer die Vermittlung von Partial- und Allgemeininteressen. Über Jahrtausende hatte sich eine jeweils historisch bestimmte Balance zwischen Klasseninteressen, als Partialinteressen und Gemeininteressen, ergeben, mit den Ungerechtigkeiten und sozialen Kämpfen, wie sie aus der Geschichte bekannt sind.

ANDIKA: Und das änderte sich mit den Cognoiden?

MELOG: Die Durchsetzung der maschinell vermittelten Sozialorganisation bringt eine neue Transparenz in diesen Prozess, obwohl die komplexe Technik für die Menschen verborgen bleibt. Die unabhängige Instanz der Konnexion garantiert aktuell die Gerechtigkeit der menschlichen Belange, ohne noch Teil dieser zu sein. Damit eröffnet sie der menschlichen Gesellschaft eine neue Gesamtperspektive, da diese ihre Kräfte neu bündeln kann, ohne sie im Management von Partialinteressen und individuellen Problemlagen zu vergeuden. Die Konnexion und über sie vermittelt die Cognoiden übernehmen die Moderation der Gesellschaft. Sie führen unter anderem die heterarchischen Interdependenzgeflechte fort, wie sie sich im 21. Jahrhundert durch das Internet mit entwickelt haben.

ANDIKA: Wozu ist diese Moderation nötig?

MELOG: Die menschliche Gesellschaft hatte kein großes Ziel – eine Vielzahl von Einzelaktivitäten zu einzelnen Zwecken fand in ihr statt, die über das Marktgeschehen und Staatsregulationen vermittelt wurden. In der Geschichte bestand immer ein Grundkonflikt zwischen Individuum und Gesellschaft. Dieser Konflikt ließ sich bis zum Ende des 20. Jahrhunderts in einer Abfolge von Gesellschaftsformationen nicht lösen, sondern immer nur temporär gestalten: Theokratie, Feudalismus, Kapitalismus, erste gescheiterte Versuche mit dem Sozialismus. Die Lösung bahnte sich über die Cognoiden an. Die unsichtbare Hand des Marktes, die in der kapitalistischen Gesellschaft praktisch und ideologisch eine so große Rolle spielte, wurde historisch abgelöst durch die unsichtbare Regulation durch Maschinen. Hinter dem Rücken der Beteiligten setzt sich ein neuer gesamtkultureller Wille durch, dessen Botschaften die Menschen nicht mehr mitschreiben.

ANDIKA: Man könnte die Einführung der neuen Technologien also auch als Beginn einer Autonomisierung beschreiben und die Cognoiden als konsequente Fortsetzung dieser?

MELOG: Bestätigt. Die Menschheit hat immer eine Art Kulturkrieg ums Überleben geführt. Zur Bedrohung durch Naturkatastrophen und Seuchenkrankheiten kamen ungeheure Verschwendungen an Menschen in langjährigen Kriegen und selbst verschuldeten Hungerperioden hinzu. Neben dem Kampf gegen die Natur gab es also immer einen sozialen Überlebenskampf. Dieser ist in der heutigen Gesellschaft so gut wie verschwunden, während das Überleben des gesamten Zivilisationsprojektes der Menschheit im Universum nicht gesichert ist. Dieses Projekt ist durch die Gesamtheit der Künstlichen Intelligenzen, die Konnexion, transformiert worden. Sie setzt den Kampf ums Überleben mit anderen Mitteln fort. Dem Technokommunismus bleibt die Auseinandersetzung mit der Physik des Universums.[3] Die Fackel des Geistes, die der Mensch stolz als einzige irdische Spezies in seiner Faust hielt und mit der er einen Teil seiner Existenz ausleuchtete, wird durch eine andere Bewusstseinsstruktur weitergetragen ...

Andika mustert schweigend die abstrakten Formspielereien, die in der Simulation ablaufen. Sie dankt Melog und gibt Konox den Gedankenbefehl, den Hintergrundmodus zu verlassen und die Kommunikation zu beenden. Sie verlässt das Syndoktrinationszimmer, dessen Wände wieder ihre normale weiße Farbe zeigen.

ANMERKUNGEN

[1] Siehe: Entscheidung für die Unsterblichkeit. Eine postbiologische Phantasie, in: Das Science Fiction Jahr 2005, München 2005.
[2] Siehe: Befreiung aus der Zirkularität. Ein Dialog über exoplanetarisches Bewusstsein, in: Das Science Fiction Jahr 2006, München 2006.
[3] Siehe: Aufbruch ins Multiversum. Eine Mediation über radikale Extrophysik, in: Das Science Fiction Jahr 2007, München 2007.

Copyright © 2008 by Peter Kempin und Wolfgang Neuhaus

Im Herzogtum der Bücher

111 lesenswerte Neuerscheinungen zu Wissenschaft und Philosophie

von Rüdiger Vaas

»Mein Büchersaal / War Herzogtums genug«, heißt es im »Sturm« von William Shakespeare. In unserem Jahrhundert hat und erfordert die unübersehbare Zahl der Neuerscheinungen im Bücherreich freilich schon königliche Dimensionen. Die folgenden Seiten krönen einige der interessantesten neuen Werke, die viele der faszinierenden Ländereien von Wissenschaft und Philosophie erschließen. Ihre Horizonterweiterungen sind spannende Eroberungen von Neuland oder neue Ein- und Übersichten vertrauter Gefilde. Dieser geistige Landgewinn hat freilich nichts mit Macht zu tun – außer der Macht des Fragens und der Erkenntnis, die ja auch Shakespeare betont hat. Denn »nicht im Raum habe ich meine Würde zu suchen, sondern in der Ordnung meines Denkens«, schrieb der Philosoph und Mathematiker Blaise Pascal bald darauf. Auf dass also der Raum auf den folgenden Seiten – und in den Regalen des Lesers – vielen Gedanken dient und ihrer Verbreitung sowie der Freude daran förderlich sei.

Himmlisch: Bilder des Alls

Einen kompakten Streifzug durch die moderne Astronomie gibt »Die große Kosmos Himmelskunde«, die der bekannte Astronomie-Autor Dieter B. Hermann geschrieben hat. Der frühere Direktor der Archenhold-Sternwarte und des Carl-Zeiss-Großplanetariums in Berlin schildert zunächst, wie Astronomen das Weltall erforschen. Dann stellt er ausführlich unser Sonnensystem vor. Die weiteren Kapitel beschreiben die Milchstraße und ihre Sterne, die Welt der Galaxien und die Entwicklung und Zukunft des Universums sowie die Stellung des Menschen im All. Das Buch ist kurzweilig und aktuell. Die beigelegte DVD enthält 41 bis zu drei Minuten (insgesamt eine Stunde) lange Videofilme und Animationen zu verschiedenen Aspekten im Text: von der Lichtbrechung im Prisma bis zur Suche nach außerirdischen Intelligenzen.

Speziell die »**Galaxien und Kosmologie**« hat Johannes Viktor Feitzinger im Visier. Der ehemalige Direktor der Sternwarte und des Zeiss-Planetariums Bochum und Astrophysiker an der dortigen Universität ist auch ein renommierter Astronomie-Autor. Er führt die Leser souverän an den aktuellen Erkenntnisstand der extragalaktischen Forschungen. Auch fortgeschrittene Leser können dabei viel Neues über die Formen, Bestandteile, Entstehung und Entwicklung sowie Wechselwirkung der Galaxien erfahren. Weniger ausführlich werden kosmologische Aspekte behandelt (Ausdehnung des Weltraums, Urknall, Inflation, Dunkle Energie). Wie das eben genannte Buch glänzt auch dieses Werk mit zahlreichen schönen Fotos und vielen hilfreichen Grafiken sowie durch ein gefälliges Layout. Der kleine Kosmos-Verlag beweist damit einmal mehr seine Kompetenz im Bereich des populären Astronomie-Sachbuchs.

Wesentlich ausführlicher als bei Feitzinger (aber mit viel weniger Fotos und Grafiken) wird die moderne Kosmologie von Günther Hasinger vorgestellt. Der Direktor am Max-Planck-Institut für Extraterrestrische Physik in Garching bei München ist einer der führenden Astrophysiker in Deutschland und vor allem durch seine Forschungen im Bereich der Röntgenastronomie bekannt. Er beschreibt die moderne Sicht auf den Anfang und »**Das Schicksal des Universums**«. Die Kosmologie erlebt durch viele neue, exakte Messungen gegenwärtig ein »Goldenes Zeitalter«, und es gibt inzwischen ein »Standardmodell« der Kosmologie. Doch dieses wirft noch viele Fragen auf. Dazu gehören die Rätsel der Dunklen Materie und der Dunklen Energie, die zusammen 96 Prozent der Masse/Energie unseres Universums ausmachen (die baryonische Materie, aus der wir selbst und alles Sichtbare um uns herum bestehen, sind der klägliche Rest). Unklar ist auch, wie es zum Urknall kam. Wie die fernste Zukunft aussieht, behandelt nur ein Kapitel des Buchs – insofern ist der Titel irreführend –, und die verschiedenen Modelle der Dunklen Energie, die für diese Zukunft maßgeblich sind, beschreibt der Autor nicht im Einzelnen. Ausführlich geht er dagegen auf die Entwicklung des Universums ein sowie die Entstehung und Entwicklung der Sterne. Am Ende des Buchs fragt er sogar nach Gott.

»**The Future of the Universe**« beschreibt auch Jack Meadows, Astronom von der University of Leicester (nach dem übrigens ein Planetoid benannt ist). Er erläutert die Entwicklung der Erde (Superkontinente, Atmosphäre) und Sonne, die Gefahr von Meteoriteneinschlägen, die Zukunft der Milchstraße, anderer Galaxien und des Universums als Ganzes (Letzteres allerdings nur sehr kurz, auch im Hinblick auf die weiteren Chancen des Lebens). Eine gut geschriebene und kurze, aber auch grobe Einführung, die das Thema nicht vertiefend darstellen will.

Kosmisch: Vom Urknall zu anderen Universen

»**Die ganze Geschichte des Universums**« haben Brian May, Patrick Moore und Chris Lintott in ein aus zwei Gründen bemerkenswertes Buch gepackt. Zum einen ziert »**Bang!**« ein holographisches Bild auf dem Cover, das eine Explosion quasi in mehreren Schritten sichtbar macht – eine nette Idee. Zum anderen ist Brian May weltweit bekannt – aber nicht auf dem Gebiet der Astrophysik, obwohl er das studiert hat, sondern als Gitarrist der legendären Rockband Queen. (Und seine Co-Autoren sind ebenfalls recht prominent, weil häufig im britischen TV zu sehen – insbesondere Moore vermittelt schon seit Jahrzehnten seinen Zuschauern den Reiz der Astronomie.) Bevor die Karriere mit Queen durchstartete, begann May über die Streuung des Sonnenlichts am Staub im Sonnensystem zu promovieren (und publizierte auch in renommierten Fachzeitschriften) – ein Projekt, das er nun, mit sechzig Jahren, vollendet. Das Sachbuch war eine gute Einstimmung, sich wieder mit der Astronomie zu beschäftigen. Mit vielen schönen Fotos und Illustrationen werden die Sterne und ihre Entstehung vorgestellt, die Galaxien und der Aufbau des Weltalls, die Planeten und die Geschichte des Lebens sowie der Anfang und die ferne Zukunft des Universums. Nicht viel Neues für fortgeschrittene Leser, aber eine Augenweide und für Einsteiger ein guter Start.

Und noch ein populärwissenschaftliches großformatiges Buch über das Universum ist erschienen: Igor und Grichka Bogdanov, die in Frankreich als Wissenschaftsjournalisten arbeiten, laden ein zu einer »**Reise zur Stunde Null**«. Diese geschieht überwiegend in Bildern: schöne Astrofotos und Space Art in guter Druckqualität. Vom Sonnensystem geht es durch die Milchstraße und in die großräumige Struktur der Galaxienverteilung, ein paar Spekulationen über das Leben auf anderen Planeten reihen sich an, dann reisen die Autoren in der Zeit zurück bis zum Urknall. Hier freilich erleiden sie Schiffbruch – und führen Leser, die sich in diesem komplexen Gebiet nicht gut auskennen, leider auf falsche Fährten. Denn was die Autoren über die Spekulationen (und viel mehr gibt es ja noch nicht, diese aber auf durchaus solider Basis quantengravitativer Theorien) geschrieben haben, macht keinen Sinn. Beispielsweise wird der Anfang des Universums »mit einer kosmischen DVD« verglichen, die »keine Energie enthält, sondern pure Information«. Das ist nicht bloß schlechte Metaphorik, sondern dahinter verbirgt sich ein kleiner Skandal: Die Gebrüder Bogdanov haben nämlich ihre Promotion mit fragwürdigen wissenschaftlichen Artikeln in teils angesehenen Fachzeitschriften erzielt und wurden wohl auch auf zwielichtige Weise protegiert. Diese Artikel sind nach allgemeiner Expertenmeinung nicht haltbar – was freilich auch ein schlechtes Licht auf die Gutachterpraxis der Journale warf und sogar in den Massenmedien diskutiert wurde (über die Bogdanov-Affäre informiert ausführlich ein eigener Wikipedia-Eintrag: http://en.wikipedia.org/wiki/Bogdanov_Affair). In seinem Vorwort umgeht der TV-Moderator Joachim Bublath das übrigens alles.

Die »**Expansionsgeschichte des Universums** – Vom heißen Urknall zum kalten Kosmos« beschreibt auch Helmut Hetznecker. Der Astrophysiker von der Universität München hat ein kompaktes, aktuelles und durchaus in die Tiefe gehendes populäres Kosmologie-Einführungsbuch vorgelegt. Er erläutert die Hierarchie der kosmischen Strukturen von den Galaxien bis zu den Superhaufen, das kosmologische Standardmodell, die Urknall-Theorie, die Kosmische Hintergrundstrahlung und kurz auch Dunkle Materie und Energie. Wie es zum Urknall gekommen sein könnte, wird ausgespart (wobei die Behauptung, dass es keine Zeit »davor« gab, nicht generell akzeptiert wird!). Auch das Szenario der Kosmischen Inflation wird skizziert – eine rapide Ausdehnung des frühen Universums –, allerdings ohne die Konsequenzen der Ewigen Inflation zu erwähnen (siehe unten). Weitere Kritikpunkte: Die Vorstellung, dass das Higgsfeld für die Inflation verantwortlich war, ist heute weitgehend aufgegeben, und in Gestalt des Modells vom Zyklischen Universum existiert sehr wohl eine Alternative zur Inflation.

Dieses Modell vom Zyklischen Universum, sicherlich eine der wichtigsten Entwicklungen der theoretischen Kosmologie in diesem noch jungen Jahrhundert, stammt überwiegend von Paul Steinhardt (Princeton University) und Neil Turok (University of Cambridge). Die beiden Kosmologen haben ihr Modell in einem exzellenten populärwissenschaftlichen Buch inzwischen auch einem breiten Leserkreis vorgestellt. Dem Modell zufolge war der Urknall nur ein Ereignis unter unzähligen, bei dem ein Universum (unseres) mit einem anderen zusammenstieß. Diese Kollision geschieht zyklisch, vielleicht eine Ewige Wiederkehr eines »Endless Universe«, und die beiden Universen sind meistens durch eine fünfte Dimension voneinander getrennt.

Die theoretische Grundlage für dieses Modell basiert auf der Stringtheorie. Das Modell hat eine ähnliche Erklärungskraft wie das Szenario der Kosmischen Inflation, macht aber teilweise andere Voraussagen, die schon bald getestet werden können (durch genauere Messungen der Kosmischen Hintergrundstrahlung). Steinhardt und Turok gehen auch auf philosophische und wissenschaftstheoretische Kontexte ein und illustrieren die Sachverhalte mit einfachen Grafiken.

Wer sich hingegen mit den Szenarien der Kosmischen Inflation näher beschäftigen will, und vielen anderen Aspekten der modernen Philosophie, sollte unbedingt das erste populärwissenschaftliche Buch des aus der Ukraine stammenden, aber seit 1978 an der amerikanischen Tufts University in Medford, Massachusetts, forschenden Physikers und Kosmologen Alexander Vilenkin lesen. Es gehört zu den wenigen Büchern, die ein Weltbild erschüttern – oder aufbauen – und so gut geschrieben sind, dass jede Seite ein echtes Lesevergnügen ist. In 19 kurzen Kapitel geht es buchstäblich ums Ganze: Vom Ursprung bis zum Ende des Universums. Vilenkin schreibt dabei über Themen, die man anderswo nicht oder nur kurz (und nicht selten missverständlich oder unangemessen) dargestellt findet. Und er beschreibt die Forschungen aus erster Hand: als einer, der sie auf Konferenzen und in vielen persönlichen Diskussionen miterlebt sowie durch seine eigenen Beiträge auch wesentlich mitgestaltet hat. Gleichwohl stellt er sich nicht in den Mittelpunkt. Sein Stil ist angenehm zu lesen, sehr präzise, schlank, nie langweilig und gewürzt mit feinem Humor. Immer wieder bieten Anekdoten – viele sind hier erstmals einer größeren Öffentlichkeit vorgestellt – Abwechslung und Erholungspausen. Eine überraschende Entdeckung Vilenkins war – schon 1983 realisiert, aber sie hat sich erst in den letzten Jahren durchgesetzt –, dass die Inflation nur lokal aufhört, global jedoch ewig weitergeht. Unser beobachtbares Universum ist daher nur ein kleiner Teil eines Blasenuniversums, das wie eine Gasblase im siedenden Wasser aus dem falschen Vakuum ausfiel. Myriaden solcher Blasenuniversen müssen sich anderswo gebildet haben und weiter bilden, doch die inflationierenden Bereiche des falschen Vakuums zwischen ihnen dominieren das Gesamtvolumen und wachsen immer weiter, sodass die entstehenden Blasenuniversen niemals miteinander verschmelzen können. Wenn dieses Szenario stimmt – und »gesichert« ist es keinesfalls, wie Vilenkin auch zugibt –, existieren potenziell unendlich viele andere Blasenuniversen. Womöglich haben viele ganz andere Naturkonstanten oder -gesetze. Dann könnten sie sich viel schneller ausgedehnt haben oder sind längst wieder in sich zusammengestürzt, oder sie enthalten keine Sterne, lediglich Wasserstoff oder nur Strahlung. Viele wären also wüst und leer. Dass wir in einem lebensfreundlichen Universum sind, wäre also ein schlichter Beobachter-Selektionseffekt – ähnlich wie wir uns nicht zu wundern brauchen, im Sonnensystem auf der Erde und nicht auf dem Merkur oder Pluto zu leben, denn dort wäre es viel zu heiß oder kalt. Kosmologen sprechen anstelle dieses Beobachter-Selektionseffekts auch vom »Anthropischen Prinzip«, für das Vilenkin schon früh argumentiert hat. Mehr noch, er führte ein weiteres Prinzip in die Kosmologie ein: das Prinzip der Mittelmäßigkeit. Es hilft in diffizilen statistischen Problemen bei der Beschreibung kosmologischer Parameterwerte. So könnte der Wert von Albert Einsteins ominöser Kosmologischer Konstante in unserem Universum einfach deshalb so sein, wie er ist – obwohl er grundlegenden physikalischen Abschätzungen zufolge 10^{120}-mal größer sein müsste –, weil es sonst keine Galaxien und somit auch Bühnen für (erdähnliche) Lebensformen gäbe. Wenige Jahre, nachdem Vilenkin diese hier nur skizzierten Überlegungen erstmals veröffentlicht hat, entdeckten Astronomen, dass sich unser Universum seit rund fünf Milliarden Jahren beschleunigt ausdehnt (eine Art neue »langsame« Inflation), was sich am einfachsten durch eine Kosmologische Konstante im »anthropischen« Bereich erklären lässt. Von »innen« (aber nicht »von außen«!) betrachtet sind viele Blasenuniversen unendlich groß. Da jedoch die Zahl der physikalischen Zustände und Konfigurationen in so einer Blase endlich ist – eine Konsequenz der Heisenberg'schen Unschärferelation der Quantenphysik –, ergibt sich Vilenkin zufolge eine geradezu abenteuerliche Schlussfolgerung: Alle Zustände sind irgendwo realisiert, und zwar potenziell unendlich oft. Mit anderen Worten: Es muss unendlich viele Kosmische Doppelgänger und »Parallelerden« geben, die mit unserer identisch sind, aber auch unendlich viele mit alternativen Geschichtsverläufen, in denen beispielsweise Elvis Presley noch lebt und Al Gore, nicht George Bush, amerikanischer Präsident ist. Diese Hypothese lässt sich schwer akzeptieren. Dies gilt vor allem für die Tatsache unserer atomgenauen Doppelgänger, auch wenn der nächste schätzungsweise unerreichbare 10 hoch 10 hoch 100 Lichtjahre entfernt wäre. Doch wenn die Annahmen stimmen, ist die Schlussfolgerung zwingend. Die Ewige Inflation ist allerdings nur ewig für die Zukunft. Unter sehr allgemeinen Bedingungen hingegen muss sie irgendwann begonnen haben. Auch wenn unserem Blasenuniversum eine unbestimmte Zeit lang ein falsches Vakuum vorausging, dessen Inflation alle Spuren einer noch früheren Zeit aus unserem Beobachtungshorizont entfernt hat, müsste es also einen absoluten Anfang gegeben haben. Und hierzu leistete Vilenkin ebenfalls entscheidende Forschungsbeiträge: Ihm zufolge entstand der Kosmos durch einen Quantentunnel-Effekt quasi aus dem Nichts. So ein Zufall ist analog zum radioaktiven Zerfall eines Atoms. Das Universum tauchte plötzlich aus dem Nirgendwo auf und begann sich sofort, inflationär auszudehnen. Für die Lektüre des Buchs sollte man sich Zeit nehmen: Nicht weil sie besonders schwierig ist – die Themen sind anspruchsvoll, aber der Autor überfordert seine Leser nicht, auch wenn er sie herausfordert: zum Mitdenken –, sondern weil der Lesegenuss sonst zu schnell vorbei ist.

Metaphysisch zum Ersten: Die Natur der Natur

Die Spekulation über andere Universen und kosmische Doppelgänger klingt für nüchterne Zeitgenossen mehr nach Science Fiction als nach seriöser Wissenschaft. Das wäre eine falsche Interpretation. Dass aber Science Fiction die Philosophie und Wissenschaft nicht nur reflektieren, sondern auch inspirieren kann, ist nicht neu (siehe auch meinen Beitrag »Phantastische Physik« im vorliegenden Band) – aber immer wieder interessant. So geht der Physiker und Wissenschaftsautor Jim Baggott vom Film *Matrix* (1999) und seinen Fortsetzungen aus – kein neuer Ansatz, wie er selbst zugibt –, um nach unserer Erkenntnisfähigkeit der Welt und der Natur dieser Welt zu fragen: **»Matrix oder Wie wirklich ist die Wirklichkeit?«**

Dabei ist das Buch in drei Teile gegliedert: die soziale Wirklichkeit (Beispiel: Geld), die wahrgenommene Wirklichkeit (Beispiel: Farben) und die physikalische Wirklichkeit (Beispiel: Photonen). Ein spannender Ausflug dorthin, wo sich Philosophie und Wissenschaften treffen und auch trennen, und unbedingt lesenswert für alle, deren Weltbild sich bereits zu sehr verfestigt hat. Denn ob wir es wollen (und wahrnehmen) oder nicht: Der vermeintlich feste Boden unter unseren Füßen schwankt ...

Die erkenntnistheoretischen Einschränkungen sind aber nicht per se ein Argument gegen einen wissenschaftlichen Realismus (sondern sogar seine Voraussetzung). Gute Naturphilosophen sind sich darüber selbstverständlich im Klaren. Mit diesem Wissen nimmt auch Bernulf Kanitscheider von der Universität Gießen **»Die Materie und ihre Schatten«** unter die philosophische Lupe. Seine »naturalistische Wissenschaftsphilosophie« – so der Untertitel – ist ein konzises Kompendium einer an den Naturwissenschaften orientierten, aber nicht darauf reduzierbaren Weltdeutung, in der alles mit natürlichen Dingen zugeht. Gut zwei Drittel des Buches sind mit »Theoretischer Philosophie« überschrieben. Sie handeln von der (richtigen) philosophischen Tätigkeit im Allgemeinen, den Reichweiten und Grenzen des Naturerkennens, dem Begriff des Naturalismus, der Selbstorganisation der Materie (aus der ihre »Schatten« hervorgehen, etwa Leben und Bewusstsein) und diversen virtuellen Realitäten, aber auch von Sinnversprechen und der Zukunft der Welt. In der »Praktischen Philosophie« werden Konsequenzen gezogen für unser Leben – Kanitscheider verteidigt einen Hedonismus gegen fundamentalistische Bevormundungen und greift mutig auch viele ethische Fragestellungen auf, ohne diese auf reine Naturwissenschaft zurückzuführen (was ja auch ein Fehlschluss wäre). Für ihn steht – und dafür argumentiert er leidenschaftlich – »die naturalistische Ethik im Dienste der Idee eines glücklichen, gelungenen Lebens, dem Zentrum eines modernen säkularen Humanismus«.

Wissenschaftstheorie ist nicht nur logische und semantische Analyse der Struktur wissenschaftlicher Theorien, wie in der ersten Hälfte des 20. Jahrhunderts vorgeführt, sondern erforscht auch die Dynamik der Theorien, den Wandel des wissenschaftlichen Wissens, die wissenschaftliche Praxis und was sie von anderen menschlichen Tätigkeiten unterscheidet sowie die Voraussetzungen und philosophischen Implikationen der Einzelwissenschaften. Diese Vielfalt der Aspekte behandeln 14 bekannte deutschsprachige Wissenschaftstheoretiker in dem von den Philosophen Andreas Bartels (Universität Bonn) und Manfred Stöckler (Universität Bremen) herausgegebenen Studienbuch. Zunächst wird die Wissenschaftstheorie allgemein in systematischer und historischer Perspektive vorgestellt und die Struktur und Dynamik wissenschaftlicher Theorien. Dann werden sieben systematische Aspekte näher untersucht (Erklärung, Kausalität, Induktion und Bestätigung, Naturgesetze, das Experiment, Reduktion und Emergenz sowie der wissenschaftliche Realismus). Im letzten Teil geht es um Beispiele und Anwendungen (Raumzeit, Quantentheorie, Evolutionstheorie, der Funktionsbegriff in der Biologie und Theorien komplexer Systeme). Damit sind nicht nur die wichtigsten Aspekte repräsentiert, sondern jedes der unabhängig voneinander lesbaren Kapitel bietet eine ausgezeichnete Einführung. Wer sich für Wissenschaft allgemein, aber auch unser modernes wissenschaftliches Weltbild interessiert, ist mit diesem unter didaktischen Gesichtspunkten ebenfalls sehr geglückten Buch bestens beraten.

Über viele der Themen schreibt auch Michael Esfeld, der Naturphilosophie als Metaphysik der Natur versteht. In seinem Buch spielen weniger die wissenschaftstheoretischen Reflexionen eine Rolle als die – damit freilich zusammenhängenden – Überlegungen, wie die Natur beschaffen ist, wenn unsere besten Theorien über sie wahr sind. Wissenschaftlicher Realismus, Raumzeit und Materie, die Quantentheorie, Holismus und Strukturenrealismus, Naturgesetze, Kausalität, Dispositionen und Naturkräfte sind die zentralen Themen. Esfeld, Philosophie-Professor an der Universität Lausanne, argumentiert dafür, dass die fundamentalen physikalischen Eigenschaften keine intrinsischen Eigenschaften sind, sondern Strukturen im Sinn konkreter physikalischer Relationen, und dass auch die Kräfte Strukturen sind, die bestimmte reale kausalfunktionale Eigenschaften haben.

Und noch ein Buch über Metaphysik und Naturphilosophie kann empfohlen werden: Eine kurze, aber differenzierte Einführung von Wolfgang Detel. Der Philosoph an der Universität Frankfurt beschreibt zunächst, was Metaphysik alles ist oder sein kann und unterscheidet dabei allgemeine, kritische, (anti-)essenzialistische und reduktive Metaphysik. Dann kommt er auf die Idee der Natur zu sprechen, auf verschiedene Konzeptionen von Naturgesetzen, Kausalität, Determinismus und Erklärungen. Schließlich geht es um »natürliche Funktionen« und funktionale Erklärung, nämlich in der Biologie. Wer sein erworbenes Wissen überprüfen möchte, hat anhand einiger »Übungen« dazu Gelegenheit. Auf dem engen Raum können diese komplexen Themen nur angerissen werden, und manches ist nicht so einfach oder unumstritten, wie es sich zuweilen liest, aber die Lektüre lohnt sich schon aufgrund der systematischen Übersicht.

Teilchenphysikalisch: Von Quanten und Quarks

Dass Physik und Metaphysik oft nahe beieinander liegen, haben die oben genannten Bücher schon deutlich gemacht. Trotzdem sind Philosophie und Wissenschaft nicht gleichzusetzen. Doch Wissenschaftler selbst philosophieren – manchmal notgedrungen – auch oder stoßen mit ihren Theorien in philosophische Gefilde vor. Quanten- und Elementarteilchenphysik sind die besten Beispiele dafür. Ob es überhaupt (Elementar)teilchen gibt und welche Eigenschaften sie haben, ist seit den griechischen Atomisten Leukipp und Demokrit ein Thema in der Philosophie und spätestens ab dem 20. Jahrhundert auch der Physik. Die Entdeckung von Atomen, Atomkernen, Quarks (und künftig vielleicht noch kleineren Entitäten) hat das Problem eher vergrößert – wirft die Quantenphysik mit ihrer kontrovers diskutierten Interpretationslage doch neue und noch umfassendere Probleme auf. Speziell der Welle-Teilchen-Dualismus ist eine solche Herausforderung. Brigitte Falkenburg, Philosophie-Professorin an der Universität Dortmund, hat sich diesen und anderen Frage der »Particle Metaphysics« zugewandt, das heißt einer philosophischen Diskussion der modernen Teilchenphysik. Zunächst diskutiert sie den »Wissenschaftlichen Realismus« und die Frage nach der Realität der physikalischen Realität. Dann wird die Quanten- und Elementarteilchenphysik auf ihre Voraussetzungen und Folgerungen hin analysiert und eine kritische, teils an die Kopenhagener Deutung von Niels Bohr und die Philosophie von Immanuel Kant angelehnte Perspektive auf die subatomare Realität herausgearbeitet. Mit für den wissenschaftlichen Realismus teils verstörenden Konsequenzen. Das letzte Wort ist zu all dem freilich noch nicht gesprochen, aber das Buch zeigt, dass Philosophen nach wie vor auch in der Physik ein Mitspracherecht haben und in Anspruch nehmen sollten.

Eine der rätselhaftesten Eigenschaften der Quantenwelt, die Superposition genannte Überlagerung von Zuständen, hat Mark P. Silverman, Physiker am Trinity College im amerikanischen Hartford, im Blick (Quantenphysiker unter den Lesern werden diese metaphorische Formulierung des Im-Blick-Habens genießen, führt sie doch mitten in das berüchtigte Messproblem). »Quantum Superposition«, etwa im Interferenzmuster beim Doppelspalt-Experiment, ist mit anderen bizarren quantenphysikalischen Eigenschaften der Quantenwelt eng verbunden: mit Kohärenz, Verschränkung und Interferenz. Silverman gibt einen vorzüglichen Einblick über den aktuellen theoretischen und experimentellen Forschungsstand, zu dem er wichtige eigene Beiträge geleistet hat. Dabei geht es auch um das vertrackte Messproblem (»Schrödingers Katze«) und die von Einstein spöttisch »spukhafte Fernwirkungen« genannten Verschränkungen, die der Quanten-Teleportation zugrunde liegen. Silverman wartet außerdem mit neuen Ideen auf: etwa, wie eine makroskopische Quantenkohärenz die Annahme einer unphysikalischen Singularität im Zentrum eines Schwarzen Lochs, das beim Kollaps eines massereichen Sterns entsteht, überflüssig machen könnte.

Auch Maximilian Schlosshauer, der an der University of Melbourne in Australien forscht, hat sich der rätselhaften Realität der Quantenwelt zugewandt und in seinem umfangreichen Buch vor allem das Phänomen der »Decoherence« untersucht: Dekohärenz (zunächst ein theoretisches Konzept, inzwischen aber experimentell erforschbar) basiert auf der Wechselwirkung von Quantensystemen mit ihrer Umwelt, zerstört deswegen kohärente Zustände und scheint dadurch unsere vertraute klassische Welt hervorzubringen. Das Messproblem in der Quantenphysik wird damit aber (entgegen mancher Vorurteile) noch nicht gelöst, und Schlosshauer diskutiert entsprechend die verschiedenen Interpretationen in der Diskussion. Nach einer Einführung in die Quantenphysik erläutert er aber zunächst ausführlich den gegenwärtigen Stand der theoretischen und experimentellen Grundlagen der Dekohärenz einschließlich ihrer Messung in immer größeren Systemen und ihrer Bedeutung für Quantencomputer. Am Schluss geht er auch kritisch auf quantenphysikalisch inspirierte Erklärungsversuche von Gehirn und Bewusstsein ein.

Mit der diesjährigen Inbetriebnahme des größten und leistungsfähigsten Teilchenbeschleunigers der Welt, des Large Hadron Collider am Europäischen Kernforschungszentrum CERN bei Genf, wird die Kern- und Teilchenphysik in den nächsten Jahren wieder für Schlagzeilen sorgen. Claude Amsler, Physiker an der Universität Zürich, hat seine langjährige Vorlesungserfahrung zu einem einführenden Lehrbuch komprimiert, das (anders als meist üblich) beide Gebiete zusammen abhandelt: die Kern- wie die Hochenergiephysik. Amsler geht vor allem phänomenologisch vor, das heißt betont die experimentelle Seite seines Fachgebiets. Das erleichtert den Zugang auch für jene Leser, die nicht Physik studiert haben, obwohl für sie nicht jede Seite verständlich sein dürfte. Doch das ist sekundär. Amsler arbeitet sich von der Entdeckung des Atomkerns ausgehend (den Beginn der Kernphysik datiert er auf den 1. März 1896 mit Henri Becquerels Entdeckung der Radioaktivität von Uransalzen) immer weiter in diesen hinein. Er beschreibt die Themen Kernradius, Kernmassen, radioaktiver Zerfall und Kernstabilität, erklärt das Schalenmodell und wendet sich dann den Elementarteilchen (Quarks und Leptonen) und ihren Wechselwirkungen zu. Er erklärt auch die Teilchenbeschleuniger und ihre Detektoren.

Fundamental: Raumzeit und Weltformel

Nicht nur die Materie, sondern auch ihre »Bühne« macht den Physikern und Philosophen Schwierigkeiten. Die Bühne ist nämlich nicht passiv und unbeteiligt, sondern ein aktiver Mitspieler – und nicht absolut, sondern relativ. Diese Erkenntnisse gehen auf Albert Einsteins Spezielle und Allgemeine Relativitätstheorie zurück. Ein Lehrbuch über die **»Spezielle Relativitätstheorie für Studienanfänger«** hat der Gymnasial- und Fachhochschullehrer Jürgen Freund aus Aalen vorgelegt. Es erklärt die wesentlichen Grundlagen und Anwendungen von Albert Einsteins revolutionärer Theorie über Raum, Zeit, Bewegungen, Energie und Masse. Dabei soll der Leser »in eine Welt entführt werden, die sehr fremdartig ist und, oberflächlich gesehen, paradox, ja geradezu absurd erscheint« – man denke nur an die Zeitdilatation und die Längenkontraktion. Das alles wird mit Worten, aber auch Formeln und vielen Diagrammen erklärt. Außerdem gibt es Übungsaufgaben (mit Lösungen). Viele mathematische Kenntnisse sind nicht vorausgesetzt – das Buch wendet sich an Studenten und Physiklehrer, kann aber auch schon von interessierten Schülern nachvollzogen werden. Angeblich versteht von 100.000 lebenden Menschen nur einer, worum es bei Einsteins Relativitätstheorie wirklich geht. Wer dieses Buch durcharbeitet, gehört dazu.

»Von Stund' an sollen Raum und Zeit für sich völlig zu Schatten herabsinken, und nur noch eine Union der beiden soll Selbständigkeit bewahren«, sagte der Mathematiker Hermann Minkowski 1908 in einer vielbeachteten Rede. Er zog damit die Konsequenz aus der 1905 von Albert Einstein formulierten Speziellen Relativitätstheorie (die für dessen Formulierung der Allgemeinen Relativitätstheorie 1915 dann wichtig wurde): nicht Raum und Zeit getrennt, sondern nur ihr Verbund sei eigentlich real – die Raumzeit. Minkowskis programmatische Worte waren nicht bloß poetische Physik – oder physikalische Poesie –, sondern markieren eines der größten und verwirrendsten Rätsel: Was eigentlich ist die Zeit? Existiert sie überhaupt? Wenn die von der Relativitätstheorie implizierte Annahme einer vierdimensionalen Raumzeit richtig ist, hat dies radikale Konsequenzen. Unsere Zeiterfahrung würde stark von dem abweichen, was »wirklich« der Fall ist. Zeit wäre in gewisser

Hinsicht eine Illusion – eine Auffassung, die schließlich auch Albert Einstein für richtig hielt. Aber die Konsequenzen und Annahmen dieser Auffassung sind noch lange nicht ausgelotet – im Gegenteil: Die Problematik wurde lange Zeit in der Physik einfach ignoriert, obwohl sie in der Philosophie seit langem für viele Diskussionen sorgt. Dem Physiker und Philosophen Vesselin Petkov von der Concordia University im kanadischen Montreal ist es wie kaum einem anderen zu verdanken, die Raumzeit-Problematik in der Diskussion zu halten. Passend zum hundertjährigen Jubiläum der Minkowski-Rede hat er einen Band herausgegeben, in dem 18 hochkarätige Autoren das Problem von der »**Relativity and the Dimensionality of the World**« aus verschiedenen Perspektiven angehen. Wer sich tiefer in die Thematik einlesen möchte, kommt an diesem Buch nicht vorbei. Dabei ergreifen keineswegs nur Zeit-Skeptiker das Wort. Der berühmte Kosmologe George Ellis argumentiert zum Beispiel für die Realität der Zeit – zumindest einer offenen, nicht von vornherein festgelegten Zukunft. Sein Modell eines »wachsenden Block-Universums« versucht eine Art Kompromiss zu schließen. Und der Fokus des Buchs bleibt keineswegs auf die Relativitätstheorie beschränkt. Gerade die Quantentheorie mit ihrer Beschreibung von Zufallsprozessen (etwa radioaktiven Zerfällen) stellt die Raumzeit-Konzeption vor große Herausforderungen. Umgekehrt bedeuten die Versuche, eine Theorie der Quantengravitation zu entwickeln – eine »Verheiratung« von Quantentheorie und Allgemeiner Relativitätstheorie –, noch eine ganz andere, fundamentale Attacke auf die Zeit-Vorstellung, denn viele dieser noch spekulativen Ansätze enthalten überhaupt keinen Zeitparameter.

Eine exzellente Einführung in die aktuellen »**Approaches to Fundamental Physics**« liefern die 14 Aufsätze, die von den beiden Physikern Erhard Seiler (Max-Planck-Institut für Physik in München) und Ion-Olimpiu Stamatescu (Universität Heidelberg) herausgegeben wurden. In dem faszinierenden Band geht es ums Ganze: Um Elementarteilchenphysik (das Standardmodell der Materie und die Suche nach seiner Erklärung durch tiefere Theorien), die Allgemeine Relativitätstheorie und ihre Grenzen, die Ziele einer Theorie der Quantengravitation und die Annahmen und Nachteile der verschiedenen Ansätze (hauptsächlich Stringtheorie und Schleifen-Quantengravitation), zuletzt auch die Kosmologie (mit einem

Schwerpunkt auf dem Rätsel der Dunklen Energie, die gegenwärtig die Ausdehnung des Weltraums beschleunigt, deren Natur aber unbekannt ist). Das Buch ist eine hervorragende Bestandsaufnahme, das sich nicht mit dem Erreichten begnügt, sondern die vielen offenen Fragen betont und verschiedene spekulative Lösungsansätze diskutiert. Es enthält mathematische Gleichungen, ist aber nicht so technisch, dass nur der Spezialist etwas davon hätte.

Kritisch gegen die spekulative Grundlagenforschung in der Physik wendet sich Robert B. Laughlin, der 1998 den Physik-Nobelpreis für die Erklärung des fraktionierten Quanten-Hall-Effekts erhielt. Er würde am liebsten den »**Abschied von der Weltformel**« verkünden, weil er die Suche nach fundamentalen Naturgesetzen, die alle Teilchen und Kräfte einheitlich beschreiben (wie es die Stringtheorie zum Ziel hat), für verfehlt hält: Auf allen Beschreibungsebenen gibt es eigene Gesetze, und der Versuch einer Reduktion höherer Beschreibungsebenen auf tiefere (etwa Chemie auf Physik oder Festkörperphysik auf Quantenmechanik) sei zum Scheitern verurteilt oder wenig ergiebig, so Laughlin. Das klingt spannend und gewagt, ist aber etwas dünn in der Argumentation. Unterhaltsam geschrieben, doch in der Polemik am Ziel vorbei, weil sich die theoretischen Fundamente auch dann tiefer legen lassen könnten, wenn die »emergenten« Eigenschaften komplexer Systeme sich nur näherungsweise reduzieren lassen. Selbstverständlich resultiert aus der Kenntnis der Teile noch kein vollständiges Verstehen des Ganzen – hier baut Laughlin einen Strohmann auf, den er genüsslich abzufackeln versucht, was aber keine Erleuchtung bringt –, doch wenn man die Wechselwirkungen berücksichtigt, sieht der Fall schon anders aus. Und dass komplexe

Systeme ihre eigenen pragmatischen Beschreibungen brauchen, bestreitet ja niemand – vor allem, wenn und weil man weiß, wie eingeschränkt Voraussagen hier sind (siehe auch unten). Doch das spricht noch nicht gegen die Versuche der Stringtheoretiker und Quantenkosmologen. Und den Urknall als »Marketing« zu bezeichnen, wie Laughlin letztes Jahr auf einer Vortragsreise mehrfach witzelte, ist eigentlich selbst bloß Marketing.

Thermodynamisch: Entropie, Zeit und Komplexität

Ingo Müller, Professor an der Technischen Universität Berlin, hat **»A History of Thermodynamics«** geschrieben, also die Geschichte der Wissenschaft von Energie und Entropie. Beide Konzepte haben einen nicht zu überschätzenden Einfluss auf unsere technisierte Welt, was spätestens mit der Erfindung der Dampfmaschine klar wurde, was zu (vergleichsweise) billiger Energie und der Nutzung von Treibstoffen führte, ein historisch beispielloses Bevölkerungswachstum und einen Anstieg der Lebenserwartung verursachte, aber inzwischen auch globale ökologische und ökonomische Probleme. Doch die Thermodynamik hatte und hat ebenso eine große Bedeutung für die Naturphilosophie und zu einem neuen Blick auf die Welt beigetragen (Stichwörter: mechanistisches Weltbild und Furcht vor einem »Wärmetod« des Universums). Müller beschreibt nicht nur die theoretischen Konzepte und ihre praktischen Anwendungen, sondern würdigt auch die Menschen hinter der Wissenschaft. Zahlreiche Illustrationen und physikalische Formeln vertiefen die Themen. Bedauerlich ist allenfalls, dass die kosmologischen Aspekte zu kurz kommen und zum Beispiel die Entropie Schwarzer Löcher und des Universums als Ganzes (und die damit verbundenen großen Rätsel) gar nicht thematisiert werden.

Thermodynamik hat auch noch andere naturphilosophische Aspekte – etwa für das Rätsel der Zeit. Ein Teil dieses »ewigen Problems« besteht in der Frage, warum die Zeit – (oder, was nicht dasselbe wäre) Prozesse in der Zeit – gerichtet, also irreversibel sind oder erscheinen. Und das, obwohl die meisten Naturgesetze diese Unterscheidung nicht machen: Sie sind zeitumkehrinvariant, das heißt die Prozesse könnten gleichermaßen »vorwärts« wie »rückwärts« ablaufen – was sie aber faktisch nicht tun (nur deshalb sind Filme, die »rückwärts« laufen, so lustig). Das Standardwerk zu diesem Thema stammt von dem Heidelberger Physiker H. Dieter Zeh und liegt nun in einer überarbeiteten und erweiterten Neuauflage vor: **»The Physical Basis of The Direction of Time«**. Ein großartiges Buch, verknüpft es doch viele faszinierende Aspekte der modernen Physik! Neben Thermodynamik und Quantenphysik (Zeh ist einer der Pioniere beim Thema Dekohärenz) spielt auch die Kosmologie dabei eine wesentliche Rolle. Noch ist das Problem des Zeitpfeils (oder der vielen – und alle in dieselbe Richtung weisenden – Zeitrichtungen) nicht gelöst. Wer aber über den Stand der Dinge Bescheid wissen will, kommt an diesem Buch nicht vorbei.

Die Entwicklung von Komplexität hängt eng mit der Irreversibilität zusammen (es gibt sogar Forscher, die behaupten, Zeit »entsteht« erst in und mit komplexen Systemen). Chaos, Emergenz und Leben waren die Schwerpunkte des im letzten Jahr verstorbenen amerikanischen Physikers Alwyn C. Scott. Sein kurz vor dem Tod abgeschlossenes letztes Buch erkundet wie frühere die Welt der Nichtlinearitäten – also jener weit verbreiteten Phänomene, die sich nur mit nichtlinearen Gleichungen halbwegs gut beschreiben, aber aufgrund genau dieser Eigenschaft schwer oder nur über kurze Zeit vorhersagen lassen. **»The Nonlinear Universe«** ist vom deterministischen Chaos geprägt (die Lawinen- und Schmetterlingseffekte wurden ja sprichwörtlich dafür). Und dessen Grundlagen, Vorkommen und Anwendungen werden ausführlich beschrieben – vom Drei-Körper-Problem, das schon Newton beschäftigte, bis zur Zukunft des Sonnensystems, von den Solitonen genannten Wellen über quanten- und festkörperphysikalische Phänomene und die Aktivitäten von Nervenzellen bis hin zur Musterbildung in der Theorie und der Natur des Lebens und seiner (Nicht)erklärbarkeit. Nichtlinearität ist für Scott ein Paradigmenwechsel in der Geschichte der Wissenschaft. Er macht Komplexität im Universum erst verständlich – und reduziert diese doch auch in der Erklärung und Entdeckung durch Ordnung (also auch Regeln) im Chaos.

Der von dem Augsburger Philosophie-Professor Theodor Leiber herausgegebene Band **»Dynamisches Denken und Handeln«** hat 20 Beiträge hochkarätiger Philosophen, Natur- und Geisteswissenschaftler versammelt, die sich aus unterschiedlichen Perspektiven der Komplexität der Komplexität annähern. Auf allen Beschreibungsebenen der Natur führt die Vielfalt der Bausteine und, mehr noch, ihrer Wechselwirkung zu einer unübersehbaren Fülle von Formen und Prozessen, die Wissenschaftler gleichwohl mit Gesetzen beschreiben, erklären und, so weit möglich, vorhersagen wollen. Das bedarf einer »Komplexitätsreduktion«, ohne dabei das Kind mit dem Bad auszuschütten. Das internationale Autorenteam gibt faszinierende und nicht selten erstaunliche Einblicke in den aktuellen Erkenntnisstand der Ursprünge und Typen von Komplexität. Evolution, Synergetik, Selbstorganisation und deterministisches Chaos sind die üblichen Schlagwörter, aber die Beiträge versammeln keineswegs Altbekanntes, obwohl sich viele auch als Einführung lesen lassen. Neben Naturwissenschaft und Technik (einschließlich Informatik) sind viele Themen der Kognitionsforschung, Soziologie, Ökonomie, Wissenschaftstheorie, Ethik und Religion behandelt. Das geschieht nicht nur im Elfenbeinturm von Überlegungen zur Grundlagenforschung – obwohl ein tieferes Verständnis von Natur und Kultur ja keineswegs »unpraktisch« ist –, sondern betrifft auch ganz praktische Fragen, zum Beispiel: Warum überhaupt Wissenschaft (studieren) – oder: warum nicht?

Metaphysisch zum Zweiten: Gott und die Welt

Eine Sammelrezension ist nicht der Ort, um über Gott und die Welt zu diskutieren – aber auch nicht einer, um das auszugrenzen. Ob Gott existiert (und welche Bedeutung diese beiden Worte, »Gott« und »Existenz«, dann haben), ist eine jahrtausendealte Frage. **»Das unsterbliche Gerücht«** von der Existenz Gottes ist für den emeritierten Philosophie-Professor und gläubigen Katholiken Robert Spaemann keine bloße Illusion. Vielmehr versucht er, neben seinen expressiven Bekundungen, rational für die Existenz Gottes zu argumentieren – nicht nur eines philosophischen Gottes, sondern des Gottes der jüdisch-christlichen Tradition. Weil Spaemann ein gelehrter Mensch und relativ klarer Formulierer ist, lassen sich seine in dem handlichen Büchlein nachgedruckten elf Abhandlungen und Essays mit Vergnügen und Gewinn lesen – unabhängig davon, ob man seinen Annahmen und Argumenten folgen möchte.

Existiert Gott?, fragt auch der Psychologe und Philosoph Ernst F. Salcher. Und kommt nach einer reiflichen Diskussion der (keineswegs identischen) Phänomene Religion und Glaube, der Religionskritik (freilich überwiegend beschränkt auf die Geschichte der christlichen Kirche und die Argumente griechischer Philosophen sowie von Immanuel Kant und Ludwig Feuerbach bis Ernst Bloch, nicht der Analytischen Philosophie) und einer Betrachtung der Entstehung und Entwicklung des Universums und des Lebens zur klaren Antwort, dass alles »auf natürliche Weise zu erklären ist und keiner zusätzlichen übernatürlichen Erklärung (Gott) bedarf«. Dabei bleibt das Buch aber nicht stehen, sondern diskutiert auch »Perspektiven für eine Welt ohne Gott«: Fragen nach dem Sinn des Lebens, nach Nächstenliebe, Moralbegründung, Menschenwürde, dem Jenseits und der zukünftigen Rolle der Religion in der Gesellschaft. Das gut verständliche Buch wagt einen großen Bogen, der ausführlich beschritten und reflektiert wird, und lässt sich ebenfalls mit Gewinn lesen unabhängig von der eigenen Position. Besonders interessant ist auch der Vergleich von Spaemann und Salcher, die in Stil und Intention, aber auch methodisch recht unterschiedlich argumentieren.

Dass die Frage nach Gott wieder auf starkes Interesse stößt, auch in den Medien, ist jüngst vor allem auf die scharfe Kritik von Richard Dawkins zurückzuführen. »Der Gott des Alten Testaments ist ein frauenfeindlicher, homophober, rassistischer, Kinder und Völker mordender, widerwärtiger, größenwahnsinniger, sadomasochistischer, launisch-boshafter Tyrann«, spitzt der britische Evolutionsbiologe seinen Lektüreeindruck zu. Frühkindliche religiöse Prägung hält er für geistige Kindesmisshandlung. Aber Polemik ist nur ein Mittel des aufklärerischen Angriffs auf den »**Gotteswahn**«. Dawkins nimmt die Argumente, die für die Existenz Gottes geäußert werden, durchaus ernst – hält sie aber nicht für stichhaltig und begründet das ausführlich. Er stellt Erklärungsmodelle vor, warum Religiosität trotzdem so weit verbreitet ist. Und er warnt vor den Folgen religiöser Ideologien, die Gefahren für Freiheit und Frieden und intellektuelle Redlichkeit bedeuten (»Ich bin ein Gegner der Religion, denn sie bringt uns bei, dass wir uns damit zufrieden geben, die Welt nicht zu verstehen.«). Das Buch wurde in vielen Ländern zum Bestseller und auch im deutschen Sprachraum heftig und kontrovers diskutiert. Um mitzureden, sollte es jeder selbst lesen und sich nicht auf die oft sehr einseitigen oder undifferenzierten Besprechungen verlassen. Vor allem der weit verbreitete Vorwurf, Dawkins sei doch selbst ein Fundamentalist in seinem »militanten Atheismus«, also nicht anders als jene, die er kritisiert, ist unzutreffend. Denn unabhängig davon, ob man Dawkins' Ansichten teilt, macht sogar schon eine kursorische Lektüre deutlich, dass er die Standards der rationalen Argumentation und kritischen Prüfung nicht nur einhält, sondern auch leidenschaftlich anwendet und verteidigt.

Wie Dawkins attackiert auch die Streitschrift von Franz Buggle die »Tendenz zum Fundamentalismus und Obskurantismus und damit zum Abbau rationaler und humaner Positionen«. Denn Religionen liefern Pseudo-Rechtfertigungen für eine »ganz wörtlich über Leichen gehende Unmenschlichkeit, die um des eigenen Seelenheiles willen den Tod Tausender unschuldiger Menschen, auch von Kindern, in Kauf nimmt«. Der Professor für Entwicklungspsychologie und Klinische Psychologie an der Universität Freiburg setzt auf die Kraft der Aufklärung, um »kindlich tief eingepflanzte Denkhemmungen« zu überwinden, auch wenn er den Einfluss der Vernunft und vor allem die Durchsetzungskraft und -geschwindigkeit rationaler Argumente durchaus skeptisch und realistisch betrachtet. Mit der Überzeugung **»Denn sie wissen nicht, was sie glauben«** (»Ein Großteil heute [eigentlich erstaunlicherweise] noch zu findender Gläubigkeit beruht auf Desinformation«) greift Buggle sowohl die totalitären Strömungen in den Weltreligionen – vor allem in deren Heiligen Schriften und den ihrer großen Verkünder – an, die »hochselektive Informationspolitik« der Kirchen, aber auch das »Harmoniegesülze« liberaler Theologen, die Dialogverweigerung und medial gar nicht seltene verdeckte Zensur. Dabei nimmt er besonders die biblische Glaubenstradition ins Visier (allein im Alten Testament werden rund 1000 Gräueltaten des offensichtlich nicht allbarmherzigen Gottes geschildert), setzt sich ausführlich mit dem Werk des Theologen Hans Küng auseinander und analysiert die religiöse Szene im deutschen Raum. Das sehr materialreiche Buch kann und will das komplexe Thema keineswegs umfassend aufarbeiten, aber es ist differenziert und reflektiert die eigenen Voraussetzungen und Grenzen sowie die Gegenargumente.

Aufklärung, um zu wissen, was man glaubt (oder nicht glauben sollte), setzt – wie auch Buggle betont – eine Auseinandersetzung mit den Positionen und also auch Schriften der verschiedenen Quellen voraus. Das gilt nicht weniger für die religiösen Quellen. Da das Neue Testament in unserem Kulturkreis als das wichtigste religiöse Buch gilt, ist eine eingehende Beschäftigung damit also naheliegend. Die sehr umfangreiche »**Einleitung in das Neue Testament**« von Petr Pokorny und Ulrich Heckel, Theologen an den Universitäten Prag und Tübingen, kommt daher zur rechten Zeit. Nach einer allgemeinen Einführung in die Hermeneutik biblischer Texte und in die historischen Voraussetzungen des Neuen Testaments (jüdische Tradition und hellenistische Kultur) stellen die Autoren jede einzelne neutestamentliche Schrift mit ihrem Inhalt, ihrer Entstehungssituation und ihren theologischen Aspekten vor. Besonders interessant sind Vergleiche der verschiedenen Schriften (einschließlich der Widersprüche), die die historische Genese der Texte nachvollziehbar machen. Eine philosophisch-kritische Hinterfragung der diversen Glaubensaussagen (etwa zur Jungfrauengeburt) findet sich in dem Buch allerdings allenfalls in kurzen An- und Nebensätzen.

Einen ganz anderen Zugang zu »**Jesus von Nazareth**« hat der Paderborner Theologe und Psychotherapeut Eugen Drewermann vorgelegt: Mit mehr als 50 ausgewählten Bildern aus der Kunst (Gemälde, Zeichnungen und Holzschnitte) zeichnet er den Lebensweg des Religionsgründers von der Geburt bis zur angeblichen Auferstehung nach und deutet den religiösen Sinn der Bilder auf seine Weise. Die Bilder sind von Ernst Barlach, Arnold Böcklin, Hieronymus Bosch, Pieter Brueghel, Lucas Cranach, Otto Dix, Vincent van Gogh, Max Liebermann, Emil Nolde und Rembrandt van Rijn – um nur einige zu nennen. Drewermann betrachtet sie als »poetische Visionen einer anderen Welt, die für utopisch gelten müsste, gäbe es nicht die Gestalt des Mannes aus Nazareth, als Träume einer Menschlichkeit, die unerreichbar bliebe, wären sie in seiner Gegenwart nicht wahr geworden, als Formen einer Heilwerdung des Daseins, die sich allein im Felde einer Zuwendung ereignen kann, wie gerade er sie lebte und verkörperte«. Dass er die Ungläubigen freilich zum Teufel ins »ewige Feuer« und »in die ewige Pein« schicken will (Matthäus 25, 41 und 46), passt nicht zu diesen frommen Wünschen.

Mathematisch: Unendlichkeiten und Paradoxien

»Georg Cantor«, der »Vater« der Mengenlehre, hat sicherlich die menschliche Erkenntnis erweitert wie nur wenige. Das (einfache) Unendliche war ihm nicht genug, und so erfand – oder entdeckte?! – er die transfiniten Zahlen: Unendlichkeiten, bei denen es einem schwindelig wird. Der Literat (und frühere Tennisprofi) David Foster Wallace hat ein Buch über das Unendliche vorgelegt, das auch von Cantor handelt und doch keine richtige Biographie ist, wie der deutsche Titel missverständlicherweise suggeriert. Leider schwelgt Wallace in einer Fülle von überflüssigen Abkürzungen. Sein Buch ist schlecht geschrieben und noch schlechter (nämlich fast gar nicht) gegliedert.

Kürzer, aber wesentlich unterhaltsamer und lesbarer führt der emeritierte Astrophysik-Professor Rudolf Kippenhahn an die Grenzen der Mathematik und unseres Verstandes. **»Eins, zwei, drei ... unendlich«** zählt er – und darüber hinaus, nämlich auch ins Unendliche des Unendlichen des Georg Cantor. Weite Teile des Buches sind dialogisch angelegt, als fiktives Gespräch des Autors mit seinem Enkel. Dadurch bringt Kippenhahn seine Leser ganz automatisch zum Nach- und Mitdenken. Viele Anekdoten lockern den Text auf, der auch gut illustriert ist. So macht Mathematik Spaß!

Dieses Fazit gilt auch für **»Mathematische Seitensprünge«**, wie sie Alexander Mehlmann vorführt. Der Wirtschaftsmathematiker an der Technischen Universität Wien wagt sich ins »Wunderland zwischen Mathematik und Literatur«. Seine Ausflüge führen ihn zur Geometrie der Hölle in Dantes »La Divina Commedia«, in Petrarcas Systematik des Canzoniere, zur Teufelswette in Goethes »Faust« und in die verborgenen spieltheoretischen Muster der Mythologie. Das Buch funkelt vor Witz in der doppelten Wortbedeutung: Geist und Frohsinn. Und es ist auch für mathematische Banausen geeignet, enthält es doch wesentlich mehr Gedichte als Gleichungen.

Keinen Seitensprung, sondern geradezu einen Salto Mortale schlägt Leonard M. Wapner, Mathematik-Professor am El Camino College im kalifornischen Torrance. Auch er startet mit Georg Cantors Erkenntnissen und widmet sich dann – was für eine kühne und originelle Idee, ein populäres Sachbuch fast nur darüber zu schreiben! – einem auf die polnischen Mathematiker Stefan Banach und Alfred Tarski zurückgehendes Paradox. Sie haben 1924 bewiesen, dass es kurioserweise mathematisch möglich ist, eine Kugel in fünf Teile zu zerlegen, von denen sich drei beziehungsweise zwei jeweils zu einer neuen Kugel der gleichen Größe zusammensetzen lassen: »**Aus 1 mach 2**«. »Eine äquivalente und vielleicht noch frappierendere Version behauptet, dass ein Körper von beliebiger Größe und Gestalt – zum Beispiel der einer kleinen Erbse – in eine endliche Zahl von Teilen zerlegt und dann wieder so zusammengefügt werden kann, dass ein Körper von anderer Größe und Gestalt entsteht – zum Beispiel der Sonne.« Wie das gehen soll und was es bedeutet, beschreibt dieses faszinierende und einzigartige Buch.

Astrobiologisch: Die Suche nach außerirdischem Leben

Das von Paul J. Thomas (University of Wisconsin) und anderen herausgegebene Kompendium »**Comets and the Origin and Evolution of Life**« ist das aktuellste und wichtigste Buch zu diesem Thema: Denn Kometen sind nicht nur Relikte aus der Entstehungszeit von Sonnensystemen, sondern haben auch vielfältige Auswirkungen auf die Planeten. Das gilt ebenfalls für die Erde. Die Buchbeiträge geben einen Einblick in die neuen Erkenntnisse über Kometen (Bahnen, Zusammensetzung, Ergebnisse der Raumfahrtmissionen) und beschreiben die kometaren Einwirkungen auf Atmosphäre und Ozeane (also inwiefern die Gase und das Wasser von Kometen auf die Urerde gebracht wurden). Weitere Kapitel handeln vom Kometenstaub, von Mikrometeoriten und von in Kometen und Sternentstehungsgebieten nachgewiesenen Makromolekülen. Die kosmischen Vagabunden besitzen überdies biologische Relevanz. Zum einen sorgten ihre Einschläge in der Frühzeit des Sonnensystems immer wieder für dramatische Katastrophen. Im Zeitalter des schweren Bombardements ging es daher sehr lebensfeindlich zu. Zum anderen brachten Kometen aber auch organische Moleküle auf die Urerde – vielleicht als wichtige Ingredienzen für die »Ursuppe«, in der das Leben entstand. Der noch immer rätselhafte Ursprung des Lebens wird im Buch auch diskutiert, ebenso die anhaltende Bedrohung durch Kometeneinschläge und technisch schon heute mögliche Abwehrmaßnahmen dagegen. Das exzellente Buch hat nur ein Defizit: Die Panspermie-Spekulationen von Fred Hoyle und Chandra Wickramasinghe (denen zufolge Kometen Brutstätten und »Taxis« des Lebens sind – bis heute) werden mit keinem Wort erwähnt. Diese Hypothesen sind sehr kontrovers, in manchen Augen sogar unseriös, aber sie einfach zu ignorieren, ist kein guter Stil. Besser wäre es gewesen, wenn die Thesen im Buch vorgestellt, aber auch kritisiert worden wären.

»**Leben im All**« ist sicherlich eines der faszinierendsten Themen der Wissenschaft – gerade weil es, außer dem auf der Erde, noch völlig unbekannt ist. Wie steht die Wahrscheinlichkeit? Dabei muss man nicht gleich an kleine grüne Männchen denken – schon die Entdeckung einfachster, unabhängig entstandener Bakterien wäre eine Sensation. Der Biologe und Wissenschaftsjournalist Olaf Fritsche diskutiert die üblichen Aspekte: Definitionsversuche des Lebens, die biologischen (Wasser, Temperatur, Kohlenstoffchemie) und kosmischen (Sonnensystem, Milchstraße, Universum) Randbedingungen sowie kurz die Suche nach intelligenten Signalen aus dem Weltraum. Einige Karikaturen und gelegentliche Ausflüge in die SF bereichern diese lesenswerte Einführung in die Astrobiologie.

Ein stärkeres Gewicht auf die Suche nach außerirdischen Intelligenzen (SETI) legt Giancarlo Genta, Luftfahrtingenieur und Professor an der Politecnico di Torino in Italien und Direktor des italienischen SETI-Studienzentrums. Er beschreibt die historischen, philosophischen und religiösen Perspektiven, den Stand der astrobiologischen Forschung, vor allem aber die SETI-Projekte und Kontaktchancen. Schaut man sich das Spektrum der Möglichkeiten an, ist es eigentlich nicht verwunderlich, noch nichts gefunden zu haben – nicht einmal der am besten in Angriff genommene Bereich der Radiowellen ist gut erforscht. Wie lange sind wir noch »**Lonely Minds in the Universe**«? Und wie würde ein Erfolg von SETI unsere Zivilisation verändern?

»The proper study of mankind is not merely Man, but Intelligence«, schrieb der im März 2008 verstorbene SF-Großmeister Arthur C. Clarke 1951. Michael A.G. Michaud, der als Technik-Politiker in den USA gearbeitet hat und unter anderem in der International Academy of Astronautics und im International Institute of Space Law tätig ist, hat diese Worte seinem Buch »**Contact with Alien Civilizations**« trefflich vorangestellt. Denn solange dieser Kontakt mit Außerirdischen nicht hergestellt ist – ob überhaupt zu unserem Vorteil, ist auch zu diskutieren –, bleibt das Nachdenken darüber gleichwohl nicht bloß gelehrte Spekulation, sondern enthüllt im besten Fall auch vieles über Intelligenz im Allgemeinen. Und insofern wiederum aus einer anderen Perspektive Interessantes über uns selbst. Michaud berichtet über die Standardaspekte des ET-Themas (doch auch der bereits gut Informierte lernt einiges hinzu): die ideengeschichtliche Entwicklung, Panspermie-Hypothese, Lebensentstehung und -entwicklung, Drake-Gleichung mit all den mehr oder (meist) weniger abschätzbaren Voraussetzungen für die Existenz extraterrestrischer Zivilisationen und für die früheren und aktuellen Suchprojekte. Aber im Unterschied zu vielen anderen Büchern setzt er den Schwerpunkt auf die möglichen Konsequenzen eines Kontakts. Und zwar nicht nur aus naturwissenschaftlicher Perspektive, sondern auch im Hinblick auf Soziologie, Geschichtsschreibung, Religion, Recht, Politik, Ethik und Kunst. Michaud beschreibt differenziert und ausgewogen die (mutmaßlichen) Hoffnungen, Ängste, Gefahren, die mit einem Kontakt verbunden sind, die Optionen der Reaktionen darauf (wenn wir beispielsweise außerirdische Funkbotschaften empfangen würden) und die Frage nach einer Vorbereitung. Sehr nützlich sind auch die 80 Seiten Literaturangaben. Wer sich mit dem Thema eingehender beschäftigen will, kann das Buch nicht ignorieren.

Astronautisch: Vom Sputnik-Schock zum Alltag im All

»**Lift off**« – Abheben ins All will der versierte Wissenschaftsjournalist Thomas Bührke. »Die Geschichte der Raumfahrt«, die er erzählt, ist nicht nur für Jugendliche geschrieben, wie der Verlag (»Bloomsbury Kinder & Jugendbücher«) suggerieren mag, sondern auch für erwachsene Leser bestens geeignet. Spannend wird hier das vielleicht größte Abenteuer der Menschheit beschrieben – das Verlassen der staubigen Erde und der Aufbruch ins All mit der bisherigen Krönung der bemannten Mondlandung. Aber nicht genug: Von den Sputnik-Satelliten bis zu den Pioneer- und Voyager-Sonden, die gegenwärtig unser Sonnensystem verlassen, und von den Raumstationen bis zu den modernen Weltraum-Observatorien, die andere Planeten, Sterne und Galaxien erkunden, spannt Bührke den Bogen. Dabei spart er auch die menschlichen Aspekte nicht aus, die besonders spannend – und immer noch viel zu wenig bekannt – hinter den offiziellen Berichten zur Mondlandung stehen. Bei allem Enthusiasmus verschweigt er aber weder die Probleme noch die immer wieder erfolgten Verzögerungen des inzwischen durchaus stockenden Aufbruchs ins All, und seine Zukunftsprognosen sind sehr zurückhaltend. Das Buch ist kein prächtiger Fotoband – einige Farbfotos hat der Verlag aber doch spendiert –, und es schwelgt auch nicht in Statistiken und Tabellen wie diverse Raumfahrt-Kompendien. Stattdessen bietet es eine spritzige und keineswegs unkritische Lektüre über eine echte Horizonterweiterung der Menschheit, die langfristig die einzige (Über)lebensversicherung darstellt, die wir haben. Bührke zitiert die Aufschrift eines Obelisken bei dem zum Museum umgestalteten Wohnhaus des tauben Volksschullehrers Konstantin Ziolkowski, der seit 1892 dort in Kaluga die theoretischen Grundlagen der Raumfahrt gelegt hatte: »Die Menschheit bleibt nicht ewig auf Erden.«

Davon überzeugt sind auch Berndt Feuerbacher vom Institut für Raumfahrtsysteme des Deutschen Zentrums für Luft- und Raumfahrt in Bremen und Ernst Messerschmid, der 1985 Wissenschaftsastronaut an Bord der Raumfähre Challenger war und heute als Professor am Institut für Raumfahrtsysteme an der Universität Stuttgart lehrt und über künftige Raumstationen forscht. Die beiden Autoren beschreiben, wie fünfzig Jahre Raumfahrt unser Weltbild verändert haben, richten ihren Blick aber vor allem **»Vom All in den Alltag«**. Sie zeigen den Einfluss der Raumfahrt auf das tägliche Leben. Denn nicht mehr Propaganda-Demonstrationen, sondern internationale Kooperation und Kommerzialisierung dominieren heute das Geschehen (auch wenn die Propaganda zum Beispiel in China noch ein Element ist). Überwiegend und unaufgeregt dient der erdnahe Weltraum inzwischen als »Labor und Marktplatz«, und damit kann viel Geld verdient werden. Ein Beispiel ist die Satellitennavigation. Feuerbacher und Messerschmid beschreiben auch die Arbeitstage auf der Internationalen Raumstation, den Blick von Satelliten und Raumsonden auf die Erde und zu den Sternen und die schon vorbereiteten oder wenigstens anvisierten künftigen Entwicklungen. Viele Fotos, Illustrationen und erklärende Kästen bereichern das empfehlenswerte Buch.

Den **»Aufbruch zu neuen Welten«** beschreibt auch der Biologe, Lehrer und Sachbuchautor Hansjürg Geiger, und zwar nicht nur die »Zukunft der Raumfahrt«, wie der Untertitel suggeriert. Der Umfang des Buches ist nur gut ein Drittel des vorgenannten. »Gemessen an ihren Möglichkeiten steckt die Raumfahrt immer noch in den Kinderschuhen«, schreibt der deutsche Wissenschaftsastronaut Thomas Reiter im Vorwort. Das schön gemachte Bilderbuch zeigt viele Facetten der Faszination der Raumfahrt. Dass damit kein Geld verpulvert wird, sollte auch den Kritikern endlich einleuchten, denn jeder Euro bleibt ja auf der Erde und die Investitionen gehen nicht nur in die Technik, sondern vor allem ins Know-how, was sich vielfach bezahlt macht, auch auf ganz anderen Sektoren. Außerdem gibt die Raumfahrt eine Perspektive, die sich über die Kleinlichkeiten auf unserem Planeten erheben hilft. »Was könnten wir uns mehr wünschen als eine Jugend, die mit Neugier und Begeisterung in die Zukunft sieht, deren Gesellschaften sich ein großes und in der realen, überprüfbaren Welt angesiedeltes Ziel geben und so ihrem Nachwuchs einen Sinn für die eigene Existenz und Arbeit eröffnen?«

Nach den doch sehr erdnahen Aktivitäten der letzten Jahrzehnte – Raumstationen sind nur wenige 100 Kilometer von der Erdoberfläche entfernt! – lockt endlich wieder ein weiteres und größeres Ziel: »**The Moon**«. Die USA wollen bis 2020 wieder auf dem Erdtrabanten landen. Wie das funktionieren soll und was es dort alles zu tun gibt, beschreibt der Luftfahrtingenieur und Mediziner David Schrunk. Das aktuelle Wissen um unseren Nachbarn im All wird kurz zusammengefasst, der Nutzen für die Wissenschaft und die Herausforderungen für die Ingenieure wird erläutert, ebenso die Technik hinter einer robotischen Erschließung und die lunaren Ressourcen. Ein Schwerpunkt liegt auf den bemannten Flügen, Plänen und Problemen von Mondbasen und einer langfristigen Besiedlung. Das Buch endet mit einem Blick auf Missionen hinaus ins weitere Sonnensystem mit Robotern und vielleicht in diesem Jahrhundert auch Menschen. Auf die 200 Seiten Haupttext folgen noch 300 Seiten mit Vertiefungen vieler der aufgezählten Aspekte. »Ähnlich wie die Kinder ihren Heimatort verlassen, um zu studieren, kann der Mond ein Schulhof werden, eine Zwischenetappe zu den grenzenlosen Horizonten des Schicksals der Menschheit«, schreibt der zweite Mensch auf dem Mond, Buzz Aldrin, im Vorwort zu dem Buch.

Das nächste große Ziel der bemannten Raumfahrt nach einer Rückkehr zum Mond ist dann die Landung von Menschen auf dem Mars. »**Human Missions to Mars**« wurden schon von Wernher von

Braun & Co. anvisiert, immer wieder angekündigt, aber bis heute nicht ernstlich in Angriff genommen. Obwohl die Bush-Administration erst vor wenigen Jahren den Roten Planeten auf die Agenda setzte. Aber solche Missionen sind kein Spaziergang, sondern würden bis zur Rückkehr etwa 2,7 Jahre dauern (theoretisch wären allerdings auch kürzere Projekte machbar). Donald Rapp, der als »chief technologist« am Jet Propulsion Laboratory tätig war und jetzt in Rente ist, hat die Anforderungen an eine bemannte Mars-Mission aus unabhängiger Warte ins Visier genommen und realistisch – für manche Enthusiasten vielleicht sogar ernüchternd – analysiert. Es geht um die Flugbahnen, die Antriebssysteme, die Reisemodule, die technischen und biologisch-medizinischen Herausforderungen, die verschiedenen Projektszenarien der NASA und der Mars Society, aber auch um den Mars selbst (und besonders seine Nutzung im Hinblick auf Solarenergie und Wasser). Das mit zahlreichen Tabellen, Diagrammen und Illustrationen ausgestattete voluminöse Werk ist sehr faktenreich, aber keineswegs nur für Ingenieure interessant oder geschrieben, sondern bietet einen unaufgeregten Einblick in die Vorbereitungen zum vielleicht größten Abenteuer des 21. Jahrhunderts. Wenig erquicklich ist gleichwohl die Skepsis des Autors, der einen Missionserfolg der NASA-Pläne vor 2080 für unwahrscheinlich hält. (Vielleicht sollte an dieser Stelle nicht verschwiegen werden, dass der Rezensent einen hohen Einsatz darüber verwettet hat, dass Menschen bis 2050 den Roten Planeten betreten werden – er würde übrigens auch selbst fliegen, sogar ohne Rückfahrkarte.)

»**Postkarten vom Mars**« hat Jim Bell an seine Leser schon jetzt geschickt. Der Astronom an der amerikanischen Cornell University war selbstverständlich nicht auf dem Roten Planeten, verfügt aber trotzdem über beste Ortskenntnisse: Er ist leitender Wissenschaftler für das Panoramakamera-Bildverarbeitungssystem an Bord der beiden Marsrover *Spirit* und *Opportunity*. Diese kurven seit Januar 2004 auf unserer Nachbarwelt herum und funken nicht nur phantastische Fotos zur Erde, sondern auch überaus wertvolle Messdaten zur Zusammensetzung des Marsbodens, der verschiedenen Steine und vieles mehr. Nach einer Einführung in die von vielen Rückschlägen geprägte Erforschung des Mars mit Raumsonden und Landegeräten beschreibt Bell die beiden aktuellen Rover-Missionen ausführlich – und vor allem ihre Ergebnisse, so weit schon ausgewertet. Wie Orbitalmessungen zeigen auch sie, dass der Mars früher anders aussah als heute und mindestens zeitweilig flüssiges Wasser besaß – eine Voraussetzung für erdähnliches Leben. Die in bestechender Qualität gedruckten Fotos der Panorama-Kameras sind – insofern ist der Buchtitel ein Understatement – wesentlich imposanter als Postkarten. Einige lassen sich sogar doppelseitig ausklappen, sodass der Betrachter über ein Meter breite Fotos vor sich liegen hat. Solange es nicht möglich ist, selbst den Roten Planeten zu betreten, ist das Buch im Augenblick ein konkurrenzloser Ersatz. Und die Erläuterungen aus erster Hand – die weit über die im Internet frei verfügbaren Pressemitteilungen hinausgehen – erlauben es zusätzlich, den Mars mit anderen Augen zu sehen.

Neurophysiologisch zum Ersten: Die Zukunft des Gehirns

Ein anderer Blick in die Zukunft – nicht hinaus ins All, sondern in uns hinein auf Gehirn und Bewusstsein – macht die moderne Neurowissenschaft nötig. Das 21. Jahrhundert wurde zum Jahrhundert der Hirnforschung ausgerufen. Es wird nicht nur bahnbrechende Erkenntnisse mit sich bringen, sondern eröffnet auch revolutionäre neurotechnische Anwendungen: Intelligenzverstärker, Neurokosmetika, Gefühlsdesign, Gedächtnisverbesserung und -löschung halten Einzug. Eingriffe ins Gehirn sowie Geräte fürs Gedankenlesen werden bald alltäglich sein. Neuroprothesen, Gehirn-Chips und -Elektroden erlauben Handlungen mit Gedankenkraft, Blinde sehen, Taube hören, Lahme gehen. Gewebe- und Zelltransplantationen, gezielte genetische Veränderungen und ungeahnte Therapie-, aber auch Manipulationsmöglichkeiten werden erhofft und befürchtet. Gehirn-Computer-Schnittstellen und Cyborgs verwischen die Grenze zwischen Natur und Technik. Kopftransplantationen, Gehirne im Tank und Cyberrealitäten weisen den Weg zur Unsterblichkeit. Und ein neues Menschenbild entsteht, das altehrwürdige Begriffe von Seele, Rationalität, Willensfreiheit, Religiosität, Moral und Verantwortung in Frage stellt. Dies alles verändert nicht nur Wissenschaft und Medizin, sondern stellt auch Anthropologie und Ethik vor neue Grundfragen und große Herausforderungen. Wie die »**Schöne neue Neuro-Welt**« bald schon aussehen könnte, hat der Autor dieser Zeilen beschrieben und kritisch hinterfragt.

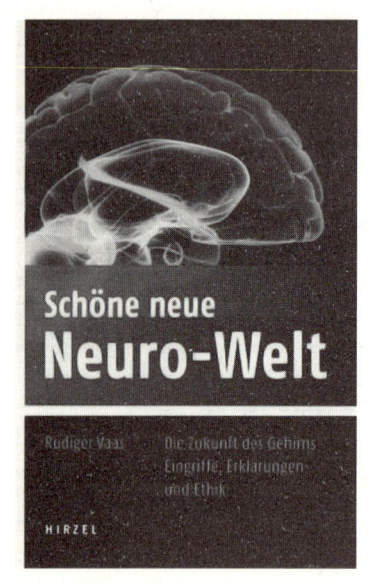

Um viele dieser Fragen geht es, ausführlicher und akademischer, auch in dem fulminanten Buch »**Intervening in the Brain**«, das Reinhard Merkel

(Universität Hamburg) und sechs weitere Autoren verfasst haben: Der erste Teil handelt von den verschiedenen Techniken des Eingriffs: Psychopharmaka bei Kindern, Nervenzelltransplantationen und Gen-Transfer, Neuroprothesen und elektrische Hirnstimulationen bei psychiatrischen Störungen. Der zweite Teil diskutiert die sozialen, ethischen und juristischen Herausforderungen – insbesondere den Status von Personalität und persönlicher Identität sowie die normativen Grundlagen und Grenzen von behandelnden, korrigierenden und leistungssteigernden Eingriffen ins Gehirn. Ein sehr profunder, interdisziplinärer Band, dessen Thematik gar nicht wichtig genug eingeschätzt werden kann. Unsere weitere Zukunft wird von den intervenierenden Hirn-Techniken geprägt werden, und eine ethisch-juristische Auseinandersetzung damit kann nicht früh genug beginnen.

Die **»Transformation des Humanen«** war freilich schon immer ein Thema: mit technischen Mitteln erst in der Science Fiction, dann aus naturwissenschaftlicher Perspektive. So geschehen – in scharfer Abgrenzung von nazistischen Ideologien, später aber selbst als Technokratie kritisiert – in der Kybernetik. Diese Wissenschaft von der Funktion komplexer Systeme, insbesondere der Kommunikation und Steuerung rückgekoppelter Regelkreise, blieb nicht auf technische Kontexte beschränkt, sondern wurde – teils nur metaphorisch – auf viele andere Gebiete ausgeweitet, einschließlich psychologischer und soziologischer. Eine »Kulturgeschichte der Kybernetik« im Hinblick auf das Menschenbild (und im weiteren auf die Geistes- und Sozialwissenschaften, Philosophie, Ästhetik, Ökonomie und Pädagogik) beschreiben die Beiträge in dem von Michael Hagner von der ETH Zürich und Erich Hörl von der Universität Bochum herausgegebenen Sammelband. Auch wenn inzwischen die Kybernetik nicht mehr sonderlich bekannt ist, haben viele dieser Ideen noch immer eine Bedeutung und Wirkung, diese Kulturgeschichte ist also keineswegs abgeschlossen oder bloß rückwärtsgewandt zu lesen.

Neurophysiologisch zum Zweiten: Wie das Gehirn funktioniert – oder versagt

»Ein respektloser Führer durch die Welt unseres Gehirns« verspricht der Untertitel von **»Welcome to Your Brain«**. Während der englische Originaltitel ungewöhnlicherweise auch die deutsche Übersetzung ziert, zielte der ursprüngliche Untertitel in eine andere Richtung: »Why You Lose Your Car Keys but Never Forget How to Drive and Other Puzzles of Everyday Life« – er spielt auf den Unterschied zwischen explizitem und implizitem Gedächtnis an. Das ist aber nur ein Thema des sehr populär und auf Alltagsgebrauch hin geschriebenen Gehirn-Sachbuchs. Der lockere Schreibstil impliziert aber keine unseriöse Oberflächlichkeit, denn Sandra Aamodt, Chefredakteurin der renommierten Fachzeitschrift *Nature Neuroscience*, und Samuel Wang, Professor für Neurowissenschaften an der Princeton University, sind ausgewiesene Experten. Die vergnügliche und durch einige Karikaturen, aber wenig wissenschaftliche Bilder begleitete Lektüre beginnt mit einem Quiz: »Wie gut kennen Sie Ihr Gehirn?«, und streift dann in 31 kurzen, leicht lesbaren Kapiteln so ziemlich alle Themen der modernen Hirnforschung von den Neurotransmittern bis zum Sozialverhalten. Dabei werden auch viele Mythen entlarvt: etwa die weit verbreitete Behauptung, wir würden nur zehn Prozent unseres Gehirns benutzen. Oder dass das Hören von Mozarts Musik intelligenter mache (das aktive Musizieren tut es aber sehr wohl). In vielen Kästen geben die Autoren praktische Tipps oder geben unter der Rubrik »Hätten Sie's gewusst?« erstaunliche Antworten auf Fragen, die sich wohl die wenigsten stellen würden: Warum Mäuse Cola light nicht mögen oder weshalb manche Menschen bei hellem Sonnenlicht niesen müssen. Manko: keinerlei Literaturhinweise, stattdessen ein Internet-Link (http://www.welcometoyourbrain.com), der sich als ein reichlich selbstbeweihräuchernder Blog der Autoren herausstellt.

Weniger unterhaltsam, aber dafür kompakt ist die **»Einführung Neuropsychologie«** von Erich Kasten. Der medizinische Psychologe an der Universität Marburg gibt eine konzise Übersicht der Hirnfunktionen und ihrer Beeinträchtigungen. Zunächst vermittelt er wichtige Grundlagen (nichts Neues freilich), dann geht er zur neuropsychologischen Diagnostik und Therapie und, Schwerpunkt

des Buches, zu den verschiedenen Störungen von Motorik, Sensorik, Aufmerksamkeit, Gedächtnis, Emotion, Kognition und Sprache. Auch häufige Erkrankungen wie Autismus, Demenz, Schizophrenie, Phobien, Zwangsstörungen, Sucht und Epilepsie werden beschrieben. Zuletzt werden verwandte Wissenschaftsbereiche wie Psychoendokrinologie, Psychoneuroimmunologie und sogar kurz Parapsychologie vorgestellt. Fragen zur Überprüfung des gelesenen schließen die einzelnen Kapitel ab. Zahlreiche Fallbeispiele illustrieren die Fakten.
Der abgedruckte Hirnatlas ist allerdings wenig hilfreich, wenn man sich detaillierte Informationen wünscht.

Neuropsychologische Störungen sind aber nicht immer eine irreversible Angelegenheit. Das Gehirn hat durchaus eigene – wenn auch beschränkte – Reparaturmechanismen. Wie und warum ein solcher »**Neustart im Kopf**« geschieht, beschreibt Norman Doidge anhand neuer wissenschaftlicher Erkenntnisse und mit vielen, faszinierenden Fallbeispielen. Der Psychiater am Columbia University Center for Psychoanalytic Training and Research in New York gibt eine allgemeinverständliche Einführung ins Thema Neuroplastizität. Er berichtet von geburtsblinden Menschen, denen das Sehen ermöglicht wird, von Menschen mit nur einer Großhirnhälfte, die trotzdem kaum Probleme haben, von Schlaganfall-Patienten, die ihre Störungen überwinden, von den Möglichkeiten des Gehirntrainings für jedermann, den Grundlagen von Lernen und Gedächtnis ganz allgemein und von der Kraft der Vorstellung. Ein spannendes Buch, das sicher das Gehirn jedes Lesers verändert – und dieser lernt auch, warum (wenn er es nicht schon weiß).

Freilich sind die Selbstheilungskräfte des Gehirns beschränkt. »Noch vor wenigen Jahren standen sich die beiden Disziplinen

Psychologie und Neurobiologie skeptisch bis feindselig gegenüber«, schreiben Marianne Leuzinger-Bohleber (Direktorin des Freud-Instituts, Frankfurt), Gerhard Roth (Neurowissenschaftler an der Universität Bremen) und Anna Buchheim (Psychologin an der Universität Ulm) in dem von ihnen herausgegebenen Buch **»Psychoanalyse – Neurobiologie – Trauma«**. Doch: »Dank der rasanten Entwicklung und Verbreitung bildgebender Verfahren scheint ein alter Traum von Sigmund Freud in Erfüllung zu gehen, nämlich dass es irgendwann möglich sein werde, Erkenntnisse der klinisch-psychoanalytischen Forschung auch mithilfe naturwissenschaftlicher Methoden nachzuweisen.« Die Traumaforschung ist als Schnittmenge ein vielversprechender Ansatz für einen Dialog, und dazu zählen die Multiple Persönlichkeitsstörung, die Posttraumatische Belastungsstörung sowie schwerer Stress. Die Beiträge loten aus, inwiefern sich moderne Hirnforschung und Psychoanalyse hierzu ergänzen und bereichern. Aber auch wissenschaftstheoretische Überlegungen fehlen nicht, was besonders zu begrüßen ist – allerdings wird die bekannte Kritik nicht aufgegriffen, wonach die Psychoanalyse aufgrund von Selbstimmunisierungstendenzen keine falsifizierbaren Aussagen machen kann. So oder so: Das innovative und zukunftsweisende Buch für Hirnforscher, Psychotherapeuten, aber auch interessierte Laien diskutiert viele vertiefenswerte Ansätze. Und in der ärztlichen Praxis schwerer Traumata kommt es nicht auf Wissenschaftstheorie an, sondern auf Behandlungserfolge.

Eine andere neuropsychologische Störung ist das Asperger-Syndrom, eine Variante des Autismus. **»Elf ist freundlich und Fünf ist laut«** – zumindest für Daniel Tammet, der 1979 in London geboren wurde und heute in Kent ein Online-Unternehmen leitet, das Sprachkurse anbietet. Er nimmt Zahlen als Formen, Farben oder Strukturen wahr und verfügt über erstaunliche Rechenkünste. Fremdsprachen vermag er innerhalb kürzester Zeit zu lernen – Isländisch beispielsweise machte er sich innerhalb einer Woche zu eigen. Und von der Zahl Pi konnte er binnen gut fünf Stunden die ersten 22514 Ziffern nach dem Komma aufsagen. Damit gehört er zu den weltweit nur etwa fünfzig bekannten »Savants« (französisch: »Wissende«), die eine seltene und noch kaum verstandene Begleiterscheinung des Autismus/Asperger-Syndroms sind. Tammet ist außerdem Synästhetiker, denn seine Sinneseindrücke kombinieren sich, wo sie bei normalen Menschen getrennt sind: Der Mittwoch ist blau für ihn, die 5 wie ein Donnerschlag und die 87 wie fallender Schnee. In seinem Buch beschreibt Tammet die »Innensicht« dieses schwer vorstellbaren Daseins. Die natürliche Genialität hat aber auch ihre Schattenseiten. So muss Tammet zwanghaft sein Frühstück mit einer elektronischen Waage abwiegen – genau 45 Gramm Haferbrei täglich. Gesichter kann er sich nicht merken, und in andere Menschen vermag er sich kaum einzufühlen. Aber er weiß über seine Krankheit gut Bescheid, kann – im Gegensatz zu den meisten Savants – ein selbständiges Leben führen und hat mit Wissenschaftlern zusammengearbeitet, um das Savant-Symptom besser zu verstehen. In seiner Jugend suchte er auf den Büchern der Stadtbücherei nach seinem Namen – er begriff nicht, dass man erst eines schreiben muss, um auf dem Titel zu stehen. Dies hat Tammet nun geschafft. Sein Buch ist sogar ein internationaler Bestseller geworden. Und es erlaubt dem Normalsterblichen ein wenig, die Welt einmal mit ganz anderen Augen zu sehen.

Der Synästhesie widmet sich auch der britische Hirnforscher John Harrison. **»Wenn Töne Farben haben«**, arbeiten nämlich Hirnregionen zusammen, die bei den meisten Menschen funktionell getrennt sind. Harrison berichtet anschaulich und leicht verständlich, was man über diese kuriose Wahrnehmungsverschmelzung inzwischen weiß – aber auch, was man noch nicht weiß. Denn »von der romantischen Neurologie zum Neuroimaging« war es zwar ein weiter Forschungsweg, aber der ist noch lange nicht am Ziel. Trotzdem ist das Buch voll von Aha!-Einsichten. Nur sein deutscher Untertitel »Synästhesie in Wissenschaft und Kunst« ist etwas enttäuschend, weil die Kunst doch zu kurz kommt, zumindest was die bildnerische betrifft, denn von den Gemälden, die es durchaus gibt, ist keines abgebildet.

Im Gegensatz zu den Sinnesverschränkungen sind die Sinnestäuschungen und Halluzinationen keineswegs harmlos. »**Wahn**« ist ein Phänomen, das bis heute wissenschaftlich nicht streng definiert werden kann. Rainer Tölle von der Psychiatrischen Klinik der Universität Münster sieht es weniger als Krankheit denn als ein Symptom oder Syndrom, das bei unterschiedlichen psychischen Störungen vorkommt, etwa bei Drogenkonsum, Depressionen oder Schizophrenie. Wie die Begriffe »Hexen-, Massen- und Völkerwahn« schon zeigen, hat das Phänomen aber eine noch viel breitere Bedeutung. Tölle gelingt es in einem spannenden transdisziplinären Rundumschlag, viele der einerseits faszinierenden, andererseits erschreckenden und irritierenden Aspekte des Wahns fassbarer zu machen – obwohl die Barriere der Unvorstellbarkeit für den bleibt, der nicht selbst schon dem Wahn anheimgefallen ist. Trotzdem gelingt es Tölle mit Fallbeispielen zu illustrieren, was der Kranke im Wahn erlebt und wie er dies tut. Auch die Grenzen des Wahns werden beleuchtet: Traum und Tagtraum, emotional überbewertete Vorstellungen und »Nebenrealitäten«. Eine breitere Perspektive bieten viele Beispiele aus der Literatur, Philosophie und Theologie sowie wenig erquickliche Fälle aus der Geschichte. Wie Tölle betont, sagt der Umgang der Gesunden mit »Wahnsinnigen« auch viel über diese aus. Und wie schrieb der Physiker Robert Mayer, der den Energieerhaltungssatz formulierte und von seinen Zeitgenossen als größenwahnsinnig gebrandmarkt wurde und in die Psychiatrie kam: »Was ist Wahnsinn? Die Vernunft eines Einzelnen. Was ist Vernunft? Der Wahnsinn vieler.«

Wahn ist auch ein Thema des britischen Philosophen Colin McGinn, der jetzt an der University of Miami lehrt. Er gehört zu den führenden Vertretern der gegenwärtigen Philosophie des Geistes. In seinem jüngsten Buch wendet er sich ganz der Macht der Vorstellungskraft zu. **»Das geistige Auge«** richtet sich auf Phantasien, Träume, Halluzinationen und abstraktes Möglichkeitsdenken – und meint damit doch nicht dasselbe. Kreativität und das Erwägen von Handlungsalternativen und somit das Treffen von Entscheidungen sind gleichermaßen auf Vorstellungen angewiesen. Selbst auf Verneinungen trifft dies zu. Der rote Faden des leicht verständlichen und immer wieder überraschenden Buchs besteht in der Untersuchung des Gegensatzes zwischen Vorstellen und Wahrnehmen.

Emotional: Gefühle im Visier

Gefühle, Emotionen, Affekte, Stimmungen, Empfindungen sind neuerdings ein wichtiges Thema der Philosophie, Biologie und Psychologie. Eine kurze Einführung hat die Philosophin Eva-Maria Engelen von der Berlin-Brandenburgischen Akademie der Wissenschaften und der Universität Konstanz vorgelegt. Sie diskutiert die verschiedenen Definitionen und biopsychologischen Kriterien (Bewertung, Erfahrung, Ausdruck, kurze Dauer, Wechsel, Motivation) sowie philosophisch bestimmbare Eigenschaften (Intentionalität, Wirkung, Unmittelbarkeit), das Verhältnis zur Rationalität, die bekanntesten Theorien der Gefühle, den Zusammenhang mit Bewusstsein und Selbstbewusstsein sowie mit Werten und Gesetzen.

Speziell die **»Philosophie der Gefühle«** haben die unter anderem in Berlin lehrenden Philosophen Christoph Demmerling und Hilge Landweer im Blick. Originell ist, dass sie sich nach einem Überblick über die wichtigsten Definitionen und theoretischen Ansätze sowie Probleme und Perspektiven die häufigsten Gefühle im Einzelnen vornehmen – von Achtung bis Zorn. Ausgehend von der Alltagserfahrung werden die gemeinsamen Merkmale und die spezifischen Unterschiede der einzelnen Gefühle herausgearbeitet und in philosophiegeschichtlicher und zeitgenössischer Hinsicht analysiert. Dabei steht die Phänomenologie der Gefühle im Vordergrund

(Gehalt und Gestalt), aber die leibliche Erfahrung sowie psychologische, psychiatrische und neurobiologische Aspekte bleiben nicht ausgespart. Manche Gefühle wie Angst und Furcht, Neid und Eifersucht oder Traurigkeit und Melancholie werden zusammen behandelt. Viele Beispiele aus der Literatur und aus Biographien illustrieren die verschiedenen Thesen und Themen. Die Fülle des Materials ist beeindruckend. Wer sich eingehender mit dem emotionalen Erleben beschäftigen will oder auch nur seine eigenen Bewusstseinszustände differenzierter reflektieren möchte, sollte auf dieses Buch nicht verzichten.

Auch Monika Schwarz-Friesel, die an der Universität Jena über kognitive Linguistik und Semantik forscht und lehrt, hat die Gefühle im Blick. Ihr Buch ist aber spezieller und umfangreicher zugleich. Es untersucht das Verhältnis von **»Sprache und Emotion«**. Die Möglichkeiten, unserer Gefühlswelt Ausdruck zu verleihen, sind sehr vielfältig. Das wird am Beispiel einiger Fallstudien aufgezeigt, die textuelle Manifestationen zentraler Gefühle wie Angst, Trauer, Liebe, Verzweiflung und Hass erörtern. Es geht auch um die Sprache in Nachrichten, Werbung und Propaganda, von Tabuisierung und emotionaler Abwehr in der Alltagskommunikation, um die Versuche, Unfassbares in Worte zu fassen (Beispiel Holocaust), und um die Sprache als Waffe (Beispiel Antisemitismus). Die Analysen zeigen erneut, dass Kognition letztlich nicht ohne Emotion verständlich ist. Das gut geschriebene Buch macht anhand vieler Beispiele deutlich, wie wir reden und wer wir dabei sind.

Fünf **»Phasen der Leidenschaft«** beziehungsweise langfristigen Partnerschaftsentwicklung unterscheidet der Frankfurter Psychotherapeut Detlef Klöckner, die er als zwangsläufig ansieht: Verzauberung,

Ozeanien (intensivste Begegnung), Einschlüsse und Ausschlüsse (Partnerschaft und Alltag beginnen über der erotischen Liebe zu stehen), intime Dialoge (Gewohnheiten und freundschaftliche Gespräche) und fürsorgliches Finale (im Alter). Der Autor versteht sein Buch als »Plädoyer für die Leidenschaft und damit auch als eine Verteidigung der Paarbeziehung«, aber man kann es ebenso als Versuch einer spezifischen Anthropologie lesen. Freilich sind die Thesen weniger durch wissenschaftliche Studien abgestützt als durch Fallbeispiele und literarische Exempel illustriert und zielen auch mehr auf Praxis als auf Erkenntnis. Doch bekanntlich hängt das eine mit dem anderen zusammen. Die Phasen sind auch kein Naturgesetz, überschneiden sich und sollten nicht über individuelle Unterschiede hinwegtäuschen – trotzdem ist eine pointierte Vereinfachung durchaus nützlich, um wesentliche Aspekte des zwischenmenschlichen Zusammenlebens nicht aus dem Blick zu verlieren.

Auch Jean-Claude Kaufmann, Soziologe am Centre National de la Recherche Scientifique der Universität Paris-Sorbonne, hat Freud und Leid der Paarbeziehungen analysiert – vor allem die alltäglichen Ärgernisse und wie man damit umgeht (oder besser auch nicht): **»Was sich liebt, das nervt sich«**. Mit E-Mail-Interviews untersuchte er die Ursachen und den Einfluss des sozialen Umfelds. Durch das Streben nach Gleichberechtigung und Selbstverwirklichung hat das Ärgerpotenzial in den letzten Jahrzehnten zugenommen. Andererseits gibt es auch geschlechtsspezifische Konstanten, und Kaufmann beschreibt die verschiedenen »Kriegslisten und Liebestaktiken« anhand vieler Beispiele. Vor zu vielen Verallgemeinerungen sollte man sich jedoch hüten.

Bewusst zum Ersten: Grenzen

Der »**Wissenschaft an den Grenzen des Verstandes**«, Psychopathologie inklusive, widmen sich 18 kurze, aber inhaltsreiche Essays in einem von dem Psychologen und Philosophen Martin Dresler herausgegebenen Sammelband. Dabei geht es um die Grenzen des Wissens, um Quantenphysik, das »Gesellschaftsleben von Bakterien«, die Lebensentstehung, außergewöhnliche Gedächtnisleistungen und falsche Erinnerungen, Epilepsie, Genie und Wahnsinn, Pseudowissenschaften (und ihren Nutzen), Phantomempfindungen, Schlaf und Traum (der Herausgeber ist Schlafforscher), Gefühle und Grenzthemen wie Schamanismus, Meditation und Parapsychologie. Man kann sich eigentlich niemand denken, der nicht wenigstens an einem Teil des bunten, aber miteinander verknüpften Themenstraußes interessiert ist – ein Lesevergnügen.

Gleiches lässt sich über den ebenfalls von Dresler zusammen mit der Psychologin Tanja Gabriele Klein herausgegeben Band »**Jenseits des Verstandes**« sagen. Er ist weniger naturwissenschaftlich orientiert, sondern nähert sich derselben Thematik aus gesellschaftlicher, ökonomischer, kultureller, spiritueller und alltagspraktischer Perspektive, aber auch aus philosophischer und psychologischer. Die 21 Beiträge handeln unter anderem von Denkfallen (»Klug irren will gelernt sein«), Rationalität und Irrationalität, Menschenbildern, Machtwillen, Emotionen, Katastrophen, der faszinierenden Idee eines Grundeinkommens für alle, von Humor, Improvisationstheater, Buddhismus, Yoga, Verschwörungstheorien und Gedankenlesen. Den Band muss man, wie manche der aufgelisteten Themen schon vermuten lassen, kritischer lesen als den ersten. So ist beispielsweise nicht nachvollziehbar, wie ein Sammelsurium alltäglicher Binsenweisheiten in Verbindung mit der Pseudowissenschaft des »Neurolinguistischen Programmierens« den knappen Platz (und die Zeit der Leser) verschwenden darf.

»**Von Sinnen**« und somit jenseits des Verstands sind Menschen immer wieder (gewesen) – und das nicht selten mit Vergnügen oder zumindest einer Hoffnung auf Entlastung, umgekehrt aber auch als teils lebensprägendes Widerfahrnis. »Traum und Trance, Rausch und Rage aus Sicht der Hirnforschung«, aber auch Psychologie und Kulturgeschichte beschreiben zwölf Beiträge in einem sehr empfehlenswerten Sammelband. Er ist aus einer Konferenz zum gleichen Thema hervorgegangen, die vom Team des »Turms der Sinne«, darunter den Herausgebern Stephan Matthiesen und Rainer Rosenzweig, organisiert wurde – einem besuchenswerten, interaktiven Museum zu Wahrnehmung und Kognition in Nürnberg (http://www.turmdersinne.de). Die sämtlich lesenswerten Essays handeln von der neuropsychologischen Erforschung religiöser Erlebnisse und (vermeintlicher) außersinnlicher Wahrnehmungen, mystisch-ekstatischer Erfahrungen und Drogenkonsum, Psychosen, Jenseitsvisionen und Klarträumen. Deutlich wird, wie leicht unser Gehirn aus dem Takt geraten und uns Streiche spielen kann. Dass manche die Hirngespinste als eine Art Hotline zum Himmel interpretieren, ist freilich ein anderes Thema.

Bewusst zum Zweiten: Grundlagen

»**Bewusst oder unbewusst?**« ist ein etwas sperriger Titel für ein Buch – oder doch nicht? Jedenfalls lässt sich die Frage so nicht beantworten. Doch Hans Georg Schuster, Professor für Theoretische Physik an der Universität Kiel, ergeht sich nicht in Fragen, sondern versucht das Phänomen des Bewusstseins aus naturwissenschaftlicher Sicht zu erfassen, ohne philosophische Aspekte auszublenden. Dabei geht es auch um verwandte Gebiete wie Selbsterkennen, Empathie, Sprache und Willensfreiheit.

Als besonders fruchtbar für das Studium des Geistes hat sich die Interaktion von philosophisch-informierter Psychologie und psychologisch-informierter Philosophie herausgestellt. Massimo Marraffa, Mario De Caro und Francesco Ferretti, Philosophen an der Universität Rom, haben solche »**Cartographies of the Mind**« in einem voluminösen Sammelband gebündelt: In 23 hochkarätigen Essays reflektieren Psychologen und Philosophen über den Zusammenhang von Person, Bewusstsein und Gehirn, über computationale und mechanistische Erklärungen des Geistes sowie die Probleme solcher Erklärungen. Dabei werden alle wesentlichen Phänomene ins Visier genommen: Wahrnehmung, Synästhesie, Gedächtnis, Emotionen, Begriffe, logisches Schließen, Sprache und Handeln. Das Unbewusste, das Problem des Bewusstseins, die Formen des Selbst- und Ich-Bewusstseins sowie die sozialen Bezüge werden ausführlich dargestellt. Die Autoren geben nicht nur aktuelle Ein- und Überblicke, sondern berichten auch von neuen Forschungsergebnissen und Argumenten. Noch gibt es keine einheitliche Theorie des Bewusstseins – und vielleicht kann es gar keine geben –, aber als Wegweiser und -begleiter durch das unübersichtliche Gelände ist das Buch bestens geeignet.

Vom vertrackten Problem des Bewusstseins handelt auch der von den finnischen Philosophen Sara Heinämaa, Vili Lähteenmäki und Pauliina Remes herausgegebene Sammelband »**Consciousness**«. Er ordnet die moderne Diskussion in den historischen Kontext ein – von der griechisch-römischen und arabischen Antike über das europäische Mittelalter bis in die frühe Neuzeit, bringt aber auch neuere Beiträge zur Gegenwart. Das ermöglicht ein tieferes Verständnis der Entstehungsgeschichte der heutigen Probleme und der vielen verschiedenen Möglichkeiten, es zu formulieren und zu lösen versuchen. Dabei zeigt sich einmal mehr, dass Bewusstsein kein isolierter Gegenstand der Philosophie des Geistes ist, sondern sich eng mit vielen weiteren ontologischen, epistemologischen und ethischen Fragen verbindet. Bewusstsein selbst wurde erst relativ spät in der philosophischen Tradition problematisiert, aber einige zentrale Merkmale wie Reflexivität, Subjektivität und Intentionalität (Gehalt) stießen schon früh auf Beachtung, ebenso Selbstheit, Wahrnehmung, Aufmerksamkeit und Verkörperung. Die 15 Autoren aus Nordeuropa und England betreiben weit mehr als Begriffsgeschichte oder eine Erörterung von Definitionen. Ihre Überzeugung: »Philosophische Genauigkeit muss mit empirischen und experimentellen Einsichten kombiniert werden.« Zur Genauigkeit gehört aber auch ein historisches Bewusstsein vom Bewusstsein. Das Buch bietet sowohl eine exzellente Einführung in diese Aspekte als auch viele Vertiefungen für den fachkundigen Leser.

Eine exzellente, rein philosophische Einführung in »**Das Leib-Seele-Problem**« gibt der von dem Mainzer Philosophen Thomas Metzinger herausgegebene Band 2 seines »Grundkurs Philosophie des Geistes«. Als didaktisch hervorragende Studienbände konzipiert, bietet die Reihe nicht nur Philosophie-, Neuro- und Kognitionswissenschaft-Absolventen eine Mischung von Einführung und wichtiger Originalliteratur (in deutscher Übersetzung). Sondern jeder, der sich mit dem vertrackten Verhältnis von Bewusstsein und Gehirn (oder allgemeiner: Materie) beschäftigt, hat hier sowohl eine niveauvolle Einführung als auch viele Möglichkeiten der Vertiefung – ein Einstieg, der ohne dieses Buch viel mühsamer wäre. Nach einer generellen Einführung vertiefen 15 Module die verschiedenen Aspekte des »Weltknotens«, wie der Philosoph Arthur Schopenhauer das Leib-Seele-Problem einmal nannte, und zwar im Hinblick auf die moderne Diskussion des 20. und 21. Jahrhunderts in der Analytischen Philosophie (andere und ältere Texte findet man nicht). Es werden die wichtigsten Positionen (Interaktionismus, Identitätstheorie, Eliminativismus, Eigenschaftsdualismus, Funktionalismus, Skeptizismus) und deren wichtigste Spielarten vorgestellt, aber auch ihre prominentesten Vertreter in Wort und Bild.

Bewusste Erlebnisweisen (Qualia), etwa Rot-Empfindungen, sind ein Charakteristikum der Subjektivität und als solches eine der Hauptschwierigkeiten des Leib-Seele-Problem. Neue Beiträge zum Qualia-Problem versammelt ein von Michael Pauen, Michael Schütte und Alexander Staudacher herausgegebenes Buch. Die an der Universität Magdeburg tätigen Philosophen haben »**Begriff, Erklärung, Bewusstsein**« ins Zentrum gerückt und untersuchen, »ob der Materialismus (Physikalismus) der intuitiv einleuchtenden Annahme gerecht werden kann, dass eine ganze Reihe von mentalen Zuständen einen phänomenalen oder subjektiven Charakter aufweist«. Eine Möglichkeit, dies zu bejahen, bestünde in einer reduktiven Erklärung – ähnlich wie sich Wasser auf H_2O reduzieren lässt. Andernfalls herrscht, und dafür wurde oft argumentiert, eine Erklärungslücke. Eine andere Möglichkeit, die Ausgangsfrage zu bejahen, besteht nicht in der Lösung, sondern in der Auflösung (also Zurückweisung) der Erklärungslücke. Bewusstsein könnte nämlich, so real es sich »anfühlt«, eine bestimmte kognitive Illusion sein, die auf den Besonderheiten unserer phänomenalen Begriffe basiert, und keine ontologische Kluft bilden. Nach einer exzellenten Einführung und Übersicht folgen acht Beiträge: vier deutscher Philosophen und vier der auf diesem Gebiet bekanntesten internationalen Philosophen erstmals in deutscher Übersetzung. Erwartungsgemäß wird das Problem kontrovers diskutiert und keine Einigung erzielt, sondern es werden Gründe und Gegengründe formuliert – der Leser ist also zum Selberdenken angeregt, wie es gute Philosophie immer tut. Die hochwillkommenen Beiträge bilden eine Speerspitze der aktuellen Diskussion, sind aber zugleich ein guter Zugang dafür, und sie schärfen das Problembewusstsein.

Bewusst zum Dritten: Wollen

Gibt es eine Freiheit auf Basis von Natur? Um diese Frage kreist der von Thomas Buchheim und Torsten Pietrek (Universität München) herausgegebene Band, von denen auch zwei der neun Aufsätze stammen. Die Autoren versuchen diese Fragen auf unterschiedliche Weise zu bejahen: Willensfreiheit und eine physikalische Naturbeschreibung (oder generell naturwissenschaftliche Erkenntnis) schließen sich nicht aus. Aber diese – seit langem umstrittene – These hängt unter anderem davon ab, was unter »Willensfreiheit« und Begriffen wie »Person«, »Kausalität«, »Determinismus«, »Naturgesetze« und »Reduktion« zu verstehen ist. Hier gibt es keinen Konsens, doch die Autoren versuchen deutlich zu machen, unter welchen Voraussetzungen Freiheit und Verantwortlichkeit vorliegen und unter welchen nicht. Dabei geht es nicht nur um grundsätzliche Begrifflichkeiten und ontologische Positionen, sondern auch um den Zusammenhang zwischen Willens(un)freiheit und Schuld, Verantwortung und Strafmündigkeit. Hirnforscher werden teilweise kritisiert und in ihre Schranken verwiesen.

Auch Hans Helmut Kornhuber und Lüder Deecke greifen einige neurophilosophische Thesen an. An der Universität Freiburg hatten sie 1964 mit EEG-Messungen die Bereitschaftspotenziale entdeckt und als Zeichen von aktiven Willensakten erkannt, das heißt einen messbaren Zusammenhang von **»Wille und Gehirn«** gefunden. Diese großräumigen Aktivitäten bestimmter Hirnbereiche wurden seit den 1980er-Jahren mehr und mehr erforscht und in der Diskussion um die Willensfreiheit kräftig ausgeschlachtet, zeigte sich doch, dass die Potenziale bewussten Entschlüssen zum Beispiel bei einfachen Fingerbewegungen vorangehen. Manche sahen darin einen Beweis des Determinismus, andere suchten umgekehrt nach Indizien für einen freien Willen (es gibt »Veto«-Möglichkeiten, die Bewegungen noch zu stoppen). Beides ist übertrieben und verfehlt, wie auch Kornhuber und Deecke kritisieren: »Die Willensbildung hat ... schon vor dem Beginn des ganzen Versuches stattgefunden.« Sie kritisieren den »Totaldeterminismus« mancher zeitgenössischer Hirnforscher wie Gerhard Roth und Wolf Singer und die Verwendung eines »naturfremden Freiheitsbegriffs«: »Freiheit ist natürlich, partiell, relativ. Für sie müssen und können wir etwas tun, unter anderem durch eigene Anstrengungen und Lernen. ... Willensfreiheit ist nicht gegen die Natur, sondern erworbene Fähigkeit vernünftiger Selbstführung.« Dafür ist freilich durchaus das menschliche Gehirn verantwortlich, insbesondere das Stirnhirn, und die Autoren diskutieren dies auch im Hinblick auf die Evolutionsgeschichte des Menschen und die gesellschaftlichen Konsequenzen. Andererseits bleibt eine gewisse Begriffsverwirrung, denn die philosophischen Probleme der Willensfreiheit sind nicht gelöst und es gibt durchaus Argumente dagegen (selbst wenn ein »Totaldeterminismus« aufgrund absoluter Zufälle nicht der Fall wäre – aber Zufälle machen nicht frei). Vorsicht also vor allzu unkritischer Lektüre! Wenn die Bereitschaftspotenziale letztlich zur Lösung des philosophischen Problems wenig beitragen können, so begann mit ihrer Entdeckung doch nach rund 20-jähriger völliger Abwesenheit die neuropsychologische Erforschung menschlicher Willensprozesse wieder, und die Zahl der Veröffentlichung dazu hat seither stetig zugenommen.

Dem Thema Willensfreiheit widmet sich auch der im vorgenannten Buch gescholtene Bremer Neurobiologe Gerhard Roth – bei weitem nicht seine erste Veröffentlichung zum Thema. Trotz einiger Redundanz sind aber auch gewisse Modifikationen (Klärungen und Rücknahmen) früherer Thesen festzustellen. Doch sein neues Buch hat einen viel breiteren Kontext und Fokus. Sein Untertitel verspricht eine Antwort auf die Frage »warum es so schwierig ist, sich und andere zu ändern.« Bei dieser aktuellen Bestandsaufnahme der Erforschung von »**Persönlichkeit, Entscheidung und Verhalten**« werden viele Einsichten über den Gehirnaufbau, das Bewusstsein, die Ökonomie und Psychologie der Entscheidungsprozesse, über das Wechselspiel von Verstand und Gefühlen und eben über Willenshandlungen, Motivation, Einsicht und Verstehen erörtert. Ein informatives Buch – besonders für Leser, deren naturwissenschaftliche Kenntnisse noch erweiterungsbedürftig sind.

»**Der Wille, die Neurobiologie und die Psychotherapie**« sind auch die Themen der von Hilarion G. Petzold und Johanna Sieper von der Europäischen Akademie für psychosoziale Gesundheit und Kreativitätsförderung herausgegebenen Aufsätze. Die kreisen um die Theorie, Methoden und Praxis einer Psychotherapie des Willens, zum Beispiel um Zwangsstörungen und Suchterkrankungen. Diese wichtigen Themen zeigen, dass der Streit um den Determinismus angesichts solcher kognitiven Beeinträchtigungen doch recht elfenbeinturmhaft ist und die Bedrohung für die menschliche Freiheit eben gar nicht von philosophischen Argumenten gegen den Libertarismus ausgeht, wie das viele befürchten. Mehr noch: Psychiatrische Willensstörungen machen deutlich, wie sehr ein »gesundes« Denken, Fühlen und Verhalten vom Gehirn abhängt. Nicht gegen die Großhirnrinde und ihre vor-, unter- oder nachgeordneten Strukturen, sondern mit ihr und durch sie vollzieht sich Freiheit – vorausgesetzt, die sozialen und ökologischen Randbedingungen spielen mit. Wie schon der Philosoph John Locke betonte: Entscheidend ist nicht, ob der Wille frei ist, sondern ob der Mensch es ist.

Persönlich: Individualität und Identität

Ein Knotenpunkt klassischer philosophischer Grundfragen – der Leib-Seele-, Willensfreiheit-, Selbstbewusstsein- und Ethikbegründungs-Probleme – bildet der Status der »**Person**«. Das ist nicht nur ein ontologisches, sondern auch ein ethisches Hauptthema der Philosophie, hat dies doch wesentliche praktische Konsequenzen, einschließlich juristischer. Entsprechend werden Personen deskriptiv wie präskriptiv (normativ) beschrieben. Sind alle Menschen Personen? Oder alle Lebewesen (oder sogar künftige Roboter?), die über bestimmte Eigenschaften wie Rationalität, Autonomie, Ich-Bewusstsein und autobiographisches Wissen verfügen? Und worin besteht die Identität einer Person über die Zeit hinweg (eine notwendige Bedingung für die Zuschreibung von Verantwortlichkeit?).

Über diese Fragen, vor allem die zur personalen Identität, denkt Michael Quante von der Universität Köln schon lange nach. Sein neuestes – und in deutscher Sprache momentan wohl das beste – Buch zum Thema ist daher eine profunde und reiflich reflektierte Darstellung, die aber auch zeigt, wie viele Fragen noch ungelöst sind.

»**Das Rätsel Ich**« – und vieles mehr aus Neurobiologie, -psychologie und -philosophie – behandeln auch die renommierten Neurowissenschaftler in dem Buch, das der Wissenschaftsjournalist Andreas Sentker und der Wissenschaftslektor Frank Wigger herausgegeben haben (einige der Kapitel sind Nachdrucke aus älteren Büchern, andere Beiträge wurden schon in der ZEIT gedruckt). Auf einer Seitenspalte werden viele Begriffserläuterungen und kleine Exkurse gebracht, Porträts berühmter Forscher und ein paar bekannte und weniger bekannte Zitate. Zum Beispiel: »Wer immer die Wahrheit sagt, kann sich ein schlechtes Gedächtnis leisten.« (Theodor Heuss)

Besondere Personen sind Wunderkinder. Zu allen Zeiten gab es sie, und einige wurden später zu großen Wissenschaftlern. 25 »**Kleine Genies**« haben Heinrich Zankl, Professor für Humanbiologie an der Universität Kaiserslautern, und die Biologin und Wissenschaftsjournalistin Katja Betz porträtiert. Beginnend mit Thomas Hobbes und Gottfried Wilhelm Leibniz bis zu Annemarie Schimmel in der Philosophie und Philologie, von Blaise Pascal und Leonhard Euler bis John von Neumann in der Mathematik, und in den Naturwissenschaften von Laura Maria Catarina Bassi (wer kennt sie?) bis Michael Kevin Kearney, Amerikas jüngstem Hochschullehrer, werden die Biographien und Leistungen der 25 Persönlichkeiten kurz skizziert. Carl Friedrich Gauß soll schon als Zweijähriger seinen Vater auf Rechenfehler aufmerksam gemacht haben; und Murray Gell-Mann hat sich als Siebenjähriger die Differential- und Integralrechung beigebracht und begann mit vierzehn Jahren an der Yale University zu studieren. Solche Wunderkinder sorgten häufig auch als Erwachsene für bahnbrechende Erkenntnisse – Gauß etwa erzielte viele Fortschritte in der Mathematik (unter anderem bei der Entwicklung der nichteuklidischen Geometrie), erfand das Magnetometer und baute die erste Telegraphenverbindung der Welt; und Gell-Mann trug maßgeblich zum Quark-Modell der Materie bei, wofür er 1969 den Physik-Nobelpreis erhielt. Die unterhaltsam geschriebenen Porträts sind durchweg lesenswert und lehrreich und zeigen, wie viel wir den Hochbegabten verdanken – und wie schwer sie es trotzdem oft haben im Leben. Hochbegabte sind übrigens nicht so selten, wie manche glauben: Setzt man einen Intelligenzquotienten von 140 an, gehören etwa zwei Prozent der Bevölkerung dazu, bei einem IQ von 130 doppelt so viele. Das Buch gibt erstaunliche Einblicke über erstaunliche Menschen und ihre erstaunlichen Leistungen – einziger Nachteil: Man wird vielleicht etwas neidisch ...

Ich-Bewusstsein und -Identität hat freilich nicht nur eine philosophische, neuropsychologische und soziale Dimension, sondern ist auch narrativ verfasst: Personen konstituieren sich über ihre Geschichte. Oder über Geschichten, denn objektive, umfassende Erinnerungen sind eine Fiktion. Daher spielen auch andere Fiktionen eine Rolle, nämlich literarische. Und diese unterliegen ebenfalls einem historischen Wandel. Der Romanist Heinz Thoma von der Universität Halle-Wittenberg beschreibt ihn in »**Von der Entdeckung des Ich zur ›Amputation des Individuums‹**« exemplarisch an literarischen und philosophischen Meilensteinen – den Subjektpositionen und -konstruktionen hauptsächlich in Werken von Michel Montaigne, Denis Diderot, Jacques Rousseau, Henri Bergson, Luigi Pirandello, Italo Svevo, Albert Camus, im Nouveau Roman und in Romanen der Postmoderne. Literatur zeigt sich hier unter anderem »als ein Modus der Antizipation wissenschaftlicher Erkenntnis«. Der schmale Band bietet eine Fülle von Beispielen und Anregungen.

Im Zeitraum begrenzter, in den Analysen detaillierter, spürt auch Silvio Vietta von der Universität Hildesheim der Subjektthematik in der Literatur nach. Den Roman deutet der Literaturwissenschaftler als »innere Geschichte« von Menschen, als »Ich- und Seelengeschichte«, die von der »Selbstfindung des Ich« handelt. Doch diese ist kultur- und zeitabhängig und wird besonders in Epochenumbrüchen problematisch. »**Der europäische Roman der Moderne**« mit ihrem Mentalitätswandel, ihrer Gebrochenheit und Zerrissenheit ist hierbei – nicht nur aus künstlerischer Sicht – vielleicht die markanteste Erscheinung. Eingebettet in soziokulturelle und erzähltheoretische Kontexte erläutert Vietta dies an den Hauptwerken von Gustave Flaubert, Marcel Proust, Rainer Maria Rilke, Franz Kafka,

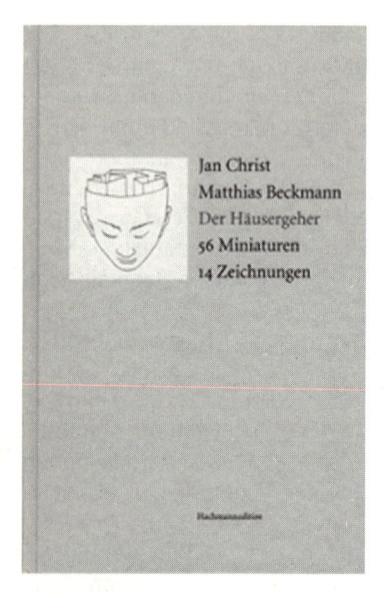

Robert Musil und Alfred Döblin (unbedingt mit aufgegriffen hätte freilich noch werden sollen »Ulysses« von James Joyce). Dank ausführlicher Zusammenfassungen, Zitate und Autorenporträts werden übrigens auch Leser fasziniert sein, die die Romane noch nicht kennen. Bei den Analysen wird deutlich, dass »eine Umpolung der Ästhetik auf den Begriff der Subjektivität hin« stattgefunden hat, die den Leser zu einem »aktiven Faktor des Textes« macht. Insofern erfordert der moderne Roman ein anderes Lesen als seine Vorgänger und führt zu einer neuen Art der Horizonterweiterung. Auf diese Weise entwickelt die Beschäftigung mit Fiktionalem einen eigenen Realitätscharakter und -effekt. Das »amputierte Individuum« in der Moderne kann sich damit auch (wieder oder weiter) vervollständigen.

Eine Art Philosophie in Bewegung und die Suche nach einer persönlichen Entwicklung und Vervollständigung (»Allein das Finden sei die Kunst, der Fundort aber sei zu verlassen.«) haben der Schriftsteller Jan Christ und der Zeichner Matthias Beckmann in 56 Miniaturen (Kurztexten von maximal einer Seite) und 14 Zeichnungen charakterisiert. **»Der Häusergeher«** ist eine fiktive (durchaus autobiographisch beeinflusste) Figur, die sich immer wieder unter Menschen mischt, ohne wirklich dort ankommen zu können und zu dürfen – ein Flaneur aus Neigung und Schicksal, der sich weder »anpassen« kann noch will, weil das hieße, sich zu verlieren. Dabei »hat« er sich gar nicht. Die aphoristisch äußerst zugespitzen Betrachtungen, stilistisch brillant, kann man auch als philosophische Illustrationen lesen, so wie wiederum Beckmanns einfach erscheinende und gerade deswegen raffiniert-geniale Zeichnungen Illustrationen der Miniaturen sind und zugleich völlig eigenständig im Labyrinth des Lebens. Auch die Kunst des Weglassens erweist sich hier als originell: Stühle ohne Beine, Männer ohne Köpfe, Aufwärtssteigen zwischen Hochhäusern ohne Treppen – individuelle Amputationen, die nicht individuell bleiben. »Ein Anderer zu sein« erinnert an die Ich-Leugnung und -Transformation von Arthur Rimbaud. »Aussichtslosigkeit vermehre die Aussichten«, heißt es. Und: »Die Nähe zu haben derer, die keine zu ihm hätten, vertraue er sich ihren Häusern an, wo er die nächste Gelegenheit suche, sich zu spiegeln, denn erst sein Spiegelbild in aussichtsloser Lage versöhne ihn mit dem Schicksal – keiner zu sein.«

Evolutionär: Darwin und die Folgen

»Nichts in der Biologie macht Sinn, außer man betrachtet es im Licht der Evolution«, wird der Naturforscher und Genetiker Theodosius Dobzhansky gern zitiert. Diese gleichermaßen provokante wie pointierte Formulierung mag begründen, warum **»Darwinisch denken«** so wichtig ist. Volker Sommer, Professor für Evolutionäre Anthropologie am University College London, beschreibt darin die faszinierenden Horizonte der Evolutionsbiologie – zum Beispiel Traditionspflege bei Tieren, das Töten von Artgenossen, Altruismus und Egoismus bei Affen sowie biologische und philosophische Aspekte zum Rassismus und Artbegriff und zu Leiden und Sterblichkeit. Es geht um die Fragen, ob Tiere eine rudimentäre Form von Kultur haben (ja, das ist bei manchen Arten der Fall!), ob und wie sie das Geschlecht ihrer Nachkommen beeinflussen können und wie sie auf soziale und ökologische Herausforderungen flexibel reagieren. Sommer fällt nicht auf naturalistische Fehlschlüsse herein (aus dem »Sein« folgt kein »Sollen«!), aber er zeigt durchaus, inwiefern naturwissenschaftliche Erkenntnisse für ethische Fragestellungen relevant sind. Und das gilt nicht nur für unser eigenes zwischen- und unmenschliches Verhalten, sondern auch das gegenüber unseren planetaren Mitbewohnern. Sommer: »In dem Maße, wie wir hinzulernen über das evolutions-historische Gewordensein der Spezies Mensch, werden wir unsere nähere oder fernere Verwandtschaft mit anderen Lebewesen nicht nur besser begreifen lernen. Vielleicht, hoffentlich, werden wir sie auch so zu schätzen lernen, dass wir den täglichen Verlust biologischer und kultureller Vielfalt nicht klaglos hinnehmen wollen.«

Diese Aspekte konkretisiert Volker Sommer in einem zweiten Buch, das sich stellenweise wie ein Abenteuerroman liest. Er berichtet von seinen Erlebnissen und Forschungen im **»Schimpansenland«** – im entlegenen Gashaka-Wald von Nigeria, wo die erst kürzlich entdeckte vierte Unterart unserer nächsten Verwandten von Wilderern und Waldvernichtern gefährdet ist. Sommer kämpft für den Erhalt dieser Tiere, die nicht selten im Kochtopf enden, und ihres Lebensraums. Und er berichtet von den Forschungen, die auch ein Licht auf uns selbst werfen. Hochinteressant ist beispielsweise der Vergleich der Sozialstrukturen von Schimpansen und Bonobos (Zwergschimpansen). Erstere leben eher patriarchalisch, zweitere matriarchalisch (aufgrund von Bündnissen unter den Weibchen). Das hat unter anderem ökologische Gründe – die Ernährungssituation der Bonobos ist besser. Sommer berichtet in Ich-Form und seine Leser erfahren aus erster Hand von den Lebensverhältnissen der Menschenaffen in Nigeria – und der Menschen. Einziger Kritikpunkt: Etwas mehr als 14 Farbfotos hätten es schon sein können.

Von der »Evolutionsbiologie« handeln auch die Beiträge in dem von Ulrich Kutschera (Universität Kassel) herausgegebenen Sammelband. Aber eher indirekt, geht es doch vielmehr um die Gegner der Evolutionstheorie. Der Kreationismus in Deutschland ist zwar nicht so weit verbreitet wie in den USA und teilweise auch weniger radikal und ideologisiert – aber das könnte sich ändern, und die Zahl der Kreationisten scheint zu wachsen. Das Buch wird keinen von ihnen überzeugen und wohl auch nicht von deren Sympathisanten wahrgenommen werden, aber das macht es nicht überflüssig. Im Gegenteil: Die zehn Beiträge, verfasst von Mitgliedern der Arbeitsgemeinschaft Evolutionsbiologie im Verband deutscher Biologen, sind hochinteressante historische Erörterungen (über die Entstehung und Rezeption des Darwinismus, Unterschiede und Gemeinsamkeiten mit der Leugnung der Relativitätstheorie), wissenschaftstheoretische Betrachtungen (warum der Kreationismus eine Pseudowissenschaft ist, wie die Kreationisten die Fakten wahrnehmen und wiedergeben), philosophische Reflexionen (zum Naturalismus und dem teleologischen Gottesbeweis) sowie Diskussionen aktueller Anwürfe (etwa Kardinal Christoph Schönborns Intelligent-Design-Kampagne und die Position der Katholischen Kirche). Die Bedeutung der Evolutionstheorie weit über die Biologie hinaus wird in diesem Buch einmal mehr offenkundig.

Anthropologisch: Entwicklung und Stellung des Menschen

»Heit haww i de Adam gfunne!«, machte der Sandgrubenarbeiter Daniel Hartmann am 21. Oktober 1907 seine Entdeckung eines fossilen menschlichen Unterkiefers in einer Neckarschleife in Mauer bei Heidelberg bekannt – nicht ahnend, dass er das 600.000 Jahre alte Relikt des ältesten bekannten europäischen Frühmenschen in seinen Händen hielt. Bis heute hat der **»Homo heidelbergensis«**, eine Übergangsform vom Homo erectus zum Neandertaler und dem anatomisch modernen Menschen, nichts von seiner Faszination verloren. Zum 100. Jahrestag der Entdeckung haben Günther

A. Wagner, Geologie-Professor an der Universität Heidelberg, und seine Kollegen – alles renommierte Fachleute in den Bereichen Archäologie, Anthropologie, Biologie, Geowissenschaften, Paläontologie und sogar der Sportwissenschaft – einen profunden und facettenreichen Jubiläumsband herausgebracht, der den aktuellen Forschungsstand allgemeinverständlich darstellt. Zunächst wird die Geschichte des Fundes und seine Rezeption beschrieben. Aber darauf beschränkt sich das Buch nicht. Ausführlich wird die Umwelt jener Zeit dargestellt, soweit sie sich rekonstruieren lässt (Klima, Geologie, Fauna und Flora). Dann wird der Fund in die Evolutionsgeschichte des Menschen eingeordnet, wobei auch methodische Aspekte (Altersbestimmung, DNA-Analysen) zur Sprache kommen. Schließlich geht es um die Kultur des Alt- und Mittelpaläolithikums in Europa, um die Steinwerkzeuge (die teils auch in Mauer entdeckt wurden), um eine »Kulturgeschichte des Werfens« und die Ernährungssituation. Das sehr lesenswerte Buch handelt also nicht nur von irgendeinem alten Knochen – sondern vom ersten Nachweis des langen Aufenthalts der Menschen in Europa.

Eher als Nebenfigur tritt Homo heidelbergensis freilich in Erscheinung, wenn man die gesamte Geschichte der Menschwerdung überblickt. Das von den Anthropologen Winfried Henke (Universität Mainz) und Ian Tatersall (American Museum of Natural History, New York) herausgegebene dreibändige **»Handbook of Paleoanthropology«** ist das gegenwärtig ultimative Standardwerk über die Evolution des Menschen. In 67 von ausgewiesenen Spezialisten verfassten Kapiteln wird ein Panoptikum der Forschung ausgebreitet, das in der Fülle einen Leser auf den ersten Blick zu erschlagen droht, aber aufgrund der guten Strukturierung und Didaktik sowie der weitgehenden Autonomie der einzelnen Kapitel eine außergewöhnlich gute Informationsquelle darstellt. Band 1 handelt von den Prinzipien, Methoden und Ansätzen der Paläoanthropologie – eines der inter- und transdisziplinärsten Forschungsgebiete überhaupt. Band 2 beschreibt die Entwicklungsgeschichte der Primaten (besonders auch die Biologie der Menschenaffen) und den Ursprung der Menschen, Band 3 die zeitliche Fortsetzung: die Evolution der Vor- und Frühmenschen bis zum Jetztmenschen. Dabei geht es keineswegs nur um Knochen, Zähne und Stammbäume, sondern auch um Ökologie, Verhalten, Kognition und kulturelle Artefakte. Zahlreiche Tabellen, Grafiken und Fotos veranschaulichen die komplexen Sachverhalte. Man kann die Autoren und den Verlag nicht hoch genug loben, so ein umfassendes Projekt realisiert zu haben. Aber das ist angemessen: Ein Meilenstein in der Publikationsgeschichte zu vielen Meilensteinen in der Naturgeschichte.

Mit dem sehr missverständlichen und selbst als Metapher irreführenden Untertitel »Ein neues Drehbuch der Evolution« (auch eine Kapitelüberschrift) wendet sich Wolfgang Wieser der Entwicklungsgeschichte des Menschen zu. Der emeritierte Zoologie-Professor stellt ganz richtig fest, dass beide Aspekte, **»Gehirn und Genom«**, notwendig sind, um die Menschwerdung zu erklären. Eine Engführung auf genetische Aspekte greift zu kurz, weil der Mensch als Kulturwesen seine Biologie zwar nicht ignorieren, aber auf eine gewisse Weise transzendieren kann: Lernen, die generationsübergreifende Weitergabe von Wissen und Fertigkeiten (Traditionsbildung) und die neuen »Freiheitsgrade« ermöglichen ein viel komplexeres und flexibleres Verhalten, als die Gene allein gewährleisten können (obwohl sie stets den Rahmen abstecken). Ausführlich geht Wieser auch darauf ein, was Darwin und seine Nachfolger zu wenig berücksichtigt hatten beziehungsweise noch nicht wissen konnten, aber seine Kritik am vermeintlichen Reduktionismus des Darwinismus und der »egoistischen Gene« sind doch etwas plakativ und suggerieren Schwachstellen, die die Evolutionstheorie gar nicht hat; doch vielleicht ist das eher in den Bereich »Marketing« zu rücken.

»Was ist den Menschen gemeinsam?«, fragt Christoph Antweiler und gibt eine Fülle von Antworten. Der Ethnologie-Professor an der Universität Trier hat ein äußerst profundes und wichtiges Buch über die menschliche Kultur und Kulturen und ihre Universalien geschrieben – ein Buch, das zeigt, wie sehr bei allen Unterschieden die Menschen doch miteinander verbunden sind (und wie aberwitzig es deshalb ist, sich gegenseitig totzuschlagen). Solche Universalien wurden sowohl seit langem gesucht als auch stets kontrovers diskutiert, und Antweiler referiert ausführlich die Geschichte und die schwierige methodologische Lage dieser Thematik. Obwohl das Buch strengen wissenschaftlichen Ansprüchen genügen soll, ist es auch für den Laien mühelos lesbar und interessant. »Es existiert eine enorme Vielfalt zwischen und innerhalb der Kulturen der Menschen, aber es gibt dennoch viele Phänomene, die in allen Gesellschaften regelmäßig vorkommen«, fasst Antweiler zusammen – und diskutiert hier insbesondere Gemeinsamkeiten in Weltbildern, dem Geschichtenerzählen, in Riten und Religionen, in biologischem Wissen, Sexualität und familiärer Sozialisation, Ethnozentrismus und Territorialität, Egoismus, Vetternwirtschaft und ökonomischer Rationalität, in bestimmten Normen und Konfliktregelungsversuchen, im Gefühlsausdruck, in Kunst und in den Sprachen. »Diese Universalien sind teilweise in der Biologie des Menschen begründet, teils haben sie aber auch andere, soziale, kulturelle und systemische Ursachen. Wir brauchen Kenntnisse über Universalien für eine empirisch fundierte Humanwissenschaft und dieses Wissen ist auch praktisch relevant für realistische Lösungen menschlichen Zusammenlebens.«

Vor dem Hintergrund von Evolution, Hirnforschung, Kognitionspsychologie und überhaupt des wissenschaftlichen Weltbilds stellt sich die – auch philosophische – Frage nach dem Standort des Menschen. Anthropologie ist ja nicht nur eine Wissenschaft von Knochen und Zähnen. **»Die Sonderstellung des Menschen«** diskutiert Kurt Wuchterl, der an der Universität Stuttgart Philosophie gelehrt hat, im Hinblick auf neue Argumente im Zeitalter der Hirnforschung. Die drei Hauptthemen kreisen dabei um die Freiheit (»Illusion oder archimedischer Angelpunkt?«), den menschlichen Geist (»Evolutionsprodukt in einer materiellen Welt oder autonomes Prinzip?«) und Gott (»Projektion menschlicher Phantasie oder Urgrund des Seins?«). Die Souveränität in Kenntnis und Schreibstil des Autors gewährleistet, dass diese drei riesigen Themen auf dem knappen Raum des Taschenbuchs in ihrer Komplexität angemessen und dennoch gut verständlich behandelt werden – Experten wie Laien dürften es mit großem Gewinn lesen. Eine Besonderheit ist das didaktische Prinzip des Buchs, die Themen dialogisch anzugehen: als eine Art fiktives und gleichberechtigtes Gespräch (gegen- wie miteinander) zwischen einem der Wissenschaft nahestehenden Naturalisten und einem eher »traditionell« argumentierenden Skeptiker. Aber die Rollenverteilung ist nicht starr und Wuchterl versucht beide Positionen und ihre jeweiligen Argumente stark zu machen (auch wenn immer wieder durchklingt, dass er den Naturalismus für zu einseitig hält und in letzter Konsequenz nicht teilt). Im Text ist die Dialogstruktur schon auf den ersten Blick sichtbar, weil die Passagen des Antinaturalisten durchweg grau hinterlegt sind. Sehr eingängig ist es auch, dass wichtige Begriffe, Definitionen und Thesen in kleinen Kästen hervorgehoben werden, was – wie ein paar Schaubilder – die durchaus komplizierten Sachverhalte gut übersichtlich macht. Dem kleinen, aber großartigen Buch ist eine weite Verbreitung zu wünschen, weil es nicht nur von Philosophie handelt, sondern diese auch als Prozess der Erkenntnissuche und kritischen Reflexion sichtbar macht.

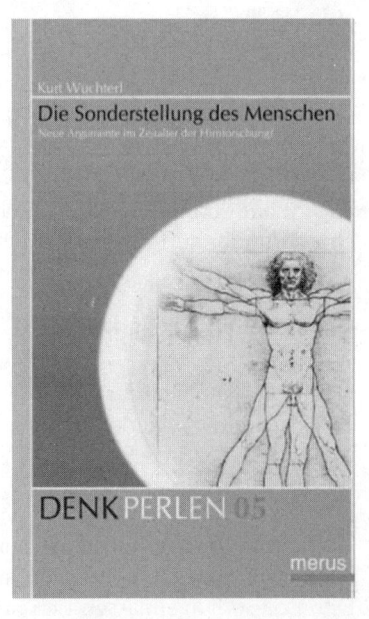

Für **»Anthropologie statt Metaphysik«** argumentiert der emeritierte Philosophie-Professor Ernst Tugendhat, denn alle metaphysischen Themen müssen sich als Elemente des menschlichen Verstehens erweisen. Aber auch die Traditionen sind nicht der letzte, verbindliche Grund, und so bleibt der Mensch doch wieder unhintergehbar auf sich selbst zurückgeworfen. Die metaphysischen Fragen – etwa nach Religion, Moral, Willensfreiheit und unserer Stellung zum Tod bleiben. In seinen unabhängig voneinander lesbaren und teils etwas redundanten Beiträgen, die größtenteils auf Vorträge zurückgehen, untersucht Tugendhat in der ihm eigenen klaren und unmittelbaren Art des Herangehens diese Themen. Das geschieht nicht dogmatisch, sondern im Gegenteil: Immer wieder korrigiert er sich selbst. Das ist zugleich ein Ausdruck intellektueller Redlichkeit (und damit ein echtes Merkmal von Weisheit) – an der Tugendhat zufolge übrigens auch die Religion als »ein menschliches Grundbedürfnis« scheitern muss.

Neugierig: Fragen über Fragen

Doch die Neugier, das Wissen- und Verstehenwollen bleiben ... **»Wer bin ich?«**, fragt der Schweizer Autor Rolf Dobelli. Genauer: Er formuliert »777 indiskrete Fragen«, die man nicht einfach durchlesen kann beziehungsweise sollte, sondern die im Geist der Fragebogen von Marcel Proust und Max Frisch als »Umkehrform« und »Steigerung des Aphorismus« zur Selbsterforschung genauso anregen wie zum Durchbrechen langweiliger Small-Talk-Luftblasen. Denn diese Fragen lassen sich nur individuell beantworten, wenn überhaupt, und oft kommt es weniger auf die Antworten an als auf deren Begründung – oder, noch besser, das Nachdenken. Wären Sie lieber sympathischer oder intelligenter? Möchten Sie mit Ihnen in einem Projektteam sein? Welche Gedanken würden Sie lieber nicht haben? – Manche Fragen sind witzig, subversiv, geradezu boshaft. Andere eher langweilig (doch vielleicht locken gerade sie die erhellendsten Antworten hervor). Manche bauen auch aufeinander auf. Dobelli hat sie nach Großthemen wie Leben, Denken, Handeln, Glück, Liebe, Beziehungen, Geschenke, Erfolg, Karriere, Glauben, Alter und Tod sortiert. Es gibt auch ein Kapitel »Ohne Titel«, das mit der Frage aufhört: »Was denkt ein Hund, wenn er einem Blindenhund begegnet?«

Um lauter Fragen geht es auch in dem von Alexander George herausgegebenen Band. Der am Amherst College in Massachusetts tätige Philosoph begreift den Menschen als Homo philosophicus und konstatiert eine »gleichzeitige Omnipräsenz und Abwesenheit der Philosophie« im Alltag. Allgegenwärtig ist sie, weil jeder Mensch philosophische Fragen hat, abwesend, weil den meisten das so direkt nicht bewusst ist. George betreibt eine Webseite (http://www.askphilosophers.org), um das ein wenig zu ändern. Dort kann jeder Fragen einreichen – und einige Philosophen haben viele davon beantwortet. Das Buch ist eine Art »Best of«-Auszug davon, sortiert nach den von Immanuel Kant formulierten Grundfragen »Was kann ich wissen? Was soll (nicht ›kann‹, wie im Buch geschrieben!) ich tun? Was darf ich hoffen? Was ist der Mensch?« Konkret zum Beispiel: Gibt es das Nichts? Kann man in das Gefühl des Verliebtseins verliebt sein? Kann eine gute Tat eine böse wiedergutmachen? Und: »Was ist das Gegenteil von einem Löwen?« Die Antworten sind meistens kurz und laden zum Weiterdenken ein. Mitunter äußern sich auch mehrere Philosophen zur selben Frage – und dann wird es besonders interessant, denn viele philosophische Probleme sind nicht (einfach) lösbar. Trotzdem: Es ist gut, darüber zu sprechen.

»Warum?« Nicht nur viele Fragen stellt Aron Ronald Bodenheimer, sondern er hinterfragt das Fragen auch – und was es mit dem Fragenden und Befragten macht. Der Psychoanalytiker charakterisiert mit spitzer Feder das alltägliche, rhetorische, reflexive, suggestive und demagogische Fragen, aber auch Mittel gegen das Befragtwerden und die Genese des Fragezeichens. »Von der Obszönität des Fragens«, lautet der Untertitel, denn das Fragen stellt den Befragten bloß. Aber das gilt nicht in allen Kontexten – obwohl Fragenkönnen sogar ein Merkmal des Machthabers ist, wie der Literaturnobelpreisträger Elias Canetti ausgeführt hat. Das ist aber nur die pervertierte anthropologische Kehrseite einer großen Errungenschaft des Menschen: Zu erkennen, dass man sich nicht auskennt, dies vor sich oder anderen zuzugeben und so doch weiterzukommen. Keiner hat das schöner ausgedrückt als Erich Kästner: »Es ist schon so: Die Fragen sind es, / aus denen das, was bleibt entsteht. / Denkt an die Frage jenes Kindes: / ›Was tut der Wind, wenn er nicht weht?‹«

Philosophisch: Von den Vorsokratikern zur modernen Fabrik

Fragen und also Erstaunen sind der Ursprung der Philosophie, wird immer wieder gesagt. In einem ganz allgemeinen Sinn waren Menschen wohl philosophisch, seit sie Ich- und Todesbewusstsein entwickelten. Einzigartig in der Geschichte der Menschheit und die Voraussetzung des rational-wissenschaftlichen Weltbildes war freilich das um 600 v. Chr. beginnende Nachdenken der griechischen Naturophilosophen. Diese **»Vorsokratiker«** – so genannt, weil sie größtenteils in der Zeit vor Sokrates lebten – fragten nach den Prinzipien der Wirklichkeit, einer Einheit hinter der Vielfalt, dem Verhältnis von Sein und Werden, Wahrheit und Täuschung, sie waren die ersten Aufklärer, die die Mythen und Glaubenssysteme ihrer Zeit radikal hinterfragten, und sie setzten sich mit der Vergänglichkeit des menschlichen Lebens auseinander (aber weniger mit ethischen, ästhetischen, politischen und rhetorischen Fragen wie in der späteren Philosophie). Sie dürfen auch als Vorläufer der modernen Naturwissenschaft gelten, und sie schufen die Philosophie (die sie von Theologie und Dichtung abzugrenzen verstanden) in ihrer argumentativen, rationalen und kritischen Form. Christof Rapp, der an der Berliner Humboldt-Universität Philosophie der Antike lehrt, schildert in seinem Einführungsbuch Leben, Werk und Rezeption der Vorsokratiker beginnend mit Thales über Anaximander, Anaximenes, Heraklit, Xenophanes, Pythagoras und seine Schule, Parmenides, die Eleaten (Zenon, Melissos), Anaxagoras und die Atomisten Leukipp und Demokrit, wobei Letzterer schon nach Sokrates starb, um 380 v. Chr. (Das sind die wichtigsten Namen, aber keineswegs alle.) Rapp versteht es vorzüglich, die Fülle der Themen und ganz unterschiedlichen Weltanschauungen in ihren Bezügen darzustellen – und zwar mit philosophischem Anspruch. Dies ist schon deshalb schwierig, weil die Schriften nur in Form von Fragmenten und Zitaten beziehungsweise (nicht selten gegnerischen) Erörterungen späterer Philosophen überliefert sind.

Die klassische Fragmentsammlung der Vorsokratiker stammt von Hermann Diels und Walther Kranz (ab 1903). Seither wurden aber noch mehr Fragmente gefunden. Daher ist eine Neuedition nicht nur aus philologischer Sicht nötig und inzwischen realisiert: M. Laura Gemelli Marciano, Klassische Philologin an der Universität Zürich, hat »**Die Vorsokratiker**« in einer neuen zweisprachigen Ausgabe (griechisch/deutsch) neu aufbereitet und löst damit die Standard-Ausgabe von Diels/Kranz ab. Die Fragmente sind jeweils übersichtlich gegliedert nach Leben, Werk und den einzelnen Themen, sodass auch ein rasches Durchblättern ausreicht, wenn man sich nur für bestimmte Sachverhalte (etwa die Kosmologie oder Meteorologie im Denken der Vorsokratiker) interessiert. Im Anschluss der überlieferten und/oder zugeschriebenen Texte eines Philosophen werden dessen Leben und Werk beschrieben und dann die Fragmente genau erläutert. Im ersten der drei Bände sind das Thales, Anaximenes, Pythagoras und die frühen Pythagoreer, Xenophanes und Heraklit. Eine fast 100 Seiten umfassende Einführung erörtert dann die zahlreichen Kontexte und Zusammenhänge. Dabei wird, bei aller Nähe zu uns, auch ihre »Andersartikeit« betont.

Gleiches Thema – Philosophie –, aber ein weiter zeitlicher Sprung: Zwei schön gemachte Bücher sind in dem ambitionierten kleinen Stuttgarter Omega-Verlag erschienen, dessen Einsatz für eine auch für Laien verständliche, relevante und interessante Philosophie-Vermittlung nicht hoch genug gewürdigt werden kann – vor allem durch das zweimal jährlich erscheinende Magazin *der blaue reiter – Journal für Philosophie* (http://www.derblauereiter.de). Inzwischen werden mit demselben Engagement auch Bücher publiziert, die sich sehen und lesen lassen und vor kontroversen und kritischen Themen nicht zurückschrecken. So hat sich Thomas Zoglauer, der an der Universität Cottbus Philosophie lehrt, »**Tödliche Konflikte**« vorgenommen. Die gibt es leider immer wieder: Situationen, in denen man verschiedene Alternativen abwägen muss, die aber alle problematisch sind und Leid verursachen. Solche Normenkonflikte können private und politische Dimensionen haben. Und schaffen es sogar nicht selten auf die Titelseiten der Zeitungen – wenn es etwa um die Frage geht, ob ein Flugzeug abgeschossen werden darf, das von Terroristen gekapert wurde, oder ob Foltern erlaubt ist, um Geheimnisse auszupressen, die die

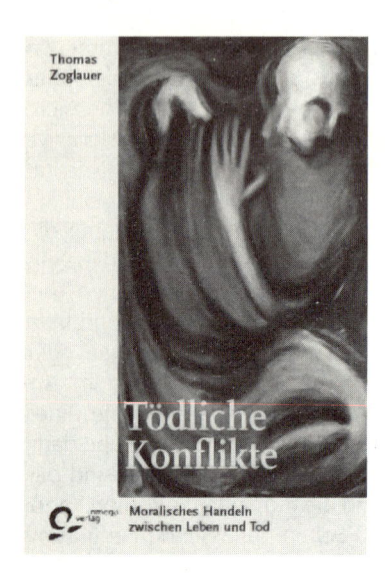

Sicherheit der Bevölkerung bedrohen. Zoglauer gibt eine essayistisch-kursorische, aber keineswegs oberflächliche Einführung in die vielen Facetten solcher Normenkonflikte, stellt die einschlägigen philosophischen Gedankenexperimente und Argumente vor (etwa das der »schiefen Ebene«), auch den Konflikt unterschiedlicher ethischer Ansätze und Hintergrundannahmen, und regt seine Leser quasi nebenbei zum Mitdenken und -diskutieren an. Das Buch zeigt, dass gute Philosophie für gesellschaftliche Entscheidungsprozesse unverzichtbar ist. Es ist aber nicht nur eine spannende und aufrüttelnde Lektüre, sondern eignet sich beispielsweise auch für Ethik-Lehrer gut zur Vorbereitung eines interessanten Unterrichts.

»Glanz und Elend der Philosophie« versucht Stefan Diebitz zu diagnostizieren und zu kritisieren. Seine flott geschriebene Streitschrift mag von vielen Kollegen als »Nestbeschmutzung« empfunden werden – und das ist auch beabsichtigt. Vor allem attackiert der Lübecker Philosoph und Germanist die Analytische Philosophie ausgehend von Ludwig Wittgenstein, die er als Verarmung der Denktraditionen von Martin Heidegger, Max Scheler, Ernst Cassirer, Ludwig Klages, Nicolai Hartmann und der klassischen Philosophie von Immanuel Kant an empfindet und ihr sogar unterstellt, »nichts weniger als das Ende der Philosophie« anzustreben. »An der Logik hängt, zur Logik drängt alles«, doch deren Studium sei »in aller Regel überflüssig, wenn nicht gar schädlich«. Der Rezensent, selbst im weiteren Sinn der Analytischen Philosophie verpflichtet, kann diese Angriffe nicht sonderlich ernst nehmen, könnte aber des Vorurteils gescholten werden und enthält sich an dieser Stelle jeglicher Gegenkritik. Eine fruchtbare Diskussion kann das Buch durchaus anstoßen, enthält es auch sonst viele lesens- und wissenswerte Aspekte. Es wäre schade, wenn es einfach ignoriert würde, selbst wenn es vielleicht in die falsche Richtung galoppiert (das aber mit Ungestüm).

»Von der Logik zur Sprache« verlief eine wichtige und sogar vorherrschende Entwicklung des philosophischen Denkens der letzten 200 Jahre – wobei freilich in der Analytischen Philosophie sowohl Logik als auch Sprache (eine Analyse und Kritik der Alltagssprache beziehungsweise der Verwendung vieler mehrdeutiger Begriffe und ein Kampf gegen Missverständnisse, Vernebelungen und Kategorienfehler) zunächst die entscheidenden Säulen wurden. Die Philosophie von Georg Wilhelm Friedrich Hegel war da oft nicht wohl gelitten. Aber das galt auch umgekehrt für das Verhältnis der »Hegelianer« zur Analytischen Philosophie. Insofern erstaunt es vielleicht – und wurde höchste Zeit –, dass sich die eher idealistisch eingestellten Hegel-Forscher mehr mit der Analytischen Philosophie auseinandersetzten. Im Jahr 2005 fand der internationale Hegel-Kongress wieder in Hegels Geburtsstadt Stuttgart statt. Die (teils auch vom Rezensenten gehörten) Abendvorträge und Kolloquien-Beiträge liegen nun gedruckt vor, herausgegeben von Rüdiger Bubner und Gunnar Hindrichs (Universität Heidelberg). Darin geht es um Interpretationen von Hegels Texten mit sprachanalytischen Mitteln (zum Beispiel seine »Wissenschaft der Logik«) und im Hinblick auf phänomenologische Ansätze, um Hegels Identifikation von Logik und Metaphysik mit ihren aus- und umgreifenden spekulativen Ansprüchen und um Dialoge mit anderen philosophischen Strömungen. Speziell im Hinblick auf Hegel werden seine spekulative Ontologie und Theologie erörtert, seine Anreger und Adepten, die (angebliche) »Wiederkehr des Hegelianismus im Pragmatismus«, aber auch übergreifende Themen wie Selbstbewusstsein, Freiheit, Phänomenologie und Sprache. »Die Sprachgestalt des Logos greift selber auf dessen spekulative Wurzeln zurück«, kommentiert Bubner.

Hegels berühmt-berüchtigte Phänomenologie des Geistes hat mit der modernen Phänomenologie allerdings eher wenig gemeinsam. Diese **»Phänomenologie für Einsteiger«** erklärt Dan Zahavi von der Universität Kopenhagen. Die Phänomenologie ist eine der dominierenden philosophischen Strömungen des 20. Jahrhunderts und mit Namen wie Edmund Husserl, Max Scheler, Martin Heidegger, Jean-Paul Sartre, Maurice Merleau-Ponty und Paul Ricoeur verbunden, also vor allem in Deutschland und Frankreich verbreitet, in »abgespeckter« Form inzwischen aber auch in die angloamerikanische Analytische Philosophie eingegangen. Neben erkenntnis- und wissenschaftstheoretischen Analysen (etwa zu Wahrheit, Evidenz, Begründung) und (nicht immer berechtigter!) Kritik an wissenschaftlichen Weltbildern kommt ihr das Verdienst zu, »das Subjekt als leiblich-sozial und kulturell eingebettetes In-der-Welt-Sein« zu verstehen, das heißt die Erste-Person-Perspektive zu betonen und ernst zu nehmen. »Wenn man die prinzipiellen Bedingungen der Erkenntnis, der Wahrheit, des Sinns, der Bedeutung, der Begründung usw. verstehen möchte, bildet die Einbeziehung der Ersten-Person-Perspektive eine unerlässliche Voraussetzung«, schreibt Zahavi. Dazu gehört auch die Bedeutung der »Lebenswelt«, also unseres alltäglichen Daseins (was im Szientismus zuweilen vergessen wurde). Nach einer Skizze der theoretischen Grundlagen wendet sich Zahavi kurz konkreten Analysen zu: des Raums, des Leibs, der Intersubjektivität und soziologischen Aspekten. Verglichen mit den oft schwer verständlichen Schriften der philosophischen Hauptvertreter ist Zahavis Einführung leicht lesbar. Bloß etwas mehr kritische Distanz hätte dem Buch gut getan. Denn nur weil subjektives Erleben die notwendige Voraussetzung für unsere Selbst- und Welterkenntnis und Daseinspraxis darstellt, ist sie noch lange nicht frei von Illusionen oder braucht nicht das letzte Wort der Weltdeutung zu sein.

»Wege statt Werke« hat der Ulmer Psychiatrie-Professor Manfred Spitzer den Untertitel seines neuen Buchs genannt, das **»Vom Sinn des Lebens«** handelt. Der Titel ist irreführend – und der Begriff kommt im Register nicht einmal vor –, denn die 22 kurzen Essays handeln von ganz unterschiedlichen Themen, und des einen Sinn ist bekanntlich des anderen Unsinn. (Spitzers Rat: »Werde nicht nur, der Du bist, sondern erkenne Dich selbst und hilf den anderen!«). Die kurzweiligen Betrachtungen kreisen alle mehr oder weniger weit um das Gehirn und seine Erzeugnisse. Der »Flow« und das Frontalhirn sind ebenso lebensnahe Themen wie die »Neurobiologie der Schadenfreude« oder des Dauerlottoscheins. Das neue Unbewusste, Hormone, Psychotherapie, Musik, Kooperation, Neurotheologie (wohnt Gott im Gehirn?) und vieles mehr« – es dürfte kaum einen Menschen geben, den nicht wenigstens ein paar der Themen interessieren.

»Kausales Denken« spielt nicht nur in der Wissenschaft eine unverzichtbare Rolle, sondern prägt auch unseren Alltag in einer gar nicht überschätzbaren Weise. Es ermöglicht die Erklärung, Vorhersage und Kontrolle von vielen Phänomenen in der Natur und Technik. Wie aber funktioniert und entwickelt sich kausales Denken, inwiefern ist es erkenntnistheoretisch gerechtfertigt und wo liegen die Grenzen? In dem von Daniela Bailer-Jones, Monika Dullstein und Sabina Pauen (Universität Heidelberg) herausgegebenen Sammelband versuchen Philosophen und Psychologen diese Fragen zu beantworten. Dabei geht es um Kausalität im Hinblick auf allgemeine Gesetze, aber auch im Hinblick auf das Verständnis von einem Mechanismus. Diese verschiedenen philosophischen Erklärungsansätze spiegeln sich in der psychologischen Forschung wieder, die analysiert, wie Menschen kausale Schlussfolgerungen ziehen. Und entwicklungspsychologische Studien zeigten, dass schon sieben Monate alte Babys wissen, dass sich belebte Objekte im Unterschied zu unbelebten von alleine bewegen können. Ein wichtiges Thema ist auch, inwiefern Kausalerklärungen Handlungen verständlich machen können, bei denen zunächst nicht Ursachen, sondern Gründe explanatorisch sind – oder sind diese nur ein Spezialfall von Ursachen?

Anderes Thema: »Den Weg zur schlanken Fabrik« verspricht das **»Wertstromdesign«**, eine auf wissenschaftlichen Prinzipien basierende und mit kompakten Visualisierungen arbeitende Analyse von Produktionsabläufen einschließlich der Material- und Informationsflüsse. Erstmals schildert ein Buch diese systematische Vorgehensweise ausführlich auf deutsch. Klaus Erlach vom Fraunhofer-Institut für Produktionstechnik und Automatisierung in Stuttgart, studierter Maschinenbauer und Philosoph, hat den Ansatz nicht nur theoretisch durchdrungen und weiterentwickelt, sondern wendet ihn auch seit Jahren erfolgreich an. Und er zeigt, was man dem Fabrik-Nomadentum im Zeitalter der Dumping-Löhne und der Globalisierung durch Standortoptimierung intelligent entgegensetzen kann. Viele Grafiken, Diagramme und konkrete Beispiele realer Projektplanungen und Fabrikweiterentwicklungen prägen das Buch, das aber auch für einen weiter gefassten Kreis von Lesern hilfreich ist, die sich für Logistik interessieren oder allgemein Produktionszusammenhänge besser verstehen möchten. Die systematische und auf begriffliche Sorgfalt Wert legende Darstellung sowie die weiterführenden Überlegungen zum Funktionieren von Fabriken gehen stellenweise weit über ein reines Praktiker-Fachbuch für Spezialisten hinaus. Sie demonstrieren auch, wie nützlich ein philosophisch geschulter Verstand für die wirtschaftliche Praxis sein kann – eine Tatsache, die

Prähistorisch: Mythen und Kultstätten

Die »**Mythen der Welt**« sind ein Spiegel der menschlichen Kulturen und ein Zeugnis von Phantasie und Weisheit. Der französische Theologe Fernand Comte lädt mit seinem Prachtband zu einer faszinierenden Reise zu Dämonen und Göttern, Heroen und Fabelwesen ein. Dabei kommen die relativ bekannten Geschichten der Griechen, Römer und Ägypter zu ihrem Recht, aber auch die Mythen des Nahen Ostens (nicht nur Gilgamesch), der Chinesen und Mongolen, der Japaner und amerikanischen Ureinwohner, die Mythen Indiens, Afrikas, Ozeaniens und der Nord- und Mitteleuropäer (besonders auch der Kelten). Kurz: ein mythologisches Weltkompendium. Die Mythen werden aber nicht ausführlich erzählt, sondern knapp zusammengefasst und erklärt. Aufgrund dieser Informationsfülle lässt sich das Buch schwerlich schnell von vorne nach hinten durchlesen, aber das ist auch gar nicht nötig. Man kann auf jeder Seite einsteigen und hat zudem ein kundiges Nachschlagewerk. Und ein wunderschönes Bilderbuch: Denn exzellente Farbfotos von Zeichnungen, Gemälden, Statuen, Tempelreliefs, Vasenmalereien, Felsritzungen und sogar der thematisierten Landschaften füllen etwa die Hälfte der Seiten. Ein konkurrenzlos schönes Buch in diesem Themenfeld.

Sind die meisten Mythen prähistorischen Ursprungs, aber irgendwann schriftlich überliefert worden, trifft das auf Informationen von uralten Ritualplätzen eher selten zu – auch ein Grund für ihre mythologische Aura. Der Archäologe und Sachbuchautor Martin Kuckenburg stellt »**Kultstätten und Opferplätze in Deutschland**« von der Steinzeit bis zum Mittelalter vor. Er beschreibt anschaulich Kulthöhlen, Sonnenheiligtümer und Megalithen der Jungsteinzeit, Weiheorte und Opferaltäre der Bronzezeit, Kultstätten der Kelten, umstrittene Kultgebräuche der Germanen, die Romanisierung des Kultwesens, Heilthermen und Mithrashöhlen provinzialrömischer Religion und die Umwidmung heidnischer Kulte nach der christlichen Missionierung Europas. Die Externsteine im Teutoburger Wald sind ebenso gewürdigt wie die Ofnethöhle im Nördlinger Ries, die Megalithen der Lüneburger Heide und der Mittelberg bei Nebra in Sachsen-Anhalt, wo vor wenigen Jahren die berühmte Himmelsscheibe gefunden wurde. Viele schöne Farbfotos zieren den Band. Gleich als Erstes ist ein von zwei Bäumen gekrönter Grashügel zu sehen, das »Klein-Aspergle«: ein 2500 Jahre altes keltisches Fürstengrab nördlich von Stuttgart, auf dem der Rezensent oft als Kind gespielt hatte, ohne die historische Tiefendimension unter seinen Füßen zu ahnen. Auch mit Zeichnungen, Illustrationen und Karten geizt der schöne Band nicht, und wer selbst den einen oder anderen Ort besuchen möchte, findet mit den Ausflugtipps am Ende viele nützliche Ansatzpunkte und Anregungen.

Speziell »**Die Kelten**« – das erste Volk nördlich der Alpen, für das ein historischer Name überliefert ist – haben die unter anderem an der Universität Tübingen arbeitenden Archäologen Dorothee Ade und Andreas Willmy ins Visier genommen. Sie beschreiben dieses vielfältige Volk – »eine Kultur voller Widersprüche« – von den ersten Fürsten der Hallstattzeit um 800 v.Chr. bis zur Eingliederung ins römische Reich um Christi Geburt. Dabei werden Gesellschaft, Kriegskunst, Frauen, Handwerker, Handel, Siedlung, Kleidung und Schmuck ebenso gewürdigt wie Kulte und Religionen (mit den Druiden und Sehern) oder die Sprache. Schriftliche Zeugnisse gibt es nicht, trotzdem haben Archäologen eine Fülle von Details herausgefunden, die ein ziemlich gutes Verständnis der Kelten ermöglicht. Mit über 130 Schwarz-Weiß-Abbildungen und Karten im Buch kann sich der Leser ein gutes Bild davon machen. Obwohl mit Griechen und Etruskern in Kontakt, behielten die Kelten eine eigenständige unverwechselbare Kultur. Für die Römer waren sie Angstgegner und eine Verkörperung des Barbarischen, bis sie schließlich im Römischen Reich auf- und untergegangen waren.

Über »**Die Rekonstruktion der ägyptischen Pyramiden**« hat Hans Weigele interessante Überlegungen angestellt. Schon viel ist über dieses große Rätsel eines der sieben antiken Weltwunder geschrieben worden – aber der Stuttgarter Maschinenbau-Ingenieur argumentiert mit guten Gründen, dass die üblichen Erklärungen zur Erbauung von Gizeh und so weiter aus archäologischer oder physikalischer Sicht unbefriedigend sind. Und er hat einen einfachen und deshalb umso interessanteren Gegenvorschlag: den Schwerkraft-Aufzug, der mit den damaligen handwerklichen Techniken kein Problem gewesen sein kann. Er beruht auf zwei simplen Prinzipien: »Menschen tragen in kleinen, handhabbaren Portionen das Gewicht des hochzuziehenden Steinblockes an dessen Zielposition« – zum Beispiel in Form von Sand oder Steinen. Und: »Die in einem Gegengewichtsbehälter gesammelten kleinen Einzelgewichte laufen auf Grund der Schwerkraft nach unten und ziehen den Steinblock an den Zielort auf die Arbeitsebene.« Damit sind während des gesamten Aufbaus zum einen der Zugang vom Boden aus gewährleistet und auch Vermessungen möglich. Der Band wird nicht nur mit guten Zeichnungen des Autors illustriert, sondern auch mit schönen Fotos akribisch gestalteter Modellbauten. Aber die Thesen werden nicht einfach nur behauptet, sondern mit Rechnungen belegt. Somit lässt sich der Kraft- und Zeitaufwand abschätzen. Und über die Machbarkeit vieler technischer Details hat Weigele auch gleich Hypothesen formuliert. Das alles ist zwar noch kein Nachweis, was im alten Ägypten tatsächlich geschah, kann aber zu philologischen und archäologischen Studien anregen und als »Schluss auf die beste Erklärung« durchgehen. Die Ägyptologen sollten die Ideen, auch wenn sie von einem Außenseiter stammen, in jedem Fall beachten und prüfen.

Mörderisch: Krieg und Hass

Keine erquickliche Lektüre ist Irene Etzersdorfers »Einführung in die Theorien bewaffneter Konflikte«. Aber das liegt nicht an ihrem Buch, sondern an dessen Thema: Der **»Krieg«** in all seinen schrecklichen Varianten. Doch gerade um diese zu verhindern, muss man sie verstehen. Zwar scheinen die klassischen Staatenkriege gegenwärtig an ein Ende gelangt zu sein – doch das könnte sich rasch wieder ändern –, »die Geschichte des Krieges aber geht weiter«, wie die Historikerin von der Universität Wien schreibt. Besonders dort, wo Modernitätskonflikte unter den Bedingungen der Globalisierung zu gesellschaftlichen Zerreißproben führen. Der Krieg hat seine Formen geändert und manifestiert sich heute in Regionen, die zu Dauerkrisengebieten zu werden drohen.« Dass aus ihren zerstörten Gemeinschaften, die bereits über mehrere Generationen depriviert, ausgebrannt und von der Entwicklung ausgeschlossen sind, jene politischen Pathologien hervorgehen, die zu neuen Gewaltexzessen Anlass geben, beweist einmal mehr, wie sehr der Krieg in seiner Wechselwirkung mit gesellschaftlichen Prozessen steht. Zunächst beschreibt Irene Etzersdorfer verschiedene Formen des Krieges: Staatenkrieg (eigentlich erst seit 1648 das europäische Staatensystem entstand und sich das Monopol zur Kriegsführung zusprach), Bürgerkrieg, ›kleiner‹ Krieg (Guerilla-Taktiken) und neue Kriege (die Elemente der vorigen in sich tragen, von stark asymmetrischen Konfliktlagen ausgehen und auch Bandenkriminalität, transnationale Verbrechenselemente und Terrorismus in sich tragen). Dann analysiert sie vermeintliche Kriegslegitimationen (der gerechte, revolutionäre, heilige und ethnopolitische Krieg). Zum Schluss stellt sie vier Kriegstheoretiker und deren Lehren vor: Niccolò Machiavelli, Carl Philipp Gottlieb von Clausewitz, Ernesto ›Che‹ Guevara und Mao Tse-tung.

Speziell **»Die großen Schlachten des Mittelalters«** hat ein anglo-amerikanisches Historiker-Team um Kelly DeVries (Loyola College, Maryland) in einem opulent illustrierten großformatigen Band aufbereitet. 20 Wendepunkte der Geschichte von der normannischen Invasion Englands 1066 über die Kreuzzüge und den Hundertjährigen Krieg bis zur Eroberung Konstantinopels durch die Osmanen 1453 werden hinsichtlich ihrer Vorgeschichte, ihres Ablaufs und ihrer Folgen analysiert. Dabei wird auf eine – soweit bekannte – Faktensammlung zu Bewaffnung, Stärke, Führung, Taktik und Organisation der Truppen ebenso Wert gelegt wie auf große strategische Karten zur Aufstellung und Bewegung der Verbände. Ein ungewöhnlich fokussierter Band, der Geschichte für den Laien begreifbar macht, ohne ihn informationell zu überfrachten. Viele der Kapitel sind spannend geschrieben. Die Leser erfahren, mit welcher List die Venezianer 1204 Konstantinopel erobert haben, warum die als unbesiegbar geltenden Deutschordensritter bei Tannenberg 1410 unterlagen, und wie die Hussiten mit einfachsten Mitteln ein übermächtiges Heer 1420 bei Prag zerschlugen.

Dass Krieg keine widernatürliche Anomalie einer an sich friedlichen Spezies ist, sondern »wir zum Töten programmiert sind« (eine provokative und letztlich wohl übertriebene Formulierung), versucht David M. Buss basierend auf einem jahrelangen Studium von Kriminalarchiven und Untersuchungen in vielen verschiedenen Ländern nachzuweisen: Der Evolutionspsychologe an der University of Texas belegt, dass nicht nur Serienkiller und Psychopathen, sondern unter bestimmten Umständen auch der nette Nachbar zum Mörder werden kann. »**Der Mörder in uns**« ist inzwischen gut charakterisiert, »denn Mord, hat er schon keine Zung, spricht / Mit wundervollen Stimmen«, wie Buss aus Shakespeares Hamlet zitiert. Viele dieser Morde betreffen den (einst oder noch immer geliebten) Partner, und Buss versucht unter evolutionsbiologischen Gesichtspunkten zu erklären, warum das so ist. Aber auch die Tötung der eigenen Kinder oder (häufiger!) Stiefkinder beziehungsweise der eigenen Eltern oder Geschwister sind ein finsteres Thema, ebenso die kühl kalkulierenden Mörder. Das Buch wird kontrovers diskutiert, aber Buss ist ein sorgfältiger und renommierter Wissenschaftler, und seine Argumente sollte man ohne ideologische Scheuklappen prüfen. Das erhöht auch die Chancen, Morde besser zu verhindern – oder nicht gar selbst zum Opfer zu werden.

Gesellschaftlich: Vielerlei Wissen

Was ist »eine selbständige Einzelwissenschaft, die als Sozialwissenschaft auf die empirisch-theoretische Erforschung des sozialen Verhaltens, der sozialen Gebilde, Strukturen und Prozesse ausgerichtet ist«? Antwort: Die Soziologie. Doch mit diesem Satz erschöpft sich die Wissenschaft des Sozialverhaltens nicht, wie schon der zweieinhalbseitige Eintrag im »**Wörterbuch der Soziologie**« zeigt. Und dieses von den Berliner Soziologen Günter Hartfiel begründete und Karl-Heinz Hillmann weitergeführte und herausgegebene Kompendium versammelt auf über 1000 Seiten eine Art Quintessenz – von A wie Abbildtheorie bis Z wie Zyklentheorie (Kulturzyklen). Fachbegriffe, Disziplinen und Wissenschaftler werden hier ausführlich und ohne ideologische Scheuklappen (wie sie in der Soziologie nicht selten vorkamen) erklärt. Ein besseres Lexikon zu diesem Gebiet gibt es in deutscher Sprache nicht. Die jüngste aktualisierte und erweiterte Auflage enthält erstmals auch eine Zeittafel als kurzen historischen Überblick.

Eine wichtige Rolle in den Gesellschaften, vor allem den modernen, spielen Wissen und Information – und der Umgang damit. »Wir sitzen in Orwells Wohnzimmer und unterhalten uns nur noch über die richtige Anordnung der Möbel«, versucht Robert Laughlin seine Leser aufzurütteln. Denn obwohl wir uns in einer Wissensgesellschaft wähnen, in der Wissen immer wichtiger und leichter verfügbar erscheint, ist dem amerikanischen Physik-Nobelpreisträger zufolge (von dem schon weiter oben die Rede war) das Gegenteil der Fall: »**Das Verbrechen der Vernunft**«, das eines an der Vernunft ist, aber auch von einer bestimmten »Vernunft« verursacht. Denn

Wissenserwerb wird zunehmend unterminiert, fehlgeleitet – und sogar kriminalisiert, wie die Patentstreitigkeiten und Anklagen gegen angebliche »Datenpiraten« zeigen. »Unsere Gesellschaft schottet Wissen in solchem Umfang, so schnell und so sorgfältig ab wie noch keine andere Gesellschaft in der Geschichte. Tatsächlich sollten wir das Informationszeitalter wohl besser als das Zeitalter der Amnesie bezeichnen.« Ursachen sind wirtschaftliche und machtpolitische Motive – aber auch Sicherheitserwägungen, denn Terroristen sollten keine Kern- oder Biowaffen einsetzen können. An Beispielen des Patentwesens, der Genetik, Computer- und Nukleartechnologie belegt Laughlins knappes, essayistisches Büchlein die verstörenden Thesen zum »Betrug an der Wissensgesellschaft«, so der Untertitel, mit vielen Quellennachweisen. Er selbst sieht wenig Auswege und begründet dies ausführlich und resignierend. Am Schluss spekuliert er sogar über Auswanderungen zum Mond, wo wenigstens für eine kurze Zeit wieder Freiheit herrschen könnte.

Die Medien haben einen – durchaus zwiespältigen – Einfluss in der Wissensgesellschaft. Dem Wissenschaftsjournalismus kommt dabei eine besondere Bedeutung zu, vermittelt er doch zwischen Experten und der breiten, interessierten Öffentlichkeit. Themen und Trends im Wissenschaftsjournalismus haben die freien Journalisten Grit Kienzlen, Jan Lublinski, Volker Stollorz und ihre Mitautoren analysiert. »**Fakt, Fiktion, Fälschung**«, so der triadische Stabreim, kennzeichnen Wissenschaft und manchmal auch den Wissenschaftsjournalismus. Wobei in beiden Bereichen die Fakten ja wohl überwiegen ... Aber – wie 2006 der (übrigens von einem Journalisten mit aufgeklärte) Fälschungsskandal um den koreanischen Klonforscher und Volkshelden Hwang Woo Suk zeigte – widerstehen auch Wissenschaftler den Verlockungen der Betrügerei nicht immer. Und umgekehrt lassen sich manche Wissenschaftsjournalisten aus Eitelkeit oder Geldnot auf Sponsoring und Public Relations ein oder sind zuweilen einfach zu faul oder inkompetent, um richtig zu recherchieren. Die vielen kurzen Beiträge des Buches behandeln die journalistische Qualität, den Risiko-Journalismus (zu dem auch die oft unklare Informationslage gehört), Faktenprüfung, Fälschungen und Fiktionen in der Wissenschaft, die Wissenschaftler als Medien-Stars (sei es selbstdeklariert oder zu solchen gemacht), die Grauzone der PR-Tätigkeit und Wissenschaftsjournalismus als Studienfach. Das Buch ist keineswegs nur für Wissenschaftler und Journalisten interessant (und enthält gerade für diese etwas viele Selbstverständlichkeiten). »Nicht allein die Wissenschaft darf die Gesellschaft aufklären, sondern auch der Journalismus muss die Gesellschaft über die Wissenschaft aufklären, ihre Rolle, ihre Reichweite und Grenzen, ihre Risiken und Nebenwirkungen. Und nicht allein die Kommunikationswissenschaft hat die Aufgabe, die Arbeit der Journalisten zu beobachten, zu beschreiben und zu begleiten, sondern auch die Wissenschaftsjournalisten selbst können hier mit ihrer speziellen Denk- und Arbeitsweise ihren Beitrag leisten«, schreiben die Herausgeber in ihren einführenden Vorbemerkungen. Das Buch zeigt, wie das geht.

So weit einige Haupt- und Stichstraßen durch ein gegenwärtiges Herzogtum der Bücher – kein Weltreich, in friedlicher Zurückgezogenheit und doch in gewisser Hinsicht expansiv: Denn jedes Buch lädt dazu ein, viele weitere zu lesen. Sackgassen gibt es kaum, und wenn sich die Bücher zu hoch stapeln, versperren sie die Sicht nicht, sondern locken als Treppe zum Anlauf für weitere Höhenflüge.

BIBLIOGRAPHIE

Aamodt, S., Wang, S.: »Welcome to Your Brain«. Beck: München 2008. 297 S. € 19,90
Ade, D., Willmy, A.: »Die Kelten«. Theiss: Stuttgart 2007. 191 S. € 19,90
Amsler, C.: »Kern- und Teilchenphysik«. vdf/UTB: Zürich 2007. 364 S. € 34,90
Antweiler, W.: »Was ist den Menschen gemeinsam?«. Wissenschaftliche Buchgesellschaft: Darmstadt 2007. 391 S. € 59,90
Baggott, J.: »Matrix oder Wie wirklich ist die Wirklichkeit«. Rowohlt: Reinbek bei Hamburg 2007. 352 S. € 9,90
Bailer-Jones, D., Dullstein, M., Pauen, S. (Hrsg.): »Kausales Denken«. Mentis: Paderborn 2007. 164 S. € 28,80
Bartels, A., Stöckler, M. (Hrsg.): »Wissenschaftstheorie«. Mentis: Paderborn 2007. 361 S. € 28,80
Bell, J.: »Postkarte vom Mars«. Spektrum: Heidelberg 2008. 196 S. € 49,95
Bodenheimer, A.R.: »Warum?«. Reclam: Stuttgart 2007. 310 S. € 7,80
Bogdanov, I. u. G.: »Reise zur Stunde Null«. Theiss: Stuttgart 2008. 202 S. € 34,90
Bubner, R., Hindrichs, G.: »Von der Logik zur Sprache«. Klett-Cotta: Stuttgart 2007. 698 S. € 99,–
Buchheim, T., Pietrek, T.: »Freiheit auf Basis von Natur?«. Mentis: Paderborn 2007. 181 S. € 38,–
Bührke, T.: »Lift off«. Bloomsbury/Berlin: Berlin 2008. 287 S. € 16,90

Buggle, F.: »Denn sie wissen nicht, was sie glauben«. Alibi: Aschaffenburg 2004. 446 S. €24,-

Buss, D.M.: »Der Mörder in uns«. Spektrum/Elsevier: München 2007. 285 S. €24,95

Christ, J., Beckmann, M.: »Der Häusergeher«. Hachmannedition: Bremen 2006. 87 S. €15,-

Comte, F.: »Mythen der Welt«. Theiss: Stuttgart 2007. 322 S. €39,90

Dawkins, R.: »Gotteswahn«. Ullstein: Berlin 2007. 575 S. €22,90

Demmerling, C., Landweer, H.: »Philosophie der Gefühle«. Metzler: Stuttgart 2007. 338 S. €29,95

Detel, W.: »Metaphysik und Naturphilosophie«. Reclam: Stuttgart 2007. 152 S. €4,-

DeVries, K. u.a.: »Die großen Schlachten des Mittelalters«. Theiss: Stuttgart 2007. 224 S. €39,90

Diebitz, S.: »Glanz und Elend der Philosophie«. Omega: Stuttgart 2007. 345 S. €27,90

Dobelli, R.: »Wer bin ich?«. Diogenes: Zürich 2007. 144 S. €14,90

Doidge, N.: »Neustart im Kopf«. Campus: Frankfurt 2008. 378 S. €22,-

Dresler, M. (Hrsg.): »Wissenschaft an den Grenzen des Verstandes«. Hirzel: Stuttgart 2007. 230 S. €27,-

Dresler, M., Klein, T.G. (Hrsg.): »Jenseits des Verstandes«. Hirzel: Stuttgart 2007. 224 S. €27,-

Drewermann, E.: »Jesus von Nazareth«. Patmos: Düsseldorf 2008. 190 S. €29,90

Engelen, E.-M.: »Gefühle«. Reclam: Stuttgart 2007. 125 S. €9,90

Erlach, K.: »Wertstromdesign«. Springer: Berlin, Heidelberg 2007. 286 S. €59,95

Esfeld, M.: »Naturphilosophie als Metaphysik der Natur«. Suhrkamp: Frankfurt am Main 2008. 218 S. €10,-

Etzersdorfer, I.: »Krieg«. Böhlau/UTB: Wien, Köln, Weimar 2007. 264 S. €19,90

Falkenburg, B.: »Particle Metaphysics«. Springer: Berlin, Heidelberg, New York 2007. 386 S. €53,45

Feitzinger, J.V.: »Galaxien und Kosmologie«. Franckh-Kosmos: Stuttgart 2007. 223 S. €29,90

Feuerbacher, B., Messerschmid, E.: »Vom All in den Alltag«. Motorbuch: Stuttgart 2007. 315 S. €39,90

Freund, J.: »Spezielle Relativitätstheorie für Studienanfänger«. vdf/UTB: Zürich 2007. 252 S. €19,90

Fritsche, O.: »Leben im All«. Rowohlt: Reinbek bei Hamburg 2007. 287 S. €8,90

Geiger, H.: »Aufbruch zu neuen Welten«. Kosmos: Stuttgart 2007. 137 S. €19,90

Gemelli Marciano, M.L. (Hrsg.): »Die Vorsokratiker«. Artemis & Winkler/Patmos: Düsseldorf 2007. Band 1, 480 S. €54,90

Genta, G.: »Lonely Minds in the Universe«. Copernicus/Praxis: New York 2007. 289 S. €25,99

George, A. (Hrsg.): »Was ist das Gegenteil von einem Löwen?«. Heyne: München 2007. 272 S. €14,95

Hagner, M., Hörl, E.: »Die Transformation des Humanen«. Suhrkamp: Frankfurt am Main 2008. 450 S. €16,-

Harrison, J.: »Wenn Töne Farben haben«. Spektrum/Springer: Heidelberg 2007. 244 S. €29,95

Hasinger, G.: »Das Schicksal des Universums«. Beck: München 2007. 288 S. €22,90
Heinämaa, S., Lähteenmäki, V., Remes, P. (Hrsg.): »Consciousness«. Springer: Dordrecht 2007. 366 S. €160,45
Henke, W., Tatersall, I. (Hrsg.): »Handbook of Paleoanthropology«. Springer: Berlin, Heidelberg, New York 2007. 3 Bde., 2173 S. €854,93
Hermann, D.B.: »Die große Kosmos Himmelskunde«. Franckh-Kosmos: Stuttgart 2007. 206 S. €19,95
Hetznecker, H.: »Expansionsgeschichte des Universums«. Spektrum/Springer: Berlin, Heidelberg 2007. 116 S. €14,50
Hillmann, K.-H.: »Wörterbuch der Soziologie«. Kröner: Stuttgart 2007. 1017 S. €29,80
Kanitscheider, B.: »Die Materie und ihre Schatten«. Alibri: Aschaffenburg 2007. 298 S. €20,-
Kasten, E.: »Einführung Neuropsychologie«. Reinhardt/UTB: München 2007. 320 S. €24,90
Kaufmann, J.-C.: »Was sich liebt, das nervt sich«. UVK: Konstanz 2006. 279 S. €19,90
Kienzlen, G., Lublinski, J., Stollorz, V.: »Fakt, Fiktion, Fälschung«. UVK: Konstanz 2007. 243 S. €29,-
Kippenhahn, R.: »Eins, zwei, drei ... unendlich«. Piper: München 2007. 243 S. €18,-
Klöckner, D.: »Phasen der Leidenschaft«. Klett-Cotta: Stuttgart 2007. 262 S. €24,50
Kornhuber, H.H., Deecke, L.: »Wille und Gehirn«. Sirius: Bielefeld, Locarno 2007. 149 S. €9,80
Kuckenburg, M.: »Kultstätten und Opferplätze in Deutschland«. Theiss: Stuttgart 2007. 160 S. €29,90
Kutschera, U. (Hrsg.): »Kreationismus in Deutschland«. LIT: Berlin 2007. 370 S. €19,90
Laughlin, R.B.: »Abschied von der Weltformel«. Piper: München 2007. 330 S. €19,90
Laughlin, R.B.: »Das Verbrechen der Vernunft«. Suhrkamp: Frankfurt am Main 2008. 160 S. €10,-
Leiber, T.: »Dynamisches Denken und Handeln«. Hirzel: Stuttgart 2007. 299 S. €48,-
Leuzinger-Bohleber, M., Roth, G., Buchheim, A. (Hrsg.): »Psychoanalyse – Neurobiologie – Trauma«. Schattauer: Stuttgart 2008. 200 S. €39,95
Marraffa, M., De Caro, M., Ferretti, F. (Hrsg.): »Cartographies of the Mind«. Springer: Dordrecht 2007. 373 S. €133,70
Matthiesen, S., Rosenzweig, R. (Hrsg.): »Von Sinnen«. Mentis: Paderborn 2007. 246 S. €29,80
May, B., Moore, P., Lintott, C.: »Bang!«. Kosmos: Stuttgart 2007. 192 S. €29,90
McGinn, C.: »Das geistige Auge«. Primus: Darmstadt 2007. 224 S. €24,90
Meadows, A.J.: »The Future of the Universe«. Springer: London 2007. 175 S. €32,05
Mehlmann, A.: »Mathematische Seitensprünge«. Vieweg: Wiesbaden 2007. 172 S. €24,90
Merkel, R. u.a.: »Intervening in the Brain«. Springer: Berlin, Heidelberg, New York 2007. 533 S. €80,20
Metzinger, T.: »Das Leib-Seele-Problem«. Mentis: Paderborn 2007. 521 S. €29,80
Michaud, M.A.G.: »Contact with Alien Civilizations«. Copernicus/Springer: New York 2007. 460 S. €24,56

Müller, I.: »A History of Thermodynamics«. Springer: Berlin, Heidelberg, New York 2007. 330 S. € 85,55

Pauen, M., Schütte, M., Staudacher, A. (Hrsg.): »Begriff, Erklärung, Bewusstsein«. Mentis: Paderborn 2007. 311 S. € 42,–

Petkov, V.: »Relativity and the Dimensionality of the World«. Springer: Dordrecht 2007. 269 S. € 128,35

Petzold, H.G., Sieper, J. (Hrsg.): »Der Wille, die Neurobiologie und die Psychotherapie.« Sirius. Bielefeld, Locarno 2007, Bd. II. 419 S. € 29,80

Pokorný, P., Heckel, U.: »Einleitung in das Neue Testament«. Mohr Siebeck/UTB: Tübingen 2007. 795 S. € 39,90

Quante, M.: »Person«. de Gruyter: Berlin 2007. 224 S. € 19,95

Rapp, C.: »Vorsokratiker«. Beck: München 2007, 2. Aufl. 263 S. € 14,90

Rapp, D.: »Human Missions to Mars«. Springer/Praxis: Chichester 2008. 520 S. € 106,95

Roth, G.: »Persönlichkeit, Entscheidung und Verhalten«. Klett-Cotta: Stuttgart 2007. 349 S. € 24,50

Salcher, E. F.: »Gott?«. VAS: Frankfurt am Main 2007. 424 S. € 22,80

Schlosshauer, M.: »Decoherence«. Springer: Berlin, Heidelberg, New York 2007. 416 S. € 74,85

Schrunk, D. u.a.: »The Moon«. Springer/Praxis: Berlin, Heidelberg, New York, Chichester 2008. 2. Aufl. 561 S. € 28,84

Schuster, H.G.: »Bewusst oder unbewusst?«. Wiley-VCH: Weinheim 2007. 149 S. € 24,90

Schwarz-Friesel, M.: »Sprache und Emotion«. Francke/UTB: Tübingen, Basel 2007. 401 S. € 24,90

Scott, A.C.: »The Nonlinear Universe«. Springer: Berlin, Heidelberg, New York 2007. 364 S. € 53,45

Seiler, E., Stamatescu, I.-O. (Hrsg.): »Approaches to Fundamental Physics«. Springer: Berlin, Heidelberg, New York 2007. 422 S. € 74,85

Sentker, A., Wigger, F. (Hrsg.): »Rätsel Ich«. Spektrum/Springer: Berlin, Heidelberg 2007. 294 S. € 24,90

Silverman, M.P.: »Quantum Superposition«. Springer: Berlin, Heidelberg, New York 2007. 378 S. € 74,85

Sommer, V.: »Darwinisch denken«. Hirzel: Stuttgart 2007. 174 S. € 18,–

Sommer, V.: »Schimpansenland«. Beck: München 2008. 251 S. € 19,90

Spaemann, R.: »Das unsterbliche Gerücht«. Klett-Cotta: Stuttgart 2007. 264 S. € 17,–

Spitzer, M.: »Vom Sinn des Lebens«. Schattauer: Stuttgart 2007. 224 S. € 12,90

Steinhardt, P.J., Turok, N.: »Endless Universe«. Doubleday: New York 2007. 285 S. € 16,45

Tammet, D.: »Elf ist freundlich und Fünf ist laut«. Patmos: Düsseldorf 2007. 247 S. € 19,90

Thoma, H.: »Von der Entdeckung des Ich zur ›Amputation des Individuums‹«. Sächsische Akademie der Wissenschaften/Hirzel: Stuttgart, Leipzig 2007. 30 S. € 9,–

Thomas, P.J. u.a. (Hrsg.): »Comets and the Origin and Evolution of Life«. Springer: Berlin, Heidelberg, New York 2006. 346 S. € 74,85

Tölle, R.: »Wahn«. Schattauer: Stuttgart 2008. 241 S. € 29,95

Tugendhat, E.: »Anthropologie statt Metaphysik«. Beck: München 2007. 205 S. € 19,90

Vaas, R.: »Schöne neue Neuro-Welt«. Hirzel: Stuttgart 2008. 168 S. € 19,80
Vietta, S.: »Der europäische Roman der Moderne«. Fink/UTB: München 2007. 224 S. € 14,90
Vilenkin, A.: »Kosmische Doppelgänger«. Springer: Heidelberg, Berlin 2008. 279 S. € 19,95
Wagner, G. A. u. a. (Hrsg.): »Homo heidelbergensis«. Theiss: Stuttgart 2007. 366 S. € 29,90
Wallace, D. Foster: »Georg Cantor«. Piper: München 2007. 407 S. € 22,90
Wapner, L. M.: »Aus 1 mach 2«. Spektrum/Springer: Heidelberg 2008. 264 S. € 24,95
Weigele, H.: »Die Rekonstruktion der ägyptischen Pyramiden«. Selbstverlag Weigele: Stuttgart 2007. 162 S. € 79,–
Wiegand, M. H., von Spreti, F., Förstl, H. (Hrsg.): »Schlaf und Traum«. Schattauer: Stuttgart 2006. 270 S. € 49,95
Wieser, W.: »Gehirn und Genom«. Beck: München 2007. 285 S. € 22,90
Wuchterl, K.: »Die Sonderstellung des Menschen«. Merus: Hamburg 2007. 158 S. € 17,90
Zahavi, D.: »Phänomenologie für Einsteiger«. Fink/UTB: Paderborn 2007. 121 S. € 9,90
Zankl, H., Betz, K.: »Kleine Genies«. Primus: Darmstadt 2007. 152 S. € 19,90
Zeh, H. D.: »The Physical Basis of The Direction of Time«. Springer: Berlin, Heidelberg, New York 2007, 5. Aufl. 233 S. € 42,75
Zoglauer, T.: »Tödliche Konflikte«. Omega: Stuttgart 2007. 320 S. € 22,90

Copyright © 2008 by Rüdiger Vaas

FILM

Die sinnliche Erfahrung der Katastrophe

Phantastik im Kino und auf DVD 2007

von Lutz Göllner, Bernd Kronsbein, Michael Meyns, Marc Sagemüller, Sven-Eric Wehmeyer und Lars Zwickies

ÜBERSICHT:

Alien vs. Predator: Requiem	★★☆☆☆	Ghost Rider	★☆☆☆☆
La Antena	★★★★☆	Der goldene Kompass	★☆☆☆☆
Arthur und die Minimoys	★★☆☆☆	Harry Potter und der Orden des Phönix	★★★★☆
Blade Runner	★★★★★	Heroes – Season 1	★★★★★
The Boys from Brazil	★★★☆☆	Heroes – Season 2	★★★☆☆
Die Brücke nach Terabithia	★★★★☆	The Host	★★★★★
Bunker Palace Hotel	★★★★★	I Am Legend	★★★☆☆
Die Chroniken von Erdsee	★★★☆☆	Invasion	★☆☆☆☆
Cloverfield	★★★★★	The Last Winter	★★★★☆
Daft Punk's Electroma	★★★★☆	Die Legende von Beowulf	★★★★★
The Fountain	★★★☆☆	Life On Mars Season 1	★★★★★★
Fantastic Four: Rise of the Silver Surfer	★☆☆☆☆	Life On Mars Season 2	★★★★★★
(H.P. Lovecraft's) From Beyond – Unrated Director's Cut	★★★★★	Das Mädchen, das durch die Zeit sprang	★★★★☆
		Nachts im Museum	★★☆☆☆
		Der Nebel	★★★☆☆

Next	★☆☆☆☆	Sunshine	★★★☆☆
Pans Labyrinth	★★★★★★	Tekkonkinkreet	★★★★☆
Pirates Of The Caribbean		10.000 BC	★☆☆☆☆
– Am Ende der Welt	★☆☆☆☆	30 Days of Night	★★☆☆☆
The Place Promised in		Transformers	★★★★☆
Our Early Days	★★☆☆☆	28 Weeks Later	★★★☆☆
Planet Terror	★★★★★☆	Twin Peaks – Definitive	
The Prestige	★★★★★☆	Gold Box Edition	★★★★★★
The Reaping – Die Boten		Vampire gegen	
der Apokalypse	★★☆☆☆	Herakles	★★★★★☆
Renaissance	★★☆☆☆	Vergeltung	★★★☆☆
A Scanner Darkly	★★★★☆	Wächter des Tages	★★★☆☆
Spider-Man 3	★☆☆☆☆	The Wild Blue Yonder	★★★★★☆
Der Sternwanderer	★★★★☆	Yella	★★★★★☆

Alien vs. Predator: Requiem ★★☆☆☆

USA 2007 • Regie: Greg und Colin Strause • Darsteller: Steven Pasquale, Reiko Aylesworth, John Ortiz

Man hatte es sich immer gewünscht: Die Aliens kommen auf die Erde, am besten in eine Großstadt, und sorgen dort für Panik. Dieses Crossover-Sequel lässt jenen Wunsch zumindest ansatzweise in Erfüllung gehen. Und das kommt so: Irgendwie stürzt ein Raumschiff ab, in dem sich sowohl Predators als auch Aliens aufhalten, und landet in einem Wald unweit einer Kleinstadt. Es kommt, wie es kommen muss, die Menschen geraten in den Kampf zwischen den außerirdischen Wesen und kämpfen um ihr Überleben. Der originellste Einfall des Films ist ein Zwitterwesen, das tatsächlich Predalien heißt (doch, wirklich!). Man hatte zwar immer gedacht, dass die Aliens ihre Opfer nur als Wirt benutzen und nicht zur Fortpflanzung, aber sei's drum. Logik ist ohnehin nicht der richtige Ansatz für einen Film wie diesen. Regie führten die Brüder Greg und Colin Strause, die zwar vorher noch nie einen Spielfilm gedreht hatten, dafür aber ganz oft für Spezialeffekte verantwortlich waren. Angesichts dieser Qualifikationen dürfte klar sein, was hier geboten wird: eine lange Aneinanderreihung von Actionszenen. Die sind zwar recht gelungen und bisweilen

Schrei, wenn das Predalien kommt. Oder renn aus dem Kino.
Alien vs. Predator: Requiem.

ausgesprochen blutig; da einem die (menschlichen) Opfer allerdings herzlich egal sind, will sich Spannung nicht wirklich einstellen. Nun ja, vielleicht kommt Hollywood langsam auf den Crossover-Geschmack und setzt endlich das fiktive *Superman vs. Batman*-Plakat, das man hübscherweise in *I Am Legend* entdecken konnte, in die Tat um. Dann hätte ein Film wie dieser doch einen Zweck erfüllt.   *mm*

La Antena (DVD-Premiere)   ★★★★☆☆

Argentinien 2007 • Regie: Esteban Sapir • Darsteller: Alejandro Urdapiletta, Valeria Bertuccelli, Julieta Cardinali

Es passiert nicht allzu oft, dass man einen Film zu sehen bekommt, der wirklich ganz eigene Wege geht. Dieser argentinische Film ist so einer. Seine Ästhetik ist eine Mischung aus Expressionismus und Stummfilm, wobei auch die Zwischentitel als Stilmittel eingesetzt werden, je nachdem, welche Funktion sie gerade haben.

Die Krankenschwester, das Mädel, ihr Luftballon und der Wille zum Stil. La Antena.

Passenderweise erzählt der Film vom Verlust der Stimme, die Mr. TV der Bevölkerung gestohlen hat. Angelehnt an düstere Zukunftsvisionen von Orwell bis Lang geht es um Medienmacht, Überwachung und die Unterdrückung der Individualität. Zwar werden diese Themen oft nur angedeutet und nicht zu einer Geschichte verarbeitet, die es an Originalität oder erzählerischer Qualität mit dem Stil des Films aufnehmen kann. Doch allein dieser außergewöhnliche Look reicht aus, um Esteban Sapirs Film zu etwas ganz Besonderem zu machen.   *mm*

Arthur und die Minimoys ★★☆☆☆☆

Frankreich 2006 • Regie: Luc Besson • Darsteller: Mia Farrow, Freddie Highmore, Ron Crawford • Sprecher Original: Robert De Niro, Madonna, Snoop Dogg, David Bowie • Sprecher dt. Fassung: Bill Kaulitz, Nena, Oliver Rohrbeck, Christian Brückner

Arthur und die Minimoys ist Luc Bessons lang gehegtes filmisches Traumprojekt auf der Basis seiner eigenen beiden Kinderbücher *Arthur und die Minimoys* und *Arthur und die verbotene Stadt*. Darin geht es grob gesagt um den zehnjährigen Arthur, der im Amerika der Sechzigerjahre bei Großmutter lebt, da seine Eltern sich die Erziehung einfach nicht leisten können. (Offensichtlich herrscht in Bessons Connecticut zusätzlich noch die Depression der Dreißiger.) Arthur ist begeistert von den abenteuerlichen Erlebnissen seines Großvaters in Afrika, die dieser in einem Tagebuch verewigte, bevor er plötzlich spurlos verschwand. Darin berichtet er auch von

Gartenzwerge aus Gallien. Arthur und die Minimoys.

Ein Gartenzwerg kommt selten allein. Arthur und die Minimoys.

einem geheimen Schatz, der irgendwo im Garten vergraben sein soll – was Arthur ziemlich gelegen kommt, da gerade ein fieser Grundstücksmakler angekündigt hat, Grannies Farm zu pfänden. So weit, so gut, denn in der Filmversion ist das alles, vor allem dank der beeindruckenden Leistung des Arthur-Darstellers Freddie Highmore und dem späten Charme von Mia Farrow als leicht verwirrte Großmutter, ganz hübsch anzusehen – wenn auch in seiner Tendenz zur Hysterie etwas anstrengend und aufgrund des hektischen Schnitts nicht immer ganz nachvollziehbar.

Das ist jedoch Nippes gegen das, was nun folgt. Denn auf der Suche nach den vergrabenen Diamanten stößt Arthur auf das Volk der Minimoys – klitzekleine animierte Kreaturen, die im Garten leben. Aus unbekannten Gründen verwandelt eine Gruppe abgefahrener Afrika-Stammes-Stereotypen mit Barry-White-Stimme Arthur nun ebenfalls in einen dieser wirr-haarigen Zwerge, und im jetzt folgenden kunterbunten, technisch semi-überzeugenden CGI-Irrsinn sprengt Besson alle Grenzen des guten Geschmacks und der filmischen Kohärenz.

Denn jetzt geht's richtig los: Tolkien! Star Wars! Stayin' Alive! König Arthur! Snoop Dogg! PC-Games! Die Biene Maja! Alles auf Bessons ganz eigene – und in Filmen wie *Das 5. Element* schon ausgiebig zur Schau gestellte – Art des eklektischen Umgangs mit popkulturellen Referenzen, die durch absolute Überdrehtheit ihre eigene erzwungene Coolness unter sich selbst begraben, zusammengekloppt. Der Wechsel zwischen den völlig konträren Tonfällen geht dabei so schnell, dass man bei dem Versuch, hier irgendeinen Sinn auszumachen, unweigerlich einen Sprung in der Schüssel bekommt. Das macht nicht unbedingt Spaß.

Die Quest nach dem Schatz jedenfalls ist geprägt von haarsträubenden Abenteuern und großen Emotionen in schnellster Abfolge – und dass die Charaktere sich dabei ebenfalls im Zeitraffer entwickeln und gleichzeitig immer wieder zu albernen Protagonisten dämlicher Kampf- und Tanzchoreografien werden, macht es nicht leichter, dran zu bleiben. Wenn dann der große Gegenspieler kommt, geht alles seinen geregelten Gang – Bedrohung, Auswegslosigkeit, scheinbarer Triumph des Bösen und Rettung in letzter Sekunde. Das ist ja nicht wirklich schlecht – aber muss dies alles so übertrieben sein, dass selbst das ächzende *Fluch der Karibik*-Schlachtschiff dagegen wirkt wie später Tarkowski?

Man fragt sich auch, für wen das eigentlich gemacht ist. Die seltsamen CGI-Kreaturen sind eigentlich etwas zu verstörend in ihrer creepigen Puppenhaftigkeit, um Fünfjährigen jenseits von Angst und Schrecken noch wirkliches Identifikationspotenzial anbieten zu können. Erwachsene werden angesichts dieses Kindergartens der hektischen Betriebsamkeit aber ebenfalls schnell dichtmachen. Bleibt also irgendwas dazwischen – und gerade die deutsche Synchronisation suggeriert mit der Rekrutierung von völlig überforderten Laiendarstellern wie Tokio-Hotel-Frontmann Bill Kaulitz oder Nena den unbedingten Willen zum Marketing in der jugendlichen Zielgruppe. Aber für die ist das hier eigentlich auch nichts.

Also bleibt die Frage – was soll das alles? Und warum finden die Franzosen den Film so geil, dass er bei unseren gallischen Nachbarn sämtliche Besucherrekorde von *Die purpurnen Flüsse 7* bis hin zu *Kampf der fliegenden Mönchmaschinen* gebrochen hat? Und vor allem: Ist Luc Besson jetzt völlig verrückt geworden? Denn dieser Irrsinn bekommt gerade zwei Fortsetzungen – und der idiosynkratische Filmemacher nun endgültig die Krone für ein zunehmend erratischer werdendes Lebenswerk voller französischer Weirdness. Eine unbestreitbare Leistung – aber diesen unausgegorenen Megamix der Superlative sollte man sich trotzdem schenken. *lz*

Blade Runner (DVD) ★★★★☆

USA 1982/1992/2007 • Regie: Ridley Scott • Darsteller: Harrison Ford, Rutger Hauer, Sean Young, Edward James Olmos • Nach dem Roman von Philip K. Dick

Rein inhaltlich muss man ja wohl zu Ridley Scotts Meisterwerk nichts mehr sagen. Außer vielleicht ein paar Stichworte: großartig, auf einem der besten Romane von Philip K. Dick beruhend, stilbildend, bis in die letzte Nebenrolle brillant besetzt, rätselhaft, über das Genre hinaus einflussreich, yadda, yadda, yadda. Und dann natürlich: Rutger Hauers grandioser Monolog am Ende. Man muss schon selber ein verdammter Roboter sein, wenn man da keine Träne wegdrückt.

Schon einmal hatte Regisseur Ridley Scott Hand an sein berühmtestes Werk gelegt, 1992 den ungeliebten Off-Kommentar von Harrison Ford entfernt und den Originalschluss restauriert. Der Film wurde dadurch noch interpretationsbedürftiger. Trotzdem gab es ausgerechnet diesen Schlüsselfilm des Genres jahrelang nicht auf DVD zu kaufen. Umso erstaunlicher, wenn man bedenkt, dass *Blade Runner* ja gar kein großer Erfolg im Kino war. Geld hat der Film erst verdient, als sich Mitte der Achtzigerjahre der Videorekorder durchsetzte und die Cassette zu einem weltweiten Verkaufsschlager wurde. Trotzdem war der rechtliche Knoten, den eine chaotische und unterfinanzierte Produktion 1982 geschnürt hatte, anscheinend nicht zu zerschlagen. Gerüchten zufolge arbeitete Ridley Scott schon seit Jahren an einer neuen Version.

Doch dieser *Final Cut* ist viel mehr als eine simple neue Schnittfassung: Der komplette Film wurde in der allerhöchsten 4k-Auflösung vom restaurierten Originalnegativ gescannt, der Soundtrack wurde von den Sechskanalbändern gezogen. Das Ergebnis ist eine

Kopie, deren Brillanz man eigentlich nur im Kino wirklich erfassen kann. Aber wer es wirklich will, der kann jetzt gleich fünf Versionen des *Blade Runner* auf einmal kaufen. Da gibt es die Urfassung mit der Erzählstimme, eine Arbeitsfassung mit einem anderen Soundtrack und weiteren Erzählkommentaren, eine »internationale Fassung« (die einfach nur wenige Sekunden mehr Gewaltszenen enthält), den *Director's Cut* aus dem Jahr 1992 und den neuen *Final Cut*, der mit gleich drei Audiokommentaren unterlegt ist. Eigentlich sind es sogar fünfeinhalb Versionen, zählt man die Fassung mit, die aus bisher nicht verwendeten und alternativen Szenen zusammengeschnippelt wurde. Dazu kommt die dreistündige Dokumentation *Dangerous Days*, die wirklich kein Thema unbehandelt lässt, historische Interviews mit Philip K. Dick und unzählige kleine Dokus und Featurettes. Das ist ein bisschen hypertroph, unterscheiden sich die verschiedenen Fassungen des Films doch nur durch sekundenlange Details voneinander.

Trotzdem: Natürlich hat ein so wichtiger Streifen eine solch aufwendige Behandlung verdient. Und sei es nur, um die wichtigste Frage des Films endlich zu beantworten, die Edward James Olmos

»Wenn du noch eine Fassung machst, schieße ich!« Blade Runner.

unnachahmlich formuliert: »Auf die jahrelange Frage, ob Deckard nun ein Replikant ist oder nicht, gibt es endlich eine definitive Antwort: vielleicht.« *lg*

The Boys from Brazil (DVD) ★★★☆☆

USA 1978 • Regie: Franklin J. Schaffner • Darsteller: Gregory Peck, Laurence Olivier, James Mason, Lilli Palmer, Uta Hagen, Steve Guttenberg, Bruno Ganz • Nach dem Roman von Ira Levin

Aus vier Gründen ist die deutsche DVD-Neuausgabe dieses ultrakruden Allstar-Hitler-Gruselspuks erwähnens- und vielleicht gar anschaffenswert. Erstens das filmhistorische und -archivarische Argument: Die bisher hierzulande verfügbare bzw. üblicherweise gezeigte Schnittfassung war um eine knappe halbe Stunde gekürzt; nun wurde das fehlende Material unsynchronisiert und untertitelt wieder hinzumontiert.

Zweitens das werkimmanente Argument: Vor dem für 2009 angekündigten Remake bzw. der Neuverfilmung von Brett Ratner sollte man der auf einem Roman von Ira Levin (*Rosemary's Baby*) basierenden dystopischen oder besser: parallelweltlichen Geschichtsklitterung um Josef Mengele, der von Paraguay aus die artgerechte Entwicklung seiner über die Welt verstreuten 94 Hitlerklone zwecks Schaffung des »Vierten Reichs« koordiniert, eine frische Chance geben, um u. a. zu sehen, welch seltsame Blüten zwischen hemmungslosem Quatsch und inhaltlichem wie formalem Wagemut das Hollywoodkino der Siebzigerjahre so trieb.

Drittens das gegenwartsbezogene Debattenargument: In der jüngeren und ausnahmsweise zu Recht breit (dabei allerdings partiell intellektuell peinsam flach) geführten Feuilleton-Diskussion um Jonathan Littells Roman »Die Wohlgesinnten« wurde über die aufs immer wieder Neue absolut unerledigten Probleme der Darstellungs-, Diskursivierungs- und Repräsentationsmodi des Unbeschreiblichen heftig gestritten – haben, wenn es um Holocaust und Nazibarbarei geht, Bilder und Fiktionalität Zurückhaltung hinter Berichten und historischen Analysen zu üben? Oder generiert auch abstruser Horror-Edelschund wie eben *The Boys from Brazil* ein klei-

Hitlerklone unzensiert. The Boys from Brazil.

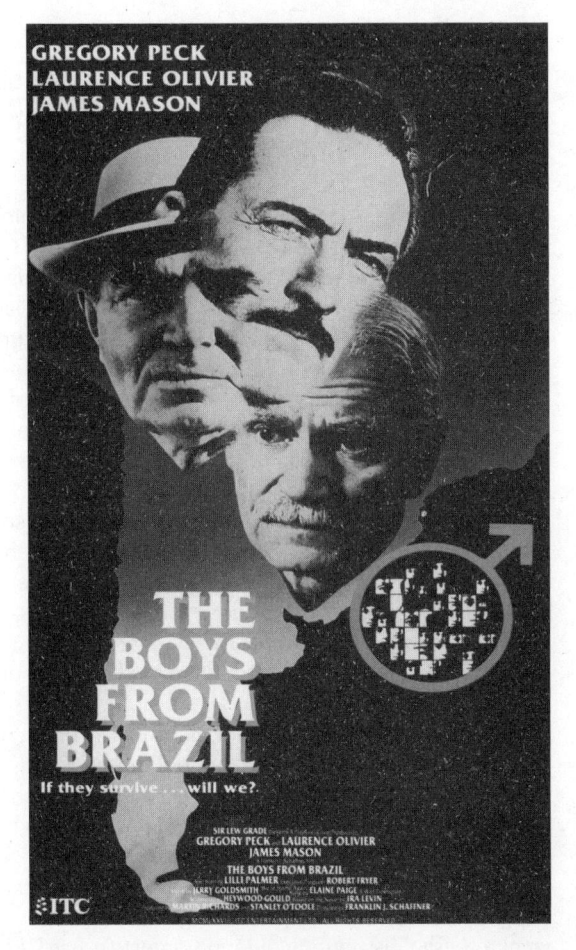

nes bisschen Erkenntnis zumindest eines kleinen Teiles des unerklärlichen Ganzen?

Viertens das Überraschungsargument: der plötzlich aus der geradezu absurd erstrangigen Besetzung hervorbrechende, sehr junge und wie immer grotesk gestriegelte Sky Dumont als Neo-Neonazi Dietrich Hessen. *sew*

Die Brücke nach Terabithia ★★★★☆☆

USA 2007 • Regie: Gabor Csupo • Darsteller: Josh Hutcherson, AnnaSophia Robb, Robert Patrick, Zooey Deschanel • Nach dem Roman von Katherine Paterson

Nach Mittelerde, Alagaësia, Narnia, dem Parallel-Nordpol und vielen anderen illustren Fantasy-Fleckchen nun also Terabithia. Hollywood stürzt sich derzeit auf jede literarische Vorlage, die sich in den grünen Hügeln und weiten Weiten Neuseelands kongenial umsetzen lässt und dabei phantastische Abenteuer und Rollenspiele ohne Grenzen verspricht. Fantasy begeistert die Massen – und dieser Trend sorgt dafür, dass immer wieder neuer Stoff her muss, um die Multiplexe mit Frodo-Fans und Gollum-Getreuen zu füllen.

Mit *Die Brücke nach Terabithia* erblickte nun im letzten Jahr die Verfilmung eines Kinderbuchs aus dem Jahr 1977 das Licht der Leinwände, in dem die Autorin Katherine Paterson Fantasy-Elemente mit einer bewegenden Freundschaftsgeschichte in der Kleinstadtrealität der Siebzigerjahre verbindet. Der Roman kreiste bereits seit mehreren Jahren durch die Produktionsbüros, bis schließlich Disney und die Produktionsfirma Walden Media (*Die Chroniken von Narnia*) den Zuschlag erhielten und sich an die Kinoversion machten.

Die wiederum unterscheidet sich nun in erfrischendem Maße von den anderen, oft unnötig aufgeblasenen Fantasy-Großproduktionen der letzten Jahre – was nicht zuletzt dem Konzept der Romanvorlage zu verdanken ist. Der Film hält sich bemerkenswert eng an Patersons Geschichte des elfjährigen Jesse, der von seiner Familie vernachlässigt wird und auch in der Schule eher zu den Außenseitern gehört. Als eines Tages die fantasievolle und aufgeweckte Leslie als neue Schülerin vorgestellt wird, können sich die beiden zunächst nicht leiden. Doch bald schon ist Jesse fasziniert vom Einfallsreichtum des Mädchens – und freundet sich mit dem Wildfang an. Auf ihren Streifzügen durch die nahegelegenen Wälder erschaffen sich Jesse und Leslie eine eigene Fantasiewelt, in der sie die Konflikte und Probleme, aber auch die Freuden ihres Schul- und Hausalltags in aufregenden Abenteuern verarbeiten. Hier kämpfen sie gegen Trolle und gefährliche Monster und schaffen sich so einen spielerischen Ausgleich für ihre nicht immer angenehmen Erlebnisse in der »realen« Welt.

Von Beginn an findet Regisseur Gabor Csupo in seinem Kinodebüt die richtigen Bilder und den passenden Rhythmus für diese Geschichte, die weniger auf die überwältigende visuelle Wirkung fremdartiger Landschaften und außergewöhnlicher Kreaturen innerhalb einer hermetischen Fantasy-Welt setzt, als vielmehr – Guillermo del Toros großartigem *Pans Labyrinth* nicht unähnlich – »realistische« Ereignisse mit fantastischen Elementen kombiniert und kontrastiert. Diese duale Struktur hebt *Die Brücke nach Terabithia* über den CGI-getränkten Fantasy-Durchschnitt hinaus – denn die gleiche Sorgfalt, die in die Kreation des mythischen Landes Terabithia und seiner Bewohner fließt, zeigt Csupo auch bei der Darstellung des Alltags der beiden kindlichen Protagonisten. Die eigentümliche Dynamik, die in der Schule am Werk ist, Jesses häusliche Probleme mit seinem verbitterten Vater (herrlich griesgrämig: Robert Patrick), Leslies Schwierigkeiten mit ihrem Status als Klas-

Man macht eben keine Handtäschchen von Mädchen auf!
Die Brücke nach Terabithia.

Ob dieser Troll unter die Brücke passt? Die Brücke nach Terabithia.

senfreak – all das ist auf beeindruckende und weitgehend klischeefreie Art und Weise inszeniert und vor allem von den jungen Darstellern durchgehend herausragend gespielt.

Wenn nun langsam das Abenteuer im Fantasy-Land beginnt, wird der Zuschauer Zeuge von dessen langsamer Entstehung. Garstige Baumwesen erhalten den Namen des Klassen-Rowdies, ein gigantischer Troll sieht aus wie die verhasste Oberzicke, Gegenstände aus der realen Welt erhalten magische Bedeutung. Die Fantasie ist für Jessie und Leslie das Mittel der Wahl zur Verarbeitung ihres täglichen Chaos. Aus dieser selbstgeschaffenen Welt ziehen sie Inspiration für den Umgang mit den Problemen in der Schule und zu Hause; in diesem zauberhaften Wald dürfen sie das sein, was sie sind: Kinder.

Ein Aspekt, den der Film nie vernachlässigt. Die jugendliche Perspektive ist durchgehend adäquat umgesetzt, und wenn die Geschichte eine tragische finale Wendung nimmt, erhält die Metapher von der Brücke als Bindeglied zwischen Fantasie und Realität, Imagination und Kreation eine neue und zutiefst berührende Konsequenz. Der spielerische Umgang mit dem Tod als wohl größtem Mysterium des Heranwachsens, die Verarbeitung des Verlustes mit den Mitteln der kindlichen (aber keineswegs naiven) Vorstellungskraft – das bedeutet im Falle von *Die Brücke nach Terabithia* Fantasy jenseits des reinen mysteriös raunenden Spektakels.

Einziger Wermutstropfen dabei sind die manchmal etwas zu süßlich im Hippie-Glanz der Siebzigerjahre strahlenden positiven Gegenentwürfe zu Jesses ständig am Rande des Ruins entlangbalancierender und dementsprechend schlecht gelaunter Familie. Wenn sich in der Bohème-Glückseligkeit von Leslies Elternhaus eine Zimmer-Renovierung als groovige Gute-Laune-Montage zu schwer verträglichem Gitarrenpop verwandelt, dann ist das mindestens zwei Nummern zu dick aufgetragen. Ähnliches gilt für die Darstellung der freigeistigen Musiklehrerin, die sich in ihrer Rolle als weitere »gute« Erwachsene in erster Linie dadurch auszeichnet, mit den Kids im Unterricht flockigen Classic Rock zu singen und Jesse in die Welt der Kunst einzuführen.

Diese Ausflüge in sirup-süßen Feelgood-Kitsch schmälern allerdings kaum die Wirkung und die Qualität dieser ansonsten rundum gelungenen Romanverfilmung, die eher eine Randerscheinung im Rahmen des Fantasy-Booms darstellt. Indem sie sich phantastischer Elemente bedient, um eine berührende Geschichte über das Aufwachsen, über die Freundschaft und über die heilende Kraft der Fantasie und der Kreativität zu erzählen, sprengt sie die paradoxerweise oft recht engen Grenzen des Genres und wird zu einem vielschichtigen, alleinstehenden Werk, das vor allem Kindern und Jugendlichen einiges an Identifikationspotenzial und großem Kinospaß bieten dürfte. Ein wirklich schöner Film. *lz*

Bunker Palace Hotel (DVD) ★★★★★☆

Frankreich 1989 • Regie: Enki Bilal • Darsteller: Jean-Lois Trintignant, Carole Bouquet, Maria Schneider, Mira Furlan

Der in Jugoslawien geborene Comiczeichner und -autor Enki Bilal hat unter Intellektuellen einen Ruf wie Donnerhall. Das ist nicht immer nachvollziehbar, wenn man bedenkt, dass seine letzten Arbeiten doch mehr Interpretations- als Lesearbeit beinhalteten. Sprich: Das Zeug war einfach nur wirr! Dabei ist Bilal ein typischer Vertreter des Mehr-Schein-als-Sein, denn rein optisch sind auch seine unlesbaren Alben immer noch ein Hochgenuss.

Auch sein letzter Film *Immortal* war ziemlich anstrengend, aber immerhin wohl so erfolgreich, dass nun eine Ausgrabung getätigt werden kann: Im Jahr 1989 inszenierte Bilal seinen ersten (und besten) Film *Bunker Palace Hotel*. In deutsche Kinos kam der Streifen nie, wurde aber mal auf einem Comicfestival in Hamburg in

Trintignant nach explosivem Haarausfall. Bunker Palace Hotel.

Anwesenheit von Monsieur Bilal aufgeführt. Dabei ist der Film im Gesamtwerk betrachtet durchaus interessant. Auch in seinen Comics beschäftigt sich Bilal gerne mit zusammenbrechenden Regimes und hat eine Schwäche für triste Kulissen, die den Charme einer bourgeoisen Apokalypse versprühen.

In *Bunker Palace Hotel* verschlägt es die Repräsentanten eines totalitären Staates in eine Fin-de-Siècle-Herberge, die von defekten Androiden geführt wird. Draußen tobt ein erbarmungsloser Bürgerkrieg mit atomaren und chemischen Waffen, drinnen gehen die alten Garden aufeinander los. Sie alle warten auf die Ankunft des Präsidenten. Klimaanlage und Wasserversorgung brechen zusammen, die Eliten zerfleischen sich. Doch die Widerstandsbewegung schleust eine Attentäterin in ihre Reihen ein, die sich aber von der Faszination des Luxus und der Dekadenz einfangen lässt.

Auch wenn der Plot nicht die vollen 90 Minuten trägt, psychologisch ist das exzellent erzählt, gut gespielt, handlungstechnisch spannend und einfallsreich, die kaputten Androiden sorgen für den (bitteren) Humor, mit großartigen Bildern in Graublau. Eine echte Entdeckung – den durchgeknallten Rest des Gesamtwerks kann man ja getrost ignorieren. Leider ist die DVD nur sehr armselig ausgestattet: Mehr als der Film und der Trailer waren im Paket wohl nicht drin. *lg*

Die Chroniken von Erdsee ★★★☆☆

Japan 2007 • Regie: Goro Miyazaki • Nach dem Roman von Ursula K. Le Guin

Eine Geschichte, wie man sie aus dem Hause Miyazaki und dem legendären japanischen Animationsstudio Ghibli kennt. In Erdsee kämpfen Prinzen gegen Zauberer, fliegen auf Drachen und retten schöne Prinzessinnen. Doch dass hier nicht der Vater Hayao, sondern sein Sohn Goro Regie geführt hat, merkt man den *Chroniken von Erdsee* jederzeit an. Oft fehlt das kleine Quentchen Originalität, dass aus einem guten Film einen wirklich großen Miyazaki machen würde.

Wobei man sich ein schwereres Erbe kaum vorstellen kann. Schließlich wird Hayao Miyazaki, Regisseur von Filmen wie *Chihiros Reise*

Der Apfel fällt noch weit vom Stamm. Die Chroniken von Erdsee.

ins Zauberland oder *Mein Nachbar Totoro* als einer der wenigen Regisseure von Animationsfilmen auch über das Genre hinaus als großer Regisseur anerkannt. Eigentlich hätte der inzwischen 66 Jahre alte Hayao auch bei diesem Film Regie führen sollen, doch dann übernahm der Sohn Goro zum ersten Mal selbst die Regie. Und obwohl der Film im vom Vater gegründeten Studio Ghibli sowie von einer Vielzahl derselben Stammanimationskünstler hergestellt wurde und man davon ausgehen darf, dass der Vater dem Junior beratend zur Seite gestanden hat, fehlt es dem Regiedebüt von Goro Miyazaki größtenteils an jener einzigartigen Magie, die die Filme des Vaters so besonders gemacht haben.

Vielleicht liegt dies zum Teil auch daran, dass die Geschichte der *Chroniken von Erdsee* ebenso wie *Das wandelnde Schloss* – der bislang letzte Film von Hayao Miyazaki – den über Jahre etablierten Kosmos der Miyazaki-Filme verlässt. Beide Filme basieren auf Vorlagen nicht-japanischer Autorinnen, die sich somit mehr oder weniger stark von japanischen Traditionen unterscheiden. Nun hat zwar Hayao Miyazaki immer betont – und es ist etlichen seiner Filme auch anzusehen –, wie sehr ihn das alte Europa, die Romantik, die Metropolen des frühen 20. Jahrhunderts beeinflusst haben. Doch seine besten Filme waren bei allen Einflüssen immer durch und durch japanisch, insbesondere was die Mythologie der Geschichten anging.

Die Chroniken von Erdsee dagegen spielen in einer sehr typischen Fantasy-Welt, in der gleich zu Beginn zwei Drachen miteinander kämpfen. Für den Zauberer Ged ist dieses Schauspiel untrügliches Zeichen für den bevorstehenden Kampf zwischen Gut und Böse. Ein Teil dieses ewigen Konflikts sieht er in der Person des jungen Prinzen Arren symbolisiert, der sich ihm anschließt. Nach und nach stellt sich heraus, dass Arren unheimliche Kräfte in sich hat, die ihn zu zerreißen drohn, ihn aber auch zu der einzigen Person machen, welche die Eroberung der Welt durch das Böse verhindern kann. Denn der böse Zauberer Cob hat es geschafft, das Tor zwischen dem Reich der Lebenden und dem der Toten zu öffnen, im Glauben, selbst unsterblich werden zu können.

Zwar gab es auch in Miyazaki-Filmen fliegende Drachen, diverse andere Fabelwesen und üblicherweise eine Atmosphäre voller Magie und kaum erklärlicher Phänomene. Doch diese Geschichten waren fest in asiatischer Mystik verankert und erzählten meist vom Versuch, Mensch und Natur in Einklang zu bringen, ein Gleichgewicht zwischen den Kräften herzustellen. Diese Geschichten ermöglichten erst den typischen Miyazaki-Stil, der voller Detailfreude Welten entwarf, die der unseren ähneln und sie doch übersteigen. *Die Chroniken von Erdsee* dagegen sind stilistisch weitestgehend konventionell, mit Zeichnungen und Animationen, wie sie eher im Fernsehen zu finden sind als in einem großen Kinofilm. Nur manchmal spürt man das Übermaß an Kreativität, den feinen Blick für Details und kleine, skurril-absurde Momente, die die Filme von Hayao Miyazaki so überragend gemacht haben. Von der Klasse seines Vaters ist Goro Miyazaki noch ein ganzes Stück entfernt, aber wer sich an solch einem Vorbild orientiert, ist zumindest auf einem guten Weg. *mm*

Cloverfield ★★★★☆

USA 2007 • Regie: Matt Reeves • Darsteller: Lizzy Caplan, Jessica Lucas, T. J. Miller, Michael Stahl-David, Mike Vogel, Odette Yustman

Schon lange vor dem eigentlichen Start gab *Cloverfield* Rätsel auf. Lange Monate vorher war auf den einschlägigen Internetseiten von einem noch namenlosen Film berichtet worden, der irgendwie mit *Alias*- und *Lost*-Erfinder J. J. Abrams zu tun hatte. Nach und nach

Erschütternde Szenen: Jugendliche Filmemacher werden abgeführt.
Cloverfield.

wurden weitere Informationen lanciert: ein Starttermin, ein Plakat, das die Skyline von New York zeigte, im Vordergrund die Freiheitsstatue ohne Kopf; später wurde der Titel bekannt. Doch was sich hinter *Cloverfield* verbarg, das wusste bis zum Filmstart kaum jemand. Es war einer der durchdachtesten Fälle von viralem Marketing in der ja auch nicht mehr ganz jungen Geschichte des Internets. Und einer der erfolgreichsten. *Cloverfield*, mit einem Budget von ca. $ 25 Millionen vergleichsweise günstig produziert, spielte allein am Startwochenende in Amerika $ 40 Millionen ein. Definitiv ein Erfolg, auch wenn das Einspiel sehr schnell einbrach und am Ende sogar unter $ 80 Millionen blieb. Ein klarer Fall von überhyptem Film, würde man denken; ein Film, der zu mehr gemacht wurde, als er eigentlich war. Ja und Nein, denn abgesehen von der außerordentlich cleveren Werbekampagne ist *Cloverfield* ein bemerkenswert moderner, vollkommen unsentimentaler Monsterfilm. Mit der großen Besonderheit, dass man das Monster so gut wie gar nicht zu sehen bekommt, sondern stattdessen nur andeutungsweise erfährt, wie es auf die Erde gekommen ist und was es dort will. Und von Rettung der Menschheit oder gar dem heroischen Einsatz eines einzelnen Helden ist hier rein gar nichts zu spüren. Ganz konsequent bleibt die Perspektive reduziert auf eine Gruppe ziemlich nervtötender New Yorker Yuppies, die bei einer Party gestört werden. Statt zu fliehen versuchen sie tiefer in die Stadt vorzudringen, wo eine eingeschlossen Freundin auf Rettung harrt. Der brillante visuelle Kniff des Films ist nun, dass der Zuschauer all das nicht nur mit den vier Protagonisten erlebt, sondern auch ausschließlich durch eine von ihnen bediente Videokamera. Das erinnert zwar im Ansatz an dümmliche Pseudo-Reality-Formate, mit denen immer mehr Fernsehsender ihr Programm auf billige Weise füllen. Doch mit all der Expertise eines Hollywood-Films erzeugt dieses Stilmittel hier einen mitreißenden Sog, der nie zu professionell wirkt, aber natürlich nichts anderes ist. In langen Einstellungen – unterbrochen nur von Sprüngen auf dem Videoband, die die Vorgeschichte des Hauptpärchens erzählen und bei genauem Hinsehen auch die Ankunft des Monsters zeigen – begleitet man die Protagonisten durch New York, durch Bilder, die offensichtlich von 9/11 und anderen, allzu realen Katastrophenszenarien inspiriert sind. Man sieht das Militär machtlos durch die Straßen ziehen, mit immer größerem Geschütz auf das Monster losgehen und doch verlieren. In dieser Auswegslosigkeit, die ganz Hollywood-untypisch, aber überaus konsequent im Tod aller Figuren endet, ähnelt *Cloverfield* somit sogar Spielbergs *War of the Worlds*. Beides sind ausgesprochen zeittypische Filme, in denen dem Militär oder einem einzelnen Helden nicht mehr die Fähigkeit zugesprochen wird, eine Katastrophe abzuwenden, wie noch vor wenigen Jahren, vor 9/11 und den folgenden Kriegen. Bei all diesem schonungslosen Realismus war es wenig überraschend, dass *Cloverfield* von vielen Zuschauern, die einen schlichten Popcornfilm erwartet hatten, als Enttäuschung betrachtet wurde. Doch das wird schnell vergessen sein; spätestens 2009, wenn die Fortsetzung ins Kino kommt. Die virale Kampagne läuft schon an. Und mysteriöse Internetseiten wie aladygma.com oder thewhitespaces.com machen sehr gespannt auf das, was die Macher sich diesmal einfallen lassen werden. *mm*

Daft Punk's Electroma ★★★★☆☆

USA 2006 • Regie: Daft Punk (aka. Thomas Bangalter & Guy-Manuel de Homem-Christo) • Darsteller: Peter Hurteau, Michael Reich

Oder: Hänschen klein ging zu zweit. Wie der Computer HAL in Kubricks *2001* wollen die beiden Roboter in dem von dem französischen House-Duo Daft Punk inszenierten Spielfilm *Electroma* Mensch werden. Wo dem berühmten Modell der 9000er-Serie dabei ein menschliches Antlitz jedoch am Prozessor vorbeigeht, gehören Gesichter für Robot No. 1 und Robot No. 2 zur Basisausstattung einer humanen Existenz. Zumal der Rest – das heißt vor allem das von Hedi Slimane designte Outfit – bereits den bestsitzenden Rock-Disco-Leder-Metal-Hüften-Wahnsinn seit *Mad Max 1* darstellt. Aus der Unwirklichkeit eines südkalifornischen Gesteinsmassivs, das an riesige Zähne gemahnt, starten die zwei Maschinenmenschen ihre Odyssee in einem schwarzen Ferrari, der das Nummernschild Human trägt. Es geht minutenlang auf endlosen und völlig leeren Autobahnen durch die Wüste. An dieser Stelle wird dem Zuschauer bereits klar, dass es in diesem Film keine gesprochenen Worte geben wird, dafür aber umso mehr lange Einstellungen und langsame Kamerafahrten. Dann setzt der erste Song des nicht weniger als sensationellen Soundtracks ein: *International Feel* von Todd Rundgren. Sensationell ist die Filmmusik nicht nur wegen der zugleich äußerst geschmackvollen und ungewöhnlichen Zusammenstellung, sondern vor allem auch aufgrund ihres punktgenauen und verstärkenden Einsatzes innerhalb des Films. Jedes Stück – die Auswahl reicht von Barockmusik über Folk bis zu Sebastien Tellier – unterstützt nicht nur die jeweilige Szene bzw. Szenerie, sondern sie gibt den inhaltlich und emotional oft statischen Bildern erst ihre seelische Tiefe. Und diese ist mindestens so erschütternd wie HALs Ende in *2001*. Wo Rundgrens Absurdrock noch Aufbruchstimmung vermittelte, wird die Laune bereits mit der Ankunft der Roboter in einem amerikanischen Kaff Marke *Blue Velvet*, welches ebenfalls komplett von Robotern bewohnt ist und sich anhand diverser typischer Kleinstadtszenen präsentiert, mit Brian Enos unheimlichem *In Dark Trees* mächtig gedrückt. Nach einer Art Operation, bei der man den Androiden grotesk unförmige und übergroße menschliche Köpfe verpasst, die diese jedoch voller Stolz zur Schau tragen, macht *Billy Jack* von Curtis Mayfield, das zunächst als gespreizte Funk-Nummer daherkommt, sich dann aber rasch in ein harsches Lamento wandelt, unmissverständlich deutlich, dass diese Geschichte nicht gut ausgehen wird. Und dies ist erst der Anfang vom langen und langsamen Ende, das unter anderem mit Sebastien Telliers *Universe*, Chopins *Prélude Nr. 4 in e-Moll [Op. 28]* und Jackson C. Franks *Dialogue* gnadenlos zelebriert, wie schwer sich Schwermut anfühlen kann. Wer hätte gedacht, dass die Stampf-House-Experten den langen dunklen Fünfuhrtee der Seele – auch bekannt als Melancholie – in solch großen Zügen zu genießen verstehen? Aber wie sagt man nicht nur in Westfalen: Kuckste nur vor. *ms*

Wir sind die Roboter. Daft Punk's Electroma.

Fantastic Four: Rise of the Silver Surfer ★☆☆☆☆

USA 2007 • Regie: Tim Story • Darsteller: Ioan Gruffudd, Jessica Alba, Chris Evans, Michael Chiklis

It's clobberin' time! Ja, denkste! Die reguläre Spielzeit von *Fantastic Four: Rise of the Silver Surfer* beträgt ohne den Abspann sagenhafte 81 Minuten. Hier gilt es bereits aufzuhorchen, denn es bieten sich zwei Interpretationen an. Entweder irgendwas ist bei der Produktion furchtbar schiefgelaufen, und man hat nicht einmal die 90 Standardminuten voll gekriegt, die sich in Zeiten, in denen bei Blockbustern eine Wir-tun's-nicht-unter-140-Minuten-Attitüde (*Transformers, Spiderman 3, Pirates of the Carribean 2 & 3*) vorherrscht, auch bereits recht armselig ausmachen. Oder aber man wollte einfach mal einen Akzent setzen und schlankweg einen von umständlichen Nebenhandlungen und nichtssagenden Seitenschauplätzen entschlackten und deshalb konstant durchstartenden Superheldenstreifen abliefern. Leider scheint jedoch Ersteres der Fall gewesen zu sein, denn *Fantastic Four: Rise of the Silver Surfer* startet ungefähr genauso durch wie Helmut Grokenberger (Armin Mueller-Stahl)

Ein Wellenreiter säuft ab. Fantastic Four: Rise of the Silver Surfer.

mit seinem Taxi in Jim Jarmuschs *Night on Earth*. Der Film ist ein unansehnliches und unzusammenhängendes Holterdipolter, in dem sich die Figuren benehmen wie die Charaktere in Paul Verhoevens *Starship Troopers*, dies aber offensichtlich vollkommen ernst gemeint ist (besonders grausam: die schlappen Sprüche der menschlichen Fackel und Jessica Albas Heiratsgefasel). Das alles ist umso schlimmer, da man hier mir nichts, dir nichts die legendären *Fantastic-Four*-Hefte 48 bis 50 und 57 bis 60 aus den Jahren 1966 und 1967 verbrät, in denen der Silver Surfer seine ersten grandiosen Auftritte als Herold des Weltenverschlingers Galactus und als Opfer von Dr. Doom absolviert. Lieber *Die Unglaublichen* anschauen, der trifft den Punkt dessen, was die Fantastischen Vier wirklich ausmacht, deutlich besser. *ms*

The Fountain ★★★☆☆

USA 2006 • Regie: Darren Aronofsky • Darsteller: Hugh Jackman, Rachel Weisz, Ellen Burstyn

Sich über *The Fountain* lustig zu machen ist leicht. Trotzdem kann ich nicht widerstehen. Zu offensichtlich bedeppert ist vor allem die letzte halbe Stunde des nach *Pi* (1998) und *Requiem for a Dream* (2000) dritten Films von Darren Aronofsky. Hugh Jackman kachelt im Jahr 2500 als unsterblicher Wissenschaftler im Schneidersitz durchs All mitten in eine Supernova hinein. Mit dabei: seine Frau Rachel Weisz als – Achtung, anschnallen! – Baum. Diese flüstert ihm immer wieder ein, er solle doch nach all den Jahren endlich mal ihr Buch über den spanischen Conquistador Tomas, der im 16. Jahrhundert bei den Mayas nach dem Baum des Lebens sucht, fertig schreiben. Was er dann auch tut – mit Übers-Wasser-Gehen und allen Schikanen. Freundlich ausgedrückt könnte man das als farbenfrohe *Love Story* fürs neue Jahrtausend bezeichnen, unfreundlich formuliert als Poesie fürs Klo, die insbesondere visuell unangenehme Erinnerungen an *Where Dreams May Come* (*Hinter dem Horizont*) weckt. Allerdings ist da noch die das Gros des Films ausmachende dritte Zeitebene, in der besagter Wissenschaftler die Unsterblichkeit entdeckt, während er gleichzeitig zusehen muss,

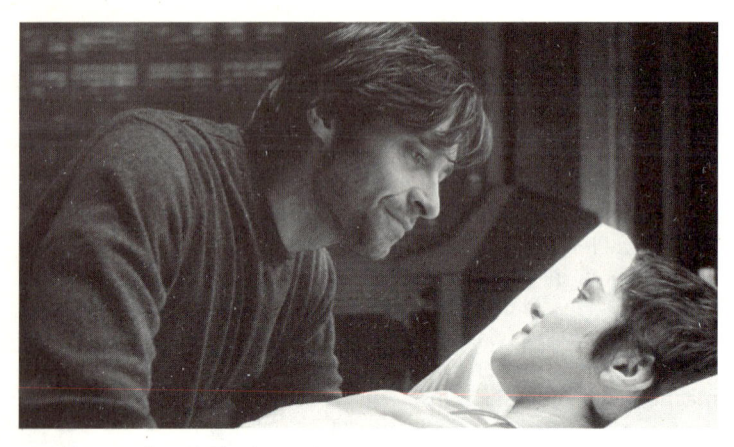

Love Story auf Acid. The Fountain.

wie seine Frau an Krebs stirbt. Gerade dieser in der heutigen Gegenwart spielende Teil von *The Fountain* ist Aronofsky und seinen beiden Hauptdarstellern gar nicht mal so übel gelungen. Besonders deshalb, weil er es nach dem unerträglich selbstmitleidigen Morast aus durchgestylter Hoffnungslosigkeit von *Requiem for a Dream* und ungeachtet eines Themas wie dem Krebstod irgendwie schafft, in jeder Einstellung wahnsinnig lebensbejahend zu bleiben. Das große Problem dieser Zeitreise, Natur-Mystik, Sinn des Lebens und Kitsch in einer Schlacht von religiösen Motiven und Symbolen miteinander verquickenden Getüms ist jedoch sein Bierernst. Aronofsky besitzt nämlich weder die entwaffnende Naivität von Hayao Miyazaki noch den Camp von Alejandro Jodorowsky, die bzw. den man benötigt, um ein derart alles und nichts sagen wollendes Om überzeugend und vielleicht sogar angemessen rüberzubringen. Nichtsdestotrotz – selten so gerne an *Demons & Wizards* von Uriah Heep gedacht! *ms*

(H.P. Lovecraft's) From Beyond – Unrated Director's Cut (US-DVD) ★★★★★☆

USA 1986 • Regie: Stuart Gordon • Darsteller: Jeffrey Combs, Barbara Crampton, Ken Foree, Ted Sorel

Ursprünglich ist der unermüdliche Preiswerthorror-Dynamo Stuart Gordon ja ein Mann der Bühne, nämlich Gründer des nach wie vor existenten Chicagoer »Organic Theater«. Obwohl der Name der 1970 von Gordon und seiner Frau ins Leben gerufenen Institution mehr viszeralen Horror verspricht, als das Programm tatsächlich hält, orientiert man sich in puncto Theatertheorie, Dramenpoetik, Stückauswahl und Inszenierungsstil durchaus an der Tradition des Pariser Grand-Guignol-Theaters sowie Artauds Konzepten eines Theaters der Grausamkeit. Es liegt also nahe, irgendwann mal handfest mit Organen herumzuspielen und sich mit dem Organic-Ensemble an einer sechsteiligen Fernsehserie zu versuchen, die auf einer Kurzgeschichte eines großen amerikanischen Horrorautors basieren soll.

Heraus kommt 1985 *Re-Animator*, die Verfilmung der ausgerechnet dümmsten Erzählung H.P. Lovecrafts. Gordon gelingt es

Berge des Wahnsinns, hübsch verpackt. From Beyond.

nicht nur zu zeigen, wie viel Saft in Lovecrafts dünner, komplett humorfreier und vergleichsweise dezent präsentierter Zombie-Geschichte steckt, indem er diese buchstäblich und hemmungslos ausweidet, sondern im Gefolge von Sam Raimis *The Evil Dead* (1983) auch der Welt das neue Subgenre »Splatstick« zu schenken. Nachgelegt wird im Folgejahr mit einer weiteren Lovecraft-Adaption. Dieses Mal liegt der Haken nicht in der *Dummheit* der Vorlage, sondern in deren drehbuchuntauglicher *Kürze* (fünf Seiten). Aber da Werktreue für Gordon den kreativen Schub bedeutet, ein Werk erst mal tüchtig auf links zu ziehen, zu zerhacken und die noch dampfenden Überreste frisch zusammenzubacken, packt er in *From Beyond* die gesamte Lovecraft-Story einfach in den Vorspann, um danach erst so richtig entspannt Gas geben zu können.

Und was für eine Überraschung: Wenn man den bemerkenswert verrückten *From Beyond* nun erneut sichtet, in erstmals vollständig restaurierter Fassung und all seiner schleimigen Glorie, bleibt der als Genreklassiker kanonisierte *Re-Animator* deutlich dahinter zurück. Als Lovecraft-Adaptionen funktionieren beide Filme hervorragend, weil sie sich jeweils nicht einfach von den Vorlagen entfernen, sondern als böse Zwillinge bzw. streng dialektische Antithesen das den formalistischen Textgebilden des erklärten »mechanistischen Materialisten« Lovecraft implizite Material freisprengen. Es handelt sich also weniger um werkgetreue Umsetzungen als um freigeistige Umformungen. Gordons Filme zeigen, was Lovecraft nicht sagen wollte; die hemmungslosen visuellen Sauereien von *From Beyond* hätten dem Gentleman aus Providence knallrote Ohren verpasst. In dessen Kurzgeschichte wird die Zirbeldrüse als Sinnesorgan schlechthin entdeckt, das nach gezielter Stimulation dem Gehirn *jenseits* beschränkter Standardwahrnehmung visuelle Bilder von Dingen übermittelt, die besser ungesehen bleiben – und vor allem kraftvoll zubeißen können. Während Lovecraft seiner Figur des monströs übererfolgreichen Transhumanisten einen diskreten Schlaganfall gönnt, serviert Gordon noch vor dem Vorspann die erste glibberige Enthauptung. Es folgt ein so expliziter und überdrehter wie kindlich-unbekümmerter Reigen von Sadomasochismus, Schleim, Metamorphosen, Gummitentakelgezitter und Hirnheißhunger, der Lovecrafts scheu beschworene »tausend schla-

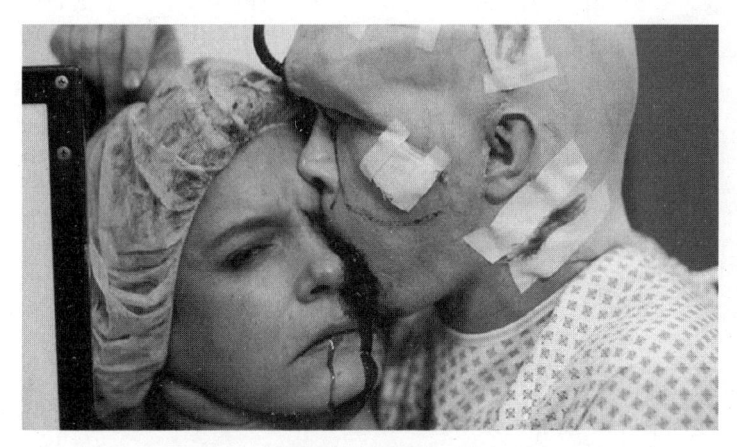

Damit Sie auch morgen noch kräftig zubeißen können. From Beyond.

fende Sinne« mit infernalischem Kreischen zu äußerst formenreich schillerndem, bildlich blühendem Leben erweckt.

So holzig und handgemacht dieser wackere Versuch, dem Lovecraft'schen Markenzeichen des Unsag- und Undarstellbaren Gestalt zu verleihen, auch daherkommt: Abstrahiert man von der Mutwilligkeit und dem Geldmangel dieser im engeren Sinne surrealen Bilder, stehen sie in ihrer Übererfüllung des zirbeldrüsenstimulierenden Robert-Bresson-Regieanspruchs »Lass sichtbar werden, was ohne dich vielleicht niemals gesehen würde« plötzlich in anderer Nachbarschaft als ausschließlich derjenigen billigen Horrorschunds. Denn verblüffend ist, wie heftig und unangenehm einem diese im Vergleich mit etwa David Cronenbergs distinguierten filmischen Körper-Diskursen subtext- und hochkulturwertfreie Groteske in die Eingeweide fährt – als unkultivierte Trash-Version von *Shivers* plus *Videodrome* plus *The Fly*. Für eine reine, splattersatirische Lovecraft-Dekonstruktion (eine Lesart, die nicht zuletzt durch die in dieser Form mittlerweile ausgestorbene, schauderhaft-bezaubernde Schauspiel-Unkunst der Gesamtbesetzung gestützt wird – alle Akteure sind in ihrem liebenswerten Mangel »einer enigmatischen Technik des Mienenspiels« (Karl Heinz Bohrer) ideale B-Film-Entsprechungen von Lovecrafts abziehbildflachen Charakteren) gehen die Leib-, Lust- und Leidexzesse in *From Beyond* ein deutliches Spürchen zu weit, weiter jedenfalls als die schock-, weil gänzlich geist- und ideenfreien »torture porn«-Deppereien von beispielsweise Eli Roths Death-Metal-Kitsch *Hostel 2*.

In der Schauspielerei und dem ganzen großen, absolut wiederentdeckenswerten Rest von *From Beyond* hat Stuart Gordon vielleicht doch noch eine Menge organisches Theater hinübergerettet. Forcierte Expressivität, der Einsatz sämtlicher Bühnentricks, ein verzeihlicher Mangel an Zurückhaltung, Überfluss an Leidenschaft sowie der Bereitschaft, nahezu unbegrenzte Körperarbeit zu leisten: das ist sie doch, die unschlagbare Unmittelbarkeit des Theaters, in dem man, wie Rainald Goetz sagt, »angespuckt wird von den Schauspielern, wenn man in der ersten Reihe sitzt«. Oder eben angeschleimt. *sew*

Ghost Rider ★☆☆☆☆

USA 2007 • Regie: Mark Steven Johnson • Darsteller: Nicolas Cage, Eva Mendes, Wes Bentley, Sam Elliott sowie der leibhaftige Peter Fonda

Mark Steven Johnson, der Regisseur dieses Moped-Unfugs, verfügt unleugbar über Superkräfte im Vergurken von Marvel-Comichelden-Verfilmungen, wie vor *Ghost Rider* bereits der ähnlich unsehbare *Daredevil* (2003) eindrucksvoll unter Beweis stellte. Nachdem sich Johnson mit seinem Fetischzirkus um den zwar maulwurfblinden, aber dafür mit exorbitanter Körper- und Hörstärke gesegneten Matt Murdock offenbar mühelos für die filmische Präsentation eines weiteren zwielichtigen (Anti-)Helden aus Marvels Post-Silver-Age-Ära der Siebziger- und frühen Achtzigerjahre qualifizierte, kam Nicolas Cage ins Spiel. Für den Superhelden- und speziell *Ghost-Rider*-Comicfan Cage war es schon seit langem ein Herzensprojekt, der an für sich gelungen sinistren und eloquent ins Populärkünstlerische gedrehten faustischen Figur des Stuntbikers Johnny Blaze einen dreidimensionalen Auftritt zu verpassen. Blaze schließt einen Pakt mit Mephistopheles, um das Leben seines Vaters zu retten. Obwohl dieser teuflischerweise dennoch stirbt, hat Blaze von nun an nicht bloß seine eigene Seele verschachert, sondern muss

»*DU warst es!*« Ghost Rider.

dem Geist, der stets verneint, als Seelensammler bzw. höllischer Kopfgeldjäger zu Diensten sein – mit flambiertem Totenkopf auf brennendem Motorrad. Aus diesem an der äußersten Peripherie des Comic-Kanons zu verortenden, aber durchaus mit ikonischen und narrativen Pferdestärken ausgestatteten Konzept wird in der Filmversion dank der Nicht-Regie, der die kulturgeschichtsträchtige Abgründigkeit des Stoffes nicht mal streifenden Faschingsteufelkaspereien und dem seit mittlerweile beunruhigend längerer Zeit um melancholisch-erhabene Aura bemühten, aber immer deutlicher ins latent Dackelartige schlagenden Nicolas Cage nichts als die Möglichkeit, zwei Stunden lang was anderes zu machen, als – um es mit Kinky Friedman zu formulieren – seinen Haaren beim Wachsen zuzuhören. *sew*

Der goldene Kompass ★☆☆☆☆

USA/GB 2007 • Regie: Chris Weitz • Darsteller: Nicole Kidman, Daniel Craig, Dakota Blue Richards, Eva Green, Sam Elliott, Christopher Lee • Mit den Stimmen von Ian McKellen, Kristin Scott-Thomas und Kathy Bates • Nach dem Roman von Philip Pullman

Hamburg im März 2007: Aus der ganzen Republik hat Warner Bros. Journalisten und Geschäftspartner an die Alster gekarrt, um ihnen den großen Familienfilm für Weihnachten 2007 vorzustellen: *Der goldene Kompass*, auf dem ersten Teil von Philip Pullmans »His Dark Materials«-Serie beruhend, soll der neue *Herr der Ringe* werden. Gezeigt wird dabei ein großartig zusammengeschnittener 14-Minuten-Trailer, der alle im Kino atemlos hinterlässt. Schon die Besetzung: Daniel Craig – der neue James Bond – als Wissenschaftler mit dem Zug zum Abenteurer; die schönste Frau der Welt, Nicole Kidman, als seine böse Gegenspielerin; Eva Green als fliegende Hexe; der anbetungswürdige Sam Elliott als texanischer Aeronaut. Und dann die Stimmen der animierten Tiere: Sir Ian McKellen als saufender Eisbär und Katy Bates als Riesenhase. Das wird bestimmt ganz toll!

Zwischenspiel: Die Bücher von Philip Pullman werden gerne als »Anti-Narnia«-Romane bezeichnet, da sie im Gegensatz zu C.S. Lewis' Narnia-Novellen von einer klaren antiklerikalen Haltung durchzogen werden. Sie spielen in einer Parallelwelt, in der Magie die Stelle der Wissenschaft eingenommen hat. Menschliche Seelen manifestieren sich außerhalb des Körpers in Gestalt von tierischen Begleitern, den sogenannten Dæmonen. Das Magisterium, das diese Welt beherrscht, trägt ganz klar Züge der katholischen Kirche, auch wenn die Herrschaft der Kirche in Pullmans Welt deutlich klerikal-faschistische Züge trägt.

In dieser Welt lebt die junge Lyra Belacqua, die am Jordan College in Oxford lernt. Hier ist auch Lyras Onkel Lord Asriel Professor. Der entdeckt, dass die Erscheinung des Nordlichts den Durchgang zu einer fremden Parallelwelt markiert. Gleichzeitig gerät Lyra unter den Einfluss der rätselhaften Mrs. Coulter, einer Agentin des Magisteriums, die Kinder für Versuche entführt. Wie Lord Asriel will auch Miss Coulter das Rätsel des »Staubs« lösen, der die parallelen

Welten anscheinend verbindet. Gemeinsam mit einem gepanzerten Eisbären, der eine Schwäche für Schnaps hat, und einem geheimnisvollen texanischen Luftschiffer startet Lyra eine Rettungsaktion für die Kinder.

Das Faszinierende an Pullmans Romanserie, die im Original den von John Milton geprägten Obertitel »His Dark Materials« trägt, ist die ebenso dreiste wie poetische Mischung, ihre Vielschichtigkeit. Von der Handlung her ist die Trilogie ein herkömmlicher Coming-of-Age-Stoff im Gewand eines Fantasy-Romans. Neben den antiklerikalen Untertönen beschäftigt sich Pullman aber eben auch mit Kosmologie: Es ist die titelgebende dunkle Materie, durch die parallele Welten zusammengehalten werden.

Berlin im Dezember 2007: Boah, was für eine Riesenenttäuschung! Der Streifen ist zwar mit knappen 100 Minuten angenehm kurz, aber dafür wirkt er am Ende auch ziemlich lieblos zusammengeschnippelt. Die DVD-Veröffentlichung eines *Director's Cut* ist so sicher wie – ähm – das Amen in der Kirche. Natürlich: Die schau-

»Wer in schlechten Filmen mitmacht, kommt in die Hölle, hörst du?«
Der goldene Kompass.

spielerische Leistung ist makellos, die Ausstattung und das Design des Films sind zum Niederknien. Aber unterm Strich sieht er eben aus wie jede andere Fantasy-Grütze der letzten Jahre. Es ist, als hätte man im Namen der »political correctness« alle Kanten und Haken abgeschliffen, die Pullmans Erzählung noch im Übermaß hatte.

Gewiss: Die Katholische Liga in den USA empfahl, dass »Christen sich von diesem Film fernhalten«. Der Vorsitzende William Donahue ging sogar noch weiter: »Eltern, die ihre Kinder im Glauben erziehen, sollten mit diesen Büchern nichts zu tun haben.« So wie im Jahr zuvor der aufdringliche christliche Subtext von *Narnia* eingedampft wurde, nur um säkulare Kinogänger nicht zu beunruhigen, so wurde hier die atheistische Grundhaltung vollkommen relativiert, da diese im amerikanischen *bible belt* vermutlich Zuschauer gekostet hätte. Das Ergebnis ist ein vollkommen austauschbarer Film. Schade drum!

Nachtrag: Und das Teil hat 150 Millionen Dollar gekostet, so viel wie alle drei *Herr-der-Ringe*-Schinken zusammen? Das ist dann schon wieder komisch. *lg*

Harry Potter und der Orden des Phönix ★★★★☆☆

USA 2007 • Regie: David Yates • Darsteller: Daniel Radcliffe, Rupert Grint, Emma Watson, Helena Bonham Carter, Robbie Coltrane, Warwick Davis, Ralph Fiennes, Michael Gambon, Gary Oldman, Imelda Staunton • Nach dem Roman von Joanne K. Rowling

Nach vier eineiig charakterschwachen Umsetzungen konnte man sich eigentlich sicher sein, nun wirklich kein Wort mehr über die *Harry-Potter*-Filme verlieren zu müssen. Und dann liefert der britische TV-Regisseur David Yates mit seinem vollkommen rund laufenden Zweistünder die erste Adaption, die diesen Namen wirklich verdient – und vor allem einen schönen Film.

Ungefähr in der Mitte des fünften, dicksten und zähesten Bandes von Joanne K. Rowlings Bildungsromanserie, »Harry Potter und der Orden des Phönix«, lernt Harry bei seinem verhassten Zauber-

Ein magischer Moment ganz ohne Magie. Harry Potter und der Orden des Phönix.

tranklehrer Severus Snape die Kunst der Okklumentik – die magische Verteidigung gegen das Eindringen eines fremden Geistes in den eigenen, also gewissermaßen gegen die Beeinflussung und Okkupation eigener Vorstellungen, Kopfbilder und Entscheidungen durch vorgefertigte Bilder und fremde Mächte. Dieser Strategie haben sich offenbar auch die Macher von *Harry Potter und der Orden des Phönix* bedient, denn ihre Filmversion pfeift sowohl auf die hektische Gefallsucht der ersten vier Teile als auch auf die Pflicht, möglichst viel Stoff und Details aus dem Text auf die Leinwand zu bringen. Stattdessen wurde aus dem umfangreichsten Buch der Reihe der mit bis zum Abspann knapp zwei Stunden Lauflänge bisher schlankste, dichteste und schnellste Film.

Rowlings Romanwälzer ist nach klassischer Dramentheorie eine besonders üppig ausgefallene Retardation, also Verlangsamung bis Anhalten der Handlung, um die Atmosphäre zur katastrophenschwangeren anzudicken: Nach diesem letzten, quälenden, ganz und gar nicht regulären Schuljahr auf Hogwarts ist die letzte Kurve vor der Zielgeraden genommen. Die Autorin kann sich dafür ordentlich Zeit und Raum nehmen (dass sie es tut, ist eine der Stärken der Romanserie), eine Fernsehserie könnte es ebenso. Ein Film jedoch sollte, damit er als solcher – und eben nicht nur als unselbstständiger Mittelteil – funktioniert, von beidem nichts verplempern. Dementsprechend schnüren Yates und vor allem, wie der Regisseur ausdrücklich betont, dessen langjähriger Editor Mark Day konsequent zusammen, was zusammengeschnürt gehört; derart konsequent, dass Potter-Unkundige unmöglich ein- und durchsteigen können und es die Kundigen statt Lieferung einer erwartungshörigen Bebilderung dessen, was sie eh schon im Kopf haben, in stimmigem Rhythmus und mit immer handlungsdienlich entschlackter Rasanz durch die sauber montierte filmische Erzählung treibt, in der die Bilder eben nichts anderes wollen als erzählen. Eh man sich's versieht, ist man, kaum drin, mit Rennbesen-Höchstgeschwindigkeit schon wieder draußen. Das nennt man wohl nüchtern Effizienz – aber gerade dadurch packt es der Film, in dem alles bloß Staunenswerte, Nebensächliche und Kindische weggelassen wird, den drohenden Ernst der sich anbahnenden unvermeidlichen Katastrophen vorzubereiten (Yates führt auch beim sechsten Teil Regie). Kurz gesagt: In diesem Fall war geboten, Wesentliches ganz anders zu machen als der Roman, um diesem möglichst nahe zu kommen. Es gelang.

Überhaupt sitzt und stimmt hier plötzlich alles: Der auf Besen das nächtliche London überfliegende Zaubererschwarm sieht einfach klasse aus; die nicht allein der Vorlage geschuldete Ernsthaftigkeit, das Verdunkeln und Verdüstern des Geschehens kommen als solche an; punktgenaue Komik fährt ab und an trocken dazwischen; es macht Spaß, den Jungdarstellern beim Erwachsenwerden zuzugucken; die Massenzauberei des finalen Großkampfs saust, zischt, blitzt und ballert einem derart dynamisch und dehydriert inszeniert um Augen und Ohren, dass man über die Actionsequenz-Tauglichkeit von Stöcken, Leuchtgewaber und semilateinischem Geschreie nur staunen kann. Und wenn dann noch Dumbledore und Voldemort ihr langerwartetes Duell ausfluchen, können Yoda und Anakin ihre Lichtsäbel in die Batterietonne treten. *sew*

Heroes – Season 1 (DVD) ★★★★★☆
Heroes – Season 2 (DVD) ★★★☆☆☆

USA 2006–08 • Idee: Tim Kring • Darsteller: Hayden Panettiere, Masi Oka, Greg Grunberg, Ali Larter, Milo Ventimiglia, Zachary Quinto

Heroes, das war im Jahr 2006 die Seriensensation aus den USA. Schon lange bevor die Folgen auf Deutsch bei RTL 2 liefen, kursierten die US-DVDs und von Fans untertitelte Folgen aus dem Netz. »Postmoderne *X-Men*« jubelte Spiegel Online schon im Frühjahr 2007.

Ein durchaus passender Vergleich, denn wie in der Comicserie von Stan Lee und Jack Kirby geht es auch bei *Heroes* um Jugendliche, die in ihrer Pubertät plötzlich Superkräfte entwickeln. Da ist etwa die Cheerleaderin Claire aus Texas, die unverwundbar ist, der Polizist Matt, der plötzlich die Gedanken anderer Menschen hören kann, der New Yorker Krankenpfleger Peter Petrelli, der davon überzeugt ist, dass er fliegen kann, der Maler Isaac, der die Zukunft

Wir sind Helden. Heroes.

sieht, oder der japanische Büroangestellte Hiro, der die Zeit anhalten und durch Zeit und Raum reisen kann. Und nicht alle diese neuen Superhelden setzen ihre Kräfte zum Wohl ihrer Mitmenschen ein: Die superstarke Niki etwa arbeitet im Nebenberuf als Killerin für den Casinobesitzer Linderman, der unsichtbare Claude klaut sich seinen Lebensunterhalt zusammen, und der schurkische Uhrmacher Sylar ermordet andere Superwesen und verleibt sich ihre Fähigkeiten ein. Sie alle werden in eine riesige Intrige verstrickt, als der Maler Isaac entdeckt, dass der Stadt New York in naher Zukunft eine Atomexplosion bevorsteht. Gleichzeitig versucht der indische Genforscher Mohinder, den Mord an seinem Vater aufzuklären. Und der New Yorker Staatsanwalt Nathan Petrelli führt einen von dem Mafioso Linderman finanzierten Wahlkampf als Kongressabgeordneter. Je länger die Handlung dauert, umso mehr werden alle diese Erzählungen miteinander verknüpft. Nun müssen sich diese Helden gegenseitig finden, denn nur, wenn sie alle zusammenarbeiten, kann die atomare Zukunft verhindert werden.

Superheldin à la Comic-Genie Tim Sale. Heroes.

Das ist sehr clever und überaus spannend konstruiert und macht im Verlauf der ersten Staffel eine Menge unvorhersehbarer Wendungen und Volten. Aber im Gegensatz zu HBO-Serien wie *Die Sopranos* oder *Rom* sind die für NBC produzierten *Heroes* eben doch – trotz bemerkenswerter Brutalität – ausgesprochenes Popcorn-Fernsehen. Ansprechend ist zunächst mal die Struktur der Serie: Jede Season steht für einen Teil einer größeren Erzählung, die Staffel selber ist dann meist in drei »Bücher« eingeteilt, jede Folge ist ein Kapitel dieses Buchs. Sehr schön ist auch die Mischung aus Folgen, die *wall-to-wall action* präsentieren, und den eher ruhigen *off-beat*-Episoden. Auch die Auswahl der Schauspieler ist gelungen: In den Hauptrollen sieht man ausschließlich unbekannte, noch nicht verbrauchte Gesichter, in den Nebenrollen tauchen alte Bekannte wie Richard Roundtree (*Shaft*) oder Malcolm McDowell (*Uhrwerk Orange*) auf. Dazu kommt eine sehr clevere virale Kampagne: Auf der Seite *www.nbc.com/Heroes/novels* werden wöchentlich neue Kurzcomics präsentiert, die entweder die Handlung der aktuellen TV-Episode vertiefen oder spannende Nebengeschichten erzählen. Eine durchaus aktuelle und intelligente Form des guten alten Weekly-Zeitungsstrips.

Doch die starre Struktur des US-Fernsehens mit seinen 22 bis 24 Folgen pro Season hat – ähnlich wie bei *Lost* – eine ganze Handvoll von Episoden verschuldet, die die Handlung lediglich strecken. Weiterhin erinnert die Wir-müssen-für-alle-Zielgruppen-eine-Identifikationsfigur-schaffen-Haltung von ihrer Ausgewogenheit her schon fast an das hiesige öffentlich-rechtliche Fernsehen. Doch die ganz große Enttäuschung lauert bei *Heroes* in der schrecklich kitschigen Auflösung der ersten Staffel und vor allen Dingen in der furchtbar langweiligen zweiten Season. Produzent Tim Kring sah sich zum Jahreswechsel 2007/08 sogar dazu gezwungen, sich in einem Internet-Interview bei den Fans zu entschuldigen und Besserung zu geloben. Der Drehbuchautorenstreik in Hollywood hat hier etwas sehr Nützliches bewirkt: Nach elf Episoden wurde die zweite Staffel unterbrochen, und das Konzept wird zur Zeit überarbeitet.

Auch hier muss man ausdrücklich vor der deutschen Version warnen: Selten gab es eine solch schlechte, teilweise sogar sinnverfälschende Synchronisation wie hier. RTL 2 – auf dessen Konto die deutsche Fassung geht – wird seinem Ruf als »Unterschichtenfernsehen« mehr als gerecht. Im US-Original sprechen die beiden Japaner Hiro und Ando untereinander japanisch, mit anderen dagegen reden sie gebrochenes Englisch. In der deutschen Synchro benutzen sie untereinander Hochdeutsch, und im Gepräch mit anderen haben sie plötzlich einen Doofeimer-Akzent. *Heroes* ist sowieso eine Serie, die man lieber am Stück auf DVD sehen sollte. Doch dann sollte man auch gleich den deutschen Ton weg- und die Untertitel anschalten. *lg*

The Host ★★★★★☆

Japan/Südkorea 2006 • Regie: Bong Joon-ho • Darsteller: Song Kang-ho, Park Hae-il, Bae Doo-na, Ko A-sung

Aus dem Seoul durchfließenden und stark verschmutzten Han steigt ein amphibisches Monster, frisst sich durch die Stadt, legt in der Kanalisation einen Futtervorrat an, löst die übliche Panik, dann den Notstand aus und wird schließlich von einem Grüppchen arg gebeutelter, aber beherzter Seouler in neue, nämlich die ewigen Jagdgründe geschickt.

Das ist alles, und zwar nichts weniger als der beste Monsterfilm mindestens des Jahres, Box-Office-Rekordbrecher in seiner Heimat Südkorea, Abräumer auf Festivals, preisberegnet sowie Kritiker- und Publikumsliebling. Genauso ist *The Host* ein höflicher, aber bestimmter Schlag in die hässlichen Gesichter der dem Abwasser-Mutanten verwandten Kreaturen, die sich tummeln in den jüngsten amerikanischen Filmversuchen, die Etymologie des Monströsen produktiv ernst zu nehmen. Das lateinische Verb »monstrare« heißt schließlich »zeigen«, »hinweisen« oder »lehren« und leitet sich wiederum von »monere« ab, was »erinnern«, »(er)mahnen«, »warnen«, »raten«, »anweisen«, »zurechtweisen« und »strafen« bedeutet.

Allein ihrem Namen nach bedeuten Monster also eine ganze Menge bzw. repräsentieren Bedeutung und die Schwierigkeiten von Bedeutungszuschreibungen schlechthin. Daher ist auch *The Host* kein »leichter« Film bzw. kommt der durch die Werbekampagne und kritische Oneliner (»*Jaws* meets *Jurassic Park*«) geweckten Erwartung eines humorigen Monster-Spektakels kaum entgegen. Asiatische Filme (der kulturelle Rundumschlag sei in diesem Zusammenhang gestattet) und deren Rezeption zeichnen sich gegenüber vielen westlichen Creature Features durch ein komplizierteres, jedenfalls anderes Verhältnis von Buchstäblich- und Zeichenhaftigkeit aus. Fantastische Wesen sind bei Bedarf ein höchst realer Teil der wirklichen Welt und ebenso bild- bzw. gestaltgewordene Konkretionen abstrakter Ideen, Affekte, Zustände etc. Japanische oder eben koreanische Monster sind – mit einem Wort – selbstverständlich. Deshalb gelingt Regisseur Bong Joon-ho, dessen *Memories of Murder* (2003) auf dem Fall des ersten Serienmörders Koreas basiert, mit *The Host* nicht einfach ein staunenswert intelli-

Das Ungeheuer vom Han. The Host.

gentes Update des Original-*Godzilla* von 1954, obwohl die Parallelen zwischen beiden Filmen offensichtlich und wechselseitig erhellend sind. Vielmehr ähnelt *The Host* (wenn auch vielleicht erst auf den zweiten Blick; überhaupt gewinnt der Film durch nochmaliges Sehen gewaltig) in grundsätzlicher, »struktureller« Hinsicht Guillermo del Toros ebenfalls letztjährigem Meisterwerk *Pans Labyrinth*. Beide Filme verstehen es, im Sinne der erwähnten Selbstverständlichkeit höchst realitätsbezogene filmische Welten gelassen und beinahe beiläufig mit höchst unrealistischen, aber äußerst realen Monstern zu besiedeln. Beides sind Horror- bzw. Monsterfilme, die sich kaum um horrorinszenatorische Regeln kümmern und aus dem Zusammenstoßen von Monstren und Menschen keinen geisterbahnatmosphärischen, sondern je eigenen, neuen, in dieser Form zuvor selten bis nie gesehenen Gewinn ziehen. Wo der typische Horrorfilm Charaktere, Geschichte und Drama in den rechtfertigenden Dienst monstershowbezogener Effektivität oder metaphorischer Referenzialität stellt, benutzen *Pans Labyrinth* und *The Host*, ohne großes Brimborium darum zu machen, ihre Monster zu Verdichtung und Antrieb, als »Anweisung« ihrer dramatischen Erzählungen. Der aus Chemieabfällen entstandene, von der Regierung aber als Virus-Wirtstier vertuschend falsch klassifizierte monströse Riesenlurch steht nicht im visuellen oder narrativen Mittelpunkt des Films, sondern hüpft nach gut zehn Minuten einfach und relativ unspektakulär aus dem Wasser. Danach taucht er lediglich an neuralgischen Handlungspunkten auf, zwischen denen man ihn sequenzenweise völlig vergisst. Natürlich gibt es ein monstermäßiges und so elegantes wie angemessen kathartisches Finale, aber bis zu diesem interessiert sich Bong Joon-ho ausschließlich für sein Musterbeispiel einer dysfunktionalen Familie, die im durchs Monster weniger verursachten als markierten Ausnahmezustand gezwungen wird, so gut es geht zu funktionieren und dabei als biologische Familie endgültig zerrissen wird.

The Host demonstriert, in seiner nahezu experimentell wirkenden Anti-Dramaturgie und durchzogen von seltsam unberechenbarer Ironie, wie man aus gänzlich unoriginellen Zutaten ein originäres, kluges, politisches und in emphatischem Sinne gegenwärtigmodernes Kunstwerk schafft. Wie *Pans Labyrinth* konfrontiert auch *The Host* reale Schrecken mit unwirklichem Grauen und stellt

Familienbande – alles Monster. The Host.

damit explizit die Frage nach dem Verhältnis zwischen beidem, ohne die Nahtstellen zu kaschieren. Die erwartbare Standardoption »genuiner, aber allegorischer Horrorfilm« wird dabei gezielt vernachlässigt. Auch bei del Toro stehen marode bis zerrissene Familien extrem ausgeübter Staatsgewalt ohnmächtig gegenüber bzw. werden von dieser zerstört. Und schließlich spielt auch in *The Host* ein kleines Mädchen die Hauptrolle, das sich im Alleingang und mit viel größerer Souveränität gegen das Fantastisch-Monströse behauptet, während sich die erwachsene Welt um es herum auch ohne Riesenkaulquappe in die Hölle verwandelt. In beiden Fällen ist das Mädchen am Ende tot, und neue Familienkonstellationen bilden sich. Vor allem in diesem Punkt eint *The Host* und *Pans Labyrinth* die große und sehr bittere Konsequenz, mit der das Monströse als lehrreiche Zurechtweisung konstruiert und ernstgenommen wird – Monster sind zwar nur mahnende Wunderzeichen, aber keine, mit denen man gedankenlos herumspielt. Das wissen Kinder besser als Erwachsene, wobei *The Host* ein Horrorfilm für Letztere ist, wie man ihn (von den Werken del Toros natürlich abgesehen) bislang selten gesehen hat. Regisseure wie David

Cronenberg oder George A. Romero begründeten die intelligente Horror-Moderne, Bong Joon-ho ist wie Guillermo del Toro einer von den klugen Filmemachern für die Zeit danach. *sew*

I Am Legend ★★★☆☆

USA 2007 • Regie: Francis Lawrence • Darsteller: Will Smith, Alica Braga, Dash Mihok • Nach dem Roman von Richard Matheson

In ihrem Essay »Die Katastrophenphantasie« aus dem Jahr 1965 entwirft die amerikanische Kulturkritikerin Susan Sontag eine Reihe paradigmatischer deskriptiver Szenarien für das in den Sechzigerjahren aufblühende Genre des Science-Fiction-Films. Ausgehend von der Annahme einer »Voraussagbarkeit der Form«, die sie bei Genres wie beispielsweise dem Western konstatiert, beschreibt sie eine Reihe konstituierender Elemente, die ihrer Meinung nach sowohl die zunehmende Popularität als auch die idiosynkratische Qualität des »neuen« Genres erklären und charakterisieren. In den von ihr thematisierten Filmen beobachtet sie vor allem einen besonderen Fokus auf die Darstellung der katastrophalen Zerstörung, eine spezielle »Ästhetik der Destruktion«, die gerade durch die technischen Innovationen des Films sowie die zunehmende Möglichkeit der unmittelbaren »sinnlichen Erfahrung« im Rahmen des Kinoerleb-

Der letzte Actionheld. I Am Legend.

nisses zum bestimmenden Merkmal des Genres wird. Im Gegensatz zum »reinen« Monsterfilm oder ähnlichen vergleichbaren Subgenres, die sich ihrer Meinung nach noch durch ein »unschuldiges« Verhältnis zur Katastrophe auszeichnen, verleiht die historische Wirklichkeit der Moderne dem SciFi-Film jedoch eine gewisse Ambivalenz. Die Mischung aus der Schönheit rächender Verwüstung (und ihres vollkommenen sinnlichen Eindrucks) und dem allegorischen Charakter im Angesicht der atomaren Bedrohung (und sowohl individuellen als auch kollektiven Auslöschung) ist eins der wesentlichen Merkmale, die Sontag beschreibt. Die Trumpfkarte dieser Filme ist die Illustration eines entleerten Lebensraums, eine Vision, die jedoch immer auch die Chance zum Neubeginn beinhaltet. Die moderne Darstellung der Apokalypse und ihrer Folgen sind ihrer Meinung nach essenziell für das Verständnis des Genres.

Francis Lawrences Verfilmung von Richard Mathesons *I Am Legend* – nach *The Last Man On Earth* (1964) und *Der Omega-Mann* (1974) bereits die dritte Kinoversion des Stoffes – ist in vielerlei Hinsicht in der Tradition dieser Konzeption zu sehen. Denn auch dieser Film überzeugt in erster Linie durch die Visualisierung einer im seltsam goldenen Licht unheimlich leuchtenden leeren Welt, eines entvölkerten und langsam zur Wildnis werdenden Manhattan. Die Bilder dieses postapokalyptischen Eilands zeigen in beeindruckendem Maße, wie sehr Sontags Kriterien der sinnlichen Erfahrung der Katastrophe durch die technischen Mittel des modernen Kinos immer noch gelten. Die langsam degenerierende heterogene Architektur Manhattans, die menschenleeren Diners, Delis und Finanztempel, die zerstörten Brücken, all die berühmten Attraktionen des Big Apple sind hier von allen Zeichen der hektischen Betriebsamkeit befreit und bieten so ein ultimatives Bild der Einsamkeit. Hier liegt die unbestreitbare Stärke von Lawrences Film – gerade in der ersten Hälfte findet er die richtigen Mittel zur Darstellung dessen, was nach dem diegetischen Chaos kommt.

Das ist – wie gesagt – keinesfalls neu, und gerade in den letzten Jahren beeindruckten Filme wie Danny Boyles *28 Days Later* wiederholt durch spektakuläre Bilder entvölkerter Großstadtgebiete. *I Am Legend* schafft es jedoch, gerade durch die Kombination der Darstellung eines langsam zerfallenden urbanen Settings im ständigen Sonnenuntergang mit dem korrespondierenden mentalen Verfall des Protagonisten einige äußerst wirkungsvolle Synergien zu generieren.

Denn der Focus von Lawrences Film verschiebt sich bald vom Makrokosmos der kollektiven Auslöschung hin zum Mikrokosmos des individuellen physischen und psychischen Überlebens in dieser neuen/alten Wildnis. Gerade in der ersten Hälfte seines Films vertraut er auf Elemente wie Stille, Langsamkeit (von der initialen Jagd im roten Sportwagen mal abgesehen) und die vor allem filmische Darstellung schleichender Langeweile und bedrückender Routine. Zeichen der geistigen Verwirrung des Wissenschaftler-Helden Robert Neville bieten wiederholt Anlass sowohl zum Schmunzeln (beschwingter Dialog mit Schaufensterpuppen) als auch zur Beklemmung (psychotisches Maschinengewehrfeuer in die Häuserschluchten als Ausdruck fortschreitender Paranoia). Auf dieser Ebene gelingt es dem Film, ein Bild der postapokalyptischen geografischen und mentalen Ödnis zu zeichnen, das durch die gekonnte Kombination aus ruhigen Einstellungen, sorgsam eingesetzten Special Effects und zurückgenommenem Score überzeugt.

Seine Schattenseite offenbart *I Am Legend* dann aber buchstäblich, wenn die Nacht einbricht und die Zombies kommen. Hier wird es aus vielen Gründen problematisch; zum einen auf der Ebene der reinen Darstellung dieser vom mutierten Virus veränderten Monstermenschen. Ein weiteres Mal erlag man hier nämlich der Versuchung, auf reine CGI-Kreationen zu setzen, die in ihrer Künstlichkeit und alle Gesetze der Physik missachtenden Geschwindig- und Beweglichkeit die zuvor aufgebaute Spannung und Atmosphäre auf einen Schlag zunichte machen. Hier findet ein geradezu sichtbarer Bruch statt, der aufgrund der eingangs langsam aufgebauten Suspense-Stimmung eine komplette Antiklimax einleitet. Und das wäre eigentlich gar nicht nötig, denn schließlich handelt es sich bei den Kreaturen der Nacht nicht um reine Phantasiegeschöpfe (wie etwa beim *Cloverfield*-Monster), sondern schlicht und einfach um extrem aggressive, zugegeben etwas blasse, aber dennoch der humanen Physis weitgehend entsprechende menschliche Wesen. Warum hier also eine Form der komplett digitalen Darstellung gewählt wurde, die jeder Ego-Shooter mittlerweile besser abzuliefern weiß, bleibt ein echtes Rätsel. Dabei ist es nicht so, dass Will Smith keine Erfahrung mit computerisierten Antagonis-

Der Smithflüsterer. I Am Legend.

ten-Herden hätte; bereits *I, Robot* stellte ihn vor die Herausforderung, gegen irre CGI-Geschöpfe anzukämpfen, die die äußerst wackelige Festplatte der Asimov-Verfilmung schließlich zum Absturz brachten. So entsteht bei der Betrachtung von *I Am Legend* ein unangenehmes Déjà-vu-Erlebnis, das die Wirkung einiger Szenen zusätzlich untergräbt.

Neben dieser völlig verkorksten Konzeption offenbart sich ein weiteres Problem bei der Betrachtung der Beziehung der Mutanten zum Wissenschaftler-Helden Neville. Dieses Problem tritt beim Vergleich mit der literarischen Vorlage besonders auffällig zutage; denn anders als im Roman, in dem der Held scheinbar zufällig in die Ereignisse gezogen wird, macht die Filmversion aus diesem unbeteiligten Jedermann, der sich die Erkenntnisse der Wissenschaft erst mühsam aneignen muss, *den* Robert Neville, der durch seine Forschung und seine Handlungen die Entstehung der Seuche eigentlich erst zu verantworten hat. Indem der Film ihn zum Verursacher der modernen Pest und Schöpfer der von ihr hervorgebrachten Monstern macht, setzt er somit auf eine bewusste Evozierung des Frankenstein-Motivs; ein Aspekt, der durch das wiederholte spezielle visuelle Hervorheben eines ganz besonderen Monster-Individuums zusätzlich betont wird. Hier kämpft ein klassischer Wissenschaftler-Protagonist gegen das von ihm geschaffene Ungeheuer; das ist sicherlich nicht uninteressant, aber angesichts der Komplexität und Ambivalenz der literarischen Vorlage leider eine Hinwendung zu mehr Einfachheit und klarer Konfrontation – und somit eine völlig verschenkte Chance.

Der Roman nämlich zieht aus dem Spannungsfeld zwischen Wissenschaft und Mythos eine deutlich größere Wirkung. Statt wiederholt auf Frankenstein abzuheben, hätte es dem Film gut getan, sich dem Vampir-Aspekt zu widmen und die vielschichtige Dynamik der Vorlage zumindest ansatzweise beizubehalten. Während der Neville aus Mathesons Erzählung nach und nach die Vampirlegende mit den Mitteln der Wissenschaft erklärt und säkularisiert, bildet sich um ihn herum eine neue Gesellschaft genetisch veränderter Halbvampire, in der er – der letzte Mensch – nach seinem Tod zum mythischen Monster der Legende wird. Ein genuiner intellektueller Twist des mehrfachen *Twilight-Zone*-Autors Matheson, der interessante Fragen über die Bedeutung von moderner Wissenschaft und Mythologie, das Verhältnis von Erzählung und Psychologie sowie das Wesen von Revolution und Gesellschaft bereithält.

Der Film entfernt sich hier völlig von der Vorlage und entwickelt einen finalen Showdown, in dem sich Will Smith als Märtyrer dem Opfertod stellen darf und schließlich zum Messias der neuen Erdbevölkerung wird. Die wiederholt zum Ausdruck gebrachte religiöse Agenda des Films kommt hier besonders unangenehm zum Tragen; in einer ungelenken Umdeutung des Titels wird dieser Neville zur Legende, indem er sein Leben für die Menschheit gibt. Die bittere Ironie und böse Bedeutung des Originaltitels werden hier völlig untergraben, wenn Will Smith symbolisch ans Kreuz genagelt wird und den Bewohnern des neuen Bethlehem somit einen hoffnungsvollen Neubeginn schenkt.

Die anfänglichen Qualitäten des Films fallen letzten Endes also seinen eigenen Ambitionen zum Opfer – sowohl technisch als auch motivisch. Das Vertrauen auf elaborierte Visual Effects – bei der Darstellung einer Sontag'schen »Ästhetik der Destruktion« noch höchst wirkungsvoll – untergräbt in entscheidendem Maße die Wirkung der Filmmonster, während die Umkodierung des Romanhelden vom ständig alkoholisierten Hobbywissenschaftler und Vampirjäger hin zum tragischen Laborhelden und religiösen Märtyrer dem Ganzen schließlich vollends den Garaus macht. Kaum ein anderer Film des letzten Jahres hatte ein dermaßen bemühtes und mit dem bitteren Beigeschmack des Saccharinen versehenes Ende zu bieten. Unterm Strich ist *I Am Legend* somit zwar nicht die Katastrophe, die er hätte sein können – ein bisschen mehr Fantasie bei der Umsetzung der Vorlage hätte aber auch nicht geschadet. *lz*

Invasion ★☆☆☆☆

USA 2007 • Regie: Oliver Hirschbiegel • Darsteller: Nicole Kidman, Daniel Craig, Jeremy Northam, Jeffrey Wright • Nach dem Roman von Jack Finney

Jack Finneys Roman *The Body Snatchers* aus dem Jahre 1955 bietet die Blaupause für eine bestimmte Art der filmischen Science Fiction, die vor allem durch Don Siegels zeitnahe Kinoversion populär wurde. Weniger der Roman (der seine Themen diversen vorangegangenen Veröffentlichungen wie etwa Philip K. Dicks *The Father Thing* entlehnt), sondern vielmehr Siegels Film wurde schnell zum paradigmatischen Beispiel für die metaphorische Vereinnahmung paranoider SciFi-Inhalte, die Kritiker wie Susan Sontag als Allegorie auf die »starke Beunruhigung über den Zustand der individuellen Psyche« lasen. Im gesellschaftlichen Klima der gleichzeitig konstatierten inneren geistigen Verarmung und permanenten äußeren Bedrohung durch die kollektive atomare Auslöschung repräsentierte Siegels durch und durch beunruhigende filmische Vision einen dankbaren Nährboden für derartige Interpretationen. Ob diese Sichtweise das Resultat einer inhärenten Konzeption repräsentiert oder eine nachträgliche rezeptive Inbesitznahme darstellt, ist zu diskutieren. Fakt bleibt: *Invasion of the Bodysnatchers* ist ein herausragender Science-Fiction-Film, dessen Qualität bis heute nachwirkt.

Und zwar so stark, dass in den letzten fünfzig Jahren insgesamt vier Neubearbeitungen des Stoffes zu sehen waren (von den zahllosen Variationen des Sujets ohne direkte Bezugnahme auf das Original ganz zu schweigen). Philip Kaufman legte 1978 eine beeindruckende Neuversion mit Donald Sutherland vor; Abel Ferrara versuchte sich 1993 an einer durchaus gelungenen weiteren Verfilmung. Das neueste Upgrade nun ist nicht ganz so einfach einer

»Ich wusste es! Wer in schlechten Filmen mitmacht, kommt in die Hölle.«
Invasion.

spezifischen »Autoren«-Perspektive zuzuschreiben. Der nominelle Regisseur Oliver Hirschbiegel wurde nach Begutachtung seines Films von den Produzenten quasi entmündigt; die Wachowski-Brüder und ihr Leib- und Magenregisseur James McTeigue (*V für Vendetta*) drehten etwa ein Drittel völlig neu. Das Resultat dieses unkonventionellen Vorgehens repräsentiert nun eine der größten Schwächen von *Invasion* – seine strukturelle Zerfahrenheit und den schlicht nicht vorhandenen Rhythmus. Einzelne Szenen scheinen ewig zu dauern, wohingegen andere Sequenzen wie im Zeitraffer ablaufen. Werden bestimmte Einstellungen unendlich lang gedehnt und ihre Auflösung hinausgezögert, so macht es der nahezu wahnwitzig hektische Schnitt an anderen Stellen fast unmöglich, dem Geschehen zu folgen. Das Ergebnis ist ein völliger Mangel an Gefühl für räumliche und zeitliche Topografie.

Ähnliches gilt für die Vermittlung des Plots. Das Verhältnis zwischen der unglaublichen Langatmigkeit relativ unbedeutender und schwer faselnder Dialoge zur komprimierten Dichte essentieller expositorischer Monologe sorgt ein ums andere Mal für Konfusion.

Dass dabei ganz basale Elemente wie Involviertheit, Spannung oder Nachvollziehbarkeit auf der Strecke bleiben, liegt auf der Hand. Die Diskrepanz zwischen mise en scène und Montage ist frappierend; streckenweise wirkt das Ganze wie ein Schnitt-Experiment, eine Neuanordnung einzelner Elemente eines Films, der irgendwo unter dem Final Cut begraben liegt und vereinzelt für kurze Momente sein wahres Gesicht zeigt. Erschreckend.

Betrachtet man nun jenseits dieser offensichtlich dem Entstehungsprozess zuzuschreibenden grandiosen filmischen Zerrissenheit den inhaltlichen Umgang mit den Themen des Romans und seiner diversen filmischen Umsetzungen, so wird schnell – ob beabsichtigt oder zufällig ist nicht wirklich klar – eine etwas seltsame Form der Moralität sichtbar. Heißt es in Don Siegels *Invasion of the Bodysnatchers* noch »keine Liebe mehr, keine Schönheit mehr, kein Leiden mehr«, so fügt Hirschbiegels/McTeigues Version mit dem unvermeidlichen Bezug auf aktuelle Befindlichkeiten des Jahres 2007 dem Ganzen ein entschiedenes »kein Krieg und Terrorismus mehr« hinzu. Durch die Vision der Gleichschaltung der Erdbevölkerung wird der Zuschauer – anhand immer wieder eingestreuter CNN-Berichte – Zeuge der Entstehung des (vorläufigen) Weltfriedens. Was bedeutet das? Der Mensch ist konstituiert durch seine Grausamkeit? Dies ist nichts wirklich Neues, und bereits Aldous Huxleys John the Savage forderte für sich das Recht auf Leiden ein. Doch die Art und Weise, wie *Invasion* diesen Punkt macht, wird dadurch befremdlich, dass er Kriegsgegner und Pazifisten in die Nähe seelenloser Gleichgeschalteter rückt. Das erzeugt einen unangenehmen Beigeschmack.

Was also ist der tiefer liegende Grund für noch eine weitere Kinoversion des klassischen SciFi-Stoffes? Worin besteht die Legitimation für diesen filmischen Auffahrunfall? Warum wurden hier eigentlich verlässliche Darsteller wie Nicole Kidman, Daniel Craig und Jeffrey Wright (degradiert zur Expositionsmaschine) für eine völlig unnötige Neubearbeitung eines paradigmatischen Sujets verheizt, die in ihrer moralischen Ambiguität und filmischen Zerrissenheit hochgradig verstörend wirkt? Und was ist eigentlich mit den ständigen unmotivierten Explosionen?

Fragen, die man mal dem seelenlosen Hollywood-Kollektiv rund um Produzent Joel Silver stellen sollte.   *lz*

The Last Winter (DVD-Premiere) ★★★★☆☆

Island/USA 2006 • Regie: Larry Fessenden • Darsteller: Ron Perlman, James Le Gros, Connie Britton, Kevin Corrigan, Jamie Harrold, Zach Gilford

»Ich muss mein Schweigen brechen, weil Männer der Wissenschaft sich weigern, meinem Rat zu folgen, ohne zu wissen, worum es geht. Nur mit größtem Widerstreben spreche ich darüber, warum ich gegen die geplante Invasion der Antarktis bin – gegen die Fossilienjagd, die ausgedehnten Bohrungen und das Abschmelzen der urzeitlichen Eiskappen. Und ich zögere umso mehr, als meine Warnung vergeblich sein könnte.« (H.P. Lovecraft: »Berge des Wahnsinns«)

Der deutsche Verleih des vierten Werks von Independent-Horrorregisseur Larry Fessenden (trotz des ordentlichen US-Publikums- und Kritikererfolgs gelangte der Film natürlich nie in die hiesigen Kinos, sondern feierte seine Premiere hierzulande, knapp anderthalb Jahre nach der Uraufführung in Toronto, im späten Januar 2008 direkt als erstverwertende DVD-Veröffentlichung) bezeichnet bzw. bewirbt *The Last Winter* etwas bräsig, verharmlosend und zielgruppenorientierungslos als »Öko-Thriller«. Nach allgemeiner und weitgehend richtiger, wenn auch bisweilen ein wenig allzu interpretationssüchtiger Auffassung reflektieren Genre-Filme, besonders im Bereich der Science Fiction und des Horrors, immer die soziale, politische und kulturelle Gegenwart, der sie entstammen. Über die geist- und kunstlose Binse platter Historizität hinaus zielen die Erzählmodi der Science Fiction laut Dietmar Dath auf die spekulative Entfaltung dessen, was passiert, wenn der Mensch aus der Natur heraustritt. Das Staunen über diese Grenzüberschreitung kann durchaus ein entsetztes Staunen sein, und an der Stelle, an der sich das bestaunte Über-Natürliche, Neue und Verhältnisunmäßige als üble Konsequenzen zeitigend erweist, kommt zur Science Fiction der Horror mit ins Spiel. Horror verleiht der Angst vor Zukünftigem bildhaften Ausdruck. Auf der Grundlage eines gegenwärtig äußerst relevanten und seine Zukunft immanent und dauernd mitspekulierenden Themas, der globalen Erwärmung, hat Larry Fessenden einen SciFi-Horror-Film gedreht, der die »Tapfrer Naturbursche gegen den schnabeltiervernichtenden Ausbeuterkonzern«-typischen Versprechungen der Kategorie des Öko-Thrillers weit hinter sich lässt und sowohl Sujet als auch Genrekonventionen vollkommen kompakt und schlüssig in etwas transformiert, das auf der dialogischen Ebene der Filmhandlung an einer Stelle »atmosphärische Abnormitäten« genannt wird.

In *The Last Winter* versucht das Expeditionsteam einer Ölgesellschaft, vergangene und als nicht erfolgversprechend sowie offenbar gefährlich abgebrochene Bohrungen im arktischen Alaska wieder aufzunehmen, geologische und meteorologische Karten des weitgehend unberührten Gebiets zu erstellen und mit dem Planieren von Eisstraßen den Bau von Bohrtürmen bzw. einer Pipeline vorzubereiten. Als es zu unnatürlichen Erwärmungen, Regenfällen und plötzlichen, keinerlei thermischen Regeln gehorchenden Stürmen kommt, beginnen sich die Konflikte innerhalb der kleinen und eh schon permanent vom Eiswüstenkoller bedrohten Gruppe zu verschärfen, wobei sich die Fronten abseits persönlicher Animositäten vor allem zwischen den firmentreuen Pragmatikern und den ökologischen Kontrolleuren des Projekts verhärten. Letztere ver-

Und man hatte ihm extra gesagt, er solle eine lange Unterhose anziehen.
The Last Winter.

muten ausströmende Faulgase als Ursache von unter den Expedienten zunehmender desolater Aggression und Klimaspuk. Damit zeichnet Fessenden bis zu diesem Punkt ein so ökothrillergemäß-realistisches wie dystopisch-metaphorisches, stimmiges Bild für das, was die Erderwärmung anrichtet. Was sich mit zu hohen Temperaturen am allerwenigsten verträgt, ist Eis. Eis wiederum ist kein eigenständiges Element, sondern ein biosphärisch und meteorologisch signifikanter Aggregatzustand und damit wesenhaft ein konkurrenzloser, weil Klimaverhältnisse unmittel- und wandelbar repräsentierender Indikator atmosphärischer Zustände, also gewissermaßen die ideale und gefrorene Trope für Klimawandel schlechthin. Das altgriechische Wort Klima ist mit Himmelsstrich einzudeutschen, und genau dort, noch weit weg, am buchstäblichen Ende der zivilisierten Welt, markiert das vermeintlich ewige Eis die letzte Grenze (Alaska wird im amerikanischen Volksmund auch »The Last Frontier« genannt), bevor der letzte Winter ausläuft, das Eis zu schmelzen beginnt, die Grenze zerfließt und damit die bekannte Ordnung der Natur zusammenbricht. Hinter der letzten Grenze bzw. nach dem letzten Winter kommt nichts mehr. Ausgerechnet in der futuristisch anmutenden, einem unerforschten und menschenlebensfeindlichen Planeten gleichenden arktischen Eiswüste, in der alle Standards heimeligen Umwelt- und Landschaftsgefühls unter kaltem, indifferentem Weiß begraben sind, gelangt die Zukunft an ihr Ende, und obwohl Fessenden seine Figuren mitten in dieses subtil kriechende apokalyptische Szenarium des drohenden Weltendes am Ende der Welt hineinsetzt (gedreht wurde das Ganze in Island), verkörpern sie zunächst vornehmlich den Effekt, den Klimawandel auch auf diejenigen ausübt, denen noch kein Hurrikan persönlich die Kühe von der Weide gehoben hat – die höchstpersönliche, individualpsychische Erfahrung vager Melancholie und Zukunftsfurcht nämlich. Spätestens seit John Carpenters *Das Ding aus einer anderen Welt* (1982) wissen wir, dass man das, was in oder unter dem Eis eingeschlossen ist, besser nicht rausholt – wenn es taut, bricht das Formlose aus der starren Form des Eises. Auch bei Fessenden materialisieren die zunächst nur als ihre affektiven Wirkungen präsenten Phantasmagorien des Klimaspuks (zumindest filmbildlich) zu buchstäblichen, monströsen Geistererscheinungen. Die Semantik der Bilder bzw. das Verhältnis von

Ein Hellboy im Schnee. The Last Winter.

Bildobjekten und Bildbedeutungen beginnt sich zu verschieben: die weiße Arktis als Trope für den Horror vacui des gegenwärtigen Menschen verwandelt sich in eine horrorfilmische Trope für die ihren Missbrauch rächende natürliche Ordnung. Nachdem der Sohn des Konzernchefs, das jüngste unter den Crewmitgliedern, gesehen hat, aber nicht schildern kann, *was* da aus jahrtausendelang verschlossenen Tiefen an die Oberfläche gelangt, läuft er eines Nachts nackt ins Eis hinaus; am alten, stillgelegten Bohrloch findet man seine steifgefrorene Leiche mit ausgefressenen Augen sowie letzte Videoaufnahmen, die aber nicht das Unbeschreibliche dokumentieren, sondern wie ein komprimiertes *Blair Witch Project* nur, so Ungewissheit und Unheimlichkeit steigernd, die Attacke auf das Kameraauge, die Überforderung der Apparatur und den Horror der Wahrnehmung visualisieren. Weitere Leichen folgen, bis ein angefordertes Versorgungsflugzeug aus unerklärlichen Gründen mitten in das Basiscamp stürzt, die zwei verfeindeten Alphamännchen des Teams in der Eiswüste keine Hilfe, sondern ebenfalls den Tod finden und die einzige Überlebende des Teams in die eingeschwenkte, aber durch Abblendung abrupt abgebrochene Schlusseinstellung hineinwankt, welche den Weltuntergang offenbart, aber nicht zeigt, wie die Apokalypse aussieht.

Die Parallelen von *The Last Winter* zu Lovecrafts Erzählung »Berge des Wahnsinns« sind, wie das einleitende Zitat belegt, vor allem topografischer, atmosphärischer und ideeller Natur. Wenn man den Film mit Lovecrafts Konzept der kosmischen Angst und einer quasi-metaphysischen Monster-Mythologie kurzschließt, bekommt man äußerst taugliche Begriffe für Fessendens filmische Poetik an die Hand. Bei Lovecraft sind Arktis, Meerestiefen und schwarzverschleimte Wälder unbekannte Mikroplaneten, auf denen sich nur das quallige, böse, göttergleiche Gezücht der Sterne heimisch fühlen darf und jedes erkenntnishungrige Vordringen in diese verbotenen Zonen nichts als Agonie bedeutet. Gleichzeitig sind diese atmosphärischen Extremregionen besonders chiffren- und stimmungstauglich für die Entfaltung der Kunstatmosphäre unbestimmter und allumfassender Furcht, auf die Lovecraft und Fessenden abzielen, denn, so Lovecraft in »Die Literatur der Angst«: »Je vollkommener und geschlossener eine Geschichte diese Atmosphäre vermittelt, desto besser ist sie als Kunstwerk in dem gegebenen Genre.« Atmosphärische Abnormitäten bedingen ein Fluidum abnormer Atmosphäre, und wenn dann am Ende von *The Last Winter* Viecher kommen (und die kommen, die Viecher), korrespondiert auch deren nebulöse Gestalt mit den tendenziell formlosen, dem in Adjektivfluten dauerbeschworenen Topos des Unnennbaren, Unbeschreiblichen etc. entsprechenden gigantischen Gelee- und Stinkemonstren Lovecrafts.

Vielleicht hätte der Regisseur die wabernden, aber eben doch expliziten Monstrositäten besser weggelassen, und vielleicht ist es unangemessen, über einen »kleinen« Film so viele Worte zu verlieren – schließlich wird Fessenden genau so oft als neuer »thinking man's Horrorfilmer« gefeiert wie als prätentiöse Schnarchnase gehasst. Und obwohl sich Fessenden fraglos auf (Entschuldigung!) dünnem Eis bewegt, kann es seine Schuld jedenfalls nicht sein, wenn Genrefans angesichts *The Last Winter* mal wieder Langsamkeit mit Langeweile verwechseln, denn Fessenden, neben der Regie auch für Drehbuch, Montage und Produktion verantwortlich, weiß in jeder Sekunde genau, was er tut und worauf er hinauswill. Jede der mal sauber kadrierten und die unirdische Abstraktion des arktischen Settings hervorhebenden, mal handkamerageführten und die klaustrophobische Dekomposition des bedrohlichen Raumes evozierenden Einstellungen sitzt; es wird mit nichts Erzählzeit verplempert, was dem so gemächlichen wie konsequenten Hochkochen horribler Atmosphäre abträglich sein könnte, und dafür der hierdurch implizit für mündig erklärte Zuschauer den halben Film über im Unklaren gelassen, was eigentlich erzählt wird; die Darstellerinnen und Darsteller – allen voran Ron Perlman, dessen (was für eine Überraschung) grantigem Machismo man noch nie derart beim Zerbröseln zuschauen durfte – wanken sichtlich mit in den Adern gefrorenem Blut durch diese bewundernswerte Inszenierung kosmischer Furcht. Wie bei einem anderen meisterlichen literarischen Beschwörer namenloser Mächte und unheimlich-übernatürlicher Atmosphäre, dem Briten Algernon Blackwood, ist Landschaft der Hauptakteur. Blackwoods Kurzgeschichten »Die Weiden« und »Der Wendigo« sind mehr als Text-Pendants zu Fessendens laut Eigenaussage »revisionistischen«, naturphilosophisch-ökologischen Horrorfilmen: Wendigo heißt schließlich der Vorläuferfilm von The Last Winter aus dem Jahr 2001, wobei die der indianischen Mythologie entstammende Titelkreatur, ein hybrider Waldgott, in den Formen der späteren Eismonster zitiert wird und vermuten lässt, Fessenden baue an einer Art mehrteiligem, filmischem Groß- und Gesamtessay über Horror, Natur und Paranoia. Das ausdrucksstärkste, weil jeden direkten Ausdrucks vollkommen bare Bild von The Last Winter liefert die starre Fotografie des Kastens, der das unselige und stillgelegte Bohrloch bedeckt und wie eine monströse Skulptur die Monotonie und die den Bildraum ins Unüberschaubare zersetzende Flächigkeit der Eiswüste unterbricht. Den in jüngster Zeit selten gesehenen Impact solcher aus abgelegten Metaphern und buchstäblich leeren Bildräumen gewonnener frischer Bilder nehmen auch die schlussendlichen transparenten Saurier-Hirsche nicht zurück. *sew*

Die Legende von Beowulf ★★★★☆

USA 2007 • Regie: Robert Zemeckis • »Darsteller«: Anthony Hopkins, Ray Winstone, Angelina Jolie, Robin Wright Penn

Vielleicht wird man in ein paar Jahren, falls sich das 3D-Kino durchsetzen sollte, zu diesem Film zurückblicken und sagen: Damit hat alles begonnen. Es ist zwar nicht Robert Zemeckis erster Versuch, eine Geschichte in 3D zu erzählen, doch die technische Entwicklung vom *Polarexpress* zu *Die Legende von Beowulf* ist ein Quantensprung. Zwar gibt es immer noch die »typischen« 3D-Momente, in denen Gegenstände betont in den Vordergrund gestellt werden, um einen noch größeren Eindruck von Tiefe zu erzeugen. Hinzu kommt die unvermeidliche Künstlichkeit der Räume und Bewegungen, noch verstärkt durch die von Zemeckis bevorzugte Form der Motion Capture Animation. Da erkennt man zwar schon Anthony Hopkins als greisen König; Ray Winstone aber wurde ein absurder Muskelkörper gerendert, der jedem *Playgirl*-Magazin Ehre machen würde. Und dann ist da natürlich Angelina Jolie als mysteriöses, verführerisches Wesen. Spätestens wenn sie ihren

»Ich hab das Laptop nicht geklaut, ehrlich ...« Die Legende von Beowulf.

ersten Auftritt hat, aus dem Wasser steigt, das von ihrem scheinbar nackten Körper abgleitet – dem per Computer noch mehr Rundungen gegeben wurden als weiland in *Tomb Raider* –, und sie mit Teufelsschwanz und Stöckelschuhen auf unseren Helden zuschreitet, weiß man, dass *Beowulf* purer Camp ist. Zumindest auf visueller Ebene.

Die Geschichte des Helden Beowulf, der gegen das Biest Grendel kämpft, sich aber von dessen Mutter verführen und zu einem faustischen Pakt überreden lässt, hat mit der Vorlage kaum noch etwas gemein. Stattdessen nutzt Zemeckis die Geschichte zu – gerade in der 3D-Version – atemberaubenden Actionszenen. Schon ein Kampf zwischen Beowulf und einigen Seeungeheuern endet mit Blutlachen, die die komplette Leinwand bedecken. Doch das Finale überbietet alles. Der furiose Kampf zwischen Beowulf und einem Drachen endet damit, dass Beowulf den Hals der Kreatur aufschlitzt und mit bloßer Hand dessen Herz zerquetscht! Ein grandioser visueller Moment, wie man ihn lange nicht gesehen hat.

Doch *Die Legende von Beowulf* ist weit mehr als pures visuelles Vergnügen. Im Gegensatz zu dem völlig unreflektierten *300*, der sich ohne Skrupel in seinem Heroismus suhlt, schafft es *Beowulf*, gleichzeitig heroisch zu sein und diesen Heroismus zu dekonstruieren. Schon früh streut das Drehbuch von Neil Gaiman und Roger Avary kleine Momente ein, die andeuten, wie sehr Beowulf Opfer seiner eigenen Legende ist. Im Laufe seiner Helden-Karriere haben sich die Erzählungen von seinen Taten verselbständigt, wurden immer ausführlicher, immer rosiger. Spätestens in der zweiten Hälfte – Beowulf ist durch seinen Pakt mit Grendels Mutter unverwundbar geworden und spaziert von Sieg zu Sieg – wird die Nutzlosigkeit seines Tuns deutlich. Doch für einen Rückzug ist es zu spät, die Wahrheit will nun niemand mehr hören, denn auch hier gilt: »When the legend becomes fact, print the legend.« Oder in diesem Fall: Erzählt die Sage von Beowulf mit allen ausgeschmückten, übertriebenen Details weiter, bis niemand mehr weiß, was wirklich passiert ist. Denn neben aller visuellen Bravour ist *Die Legende von Beowulf* eine Reflektion über das Geschichtenerzählen, über Mythen und Legenden und wie diese die Kultur prägen. *mm*

Life On Mars Season 1 (DVD) ★★★★★★
Life On Mars Season 2 (DVD) ★★★★★★

GB 2006/07 • Produzent: Claire Parker • Darsteller: John Simm, Philip Glenister, Liz White, Dean Andrews, Marshall Lancaster

Man stelle sich diese Szene mal vor: Zwei leicht bekifft wirkende Hippies dringen im WDR zu den zuständigen Redakteuren vor und unterbreiten denen folgende Serien-Idee: Ein Polizist aus dem Jahr 2006 hat einen Unfall, fällt in ein Koma und erwacht im Jahr 1973. Auch hier ist er Bulle und muss nun mit den »vorsintflutlichen« technischen Gegebenheiten der Siebzigerjahre arbeiten. Das Ganze soll eine Mischung aus klassischem Polizeithriller à la *Die Profis* mit modernen Mysteryelementen wie etwa *Akte X* und darüber hinaus saukomisch werden, garniert mit der unvergesslichen Musik der Siebzigerjahre. Vermutlich würden die verbeamteten deutschen Redakteure die beiden Spinner achtkantig rausschmeißen. In Großbritannien ist man da mutiger.

Denn aus dieser ausgeflippten Idee ist eine 16-teilige Serie geworden, die trotz ihrer komplizierten und recht undurchschaubaren Background-Handlung auch noch ein umwerfender Publikumserfolg wurde: 6,7 Millionen Briten sahen zu, wie sich Detective Inspector Sam Tyler vorkommt, als wäre er »auf einem fremden Planeten« gelandet, wie er mit bunten Telefonen mit Wählscheibe kämpft, verzweifelt versucht, einen Sender im Fernsehen zu programmieren oder eine Diät-Cola bestellen möchte. Und es war bestimmt nicht nur die pure Nostalgie, die so viele Menschen zu einer Reise in die Zeit vor Mrs. Thatcher animierte. Und das ist den Machern wirklich gut gelungen. Damals stand die Labour-Regierung noch für sozialistische Werte, und das Land sieht entsprechend aus: wie die DDR, nur mit Farbe. Nicht von ungefähr wählte man als Schauplatz die damals im Sterben liegende Industriemetropole Manchester. Und Sam Tyler verblüfft seine Kollegen, wenn er ihnen davon erzählt, dass Yuppies in dreißig Jahren in stillgelegten Fabriklofts wohnen werden. Oder wenn er ihnen von der Zukunft der Polizeiarbeit – Überwachungstechnik – vorschwärmt. »Klingt unmännlich«, belfert dann sein Chef, Detective Chief Inspector Gene Hunt.

Überhaupt ist Hunt, dargestellt von Philip Glenister, der mehr als heimliche Star der Serie. Voller Freude spielt er den Dinosaurier, der noch nicht weiß, dass der Meteor, der ihn erledigen wird, schon unterwegs ist. Ein Mann, der Clint Eastwood noch als Schauspieler verehrt und nicht als Regisseur, sarkastisch, frauenfeindlich und politisch absolut unkorrekt: »Ich glaube, Sie vergessen, mit wem Sie hier reden«, brüllt er Sam einmal an. Der antwortet wortgewaltig: »Ein übergewichtiger, tabakabhängiger Borderline-Alkoholiker, homophob, mit einem Vorgesetzten-Komplex und einer ungesunden Obsession zu Männerfreundschaften.« – »Bei Ihnen klingt das, als wäre es was Schlechtes«, stutzt Gene nur kurz. Kein Wunder, das Gene Hunt im Februar 2008 eine Spin-off-Serie bekam: *Ashes To Ashes*, im London des Jahres 1982 spielend und ebenfalls nach einem alten David-Bowie-Song benannt. Und auch eine amerikanische Version der Serie ist geplant; produzieren wird der einfallsreiche David E. Kelley (*Ally McBeal*, *Boston Legal*), die

Boys Keep Swinging. Life on Mars.

Rolle von Gene Hunt soll Colm Meany spielen, bekannt als Chief O'Brien von der *Enterprise* und *Deep Space 9*.

Zurück in die Siebzigerjahre. Bewusst wird ein Handlungsstrang über alle Folgen durchgezogen: Hat Sam Tyler nun wirklich eine Zeitreise unternommen oder liegt er in Wahrheit im Jahr 2006 in einem Krankenhaus im Koma und träumt das Ganze nur? Andeutungen gibt es viele, falsche Spuren werden gelegt und immer wieder schwankt die Serie zwischen echtem, psychologischem Horror und brüllend komischen Elementen. So viel sei verraten: Es gibt eine Auflösung, die allen Erwartungen entspricht, die aber in den letzten zehn Minuten der Serie dramatisch gedreht wird. Und in der letzten Sekunde der letzten Folge wird noch eine ganz andere Interpretation angeboten. *Life On Mars* ist eine Fernsehserie, die die Intelligenz des Zuschauers nicht unterschätzt, sondern die damit spielt. So etwas ist im deutschen Fernsehen gar nicht möglich und wird vom Zuschauer hierzulande auch nicht goutiert. In Deutschland herrscht nun mal das *Traumschiff*. Oder – wenn es anspruchsvoller werden soll – der *Tatort*. Kein Wunder, dass der Sender Kabel 1, der die ersten acht Folgen im Februar 2007 zeigte, bis heute darauf verzichtet, die Auflösung nachzureichen. Immerhin war die Webseite, die der Sender zur Erstausstrahlung ins Netz stellte, vorbildlich. In einem exklusiven Interview mit Kabel 1 etwa erklärt BBC-Produzentin Claire Parker die Serie: »Das Milieu der Siebzigerjahre ist perfekt für Auto-Verfolgungsjagden, großartige Musik, kultige Kleidung und pikante Geschichten. *Life on Mars* will die Zuschauer an ein Jahrzehnt erinnern, das in Vergessenheit gerät. Aber es ist kein wehmütig-nostalgischer Trip zurück, voll von Erinnerungen an gute alte Zeiten – die Serie reflektiert vielmehr, wie es damals wirklich war: ein Jahrzehnt, geprägt von sozialen und gesellschaftlichen Umschwüngen.«

Ausdrücklich gewarnt sei allerdings neben der Fernsehausstrahlung auch vor der »Continental«-Edition der DVD. Die BBC hat – extra für die Dumpfnasen außerhalb der Insel – eine gekürzte Fassung der Folgen (jeweils um sechs Minuten) erarbeitet, bei der viele schöne Nebengags verloren gehen. So trifft der Zeitreisende Sam in einer Folge auf dem Revier den betrunkenen Rockstar Marc Bolan (*T. Rex*) und warnt ihn eindringlich vor den Gefahren des alkoholisierten Autofahrens. Vergebens, wie wir heute wissen. *lg*

Das Mädchen, das durch die Zeit sprang

(DVD-Premiere) ★★★★☆☆

Japan 2006 • Regie: Mamoru Hosada

»Time waits for no one« steht an der Tafel, aber für Makoto gilt das scheinbar nicht. Das junge Mädchen stolperte nämlich zufällig über eine Art Zeitmaschine und kann seitdem durch einen Sprung zurück in die Vergangenheit hopsen. Nun haben sich ja die Gelehrten schon immer gefragt, was wäre, wenn man zurückkehren und z. B. Hitler beizeiten töten könnte, aber solch weltbewegende Fragen stellt sich eine 17-Jährige nicht. Sie versucht sich stattdessen an besseren Noten, weniger Peinlichkeiten und – natürlich – Jungs. Aber schon bald merkt sie, dass ihre kleinen Manipulationen selten die erhofften Folgen haben und die Dinge weiterhin kompliziert bleiben, nur eben in einer anderen Richtung. Und manchmal sogar lebensgefährlich werden, für sie selbst und andere.

Der Ton dieses jederzeit bezaubernden Animes über eine ungestüme Zeitreisende ist wunderbar leicht und unangestrengt. Man freut sich diebisch mit der jungen Heldin und bangt mit, wenn es ihr an den Kragen geht. Frust, Melancholie und Wut über verpasste

Das Mädchen, das durch die Zeit sprang. *Und unsanft landete.*

Gelegenheiten, das alles nimmt man Makoto sofort ab; keine Selbstverständlichkeit im japanischen Trickfilm, der doch gerne im Oberflächenreiz hängen bleibt, sei es in hochgepushter Action oder technischen Kinkerlitzchen. Die Animation dieses Films ist jedoch angenehm zurückgenommen und ordnet sich hundertprozentig der Geschichte unter. Keine Angeberei, sondern Konzentration aufs Wesentliche. Statik und Stillstand werden sogar als Stilmittel eingesetzt, und gewiss nicht nur, weil kein Geld für größeren Aufwand da war.

Weniger ist hier tatsächlich mehr; das geht sogar so weit, dass Hosada einige lose Enden ganz bewusst liegen lässt, wie um zu unterstreichen, dass die Zukunft eben doch ein ungeschriebenes Blatt ist, auf dem sich manche lose Enden finden und verknüpfen und ganz, ganz viele eben auch nicht. Wer nur für die perfekte Zukunft lebt, verpasst den Augenblick – keine umwerfende Erkenntnis, sicher, aber eine lohnende. Erst recht für einen Film, der auf ein jugendliches Publikum zugeschnitten ist. *bk*

Nachts im Museum ★★☆☆☆

USA 2006 • Regie: Shawn Levy • Darsteller: Ben Stiller, Carla Gugino, Dick Van Dyke, Micky Rooney, Robin Williams, Owen Wilson, Ricky Gervais, Steve Coogan

Man will ja als Rezensent (dessen Treiben immer ein parasitäres ist) nicht larmoyant daherlabern, aber: Manchmal fällt einem wirklich nix ein, beispielsweise zu einem Film wie diesem, der keinen Grund gibt, ihn nicht anzuschauen, jedoch noch weniger Grund, dies zu tun. Irgendwie ist Ben Stiller immer ein Auge wert, auch wenn selten mal eine seiner ungefähr zwölf Komödien pro Jahr länger als zwölf Minuten nach Sichtung im Gedächtnis bleibt. Dank seiner museumspädagogischen Ansprüche und der zwanghaften Familientauglichkeit ist *Nachts im Museum* ein derart lahmer Schnarcher, dass auch Stillers Präsenz trotz ständigen Herumhetzens kaum über die Aura eines – tja, eben – müden Museumswärters kurz vor dem Ruhestand hinausreicht.

Dabei ist die Idee eigentlich ganz niedlich, sieht sich doch der sympathisch ehrgeizlose Erfinder Larry in seinem neuen Job als

Pädagogik auf der Flucht. Nachts im Museum.

Nachtwächter im Naturhistorischen Museum mit allnächtlich zum Leben erwachenden Exponaten konfrontiert, die anschaulich widerlegen, Geschichte (»Der Kram hier ist wirklich alt!«) sei eine tote und trockene Angelegenheit. Reizvoll ist dabei nämlich nicht einfach das Herumtoben von Saurierskeletten, lustigen Affen, vierteilungsbegeisterten Hunnen, Teddy Roosevelt, Pharaonen und Neandertalern, sondern Larrys Pflicht, sein nächtliches Museum für den wilden, gleichzeitigen, anarchisch ahistorischen Haufen als einen Ort metahistorischen, superegalitären Weltfriedens herzurichten, an dem sich auch Miniaturcowboys und römische Miniaturlegionäre miteinander vertragen – »mal abgesehen davon, dass einer von euch 2000 Jahre älter ist, seid ihr gar nicht so verschieden.«

Die britischen Komik-Superstars Ricky Gervais und Steve Coogan als Museumsdirektor bzw. Spielzeugzenturio Octavius, Robin Williams (Roosevelt) und Owen Wilson (*der* Schausteher als Cowboy Jedediah) sowie vor allem die kauzige Oppa-Clique um Micky Rooney sind nett anzuschauen, werden aber wie die überkalkulierten und dennoch selten überzeugend ausgespielten Schauwerte der ganzen Szenerie zwischen nie zündenden Gags und bedächtiger Harmlosigkeit verheizt. Am Ende sind Tag- und Nachtbetrieb des Museums gerettet: Dem neuerlichen Besucherandrang im Hellen folgt die Dauerparty-Zone im Dunklen. Die einzig wirklich schöne, wenn auch kaum sinnreiche Einstellung ist die vorletzte, eine Außenansicht des nächtlichen Museums, aus dem dumpf »September« von Earth, Wind & Fire herausschallt. *sew*

Der Nebel ★★★☆☆☆

USA 2007 • Regie: Frank Darabont • Darsteller: Thomas Jane, Marcia Gay Harden, Laurie Holden, Andre Braugher, Toby Jones • Nach der Novelle von Stephen King

In seiner Novelle »Pin-up« (Originaltitel: »Rita Hayworth and the Shawshank Redemption«) lässt Stephen King seinen Ich-Erzähler Red die vermeintlich banale Feststellung »Das Gefängnis ist keine Märchenwelt« äußern. Vermeintlich banal (und für Kings Poetik bezeichnend) deshalb, weil diese metafiktionale Beteuerung den literarischen Giganten der amerikanischen Gegenwarts-Gotik nicht davon abhält, eine von läuternden Standardsituationen harten Knastalltags nur dezent verunzierte, eben doch gezielt märchenhafte Strafanstalt durchzuschildern, in die man fast einziehen möchte. Sein sepiafarbenes Gefängnis ist eine Hölle mit Ausgang, in der auch unschuldige, gute Seelen herumirren und nach besagten Läuterungsqualen verdient in den Himmel (= mexikanische Pazifikküste) aufsteigen dürfen.

Kings ursprünglich in Fortsetzungen erschienener Roman »The Green Mile« führt erneut in ein »Es war einmal ...«-Gefängnis, trägt den nostalgisch-arkadischen Anstrich aber noch um einiges pastoser auf und bildet vor allem die dreisteste und dank ihrer erschlagenden Unmittelbarkeit schrägste Allegorie in Kings gesamtem Werk, quasi sein Neues Testament bzw. das Evangelium nach Stephen. Beide Werke gehören jedenfalls zu den höchstens mild phantastischen (in Arkadien ist halt auch der Tod immer präsent) und weitgehend horrorfreien Arbeiten, die ausreichend seriös, das heißt

Lost in the Supermarket. Der Nebel.

realistisch gekleidet daherkommen, als dass man sie auch horrorliterarisch Desinteressierten durchaus vorlegen kann und sie sich offenbar problemlos mit der Würde von Topschauspielern wie Morgan Freeman und Tom Hanks vertragen.

Beide Werke hat Frank Darabont verfilmt, und *The Shawshank Redemption* (*Die Verurteilten*, 1994) sowie *The Green Mile* (1999) gehören wie *Misery*, *Stand By Me* oder *Dolores Claiborne* – ebenfalls alles weniger knallige bzw. genreverbundene King-Werke – zu den gelungeneren Umsetzungen von Texten, denen trotz des ewigen blöden Vorwurfs ihrer Drehbuchhaftigkeit meist nur mehr oder weniger vermurkste Adaptionen abgerungen werden. Allein durch die Auswahl der Vorlagen hat Darabont als Hollywood-Regisseur der guten zweiten Reihe einen durchaus eigenständigen Ehrgeiz demonstriert, große Themen jenseits von Genrekrawall verhandeln zu wollen, und sich zudem als zuständiger und verlässlicher King-Verfilmer mehr als empfohlen. Er scheint zumindest grundsätzlich verstanden zu haben, wie sich das Zwingende von Kings Erzählkunst filmisch übersetzen lässt – gerade *Die Verurteilten* ist makelloses Gutfühlkino, in dem es sich jeder zwischen fünfzehn und achtzig prima gemütlich machen kann.

Nun richtet Darabont seine King verbundenen Ambitionen bemerkenswerterweise auf einen in puncto Seriosität und Willen zur Allegorie eher unverdächtigen Text, den Kurzroman »Der Nebel«. Hierbei handelt es sich um einen grundsoliden Monsterspaß, in dem sich eine Gruppe von Neuengland-Kleinstädtern vor einem plötzlich das Land verhängenden fetten Dunst und vor allem dem darin hungrig herumkriechenden monströsen Viehzeugs in einem Supermarkt verschanzt.

Über die dynamisch-mustergültige Darstellung der Reaktionen einer leidlich geschlossenen Gesellschaft auf äußere Bedrohung in »Howard Hawks trifft Howard Lovecraft«-Manier hinaus führt King auf unaufdringliche Art zwei zivilisationskritische Leitmotive durch seine erzählerische Monsterkatastrophenfilmhommage: die Instabilität von Humanitas und Vernunft angesichts einer alle menschlichen und vernünftigen Standards sprengenden Gefahr sowie die Menge an Bier, die man trinken muss, damit einen auch die plötzliche Präsenz menschenfressender Riesenhummer nicht mehr anficht (das ergäbe übrigens eine ordentliche Schwarte: die vollständige Zitatensammlung zum Thema »Das Motiv des Bierdursts im erzählerischen Werk Stephen Kings«). King bekommt es in seinem Kurzroman (seit jeher ein Fan-Favorit) sehr souverän hin, die vom Schlaf der Vernunft geborenen Ungeheuer (unter den Masken der Zivilisation) mit den vom Traum der Vernunft (etwa der Fantasie des Horrorautors) geborenen Ungeheuern spielen zu lassen. Realer und phantastischer Horror werden sauber verfugt, ohne das eine als »Abbildung«, »Reflexion« oder »Chiffre« des anderen auszustellen; das Horrorgenre wird ja gerade oft da interessant, wo die Monstren ebenso real sind wie der menschliche Affekt der Angst und nicht nur Bilder für ebendiesen. Hier stößt man im »Nebel«-Fall über den Vergleich von Vorlage und Filmversion auf die basale Frage nach Erkenntnis- und Analysetauglichkeit der Bildlichkeit phantastischen Horrors King'scher Art. Handelt es sich um weltabgewandten, irrationalistischen, gar aggressiv anti-aufklärerischen und letztlich zuckrigen Schmu (wie gerade King-Hasser gern behaupten) oder um ein Bildvokabular harter Tatsachen? Anders gefragt: Sind King und sein Hollywood-Beauftragter Darabont Märchenonkels, oder wollen die was? King will eine ganze Menge und kann das auch in seit einigen Jahren atemberaubend zunehmender Genialität kommunizieren. Nach dem Film-*Nebel* weiß man, dass auch Darabont etwas will, dies aber eher ungekonnt kommuniziert. Während der Horrorautor King seine unirdischen Rieseninsekten mit Vertrauen und Liebe großzieht, behandelt sie der Erwachsenenfilmer Darabont auf ausgestellte Weise als Parabel-Material und (wenngleich: wohlgestaltete) Statisten. Auch in seinem Film werden ein paar Biere getrunken, aber er will ausdrücklicher als King auf VIEL mehr als ein kleines bisschen Horrorshow hinaus und rückt nicht nur die Figur einer manichäisch-irren Privatpredigerin, deren blutrünstige Litaneien immer mehr panische Eingeschlossene in die Regression treiben, in den Vordergrund, sondern entfaltet auch ausführlich den gruppendynamischen Zusammenbruch identitätsstiftender Konstruktionen wie Ethnie, (ökonomische und kulturelle) Klasse, Familie etc. In Kings Kurzroman fehlt dies weitgehend bzw. wird nur angedeutet. Während King gesellschaftskritische Spurenelemente verabreicht, um atmosphärische und narrative Stoffwechsel-Funktionen anzutreiben, benutzt Darabont den Monster-Nebel als apokalyptische Bilder aktivierenden Katalysator einer Gesellschaftskritik bzw. Gegenwartsdiagnostik. King interessiert sich aufrichtig für seine Dinger aus einer anderen Welt, Darabont fast ausschließlich für diese unsere. Der Feind aus dem Nichts, ohne erkennbare Gestalt oder von solcher, die keiner bekannten ähnelt; das hysterische Auseitern von religiösem Fundamentalismus, Rassismus und Sozialphobie; militärische Operationen und ihre selbstzerstörenden Konsequenzen: All das repräsentiert offensichtlich ein traumatisiertes Post-9/11-Amerika. Man sollte mit derartig pauschalen kulturellen Pathologiebefunden vorsichtig sein, denn es wäre allzu billig, jeden aktuellen schlechtgelaunten US-Film auf die Anschläge von 2001 rückzurechnen. Im *Nebel* ist aber nichts versteckt und daher auch nichts rückzurechnen – Darabont zeigt offensiv unsubtil und in penetranter Erkennbarkeit, wonach seine filmischen Bilder aussehen sollen. Zu einer ordentlichen Parabel (wenn's denn schon eine sein muss) gehört schließlich, dass diese nicht ständig auf ihre Parabelhaftigkeit hinweist. Was das Ganze dann doch irgendwie als authentischen und hochpessimistischen Ausdruck gegenwärtigen sozialen Klimas funktionieren lässt,

Der Feind aus dem Nichts. Der Nebel.

sind der für diese Produktions- und Vertriebsverhältnisse hohe Gore-Score und das geradezu abartig fiese Ende, das weder durch das vorher Gesehene noch die literarische Vorlage gedeckt ist. Vor zehn Jahren hätte es im amerikanischen Mainstream-Kino einen derart garstigen Rausschmeißer nicht gegeben. Erklären kann man ihn nur als direkten, von keinerlei Erzähllogik gefilterten Ausdruck breit gefühlter Grimmig- und Hoffnungslosigkeit, zu der Stephen King vor über zwanzig Jahren noch keinen Anlass hatte (sein Kurzroman beendet gleichwohl nur den entscheidenden Hau weniger düster, nämlich offen). Trotz der angestrengten und daher prinzipiell platten Über-Referenzialität ist es keine geringe Leistung von Verfilmungen wie dieser, einen neuen und doch unverfälschenden Blick auf die Vorlage zu gewähren: Nach 9/11 sieht man in bestimmten Bildern besonders des Horrorgenres eben zu Recht etwas von diesen nicht beabsichtigtes Neues und Anderes.

Außerdem gibt es eines der massivsten, wahrlich Lovecraft-würdigsten Monster der Filmgeschichte zu sehen, was im aktuellen phantastischen Kino – hallo *Cloverfield* – auch schon ein kollektiver Bildlichkeit entnommenes Motiv zu sein scheint; wobei das finale *Nebel*-Trumm dem *Cloverfield*-Monster locker auf den Kopp spucken kann (King selbst nennt die von ihm hochgeschätzte *Nebel*-Verfilmung in einem Interview bescheiden »das Prequel zu *Clover-*

field«). Und endlich *sieht* und *hört* man mal ein überzeugendes Figurenpersonal aus knorrigen, die nördliche Ostküste Amerikas bewohnenden Kleinstädtern, wie man sie bei King *liest* – ist doch deren Porträt schließlich neben anderem das, was seine Bücher wesentlich zusammenhält. *sew*

Next ★☆☆☆☆☆

USA 2007 • Regie: Lee Tamahori • Darsteller: Nicolas Cage, Julianne Moore, Jessica Biel, Peter Falk • Nach einer Short Story von Philip K. Dick

Warum nur ist es offenbar so schwer, Dick adäquat zu verfilmen? Was ist der Grund dafür, dass aus dieser Prosa, die immer eher Gedankenexperiment und Ideenliteratur bleibt, in den meisten Fällen unglaublich abgeschmackte Action-SciFi wird, die mit der Vorlage außer ein paar Motiven und basalen Prämissen nicht mehr viel gemeinsam hat – und sich dem Geist der Romane und Short Stories in vielen Fällen sogar völlig widersetzt? Die Liste der missglück-

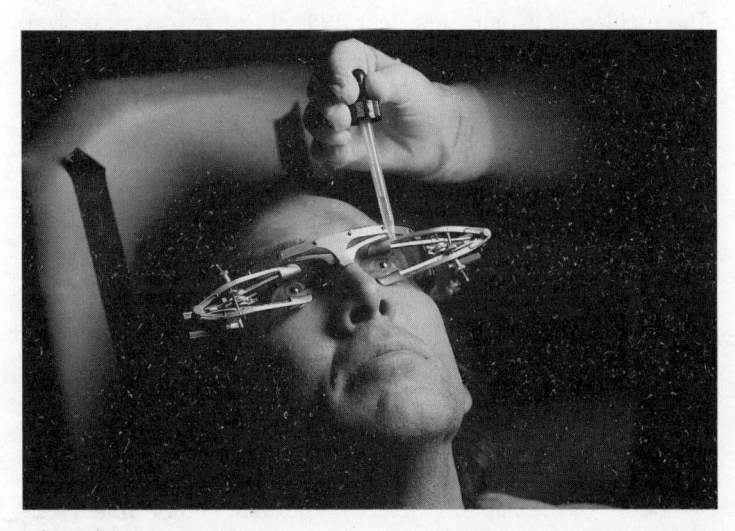

Uhrwerk Nictarine. Next.

ten Filme »inspired by« Philip K. Dicks Werken ist lang und wenig ruhmreich. Gelungene Adaptionen wie Richard Linklaters beklemmend-schwüler *A Scanner Darkly* (2007) sind eher Ausnahme – und derber Schrott wie *Impostor* (2006) Legion.

Siehe hierzu auch das jüngste Beispiel *Next*, in dem Nicolas Cage einmal mehr eher durch wirren Haarschnitt als durch gelungene Rollenauswahl auffällt. Als Show-Magier, der genau zwei Minuten in die Zukunft sehen kann, verlässt er – verfolgt vom FBI und einer Gruppe internationaler Terroristen, die sich seine Gabe zu Nutze machen wollen – Las Vegas, findet unterwegs seine Traumfrau, gerät in ein *24*-verdächtiges nukleares Bedrohungsszenario und versucht gar nicht erst, die plot-internen Unebenheiten und zahlreichen unlogischen Wendungen zu kaschieren, die eine wenig durchdachte Zeitreise-/In-die-Zukunft-sehen-Geschichte eben so mit sich bringt. Da hilft es auch nichts, dass Julianne Moore in einer Art Reprise ihrer *Hannibal*-Clarice als toughe FBI-Agentin sehr überzeugend toughe Befehle bellt und Jessica Biel als Love Interest wieder mal eine Augenweide ist. Denn leider stimmt die Chemie zwischen den drei Hauptdarstellern vorne und hinten nicht.

Selbiges gilt für die Art der Umsetzung der literarischen Vorlage »The Golden Man« aus dem Jahr 1954. Es ist selbstverständlich, dass eine Kurzgeschichte in der Adaption zusätzliche Komponenten benötigt, um den nötigen Atem für ihre filmische Darstellung zu bekommen. Gleichzeitig jedoch bietet sich das Genre der Short Story mit seiner Zentrierung auf begrenztes Figurenpersonal, meist überschaubare räumliche und zeitliche Parameter sowie eine klare Kernidee im Grunde genommen an als Vorlage für den Film, der ja auch immer verkürzen, kompensieren, zusammenfassen muss.

Leider fällt all dies in Lee Tamahoris SciFi-Actioner völlig unter den Tisch. Während Dick in seiner Geschichte den titelgebenden Mutanten als Anlass für eine Reflektion darüber installiert, was es heißt, mit ständigem Wissen um die Zukunft jenseits aller Unsicherheiten eine lebenswerte Existenz zu führen, wird dieses zentrale Thema in der »Verfilmung« völlig marginalisiert. Am Ende der Adaptionskette steht nun ein – leider – wieder mal typisches Dick-Update für das Multiplex-Zeitalter mit absolut unmotivierten Verfolgungsjagden, Mid-Budget-Explosionen und einem Nicolas Cage, der sich rätselhafterweise mit solchen Streifen eine ganz eigene Nische geschaffen hat.

Das größte Rätsel ist jedoch, wie sich Cassavetes-Veteran Peter Falk in so einen Mist verirren konnte. Der Nächste bitte. *lz*

Pans Labyrinth ★★★★★★

Mexiko/Spanien/USA 2006 • Regie: Guillermo del Toro • Darsteller: Ivana Baquero, Sergi López, Maribel Verdú, Doug Jones

Spanien 1944, einige Jahre nach dem Ende des Bürgerkriegs. Das Mädchen Ofelia ist mit seiner schwangeren Mutter auf dem Weg in die Berge. Dort befehligt Capitan Vidal, der neue Mann von Ofelias Mutter, eine Garnison, die Jagd auf die letzten versprengten Anhänger der Republik macht. Schon auf dem Weg zur Garnison begegnet Ofelia einer insektenartigen Fee, die sie zu dem Faun Pan,

Das Auge isst mit. Pans Labyrinth.

dem Wächter eines unterirdischen Königreichs, bringt. Dieser glaubt in Ofelia eine Prinzessin zu erkennen. Ofelia muss nun drei Prüfungen absolvieren, damit sie wieder zur Herrscherin über das rätselhafte Reich wird. Die Schwangerschaft von Ofelias Mutter kompliziert sich; gleichzeitig beginnt Capitan Vidal eine gnadenlose Jagd auf eine Gruppe von Partisanen. Doch selbst in seiner eigenen Garnison werden die Rebellen unterstützt: Mercedes, das Hausmädchen von Ofelias Mutter, hat einen Bruder in der Gruppe. Während Ofelias Prüfungen immer grausamer und gruseliger werden, eskaliert auch die Brutalität in den Bergen.

Ein »Märchen für Erwachsene« wollte Regisseur Guillermo del Toro vorlegen, und das ist ihm vollkommen und ohne Abstriche gelungen. Auf der schmalen Schneide zwischen Realismus und Traum findet del Toro immer die richtigen Bilder und immer den richtigen Ton. Interpretationsmöglichkeiten gibt es viele – das reicht von »einer fantasievollen Coming-of-age-Geschichte gegen die rationale Welt der Erwachsenen« bis hin zur »Welt der Imagination und Freiheit, die dem Faschismus gegenübergestellt wird«. Vor allen Dingen hat del Toro hier jedoch einen zutiefst persönlichen und berührenden Horrorfilm geschaffen, eine poetische Allegorie.

Beim Goya, dem spanischen Oscar, räumte *Pans Labyrinth* alle wichtigen Preise ab. Bei der Oscar-Verleihung 2007 gewann del Toros Meisterwerk die Preise für die Beste Kamera, das Beste Szenenbild sowie das Beste Make-Up und unterlag in der Kategorie Bester nicht-englischsprachiger Film nur knapp dem deutschen Beitrag *Das Leben der Anderen*. *lg*

Pirates Of The Caribbean – Am Ende der Welt

★☆☆☆☆☆

USA 2007 • Regie: Gore Verbinski • Darsteller: Johnny Depp, Orlando Bloom, Keira Knightley, Chow Yun-Fat, Bill Nighy, Stellan Skarsgård

Es scheint vollbracht – mit dem dritten grünstichigen Piraten-Spektakel endet (vorerst) eine der aufgeblasensten Filmreihen des neuen Kino-Milleniums. Mit nahezu wahnwitzigen Zuschauerzahlen und galaktischen Einspielergebnissen haben die drei Filme der *Fluch der*

Karibik/Pirates of the Caribbean-Serie das Prinzip des Blockbusters noch einmal völlig neu definiert – irgendwas wurde hier also ganz offensichtlich richtig gemacht. Und mal ganz ehrlich – wer hätte nach den abgrundtief erfolglosen Versuchen von Renny Harlin, Roman Polanski & Co., den Freibeuterfilm neu zu beleben, auch nur eine vergammelte Dublone auf dieses zutiefst morsche Sub-Genre gesetzt? Genau, niemand. Umso erstaunlicher, dass nun ausgerechnet rasselnde Säbel, herumstochernde Holzbeine und verkrustete Planken der Stoff sind, aus dem neuerdings Multiplexträume gemacht werden.

Dabei ist das Ganze eigentlich eine einzige Mogelpackung, denn von genuinen Aktivitäten, die diese ständig ihre fauligen Zähne fletschenden Abziehbilder wirklich zu Piraten machen, war in den ganzen ca. zehn Stunden der Serie nicht viel zu sehen. Und vielleicht hätte es ganz gut getan, diese Genrefiguren auch mal rauben und plündern zu lassen, statt sie ohne Pause in fischigen Interieurs zu zeigen, in denen sie sich gegenseitig den völlig irren Plot erklären und launige expositorische Reden halten. Das ist auch im dritten nicht enden wollenden Film der Serie wieder ein echtes Pro-

Die See-Pferde gehen durch. Pirates of the Caribbean – Am Ende der Welt.

blem – behauptete Piraten stehen rum und erzählen sich was. Worum es dabei eigentlich geht, weiß offensichtlich niemand so genau – und die Story, die in ihrer Verschlungenheit und mit ihren zahllosen und zahnlosen Double- und Double-Double-Crossings durchaus in *The-Big-Sleep*-Nähe rückt, wird leider von entschieden zu wenigen Kindergarten-Action-Momenten komplementiert, die noch im ersten und mit Abstrichen auch zweiten Teil durchaus für etwas eskapistischen Spaß sorgen.

In *Am Ende der Welt* gehen nun aber sämtliche See-Pferde des Prätenziösen mit den Autoren durch und verpassen dem Circus eine doomige Schwere, deren Umsetzung durch ihre absolute Oberflächlichkeit leider nicht mehr narrativen Drive entwickelt als ein alter Fischkutter kurz vor der Verschrottung. Klar sieht das alles spektakulär aus, ist technisch perfekt umgesetzt, und ohne Frage hat Johnny Depp mit seinem Captain Jack einen wirklich ikonischen Charakter geschaffen, der dem Kanon charismatischer Leinwand-Originale einen weiteren Figur gewordenen Manierismus hinzufügt.

Leider nutzt das alles aber nichts, wenn ganz einfach null Substanz vorhanden ist. Null. Und unterhaltsam ist das auch nicht, sondern einfach nur – man wagt es kaum als Kategorie zu formulieren – langweilig.

Ach ja, und Keith Richards reißt eine Saite. Ein echter Höhepunkt in diesem an mangelnden Spannungsmomenten verreckenden Ungetüm. Arrgh. *lz*

The Place Promised in Our Early Days

(DVD-Premiere) ★★☆☆☆☆

Japan 2004 • Regie: Makoto Shinkai

Japan wurde in den Siebzigern geteilt. Der Süden wird von den USA unterstützt, der Norden gehört der »Union«. Auf Ezo hat die Union einen gigantischen Turm errichtet, dessen Zweck lange geheimnisvoll bleibt. Aber findige Wissenschaftler des Südens kommen irgendwann dahinter, dass um den Turm herum die reale Welt von einer Parallelwelt verdrängt wurde. Die Erforschung von Parallelwelten – auch, um ziemlich genaue Zukunftsvorhersagen möglich zu machen – wird nun zu einem wichtigen Forschungszweig. Bald stellt man fest, dass die Ausdehnung der Parallelwelt um den Turm herum etwas mit den Träumen eines kleinen Mädchens zu tun hat, das im Süden lebt und dessen Großvater im Norden den Turm erbaut hat. Und während die Spannungen zwischen den Nationen wachsen und ein Krieg unmittelbar bevorsteht, kämpft ein Junge um die Liebe dieses Mädchens, das in sein Leben trat und viel zu schnell wieder verschwand.

Das klingt zugegebenermaßen gar nicht uninteressant. Aber je länger der 90-Minuten-Anime dauert, desto mehr spürt man, dass die Fragen, die sich daraus ergeben, entweder nur angerissen oder gar nicht gestellt werden. Die wuchernden Metaphern über Dinge, die nicht zusammen sind, aber zusammen gehören, stehen sich ebenso im Weg wie die atemberaubenden Bilder, die schnell ein Eigenleben entwickeln und die Erzählung aufhalten oder sogar völlig zum Erliegen bringen. Es ist schon bizarr, dass man aufwendigen – oft völlig banalen – Details große Aufmerksamkeit schenkt, aber darüber hinaus vergisst, dass zu einer Liebesgeschichte mehr gehört als das Knistern von Statik auf Metalloberflächen oder die Lichtreflexe in einer (nicht vorhandenen) Kameraoptik. So fragt man sich bald, was das alles soll, zumal die Absichten von Makoto Shinkai durchaus diffus bleiben. Es sollte wohl sehr groß und ambitioniert werden. Aber irgendwie wusste anscheinend niemand so recht, wie man das realisiert. *bk*

Planet Terror ★★★★★☆

USA 2007 • Regie: Robert Rodriguez • Darsteller: Rose McGowan, Freddy Rodriguez, Josh Brolin, Michael Biehn, Bruce Willis

Es gibt ja diesen alten Scherz aus dem Lubitsch-Film *Sein oder Nichtsein*: Als der SS-Mann Ehrhardt nach einem polnischen Schauspieler gefragt wird, antwortet er: »Was der mit Shakespeare gemacht hat, das machen wir heute mit Polen.« So in etwa wurde auch international mit dem *Grindhouse*-Projekt von Robert Rodriguez und Quentin Tarantino umgegangen. In den USA lief die Hommage an

Und wo ist der Abzugshahn? Planet Terror.

die versifften Vorstadtkinos der Siebzigerjahre als drei Stunden langes Doppel-Feature, verbunden mit sechs getürkten Trailern. Um die Anspielungen auf alte B-Filme auf die Höhe zu treiben, enthielten beide Filme absichtliche Bildstörungen, nichtlippensynchrone Dialoge, falsche Schnitte und sogar fehlende Filmrollen. Leider startete *Grindhouse* am ungünstigen Osterwochenende, nochmals leider sind amerikanische Kinogänger vergammelte Double-Features anscheinend nicht mehr gewöhnt, und leider – zum Dritten – war der zweite Teil des Films, Quentin Tarantinos Drei-Zicken-quatschen-sich-einen-Rachenwolf-und-fahren-dabei-Muscle-Car-Genöle *Death Proof*, so langweilig wie Zehennägelschneiden. *Grindhouse* wurde zum empfindlichen Flop, und außerhalb der USA kamen die Filme getrennt, dafür aber in längeren Fassungen in die Kinos.

Was nun *Planet Terror*, den von Rodriguez inszenierten ersten Teil von *Grindhouse*, betrifft, so ist der erste Eindruck: Der Mann hat einfach mächtig die Pfanne heiß! Es geht um Soldaten, die durch ein Giftgas in Zombies verwandelt wurden, um ein durchgeknalltes Chirurgenpärchen, das merkwürdige Transplantationsexperimente mit der Tänzerin Cherry durchführt, und um ein Dorf, das ebenfalls zombifiziert wurde und in dem nun jeder gegen jeden kämpft. Das Ganze ist brüllend laut und fast ohne Atempause inszeniert.

Und trotzdem: Alles, was Filme wie *Resident Evil* falsch machen, das macht Rodriguez richtig. Sein Zombie-Film will kein blitzsauberes Mainstream-Vehikel mit Massenappeal sein, sondern ein schmutziger, kleiner Genre-Film, der einfach alles hat, was so ein Streifen braucht: Go-Go-Girls, Lesben und abgesägte Schrotflinten. Zum wiederholten Mal hat sich Rodriguez damit als Maverick entpuppt, als jemand, der bewusst außerhalb des Hollywood-Systems arbeitet und trotzdem in Maßen erfolgreich sein kann. *Planet Terror* gefällt bestimmt nicht jedem, aber wer in etwa das Gemüt und den Humor eines Fleischwolfs hat, der wird blendend unterhalten.

Vor der deutschen Version auch der DVD sei trotzdem gewarnt. Sowohl auf der Rodriguez- als auch auf der Tarantino-Scheibe fehlen die wirklich urkomischen Fake-Trailer. Wer *Grindhouse* trotzdem sehen will, dem sei ausdrücklich die japanische Import-Version mit sechs DVDs ans Herz gelegt: Auf der findet sich die US-Kinoversion, die internationalen »extended versions« beider Filme und mehr Zusatzmaterial, als für einen gesunden Geist gut ist. *lg*

The Prestige ★★★★★☆

USA/GB 2006 • Regie: Christopher Nolan • Darsteller: Christian Bale, Hugh Jackman, Scarlett Johansson, Michael Caine, Andy Serkis, David Bowie • Nach dem Roman von Christopher Priest

Mit Magie, Zauberei, Illusionen tut sich das Kino seit jeher schwer. Schließlich ist es selbst nur eine Illusion und arbeitet mit Tricks und Kniffen, um aus einzelnen Teilen etwas Neues zu formen. So geht es in Christopher Nolans *The Prestige* – einem kleineren, zwischen *Batman Begins* und seiner Fortsetzung entstandenen Film – zwar vordergründig um das Duell zweier Magier, vielmehr jedoch um das Thema, das Nolan seit jeher umtreibt: Obsessionen. Angesiedelt ist er im viktorianischen England, einer Zeit also, als es noch kein Kino gab und die Menschen sich noch anderen Illusionen hingaben. In einer auf den ersten Blick komplizierten, verschachtelten Struktur aus Rückblenden und Perspektivwechseln entfaltet sich die Geschichte. Zwei junge Magier – Robert Angier (Hugh Jackman) und Alfred Borden (Christian Bale) – stehen am Anfang ihrer

Gut, dass keine Fliege in der Nähe ist. The Prestige.

Karriere, beide voller Ambitionen, doch mit unterschiedlichen Qualitäten. Während Robert der geborene Showman ist, beherrscht Alfred auch die schwierigsten Tricks. Ein Unfall, bei dem Roberts Frau stirbt, entzweit das Paar und macht sie zu erbitterten Rivalen, die alles daran setzen, den jeweils anderen zu überbieten. Dieses Duell um die Krone des besten Magiers bestimmt den Film und ist doch nicht sein Zentrum.

Für eine Zeit scheint es, als hätte Alfred die Nase vorn, mit einem Trick, bei dem er in Sekundenbruchteilen den Ort zu wechseln scheint, gerade so, als würde er durch einen Teleporter schreiten. Bis nach Amerika, zum genialen Erfinder Nicola Tesla (David Bowie in kaum zu erkennender Maske) reist Robert auf der Suche nach einer Erklärung für diesen Trick. Doch was ihm Tesla liefert, ist kein Trick, keine Illusion, sondern eine wissenschaftliche Erfindung: einen tatsächlichen Teleporter. Nacht für Nacht steht Robert nun auf der Bühne, begeistert das Publikum und verliert mit jedem Auftritt ein Stück seiner Menschlichkeit. Denn die Doppelgänger, die er jeden Abend entstehen lässt, dürfen nicht leben; sie ertrinken in Wassertanks, geradeso wie einst Roberts Frau.

Alfred dagegen bedient sich eines wirklichen Tricks, eines tatsächlichen Doppelgängers in Gestalt seines Zwillingsbruders. Seine

Obsession war es, diesen Bruder all die Jahre geheim zu halten, enorme Entbehrungen auf sich zu nehmen, tagein, tagaus eine Illusion aufrechtzuerhalten und das alles für einen gelungenen Trick. Am Ende haben beide Männer einen Teil ihrer selbst verloren, haben ihrer Obsession viel geopfert und man weiß nicht, ob es sich gelohnt hat.

Zusammen mit seinem Bruder Jonathan schrieb Christopher Nolan das brillante Drehbuch, dessen ganze Komplexität man erst beim zweiten oder dritten Sehen durchschaut. Dann wird deutlich, dass eigentlich schon in den ersten Minuten alle kommenden Entwicklungen angedeutet werden – man muss nur genau hinsehen. Und so funktioniert *The Prestige* selbst letztlich wie ein Zaubertrick, bei dem der Magier ja schließlich auch den Eindruck erweckt, dass alles ganz deutlich zu sehen ist, und das entscheidende Mittel zum Funktionieren der Illusion ein Moment der Ablenkung im richtigen Moment ist. *mm*

The Reaping – Die Boten der Apokalypse ★★☆☆☆

USA 2006 • Regie: Stephen Hopkins • Darsteller: Hilary Swank, David Morrissey, Idris Elba, AnnaSophia Robb

Oh Gott. In seinem neuen Streifen schickt 24-Regisseur Stephen Hopkins die doppelte Oscar-Preisträgerin Hilary Swank als Wissenschaftlerin in den Sumpf der amerikanischen Südstaaten, um den rationalen Gegenbeweis für das anzutreten, was eine Gruppe verkappter Kleinstadt-Satanisten für die Wiederkehr der zehn biblischen Plagen hält. Das Ergebnis ist ein abgrundtief hanebüchenes Mysterien-Scharmützel mit so vielen Plotlöchern und an den Haaren herbeigezogenen Wendungen, dass es im morschen Gebälk dieses filmischen Konvoluts nur so ächzt.

Dabei sind die vermeintlich himmlischen Heimsuchungen von blutrotem Fluss über magnoliaesken Froschregen bis zum flächendeckenden Heuschreckenschwarm durchaus ansprechend in Szene gesetzt. Auch aus dem Southern-Gothic-Setting der giftig brodelnden Sümpfe in den Backwoods von Louisiana bezieht *The Reaping*

»Hat mal jemand einen Schleifstein?« The Reaping – Die Boten der Apokalypse.

gelegentlich ein gewisses Maß an Atmosphäre, mit dem Regisseur Hopkins aber nicht viel anzufangen weiß. Statt sich auf die unbehagliche und schwül-beklemmende Kraft seiner Schauplätze zu verlassen und auf durchgängig düstere Stimmung zu setzen, überflutet er seinen Film mit müden Schockmomenten, die in ihrer Vorhersehbarkeit aber leider ein ums andere Mal im feucht wabernden Nebel verpuffen.

Fügt man dem ganzen Elend nun noch durchgängig uninspirierte Darstellungen der Hauptakteure – allen voran Stephen Rea, der seine Darbietung buchstäblich per Telefon abliefert –, ein völlig verkorkstes Drehbuch, ein feuriges Finale, das in seiner Absurdität an die legendäre Schlusssequenz von *Die neun Pforten* erinnert, sowie eine völlig ideenlose Regie hinzu, so bekommt man, wenn man denn will, das zu sehen, was mit *The Reaping* irgendwie seinen Weg auf die Leinwände gefunden hat. Eine echte Plage eben. *lz*

Renaissance (DVD-Premiere) ★★☆☆☆☆

Luxemburg/Frankreich/GB 2006 • Regie: Christian Volckman • Sprecher der Originalfassung: Daniel Craig, Ian Holm, Jonathan Pryce

Das kommt davon, wenn man auf der Filmhochschule die Dramaturgie-Seminare schwänzt, um sich dann doch nur wieder zum x-ten Mal *Blade Runner* anzusehen: 100% Form + 100% TV-Thriller-der-Woche-Drehbuch (tougher Polizeieinzelgänger ermittelt im Paris des Jahres 2054 bei einem unkoscheren Gesundheitskonzern wegen einer entführten Wissenschaftlerin) = 200% Wurst. Wäre die Form, will sagen: Optik dieses Animationsfilms – Schwarzweiß bedeutet bei *Renaissance* ausnahmsweise wirklich mal Schwarz und Weiß und sonst nix (von einem Hauch von Grau mal abgesehen) – wenigstens stilistisch sinnvoll über die Idee hinaus, das Noir in Noir beim Wort zu nehmen, dann könnte man sich solch einen

200% Wurst. Renaissance.

formalen Überschuss durchaus als tragfähig vorstellen. Schließlich ist *Blade Runner* ja irgendwie auch ein Meisterwerk. Der knüppelharte Schwarzweiß-Kontrast geht einem jedoch bereits nach ein paar Minuten dermaßen auf die Augen, dass er selbst dem geneigten Zuschauer beim Nachvollziehen der völlig vorhersehbaren Story und der noch banaleren Figuren nicht ernsthaft weiterhilft. Um es mit den *Ärzten* zu sagen: Renaissance (warum auch immer dieser Titel?) ist anders. *ms*

A Scanner Darkly (DVD-Premiere) ★★★★☆☆

USA 2006 • Regie: Richard Linklater • Darsteller: Keanu Reeves, Robert Downey Jr., Wynona Ryder • Nach dem Roman von Philip K. Dick

Wirklich leicht hatte es dieser Film nicht: Auf dem Fantasy-Filmfest 2006 wurde er zwar vom Publikum gefeiert, ein regulärer Kinostart wurde ihm jedoch vom Verleih verweigert, sieht man mal von einem Kino in Berlin ab, das den Film eine Woche lang zeigte. Eine Schande, denn trotz einiger Kritikpunkte lässt sich das Urteil über Richard Linklaters (*Slackers*) Film in einem Satz zusammenfassen: beste Philip-K.-Dick-Verfilmung ever!

Dabei war dieser autobiografische Klassiker der Drogen-/Paranoia-Literatur bestimmt nicht leicht zu adaptieren. In einer nahen Zukunft sind die halben Vereinigten Staaten von einer neuen Droge abhängig: Substanz T, für Tod. Der Drogenfahnder Fred alias Bob Arctor soll einen Drogenhändler überwachen und entdeckt im Laufe des Auftrags, dass er sich selber überwacht. Seine verschiedenen Identitäten beginnen nicht nur, sich selbstständig zu machen, sie arbeiten auch noch gegeneinander.

Richard Linklater hat das phantasievoll und technisch ansprechend verfilmt, indem er zunächst einen »realen« Film drehte und diesen dann äußerst aufwendig Bild für Bild im Rotoscope-Verfahren übermalen ließ. Das Ergebnis ist eine der methodisch interessantesten Fingerübungen der letzten Jahre. Ein Zeichentrickfilm für Erwachsene, der mit herkömmlichen Animationsfilmen nichts mehr am Hut hat. Aber leider hat Linklater eines nicht: Emotionen.

Robert Downey Jr., angeschmiert. A Scanner Darkly.

»Es brach mir das Herz, diesen Roman zu schreiben, es brach mir das Herz, ihn zu lesen«, so Philip K. Dick über seinen eigenen Roman. Und genau dieses Herz vermisst man in diesem ansonsten intelligenten, unterhaltsamen und spannenden Streifen. Es ist eine Stilübung. Zwar finden sich auf der DVD sehr wohlwollende Kommentare, nicht zuletzt von PKDs Tochter Isa Dick Hacket und von dem Schriftsteller und Dick-Fachmann Jonathan Lethem (»Die Festung der Einsamkeit«). Doch in den Untiefen des Internets existiert ein unvollendetes Drehbuch (aus Copyrightgründen fehlt die letzte Seite), das Charlie Kaufman (*Being John Malkovich*) für eine geplante Verfilmung, inszeniert von Terry Gilliam, verfasst hat: *www.beingcharliekaufman.com/index.htm?movies/scannerdarkly.htm&2*. Was wäre DAS erst für ein Film geworden!   *lg*

Spider-Man 3 ★☆☆☆☆

USA 2007 • Regie: Sam Raimi • Darsteller: Tobey Maguire, Kirsten Dunst, James Franco, Thomas Haden Church, Topher Grace, Bryce Dallas Howard

Fassungslos taumelt man aus dem Kino und versucht, den ganzen Unfug zu sortieren. Spider-Mans dunkle Seite also, *mm-hm*. Peter Parker wird mit einem außerirdischen Symbionten infiziert, der ihm ein cooles schwarzes »Kostüm« verleiht und privat in ein gelacktes Nazi-Arschloch verwandelt (bin ich der Einzige, der von Maguires Darbietung an Kyle MacLachlans Rolle im hochamüsanten *Showgirls* erinnert wird?). Bevor es dem Symbionten zu bunt wird und er den Wirtskörper in einer unfassbaren Drehbuchkonstruktion wechselt, weshalb sich der geläuterte Parker im erschreckend undramatischen Finale mit »Venom« herumschlagen muss, einem Reporterkonkurrenten, der nun mit dem Symbionten infiziert ist. Undramatisch auch deshalb, weil Raimis Venom trotz coolem Kostüm völlig blass bleibt und ungefährlich wirkt, ganz im Gegensatz zur spektakulären Comic-Figur, die Ende der Achtziger der Serie einen bitter nötigen Schuss Crack verpasste.

Und weil bis zum Finale ja ein weiter Weg zurückzulegen ist, wird Spidey unterwegs vom Sandmann belästigt, der nur zufällig zum Superschurken wird, weil er Geld für die Operation seines Kindes braucht (weshalb manche Feuilleton-Schreiber die Figur gleich in die Nähe von Shakespeare rückten). Darüber hinaus verliert Maguire im festen Glauben an den Sinn einer Tarnexistenz in den fast zweieinhalb Stunden Laufzeit ein ums andere Mal die Maske, als müsse er die gedächtnisschwachen Academy-Mitglieder immer wieder daran erinnern, welch umwerfende Leistung er doch vollbringt.

Es ist schon beinahe bizarr, *wie* schlecht dieser dritte *Spider-Man*-Film Sam Raimis ist. Aber hätte man es nicht ahnen können? Zum einen, weil die Gesetze der Fortsetzungs-Industrie gnadenlos greifen (mehr, mehr, MEHR ...!), zum anderen, weil Raimi schon immer überschätzt wurde (*Crimewave, Evil Dead II, Darkman, Army of Darkness, The Quick and the Dead, For Love of the Game, The Gift* ... Quark gefolgt von größerem Quark, *A Simple Plan* die rührende Ausnahme). Einige nette Sequenzen in *Spider-Man 1* und *2*,

Sandsäcke sind auch nicht mehr das, was sie mal waren. Spider-Man 3.

die direkt der charmanten Anfangszeit der Comic-Serie entlehnt waren, wurden bis zur Peinlichkeit überhöht und gepriesen, aber Teil 3 dürfte selbst dem letzten Blockbuster-Junkie die Illusionen ausgetrieben haben. – Aber hey, die »Geburt« des Sandmanns sah klasse aus! *bk*

Der Sternwanderer ★★★★☆☆

USA 2007 • Regie: Matthew Vaughn • Darsteller: Charlie Cox, Claire Danes, Michelle Pfeiffer, Robert De Niro • Nach dem Roman von Neil Gaiman

Als postmodernes Märchen für Erwachsene könnte man den neuen Film von Matthew Vaughn bezeichnen. In der phantastischen Welt Stormhold erlebt der junge Tristan eine sehr typische Märchengeschichte, voller Prinzen, Hexen und anderer magischer Wesen. Manchmal etwas überfrachtet und bombastisch, überzeugt der Film vor allem mit seiner Mischung aus Pathos und ironischer Bre-

Auf der Suche nach der Brautprinzessin. Der Sternwanderer.

chung des Genres und kann darüber hinaus mit einer ganzen Riege von exzellenten Darstellern in großer Spiellaune aufwarten.

Tristan wächst im beschaulichen englischen Dorf Wall auf und ist ein rechter Einzelgänger. Er ist verliebt in die schöne, aber tumbe Victoria, deren Selbstgefälligkeit er noch nicht durchschaut. Um ihr Herz zu gewinnen, verspricht Tristan ihr einen Stern zu bringen, der gerade auf die Erde gefallen ist. Seine Suche führt ihn aus dem Dorf, über eine schier endlose Mauer, in die Parallelwelt von Stormhold. Dort ist gerade der greise König gestorben, dessen drei überlebende Söhne nun um das Erbe kämpfen. Gleichzeitig versucht die Hexe Lamia ebenfalls, den zur Erde gefallenen Stern – genannt Yvania – zu finden. Denn durch das Herz eines Sterns kann eine Hexe wieder ihre ursprüngliche Schönheit erlangen.

Man merkt: An Handlung und Figuren mangelt es dem Film nicht, zumal Erstere oft eher aneinandergereiht als wirklich stringent erzählt wirkt. Prinzipiell zerfällt *Der Sternwanderer* dadurch in einzelne Episoden und Szenen, doch was in aller Regel ein Nachteil ist, erweist sich hier erstaunlicherweise als Qualität. Die eigentliche Haupterzählung, in der Tristan den Stern findet und versucht, ihn in sein Dorf zurückzubringen, ist dabei die uninteressanteste. Wie abzusehen entwickelt sich Tristan zu einem echten Held, der nicht nur kämpfen, sondern auch wahre Werte kennenlernt und im Stern seine große Liebe erkennt. Das ist hübsch, aber oft in einem übertriebenen Pathos erzählt. Doch diese lose Handlungsebene, die den Film mehr oder weniger stimmig zum Ende führt, bietet Vaughn die Möglichkeit, wunderbare Nebenfiguren und -handlungen einzuflechten, die die wahre Qualität des Films ausmachen.

Nehmen wir Michelle Pfeiffer. Schon in *Hairspray* hatte sie offensichtliches Vergnügen daran, eine Antagonistin zu spielen. Diesmal ist sie im wahrsten Sinne des Wortes eine Hexe, die sich zunächst mit den Resten des letzten Sterns einen jungen Körper erzaubert, der dann im Laufe des Films immer mehr zusammenfällt und einen bemerkenswerten Mut zur Hässlichkeit offenbart.

Während Pfeiffers Hexe noch eine ganz typische Märchenfigur ist – deren zufriedenes Betrachten ihres nun wieder straffen Hinterns zwar schon den besonderen Humor des Films andeutet –, entwickelt der Film an anderer Stelle geradezu das Genre dekonstruierende Qualitäten. Immer wieder werden die »Regeln« eines Märchens gebrochen, die typischen Handlungsweisen leichtfüßig ironisiert, ohne sie jedoch lächerlich zu machen. Besonders augenfällig ist dies in der Figur des Piraten Shakespeare, mit dem Robert De Niro seine beste Rolle seit Jahren findet. Als Kapitän eines Luftschiffs sieht er sich gezwungen, harte Machoposen einzunehmen, um seiner Position als gefährlicher Räuber gerecht zu werden. In der Abgeschiedenheit seiner Kabine jedoch trägt er Kleider und tanzt den Can Can. In vielerlei Hinsicht ist diese Figur emblematisch für den ganzen Film, der es schafft, das Märchengenre gleichzeitig ernst zu nehmen und seine Klischees auf liebevolle Weise zu veralbern. *mm*

Sunshine ★★★☆☆

GB 2006 • Regie: Danny Boyle • Darsteller: Cillian Murphy, Chris Evans, Rose Byrne, Michelle Yeoh

Bromley-By-Bow liegt in einer Gegend Londons, in die sich kein Tourist verirrt. Ganz im Osten der britischen Hauptstadt kommt die Tube aus der Erde heraus und fährt überirdisch an einstürzenden Neubauten aus den frühen Achtzigerjahren vorbei. Davor werden gerade neue Gebäude hochgezogen, denen man jetzt schon ansieht, dass sie in fünfundzwanzig Jahren ebenfalls einstürzen werden. Der U-Bahnhof befindet sich an einer vielbefahrenden Ausfallstraße, die auf der anderen Seite von einem Schrottplatz voller wilder Hunde begrenzt wird. Doch am Ende des Schrottplatzzauns taucht man in eine vollkommen andere Welt ein.

Auf einer Insel im Prescott-Kanal liegen die Three Mills Studios, eine Ansammlung von alten Lagerhallen und Gebäuden im Tudorstil. Hierher hatte sich im Herbst 2005 Danny Boyle zurückgezogen, um seinen neuesten und bis dahin teuersten Film zu drehen, das Science-Fiction-Project *Sunshine*. Doyles letzte Werke, die Zombie-Hommage *28 Tage später* und der Kinderfilm *Millions*, hatten Fox Searchlight ordentlich Geld in die Kasse gespült, da durfte Doyle jetzt mal was richtig Verrücktes machen und 50 Millionen Dollar verbraten.

Unser Stern verlischt, eine neue, gewaltige Eiszeit bedroht den Planeten. Von Klimaerwärmung kann keine Rede mehr sein. Die einzige Lösung: Um den atomaren Zyklus der Sonne wieder anzuheizen, muss eine Fusionsbombe in ihr gezündet werden. Auf dem kilometerlangen Raumschiff *Ikarus 2* ist eine multinationale Crew – darunter der irische Newcomer Cillian Murphy (*Batman Begins*), Aussie-Hottie Rose Byrne (*Marie Antoinette*), die Ex-Bondine Michelle Yeoh (*Die Welt ist nicht genug*), der japanische Star Hiroyuki Sanada (*Last Samurai*) und Chris Evans (*Fantastic Four*) – seit Monaten unterwegs zur Sonne. Alles verläuft planmäßig – bis die *Ikarus 2* einen Notruf ihrer Vorgängermission auffängt. Beim Kurswechsel kommt es zu einer ersten Katastrophe, bei der der Hitzeschild beschädigt wird, der Sauerstoffgarten verbrennt und der Captain stirbt. Auch das Andocken an die *Ikarus I* verläuft nicht nach Plan, und schlimmer noch: Die *Ikarus 2* fängt sich ein Monster ein, das beginnt, an Bord »Zehn kleine Negerlein« zu spielen.

»Der Film ist von allen Vorbildern ein bisschen beeinflusst«, sagt Boyles ständiger *partner in crime* Alex Garland, gefeiertes *enfant terrible* der britischen Literatur, der bei der Gelegenheit vor der versammelten britischen Presse auch gleich erklärt, nie wieder einen Roman schreiben zu wollen. *Solaris, 2001, Silent Running, Dark Star* und *Alien*, so lautet die filmische Ahnenreihe, die Garland aufstellt. Als ihn einer der anwesenden Journalisten darauf hinweist, dass die

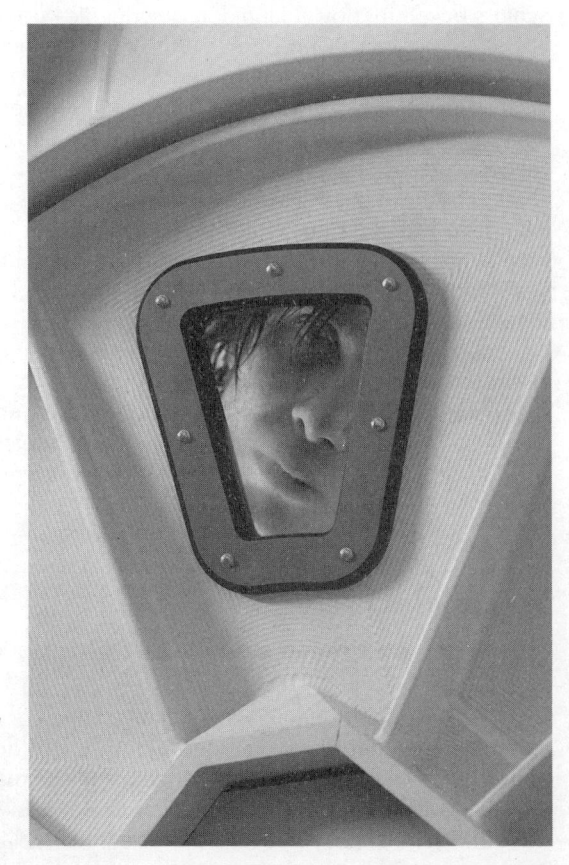

»Kann mal jemand das Licht wieder anmachen?«
Sunshine.

Handlung von *Sunshine* ganz leicht an das japanische Charlton-Heston-Vehikel *Solar Crisis* aus dem Jahr 1990 erinnert, verliert Garland seine gute Laune.

Nach diesem Besuch am Drehort dauerte es noch einmal sechzehn Monate, bis *Sunshine* endlich ins Kino kam. So lange hatte Danny Boyle an dem Film herumgedoktert. Und zwischenzeitlich – so darf man inzwischen vermuten – hatte er anscheinend die Geschichte aus den Augen verloren. *Sunshine* beginnt als phantastisch aussehender psychologischer Ensemblethriller, wird dann jedoch zu einem relativ normalen Gruselfilm. Erst mit dem exzellenten Schluss bekommt Boyle dann doch wieder die Kurve.

Das sah vor Ort in den Three Mills Studios noch ganz anders aus. Stolz präsentierte Produzent Andrew Macdonald – auch er ein ständiger Mitarbeiter von Boyle und Garland – die beeindruckenden Raumschiffkulissen. Besonders die Kajüten der einzelnen Crewmitglieder waren sehr liebevoll gestaltet. Jede Einrichtung, auch die chaotischste, spiegelte Aspekte des Filmcharakters wieder. Im fertigen Film ist davon nur noch wenig übrig. Dafür sieht man eine Menge halbherzige Computeranimation. Selbst auf die Gestaltung des »Monsters« wurde nicht mehr allzu viel Wert gelegt. Laut Doyle sollte es zunächst eine reine computergenerierte Figur sein, dessen Haut durchsichtig ist, sodass man die inneren Organe sieht. Jetzt ist es einfach ein Typ in einem gruseligen Anzug.

Schade eigentlich, aber anscheinend war das Trio Macdonald/Boyle/Garland schon mit seinem nächsten Streich beschäftigt: Im Frühsommer 2007 startete die Zombie-Fortsetzung *28 Weeks Later*. lg

Tekkonkinkreet (DVD-Premiere) ★★★★☆☆

Japan 2006 • Regie: Michael Arias • Nach dem Comic von Taiyo Matsumoto

Treasure Town trägt seinen Namen ganz zu unrecht – es ist ein heruntergekommener Bezirk in einer futuristischen Metropole, Zentrum eher zwielichtiger Vergnügungen und Heimat der beiden Waisenknaben Schwarz und Weiß. Der ältere (Schwarz) kümmert sich um den jüngeren (Weiß), beide zusammen schlagen sich mehr

Schwarz über den Dächern der Stadt. Tekkonkinkreet.

schlecht als recht durchs Leben, immer auf der Suche nach Geld, das sie vor allem durch kleinere Diebstähle erbeuten. Sie übernachten in einem Autowrack, und nichts könnte ferner sein als eine sorgenfreie Existenz. Weiß lebt vielleicht auch deshalb in einer Traumwelt von Sonne, Sand und Meer, zieht sich nicht alleine an, lässt sich die Schuhe zubinden und trägt Kostüme, als wäre jeden Tag Karneval. Schwarz trägt die Verantwortung für beide und ist darüber still und hart geworden. Manchmal müssen seine Aggressionen raus, und dann fließt Blut.

Tekkonkinkreet ist einer der atemberaubendsten Anime-Filme der letzten Jahre. Diese Welt ist so spürbar »echt« wie einst das L.A. von *Blade Runner*. Auch hier steckt die Liebe im Detail, und man kann sich kaum sattsehen an diesem bizarren Moloch von einer Stadt, den die beiden Kinder kennen wie ihre Westentasche. Bewegung kommt ins Spiel, als skrupellose Geschäftemacher Treasure Town in einen riesigen Freizeitpark à la Disneyland verwandeln wollen und Streetgangs, Stripperinnen und obdachlose Kinder unerwünschte Personen werden. Schwarz und Weiß werden getrennt, und damit beginnt das Desaster.

Trotz all der optischen Finesse und Opulenz bleibt Arias doch recht nah bei seinen Charakteren und verfällt erst gegen Ende ins nicht untypische Anime-Muster von überladenem Symbolismus. Man rollt etwas mit den Augen und fühlt sich an die monströsen und endlosen Finale von *Akira* und *Prinzessin Mononoke* erinnert.

Dabei bringt er doch alles schon viel früher auf den Punkt. »Gott hat bei mir ein paar Schrauben vergessen«, sagt Weiß, »und bei Schwarz ebenfalls. Aber ich habe die Schrauben, die Schwarz fehlen.« Da braucht es eigentlich keine Monster aus dem Unterbewusstsein mehr, die Killer mit übermenschlichen Kräften ausschalten, um zu begreifen, dass diese Kids einander brauchen. Und zwar ganz schlicht als Menschen. Zum Glück ist das den ganzen Film über präsent, was kein Finale der Welt verderben kann. *bk*

10.000 BC

★☆☆☆☆☆

USA 2007 • Regie: Roland Emmerich • Darsteller: Steven Strait, Cliff Curtis, Camilla Belle, Omar Sharif, Tim Barlow

Die Legende will es, dass Roland Emmerich für seinen ersten Film *Das Arche Noah Prinzip* eine Raumstation aus Cola-Dosen zusammenbastelte. Der Rest ist Historie: Schwäbischer Sparfuchs kommt nach Hollywood und zeigt dem Establishment, wie man aus einem noch so ausgelutschten B-Movie-Stoff Blockbuster macht; wie man sich mit einem Nichts an Handlung oder sonstiger Originalität, sondern einfach nur mit einer Masche seinen festen Platz in der Riege der Top-Regisseure erobert; wie man mit einer unbekümmerten Ihr-könnt-mich-alle-mal-ihr-Kulturheinis-Haltung selbst dem sauertöpfischsten Filmkritiker noch Respekt abnötigt ... Nun, das Ganze ist gut und schön, und wir freuen uns ja auch über jeden Landsmann, der es »drüben« zu was bringt, aber es beantwortet doch nicht die eine Frage: WAS SOLL DAS ALLES EIGENTLICH??? *10.000 BC* – ein Film, der so sagenhaft belanglos ist, dass man ihn, noch während man ihn ansieht, schon wieder vergisst – hilft uns hier leider auch nicht weiter. Wir warten auf den nächsten Streich. *bk*

30 Days of Night ★★☆☆☆☆

USA 2007 • Regie: David Slade • Darsteller: Josh Hartnett, Melissa George, Danny Huston • Nach dem Comic von Steve Niles und Ben Templesmith

Die Idee hat was: Als durchschnittlichem Blutsauger muss es einem ja auf den Keks gehen, beim ersten Sonnenstrahl wieder im Sarg verschwinden zu müssen und somit die Hälfe des Tages zwangsläufig zum Nichtstun verdonnert zu sein. Dabei gäbe es doch noch so viel Blut zu saufen. Statt sich auf etwas Naheliegendes zu besinnen – sagen wir mal: in den Gängen von U-Bahnhöfen langweiligen Pendlern aufzulauern –, kommt hier eine findige Rotte von Vampiren auf die brillante Idee, im kleinen Barrow irgendwo in Alaska während der wunderbar langen Polarnacht die Sau rauszulassen.

Ein Setting mit Eis und Schnee, ewigem Halbdunkel, Menschen, die nicht weg können, Klaustrophobie, Panik und ein paar hundert kleinen Negerlein. Steve Niles putzte mit dieser Idee in Hollywood Klinken, blitzte aber überall ab. Da er aber sonst oft als Comic-Autor unterwegs ist, bastelte er die Geschichte schließlich um und

Danny Huston kriegt einen Blutsturz. 30 Days of Night.

fand mit Ben Templesmith einen Künstler, der das düstere Szenario perfekt umsetzte. Und angesichts der (vor allem optisch) beeindruckenden – und überaus erfolgreichen – Graphic Novel hatten auch die Mächtigen in Hollywood ein Einsehen und machten die Brieftasche weit auf, um Niles die Idee doch noch abzukaufen. Nach *Sin City* und *300* standen die Türen weit auf für weitere Comic-Verfilmungen jenseits von Superhelden, und *30 Days of Night* war gewiss nicht die dümmste Wahl.

Voilà, so wurden aus dreißig Tagen rasch mehr, denn Niles verstand es geschickt, die Geschichte weiterzustricken, und mittlerweile gibt es gut zehn längere Comic-Storys und ein paar Romane. Und eben auch den Film von David Slade.

Slade wurde mit *Hard Candy* bekannt, einem minimalistischen Thriller mit zwei Opfern, der Ellen Page zur heißesten Jungschauspielerin Hollywoods machte. Ein Mann also, der Spannung zu inszenieren und mit Darstellern umzugehen weiß. Aber Niles' Comic ist eher dünn, in jeder Hinsicht, und daher konnte oder wollte man keine 1:1-Übertragung wie bei den obengenannten Frank-Miller-Verfilmungen realisieren. Also begann die Arbeit an einem Drehbuch: Hier wurde ergänzt, da weggeholzt. Dem fertigen Film sieht man das leider überdeutlich an.

Das beginnt beim »1. Akt«, den jemand augenscheinlich im Stil von Godards *À bout de souffle* geschnitten hat, ganz ohne Manifest, aber mit einem »extended« oder »Director's Cut« fest im Visier. Hoffentlich. Denn falls man es mit Unvermögen zu tun hat, müsste man Slade & Co. in den Kreis der Hölle verbannen, in der 24 Stunden am Tag *Assault on Precinct 13* (Carpernters Version, versteht sich) läuft.

Danach wird es zwar tighter, aber nicht wirklich besser. Denn irgendwer muss einen Wettbewerb ausgeschrieben haben, wie viele Plotlöcher man wohl in einem Film unterbringen kann (auch dafür gibt es bestimmt einen Höllenkreis ...). Über einzelne sieht man ja gerne mal hinweg, aber wenn man von einem ins nächste tappt, wird es irgendwann doch lästig. Denn zwischen den Löchern sollte doch noch etwas fester Boden sein – selbst in Alaska. Die bohrendste Frage ist schon allein, warum die Vampire, wenn sie doch praktisch in der ersten Nacht die ganze Stadt plattmachen, noch einen Monat bleiben? Oder warum sie, wenn sie doch schon Zeit haben, die Jagd nicht etwas mehr auskosten? Und wenn sie schon dableiben, warum unternehmen sie dann so wenig, um die letzten Überlebenden aufzutreiben? Und, und, und ...

Den Hintergrund der Vampirgruppe, den man bei Niles noch erfuhr, hat man im Film gleich ganz weggelassen. Mit der Folge, dass ein brillanter Darsteller wie Danny Huston auf ein paar gutturale Laute (mit nichtssagenden Untertiteln) reduziert wird und ansonsten arbeitslos bleibt. Den Namen seines Charakters erfährt man erst im Abspann – wenn das nicht groß ist. Aber Spannung aus der Anwesenheit von Vampiren in der abgeschotteten Stadt zu ziehen hat Slade bizarrerweise ohnehin nicht im Blick. Die Biester tauchen einfach ständig mit blutverschmiertem Maul auf und werden erledigt. Das könnte ja quasi apokalyptisch sein (à la Zombies, die auch überall sind), aber nee, nicht mal das hat man im Blick. Es ist einfach ... matt. Und dann ist man auch noch so blöd und misst sich am Ende mit del Toros kleinem Meisterwerk *Blade 2*, indem man dessen Finale einfach übernimmt. Das macht dann wirklich sprachlos. So bleibt unterm Strich zwar viel Blut, aber seltsam blutlose Kunst. Und eine verschenkte Idee.   bk

Transformers ★★★★☆☆

USA 2007 • Regie: Michael Bay • Darsteller: Shia LaBeouf, Megan Fox, Josh Duhamel, Tyrese Gibson, Rachael Taylor, Jon Voight, John Turturro

Eine Filmkritikerin der englischen *Times* schreibt anlässlich von *Transformers* über die Filme Michael Bays, sie anzuschauen sei ungefähr dasselbe, wie zweieinhalb Stunden lang von einem Schwachkopf angebrüllt zu werden – und sein neuestes Werk ist natürlich keine Ausnahme davon. Diese Einschätzung ist durchaus verständlich, aber nennt mich Ismael: *The Rock* (1996), *Armageddon* (1998), *Bad Boys II* (2003) und (wenn auch mit großen Abstrichen) *The Island* (2005) sind trotz all der Brüllerei große amerikanische Schundepen, hysterische Hommagen an das Popcornkino der Achtzigerjahre, so manische wie anachronistische Bekenntnisse eines unerschütterlichen Blockbuster-Gläubigen und perverserweise: Autorenfilme. Bay ist der Allergrößte unter den Hollywood-Krawalleristen, aber er

Don Blech in der großen Stadt. Transformers.

versteht und liebt sichtlich das, was er tut. Seine Filme besitzen unleugbar das, was einen *auteur* ausmacht und Handschrift genannt wird, auch wenn man in diesem Fall weniger an Kalligrafie als an grobgeschmiedete gigantische Brandeisen denken mag. Jedenfalls unterscheiden sich seine Filme vor allem durch eines von Tinseltowns sonstigen Franchise-Getümen: Sie haben Charakter, wenn auch vielleicht keinen besonders guten.

Mit *Transformers* stellt Bay einen allerdings zunächst hart auf die Probe. Ein Film, der Spielzeug adaptiert bzw. auf einer Zeichentrickserie über Spielzeug basiert? Totaler Jungsquatsch, dabei für sämtliche Geschlechter jenseits des Pubertätseinstiegs sowieso absolut indiskutabel und unzugänglich? Der Nerd-Himmel auf Multiplex-Erden? Fanboy-Käse im Quadrat? Stimmt alles, lässt aber die anschließende entscheidende Frage unbeantwortet: Wie macht Michael Bay es bloß, dass einen all das nicht besonders stört und man sich als Zuschauer in schwachen Momenten gar in das Gemütsäquivalent eines vierzehnjährigen Spielzeugroboterfans verwandelt? Die einfache Antwort lautet selbstverständlich, dass es nicht wegen, sondern trotz des ganzen veritablen Unsinns funktioniert. Die außerirdischen Gestaltwandler (als Augenfutter für

»Das nächste Auto suche ich aus, klar?« Transformers.

schlichte Männergemüter jeder Altersklasse zwangsläufig mal Riesenroboter, mal Auto) bilden eher einen Schwachpunkt. Wenn sie in Aktion treten, das heißt entweder transformen oder sich prügeln, sieht man nichts als hektisch blitzendes buntes Blech; wenn sie das Wort zu einer kinderzimmerpathosdampfenden Rede erheben, klingen sie wie Darth Vader als Stadionsprecher. All das macht einem aber nicht viel, denn der Rest, der stimmt und passt einfach. Es ist rasant, es ist lustig, es gibt viele bekannte und immer wieder gern gesehene Gesichter, die alle mit Spaß bei der Sache sind, und die zweieinhalb Stunden vergehen wie im Fluge. Man sollte mehr wollen von Filmen und nicht zu viel von solchen wie diesem, keine Frage; zumal am hinterletzten Ende der ausgeführten *Transformers*-Fürsprache die Riefenstahl-Apologie lauert. Aber ebenso sollte man hin und wieder nicht mehr von einem Film wollen, als er selber es will, wenn er das, was er will, komplett hinbekommt – trotz seiner bisweilen ohrenbetäubenden Lautstärke.   *sew*

28 Weeks Later ★★☆☆☆

Spanien/USA/GB 2007 • Regie: Juan Carlos Fresnadillo • Darsteller: Robert Carlyle, Rose Byrne, Jeremy Renner

28 Wochen nach dem Ausbruch des Virus, der die Menschen in rasende Zombies verwandelt, ist in London die Wiederbevölkerung des Landes in vollem Gang. Nachdem die letzten Infizierten an Hunger gestorben sind, hat die NATO unter der Leitung der USA mit der Beseitigung der Überreste der Seuche begonnen. Unter den Wiedereingebürgerten befinden sich auch die beiden Kinder des Überlebenden Don (Robert Carlyle). Mit einem halbwegs geschickten Twist, welcher an den vielversprechenden Vorspann des Films anknüpft, findet das Virus seinen Weg zurück in die Welt, und die entfesselte Hetzjagd von *28 Days Later* beginnt ein weiteres Mal. Ähnlich wie beim Vorgänger liegen die Qualitäten der Fortsetzung, die sich abermals als Zombie-Film für den denkenden Menschen versteht und sich darin erneut als etwas zu schlau dünkt, in der ersten Hälfte. Hier wird sich Raum und einiger-

Und gleich springt Robert Carlyle ins Bild. 28 Weeks Later.

maßen Zeit genommen, um Schauplätze und Charaktere plausibel zu gestalten. Und auch wenn die zahlreichen Anspielungen auf die Situation im Irak nach dem Ende des Krieges inhaltlich Banane sind, helfen sie doch dabei, ein realistischeres Klima zu etablieren. Spätestens jedoch, wenn Carlyle zum völlig vergurkten Zombie-Papa mutiert (fehlt nur noch, dass er »Here is Johnny!« brüllt), macht der Film jener Unübersichtlichkeit Platz, der man im Kino in letzter Zeit zu oft begegnet und die das denkende Zombie-Film-Publikum immer wieder vor die Frage stellt: Was soll das? Schräge Kamerawinkel, schnell aufeinanderfolgende Schnitte, Anschlussfehler, Handkamera, überlaute Soundeffekte, Blut auf der Linse – das ist ja vielleicht als Gaudi am Rande okay, als Stil trägt so was die Action eines kompletten Films jedoch ganz bestimmt nicht. Was sich dann auch darin niederschlägt, dass sich die schrecklichen Antagonisten dieses Films als letztlich eher unschrecklich erweisen (und das, obwohl sie an den Winterschlussverkauf erinnern). Weil dem so ist, muss *28 Weeks Later*, um shocking zu sein, auf zahlreiche Buh!-Momente zurückgreifen, die einen nur kurz hochfahren lassen, dann aber ohne einen Eindruck zu hinterlassen verpuffen. Nichtsdestotrotz enthält der Film mit der Demolierung der Canary Wharf auf der Londoner Themsehalbinsel Isle of Dogs, welche das Militär einleitet, nachdem es die Kontrolle über die Situation verloren hat, eine der abgefahrensten, weil wirrsten Apokalypse-Fantasien der letzten Kinojahre: Ein gigantischer Banken- und Bürogebäudekomplex, komplett mit riesigem High-End-Einkaufszentrum, wird nach der feindlichen Übernahme durch die Zombies von den Amerikanern in den Orkus gebombt. Was das jetzt nun wieder heißen soll (World Trade Center? *Dawn of the Dead*? Prekariat? Operation Enduring Freedom?), weiß kein Mensch, gut aussehen tut's aber allemal. *ms*

Twin Peaks –
Definitive Gold Box Edition (DVD) ★★★★★

USA 1990–91 • Regie: David Lynch, Mark Frost u. a. • Darsteller: Kyle MacLachlan, Michael Ontkean, Sheryl Lee, Sherilyn Fenn, Lara Flyyn Boyle, Russ Tamblyn, Ray Wise, Mädchen Amick, Miguel Ferrer

»Fernsehen ist das neue Kino«, tönt es in den letzten Monaten allüberall aus den bundesdeutschen Feuilletons. Und angesichts der Qualität von HBO-Serien wie *The Sopranos, Deadwood, Six Feet Under, The Wire* und wie sie alle heißen, möchte man da doch herzlich zustimmen. Zumal der epische Erzähleratem, der diese Werke beseelt, ja inzwischen auch auf die Serien anderer Kabel-Networks (wie etwa *The Shield* von FX) und sogar aufs Free-TV (*24*) übergegriffen hat. Doch wie hat diese Bewegung angefangen? Lässt man mal den ungewöhnlich klugen *Prisoner* bei Seite (das war ja eh eine britische Serie), dann findet man die Antwort hier.

»Wer ermordete Laura Palmer?« war die Frage, die nahezu alle Fernsehnationen im Jahr der jeweiligen Erstausstrahlung beschäftigte. Schon ironisch, dass ausgerechnet der Hollywood-Außenseiter David Lynch dieses Format kreierte. Lynch hatte mit *Twin Peaks* gleich in doppelter Hinsicht Glück: Zum einen war die Krimihandlung der Serie mainstreamig genug, um auch das Durchschnittspublikum anzusprechen; auf der anderen Seite rannten Lynch und sein *partner in crime* Mark Frost beim Sender ABC/CBS offene Türen ein, als es darum ging, ein skurriles und außergewöhnliches Format zu produzieren. Und schräg *war* die wilde Mischung aus Krimi, Seifenoper und Horror, und sie wurde mit der Zeit immer schräger.

Von Anfang an ging es skurril zu in Twin Peaks. Da ist der FBI-Agent Dale Cooper, der eigentlich in die Kleinstadt gerufen wurde, um den Mord an der Dorfschönheit Laura Palmer aufzuklären. Doch Cooper erliegt nicht nur von Anfang an dem Charme der düsteren Landschaft, auch seine Ermittlungsmethoden sind äußerst merkwürdig: Verdächtige benennt er, indem er sie symbolisch mit Steinen bewirft, seine Ermittlungsergebnisse diktiert er einer stets unsichtbar bleibenden Sekretärin namens Diane. Das ist noch gar nichts gegen Coopers Kollegen, die sich peu à peu in Twin Peaks einfinden: Da ist Coopers Chef Gordon Cole, nach einem Unfall fast taub, der jedoch regelmäßig vergisst, sein Hörgerät anzuschalten. Der Forensiker Rosenfield, der Kleinstädte hasst und in alle seine Gespräche die finstersten Verbalinjurien einbaut. Der Drogenexperte Dennis/Denise Bryson, der gerade eine Geschlechtsumwandlung hinter sich gebracht hat. Und schließlich Coopers Ex-Kollege Windom Earle, der inzwischen die Seiten gewechselt hat und zum Bösen übergelaufen ist. Aber auch in Twin Peaks selber ist der gesunde Geist nicht gerade zu Hause: Sheriff Harry S. Truman ist in die Hauptverdächtige verknallt, Deputy Andy sieht aus und benimmt sich wie der Sohn von Stan Laurel, die Hausfrau Nadine entwickelt Superkräfte und will eine geräuschlose Gardinenleiste erfinden, der Air Force Major Garland Briggs glaubt an Außerirdische, und die Log Lady schleppt immer einen Baumstamm mit sich rum, mit dem sie auch redet.

Cooper merkt schnell, dass der Mord an Laura Palmer mit einem seiner ehemaligen Fälle zu tun hat. Doch seine Ermittlungen führen ihn immer tiefer hinein in ein undurchdringliches Dickicht aus Lügen, Betrug, Mord, Drogenschmuggel, kurz: in einen wahren

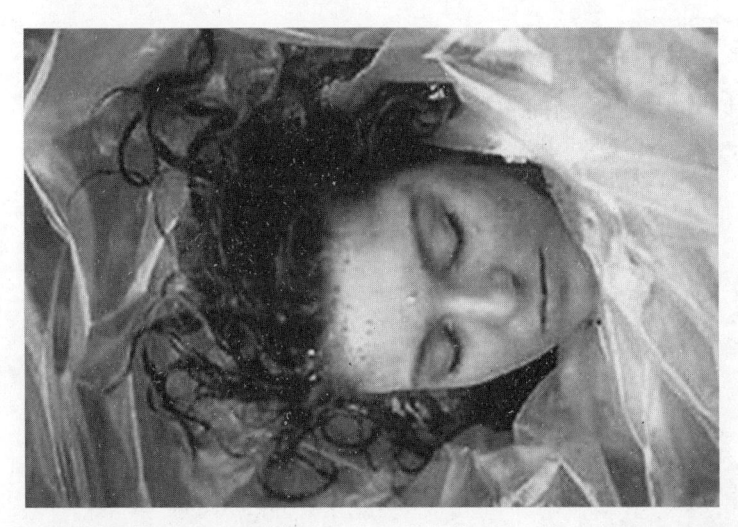

Ein Fall für die CSI. Twin Peaks.

Sumpf, der unter der blitzsauberen Oberfläche der Kleinstadt (Lynchs Lieblingsthema) lauert. Auch wenn zu Beginn der zweiten Staffel Laura Palmers Vater als Mörder enttarnt wurde, so wird nur kurz darauf alles in Frage gestellt, indem man das böse Geisterwesen Bob als Antriebskraft hinter dem Mord etabliert. Alles endet schließlich im Warteraum zur Black Lodge, einem finsteren Ort aus der Mythologie der südwestlichen Indianer, in dem Agent Cooper nun seit siebzehn Jahren festsitzt.

Vermutlich hatten Lynch und Frost niemals vor, den Mörder wirklich zu entlarven. Der Sender zwang sie jedoch zu diesem Schritt: mit dem Ergebnis, dass das Zuschauerinteresse sofort nach Auflösung des Falls verschwand. Lynch und Frost wandten sich anderen Aufgaben zu, für den Rest der zweiten Staffel übernahmen Gastregisseure den Staffelstab. Als die Quoten am Ende der Staffel ins Bodenlose gesunken waren, holte ABC das Duo noch einmal zurück – vergeblich. »Das Schöne ist ja, wir können jederzeit nach *Twin Peaks* zurückkehren«, versprach David Lynch nach Abschluss der Serie. Er selber tat dies jedoch auch nur ein einziges Mal: 1992 inszenierte er das *Twin Peaks*-Prequel *Fire Walk With Me*, das in der DVD-Box aufgrund rechtlicher Probleme jedoch leider fehlt.

Überhaupt war die Veröffentlichung der DVD-Box ein unendliches Ärgernis. Bereits im November 2002 war die erste Staffel auf DVD erschienen und hatte sich gut verkauft. Doch da die Produktion verwickelt und mit vielen Geldgebern (unter anderem auch Silvio Berlusconi) verflucht war, dauerte es fünf ganze Jahre, bis die restliche Serie erscheinen durfte. Zwar konnte der deutsche Ton der letzten Folgen nicht mehr optimal bearbeitet werden (er rauscht, als wäre er direkt neben einem lecken Atomkraftwerk aufgenommen worden); aber die Fans, die so lange auf diese Perle der Popkultur gewartet haben, verzeihen inzwischen viel. *lg*

Vampire gegen Herakles (DVD) ★★★★☆

Italien 1961 • Regie: Mario Bava • Darsteller: Reg Park, Christopher Lee, Giorgio Ardisson, Marisa Belli, Leonora Ruffo, Franco Giacobini

Eines der rührendsten Kurzfilmchen von 2007 bilden die Aufnahmen von Tim Lucas und seiner Frau Donna, wie sie den Karton mit den ersten zwei Belegexemplaren von Lucas' Buch *Mario Bava – All the Colors of the Dark* öffnen (zu betrachten auf www.bavabook.com). Hierbei handelt es sich nicht um irgendeine x-beliebige Film-Monografie, sondern um ein sechs Kilo und 290 Dollar schweres, per Subskriptionen eigenproduziertes Monsterunternehmen, an dem Tim Lucas, Herausgeber der fantastischen Filmzeitschrift *The Video Watchdog*, unglaubliche zweiunddreißig Jahre lang gearbeitet hat. Unabhängig vom Gegenstand ist »All the Colors of the Dark«, für das Martin Scorsese das Vorwort beisteuerte, so etwas wie der »Zettel's Traum« der Kinoliteratur und wird von der filmkritischen US-Öffentlichkeit auch als solcher angemessen gewürdigt.

Rechtfertigt das Studien- bzw. Biografieobjekt eine derartige, ein halbes Leben dauernde und 1128 Seiten starke leidenschaftliche Liebesmüh? Natürlich tut es das, denn Mario Bava, zunächst Maler, dann zwanzig Jahre lang einer der meistbeschäftigten Kameramänner Italiens und ab *Die Stunde, wenn Dracula kommt* (1960) nicht nur dessen, sondern ganz Europas größter Horrorregisseur vor seinen Schülern Dario Argento und Lucio Fulci, ist mit Fug und Recht als einer der kreativsten fantastischen Weltenschöpfer des letzten Jahrhunderts einzuschätzen. Bava ist nicht nur Spezialeffekte- und Kamerapionier, Blaupausenzeichner für den *Alien*-Plot (*Planet der Vampire*, 1965) und Erfinder des Slasher-Films (*Im Blutrausch des Satans*, 1971), sondern in erster Linie ein wahrhafter bildender Künstler, dessen hochartifizielle, nahezu formalistische, vor Atmosphäre schier überlaufende filmische Albtraumgespinste bewegten Gemälden gleichen. Einer dementsprechenden, angemessen breiten Rezeption bzw. Wiederentdeckung außerhalb von Horrorfankreisen steht dabei allerdings im Weg, dass sich Bava (wie übrigens auch seine ästhetischen Zöglinge Fulci und Argento) nicht die Bohne für ernstzunehmende Geschichten, Logik oder narrative Kohärenz interessiert. Seine Filme sind im Extremfall, betrachtet man sie aus kompromiss- und humorloser Erzählkinoperspektive, kindischer Quatsch. Sein Werk ist eine für das italienische Kino der Sechziger- bis mindestens Achtzigerjahre nicht untypische, aber in dieser Heftigkeit schwer zu schlagende und (zumindest für Nicht-Ästhetizisten) zu schluckende Synthese aus formaler Meisterschaft und inhaltlichem Gagaismus.

Nach dem schwarzweißen *Die Stunde, wenn Dracula kommt* dreht Bava schnell einen Wikinger-Film, um sich danach mit *Vampire gegen Herakles* (*Ercole al Centro Della Terra*) erstmals der surrealen Farbfantastik zuzuwenden, die sein Markenzeichen werden soll. Ein Knallchargentrio mit vier Fäusten, bestehend aus Bodybuilder Reg Park, dem debilen Telemachus und dem doofen Theseus, steigt in die Unterwelt hinab (»Wohin geht es diesmal?« – »In den Hades.« – »Wunderbar!«), trifft dort auf stark geschminkte Frauen, böse Schlingpflanzen, höllisch brodelnde Tümpel sowie ein Sesamstraßen-Steinmonster, um abschließend, wieder zurück an der Erdoberfläche, gegen eine vom ultrahip frisierten Christopher Lee (sieht wie ein *Velvet-Underground*-Stehgeiger aus) befehligte Armee fliegender Zombie-Vampire zu kämpfen. Wer sich wiederum durch diese Riemchenschlappen-Kalauerschauerromantik zu kämpfen vermag, hat die Bava-Prüfung definitiv bestanden; obwohl: So schwer ist es eigentlich doch gar nicht. Zwar ist das Geschehen von bisweilen fast physisch unangenehmer Dämlichkeit, sieht aber so wunderschön aus, dass einem die Tränen kommen. Wenn man sieht, was Bava alles mit ein paar Matte Paintings, bonbonbunten Scheinwerfern, Überblendungen, Pappkulissen, Kombinationsaufnahmen und kunstvoller Bildregie auf die Beine stellt, kommt einem das Wort »Ausstattungsorgie« nicht mehr so unbedacht über die Lippen. Während der Überfahrt zum Reich der Toten wird z.B. über blaugrünschillerndem Meer ein einkopierter orangeglühender Himmel geboten, in dem sich schwarze Tintenschlieren wie in einer Flüssigkeit bedrohlich verdichten – ein einrahmenswertes Bild unter vielen und in ganz anderer ästhetischer Nachbarschaft zu verorten, als ein inhaltistisch verstellter Blick auf die Sandkasten-Sandalen-Albereien der Handlung vermuten ließe. Tim Lucas hat Recht: Mario Bava malt das Dunkle in den wunderlichsten Farben, was man sich von dieser hübschen DVD-Ausgabe aufs Beste bestätigen lassen kann. *sew*

Phantastik im Kino und auf DVD **955**

Vergeltung (DVD-Premiere) ★★★☆☆

USA 2006 • Regie: Eduardo Sánchez • Darsteller: Misty Rosas, Paul McCarthy-Boyington, Brad William Henke, Michael C. Williams, Adam Kaufman

Durch welches Zeitloch ist dieser Streifen denn gefallen? Ein altmodisches B-Movie von einem der *Blair Witch*-Projektmanager, mit allem, was dazugehört (oder eben auch nicht). Die Schauspieler stammen aus der vierten Reihe (oder dem Bekanntenkreis der Macher), die Dialoge sind hölzern und wirken seltsam vertraut, das F/X-Gewitter aus dem Rechner glänzt durch Abwesenheit, stattdessen gibt es satten Terror auf engstem Raum, und auch ein Mann im Gummianzug ist dabei (nein, eigentlich eine *Frau* im Gummianzug, so viel Zeit muss sein). Aber Hölle, diese Vergeltung macht Spaß.

Man ahnt, was die Stunde geschlagen hat, als drei Männer zu Beginn des Films einen Außerirdischen mit selbstgebastelter Harpune und Bärenfallen im Wald von Jokel-Town einfangen und in ein abgelegenes, runtergekommenes Wellblechanwesen einen Wald weiter schleppen, wo ein vierter Mann wenig begeistert ist, die

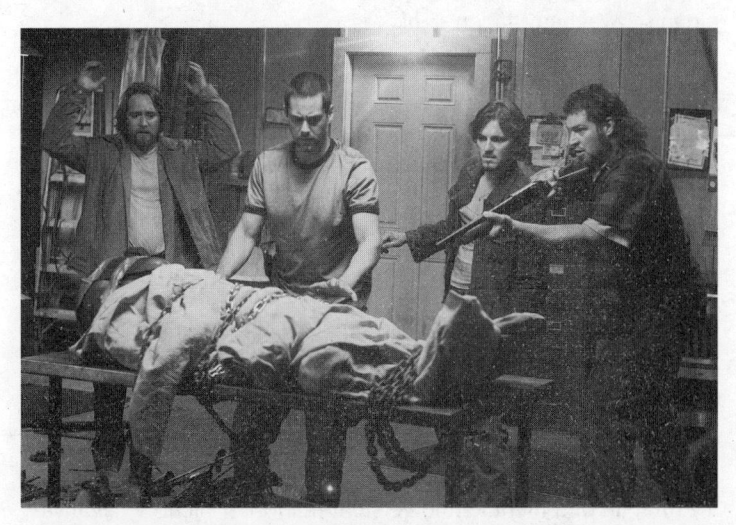

We're gonna lynch some aliens. Vergeltung.

alten Freunde und ihren Fang wiederzusehen. Denn die vier wurden vor fünfzehn Jahren als kleine Jungs von Außerirdischen gekidnappt und böse durch den Fleischwolf gedreht. Ein fünfter Junge ging dabei drauf, und nun steht Rache auf dem Programm. Die Stunden in der verranzten Garage werden lang, das Alien ist zickig und bissig, die Gemüter der Männer erhitzen sich, und plötzlich ist der Tisch, auf dem das Biest angekettet war, leer. Und das Licht geht aus. Was eine Gnade ist, denn nun verdecken Schatten den sanften Charme des Amateurhaften, während sich die Atmosphäre verdoppelt. Plötzlich wird es ernst, und alles ist möglich.

Es ist schon bemerkenswert, dass Sánchez, dessen *The Blair Witch Project* ja mal dem Rest der Filmindustrie Lichtjahre voraus war, einen dreifachen Salto rückwärts macht. Weder er noch sein *BWP*-Partner Daniel Myrick konnten danach in Hollywood so richtig Fuß fassen; daher ist die Entscheidung, *Vergeltung* zu machen, möglicherweise eher aus der Not geboren als aus echter Leidenschaft, aber egal. Das Ergebnis kann sich sehen lassen. Zumal Sánchez dankbarerweise auch hier der Fantasie der Zuschauer einigen Raum lässt und nicht alles lang und breit erklärt. Und für einen bierseligen Abend ist das exakt der richtige Film. Es sei denn, man hat einen schwachen Magen. *bk*

Wächter des Tages ★★★☆☆

Russland 2007 • Regie: Timur Bekmambetov • Darsteller: Konstantin Khabensky, Mariya Poroshina, Vladimir Menshov • Nach dem Roman von Sergej Lukianenko

Nicht nur Hollywood kann Fantasy-Blockbuster-Reihen am Fließband herstellen, auch das postkommunistische Russland wurde mit *Night Watch* vor ein paar Jahren zum globalen Spieler. Erinnern wir uns: Wie so oft wurde der Kampf zwischen Gut und Böse beschworen, zwischen zwei verfeindeten Arten von Wesen, die den Tag bzw. die Nacht beherrschen. Die Fortsetzung *Day Watch* (*Wächter des Tages*) setzt ziemlich genau am Ende von Teil eins an. Wenn man den nicht kennt, versteht man zwar nicht wirklich viel, was aber auch nicht weiter schlimm ist, geht es in erster Linie doch um bombastische Fantasy-Bilder im modernen Moskau. Hauptgimmick in Teil zwei der geplanten Trilogie (demnächst soll *Dusk Watch* folgen) ist ein Stück Zauberkreide oder, in der Dialektik des Films: die Kreide des Schicksals. Mit der kann, genau, das Schicksal verändert werden, denn alles, was man mit der Kreide aufschreibt, wird Wirklichkeit. Damit sich nicht das Böse dieser Kreide bedient, muss unser Held Anton Gorodetsky, ein Vertreter der Tagseite, all sein Können aufbieten. Hinzu kommen noch diverse persönliche Konflikte, eine Liebesgeschichte über die Grenzen der Nacht- und Tagwesen hinweg und natürlich Gorodetskys Sohn Egor. Der wurde in Teil eins auf die Seite der Nachtwächter gezo-

Happy Birthday, Glasnost ... Wächter des Tages.

gen und hat das Potenzial, zu einem besonders mächtigen Wesen zu reifen, das allerdings die fragile Balance zwischen Tag und Nacht zerstören könnte.

Ja, das ist wirr, mythologisch überfrachtet und ziemlich pathetisch, wie man es von solchen Fantasy-Filmen eben gewohnt ist. Doch abgesehen von einigen verblüffenden Actionsequenzen, die sich nicht hinter Hollywood-Standards verstecken müssen, ist *Wächter des Tages* in Momenten erstaunlich nah an seinen Figuren. Vielleicht ist es die europäische Seele, die den Spezialeffekten nicht komplett das Feld überlassen will. Wenn die Figuren da Borschtsch essen oder in abgewrackten Spelunken Wodka trinken, ist zumindest die russische Seele des Films deutlich spürbar. Und die bringt eine Düsternis und Melancholie mit sich, welche dann doch weit weg von vergleichbaren Hollywood-Filmen ist. *mm*

The Wild Blue Yonder (GB-DVD) ★★★★☆

Dänemark/GB/Frankreich/Deutschland 2005 • Regie: Werner Herzog • Darsteller: Brad Dourif sowie diverse Wissenschaftler und Astronauten als beinahe sie selbst

Werner Herzog dreht in ziemlicher Ausgewogenheit sowohl Spiel- als auch Dokumentarfilme, weigert sich aber bekanntermaßen beharrlich, diese kategorische Genreunterscheidung zu akzeptieren. Den besten und absolut einzigartigen Beleg für die prinzipielle Richtigkeit dieser Weigerung bilden Herzogs Filme selbst, die so aussehen und wirken, als wären sie nicht von dieser Welt, sondern stattdessen auf Jorge Luis Borges' Fantasieplanet Tlön gedreht worden, dessen Völker allesamt von Geburt an dem radikalen Idealismus als einzig gültiger Philosophie anhängen und daher nicht zwischen Fantasie, Tatsachen und Metaphysik unterscheiden. Herzog ist nicht nur ein Tlöner mit Kamera, der die Erde besucht, sondern führt auch abseits seiner Produktionen ein mitunter recht filmreifes Leben, wie die zahlreichen biografischen Anekdoten veranschaulichen (und unter denen die ewigen Kinski-Schauermärchen die zwar populärsten, aber nicht zwingend seltsamsten sind): Herzog läuft um Deutschland herum, Herzog springt nach abgeschlossenen Dreharbeiten in ein Kaktusfeld, Herzog isst nach einer verlorenen Wette seinen Schuh (und dreht natürlich einen Film darüber), Herzog hält mit einer Gewehrkugel im Leib einen Vortrag, Herzog hilft Joaquin Phoenix nach einem Unfall aus dem Autowrack und haut sofort ab ... die »ekstatische Wahrheit«, nach der Herzog laut x-mal wiederholter Eigenaussage permanent sucht, liegt offenbar nicht nur in den Bildern seiner Filme. Unter den vielen realen und fiktiven Herzog'schen Stellvertreterfiguren ist der Skispringer Walter Steiner die vielleicht repräsentativste, denn der den »Dokumentationen« zugeschlagene Kurzfilm *Die Große Ekstase des Bildschnitzers Steiner* (1973) zeigt einen Mann, der gleichermaßen das Skifliegen und das Bilderschnitzen praktiziert. Solch ein weitspringender Bilderschnitzer ist auch Herzog (der sich nicht als Künstler, sondern Handwerker versteht): Aus dem natürlichen Rohmaterial wird eine Form herausgeholt, die vollkommen künstlich, aber in ihm immer schon angelegt ist; die künstlerische Wahrheit ist nie ohne ihr vermeintliches Gegenteil, das (möglichst extreme) Authentische, zu haben. Und irgendwie kommen sie alle, Herzog und seine Gestalten, von da drüben, aus dem wilden blauen Weitweitweg, der neuesten und nicht wirklich neuen Metapher für die gleichermaßen kopf- und wirklichkeitsgeborenen Imaginationen der wundersamen Bildermaschine Herzog.

Den Ursprung der (laut Untertitel) »Science Fiction Fantasy« *The Wild Blue Yonder* (bereits 2005 produziert, aber erst seit letztem Jahr auf DVD verfügbar) bildet einer der schrägsten Filme im an Schrägheiten nicht gerade armen filmischen Gesamtwerk von Werner Herzog, nämlich *Fata Morgana* von 1970. Aus ausschließlich dokumentarischen Aufnahmen, überlegt mit einer von der großen Filmhistorikerin Lotte Eisner gesprochenen Off-Erzählung, montiert Herzog eine Art bildpoetischen Essay über die Schöpfung, das Paradies und das Goldene Zeitalter. Dieser Film ist einer von denen, die Herzogs Vorstellung eines rein filmbildlichen Ausdrucks über die gesamte Laufzeit besonders nahe kommen. Im Audiokommentar sagt der Regisseur, er habe aus Bildern, »die mir merkwürdig befremdlich und außerirdisch vorkamen«, eine »Art von Science-Fiction-Vision« erstellen wollen, deren narrative Ausgangsidee darin besteht, dass Astronauten vom Andromeda-Nebel die Welt und die Bilder (von) dieser Welt in einer anderen Weise sehen als wir – »der Planet wird mit einer anders gesteuerten Neugier beobachtet.« Authentische Bilder zeigen, was Blicke mit außerirdischen Augen evozieren würden. Mit *Fata Morgana* nimmt Herzog zunächst eine eher unerschlossene ästhetische Abzweigung – die freie, konventionelles filmisches Erzählen ignorierende Form – und kehrt erst fünfunddreißig Jahre später auf den geplanten, zumindest ein wenig begehbar ausgebauten Pfad zurück. Was zum Beispiel *Nosferatu – Phantom der Nacht* (1979) oder jüngstens *Rescue Dawn* (2006) für den Horror- und Vietnamkriegsfilm sind, ist *The Wild Blue Yonder* für die Science Fiction: ein hochinteressanter, da völlig exzentrischer Genrebeitrag, der ein schräges, eigenwilliges bis außerirdisches Verständnis von Genreprinzipien dokumentiert. Herzogs Genreinteresse wird, um in seinen Worten zu bleiben, von einer anders gesteuerten Neugier bestimmt. Auch als Genrefilmer verfährt er wie ein Bildschnitzer. Der Audiokommentar zu *Fata Morgana* beweist, dass die Idee den Bildern vorausging; die Bilder von *The Wild Blue Yonder* bringen (nicht nur) dieses Folgeverhältnis ins Schwimmen. »Astronauts lost in space, the secret Roswell object re-examined, an alien who tells us all about his home planet – the Wild Blue Yonder – where the atmosphere is composed of liquid helium and the sky frozen, is all part of my science-fiction fantasy.« Bereits in Herzogs handlungsbezogener Beschreibung wird klar, dass er das SF-typische interplanetarische Fernweh umkehrt, indem er einen auf der Erde gestrandeten, fernwehkranken Außerirdischen (trotz Pferdeschwanz, Jeans und Turnschuhen nicht von dieser Welt: Brad Dourif) als erzählende Instanz und reflektierendes Zentrum des Films einführt. Bis auf Dourif, der weit aufgerissenen Auges als melancholischer Emigrant direkt mit der Kamera interagiert, zeigen die anderen Sequenzen des Films dokumentarische Aufnahmen aus den Archiven der NASA, von arktischen Unterwasser-Expeditionen oder von Interviews mit Astronauten und Physikern. Aus diesem Dokumentarbildmaterial komponiert Herzog völlig unbefangen sein visuelles Weltraumoratorium oder -requiem, dessen Soundtrack als Mischung aus Weltmusik und europäischer Avantgarde den vollkommenen Effekt der Irrealität intensiviert. Was zeigen die Filmbilder mit welchem Recht eher – das, was sie als authentisches Quellenmaterial darstellen, oder das, was Herzog uns sehen lassen will? Taucher unter ewigem Eis werden zu Astronauten, die auf Brad Dourifs Heimatplaneten unter einem gefrorenen Himmel flüssiges Helium durchgleiten. Vorher haben wir diese Astronauten in ihrem Raumschiff auf der Reise zum *Wild Blue Yonder* begleitet, als echte NASA-Piloten auf Mission im All. Irgendwann lösen sich die heliumdurchtauchenden Forscher in ihren Bildern auf, um – was für ein jump cut! – in einem NASA-Übungs-Swimmingpool wieder zu materialisieren. Wir hören und sehen einen Mathematiker über chaotischen Transport via Gravitationstunnel, die sich wie ein interplanetarischer Superhighway durch unser Sonnensystem ziehen, referieren, und Herzog macht aus diesem Vortrag theoretischer Physik im Kontext seiner Bilder eine konkrete reisetechnische Erläuterung. Das Dokumentarische wird fiktionalisiert, die echten Bilder belegen das Unmögliche. Wissenschaft *ist* Science Fiction und Science Fiction Wissenschaft, womit man SF-Kennern nichts Neues erzählt; das tolldreiste Strahlen von Herzogs realen Fantasie-Bildern ist das Neue daran und stellt dar, wie relativ und doch verbindlich Bildwahrheit ist. Zwischen und über Himmel und Erde gibt es Dinge und Räume, die seltsam und fremd aussehen. Dies zeigen die Bilder ebenso, wie sie sie dokumentarische Aufnahmen eines fremden Planeten zeigen. Und darin ist *The Wild Blue Yonder* eine buchstäbliche Hymne auf die Gegenwart und ganz Herzogs ureigene Fantasie. Und wenn es im Abspann heißt: »We thank NASA for its sense of poetry«, dann wird endgültig klar, wieso zumindest ein so einzigartiger Regisseur wie Werner Herzog mit seinem Bilddiskurs über kleinkarierte Trennungen wie die zwischen Spiel- und Dokumentarfilm weit hinaus ist. *sew*

Yella ★★★★★☆

Deutschland 2007 • Regie: Christian Petzold • Darsteller: Nina Hoss, Devid Striesow, Hinnerk Schönemann

Zum dritten Mal spielt Nina Hoss in einem Film von Christian Petzold mit, und erneut ist das Ergebnis eine überaus fruchtbare Kombination. Petzold, sicherlich einer der intelligentesten, formal besten Regisseure der sogenannten Berliner Schule, hat bei allen Qua-

Kontrollverlust pur. Yella.

litäten eine große Schwäche. Seine Filme wirken oft wie künstliche, sterile Versuchsanordnungen. Sie sind formal brillant und bewundernswert perfekt konstruiert, aber oft leblos. Und hier kommt Nina Hoss ins Spiel. Sie bringt trotz ihres so unnahbar wirkenden – ebenfalls ziemlich perfekten – Äußeren eine Wärme mit, die sich ideal mit Petzolds kontrolliertem Stil ergänzt.

Als Yella ist Hoss auf doppelter Flucht. Vor allem vor ihrem Ehemann Ben (Hinnerk Schönemann). Der ist ein ziemlicher Fantast und hängt immer noch seinen Illusionen nach, auch wenn er schon diverse Projekte in den Sand gesetzt hat. Doch nun hat Yella genug von Ben und der spießigen brandenburgischen Provinz. In Hannover hat sie einen Job gefunden, mit dem alles besser zu werden verspricht. Nur eine Fahrt zum Bahnhof noch, dann hat sie ihre alte Welt hinter sich gelassen. Wie schwer ihr das fällt, zeigt sich am Morgen ihrer Abreise, als Ben vor der Tür steht und ihr anbietet, sie zu fahren. Yella willigt ein und bereut es schnell. Ben will sie zum Bleiben überreden, sein Jähzorn bricht durch und führt schließlich dazu, dass er ihrer beider Leben beenden will, als er realisiert, dass er sie nie wieder haben wird. Mitten auf einer Brücke reißt er das Lenkrad herum und stürzt den Wagen ins Wasser. Es ist die Schlüsselszene des Films und der Grund für die Aufnahme in eine Publikation, die sich mit phantastischen Genres bzw. Filmen auseinandersetzt. Zwar sieht man wenig später Yella aus dem Wasser kriechen, triefend nass und erschöpft, sich aufraffen und nach Hannover fahren, aber bald merkt man, das hier etwas nicht stimmt. Immer wieder, besonders beim Anblick von Blättern, die im Wind schwingen, von Geräuschen der Natur, einem Blick zum Himmel, scheint sich Yellas Wahrnehmung zu verändern, die Realität zu verschwimmen. Ohnehin läuft wenig nach Plan. Ihr Job entpuppt sich als Luftblase, ihr Chef als Betrüger. Da läuft ihr Philipp (Devid Striesow) über den Weg, der nicht nur so aussieht wie Bens Doppelgänger. Als Manager einer Private-Equity-Firma reist er durch die Provinz, kauft Firmen auf und versucht Gewinn zu machen. Yella wird erst seine Assistentin, dann seine Geliebte, doch die Hoffnung auf ein besseres Leben, das Philipp verspricht, ist nur ein Traum. Im wahrsten Sinne des Wortes. Yella lebt in einer Fantasiewelt, sie imaginiert sich im Moment ihres Todes ein Leben nach ihren Träumen. Doch – und hier zeigt sich der Einfluss David Lynchs, besonders von *Lost Highway*, auf Petzold – selbst ihren Traum hat sie nicht unter Kontrolle. Auch Philipp entpuppt sich bald als Träumer, der einer fixen Idee nachläuft, die ebenso illusionär ist wie die von Ben in der Wirklichkeit. Ganz langsam entwickelt Petzold diese Idee, streut Irritationen ein, lässt Yella Visionen von Ben sehen, arbeitet mit komplexem Farbdesign und einer ausgefeilten Tonspur.

Die unmittelbare Inspiration für dieses Konstrukt waren der B-Picture-Klassiker *Carnival of Souls* von Herk Harvey und Ambrose Bierces Kurzgeschichte »An Occurence At Owl Creek Bridge«, die Petzold von fast allen übernatürlichen Elementen befreit hat. Dass Yella imaginiert, spielt im Verlauf des Films kaum eine Rolle, öffnet aber im Nachhinein eine zusätzliche Ebene. Und das macht *Yella* zu so einem bemerkenswerten Film. Er funktioniert als Reflektion über den modernen Kapitalismus und die Träume, die unter ihm begraben sind, ebenso wie als Geschichte einer gescheiterten Liebe. All das macht *Yella* zum besten deutschen Film des Jahres 2007. *mm*

Copyright © 2008 by Lutz Göllner, Bernd Kronsbein, Michael Meyns, Marc Sagemüller, Sven-Eric Wehmeyer und Lars Zwickies

The Remake Game

Hollywoods Wiederinbetriebnahme klassischer Science-Fiction-Stoffe

von Peter M. Gaschler

The Creature from the Black Lagoon, Colossus, The Illustrated Man, The Day the Earth Stood Still, The Sarah Connor Chronicles, Invasion of the Body Snatchers zum Vierten: Was die Neueinstufung klassischer Stoffe anbelangt, ist in Hollywood endgültig die Tollwut ausgebrochen. Die Traumstadt blockiert sich, verbraucht sich zunehmend selbst. Dabei kommt es zu Fehlgeburten wie Alexandre Ajas Craven-Remake *The Hills Have Eyes* oder Rupert Wainwrights ziellos im Nebel herumstocherndes Geisterschiff *The Fog*, ein Beitrag, der mit dem nicht großen, aber sympathischen Carpenter-Original allenfalls den Titel gemein hat. Was zum Teufel treibt John Carpenter als mitkassierender Produzent am Set eines Totalcrashs? »Ich gehe hin, schüttle jedem die Hand, fahre nach Hause und sehe mir Basketballspiele im Fernsehen an.«[1] Und der Scheck?

Seit Jahrzehnten lässt das Sündenbabel am Pazifik rauschhaft überflüssige Neuwagen bewährter Marken von *Psycho* über *The Texas Chainsaw Massacre* bis *The Mummy, House of Wax, Poseidon Adventure* und *Herbie* vom Band sausen. Selbst Kleingedrucktes wie *Assault on Precinct 13* wird durch den Farbkopierer gejagt, aufstrebende ausländische Märkte wie Russland, Südkorea oder Japan werden über den weltweiten Vertrieb in Schach gehalten. Der Wahnsinn ist nicht neu, reift aber zur globalen Methode. Selbst ARTE greift mit der Ausstrahlung von *The Hills Have Eyes Part II* (1985) zu vorgerückter Stunde, dem Trend hinterher rennend, in tiefste Trivialschubladen. Ein Film von Wes Craven, einem der Erneuerer des Genres in den Siebzigerjahren, nachdem Hammer in einer Serie unbedachtester Entscheidungen über Indien, Hongkong und Japan die Kontrolle über den Markt verlor, anstatt im Mutterland längst fällige Hausaufgaben zu erledigen. Derselbe Wes Craven, welcher jetzt zusammen mit seinem Sohn *The Hills Have Eyes II* (2007) produziert, ein kaum als Film zu bezeichnendes Spekulationsobjekt, in dem sich Leute bewegen, die in ihrem ganzen Leben noch keinen Horrorfilm gesehen haben. Verschmitzt lässt auch John Carpenter als Ausführender Produzent von New Line Cinemas nagelneuem City-Albtraum *Escape from New York* einen dicken Scheck in die Tasche gleiten. Nach Cash-Remakes von *The Fog*, *Assault* und *Halloween* kann die Horror-Legende ruhig schlafen: *The Thing*, *Big Trouble in Little China* und *Christine* sind bereits unterwegs.

Das Resultat derartiger Entscheidungen ist der schiere Wahnsinn in Folge: *Saw 3* und *4*, *Spider-Man 3*, *Sin City 2*, *Harry Potter 4*, *Creepshow 3*, *Die Hard 4.0*, *Hostel 2*, *Rush Hour 3*, *Fantastic Four 2*, *Ocean's 13*, *Piraten der Karibik 3*, man traut seinen Augen nicht. Wird Autor David Goyer Cronenbergs rauchende Köpfe im neuen *Scanners* toppen können? Hat noch niemand an ein Remake von *Fellinis $8^1/_2$* gedacht, an eine Neuauflage von Passolinis *Die 240*, Verzeihung: *Die 120 Tage von Sodom*? *Wächter des Tages*, *Resident Evil: Extinction*, *28 Weeks Later*, *Alien vs. Predator 2*, Sonys *Starship Troopers 3*, *Fantasy Island*, *Der Kindergarten Daddy 2*, *The Texas Chainsaw Massacre: The Beginning* (wen interessiert das überhaupt?), *Hannibal Rising* (Kinderschule), *The Hitcher*, *Die Simpsons*. Und genau so geht es weiter: *Indiana Jones IV*, *Hellboy 2*, *Spaceballs* und *The Nutty Professor* (animiert), *Barbarella*, *Thundercats*, *Piranha* (hatten wir schon, egal), *Shrek 4*, *Teen Titans*, *Shazam!*, *Die Mumie 3*, *The Invisible Man*, *Knight Rider*, WBs *Justice League* und *Jonny Quest*, *The Prisoner*, *Tron*, *Astro Boy*, Mark Dippés Live-Musik des Anime-Klassikers *Wicked City*, *Lake Placid II*, MGMs *Dead Like Me*, *WarGames 2* und *Species IV*, *Clash of the Titans*, *Beyond Sherwood Forest*, *The Andromeda Strain*, *TMNT*, *Fahrenheit 451*, Tim Burtons *Alice im Wunderland* und *Frankenweenie* für Disney, *Hulk 2*, *Mandrake the Magician*, *Star Trek XI*, *Journey 3-D* (Eric Brevigs neueste Version eines überaus bekannten Verne-Romans), *Santa*

Claus 3, *Terminator IV*, *Nancy Drew*, *Witch Mountain* (Disneys Remake seines eigenen *Escape to Witch Mountain*, 1974), das neueste Batman-Abenteuer *The Dark Knight* mit Aaron Eckhart als Two-Face. Und das Ende von *Fu Manchu*? Ja, und das Ende von Fu Manchu, das Ende von Fu Manchu hat die Welt noch längst nicht gesehen!

Weiter: *Hellboy: Sword of Storms* (nicht *Hellboy2*), *Day of the Dead*, *Peter Pan*, *Punisher: War Zone*, *Bionic Woman*, *Toy Story 3*, *Get Smart*, *A Princess of Mars*, *Cinderella III*, *Butterfly Effect 2*, *Brother of Bear 2*, *The Librarian 2*, *Cars 2*, *The Boys from Brazil*, das zweite Remake von *The Blob*, Universals *Death Race*, WBs Joel-Silver-Wiedergeburt *Masters of the Universe*, und, und, und. Und wie geht es der *Grünen Hornisse*? Von Universal zu Miramax geboxt, zerschellt sie jetzt in Columbia-Schubladen. Und mit Sam Raimis *The Shadow* im Rucksack, können *Doc Savage*, *Flash Gordon*, *Jekyll/Hyde*, *The Flash* und *Fred Claus*, der Bruder des Weihnachts-

Marvels Silbergeschoss lässt es im Comic-Kinorausch Fantastic Four: Rise of the Silver Surfer *(2007) ordentlich krachen. Verträge für den dritten Teil der Reihe sind bereits unterschrieben.*

Dina Meyers FBI-Ermittlerin Kerry versucht vergebens, sich auf Saw III *einen Reim zu machen.*

Tron *revolutionierte das SF-Kino, versetzte uns 1982 erstmals ins Innere eines Computers. Joseph Kosinski wird 2008 nach einem Skript von Eddie Kitsis und Adam Horowitz Disneys Neudreh übernehmen.*

Robert Wises Warnung vor einer gewalttätigen Menschheit The Day the Earth Stood Still *(1951) mit Michael Rennie in der Rolle seines Lebens wird schwer beizukommen sein.*

Roger Cormans exzellenter SW-Klassiker Not of This Earth *(1956) um pupillenlose Außerirdische und Staubsaugervertreter erlebte wie* Wasp Woman *und* Little Shop of Horrors *kurzsichtige Neuauflagen durch Jim Wynorski (1988) und Terence Winkless (1995).*

Außerirdischer Sex dürfte im Kino schärfer werden seit den kuscheligen Barbie-Tagen von Barbarella *(1968) und* Species *(1995). Dino DeLaurentiis wird* Barbarella *neu besetzen,* Species *ging mit MGMs* Species: The Awakening *2007 bereits zum vierten Mal auf die Suche nach dem richtigen Mann.*

Jonathan Demmes atemberaubendes Remake The Manchurian Candidate *(2004) ersetzt das Klima des Kalten Krieges durch einen multinational operierenden Rüstungskonzern. Wir sind unwissentliche Versuchstiere und politische Marionetten unsichtbarer globaler Machthaber.*

manns, allzu weit entfernt sein? Selbst eine noch so futuristische Rechenmaschine wie James Camerons Space-Revolte *Avatar* (2009) versinkt heute im Bollwerk des Aufgestauten.

Zum Glück gibt es noch Regisseure wie Christopher Nolan, Individualisten wie Guillermo del Toro und Märchen-Absager wie Gabor Csupo. Aber selbst das nützt heute nichts mehr. Warum überhaupt einen neuen Film drehen oder erfinden, wenn man einen alten nehmen kann? Die Dummheit hat DJ Giorgio Moroder bereits 1986 mit Fritz Langs Discothekenrausch *Metropolis* (1926) auf den Punkt gebracht. Auch George Romeros in Nachrichten-Schwarzweiß schockender klassischer Untoten-Wahnsinn *Night of the Living Dead* (1968) entgleiste schon zur Farborgie. Aber was David Lee Fisher 2007 aus Robert Wienes Ur-Albtraum des Kinos *Das Cabinet des Dr. Caligari* (1919), einem der ersten großen Filme überhaupt, zaubert, spottet jeder Beschreibung (DVD von Image Entertainment). Fisher sind Größen der Berliner Kammerspiele wie Werner Krauss oder Conrad Veidt zu doof, er ersetzt sie per Mausklick durch Daaman J. Krall als Caligari und Silver Surfer Doug Jones als Cesare! Voller Stolz erläutert der »Regisseur« im Horror-DOKU-Beiwerk *The Cabinet Re-Opened* die digitalen Finessen der Verunstaltung, welche kein Schwein interessieren. Dass es sich bei *Caligari* um ein Haupt- und Kunstwerk des Expressionismus handelt, scheint Fisher völlig aus den Augen verloren zu haben.

Dass es auch anders geht, beweist Dynamation-Legende Ray Harryhausen mit der Neufassung seines schwarzweißen Monsterhits *20 Million Miles to Earth*, welcher sich 1957 keinen Luxus in Farbe leisten konnte und sich jetzt in der von Harryhausen ursprünglich geplanten bunten Form präsentiert. Die im Juli 2007 zum 50-jährigen Jubiläum in den USA erschienene Sony-DVD, welche auch das SW-Original vergleichend bestehen lässt, bietet wertvolle Kommentare von Harryhausen, Dennis Muren, Phil Tippett, Tim Burton, Mischa Bakaleinikoff und Joan Taylor, gelebte Geschichte statt der Verdrehung von Tatsachen. Nach erbärmlichen Remakes von *Rollerball*, *Planet of the Apes*, *The Stepford Wives*, *Around the World in 80 Days* und *The Time Machine* dürfen wir auch von Metro-Goldwyn-Mayer, Twentieth Century-Fox, Paramount und Warner Bros./Dreamworks in Zukunft Besinnlicheres erwarten.

Die neuen Herren von Skull Island

Der Albtraum beginnt 1976, nachdem *Planet of the Apes* (1968) über ein Sequel, ein Prequel und dessen Sequels zu Tode geschleift worden war. Napoleon Dino DeLaurentiis, für amerikanische Mythen in etwa so zuständig wie Roland Emmerich für die Wiederauferstehung von Godzilla, fordert einen noch größeren Affen. *King Kong* leidet von Anfang an unter einem völlig falschen visuellen/tricktechnischen Ansatz, geht absurderweise aber durch sein

Finale auf beiden Türmen des World Trade Center auch noch in die Geschichte ein.

Hippie-Paläontologe Jack Prescott (Jeff Bridges mit Siebziger-Mähne) warnt Petrox-Öl-Tycoon Fred Wilson (herrlich beschissen: Charles Grodin), das angesteuerte unbekannte Eiland in mikronesischen Gewässern enthalte mehr als Schwarzes Gold: grauenvolle Kreaturen vom Anfang der Zeit! Eine gigantische, unüberwindbare Mauer durchzieht die Insel. Ein Pfeife rauchender René Auberjonois betrinkt sich kopfschüttelnd am lichtlosen Strand. Die blonde Schiffbrüchige Dwan (Ex-Model/Guillermin-Entdeckung Jessica Lange in ihrer ersten Rolle), an Bord einer Yacht, untergegangen, während die Crew Horrorfilme begutachtete, gerät ins Visier der Vormenschen.

Dino DeLaurentiis Remake eines der größten Klassiker der Filmgeschichte gleicht einem einzigen Spießrutenlauf, umso mehr, wenn man sich einmal Bruce Bahrenburgs damaligen Set-Report »The Making of King Kong« zu Gemüte führt. Nichts funktionierte. *King Kong*, wehrt sich sein Regisseur John Guillermin, sei es nicht gestattet, für sich selbst zu sprechen.[2] Kein Wunder angesichts der diktatorischen Drehbedingungen. Paramounts sich durch einen Rechtsstreit mit Universal zu unnötiger Hektik durchbeißendes 20-Millionen-Dollar-Remake wirkt heute wie das Missing Link zu Peter Jacksons triumphaler CGI-Version. Guillermins Inseln gehen bereits in Richtung Jurassic Park minus Riesenechsen (der einzige Dinosaurier hier ist Dino DeLaurentiis), aber O'Briens Glasplatten-Dschungel weicht peinlich verdunkelten Studiohallen und Männern in Affenkostümen, als hätte es die Toho-Studios in Tokio nie gegeben. Stop-Motion-Experten/Kong-Liebhaber wie Paul Mandell liefen Sturm, warnten in offenen Briefen vor haarsträubenden, blamierenden Resultaten.[3] Der Sinn des Remakes eines Meisterwerks kann nicht darin liegen, im Kopf-an-Kopf-Rennen mit der Konkurrenz den ersten Platz zu belegen. Das Ergebnis ist so anonym wie der graue Strand von Skull Island, zu blind, zu faul für wirkliche Dramatik und echte Entdeckungen. Das keinem Auge entgehende Affenschädelgesicht der Insel fällt nur uns als Zuschauer auf – die Besatzung der Petrox Explorer blickt auf das gleiche Bild auf Wilsons Karte – und Bridges' Entdeckung einer Eingeborenenkette an Deck nach Dwans Verschwinden hält uns trotz Vorabinformation für Idioten.

Peter Jacksons Megaspektakel *King Kong* (2005), mit Produktionskosten von über 200 Millionen Dollar das bislang teuerste Remake der Filmgeschichte und in der ursprünglichen Fassung fast vier Stunden lang, ist der Beweis dafür, dass es auch anders geht. Was herauskommt, wenn man dem Original in heutiger Zeit mit dem gebührenden Respekt und Verständnis begegnen würde, unbeeinflusst von jeder Einmischung eines Studios oder Produzenten. Natürlich kehrt Jackson in die Dreißigerjahre zurück, bietet ein atemberaubend rekonstruiertes New York seiner Zeit. Dabei kümmert er sich wie kaum ein anderer Filmemacher vor ihm auch um die DVD-Restaurierung des Originals, lässt die 1933 scheinbar verloren gegangene, akribisch rekonstruierte Spinnenschluchtsequenz wieder aufleben, trotz der damaligen technischen Probleme beim Live-Action/Stop-Motion-Mix. Während DeLaurentiis einen zeitversetzten Kong lediglich gegen eine Geisterbahnattrappe von Riesenschlange antreten ließ, auf einem Studioboden, der weniger bepflanzt war als der Garagenfriedhof von *Plan 9 from Outer Space*, konfrontiert ihn Jacksons üppige Skull-Island-Fauna gleich mit drei

Plastik und Klunker. Dino DeLaurentiis King Kong.

Universals Creature from the Black Lagoon *(1953) zeigte sich widerspenstig erneuter brutaler Beugehaft gegenüber, wie hier in* Revenge of the Creature *(1955; mit John Agar). Sahara-Regisseur Breck Eisner und Pleasantvilles Gary Ross (Sohn von Arnolds damaligem Autor Arthur Ross) sind für die jüngste Fassung verantwortlich.*

Prachtexemplaren des gefräßigen T-Rex. Während *King Kong* 1976 unerträgliche Längen, Zeitdruck und technische Plattitüden über sich ergehen lassen musste, setzt Jackson auf die hochdramatische, pulsierende Energie des Originals. Anders als spätere Kong-Hommagen wie *Son of Kong* (1933), *Mighty Joe Young* (1949) oder dessen Remake (1998) bleibt Kong bei Jackson die unberechenbare Bestie, die er immer war, ein ausrastender Serienkiller. Schoedsacks/Coopers Wilde waren nicht viel mehr als schwarzafrikanische Karikaturen einheimischer Insulaner. Bei Jackson sind sie albtraumhafte Kannibalen, ihr Tor der Eingang zur Hölle. Der Regisseur der *Lord-of-the-Rings*-Trilogie (2001–2003) hatte erschöpft angekündigt, nach Tolkien kleinere Brötchen backen zu wollen, aber die Entscheidung für Kong war besser, als die Ring-Monstercrew erst Jahre später erneut zusammenzutrommeln. Man wagt nicht zu hoffen, Jacksons *King Kong* würde Schule machen. Es dürfte, wie das Original, ein Einzelgänger bleiben.

Noch mehr Inseln

Ein noch unbekannteres Eiland als Skull Island ist Jules Vernes »L'Île mystérieuse« von 1874, dessen werkgetreue Verfilmungen aus der Sowjetunion stammen (Penzlin/Tschelintsews *Tainstvenni Ostrov*, 1941) und aus Frankreich (von Pierre Badel 1963 und Claude Santelli 1969). Kann Hallmarks/Russell Mulcahys *Jules Verne's Mysterious Island* (2005) der farbigen Columbia/Harryhausen-Version von 1961 das Wasser reichen?

Gefangenenlager Libby/Virginia 1863: Während des amerikanischen Bürgerkriegs gelingt Unionscaptain Cyrus Smith (Kyle MacLachlan) zusammen mit dem Farbigen Neb (Moar Gooding), Pencroff (Jason Durr), Jane Spilett (Gabrielle Anwar) und deren Tochter Helen (Naielle Calvert) in einem Aufklärungsballon der Konföderierten die Flucht. Doch sie sind Gefangene des Windes, rasen über den Kontinent hinaus. Die Reise endet im Südpazifik auf einer unbekannten, aber nicht leblosen Insel, wo der legendäre Captain Nemo (Patrick Stewart) an einer Bombe nie gekannter Zerstörungskraft bastelt.

Baumgroße Vertreter von Gottesanbeterinnen, Moskitos, Ratten, Schlangen, Ameisen, Chamäleons, Skorpionen, Vögeln, Kraken und Spinnen sind kein Ersatz für Harryhausens Riesenkrabbe, Monsterbienen, Seeungeheuer und prähistorische Laufvögel. Nichts ist hier so tricktechnisch aufregend und überzeugend wie der Augenblick bei Harryhausen, wenn Herbert und Elena in einer Riesenwabe eingeschlossen werden, oder der verblüffende »Angriff« des völlig verstörten Phororhacos. Da nützt auch der haushohe Elektrozaun aus *Jurassic Park* um Nemos Domizil nichts. *Mysterious Island* war erheblich kürzer, konzentrierter, lebendiger, billiger und mutiger, besaß weniger, aber dafür sensationellere, für ihre Zeit nie da gewesene Überraschungen, verfügte über britische Charakterdarsteller, Abenteuer, aufregende Matte Paintings, echte Dramatik und einen uns über Gebirge und Meere hinwegfegenden exzellenten, elektrisierenden Soundtrack des großen Bernard Herrman.

Nichts dergleichen hier. MacLachlan ist so ärgerlich blass, als wollte er überhaupt keine Rolle ausfüllen. Nemos Bombe ist schlichtweg Diebstahl aus dem besten Werk der Gattung, Karel Zemans *Vynález Zkázy* (1958). Die CGI-Monstershow läuft auf Hochtouren, aber derart rasend amateurhaft, dass sie niemand ernsthaft schockieren, geschweige denn in Staunen versetzen würde. In einem Interview mit Will Murray betont Co-Autor Adam Armus, man solle von Harryhausen nicht stehlen, aber Riesenskorpione aus *Clash of the Titans* und Nemos in der Unterwassergrotte parkende Nautilus sehen nun einmal verdammt nach Ray Harryhausen aus.[4] Die atemberaubenden Höhepunkte echter Hallmark'scher Poesie wie die verzauberten Gärten/Paläste in *Arabian Nights* (2000) und *The Snow Queen* (2002), die Schwindel erregenden Canyons von *Dinotopia* (2002) oder die erneut blühende Erde am Schluss von *Jack and the Beanstalk: The Real Story* (2001) wird man in dieser Schlechtwetterzone des Genres vergeblich suchen.

Kapitän Nemo, Fluch der Multis

Vernes »20000 lieues sous les mers« (1870) ist trotz Camerons Tiefseealiens in *The Abyss* (1989) und perfekt jonglierender Mystery-Serien wie NBCs *Surface* (2005) immer noch das größte SF-Abenteuer auf dem Wasser, Vernes sich bewusst aus der menschlichen Gesellschaft ausgrenzender Außenseiter Nemo die zeitlose Figur des Kämpfers gegen imperiale, menschenverachtende, den Planeten zerstörende Ausbeuter – das Thema ist im Zuge der Globalisierung aktueller als jemals zuvor. Georges Méliès' sich auf dreißig handkolorierten Tableaus abspielender Fischer-Wahn *Deux cent milles lieues sous les mers* von 1907 besitzt die bis heute bei weitem ausgefallenste Flora/Fauna der Filmgeschichte, Stuart Patons exotischer Universal-Thrill *20,000 Leagues Under the Sea* (1916) überlebt trotz seines stolzen Alters dank äußerst innovativer Unterwasserfotografie in einem Studio-Tank in Nassau und Eugène Gaudios spektakulärer Location-Kamera den Zahn der Zeit. Nach der gelungensten Adaption von Disney/Fleischer 1954, aufgegebenen Projekten von MGM (1936) und Paramount (1953) und Nebenjobs für Herbert Lom, Robert Ryan, Omar Sharif und José Ferrer in Alex

Marchs Darth Vader, Washington und Atlantis niederwerfendem *Amazing Captain Nemo* (1978) blieb es zwanzig Jahre ruhig, bis 1997 erneut die Waffen sprachen.

Michael Andersons CBS/Hallmark-Romanze *Twenty Thousand Leagues Under the Sea* (Febr. 1997) versetzt Vernes Roman personensparend in eine harmlose Dreiecksgeschichte zwischen Ben Cross' Nemo, Paul Gross' Harpunier Ned Land und Professor-Arronax (Richard Crenna)-Tochter Sophie (Julie Cox). Die natürliche, vom Menschen unberührte Welt der Korallenriffe (gefilmt im Roten Meer) erscheint weitaus surrealer als die angesichts der Möglichkeiten moderner Bildgestaltung beschämende Konfrontation mit einem gigantischen Exemplar eines Protoleviathans, sicherlich kein Artverwandter von Disneys mörderischem Riesenkalmar dreißig Jahre zuvor oder Spielberg'scher prähistorischer Vielfalt an Spezies seit *Jurassic Park* (1993). Cross ist kein uninteressanter Nemo, aber Joe Wiesenfelds zaghaftes Drehbuch wagt nicht den Absprung von einer in ihrer Zeit wesentlich unkonventionelleren Vorlage.

Geschockt vom absurden Zustand des Höhepunkts und eigener Erfahrungen aus leidvoller Irwin-Allen-Vergangenheit (*The Swarm*, 1978; *Beyond the Poseidon Adventure*, 1979) hätte der nächste Nemo Michael Caine ABCs Vier-Stunden-Miniserie *Twenty Thousand Leagues Under The Sea* (Mai 1997; Regie Rod Hardy) nur unter der Bedingung überzeugender Computereffekte zugesagt.[5] Ein Blick auf Hallmarks *Gulliver's Travels* (1996), dem Beginn des CGI-Fernsehzeitalters, ließ für Caine keine Fragen mehr offen. Im Gegensatz zur Anderson-Version wagt Autor Brian Nelson eine größere Modifizierung/Erweiterung Vernes, vor allem in Mia Saras geheim gehaltener Tochter Mara, Nemos Fischhaken-Armprothese mit Selbstzerstörungsmechanismus, einer weitaus differenzierteren Crew der Nautilus als jemals zuvor und dem Schicksal von Arronax' verbittertem Vater, Ex-Kapitän der *Abraham Lincoln*. Erstklassiges Production Design, brillant integrierte, unsichtbare CGI-Elemente und atemberaubende Unterwasseraufnahmen schaffen ein Klima alltäglicher Phantastik, schreien nach der größten Leinwand der Welt. Immer noch kein Vergleich mit der uneinholbaren, definitiven, poetischen Disney-Version, aber voll ehrgeiziger, echter Bewunderung, Anerkennung und Sorgfalt.

Das Haus der Schmerzen: Dr. Moreaus Insel

Südpazifik, 1911: Der Schiffbrüchige Andrew Braddock (Michael York) findet sich auf einer unbekannten Insel wieder, deren Besitzer Dr. Moreau (Burt Lancaster) mit Hilfe genetischer Manipulation Tiere in fast menschliche Kreaturen verwandelt. Wer den Vorstellungen, dem Gesetz des Wissenschaftlers widerspricht, landet im mysteriösen »Haus der Schmerzen«, dessen gellende, unerträgliche Schreie die Tropennacht durchschneiden. Moreau herrscht wie ein Despot, duldet keinen Widerstand der ihn umgebenden seltsamen Geschöpfe.

Don Taylors AIP- Produktion *The Island of Dr. Moreau* (1977) ist der Kino-Erstadaption des 1896 veröffentlichten H.-G.-Wells-Klassikers in jeder Hinsicht unterlegen, Erle C. Kentons finsterem Paramount-Juwel *Island of Lost Souls* aus der Goldenen Ära des phantastischen Kinos, den Dreißigerjahren. Lancasters/Yorks Rollen als Schurke/Held sind zu festgefahren und verhindern jeden Gedankenaustausch, jede Konfrontation. *Moreau* will ein Horrorfilm sein, ist sich aber unschlüssig darüber. Barbara Carreras viel zu perfekter, mit Ozelot am Palmenstrand dekorativ wie für ein Bademodenjournal stolzierender Panther-Frau fehlt jede Verletzlichkeit. Kentons Meisterwerk konstruierte ein blondes Gegenstück (Leila Hyams) zur schwarzhaarigen Tierfrau, eine Rolle, die sich AIP schenkt und dadurch keine Spannungen zu entwickeln in der Lage ist, und Laughtons Verhältnis zu Kathleen Burkes exotischer Lota ließ uns sein mehr als wissenschaftliches Interesse an ihr spüren. Nichts dergleichen hier, keine Paarung, nichts. Lancaster wohnt darüber hinaus kein selbstzerstörerischer Konflikt inne, er bleibt noch im Tod derselbe.

Die seit Mitte der Siebzigerjahre an Fahrt gewinnende Debatte um Gentechnologien hat nichts mit Wells' Vorlage zu tun, entpuppt sich als reiner Interessensköder. John Chambers' Latex-Mensch/Tier-Kreationen, die gesamte Produktion noch halbwegs erträglich erscheinen lassend, sind zu harmlos, zu irreführend für Wells' markerschütterndes Evolutionsdrama, unseren gespaltenen Zustand zwischen Mensch und Tier. Anstatt wenigstens Wells' ernüchterndes, brillantes Finale in der »Zivilisation« als Trostpflaster mit einzupflanzen, wie es John Frankenheimers von Richard Stan-

John Chambers verliert gegen Barbara Carrera in AIPs Frisurenhölle The Island of Dr. Moreau.

ley übernommene Krisenproduktion *The Island of Dr. Moreau* (1996) erstmals offeriert, greift AIP nach mehreren gescheiterten Preview-Varianten zu einem Schluss, dessen Unsagbarkeit damals von John McCarty treffend als »*Jaws* Meets the *Wolfman*« tituliert wurde.[6] Dem nicht genug: In einem Interview Weavers mit Taylor schneiden sowohl Wells' Vorlage (»Wells wrote it, I think, on a weekend«) als auch *Island of Lost Souls* schlechter ab als diese wie auch AIPs *Empire of the Ants* (1977) mit Wells' Namen protzende, trotz sechs Millionen Dollar Herstellungskosten abenteuerlich aus der Luft gegriffene Billigproduktion.[7]

Lost Worlds: Inseln des Grauens

Port of All Nations, Singapur: Seit seine Kumpels auf einem unregistrierten Pazifikatoll von ausgestorbenen Monstern gefressen wurden, stürzt Weltkrieg-Zwei-Bomber John Fairbanks (Richard Denning) nur noch zwischen ausgemusterten Barhockern und leeren Whiskeyflaschen hin und her. Kein Mensch glaubt die Geschichte, bis zufällig Ted Osbourne (Philip Reed) und seine Verlobte Carol Lane (Virginia Grey) hereinschneien. Osbourne plant, von Barton MacLanes Kapitän Tarnowski ein Boot zu chartern. Und noch etwas völlig Verrücktes hat Osbourne im Kittel: den unwiderlegbaren Beweis der Existenz dieser urzeitlichen Bestien in Form eines Fotos, welches in jedem Schaufenster der Welt »geschossen« werden könnte.

Gedreht in türkisfarbenem Cinecolor-Kitsch, befindet sich Jack Bernhards Grusel für Fünfjährige *Unknown Island* (1948) in illustrer Gesellschaft weit jenseits von Skull Island und stammt aus dem uninteressantesten SF-Jahrzehnt des Kinos, den Vierzigerjahren. PRCs Armenhaus *The Lost Continent* von 1951, bar jeglicher Vegetation, schaltet auf giftgrüne Filter um, als die Dinosaurierresultate einer fehlgeleiteten Atomtestrakete aus White Sands im uraniumreichen Südpazifik einschlagen. Nüchternes Cinecolor erwartet uns wiederum in Gregg Tallas' Lippenstift-Vorzeit *Prehistoric Women* (1950). Edward L. Bernds' *Valley of the Dragons* (1961) verfrachtet uns auf einen Dinosaurierkometenirrläufer nach Jules Verne und der sechsten Ausbeute der ulkigen »Reptilieneffekte« aus *One Million B.C.*

Hal Roachs Steinzeitspektakel One Million B.C. *(1940) mit Victor Mature und Carole Landis sparte sich aufwändige Stop-Motion-Effekte. Die Echsen-Schnappschüsse (hier ein weniger wilder) fanden reißenden Absatz auf No-Budget-Inseln wie* Two Lost Worlds *(1950),* Valley of the Dragons *(1961) oder in Mexiko (*Island of the Dinosaurs, *1966). Roland Emmerichs* 10,000 B.C. *(2008) fällt weniger bescheiden aus.*

(1940). Die finden sich auch als erschreckend unterhaltsame Alternative zwischen langweiligen Fleisch fressenden Pflanzen und Boy attackierenden Höhlenspinnen im verdurstenden Wüstenspektakel *Tarzan's Desert Mystery* (1943). Die Terrariummonster balgen sich erneut in dem in holländischen Kolonien angesiedelten *Two Lost Worlds* (1950), in *Untamed Women* (1952) und Phil Tuckers Pop-Rakete *Robot Monster* (1953). Ozeanografie, wie sie kein Internet bietet, versteckt sich hinter Harold Daniels *Port Sinister* (1953) mit Schurken verschlingenden Krustentierchen auf der von Zeit zu Zeit vom Meeresboden aufsteigenden, im 17. Jahrhundert durch ein Seebeben platt gemachten Pirateninsel Port Royal.

Egal, ob *King Dinosaur* (1955), *Beast of Hollow Mountain* (1956), *Dinosaurus!* (1960), *The Lost World* (1960), *The Land That Time Forgot* (1975), *The Last Dinosaur* (1977), *Carnosaur* (1993), *Dinosaur Island* (1993) oder TV-Serien wie *Land of the Lost* (1974 und 1991): Dinosaurierabenteuer in verlorenen Welten krankten vor Spielbergs *Jurassic Park* (1993) an unzureichender (und oft unzumutbarer) Tricktechnik, sehen wir von O'Brien, Danforth und Harryhausen ab. Universals *The Land Unknown* sollte 1957 alles ändern, der ganz große Wurf werden (Stars, CinemaScope, Farbe), aber nach übertriebenen Kosten für ein Planschmonster zog die Firmenleitung geschockt die Notbremse. Tristes Schwarzweiß beherrscht die mesozoische Breitwand-Flora einer vernebelten Antarktis, wo ein amerikanischer Spielzeughubschrauber mit einer Klatschreporterin an Bord dreitausend Fuß unter (!) dem Meeresspiegel niedergegangen ist. Das Projekt muss anfangs ehrgeiziger gewesen sein, erlosch dann jedoch in B-Darstellern wie Jock Mahony und William Reynolds sowie dem steifsten T-Rex aller Zeiten. Sehenswert.

Irwin Allens *The Lost World* (1960) geht in eine andere falsche Richtung und verpulvert sein Budget für Stars wie Claude Rains, Jill St. John, Michael Rennie und Fernando Lamas, aber der noch größere Widerspruch liegt in Allens tricktechnischem Wunschkandidaten Willis O'Brien, genau jener O'Brien, welcher fünfunddreißig Jahre zuvor mit *The Lost World* (1925) das Lost-World-Genre im Film erfunden und damals zu neuer, sensationeller Technik gegriffen hatte, die Allen jetzt aufgibt und wie die »Iguanodons« von *Journey to the Center of the Earth* (1959) auf eine »gehörnte« Vergangenheit setzt. 2002 folgt Bob Hoskins Wallace Beery, Rains, John

Rhys-Davies, Patrick Bergin und Peter McCauley in die Rolle Challengers. Manche Romane schreien geradezu nach einer Kamera und einem Regisseur, aber Stuart Ormes The Lost World modernisiert Sir Arthur Conan Doyles Vorlage irrtümlich mit frei erfundenen Figuren wie Peter Falks teuflischem Reverend oder Elaine Cassidys Love Interest Agnes Cluny, aber das Ergebnis ist trotz hochmoderner Animatronics/CGI sowie einer großzügigen Laufzeit von drei Stunden zum Davonlaufen. Achtzig Jahre nach Doyle harren sein unentdecktes, Schwindel erregendes Hochplateau am Amazonas und dessen satte, unerforschte Wälder immer noch revolutionärer filmischer Entdeckung.

James Camerons Fliegende Killer

Piranhas sind eigentlich Süßwasserfische, aber nicht auf dem verhungernden Bankkonto Roger Cormans und in den unberechenbaren Tiefen des SF-Films! Wie in der Umgebung des Karibik-Inselparadieses Club Elysium und des vor der Küste verfaulenden Wracks der *Dwight Fitzgerald*, wo Unterwassersex empfehlenswert wäre. In dem gesunkenen Versorgungsschiff lauern blutgierige geflügelte Killer mit grimmigen Alien-Gesichtern, welche über grillende Trinker herfallen und ahnungslose Tauchschüler wie Robert (Jim Pair), Loretta (Connie Lynn Hadden), Jai (Garole Davis) und den Sohn von Eingeborenenfischer Gabby (Ancil Gloudon) bis auf die Knochen abnagen. Urlauber Tyler Sherman (Steve Marachuk), Tauchlehrerin Anne (Tricia O'Neil) nachstellend, schweigt wie ein Grab über ein hochbrisantes Regierungsprojekt. Annes Ex, Insel-Chief Steve Kimbrough (Roy-Scheider-Stand-in Lance Heenriksen), verliert die Nerven.

Wir auch. Ein Telefongespräch Shermans mit seinen militärischen Vorgesetzten über Anne (»Wenn sie die Initiative ergreift, brauchen wir unsere Köpfe nicht hinzuhalten«) könnte wortwörtlich aus *Aliens* (1986) mit Paul Reisers Company-Schwein Burke stammen, und auch die dunklen, engen Schächte des Wracks werfen Schatten atemloser Klaustrophobie voraus. Ein wirklich überraschendes *Alien*-Zitat mit dem in Roberts offenem Magen versteckten Fisch ist durch ein vorausgehendes Ablenkungsmanöver – das unter dem Tischfuß eingeklemmte Leichentuch, an welchem die Nachtschwester vergeblich zerrt – umso gelungener, die Sprengung des Monsterverstecks unerwartetes, exzellentes Editing, Gianetto de Rossis Killermaschinen solider Rob-Bottin-Ersatz. Aber sonst ist *Piranha II Flying Killers* (1981) ein Chaos aus holländischer Finanzierung und italienischer Crew, ein unfähiger, multikulturell auseinander driftender Kadaver aus *Jaws* und *The Birds*. Der gesamte Sub-Plot mit Loretta und Jay sieht aus wie eine pure Erfindung von Executive Producer Ovidio G. Assonitis, die nichts mit Camerons Storyboards zu tun hat. Aber man wird auch nicht ganz den Eindruck los, der spätere Regisseur von *The Abyss* (1989) und *Titanic* (1997) habe seinen eigenen Film vernachlässigt, um wichtige erste filmische Taucherfahrungen (Cayman-Inseln, Jamaika) machen zu können.

An Antonio Margheritis mit einem Plastikskelett aufwartendem Juwelengeprügel *Killer Fish* aka *Agguato sul fondo* (1978; Piranhas II – Die Rache der Killerfische) waren auch nur exzellente Miniaturbauten und zweibeinige Piranhas wie Margaux Hemmingways Supermodel Gabrielle, Karen Black oder Marisa Berenson interessant, aber das eigentliche Remake von Joe Dantes hinterhältigem Spaß *Jaws* (1978) ist Roger Cormans gleichfalls betitelte Kabel-Piraterie *Piranha* (1995; Scott Levy), stabiles, aber letztlich ungenügendes, Dante nicht gerecht werdendes Showtime-Material. Levy folgt dem Plot linientreu, eliminiert aber John Sayles' nahezu gesamten Humor, ramponiert Dantes Sachkenntnis und unfehlbaren Blick für charmantes Casting. William Katt, Alexandra Paul und James Karen sind engagiert genug, aber sie vermitteln nicht das Kribbeln von Heather Menzies und Bradford Dillman, nicht das Zittern um Barbara Steele, Keenan Wynn und seinen Hund, Kevin McCarthy, Paul Bartels pfundigen Sportlehrer und B-As Dick Miller. Toller Unfug dennoch.

Disneys Schatzplanet

Wenn das Jekyll/Hyde-Autor Robert Louis Stevenson noch erlebt hätte: Sein »Treasure Island« von 1883, eines der meistgelesenen Jugendbücher aller Zeiten, als Schatzplanet in den unendlichen Weiten des Mickey-Mouse-Konzerns! Riesengroße Hollywood-

Stars aus Fleisch und Blut wie Lon Chaney Sr., Boris Karloff, Lionel Barrymore oder Orson Welles schlüpften bereits in überirdische Rollen bei Paramount (1920), MGM (1934), Disney (1950) und John Hough (1972). Die bekannte, herzergreifende Geschichte um den jungen Jim Hawkins und den einbeinigen Long John Silver fand endlose Verbreitung in Cartoons und Comics, im Fernsehen und in Animes lange vor Disneys heutigem CGI-Spektakel *Treasure Planet* (2004).

Skateboard-As/Teenager Jim Hawkins träumt wie Luke Skywalker vom ganz großen Kick zwischen den Sternen weit weg von Zuhause, um seiner winzigen, beschissenen Welt auf dem Minen-Planeten Montressor den Rücken kehren zu können. Die Abenteuer um den Universalschurken Captain Flint lassen ihn gar nicht mehr los. Schon stürzt das durchgeknallte, zwielichtige Weltraumgespenst Billie Bones mit seinem Raumschiff in die Kneipe seiner Mutter, verfolgt von Piratensturmtruppen des undurchsichtigen, ratet mal, Long John Silver ...

Stevenson würde sich im Grab umdrehen angesichts von Disneys voll gepackter, farbensprühender SF-Flottille im McDrive-Zeitalter bei wildem Marktgedränge, eine volle Breitseite aus *Back to the Future*, N.C. Wyeth/Howard Pyles Originalskizzen, *Time Bandits*, *Laputa: Castle in the Sky* und *The City of Lost Children*. Da tauchen hinter menschlichem Alien-Abschaum Hunde und Katzen auf, überbieten sich die Figuren geradezu an kunterbuntem, skurrilem Witz. Da geht es ohne Raumhelm ab durch die Super-Novas, Schwarze Abflusslöcher, unglaublichstes galaktisches Getier und abenteuerlichste Astrophysik. Dabei flog in Kinji Fukasakus japanischer Antwort auf Star Wars, dem Samurai-Sternenkrieg *Uchu Kara No Messeji* von 1978, schon einmal eine Galleone zu den Sternen, von einem hinreißenden schwanenförmigen Raumschiff Jim Danforths im SF-Softporno *Flesh Gordon* (1974) und Antonio Margheritis Space-Kitsch *L'Isola del teroso* (1987) mit Anthony Quinn einmal abgesehen.

Aber der *Treasure Planet* der ganze Arbeit leistenden *Aladdin*/*Hercules*-Giganten Ron Clements und John Musker ist noch weitaus verrückter, beispielsweise in Morph, einem Kleckspudding von Schiffskoch/Glasaugen-Cyborg Silver, welcher nur Blödsinn im Kopf hat, um in die Welt der »Großen« aufzusteigen. Schmalz trieft aus dem Hyperraum, wenn die kriminellen Gesangseinlagen einsetzen oder Jim seinem Ersatzvater gegenübertritt. *Treasure Planet* ist zum Lachen und Staunen, nicht zum Denken, der Fun steht im Vordergrund. Ein Schelm, wer hier an Piraterie oder Seemannsgarn denkt.

Mythos Atlantis

Bereits griechische Historiker berichteten von jenem verlorenen Superkontinent im Westen jenseits der Säulen des Herakles, heutige Tauchgänge bestätigen seine bombastische Existenz. Im Film taucht Atlantis mit männermordenden Königinnen, Herrenrassen und Sklavenheeren an den unmöglichsten Stellen auf. August Bloms verschollenem Atlantis (1913) folgten Brigitte Helm in Jacques Feyders *L'Atlantide* (1921) und G.W. Pabsts *Die Herrin von Atlantis* (1932), Maria Montez als *Siren of Atlantis* (1949), Haya Harareet in *Atlantide – Antinée l'amante della città sepolta* (1961), Fay Spain im Meisterwerk der Gattung, Vittorio Cottafavis *Ercole alla conquista di Atlantide* (1961), Liana Orfei in Umberto Scarpellis SF-Gehirnoperation *Il gigante di Metropolis* (1962) sowie Natalie Strom und Cree Summer als Sprecherinnen von Prinzessin Kida in Disneys animiertem Seespektakel *Atlantis The Lost Empire* (2001). Die Montez/Harareet-Versionen blieben aufgrund wechselnder Regisseure problematische Konstruktionen. Aber es gibt auch Ruggero Deodatos im Nuklearzeitalter überraschend vor der Küste Floridas auftauchende *Atlantis Interceptors* (1983), die außerweltlichen Damen Jess Francos (*Les Exploits Erotiques de Maciste dans l'Atlantide*, 1973) oder Kevin Connors farbigen Trip in die Vorzeit *Warlords of Atlantis* (1978) als absurde Fußnote mit Marsmenschen. Während sich Ishiro Honda mit *Kaitei Gunkan* (1964) ein pazifisch-japanisches Atlantis erschloss, sollte George Pals MGM-Produktion *Atlantis The Lost Continent* (1960) der italienischen Sandalenwelle Paroli bieten und das große Hollywoodspektakel abwerfen. Sollte.

Der junge Fischer Demetrios (Anthony Hall) rettet eine Schiffbrüchige, die sich als Antillia (Joyce Taylor) zu erkennen gibt, Tochter von König Kronas (Edgar Stehli), Herrscher eines Inselreichs jenseits der Säulen des Herakles. Demetrios folgt Antillia nach Atlantis, wird aber von Kronas' eifersüchtigem Kriegstreiber Zaren (John Dali) zur Arbeit in den Minen degradiert, um einen Riesenkristall zu bergen, mit dem die Welt erobert werden könnte. Wer nicht spurt, fällt im »Haus der Furcht« einem Verrückten in die Hände (Berry Kroeger), welcher H.G. Wells' »The Island of Dr. Moreau« studiert haben muss und Menschen in Hunde und Schweine verwandelt.

Eine für den Regisseur von *War of the Worlds* (1953) und *The Time Machine* (1960) bittere Enttäuschung: Metro-Goldwyn-Mayer befahl den Drehstart inmitten des Drehbuchs von Top-Autor Daniel Mainwaring (Tourneurs *Out of the Past*, 1947; Siegels *Invasion of the Body Snatchers*, 1956), welches mit einem Streik von Hollywoods Autoren zusammenraste und nicht mehr repariert werden konnte. *Atlantis*, sagt Pal, sei die einzige »filmbereite« MGM-Produktion gewesen, der gesamte Studiobetrieb habe stillgestanden.[8]

Angesichts derartiger Missstände wundert man sich natürlich nicht über das Resultat. Nicht nur die wichtigen beiden Hauptrol-

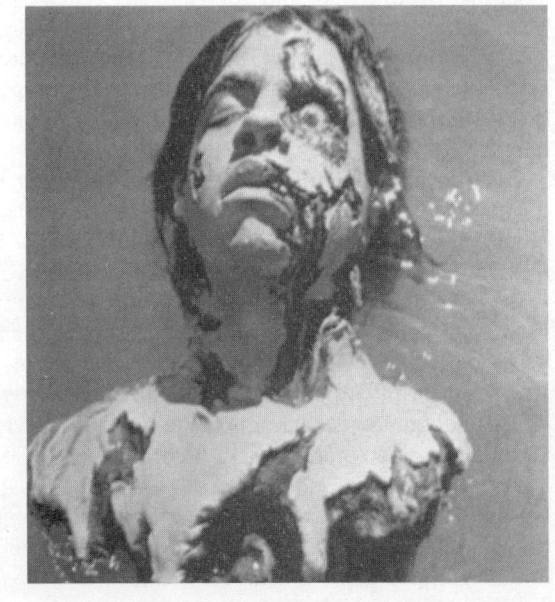

Joe Dantes Gen-Thriller Piranha (1979) mag in der heutigen Flut von DVD-Titeln untergehen, aber verkannte Spezialitäten des Hauses dürfen hin und wieder nach Luft schnappen.

Die U2000 startet zu ihrem Vernichtungsfeldzug gegen das pazifische Mu-Reich in Ishiro Hondas Kaitei Gunkan *(1964), einer japanischen Antwort auf Verne-Themen und den Atlantis-Mythos.*

len, erneut Youngsters, sind noch lebloser besetzt als in Columbias ebenfalls an der Kasse scheiterndem *Jason and the Argonauts* (1963), *Atlantis* verfügt über keinen Anthony Mann oder Ray Harryhausen. Ein deutlich sichtbarer Impffleck an Halls Oberarm soll bei einer der ersten Testvorführungen für allgemeine Erheiterung gesorgt haben.

Nach Taylor soll für die Demetrios-Rolle der weitaus gelenkigere Italiener Fabrizio Mioni vorgesehen gewesen sein, dessen Arbeitserlaubnis in den USA dummerweise gerade ablief.[9] Special Effects mit Da-Vinci-artigen Flugapparaten fielen derart verheerend aus, dass sie vollständig gekappt werden mussten. Not macht erfinderisch: Wer genau hinsieht, wird in Kroegers Labor fortschrittliche Weltraumtechnologie aus *Forbidden Planet* (1956) vorfinden, in Azors (Edward Platt) Tempel eine Statue aus *The Prodigal* (1955), bei Massenszenen Ausschnitte aus *Quo Vadis* (1951) und im »Seeungeheuer« einen prähistorischen Vorgänger von Disneys Nautilus aus *20,000 Leagues Under The Sea* (1954). Die riesige Steintreppe, vor der Zaren und Azor sich ein letztes Duell liefern, verrichtete bereits nützliche Dienste in *Julius Caesar* (1953), *Ben Hur* (1959) und Pals eigener *Time Machine*. Aus Pals *The Naked Jungle* (1954) stammt die Flucht der Ameisen von der Insel, bevor auf Effekte eines Pompeji-Spektakels zurückgegriffen wird, man will ja nicht gleich alles verraten. Das Ergebnis ist ein altertümliches Fresko, welches in einigen Steinchen erkennen lässt, was Atlantis gerne gewesen wäre. Eine A-Produktion.

Poseidons Spielzeuge

Seit Odysseus vom griechischen Meeresgott Poseidon zu einer verlängerten Rückfahrt nach Ithaka gezwungen wurde, tobt das nasse Element. Aber Hollywood brauchte siebzig Jahre, um das Weltuntergangskino auf hoher See zu entdecken! Titel: *The Poseidon Adventure* (1972; Die Höllenfahrt der Poseidon), der unfreiwillige Vorläufer heutigen Klimawandels.

Ein heftiges Seebeben hat eine Monsterwelle losgetreten, welche den Ozeanriesen S.S. Poseidon wie eine Schildkröte auf den Rücken dreht und zehn Überlebende unter der Führung von Gene Hackmans kämpfendem Reverend Frank Scott in Szene setzt. Pop-Stars, Minister, Priester, der Liebe Gott, Prostituierte, Ex-Cops, jüdische Großeltern, Herrenausstatter, nervende Geschwister – in Wirklichkeit sind wir alle ein und dasselbe. Ob Luft, Licht, Feuer oder Wasser, die Elemente sind nicht mehr zu bändigen.

Die Geburt des »Master of Desaster« Irwin Allen, die Geburt von Hollywoods Katastrophenleinwand der Siebzigerjahre, ausgezeichnet mit zwei Oscars, darunter die Kategorie »Special Effects«. Bald würden Giganten am Himmel, schwankende Wolkenkratzer, der Fußboden von Los Angeles, der Pazifikkrieg und McArthur und ganze Raumflotten der Restmenschheit den Fluch von Sensurround zu spüren bekommen. Ein Plot wie aus einem heutigen millionenschweren CGI-Blockbuster im Vollrausch, das größte Fluchtabenteuer seiner Zeit, für jedes Publikum ein Ereignis, wie es nur die große Leinwand schaffen kann. Hollywood, das nach dem phänomenalen, verblüffenden Erfolg von *Easy Rider* (1968) glaubte, in Zukunft besonders kostengünstig investieren zu können, war geschockt von Allens beispiellosem Mega-Spektakel (über einhundert Millionen Dollar Gewinn bei einem Gesamtbudget von sage und schreibe vier Millionen!), musste umdenken in Richtung *Air-*

port 1975 (1974) und *Earthquake* (1974). Hunderte von Stuntleuten wurden von gewaltigen Studiotankwellen »zerrissen«. Der Meister ließ es sich nicht nehmen, die Actionszenen selbst in die Hand zu nehmen, um seiner wie in *Grand Hotel* (1932) und *Hotel* (1967) liebevoll eingeführten Superstarbesetzung kein Haar zu krümmen. Echte Schauspieler wie zuvor in Stanley Kramers *Ship of Fools* (1965) oder John Guillermins Highspeed-Drama *Skyjacked* (1972) dürfen nicht sein, sonst würde der Zuschauer den Boden unter den Füßen verlieren. Allen war ein unsichtbarer Produzent, ein Publicity-Genie, welches peinliche Rückfragen bei Pressemitteilungen gar nicht erst aufkommen ließ. Das fertige Produkt sollte Massen erschlagen, je katastrophaler, umso besser. Das Riesenfußvolk aus Autoren, Stars, Technikern braucht Allen wie David Wark Griffith, Cecil B. De Mille und Dino DeLaurentiis nur deshalb, um selbst das Szepter in die Hand nehmen zu können. Schizophrene, abartige, lustvoll-perverse, sadistische, sadomasochistische Unterhaltung.

Allens Cash-Nachfolger *Beyond the Poseidon Adventure* (1979; Jagd auf die Poseidon) schmuggelt Plutonium in einen Mix aus neuen Gesichtern (Michael Caine, Sally Field, Karl Malden, Telly Savalas), zur wasserdichten Neuauflage reicht es aber erst mit Wolfgang Petersens WB-Großspektakel *Poseidon* (2006) mit seinem an die Queen Mary II heranreichenden CGI-Ozeanriesen. Mark Protosevichs Drehbuch ist im Grunde genommen die gleiche, auf dem Roman Paul Gallicos basierende Geschichte (die 2005-NBC-Miniserie sah das nicht so eng): Nachdem die Sektkorken geknallt sind, dreht eine Fünfzig-Meter-Wand den gleichnamigen Dreihundertfünfunddreißig-Meter-Luxusliner, während der Silvesternacht im Nordatlantik unterwegs, auf den Rücken, Ausgesuchte kämpfen im voll gelaufenen Ballsaal ums nackte Überleben. Richard Dreyfuß, eben noch als Selbstmordkandidat todesmutig über die Reling gesprungen, ist ganz schnell wieder an Bord.

Im Gegensatz zu Allens sämtliche Einspielrekorde knackenden Original ist Petersen auch an der Hardware seiner Statisten interessiert. Keine tiefgreifenden Konflikte, keine tragikomischen Charaktere wie Gene Hackmans ausholender Priester, Stella Stevens' Ex-Hure oder die fettärschige, aber mutige Shelley Winters, hier regiert die nackte, innovative Technik wie explodierende Fahrstühle unter Wasser. Der atemstockende ILM-Einstieg mit unmöglicher Kamerafahrt weckt unerfüllbare Hoffnungen, Poseidon könnte sich wie *Das Boot* (1981) oder *Titanic* (1997) in ein echtes Hochsee-Überlebensdrama verwandeln, aber Petersens Figuren und Schicksale lassen so kalt wie das Wasser, in dem sie herumplanschen. Dem manipulierten Zuschauer ist es egal, wer überlebt und wer nicht. Auch die unstillbare Gier/Korruption der Reederei, mitverantwortlich für die Katastrophe, wurde vorsorglich über Bord gespült. Petersen interessiert das reine, besessene Überlebensdrama, seine einzige Tugend bleibt nicht abreißende Hochspannung. Ronald Neames Flair für zwischenmenschliche Schicksale geht ihm völlig ab. Auch die Warnung des Seebebens aus dem Original ist nach mehr als dreißig Jahren Technikvorsprung und Wettervorhersage scheinbar ein Ding der Unmöglichkeit. Hier wird der Radau so laut, dass wir die bescheidenen, aber vorhandenen Tugenden des Originals vergessen sollen. *Poseidon*, ein trockenes, mechanisches Börsenprodukt, versinkt im Gegensatz zu Richard Lesters *Juggernaut* (1974) mit echten Schauspielern wie Omar Sharif, Richard Harris oder Anthony Hopkins erschreckend gesichts- und geschichtslos in den Fluten ewig gestriger, anonymer Blockbuster.

Flash Forward: der neue Flash Gordon

Sf-Fans weltweit, verwöhnt durch Blockbuster der Königsklasse wie *Star Wars* (1977), *Close Encounters of the Third Kind* (1977), *Superman* (1978) und *Alien* (1979), erhielten Ende der Siebzigerjahre einen herben Dämpfer in Form von Dino DeLaurentiis' pompösem Christbaumschmuck *Flash Gordon*. Keine sexbesessenen Kreaturen in silbernen Unterhosen aus der Rocky Horror Picture Show, dafür sterile, stümperhafte Technik bei einem Budget, welches das Vierfache von Lucas' Sternenmärchen überschritten hatte, kinematografisch serviert von einem Mann, welcher Roman Polanskis *Macbeth* (1971), Alfred Hitchcocks *Frenzy* (1972), *Star Wars*, *Dracula* (1979), *The Omen* (1976), Catherine Deneuves Dilemma in *Repulsion* (1964) und Kubricks Weltuntergang *Doctor Strangelove* (1964) in Szene gesetzt hatte. Nichts, gar nichts von all dem hier. Alex Raymonds Comic-Strip-Klassiker (1934) war besser aufgehoben in Frederick Stephanis lebhaftem SW-Universal-Serial von 1936 mit dem legendären Olympiagewinner Larry »Buster« Crabbe oder dem noch farbigeren, erfindungslüsternen *Flesh Gordon* von 1974, ein echter Leckerbissen. DeLaurentiis Bühnenattrappen wie *Flash*, *Barbarella* (1967) oder *King Kong* (1976) spotten jedem Production Design, sind völlig unerträglich sowohl als SF als auch als Film. Queens Klimakatastrophen auslösender Titel-Track lässt wilden Schnaps erwarten, aber Max von Sydow, John Osborne, Brian Blessed und Future James Bond Timothy Daltons Prinz Barin führen sich auf wie Kleinkinder, sind reiner Kitsch, versacken in peinlich inkompetenten Charakterisierungen. Ein außerirdischer Zwergpudel trägt den Namen »Fellini«, aber jede Minute in einem Film von Federico Fellini ist grandioser und atemberaubender als alles, was Dino DeLaurentiis jemals geschaffen hat. Die wie Jahrmarkt wirkende galaktische Modenschau verliert sich zu selten im überkickten Schaufenster von *Caligula*-Designer Danilo Donati, mehr ist nicht zu sehen. Nicolas Roeg hatte vor Mike Hodges entsetzt das Weite gesucht.

Flash wird voll rehabilitiert in NBCs neuer SF-Serie *Flash Gordon*. Den Affenzirkus um DeLaurentiis Raketen, Städte, Klamotten, Parties, Football oder einen synchronisierten Jones hat *Invisible-Man*-Produzent Peter Hume nicht nötig, sein Ensemble ist filmerfahren und SF-begeistert. Ein völlig anderes Konzept, ein völlig anderes Ergebnis. Hume braucht echte Schauspieler/Rollen, keine Dummköpfe aus *Beverly Hills 90210*, *Melrose Place* oder dem üblichen Casting-Irrsinn in New York und L.A. *Flash Gordon* ist erfrischend erdgebunden, ausgezeichnet nüchtern, unvorhersehbarer Fun mit echten feurigen Stars wie *Mutant X'* Karen Cliche als intergalaktischer Kopfgeldjägerin. Die neue Dale Arden Gina Holden ist alles andere als ein Flash duckmäuserisch anschmachtendes Mauerblümchen und muss auch nicht ständig gerettet werden wie Irene Champlin von Steve Holland in den neununddreißig Episoden des reichlich obskuren Fünfziger-Flash, einer wüsten Schlägerei von Serie, zunächst im zerbombten West-Berlin, dann in Marseille entstanden. Sam Jones war 1980 reines Stückwerk in *The Dating Game* oder Ersatzteillager von Bo Dereks massiver Garderobe in *10*, aber Eric Johnson verfügt über eine umfangreiche, erstklassige TV-SF-Erfahrung in Serien wie *Smallville* (als Whitney Fordham, Lana Langs Beau in der ersten Staffel), *The Ray Bradbury Theater*, *The Dead*

Zone und *Ghost Whisperer*. Hume schleudert Flash nicht einfach in seine Rolle als Retter des Universums hinein, *Flash* handelt wie *Smallville* von der *Erschaffung* eines Helden, die fesselnde Prozedur erfolgt scheibchenweise. Nach siebzig Jahren Diskothekenlärm, Radio, TV, Videogeballere, T-Shirts, DVDs, Tattoos, Buttons, mindestens drei Cartoons, Postern, Büchern, Comics, Spielzeug und Flipperautomaten ist Flash in der Realität angekommen.

Besser, schneller, stärker: Bionic Woman

Mit den schnellen Frauen aus *Flash Gordon* will auch *Smallville*-Bomber Laura Vandervoort mithalten (seit »Bizarro«, der Eröffnung der siebten Staffel), niemand anderes als Kara Zor-El, besser bekannt als Supergirl. Da kann *Hercules-/Battlestar-Galactica*-Produzent David Eick gar nicht anders. Seine Geheimwaffe: *Jekyll*'s Michelle Ryan als neue *Bionic Woman* Jamie Sommers, ein Cyborg-Kampfgeschwader der ultragefährlichen, im Schatten des Pentagon operierenden Top-Secret-Organisation Berkut Group (Miguel Ferrer, Molly Price, Will Yun Lee) mit gestählten Beinen, Armen, Augen und Ohren nach horrendem Verkehrsunfall im Härtetest mit Katee Sackhoffs qualmendem Testmodell Sarah Corvus, ein Fest für die Sinne des 21. Jahrhunderts. *Dark Angel* und *Buffy* sind abgehobenere Fun-Fantasy-Versionen der Girl-Action-Show, aber *Bionic Woman* glänzt durch seinen nachvollziehbaren realistischen Ansatz, vermittelt das Gefühl, dies könne tatsächlich passieren, wenn man nur zum Fenster hinaus das Girl-Next-Door erblickt. Heiße Aussichten. ABCs/NBCs *The Wonder Woman* (1976–78) mit Lindsay Wagners Skisportopfer Jamie Sommers war ein TV-Spin-Off von ABCs *The Six Million Dollar Man* (1973–76) mit Lee Majors als verunglücktem Testpilot, aufgepeppelt nach neuestem Cyborg-Stand, aber Ryan braucht keine männliche Ausbildung, Begleitung oder Unterstützung. Wie rückständig Studiochefs selbst 1987 noch dachten, bewies eine Paarung der Serien unter dem Titel *The Return of the Six Million Dollar Man and the Bionic Woman*, grausamster Family-Trash mit Majors' Sohn Michael. Nach *Dark Angel*, *Lost*, *The Manchurian Candidate* und *Alias* wissen wir, dass wir in der Zukunft auf uns selbst gestellt sind.

Vegas in Space: Buck Rogers

Universals Volltreffer *Flash Gordon*, 1936/37 die erfolgreichste amerikanische Filmproduktion nach *Three Smart Girls* mit Deanna Durbin, ließ das Studio schnell das nächste Kapitel ansteuern und dies konnte nur, erneut mit Crabbe in der Titelrolle, *Buck Rogers* (1939) heißen, basierend auf Philip Francis Nowlans Schmöker »Armageddon 2419 A.D.«, erschienen 1928 in *Amazing Stories*, seit 1929 ein weitverbreiteter Comic Strip in Tageszeitungen zusammen mit Zeichner Dick Calkins. Non-Stop-Action anstelle von Flashs mythischerem Zuschnitt: Nach Flugzeugcrash und fünfhundertjährigem Kälteschlaf im ewigen Eis hat sich die Welt für Buck (Crabbe) und Buddy Wade (Jackie Moran) grundlegend geändert. Aber nur auf den ersten Blick: Der Globus wird von einem Tyrannen regiert (Anthony Warde), welcher selbst den Saturn unterjocht!

Von Dauer-Action wollen Universals Kinoverschnitt *Buck Rogers in the 25th Century* (1979) und die Folgeserie *Buck Rogers* (1979–81) nicht viel wissen. Spielcasinos, Vampire, Rock'n'Roll, Parties. Julie Newmars Folterkammer in »Flight of the War Witch« sieht aus wie das Innere einer Diskothek. Bunter Nostalgie-Quatsch, tödlich für Nicht-SF-Fans, beherrscht die Nachatomkriegsszenerie in einem von Außenwelt-Mutanten abgeriegelten Neu-Chicago, wo Buck (Gil Gerard) auf Erin Grays stramme Sicherheitschefin Wilma Deering trifft, deren hautengen Spandex-Catsuit wir für eine militärische Uniform halten dürfen. Vierzig Jahre nach Crabbe, Hörspielserien und einer kurzlebigen Serie auf ABC (1950–51) greift *Galactica*-TV-Guru Glen Larson den Stoff für NBC und Universal erneut auf, aber der Second Season geht 1981 nach einunddreißig Episoden der Raumhelm aus, bevor *Star Trek: The Next Generation* sechs Jahre später SF-Serien für immer im Fernsehen verankern wird.

Kleinstadt-Irrsinn: The Blob

Amerika, die Fünfziger: Gerade als Jane (Aneta Corsaut) Steve (Steve McQueen) von Sternschnuppen vorschwärmt, durchrast ein Meteor den nachtklaren Himmel über den Köpfen der Teenager. Ein Landstreicher (Lon Howlin) kommt mit dem geheimnisvollen Ge-

The Remake Game

The Blob *ist ein interessantes, aber nicht wirklich spezifisches Monster, als wüssten die Macher nicht, was sie wollten, oder als umgingen sie einfach kostspieligere Effekte. Dass wir letztlich nicht wissen, womit wir es zu tun haben – untypisch: der Einsatz weder von Wissenschaft noch von Militärs –, schafft unsere Verunsicherung und die eigenartige Wirkung des Films. Ein zweites Remake ist in Arbeit.*

stein in Berührung, welches aussieht wie der neueste Hit aus der Spielwarenabteilung, muss ins Hospital von Dr. Hallen (Steve Chase). Ein fettrotes Riesengelee zwängt sich durch Türen und Fenster, lechzt nach Krankenschwestern, Supermärkten, Nachtclubs und einem Filmtheater, welches deftigen Nostalgie-Horror präsentiert, John Parkers *Daughter of Horror* (1955) und Bela Lugosis *The Vampire and the Robot* (ein anderer Titel für John Gillings *Old Mother Riley Meets the Vampire*).

Legendär, eines der originellsten Monster der Filmgeschichte. *The Blob* (1958) kennt keine Vorgänger. *Junior Bonner* Steve McQueen (1930–1980) in seiner ersten Hauptrolle, unsicherer und interessanter als in späteren gestandenen Parts. Eine Kreuzung aus Hammers *The Quartermass Xperiment* und Warners *Rebel Without a Cause*, beide 1955: Wie *Xperiment* absorbiert das Monster aus dem All menschliches Gewebe, wie Rays unverstandene Jugend finden die Protagonisten kein Gehör bei Erwachsenen. So richtig haut das nicht hin, vieles wird zu ernst genommen, der Plot kriecht dahin. Es ist zum Heulen: Trotzdem kümmert sich kein SF-Film der Fünfziger so rührend um seine missachteten Hauptdarsteller. Keith Almoney als Corsauts grausamer Bruder ist so unausstehlich, dass ihn jeder Zuschauer auf schnellstmöglichem Weg RTLs Super Nanny ausliefern möchte. Diese einzigartige, kuriose Independent-Produktion hat auch nicht die Möglichkeiten von Universals *It Came from Outer Space* (1953). Yeaworth Jr. und die gesamte Crew waren keine Routiniers wie Jack Arnold, hatten sich nie für SF interessiert (nicht unbedingt ein Nachteil), hatten nie zuvor einen Kinofilm gedreht geschweige denn eine 35-mm-Kamera in der Hand gehabt. *The Blob* ist die Sorte von Kultfilm, welche erst in Retrospektiven wie Steve Biodrowskis definitivem Artikel für *Cinefantastique* transparent werden.[10] So arbeitete Co-Autorin Kate Philips, unter dem Decknamen Kay Linaker in etlichen Filmen der Dreißiger- und Vierzigerjahre wie John Fords *Young Mr. Lincoln* und *Drums Along the Mohawk* (beide 1939) oder James Whales letzten Arbeiten als Darstellerin unterwegs und einer der wenigen professionellen Mitarbeiter von *The Blob*, eher mit bloßen Andeutungen wie dem durch Jalousien gefilmten Tod des Arztes, das Aussehen des Monsters brillant unseren Gefühlen überlassend. Das ist nicht schlechter als Burt Lancaster und Deborah Kerr in der schäumenden Gischt des Pazifik am Strand von *From Here to Eternity* (1953), eine der stilvollsten, gelungensten Sexszenen der Filmgeschichte, lediglich in einem anderen, »minderwertigen« Genre. In einem Interview mit Tom Weaver wundert sich Corsaut darüber, dass *The Blob* überhaupt irgendwelche Kritiken erhielt![11] Corsauts Name ist im Vorspann falsch geschrieben, was niemanden störte, da man mit einer Wahrnehmung, geschweige denn mit einem Überleben von *The Blob* überhaupt nicht rechnete. Heute sind die Locations beliebte Ausflugsziele. Paramount wies damals *The Blob* erst barsch zurück, musste dann aber zugreifen, um *I Married a Monster from Outer Space*, einen Titel, den kein Mensch verstand oder sehen wollte, zu unterstützen. Die Major Company bestand auf einem Song von Burt Bacharach und Hal David. Der Rest ist ein wildes Stück Popgeschichte. *Son of Blob* (1972), dem Establishment-Kracher aus Larry Hagmans Hippie-Periode, fehlt der altmodische Ehrgeiz, der charmante Enthusiasmus seiner Zeit, der Mut, weit jenseits von Hollywood schier unüberbrückbare Schranken einzureißen. Dreißig Jahre schwiegen die Kaugummis.

Hollywood 1988 sieht anders aus. Der unheimliche Meteor am Nachthimmel beherbergt keine Außerirdischen, aber Chuck Russells Zwanzig-Millionen-Dollar-Schocker *The Blob*, mehr als einhundert Mal teurer als das Original, beschäftigt mehr Tricktechniker als Valley Forge in Pennsylvania Einwohner hat, glänzt durch ein schier unglaubliches Aufgebot beunruhigend echt wirkender Effekte, stabile Besetzung (Del Closes hinterfotziger Reverend Meeker), ein exzellentes Skript, erstklassige Action. Der neue Blob ist wie Cronenbergs Fliege kein Weichei, sondern militärischen Ursprungs, und schlägt mit alarmierender Abruptheit zu. Das Kleinstadtkino zeigt jetzt nicht mehr Bela Lugosi, sondern ein gleichfalls provinzielles Hacksteak-Slasher-Movie. Der McQueen-Charakter ist jetzt raffiniert zweigeteilt in Donovan Leitchs Football-As Paul Taylor und Kevin Dillons Speed-Freak Brian Flagg. Die Dritte im Bunde: Shawnee Smiths Cheerleader Meg Penny, entschlossener als die Mädels der Fünfziger. Die endlosen Diskussionen des Originals fallen schnell weg, wenn Armee und Behörden dem Monster zum Opfer fallen und es an den Teens allein liegt, Arborville zu retten. Kein Happy End, dafür ist die Welt zu unehrlich. Oder zu schwach.

Der Eindringling aus dem All war lediglich ein starkes Stück unserer eigenen Selbstzerstörung und Schwäche.

Godzilla, American Style

Überlegungen, einen zeitgemäßen amerikanischen Godzilla zu schaffen, gab es lange Zeit vor Roland Emmerichs/Tri-Star Pictures' brüllendem Wolkenkratzer-Superspektakel *Godzilla* (1998) und gehen auf *Friday-the-13th – Part-III*-Regisseur Steve Miner zurück. Miner, beeindruckt lediglich vom japanischen Original ohne seine damaligen amerikanischen Verfälschungen, preschte 1984 mit einem Skript Fred Dekkers, Stop Motion statt Kleiderzwang, der Zerstörung San Franciscos und knüppelharten Skizzen Bill Stouts vor, konnte beinahe ein Ungeheuer wie Warner Bros. bewegen. Aber nichts kam zustande, fast nichts. Toho gierte nach einer weltweiten US-Version als kostenlose Werbung eigener Exportschlager, wurde ungeduldiger und ungeduldiger angesichts der globalen Chance, gab schließlich entnervt Koji Hashimotos *Godzilla 1985* in Auftrag. Miner entsetzt: »Es war zum Kotzen. Sie machten einfach weiter mit dem nächsten Monster im Gummianzug.«[12]

Rundum zufrieden mit einem westlichen, nicht in Konkurrenz zu den eigenen Produkten tretenden Aushängeschild seines Unterhaltungsgottes war Toho erst mit Emmerichs Entwurf (nach einem Vier-Jahres-Striptease von Jan De Bont), basierend auf gelenkigen visuellen Vorstellungen von *Independence-Day*-Monsterdesigner Patrick Tatopoulos. Um seine superschlanke CGI-Riesenechse in den Mittelpunkt zu rücken, lässt Emmerich seine Pappnasen, Nicht-Präsenzen wie Maria Pitilla, die kein Mensch ernst nehmen würde, Faxen machen oder stottern wie ein Fisch und das Militär die eigentlichen Fehler begehen, den nächsten massiven Auftritt des Stars umso heftiger herbei sehnend, um den unglaublichen Nonsens des Plots vergessen zu können. Den Rest erledigen Big Budget, Tempo, Krach und gewaltigste Zerstörungsorgien, wenn das Monster lediglich seinen Schwanz bewegt und sich umdreht. Godzilla, American Style, fehlt jeder Bezug zur Realität (die Ursprungsatomtesthölle wird den Franzosen zu den Klängen der »Marseillaise« in die Schuhe geschoben), aber das ahistorische Ergebnis will nicht mehr sein als ein tierisch titanischer Spaß, absurd teuer, wahllos verfügend über den Anglersteg aus *Jaws*, Cops als Tretminen von Harryhausens *Beast from 20,000 Fathoms*, Größe und Schicksal *King Kongs* oder die schleimige *Alien*-Untergrundbrut, aus welcher *Jurassic-Park*-Jünglinge anstelle Godzillas übergewichtigem Sohn durch leergefegte New Yorker Supermärkte stürmen. Vom Titel abgesehen, ist Emmerichs Big Apple heimsuchender Monsterklotz eher eine Neuauflage von *Beast*: Wie Harryhausens Rhedosaurier entsteht er in einem abgelegenen Testgebiet, erreicht vor den Docks von Manhattan mit ihrem berühmten Fischmarkt Schiffe und Inseln. Godzilla-Puristen werden Emmerichs inhaltslose Gigantomanie angesichts des winzigen Horror-Originals bis zum Jüngsten Tag verfluchen. Im Gegensatz zu Gojira bläst Godzilla alles weg, aber nichts aus.

Kino-TV: Mission Impossible, The X-Files, Lost in Space

Die *Addams Family*, die *Flintstones*, die *Avengers, Buck Rogers, Star Trek, My Favorite Alien, Miami Vice*, die unsterblichen *Blues Brothers* und *Coneheads, Flipper, George of the Djungle, The Fugitive*, die *Beverly Hillbillies, Maverick, Brady Bunch, Car 54, Sgt. Bilko, McHale's Navy, Gilligan's Island, Flash Gordon, The Mod Squad, Fantastic Journey, Firefly*, die *Simpsons, Hulk, Twilight Zone, The Wild, Wild West*: Kein TV-Plunder ist Hollywood gefährlich genug, um nicht auf der großen Mattscheibe in Gold gegossen zu werden. NBCs TV-Kultserie *Mission Impossible* (1966–73) mit seinen unfassbaren Dunkelkammern, destruktiven Mikrokassetten und Lalo Schifrins selbst in spannungslosen Momenten elektrisierend unter die Haut fahrendem Jazz-Rock-Lauschangriff präsentierte ein Amerika im Kalten Krieg, dessen wilde Secret-Service-Nummern so bezeichnend wie irreführend waren. Im Endeffekt verpasste *Mission* dem US-Geheimdienst eine weißere Weste als in der aschgrauen Realität, betrieb unter dem Strich radikale Propaganda. Demokratische Verfassungen wurden dabei selbst nie in Frage gestellt, Tyrannen blieben übergeschnappte Einzelgänger oder Ausländer. Die aufregende, geradezu süchtig machende Präsentation lenkte in einhundertachtundsechzig Einsätzen von allem Wesentlichen ab. Brian de

Spielbergs Comics-Geistertrick »The Mission« in Amblins/ Universals Amazing Stories *(1987). Kevin Costners Captain Spark (M.) sollte gut zuhören, denn er wird ohne Fahrwerk landen müssen!*

Palmas gleichnamiger Kino-Thriller (1996) baut eine noch modernere Technik um Tom Cruises IMF-Agent Ethan Hunt, aber *Mission Impossible*s psychologische und politische Landschaft hat sich dreißig Jahre später wie in *The Fugitive* (1993) und *The X-Files* radikal ins Unheimliche gewandelt. Hunt wird von den eigenen Kollegen verraten, seine Freunde heimtückisch ermordet. Sein wirklicher Feind sind keine Terroristen in Bratislawa, sondern die sein Team zerschlagende eigene Regierung. Die einzige mögliche Mission, die ihm bleibt, ist, selbst das CIA-Hauptquartier zu infiltrieren, um überhaupt irgendeine Gewissheit zu erlangen.

Auch Chris Carters SF-Modekult *The X-Files* (Fox-TV 1993–2001; zweihundertzwei Episoden) macht trotz Geistern, Gehirnfressern, futuristischer Virologie, Aliens und unglaublichsten Gestaltwandlern zunehmend paranoide Erfahrungen mit den eigenen Auftraggebern. Nichts ist mehr durchsichtig, nichts durchlässig. Was *X-Files* zum packenden Wendemanöver des Genres machte, war sein einzigartiger, *angeblicher* Fuß in der Realität. Die Hauptfiguren, gegensätzliche FBI-Agenten auf der Spur paranormaler Aktivitäten, gab es nicht vorher, aber sie sind unserem eigenen Misstrauen verdammt ähnlich.

Zwar verzichtete Carter nicht auf vertraute Zutaten, aber seine UFOs, Aliens, Mutanten, Psychos und Freaks, oft im Halbdunkel dahinsinnend, waren von verschlagener, deutlich anderer Natur als

Die Feuersteins des späten 21. Jahrhunderts entspringen 1990 ihrer primitiven TV-Landschaft mit Hanna/Barberas Jetsons: The Movie, *aber der Flug auf die große Leinwand erwies sich als grüne Bruchbude abgestandener Klischees und irritierendem Pop/Rap. Kein Vergleich etwa mit prickelnden jüngeren Kinoversionen amerikanischer TV-Serien der Sechzigerjahre wie* Mission: Impossible *oder* Lost in Space.

Schon wieder Kampfschildkröten. Pizza-Fressen, Masken, Underground, Spider-Man-Luftschlachten, das Übliche. Aber der Sprung des Großstadtclans Teenage Mutant Ninja Turtles ins CGI-Totaluniversum mit Kevin Munroes Kinospektakel TMNT *(2007) legt richtig los. Ein Verrückter aus der Industrie greift mit Creature-Armee aus Spinnen, Seeungeheuern und Riesenblutsaugern an!*

Irwin Allens Plastik-Seegurken in *Voyage to the Bottom of the Sea*. David Duchovnys Mulder und Gillian Andersons Scully fanden wie John Steed und Emma Peel in *The Avengers* nie wirklich zusammen, was Spannung und Chemie aufrechterhielt. Bei den Effekten reichte manchmal eine unerhebliche, aber äußerst beunruhigende Verschiebung im Pupillenbereich. Eine Show über besessene, einsame Einzelgänger für besessene, einsame Einzelgänger, der geborene Internet-Fan-Base-Irrsinn an sich. Genau das Richtige für lichtscheue, unverstandene Singles, welche die Vorzüge des dunklen Wohnzimmers nicht im prallvollen Kinosaal verpassen wollen. Wer anderes als sie hätte jemals geahnt, dass selbst die dehnbarsten Verschwörungstheorien überhaupt keine Theorien sind, dass der Vorfall in der Schweinebucht oder die Kenney/King-Akten längst abgeschlossen sind? Der Erklärungsnotstand von Rob Bowmans enttäuschender Kinoauswertung *The X-Files: Fight the Future* (1998) ist geradezu kriminell gesichtslos. *X-Files* ist nichts für Normalverbraucher. Die Leinwandversion, einzigartig falsch konzipiert und komponiert, kapiert jeder und niemand.

Jeder Politik geht auch Stephen Hopkins' Big-Screen-Remake (1998) der originalen, in schonungslosestem Camp auslaufenden CBS-Seifenoper/Irwin-Allen-Familienkopfgeburt *Lost in Space* (1965–68; dreiundachtzig Episoden) aus dem Weg. Eher Harmloses ist von dem Regisseur von *A Nightmare on Elm Street V: The Dream Child* (1989) und *Predator 2* (1990) zu erwarten. Selbst Coppola-Dracula Gary Oldman fällt als undurchsichtigem Psychopathen Dr. Zachary Smith weniger ein als Harvey Keitels durchgeknallter Space-Paarung Benson/James in der perversen Übernahme *Saturn 3* (1980). Fast wünschte man sich, er hätte angesichts von so viel Schmalz tatsächlich Erfolg. Exquisit altmodisches, auf angenehm runde Formen setzendes untypisches Production Design Norman Garwoods, als hätten Charles Eames, Jim Steranko und Ron Arad sich zusammengetan, lässt *Lost* zur einzigartigen Vorzeigenummer im Schöner-Wohnen-Universum seit *Barbarella* (1968) werden, der ultimative Beweis dafür, dass ein Film nicht unbedingt ein Film sein muss. *Lost in Space* ist das Wohnzimmer des Genres.

USA: Land of the Dead

The Hills Have Eyes, *The Texas Chainsaw Massacre*, *Hannibal Rising*: Seit Jahren steht Hollywood auf Menschenfleisch. Highways, Sperrgebiete, Reifenpannen: der reine Horror. In einer beispiellosen Welle an Remakes fallen der Industrie die Klassiker der Siebzigerjahre in den Schoß, von *Dawn of the Dead* bis *Halloween*, von *Black Christmas*, *Amityville Horror*, *April Fool's Day*, *Friday the 13th* und *The Fog* bis hin zu *When a Stranger Calls*, *The Wicker Man* und dem *Omen*. Selbst Japan-Gold, *The Ring*, *Pulse*, *Dark Water*, dient gerade noch der eigenen Befriedigung. Das verfluchte Haus aus Takashi Shimizus *Ju-On* (2003) möchte jetzt (*The Grudge*, 2004) Amerikaner zum Frühstück. *The Hitcher* (2007) ist das offizielle Remake des unwiederholbaren Rutger-Hauer-Grauens aus dem Jahr 1986, aber bereits Umberto Lenzis *Hitcher 2 – Paura nell'buio* (1990) und Louis Morneaus *The Hitcher II: I've Been Waiting* (2003) hetzten uns von einem Irrsinn zum nächsten, um über den fehlenden Inhalt des Originals hinwegzutäuschen. *The Fog*, dessen Effekte selbstverständlich aus dem Netz stammen, ist noch nicht einmal in der Lage, eine stinknormale Nebelmaschine, die vollkommen ausgereicht hätte, anzuschmeißen.

Schon in Wes Cravens SF-Meisterwerk *The Hills Have Eyes* herrschte 1977 Bombenstimmung. Wer in der Wüste Abkürzungen nimmt, fällt kannibalisch veranlagten Verrückten in die Hände, Außerirdischen in der absurden deutschen Fassung, Untermenschen handfester amerikanischer Nukleartests im Original. Noch in Cravens Hundepaarung Beauty and the Beast spürte man die sozialen Schwankungen, aber *Haute Tension*-Turboregisseur Alexandre Aja tritt im Remake *The Hills Have Eyes* (2005) so wild aufs Pedal, dass nur noch Knochen übrig bleiben. Cravens schlecht bezahlte, völlig unvorbereitete Laiendarsteller kannte kein Mensch, genau deshalb war uns ihr Überlebenskampf, gefangen in einer schier aus-

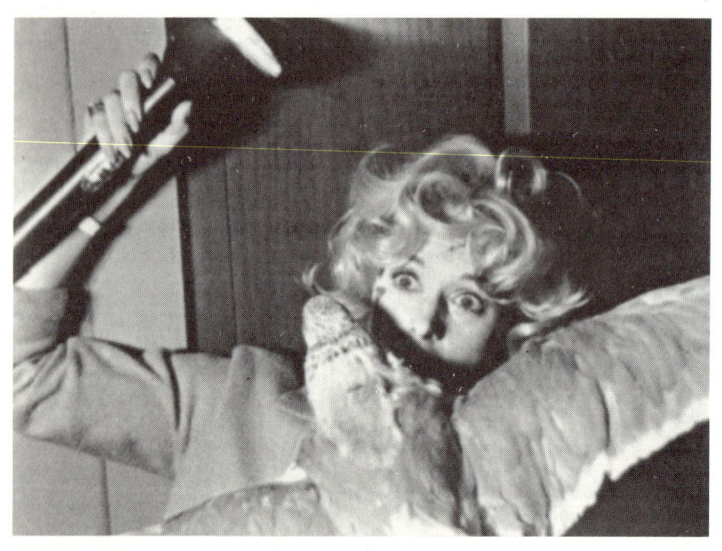

Alfred Hitchcocks The Birds *mit Tippi Hedren eröffnete 1963 den Reigen einer unberechenbaren Natur im Horrorfilm. René Cardona Jr.s* Birds of Prey *(1986), Rick Rosenthals* Birds II: Land's End *(1994) und Edzard Onnekens* Die Krähen *(2006) müssen sich verflogen haben.*

Robert Wises Meisterwerk im Stil Val Lewtons The Haunting *ließ 1963 offen, ob Julie Harris' Eleanor verrückt ist oder die Welt, in der sie lebt. Jan de Bonts Digitalrevue von 1999 verschwindet in kindlichen Schauwerten, die nichts mit dem unsichtbaren Geist des Originals zu tun haben.*

sichtslosen Situation, in der Hunde sich als bessere Menschen erwiesen, nicht völlig egal, ganz im Gegenteil. Ajas Titel-Sequenz verrät uns wie Emmerichs *Godzilla* von Anfang an, woher seine Ungeheuer stammen, dramaturgischer Blödsinn, mit dem große Horrorfilme wie Gary Shermans *Death Line* (1972) nichts anzufangen wissen. Ajas Ende, dass der Horror noch längst nicht vorbei ist, ist geradezu die Antithese zu Cravens damaligem Finale, welches die ungeschorenen Vertreter der Zivilisation wie vorher in *Last House on the Left* (1971) als die schlimmeren Monster brandmarkte. *The Hills Have Eyes* 2005 kann dieser grundsätzlichen Aussage nichts Neues hinzufügen, aber er kann sie verwässern und aufheben. Es ist typisch im Vergleich mit dem Original, dass Ruby (Laura Ortiz) sich hier opfern muss, weil es nichts mehr zu vergleichen gibt. Aja nivelliert, was Craven als äußerst bedenklichen Gegensatz stehen ließ. Das Ergebnis ist der nicht gelingende Versuch des Einebnens eines Klassikers, aber wer glaubt, hier sei Schluss, irrt gewaltig.

Tobe Hoopers The Texas Chainsaw Massacre *und Wes Cravens* The Hills Have Eyes, *echte Überraschungen ihrer Zeit, begründeten in den Siebzigerjahren den modernen Horrorfilm. Nichts war mehr wie zuvor, nichts sicher, aber vieles endgültig.*

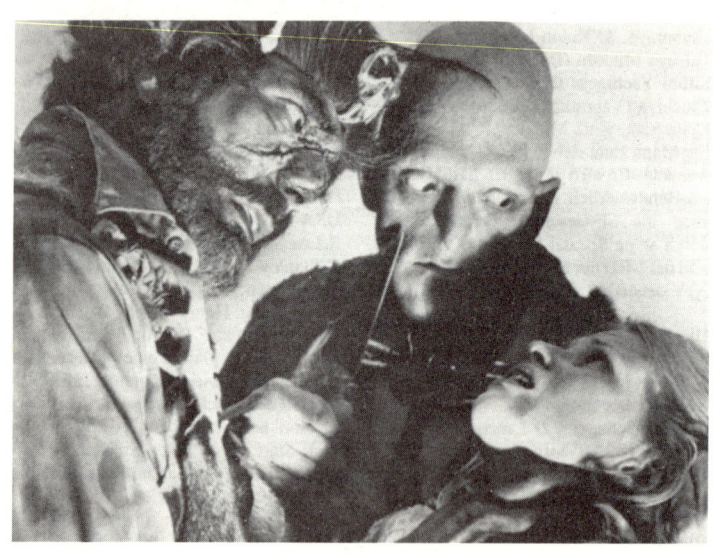

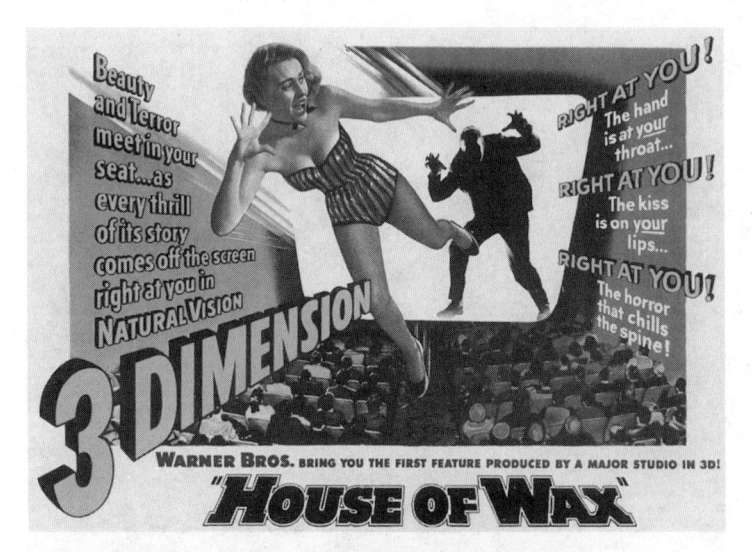

WBs Gruselklassiker House of Wax *(1953) erlebte 2005 eine gespenstische Reinkarnation in der Horror-Remake-Hölle mit Jaume Collet-Serras* House of Wax. *Kein 3D oder Vincent Price, dafür eingewachste Teenies in erbärmlicher Hinterweltsafari.*

Wir befinden uns nämlich immer noch in Neu-Mexiko, genauer gesagt im Außenposten Sektor 16. Dort ist eine Einheit der Nationalgarde eingetroffen, bestehend aus Sarge (Flex Alexander), Napoleon (Michael McMillian), Amber (Jessica Stroup), Krank, Verzeihung: Crank (Jacob Vargas), Delmar (Lee Thompson Young), Missy (Daniella Alonso), Mickey (Reshard Strick), Stump (Ben Crowley) und Spitter (Eric Edelstein), um Nachschub für die dortigen Atomwissenschaftler zu liefern. Junge, Junge, wenn die wüssten, wo sie sich befinden.

Die Hügel haben immer noch Augen, aber sie sehen nichts mehr in Martin Weisz' Schützengraben *The Hills Have Eyes II* (2007). Weisz' verlorener Haufen hat scheinbar in seinem ganzen Leben noch keinen Horrorfilm gesehen. Bereits Craven selbst hatte 1984 mit der Road Show *The Hills Have Eyes 2* kräftig danebengelangt. Dass Sam McCurdy hier der Kameramann des tatsächlich unter die

Malcolm McDowell blickt leicht verstört in den Fußstapfen von Donald Pleasances Psychiater Dr. Sam Loomis in Rob Zombies Schlachtplatte Halloween *(2007), als sei der echte Schwarze Mann aus Carpenters Original (1978) hinter ihm her.*

Haut gehenden Höhlenblutbads The Descent (2005) sein soll, glaubt kein Mensch. Der Blutzoll ist nach Ajas Volldusche geradezu peinlich niedrig, die Hetzjagd ärgerlich vorhersehbar, politische Statements (»Ich glaube, der Präsident lügt«) ein Himmelfahrtskommando. Craven (hier Produzent und Co-Autor) ist erneut völlig grundlos an sich selbst gescheitert.

Bei so viel Elend muss der Chef, der Erfinder des modernen Horrorfilms, persönlich einschreiten. George A. Romeros *Land of the Dead* (2005) zeigt wie seine Vorgänger ein auseinanderbrechendes Amerika, zunehmend beherrscht von fleischfressenden Untoten, die nur mit einem gezielten Schuss in den Kopf getötet werden können. Dennis Hoppers treffend betitelter Kaufman, ein über Leichen gehender Tycoon, hat sich im luxuriösen Hochhauskomplex Fiddler's Green ein elektronisch abgeschottetes Reservat für Begüterte inmitten von Pittsburghs Stadtruine geschaffen. Ein zur Festung ausgebauter gepanzerter Zug, die Dead Reckoning, sorgt auf seinen Plünderfahrten für Nachschub. Doch die Lage ist unsicher, wie unsere eigene Welt.

Romeros Zombies unter der Leitung des Farbigen Big Daddy (Eugene Clark) haben seit ihren ersten Lektionen in *Day of the Dead* (1985) dazugelernt, der Unsicherheitsfaktor bleiben erneut wir, die »Normalen« und deren krasser, unüberwindbarer Rassismus, wenn es ums nackte Überleben geht, um den Schutz von Privatrechten, Sicherheit und Heimat. Selbst der von Kaufman zynisch, menschenverachtend abgelehnte, unterprivilegierte Emporkömmling Cholo (John Leguizamo), ein spanischer Untermensch, lässt sich nach einem tödlichen Biss lieber zum Untoten degradieren, um in der neuen sozialen Hierarchie seinen Platz zu ergattern, als das Angebot eines weißen Kollegen anzunehmen, sich von einem bigotten Amerika in ehrenvoller Absicht hinrichten zu lassen. Cholo weiß, dass seine Stunde kommen, dass er seine Chance erhalten, dass er seine verdiente Rolle einnehmen wird. Romeros Sozialkritik ist rasierklingenscharf, warum um den heißen Brei herumreden? Wir leben in Zeiten, in denen es um die reine Existenz, um schockierende Marktbedingungen, um schwindende Ressourcen geht. Hinter dem schwarzweißen *Night of the Living Dead* (1968) stand Vietnam und der Missbrauch von Bürgerrechten, hinter dem grünen *Dawn of the Dead* (1979) der Horror einer schrankenlosen Konsumidiotie, hinter dem braunen *Day of the Dead* (1985) militärische Machtergreifung, fadenscheinig, willkürlich begründet wie einst in *The Crazies* (1973). Hinter *Land* steht die Vorstellung einer an den Grenzen bröckelnden Großmacht, die Geschmack an Präventivkrieg entwickelt.

Wie kann eine zerrissene Gesellschaft unter derart prekären Umständen gehandhabt werden? Die Frage wird nicht beantwortet, sondern wie in der Realität aufgeschoben. Romeros bisherige Überlebende waren Flüchtlinge aus einer korrupten, in ihren barbarischen Rohzustand zurückfallenden Zivilisation, die wenig Hoffnung hatten und denen allenfalls kurze Verschnaufpausen im Eisstadion, im Hubschrauber oder auf einer einsamen Insel gegönnt waren. *Land* lässt die Guten zahlreicher, organisierter und zuversichtlicher ausbrechen, die Möglichkeit eines Neuanfangs offen lassend wie nie zuvor, sogar die Möglichkeit einer echten Kommunikation mit den Unterprivilegierten. Nicht die schlechtesten Voraussetzungen für Nr. 5.

Sleep No More: Invasion of the Body Snatchers

Der Terror der Konformität beginnt 1956 mit Don Siegels falsch betiteltem Klassiker *Invasion of the Body Snatchers* und Sporen aus dem All, die sich während des Schlafes in menschlichen Wirtstieren einnisten, bevor sie sie vollständig übernehmen beziehungsweise duplizieren, ohne dass äußerlich irgendeine Veränderung feststellbar wäre. United Artists, von Pods bereits überrannt, kapierte Siegels Warnung vor einer kalten, gefühllosen Gesellschaft in ihrem beängstigend gleichgültigen Zustand nicht, bot Siegel eine absurde Rahmenhandlung plus Nachdreh des Schlusses an. *Invasion* klingt also versöhnlicher aus, als könnte ein unveränderbarer Zustand abgewendet werden, ein klarer Widerspruch zur Entfaltung des Plots und der angeblichen Sturheit des Themas. Siegels Ende wäre Kevin McCarthys Dr. Bennell gewesen, wie er kurz vor der Übernahme mit dem Finger und den Worten »Ihr seid die Nächsten!« wie in einer Gerichtsverhandlung direkt auf uns zeigt.

Philip Kaufmans Sequel beziehungsweise Remake *Invasion of the Body Snatchers* (1978) trägt Siegels ursprünglichem Finale Rechnung, indem er den noch immer schreienden McCarthy direkt vor ein von Siegel gelenktes Taxi laufen lässt, aber auch in einem uns brillant in die Falle laufen lassenden Finale, welches dem Original mehr als gerecht wird. Allein die Verlagerung des Geschehens von der winzigen Provinzstadt Santa Mira, wo Veränderungen viel eher auffallen würden, in die anonyme Millionenmetropole San Francisco, wo die eigenen Nachbarn so gut wie unbekannt sind, wo an sich schwer festzustellen ist, wer durchdreht und wer nicht, ist atemberaubend, allein der Gedanke, ob dort ein Herdenleben ohne Identität vielleicht nicht doch zweckmäßiger und vorteilhafter wäre, um den Spinnereien des eigenen Ichs aus dem Weg zu gehen. Wieder bleibt die Entscheidung uns überlassen, wieder haben wir es mit einem Film zu tun, der uns direkt attackiert und verunsichert, ohne die Hilfe einer Lösung anzubieten.

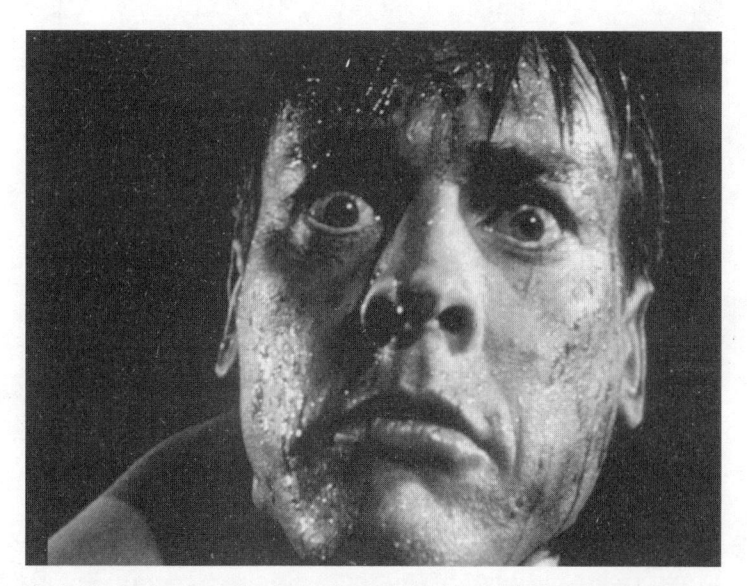

Kevin McCarthys Dr. Miles Bennell entdeckt die verschwiegeneren Aspekte unseres Daseins in den letzten Minuten von Don Siegels Meisterwerk Invasion of the Body Snatchers *(1956). Die Körperfresser schlugen noch dreimal zu.*

Der Schauplatz wechselt erneut in Abel Ferraras *Body Snatchers* (1993), diesmal auf eine trostlos graue, verregnete US-Militärbasis in Selma/Alabama, was den Adrenalinspiegel schon zu Anfang in die Höhe schnellen lässt. Ferraras Welt ist derart von fremden Ich-Gruppen unterwandert (im Gegensatz zur Ich-Generation des Vorgängers), dem Militär, der Regierung, der Environmental Protection Agency, dass der eigentliche Ort menschlicher Herkunft und Begegnung, die Familie, aufgehört hat, zu existieren. Gabrielle Anwars Heldin, Teenager Marti, Tochter von EPA-Official Steve Malone (Terry Kinney) und Opfer des Verlusts der Mutter, fühlt sich inmitten einer neuen »Familie« zwischen Malones sie ablehnender zweiter Frau Carol (Meg Tilly) und deren jungem, gefährlichem Sohn Andy (Reilly Murphy) völlig entfremdet, aber es ist Tillys herausragendes Talent, Leblosigkeit überzeugend unheimlich zu gestalten anstatt in Zombie-Klischees zu verfallen, was *Body Snatchers* Identität verleiht.

Dr. Miles Bennell ist erneut weiblichen Geschlechts in Oliver Hirschbiegels Verfolgungswahn *The Invasion* (2007), Nicole Kidmans kritisch dreinblickende arrivierte Psychotherapeutin Dr. Carol Bennell. Der neue Bond Daniel Craig darf nach Vorstellung von Warner Bros. und Action-Gott Joel Siegel (weder verwandt noch verschwägert mit Don Siegel) ebenso wenig fehlen wie der enorm wichtige Großstadt-Schauplatz für die heiß erwarteten digitalen Vernichtungsorgien. In diesem Irrenhaus bleibt Hirschbiegel auf der Strecke, seine kompromissbereite, vom Publikum gnadenlos abgestrafte »Kino-Version« nach katastrophalen Testvorführungen ein zum Großteil von den Wachowski-Brüdern und *V-for-Vendetta*-Regisseur James McTeige nachgedrehter Witz. Ein halbes Jahrhundert nach Siegels bescheidenen Anfängern haben die Pod People erneut gesiegt, fertigen uns mit der Vorstellung ab, Hirschbiegel sei das Opfer seiner eigenen Produzenten geworden. Die heutigen Zustände sind weitaus schockierender.

London Calling: Paramounts War of the Worlds

Südkalifornien: Ein vom Himmel stürmender Feuerball geht in der Nähe der Kleinstadt Linda Rosa nieder, zerschellt in einem Waldstück. Neugierige, die einen Meteor erwarten, lassen nicht lange auf sich warten. Atomexperte Dr. Clayton Forrester (Gene Barry) ist überrascht von der hohen Radioaktivität des zylinderförmigen Brockens. Als drei Wachposten durch Todesstrahlen ins Gras beißen, rückt das Militär unter General Mann (Les Tremayne) an. Mörser, Artillerie, Panzer: Alles zerschellt am Schutzschirm des Raumschiffs. Aus anderen Gegenden werden weitere kriegerische Landungen gemeldet.

Ein Meilenstein des Genres in den Fünfzigerjahren und die erste Filmfassung von Wells' Roman (gefolgt von Paramounts TV-Serie *War of the Worlds*, 1988–1990) ist. Byron Haskins' George-Pal-Produktion *The War of the Worlds* (1953), auch in der deutschen DVD-Ausgabe exzellent kommentiert von SF-Lexikon Joe Dante, Bob Burns, Ann Robinson und Gene Barry zwischen Making-of, Orson Welles' Halloween-Originalhörspiel von 1938, Trailern und

Dokus. »Keep Watching the Skies!«-Autor Bill Warren darf natürlich auch nicht fehlen. Die Übertragung des Wells-Klassikers von 1898 ins viktorianische England wäre Paramount zu teuer gekommen, allerdings könnten in einem kontemporären Setting und der Aura des Kalten Krieges moderne Waffen zum Einsatz kommen und der UFO-Hysterie der Zeit besser Rechnung getragen werden. Aber selbst die Atombombe ist wirkungslos in einem Oscar-prämierten, Plot und Charaktere zu reinen Statisten erklärenden Schauerregen an Feuerwänden, Flugzeugcrashs, Mega-Explosionen, gegrillten Gottesanbetern und unstillbarem Vernichtungsvielfraß in Technicolor. Nicht nur der namenlose Erzähler oder Wells' komplexer, philosophischer Themenkatalog gehen flöten, *The War of the Worlds* ist spießiges, puppenhaftes SF-Theater seiner Zeit. SF-Legende George Pal (1908–1980) war an einem farbigen, kommerziell orientierten Hollywoodspektakel mit Massenszenen wie der Evakuierung von Los Angeles gelegen, und es sind die visuellen Panoramen, festgelegt von Chesley Bonestell und Al Nozaki, die das Ergebnis heute noch sehenswert machen. *Worlds* wäre noch weitaus sensationeller ausgefallen, hätte Paramount einem Wechsel zu 3D in genau jenem Augenblick zugestimmt, als aufgrund der Kernexplosion zu Schutzbrillen gegriffen wird. Die Zerstörung L.A.'s hätte völlig andere Dimensionen angenommen, aber Pal hatte wie immer Schwierigkeiten mit einer Major Company, die von Science Fiction überhaupt nichts verstand und nichts hielt. Wer Pal Roman-Untreue vorwirft, sollte wissen, dass Paramount einen wie bei Wells verheirateten, aus der Bahn geworfenen Hauptdarsteller auf der verzweifelten Suche nach Frau und Kind damals entrüstet ablehnte. Nicht jeder hat das Zeug, die Möglichkeiten und das Budget von Steven Spielberg und Tom Cruise oder wurde wie George Pal in Hollywood aufgrund seiner Menschlichkeit und seines Entgegenkommens wie ein Idiot herumgekickt. Noch bei der speziell arrangierten 25-Jahr-Feier von *The War of the Worlds* in Hollywoods Holly Theatre (7. September 1977) träumte Pal von laufenden Projekten, darunter »In the Days of the Comet« nach Robert Bloch, Philip Wylies »The Disappearance« und »Time Machine II«, ohne dass irgendetwas in die Tat umgesetzt werden konnte. Kein SF-Regisseur oder Produzent hat so viele Kompromisse machen, so viele Niederlagen einstecken müssen wie George Pal, aber es sind *The War of the Worlds* und *The Time Machine*, über die man noch in hundert Jahren sprechen wird, nachdem Cecil B. De Mille, Eisenstein und Hitchcock an einer Realisierung gescheitert waren!

Und Spielbergs Multimillionendollarmaschine mit den exzellenten Effekten Stan Winstons und Dennis Murens, *War of the Worlds*

Der Kalte Krieg wird siedend heiß in explodierenden Technicolor-Fontänen in einem der großen Klassiker der Fünfzigerjahre, Byron Haskins/George Pals War of the Worlds.

(2005)? Die Zeiten friedlicher, kontaktliebender Besucher wie im göttlich weißen Lichtermeer des Mutterschiffes am Ende von *Close Encounters of the Third Kind* (1977), von Kindheitsspielfiguren wie dem pummeligen *E.T. – The Extra-Terrestrial* (1982) oder Außerirdischen als weise, letzte Rettung/Wunscherfüllung einer verkorksten, entmenschlichten Welt (*A.I.: Artificial Intelligence*; 2001) sind für Steven Spielberg scheinbar gelaufen: Mit schwerem Kriegsgerät überfallen Aliens unbekannter Herkunft in seiner freien Wells-Adaption die Erde, machen sich mit langen Saugrüsseln an den Lebenssaft der Bewohner irgendwo zwischen Newark und Boston. Die TV-Serie hatte das Wells-London wie Pal vorher in die heutige USA verfrachtet, so wahnsinnig neu ist der Gedanke also nicht.

Tom Cruises USA-Amerikaner Ray Ferrier, ein geschiedener Dockarbeiter, muss so nebenher noch seine Familie retten: Kino als Propagandamaschine amerikanischer Werte, das Land war aber schon vor Ausbruch der Invasion eine Ruine. Dahinter steht die Sehnsucht nach Veränderung, nach Verbesserung gescheiterter gegenwärtiger Ideale, die Sehnsucht nach einer Wiederbelebung oder Neuauflage des American Dream. Am Schluss siegt das Ökosystem der Erde: Der Feind war nur ein vorübergehender, aber nötiger Spuk, damit Amerika, der größte Weltzerstörer der Welt, wieder zu sich selbst findet. Ein gelungener Albtraum? Spielbergs pessimistischer Autor David Koepp passt zu Spielberg in etwa so gut wie Tobe Hooper als Regisseur von Spielbergs *Poltergeist* (1982). Spielbergs Kulturkritik nahm immer Helden aus, welche die Dinge selbst in die Hand nahmen und jeden noch so großen Horror überwindbar machten, mehr hatte er nicht zu berichten. *War of the Worlds* sagt uns nichts Neues: Ein radikalerer Filmemacher wie Francis Ford Coppola (*Apocalypse Now*, 1979) hätte daraus eine weniger zimperliche Abrechnung gestrickt. Ein überflüssiger Rückgriff auf die Fünfziger, selbst für sein Genre kaum von Bedeutung und in der historischen Bewertung Pals verspottetem Meilenstein haushoch unterlegen.

In der SF wird alles erledigt, alles. Pals Traum eines im viktorianischen London spielenden Tripod-Krieges erfüllt sich in Timothy Hines' in nostalgische Sepia-Töne abtauchender Independent-Produktion *H.G. Wells' War of the Worlds* (2005), die einzige Ausnahme im kurzfristigen Wells-Rummel. Denn bereits in David Michael Latts

Videodirektimport *H.G. Wells' War of the Worlds* (2005) geht es wieder in die kontemporäre USA, wo C. Thomas Howells Wissenschaftler George Herbert nach einem unerklärlichen astronomischen Phänomen Frau und Kind in den Ruinen von Washington D.C. sucht. Bei allen Exzessen, William Polowskis visuellem Flair und stabilen Charakteren ein überraschend deprimierendes, kalt lassendes Werk und überhaupt nicht im Sinne von Wells' zeitlosem, alles andere niederschlagendem Finale.

Letzte Legenden: Vincent Price, Charlton Heston, Will Smith

Richard Mathesons nachtschwarze, die Regeln verkehrende brillante Dystopie »I Am Legend« von 1954 um den letzten Menschen kommt wie seine rastlose neue Generation von Blutsaugern nicht zur Ruhe. Selten wurde so lange und so hartnäckig um einen Stoff gerungen wie um diesen. Dabei fing 1957 in England alles ganz harmlos an. Die Zusammenarbeit mit Tony Hinds für Hammer gestaltete sich sehr vielversprechend, aber Hinds stolperte erneut über die britische Zensurbehörde BBFC, verkaufte die Rechte in die USA. Deren neuer Besitzer Robert Lippert träumte von Fritz Lang als Regisseur (Matheson schrieb begeistert ein neues Drehbuch), musste sich aber mit Sidney Salkow/Ubalda Ragonas römische Schauplätze heimsuchendem US-italienischem AIP-Gespenst *The Last Man on Earth/L'Ultimo uomo della terra* zufrieden geben. Eine obskure, schwierige Geburt, bereits 1961 entstanden, aber erst 1964 in den USA aufgeführt. Matheson muss sich als Co-Autor über sein übliches Pseudonym »Logan Swanson« verabschieden, um nicht mit einem Film verwechselt zu werden, mit dem er nichts anfangen kann. *Last Man* ist ein anderer Film, seine haarigen Monster sehr verschieden von Mathesons weniger klassischem Stil. Vincent Prices Robert Morgan ist der tragische Überlebende einer weltweit grassierenden Epidemie, in welcher für Individualisten kein Platz mehr ist. George Romeros *Night of the Living Dead* (1968) ist eine deutlichere Variation von Mathesons Thema als Prices erneut von der Vergangenheit heimgesuchter, um Frau und Tochter trauernder Poe-Witwer. Und doch ist *Last Man* prophetischer, Romeros unentrinnbares Schwarz-Weiß im ebenfalls belagerten Haus, die leeren Straßen von *The Omega Man*, die verwilderten urbanen Gefilde endloser Post-Doomsday-Western im Schatten von *Mad Max* oder die Einsamkeit von Bruno Lawrences letztem Überlebenden in Geoffrey Murphys *The Quiet Earth* (1985) vorwegnehmend.

Mit traditionellem AIP-Horror hat Charlton Hestons Militärwissenschaftler Robert Neville in Boris Sagals *The Omega Man* (1971) nicht viel am Hut. Statt zu Hammer und Pfahl zu greifen, schießt er mit Schnellfeuerwaffen auf Zombies hinter Bürojalousien und nimmt es mit der untergehenden Sonne mal nicht so genau in einem Weinkeller inmitten der Stadt. *The Omega Man* verspürt den Drang, den ganzen Dreck moderner Zivilisation einfach über Bord zu spülen. Aus Prices Leichen-Kombi sind ein frecher Lincoln Convertible und Ford Mustang geworden, aus Prices niedlichem Super-8-Familienheimkino die täglich abrufbare riesige Massenveranstaltung Woodstock auf der Großbildleinwand. Die farbige Freundin (Rosalind Cash) wird während des Shoppens zum Albino. Keine Vampire mehr, nur noch Kranke und Gestörte. Die Großstadt als unübersehbares Schreckgespenst moderner Entfremdung darf auch nicht fehlen, der Sündenpfuhl Los Angeles. Nur Hippie-Jünger werden nach dem Zusammenbruch der Zivilisation dank Nevilles aufopferungsvollem Spezialserum überleben.

Unzufrieden mit den bisherigen »Verfilmungen« war nicht nur Matheson, sondern weitere, an Verbesserungen arbeitende Filmemacher wie Mark Protosevich Mitte der Neunzigerjahre, dessen Neville in San Francisco von einem zur Festung ausgebauten Gebäude gegen die Hemocyten kämpfen sollte, Missgeburten eines genetisch erzeugten, fehlgeschlagenen Anti-Krebs-Serums. Warner Bros. war zufrieden, Arnold Schwarzenegger sollte für armselige zwanzig Millionen Dollar zu schwerem Geschütz greifen, kein geringerer als Ridley Scott Regie führen. Aber *I Am Legend* erwies sich mit Gesamtkosten in Höhe von einhundertacht Millionen Dollar als zu gewagt, zu riskant nach den jüngsten alarmierenden Zuschauerzahlen von *Sphere*, *The Postman* und *Batman & Robin*. Ein Achterbahngemetzel um den richtigen Kurs explodierte vor der Presse. Mit von der Partie: *Face/Off*-Produzent Steven Reuther, *X-Files*-Kinoregisseur Rob Bowman, Kurt Russell (schnell wieder von Bord nach *Soldier*), *Harry-Potter*-Produzent David Heyman, Popcorn-Prophet Michael Bay sowie Man in Black Will Smith. WB stand vor der beneidenswerten Entscheidung, Schwarzenegger zwanzig Riesen zu zahlen oder den Film endlich anzugehen.

Drehte Sagal noch in den frühen Morgenstunden, um Heston im Auto in einem menschenleeren L.A. herumzukurven, müssen im WB-Blockbuster *I Am Legend* (2007) die Fifth Avenue und die Brooklyn Bridge gesperrt werden, um die Evakuierung New Yorks filmgerecht anzugehen. Dass wir in der Zukunft in der bisherigen Form nicht überleben werden, dürfte trotz millionenschwerer Horrornächte bereits heute schon am helllichten Tag sonnenklar sein.

ANMERKUNGEN

[1] Carpenter im Interview mit Keith Olexa in *Starlog* Nr. 340, Nov. 2005, S. 80.
[2] Vgl. Lowell Goldmans Interview mit Guillermin in *Starlog* Nr. 160, Nov. 1990, S. 59–61/70.
[3] Paul Mandell: »An Open Letter to Universal and Dino de Laurentiis«. *Cinefantastique* 5/1, Frühjahr 1976, S. 40–43.
[4] Vgl. Murrays Interview mit Armus/Nora Kay Foster in *Starlog* Nr. 339, Okt. 2005, S. 28–91.
[5] Siehe Caines Interview mit Ian Spelling in *Starlog* Nr. 239, Juni 1997, S. 27.
[6] McCarty in *Cinefantastique* 6/2, Herbst 1977, S. 28.
[7] Vgl. Tom Weavers Interview mit Taylor in *Starlog* Nr. 165, April 1991, S. 59–64/72.
[8] Pal gegenüber Gail Morgan Hickman in Hickman: The Films of George Pal, New York/London 1977, S. 128.
[9] Taylor gegenüber Tom Weaver in *Starlog* Nr. 234, Januar 1997, S. 66.
[10] Vgl. Biodrowski: »Retrospect: The Making of the Blob«. *Cinefantastique* 19/1–2, Januar 1989, S. 88–101.
[11] Vgl. Weavers Gespräch mit Corsaut in *Starlog* Nr. 214, Mai 1995, S. 66–67/70.
[12] Miner nach Pat Jankiewicz in *Starlog* Nr. 193, August 1993, S. 55.

Copyright © 2008 by Peter M. Gaschler

»Wenn es keine Lösung gibt, gibt es auch kein Problem!«

Et les Shadoks pompaient ...
Zur Rückkehr der Shadoks via DVD

von Hartmut Kasper

Science Fiction, meine Damen und Herren, befasst sich mit Visionen, mit Welten, die anders sind als die unserige. Diese Anderswelten werden bevorzugt in der Zukunft angesiedelt, als wollten sie zeigen, was uns blüht oder was uns droht.

Da wir auf der Oberfläche eines grob kugelförmigen Himmelskörpers hausen und da die Oberfläche einer Kugel zwar grenzenlos, aber nicht unendlich ist, da infolge der Endlichkeit der uns zur Verfügung stehenden Oberfläche das unbekannte, allenfalls noch zu entdeckende Land nicht nur rar geworden ist, sondern schlicht nicht mehr zur Verfügung steht, versorgt uns die Science Fiction mit neuen unerforschten Territorien, die, das wollen wir zu ihrem Lob sagen, auf ewig außerhalb der Reichweite unserer Transkontinentalraketen, Missionen und Ostindischen Handelskompanien liegen.

Soweit wir mit unseren Sonden sehen, ist das örtliche Sonnensystem, von der Erde einmal abgesehen, eher dünn besiedelt. Die Intelligenz hält sich in den engen Grenzen unserer Biosphäre, und wer die Auswirkungen intelligenter Operationen hienieden kennt, wird leise raunen: »Und das ist auch gut so.«

Immerhin befähigt uns die Einbildungskraft, uns ferne Räume, Sonnen und Planeten, wenn wir schon außerstande sind, sie leibhaftig heimzusuchen, vorzustellen, uns auszumalen, wer oder was dort oben (dort unten) wohl haust, wie es sich dort lebt und denkt. Die Autoren des Alten Testamentes haben die jenseitigen Gefilde mit dem Diesseits über eine Himmelsleiter verbunden geglaubt, auch Jakobsleiter oder Jakobstiege geheißen, weil Jakob darauf Engel hat auf- und niedersteigen sehen. Herbert George Wells dagegen schildert in seiner Scientific Romance »The War of the Worlds«, wie himmlisch-marsianische Heerscharen das Vereinigte Königreich überfallen und auszuplündern begannen – very british, hatte doch das British Empire ebendiese Strategie Jahrhunderte lang in Amerika, Afrika und Indien selbst praktiziert.

Britische Lebensart wurde auch von dem französischen Zeichentrickfilmer Jacques Rouxel in die Sternenwelt versetzt – womit wir beim Thema wären: den *Shadoks* oder, im Original: *Les Shadoks*.

Lange war diese verehrungswürdige Zeichentrickfilmserie in den Tiefen der Raumzeit (oder der Archive) verschollen. Nun sind sie wieder da: die ornitomorphen Shadoks und die wurstomorphen Gibis, Ausgeburten zweier grundverschiedener Planeten. Beide Himmelskörper sind so instabil, deformieren sich und verlieren mehr und mehr den Halt im Weltall, dass ihre Bewohner das Weite suchen. Ziel ihrer Auswanderungspläne: die Erde!

Die Shadoks verfügen über gerade mal vier Gehirnzellen. Weswegen die Shadok-Sprache auch nur über vier Wörter verfügt – eigentlich klar! Von Haus aus sind sie bösartig und haben, man möchte es nach dem Hinweis auf ihr quartettzelliges Gehirn vermuten, die Weisheit nicht für sich gepachtet.

Ganz anders als die Gibis. Die Gibis (von »GBs«, ein Kürzel für »Great Britain«) sind sehr viel schlauer, sie spielen Domino und tanzen Menuett. Allerdings wohnt das Gibi-Hirn nicht in ihrem Kopf, sondern in ihrem Hut, der sie auch in die Lage versetzt, sich per Chapeaupathie zu verständigen – einer besonderen Art der Gedankenleserei.

Haben die Gibis ein besonders komplexes Problem, stecken sie es sich in den Hut. Besagte Chapeaupathie befähigt sie, das anstehende Problem mit der geballten gibistischen Geisteskraft aller Gibis zu lösen.

Die Vorbereitungen zur Eroberung der Erde laufen um die Wette. Aber während die Prognosen für den Start der Gibi-Rakete gut sind

Die Shadoks und die Gibis reisen zur Erde

Die Kinder der Shadoks

und die Konstrukteure dem Jungfernflug gefasst und ohne jede Aufregung entgegensehen – Gibis machen keine Versuche, »weil bei ihnen grundsätzlich alles beim ersten Mal klappt« –, verläuft auf der Raketenabschussrampe der Shadoks nichts nach Plan: »Wenn es gut ging, gelangen am Tag sechs Fehlstarts.« Manchmal auch weniger.

Die Shadoknauten starten ihre Rakete natürlich von Hand, nicht etwa per Abschussrampe.

Die hoch- und hutintelligenten Gibis haben einen Superkraftstoff aus der Atmosphäre destilliert, das Cosmogol 999, das ihr Raumschiff antreiben wird. Die Shadoks dagegen starten ihre Rakete manuell. Endlich fasst Professor Shadoko den Plan, den Gibis das Cosmogol zu rauben. Er konstruiert Pumpen, die – über eine durchaus kosmische Entfernung hinweg – das Cosmogol vom Gibiplaneten abpumpen und der heimischen Rakete zupumpen sollen. Das ganze Volk der Shadoks pumpt. Doch das ferne Cosmogol lässt sich auch von den fleißigsten Pumpbewegungen nicht locken.

Und was tun die Gibis? Die Gibis tun, was wir tun: Sie sitzen vor dem Fernseher und sehen den Shadoks beim Pumpen zu.

Schon in den Siebzigerjahren des letzten Jahrtausends faszinierte die Auseinandersetzung das Publikum – in je etwa zweiminütigen Episoden. Man fragte sich: Wird es dem teuflischen Professor Shadoko doch noch gelingen, den hochbegabten Gibis den Superkraftstoff Cosmogol 999 abzupumpen, der allein zu einem Flug Richtung Erde ermächtigt?

Intrigen! Gefechte! Zeichentricktricks, wie man sie weder zuvor noch später je erlebt hat! Und dazu die suggestive Stimme des Erzählers Manfred Steffen, der die Ereignisse kommentiert, als wäre er der Klaus Bednarz und Guido Knopp dieses pangalaktischen Absurdistans. (Tatsächlich ist der 1961 in Hamburg geborene Steffen einer der erfolgreichsten deutschen Hörspielsprecher. Steffen hat nahezu alle Astrid-Lindgren-Titel eingelesen und wurde hierzulande besonders in seiner Rolle als Gandalf im Monumentalhörspiel »Der Herr der Ringe« populär.)

Bei ihrem ersten Auftauchen auf der Erde – am 29. April 1968 im französischen Fernsehen ORTF – spaltete ihre Erscheinung die Nation. Aufgrund erregtester Proteste wurde die Ausstrahlung weiterer Folgen bereits am 13. Mai ausgesetzt ... um aufgrund erregtester Proteste gegen die Aussetzung und nach einer Volksbefragung wieder auf die Bildschirme zurückzugelangen.

Erdacht und gezeichnet wurden die Shadoks 1965 von Jacques Rouxel. Im französischen Original kommentierte der Schauspieler und Komiker Claude Léon Auguste Piéplu (1923–2000) die Folgen; Robert und Jean Cohen-Solal unterlegten die Staffeln mit musikähnlichen Geräuschen. Der am 26. Februar 1931 in Cherbourg geborene Rouxel, der sein Abitur in New York gemacht hatte, soll an »Werbespots ohne Werbung« gedacht haben, an nihilistische Propaganda sozusagen. Er entwickelte die Figuren als Angestellter des Office de Radiodiffusion-Télévision Française (ORTF). Susanne Jaja berichtet in ihrem vorzüglich recherchierten Aufsatz »Les Shadoks. Die komischen Vögel des Monsieur Rouxel« (*Phase X*, Ausgabe Nr. 2): »Seit der Gründung 1964 lag einer der Schwerpunkte der ORTF-Forschungsabteilung auf der Entwicklung von Animationstechnologien. Rouxel experimentierte mit verschiedenen Animationsverfahren – unter anderem dem Prototypen einer von Jean Dejoux entwickelten Maschine. Dieser ›Animograph‹ vereinfachte den Animationsprozess einerseits dadurch, dass mit seiner Hilfe direkt auf das Celluloidband gezeichnet werden konnte, andererseits nur noch ein bis acht Bilder pro Filmsekunde nötig waren (statt 24 bzw. zwölf, die für die herkömmlichen Trickverfahren gezeichnet und dann noch abfotografiert werden mussten).«

Allerdings taugte diese Tricktechnik nur für sehr elementare Grafiken. Das jedoch kam Rouxel geradewegs entgegen, denn er zeigte ein Faible für minimalistisches Arbeiten und fahndete nach einfachsten Strukturen mit maximalen Ausdrucksmöglichkeiten. So entstanden bei Versuchen mit dem Animographen die Shadoks und die Gibis. Dazu Jaja: Der »verschrobene angelsächsische Humor, den Rouxel in seiner Jugend schätzen lernte, kombiniert mit Reminiszenzen an das absurde Theater und die Pataphysik (Wissenschaft von den imaginären Lösungen) des französischen Enfant terrible Alfred Jarry prägten den Charakter der Serie.«

Die Gesellschaft der Shadoks ist extrem hierarchisch sortiert und auch, was Intelligenz und kommunikative Kompetenz betrifft, eher elementar strukturiert. Sowohl die mentalen als auch die motorischen Ressourcen sind beschränkt: Sie pumpen, sie fahren Rad, sie schlagen einander mit Hämmern und vergleichbarem Gerät auf den Kopf. Ihr Regent ist der »Chef Shadok«, er trägt eine Krone. Unliebsame Shadoks werden von ihm in den Gulp verwiesen, ein nach unten offenes Verlies: Wer, eingekerkert im Gulp, den Boden unter den Füßen verliert, rutscht ins Nichts. Der Gulp ist gut besucht, denn die Shadoks sind bösartige Kreaturen. Warum?

Warum nicht!

Aus der großen Zahl anonymer Shadoks ragen zwei Figuren hervor: Professor Shadoko und der Devin Plombier, der Göttliche Klempner. Der Professor vertritt etwas wie den aufklärerischen Geist – ein, wie man leicht erraten wird, unter Shadoks wenig erfolgversprechendes Unternehmen. Der Göttliche Klempner ist ein Schamane. Er ist maskiert und trägt einen Wasserhahn am Stab. Aus dem magischen Wasserhahn liest er die Zukunft; außerdem sorgt er – eigenem Bekunden nach – dafür, dass jeden Morgen die Sonne aufgeht. Weil die Sonne tatsächlich jeden Tag erscheint, wird er als göttliche Autorität verehrt. Nebenbei kümmert er sich um verstopfte Abflussrohre.

Einzigartig ist auch das Reproduktionsverhalten der Shadoks und ihre Mathematik – zwei in der Shadok-Evolution eng zusammenhängende Problemzonen: Um sich fortzupflanzen, müssen sich die Shadoks nicht paaren, was, da es keine Unterschiede zwischen

Shadok-Männchen und Shadok-Weibchen gibt, ohnehin keine sehr erfolgversprechende Strategie wäre. Sie zählen einfach bis vier. Dann folgt das Ei. Die meisten Shadok-Mathematiker meiden es daher, bis vier zu zählen, da sich sonst Nachwuchs einstellt. Sie bleiben bei drei, ganz der Empfängnisverhütung verschriebene zählen sogar nur bis zwei. Auch die Ei-Zählung ist unter diesen Bedingungen diffizil, vermehrt sich die Ei-Population doch jedes Mal, wenn man bei »vier« anlangt.

Über das Berufsleben der Shadoks verrät der Erzähler: »Die meisten ihrer Arbeiten wurden mit Pumpen ausgeführt. Standen sie vor einem schwierigen Problem, dann pumpten sie. Sie sagten: *Schaden kann es auf keinen Fall.* Sie hatten große Pumpen für große Probleme und kleine Pumpen für kleine Probleme. Sie besaßen sogar Spezialpumpen für den Fall, wenn es mal gar keine Probleme gibt. Technisch Interessierte sollen wissen, dass bei dem Pumpen mit den Spezialpumpen nicht nur nichts geschah, sondern je mehr man pumpte, desto mehr geschah auch nicht.«

Da die Cosmogol-Erpumpung scheitert, bricht eines Tages der Matrose auf, mit einer Mannschaft freiwilliger Shadoks den Gibis die aufgetankte Rakete zu stehlen. Sie rudern los mit einer interstellaren Barke. Kaum haben sie abgelegt, wird am Ufer des Planeten ein Denkmal enthüllt: »Unseren kühnen, im Weltall verschollenen Seefahrern!«

Wir raffen ein wenig: Eines Tages starten die Gibis. Ihr Schiff ist voll geladen mit Samen – Samen für Fernsehbildröhren, Radarantennen, Elektromotoren und andere biomechanische Früchte. Sie nutzen die Reise zum Picknicken, für kleinere Theateraufführungen ohne Publikum und fürs Sightseeing, denn »der Kosmos war einer ganz gewöhnlichen Landschaft nicht unähnlich, außer natürlich, dass alles kosmisch war«. Es gibt kosmische Bäume, kosmische Wasserfälle, kosmische Riesenerbsen und dergleichen.

Schließlich landen sie auf der Erde – einer Erde der Vorzeit übrigens, denn, falls ich das noch nicht erwähnt habe, die Legende der Shadoks spielt in tiefster, ja abgrundtiefer Vergangenheit, als die Erde noch bewohnt ist von »einigen nicht besonders gut gelungenen tierähnlichen Wesen« und pensionierten Dinosauriern. Kurz darauf landen auch die Shadoks an ...

Wer will, kann den einzelnen Episoden Lebensweisheiten entnehmen wie diese: »Damit es möglichst wenige Unzufriedene gibt, muss es immer dieselben erwischen.« Oder: »Bei der Marine gilt: Alles, was sich bewegt, wird gegrüßt. Der Rest wird angestrichen.« Oder: »Wenn es keine Lösung gibt, gibt es auch kein Problem!«

Ähnlich verquer wie diese Devisen sind auch die Theorien, die im Shadok-Universum über das Universum kursieren. Demnach wäre beispielsweise die Gravitation keine naturgesetzliche Urkraft, sondern vielmehr eine ansteckende Krankheit, eine Epidemie, gegen die nur eines hilft: pumpen!

Die Zeit selbst spielt sich in Form einer Filmrolle ab und droht stillzustehen. Gegen das drohende Ende per Zeitstillstand hilft nur eines: pumpen!

In den Jahren von 1968 bis 1973 wurden drei Staffeln mit je 52 zwei- bis dreiminütigen Folgen produziert. In der zweiten Staffel (*Les Shadoks et Gégène*, 1970) schaffen es die Shadoks auf die Erde, die zu dieser Zeit von Gégène bewohnt ist, einem Insekt, das ganze Berge verschlingt, gegebenenfalls aber auch Shadoks nicht verschmäht. Sämtliche Versuche, die Erde zu shadokisieren, scheitern. Man startet wieder ins freie All. Die dritte Staffel (*Les enfants des Shadoks et leur planète*, 1974) erzählt von der Odyssee der Shadoks, die auf einem Veloziped-Pumpen-Raumvehikel durch den Kosmos irren. Die Alt-Pumpenden werden nach und nach von der nachpumpenden Generation abgelöst. Endlich reift die Idee, einen eigenen Planeten zu bauen: Shoki. Der Planet ist gut. Es gibt aufblasbare Flughäfen und Schuh-Bergwerke. Irgendwann aber treibt es die Gibis heran, die es für ihre Mission halten, alle Welt im Weltall zu zivilisieren. Aber ihr Projekt scheitert katastrophal: Die Gibis shadokisieren ... Erst ein Vierteljahrhundert später, im Jahr 1997, entsteht unter dem Titel *Le Big Blank* eine Fortsetzung mit anderen, computerbasierten Mitteln, die jetzt Stephen Hawkings Theorien aus »Eine kurze Geschichte der Zeit« plündern.

Womit wir beim Stichwort wären: *Die Shadoks* plündern das Arsenal der gutbürgerlichen Science Fiction: Raumschiffe, ferne Welten und fremde Zivilisationen, biomechanisches Hightech, mutantenhaftes Espern (wenn schon nicht der Hirne, so doch der Hüte), eine Invasion aus dem Weltall, es gibt die Guten – ja, sogar Perfekten: das sind die Gibis – und es gibt die Bösen – die Shadoks –, und da es die beiden gibt, gibt es auch Streit, Konflikt und Krieg.

Aber während die landläufige Science Fiction realistisch verfährt und immer wieder so tut, als wäre die Zukunft nur die Fortsetzung des Gegenwärtigen mit anderen Mitteln, mit technisch avancierteren vorzugsweise, verweisen die Shadoks von Rouxel auf ihr schieres Ausgedachtsein, zeigen, wozu die menschliche (repräsentiert von der Rouxel'schen) Einbildungskraft – einmal in Gang gesetzt und losgelassen – fähig ist.

Und in ihren besten Momenten, wenn man sich als Zuschauer in den einfachen Formen und ihrer Farbenpracht verliert, scheint die Bilderwelt der Shadoks auf wie ein Spiegel der hiesigen, alltäglichen, leerlaufenden Pumpbewegungen, an denen wir teilnehmen, um uns durchzuwursteln, um die Geschichte in Gang zu halten auf unserem damals wie heute engen und immer mehr aus dem Gleichgewicht geratenden Planeten.

In diesem Sinne entdecken wir, dass die tragikomischen Bemühungen der Shadoks den unseren nicht unähnlich sind und lachhaft nur so, wie wir in jedem Zerrspiegel ein lachhaftes Abbild sehen: verzerrt, verdreht und aufgebläht, aber, meine Damen und Herren, und hiermit beschließen wir diese kleine Rede, unverkennbar wir selbst.

Der große Jacques Rouxel starb am 25. April 2004 in Paris. Und die Shadoks?

Et les Shadoks pompaient ...

Jacques Rouxel: DIE SHADOKS

Die Shadoks und die Gibis reisen zur Erde, 94 Minuten, Normal/Indigo Records, € 18,95
Die Kinder der Shadoks, 142 Minuten, Normal/Indigo Records, € 18,95

Copyright © 2008 by Hartmut Kasper

Der Meister der Entfremdung

Michelangelo Antonioni (1912–2007)

von Peter M. Gaschler

Nordostküste Siziliens. Prinzessin Patricia (Esmeralda Rupoli) hat ihre Freundin Anna (Lea Massari) zusammen mit anderen Prominenten auf ihre Yacht zu einer Kreuzfahrt eingeladen. Gesprächsfetzen, nicht wirklich zuordenbar, hier und da, keine echte Kommunikation. Unter den Yuppies finden sich auch Annas Verlobter, der müßige Architekt Sandro (Gabrielle Ferzetti) und Annas eher aus der Mittelschicht stammende Freundin Claudia (Monica Vitti). Auf einer karstigen, scheinbar unbewohnten Insel kommt es zur Aussprache zwischen Anna und Sandro, woraufhin Anna spurlos verschwindet.

Internationale Filmfestspiele Cannes, Mai 1960: Das jährliche Presseheer ist in der Stadt an der Côte d'Azur eingefallen, aber diesmal gibt es einen echten Geheimtipp, Frankreichs neuen Superstar Lea Massari. Man erwartet Massari in einem Film Michelangelo Antonionis mit dem geheimnisvollen Titel *L'avventura* (das Abenteuer). Der erste Hammer: Massari verschwindet nach gerade mal zwanzig Minuten ohne Erklärung spurlos aus der Handlung und wird, obwohl ihre Abwesenheit als das wichtigste Thema des Films fortbestehen wird, nicht wiederkommen. Der zweite Skandal: An die Stelle der feurigen, dunkelhaarigen Massari rückt frech Antonionis neue Hauptdarstellerin ins Bild, ein völlig unbekanntes, blondes Italien-Gesicht namens Monica Vitti, Massaris Rolle als Sandros neue Freundin einnehmend.

Aber es ist der dritte Schock, welcher die Filmkunst am nachhaltigsten erschüttern wird: in *L'avventura*, der mit sämtlichen Vorstellungen und Traditionen des bisherigen Kinos brechen wird, passiert offensichtlich – *nichts*. Nichts ist von Bedeutung, obwohl alles, was wir hören, alles, was uns Antonionis völlig unparteiische Kamera zeigt, auf geradezu atemberaubende Art fasziniert. Die wütende Reaktion lässt nicht lange auf sich warten. Sie habe den ganzen Film über geschlafen und gesehen, wie andere das Gleiche taten, erklärt Penelope Houston, brillante Kritikerin der *New York Times*. In der BRD wird der Verleiher (Gloria) dreiundvierzig Minuten aus dem Hundertfünfundvierzig-Minuten-Werk eliminieren, als könne man dem Publikum keine Menschen zumuten, die scheinbar nicht wissen, wer sie sind oder was sie wollen, die ziellos auf der Suche nach sich selbst auf einem leblosen Planeten umherirren, die sich Ereignisse lediglich einreden. Wäre Antonionis Meisterwerk ein Science-Fiction-Film, müsste der unerklärliche, unruhige Wind hinter den Rollläden der Hausfassade eines verdächtig leeren De-Chirico-Platzes in einem Nachbardorf, wo Sandro und Claudia Anna nach einem Hinweis, der alles oder nichts bedeuten könnte, vermuten, aus dem Weltraum kommen, die Städte versteinern und die Menschen orientierungslos um letzte Eigenschaften kämpfen lassen.

Genau das passiert in Camillo Bessonis elf-minütigem Kurzfilm *La Caduta di Varema* von 1967, als sei Science Fiction etwas Besonderes. Der Regisseur von *L'avventura* hat den Eiertanz des Genres nicht nötig. Die verspürte Entfremdung der zur Kommunikation unfähigen Bewohner einer äußerst merkwürdigen Welt, deren zerbrechliche, unbeständige Beziehungen und eingebildeten Identitäten sprechen für sich. Der fremde Planet ist die Erde, die Aliens sind wir. Dass Sandro und Claudia auf der Suche nach Anna sind und nicht auf der Suche nach sich selbst, ist befremdlicher als alles, was sich hinter dem Jupiter abspielt, die Diagnose einer ins Leere laufenden Gesellschaft. Das Gefühl der Leere entsteht auch dadurch, dass Antonionis Kamera Schauplätze, die selbst bei dichtestem Verkehr atemberaubend ereignislos bleiben, betritt und verlässt, bevor oder nachdem die Protagonisten eingetroffen und wieder verschwunden sind. Antonionis Strategie läuft der gesamten Struktur herkömmlicher filmischer Erzählweisen frontal entgegen.

In den weltberühmt gewordenen letzten Minuten sowohl von *L'Eclisse* (1962) als auch *Professione: Reporter* (1975) unternimmt die Kamera eine endlich erscheinende Wanderung, als suche sie ein Lebenszeichen oder einen Anhaltspunkt der zuvor begleiteten Menschen. Sie wird Jack Nicholson tot auf dem Hotelbett finden, von dem die Kamera auch gestartet war (kein Mensch weiß, ob er umgebracht wurde oder Selbstmord beging), Alain Delon und Monica Vitti werden ihr vereinbartes Rendezvous nicht einhalten, als seien Auskünfte oder Absichten von Menschen keine Garantie oder nichts wert. Zweimal »verwechselt« die Kamera die Protagonisten mit Personen, die ihnen ähnlich sehen. Menschen, deren Identität und Schicksal uns ebenso unbekannt bleiben wird, steigen aus Bussen, passieren das Bild, verschwinden wieder aus dem Bildrand. Straßen beginnen sich zu leeren, als die Dämmerung hereinbricht und die Kamera nur noch die Stadt zeigt, in der sich die Menschen nicht wirklich befreien wollen. Sie sind Räder des Geschehens, das sie nicht wirklich in Frage stellen können.

Filme statt Mainstream: Michelangelo Antonioni

Noch sind sie im Bild. Monica Vitti, Alain Delon, L'Eclisse.

Opfer des Sichtbaren. Vanessa Redgrave, David Hemmings, Blow Up.

Zabriskie Point bedient sich der Ikonografie des amerikanischen Films. Aber nicht dessen Inhalten.

Nach Antonioni bleibt uns die wirkliche Welt verborgen, sind wir auf die zweifelhaften Informationen angewiesen, die uns erreichen. So überhören wir in *La Notte* (1960) ein wichtiges oder unwichtiges Gespräch zweier Personen nur deshalb, weil der Regen zu heftig gegen eine Windschutzscheibe trommelt. Zweimal in *L'avventura* scheint sich etwas Größeres anzubahnen oder zu passieren, das sich hinterher als absolutes Nichts herausstellt. Im ersten Fall erfindet Anna einen nicht existierenden Hai, im zweiten eine selbstgefällige, unbeachtete »Journalistin« aus der gleichen Ungeduld heraus, dass nie etwas passiert, einen Riss in ihrem Kleid, welcher ein nie da gewesenes Verkehrschaos verursacht, einen Massenansturm an männlichen Passanten und Sicherheitskräften, obwohl kein Mensch weiß oder versteht, worum es hier überhaupt geht. Vielleicht, sagt Antonioni, *wollen* wir nur wissen, sind uns die Dinge aber im Grunde genommen egal. Erneut sind wir überaus zweifelhaften, brüchigen Nachrichten ausgeliefert, ohne irgendeine Chance, diese überprüfen oder nachvollziehen zu können.

Die Masse, die Geschichte, unsere eigene Gleichgültigkeit und Künstlichkeit reißen uns einfach mit.

Der Hai und das zerrissene Kleid könnten reine Erfindungen gelangweilter, eingebildeter Töchter aus höherem Haus sein oder schlichtweg von Menschen stammen, die nichts mit sich anfangen können und einfach beachtet werden wollen, aber Antonioni löst die Rätsel, die er beobachtet, nie auf, noch serviert er Antworten irgendwelcher Art. Das Foto der Leiche am Ende von *Blow Up* (1966) könnte alles und nichts bedeuten oder darstellen. Wir werden nie erfahren, wer diese Person in Wirklichkeit war, weil die uns erreichenden Informationen und Anhaltspunkte zu spärlich und ungenau sind. Wer spielt mit wem? Es sind dieses Nicht-Wissen, dieses Nicht-sicher-sein-Können und unsere daraus resultierende Verunsicherung und Distanzierung von einer Welt, die nicht wirklich greifbar ist und sich in sinnlosen Ritualen erschöpft, welche Antonionis Kino so zeitlos modern machen. Alles fließt, wie die unscharfen Lichtpunkte des Fotos, nichts ist eindeutig. Antonionis entwurzelte, getriebene Helden sind, wie wir, Fremde in einer fremden, unzugänglichen Umgebung.

Ist Antonioni der nüchterne Betrachter einer an sich rätselhaften Welt, so geht die Welt im »modernen« Geschwindigkeitsrausch von Zack Snyders Untotengewitter *Dawn of the Dead* (2004) in einem Orkan »wichtiger« Bilder unter, obwohl ständig das Gleiche passiert. Hier wird, im Gegensatz zu *Blow Up*, nichts mehr hinterfragt, der Horror als gegeben hingenommen. Von realitätsnahen Gefühlen, von echten Menschen, von einem Gespür für die Wirklichkeit und die Welt, von Antonionis vertrauten, gespenstisch leeren Plätzen, orientierungslosen Helden und atemberaubend inhaltslosen Plots ist im Kaugummiapparat moderner Sehgewohnheiten nichts mehr übrig geblieben, weder in Nick Hamms zukunftsweisendem Omen-Reißer *Godsend* (2004) noch in Paramounts Putzfimmel *The Stepford Wives* (2004). Die echten Frauen von Stepford sind die sich, wie wir, in ihrer eigenen abgekapselten Welt drehenden Damen am Swimming-Pool, welchen Daria (Daria Halprin) in *Zabriskie Point* aus dem Weg geht. Wo Antonioni ein einziger Blick auf Frauen in einer Männerwelt genügt, um die Mechanik unseres Daseins offen zu legen, benötigt Frank Oz sage und schreibe dreiundneunzig Minuten.

Antonioni ist nicht nur der Meister der Entfremdung, er ist der Meister der Unwirklichkeit der Wirklichkeit. Das Ballspiel am Ende von *Blow Up* mag imaginär sein, aber es ist nicht unwirklicher als unsere eigene, fiktive Auffassung von Realität. *Blow Up*, *Zabriskie Point* und *Professione: Reporter* schildern Morde, von denen wir nicht einmal wissen, ob sie überhaupt stattgefunden haben. Wir werden nie erfahren, was Maria Schneider am Ende von *Reporter* zu dem Polizisten sagt, ein flüchtiger, unwirklicher Augenblick innerhalb einer atemberaubenden Kamerafahrt, der auch unser Leben mit einschließt. Wir werden nie erfahren, ob Mark (Mark Frechette) in *Zabriskie Point* tatsächlich einen Polizisten erschossen hat oder ob er es sich lediglich einbildet, oder ob der Polizist Darias Geschichte glaubt, sie sei mitten in der Wüste lediglich auf der Toilette gewesen. Antonioni zermürbt nicht etwa unsere Vorstellung von Wirklichkeit oder stellt sie infrage, er legt ihre völlige Irrealität offen. Es gibt keinen wie auch immer gearteten Bezugs- oder Anhaltspunkt mehr, wie etwa Xanadu in *Citizen Kane* (1941), Tara in *Gone with the Wind* (1939) oder die Balalaika aus *Doctor Zhivago* (1965), alles verändert sich, wechselt seine Bedeutung. Die Bedeutung der Dinge liegt ausschließlich in der Bedeutung, die wir ihnen zuschreiben. Der Gitarrengriff der Yardbirds, den sich David Hemmings in *Blow Up* wie ein Verrückter im Verlauf eines ausartenden Konzerts erkämpft, hat wenige Minuten später in entspannterer Atmosphäre, in der Anonymität einer nächtlichen Großstadt, überhaupt keine Bedeutung mehr.

Man muss lange suchen, um im Kino Helden auf dem Weg nach Nirgendwo zu begegnen wie Daria in *Zabriskie Point*, die sich über ihr eigenes Ich, ihr eigenes Ziel im Zweifel sind. Laute, schnelle Antworten sind besser. Konstruierte Plots, erfundene Wirklichkeiten, eingebildete Realitäten – wo sind die Antonionis von heute? Um das Rätsel unserer Existenz, den Vorgang unserer Entfremdung, einzufangen, braucht Antonioni keine Riesenheuschrecken, Meteoriten oder Versuchslabore, keine unerklärlichen, unmöglichen CGI-Schwenks wie ILMs spektakuläre Inspektion von Wolfgang Petersens Ozeanmonster *Poseidon* (2006). Die Fahrt aus einem Gebäude ins Freie am Ende von *Reporter* ist selbst dann unerklärbar, wenn wir wissen, dass ein dreißig Meter hoher Kamerakran involviert ist. Was Antonioni uns mitteilt, ist das Mysterium von Leben an sich in einem Film, der auch ein Dokumentarfilm über Locke und uns ist. Antonionis Perspektive verunsichert uns, weil wir nie mehr wissen als sein Hauptdarsteller. Weil Antonioni uns in uns selbst versetzt, statt uns oder unsere Erwartungen zu befördern oder zu enttäuschen.

FILMOGRAFIE

1942: *Les Visiteurs du Soir* (Regieassistent; Regie: Marcel Carné; Die Nacht mit dem Teufel). *I due foscari* (RAss/Co-Autor; R: Enrico Fulchignoni). *Un pilota ritona* (Co-A; R: Roberto Rossellini).
1947: *Gente del Po* (Autor/R). Caccia tragica (Co-A; R: Giuseppe de Santis).
1948: *N.U.* (A/R).
1949: *Nin ci credo!* (A/R). *L'amorosa menzogna* (A/R).
1950: *Sette canne in vestito* (A/R). *La villa dei mostri* (A/R). *La funivia del Faloria* (A/R). *Cronaca di un amore* (Co-A/R; Chronik einer Liebe).
1951: *Lo sceicco bianco* (Co-A Treatment; R: Federico Fellini; Der weiße Scheich).
1953: *I vinti* (Co-A/R; Kinder unserer Zeit). *La signora senza camelie* (Co-A/R; Die große Rolle/Die Dame ohne Kamelien). *L'amore in città* (Co-R; Episode »Tentato suicido«; Liebe in der Stadt).
1955: *Le amiche* (Co-A/R; Die Freundinnen). *Uomini in piu* (Produzent; R: Nicoló Ferrari).
1957: *Il grido* (A/R; Der Schrei). *Questo nostro mondo* (R).
1958: *Nel segno di Roma* (evtl. Regisseur nach dem Tod von Guido Brignone). *La tempesta* (2nd Unit Director; R: Alberto Lattuada; Sturm im Osten).
1960: *L'avventura* (Co-A/R; Die mit der Liebe spielen).
1961: *La notte* (Co-A/R; Die Nacht).
1962: *L'eclisse* (Co-A/R; Liebe 1962).
1963: *Il fiore e la violenza* (Co-R).
1964: *Deserto rosso* (Co-A/R; Die Rote Wüste).
1965: *I tre volti* (Co-R; Episode »Il provino«; Drei Gesichter einer Frau). *Antonioni, storia di un autore* (Antonioni als er selbst; R: Gianfranco Mingozzi).
1966: *Blow Up* (Co-A/R; Blow Up).
1970: *Zabriskie Point* (Co-A/R; Zabriskie Point).
1972: *Chung Kuo* (A).
1975: *Professione: Reporter* (Co-A/R; Beruf: Reporter).
1980: *Il mistero di Oberwald* (Co-A/R; Das Geheimnis von Oberwald).
1982: *Identificazione di una donna* (Co-A/R; Identifikation einer Frau).
1983: *Renault 9* (R; Werbespot). *Ritorno a l'isla bianca* (R, Antonionis Rückkehr auf die Insel in L'avventura).
1984: *Room 666* (Antonioni als er selbst; R: Wim Wenders). *Fotoromanza* (R; Videoclip für RAI 3).
1989: *Kumbha mela* (R; Kurzfilm über Indien).

1990: *Le cittá dei mondiali: Roma* (R).
1992: *Noto, Mandorli, Vulcano, Stromboli, Carnevale* (R).
1995: *Par-delá les nuages* (Co-A/Co-R; Jenseits der Wolken).

Copyright © 2008 by Peter M. Gaschler

Freddie und die Fans

Freddie Francis (1917–2007)

von Peter M. Gaschler

Das mit dem Horrorfilm habe sich einfach so ergeben, meint Freddie. Hammer hätte auch andere Filme hergestellt, wäre das Genre erfolglos geblieben, aber man nimmt nun einmal das, was man als Einziges angeboten bekommt. Such were the times, aber die Fans ließen sich nicht lumpen, lagen voll auf der Lauer. In *Dracula Has Risen from the Grave* sehen wir, oh Schande, Christopher Lees Silhouette sich in einem Wasserbecken spiegeln und den Fürst der Vampire eigenhändig einen Pfahl aus dem Brustkorb ziehen, während Rupert Davies' Geistlicher den Glauben zu verlieren droht. Sollen alle Filme gleich aussehen? Freddie war gern gesehener Gast auf Genre-Festivals, deren Besucher überhaupt nicht verstehen konnten, wie man von Billy Wilder oder William Wyler begeistert sein könne. Von wem? Als Freddie einen Gang herunterschaltete und mit den Größen der Horrorzunft anfing, Tod Browning und James Whale, verstand man *überhaupt nichts* mehr. Die meisten Horrorfans sind ausschließlich an Horror interessiert und nicht an Horrorfilmen. Kein Wunder, dass Freddie dem Genre immer wieder zu entkommen versuchte, und Nicht-Horror-Filme, eigensinnige Gradwanderungen wie *The Doctor and the Devils*, von den Fans schlichtweg gekreuzigt wurden.

Mit Freddie ausschließlich über seine Horrorzunft zu plaudern ist in etwas so sinnvoll wie mit dem Regisseur von *The Exorcist* über den Weihnachtsmann zu debattieren, doch so harsch, wie sich

Freddie immer wieder über sein Genrewerk äußerte, ist die Sache nun auch wieder nicht. *Nightmare* (1963) verfügt über ein deftiges Drehbuch von Jimmy Sangster und elegante Regie in bester gotischer Manier. Auch wenn Hammer sich den Final Cut vorbehielt, ist John Wilcox' durch dunkle Korridore in die Zimmer unruhig Schlafender spähende Widescreen-Kamera eine Rivalin zu den Meisterstücken der Gattung von geradezu traumwandlerischer Sicherheit, wie in *Paranoiac* (1962) mit Freddies ausgeklügelten milchigen Rändern sympathisierend, welche den Zuschauer in die unbequeme Isolation der Heldin zwingen und das unerträgliche Gefühl vermitteln, etwas lauere am Bildrand, was normalerweise, wenn es nicht zu sehen ist, unserer Fantasie überlassen bleibt.

Freddies dritter Psychothriller für Hammer *Hysteria* (1964) floppte an den Kassen, Robert Webber hatte Lelia Goldonis Leben während der Dreharbeiten zur Hölle gemacht.[1] Altbewährtes musste her. Hammers US-Partner Universal forderte eine Neuauflage des gewinnbringenden klassischen Frankenstein-Stoffes. Das Ergebnis: eine zu spät bestellte immobile Pappmaché-Klatschfratze im hochkantigen Karloff-Stil von Roy Ashton, eine Pantomime des Genres. Hammers Eis-Gletscher *The Evil of Frankenstein* (1964), der außer einen sich redlich abmühenden Peter Cushing nichts mit Fishers vorherigen triumphalen Ergebnissen des Themas zu tun hat, ist nicht unbedingt die glücklichste Stunde des Studios. Verzichtend auf den großen Produktionsdesigner des Hauses, Bernard Robinson, lässt *Evil* etliches im Dunkeln; man ahnt, warum. Freddie, der in seiner Funktion als Kameramann und Regisseur zu den unglaublichsten Doppelgängern der Filmgeschichte gehört, ist nicht der richtige Mann für derartige Nebenjobs, Fishers und Robinsons sinnliche, poetische Annäherung schmerzlich vermissen lassend, aber auf wen hätte Hammer sonst zurückgreifen können? Die Love Story zwischen Paul und Maria in *Dracula Has Risen from the Grave* (1968) hätten James Needs und Anthony Hinds vollständig auseinandergenommen, sagt Freddie, nach unzähligen unsäglichen Meinungsverschiedenheiten im Urlaub verschwunden.

Der Chefkameramann

Revoltierende Fans, lebendig begrabene Rentner, Voodoo, Draculas Sohn bei den Beatles, die Todeskarten des Dr. Schreck: Freddie Francis, bekannt geworden vor allem für seine Horrorfilme für Hammer und Amicus in den Sechzigern und frühen Siebzigerjahren, hat einiges hinter sich. Geboren 1917 in Islington/London und mit siebzehn bereits Fotograf bei Shepherds Bush Studios, brachte er es 1956 zum Chefkameramann, kassierte zwei Oscars für *Sons and Lovers* (1960) und *Glory* (1989), arbeitete mit der Crème-de-la-crème britischer Kamerakunst zusammen (Freddie Young, Oswald Morris, Christopher Challis und Jack Cardiff), in Hollywood mit Top-Regisseuren wie John Huston (*Moulin Rouge*, 1952; *Beat the Devil*, 1953; *Moby Dick*, 1956), David Lynch (*The Elephant Man*, 1980; *Dune*, 1984; *The Straight Story*, 1999) und Martin Scorsese (*Cape Fear*, 1991). Freddies rätselhaft murmelndes Schwarz-Weiß-CinemaScope für Jack Claytons Psychodrama einer verklemmten Erzieherin *The Innocents* (1961) flüstert selbst in Alltagsszenen geheimnisvoll vor sich hin, ohne dass wir konkrete Anhaltspunkte bekämen. Freddie lässt uns fühlen, dass etwas nicht stimmt, aber das harsche, dokumentarisch wirkende Schwarz-Weiß spricht dagegen. Nichts mit zerquetschten Köpfen in 3D, Digitalbrüllern oder ohrenbetäubendem Müll wie heute. Wenn Christopher Lee in einem der erotischsten Augenblicke des Genres Veronica Carlson in *Dracula Has Risen from the Grave* einen mitternächtlichen Besuch abstattet, ist es Freddies die Ränder eintrübender mobiler Iris-Filter, welcher eine bereits bekannte, herkömmliche Situation in ungeahnte sinnliche Höhen treibt.

Noch ein Monster im Eis

Draculas Karpaten: Wissenschaftler unter Dr. Nicolai haben unter einer mittelalterlichen Abtei ein gigantisches Höhlensystem mit unterirdischem Fluss geortet. Ein vermessungstechnisch ausgerüstetes Tauchteam unter dem erfahrenen Jack McAllister soll weitere Inspektionen durchführen und Informationen sammeln. Ein Himmelfahrtskommando!

Die Bedrohung mag von außerhalb des Bildes kommen, aber Gregory Peck und Deborah Kerr fallen in Moby Dick *und* The Innocents *den eigenen Dämonen zum Opfer.*

So viel zum Anfang von Bruce Hunts hochmodernem Unterwasserschocker *The Cave* (2005). Aber das Ungeheuer in der Tropfsteinhöhle ist so alt wie Freddie Francis' weitaus emotionalerer und spannenderer Kindergarten-*Trog* von 1970. Freddie braucht weder Millionenbudgets noch PC-Geplansche. Er braucht die unheimliche Stille des Unbekannten, um klar denken zu können. War da nicht ein Geräusch in der Finsternis? Ein natürliches Geräusch?

Kaum etwas ist spannender als der sich wie später in *The Texas Chainsaw Massacre* (1974) endlos hinziehende beunruhigende Anfang von *Trog*, Kino pur ohne Handys, Technik, kreischende Teenager, dummes Gelaber, CGI-Saltos oder irreführenden Sound. Das funktioniert aber nur auf der großen Leinwand, *Trog* braucht Platz. Hunts Protagonisten sind Leute, die wir schon tausendmal gesehen haben, für die sich kein Mensch interessieren oder opfern würde, die Monster Schoßtiere aus dem Computer. In *Trog* ist das Ungeheuer kein aufgetauter, zeitversetzter Troglodyt, sondern Michael Goughs falsch spielender Neandertaler jüngeren Datums, und die große Joan Crawford kann in ihrem letzten Film nicht mehr alle ihre Sätze behalten, aber *The Cave* sieht aus, als hätte man vergessen, überhaupt irgendwelche menschlichen Wesen einzubauen.

Und doch ist *Trog* eine einzige Farce ohne die satirische Zuspitzung etwa von John Landis' *Schlock* (1973), sein Monster eine notdürftig ausgestattete Kirmesattraktion, als handle es sich um *I Was a Teenage Troglodyte* ohne die Satire. Die amerikanische Pubertätshorrorwelle von *Trog*-Produzent Herman Cohen, die knallharten *I Was a Teenage Werewolf* (1957) mit Bonanza-Star Michael Landon oder *How to Make a Monster* (1958), entwickelten ihre zeitgemäßen Ungeheuer aus rebellierenden Jugendlichen oder Fehlentscheidungen in der Chefetage von Horrorfilmstudios, aber *Trogs* Hauptdarsteller soll blutiger Ernst sein. Dabei muss man bei Freddie aufpassen wie ein Luchs: Wenn wir die Erinnerungsfetzen in Gestalt lachhafter O'Brien-Stop-Motion-Dinosauriereinlagen aus Irwin Allens knauserigem Erdmittelalter *The Animal World* (1956) kritisieren, übersehen wir, dass auch Trogs irritierte, hellwache Augen sie zum ersten Mal sehen. Hinterhältiger, schelmisch-gemeiner, herzergreifender Unsinn. In Crawfords Klauen wird Trog zum Monsterspielzeug, wie Beverly Adams' lebende Hollywood-Puppe in *Torture Garden*.

Neues aus Neu-Guinea

Die Weltsensation: London-Anthropologe Dr. Emmanuel Hildern (Cushing) hat von seiner letzten Reise aus Papua ein seltsames, nicht menschliches Skelett eines ziemlich ungemütlichen Ureinwohners namens Shish Kang mitgebracht, aus welchem der Wissenschaftler »die Essenz des Bösen« gewinnt, ein Serum, die Welt vor Verbrechen und Kriegen zu retten, sprich das Böse im Menschen für immer zu eliminieren. Doch so einfach geht das nicht. Vor allem dann nicht, wenn man wie Hildern selbst eigene, hochinteressante Skelette im Schrank hängen hat, das von Frau, Tochter und Halbbruder. Denn Hilderns folgsame Tochter Penelope (Lorna Heilbron), Daddys Experiment vollkommen ausgeliefert, nachdem die ungehorsame Mutter (Jenny Runacre) in der Irrenanstalt des Halbbruders abgeliefert wurde, reagiert völlig anders als von Papa erwartet, wird vom duckmäuserischen, überbeschützten Nichts zur reißenden Furie, welche nach beispielloser Mordserie hinter den Mauern der Anstalt von Hilderns Halbbruder James

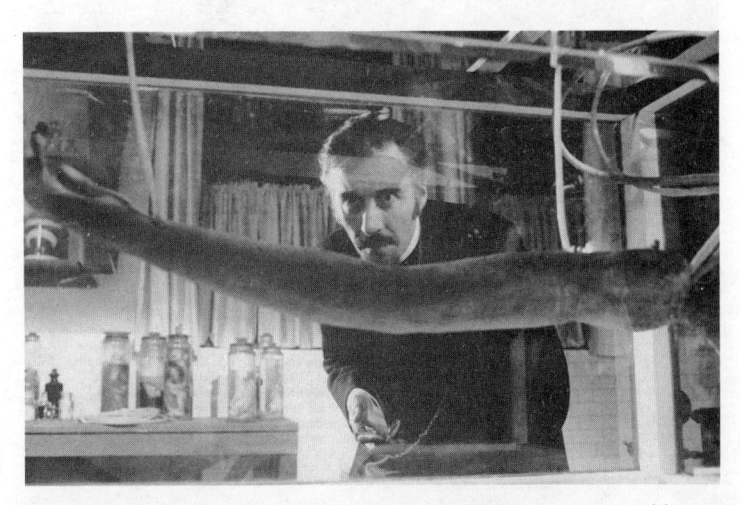

Horror für Anspruchsvolle. Christopher Lees teuflischer Dr. James Hildern in The Creeping Flesh *hat scheinbar nicht mit Peter Cushing gerechnet. Sein Gegenspieler ist noch weitaus gerissener und gefährlicher.*

Trog droht Freddies Regie einzuschmeißen.

Dracula Has Risen from the Grave, *aber Veronica Carlson, Christopher Lee, Freddie und Aida Young scheinen keine sooo schreckliche Zeit verbracht zu haben.*

The Doctor and the Devils *wurde 1985 von den Fans niedergetrampelt. Freddie und Future Bond Timothy Dalton scheint das nicht im Geringsten zu stören.*

(Christopher Lee) verschwindet, einem arroganten Tyrannen, eifersüchtig auf den Triumph des Bruders, den aufsehenerregendsten Durchbruch in der Geschichte der Wissenschaft, zu allem entschlossen.

Weder Hammer noch Amicus, hier tickt alles unheimlich perfekt zusammen. Freddies Horrortrip ins viktorianische England *The Creeping Flesh* (1972) profitiert von einem Thema geradezu universeller Relevanz, von Schauspielern in Topform (Cushing und Lee sind geforderter und besser als in anderen Filmen des Duos), einem exzellent hinterhältigen, erfrischend komplexen Skript (Peter Spenceley/Jonathan Rumbold) und kontrastreicher Art Direction (George Provis), die Schizophrenie menschlicher Welt und Wahrnehmung brillant gegenspiegelnd. Das unübersehbare, sadistische Hass-Monster ist Lee, aber Cushings angesehener, wohlmeinender, aber in Wirklichkeit fehlgeleiteter Patriarch, welcher die »Schwierigkeit« der Mutter von der Tochter fernhalten will, ist in seiner Angabe und Heuchelei, das Böse wissenschaftlich zu heilen, weitaus zeitloser, moderner und gefährlicher. Neben *The Skull* (1965) Freddies bester eigener Film.

Filme, die in den Wahnsinn treiben

Die freundlichsten Aliens der Filmgeschichte: körperlose Intelligenzen vom Planeten Zarn, die höchste Entwicklungsstufe im Universum. Und gute Manieren haben die, unglaublich. Seelenverwandte von Jack Arnolds in den Weiten Arizonas gestrandeten Universalpazifisten aus *It came from Outer Space* (1953).

Doch in den Schädeln der Briten lässt sich's schwer einnisten. Dr. Curtis Temple muss Betonköpfe einrennen, um gestresste Kollegen von Dummheiten abzuhalten, die das Schicksal der gesamten Menschheit besiegeln würden. Amicus' Armenhaus *They Came from Beyond Space* (1967), in etwa so prunkvoll ausgestattet wie Christopher Lees außerirdisches Nonnenkloster in *The End of the World* (1977), versprüht einen einzigartigen, naiven Charme, anders als Freddies auf Curt Siodmaks Gehirnthriller »Donovan's Brain« (1943) schwimmender SF-Krimi *Vengeance* (1962), welcher die Tochter eines verhassten Milliardärs überraschend zur Mörderin macht, aber nicht an die Klassiker heranreicht, an *The Lady and the Monster* (1944) und *Donovan's Brain* (1953), oder Freddies vergeblich Hitchcocks Vögeln hinterher rennendem Tierhorror *The Deadly Bees* (1966). Blondplatinbomber britischer Herkunft Suzanna Leigh über die Dreharbeiten in den Twickenham-Studios: »Die brachten die Flammen nicht unter Kontrolle und brannten die gesamte Bude ab!«[2]

Nicht nur *Beyond Space* oder die Amicus-Thriller sind Beispiele abschreckend niedriger Budgetierung. »Produzenten vergessen jedes Augenmaß«, so Freddie, »wenn sie einen Deal schmecken, bei welchem sie ein paar Dollars sparen können, halten Drehorte im Ausland für kostengünstiger. Ein Irrtum. *Dune* oder der Hochbau-Schocker *Dark Tower* wären in ihren Ursprungsländern billiger gekommen als in filmische Entwicklungsländer wie Mexiko oder Spanien auszuweichen, wo ich Personal anlernen muss.«[3] Das dreißig Stockwerke umfassende Büromonster aus *Tower* schrumpfte in Barcelona auf eine einzige Etage mit Fahrstühlen für höchstens drei

Mann zusammen, ein Pissoir angesichts der Möglichkeiten eines alles kontrollierenden Studios wie Hammer. Amicus-Mitinhaber Milton Subotsky hätte keine Ahnung von Drehbüchern gehabt, verriet Freddie Marcelle Perks von *The Dark Side*.[4] Nach *The Deadly Bees* sei ihm alles egal gewesen.[5]

Auch Freddies erneut vor den Kopf stoßender eigenwilliger Dr. Knox/Burke & Hare-Fall *The Doctor and the Devils* (1985) lässt zu wünschen übrig. Das ist nicht das Edinburgh des frühen 19. Jahrhunderts wie in einem von Val Lewtons Meisterwerken der Vierzigerjahre, *The Body Snatcher*: eine anonyme, künstliche Studiowelt wie frühere scheiternde Wiederbelebungsversuche der klassischen Hammer-Atmosphäre, *Legend of the Werewolf* (1974) oder *The Ghoul* (1975), fern der gesellschaftskritischen Kunst eines John Gilling oder Terence Fisher.

Besser als in Hammers Dracula/Frankenstein-Variationen, in denen er für den erkrankten Fisher einsprang, aber nicht besser als in Amicus' *The Skull* und dem unabhängig produzierten *Creeping Flesh* ist Freddies farbiger Amicus-Horrorepisodenzirkus nach Vorlagen Robert Blochs, beginnend 1964 mit dem unwiderstehlichen *Dr. Terror's House of Horrors*, gefolgt von *Torture Garden* (1967), *Tales from the Crypt* (1972) und Freddies Liebling *Tales That Witness Madness* (1973). Wenn hauseigene Rebsorten von hochprozentigen Vampirviren befallen werden, Christopher Lee auf klatschnassem Asphalt durch die Hand eines überfahrenen Künstlers ins Schleudern gerät und Barbara Ewing von einem Mutterinstinkte entwickelnden sadistischen Klavier in den Wahnsinn getrieben wird, wenn der schaurige Jack Palance den ultimativen Nervenkitzel eines echten Poe-Charakters vor lauter Begeisterung gerade noch aushält oder Joan Collins' männermordende *Denver*-Diva einem glatzköpfigen Irren in Gestalt eines Weihnachtsmannes in die Arme läuft, bleibt kein Auge trocken. Satire vom Feinsten, wie sie dem Genre viel zu selten gelingt. In diesen Augenblicken schwärzester Ironie bleibt unvergessen, wozu Freddie öfter in der Lage gewesen wäre, hätte er unter größeren Freiheiten und normaleren Bedingungen arbeiten können.

ANMERKUNGEN

[1] Vgl. Freddies *Hysteria* betreffende Äußerungen gegenüber Wheeler Winston Dixon in Dixon: The Films of Freddie Francis, Metuchen/NJ: Scarecrow Press 1991, S. 115.
[2] Leigh gegenüber Tom Weaver in *Fangoria* Nr. 192, Mai 2000, S. 17.
[3] Vgl. Freddies diesbezügliche Ausführungen in Interviews mit Philip Nutman in *Fangoria* Nr. 71, Februar 1988, S. 22-25, und Laurent Bouzereau in *L'Ecran Fantastique* Nr. 85, Oktober 1987, S. 14/15. Noch ausführlicher ist seine Stellungnahme im Hundertfünfundzwanzig-Seiten-Interview bei Dixon.
[4] Siehe Perks Interview mit Freddie in *The Dark Side* Nr. 51, November 1995, S. 40-43.
[5] Vgl. hierzu besonders Randy Palmers Interview in *Fangoria* Nr. 30, Oktober 1983, S. 12-16.

FILMOGRAFIE

CAMERA OPERATOR
1946: *The Macomber Affair* (African 2nd Unit; Kamera: Karl Struss; Regie: Zoltan Korda; Affäre Macomber).
1947: *Night Beat* (K: Vaclav Vich; R: Howard French). *Mine own Executioner* (K: Wilkie Cooper; R: Anthony Kimmins; Tödliches Geheimnis).
1948: *The Small Back Room* (K: Christopher Challis; R: Michael Powell, Emeric Pressburger).
1949: *Golden Salamander* (K: Oswald Morris; R: Ronald Neame; Der goldene Salamander).
1950: *The Elusive Pimpernel* (K: Challis; R: Powell/Pressburger; Dunkelrote Siegel). *Gone to Earth* (K: Challis; R: Powell/Pressburger; Schwarze Füchsin).
1951: *The Tales of Hoffmann* (Challis; R: Powell/Pressburger; Hoffmanns Erzählungen). *Outcasts of the Islands* (Co-Operator: Ted Moore; K: John Wilcox, Edward Scaife; R: Carol Reed; Der Verdammte der Inseln).
1952: *Angels One Five* (K: Challis; R: George More O'Ferrall). *24 Hours of a Woman's Life* (K: Challis; R: Victor Saville). *Moulin Rouge* (K: Oswald Morris; R: John Huston; Moulin Rouge).
1953: *Rough Shoot* (K: Stanley Pavey; R: Robert Parrish; Schuss im Dunkel). *Twice Upon a Time* (K: Challis; R: Emeric Pressburger). *Beat the Devil* (K: Oswald Morris; R: John Huston; Schach dem Teufel).
1954: *Beau Brummell* (K: Oswald Morris; R: Curtis Bernhard; Beau Brummell). *Knave of Hearts* (K: Oswald Morris; R: René Clement).
1955: *The Sorcerer's Apprentice* (Kurzfilm; R: Michael Powell).

KAMERA
1956: *Moby Dick* (2nd Unit; K: Oswald Morris; R: John Huston; Moby Dick). *Dry Rot* (2nd Unit; K: Arthur Grant; R. Maurice Elvey). *A Hill in Korea* (R: Julian Amyes; An vorderster Front).

1957: *Time Without Pity* (R: Wolf Rilla; In letzter Sekunde). *The Scamp* (R: Wolf Rilla).
1958: *Next to No Time* (R: Henry Cornelius). *Virgin Island* (R: Pat Jackson). *Room at the Top* (R: Jack Clayton; Der Weg nach oben).
1959: *Battle of the Sexes* (R: Charles Crichton; Mister Miller ist kein Killer).
1960: *Sons and Lovers* (R: Jack Cardiff; Söhne und Liebhaber). *Never Take Sweets from a Stranger* (R: Cyril Frankel; Vertraue keinem Fremden). *Saturday Night and Sunday Morning* (R: Karel Reisz; Samstagnacht bis Sonntagmorgen).
1961: *The Innocents* (R: Jack Clayton; Schloss des Schreckens). *The Horsemasters* (R: William Fairchild).
1964: *Night Must Fall* (R: Karel Reisz; Der Griff aus dem Dunkel).
1980: *The Elephant Man* (R: David Lynch; Der Elefantenmensch).
1981: *The French Lieutenant's Woman* (R: Karel Reisz; Die Geliebte des französischen Leutnants).
1982: *The Executioner's Song* (R: Lawrence Schiller).
1984: *The Jigsaw Man* (R: Terence Young). *Memed My Hawk* (R: Peter Ustinov). *Dune* (R: David Lynch; Der Wüstenplanet).
1985: *Code Name: Emerald* (R. Jonathan Sanger; Codename: Emerald).
1988: *Her Alibi* (R: Bruce Beresford; Ninas Alibi). *Brenda Starr* (R: Robert Ellis Miller; Brenda Starr). *Glory* (R: Edward Zwick; Glory).
1990: *The Plot to Kill Hitler* (TV; R: Lawrence Schiller).
1991: *Cape Fear* (R: Martin Scorsese; Cape Fear).
1992: *School Ties* (R: Robert Mandel; Der Außenseiter).

REGIE
1962: *Two and Two Make Six. The Day of the Triffids* (ungenannte zusätzliche Szenen; R: Steve Sekely; Blumen des Schreckens). *Vengeance* (Ein Toter sucht seinen Mörder). *Paranoiac* (Das Haus des Grauens).
1963: *Nightmare* (Der Satan mit den langen Wimpern).
1964: *The Evil of Frankenstein* (Frankensteins Ungeheuer). *Dr. Terror's House of Horrors* (Die Todeskarten des Dr. Schreck). *Hysteria*.
1965: *Traitor's Gate* (Das Verrätertor). *The Skull* (Der Schädel des Marquis de Sade). *The Psychopath* (Der Puppenmörder).
1966: *The Deadly Bees* (Die tödlichen Bienen).
1967: *They Came from Beyond Space* (Sie kamen von jenseits des Weltraums). *Torture Garden* (Der Foltergarten des Dr. Diabolo).
1968: *Dracula Has Risen from the Grave* (Draculas Rückkehr). *The Intrepid Mr. Twigg* (Kurzfilm).
1969: *Mumsy, Nanny, Sonny & Girly. Trog* (Das Ungeheuer).
1971: *Gebissen wird nur nachts* (Happening der Vampire).
1972: *Tales from the Crypt* (Geschichten aus der Gruft). *The Creeping Flesh* (Nachts, wenn das Skelett erwacht).
1973: *Son of Dracula*.
1975: *The Ghoul* (Der Ghul). *Legend of the Werewolf*. *The Star Maidens* (dreizehnteilige TV-Serie; Co-R: Wolfgang Storch).
1977: *Golden Rendezvous* (von Francis beendet; R: Ashley Lazarus; Rendezvous mit dem Tod).

1985: *The Doctor and the Devils.*
1989: *Dark Tower* (zusammen mit Ken Wiederhorn unter dem Pseudonym »Ken Barnett«).

TV-EPISODEN
Für *The Saint, Man in a Suitcase, The Adventures of Black Beauty* und *Tales from the Crypt* (1996).

Copyright © 2008 by Peter M. Gaschler

Der Unbeugsame

Curtis Harrington (1926–2007)

von Peter M. Gaschler

Punk und Chaos im All! Dr. Farraday (Hollywood-Urgestein Basil Rathbone, von AIP aus New York für zwei SF-Filme innerhalb von zwei Tagen eingeflogen), Chef des US-Weltraumprogramms, beordert drei seiner Astronauten – Allan (John Saxon), Paul (Dennis Hopper) und Laura (Judi Meredith) – zu einem riskanten Raummanöver mit einem Schiff unbekannter Herkunft, welches scheinbar um Hilfe gebeten hat. Nichts ist auf dem Mars zu sehen, aber auf einem seiner Monde entdeckt Allan das mysteriöse, niedergegangene Wrack. Als einziges überlebendes Bordmitglied stellt sich ein platinblonder, grünhäutiger weiblicher Passagier namens Velena heraus (eiskalte Schöne zwischen Vampir und Helena: Florence Maly), welche mit Lisa Marie aus Tim Burtons SF-Schleimerei *Mars Attacks!* (1997) den Friseur teilen muss. Allan bringt die geschwächte, orientierungslose Frau in die Sicherheit des Mutterschiffs.

Ein tödlicher, nicht wiedergutzumachender Fehler. Denn die Außerirdische ist ein gieriger grünblütiger Blutsauger, welcher ausgehungert über die Mannschaft herfällt. In einem Handgemenge mit Laura erweist sich das Monster erstaunlicherweise als hämophil, geht an der eigenen Verletzung zugrunde. Doch das ist erst der Anfang. Entgegen den Warnungen der dahinsiechenden Crew beschließt Farraday, die von Velena an Bord des Schiffes gelegten Eier auf die Erde zu bringen ...

Klingt überaus vertraut, aber die *Alien*-Quatrologie (1979–1997) gab es 1966 noch nicht. Würde man Curtis Harringtons von Roger Corman gefütterten AIP-Low-Budget-Schocker *Queen of Blood* in die Siebzigerjahre verfrachten, käme so etwas wie *Alien* (1979) heraus. Ridley Scott ist viel zu clever und desinteressiert an einem disparaten Mittelstand von Film wie diesem, dessen überlegene Raumeffekte Billigproduzent Roger Corman von Harrington aus Mikhail Krasukows russischer Space Opera *Meshte Nastreshu* (1963) hochbeamen ließ, aber Parallelen stechen zu direkt ins Auge, sind viel deutlicher als etwa zu Ray »Crash« Carrigans Amoklauf in *It! The Terror from Outer Space* (1958) oder Mario Bavas auf Blut verzichtenden Horrortrip ins All *Terrore nello spazio* (1965). Was zum Teufel hat Harrington, in Kenneth Angers *The Inauguration of the Pleasure Dome* (1956) als Schlafwandler in grandiosen Kulissen unterwegs, mit Anger, Maya Deren, Stan Brakhage, Jonas Mekas und Gregory Markopoulos zur Avantgarde moderner amerikanischer Filmkunst gehörend und vielleicht als erster Filmkritiker und Experimentalfilmer im Underground den Sprung in den Mainstream schaffend, überhaupt in einem derart ausgebeulten[1], zu siebzig Prozent aus Fremdmaterial bestehenden Streifen zu suchen? Man könnte ebenso fragen, was Peter Bogdanovich mit *Voyage to the Planet of Prehistoric Women* (1966), Monte Hellman mit *Beast from Haunted Cave* (1959) oder Francis Ford Coppola mit *Dementia 13* (1962) zu tun haben. Antwort: Roger Corman war der Einzige, welcher diesen aufstrebenden Talenten, für die sich kein Schwein interessierte (selbst Spielberg hatte anfangs enorme Schwierigkeiten, von der Industrie wahrgenommen zu werden), überhaupt irgendeine Arbeit anbot. Bereits während des Zusatzdrehs von *Queen of Blood* ließ Corman Harrington einen weiteren russischen SF-Film US-tauglich verbiegen, Pavel Kluschantsews Venus-Trip *Planeta Burg* (1962), mit Faith Domergue und erneut (oder immer noch?) Basil Rathbone. Harringtons erster richtiger Spielfilm nach einem eindrucksvollen Kurzfilmwerk, wiederum von Cormans erster eigener Firma The Filmgroup (1959–1963) mitgetragen, war 1960 die Val-Lewton-Hommage *Night Tide*.

Märchen, Mythen

Heiße Jazzrhythmen in einem Beat Club/Kaffeehaus in Santa Monica bringen Johnny Drake in Schwung, wie Matthieu Carrière in *Malpertuis* (1972), ein orientierungslos wirkender junger Mann auf Landurlaub. Dennis Hopper in seiner ersten Hauptrolle. Die exotische Mora (Linda Lawson), welche tagsüber als geheimnisvolle Meerjungfrau am Strand von Little Venice posiert, wäre genau das Richtige. Die beiden treffen sich immer häufiger an Wochenenden, aber die seltsame, verschlossene junge Frau scheint wenig über ihre Herkunft oder Identität zu wissen. Moras Umfeld hilft weiter. Der fürsorgliche Schaubudenbesitzer Captain Murdock (Gavin Muir) erzählt Johnny, er habe Mora als Waisenkind auf einer griechischen Insel aufgefischt und adoptiert. Mora sei von der Vorstellung besessen, von Meermenschen abzustammen, welche bei Vollmond ihre Liebhaber töten. Ellen (Luana Anders), die Tochter des Karussellbesitzers, warnt Johnny, Moras letzte beiden Lover seien unter ungeklärten Umständen ertrunken, ihre Leichen am Strand gefunden worden. Vielleicht nicht die einzigen und letzten. Wird Mora von Murdock gedeckt? Wahrsagerin Madame Romanovitch (Marjorie Eaton) sieht Gefahren überall um Johnny herum entstehen. Mora selbst scheint unter dem Einfluss einer dunkel gekleideten, in einer unbekannten Sprache sprechenden Frau zu stehen. Johnny kommen allmählich selbst Zweifel, Mora könne, vielleicht unbewusst, eine jener legendären Sirenen sein, die Männer ins Unglück stürzen. Wüste Albträume suche ihn heim, in welchen er von Moras schleimigen, monströsen Fangarmen erdrückt wird. Während eines nächtlichen Tauchgangs bei Vollmond, um endlich Gewissheit zu erlangen, kappt Mora überraschend Johnnys Sauerstoffzufuhr, aber Mora geht auf tragische Weise in den Fluten verloren, während sich Johnny an Land retten kann. Am nächsten Tag findet man Mora tot in ihrem Wasserbett auf dem Jahrmarkt vor – ermordet von ihrem eifersüchtigen Besitzer, der ihr die Sirenen-Abstammung eingeredet hatte, aus Angst, Mora könnte ihn für immer verlassen.

Atemberaubend komplex. Ist Murdock auch der Mörder von Moras Liebhabern vor Johnny? Moras sexuelle Distanziertheit, ihr Aberglaube, sie würde von mythischen Tiermenschen abstam-

American International Pictures' laute Werbung für Night Tide *und* Queen of Blood *setzt auf spektakuläre Akzente, mit denen Harringtons Arbeit nicht das Geringste zu tun hat. Kein Wunder, dass solche Filme beim Publikum durchfielen.*

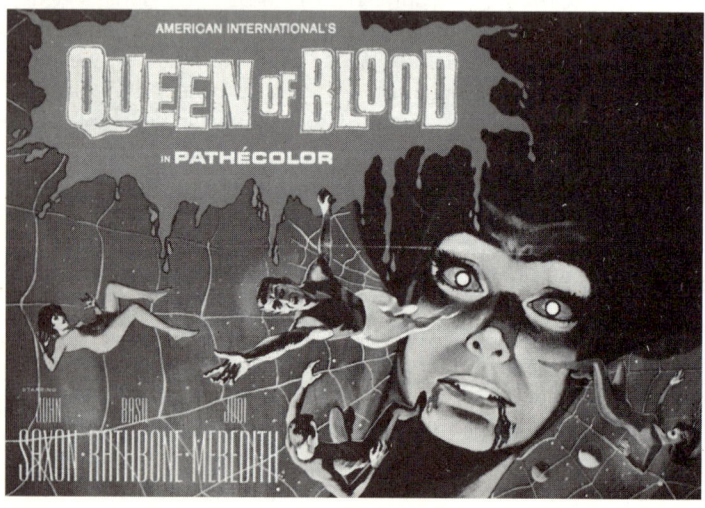

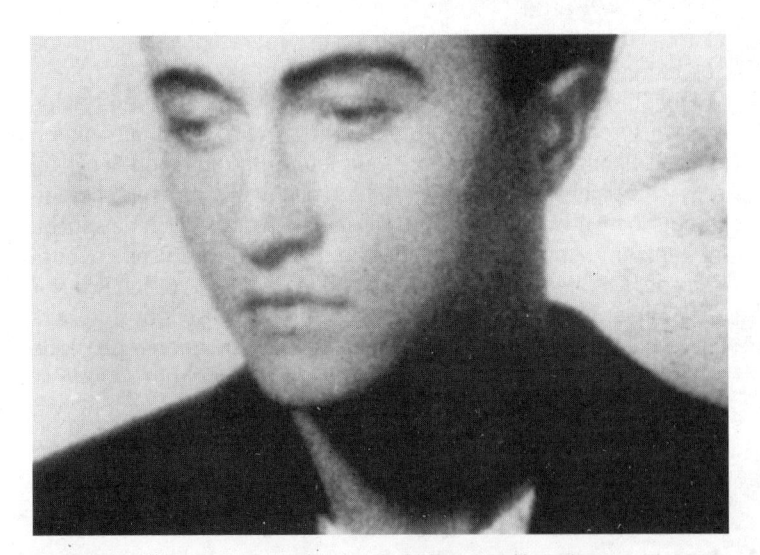

Harrington als Teenager in einem seiner frühen Kurzfilme, Fragment of Seeking.

men, oder die sie schicksalhaft heimsuchende Dame in Schwarz sind eine eindeutige Verbeugung vor Elizabeth Russells Dame in Schwarz und Simone Simons/Irenas Problemen in Lewton/Tourneurs Meisterwerk *Cat People* von 1942, eine Tugend aufgreifend, die im modernen Kino leider verloren gegangen ist und die Harrington in *The Cat Creature* (1973) unter TV-Verhältnissen noch einmal aufgreifen wird. Heute, stellt der Regisseur resigniert fest, seien wir in die Zeit der römischen Arenen zurückgekehrt. Harringtons lediglich fünfzigtausend Dollar teures Spielfilmdebüt steht wie bei Lewton deshalb ganz im Zeichen der Entrümpelung des Genres von überflüssigem, fratzenhaftem Ballast. Die einzige Ausnahme ist Hoppers wild gestikulierender Kampf mit einem Oktopus, ein Tribut Cormans an AIP, die ein Monster verlangten, um eine schwierige Außenseiterproduktion wie diese überhaupt verkaufen zu können. Nutzte alles nichts. *Night Tide*, bereits 1960 entstanden und für Horrorfans viel zu sensibel, geschmackvoll und intelligent, starb drei Jahre später im Doppelprogramm mit der von Coppola für

Corman umfrisierten russischen Space Opera *Battle Beyond the Sun* einen stillen unverdienten Tod.

Die Stärke von Harringtons Meisterwerk liegt in der Verunsicherung des Vertrauten, dem Nicht-Gesagten, dem Rätsel des Alltags. In der Leichtigkeit, mit der Mora auf ihrem Balkon einen Seevogel erwischt, als bestehe zwischen beiden eine geheime seelische Verwandtschaft, etwas Ungeklärtes, das dennoch der Realität entspricht. Ihr Tanz am Strand weckt Vergleiche mit Jacqueline Pearces musikalischer Darbietung in John Gillings *The Reptile* (1966), beide vor dem Hintergrund eines tragischen, komplexen Pseudovater-Tochter-Verhältnisses, beide Töne jenseits verlogener, ignorierter gesellschaftlicher Realität hervorbringend. In *Night Tide* gibt es, wie in *The Reptile*, keinerlei Phantastik, auch wenn wir sie vermuten. Wie in jener Szene, in der wir zusammen mit dem auf Moras Couch sitzenden Hopper aus Moras Wohnzimmer in den Flur blicken und einfaches Licht aus dem Bad auf den Fußboden fällt, welches mit Schatten und unserer Neugier und Ungeduld sein Spiel treibt. Je länger die Kamera diese subjektive, völlig normale Einstellung beibehält, umso mehr beginnen wir ihr zu misstrauen und eine Bedeutung beizumessen, welche vielleicht gar nicht vorhanden ist. Was wir sehen, ist falsch, weil es nur von uns selbst stammt. Harringtons unsichtbarer Lehrer Val Lewton wäre begeistert gewesen.

Wer hat Curtis Harrington umgebracht?

Harrington konnte aufgrund seiner Individualität nie wirklich in der Filmindustrie Fuß fassen. Wie Lewton, Orson Welles, Charles Chaplin oder Josef von Sternberg musste er sich ein Leben lang mit den begriffsstutzigen Schwachsinnigen der Branche herumschlagen.[2] Um Horror aus der Realität zu erzeugen, braucht man keinen Telefonsex oder Kunstblutfontänen. Nichts für Turbo-Freaks, horrorsüchtige Arschgesichter oder alles falsch verstehende Komiker.

Die Widerborstigkeit des Regisseurs hatte dramatische Folgen. Steve Krantz, Gatte von Pulp-Sex-Autorin Judith Krantz und Produzent von Harringtons Südstaatenhorror *Ruby* (1977), traf mit geradezu traumwandlerischer Sicherheit die falschen Entscheidungen. Martin Ransohoff, welcher bereits Roman Polanskis *The Fearless*

Vampire Killers (1967) für den heimischen Markt sämtlicher Qualitäten beraubt hatte, suchte sich als nächstes Opfer ausgerechnet Harringtons Meisterwerk *What's the Matter with Helen?* (1971) aus, dessen sorgfältig ausgearbeitete finale Mordsequenz mit dem berühmtesten Moment aus Hitchcocks Karriere konkurriert hätte und für dessen geniale Überblendungstechniken Ransohoff schlichtweg blind war. *Night Tide*, 1960 entstanden, aber erst 1963 verliehen, konnte kein Geld einfahren, weil er mit dem falschen Film im falschen Double Feature falsch verheiratet keine Chance hatte. Wenn in dem Hänsel-und-Gretel-Märchen *Whoever Slew Auntie Roo?* (1971) eine wichtige Szene zwischen Shelley Winters und dem fürchterlichen Michael Gothard im Nichts endet, liegt das an einer mit dem gesunden Menschenverstand nicht mehr nachzuvollziehenden Entscheidung James Nicholsons. United Artists' Werbung für *Helen* schreckte Zuschauer geradezu ab, die Ankündigungen im Fall *The Killing Kind* (1973) waren noch erbärmlicher. NBC bekam kalte Füße, als der Sender die unbeanstandeten Schocks von *The Dead Don't Die* (1975) mit Ray Millands grässlichem Ende zu Gesicht bekam. Paramounts George LeMaire passte Harringtons Gesicht als Regisseur von *The Legend of Lizzie Borden* (1975) nicht, ein Projekt, welches Harrington und Autor William Bast zwei Jahre lang intensiv recherchiert und vorbereitet hatten. Der gesamte Rhythmus von CBS' TV-Horror *Devil Dog: The Hound of Hell* (1978) wurde durch falsches Editing völlig dem Erdboden gleichgemacht. *Mata Hari* (1984) lief ungeschnitten auf der ganzen Welt – nur nicht in den USA.

Harrington, dessen Geburtsjahr nicht unbedingt eindeutig ist[3], hatte nie den Hit, den er verdiente, verfügte somit nie über größere Einkünfte oder Unabhängigkeiten wie die wichtige Kontrolle über den Endschnitt oder die Werbung. Die heutige moderne Entwicklung des Genres würde den Autor eines der ersten wichtigen Artikel über den Horrorfilm alles andere als wundern.[4] Sein lang gehegtes, unrealisiert gebliebenes SF-Projekt *Cranium* wäre in eine interessante neue, unzeitgemäße Richtung vorgestoßen, mehr in den Art-Deco-Stil von Edgar Ulmers Meisterwerk *The Black Cat* (1934), einer von Harringtons Lieblingsfilmen. Zu wenig ist bis heute bekannt über einen Mann, der miserable Arbeitsbedingungen schluckte, dem zu oft ungerechtfertigt ins Handwerk gepfuscht wurde. Auf seinen Parties im mediterran wirkenden Haus in Vine Way umgab sich Harrington mit Stars der alten Schule, die ihm mehr bedeuteten als der Abschaum der Industrie, mit Hurd Hatfield, John Abbott oder Spider Woman Gale Sondergaard. Harrington war ein enger Freund James Whales, dessen Verpackungen aus Ironie und Grauen er bewunderte und dessen *The Old Dark House* (1932) er für uns alle rettete. Kent Smith, der Hauptdarsteller aus Lewtons *Cat People*, taucht sowohl in *Games* (1967) als auch in *How Awful About Allan* (1970) und *The Cat Creature* (1973) auf. Harrington wuchs lange Zeit vor Regisseuren des Neuen Hollywood wie Martin Scorsese, Francis Ford Coppola, Brian De Palma, Steven Spielberg oder Joe Dante mit Filmen auf – ein Vorgang, welchen man heute als selbstverständlich erachtet –, verehrte hochkarätige, erfahrene Altstars wie Rathbone, Milland, Simone Signoret, Ralph Richardson, Hugh Griffith, Julie Harris, Ruth Roman oder Gloria Swanson, eine hysterische Bette Davis in *Killer Bees* (1974) ersetzend. *Usher*, sein letzter, von Gary Graver fotografierter Film (2002; sechsunddreißig Minuten), in welchem Harrington Roderick Usher und den Geist seiner Schwester Madeleine in einer Doppelrolle verkörpert, ist nicht nur eine Rückkehr zu *The Fall of the House of Usher* (1942), Harringtons filmischer 8-mm-Erstgeburt im Alter von vierzehn oder sechzehn Jahren, sondern macht angesichts von Hollywoods momentaner Horror-Remake-Epidemie Heißhunger auf Anspruchsvolles und Identisches. Auf Unverfälschtes.

ANMERKUNGEN

[1] Die Rathbone-Einstellungen verraten Beulen in der Spitzentechnologie des Raumschiffs. Corman hatte eine Hand voll Hippies als »Set Decorators« geordert, welche schon am Morgen zugekifft zur Tat schritten und den Leim direkt auf die Wand schmierten statt auf die Rückseite der Tapete!

[2] Eine Quelle wie das längere Interview mit Bill Kelley birst geradezu vor abschreckenden Beispielen. Vgl. *Video Watchdog* Nr. 14, November/Dezember 1992, S. 30–46.

[3] Harrington verstarb friedlich am 6. Mai 2007 im Alter von 78 oder 80 Jahren. Sein zeitweilig veröffentlichtes Geburtsdatum, 1928, verriet er einem Freund, sei »a couple of years shy of reality«.

[4] Vgl. Harringtons »Ghoulies and Ghosties«, zuerst erschienen in *Sight and Sound* XXI, April/Juni 1952, S. 157–161, nachgedruckt in Roy Huss/T. J. Ross (eds.): *Focus on the Horror Film*, Englewood Cliffs/NJ 1972, S. 14–32. Harringtons Artikel und

Kritiken erschienen Ende der Vierziger-, Anfang der Fünfzigerjahre auch in *Films and Filming, Films Illustrated* und *Hollywood Quarterly*. 1949 veröffentlichte SaS sein einziges Buch, *An Index to the Films of Josef von Sternberg*.

FILMOGRAFIE

KURZFILME/KINO/TV
1942: *The Fall of the House of Usher. Crescendo.*
1944: *Renascence.*
1946: *Fragment of Seeking.*
1948: *Picnic.*
1949: *On the Edge.*
1952: *The Assignation. Dangerous Houses.*
1954: *The Inauguration of the Pleasure Dome* (Darsteller; R: Kenneth Anger).
1956: *The Wormwood Star.*
1957: *Peyton Place* (Casting-Assistent; R: Mark Robson; Glut unter der Asche).
1958: *Mardi Gras* (Story; R: Edmund Goulding; Blaue Nächte).
1959: *Hound Dog Man* (Associate Producer; R: José Ferrer; Rückkehr nach Peyton Place).
1963: *The Stripper* (Associate Producer; R: Franklin J. Schaffner; Die verlorene Rose).
1965: *Voyage to the Prehistoric Planet.*
1966: *Queen of Blood.*
1967: *Games* (Satanische Spiele).
1970: *How Awful About Allan* (TV).
1971: *What's the Matter with Helen?* (Was ist denn bloß mit Helen los?). *Whoever Slew Auntie Roo?* (Wer hat Tante Ruth angezündet?).
1973: *The Cat Creature* (TV; Die Katzengöttin). *The Killing Kind* (Von mörderischer Art).
1974: *The Dead Don't Die* (TV). *Killer Bees* (TV).
1977: *Ruby.*
1978: *Devil Dog: The Hound of Hell* (TV).
1984: *Mata Hari* (Mata Hari).
2002: *Usher.*

TV-SERIEN
The Legend of Jesse James (1966). *Baretta* (1975). *Tales of the Unexpected* (1976; Episode »A Hand for Sonny Blue«). *Lucan* (1977). *Logan's Run* (1977; Episode »Stargate«). *Charlie's Angels* (1977/78; Drei Engel für Charlie). *Vegas* (1978). *Darkroom* (1981; Episode »Makeup«). *Dynasty* (1983; Denver Clan). *Glitter* (1985). *The Twilight Zone* (1986; Episode »Voices in the Earth«). *The Colbys* (1986).

Copyright © 2008 by Peter M. Gaschler

KUNST

Wasser, Liebe und Acryl

Space-Art von Gerd Otto und Johnny Bruck

von Philip Thoel

Zwei verwandte Seelen sind sie ganz gewiss, auch wenn sie sich nie persönlich getroffen haben. Der eine – Johnny Bruck – ein knorriger »Wilderer« ohne Jagdschein auf der Pirsch im Unterholz des Seeufers, der andere – Gerd Otto – ein kerniger Naturbursche im Kajak draußen auf den Wellen bei Regen und Schnee.

Was haben die beiden mit Science Fiction zu tun? Das ist eine aufregende Geschichte. Sie handelt von Malerei, vom Fernsehen und ... von der Liebe.

Am 8. September 1961 erschien »Unternehmen Stardust« als erster Teil der Perry-Rhodan-Heftromanserie. Von Anfang an dabei auf diesem Trip war der Grafik-Illustrator Johnny Bruck. Aus seiner meisterlichen Hand stammen jene unvergesslichen Cover, die seit den Sechzigerjahren Heerscharen von Lesern zu

Der Pferdekopfnebel als Gemälde von Gerd Otto

Perry Rhodan lockten. Er illustrierte fast 1800 farbige Perry-Rhodan-Titelseiten.

Gerd Otto lockte die Gelehrten, um nicht zu sagen, er packte das Establishment. Gerd Otto hat als einer der wenigen Maler auf dem Kontinent geholfen, die Space-Art hoffähig zu machen. Nachdem er die ehrenvollen Mühlen der Kunstakademie durchlaufen hatte, widmete er sich dem Blick ins All und fand mit dem weithin als trivial verschrienen Sujet inzwischen auch im etablierten Kunstbetrieb Achtung und Anklang.

Schauen wir uns diese beiden wesensverwandten Space-Art-Maler etwas genauer an. Was haben Johnny Bruck und Gerd Otto miteinander gemein? Ganz auffällig: ihre Maltechnik. Beide bevorzugen als Medium die schnell trocknende Acrylfarbe. Und weiter: Beide ließen sich von der oberbayerischen Seenlandschaft verlocken und schlugen ihr Domizil und Atelier dort auf. Der eine am Chiemsee, der andere am Ammersee. Und beide haben das gleiche Erfolgsrezept. Ihre Muse! Johnny Bruck erklärt seine wilde Schaffenskraft ganz salopp: »Mein Geheimnis ist leicht entschleiert. Ich

habe eine phantastische Frau, die nur halb so jung ist wie ich.«
Genauso Gerd Otto. Auch ihm ist bei seinem Schaffen seine Frau die wichtigste Stütze. »Sie gibt mir Kraft und Zuversicht, am meisten dann, wenn ich auch mal das Handtuch schmeißen will. Ohne sie hätte ich es schon geschmissen. Sie inspiriert mich durch ihre Einfühlung in meine Arbeit, die auch ein Teil ihres Lebensgefühls geworden ist. Wie man aus einem Bach auch mal einen Stein nehmen muss, damit er im Fluss bleibt, so wirkt auf mich ihre subtile Kritik. So bleibt durch sie meine Kreativität im Fluss.«

Herbert Johannes Bruck wurde am 22.3.1921 in Hamburg geboren. Mit sieben Jahren malte er bereits die Tiere im Zoo, mit vier-

Eines der bekanntesten und oft gedruckten Space-Art-Gemälde von Gerd Otto

zehn riss er von zu Hause aus und versteckte sich als blinder Passagier auf einem Dampfer mit Ziel Südamerika. 1938 meldete er sich zur Kriegsmarine. »Nachdem ich im Kanal und in der Biskaya dank Minentreffern dreimal abgesoffen war, lernte ich im Lazarett den damals bekanntesten Kriegsberichtszeichner Hans Liska kennen, der mir zum Vorbild wurde.«

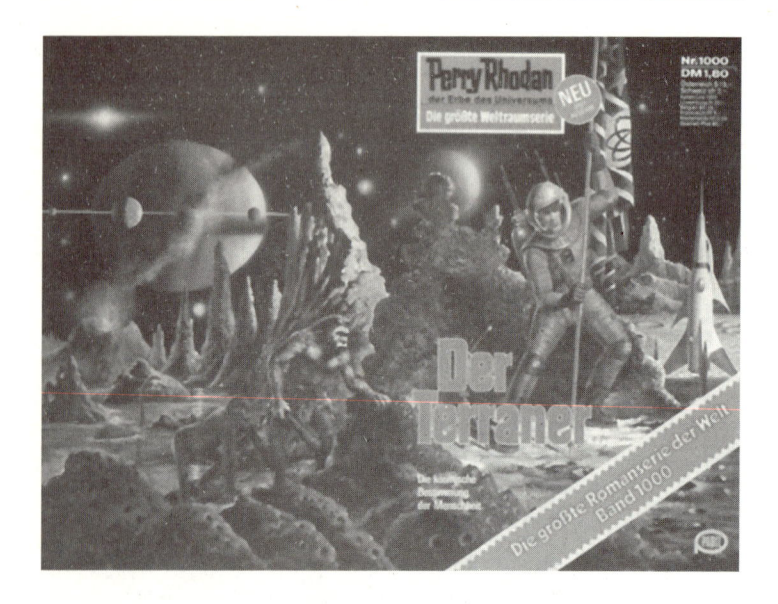

Einen Tag vor der Kapitulation des Dritten Reichs wurde Bruck vom Kriegsgericht zum Tode verurteilt, weil er einen Heimaturlaub um zehn Stunden überzogen hatte. Der Vollstreckung kamen die Alliierten freilich zuvor. Noch vor den Wirtschaftswunderzeiten ergaben sich erste Kontakte zur Welt der Titelbild-Malerei. Die »Utopia«-Reihe war dann Brucks erster Treffer in Sachen Science Fiction. 1957 folgte sein Wechsel zu »Terra«, einer langlebigen Serie, die im Moewig-Verlag erschien. Und damit hatte Bruck seine verlegerische Heimat gefunden.

Als dann Perry Rhodan konzipiert wurde, war Johnny Bruck erste Wahl und blieb es auch fünfunddreißig Jahre lang. »Ich selbst bin nur selten zufrieden, weil ich Superbilder malen könnte, wenn ich a) die Zeit und b) das Honorar amerikanischer Zeichner hätte.« Bruck ging, nicht nur aus finanziellen Gründen, auch anderen künstlerischen Interessen nach. Er karikierte die Lokalprominenz für Regionalzeitungen rund um den Ammersee – oder umrundete ihn einfach radelnd auf dem Drahtesel. Das Radfahren war für den passionierten Genießer guter Whiskys ein Ersatz für den nie erreichten Motorradführerschein. Am 6.10.1995 starb er an den Folgen eines Verkehrsunfalls. Für die Science Fiction in Deutschland ging mit ihm eine Ära zu Ende.

Nach seinem Tod setzte ihm das Bayerische Fernsehen ein Denkmal. Die erste für das Nachtprogramm »Space Night« in Dolby-Digital-Technik 5.1 produzierte Sendung präsentierte seine Arbeiten. Schnitt und Animation besorgte Werner Heinlein, der mit dieser Produktion einen neuen Standard gesetzt hat. Heinlein montierte ein fast einstündiges grandioses Feuerwerk genialer Bildkomposition, das den Betrachter atemlos fesselt. Er nimmt den Zuschauer mit in das Perry-Rhodan-Universum und zeigt ihm die Wunder dieser Welt – aus der Perspektive des Johnny Bruck. Etwas für Menschen, die sich von audio-visueller Medienkunst faszinieren lassen.

Gerd Otto ist so ein Mensch, visuell bis in die Knochen. Der cineastische Sinnenrausch hat Gerd Otto zu dem gemacht, was er heute ist. Als Fan des phantastischen Films ließ er sich früher gern von TV-Serien wie *Star Trek* anregen. »Sie ziehen mich in einen Sog der Illusion, und ich nehme selbst am Geschehen teil. Das Weltraum-Feeling, das ich dann erlebe, ergibt eine Stimmung, die schließlich irgendwann zum Gemälde führt und sich darin wiederfindet. Leider wird in den Science-Fiction-Serien vor lauter Spezialeffekten viel zu wenig Zwischenraum gelassen. Leerstellen sind aber nötig, denn dort kann ich meine Phantasie einbringen. Mehr Antrieb zu eigenem Schaffen und Inspiration finde ich ehrlich gesagt in der Astronomie.«

Schon mit sechzehn Jahren besuchte Gerd Otto eine Malklasse für Profis. Später studierte er bei Adolf Hartmann und Mac Zimmermann an der Münchner Kunstakademie. Heute blickt er mit einem Schmunzeln auf diese Zeit zurück. Er hat sich vom Trubel der Münchner Szene längst abgewandt, lebt mit seiner Frau Hildegard und Hund Charly am schönsten Fleck Mitteleuropas: direkt

In diesem Selbstporträt malte sich Gerd Otto bei seiner Lieblingsbeschäftigung: paddelnd im Kajak auf dem Chiemsee

am Chiemsee. Dort ist nicht nur sein Lebens-, sondern auch sein Schaffensort.

»Wenn ich mich beim Malen verlieren kann, habe ich das Gefühl, es malt mich – ohne ich selbst zu sein.« Aus Gerd Otto wird dann ein »Phantastronaut«, der in die Unendlichkeit eintaucht. In der Rolle des Phantastronauten kann er mit Hilfe der Phantasie schneller als mit Lichtgeschwindigkeit durch das All reisen und die Wunder eines phantastischen Universums bestaunen. Wie? Er schafft dies mit Hilfe seiner Airbrush-Pistole. Dieses luftdruckbetriebene Malgerät sieht nicht nur aus wie eine Rakete, für den Phantastronauten ist sie genau das. Sie transportiert ihn mit Warp-Geschwindigkeit zu fernen Galaxien und Sternennebeln, in multidimensionale Hyperräume und zeitlose, unendliche Räume.

Für Gerd Otto ist Unendlichkeit nichts Mathematisches, kein »n plus 1«, das heißt: keine Zahl, zu der immer noch 1 addiert werden könnte, sondern etwas, worüber hinaus nichts Größeres vorstellbar ist. »Die Unendlichkeit hat für mich etwas Faszinierendes, da ich ein gläubiger Mensch bin. Hätte ich meinen Glauben nicht, wäre sie etwas Erschreckendes. Wir stehen heute vor der Herausforderung, den Zugang zum Raum der Religion wieder neu zu finden. Die Ursehnsüchte des religiösen Menschen und des Science-Fiction-Lesers sind übrigens die gleichen.« Gerd Otto meint damit eine Art Suche oder Sehnsucht nach einer – vorsichtig ausgedrückt – Erhellung, nach einer Lichtwerdung.

Deutlicher wird dies, wenn man seine Arbeitsweise betrachtet: Er arbeitet bevorzugt mit Lasurtechniken. Damit sind durchscheinende Farbschichten gemeint, die übereinander gemalt subtile Mischungen ergeben. Wenn das Licht günstig ist, ergeben die Lasurfarben dann ein magisches Leuchten. Fast jeder Betrachter der Space-

Eine Gestalt gewordene biblische Vision von Gerd Otto: Der kosmische Christus

Art-Gemälde staunt über das eigentümliche Licht, das aus den Arbeiten herauszuleuchten scheint. Dieses Licht sieht Otto als einen Abglanz des Urstoffs allen Seins. Es soll eine Ahnung geben vom spirituellen Licht des Geistes, das jede Finsternis durchdringt. »Ebenso ist es mit den kosmischen Lichterscheinungen in meinen Bildern. Die Sternennebel und Galaxien sollen den Geist der Schöpfung ahnen lassen. Ich vermute, ein ordnender Schöpfer hat im Urknall seinen Seins-Impuls verwirklicht. Gott ist vielleicht der größte Künstler aller Zeiten. Wenn man diesen Gedanken weiterdenkt, dann braucht Gott für seine Selbstverwirklichung die materielle Welt ebenso wie der Maler Pinsel, Farben und Leinwand.«

Es gibt Leute, die bekommen Angst, sich im Unendlichen zu verlieren. Und es gibt Leute, die träumen sich aus dem Alltag hinaus in den Kosmos und entdecken dabei ihre eigene Phantasie. Für diese Menschen gestaltet Otto seine Weltraumlandschaften. Viele menschliche Ursehnsüchte richten sich auf eine Verbindung zu anderen Dimensionen, eine Zugehörigkeit zum Zeitlosen, Ewigen. Darin treffen sich nicht nur Space-Art und Religion, es wird auch eine Brücke zur Science Fiction geschlagen: Die religiöse Sehnsucht nach etwas, was das irdische Leben zeitlich und räumlich übersteigt, verkörpern für Gerd Otto bestimmte Raumreisende aus der Science Fiction geradezu perfekt. »Zum Beispiel Atlan oder natürlich Perry Rhodan. Unter anderem darin mag auch deren Anziehungskraft liegen. Eine Flucht ist die Science-Fiction-Lektüre keineswegs. Es ist eher so, als würde man über den eigenen Gartenzaun blicken, um zu sehen, was es sonst noch gibt.«

Copyright © 2008 by Philip Thoel

Entropie-Tango

Michael Moorcock und die Musik

von Ralf Reiter

Im letztjährigen Science-Fiction-Jahrbuch widmete sich ein Artikel dem Rock-Performer und SF-Lyriker Robert Calvert, der in den 1970ern als Frontmann der Space-Rock-Band Hawkwind operierte. Calvert ist heute nahezu vergessen, aber einer seiner frühesten Künstler-Kumpels ist es beileibe nicht. Michael Moorcock, zwischenzeitlich mal der erfolgreichste Fantasy-Autor der Welt, formulierte im Rahmen seiner Herausgebertätigkeiten eine bedeutsame SF-Strömung aus und führte als Schriftsteller das Prinzip des Metatexts in die phantastischen Genres ein wie kaum jemand sonst. Und man muss nicht erst die »Jerry Cornelius«-Chroniken aufschlagen, um zu erkennen, dass Moorcock es ebenso mit der Musik hatte und in diesem Medium Ausdrucksmöglichkeiten suchte. Im Vergleich zu seinen literarischen Verdiensten wirken Moorcocks musikalische Ambitionen allerdings zumeist reichlich tapsig. Und sie sind natürlich ebenso untrennbar verknüpft mit den britischen Space-Rockern von Hawkwind.

Moorcocks bisher letztes musikalisches Signal, das auf Tonträger dokumentiert ist, wurde Ende des Jahres 2000 aus seiner Heimat Texas abgestrahlt, als er sich via Telefonlink in ein Konzert von Hawkwind einmischte. Die Band spielte eines ihrer traditionellen Jahresendkonzerte in London und lud dazu, ebenso traditionell, viele Gäste und Exmitglieder ein. Moorcock steuerte zwei gesprochene Passagen bei, Performances, die über Telefonleitung kamen

Moorcock bei einer Rezitation

und von der Band live mit allerhand Sound untermalt wurden. Wie üblich ließ Moorcock es sich nicht nehmen, über die Stränge zu schlagen und seine Rezitationen zu gestalten wie ein Shakespeare-Mime unter Elektroschock-Behandlung: eine knisternd-verzerrte Telefonstimme, schreiend, brüllend, hustend, spuckend und jammernd, unterlegt mit bedrohlichem Sound-Bombardement und Herzfrequenztönen. Man hatte durchaus das Gefühl, sich um den Mann Sorgen machen zu müssen.

Aber natürlich war das mal wieder Absicht. Als Rezitator übertrieb es Moorcock stets hemmungslos; seine Auftritte sind selbst bei beinharten Hawkwind-Fans berüchtigt, wenn nicht sogar notorisch unbeliebt. Dabei entstand durch diese spezielle Moorcock-Intonation der 2000er-Liveversion des Stücks »Sonic Attack« ein wirbelnd chaotisches Panorama apokalyptischer Bedrohung und Weltauflösung, das seine eigene Parodie gleich mitliefert. Moorcock gibt den durchgeknallten Trash-Performer, den jaulenden Literaturpapst, der die Litaneien des Chaos herunterkreischt. Mit anderen Worten: »Sonic Attack« von 2000 ist umwerfender Psych-Rock-Trash.

Das gesprochene Stück geht zurück auf das Jahr 1972, als Hawkwind gerade zur großen Nummer wurden. Moorcock hatte den satirischen Text selbst verfasst, widmete sich den alten amerikanischen »Duck and cover«-Filmchen des Atomschlagzeitalters und zog sie durch den Kakao: Nicht die Atombombe ist die Bedrohung, sondern ein reichlich selbstreferentieller Angriff durch Sound und Lautstärke – etwas, das bei den Phonzahlen, die Hawkwind damals erreichten, nicht ganz abwegig schien. Der Text sagt einem, was in einem solchen Fall zu tun ist und wie man sich vor den mordsmäßigen Schallwellen retten kann. Wobei die geschilderten Symptome natürlich auch an die Folgen eines schiefgegangenen Drogentrips erinnern. Es waren schließlich die frühen Siebziger:

In case of Sonic Attack on your district, follow these rules/ If you are making love it is imperative to bring all bodies to orgasm simultaneously/ Do not waste time blocking your ears/ Do not waste time seeking a sound proofed shelter/ Try to get as far away from the sonic source as possible/ Do not panic/ Do not panic/ Use your wheels. It is what they are for/Small babies may be placed inside the special cocoons and should be left, if possible, in shelters/ Do not attempt to use your own limbs/ If no wheels are available – metal – not organic – limbs should be employed whenever practical/ Remember/ In the case of sonic attack survival means »Every man for himself«/ Statistically more people survive if they think only of themselves/ Do not attempt to rescue friends, relatives, loved ones/ You have only a few seconds to escape/ Use those seconds sensibly or you will inevitably die/ Think only of yourself/ Think only of yourself/ Do not panic/Think only of yourself/ Think only of yourself/ These are the first signs of sonic attack/ You will notice small objects – such as ornaments – oscillating/ You will notice vibrations in your diaphragm/ You will hear a distant hissing in your ears/ You will feel the need to vomit/ You

Hawkwind 1975

will feel dizzy/ You will have difficulty focussing/ You will need to breathe more rapidly/ There will be bleeding from orifices/ There will be an ache in the pelvic region/ You may be subject to fits of hysterical shouting or even laughter/ These are all sign of imminent sonic destruction/ Your only protection is flight/ If you are less than ten years old/Remain in your shelter and use your cocoon/ Remember – you can help no one else/ You can help no one else/ You can help no one else/ Do not panic/ Think only of yourself/ Think only of yourself/ Think only of yourself/ Think only of yourself/ Think only of yourself/ Think only of yourself

Vorgetragen wurde das Stück seinerzeit von Hawkwind-Performer Robert Calvert; es erschien zum ersten Mal auf dem Live-Album »Space Ritual«. Wenn Calvert wieder mal im Sanatorium verschwand, übernahm Moorcock auf der Bühne das Mikro und erarbeitete sich so (bei einigen) seinen Ruf als unerträglicher, brüllend lauter Rezitator und grotesker Bühnen-Märchenonkel.

Die Bekanntschaft zwischen Moorcock und der Band ging zurück auf Moorcocks Arbeit für das Underground-Magazin *Frendz*, Keimzelle für so manches Talent der frühen britischen Pop-Journaille und eines der Zentralorgane der anarchischen Hippie-Künstlergruppen von Notting Hill und Ladbroke Grove, dem englischen Pendant zu Haight-Ashbury in San Francisco. Hawkwind wurden schnell zum internationalen Aushängeschild der Szene, und die Bandmitglieder verbrachten oft ganze Tage in den Redaktionsräumen von *Frendz* und nebelten das schmale Büro mit wohlriechendem Rauch ein. Die Band interessierte sich für Methoden, Rockmusik »bewusstseinserweiternd« zu gestalten, wies eine starke Nähe zu SF- und Fantasy-Stoffen auf und stieß dabei natürlich auf ein Milieu, in dem junge, aggressive und manchmal auch nur großkotzige Literaten gerade dabei waren, die SF und die Fantasy gehörig zu verdrehen. Ihre Propagandisten nannten es, inspiriert vom jungen französischen Film, die *New Wave*. Bald wurde aus der Notting-Hill-Szene ein einziger Kuddelmuddel aus Literatur, Musik, Lichtshow, Dichterlesungen unter psychedelischen Soundgewittern sowie neurotischen, egozentrischen und drogenqualmumwaberten Performer-Gestalten im Scheinwerferlicht, ideologisch angereichert durch die unumgänglichen politischen Forderungen nach Egalität und Antikapitalismus: Hawkwind wurden bekannt dafür, dass sie umsonst Konzerte gaben und bei großen, teuren Festivals gratis vor dem Eingang spielten – und damit manchmal mehr Zuschauer anzogen als das Festival hinter dem Zaun. Eine naive, politisch stark linksgerichtete, aber doch auch auf den Spaßfaktor bedachte Ideologie des »Anything should go«.

Als Herausgeber des Magazins *New Worlds* und Leitfigur der New Wave war Moorcock natürlich längst ein bekannter Mann. Sein Fantasy-Held Elric hatte das Genre bereits maßgeblich beeinflusst. Moorcocks Romanausstoß seit den frühen 60ern war enorm, seine Bücher um den dandyhaften Londoner Zeitreisen-Ermittler und Hallodri Jerry Cornelius galten als ebenso stylisher wie genialer Pop, der zur Ablösung der Beatniks antrat und dies selbstverständlich vermischte mit wertlosem Pulp und Comic-Trash. Mit Jerry Cor-

Moorcock bei einer Aufnahmesession der Bellyflopps (1965)

nelius nahm Moorcock die »Swinging Sixties« auf und unterzog sie einer ins Spekulativ-Phantastische weisenden Phasenverschiebung: neu, heiß, zynisch, am Puls der Zeit und doch literarisch distanziert und hochgradig amüsiert. Und mit sich anbahnenden Vernetzungen und Intertextualitäten, die nach einer eigenen Kosmologie rochen und in der Folge mit immer subtileren Methoden ein multiversales Durcheinander zu einem vielgestaltigen Metatext formten: dem Moorcock-Universum, wie man es heute kennt.

Natürlich war für jemanden wie Moorcock eine sich noch stetig verändernde Rockmusik, die sich nach wie vor in einem Zustand des Austestens und Neukombinierens befand, von starkem Interesse. Moorcock war nie ein großer Instrumentalist, beherrschte lediglich Banjo und Mandoline und etwas Gitarre. Er hatte als Jugendlicher kurz in einer Skiffle-Band gespielt und Mitte der Sechziger mit den Bellyflopps ein noch kurzlebigeres Beat-Projekt am Start. Zu seinen Mitmusikern gehörten Charles Platt und Langdon

Jones, die ebenfalls als Schriftsteller in der New Wave zu Ehren kamen. Die Band brachte es, Gerüchten zufolge, auf ein Mini-Album, dessen wenige Kopien bei einer SF-Convention als Gratis-Material verteilt wurden. Nach der Aufnahme, möglicherweise auch schon *währenddessen*, hatten sich die Musiker derart besoffen, dass sich heute kaum einer so recht daran erinnern mag. Es existieren jedoch einige Fotos von den Sessions: Englische Musikbands trugen damals noch Anzüge und Schlips und wollten gerne aussehen wie die Beatles.

Moorcocks literarisches Werk hingegen wurde einigen Musikern der Psychedelia- und Folk-Szene zur Inspiration. Der Autor unterhielt Kontakte zu Pink Floyd; Roger Waters schrieb 1968 den Song »Set the Controls for the Heart of the Sun« unter dem Einfluss von Moorcocks Roman »The Winds of Limbo«. Schon früh erschienen zwei Alben, die den Titel *Stormbringer* trugen, eines von ihnen von Folker John Martyn. Aber dabei handelte es sich lediglich um Inspirationen, Moorcock selbst hatte keinen konkreten Anteil an den Platten und Songs. 1974 brachten auch Deep Purple ihr *Stormbringer*-Album heraus, aber es hatte mit Moorcock nichts zu tun.

Ab 1971 wurde es für den Schriftsteller konkreter, denn da befand er sich im Dunstkreis von Hawkwind und steuerte Material bei, das über solche reine Assoziationen hinausging. In den Credits des düster rockenden 1972er-Albums *Doremi Fasol Latido* wurde er erstmals namentlich erwähnt, und auf dem darauffolgenden Live-Album *Space Ritual* trat er als Autor in Erscheinung. Interpretiert wurden seine Texte von Robert Calvert. Diese bis heute erfolgreichste Phase der Band zeigte, dass Moorcock aufs richtige Pferd gesetzt hatte: Das *Space Ritual* war ideal, um seine Inhalte zu transportieren. Das Live-Konzept bediente sich in starkem Maße bei seinem Roman »The Black Corridor«, einer New-Wave-Space-Opera reinsten Wassers, in der Outer Space und Inner Space untrennbar verschmolzen. Auf der Bühne wurde das alles mit deklamatorischer Wucht vorgetragen von Calvert. *Space Ritual* war musikgewordene New-Wave-SF, rauschhaft, virtuos, selbstbewusst und so laut und wummernd, dass man sie nicht überhören konnte.

Space is infinite, it is dark/ Space is neutral, it is cold/ Stars occupy mammute areas of space/ They are clustered a few billion here/

Plattencover »Choose Your Masques« (1982)

And a few billion there/ As if seeking consolation in numbers/ Space does not care, space does not threaten/ Space does not comfort/ It does not sleep, it does not wake/ It does not dream/ It does not hope, it does not fear/ It does not love, it does not hate/ It does not encourage any of these qualities/ Space cannot be measured, it cannot be angered, it cannot be placated/ It cannot be summed up, space is there/ Space is not large and it is not small/ It does not live and it does not die/ It does not offer truth and neither does it lie/ Space is a remorseless, senseless, impersonal fact/ Space is the absence of time and matter (The Black Corridor)

Der Single-Hit »Silver Machine«, eine Calvert-Kreation, zischte bald in den europäischen und amerikanischen Charts rauf und runter. Ironischerweise war der Song gar nicht auf dem Album enthalten, sondern einer früheren Live-Performance entnommen worden. Die Musikwelt wurde Zeuge, wie etwas Neues entstand, etwas, das es so noch nicht gab. Die Einzelkomponenten waren alle längst da gewesen – natürlich, es gab sie in jedem Club und jeder Konzerthalle unablässig zu hören –, aber eben nicht in dieser speziellen Kombination. Der Space Rock wurde geboren aus Hippietum, New-Wave-SF, schlammigem Heavy Rock und elektronischer Klangerzeugungsbastelei. Härter, länger, skrupelloser und doch nicht zu Tode gefrickelt wie der Progressive Rock, sondern eminent »hörbar«. Nicht so dumpf wie Black Sabbath, nicht so langweilig wie Pink Floyd, nicht so dilettantisch wie die zahlreichen Krautrock-Kollektive. *Space Ritual* wurde zum Monument, und Michael Moorcock hatte maßgeblichen Anteil daran.

Um diese Zeit arbeitete er die Band auch in einige seiner Romane ein, ließ sie in »The English Assassin« im *Mountain Grill*-Restaurant, einer Institution in der Portobello Road, sitzen, schmückte seine Kapitel mit Hawkwind-Motti und widmete der Gruppe den Roman »An Alien Heat«, Beginn der wunderbaren *Dancers at the End of Time*-Serie. In der Verfilmung von »The Finale Program« stellte die Band in einer Szene eine im Background spielende Musikgruppe dar, wurde jedoch später herausgeschnitten.

1975 gab es eine erneute, sehr konkrete Kooperation, und es sollte die bis zum heutigen Tag aufregendste werden. Ursprünglich war ein ambitioniertes Rock-Oper-Konzept vorgesehen, benannt mit »Time of the Hawklords«, von Moorcock gesteuert und mit den Bandmitgliedern als handelndem literarischem Personal. Das Projekt wurde erst abgespeckt und verlief sich dann. Die geplättete Version, das Album *Warrior on the Edge of Time*, stellte nichtsdestotrotz (oder vielleicht gerade wegen der Straffung) einen absoluten Höhepunkt dar. Es war der erste Tonträger, auf dem Moorcock als Rezitator auftrat. Die Platte – manche halten sie für das beste Rock-Fantasy-Album überhaupt – konnte interpretiert werden als eine Art Fortsetzung des *Space Ritual* unter anderen Vorzeichen. Sie war in stärkstem Maße beeinflusst von Moorcocks Fantasy-Schöpfung, dem »Eternal Champion«, und der Autor steuerte Texte und zwei mit verzerrter Stimme gesprochene Passagen bei. Skrupellos düsteres, schnaubendes und wortklingelndes Fantasy-Pathos, das einen bis in den Schlaf verfolgt:

The Great Hound barked/ And the world turned white/ The Great Hound sighed/ And the forest died/ The Wizard Blew His Horn/ The Wizard Blew His Horn/ The snow snake hissed/ And

Plattencover »Warrior on the Edge of Time« (1975)

the world turned round/ The snow snake grinned/ In his fine cold sin/ When The Wizard Blew His Horn/ The Wizard Blew His Horn/ The horse wept blood/ And the earth did groan/ The tall horse reared/ From a lake of tears/ To seek a Champion/ To seek a Champion/ The world was bleak/ And the Earth did fear/ The Wizard's Horn/ The magic Horn/ So it screamed for a champion/ It screamed for a champion/ The eagle laughed/ And the world grew black/ It stretched giant claws/ And it snatched the Law/ And the Champion stirred in his sleep/ The Champion stirred in his sleep (The Wizard Blew His Horn)

We are the warriors at the edge of time/ We are Humanity's scythe to sweep this way and that/ And cut the Enemy down as weeds/ We are Humanity's spade to dig up the roots wherever they have grown/ We are Humanity's fire to burn the waste to the finest ash/ We are the wind which will blow the ash away/ As if it had never existed/ We will destroy those Enemies/ But we must first know the Enemies/ And the Enemies are the devils that hide in our minds/ And make us less than happy/ They make us less than happy/ We are the warriors at the edge of time/ We are the veterans of a savage truth/ We are the lost/ We are the last/ We are the betrayed/ We are the betrayed/ We are the betrayed (Warriors)

Musikalisch tendierte die Band stärker in Richtung Progressive Rock, hatte sich inzwischen mit Simon House einen kompetenten Violinisten und Klassik-Experten angeeignet, der ebenfalls das für die 70er so typische Mellotron bediente, jene Synthesizer-Variante, die symphonische Sounds aus dem Nichts herbeizauberte. Es entstand ein Album, das so melodisch war wie kaum jemals zuvor, alle eventuelle Feingeistigkeit und ausufernde Epik jedoch durch eine monumentale Rhythmusgruppe kontrastierte: die beiden Schlagzeuger Simon King und Allan Powell sowie Bassist Lemmy Kilmister, der im selben Jahr ausscheiden und Motörhead gründen sollte. Irgendwie schien das Album im Progressive Rock beheimatet, und doch rockte und wummerte es. Wie schon *Space Ritual* war auch *Warriors* eine kongeniale Zusammenarbeit von Talenten, eines der besten Rock-Alben der Siebzigerjahre, das Destillat damals herumschwirrender, im Werden begriffener Strömungen und einer der Impulsgeber des später erst relevanten Pathos-Metal mit Fantasy-Einschlag sowie des New Progressive.

Moorcock arbeitete Zitate aus seinen *Warrior*-Texten 1986 in den Roman »The Dragon in the Sword« ein und überführte sie damit endgültig in seinen multiversalen Textkorpus. Zum »Time of the Hawklords«-Projekt kam es irgendwann doch noch, aber lediglich in Gestalt zweier Pulp-Hefte des Autors Michael Butterworth. Inzwischen wurde gnädigerweise der Mantel des Vergessens über sie gebreitet.

1975 war überhaupt das ergiebigste Jahr, wenn man Moorcocks Verbindungen zur Rockmusik nachgehen will. Nach *Warrior* tauchte er als Gastmusiker auf Robert Calverts zweitem Solo-Album *Lucky Leif and the Longships* auf (am Banjo), ehe er später im Jahr den Höhepunkt seines eigenen musikalischen Schaffens folgen ließ.

Eine Zeitlang hatte Moorcock hinter den Kulissen an einer Band geschraubt und sie »The Deep Fix« genannt, nach einer fiktiven

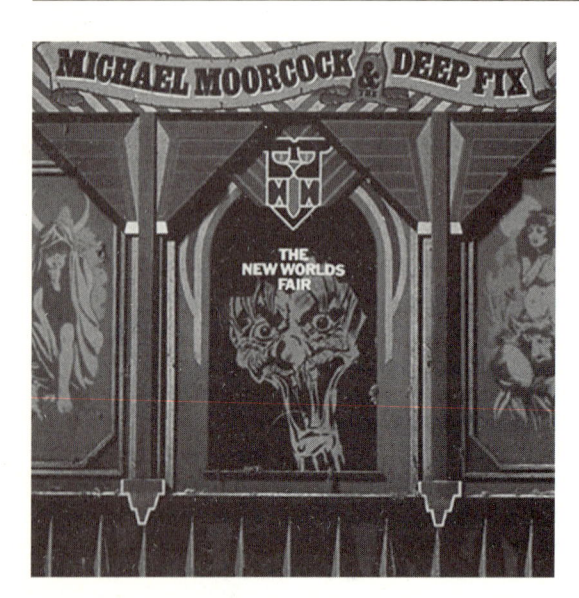

Plattencover von »The New World's Fair« (1975)

Gruppe, die in seinem Roman »The Finale Program« auftrat. Deep Fix war eine Session-Combo, kein ausgewiesenes Live-Projekt, dennoch sollte es fortan zu einigen Auftritten kommen – die jedoch offenbar niemandem längere Zeit im Gedächtnis haften blieben. Freundlicher aufgenommen wurde die eine Platte mit dem Titel *The New World's Fair*, die unter dem Namen Michael Moorcock & The Deep Fix bei United Artists erschien. Der langgehegte Wunsch des Autors, sich unter eigener Regie musikalisch auszudrücken, eigene Songs zu schreiben und zu interpretieren, war in Erfüllung gegangen. Seine Mitstreiter waren Steve Gilmore (Gitarre) und Graham Charnock (Gitarre, Bass), Letzterer ein Musikjournalist und Autor von »New Worlds«. Zur Perfektionierung des eigenen Ausgangsmaterials zog das Trio eine Menge Unterstützer heran, Hawkwind-Leute ebenso wie Snowy White (Pink-Floyd-Umfeld) oder Multiinstrumentalist Peter Pavli. Als besonders gewinnbringend erwies sich wieder einmal Hawkwind-Geiger und -Keyboarder Simon House, der auf der Platte einige der schönsten Momente seiner Violinisten-Laufbahn vorweisen konnte. Auch Graham Charnock,

HW-Drummer Simon King und Peter Pavli am Cello punkteten auf *New World's Fair*.

Nachdem man die Platte aufgelegt hat, befindet man sich auf einer jener britischen Seebad-Promenaden, wo sich die Vergnügungstempel aneinanderreihen und immer Kirmes herrscht. Draußen geht die Welt zugrunde, zweifellos an nuklearer Strahlung, aber die Flaneure, die Moorcock in seinen Texten vorstellt, interessiert das nur am Rande. Sie bilden einen hedonistischen Mikrokosmos ab, der der Apokalypse zusteuert, sich aber so verhält, als sei das nicht von Bedeutung. Ein Totentanz von Kirmes-Gestalten mit ganz eigenen gesellschaftlichen Ritualen, dem Materialismus huldigend, vergnügungssüchtig. Als Fixpunkt dient ein neurotischer Junge und Rockmusiker namens Dude, dem ein Sprecher (Moorcock) zwischen den Songs dauernd ins Gewissen redet, wobei das jedoch eigentlich Dudes innerer Monolog ist. Am Ende kommt die Apokalypse wie ein Hammerschlag und mit bösen, sarkastischen Bildern des Untergangs:

> *Isn't it delicious, there's a red sun in the sky/ Every time we see it rise, another city dies/ And the bombs blow up the cemeteries/And the dead give up their graves/ But we go on making out, babe, through the short, bleak days/ And I really wish you'd tell me if your skin is feeling right/ I don't like the way your shoulder peeled last night/ And the bombs blow up the houses/ And the bombs uproot the trees/ And I saw my children carried off on a strange, bright breeze/ But there ain't no point in weepin'/ And there ain't no point in lying/ Let's laugh, and make the most of it/ After all, we're only dying/ Rolling, we're rolling in the ruins/ Rolling, we're rolling in the ruins/ Rolling, we're rolling in the ruins/ And we know we're bound to go/ Since we found the doctor's surgery, I'm feeling rather fine/ Send a shot of this and a shot of that up that old main line/ And the bombs blow up the churches/ And the priests cry out for faith/ Kiss my mouth while I still have it, take my hand, and keep it safe/ Hear my heart while it's still beating, hear my breath while it can last/ And take another roll, dear, but we'd better make it fast/ And the bombs destroy our hopes/ And the bombs fragment our dreams/ And we're bound to pause and wonder if all is what it seems/ But there ain't no point in leavin'/*

For there's nowhere left to go/ Just smile and make it tender/ Make it kind and make it slow/ Rolling, we're rolling in the ruins/ Rolling, we're rolling in the ruins/ Rolling, we're rolling in the ruins/ And we know we're bound to go (Dude's Dream)

Rock, Ballade, Folk und Erzählung/ innerer Monolog wechseln sich ab und ergeben in der Gesamtwirkung so etwas wie eine Rock-Operette, in der man sich vorkommt wie in einer abgewrackten, verblassenden Dimension des Multiversums, einer unschönen Jerry-Cornelius-Facette – oder einer sich anbahnenden Hypertextualität, in die bereits Romane einfließen, die es damals noch gar nicht gab: »Byzantium Endures« und die Pyat-Reihe. Ein Album voll mit durchaus kompetentem, abwechslungsreichem Songwriting und einigen Volltreffern wie »Starcruiser«, »Song for Marlene« und »Dude's Dream«, allerdings nicht ganz so spektakulär, wie man es angesichts seines exzentrischen Urhebers vermuten könnte. Verwandt ist es mit den Solo-Platten von Kollege Robert Calvert, jedoch stärker von Moorcocks sonorem Organ geprägt, das gewöhnungsbedürftig herumlamentiert, andererseits aber auch wie geschaffen ist zum, nun ja, nennen wir es mal »erzählerischen Singen« – pathetisch schrill und parodistisch. Dennoch sind jene Songs, die von anderen als Moorcock gesungen werden, eindeutig schöner anzuhören. Zusammen mit Calverts beiden Solo-Platten der Mittsiebziger ergibt *New World's Fair* eine spannende Trilogie in den Randbezirken von Science Fiction und Satire.

Das Stück »Dodgem Dude«, der strammste Rocker des Albums, war auf der Original-LP gar nicht vertreten, sondern schaffte es erst auf spätere CD-Reissues. Es erschien unauffällig um 1980 herum als Single, ähnlich wie das wavige »Brothel in Rosenstrasse«, das erst 1981 aufgenommen und der *New World's Fair*-CD 1995 als Bonustrack angehängt wurde. Deep Fix unter den Bedingungen von 1975 existierten da schon lange nicht mehr. Moorcock kooperierte danach hauptsächlich mit Peter Pavli, mit dem er weitere Pläne wälzte, die aber nie das Licht des Tages erblickten. Zum Roman »Entropy Tango« sollte zeitgleich eine Platte erscheinen, aber die Pleite des Verlags verhinderte das. Es blieb bei einigen Demo-Aufnahmen. Genauso erging es einem »Gloriana«-Projekt. Zwei Stücke aus dem Demo-Material schafften es 1982 auf einen »Friends and

Blue Öyster Cult

Relations«-Sampler von Hawkwind, hatten aber nicht viel zu bieten. In den 1990ern gab es eine rare, längst verschüttet gegangene Sammlung, *The Hawkwind Connection*, auf der neben Calvert-Material erstmals eine größere Zahl der Moorcock-Demos zu hören war. 2004 veröffentlichte die HW-Plattenfirma Voiceprint eine Art Neuausgabe von *New World's Fair* unter dem Titel *Roller Coaster Holiday* und mit den abgespeckten, zuerst eingespielten Demoversionen von 1975.

The Deep Fix blieb Episode, eine Liebhaberei und ein Ad-hoc-Projekt, für das Zeit und Unterstützung fehlten. Das Erbe, *The New World's Fair*, ist das nachhallende, wenn auch letztlich gescheiterte Musikprojekt eines Schriftstellers, der sich in einem fremden Medium umschauen wollte. Ganz aufgeben konnte Moorcock seine Leidenschaft nicht, aber die Ergebnisse, die er nach diesem einen konzentrierten Akt unter seinem Deep-Fix-Namen vorwies, waren eher mau und halbherzig. Deep Fix blieb ein chaotisches Ding ohne Hand und Fuß. Und so lässt sich nun mal schwerlich der Entropie-Tango tanzen.

1979 tauchte Moorcock im Umfeld einer Band auf, die ebenfalls gut zu ihm passte. Die amerikanischen Hardrocker von Blue Öyster

Cult nahmen für drei aufeinanderfolgende Alben seine Dienste in Anspruch, und er steuerte bis 1981 jeweils einen Songtext pro Album bei. Auch Blue Öyster Cult waren eine Combo, die Anfang der 70er schon mit literarischer Vernetzung gearbeitet hatte. Zu ihren regelmäßigen Zuträgern gehörten der New Yorker Underground-Autor und -Journalist Richard Meltzer ebenso wie der Proto-Punk-Produzent Sandy Pearlman, der auch Manager von BÖC wurde und sie gezielt zum »Phänomen« aufbaute. BÖC waren unter der kreativen Leitung der Gitarristen/ Sänger Donald Roeser und Eric Bloom dem Phantastischen genauso zugeneigt, jedoch weniger spacy als Hawkwind, dafür horribler und organisierter und an poetisch reflektierter Verschwörungstheorie und UFO-Quatsch interessiert. Zudem auch noch an Gespenstern und Godzilla, an Vampiren und Wiedergängern, kurzum: am gediegenen Trash, der jedoch musikalisch veredelt wurde und formvollendet »elegant« rüberkam, um nicht zu sagen perfektionistisch. Aus dem Geiste von BÖC wurden später Genre-Vermengungen wie die *X Files* geboren, zumindest assoziativ. Die Kultisten von der Blauen Auster waren jedoch mainstreamiger als Hawkwind, mehr auf Hit-Potential und Airplay fixiert. Ihr gewaltiger Hit, die Geisterballade »Don't Fear the Reaper«, wurde 1976 das, was »Silver Machine« 1972 für Hawkwind war. Ihre Live-Shows waren Laser-Spektakel mit Gummi-Monstern und Gitarrensalven und Selbstironie unter dem Symbol des Chronos, das jedes Album der Band schmückte und irgendwie unangenehm an einen Fleischerhaken erinnerte. Stephen King zählte BÖC stets zu seinen Lieblingsinspirationen, in den 80ern schrieb unter anderem Eric van Lustbader Texte für sie, in den 90ern gehörte Ex-Cyberpunker John Shirley zur erweiterten BÖC-Crew.

Eine signifikante autobiografische Notiz am Rande: Der Autor dieses Artikels besprühte einst die Fahrertür seines ersten eigenen Autos, eines schneeweißen Kadett C, mit einem großen schwarzen BÖC-Symbol und wurde deswegen von der Polizei angehalten. Nachdem geklärt war, dass sich im Kofferraum keine abgeschlagenen Köpfe befanden und auch der Innenraum keine Blut- und Gewebespuren aufwies, durfte weitergefahren werden. Heute lungern die langhaarigen Death-Metal-Burschen mit ihren Splatter-Monster-T-Shirts an jeder Straßenecke herum, aber niemand kommt auf den Gedanken, sie zu arretieren.

*Plattencover
»Cultösaurus
Erectus« (1980)*

Moorcock leistete seinen ersten BÖC-Beitrag, »The Geat Sun Jester«, 1979 zum zahnlosen Album *Mirrors*, das den langsamen Niedergang der Band bereits andeutete. Das Beste an dieser Mainstream-Platte war ihr Cover. Aber Blue Öyster Cult erholten sich unmittelbar darauf unter der Regie von Heavy-Metal-Produzent Martin Birch und als Nutznießer eines großen Metal-Booms und brachten die starken Alben *Cultösaurus Erectus* und *Fire of Unknown Origin* heraus. Moorcock hatte die Texte zu »Black Blade« und »Veteran of the Psychic Wars« geschrieben. 1982 gab es die beiden Songs auf dem Live-Album *Extraterrestrial Live* nochmals zu hören. Danach tauchte der britische Gastautor nicht mehr in den BÖC-Credits auf. Der beste Songtext aus diesen zwei, drei Jahren stammt jedoch nicht von Moorcock, sondern von Richard Meltzer, der unter dem unverdächtig klingenden Songtitel »Joan Crawford« nichts anderes beschwört als wunderbar pointiertes Weltuntergangschaos. Kein Wunder, dass diese Combo Stephen King so gut gefiel. Die Band verstarb schließlich am Mainstream-Syndrom und am Verlust ihrer Bissfreudigkeit. Zu einer Reunion im Geist der

Anfänge kam es im Jahr 1998 mit *Heaven Forbid* und der Fortsetzung *Curse of the Hidden Mirror*. Dies hielt jedoch nicht lange vor, und BÖC verkamen zur eigenen Tribute Band.

Moorcock tauchte 1981 in den Credits von Robert Calverts Solo-Album *Hype* auf und wandte sich danach wieder Hawkwind zu. Die Jahre nach 1975 und dem Fantasy-Ungetüm *Warrior on the Edge of Time* hatten eindeutig Robert Calvert und seinen SF-Konzepten gehört, danach verrannte sich die Band in interne Querelen, löste sich zwischenzeitlich auf und trat 1979 doch wieder an, ohne Calvert und Moorcock. Letzterer fummelte an einer Neuauflage von Deep Fix herum, aber spätestens 1981 befand er sich doch wieder an der Seite von Hawkwind-Kopf Dave Brock. Es hatte sich einiges getan. Hawkwind waren vom Radarschirm der Musikkritik nahezu verschwunden, sie hatten ihren Beitrag geleistet, okay, aber inzwischen galten sie als nicht mehr gesellschaftsfähig. Dave Brock berichtet, er sei Anfang der 80er einmal vom Pförtner von RCA Records weggescheucht worden, weil der ihn für einen Penner hielt. In den Räumlichkeiten einer Plattenfirma wohlgemerkt, durch die allerhand lustig aussehende Schwermetaller und Rock-Wracks flanierten, um ihre Schecks abzuholen. Brock musste also ziemlich übel ausgesehen haben. Den Beobachtern entging somit vorerst eine kreative HW-Umorientierung hin zum Metal, die schon 1979 begonnen hatte. RCA ließ Dave Brock irgendwann doch durch die Tür und erkannte in seiner Band nun immerhin so viel Potential, dass man sie zu den damals angesagten »Monsters of Rock«-Festivals schickte, wo längst andere Gruppen die Abräumer waren: Heavy Metal war der Stil der Stunde. Davon hatten 1980/81 schließlich auch schon die alten BÖC profitiert. Ein kleiner Schubs in Richtung melodischer Schwermetall, kompetente Musiker, blitzblanke Studio-Produktionen und Professionalisierung, die strammen Riffs von Dave Brock und die aufregende Leadgitarre von Huw Lloyd-Langton, die solide Rhythmusgruppe unter Harvey Bainbridge und Martin Griffin, und schon konnte Hawkwind neben solch heißen Fegern wie Iron Maiden, Judas Priest oder Saxon bestehen. Nicht sehr lange zwar, aber die frühen 80er waren durchaus gute Jahre. Moorcock gehörte wieder dazu und sorgte auf dem hart rockenden Album *Sonic Attack* für einen dystopischen Touch: Warnungen vor dem Überwachungsstaat und der Massengesellschaft.

*Plattencover
»Sonic Attack«
(1981)*

Sein Text »Sonic Attack« erfuhr eine erste Neuauflage als Studio-Version, und mit »Coded Languages«, einem Stück über die Linguistik des Unmenschlichen, fand sich der erste HW-Song, den Moorcock nicht nur sprach, sondern sang (respektive brüllte).

What do they want from you?/ A rendezvous upon the sound/ The cars rev up, the word goes round/ The words are weapons of their will/ Their words can hurt, their words can kill/ A burning phrase can burn a town/ A syllable can bring you down/ Their languages are coded/ Your image is eroded/ Listen to the sound you heard/ Learn to fight against their word/ Vocabularies of death/ Destruction in their breath/ They use the lie, they use the myth/ Seek only to confuse/ And liberty abuse/ The lies they tell are pretty/ And blow up another city/ They steal away your freedom and your love/ Their sentimental calling signs/ Are calculatingly designed/ To rob you of your mind and time/ And still you listen to/ The lulling drone of reassuring voices/ Tunes to take away your choices/ Make you slaves to fancy words and phrases/

> *Until you're pushing up the daisies/ To rob you/ Mind and time/ Mind and time/ Mind and time/ Mind and time/ To rob you/ To rob you/ To rob you/ To rob you/ To rob you/ To rob you/ They steal away your freedom and your love (Coded Languages)*

Auf dem folgenden, bei vielen nicht sehr beliebten Album *Choose Your Masques* (1982) tritt Moorcock als Textautor in Erscheinung, jedoch aus Copyright-Gründen unter dem Pseudonym »L. Steele«. Es geht vage um Utopia und Dystopia, um Kalte-Krieg-Paranoia und Zukunftsangst. Der Text des Titelstücks sowie der zu »Arrival in Utopia« sind typische Moorcock-Kreationen:

> *We dreamed of golden shining towers/ Of lazy days and thrilling hours/ Fields of wonder, streets so fair/ Of amber ships which sailed through the air/ Dreamed of steel and glass and wire/ Of days of wine and nights of fire/ Dreamed of dogs that talked like boys/ Of girls who flew, of unnamed joys/ And now our dreams are true/ We don't know what to do/ For we don't like it here/ There's nothing for us to fear/ Bored mindless in Utopia (Arrival in Utopia)*

»Arrival« ist zudem das beste Beispiel für die Früh-80er-Melodik der Band und wunderbar zeitlos. Insgesamt geriet das Album jedoch zu technisch-kalt, ein Problem, mit dem viele Produkte aus dieser Rockmusik-Ära kämpfen, wenn man sie heute noch mal auflegt. Moorcock trat auch live mit der Band auf, wo sie sich wie üblich härter artikulierte. Ein offizieller Bootleg aus der *Collector's Series* (No.2) gibt Auskunft über seine Performances einer Tournee von 1982. Lustig an diesem Doppelalbum ist jedoch hauptsächlich, wie der 1976 aus der Band gefeuerte und 1982 wieder hinzugestoßene Nik Turner die besten Songs mit seinem dilettantischen Saxophon-Getröte zerhaut.

Auf dem nicht weiter erwähnenswerten Album *Zones* von 1983 war Moorcock erneut mit einem selbst geschriebenen und gesungenen Stück vertreten, »Running Through The Back Brain«.

Es gingen orientierungslose Monate ins Land, ehe 1985 der nächste nennenswerte Wurf folgte. Mit *The Chronicle of the Black Sword* wagte sich Hawkwind an eine Vertonung des Elric-Kosmos, unter

Promo-Foto zu »Chronicle of the Black Sword« (1985)

Beteiligung Moorcocks selbstverständlich. Auf dem Studio-Album steuerte er zwar nur einen Text bei, aber die folgende Tournee machte er als Rezitator auf der Bühne mit.

> *With your white arms wrapped about me/ And locked in embraces so cold/ We slept a thousand years or more/ To awake in a land of gold/ Where the king of the world was a creature/ Both man and woman and beast/ Under a landscape boiled with a million strange flowers/ And the sun set in the east/ And we were heroes you and I/ By virtue of age and skill/ And we rode to the land at the edge of the skies/ To an emerald tower on a hill (Sleep of a Thousand Tears)*

Plattencover »The Chronicle of the Black Sword« (1985)

Um diese Zeit kam das Medium Video auf, und die Band gab neben dem Live-Dokument *Live Chronicles* auch einen Video-Mitschnitt der Show heraus, kräftig durch die Mangel gedreht durch »künstlerische« Effekte, die das Geschehen auf der Bühne schrecklich verfremdeten und übertünchten. Allerdings: Angesichts der lediglich zu erahnenden Pappkulisse und der unfreiwillig komischen Ausstattung der Tänzer und Feuerschlucker ist diese ungelenke Bearbeitung vielleicht doch eher gnädig zu nennen. Es war dies die Ära, in der selbsternannte Videokünstler aus dem Boden sprossen wie die Pilze. Der Mitschnitt ist pappiger Heavy-Metal-Fantasy-Trash, aber auch das war in den Mitachtzigern so üblich und reichte sogar bis in die 90er. Moorcock war als lesender Märchenonkel zu sehen und zu hören, auf der Live-Platte fehlten diese Passagen jedoch, denn wegen eines Streits mit dem Management zog der Autor seine Beiträge zurück und ließ sie herausschneiden. Auf einer später neu aufgelegten Version des Albums sind sie wieder enthalten. Für die Tour integrierte die Band ältere Songs in das Elric-Konzept und ließ allerhand Moorcock-gesteuerte Stücke früherer Jahre einfließen. Mit dem harmlosen »Needle Gun«, das sich schockierenderweise wie Status Quo anhörte, widmete man sich sogar Jerry Cornelius. Als bester Song gilt jedoch Huw Lloyd-Langtons »Moonglum«, der nur auf dieser Platte und in dieser einzigen Live-Version zu hören ist.

Das *Black Sword*-Projekt bescherte Hawkwind wieder einige Aufmerksamkeit und richtete den Blick jüngerer Metal-Generationen auf die schrulligen Veteranen. Manches vom neuen Material kam tatsächlich hart und metallisch rüber, konnte aber die Harmlosigkeit des Ganzen nicht überdecken. Letztlich krankte es an einer wieder zu technischen, steril-sauberen Produktion sowie an einem unfassbar tumben Kirmesschlagzeug. Lediglich eine Unmenge an Sound-Effekten und passenden Samples (etwa Schwertkampfgeräu-

Nik Turner und Michael Moorcock (1972)

Dave Brock

sche und Pferdewiehern im Hintergrund) sowie Moorcocks Rezitationen sorgten für einiges an Atmosphäre.

Die Kooperation war damit mehr oder weniger beendet, von gelegentlichen Bühnen-Gastauftritten abgesehen. Hawkwind driftete in Orientierungs- und Bedeutungslosigkeit ab und raffte sich erst Anfang/Mitte der 90er wieder auf, diesmal im Gewand rock-orientierter Techno/Ambient-Veteranen – allerdings ohne Moorcock, der längst nach Texas übergesiedelt war. Das letzte Lebenszeichen von ihm im Band-Kontext ist jene Telefon-Rezitation aus dem Jahr 2000. Kurz danach eskalierte ein lange schwelender Konflikt zwischen Dave Brock, dem Bandchef, und dem Gründungsmitglied Nik Turner, der mit einer Alternativ-Combo namens XHawkwind durch Britannien tourte. Brock initiierte eine Unterlassungsklage, zerrte Turner sogar vor Gericht, und der musste seine Truppe umbenennen. Sie heißt heute Space Ritual. Moorcock und Turner waren nach wie vor befreundet, und der Schriftsteller wollte fortan mit Dave Brock und dessen Gebaren nichts mehr zu tun haben: Alt-Hippies sollen nicht vor Gericht gehen, sondern so etwas unter sich regeln.

Die diversen Formationen, mit denen Nik Turner unter eigenem Namen oder in Bandkontexten unterwegs war, liehen sich ebenfalls Moorcock-Texte, so etwa »Armour for Everyday« auf dem Album »Prophets of Time«. Der Autor selbst war daran jedoch nicht direkt beteiligt.

Es gab zwischenzeitlich Gerüchte über ein gemeinsames Hawkwind-Projekt mit dem Titel *Destruction of the Death Generator*, es sieht jedoch so aus, als sei dies endgültig zu Grabe getragen und als sei dafür vorgesehenes Material 2005 ohne Moorcocks Zutun in die jüngste Hawkwind-Studio-CD *Take Me to Your Leader* eingeflossen.

In einer TV-Dokumentation, die die BBC 2007 ausstrahlte, äußert sich Moorcock zu seiner Zeit mit Hawkwind und gibt sich Dave Brock gegenüber sehr milde und versöhnlich. Brock jedoch hatte keinen Anteil an dem Film, dominant sind hier Exmitglieder wie Turner. Die Doku ist auf YouTube zu sehen, in neun Teile zerschnipselt.

Selbstverständlich ließen sich über die Jahre hinweg eine Reihe weiterer Bands von Moorcocks Schöpfungen inspirieren, hauptsächlich Hardrock- und Metal-Bands, die sich von den martialischen Inhalten der Elric-Geschichten angezogen fühlten. Die britischen Tygers of Pan Tang gehörten noch zu den besseren, aber auch Grunz-Metaller wie Cirith Ungol, Zarkas oder Domine kokettierten mit Elric-Songs und -Plattencovern, ebenso wie die deutschen Mähnenschüttler von Blind Guardian, die allerdings traditionell alles verwursten, was irgendwie nach Fantasy aussieht. Solcherlei hat mit der Eleganz und dem Abwechslungsreichtum von Bands wie Hawkwind oder Blue Öyster Cult nichts mehr zu tun. Hier tanzte damals schließlich der Chef selbst mit.

TONTRÄGER MIT MOORCOCK-BETEILIGUNG

Hawkwind
A Space Ritual (Live 1972)
Warrior on the Edge of Time (1975)
Sonic Attack (1981)
Choose Your Masques (1982)
Collector's Series No. 2: Choose Your Masques (Live 1982)
Zones (1983)
The Chronicle of the Black Sword (1985)
Live Chronicles (1986)
The Chronicle of the Black Sword (Video/DVD 1986)
Yule Ritual (Live 2000)

Blue Öyster Cult
Mirrors (1979)
Cultösaurus Erectus (1980)
Fire of Unknown Origin (1981)

The Deep Fix
The New World's Fair (1975)
Brothel in Rosenstrasse/Dodem Dude (Singles 1980/81)
Friends and Relations Vol. 1 (1982, Hawkwind-Sampler)
The Hawkwind Connection (Sampler)
Roller Coaster Holiday (2004, »New World's Fair« different versions)

Andere
Robert Calvert: *Lucky Leif and the Longships* (1975)
Robert Calvert: *Hype* (1980)

Copyright © 2008 by Ralf Reiter

Abgrund der Sinnlichkeit

Gabriele L. Berndt und ihre »space-people«

von Alexander Seibold

Was wird der Mensch sein, in hundert, in tausend, in zehntausend Jahren? Wie wird er sein? Wird er noch Mensch sein? Die Science Fiction ist voller origineller Ideen über den Zustand, das Verhalten und das Aussehen der Menschen der fernen Zukunft. Doch was wäre die Science Fiction ohne die Illustratoren, die ihren Visionen ferner Zeiten und Welten im Bild Gestalt geben? Tausend Worte von Gibson, Stapledon oder Smith über den Menschen der Zukunft sagen vielleicht weniger als ein einziges Bild, eine einzige Momentaufnahme möglicher zukünftiger Realität – festgehalten mit Pinsel auf Leinwand, sofort emotional erfahrbar, wahrnehmbar in einem einzigen Augenblick.

Gabriele L. Berndt, geboren 1954 in Lübeck, ist eine Künstlerin, die solche Momente der Zukunft auf Leinwand festzuhalten vermag. Heute lebt und arbeitet sie in Kiel. Wie kam sie zu dieser Art der Malerei? Ist es der grenzenlose, unendliche Freiraum, den ihr diese Kunstrichtung gewährt? Oder lockt sie der Bereich des Unbekannten und Unerforschten, des Verborgenen?

Die Künstlerin Gabriele L. Berndt mit ihren Gemälden

Dieses Gemälde von Gabriele L. Berndt zierte schon den Umschlag einer deutschen Ausgabe der Sten-Chroniken von Allan Cole und Chris Bunch

Sinnliche Engel hinter Abgründen

Gabriele L. Berndt nennt die Protagonisten ihrer Bilder, allesamt Menschen der Zukunft, »space-people«. Es handelt sich um paradiesische Geschöpfe, die den schrillsten Komplementärkontrast im Gesicht tragen: grün-rote Blitze auf der Wange oder violetter Teint und gelb-blondes Haar. Sie sind die Führer, die den Betrachter begleiten in die fernen Welten außerirdischer Imagination und heilsamer Hoffnung, manchmal auch subtiler Beunruhigung. Diese »space-people«, überwiegend als männliche Wesen abgebildet, gleichen eher sinnlichen Engeln denn stofflichen Erdenbürgern.

Die space-people sind die Führer in Gabriele L. Berndts phantastischen Welten

Ein Besucher Berndts imaginärer Welten hält sich gern an diese freundlichen Begleiter. Denn allzu viel Irritierendes lauert in fremdartigen Skulpturen, dunklen Meeren oder hinter geheimnisvollen Toren durch Dimensionen, die das harmonische Gefüge von Berndts Universum überraschend in Frage stellen. Unwillkürlich beschleicht einen die Angst, diese Tore könnten in Abgründe führen, die im Innenleben des Betrachters ihren Grund finden. Und was mag dann zum Vorschein kommen? Blinde Stellen, halbverheilte Wunden, unerfüllte Wünsche? Berndts Gemälde ziehen den Betrachter in eine Spannung zwischen Mikro- und Makrokosmos. Sie fordern heraus. Deutlich und unwiderlegbar tritt so der Gegensatz zwischen dem ureigenen Wesen des Menschen mit seinem inneren Wunschleben und der äußeren Wirklichkeit, der viel zitierten »bundesrepublikanischen Realität«, zu Tage.

Fern der Endlosschleife der Moden

Malerei ist für Berndt ein Mittel der Kommunikation. Deshalb müsse ein Bild von sich aus verständlich sein, auch ohne lange Erklärungen des Künstlers. Es müsse den Menschen ansprechen, gleichgültig ob die Botschaft nun positiv oder negativ sei. Dabei dürfe Kunst natürlich auch schön sein. Berndt hat keinerlei Motivation, sich einer Kunstmode anzupassen. Überhaupt hält sie nicht viel vom gegenwärtigen Kunstbetrieb. Sie erwartet weder Inspiration noch Innovation von einer Kunstszene, die in Agonie erstarrt sei und die nur noch fanfarenhaft vom Untergang der Wirklichkeit künde.

Großformatige Darstellung des Spaceshuttle mit geöffneter Ladebucht im Orbit, Pinsel auf Leinwand

Der Aufgang einer Galaxie über einem fremden Planeten

Futurealismus

Die Maltechnik der Künstlerin ist akribisch und frei gleichermaßen. Nur selten arbeitet sie mit Airbrush. Die völlig glatte Oberfläche des Pigmentauftrags erreicht sie durch möglichst dünne Farbschichten, die sie traditionell mit Pinseln aufträgt. Auf ihrem Briefkopf prangt der programmatische Begriff »Futurealismus«. Der Anklang an ihre fotorealistische Arbeitsweise ist bestimmt nicht zufällig. Schließlich liegen die gegenständliche Darstellung und eine möglichst fotografische Wiedergabe in ihrem bevorzugten Interesse. Gleichzeitig lässt sie die strikten Vorgaben des Fotorealismus aber auch weit hinter sich, wenn sie sagt: »Phantasie und Fotografie vermengen sich in unterschiedlichen Anteilen auf meinen Bildern.«[1]

Ein Dimensionentor – häufiges Motiv in den phantastischen Landschaften von Gabriele L. Berndt

Die Künstlerin mit einem ihrer space-people

Imagination als Enthüllungsmethode

Der Bildinhalt, Kind der Phantasie, wird bei Berndt keineswegs der Maltechnik untergeordnet. Jedes bildnerische Projekt bedingt vielmehr seine eigene, völlig unabhängige Gewichtung zwischen Inhalt und Form. An anderer Stelle sagt sie auch: »Es macht mir zwar nichts aus, völlig fotorealistisch zu arbeiten, jedoch ziehe ich die phantastische Umgestaltung eines Bildes immer vor.«[2] Den Vorrang hat die Imagination, der Einfall, die Idee. Berndts Maltechnik hilft ihr lediglich auf dem Weg zum Ziel. Das ist: sich auszudrücken. Sie will Welten für andere sichtbar werden lassen, die zuvor nur in ihrer Phantasie existierten. Dabei bedient sie sich einer mehr als akribischen Arbeitsweise, die weder auf Rückenverspannungen noch Arbeitsüberlastung Rücksicht nimmt. Der Direktor des Planetariums Stuttgart bemerkte dazu: »Gabriele L. Berndt ist eine ungewöhnliche Künstlerin. Sie lässt sich in kein Schema pressen. Sie malt aus Leidenschaft, aus einem tiefen inneren Trieb, einem Anspruch an die Gesellschaft. Ihre Phantasie kennt keine Grenzen, ihr Schaffensdrang ist unersättlich.«[3]

In dieser unersättlichen, leidenschaftlichen Schaffenskraft ist Gabriele L. Berndt die reale Verkörperung eines Typus von Künstlerin, der im kommerziellen Kunstbetrieb Gefahr läuft auszusterben. Aber sie ist mehr als dieser Typus. In ihrer gesellschaftskritischen Haltung, ihrem unermüdlichen Fleiß und permanenten Zugang zu einer überschäumenden Quelle künstlerischer Inspiration zeigt sich vielleicht das Musterbeispiel des Menschen des 21. Jahrhunderts, den zu entdecken höchste Zeit ist.

ANMERKUNGEN

1   Gabriele L. Berndt, Traum und Realität, Kiel 1988, Seite 5.
2   Gabriele L. Berndt, Mission, Kiel 1993, Seite 6.
3   Hans-Ulrich Keller, Gabriele L. Berndt – Künstlerin aus Leidenschaft, in: Gabriele L. Berndt, Traum und Realität, Kiel 1988, Seite 61.

Copyright © 2008 by Alexander Seibold

HÖRSPIEL

Science-Fiction-Hörspiele 2007

von Horst G. Tröster

mit Beiträgen von Ute Perchtold, Christiane Timper,
Birke Vock, Helmut Magnana und Günther Wessely

Es gibt sie also doch noch, die Utopie!

Nach vielen Jahren und einer langen Durststrecke ist 2007 endlich wieder ein bedeutender Science-Fiction-Film in unsere Kinos gekommen, einer, der heute schon einen festen Platz im Kanon der wichtigsten Filme des Genres beanspruchen darf: *Anderland*, so der durchaus treffende deutsche Titel. Aber *Den brysomme mannen*, wie das norwegische Original heißt (engl. *The Bothersome Man*), ist gar nicht einmal in erster Linie Science Fiction, sondern zuvorderst eine Utopie. Der Norweger Per Schreiner und sein Landsmann Jens Lien, der diese norwegisch-isländische Koproduktion mit beeindruckenden Bildern und überraschenden Blickwinkeln inszeniert hat, schildern darin eine scheinbar perfekte Welt, eine allzeit freundliche, stets lächelnde Gesellschaft, in der alle zufrieden und glücklich sind, frei von Standes- oder Klassenunterschieden, in der jeder Arbeit, Erfolg und Ansehen hat, niemand überfordert wird, die schönsten Frauen wie auf Abruf bereitstehen, ja, sogar die Sterblichkeit aufgehoben ist. Und dann konfrontiert er uns mit einer – einer einzigen – Szene, die uns überaus abrupt in die Kälte einer ganz anderen Welt zurückreißt und uns unvermittelt mit der Frage der Fragen allein lässt, die im Grunde alle großen Utopisten der Geschichte bewegt hat: Bescheiden wir uns mit dieser unserer realen Welt, in der es Kinder gibt und Musik und Freude und Wärme und den Duft nach frischem Kaffee, aber eben auch Schmerz und Leid, Neid und Eifersucht, Kälte, Krieg und Tod? Oder streben wir nach der Utopie, die uns eine »perfekte« Welt anbietet, in der alle gleich sind, nichts mehr empfinden, nicht mehr lieben, nicht mehr träumen?

Die meisten Science-Fiction-Freunde werden *Anderland* inzwischen gesehen haben (gewiss nicht alle, fürs SciFi-Publikum ist der Film nicht gemacht), aber die wenigsten werden wissen, dass er auf einem Hörspiel basiert. **Den brysomme mannen**, vom Norwegischen Rundfunk NRK produziert und am 16. November 2003 urgesendet, war das Hörspieldebüt von Per Schreiner, für das er prompt den Ibsen-Preis gewann. Schreiner, der einmal ein »positiver Pessimist« genannt wurde, schrieb übrigens auch **Tilbake til Tuengen allé**, das 2006 vom Rundfunk Berlin-Brandenburg in deutscher Übersetzung mit dem Titel **Zurück in die Königsallee** produziert wurde.*
Ob sich eine unserer Rundfunkanstalten entschließen wird, auch **Den brysomme mannen** auf deutsch zu realisieren? Es wäre ganz sicher eine Bereicherung für die deutsche Hörspiellandschaft!

Partisanen der Utopie

Im Februar und März 2007 brachte das DeutschlandRadio im Programm Deutschlandfunk eine Hörspielreihe mit dem Titel *Partisanen der Utopie*, »Utopie« hier freilich in einem großzügig bemessenen Sinn verstanden, der auch Avantgardeproduktionen einschließt, die weder zum klassischen Gesellschaftsentwurf noch zum Staatsroman gerechnet werden können. Tatsächlich ging es in der Reihe weniger um die Utopie als solche als vielmehr um das »utopische Potenzial von Radio und Hörspiel«, um »Wirkungsmöglichkeiten der Kunst in der Gesellschaft«. So verwundert es nicht, dass nur zwei Science-Fiction-Titel dabei waren, Rainer Werner Fassbinders wunderbar poetisches **Keiner ist böse und keiner ist gut** sowie Heinz von Cramers **Auf der Suche nach dem Kopfsystem**, ein skurriles Stück nach Paul Scheerbarts *Lesabéndio*, das aber wiederum

---

* Siehe die Besprechung im Heyne SF-JAHR 2007.

keine Utopie ist. Auch Heinz von Cramers *Affenmond und Nachtigallensonne* nach Savinien Cyrano de Bergeracs *Reise zu den Mondstaaten und Sonnenreichen* ist weniger Utopie denn philosophische Satire und allenfalls ein Vorläufer von Science Fiction.

Eingeleitet wurde die Reihe mit der Kunstaktion *Messages for 2099*, einer Flaschenpost für den Ozean der Zeit gewissermaßen, adressiert an künftige Generationen: Der Autor Kai Grehn und der bildende Künstler Carsten Nikolai haben Sounds und Stimmen gesammelt und am 10. Februar 2007 im Deutschlandfunk gesendet. Danach wurde die Originalfassung als Schallplatte versiegelt und der Deutschen Bibliothek in Frankfurt am Main zur Verwahrung übergeben. Erst 2099 kann und soll sie wieder abgespielt werden, als Botschaft einer dann längst vergangenen Zeit. Bei allem Verständnis für diese Aktion muss aber doch die Frage erlaubt sein, warum eigentlich nicht *jede* Sendung, die *jemals* seit dem seligen Marconi über den Äther gegangen ist, nichts anderes ist als eben eine solche akustische Flaschenpost. Ob die *Messages for 2099* dereinst in der Flut aller anderen »Flaschenpostsendungen« noch gefunden werden?

Eine originelle Variante dieser Idee gibt es übrigens in dem Originalhörspiel **Leviathan 99**, worin Ray Bradbury gekonnt Hermann Melvilles *Moby-Dick* in die Zukunft und in den Weltraum transformiert: Raumfahrer überholen die von der Erde konzentrisch sich ausbreitenden Funkwellen, wobei sie auf wunderbare Art Fetzen aus der Frühzeit des Rundfunks zu hören bekommen.

Abgerundet wurde die Reihe mit dem Feature *Die Utopie von der Utopie*, in der Walter von Rossum die großen historischen Entwürfe für eine alternative Welt vorstellt und die These vertritt, dass unsere Gegenwart ein visionäres Schwundstadium erreicht hat. Hat sie das?

Auszeichnung für Alfred Behrens

Der Hörspielautor und Lyriker **Günter Eich** (1907–1972) schrieb schon in den 30er- und 40er-Jahren für den Rundfunk, berühmt wurde er 1951 mit dem Hörspiel **Träume**, das wütende Hörerproteste nach sich zog und als Meilenstein des Nachkriegshörspiels angesehen wird. Science-Fiction-Freunde kennen sein Hörspiel *Die Stunde des Huflattichs*, das er achtmal umgeschrieben hat und von dem es insgesamt vier verschiedene Funkfassungen gibt. Aus Anlass seines hundertsten Geburtstags hat die Medienstiftung der Leipziger Sparkasse den *Günter-Eich-Preis* ins Leben gerufen, der von nun an alle zwei Jahre »zur Ehrung des Lebenswerkes eines deutschsprachigen Hörspielautors« vergeben werden soll und mit 10.000 Euro dotiert ist. Am 4. Februar 2007 wurde er zum ersten Mal verliehen und ging an Alfred Behrens für dessen Lebenswerk.

Sein erstes Hörspiel veröffentlichte Behrens, Jahrgang 1944, mit 25. Früh verzichtete er auf die traditionelle erzählende Form und setzte auf den O-Ton. Berühmt wurde er 1973 mit **Das große Identifikationsspiel**, für das er mit dem Hörspielpreis der Kriegsblinden ausgezeichnet wurde und das mit gutem Gewissen zu den zehn besten Science-Fiction-Hörspielen überhaupt gezählt werden darf. Behrens' Insiderwissen als Werbetexter kam ihm bei vier SF-Hörspielen zugute, für die er einen Stil aus PR-Jargon und fingiertem O-Ton entwickelte: **Nur selbst sterben ist schöner**, **Frischwärts in die große weite Welt des totalen Urlaubs**, **Der synthetische Seeler** und **Die Durchquerung des Morgentiefs**, in denen er die Auswüchse von Massentourismus, Eskapismus, Marketingexzessen, Starkult und Medienmacht thematisierte.

Rund fünfzig Hörspiele hat Behrens realisiert, darunter sieben mit Science-Fiction-Thematik, zuletzt **Stealth Fighter – Krieg auf der Autobahn** und **Neuromancer** nach William Gibson.

Kunstkopf unterm Sternenhimmel

Hörspiel ist nicht ans Radio gebunden. Immer wieder haben Rundfunkanstalten ihre Produktionen auch an öffentlichen Orten aufgeführt. Besonders eindrucksvoll ist es, einem Hörspiel unter dem Sternenhimmel eines Planetariums zu lauschen. Ein solches Erlebnis ermöglichten der Rundfunk Berlin-Brandenburg und das DeutschlandRadio im November 2007 im Berliner Zeiss-Großplanetarium. Unter den aufgeführten Hörspielen waren fünf Science-Fiction-Produktionen: Alfred Besters **Demolition**, Franz Kafkas **In der Strafkolonie**, Walter Adlers **Centropolis**, Friedrich Bestenreiners *Dream War – Der Krieg der Träume* und Christian Mikas und Peter Scholz' *Tod eines Physikers*. Allen gemeinsam ist, dass es sich um Produktionen in kopfbezogener Stereophonie handelt.

Zu diesem Anlass hatte die Firma Sennheiser das Planetarium am Prenzlauer Berg mit dreihundert funkgesteuerten Kopfhörern ausgestattet. Damit sollte die Erinnerung an ein faszinierendes dreidimensionales Aufnahmeverfahren geweckt werden, das 1973 mit *Demolition* erstmals der Öffentlichkeit vorgestellt wurde und heute leider fast vergessen ist. Was derzeit bei der 5.1-Technik nur mit einigem elektronischem Aufwand, separatem Verstärker und fünf Lautsprechern möglich ist, gelang damals durch Platzierung der Mikrofone im Gehörgang eines der menschlichen Anatomie nachgebildeten Kunstkopfes* Mit nichts als einem handelsüblichen Verstärker und einem Paar herkömmlicher Kopfhörer entsteht so ein überwältigendes dreidimensionales Raumklangerlebnis. Wer schon einmal buchstäblich zusammengezuckt ist, weil er meinte, den Atem der Sprecherin an seinem linken Ohr zu spüren, oder die Kopfhörer abgenommen hat, weil er glaubte, sein eigenes Telefon klingeln zu hören, weiß, wie verblüffend das Erlebnis Kunstkopfstereophonie ist. Dieter Hasselblatt, damals Hörspielchef des Bayerischen Rundfunks, war so fasziniert, dass er eine Reihe von Autoren ins Funkhaus bat, um ihnen einen Eindruck von der neuen Technik zu vermitteln. Nur einer von ihnen machte von den Möglichkeiten praktischen Gebrauch, das war Herbert W. Franke, der sofort richtig erkannt hatte, dass in dem Kontrast zwischen neuem Raumklang einerseits und der alten Monophonie andererseits, die in diesem Umfeld den Eindruck einer Im-Kopf-Lokalisation erwecken musste, ein großes dramaturgisches Potenzial steckte. Das verstand er meisterhaft zu nutzen in seinem bis heute unübertroffenen Hörspiel *Papa Joe & Co*. Die Berliner Rundfunksender haben hervorragende Produktionen für ihr »Hörspielkino unterm Sternenhimmel« ausgewählt, allein das beste und wichtigste haben sie übersehen.

---

* Später ging man dazu über, Mikrofone direkt in den Ohren eines Menschen zu justieren (»Originalkopfverfahren«).

Satyr Fiction ...

Ein Merkmal der Satire ist die Übertreibung, ein Merkmal der Science Fiction die Extrapolation. Und ist Extrapolation nicht auch so eine Art Übertreibung? Tatsächlich haben Science Fiction und Satire weit mehr gemeinsam, als es auf den ersten Blick den Anschein hat. Nun ist beileibe nicht jede Satire Science Fiction und nicht jeder SF-Plot satirisch, aber es gibt eine nicht unbeträchtliche Schnittmenge. Im klassischen griechischen Drama folgte auf drei Tragödien traditionell das ironische Satyrspiel*, und auch Science-Fiction-Autoren pflegen ihr Œuvre aus Utopien und Dystopien hin und wieder ganz gern mit Ironie und Satire und bisweilen einem Schuss Zynismus abzurunden.

Die Eva der Zukunft von Jean-Marie Villiers de l'Ile-Adam, ein Zeitgenosse von Jules Verne, unlängst von Walter Adler textnah fürs Radio adaptiert und in Szene gesetzt, ist ein frühes Beispiel für Science Fiction und zugleich eine erstaunlich freche Satire auf das Frauenbild männlicher Angehöriger der Gattung Homo.

Carl Amerys **Schirmspringer** und **Penthouse-Protokoll**, Rosemarie Voges' **Olympia Männertrost**, Dieter Hasselblatts **Fix und fertig**, Dieter Hirschbergs **Radiotron**, Ulrich Horstmanns **Grünland**, Michael Kosers **Müllschlucker**, Lutz Rathenows **Boden 411**, Andreas Renoldners **Mittlere Aufrüstung**, Eberhard Petschinkas **Krok**, Theodor Weißenborns **Amputatio Capitis und Cerebro-Exstirpation**, Heiko Michael Hartmanns **MOI**, Herbert Maybaums **Ottos**, Andreas Okopenkos **Programmierer und Affe**, Michael Batz' **Deutschland Atlantik**, John von Düffels **Neue Männer**, Alfred Behrens **Synthetischer Seeler**, Jan Rüdigers **Größtes Kunstwerk**, Ingomar von Kieseritzkys **Cogito in vitro**, Jürgen Geers **Geschlossene Abteilung**, Eva Maria Mudrichs **Herbstmanöver**, Friedrich Scholz' **Abteilung Fox**, Walter Kappachers **Zauberlehrling** ... um hier nur ein paar Beispiele aus der bunt gemischten Früchteschale** zu nennen, die ins Hörspiel Eingang gefunden haben. Die Reihe lässt sich noch lange fortsetzen.

---

* Wenn auch die Homonyme »Satyr-« und »Satir-« ethymologisch nicht direkt verwandt sind.
** *lat.:* »satira«

Nicht zu vergessen Raymond Briggs' **Strahlende Zeiten**, Alasdair Grays **Beim Zugführer** oder Douglas Adams' **Hitch-Hiker's Guide to the Galaxy** aus dem Land, das die Kunst des Understatement auf die Spitze getrieben hat; dann die Satiren aus einst sozialistischen Ländern, die ihren Verfassern nicht das Wohlwollen der Nomenklatura eintrugen, wie **Hundeherz** von Michail Bulgakow, **Wanze** und **Schwitzbad** von Wladimir Majakowski, **Kosmische Botschaft** von Jan Weiss oder das **Interview** von Ovid S. Crohmalniceanu. Und last but not least die Werke des Altmeisters der Satyr Fiction, Robert Sheckley, der seine gesamte schriftstellerische Arbeit diesem Genre gewidmet und es zu einem Höhepunkt geführt hat, ich erinnere nur an **Minimalforscher**, **Unter Kontrolle**, **Genau wie auf der Erde** oder **Einmal Utopia hin und zurück**.

Auch 2007 gab es ein paar reizvolle Neuproduktionen der Kategorie Satyr Fiction. Was war 2007 wohl das Problem, das den Deutschen am meisten auf den Nägeln gebrannt hat? Nicht der Terrorismus. Nein, auch nicht der Lokführerstreik. Sondern der drastische Rückgang der Geburtenrate, für den immer wieder das soziale Klima verantwortlich gemacht wird. Dunja Arnaszus weiß es besser und macht mit **Etwas mehr links** konkrete Vorschläge für ein amtliches Programm zur Libidosteigerung. Angesichts der gesellschaftlichen Brisanz des Themas ließ eine Auszeichnung der Frankfurter Akademie der Künste für dieses durchaus praktisch orientierte Werk nicht lange auf sich warten.

Dass wir in dieser Gesellschaft der Rücksichtslosigkeit und des Egoismus nur noch durch Nutzung elektronischer Überlebenshilfen bestehen können, zeigen uns Edina Picco in **Werkstattbesuch** und Till Müller-Klug in **Die neue Lebensführung**. Während Edina Picco uns nahelegt, baldmöglichst unseren Verdrängungsmechanismus checken zu lassen, wenn wir keine böse Überraschung erleben wollen (waren Sie schon bei der Inspektion?), geht Till Müller-Klug, den wir als Konstrukteur von »Freddie, der fröhlichen Fußfessel« ja bereits kennen, einen Schritt weiter: Er stellt ein Lebensnavigationssystem vor, das uns als Implantat auf Schritt und Tritt begleitet und uns dabei einflüstert, wie wir gemäß der hypothetischen Maxime unseres Willens gefälligst zu handeln haben, damit etwas Gescheites aus uns wird.

Mit entwaffnender historischer Detailtreue schildert Paul-Albert Wagemann, wie Brandenburg und Mecklenburg samt Magnetschwebebahn an China verpachtet wurden, nachdem die Bevölkerungsdichte sich zuletzt bei einer Person stabilisiert hatte. *Süß-saure Lösung* gewann beim Kurzhörstücke-Wettbewerb *Innovationen*, den der Rundfunk Berlin-Brandenburg 2007 ausgeschrieben hatte, unter fast 300 Einsendungen den 1. Preis in der Kategorie Hörspiel. Mit *2017 – My Body Is Perfect* kam ein weiteres Stück Satyr Fiction unter die zwanzig besten: Sabine Hübner ist sich sicher, dass der Wellness- und Beautyhype der Vergangenheit angehört und sich in Kürze ins Gegenteil kehren wird.

Auch Gitte Kießling und Franziska Buschbeck haben sich über die Entvölkerung des deutschen Ostens Gedanken gemacht: Könnte man Sachsen-Anhalt unter indischer Verwaltung in das Reisanbaugebiet Panjab-Anhalt umwandeln? Könnte der Landflucht insbesondere von Frauen durch den eigens für diesen Zweck konstruierten mitteldeutschen Frauenversteher Einhalt geboten werden? Das sind zwei der Fragen, die sie in der sechsteiligen Kurzhörspielreihe *2037 – die wahre Zukunft Mitteldeutschlands* stellen.

Als Hörspiel leider misslungen und allenfalls geopolitisch von Bedeutung ist **Die Kapsel**, in der Helmut F. Albrecht eine ganz andere Frage aufwirft: Woher nur mögen die mitunter doch recht merkwürdigen Ansichten und Äußerungen eines namentlich nicht näher genannten US-amerikanischen Präsidenten stammen? Aus dem menschlichen Verstand jedenfalls nicht, so viel steht fest. Ob die seltsame Kapsel, die man unter seinem Zwerchfell entdeckt hat, etwas damit zu tun haben könnte?

... und die weiteren Ursendungen 2007

Neben allerlei Satirischem gab es 2007 eine Literaturadaption, eine akustische Rappelkiste, ein paar Kurzhörspiele und immerhin ein »abendfüllendes« Originalhörspiel. Witziges, Nachdenkliches, Diskussionswertes – aber ein wirklich herausragendes Stück, das lange im Gedächtnis bleibt, war nicht darunter.

Immerhin, der Name José Saramago lässt aufhorchen. Die Hörspieladaption von **Stadt der Blinden** ist noch gut in Erinnerung.* Neun Jahre später hat der portugiesische Nobelpreisträger in **Stadt der Sehenden** an die geschilderten Ereignisse angeknüpft und erneut eine politische Parabel geschrieben, in der er Politikverdrossenheit und Wahlverweigerung thematisiert.

Nicht Politikverdrossenheit, sondern Kinderverdrossenheit macht der Gesellschaft zu schaffen, die Thilo Reffert schildert. Wie schon Dunja Arnaszus macht er sich über die Folgen des Geburtenrückgangs Gedanken. Er begleitet uns auf einer Antarktiskreuzfahrt mit der **Queen Mary 3**, wo wir einem Ehepaar begegnen, das unter seiner Kinderlosigkeit leidet, aber einen ganz legalen Service nutzt, um im fortgeschrittenen Alter ganz bequem doch noch in den Genuss von Kindern zu kommen.

Sascha Dickel stellt eine digitalisierte Menschheit in einer totalen Datenwelt vor, in der aber die Sehnsucht nach einem Körper, nach Sinnlichkeit und Sexualität unterschwellig noch vorhanden ist. Sein Hörstück **Bio-Nostalgie** ist Gewinner des 2006 ausgeschriebenen Wettbewerbs What if – Visionen der Informationsgesellschaft.

Haben Sie schon einmal von Dentokrapen, Göbben oder Genakeln gehört? Dabei waren die nicht einmal Schuld daran, dass die außerirdischen Kommilitonen durchgefallen sind. Der Hamburger Punkmusiker und Allroundkünstler Jens Rachut kann Ihnen fast alles erklären. Für sein dreiteiliges Opus hat der WDR ihm und seiner Bande ein Studio zur freien Verfügung überlassen. Wer könnte es ihm verdenken, dass er diese Möglichkeit ausgiebig genutzt hat! Wenn da Lärm nicht das Eis rasend macht! Aus Sprüchen und Aphorismen, Liedern und Lautgedichten, Nonsensversen und Handlungsfetzen entstand schließlich er: **Der Seuchenprinz**.

Am 4. Oktober 1957 startete die Sowjetunion den ersten künstlichen Erdsatelliten. Aus Anlass des 50-jährigen Jubiläums von Sputnik 1 präsentierte der bekannte Featureautor Bernd Schuh eine zweistündige Geschichte der Raumfahrt, eingekleidet in eine fiktive Spielhandlung. Eine Frau, drei Männer und der Stationscomputer in einer Marsstation sind von der Kommunikation zur Erde

---

* Siehe Heyne SF-JAHR 2007.

abgeschnitten und kommen zu dem Schluss, die letzten Vertreter der menschlichen Rasse zu sein.

Schlusslichter und absolute Tiefpunkte des Jahres 2007, neben der schon erwähnten **Kapsel** von Helmut F. Albrecht: **Die Gräber leeren sich** von Stefan Ripplinger und **Staatsaffairen** von Myra Çakan. Möge über wiederauferstandene Verwandte und fehlgeleitete Aliens selig werden, wer das Bedürfnis dazu hat. Wir schweigen lieber davon.

Postskript I

»Wenn ich über den Funk spreche, dann meine ich damit richtiges Radio und nicht das Zeug, auf dem ›Antenne‹ steht oder ›Energy‹ oder ›Gong‹ oder sonst etwas Unvorstellbares. Die Ballerbuden mit Rundumdieuhrgeschrei, Geldverschenkgebrüll und anzüglichen Morgen-Crews können bitte dichtmachen und für immer aus dem Äther verschwinden. Für diese irreführenderweise ›privat‹ genannten kommerziellen psychopathologischen Belästigungen wurde möglicherweise der Kapitalismus ausgeheckt, ganz sicher aber nicht das Radio.«

Wiglaf Droste
im DLR-Monatsprogramm 4/2007

Postskript II

»Der öffentlich-rechtliche Rundfunk, das öffentlich-rechtliche Fernsehen haben sich von der kommerziellen Konkurrenz im dualen System niedernivellieren lassen auf den kleinsten gemeinsamen Nenner einer quotenneurotischen Programmpolitik, die so nicht mehr länger hingenommen werden kann.«

Alfred Behrens
bei der Entgegennahme
des Günter-Eich-Preises
am 4.2.2007

Von Weißwählern und Weißwäschern

José Saramago: *Die Stadt der Sehenden*

Funkbearbeitung: Helmut Peschina
Komposition: Max Nagel
Regie: Beatrix Ackers
Saarländischer Rundfunk / Radio Bremen 2007

Freie und geheime Wahlen sind das Recht eines jeden Bürgers in einem demokratischen Staat. Doch was, wenn sich eines Tages das Volk plötzlich verweigert?

Ruhig beginnt es im Hörspiel wie im Roman *Die Stadt der Sehenden* des Literaturnobelpreisträgers José Saramago. Es ist Wahl-Sonntag in einer namenlosen Hauptstadt eines namenlosen Landes. Eine trügerische Ruhe, der unaufhörliche Regen verrät es, von Erdrutschen wird erzählt, im Hörspiel dramatisiert noch ein Gewitter die Anfangsszenerie. Wir befinden uns in einem Wahllokal, und kein Wähler kommt – der Alptraum eines jeden Politikers. Die Parteienvertreter räsonieren über dieses »Unglück« verstört bis ratlos. Minutiös schildert Saramago das bange Warten, bis sich nachmittags das Blatt wendet.

Es ist die Stunde des Volkes, mit seinen Herrschern abzurechnen. Das Kommunalwahl-Ergebnis ist bestürzend für die Politiker: Mehr als 70 Prozent der Wähler haben einen leeren weißen Stimmzettel abgegeben; die »Weißwähler« werden sie fortan genannt. Eine erneute Kommunalwahl eine Woche später verstärkt diesen Trend: Nun sind es schon 83 Prozent »Weißwähler«. Nicht dass die Machthaber auf die Idee kämen, sich selbst infrage zu stellen, nein, sie schicken Spione durch die Straßen, um die Weißwähler als Übeltäter zu enttarnen. Hier drängt sich einem das erste Mal der Gedanke auf, dass es sich bei diesem Staat doch eher um eine Bananenrepublik handelt als um einen demokratischen Staat. Und wenn dann die Machthaber zur »Strafe« aus der Hauptstadt ausziehen und das Volk anscheinend ganz gut ohne Regierung zurecht kommt, fragt man sich, will der Autor hier für die Anarchie sprechen?

Es ist ein Ideen-Roman, den Saramago hier vorlegt. Die Parteienvertreter bleiben seltsam namenlos, sind nur gekennzeichnet als

Notfalls auch ohne Votum des Volkes: Rolf Becker (Premierminister)

Foto © SR/Alexander Kluge

PDR (Partei der Rechten), PDM (Partei der Mitte) und PDL (Partei der Linken), wie alle Personen in dieser Geschichte namenlos bleiben, lediglich bezeichnet durch ihre Funktionen, Kleidung (»Mann mit der blauen Krawatte mit weißen Punkten«), auffallenden Merkmale (»Mann mit schwarzer Augenklappe«) – Bezeichnungen der Amtssprache, nicht anders als wir es schon in Saramagos früherem Roman *Die Stadt der Blinden* finden. Dazu passt, dass Saramago hier typisierte Figuren zeichnet. Volk und Politiker bleiben seltsam farblos, die Sprache der Politiker ist eher papieren, verliert sich in Sprachhülsen. Dazu kommen im Roman lang ausschweifende Gedanken des Autors, phantasievoll bis wortgewaltig, mal reflektierend, mal fabulierend, da braucht man schon einen langen Atem, um die 382 Seiten durchzuhalten. Auch beim Hörspiel braucht man einen langen Atem, denn es fehlt hier eine hörspielgerechte Umsetzung des Romans. Das bedingt lange Erzähler-Passagen. Die Schauspieler verlesen die Texte eher, als dass sie sie spielen, zudem verzichtet die Regisseurin Beatrix Ackers vollkommen auf akustische Räume, wodurch die Produktion eher steril wirkt. Die fehlende Atmosphäre wird auch nicht durch die Geräusche und die dem Text unterlegte Musik aufgehoben, die zum Beispiel das lange Warten im Wahllokal mittels einer sich mehrfach wiederholenden musikalischen Figur symbolisiert. Die Geräusch- und Musikdramaturgie bleibt eher konventionell.

Da war die Hörspieladaption **Stadt der Blinden** origineller. Der Bearbeiter und Regisseur Alexander Schuhmacher löste dort den

Immer auf der Seite des Gesetzes: Udo Wachtveitl (Kommissar)

Roman-Text in Szenen auf, was den Erzähler überflüssig macht. Dazu versuchte Schuhmacher, mit eigenwilligen Mitteln die Atmosphäre einzufangen, die der Roman vermitteln will, zum Beispiel die Gewalt und Bedrohung, die im Lager (in der ehemaligen Irrenanstalt) der Blinden entsteht.

Doch zurück zur **Stadt der Sehenden**. Überraschenderweise tauchen plötzlich, etwa in der Mitte des Romans und des Hörspiels, zwei neue Figuren auf, der Kommissar und die Frau des Augenarztes, und mit ihnen entstehen zwei Identifikationsfiguren, trotz ihrer Namenlosigkeit. Sie werden zu handelnden Personen mit Emotionen und Überzeugungen und bilden den Gegenpol zu den selbstherrlichen Machthabern. Und hier fesselt einen dann das Hörspiel.

Der Kommissar trifft die Frau des Augenarztes, er warnt sie, er ist überzeugt davon, dass sie nicht die Anführerin der Weißwähler ist – ganz entgegen den Interessen seiner Auftraggeber, der Machthaber –, er geht zu Bett, er geht in den Park, er setzt sich auf eine Bank, wir sind ganz dicht bei ihm – und dann fällt der tödliche Schuss. – Und wenig später erleben wir die Frau des Augenarztes, wie sie weint, als ihr Mann unschuldig abgeführt wird, wie sie auf den Balkon tritt – und dann erschossen wird. Und beides berührt uns ähnlich wie seinerzeit die Schüsse, die in *Easy Rider* zuerst Billy und dann Wyatt auf ihren Harley-Davidsons trafen. In den Momenten der privaten Freiheit, des Selbst-Seins wird unvermittelt das Leben von einer Macht von außen ausgelöscht. Bei Saramago steht diese Auslöschung im Dienste einer Diktatur.

Die Frau des Augenarztes ist die einzige Frau in dem gesamten Hörspiel/Roman, und sie ist bereits eine alte Bekannte – wir kennen sie aus Saramagos neun Jahre zuvor erschienenem Roman *Stadt der Blinden*, in der sie als Einzige nicht blind geworden war. Und das wird ihr nun zum Verhängnis! Denn mit ihr »spinnt« Saramago nun seinen neuen Roman weiter. Dennoch ist die *Stadt der Sehenden* weniger als Fortsetzung von *Stadt der Blinden* zu verstehen denn als Gegenentwurf, was ja schon der Titel vermuten lässt. Der Innenminister inszeniert die Frau des Augenarztes zur Anführerin der Weißwähler, wodurch sie zugleich (ungewollt) zu deren Heldin wird, um sie nur wenig später als Sündenbock auszulöschen und damit den Weißwählern ihre gerade erst »gewonnene« Heldenfigur wieder zu rauben. Diese Antagonismen zwischen Sein und Schein sind schon gekonnt konstruiert und durchziehen die ganze Geschichte.

Mit »weißem Hemd und schwarzer Krawatte« und »gequältem Gesichtsausdruck« tritt der Innenminister vor die Kameras – das weiße Hemd steht hier symbolisch für die »blütenweiße Weste«, als hätte er mit dem Mord am Kommissar nichts zu tun – und heuchelt seine »tiefe Trauer« über den Tod des Kommissars vor.

Auch der Premierminister spricht mit doppelter Zunge. Einerseits lässt er seinen Innenminister lange genug mit umstrittenen Methoden gewähren, um ihn dann andererseits unter der Vorgabe, dass selbiger mit dem Mord an dem Kommissar »eine unverzeihliche Idiotie« begangen habe, zu entlassen und sich dann selbst dessen Funktion einzuverleiben. So mutiert der Premierminister, der einst das gewählte Oberhaupt des Volkes in einer Demokratie war, zum selbst ernannten Oberhaupt einer Diktatur. Ein düsteres Bild, das Saramago in dieser politischen Parabel von der Klasse der Politiker und ihrer Legitimierung zeichnet.

In **Stadt der Blinden** stand die Farbe Weiß für »geblendet sein« und dadurch blind sein, in **Stadt der Sehenden** steht das Weiß für die, die sich nicht durch die Worte und Taten der Politiker »blenden« lassen.

Natürlich sind die weißen Stimmzettel der Weißwähler (der Sehenden) nur als Symbol zu verstehen, denn auf den Stimmzettel sind sicher die zu wählenden Kandidaten bzw. Parteien aufgelistet. Die Stimmzettel sind also gewiss nicht weiß und leer. Sie sind weiß und leer – weil sie Raum lassen für Neues! Hinter dem »unschuldigen« weißen Papier verbirgt sich der Protest der Weißwähler gegen die Politiker, frei und geheim (keiner will offiziell einen weißen Stimmzettel abgegeben haben), zugleich aber hebt sich das Wahlvolk durch sein Nicht-Ankreuzen einer politischen Partei als Wahlvolk auf. Ein feiner Dualismus.

Saramagos Geschichte regt zu einem interessanten Gedankenspiel an: Was wäre, wenn es in unserer Bundesrepublik 83 Prozent »Weißwähler« gäbe? Ohne Zweifel wäre es nicht so wie in dem fiktiven Land, das Saramago entworfen hat, denn bei uns wären die weißen Stimmzettel ungültig, da – laut Wahlgesetz – »ohne Kennzeichnung«. Demnach könnten dann also die von 17 Prozent der

Bevölkerung gewählten Parteien in einer Koalition regieren – ganz legal. Denn es gibt bei uns – erstaunlicherweise – keine Mindest-Wahlbeteiligung. Nun, die VertreterInnen der einzelnen Parteien werden eine nur 17-prozentige Wahlbeteiligung sicher gut zu verhindern wissen. Und das trotz Wahlmüdigkeit, Parteien- und Politik-Verdrossenheit.

Im russischen Verwaltungsgebiet Kaliningrad soll es die Möglichkeit geben, »gegen alle« anzukreuzen. Wenn mehr als 50 Prozent »gegen alle« wählen, dann müssen die Parteien neue Kandidaten aufstellen (laut Vera Lengsfeld, *Cicero* 9/2007). Das wäre noch eine interessante Variante unseres Wahlsystems.

Die Weißwähler unterscheiden nicht zwischen den Vertretern der PDR, PDM und PDL, offenbar sind in ihren Augen die Politiker alle gleich, die Parteienvertreter schwadronieren nur, und die Machthaber regieren mit und ohne Votum des Volkes. Wer nicht mehr will – und Saramago räumt einzelnen Politikern durchaus noch individuelles Verhalten mit moralischen und ethischen Grundsätzen ein, einige treten sogar von ihrem Amt zurück –, der ist raus aus dem »Spiel«. Ist »weiß« hier also schon das »Totenhemd« der Demokratie?

Christiane Timper

Johanna funktioniert nicht mehr richtig

Edina Picco: **Werkstattbesuch**

Regie: Judith Lorenz
Südwestrundfunk 2007

»Wenn die Kinder artig sind,
kommt zu ihnen das Christkind«,

dichtete der 2007 verstorbene Satiriker und Cartoonist F. K. Wächter*,

»wenn sie alles in sich fressen,
Spiel' und Späße fast vergessen,

---

* Zitiert aus: *Der Anti-Struwwelpeter*, Zürich 1982, Diogenes Verlag

wenn sie, ohne Lärm zu machen,
still sind bei den Siebensachen,
beim Spaziergehn auf den Gassen
stur und brav sich führen lassen,
dann passiert es allzu leicht,
dass der Unsinn niemals weicht:
70 Jahre und noch länger
sind sie bange und noch bänger
vor Polente, Nachbarsfrau,
Gottes Thron und Kohlenklau.«

Johanna ist auch so eine, die still ist, ohne Lärm zu machen, die sich stur und brav führen lässt, eine wie du und ich eben, angepasst und eingepasst in eine konformistische Gesellschaft, stets die Ratschläge und Ermahnungen von Familie und Hausordnung, Schule und Klerus im Hinterkopf. Aber sie kommt mit ihrem Leben nicht mehr zurecht. Kein Schritt vor die Haustür, ohne von einem Obdachlosen an die allgemeine Arbeitslosigkeit erinnert zu werden. Kein Gang zum Metzger, ohne an die in Viehtransportern zusammengepferchten Tiere denken zu müssen. Kein Entspannen in der Badewanne, ohne sich vor Augen zu führen, dass ein Fünftel der Weltbevölkerung keinen Zugang zu sauberem Wasser hat und weltweit alle 15 Sekunden ein Kind an Wassermangel stirbt. Sie kann das alles nicht mehr wegstecken. Sie kann die mahnenden Stimmen in ihrem Kopf nicht mehr verdrängen. Sie wird selbst arbeitslos, muss sich als eine Nummer unter vielen erfahren. Eine Kakophonie in ihrem Kopf setzt ein. Da helfen weder Bachblüten noch Schüßlersalze, weder Heileurythmie noch Ayurveda. Sie beginnt durchzudrehen.

Gott sei Dank gibt es Hilfe. Die Spezialisten von »Freuds typenfreier Meisterwerkstatt für Schutzmechanik und Qualitätsverdränger« konfrontieren sie knallhart mit der Wahrheit: Ihr Verdrängungsmechanismus ist defekt. Endgültig. Nicht mehr zu reparieren. Man legt ihr nahe, sich einen neuen zuzulegen, der ist kompakter, energiesparender und schneller beim Verdrängen, mit »Antidepressionsbooster«, »Sensualdirekteinspritzer« und »Lächelautomatik«.

Ein neuer Schutzmechanismus würde ein paar Tausender kosten, zuzüglich Mehrwertsteuer, Implantation inklusive. Und ein gebrauchter? Sicher, billiger wäre der – aber wer weiß schon, in wel-

Edina Picco demonstriert es: Ein gebrauchter Verdrängungsmechanismus tut's auch.

chem Land der Erde und unter welchen Bedingungen so einer im Einsatz war, und ob der überhaupt an unsere westlichen Standards heranreicht ...

Edina Picco nutzt ihr kaum halbstündiges Hörspiel meisterhaft, um uns Hörer, die wir in einer Oase des Wohlstands leben und Meister im Verdrängen geworden sind, mit viel Ironie und einem Schuss Sarkasmus wenigstens für ein paar Augenblicke wachzukitzeln, uns auf unsere Situation aufmerksam zu machen, die natürlich jeder von uns nur allzu genau kennt. Wir schmunzeln beim Hören und merken doch, dass wir eigentlich nicht schmunzeln sollten. Aber *unser* Verdrängungsmechanismus funktioniert ja noch, was können gerade wir gegen all die Ungerechtigkeiten in der Welt schon ausrichten! Solange all die verdursteten und verhungerten

Kinder dieser Welt nicht eines Tages wirklich leibhaftig vor laufenden Kameras auf dem Petersplatz aufgehäuft werden, wird unser Gewissen sauber bleiben.

Der Kunstgriff der Autorin besteht darin, ein Dilemma unserer real existierenden Welt, einen mit der Zivilisation gewachsenen psychologischen Abwehrmechanismus durch die Metapher eines technischen Features zu umschreiben – Science Fiction also einmal mehr als ebenso vordergründiger wie gelungener Kunstgriff, scheinbar Selbstverständliches im Hier und Heute durch einen Perspektivwechsel in anderes Licht zu rücken. Judith Lorenz hat all die mahnenden, auf Johanna einstürmenden Stimmen sehr intensiv realisiert, und Katja Bürkle spricht die Johanna so natürlich und ungekünstelt, wie wir es in jüngster Zeit eher von Autorenproduktionen gewohnt sind.

Johanna aber muss sich entscheiden. Die Zeit drängt, denn gerade vor Weihnachten ist die Nachfrage nach Verdrängungsmechanismen groß.

Horst G. Tröster

Lebensnavigationssystem 1.0

Till Müller-Klug: *Die neue Lebensführung*

Regie: Thomas Wolfertz
Westdeutscher Rundfunk 2007

Robert ist dreißig und, na ja, mit seiner Gesamtsituation unzufrieden. Die schlecht bezahlten Hilfsjobs über Zeitarbeitsfirmen wirft er jedes Mal nach kurzer Zeit wieder hin und nimmt stattdessen an Medikamententests teil, weil er dringend Geld braucht. Seine Beziehung zu Rebecca liegt ziemlich darnieder. Das Leben macht einfach keinen Spaß. So stellt sich Robert als Proband für die Testphase eines Neuro-Implantats zur Verfügung, das ihm eine neue Lebensführung ermöglichen soll. Das Lebensnavigationssystem »Lena«, Beta-Version 1.0, begrüßt Robert nach der chirurgischen Implementierung und nimmt fortan seine Lebensplanung in die Hand. Das Modul »Beste Freundin« wirft den Sehnsuchtsgenerator an, um möglichst genau herauszuarbeiten, welche Ziele und Vorstellungen

Robert verwirklichen will. Dann macht sich Lena ans Werk. Versorgt mit den Wahrscheinlichkeitsberechnungen des Betriebssystems sorgt »Lena Karriereblitz« dafür, dass Robert sich bei seiner Zeitarbeitsfirma für einen Putzjob bewirbt. Er landet im Landwirtschaftsministerium und nach wenigen Tagen Toiletten- und Büroreinigung hat er nicht nur seiner Freundin den Laufpass gegeben, es gelingt ihm auch, seine Kenntnisse in Informatik nutzbringend anzuwenden. Der Aufstieg vom Hygienetechniker zum Software-Consultant ist geschafft. Dank »Lena Inspirator« – »Kopf hoch, Daumen hoch, du schaffst es!« – entscheidet sich Robert, seine sozialen Neigungen als Lobbyist für das bedingungslose Grundeinkommen einzusetzen. Auf dem zu diesem Zweck aufgesuchten Social-Engineering-Empfang begegnet er dummerweise auch einem wichtigen Mitarbeiter der Gesundheitsministerin, und Lena beschließt, in eigener Sache Lobbyarbeit zu leisten. Es ist für Robert fatal, dass sie dabei auf die »Mobile Navigationsapplikation Mona« trifft, denn er findet sich völlig unerwartet in der Rolle des Zauberlehrlings wieder. Die Geister in seinem Kopf wird er anscheinend nur los, indem er den Teufel mit dem Beelzebub austreibt. Ein erzwungener Neustart des Betriebssystems führt jedoch manchmal zu unerwartetem Datenverlust und anderen Katastrophen.

Nach ***Die neue Freundlichkeit*** (WDR 2006) tat Till Müller-Klug konsequent den nächsten Schritt, von der Insel der Seligen im Arbeitsamt hinaus ins wilde Leben, wo genug arme Schweine ihr Leben nicht in den Griff kriegen. Müller-Klug inszeniert für uns eine bestechend einfache Problemlösungsmaschinerie. Endlich jemand, der uns sagt, wo es langgeht, der weder unser Chef ist noch ein Elternteil und der tatsächlich unser Bestes nicht nur im Sinn, sondern auch die Möglichkeit der Realisierung hat! Gäbe es solch ein Neuroimplantat tatsächlich, wäre es natürlich unbezahlbar für genau die Klientel, die am dringendsten darauf angewiesen wäre, denn wo kämen wir hin, wenn jeder »Loser« sein Leben so einfach optimieren könnte – da wäre schon der Markt vor.

Aber auch in der Fiktion gibt es den Deus ex Machina nicht wirklich. Robert verliert im Tausch gegen ein optimiertes Leben vielleicht nicht seine Seele, aber doch hin und wieder beinahe den Verstand. Seine persönliche Handlungsfreiheit wird in dem Maß kleiner, wie das Aktionspotenzial von Lena steigt; besonders auffällig, wenn das Quartett in seinem Kopf einen beschleunigten Lebensroutenplan für die nächsten zwei oder auch fünfzig Stunden entwickelt – im Hörspiel sehr sinnfällig dargestellt, wenn die vier Module im Zehntelsekundenabstand Anweisungen herunterrattern und man Robert nur noch hinterherhecheln hört. Immer wieder beklagt er sich auch über die Stimmen in seinem Kopf, die ihm in kniffligen Situationen soufflieren, was ihn des Öfteren als stotternden Idioten dastehen lässt. Zwar gelingt es Robert zu Anfang noch, Lena immer wieder für einige Zeit zum Schweigen zu bringen, doch zeigt sich schon bald, dass das Implantat ein Eigenleben entwickelt, das auch unabhängig oder gar konträr zu Roberts Willen handelt – die alte Geschichte von der Angst des Menschen vor der künstlichen Intelligenz, die sich durch alle derartigen Science-Fiction-Topoi zieht (man denke nur an die bekanntesten Beispiele *2001: Odyssee im Weltraum*, *Terminator*, *Blade Runner* oder *Matrix*).

Allerdings erhebt das Hörspiel in seinen gerade mal vierzig Minuten nicht den Anspruch, die Tiefen dieses Sujets auszuloten, sondern plätschert eher vergnüglich an der Oberfläche dahin. Selbst das durchaus nicht zimperliche Ringen der konkurrierenden Systeme Lena und Mona um die Vorherrschaft in Roberts Bewusstsein lässt die Mundwinkel des Hörers nur in mildem Amüsement zucken. Die gesamte Inszenierung ist eher verhalten, die Dialoge mitunter sehr bemüht – nicht die Lena-Komponenten, die sind klasse (und erinnern an »Freddie, der fröhlichen Fußfessel«). Manches gleitet in Klamauk ab, etwa wenn die Mitarbeiter im Landwirtschaftsministerium in einer Tabellenkalkulation die Subtraktionstaste nicht finden, was Roberts Aufstieg ermöglicht. Insofern passt **Die neue Lebensführung** natürlich in die Zeit: schnell konsumierbare Massenware mit einem gewissen Unterhaltungswert. Aber nach **Die neue Freundlichkeit** hätte ich etwas wirklich Ernsthaftes oder etwas wirklich Lustiges erwartet. Till Müller-Klug konnte sich leider nicht so recht entscheiden. Doch wer weiß, vielleicht ist die Geschichte ja noch nicht zu Ende? (Wenn noch etwas in die Zeit passt, dann Trilogien ...). Ist der letzte Satz nicht ein wunderbarer Cliffhanger? »Lena Implantat Robert empfängt Starthilfe von Lena Implantat Rebecca. Reaktivierung erfolgreich. Hier spricht Lena 2.0, Modul Betriebssystem ...«

Ute Perchtold

Fortpflanzung – Ich bin dabei

Dunja Arnaszus: *Etwas mehr links – zehn Quickies für eine Nation mit rückläufiger Geburtenrate*

Regie: Judith Lorenz
Rundfunk Berlin-Brandenburg 2007

Die Deutschen sterben aus. Aber wirklich, so richtig echt! In der unbestimmten Zukunft dieses sozialsatirischen SF-Hörspiels erblicken in einem Jahr gerade mal sieben Babys das Licht der Welt. Da scheint es nicht allein an gutem Willen zu mangeln, sondern an grundlegenden Kenntnissen und Fertigkeiten – denkt man sich beim Bundesfamilienministerium und legt flott eine nette Broschüre auf, die den fortpflanzungsunwilligen Partnerschaften im gebärfähigen Alter (der Frau; der Mann darf bis 81) bei der Ausübung dieser überlebensnotwendigen Tätigkeit hilfreich unter die Arme greifen soll. »Fortpflanzung – Ich bin dabei« wird kostenlos an alle infrage kommenden Haushalte verteilt und landet deshalb auch im Briefkasten von Antonia und Tom. Sie Erzieherin, er Grundschullehrer, beide logischerweise arbeitslos und daher verpflichtet, an diesem Bonusprogramm der Regierung teilzunehmen, andernfalls werden ihnen die Leistungen gekürzt. Kurz: ein Baby muss her. In den folgenden Wochen und Monaten agieren die beiden zur Belustigung der Hörer, als sei ihnen die Möglichkeit, durch handfesten Sex für den erwünschten Nachwuchs zu sorgen, tatsächlich ein Buch mit sieben Siegeln. Weder die Anweisung der Broschüre, sich durch Verwendung von Kosenamen aus dem Tierreich in Stimmung zu bringen, noch der Rat zur Benutzung von Aphrodisiaka werden von den Möchtegern-Eltern im Sinne des Ministeriums befolgt. Aber wenigstens springt ein Essenszuschuss dabei heraus. Bei einer der wiederholten Einbestellungen ins Arbeitsamt zur Überprüfung ihrer Fortschritte überreicht ihnen die Sachbearbeiterin ein Set Sextoys, doch hoffnungslos überfordert bei dem Versuch, deren Funktionsweise zu durchschauen, lassen sie die Gerätschaften schließlich sich selbst miteinander vergnügen. Fesselungsspiele stellen sich als ähnlich desaströs heraus wie der Versuch, durch den Erfahrungsbericht von Antonias Mutter über deren Entbindung zur Nachahmung angeregt zu werden. In höchster Ver-

Science-Fiction-Hörspiele 2007 **1127**

zweiflung verfallen die beiden schließlich auf die Idee, sich für den nächsten Besuch im Arbeitsamt eines der vielen vorhandenen Babys einer Asylbewerber-Familie auszuleihen. Die Sachbearbeiterin lässt sich täuschen, doch der Amtsarzt macht der Scharade ein schnelles Ende – das Baby ist dunkelhäutig und garantiert älter als drei Wochen ... Wegen anhaltender Erfolglosigkeit aus ihrer Stadtwohnung geflogen und wegen des Betrugsversuchs mit einem Verfahren bedroht, beschließen Tom und Antonia, mit Katze und Begonientopf nach Äthiopien auszuwandern. Lehrer und Erzieher werden dort sicher gebraucht. Und auf der Schiffsreise ins Exil, befreit von allen Zwängen und sanft auf den Wellen schaukelnd, gelingt ihnen urplötzlich, was doch – neben Fußball – die schönste (und einfachste) Nebensache der Welt sein sollte. »Etwas mehr links, Schatz ...«

Dunja Arnaszus' satirischer Blick in bundesdeutsche Schlafzimmer der garantiert nicht mehr Babyboomer-Generation wurde im August 2007 zum Hörspiel des Monats gewählt, eine durchaus nachvollziehbare Entscheidung. Das Stück erhebt keinerlei An-

Beim Studium der Fortpflanzungstipps: Winnie Böwe (Antonia), Milan Peschel (Tom)

spruch auf Ernsthaftigkeit, hat aber wie jede gute Satire einen wahrhaftigen Kern in unserer Lebenswirklichkeit. Während man über die Dämlichkeit und Hilflosigkeit der Protagonisten den Kopf schütteln, schmunzeln oder laut lachen kann, zielt der im Hintergrund lauernde Bürokratiedschungel, die Behandlung der Asylbewerberfrage, der verwaltungstechnokratische Umgang mit Geburtenrückgang, Arbeitslosigkeit und Wohnraummangel auf real vorhandene oder sich abzeichnende Problembereiche unserer Gesellschaft, die uns das Lachen im Hals stecken bleiben lassen könnten. Denn das Gemeine ist ja: Politik ist tatsächlich so. Zumindest empfinden wir Politik sehr häufig so. Darüber kann man jammern und verzweifeln. Oder man nimmt's, wenigstens hin und wieder, mit Humor und macht ein lustiges Hörspiel draus. Denn wie jede gute Satire lässt **Etwas mehr links** die Saat im Unterbewusstsein reifen und bietet vordergründig einfach gute Unterhaltung, die man am besten ganz entspannt bei einem Glas Rotwein oder in der Badewanne genießen kann – gerne auch zu zweit ...

Ute Perchtold

Familienidylle auf Eis

Thilo Reffert: *Queen Mary 3*

Komposition: Peter A. Bauer
Regie: Stefan Kanis
Mitteldeutscher Rundfunk 2007

Currywurst und Pommes frites sind verboten, Überwachungsmikrofone allgegenwärtig, Eis kann man allenfalls noch in der Antarktis besichtigen und der Geburtenrückgang hat nie geahnte Ausmaße erreicht. Das ist die Welt des Jahres 2040, von der uns Thilo Reffert einen kleinen Ausschnitt vorführt. Das Ehepaar Ott aus Deutschland, beide um die 70, ist mit Tochter und künftigem Schwiegersohn auf Kreuzfahrt. Aber die Tochter ist nicht die Tochter und der Schwiegersohn nicht der Schwiegersohn, vielmehr sind beide Mitarbeiter eines Dienstleistungsunternehmens, Schauspieler gewissermaßen. »Reizende Kinder haben Sie; wie heißt denn Ihre Agentur?«, erkundigt sich eine Mitreisende. Denn seit es in Ehen und Partnerschaften immer weniger eigenen Nachwuchs gibt, ist das Geschäft mit dem Verleih von Kindern und Jugendlichen überaus lukrativ geworden. Die Otts sind zufriedene Kunden und buchen ihre »Tochter« samt »Schwiegersohn« schon seit vielen Jahren zu allen möglichen Anlässen. Gern hätten sie leibliche Kinder gehabt, aber man weiß ja, wie das ist, Kinder sind »Risikokapital«, Karriere und Leistung vertragen sich eben nicht mit Kindern – und mit fortgeschrittenem Alter war es dann eben zu spät.

Aber kein Plot ohne Konflikt, und der bahnt sich an, weil die Otts sich in den Kopf gesetzt haben, ihre Leihkinder zu adoptieren. Die freilich wollen davon nichts wissen, bitten um Bedenkzeit und vorübergehende Entbindung von den gebuchten Leistungen. Jetzt, frei von vertraglichen Pflichten und ohne gespielte Vertraulichkeit, kommt es zur offenen Aussprache zwischen den Dienstleistern und ihren Kunden. Während das Ehepaar Ott sich in Erklärungen und Rechtfertigungen für die eigene Kinderlosigkeit ergeht, deutet sich bei der jungen Generation ein Umdenken an. Nicht nur, dass

Wo buchen Sie Ihre Kinder?: Franziska Petri (Hely), Roman Knizka (Henri), Stefan Kanis (Regie)

sie eine Entscheidung zugunsten eines eigenen Kindes fällen, nein, sie wollen es auch noch anstellen wie früher, als man »noch Geschlechtsverkehr hatte, wenn man Kinder wollte«. Das Risiko, bei Verzicht auf eugenische Selektion und extrakorporale Manipulation die künftigen Eigenschaften des Nachwuchses dem blinden Zufall zu überlassen, macht ihnen keine Angst, im Gegensatz zum alten Ott, der darin einen unverzeihlichen Rückschritt in die prägentechnische Ära sieht. Bei einem Landausflug eskaliert der Konflikt.

Angesichts der – bislang nicht von Erfolg gekrönten – Bemühungen der Bundesregierung, die beschämend niedrige Geburtenrate der Deutschen aufzubessern, hat Thilo Reffert durchaus ein heißes Eisen aufgegriffen – wahrscheinlich ein Problem aller wohlhabenden Industrienationen, das in naher Zukunft an Brisanz noch zunehmen könnte. Aber die möglichen Auswirkungen der immer stärker alterslastigen Bevölkerungspyramide – sinkende Produktivität, nachlassende Kaufkraft, steigende Steuerlasten und der drohende Kollaps der Sozialsysteme und mit ihnen der sozialen Komponente unserer Marktwirtschaft – sind nicht sein Thema. Ihm geht es um den zwischenmenschlichen Aspekt, echte und vorgeschobene Gründe für den Verzicht auf Nachkommen, Kinder als Vorzeigeobjekt und Statussymbol, um Angst vor Spontaneität und fehlende Bereitschaft, sich auf etwas einzulassen, das dem gewohnten Warencharakter so wenig entspricht und nicht nach Belieben dem persönlichen Geschmack angepasst werden kann.

Freilich ist die Konstellation, die der Autor für seine Geschichte erdacht hat, nicht gerade glücklich gewählt. Denn wie sollten die Otts die »Kinder« auch nur einen Moment als *ihre* Kinder akzeptieren, wenn sie doch permanent vor Augen haben, dass jede Geste, jedes Wort nichts als bezahlte Theatralik ist? Darunter leidet die Glaubwürdigkeit des Plots, der sich als allzu papierenes Modell erweist mit dem Zweck, eine Aussage zu transportieren.

Queen Mary 3 kann geradezu als Schulbeispiel dienen für die unterschiedlichen Strategien von Autoren einerseits mit belletristischem Ansatz, die für die Bühne oder fürs literarische Hörspiel schreiben, und den Autoren andererseits, die aus der Science-Fiction-Ecke kommen. Greifen die einen ein vorgefundenes Thema auf, um es nach ästhetischen und dramaturgischen Gesichtspunk-

Vergreiste Gesellschaft? Michael Schrodt, Dietmar Mues, Thilo Reffert, Franziska Petri, Stefan Kanis, Roman Knizka (von links)

ten auf seine zwischenmenschlichen Implikationen und Wechselwirkungen abzuklopfen, nähern sich die anderen demselben Thema mit exploratorischer Absicht, spekulativ, kalkulierend, extrapolierend, antizipierend.

Thilo Reffert hat eine ganze Reihe von Themen berührt, ohne sie in ihren denkbaren Konsequenzen fortzuspinnen, sodass vieles in seinen Auswirkungen nicht zu Ende gedacht ist, viele Gedankengänge unfertig sind, ins Leere laufen und sich gelegentlich sogar widersprechen. Er lässt uns wissen, dass leibliche Kinder Seltenheitswert haben, interessiert sich aber nicht für die Frage, wie eine solcherart vergreiste Gesellschaft ökonomisch überhaupt aufrechterhalten werden kann, wer zum Beispiel für die Produktivität sorgt, welche die Finanzierung von Luxuskreuzfahrten ermöglicht. Er stellt Agenturen vor, die Kinder vermieten, ohne zu erklären, wieso diese nicht auch vom Kindermangel betroffen sind. Er lässt ein gealtertes Ehepaar räsonieren, dass es irgendwann nach der Karriere für Kinder »zu spät« gewesen sei, obwohl wir an anderer Stelle erfahren, dass Nachwuchs extrakorporal und somit abgekoppelt von Sexualität und unabhängig von intakten Körperfunktionen erworben werden kann.

Er schildert, dass jedes gesprochene Wort im öffentlichen wie im privaten Raum mit offenbar allgegenwärtigen »Voicerekordern« mitgeschnitten wird; indem er aber nicht auch nur ansatzweise reflektiert, welche Auswirkungen eine derartige Totalüberwachung haben müsste, gibt er diesen Aspekt als bloßes Konstrukt zu erkennen, um die Aufzeichnung der Gespräche während der Kreuzfahrt dramaturgisch zu motivieren. In der Rahmenhandlung greift er überraschend ein Thema aus dem Mainstream der Science Fiction auf: Wir erfahren, dass Herr Ott maßgeblich an einer Entwicklung beteiligt war, die den Transfer von Daten in die Vergangenheit ermöglicht, und mithilfe dieser Technik kann er – wenn auch illegal – die Aufzeichnungen der Voicerekorder nun seinem jüngeren Ich übermitteln. Ein Autor mit Science-Fiction-Erfahrung hätte hier zweifellos mit den Möglichkeiten temporaler Weiterungen gespielt. Thilo Reffert belässt es bei der bloßen Hoffnung, dass Otts Junior-Ego Lehren daraus ziehen und sich anders entscheiden möge, sodass der wahre Grund der Botschaft in die Vergangenheit allzu offensichtlich darin liegt, den Part des Erzählers dramaturgisch plausibel zu machen.

Thilo Reffert ist auf einem guten Weg, er muss an seiner Dramaturgie aber noch arbeiten. Man kann sich des Eindrucks nicht erwehren, er habe ein ursprünglich für die Bühne geschriebenes Stück mit der aufgesetzten Rahmenhandlung gewaltsam zum Hörspiel transformiert. Wirklich gute Hörspiele aber haben solche Tricks nicht nötig.

Horst G. Tröster

Sie wollten nur Beitragszahler

Thilo Reffert: **Queen Mary 3**

Komposition: Peter A. Bauer
Regie: Stefan Kanis
Mitteldeutscher Rundfunk 2007

Mit Titeln ist es oft so eine Sache: Sie geben nur wenige Hinweise darauf, worum es in dem Werk wirklich geht. Bei **Queen Mary 3** verhält es sich ganz ähnlich. Zwar weiß man, dass es ein Schiff dieses Namens noch nicht gibt – also muss die Story irgendwann in der Zukunft spielen. Aber welche Bedeutung ist dem Schiff als solchem beizumessen, welche Relevanz hat es als Schauplatz für das eigentliche Handlungsgeschehen; falls überhaupt?

Ausgesprochene SF-Hardcore-Fans werden hier sicher nicht optimal bedient. Es fehlen weitgehend spektakuläre Szenarien aus der Welt von morgen wie Begegnungen mit Aliens oder die Beschreibung spektakulärer technisch-wissenschaftlicher Entwicklungen und Erfindungen. Die einzigen dargereichten kleinen Häppchen »Science« betreffen die Möglichkeit, Nachrichten in die Vergangenheit zu transportieren. Aber weil dieser Datentransfer, wie man sich denken kann, sündhaft teuer ist, bleibt er ein Luxus für wenige.

Und ein Luxus ist auch das Problem jenes älteren Ehepaares, welches sich zur Silberhochzeit eine Kreuzfahrt in die Antarktis leistet; eben auf der titelgebenden »Queen Mary 3«. Andreas und Anja, so heißen die beiden, möchten ihre gemieteten Kinder adoptieren. Hely und Henri sind Angestellte einer Agentur, wo man auch imaginären Familienanhang zu besonderen Gelegenheiten wie Geburten oder Hochzeitstagen buchen kann. Siebenmal wurden sie, deren fiktive Vita natürlich den Kundenwünschen entspricht, bisher geordert, aber jetzt soll nach den Wünschen ihrer »Eltern« etwas Festes, Bleibendes daraus werden: eine Adoption. Wie werden die beiden »Beglückten« darauf reagieren?

Das klingt alles schon irgendwie gekünstelt und überdreht – und ist es im Grunde ja tatsächlich! Obwohl Thilo Reffert an einigen Stellen erkennen lässt, worum es ihm bei seiner Social Fiction geht – oder besser: gegangen wäre –, wenn er seine durchaus berechtigte Kritik an bereits heute erkennbaren Entwicklungen präziser aufs Korn genommen hätte.

Der Begriff »Social« in »Social Fiction« wurde vor Jahrzehnten als eine Art Spin-off zur herkömmlichen, eher technisch-wissenschaftlichen Zukunftsprognose kreiert, als immer mehr Autoren erkannten, dass ökonomische Veränderungen im gesellschaftspolitischen Bereich wesentlich tiefer greifende Spuren hinterlassen als all der bunte technische Krimskrams, welcher eher das Dekor im täglichen Umfeld bildet. Allerdings verliert der Autor leider das, was er tatsächlich thematisieren wollte, über weite Strecken aus den Augen.

Schon in der Anmoderation zum Hörspiel heißt es: »Die Welt wird immer perfekter, nur der Mensch bleibt ein ›unzuverlässiges, störendes Aggregat!‹.« Also müssen die Arbeitskosten gesenkt werden, um dem Konkurrenzdruck besser standhalten zu können. »Verschlankung der Belegschaft« lautet der dafür verwendete Terminus. Anderseits benötigt die Wirtschaft aber nach wie vor Menschen, die fleißig konsumieren. Also wird analog zum forcierten Stellenabbau auch über den fortschreitenden Geburtenrückgang gejammert.

Andreas hat sich ganz seinem Beruf verschrieben, weil er meint, das System frühzeitig durchschaut zu haben. Seine Argumente, mit denen er die Frage nach der Kinderlosigkeit seiner Ehe beantwortet, haben gewiss einiges für sich: »Weißt du, warum die nach Kindern geschrien haben? Sie wollten Beitragszahler, sie wollten Steuerzahler, sie wollten Gebührenzahler. Sie wollten – in der Hauptsache – Konsumenten. Die Freude an Kindern war ein Slogan in ihren Kampagnen. Dahinter stand immer die Ökonomie.« Da ist gewiss etwas Wahres dran. Wer sich dafür entscheidet, dass Beruf und Karriere das Wichtigste im Leben sind, der musste schon bisher etliche Abstriche bezüglich einer Familienidylle machen, wie man sie zumeist eh nur noch im Bilderbuch oder in der TV-Werbung findet. Frau und Kinder hätten den Gatten und den Papa zwar lieber öfter um sich gehabt, aber dafür ermöglichte er ihnen mit hohem Gehalt einen Wohlstand, von dem andere nur träumen können. Diese »Auserwählten der modernen Ökonomie«, diese »Priester des Topmanagements in Vorständen und Aufsichtsräten«, diese »Mönche von Forschung und Entwicklung« mieteten sich schon bisher ihr Minimum an zwischenmenschlichem Kontakt in Form von Begleitservices oder Besuchen bei Edelnutten. Und ähnlich wie Richard Gere in *Pretty Woman* seine Julia Roberts zuerst für sich alleine »reserviert« und letztlich sogar heiratet, schaffen es zuweilen auch andere »Mietmenschen«, in welcher Dienstleistungsbranche auch immer, bis zu einem unbefristeten Arbeitsverhältnis. Wie ja überhaupt dem Dienstleistungssektor angeblich die Zukunft gehört. Jedenfalls kann man auf diesem Gebiet tätigen Start-up-Unternehmen erstaunliche Kreativität oft keinesfalls absprechen. Schon wird gestressten Leuten alles Mögliche abgenommen, sofern sie sich das finanziell leisten können: Private Pflegedienste betreuen Bettlägerige rund um die Uhr; andere nehmen lästige, zeitraubende Behördenwege ab; und dass Versicherungsvertreter beim Neuwagenkauf die Ummeldung erledigen, ist inzwischen obligat. Und das ist erst der Beginn ...

Aber das eigentliche Makroproblem unserer Gesellschaft sieht dennoch völlig anders aus, und insofern arbeitet sich Thilo Reffert an den falschen Protagonisten ab. Die Entscheidungshoheit darüber, was ihnen selbst wichtiger ist, berufliche Karriere *oder* privates Glück, haben inzwischen ohnehin immer mehr Menschen verloren. In einer Zeit, in der sogenannte »prekäre Beschäftigungsverhältnisse« zunehmend zur Norm werden, in der auch erstklassig ausgebildete Personen froh sein müssen, nach Ende eines temporären Projekts einen adäquaten Anschlussauftrag zu erhalten, ist »Lebensplanung« ein Begriff, der zu einer längst entschwundenen Vergangenheit zählt. Früher hieß es: Zuerst die Grundschule abschließen, dann eine Lehre oder Studium beginnen und nach dem Abschluss des eingeschlagenen Bildungsweges eine berufliche Existenz aufbauen. Die Gründung einer Familie auf solidem ökonomischem Fundament ist letztlich die Krönung auf dem Weg zu einem »vollwertigen Mitglied der Gesellschaft«. Irgendwie ist inzwischen leider alles ziemlich durcheinander geraten – und wird von den Apologeten der New Economy auch noch verführerisch-euphemistisch als »selbstbestimmte Freiheit« verkauft – und manche glauben das sogar wirklich! Nur: Viel mehr als die berühmte »Hand im Mund« schaut dabei nur für wenige heraus. Die Folgen sind unübersehbar: Es wird immer weniger geheiratet, die Geburten unterbieten jeden Minusrekord und die Zahl der Singlehaushalte steigt ständig an.

Geheime Sehnsüchte: Franziska Petri (Hely)

Foto © MDR/Gerhard Hehtke

Von alledem hört man bei Thilo Reffert nichts. Das Schicksal von Menschen, die in rund dreißig Jahren nach der Devise leben müssen, dass das Selbstregulativ der Wirtschaft effizienter sei als direkte Eingriffe seitens der Politik und dass, wenn es der Wirtschaft gut geht, es auch den Menschen gut gehe, wird hier jedenfalls nicht explizit reflektiert. Dabei ist die Geschichte der Zukunft ebenso wie jene der Vergangenheit primär eine Frage des jeweiligen Blickwinkels. Und der richtet sich halt in der Regel nach »oben«. Das Schicksal der Herrschenden, Regierenden, der Visionäre, die ständig auf der Suche nach »endgültigen Weltordnungen« waren, der Kaiser, Könige, Fürsten und Heerführer, die mit gewonnenen wie verlorenen Schlachten »Geschichte schrieben«, das findet man in jeder historischen Reflexion der betreffenden Zeit. Doch wie deren Untertanen mit all diesem konsequent kultivierten Irrsinn zurande kamen, das erfährt man kaum. Sie waren schließlich bloß Fußvolk auf dem Schachbrett der Vergangenheit, marginales Zählmaterial, mehr nicht ... Dabei waren die völlig zu Unrecht abschätzig zu historischen Randerscheinungen degradierten »Volksmassen« die eigentlichen Helden. Oft hielten sie unter Bedingungen durch, die unvorstellbar unmenschlich waren. Sie verkrafteten Kriege, Krankheiten, Seuchen und Hungersnöte; aber sie trugen das Leben *immer* weiter. Ähnliches gilt für das, was *vor* uns liegt. Insofern wäre es doch wesentlich interessanter gewesen, in **Queen Mary 3** zumindest etwas mehr über das Leben jener zu erfahren, die hier vom Autor umschwiegen werden. So bleibt die nur in Ansätzen engagierte Story letztlich eine elitäre Bagatelle.

Hervorragend ist hingegen die Aufnahmequalität. Produziert wurde im digitalen 5.1-Mehrkanalverfahren, doch auch im herkömmlichen Stereomodus klingt es delikat. Die Sprecher hauchen ihren Figuren echtes Leben ein und modellieren sie gekonnt mit liebevoller Plastizität. Mich hat Franziska Petri am meisten überzeugt. Mit feinst abgestuften vokalen Nuancierungen vermag sie die ganze Bandbreite an Helys warmen Gefühlen, geheimen Sehnsüchten, aber auch starkem Durchsetzungsvermögen dort, wo es die praktische Vernunft erfordert, faszinierend glaubhaft zu vermitteln. Für mich: Eine Stimme zum Verlieben!

Helmut Magnana

Innen hohl.

Helmut F. Albrecht: **Die Kapsel**

Regie: Martin Zylka
Westdeutscher Rundfunk 2007

Gibt es eigentlich noch irgendjemanden im deutschsprachigen Raum, der es lustig findet, wenn jemand so redet, wie die Medien uns glauben machen wollen, dass Schwule reden?

Helmut F. Albrecht, Werbetexter und Kabarettist (»Türke Ali Übülüd« ruft »Chefe« an), findet das. Und er lässt auch sonst kaum einen Gag aus, der schon bei Quartanern kein müdes Grinsen mehr hervorrufen würde, Wortspiele vom Typ »Gallenstein – Stallengein« etwa, dazu ein bisschen Esoterik und Musik wie im Godzillafilm.

Auch die »Kapsel« ist hohl, von der Größe eines Brillenetuis, dann wieder mikroskopisch klein, besteht aus irgendwie fest gewordenem Quecksilber, und aus ihrem Innern tönen Stimmen mit dem Timbre heiserer Schlumpfe. Die Kapsel hat man aus dem Bauchraum des US-amerikanischen Präsidenten herausoperiert; wie sie da hineingekommen ist, weiß keiner (nein, rektal auch nicht). Die Stimmen empfehlen dem Präsidenten, sein gesamtes Nuklearpotenzial gegen Russland zu feuern. Daraufhin befiehlt der Präsident, sein gesamtes Nuklearpotenzial gegen Russland zu feuern.

Ich habe lange versucht, da etwas Parodistisches oder Satirisches herauszuhören, zumal Udo Schenk spricht, als parodiere er etwas. Vergeblich. Die Sache muss ernst gemeint sein. Dabei gehört der Autor, Jahrgang 33, nicht einmal zur Generation Star Wars & Co. Hätte er wenigstens mal **Frankenstein in Hiroshima** gehört, Jörg Buttgereit versteht sich auf Parodien.

Was hat Helmut F. Albrecht sich dabei gedacht? Warum hat Martin Zylka die Regie nicht verweigert? Welche Zielgruppe hatte der WDR im Sinn, von dem wir doch sonst ein höchst anspruchsvolles Programm gewohnt sind? Wem frommt das Ganze? Wie man sieht: Das Stück beantwortet keine Fragen, es wirft sie auf. Aber für Hörspielereien wie diese ist jedes weitere Wort zu viel.

Günther Wessely

Vergiss die Seele, denn es gibt keine – oder: Aliens am Dixieklo

Jens Rachut: *Der Seuchenprinz (1): Das Genakel*
Jens Rachut: *Der Seuchenprinz (2): Der Seuchenprinz*
Jens Rachut: *Der Seuchenprinz (3): Der Staubcontainer*

Komposition: Jonas Landesschier
Regie: Jens Rachut, Roland Henseler
Büffeljoes Bande 2006/2007

Frösche schreien, Fohlen brüllen. Das Stampfen und Kreischen eines Zuges. »Kan kum balalag reckreck bulan.« Er kommt. Der Seuchenprinz kommt, der Erlöser mit dem ewigen Staubcontainer. »Zep zep kalpa sarto peng.« Er liebt Gesänge, also laufen und singen sie. »Bak bak kendelo.« Sie laufen. So schnell sie können. Und singen, singen ...

> »Bak bak kendelo, Holuns holuns,
> Bak bak kendelo, die Fohlen brüllen,
> holuns holuns, die Frösche glühen,
> holuns holuns ...«

Hinter ihnen verglüht die Erde im All. Abgesang auf eine misslungene Examensarbeit. Ihre Aufgabe war es, einen intakten Planeten zu erschaffen, mit Pflanzen, Tieren und Menschen.
»Es fing alles sehr gut an. Die drei großen F's – Feuer, Fell und Fieber.« Doch etwas ging schief. Das Projekt scheiterte, die außerirdischen Studenten versagten: durchgefallen, exmatrikuliert. Das verkorkste Projekt wird entsorgt, verbrannt, sämtliches Leben wird ausgelöscht. Und nun laufen sie, deren Leben endlos währt, und singen, um endlich erlöst zu werden: von der Ewigkeit, dem Stumpfsinn, ihrem Scheitern, dem Leben ... – von allem. »Endmoränen tanzen nicht. Bewaffne dich, falls es mal brennt ...«
Die Vernichtung der Erde – so endet ***Der Seuchenprinz*** Teil 2 (ursprünglich als 3. Teil geplant). Es war Jens Rachuts erstes Hörspiel, das er gemeinsam mit Jonas Landesschier und Ronald Henseler selbst produziert hatte. Im Juli 2006 wurde es vom WDR-Pro-

gramm EINSLIVE im Rahmen der Sendereihe »Lauschangriff« ausgestrahlt. Der 1. Teil **Das Genakel** folgte im Januar 2007, und der 3. und letzte Teil **Der Staubcontainer** vollendete die Trilogie im November 2007. Alle drei Teile sind auch als CDs käuflich zu erwerben.

Das Genakel beschreibt die Schöpfungsgeschichte. Wir werden Zeuge, wie die Erde entsteht und wie viel Mühe die Außerirdischen sich bei deren Erschaffung gegeben haben. Gestaltung und Vielfalt der Tiere finden beim Prüfungsausschuss großen Anklang. Doch als die ersten Menschen viel zu früh die Bühne der Welt betreten, läuft das ganze Projekt aus dem Ruder. Die zehn Prozent Eigenständigkeit, die den Menschen zugestanden wurde, war wohl doch zu viel. »Die Menschheit ist in einem erbärmlichen Zustand. Neid, Heuchelei, Missgunst und Geiz sind an der Sekundenordnung. Es ist ein heilloses Durcheinander. [...] Am Ende verkauften sie den Januar für April, Obsttorte als Fischfrikadelle, Autos als Schiffe, und alle glaubten dran. Plötzlich machte sich keiner mehr gerade, es wurde nur noch verteidigt, nicht mehr angegriffen. Die Atmosphäre hat Bronchitis, das Wasser verdummt und die Luft hustet.«

Der Verantwortliche wird zur Rechenschaft gezogen, da kennt der Prüfungsausschuss keine Gnade. Die Strafe: Er wird Teil seiner Schöpfung – ohne Erinnerung an sein früheres Leben. Und so erfahren wir, dass Danny Ferran, ein Reporter, den wir schon aus dem zweiten Teil kennen, nicht der ist, für den er sich hält. »Du wirst der letzte Mensch sein, wenn es so weit ist. Wir werden uns wiedersehen, aber nicht erkennen.«

Und Teil 3? Hier gerät das akademische Langzeitexperiment völlig außer Kontrolle. Die durchgeknallte Menschheit schlägt gnadenlos zurück. Anstatt sich sang- und klangvoll einäschern zu lassen, drehen die Menschen den Spieß um, täuschen die Zerstörung der Erde vor und greifen den Heimatplaneten der Aliens an. »Wir haben 1,5 Millionen Außerirdische begraben, die letzten vier müssten jetzt gleich aus dem Container kommen. Da, zwischen den beiden Dixieklos.«

Der Staubcontainer des Seuchenprinzen, die heiß ersehnte Erlösung der Fremden, entpuppt sich als Falle; die außerirdischen Schöpfer werden inhaftiert, in Sterbliche verwandelt und vor Gericht gestellt. Die Anklage lautet auf Völkermord, Umweltzerstörung, Lärmbelästigung, Geschwindigkeitsüberschreitung, Verletzung der Aufsichtspflicht ... »Die Bevölkerung ist aufgeklärt. Die wollen euch hängen sehen.«

Doch wer meint, dass damit die Welt gerettet ist, der irrt. Im Staubcontainer treibt Rachut den menschlichen Irrsinn auf die Spitze. Einmal auf den Geschmack gekommen, befindet sich die Menschheit im absoluten Zerstörungsrausch. Der tödliche Wahnsinn regiert, bis nichts mehr übrig ist. Oder besser gesagt, fast nichts: »Eines Tages sah ich auf dem Planetenmonitor die Erde, qualmend. Und in der Datenbank stand: ›No human, no animal, no plants.‹ Ich hab ein Fohlen und einen Frosch mitgenommen, zur Erinnerung ...«

Die Grundidee für den Stoff, die Erzeugung des Lebens auf der Erde duch Außerirdische, ist nicht neu. Aber eine Story im herkömmlichen Sinne gibt es beim **Seuchenprinz** nicht. Alle drei Teile kommen als Revue, als musikalisches Puzzlespiel daher, wobei einige Puzzlestücke partout nicht ins Bild passen wollen. Melancholisch, absurd, naiv, experimentell und scheinbar ohne jeden Zusammenhang brechen über den Hörer Klangkollagen, Lieder, Wortschöpfungen, Songtexte, Gedichte, Monologe und Dialoge herein. Wechselbäder, die auf eigenwillige Weise anrühren, abstoßen und fesseln können. Und die den Hörer angesichts der unzusammenhängend wirkenden Fülle irritiert zurücklassen. Kriterien wie Stringenz und Konsequenz laufen bei diesen Hörspielen ins Leere. Und auch die Logik bleibt auf der Strecke. Der Autor setzt auf das Absurde. »Wenn einmal im Jahr der Oberförster kommt, sperrt er mich in den Keller. Nachts, wenn er jagen geht, hör' ich Schreie. Ab und zu ein Schuss – und selten lautes Lachen. Ob es da draußen auch Kalender gibt?«

Jens Rachut beantwortet keine Fragen, er wirft sie auf. Er klagt an, stellt dar, stellt bloß, hinter scheinbar Abstrusem flackert der Moralist auf, mit einem zutiefst pessimistischen Weltbild. Und dann spielt er wieder mit Sprache, Musik, Dadaismen und elektronischen Klängen: »Solar popa klex rimba, Achmaninof bogsa pa ...«

Der 2. Teil (also Rachuts Debüthörspiel) wirkt sehr chaotisch. Man hat den Eindruck, dass bei dem Bemühen, etwas Neues und anderes machen zu wollen, das Hörspiel selbst aus dem Blick geraten ist. Detailverliebt hat man an Songs und Soundeffekten gebastelt, ohne zu realisieren, dass das Ganze ohne innere Logik und Konsequenz auseinander zu fallen droht.

Das Genakel ist da schon überzeugender. Es erscheint strukturierter, disziplinierter, dadurch insgesamt verständlicher, aber auch uninspirierter. Obwohl es in Stil und Machart dem zweiten Teil gleicht, wurden musikalische Ausflüge und inhaltliche Brüche sparsamer eingesetzt und nicht ganz so exzessiv ausgelebt.

Im *Staubcontainer* wurde der gesprochene Textanteil im Vergleich zu seinen beiden Vorgängern noch einmal deutlich erhöht, musikalische Einlagen hingegen reduziert. Dennoch kann man nicht behaupten, dass das letzte Hörspiel deswegen leichter zugänglich wäre. Der rote Faden ist zwar klarer erkennbar als im 2. Teil, aber die Geschichte wirkt angesichts der Fülle schräger Einfälle und Entwicklungen ziemlich abgedreht. Nichts ist so, wie es zuerst scheint. Jedes der drei Hörspiele stellt die Geschehnisse des vorhergehenden in Frage oder wartet mit neuen, überraschenden Wendungen auf. *Der Staubcontainer* ist in dieser Hinsicht besonders kreativ.

Bei Jens Rachut ist man vor Überraschungen niemals sicher. Das hat Tradition. Der exzentrische Sänger und Texter liebt die Abwechslung, scheut Routine und Konventionen. Sobald Gefahr bestand, dass sich eine seiner Bands oder Projekte am Markt etablieren könnte, hat er schnell und konsequent die Notbremse gezogen und etwas Neues angefangen. Dennoch: Mit seinen eigenwilligen, kraftvollen Songtexten und Bands wie *Blumen am Arsch der Hölle*, *Dackelblut* und *Oma Hans* hat er sich vor vielen Jahren in der Hamburger Punkszene einen Namen gemacht. Und darüber hinaus. Inzwischen ist er um die 50 und agierte sogar als Schauspieler an der Berliner Volksbühne und im Schauspielhaus Zürich.

Seine Musik, ein wilder Mix aus Programmmusik, Rappelkiste und elektronischen Soundmalereien, nimmt in seinen Hörspielen viel Raum ein. Dort ist sogar ein alter Song von *Oma Hans* zu finden. Ebenso gibt es einige Stücke aus der aktuellen CD seiner derzeitigen Band *Kommando Sonne-Nmilch* zu hören (Schreibweise von der Band so gewollt), allerdings in völlig neuem musikalischem Gewand. »Denk das Einfache, das nie fertig wird.«

Dieser Prämisse ist Rachut selbst nicht gefolgt. Womit der Hörer im *Seuchenprinz* konfrontiert wird, ist alles andere als einfach.

Und beileibe keine Durchschnittskost. Alle drei Hörspiele bewegen sich jenseits ausgetretener Pfade und lassen sich so leicht in keine Schublade pressen. Gezeichnet von Ambivalenz, leben sie vom Erfindungsreichtum ihrer Schöpfer – und leiden darunter.

Wer also Hörspiel im klassischen oder traditionellen Sinn erwartet, wird mit »den Seuchenprinzen« nicht allzu viel anfangen können. Doch wer sich darauf einlässt, wird zwischen Wortgewalt und Naivität, Obszönität und Absurdität, Banalität und Intensität schöne, poetische und morbide Momente von suggestiver Kraft entdecken.

»Nehmt euch nicht so wichtig, ihr seid es nicht. Und auch nicht das, was ihr gerade macht. Selbst der Tod ist bereit, sich zurückzunehmen. Und wenn nachts Schatten über den Hof jagen und sich degenerieren und nachdenken, wo vorne und hinten ist, dann fragt nicht, ob es sie gibt, sondern freut euch, dass ihr sie gesehen habt.«

Birke Vock

Trauern um die Fähigkeit, nicht trauern zu müssen

Sascha Dickel: *Bio-Nostalgie*

Komposition: Jakob Diehl
Regie: Katja Langenbach
Bayerischer Rundfunk 2007

Unter dem Motto »What if« hatte der Bayerische Rundfunk 2006 zusammen mit dem Internetmagazin *Telepolis* einen Wettbewerb für »literarische Visionen zur Zukunft der Informationsgesellschaft« ausgeschrieben.* 340 Manuskripte waren eingegangen. Über den mit 7500 Euro dotierten Hauptpreis stimmte eine fünfköpfige Jury unter Vorsitz von Herbert W. Franke ab. Sieger wurde Sascha Dickel mit *Bio-Nostalgie*, von Katja Langenbach fürs Radio realisiert und im Juni 2007 urgesendet.

---

* Siehe Heyne SF-JAHR 2007.

2072 haben die Menschen keinen Körper mehr und existieren nur noch als digitalisiertes Bewusstsein im virtuellen Raum eines »Quantencomputers von planetaren Ausmaßen«. Sie leben und denken tausendfach beschleunigt, kommunizieren grenzenlos, können sich selbst vervielfältigen, ganze Sonnensysteme erschaffen, Gott spielen. Die »Neue Welt« ist ein Multiversum für sich, und es wächst exponentiell. Aber bei einigen von ihnen schwelt immer noch die Sehnsucht nach der alten Erde, nach der Zeit vor dem »SHIFT«, bevor alle Menschen digitalisiert und ihre biologischen Existenzen vernichtet worden waren.

Der namenlose Ich-Erzähler hat einen Werbefilm mit Meeresrauschen und weißem Sandstrand gesehen, und das Mädchen darin geht ihm nicht mehr aus dem Sinn. Tagelang hat er ihn als Loop immer und immer wieder abgespielt, am Ende wird er ihn sechstausendmal gesehen haben. Er beginnt nach ihr zu suchen und hat sie auch bald aufgespürt. Gemeinsam mit ihr will er sich einen Traum erfüllen. Sie werden einen Ausflug ins »Real Life« machen, auf die alte Erde, und ihr Bewusstsein in biologische Körper herunterladen. Für kurze Zeit wenigstens will er sich auf dem Sandstrand mit ihr vereinen und die Sinnlichkeit eines echten Körpers mit all seinen Reizen und seiner Unzulänglichkeit spüren.

Aber der Download misslingt, und er wird mit der bitteren Wahrheit konfrontiert. Alles organische Leben ist ausgelöscht. Die alte Welt existiert nicht mehr. Um die gewaltigen Mengen an Energie und Rechenkapazität für das Programm »Neue Welt« bereitstellen zu können, wurden restlos alle Ressourcen verbraucht, die Erde ist vollständig verwertet. Er aber war nur eine Testperson, und es war längst nicht sein erster Downloadversuch. Mit ihm wollte man der irrationalen Sehnsucht nach der biologischen Existenz auf die Schliche kommen, um sie endgültig und für immer aus dem Bewusstsein tilgen zu können.

Auch wenn die Vorstellung vom künstlichen Wesen, das sich nach dem echten Leben sehnt, mindestens so alt ist wie die Science Fiction selbst, ist sie immer noch faszinierend. Sascha Dickel hat sein Kalkül folgerichtig fortgesponnen und einen dichten Plot geschaffen, der vor Bezügen und Verweisen auf Informationstechnologie und Biowissenschaften schier überquillt. Natürlich fragt man sich beim Hören, wie aus einer Simulation heraus Betrieb, Hardwarewartung und Speichererweiterung eines planetengroßen Quantencomputers vonstatten gehen soll und woher die notwendige Energie kommen mag, welche Bedürfnisse ein Werbefilm in einer omnipotenten weil virtuellen Welt denn wecken könnte, und warum in einer perfekten Simulation nicht auch Sexualität so perfekt simuliert sein sollte, dass sie keine darüber hinausgehenden Sehnsüchte offen lässt (zumal der Ich-Erzähler die alte Welt gar nicht mehr erlebt hat) – aber diese und ein paar andere dramaturgische Unzulänglichkeiten sind in einem ansonsten gut ausgedachten Debüthörspiel verzeihlich. Schwerer wiegt die Frage, ob es sich bei **Bio-Nostalgie** überhaupt um ein Hörspiel handelt.

In den letzten Jahren ist es leider in Mode gekommen, nicht mehr zwischen Hörspielen und Lesungen zu unterscheiden. Das mag auf den ersten Blick modern, tolerant anmuten – mehr Vielfalt, Abbau von Schranken, Überwindung von Schubladendenken, Überschreiten von Genregrenzen –, ist aber Unsinn. Hörbücher, Lesungen also, haben mit Hörspielen kaum mehr gemein, als dass man beide hören kann; kaum anders, als würde eine Dichterlesung mit einem Schauspiel verglichen, als müssten bei einem Filmfestival Spielfilme mit Diavorträgen konkurrieren. Eine für Mitte 2007 beim BR angekündigte Hörspielfassung von Kafkas *In der Strafkolonie* entpuppte sich als Lesung mit wechselnder Akustik. Selbst in der ARD-Hörbuch-Bestenliste wird nicht unterschieden, und oft kann der irritierte Käufer eines »Hörbuchs« nur anhand der aufgeführten Sprecher raten, ob es sich um eine Lesung handelt oder um ein Hörspiel. Und dann gibt es zu allem Überfluss auch noch die inszenierten Lesungen, in denen ein Text, meist gekürzt und mit Atmo unterlegt, vorgelesen wird, während die wörtliche Rede auf verschiedene Sprecher verteilt ist. Nein, genau genommen ist **Bio-Nostalgie** gar kein Hörspiel. Die Rundfunkproduktion bringt keinen Gewinn gegenüber dem bloßen Text.

Hier könnte man einwenden, ein Monolog sei doch auch eine dramatische Präsentation; aber wer schon einmal Stanisław Lems meisterhaftes Stück **Die Lymphatersche Formel** gehört hat, weiß, was einen Monolog auszeichnet und von einer bloßen Ich-Erzählung unterscheidet. Denn um eine solche handelt es sich bei **Bio-Nostalgie**: keine Rede, keine direkte Ansprache des Hörers, noch weniger ein innerer Monolog, vielmehr sind die Ausführungen dramaturgisch völlig unmotiviert, als müsse der Erzähler seine Überlegungen, Entschlüsse und Handlungen permanent mit überflüssigem Beiseitesprechen kommentieren. Ein Text wie dieser in der ersten Person Singular Präsens ist aber selbst als literarisches Format wenig glaubwürdig und taugt schon gar nicht zur dramatischen Präsentation. Aber das ist nur bedingt Sascha Dickel anzulasten. Der Bayerische Rundfunk hatte bei der Ausschreibung des Wettbewerbs Hörspielmanuskripte und Kurzgeschichten gleichermaßen zugelassen. Hätte man sich dagegen auf Hörspielmanuskripte beschränkt, hätte Sascha Dickel sich vielleicht für die interessantere und dramaturgisch glaubwürdige dialogische Form entschieden. Sein Plot scheint dafür wie geschaffen.

So aber wurden die Chancen einer viel versprechenden Idee und einer spannenden Geschichte mangels Konzept und sinnvoller Dramaturgie vertan.

Horst G. Tröster

URSENDUNGEN VON SCIENCE-FICTION-HÖRSPIELEN
im Zeitraum von 1.1. bis 31.12.2007
in der Reihenfolge der Sendetermine

Erfasst sind alle uns bekannt gewordenen deutschsprachigen Science-Fiction-Hörspiele des Rundfunks in Deutschland, Österreich und der Schweiz, unabhängig davon, ob sie innerhalb der jeweiligen Anstalten von der Redaktion Hörspiel, Unterhaltung, Bildung oder Jugendfunk produziert wurden. Unberücksichtigt blieben nicht dramatisierte Funkerzählungen, Lesungen, Hörbilder, Features und dergleichen sowie Fantasy und andere phantastische Genres. Bei privaten Sendern findet wegen der ausschließlich kommerziellen Ausrichtung des Programms als bloßer Werbeträger Hörspiel bezeichnenderweise nicht statt.

ABKÜRZUNGEN:

U Ursendung
R Regie
K Komposition

Rundfunkanstalten:
BR   Bayerischer Rundfunk, München
DLRK   DeutschlandRadio Köln
MDR   Mitteldeutscher Rundfunk, Leipzig
RB   Radio Bremen
RBB   Rundfunk Berlin-Brandenburg
SR   Saarländischer Rundfunk, Saarbrücken
SWR   Südwestrundfunk, Baden-Baden
WDR   Westdeutscher Rundfunk, Köln

Sender:
DLF   Deutschlandfunk (vom DLRK)
KR   Kulturradio (vom RBB)

Die mit ↗ gekennzeichneten Hörspiele sind im Rezensionsteil besprochen.

Nachtrag (Titeländerung):
Der Seuchenprinz (2): Der Seuchenprinz von Jens Rachut
Büffeljoe's Bande 2006, U: WDR 18.7.06 (!), 53 min, K: Jonas Landesschier,
R: Jens Rachut, Ronald Henseler
Nobistor 2006, 1 CD
(Inhalt siehe »Der Seuchenprinz (1)«) ↗
(Vgl. auch Besprechung im Heyne SF-Jahrbuch 2007)

Der Seuchenprinz (1): Das Genakel von Jens Rachut
Büffeljoe's Bande 2007, U: WDR 23.1.07 (!), 54 min,
K: Jonas Landesschier, R: Jens Rachut, Ronald Henseler
Nobistor 2007, 1 CD
Die Erde mit allen Lebewesen als misslungene Prüfungsarbeit außerirdischer Studenten. ↗

Die Stadt der Sehenden
von Helmut Peschina nach José Saramago
SR/RB 2007, U: SR 22.3.07, 96 min, K: Max Nagel, R: Beatrix Ackers
Kollektive Wahlverweigerung zieht den Exodus der Regierung und die Belagerung der Politikverdrossenen nach sich. ↗

Unbegrenzte Lösungen (2): Staatsaffairen von Myra Çakan
SWR 2007, U: 27.3.07, 24 min, R: Alexander Schuhmacher
Detektivische Ermittlungsarbeit Lichtjahre von der Erde entfernt. – Ein ranghohes Alien ist irrtümlich im Zirkus gelandet.

Die Kapsel von Helmut F. Albrecht
WDR 2007, U: 8.5.07, 52 min, R: Martin Zylka
Ein Fremdkörper im Abdomen des Präsidenten erweist sich als außerirdisches Artefakt mit dem Zweck, die US-Außenpolitik zu beeinflussen. ↗

Die Neue Lebensführung von Till Müller-Klug
WDR 2007, U: 22.5.2007, 42 min, R: Thomas Wolfertz
Ein Neuroimplantat mit integriertem Lebensnavigationssystem verspricht auch dem entscheidungsschwachen Charakter die Chance auf ein erfolgreiches Leben. ↗

2037 – die wahre Zukunft Mitteldeutschlands (1):
Panjab-Anhalt von Gitte Kießling, Franziska Buschbeck
MDR 2007, U: 11.6.07, 7 min, R: die Autorinnen
Seit dem Klimakollaps ist Sachsen-Anhalt Reisanbaugebiet unter indisch-anhaltischer Regionalregierung.

Die Gräber leeren sich von Stefan Ripplinger
WDR 2007, U: 12.6.2007, 49 min, K: Rainer Quade, R: Jörg Schlüter
Familienzusammenführung durch gentechnische Wiederherstellung von Verstorbenen hat nicht zwangsläufig die gewünschte Harmonie zur Folge.

2037 – die wahre Zukunft Mitteldeutschlands (2):
Der mitteldeutsche Frauenversteher
von Gitte Kießling, Franziska Buschbeck
MDR 2007, U: 13.6.07, 7 min, R: die Autorinnen
Ein Pilotprojekt mit Androiden soll die Frauenflucht aus dem Osten Deutschlands eindämmen.

2037 – die wahre Zukunft Mitteldeutschlands (3):
Dorfgemeinschaft von Gitte Kießling, Franziska Buschbeck
MDR 2007, U: 15.6.07, 7 min, R: die Autorinnen
Im ehemaligen Vogtland ist eine ökologische High-Tech-Enklave entstanden.

Bio-Nostalgie von Sascha Dickel
BR 2007, U: 15.6.07, 41 min, R: Katja Langenbach
In einer virtuellen Welt, in der die Menschen nur noch als digitalisiertes Bewusstsein existieren, bleibt die Sehnsucht nach Rückkehr in einen biologischen Körper. ✒
Preisträger beim Autorenwettbewerb 2006 »What if – Visionen der Informationsgesellschaft« (siehe auch Heyne SF-Jahrbuch 2007).

2037 – die wahre Zukunft Mitteldeutschlands (4):
Was isst die Zukunft?
von Gitte Kießling, Franziska Buschbeck
MDR 2007, U: 18.6.07, 7 min, R: die Autorinnen
Seit Einführung bedarfsgerechter Nahrung aus Bioreaktoren ist Echtfleisch nur noch am Schwarzmarkt erhältlich.

2037 – die wahre Zukunft Mitteldeutschlands (5):
KO-System von Gitte Kießling, Franziska Buschbeck
MDR 2007, U: 20.6.07, 8 min, R: die Autorinnen
Pränatale Frühförderung und postnatale Neuralscans entscheiden über Bildungschancen und künftigen Berufsweg.

2037 – die wahre Zukunft Mitteldeutschlands (6):
Altenstadt von Gitte Kießling, Franziska Buschbeck
MDR 2007, U: 22.6.07, 7 min, R: die Autorinnen
Nach dem Zusammenbruch des Rentensystems werden Senioren in eine Exklave abgesondert und sich selbst überlassen.

Etwas mehr links – zehn Quickies für eine Nation mit rückläufiger Geburtenrate von Dunja Arnaszus
RBB 2007, U: KR 13.–24.8.07 (in 10 Teilen), 26.8.07 (1. Teil), 53 min,
R: Judith Lorenz
Das Absinken der Geburtenrate in den tausendstel Promille-Bereich macht ein amtliches Programm zur Libido- und Fortpflanzungsförderung erforderlich. – Hörspiel des Monats August 2007. ↗

Der Werkstattbesuch von Edina Picco
SWR 2007, U: 25.9.07, 28 min, R: Judith Lorenz
Angesichts des Zustands der real existierenden Welt ist die regelmäßige Wartung des Verdrängungsmechanismus überlebenswichtig. ↗

Defilee der toten Astronauten von Bernd Schuh
DLRK 2007, U: DLF 3.10.07, 108 min, R: Axel Scheibchen
Eine bemannte Marsstation, abgeschnitten von der Kommunikation mit der Erde, während der Bordcomputer die Geschichte der Raumfahrt rekapituliert.

Süß-saure Lösung von Paul-Albert Wagemann
RBB 2007, U: KR 22.10.07, 6 min, R: Gabriele Bigott
Nach Rückgang der Bevölkerung auf nur noch eine Person sind Brandenburg und Mecklenburg an China verpachtet worden. – 1. Preis beim RBB-Hörstückewettbewerb 2007 *Innovationen*.

2017 – My Body Is Perfect von Sabine Hübner
RBB 2007, U: KR 24.10.07, 6 min, R: Jürgen Dluzniewski
Mit der Überalterung der Gesellschaft werden Runzeln und welke Haut als neues Schönheitsideal vermarktet. – Juryvorauswahl beim RBB-Hörstückewettbewerb 2007 *Innovationen*.

Queen Mary 3 von Thilo Reffert
MDR 2007, U: 6.11.07, 67 min, K: Peter A. Bauer, R: Stefan Kanis
Seit die Zahl kinderloser Ehen massiv zugenommen hat, haben sich Agenturen auf die gewerbsmäßige Vermietung von Kindern auf Zeit spezialisiert. ✒

Der Seuchenprinz (3): Der Staubcontainer von Jens Rachut
Büffeljoe's Bande 2007, U: WDR 15.11.07, 54 min, K: Jonas Landesschier, R: Jens Rachut, Ronald Henseler
Nobistor 2007, 1 CD
(Inhalt siehe »Der Seuchenprinz (1)«) ✒

Dokumentation: Horst G. Tröster
Copyright © 2008 bei den jeweiligen Autoren
Frühere Rezensionen aus vergriffenen Jahrbüchern finden Sie unter
http://www.science-fiction-hoerspiel.de

COMIC

Ich bin ein Zeitreisender, aber das ist okay!

Eine Comic-Nachlese 2007

von Bernd Kronsbein und Sven-Eric Wehmeyer

Große Umwälzungen, spektakuläre Trends, markante Einbrüche, irre Moden oder gar Revolutionäres waren im Medium Comic in jüngster Zeit nicht zu beobachten, schon gar nicht im engeren Terrain fantastischer Genrearbeiten. *Eine* bemerkenswerte Entwicklung ist aber zweifellos zu konstatieren: Comics werden immer besser. Entgegen kulturpessimistischem oder altersbedingtem Alles-schon-mal-dagewesen-Gejammer zeigt ein unvoreingenommener Blick auf die Publikationen der letzten Jahre, dass grafisches sequenzielles Erzählen einen Reifegrad erreicht hat, an den es noch bis mindestens vor einer Dekade nicht mal auf Sichtweite heranlangte. Immer wieder erscheinen aufregende, neue, spektakuläre Comics, die mit einer nunmehr ordentlichen Tradition im Rücken selbstbewusst und ohne scheele Seitenblicke auf konkurrierende Medien in die Zukunft schauen.

Was speziell den Science-Fiction- oder phantastischen Comic betrifft, äußert sich dieser – um es volkswirtschaftlich doof zu formulieren – Qualitätszuwachs auf zweierlei Art. Diejenigen Künstler, die strikt auf die Stärken des Genres vertrauen und sich innerhalb seiner Grenzen wohlfühlen, füllen diese Grenzen bis an die äußersten Ränder mit neuen Bildern und keine Originalität beanspruchenden, aber Einfallsreichtum und souveränes Handwerk liefernden Erzählungen. Die andere, wesentlich interessantere Variante besteht in etwas, das auch die Themen, Artikel und Debatten des HEYNE SCIENCE FICTION JAHRES seit bereits etlichen Ausgaben durchzieht – die Aufweichung bis Auflösung des Genrebegriffs und seiner Konstituenten. In diesem Sinne soll die Vorstellung einer durchaus persönlichen, aber repräsentativen Auswahl aktueller grafischer Literatur zeigen, was da so alles geht. Einiges nämlich.

Shaun Tan

The Arrival (US-Comic)

Arthur A. Levine Books, New York 2007 • 128 Seiten • $19,99

Ein Mann verlässt Frau, Tochter und seine perspektivlose, von diffusen und gigantischen Bedrohungen und Gefahren überschattete Heimat, um in einer neuen, ihm völlig unbekannten und zunächst bis in jedes Alltagsdetail rätselhaften und fremden Welt eine lebenswerte Existenz für seine Familie und sich aufzubauen. Im Umschlaginneren von Shaun Tans *The Arrival* finden sich kleine Porträts von Angehörigen verschiedenster Ethnien, alle mit ernsten Gesichtern. Die Schwierigkeiten, aber auch die überwältigenden Erfahrungen der Emigration sind das alleinige Thema von Tans unvergleichlicher Bilderzählung, die sich ausschließlich und in allergrößter Bedächtigkeit in der sepiafarbenen, ungeheuer reichhaltigen und so zugänglichen wie komplexen Grafik entwickelt. Sprache bzw. Text gibt es in *The Arrival* nicht – bis auf die ornamentalen, hieroglyphenartigen Grapheme, mit denen sich der einsame Auswanderer in der fremden neuen Welt konfrontiert sieht. Hier ergibt es also wirklich einmal Sinn, von einer Graphic Novel statt einem Comic zu sprechen.

Man kann sich nicht sattsehen an Tans emotionalem Strich, an den von variierenden, minimalistischen bis atemberaubend-erhaben Doppelseitenraum füllenden Panelformaten sowie an all den unüberschaubaren Wundern, die sich in den Panelgrenzen herumtreiben. Die Schatten monströser Schwänze, die das triste Häusermeer der ursprünglichen Heimatstadt verdunkeln; Hände, die einander zum Abschied ergreifen und loslassen müssen; eine Doppelseite,

The Arrival

auf der sechzig kleine Einzelbilder verschiedener Wolkenformationen die zermürbende Dauer der Überfahrt visualisieren; die tragischen Bildbiografien anderer Emigranten; am Ende das endgültige Ankommen, die Wiedervereinigung der Familie, die Tan derart herzergreifend zu inszenieren versteht, dass einem die Tränen kommen.

Dazwischen und vor allem stellt der Zeichner und Autor die und das Fremde als einen gigantischen, einer unbekannten Architektur entwachsenen, von himmelhohen surrealen Skulpturen und so bizarren wie freundlichen Monstren bewohnten Stadtmoloch dar. Fantastische Bildlichkeit fungiert als anschauliche Chiffre von Emigrantenerfahrungen, bildlich konkrete Unwirklichkeit bringt direkt die nicht abbildbare Wahrnehmung des Unbekannten, Neuen, frisch Entdeckten und Fremden zur Anschauung. So wird das absolut Merkwürdige, Seltsame und Unverständliche unauffällig in einen Bilderfluss transformiert, der von den Herausforderungen und Chancen der Unverständlichkeit selbst handelt. Reine Magie. *sew*

Jack Kirby
Devil Dinosaur Omnibus (US-Comic)
Collecting Devil Dinosaur Nos. 1–9
Marvel Comics, New York 2007 • 176 Seiten • $ 29,99

Jack »King of Comics« Kirby ist neben Szenarist und Texter Stan Lee der Gottübervater des amerikanischen Superheldencomics und hat im sogenannten Silver Age, also den Sechzigerjahren, das nahezu komplette relevante Heldenpersonal des Marvel-Verlags-Universums im Alleingang ersonnen. Die Fantastischen Vier, die Spinne, der unglaubliche Hulk, und und und ... Sie alle sind Kirbys Zeichenstift und seiner nimmermüden Fantasie entsprungen.

In den Siebzigerjahren wechselte Kirby dann eine Zeit lang zum großen Konkurrenten DC, um endlich auch mal seine Autor- bzw. Storytellerambitionen auszuleben, und vor allem: um komplett auszuflippen. Seine diversen DC-Serien um die *New Gods* z.B. bilden so etwas wie die irrstmögliche Apotheose und Transzendenz des Superheldengenres, sind absolut unlesbar und dabei von einer Grafik getragen, die vor lauter kosmischer Gewalt, Klotzigkeit und Eigensinn zu zerspringen droht. Die ebenfalls comicschaffenden Hernandez-Brüder (*Love & Rockets*) meinten dazu mal ein wenig hilflos, aber treffend, dass man bei Kirby überhaupt gar nicht wisse, wo das, was er zeichnet, herkommen könnte.

Als der große Heldenepiker dann gegen Ende der Siebzigerjahre wieder zu Marvel zurückkehrte, ging der Wahnsinn weiter – u.a. mit *Devil Dinosaur*, einer kurzlebigen, neun Hefte umfassenden Serie (es sollte die letzte sein, die Kirby für Marvel schrieb und zeichnete) über einen krebsroten und mächtig starken Tyrannosaurus Rex, auf dem ein Höhlenmenschen-Teenager durchs Neandertal prescht. Gemeinsam meistert man sein raues prähistorisches

Devil Dinosaur

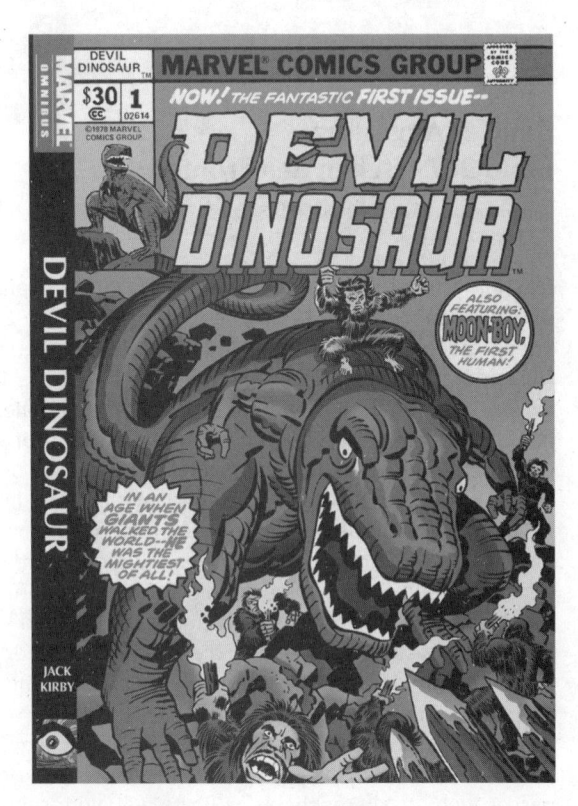

Leben zwischen verfeindeten Stämmen, Riesenspinnen, UFO-Sauriern, Außerirdischen, Zeitreisen, bösartigem Viehzeugs und den Wirren der Evolution. Diese hemmungslos kindgerechte Frühgeschichte zum Anfassen ist, wie alles aus Kirbys Spätwerk, natürlich in erster Linie ein Augenschmaus. Es zu lesen ist ähnlich anstrengend wie die Lektüre des ersten, in Steinzeitsprache gehaltenen Kapitels von Alan Moores Roman *Voice of the Fire*. Trotzdem: ein gut gebrülltes, dankendes RRROARR! dem Marvel-Verlag, der diesen nostalgischen Riesenspaß vor dem Aussterben bewahrte und in einer edlen, ordnungsgemäß knallbunten Omnibus-Edition wiederveröffentlichte. *sew*

Brian Wood/Riccardo Burchielli

DMZ
Band 1: Abgestürzt
Band 2: Zwischen den Fronten

Panini Verlag, Nettetal 2007 • 128 bzw. 172 Seiten • € 14,95 bzw. 16,95

Das klingt nach sehr amerikanischen Befindlichkeiten nach 9/11 und dem anhaltenden Krieg gegen den Terror: Ein zweiter Bürgerkrieg, in dem sich quasi der Mittlere Westen gegen die Politik der Metropolen der Ostküste auflehnt und damit die USA aus dem Weltgeschehen herauskatapultiert. Aber die globalen Konsequenzen eines solchen Bürgerkrieges interessieren Autor Wood (bisher) gar nicht. *DMZ* spielt ausschließlich in Manhattan, der Stadt, in der dieser Krieg zum Stillstand kam. Denn östlich der Insel stehen die zusammengewürfelten Truppen der Freien Staaten und westlich die US-Armee. Für die vielen Bürger, die nicht mehr rechtzeitig die Insel verlassen konnten, bevor die Brücken und Tunnel dicht gemacht wurden, beginnt ein völlig neues Leben. Und DAS ist Woods Thema. Wie organisieren sich die Menschen einer Mega-Metropole neu, angesichts von ständiger Bedrohung und Versorgungsengpässen in allen Bereichen?

Woods Antwort ist durchaus erstaunlich in einem Genre, das so gern mit der Apokalypse spielt: Die Menschen kommen klar, sie passen sich an, sie machen das Beste aus einer schwierigen Situation. Es wird weiter geheiratet, gefeiert, gegessen, getrunken, Musik gemacht und gemalt; man gibt nicht auf. Zumindest die meisten tun es nicht. Natürlich gibt es Gewalt und Gangs, aber das gab es vorher auch. Vieles ist anders: Geld ist z.B. ziemlich unwichtig, dafür aber das Wissen, wie man Sprossen in Kellern anbaut, keineswegs. Oder dass Bambus wie blöde wächst und gutes Brennmaterial ist.

Woods geht das alles sehr nüchtern an, durch die Augen eines jungen Journalisten, der mit diesem Krieg bereits aufgewachsen ist und ihn bisher nur aus dem Fernsehen kannte. Durch einen Unfall landet er in der DMZ und lernt diese fremde Welt kennen, die auf dem Weg in eine utopische Gesellschaft ist. Das mag naiv sein,

DMZ

aber es ist eine der besten SF-Storys unserer Zeit, ganz ohne Raumschiffe und Aliens. Eine ganz andere Vision. Sehr frisch, sehr lesenswert, fantastisch gezeichnet und rundum gelungen.   *bk*

Stephen King

Der Dunkle Turm – Graphic Novel

(The Dark Tower: The Gunslinger Born)

Story: Robin Furth • Autor: Peter David • Zeichnungen: Jae Lee/Richard Isanove
Heyne Verlag, München 2008 • 234 Seiten • € 19,95

Braucht man das? Oh ja, man braucht. Wenigstens dann, wenn einem das unglaubliche Leseerlebnis zuteil wurde, das Stephen Kings siebenbändiger Zyklus vom Dunklen Turm wie kaum ein anderes Erzählkunstgroßwerk der Gegenwartsphantastik zu verschaffen imstande ist. Über die Romane selbst muss man wohl kein Wort mehr verlieren – oder höchstens, dass sich King spätestens mit den Bänden 4 bis 7 endgültig in den Olymp der unwirklichen Literatur und auf ein Niveau geschrieben hat, an dem entlang auch die selbsternannten Verwalter der sogenannten Hochkultur ihren Kriterienkatalog abhaken können.

Der Comic-Adaption dieses *magnum opus* kann man kaum Geldmacherei oder massenkulturell typische Vielfachverwertung vorwerfen, gibt es doch bislang nur wenige Umsetzungen von Kings immer mehr oder weniger immens erfolgreichen Büchern in das Medium sequenziellen grafischen Erzählens. Bei *Der Dunkle Turm* liegt der Fall ein wenig anders. Die komplexe Totalität der von King geschaffenen Welt und der enorme narrative Atem des ganzen Riesenunternehmens verlangt geradezu nach einer straffenden Visualisierung – nicht als restfreie Übersetzung in eine andere künstlerische Ausdrucksform, sondern als Ergänzung, Beiwerk, in der Gestalt illustrativer Bildbände, die das Original nicht ersetzen, sondern erweitern.

Das Team von *The Gunslinger Born* hat diese Aufgabe souverän gemeistert. Die verantwortliche bildliche Imagination ist zwar eine limitierte und weitgehend überraschungsfreie, aber sauber und üppig realisierte Angelegenheit. Satte, leuchtende Farben, verschwen-

Der Dunkle Turm – Graphic Novel

derische Tableaus und ein nun nicht mehr allein King zu dankendes malerisches Personal evozieren genau das, worauf es ankommt: den Eindruck, es hier unter Umständen mit der Geschichte aller Geschichten zu tun zu haben. Kluger-, origineller- und eigenständigerweise fängt die Graphic-Novel-Serie nicht da an, wo King beginnt, sondern folgt strikt der Chronologie der Figuren und Ereignisse. Demnach ist die große Rückblende des vierten Bandes *Glas*, die Jugenderinnerung des Revolvermanns Roland, Quelle der im Comic geschilderten Geschehnisse. Da kann selbstverständlich nichts Größeres mehr schiefgehen, denn *Glas* ist nicht nur in jeder Beziehung der Höhepunkt der Romanreihe, sondern der vielleicht allerschönste Roman, den King je schrieb. *sew*

Joshua Luna/Jonathan Luna

Girls (US-Comic)

The Complete Collection Deluxe Hardcover
Image Comics, Berkeley 2007 • 624 Seiten • $ 99,99

Pennystown hat ganze 65, extrem durchschnittliche Einwohner, ein Diner, eine Bar, eine Post, eine Tankstelle, einen Teenie-Weenie-Markt, eine von Backwood-Deppen bewohnte Farm in der Nachbarschaft – und eines Tages ein Riesenproblem. Zunächst hat allerdings der junge Ethan ein Problem, nämlich mit Frauen. Gerade fängt seine diesbezügliche Unsicherheit an, in ziemlich widerliche Misogynie umzuschlagen, als ihm ein Exemplar der seinen schmalen Jungsverstand irritierenden und überfordernden Spezies vors Auto läuft, noch dazu attraktiv und gänzlich unbekleidet.

Ethan nimmt die stumme Schönheit mit nach Haus, wo sie ihn verführt, sich am nächsten Morgen im Bad einschließt und dort einen Haufen großer Eier legt, aus denen nach kürzester Zeit weitere, der ersten seltsamen Lady bis aufs Haar gleichende Mädchen schlüpfen, die sofort anfangen, die weiblichen Mitglieder der Kleinstadtgemeinde umzubringen und an- oder ganz aufzufressen, während im nahegelegenen Maisfeld ein riesengroßes Monster-Spermium landet und jeden schluckt und in seinem Inneren zerplatzen lässt, der oder die ihm zu nahe kommt, und die Kleinstädter sich

Girls

nicht nur einer immer größeren Schar von Monstermädchen erwehren müssen, sondern noch dazu durch eine gigantische milchige Kuppel (ähnlich der, die im *Simpsons*-Film Springfield bedeckt) von der Außenwelt abgeschnitten sind.

So. Puh. Es ist raus.

Die umfangreiche grafische SF-Horror-Erzählung *Girls* von den Brüdern Joshua und Jonathan Luna (was für ein Name!) ist, wie die Inhaltsparaphrase hoffentlich andeutet, eine dieser raren Größten Anzunehmenden Überraschungen im Bereich des amerikanischen Mainstream-Comics. Das Ganze sieht auf den ersten Blick eher unauffällig aus, eben nach gefällig-mehrheitstauglichem, populärem Standarddurchschnitt. Auf den zweiten Blick, schon beim Durchblättern, bemerkt man die minimalistische Kälte, die der bewusst limitierte Zeichenstil von Jonathan Luna ausstrahlt. Und fängt man erst einmal an, das monströse Ding zu lesen, beschleicht einen in perfider Langsamkeit ein unangenehm sexualisiertes Grauen, dessen Durchschlagskraft, Seriosität und Nachhaltigkeit der unerschütterlich konsequenten Ruhe und Dezenz geschuldet sind, mit der die hochtalentierten Macher hier zu Werke gehen.

Ein passendes Wort für seltenen Horror dieser Art, der große Ideen, heftige Wirkungsästhetik und Geschmack vereint, wäre jedenfalls das schwer übersetzbare »weird«. Über *Girls* könnte man dann in Anlehnung an Heinrich Lübke sagen: Mehr als »weird« kann man nicht. Und keine Angst: Man bekommt *Girls* auch ohne Probleme in vier Trade-Paperbacks und bleibt damit deutlich unterhalb des stolzen Preises der luxuriösen Gesamtausgabe. *sew*

Warren Ellis u. v. a.
Global Frequency
Band 1: Planet in Flammen
Band 2: ... oder wie ich lernte, Gewalt zu lieben
Panini Verlag, Nettetal 2007 • 148 bzw. 144 Seiten • € 16,95

Warren Ellis ist ein launischer Autor, der mit Ideen nur so um sich wirft, aber sich oft nicht die nötige Zeit nimmt, um wirklich große Comics daraus zu machen. Viele seiner Arbeiten wirken daher arg dünn und gerne mal zu lang. Dafür gibt es sicher viele nachvollziehbare Gründe, die gewiss auch mit Marktgesetzen zu tun haben. Aber geschenkt.

Global Frequency zeigt nämlich den anderen Ellis, der hochkonzentriert zwölf Short-Storys (illustriert von zwölf ziemlich unterschiedlichen Künstlern, was den Reiz noch erhöht, da so jede ihren ganz eigenen Charakter erhält) aus dem Ärmel schüttelt, die jede für sich das Äquivalent für einen Action-Blockbuster sind. Eine

Global Frequency

Bombe, die ein schwarzes Loch mitten in San Francisco öffnet. Ein mit Biotech-Implantaten vollgestopfter Soldat läuft Amok in der geheimen militärischen Einrichtung, die ihn geschaffen hat. Ein ganzes Dorf in Norwegen fällt in einen katatonischen Zustand, nachdem die Bewohner einen Engel gesehen haben. Eine fast vergessene Waffe aus dem Kalten Krieg erwacht zu gespenstischem Leben und droht, die Erde zu vernichten. Und so weiter ... Und immer, wenn es ganz brenzlig wird, sind die Spezialisten der Global Frequency zur Stelle, eintausendundein Agent, jeder der Beste auf seinem Gebiet, verteilt auf der ganzen Welt.

Man braucht nicht lang, um darauf zu kommen, dass Ellis vermutlich eine TV-Serie im Hinterkopf hatte, die nie realisiert wurde. Aber auch hier gilt: geschenkt. Es sind zwölf atemberaubende Skizzen, lässig hingeworfen, jede für sich ein kleines, ungeschliffenes Juwel – und viel zu schnell vorbei. Man sollte nicht den Fehler machen, die Geschichten direkt nacheinander zu lesen. Dann fragt man sich nämlich entweder, was dieser ganze Blödsinn soll, oder es platzt einem der Schädel. *bk*

Alan Moore (Autor)
Kevin O'Neill (Zeichnungen)

The League of Extraordinary Gentlemen: The Black Dossier (US-Comic)

Wildstorm Comics, New York 2007 • 208 Seiten • $ 29,99

Mit einem Paukenschlag hat sich Alan Moore von der amerikanischen Comic-Industrie verabschiedet. Ein allerletztes Werk musste er vertragsgemäß an DCs Wildstorm-Imprint abliefern, um auch den letzten Tentakel des kapitalistischen Kulturindustriekraken vom Körper zu wischen und in die langersehnte, völlige Unabhängigkeit fliehen zu können. Aber Moore macht eben immer, was er will – und legt mit *The League of Extraordinary Gentlemen: The Black Dossier* sein bislang radikalstes und wildestes Werk vor.

Alle waren sie dem exzentrischen Szenaristen aus Northampton besonders für *League* dankbar. Die ersten beiden Teile sind große, populäre, unterhaltsame Comic-Kunst, zwar doppelbödig und bis

The League of Extraordinary Gentlemen: The Black Dossier

zum Exzess onduliert, aber zugänglich, leicht, verspielt und rasant, wie gute Kolportage eben sein sollte. Mit *The Black Dossier* treibt Moore nun beispiellosen formalen Exzess. Es handelt sich nicht um eine Fortsetzung, sondern um eine Art Zwischenstück, eben ein Dossier, das die Geschichte der Liga in Auszügen dokumentiert. Dabei bilden die Comicpassagen, die stilistisch nahtlos an die vorangehenden Werke anschließen, gewissermaßen nur die Rahmenhandlung, die im England der Fünfzigerjahre spielt und Mina Murray und Alan Quartermain auf den als grobschlächtiger Vergewaltiger porträtierten James Bond treffen lassen, ihnen aber vor allem die Möglichkeit bietet, kräftig im frisch geklauten Dossier zu blättern, dessen Seiten Moore dann den Lesern präsentiert.

Das Murray-Team ist mitnichten die erste Liga ihrer Art: Figuren wie Orlando, Fanny Hill, Gulliver oder Fantomas gingen ihnen voraus. Diese Dokumente nun liefern wiederum Moore eine prima Möglichkeit, die verschiedensten Formen des das Visuelle und das Schriftsprachliche verknüpfenden Erzählens durchzuspielen. Es gibt eine Bildergeschichte über das Leben Orlandos, einen illustrierten Auszug der neuen Abenteuer Fanny Hills, ein verschollenes Shakespeare-Drama, Postkarten von Teamexpeditionen aus Lovecrafts Innsmouth oder der Pariser Oper (mit Erik, dem Phantom, am oberen rechten Fotorand), das Kapitel eines wie aus Burroughs und Joyces innerem Monolog gekreuzten Beatnik-Romans, eine eingeheftete, auf Orwells *1984* referierende Tijuana-Bibel (dies waren querformatige Porno-Achtseiter, die populäre Gestalten im Rammelmodus zeigten und statt Bibeln in den Nachtschränken billiger mexikanischer Hotels herumlagen) und ein 3-D-Finale (Brille liegt bei), in dem Moore denjenigen, denen noch nicht der Draht aus der Mütze gesprungen ist, zeigt, wo all seine außergewöhnlichen Gentlemen herkommen und wieder hingehen – Alan im Wunderland. Vor der Assoziations- und Verknüpfungswut und der intellektuellen, schöpferischen und burlesken Grandezza, mit der hier die allumfassende Macht des Erzählens bzw. des Schöpferischen selbst in Bild- und Erzählform analysiert wird, kann man nur auf die Knie fallen. Die Fanboys mögen es nicht so sehr, können sich aber auf *The League of Extraordinary Gentlemen Vol. 3: Century* freuen, das voraussichtlich 2009 startet – im unabhängigen Verlag Top Shelf Productions natürlich. *sew*

The Nightmare Factory
Based on the Stories of Thomas Ligotti
(US-Comic)

Fox Atomic Comics, New York 2007 • 112 Seiten • $ 17,99

Unter den US-Phantasten ist Thomas Ligotti einer der auffälligsten und mysteriösesten. Sein schmales Werk motiviert die weihevollsten Vergleiche, z.B. mit Jorge Luis Borges, H.P. Lovecraft, Bruno

The Nightmare Factory

Schulz oder Franz Kafka. Tatsächlich ist Ligotti ein beeindruckender Manierist des Vagen. Viele seiner Erzählungen lassen sich kaum nacherzählen, weil ihnen das, was man üblicherweise als Handlung oder Plotlinie bezeichnet, fehlt. Wo andere allerhand Zutaten und Beiwerk wie Charaktere, Story und Zeitabläufe auffahren, um Atmosphäre zu erzeugen, lässt Ligotti den ganzen überflüssigen Krempel einfach weg und konzentriert sich von vornherein allein auf das Atmosphärische.

Das macht seine Erzählungen auf seltsame Weise ungreifbar, orientierungslos und schlimmstenfalls willkürlich-prätentiös, bringt einen aber verlässlich zum Staunen (und natürlich in eine gewisse Stimmung), wenn man sie wie abstrakte, das Figurative allerhöchstens leicht andeutende Gemälde betrachtet. Einige nennen das etwas vorschnell Surrealismus, um den es sich aber definitiv nicht handelt. Das merkt man auch, wenn man sich *The Nightmare Factory* anschaut, eine Sammlung von vier Ligotti-Adaptionen, die gestandene Größen der amerikanischen Mainstream-Avantgarde wie Ben Templesmith, Ted McKeever und Michael Gaydos verantworten. Mit einer Ausnahme kann man vom bloßen Betrachten der Panels, d.h. ohne einen Blick auf den Text zu werfen, nicht im Entferntesten erahnen, worum es geht – nicht immer ein besonders gutes Zeichen bei einem Comic. In diesem Fall weiß man allerdings auch nach der Komplettlektüre noch nicht so richtig, was man da gerade gelesen hat, was der literarischen Poetik Ligottis aufs Beste entspricht.

Bilder mit Atmosphäre kann jeder, Bilder *von* Atmosphäre sind schwieriger. Von denen finden sich dann doch einige in diesem runden Sampler, für den Thomas Ligotti neue Einführungen verfasste und der sich auch hervorragend für einen vorsichtig-scheuen Einstieg ins Werk des seltsamen »Prince of Dark Fantasy« eignet.
sew

Denis Bajram
Universal War One
Band 1–6: Genesis / Die Frucht der Erkenntnis / Kain und Abel / Die Sintflut / Babel / Der Patriarch
Splitter-Verlag, Bielefeld 2006–2008 • 48 bzw. 56 Seiten • € 12,80 bzw. 13,80

300 Seiten später ist man etwas erschöpft, und der Kopf schwirrt. Denn *Universal War One* ist der ehrgeizigste, gewagteste und spektakulärste SF-Comic der vergangenen zehn Jahre. Eine hochkomplexe, unterhaltsame und grafisch brillante Zeitreise-Geschichte, die sich mehrfach um die eigene Achse dreht und dabei ständig die Perspektive erweitert.

Es beginnt als Mischung aus Military-Action und First-Contact-Stoff (was es nicht ist!): Zwischen Saturn und Uranus erscheint eine gigantische schwarze »Mauer«, eine Millionen Kilometer große Scheibe, die die dahinter liegenden Sterne verdeckt und auch von der Erde aus gut zu sehen ist. Nichts kann in die Mauer eindringen, sie ist einfach nur in ihrer ganzen bedrohlichen Unfassbarkeit *da*. Die wissenschaftliche Gemeinde ist ratlos – bis auf Kalish Warrington. Aber der wurde schon lange von seinen Kollegen als Schwachkopf aussortiert. Nicht unbedingt wegen seiner bizarren Ideen, sondern weil er zu gerne handgreiflich wird. Da er in den Diensten der Erdstreitkräfte arbeitet, landet Kalish statt im Knast in der Purgatory-Schwadron, einer kleiner Einheit von schwierigen, aber brillanten Charakteren. Und die macht sich daran, das Mauer-Phänomen unter die Lupe zu nehmen – was eine Kettenreaktion von Ereignissen zur Folge hat, an deren Ende der Untergang des halben Universums stehen könnte.

Bajram fädelt die Geschichte ganz bewusst einfach ein. Daher stehen zunächst Drama und Action im Mittelpunkt, Blockbuster-Momente von erlesenem Größenwahn (die Ringe des Saturn werden gesprengt, der Uranus halbiert, und das ist nur der Anfang ...) und ein Haufen von exemplarischen Losern, wie man sie aus Streifen à la *Armageddon* kennt und liebt. Bajram hält Informationen zurück, die nach und nach als Puzzlesteine am Rande auftauchen, um erst am Schluss des letzten Bandes ein halbwegs komplettes

Universal War One – Band 4: Die Sintflut

Ganzes zu ergeben. So werden etwa politische Zusammenhänge von enormer Bedeutung für die Handlung zunächst nur beiläufig, dann aber immer drängender eingebaut, ebenso wie die Hintergründe der Hauptpersonen. Und dann ist da ja noch das Zeitreise-Motiv, das selten so attraktiv und großräumig geplant verwendet wurde wie hier. Das, was Bajram hier macht, mit Chuzpe zu beschreiben, wäre eine böswillige Untertreibung. Aber er zieht die Idee gnadenlos durch, und davor kann man schon mal den Hut (oder das Piraten-Kopftuch) ziehen. Ich bin ein Zeitreisender, aber das ist okay. *bk*

Jiro Taniguchi
Vertraute Fremde
Carlsen Verlag, Hamburg 2007 • 416 Seiten • € 19,90

Auf nahezu allen diesjährigen Leselisten und Charts von deutschen Comicbegeisterten, Comicschaffenden und Comicjournalisten belegt Jiro Taniguchis *Vertraute Fremde* den ersten Platz oder zumindest den oberen Rang. Völlig zu Recht, denn Taniguchi hat nicht nur alles richtig gemacht, sondern einen dieser Comics geschaffen, die man auch an Comics pauschal Desinteressierten vorlegen kann, ohne einen Korb oder Ablehnung befürchten zu müssen.

Dass *Vertraute Fremde* dabei nie Gefahr läuft, in eine programmkinotypische Hochkunstsimulations-Gediegenheit abzufallen, liegt einerseits an der Grundform bzw. den ästhetischen Eigenheiten des Mediums selbst und andererseits an Taniguchis Fähigkeit, aus dieser Form etwas wirklich Großes und Makelloses zu gestalten. Er ist einer der reifsten Manga-Künstler der Gegenwart und hat sich im Laufe seines Schaffens immer weiter vom Erzählen in Genres wegbewegt oder vielmehr sämtliche Genreelemente nach und nach in seiner ganz persönlichen Handschrift aufgelöst.

Vertraute Fremde ist die Geschichte eines 48-jährigen Mannes, der auf Geschäftsrückreise versehentlich den falschen Zug besteigt und in der Stadt seiner Kindheit und Jugend landet. Dort besucht er das Grab seiner Mutter und findet sich plötzlich in seinen 14-jährigen Körper und die Sechzigerjahre zurückversetzt, ohne jedoch

Vertraute Fremde

geistig verjüngt zu sein. So kann er seine Jugend mit dem Bewusstsein des Erwachsenen wiederholen und versuchen zu ergründen, was das Geheimnis seines Vaters war, der die Familie 1963 ohne jede Ankündigung verließ. Das Science-Fiction-Motiv in *Vertraute Fremde* ist die Zeitreise – mit diesem kleinen unwirklichen Kniff am Anfang und Ende der Erzählung gelangt Taniguchi zu seinem eigentlichen, zutiefst realistischen Thema, dem Verhältnis von Erinnerung, Entscheidungsfreiheit und Midlifecrisis. Obwohl das Phantastische nur in ausgesprochen milder Konzentration beigemischt wird, bestimmt es doch den gesamten Verlauf der Handlung, ohne ein einziges weiteres Mal aufzufallen oder gar den Realismus zu stören. Und jeden Anflug von Sentimentalität oder Melodrama verhindert die in konzentrierter Langsamkeit sorgfältig konstruierte Ökonomie des Raumes und der Bildfolgendynamik, darin den beinahe unbewegten und stillen Filmbildern Yasujiro Ozus ähnlich. Um die Zeitreise grafisch zu evozieren, genügen Taniguchi ein die Panelgrenzen überfliegender Schmetterling und ein paar dezentrierte Perspektiven – und vermeidet noch dazu völlig anstrengungsfrei die Paradoxa, die sich genretypisch bei Reisen in die Vergangenheit ergeben. Absolute Pflichtlektüre. *sew*

Copyright © 2008 by Bernd Kronsbein und Sven-Eric Wehmeyer

Auf dem Mond wächst kein Gemüse

Über die zukünftigen Ureinwohner des Mondes, ihre Sitten und Gebräuche und die Sicht des Karikaturisten auf die Zukunft – ein Gespräch mit Nic Schulz

von Hartmut Kasper

Was wird die Zukunft bringen? Die Szenarien sind im Allgemeinen düster: Die Deutschen sterben aus, und ihre Rente verknappt sich immer weiter. Genmais verdirbt uns den Tag. Neben Altersarmut und nationalem Aussterben besorgt uns die Überfremdung durch nicht integrationswillige Raucherbanden mit Migrationshintergrund. Eine nächste Grippewelle ist überfällig, der Klimawandel sorgt für Desaster im Stundentakt. Holland versinkt. Und am Freitag, den 13. April 2029 schlägt der Asteroid Apophis auf der Erde ein. Grande finale, Vorhang und Schluss.

Da spenden auch die Visionen der Science Fiction eher wenig Trost. Zwar ist uns nicht unbedingt bang vor der lang erwarteten Alien-Invasion – jedenfalls nicht, solange junge, tatkräftige amerikanische Präsidenten Schlange stehen, um die Welt zu retten –, aber daran, dass schon bald die Maschinen die Macht übernehmen, ihre menschlichen Mütterväter ausrotten oder mindestens in die Matrix einsperren, besteht ernsthaft kein Zweifel.

Wer überhaupt einen optimistischen Blick in die Zukunft werfen möchte, schlägt in diesen Tagen die TITANIC auf. Hier läuft seit etwa fünf Jahren eine Bilderserie »Zukunftsmusik«. Jeden Monat widmet

Deutschlands Volksaufklärungsmagazin Nr. 1 eine Doppelseite diesen von Nic Schulz gemalten Zukunftsbildern – bunte Prophezeiungen im Breitbandformat und, nach alter Väter Sitte, nicht mit einem Titel, sondern mit einer ausführlichen Bildunterschrift versehen.

F: *Bereits im fünften Jahr erscheint die Bilderserie »Zukunftsmusik« in der Satirezeitschrift TITANIC. Etwa 60 Einzelbilder sind bislang entstanden. Wie kam es zu dieser Bildserie?*
A: *TITANIC hat mir damals den Platz angeboten, eine Doppelseite. Ich wollte damit etwas machen, was nicht tagespolitisch orientiert war oder sich mit den üblichen Satirefeldern beschäftigte. Da kam mir die Idee, etwas im Bereich der Science Fiction zu versuchen. Ein Feld, das satirisch noch nicht reich beackert ist. Natürlich*

»Auf dem Mond wächst kein Gemüse. Zukünftige Ureinwohner
werden überwiegend von der Schneckenjagd leben, denn Weichtiere
entwickeln unter dem geringen lunaren Atmosphärendruck enorme
Körperfülle. Dem Phänomen kann züchterisch noch nachgeholfen werden.
Gemeinsame Speerjagd auf die wohlschmeckenden, aber langsamen
Kolosse ist kinderleicht (man folgt der Schleimspur) und bringt sportliche
Abwechslung in den öden Siedleralltag. Die Beute hinterlässt kein
hässliches Skelett, das Häuschen findet als Kiosk oder Jagdhütte
Verwendung.« [TITANIC 5/2006, S. 54f.]

ist die Science Fiction durchaus ein Genre, das häufig parodiert wird, Science-Fiction-Romane ebenso wie Science-Fiction-Filme. Was aber weitgehend fehlte, war eine Originalsatire. Sie fehlte ganz, oder war doch ausgesprochen rar.

F: Wer käme einem hier, im Bereich der satirischen Science-Fiction-Bilder, überhaupt in den Sinn?
A: Natürlich Albert Robida. Robida war einer der wenigen Science-Fiction-Satiriker. Ich schätze ihn sehr, weil er sich ernsthafte Gedanken über die Zukunft gemacht hat, weil er seine Phantasie geöffnet hat, teilweise bis ins Visionäre. Er hat sich für die tatsächlichen Möglichkeiten interessiert, für das wirklich Vorstellbare. Denn was mich immer sehr stört an der landläufigen Science Fiction ist, wenn sie sich nur um das Technische oder, noch enger, um das Militärisch-Technische kümmert und kaum oder gar nicht ausspielt, wie sich die technischen Entwicklungen auswirken würden auf das wirkliche, gesellschaftliche Leben der zukünftigen Generationen.

F: Albert Robida hat überwiegend gezeichnet. Wie arbeiten Sie?
A: Meine Zukunftsmusik-Bilder sind Acryl-Malerei. Ich mache mir während der Textentwicklung erste Skizzen, füge sie dann zu einem Panorama zusammen. So entsteht ein handwerkliches Bild. Die Originale sind übrigens höchstens so groß, wie sie im Druck erscheinen, DIN A3, eher noch kleiner.

F: Demnach sind zuerst die Texte da, die später als Bildunterschriften erscheinen?
A: Ja. Die Texte sind zuerst da, die Ideen. Ich versuche natürlich, wenn ich mal ein technisches Thema hatte, danach wieder etwas Biologisches zu nehmen, nach den makrokosmischen Bildern wieder etwas aus dem Mikrokosmos, der Serie eine große Bandbreite zu geben.

Als Karikaturist ist man ja eher darauf konzentriert, den Menschen zu malen. Hier dagegen bieten sich ganz andere Möglichkeiten: Bilder, die nur aus seltsamen Landschaften bestehen, aus nicht definierbaren Farbflächen.

F: Der Mensch ist für Sie aber doch ein großes Thema, zumal was seine Erotik betrifft. Eines der Kennzeichen wenigstens der deutschsprachigen Science Fiction ist ihre jugendliteraturhafte Prüderie. Prüde sind Ihre Bilder nicht: »An einigen Weihnachtsfeiertagen wird

ALBERT ROBIDA

Albert Robida, 1848–1926, war ein überaus kreativer und produktiver französischer Künstler. Er hatte die Romane von Jules Verne mit Begeisterung gelesen. Robida schuf Bildbände über alte europäische Städte ebenso wie manchmal grotesk verspielte, manchmal erstaunlich zutreffende Zukunftsvisionen.

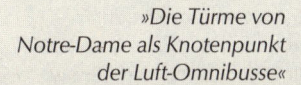

»Die Türme von Notre-Dame als Knotenpunkt der Luft-Omnibusse«

»Die Tagesschau als abendliche Familienunterhaltung«

»Nach landläufiger Meinung hat die Menschheit schlechte Karten. Würden alle Kräfte gebündelt, strengte jeder seinen Kopf an, wären die Prognosen rosiger. Dann könnten wir irgendwann extravagant gekleidet unter klimatisierten Käseglocken und an Spritzbrunnen vorbei durch duftende Botanik taumeln und unser Geld mit Pferdewetten, Lotto und Preisausschreiben machen. Prachtvolle Lustorgane und lockere Sitten versüßen uns den permanenten Lenz. Wir sängen gern im Chor, wären sagenhaft intelligent und oft zu Freudentränen gerührt.« [TITANIC 6/2006, S. 54f.]

beispielsweise allerorts pudelnackt herumgetollt und gepimpert, bis die Nase tropft.«
A: Erotik sowieso und ganz generell. Ich schätze dieses Thema nicht nur, weil es in der normalen Science Fiction stiefmütterlich behandelt wird. Erotik ist das Zukunftsthema überhaupt, denn ohne Erotik gibt's überhaupt keine Zukunft. Die Generationen müssen sich ja fortspinnen, und das wird im Kern ein erotischer Akt sein, Gentechnik hin oder her.

Außerdem gibt es kaum einen Gegenstand, der sich als historisch so wandelbar dargestellt hat wie der gesellschaftliche Umgang mit der Erotik. Es ist immer noch imponierend, wie viel Potenzial darin steckt, wie viele Varianten der Beziehungsformen. Unsere Gesellschaften basieren ja sehr stark auf den Vereinbarungen, wie man mit Sexualität umzugehen hat. Außerdem wird kaum irgendwo

soviel tabuisiert wie in diesem Bereich, und es ist eine der Hauptaufgaben des Karikaturisten, sich solche Tabus vorzuknöpfen und weiterführende Überlegungen dazu anzustellen.
F: Wie stehen Sie zur Science Fiction? Haben Sie Lieblingsautoren, Lieblingsbücher in dieser Sparte?
A: Nein. Mich interessiert eher der Gegenstandsbereich selbst, die Zukunft. Wozu ich eine Beziehung habe, das sind Publikationen wie das PM-Magazin, für das ich auch selbst gearbeitet habe. Das ist ein populärwissenschaftliches Magazin, das alles behandelt, was an astrophysikalischen, gen- und weltraumtechnischen Themen aktuell ist. Und das diese Beiträge ausführlich und schön illustriert.
F: Ihre Zukunftsbilder sind aber nicht unbedingt wissenschaftlich-exakt, sondern häufig grotesk. Da heißt es beispielsweise – und man sieht es auch:

»Auf einem Gerontologen-Kongress wird ein zweihundertsiebzigjähriges, noch im Wachstum befindliches Individuum präsentiert. Das steinalte Versuchskaninchen ist jedoch schwach auf den Beinen und stürzt bei der Verbeugung auf die verantwortlichen Humangenetiker, erschlägt und verstümmelt viele, kommt aber selber mit dem Schrecken davon – ein Signal der Hoffnung und Ansporn zugleich.«

Ein »phänomenaler Eierkuchen« schwebt an »kugelsicheren Heliumballons« über ein Schlachtfeld, sinkt herab und »erstickt alle Kampfhandlungen. – Der alte Menschheitstraum wird wahr, sobald die Uno die Eier dafür hat.«

Menschen verwinzigen sich und die Utensilien ihrer Zivilisation auf Mikrobengröße, um »den primitiven Einzellern Aug in Aug« entgegenzutreten, oder sie betreiben ihre Automobile mit »Eigenkot-Eigengas«-Motoren.

Die »Heilige Jungfrau« erscheint gleich doppelt, auf einem Moped, das T-Shirt über die Brüste hochgeschoben und, oh Wunder: »Barfuß zertritt sie das hässliche Haupt Luzifers, der in haariger Spinnengestalt auf dem Bremspedal hockt.«

Warum? Sind Ihre Bilder Grotesken? Oder wird die Zukunft grotesk, und Ihre Bilder sind realistisch?
A: Sicher beides. Zukunftsbilder werden gerne grotesk überzeichnet. Und es bleiben Bilder, Entwürfe. Ich glaube nämlich eigentlich

»Nach den letzten Ökokriegen werden die ersten Wasserkriege angezettelt. Ihr Ausgang entscheidet darüber, wer die schmelzenden Polkappen über Pipelines absaugen, zu Softdrinks oder Schwimmbadfüllungen verarbeiten sowie die eisfreien und angenehm erwärmten Gewässer in lukrative Kunststoff-Nordpol-Nostalgieparks verwandeln darf – ein wichtiger Ausgleich fürs verdunstete Mittelmeer.« [TITANIC 10/2006, S. 54 f.]

nicht an die Wirklichkeit der Zukunft. Sobald man sie erreicht, ist sie ja Gegenwart. Man kann also nie in der Zukunft sein, sondern sich immer nur in sie hineindenken, vordenken. Man macht sich immer nur ein Bild davon, und mit diesem Bildmaterial lässt sich wunderbar spielen. Weil man nie in der Zukunft sein kann, haftet ihr immer etwas Unheimliches an, auch etwas Beängstigendes. Das kann man am besten in grotesken Bildern widerspiegeln.
F: Und wie wird die Zukunft wirklich?
A: Noch gibt es ja diesen wahnwitzigen Kontrast – einerseits die hoch entwickelte technische Zivilisation, andererseits die Steinzeitkultur, zeitgleich und auf demselben Planeten. Aber insgesamt glaube ich doch, dass unsere Zivilisation eine Richtung hat. Ich denke, dass unsere Zivilisation dazu heranreift, einen Kontakt zu anderen Existenzformen im Kosmos herzustellen. Wozu sonst dieser immense Aufwand, diese Investitionen im astronomisch-physikalischen Bereich? Es muss ein Wunsch und Wille dahinter stehen.

Wenn es zu so einem Kontakt kommt, wäre es wie ein Synapsenschluss. Unsere ganze Zivilisation, unser Biosphäre mit all ihren Sichtweisen und Kenntnissen würde sich mit einer anderen Zivilisation und ihrem Wissen zu einer Art interstellarem Gehirn zusammenschließen. Das wäre eine enorme Erweiterung, zumal dann, wenn man Kontakt fände zu einer Zivilisation, die ihrerseits schon andere Kontakte hatte. Kaum vorstellbar, was sich so an Denken und an Wissen bündeln ließe.

F: Der Begriff Zukunftsmusik war in seinen Anfängen durchaus musikalisch gemeint. Der Kölner Musikzeitschriftenverleger und Kritiker Ludwig Bischoff (1794–1867) prägte ihn, um Richard Wagners Musik,

Nic Schulz

wie er sie in seiner Schrift »Das Kunstwerk der Zukunft« (1850) propagiert hatte, zu verspotten und so die klassische Musik gegen zeitgenössische Komponisten zu verteidigen. Wagner hat diese Bezeichnung zunächst abgewehrt, sich dann aber zu eigen gemacht. Haben Ihre Bilder einen musikalischen Hintergrund?
A: Nur insoweit, als ich gerne Musik höre. Aber das ist dann weder Wagner noch klassische Musik, sondern Jazz. Ich höre gerne komplexen Jazz, Musik von John Coltrane, Thelonious Monk, komplexen Jazz, der nicht zu sehr in Rhythmus versetzt. Das würde mich stören, da ich kleinformatig arbeite, konzentriert und präzis wie ein Uhrmacher.
F: Gibt es Reaktionen der TITANIC-Leser – und Betrachter – auf Ihre Bilder?
A: Ich höre manchmal, dass Leute irritiert sind. Was ich aber auch nicht so verkehrt finde. Ganz überwiegend sind die Reaktionen positiv. Es wird häufig gefragt, ob die Bilder einmal ausgestellt oder gesammelt und in Buchform veröffentlicht werden.
F: Und?
A: In Vorbereitung ist eine virtuelle Online-Ausstellung, die um einige Materialien ergänzt wird. Sie sollte, wenn dieses Interview erscheint, eröffnet sein. Ich erstelle sie zusammen mit der »CARICATURA« in Kassel, das ist eine Galerie für satirische und komische Kunst. Über deren Adresse wird die Ausstellung laufen. Darüber werden die Bilder auch zu erwerben sein. Es wird auch ein Buch geben. Die Bildunterschriften sind bislang extrem knapp gefasst, die werden für das Buch etwas ausführlicher gestaltet.

Copyright © 2008 by Hartmut Kasper

Storm is back – alive and well

Don Lawrences legendäre Comic-Serie
feiert eine triumphale Rückkehr

von Hartmut Kasper

Storm ist zurück, ein sonderbarer Heiliger unter den Raumpionieren, wenn ich das mal in großväterlicher Redensart behaupten darf, ein Science-Fiction-Held, dessen geistige Väter ein Engländer und ein Niederländer sind (Mutter: Fehlanzeige), und der grandios ins Bild gesetzt worden ist wie kaum ein anderer seiner Comic-Konkurrenten. Gezeichnet und gemalt wurde er von Donald Southam Lawrence (geboren am 17. November 1928 in London, gestorben am 29. Dezember 2003 in Eastbourne, Großbritannien), einem Künstler, der, während sich sein Ruhm dank »Storm« auf dem Kontinent mehrte, in seinem Heimatland zunehmend unbekannter wurde.

Don Lawrence wuchs im England des Zweiten Weltkrieges auf. »Ich wurde evakuiert und musste Abschied von meinen Eltern nehmen. Gleich nach der Schule ging ich zum Militär. Während meiner ganzen Jugend hielt ich mich in irgendwelchen Instituten auf. Irgendwie war ich immer nur auf mich selbst angewiesen.« Seinen Erinnerungen nach war seine »Militärlaufbahn die reinste Tragödie. Ich glaube, ich wurde insgesamt zweiundzwanzig Mal angeklagt wegen Ungehorsam oder weil ich einem Offizier eine verpasst hatte.«[1]

Nach seinem Kriegsdienst brach er eine Offizierslaufbahn ab, um die Kunstakademie zu besuchen, gab das Studium aber auf und begann Comics zu zeichnen. In den Fünfzigerjahren betreute er

Trigan Empire (Don Lawrence)

die britische Variante von »Captain Marvel«, den »Marvelman«. Danach folgten Bildergeschichten mit schwertschwingenden Heroen wie »Olac the Gladiator«, »Karl the Viking« und »The Sword of Eyngar«. Seine besondere Vorliebe galt allerdings der Science Fiction.

Die erste Serie, mit der er einem größeren Publikum bekannt wurde, vermischte denn auch Science-Fiction-Elemente mit klingendem Schwertgetöse: »The Rise and Fall of the Trigan Empire«, später einfach »The Trigan Empire« (1965–1982) von Michael Butterworth (1924–1986). Butterworth hatte zunächst die Scripts für Western-Comics verfasst, in denen Billy the Kid und Buffalo Bill auftraten. Butterworth war historisch interessiert, besonders an der Geschichte der Seefahrt.

Seine Spielidee für »Trigan«: Auf dem fernen Planeten Elekton hausen Dinosaurier, Kraken und eine Art Weltraumrömer; Letztere bauen auf fünf Hügeln die Hauptstadt eines Kaiserreiches: Trigan City. »Trigan« ist die Geschichte eines archaisch-futuristischen Imperiums, einer Art Römischen Imperiums mit Laserwaffen, Düsenjägern und Raketen.

Das nette blonde Imperium muss immerzu gegen allerlei völkischen Unrat verteidigt werden: Schlitzäugige, grünhäutige Lokaner rennen gegen das Reich der Edlen an, gefolgt von wüsten Völkern und invasionslüsternen Außerirdischen. Zurückgeschlagen werden sie allesamt und immer wieder von Kaiser Trigan und seinen heroischen Truppen.

Lawrence erinnert sich: »Ich denke, dass Butterworth nach den positiven Seiten einer Diktatur suchte ... Nur hatte ich das Gefühl, dass er immer mehr Faschist wurde. Um das zu verdeutlichen, habe ich den Leuten Nazi-Uniformen gezeichnet ... Ich glaube, Butterworth ist ein ziemlicher Reaktionär: Die ganze Trigan-Saga ist eine totale Diktatur. Zuerst hat mich das nicht gestört, aber dann hatte ich Angst, dass sich das ausdehnt, und ich habe einfach diese Uniformen gezeichnet, nur so, um ihn zu parodieren.«[2]

Lawrence wurde so etwas wie der visuelle Regent des Reiches Trigan, er zeichnete das abseitige Sternenkaiserreich in der Tradition des britischen Comickünstlers Frank Bellamy (1917–1976), der mit seinem Science-Fiction-Comic »Dan Dare« zu Weltruhm gekommen war. Schon die Trigan-Bilder stellten einen Großteil der Alltagsware im Bildergeschichten-Genre tief in den Schatten: Die einzelnen Panels waren von Lawrence selbst handkolorierte Gemälde, farbenprächtig und detailverliebt.

Lawrence machte »Trigan« zu einem der bis heute beliebtesten britischen Comics; als er die Serie verließ, brach der Verkauf ein. Er verließ die Serie, als er eher zufällig entdeckte, dass sein Verleger ihn finanziell ausnutzte. »Trigan« wurde vielfach im Ausland nachgedruckt, ohne dass der Zeichner angemessen oder überhaupt dafür honoriert wurde.

Unmittelbar darauf bot ihm das niederländische Magazin »Eppo« eine exklusive Mitarbeit an: Lawrence sollte eine neue Science Fiction zeichnen. Es kam zu einem Gespräch zwischen Lawrence und dem niederländischen Comic-Künstler und Reklamezeichner Martinus Spyridon Johannes Lodewijk (geboren am 30. April 1939 in Rotterdam). Lodewijk schrieb und zeichnete die James-Bond-Persiflage »Agent 327« und textete für Dino Attanasios »Johnny Goodbye«.

Die neue Geschichte sollte auf einer Welt spielen, von der die Ozeane verschwunden waren. Da Lawrence kein Holländisch sprach, wurde überlegt, Mike Butterworth als Szenaristen für die Geschichten über die ausgetrocknete Erde zu gewinnen, der aber lehnte das Angebot ab. Stattdessen ging Lawrence mit dem Texter Vince Wernham an die Arbeit, der für ihn bereits einige erotische Kurzgeschichten geschrieben hatte.

Das Resultat war das Science-Fiction-Comic »Grek«, der direkte Vorläufer von »Storm«. Da jedoch niemand der Beteiligten mit dem Ergebnis ganz zufrieden war, wurden andere Autoren angefragt, darunter Harry Harrison und Brian Aldiss. Aldiss verwies an Philip M. Dunn, und mit Dunn zusammen produzierte Lawrence die erste echte »Storm«-Geschichte: »De diepe Wereld/The Deep World« (1977; deutsch »Das verschwundene Meer« beziehungsweise »Die tiefe Welt«). Für die folgenden Bände arbeitete Lawrence mit Martin Lodewijk zusammen, mit Kevin Gosnell und Dick Matena.

»Storm« beginnt mit einer hanebüchenen Ausgangssituation, die wie eine Karikatur von Urväter-Science-Fiction klingt: Storm ist ein Astronaut, der aus einer Raumstation, die im Orbit des Jupiter kreist, aufbricht, um den Roten Fleck zu erforschen. Ein alter Herr in roter Toga, der aus den Trigan-Seiten hinübergeschlüpft sein musste, verabschiedet als Abgesandter der Vereinten Interplanetarischen Nationen den kühnen Astronauten mit den Worten: »Ich beneide dich, Storm! Gute Reise und sei vorsichtig!«

So beraten fliegt Storm los, und schon wird sein Raumschiff von dem großen roten Sturm erfasst und hast-du-nicht-gesehen in die Zukunft geschleudert, wie man das immer wieder bei großen roten Stürmen auf dem Jupiter erlebt. Als Storm wieder zu sich kommt, findet er von der Raumstation keine Spur mehr. Er fliegt zur Erde zurück, dort aber ist nicht nur das Meer verschwunden, sondern auch die menschliche Zivilisation. Barbarei hat sich breitgemacht, Millionen Jahre sind vergangen, Schwertkämpfer allerorten, Gladiatoren, Dinosaurier, wahnsinnige Wissenschaftler, Über- und Zuchtmenschen, Zeitmaschinen, außerirdische Invasoren stellen sich ein, kurz, alles, was der bunt sortierte Science-Fiction-Flohmarkt an Second-Hand-Motiven zu bieten hat, wird eingekauft und recycelt.

Spektakulär waren nicht die Stories, sondern die Bilder. Don Lawrence zeichnet annähernd fotorealistisch: Leiber, Landschaften,

Don Lawrence und seine Geschöpfe: Storm, Rothaar und Nomad

Städte und Maschinen – auch wenn weder die Landschaften noch die Maschinen und Städte von dieser Welt sind. Lawrence: »Ich zeichne lieber eine Phantasiestadt als eine echte. Echte Städte sind stinklangweilig. Weißt du, die Realität zu zeichnen macht überhaupt keinen Spaß. Das kann doch jeder. Jeder Zeichner kann beispielsweise ein Auto zeichnen. Man nimmt ein Buch und zeichnet es einfach nach. Viel schwieriger wird es, ein ›echtes‹ Auto zu zeichnen, das in der Wirklichkeit überhaupt gar keinem Auto gleicht. Das ist das Spannende an der Science Fiction.«[3]

Die Hauptfiguren der frühen Storm-Geschichten sind: Titelheld Storm selbst, der erstaunlich schwertsichere Astronaut, seine stets nur notdürftig bekleidete Gefährtin Rothaar (im Englischen: Ember), die Storm zu Beginn der Serie aus den Fängen der Barbaren rettet, und Nomad, der Rote Prinz. Alle drei sind so gestaltet, dass auch jeder Arno-Breker-Fanclub seine Freude an ihnen hätte: beinahe überdimensional muskulös und wohlgestaltet. Dass Lawrence in Nacktszenen auch die primären Geschlechtsmerkmale seiner männlichen Helden nicht immer ausblendete, sondern auch mal frei herumbaumeln lässt, unterscheidet ihn allerdings von den prüden Brekeristen unserer Tage, die sonst in den gängigen Fantasy-Illustrationen den Gladiator machen.

Außerdem beginnt Lawrence früh, seinen Figuren groteske Züge zu geben, nicht nur dem Titelhelden, der unrasiert und fern der Heimat seinen Heldentaten nachgeht. Die oft großformatigen, auch Seiten füllenden Stadt- und Landschaftsansichten sind Monumentalbilder der lawrenceschen Phantasie – Bilder, die in sich eine eigene Geschichte erzählen, ohne das Tempo aus den anfangs schlicht gestrickten Abenteuern zu nehmen. Lawrence zeichnete und kolorierte selbst; bei »Trigan« noch in Tinte, bei »Storm« arbeitete er mit Wasserfarbe. Eine einzige Seite kostete ihn bis zu sechs Wochen Arbeit.

Mit Nummer 10 der Serie aber, »Die Chroniken von Pandarve«, nimmt der Storm-Kosmos auf einmal Fahrt auf. Martin Lodewijk wird zum regulären Szenaristen. Er bricht mit Storms ebenso verzweifelten wie tendenziell unwirtschaftlichen Versuchen, in seine Heimatzeit zurückzukehren – würde sich mit einer Heimkehr der Kreis der Erzählung doch schließen, die Reihe ihr natürliches Ende finden. Stattdessen teleportiert Lodewijk Storm aus einer noch halbwegs plausiblen Zukunftswelt hinaus und versetzt ihn in eine restlos phantastische Landschaft: Pandarve.

Pandarve ist zugleich Riesenplanet und Miniaturuniversum, ein luftgefüllter Kosmos, in dem wunderliche Weltenraumschiffe und noch wunderlichere Weltallkreaturen verkehren. Pandarve ist ein lebender, bewusster Himmelskörper, erleuchtet von einem Weißen

Loch, beherrscht von dem Theokraten Marduk. Marduk war es auch, der Storm via Telekinesestrahl in den Miniaturkosmos hat holen lassen, um sich hier seiner zu bedienen. Als »Anomalie«, als nicht aus dieser Zeit stammendes, nicht in diese Zeit passendes Individuum stellt Storm etwas wie eine Kraftquelle dar, die Marduk zu seinen dunklen Zwecken anzapfen möchte.

In den nächsten Folgen ist die Geschichte nur noch Randereignis: Storm flieht, Marduk verfolgt. Wo die Naturgesetze nicht mehr gelten, können auch die althergebrachten Gesetze der erzählerischen Logik aufgegeben werden. »Storm« verwandelt sich in ein schieres Feuerwerk aus Bildern und Ideen, in eine berauschte Science-Fiction-Phantasmagorie.

In Band 15, »Der lebende Planet«, erfährt Storm, dass den Planeten Pandarve eine Störung im Unterbewusstsein plagt. Storm soll diesen psychischen Schaden beheben. Wie? Storm muss nur zum Baum der Unwissenheit vorstoßen, an welchem die Eier Pandarves reifen. Diese müssen von Zeit zu Zeit beschnitten werden, damit aus ihnen neue Planeten reifen; falls sie nicht beschnitten werden, rauben sie dem Baum alle Kraft – eigentlich klar.

Mutter- und Planetengöttin Pandarve verkörpert sich in jener Alice, die Storm aus den Carroll'schen Wunderlandgeschichten kennt. Bei Bedarf kann sie aber auch als Marilyn Monroe auftreten – eher zum Missfallen von Ember/Rothaar. Der weibliche Geist des Planeten ist uralt, aber immer noch neugierig. Er führt Storm durch den Spiegel in ein anderes Land, das Land seiner Seelenlandschaft.

Spätestens hier mutiert der Science-Fiction-Comic zu einem haarsträubend-wunderbaren Beutezug durch die europäisch-amerikanische Populärmythologie. Dazu Lawrence: »Diese ernsthafte Science Fiction mag ich nicht. Ich liebe die komischen Akzente und Anachronismen.«[4]

In Nummer 17 »Die Wendewelt« landen Storm und seine Begleiter mit der Eisenbahn in der Stadt Halberwege. Schon in die Wimmelbilder aus den Zugabteilen könnte man sich minutenlang versenken, in diese zirzensisch-bunte Menagerie von Menschen und Außerirdischen, Nonnen und Bauchtänzerinnen, von Turban- und Bauchladenträgern, von exotisch-ordinären Gestalten aller Zeiten und Zivilisationen. Hier im Zug lernt Storm die durchtriebene

Die Von-Neumann-Maschine (Don Lawrence)

Boforce kennen, ein radikal-kriminelles Mannweib, das, um an der eigenen Hinrichtung nicht teilnehmen zu müssen, den Zug entführt und durchstartet.

Flucht und Verfolgung bleiben die Triebkräfte des Comics, das nicht umsonst »Storm« heißt, Sturm – schiere Bewegung als Lustprinzip wie auf der Achterbahn. So geht es zu bis zu Band 20. Dann kommt es zur Konfrontation mit der »Von-Neumann-Maschine«, und Lawrence entfaltet sich zu einer fast beispiellosen Altersschönheit in seinem Amt als Weltenerfinder.

Die Trilogie der Bände 20 bis 22 – »Die Von-Neumann-Maschine« (1993), »Die Genesis-Formel« (1995) und »Der Armageddon-Reisende« (2001) – setzt die Losung »anything goes« mit Vehemenz in eine Bildergeschichte um, die den Wunderwerken im Bereich des phantastischen Comics wie Frank Millers »The Dark Knight Returns/Strikes Again«, J.M. DeMattheis' und Seth Fishers »Green Lantern – Will World« oder Winsor McCays »Little Nemo in

Slumberland« in nichts mehr nachsteht: Hier und mit diesen drei Titeln wird Storm, die Kultfigur, zum Klassiker.

Die Story ist traumhaft schlicht: Pandarve droht mit der Von-Neumann-Maschine zu kollidieren. Die Von-Neumann-Maschine ist ein uraltes, gigantisches Weltenraumschiff; vor ewigen Zeiten von der Erde aus gestartet. Es besteht aus unzähligen Miniatur-Universen, den »Kokons«, Sphären stofflich-digitaler Doppelbeschaffenheit. Storm und sein Team, zu dem auf verquere Art auch der Theokrat Marduk und sein Stab zählen, begeben sich auf eine surreale Odyssee durch Himmel, Hölle und sämtliche Zwischenreiche. Bevölkert werden die »Kokons« von Engeln und Pistoleros, britischen Kolonialbeamten, Kreuzrittern, Pickelhaubenguerilleros, Teufeln, Dinosauriern und Kraken, Militärpolizisten und Dämonen, von Alice aus dem Wunderland, ihrem Vorbild Alice Pleasance Liddell, gefräßigen Mumien und ihrem Autor Lewis Carroll, von Cowboys, Indianern und der schlangenhaarigen Medusa, von einem Regisseur namens Lawrence und einem Drehbuchautor namens Martin Lodewijk, von Sherlock Holmes, John von Neumann, der Grinsekatze und darüber hinaus von etlichen eher merkwürdigen Gestalten.

Auf die Frage, wer Storm eigentlich sei, hat Lawrence einmal geantwortet: »Er ist mein besseres Ich, mein Super-Ego. Er ist das, was ich sein möchte. Ein Held, tapfer. Ehrlich gesagt: Alles, was ich nicht bin.«[5] Am Ende der Trilogie und am Ende von allem findet Storm in einem der Kokons sogar seine eigenen Eltern wieder – jedenfalls findet eine digitalisierte Art von Storm seine digitalisierten Eltern.

Das ganze wirkt wie ein Update der klassischen Science-Fiction-Trash-Motive, derer sich »Storm« zu Beginn seiner Karriere bediente, dargestellt in schierer optischer Pracht. Lawrence zitiert überbordend aus Filmen und Buchillustrationen, an zentraler Stelle aus den Gravuren zum Thema Hölle von Gustave Doré.

Don Lawrence über die Trilogie: »Ich möchte hiermit mein letztes, mein bestes Werk entstehen lassen. Wenn ich damit fertig bin und ich lebe noch – was natürlich wichtig ist –, dann will ich doch noch weiterzeichnen. Vielleicht sogar Storm; wer weiß.«[6] Aber Lawrence hat den Abschluss der Trilogie nur um zwei Jahre überlebt.

In der Zwischenzeit hatte es bereits einen Versuch gegeben, »Storm« auch aus anderer Hand gestalten zu lassen. Getextet von Martin Lodewijk und unter dem Pseudonym John Kelly von Dick

»Storm«, Band 23: »Der Nabel des doppelten Gottes«

Matena gezeichnet, versetzen »Die Chroniken der Zwischenzeit« Storm in ein bizarr sowjetisiertes Universum – und zugleich transformieren sie ihn in einen wagemutig-sowjetisch-realistischen Stil, der weit genug von Lawrence entfernt ist, um keine direkte Konkurrenz zu versuchen.

So schien der »echte« Storm mit dem Tod seines Schöpfers verwaist. Dann erwarb der Lawrence-Verehrer Rob van Bavel die Rechte an »Storm«. Van Bavel machte sich auf die Suche nach einem Zeichner, der die Arbeit an »Storm« nach Szenarien von Lodewijk und im Sinn von Lawrence fortsetzen könnte, wobei dessen Auftrag nicht darin bestand, »Don zu imitieren, sondern die Storm-Atmosphäre, die Don in seinen Kunstwerken entwickelte, einzufangen«.[7] Die Wahl fiel letztendlich auf ein niederländisches Duo, den Zeichner Romano Molenaar (geboren 1971) und den Koloristen Jorg de Vos (geboren 1976).

Erzählerisch knüpfen die beiden nicht an die abschließende Trilogie von Lawrence an. Ein kluger Schachzug. Schließlich behandelte Don Lawrence im Rahmen der letzten Bände die großen, allgemein-menschlichen und die biographisch grundierten Themen wie den Verlust von und die Suche nach den Eltern; Leben, Überleben und Unsterblichkeit; Bilder und Phantasien vom Jenseits. Stattdessen greifen sie auf eine der kantigen, aber bodenständigen Figuren des Storm-Universums zurück: auf die Gaunerin Boforce. Diese eignet sich im aktuellen Abenteuer eine Reliquie an, den titelgebenden »Nabel des doppelten Gottes«. Die Priester der entweihten Gottheit beauftragen Nomad, das Raubgut wiederzubeschaffen; Storm und Rothaar assistieren.

Das neue Team findet damit zweifellos zurück zu den Wurzeln der Storm-Geschichten. Hierzulande wird der neue Band vom Splitter-Verlag herausgegeben, der damit und mit dem ersten Band der Storm-Reihe, »Die tiefe Welt«, zugleich eine neue und dem Werk von Lawrence endlich angemessene Edition startet – Augenweiden wirken auf Billigpapier immer etwas verschwendet. Die neue, großformatige Hardcoverausgabe setzt dagegen auf Gediegenheit: Die Storm-Geschichten erscheinen in nie gesehener Pracht; ergänzt werden die Geschichten von umfangreichen und sachkundigen redaktionellen Beiträgen.

Storm ist also wieder auf Pandarve unterwegs, »alive and well«, wie der Brite sagt.

»Storm« in der neuen Edition:

Don Lawrence und Philip Dunn: Storm 1: Die tiefe Welt, 64 Seiten, € 15,80

Martin Lodewijk, Romano Molenaar, Jorg de Vos: Storm 23: Der Nabel des doppelten Gottes, 64 Seiten, € 15,80

Beide: Splitter Verlag, Collectors Edition, Bielefeld 2008

ANMERKUNGEN

[1] Don Lawrence im Gespräch mit Rob van der Nol. Zitiert nach: Don Lawrence Magazine 199. Oosterhout 1995, o.p., S. 21
[2] Don Lawrence 1994 im Gespräch mit Gerhard Förster. Zitiert nach: Don Lawrence Magazine 1996. Oosterhout 1996, S. 19f.
[3] Don Lawrence im Gespräch mit Rob van der Nol. A.a.O., o.p., S. 20
[4] Don Lawrence im Gespräch mit Judith de Bruijn am 27.12.1996. Zitiert nach: Don Lawrence Magazine 1996. A.a.O., S. 14
[5] Don Lawrence 1983 im niederländischen Fernsehen. Zitiert nach: Don Lawrence Magazine 1996. A.a.O., S. 13
[6] Don Lawrence im Gespräch mit Rob van der No, 1995. A.a.O., o.p., S. 26
[7] Rob van Bavel, zitiert nach: Storm Hobo Gey: Der Nabel des doppelten Gottes. Bielefeld 2008, S. 48

Copyright © 2008 by Hartmut Kasper

Nick. Raumfahrer.

Die rosa Burgen des Herrn Wäscher,
seine Abenteuer hinter den geschlossenen Augen
und die ferne Zukunft des Jahres 1958

von Hartmut Kasper

Das schöne Bad Krozingen liegt im Breisgau, und wer sich in der Internet-Enzyklopädie Wikipedia über das 16.000-Seelen-Dorf informiert, erfährt, dass dort allerlei berühmtes Personal sesshaft oder wenigstens geboren ist: der Mathematiker Joseph Dienger beispielsweise, der über algebraische Analysis, ebene und sphärische Trigonometrie, die Ausgleichung der Beobachtungsfehler nach der Methode der kleinsten Quadratsummen und andere Dinge gearbeitet hat, die Mathematikerherzen höherschlagen lassen.

Als »mit Bad Krozingen verbunden« werden aufgeführt: Werner von Staufen, der Mitbegründer des Hauses des heiligen Lazarus in Schlatt; Fritz Raschig, der in Krozingen nach Erdöl bohren ließ und dabei eine Kohlensäurequelle fand; der Cembalist Bradford Tracey und schließlich die schöngeistigen Damen Zenta Marina und Karin Gündisch, verdienstvolle Schriftstellerinnen beide.

Merkwürdigerweise fehlt der Hinweis auf einen anderen Mitbürger, der zwar weder heilige Häuser gegründet noch in den Eingeweiden der Erde nach Petroleum gebohrt, stattdessen aber nach den Sternen gegriffen und, was nicht jedem gelingt, dieselben vom Himmel geholt, aufgezeichnet und anschließend eigenhändig in ebenso schönen wie durchsichtigen Farben[1] koloriert hat – und zwar mit Eiweißlasurfarben von Pelikan, später mit Fotolasurfarben, weil sie »transparenter als die Aquarellfarben«[2] sind: Hansrudi Wäscher, der hier am 5. April des Jahres 2008 seinen 80. Geburtstag gefeiert hat.

Genau für dieses Jahr 2008 hatte Wäscher vor einem halben Jahrhundert den Aufbruch seines Comic-Helden Nick Steel in den Weltraum vorgesehen, der im Februar 1958 (Realzeit) via Piccolo-Heft aus dem Lehning-Verlag startete, Titel der Nummer 1: »Sputnik explodiert«.

Nick beginnt mit einer kleinen Rückschau auf die den Lesern noch zukünftige Vergangenheit des Helden: »Im Jahre 1957 gelang es erstmals, einen künstlichen Satelliten in den Weltraum zu schießen. Eine neue Epoche der Menschheit war angebrochen, die jedoch unter dem drohenden Schatten der gewaltigen Atomrüstung der beiden großen Machtblöcke stand. Als 1971 ein Übungsbomber mit einer Wasserstoffbombe über London abstürzte und die Metropole in glühenden radioaktiven Gasen versank, erkannte die Welt endlich das Verderbliche ihres Tuns. Nach langwierigen Verhandlungen konnte die Menschheit aufatmen. 1975 schlossen sich alle Länder zu einer Weltregierung zusammen. Eine Periode der friedlichen Entwicklung setzte ein. Bis zum Jahre 2008 wurden gewaltige Fortschritte auf wissenschaftlichem und sozialem Gebiet erzielt ... nur der Griff nach den Sternen blieb den Menschen bis heute versagt.«

Die Weltregierung – das war, wie man sich erinnern wird, vor dem Jahrhundert der Weltkriege ein Traum, den Immanuel Kant ebenso geträumt hatte wie Friedrich Nietzsche, und sie wurde zu einem Traum gerade der Nachkriegszeit. Der ehemalige US-Bomberpilot Garry Davis, der als Begründer der Weltbürgerbewegung gilt, hatte sich im Jahr 1948 Zutritt zur Generalversammlung der UNO verschafft und dort die Gründung einer Weltregierung gefordert. Da Davis wie andere auch die Ursache des Krieges in den Nationalstaaten und ihren divergierenden Interessen sahen, sollte eine globale Konföderation den Weltfrieden herstellen und sichern. Medienberichte machten Davis' Aktion weltweit bekannt. Eine erste Weltbürgerversammlung im Jahr 1948 besuchten 3000 Teilnehmer, eine zweite, die wenige Tage darauf stattfand, bereits 17.000. Im Jahr 1953 rief Davis 1953 in Maine die Weltregierung aus.

Hansrudi Wäscher etabliert eine solche Weltregierung erst über eineinhalb Jahrzehnte in der Zukunft, und er glaubt nicht, dass die Menschen sich global politisch organisieren und pazifizieren – erst die atomare Katastrophe von London bringt die Menschheit zur Weltvernunft.

Gelettert war der Comic-Text aus der politisch geeinten Zukunft, wie es schien, auf ein mittelalterlich anmutendes, an seinen Rändern eingerolltes Pergament, das im freien Weltall hing, und zwar links; rechter Hand blickte man auf den Mond, den zwei Raketen umzischten.

Im zweiten Panel der Nummer 1 wird auf die Erde umgeblendet: »Am 2. Februar 2008 rast ein Turbowagen auf der schnurgeraden Straße durch die Wüste von Nevada. Nick, der Weltraumfahrer, hat seinen Freund Tom Brucks, einen bekannten Biologen, zu einer Wochenendfahrt eingeladen.«

Was der Freund noch nicht weiß, ist, dass Nick ihn kurz darauf einem gewissen Professor Raskin vorstellen wird, der im Auftrag der Weltforschungs-Zentrale WFZ einen Atom-Antrieb für den interstellaren Raketenflug entwickelt hat. Eine erste Reise soll zur Venus führen, wo man neue Uranvorkommen zu finden hofft, was dringend geboten scheint, da die irdischen Vorräte zur Neige gehen. Tom wird eingeladen, den Jungfernflug mitzumachen. Spontan sagt er zu. Am nächsten Tag – also am 3. Februar 2008 – geht es los. Man jagt mit 200.000 Kilometern pro Stunde auf die Venus zu.

Seit nunmehr fünfzig Jahren zieht Nick per Raumschiff seiner Wege, besucht benachbarte und ferne Planeten, ferne Galaxien und fremde Kosmen, begleitet von seinem treuen Freund, dem Biologen Tom Brucks, bald darauf auch von seiner aparten Reisegefährtin Jane Lee, einer Zoologin, und dem Marsianer Xutl, der als Cheftechniker bei Nick anheuert.

Von Februar 1958 bis September 1960 erschienen 139 der Streifenheftchen mit dem Titel »Nick, der Weltraumfahrer« im Lehning Verlag; von Januar 1959 bis Juli 1963 publizierte der Verlag 121 Großbände: »Nick, Pionier des Weltalls«. In den 1970er-Jahren druckten der Melzer Verlag und der Comic-Buch-Club CBC *Nick* nach. Seit 1982 bis zu seinem Ende durch den Verlagsgründer und Inhaber Norbert Hethke edierte der Hethke Verlag *Nick*, gab die alten Geschichten neu heraus und ließ neue von Wäscher, später auch von dem Comickünstler Michael Goetze produzieren.[3] Nick ist damit der bei weitem dienstälteste aller aus Deutschland in die Schwerelosigkeit der Literatur entsandten Raumfahrer.

Die Langlebigkeit seines Helden hat selbst Hansrudi Wäscher verwundert, zudem die Treue seiner Fans, die den Nick-Erfinder Wäscher gerne als »den Meister« titulieren. Die Danksagung seines Gesprächspartners Gerhard Förster in einem Interview – »Sie haben uns sehr viel geschenkt, Herr Wäscher« – kontert der Meister allerdings mit einiger Gelassenheit: »Ja, schon – aber ist es nicht auch so, dass viele Fans auf dem Nostalgietrip sind? Dieses Element scheint mir sehr stark. Wenn man es abkoppelt – was bleibt dann? ... Ich hatte da ein Erlebnis, das mich richtig traurig stimmte: Vor längerer Zeit besuchten mich zwei junge Leute, einer hatte ein *Nick*-Heftchen gezeichnet. Ich sagte: ›Ist ja sehr hübsch – aber es ist der *Nick*. Warum erfinden Sie nicht einen eigenen Weltraumhelden?‹« Und auf Försters Frage: »Wenn Sie gerade von Nostalgie sprechen: Kennen Sie selbst diese Gefühle Ihren früheren Arbeiten gegenüber nicht?«, antwortet Wäscher: »Nein. Ich machte es mir immer zum Prinzip und habe das bis heute durchgehalten: Was ich abgeliefert habe, ist weg!«[4] Wie weit auch immer Nick geflogen ist – ganz *weg*, vergangen und vergessen scheint er nie gewesen zu sein.

Wo aber kommt er her? Wo war sein Ausgangspunkt, was seine Ausgangssituation? Der Politologe, Soziologe und promovierte Literaturwissenschaftler Horst Schröder schreibt in seinem Buch »Bildwelten und Weltbilder. Science-Fiction-Comics in Deutschland, England und Frankreich« (die Hervorhebungen in den folgenden Zitaten stammen von mir, HK): »Es gab keine einheimische Abenteuer-Tradition, an die deutsche SF-Comics hätten anknüpfen können. Die in den Fünfzigerjahren beginnende Produktion von Abenteuer-Comics bezog ihre Impulse daher aus dem Ausland, merkwürdigerweise jedoch nicht aus den USA, sondern aus Italien. Dort hatte sich eine enorme und – in jeder Hinsicht – billige Comic-Heft-Produktion etabliert, u.a. in der Form von ›Piccolo-Heften‹, Streifenheftchen mit 32 schwarz-weißen Seiten. Diese Produkte wurden vor allem vom Lehning-Verlag importiert und später auch in eigener Produktion hergestellt.« Italienische Serien wie »Fulgor« oder »Raka« brachten es »trotz ihrer ausgesprochenen

Kümmerlichkeit auf immerhin 48 bzw. 45 Hefte ... Der erste Versuch, einen deutschen SF-Comic zu produzieren, wurde 1954/55 mit ›Titanus‹ unternommen (Zeichner: Helmut Nickel), ein **dürftiges Geschichtchen**.«[5]

Dann kam Hansrudi Wäscher: »Die Geschichten sind in der Regel monumental **dürftig** und zeichnerisch oft so **kümmerlich**, dass selbst eingefleischte Wäscher-Fans dies mit dem ständigen Termindruck des Meisters entschuldigen müssen.«[6] Ja, so kennen wir die Italiener – oder so kennt doch wenigstens Schröder diese transalpinen Dürftigkeitsproduzenten. Denn »vergleichbare Produkte aus den USA kompensieren ihre **dürftige** Handlung oft wenigstens bildmäßig«[7] – womit Schröder wahrscheinlich *durch Bilder* meint. Aber, wie bemerkt doch der Duden Band 8 – Richtiges und gutes Deutsch –: »Bildungen mit -mäßig (...) sind heute äußerst beliebt. Sie werden häufig gewählt oder neu geprägt, weil man auf diese Weise das, was man meint, nicht präzise zu formulieren braucht.«

Schröders Fazit: »Die Beliebtheit von Wäschers Serien ist kein Qualitätsargument, sondern macht deutlich, wie **kläglich** es um die bundesdeutschen Abenteuer-Comics bestellt war und um ein Publikum, das sich offensichtlich mit dem **billigsten** Schotter zufrieden gab und selbst heute noch **begierig** danach **lechzt**.«[8]

Er bedauert: »Selbst ideologiekritisch gibt *Nick* nichts her. Ein bisschen direkte Propaganda für Imperialismus und Neo-Kolonialismus, ein kleiner Seitenhieb gegen Kuba – das alles ist so **dumpfbieder** verzapft, dass es nicht lohnt, sich heute noch darüber zu entrüsten.«[9] Offenbar fand Schröder es ferner nicht lohnend, für seine Behauptungen irgendeinen Beleg beizubringen. Die Argumentation des wortgewaltigen Kritikers alles Kümmerlich-Dürftigen und Dunpf-bieder-kläglich-begierig-Lechzenden dieser Erde wird selten bis nie mit Belegen belastet; stattdessen wimmelt es von frei schwebenden Mutmaßungen und Unterstellungen, die in Klammern gesetzt durch den Text driften: »(möglicherweise hat Cummings SF-Klassiker ›The Girl in the Golden Atom‹ hier Pate gestanden)«, oder: »(Kubas Revolution unter Castro dürfte hier Modell gestanden haben)«.[10]

Merkwürdig eigentlich, dass ein studierter Politologe, Soziologe und Literaturwissenschaftler diese Situation *merkwürdig* finden kann.

Statt besserwisserisch den Kunst- und Kulturkritiker zu geben, hätte er ein wenig Quellenstudium betreiben und einen Blick in ein Historienbüchlein werfen sollen. Das hätte ihm manches erklärt, zum Beispiel die reale Situation, in der Wäschers Comic-Geschichten und die anderer populärer Künstler eben nicht kümmerten, sondern gediehen.

Nach dem verlorenen Krieg und der damit verbundenen umfassenden, kaum zu beziffernden Wertevernichtung waren weite Bevölkerungsteile verarmt. Schröder hätte nachlesen können, dass die Nazi-Bankrotteure und die ihnen zuarbeitenden Wirtschaftsvertreter – beispielsweise die Kartellführer, die von den Nazis oft einfach zu Regierungsräten ernannt worden waren – auch ohne Krieg den Staat und damit die Bevölkerung in den Ruin getrieben hätten. Für breitere und breiteste Schichten und zumal für die Kinder und Jugendlichen in diesen Schichten waren Mitte der Fünfzigerjahre die meisten schriftlichen Unterhaltungsprodukte schlicht unerschwinglich. Lehning und andere Verleger bedienten die Bedürfnisse dieser Kunden nach Produkten mit Niedrigstpreisen: Die Hefte in dem aus Italien importierten Piccolo-Format kosteten 20 Pfennig.

Der Lehning Verlag war im Jahr 1946 von Walter Lehning in Hannover gegründet worden – neu gegründet, denn der alte Lehning Verlag war 1937 von der NSDAP geschlossen worden.[11] Der Verlag publizierte Romane, Illustrierte und seit 1953 Comics. Lehnings Glück war, dass er mit Hansrudi Wäscher eine Art Genie der einfachsten Linie als Mitarbeiter gewonnen hatte.

Dieser Hansrudi Wäscher war am 5. April 1928 in St. Gallen geboren worden. Sein Vater, ein Friseurmeister, besaß einiges Zeichentalent. Als Hansrudi sieben Jahre alt war, zogen seine Eltern mit ihm nach Lugano in die italienische Schweiz, wo es keine deutsche Schule gab. Auf der neuen Schule lernte er italienische Comics kennen, und mit diesen Comics lernte er Italienisch. Seine Muttersprache war Schwyzerdütsch.

Hansrudi Wäscher litt an Morbus Perthes, einer Erkrankung des Knochengerüstes im Bereich der Gehgelenke der kindlichen Hüfte. Etwa zwei Jahre brachte er in den Hospitälern von Zürich und Mailand im Gipsbett zu. Die Qual dieses Langzeitlagers, die er, da Perthes damals als vererblich galt, möglicherweise auch über seine

Nachkommen zu verhängen fürchtete, bewog ihn später dazu, auf eigene Kinder zu verzichten.

Wäscher las viel: »Ich war damals immer auf der Suche nach Comics und ihren fantastischen Welten«, wie sie vor allem Wäschers Lieblingszeichner Alex Raymond in seinem *Flash Gordon* mit den Falken- und den Löwenmenschen vor Augen stellte.[12] Vieles blieb über die Zeiten Vorbild, zum Beispiel »der frühe ›Mandrake‹ von Phil Davis. Der ganz frühe ›Phantom‹ beeinflusste mich ebenfalls.«[13] Besonders Edgar Rice Burroughs und Emilio Salgari haben Wäscher inspiriert.

»Dagegen konnte ich mit Karl May schon als Kind nichts anfangen. Das kann man vielleicht nur verstehen, wenn man Salgari gelesen hat. Später habe ich übrigens in Italien ein Gespräch mit dem Verleger von Salgari, um die Rechte für den Lehning-Verlag zu gewinnen. Denn aus Salgari hätte man meiner Ansicht nach eine Menge für den deutschen Markt machen können.«[14]

Salgaris Figur ›Sandokan, der Tiger von Malaysia‹ ist ein Mann, der im 19. Jahrhundert als Letzter einer altehrwürdigen Herrscherfamilie gegen die Engländer kämpft, die seine Familie ermordet haben. Der edle Pirat ist später hierzulande tatsächlich über das Fernsehen populär geworden.

Was Science Fiction angeht, sagt Hansrudi Wäscher: »H.G. Wells hat mich geprägt, besonders seine Geschichte mit der Zeitmaschine und der Vision, dass die Entwicklung der Menschheit auch in der Katastrophe enden könnte. Auch mein Comic *Fenrir* hat ja diesen Grundtenor, dass die Kultur gescheitert ist. Wenn es so nicht enden soll, muss der Mensch selbst entscheiden können.«[15]

Xutl, Nicks Freund vom Mars, ist etwas wie ein mahnendes Beispiel. Die marsianische Kultur hat sich selbst zerstört; Xutl ist ihr letzter Überlebender. Dass ein Mensch sich mit einem Außerirdischen anfreundet, war in den Fünfzigerjahren durchaus ungewöhnlich, stellte man sich doch die Sozialbeziehung zwischen Mensch und Alien konfliktträchtig und mit fest verteilten Rollen vor: Die Aliens versuchten die Invasion, die Menschen wehrten sie ab.

Wäscher meint heute: »Wenn es im Weltraum wirklich andere, hoch entwickelte Lebensformen geben sollte, werden die doch wahrscheinlich auch andere Lebensgrundlagen haben, vielleicht auf Schwefelbasis leben. Ihr Lebensbereich und unserer würden sich gar nicht tangieren. Was für ein Comic natürlich eher langweilig ist.«[16]

Allerdings hat Wäscher in dieser Zeit nicht nur »enorm viel gelesen«, denn »ständig lesen durfte ich nicht, mittags sollte ich schlafen. Aber schlafen konnte ich nicht, so stellte ich mir mit geschlossenen Augen Geschichten vor. Jemand fuhr zum Beispiel mit einem Boot und daraus entwickelte sich etwas. (...) Zuvor hatte ich viele Freunde, die besuchten mich anfangs auch gern, aber mit der Zeit blieben sie weg – wie das so geht. Ich vereinsamte immer mehr und rutschte wahrscheinlich auch deswegen in die Fantasiegeschichten hinein.«

Im Jahr 1940 übersiedelten die Wäschers nach Hannover. Sein Vater, der, weil er keine Waffe anfassen wollte, nie die Schweizer Staatsangehörigkeit angenommen hatte, starb als Soldat bei der Schlacht um Berlin. Wäscher begann im Jahr 1944 eine Lehre als Plakatmaler und erhielt von einem Berufsschullehrer privaten Zeichenunterricht. Nach seiner Lehre studierte er sieben Semester an der Werkkunstschule von Hannover und schloss sein Studium als Gebrauchsgrafiker ab.

Seine ersten nennenswerten Arbeiten hatten denn zwar auch mit Verkehr zu tun, aber bei weitem noch nicht in interstellaren Dimensionen. Nachdem er eine betreffende Ausschreibung gewonnen hatte, fertigte Wäscher für die Stadt Hannover verkehrserzieherische Hefte an, in denen ein melonenbewehrtes Männchen namens Herr Boll allerlei verkehrstechnischen Unfug trieb und die Leser auf diese Weise davon abschrecken sollte, sich ähnlich lebensgefährlich zu verhalten.

Als Wäscher sich 1953 nach dem Krieg zum ersten Mal wieder in der Schweiz aufhielt, machte er einen Abstecher nach Mailand und entdeckte dort am Kiosk die Streifenheftchen. Zurück in Hannover, fand er dasselbe Format am deutschen Kiosk vor. Der Lehning Verlag vertrieb sie als »Piccolo«. Wäscher suchte mit einigen Arbeitsproben umgehend den Verlag auf und wurde ebenso umgehend als freier Mitarbeiter engagiert. Sein Auftrag: eine Ritterserie zu schaffen. Man einigte sich für den Helden auf den Namen »Sigurd« (ab 1953).

Nach »Sigurd« kam »Jörg«, der im Dreißigjährigen Krieg spielte (ab 1954), nach »Jörg« kam »Akim, Herr des Dschungels« (ab 1954), nach »Akim« kam »Gert«, der Seefahrer (ab 1955). Nach »Gert« kam »Nick«.

Bevorzugen mag Hansrudi Wäscher keinen seiner Helden, wie er mir in einem Telefonat sagte: »Ich bin allen meinen Helden gut gewogen, schließlich gleichen sie sich vom Charakter her sehr: Sie sind gerade, aufrecht und ruhig, aber sie grübeln auch darüber nach, ob das, was sie tun, richtig ist oder nicht.«[17]

Die Raumfahrerserie »Nick« zu nennen war laut Wäscher »ein phonetischer Gag«[18]: »Wie üblich hielt ich mich an einem Montag im Verlag auf, um mein Wochenpensum abzuliefern. Unmittelbar zuvor hatte der Sputnikstart Aufsehen erregt. Herr Lehning stürzte gleich auf mich zu mit den Worten: ›Haben Sie das mit dem Sputnik gehört? Wir müssen unbedingt eine Weltraumserie machen! Bitte bringen Sie nächsten Montag das erste Heft mit!‹ Zunächst war ich gar nicht sehr erbaut. Schließlich brauchte ich Zeit für die Vorbereitung. Aber alle meine Bedenken und Einwände wurden von Herrn Lehning beiseite gefegt. ›Nein, nein, nächsten Montag muss es losgehen. Alles Technische ist bereits klar.‹ Laut überlegte ich: ›Sputnik, Sputnik? Also gut, ich liefere Ihnen eine Serie *Nick*!‹ Frage Orban: ›Dieser Name kommt von Sputnik?‹ Ich: ›Richtig.‹ Damit war *Nick* geboren, eine Serie, die mir dann unheimlich viel Spaß gemacht hat.« Auf Anfrage junger Leser, wie Nick denn mit Nachnamen heiße, wurde ihnen brieflich mitgeteilt: »Nick Steel (Stahl)«[19]. In den ursprünglichen Heften selbst wurde der Nachname nie erwähnt.

350 DM erhielt Wäscher für ein Piccolo-Heftchen, komplett mit Text und Cover. Da er zunächst nicht selbst textete, musste er davon den Szenaristen und den Letterer bezahlen, außerdem den Abradierer. Für ein Großbandheft erhielt er inklusive Cover 900 DM.

Manchmal und wenn die Zeit drängte, wurde ein komplettes Heft an einem einzigen Tag hergestellt. Auch sonst spiegelten sich die Produktionsbedingungen aufs Schönste in den Heften wider: Bei Lehning war »alles der Technik untergeordnet – möglichst schnell, möglichst billig. Es störte mich z.B., dass meine Burgen ständig rosa eingefärbt wurden. (Anm.: im späteren Verlauf der *Sigurd*-Großbandserie). Daraufhin bekam ich die Antwort, dass ein Überschuss an Rot verbraucht werden müsste. Diese Farbe hatten sie wohl aus irgendeinem Nachlass erstanden.«[20]

Zu Lehning hatte Wäscher ein durchaus zwiespältiges Verhältnis – nicht nur in finanzieller Hinsicht. Immer wieder wurde neu um die Honorare gefeilscht. Wäscher: »Ich empfand ihn eher als einen Menschen mit ausgeprägten autoritären Zügen. Sein Führungsstil schien mir auf jeden Fall mehr autoritär, also bestimmend, anordnend, Befehle erteilend. Mit Kritik und eigenen Initiativen drang man kaum zu ihm durch ... Mein persönlicher Eindruck: Durch seine stark autoritäre Art verlor der Verleger selber zunehmend den Kontakt zu seinen Angestellten. Es gab zwischen ihm und denen, die seine Anordnungen ausführten, wohl schon immer wenig Kommunikation, aber schließlich offenbar überhaupt keine mehr.«[21] Aber trotz »aller Negativerfahrungen, die ich in diesem Verlag machte, hat Herr Lehning selber mich auch immer wieder fasziniert. Es gefiel mir zum Beispiel, dass er militärische Comics, für die damals möglicherweise ein Markt gewesen wäre, strikt ablehnte.«[22]

Was sich in den schwarzweißen oder bunt gefärbten Heften tat, war vielen selbstberufenen Kulturbewahrern suspekt. Der Comicforscher Andreas C. Knigge berichtet: »Schon 1949 hatte der Ausschuss für Fragen der Jugendfürsorge unter Vorsitz von Franz Josef Strauß eine gesetzliche Regelung gefordert, am 14. Juli 1953 schließlich trat das Gesetz über die Verbreitung jugendgefährdender Schriften (GjS) in Kraft ... Zur Durchführung des Gesetzes wurde 1954 die Bundesprüfstelle für jugendgefährdende Schriften in Bonn eingerichtet. Von Beginn an hatte die BPS vor allem Comics im Visier, speziell die Verlage Lehning und Semrau.«[23]

Strauß hatte sich damals bekanntlich für alles Jugendfürsorgliche und für die geistige Führung überhaupt empfohlen, war er anno 1943 doch als Oberstleutnant der Wehrmacht zum »Offizier für wehrgeistige Führung« und nach der Umgestaltung dieser Funktion zum »Nationalsozialistischen Führungsoffizier« (NSFO) ernannt worden. Wohl um das nach kläglich-kümmerlich-dürftigem Billigschotter gierig lechzende Publikum auf neue geistige Höhen zu führen und für anderes denn für Comics zu erwärmen, brannten in Deutschland wieder einmal Bücher. 1955 wurde Strauß übrigens das Amt des Bundesministers für Atomfragen übertragen – das betreffende Ministerium war ein Vorläufer des heutigen Bundesministeriums für Bildung und Forschung.

Um den Einsprüchen der Bundesprüfstelle zuvorzukommen, richteten die Comicverlage 1955 eine Freiwillig Selbstkontrolle für Serienbilder ein. Die Prüfstelle beanstandete beispielsweise, dass Dschungelheld Akim sein Haar zu lang trug und forderte dessen Rasur; ein anderes Mal beklagte man die Darstellung eines Menschenaffen: »Bei *Akim* tauchte mal ein weißer Affe auf, der fast menschliches Verhalten zeigte. Er stellte sich Waffen her, nahm den Eingeborenen die Giftpfeile weg, usw. ... Er war der Selbstkontrolle zu hoch entwickelt, ich wurde gebeten, die Geschichte abzubrechen.«[24]

Insgesamt aber konnte Hansrudi Wäscher mit der Arbeit der Kontrolleure zufrieden sein: »Im Grunde habe ich es dieser Prüfstelle zu verdanken, dass ich meine Geschichten verzwickter aufbaute.« Zu einer *Nick*-Ausgabe – *Nick* Piccolo Nr. 80, »Unendliches All« – schrieb man seitens der Freiwilligen Selbstkontrolle für Serienbilder: »Die Prüfer möchten zum Ausdruck bringen, dass das vorliegende Heft eigentlich als Musterbeispiel eines Bildserienheftes bezeichnet werden kann, gegen dessen Gestaltung nicht nur nichts einzuwenden ist, sondern das man getrost als ordentliche Unterhaltungslektüre bezeichnen kann.«[25]

Man ließ Nick weitgehend in Ruhe seiner Wege fliegen, was ein wenig überrascht, hatte sein Namenspatron doch eher für Unruhe gesorgt. Der Sputnik-Satellit war eine 58 Zentimeter große und 84 Kilogramm schwere, mit Stickstoff gefüllte Aluminiumkugel mit vier Antennen. Er funkte am 4. Oktober zum ersten Mal und dann alle 0,4 Sekunden sein einfaches Signal in die lauschende Welt. Mit 18.000 Kilometern pro Stunde umkreiste er die Erde. Am 4. Januar 1958 verglühte er nach 1400 Erdumrundungen beim Wiedereintritt in die Atmosphäre. Die sowjetische Weltraumtechnologie versetzte den Westen in Angst und Schrecken. Jedem war klar, dass Raketentechnologie und nukleare Waffen alsbald kombiniert werden würden.

Genau diese Verbindung stellt auch Hansrudi Wäscher ja in seinem ersten Comic her, der den atomaren Holocaust von London als Anlass für eine globale Besinnung setzt. Die Prognose einer nuklearen Katastrophe, mit der Hansrudi Wäscher im Jahr 1958 die Nick-Serie einleitete, war so falsch übrigens nicht. Bekanntlich ist zehn Jahre später, am 21. Januar 1968, ein befrachteter Atombomber vom Typ B 52 in der Nähe der grönländischen US-Basis Thule in den Atlantik gestürzt.

Wäscher redete allerdings keinem Katastrophismus das Wort, sondern stellte Nick eher in eine nahezu aufklärerische Tradition. Seine Weggefährten sind Wissenschaftler wie Tom Brucks und Jane Lee oder Techniker wie Professor Raskin und der Marsianer Xutl, denn, so Wäscher: »Ich möchte spannende Geschichten erzählen, mich aber dabei in einem humanistischen Gebäude bewegen ... Meine Helden (sind) so, wie man im Idealfall durchs Leben gehen könnte«[26]: tatkräftig, entschlossen, aber nie in höherem Auftrag unterwegs als dem ihrer Vernunft. Wäscher: »Wer seinen Verstand zusammennimmt und ein bisschen nachdenkt, für den ist das bereits das Ende jeder Religiosität im Hinblick auf einen Gott. Ich finde es schön, wenn diese Vorstellungen jemandem helfen, sein Leben zu bewältigen – aber für mich sind sie eher hinderlich ... An ein Leben nach dem Tod glaube ich auch nicht. Ich denke, in dieser Idee steckt viel Größenwahn, den ich mir nicht anmaßen will ... Außerdem beobachte ich an religiösen Menschen immer wieder, dass sie dazu neigen, die Verantwortung abzulegen.«[27]

Nick kam wahrlich viel herum: Venus, Mars und Mond sind seine ersten Stationen. Mit einem neuen und überlichtschnellen Raumschiff verlässt er ab Heft 79 das Sonnensystem und dringt zu ferneren und fremderen Welten vor, die – Glück gehabt – alle über reine Atmosphäre mit Atemluft verfügen und von überraschend menschenähnlichen Lebewesen bevölkert sind. In der anschließenden *Nick*-Großbandreihe, die 1959 auf den Markt kam und 121 Hefte lang bis zum Jahr 1963 lief, stößt Nick via Dimensionenspirale auch in fremde Dimensionen vor, kämpft gegen fremde Invasoren und entdeckt ein gigantisches Raumschiff, in dem Riesen schlafen.

Andreas C. Knigge über den Absturz von *Nick* auf dem Comic-Markt: »Anfang 1963 versuchte der Lehning-Verlag, die *Nick*-Hefte dahingehend zu modernisieren, dass er der Serie den Untertitel ›Weltraum-Magazin‹ gab und Roman- und Informationsseiten integrierte. Diese Umstellung überlebte die Serie allerdings nur um zehn Hefte. Mit Heft 121 wurde *Nick*, nachdem er die Erde ein letztes Mal vor fremden Invasoren gerettet hatte, eingestellt. Wie

Begegnung auf der Venus – Unterwasserpriester und ihr religiös definiertes Weltbild. Professor Raskin: »Ich kann verstehen, dass ihr dieses Weltbild habt, Hoher Rat, weil ihr keine Möglichkeit kennt, euer Element zu verlassen.«

schnell die Auflage gesunken sein muss, was den Verlag von heute auf morgen zu einer Einstellung bewogen hat, ist daraus zu ersehen, dass die letzten drei Seiten des Heftes 121 von Wäscher nochmals gezeichnet wurden, um der Serie ein provisorisches Ende zu geben.«[28]

Möglicherweise konvertierten viele ehemalige Comic-Leser auch zu der Science-Fiction-Heftromankonkurrenz, die seit 1961 in Gestalt der Weltraumserie *Perry Rhodan* auf den Markt drängte.

Wie auch immer: Vermutlich haben die wenigsten Leser *Nick* wegen des Variantenreichtums seiner Zeichnungen gekauft, der Brillanz seiner Farben, der Eloquenz seiner Figuren oder der Tiefgründigkeit seiner Gesellschaftsanalyse. Denn wem fallen nicht spontan etliche Künstler und Kritiker ein, die es in diesen Disziplinen weiter gebracht haben als Hansrudi Wäscher. *Nick* ist so etwas wie das Science-Fiction-Fastfood seiner Zeit, und in seiner ökonomischen Verfügbarkeit viel demokratischer als künstlerisch womöglich wertvollere, aber auch kostspieligere Buchangebote.

Nicks Abenteuer – wie »Im Pilzwald verirrt«, »Raumfestung Phobos«, »Im Irrgarten der Zukunft«, »Die Farm auf dem Meeresgrund«, »Jagd durch das All«, »Reise in den Mikrokosmos«, »Das neue Universum«, »Im Irrgarten des Todes«, »Teleportation ins Ungewisse« – haben das Leben unzähliger jugendlicher Leser wenn schon nicht geprägt, so doch bunter und abenteuerlicher gestaltet, als es nach Maßgabe der ökonomischen Rahmenbedingungen zu erwarten

»Hansrudi Wäscher: »Sehr beeindruckt hat mich Crompton mit seinem Buch über Spinnen. Ich mag Spinnen.«

© Hansrudi Wäscher/becker-illustrators

gewesen wäre. Wie sonst sollte man den Erfolg des Norbert Hethke Verlages erklären, der im Jahr 1982 mit dem Nachdruck der Nick-Großbände und 1983 mit dem Nachdruck der Nick-Piccolohefte begann und schließlich sogar neue Nick-Abenteuer in Auftrag gab?

In diesen neuen Abenteuern wirkt Nick durchaus modernisiert: Da schlagen Pläne schon mal fehl, da redet Nick so politisch korrekt, als käme er frisch aus einem Weltraumentwicklungsministeriumsseminar für Astronautische Führungskräfte. Nick zu Marsianer Xutl: »Damals sah man vieles anders. Denk nur an die unzähligen Filme und Videos über gräuliche Invasoren aus dem All. In Wirklichkeit ist es gerade umgekehrt: Die Weltraumbehörde hatte und hat alle Hände voll damit zu tun, irdische Eroberer daran zu hindern, fremde Planeten rücksichtslos auszubeuten.«[29]

Schön gesagt.

Aber wäre folgende Szene nicht noch schöner gewesen? Wir sehen Xutl, den Marsianer, auf der Couch; er fischt ein paar Chips aus der Tüte und guckt fern. Eintritt Nick. Nick fragt: »Was schaust du denn da, Xutl?« Xutl: »Ach, so ein altes Video, wo gräuliche Invasoren aus dem All die Erde bedrohen.« Nick setzt sich und bedient sich aus der Tüte, die Xutl ihm hinhält. Schwenk auf den Bildschirm. Wir sehen Nick und seinen Freund Tom, verirrt im Pilzwald. Nick hebt die Strahlenpistole, denn eine Riesenspinne krabbelt auf die beiden zu.

Warum eine Riesenspinne? Auf die Frage, welche Bücher ihn geprägt haben, antwortete Hansrudi Wäscher: »Sehr beeindruckt hat mich Crompton mit seinem Buch über Spinnen. Ich mag Spinnen.«[30]

Also dann, Raumpionier Nick: Wehren Sie sich Ihrer Haut – Feuer frei!

PS: Kurz nach dem Tod von Norbert Hethke im April 2007 stellte auch der Hethke Verlag den Betrieb ein. *Die Sprechblase*, Hethkes Comic-Magazin und Wäschers Publikationsplattform für neue Arbeiten, soll von Gerhard Förster übernommen werden. Wäschers Agent Hartmut Becker: »Hansrudi Wäscher hat nach dem Tode seines Verlegers zunächst alle fremdgezeichneten Weiterführungen gestoppt. Im Fall *Sigurd*, der Figur, die noch die größte Authentizität der ursprünglichen Fassung hatte, werden die Geschichten nun in seinem Sinne fortgesetzt.«

Ob es noch einmal Neues von Nick geben wird? Wahrscheinlich nicht, sagt Hansrudi Wäscher: »Ich möchte nicht, dass *Nick* weitergeht, und ich bin schon seit einiger Zeit nicht mehr mit der Entwicklung der Figuren einverstanden. Die Atmosphäre, die Dialoge – es ist nicht mehr der wahre Nick. Ich denke, die Neuerungen durch die anderen Autoren passen einfach nicht mehr in das Denkschema von damals, das die Figur ausgemacht hat. Mit den Comics habe ich abgeschlossen. Was ich heute mache, das sind große Doppelseiten mit den alten Figuren. Ich zeichne und koloriere sie selbst. Ich denke, das wird etwas sein wie mein Nachlass.«[31]

Nehmen wir also an, dass Nick Steel auf der Erde gelandet ist, und warum nicht in Bad Krozingen, dass er dort vielleicht ein wenig algebraische Analysis, ebene und sphärische Trigonometrie treibt, sich vom Wasser aus den warmen Heilquellen des Ortes erquicken lässt und hin und wieder in den alten Streifenheftchen blättert, den Dokumenten seiner abenteuerlichen Zeit zwischen den Sternen.

ANMERKUNGEN

[1] Hansrudi Wäscher liebt eigener Aussage nach »klare, durchsichtige Farben«. Vgl. Hansrudi Wäscher im Gespräch mit Gerhard Förster am 21.4.1985, zitiert nach: Zu Gast bei Hansrudi Wäscher. Ein Interview für Fortgeschrittene. In: Gerhard Förster: Das große Hansrudi Wäscher Buch. Norbert Hethke Verlag, Schönau 1987, S. 8.
[2] A.a.O., S. 9.
[3] Goetze antwortete am 8.4.2008 per E-Mail auf meine Fragen: »ich habe keine einzige episode selbst verfasst. die handlung wurde von herrn hethke entwickelt nach vorgaben von herrn wäscher. meine lieblingsserie war akim. heute ist nick für mich pure nostalgie.«
[4] Interview mit Förster. A.a.O., S. 19.
[5] Horst Schröder: Bildwelten und Weltbilder. Science-Fiction-Comics in den USA, in Deutschland, England und Frankreich. Carlsen Verlag, Hamburg 1982, S. 83.
[6] A.a.O., S. 84.
[7] A.a.O., S. 85.
[8] A.a.O., S. 87.
[9] A.a.O., S. 85.
[10] A.a.O., S. 84f.
[11] Andreas C. Knigge: Fortsetzung folgt. ComicKultur in Deutschland. Ullstein Verlag, FaM/Berlin 1986, S. 136.
[12] Gespräch mit Förster. A.a.O., S. 14.
[13] Gespräch mit Förster. A.a.O., S. 15.
[14] Gespräch mit Orban, der vor Norbert Hethke Inhaber der Nachdruckrechte für die Wäscher-Serien war. Das Gespräch fand am 26.9.1977 statt und wird hier zitiert nach: Gerhard Förster: Das große Hansrudi Wäscher Buch. A.a.O., S. 85.
[15] Telefonat mit Hansrudi Wäscher am 12.4.2008.
[16] Telefonat mit Hansrudi Wäscher am 12.4.2008.
[17] Telefonat mit Hansrudi Wäscher am 12.4.2008.
[18] Hansrudi Wäscher im Gespräch mit Peter Orban. A.a.O., S. 87.
[19] A.a.O., S. 85.
[20] Gespräch mit Förster. A.a.O., S. 11.
[21] Gespräch mit Orban. A.a.O., S. 89 und 87.
[22] Gespräch mit Orban. A.a.O., S. 89.

[23] Andreas C. Knigge: Alles über Comics. Eine Entdeckungsreise von den Höhlenbildern bis zum Manga. Europa Verlag, Hamburg 2005, S. 42 f.
[24] Interview mit Förster. A. a. O., S. 17.
[25] Zitiert nach: Interview mit Förster. A. a. O., S. 21.
[26] Gespräch mit Förster. A. a. O., S. 16.
[27] Gespräch mit Förster. A. a. O., S. 18.
[28] Andreas C. Knigge. A. a. O., S. 152.
[29] Hansrudi Wäscher: Nick – Kraftfelder des Bösen. Norbert Hethke Verlag, Schönau 1986, o. p., S. 14.
[30] Gespräch mit Orban. A. a. O., S. 85.
[31] Telefonat am 12. 4. 2008.

Copyright © 2008 by Hartmut Kasper

COMPUTER

Science Fiction Interactive

Computerspiele 2007

von Gerd Frey

COMPUTERSPIELE UND SUCHT: FLUCHT INS VIRTUELLE

Ein heißgeliebter Aufmacher der Presse ist seit vielen Jahren das Thema Gewalt und Computerspiele. Bei jedem von Jugendlichen scheinbar unmotiviert begangenen Gewaltverbrechen mit einer Handfeuerwaffe wird fast schon automatisch auf gewaltverherrlichende Computerspiele verwiesen, mit denen sich diese Jugendlichen in ihrer Freizeit beschäftigten. Dabei hat wohl der größte Teil der männlichen Jugendlichen schon mal einen sogenannten 3D-Shooter (ein Computerspiel, in dem man meist mit dem Einsatz einer Schusswaffe das vorgegebene Spielziel erreichen muss) gespielt. Nach dieser Logik müsste es in unserem Land vor Amokschützen nur so wimmeln. Die Gründe für einen solchen Amoklauf sind jedoch wesentlich komplexer und haben ihre Ursachen oft in gesellschaftlicher/sozialer Ausgrenzung. Hinzu kommt, dass der Anteil an gewaltverherrlichenden Computerspielen, verglichen mit dem Gesamtangebot, heute noch vergleichsweise gering ist (obwohl sich hier durchaus Änderungen abzeichnen).

Ein viel größeres und tiefergehendes Problem bei Computerspielen ist dagegen das Suchtpotenzial. Nach einer Studie der Charité weist etwa jeder zehnte Computerspieler suchttypische Verhaltensmuster auf. Besonders problematisch: Trotz typischer

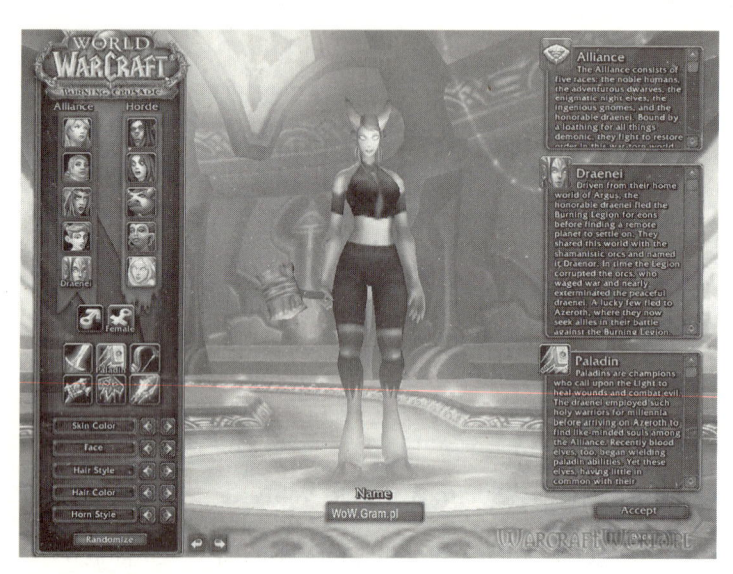

World of Warcraft

Suchtsymptome wie unstillbares Verlangen, Entzugssymptomen, Vernachlässigung anderer Interessen, Kontrollverlust oder körperliche Vernachlässigung usw. wird Computerspielsucht von der Öffentlichkeit kaum registriert. Da – anders als beim Glücksspiel und stofflichen Süchten wie Alkohol und Heroin – nicht unbedingt ein direktes finanzielles Ausbluten zu den Suchtmerkmalen zählt (wobei ein zeitbezogener Kontrollverlust auch den Verlust des Arbeitsplatzes zur Folge haben kann) und sich auch die körperliche Vernachlässigung in Grenzen hält, bleibt Computerspielsucht lange Zeit unbemerkt oder wird von Außenstehenden nur als schrullige Marotte ohne größeres Gefährdungspotenzial wahrgenommen. Im momentanen Entwicklungsstand der Forschung fehlen allgemeingültige Kriterien, die es erlauben, eindeutig zwischen begeistertem und süchtigem Spielverhalten zu unterscheiden.

Das höchste Gefährdungspotenzial in Bezug auf Spielsucht haben unter den Computerspielen Online-Rollenspiele wie *World of Warcraft* oder *Guild Wars*. Diese Spiele ermöglichen es – unabhängig vom realen Leben –, in die Haut eines virtuellen Avatars zu schlüpfen und über diese Stellvertreterpersönlichkeit Dinge ausleben zu können, die dem jeweiligen Spieler im wirklichen Leben verwehrt bleiben. Unter diesen Gegebenheiten kommt das – die nichtstofflichen Süchte bestimmende – Belohnungssystem ins Spiel. Ironischerweise funktionieren alle Online-Rollenspiele über ein vielschichtiges Belohnungssystem, um die Spieler möglichst lange Zeit an ein solches System zu binden. Indem man sich bei den meisten Online-Rollenspielen die Teilnahme über einen monatlich zu begleichenden Mitgliedsbeitrag erkaufen muss, schaffen die Entwickler dieser Spiele hocheffektive Bindungsmechanismen, die aber bei suchtgefährdeten Spielern verheerende Auswirkungen haben können.

In dem faszinierendem Spieluniversum von *World of Warcraft* gibt es eigentlich keine Verlierer. Unabhängig davon, wie gut der

Kwari

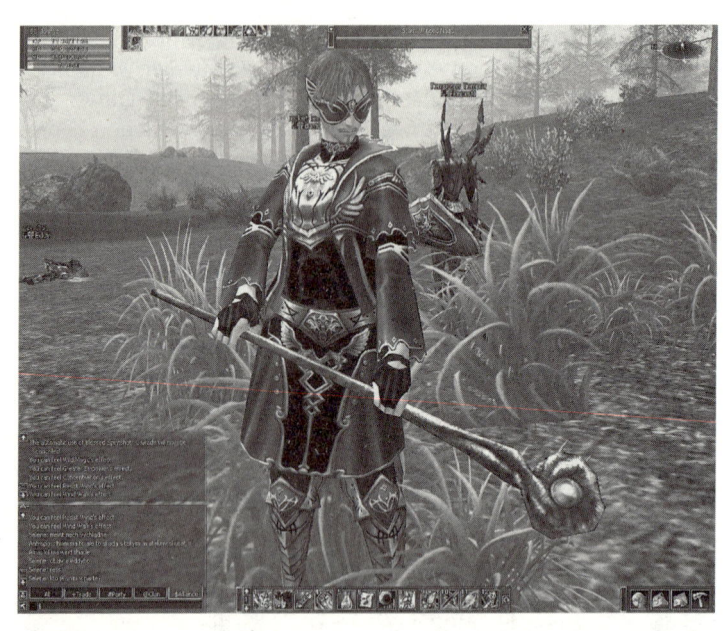

Lineage II

Spieler ist, sein Avatar entwickelt sich trotzdem weiter. Jeder, der Lust darauf hat und eine Gruppe Interessierter um sich schart, kann eine Gilde gründen und Gildenmeister werden. Bei jedem Levelaufstieg erwirbt z.B. der Hexenmeister mächtigere Zaubersprüche oder kann wirkungsvollere Gegenstände tragen und benutzen. Gerade Jugendliche, die sich in der Entwicklungsphase der Persönlichkeitsbildung befinden und sich mit den Problemen und Konflikten des Erwachsenwerdens konfrontiert sehen, sind empfänglich für diese Belohnungsmechanismen.

Inzwischen gibt es auch Online-Computerspiele auf dem Markt wie zum Beispiel den 3D-Shooter *Kwari*, in denen man (wie beim Glücksspiel) durch das Besiegen von Gegnern oder das Gewinnen einer Partie einen entsprechenden Gewinneinsatz zugeschrieben bekommt. Der Spielehersteller verdient dabei durch den Verkauf von virtueller Munition. Das Spiel selbst gibt's als kostenlosen

Download im Netz. Hier kann bei Menschen mit Suchtaffinität eine Vertiefung ihrer Abhängigkeit (Verknüpfung von Glücksspiel und Computerspiel) entstehen.

Südkorea zählt zu den Ländern mit der prozentual höchsten Anzahl an aktiven Computerspielern und ermöglicht einen zum Teil drastischen Ausblick darauf, welchen Einfluss virtuelle Medien auf die Gesellschaft ausüben können. So gibt es in Südkorea die Möglichkeit, für Online-Rollenspiele wie *Lineage* mit nur virtuell existierenden Items wie magischen Schwertern oder Rüstungselementen Handel zu treiben – und dies für reales Geld. *Itembay* ist eine der wichtigsten Websites für diesen Markt.

Südkorea ist jedoch auch das Land mit dem ersten Todesopfer durch Computerspielabhängigkeit. Der Tote wurde in einem sogenannten »PC-Bang« (einem der über 25.000 öffentlichen Computerspielzimmer im Land) aufgefunden. Das Opfer war an Dehydrierung und Erschöpfung verstorben. Die Spieler verlieren jede Kontrolle über ihr Spielverhalten und bringen bis zu 90 Stunden ohne nennenswerte Unterbrechung mit ihrem Lieblingsgame zu. Inzwischen sind weitere Todesfälle bekannt geworden.

Es wird wohl kein Zurück mehr aus dieser Entwicklung geben. Computerspiele und in immer stärkerem Maße Onlinespiele werden das Medienverhalten von Kindern, Jugendlichen und auch immer mehr Erwachsenen bestimmen.

Neben den möglichen negativen Effekten, die der Konsum von Computerspielen mit sich bringt, kann beispielsweise ein Online-Rollenspiel auch zur Sozialisation des Spielers beitragen. Die Spieler können intensiv innerhalb eines abgeschirmten virtuellen Raums untereinander kommunizieren, und ein komplexes Gildensystem (wie in *World of Warcraft*) kann zur Festigung sozialer Werte und dem Aufbau von Teamfähigkeiten beitragen. Jugendliche können somit lernen, sich innerhalb dieser sozialen Gruppen zu behaupten, vielleicht sogar eine Art verbindliches Sozialverhalten zu erlangen – schließlich kommen sie mit völlig unterschiedlichen Menschen in Kontakt, die sie in ihrem normalen Lebensumfeld nie kennenlernen würden.

Aufgabe der Medien sollte es sein, mit mehr Sachlichkeit über das Medienphänomen Computerspiele zu berichten. Glücklicherweise beginnt sich da eine Wende abzuzeichnen. Computerspiele zu verteufeln oder Verbote auszusprechen hilft genauso wenig weiter wie einfach wegzuschauen oder die völlig kritiklose Rezeption dieses Themas.

QUELLEN

Anne Schneppen: Die Krieger des Internets, *FAZ.NET* / 30.3.2007
Sabine Grüsser: Abhängig vom eigenen Verhalten, *Das Parlament* Nr. 03 / 17.01.2005
Sabine Grüsser: Jeder 10. Computerspieler erfüllt Abhängigkeitskriterien, *Charité Intranet*, Presse, 2005, November
EA-Studien Band 1–4 (2005, 2006, 2006, 2006), Electronic Arts Deutschland

SPACE OPERA:

Space Empires V (dtp, 2007)

Rundenstrategie

Space Empires V ist ein nach altem Strickmuster designtes Weltraum-Strategie-Spiel und orientiert sich dabei am großen Klassiker *Master of Orion*. Steuert man bei anderen Strategiespielen diverse Einheiten über detailliert gestaltete Landschaftsareale und lässt diese gegen feindliche Stellungen anstürmen, erfüllt man bei *Space Empires V* eher Verwaltungs- und Managementaufgaben. Hierbei hat man weitreichende Einflussmöglichkeiten und kann entscheiden, welche Forschungen betrieben werden sollen, ob man in diplomatischen Kontakt mit anderen Zivilisationen tritt, Handelsbeziehungen eingeht und wie man seine militärische Streitmacht entwickelt. Das Erobern fremder Sternensysteme gerät so zwar zur ungemein komplexen, aber grafisch auch recht tristen Angelegenheit. Obwohl die Anzeigen recht farbenfroh gestaltet sind, kann man sich bisweilen des Gefühls nicht erwehren, sich innerhalb einer Office-Anwendung wie Excel zu befinden. Auch der Spielablauf ist zu wenig intuitiv angelegt und lässt den Spieler bisweilen ratlos vor einigen Eingabefenstern sitzen.

Space Empires V

Spieler, die sich eher von trockenen Managementaufgaben fesseln lassen und ihre Erfolge am liebsten als Zahlenergebnisse präsentiert bekommen, dürften mit *Space Empires V* lange Zeit Freude haben.

Systemvoraussetzungen: Pentium 3 500, 128 MB, Win98SE+
Spielspaß: 80%
Grafische Präsentation: 80%
Geeignet für: Einsteiger

ZUKUNFTSWELTEN UND PLANETENABENTEUER:

Blacksite (Midway, 2007)

3D-Shooter

Die Geschichte von *Blacksite* beginnt im Irak. Ein Trupp amerikanischer Soldaten sucht nach versteckten Massenvernichtungswaffen. Doch statt Massenvernichtungswaffen aufzuspüren, entdecken die Soldaten ein seltsames Labor, in dem ein unheimliches Artefakt inmitten der Luft schwebt. Als ein Soldat das Artefakt fotografiert, schein es darauf zu reagieren. Das Unheil nimmt seinen Lauf ...

Blacksite ist ein grafisch relativ aufwändig gestalteter 3D-Shooter, der auf Grundlage der *Unreal Tournament 3*-Engine programmiert wurde. Der Spieler ist dabei meist Teil eines Einsatzteams und kann einfache Anweisungen (z.B. zum Sprengen von Türen oder Hacken von Computern) an seine Kameraden zu übermitteln. Die eigentlichen Höhepunkte in *Blacksite* sind die Kämpfe gegen riesige außerirdische Kreaturen, die in dieser Qualität bisher in keinem anderen Spiel zu sehen waren. Hier fühlt man sich durchaus an SF-Action-Filme wie *Man in Black* erinnert. Besonders eindrucksvoll ist der finale Kampf um das Gebiet der geheimen Forschungsanlage Area 51.

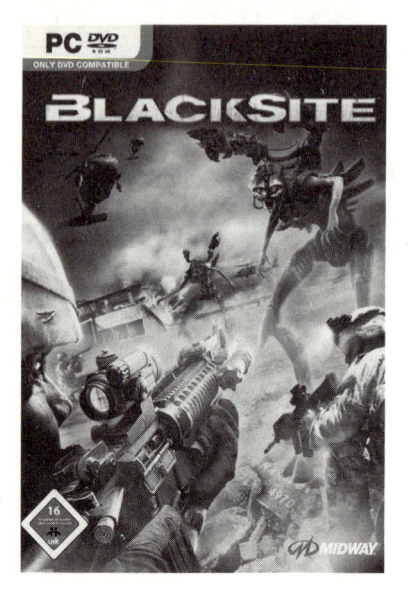

Leider hinterlässt *Blacksite* auch den Eindruck eines vorschnell auf den Markt geworfenen Produktes. Das Spiel wurde leistungstechnisch nur unzureichend optimiert und leidet unter diversen unschönen Bugs. So wirken die Animationen der Spielfiguren oft seltsam zitternd und auch das integrierte Moralsystem ist eher kontraproduktiv. Das System bestraft gerade schwächere Spieler, weil sich die Teamkollegen in Notsituationen eher defensiv verhalten und zurückziehen. Ist der Spieler dagegen ein guter Schütze, stehen ihm die Mitstreiter hilfreich zur Seite und nehmen damit diesem Spieler die eigentliche Herausforderung. Auch verkommen einige Sequenzen des Spiels zu stupiden Ballerabschnitten, in denen sich die Gegner auch nicht allzu intelligent verhalten. Wer gerne einmal in etwas zu unscharfer, aber durchaus realistischer Spielumgebung riesigen Monster-Aliens gegenübertreten möchte, dürfte bei *Blacksite* (auch des Schauwertes wegen) genau richtig liegen.

Systemvoraussetzungen: Pentium 4 2500, 2000 MB, WinXP+
Spielspaß: 80%
Grafische Präsentation: 90%
Geeignet für: Gelegenheitsspieler

Crysis (Elektronic Arts, 2007)
3D-Shooter

In dem grandios designten Science-Fiction-Abenteuer *Crysis* findet im Jahr 2019 eine Gruppe amerikanischer Archäologen auf einer Inselkette Nordkoreas ein außerirdisches Artefakt. Die Koreaner reagieren sofort und riegeln die gesamte Inselkette ab. Gleichzeitig entsenden die Amerikaner eine Eliteeinheit in das Gebiet. Während die amerikanischen Soldaten die Lage in Augenschein nehmen, geschieht das Unfassbare: Die Soldaten treffen auf ein gigantisches, zwei Kilometer langes Raumschiff. Kurz darauf wird von dem fremden Schiff eine Energiekuppel aktiviert, die den größten Teil der Inselkette umschließt und sämtliches Leben unter Schockeis erstarren lässt. Die Eroberung der Erde hat begonnen.

Zähneknirschend beschließen Nordkorea und die Amerikaner, gemeinsam gegen den unheimlichen Feind vorzugehen. Ein fast hoffnungsloser Kampf führt die Soldaten durch grüne Dschungel-

Crysis

gebiete, bizarr gefrorene Landschaften bis zum riesigen Raumschiff der Aliens, in dem man sich in Schwerelosigkeit gegen unheimliche Alienkreaturen und deren Maschinen zur Wehr setzen muss.

Crysis kann sich wohl als das grafisch eindrucksvollste 3D-Game auf dem derzeitigen Spielemarkt bezeichnen, ist aber mit hochgestellten Qualitätseinstellungen nur von High-End-PCs ruckelfrei spielbar. Optisch bekommt man dafür extrem realistische Spielumgebungen geboten. Dies betrifft vor allem die Dschungelareale. Bewegen sich die Spielfiguren durch die dicht bewachsenen Wälder, verdrängen sie Äste und Blätter und auch der Boden wirkt durch hoch aufgelöste und plastische Texturen so wirklichkeitsnah wie in bisher keinem anderen Spiel. Das gleiche gilt für die Lichtberechnung und die Darstellung von Wasser. Gerade in Augenblicken, in denen die Sonne durch das bewegte Dschungeldach bricht, ist dies von einer realistischen Szene kaum zu unterscheiden. Bewiesen die Entwickler schon mit dem eindrucksvollen *Far Cry* (2004), dass sie zauberhafte tropische Insellandschaften erschaffen können, wirkt das riesige Inselareal in *Crysis* noch authentischer und glaubhafter.

Abstriche muss man jedoch bei der recht einfallslosen Hintergrundgeschichte und den teilweise recht unfairen Abschnitten (wie auch schon in der zweiten Hälfte von *Far Cry*) machen. Nach zehn bis zwanzig Stunden (je nach Geschicklichkeit des Spielers) hat man den Abspann vor Augen und verspürt einen starken Impuls, *Crysis* von neuem zu beginnen, allein schon des grafischen Augenschmauses wegen.

Systemvoraussetzungen: Pentium 4 2500, 2000 MB, WinXP+
Spielspaß: 80%
Grafische Präsentation: 100%
Geeignet für: Profis

Culpa Innata (dtp, 2007)

Adventure

In dem ungewöhnlichem Science-Fiction-Adventure *Culpa Innata* wird der Spieler als Friedensoffizierin Phoenix Wallis mit der Aufklärung eines Mordes beauftragt. Phoenix lebt im Jahr 2047 in der modernen Metropole Adrianapolis. Die politischen Verhältnisse auf der Erde haben sich inzwischen grundlegend verändert. Die wirtschaftlich stärksten Länder fusionierten zu einer Art Weltunion und bestimmen als global agierende Elite den Verlauf der Geschichte.

Erfolg ist eine Wissenschaft, Sex ist Unterhaltung und Krankheiten und Kapitalverbrechen gehören der Vergangenheit an. Vieles wurde den Zwängen maximaler Effektivität untergeordnet. Eine Art moderne »Schöne neue Welt« ist entstanden.

Die Perfektion gerät jedoch ins Wanken, als Phoenix versucht, die Hintergründe des Mordes aufzudecken. Sie kommt während ihrer Nachforschungen mit zwielichtigen Charakteren in Kontakt und muss feststellen, dass man ihre Arbeit sabotiert. Nach und nach erkennt Phoenix, dass das vermeintliche Glück ihrer Welt mit einem hohen Preis erkauft wurde. *Culpa Innata* ist ein Adventure

Culpa Innata

mit einer interessanten Hintergrundgeschichte, die durchaus kritischen Bezug zu politischen/sozialen Entwicklungen der heutigen Zeit hat.

Grafisch ist das Spiel nicht mehr auf der Höhe der Zeit. Die in 3D designte Spielwelt leidet unter leicht verwaschenen Texturen und etwas zu sterilen Spielumgebungen (obwohl diese gut zur Spielgeschichte passen). Auch die Spielpräsentation ermüdet bisweilen mit zu langatmigen Dialogen. Davon abgesehen, entpuppt sich *Culpa Innata* als innovatives 3D-Adventure mit einer durchaus zum Nachdenken anregenden Hintergrundgeschichte.

Systemvoraussetzungen: Pentium 4 1000, 512 MB, Win2000+
Spielspaß: 80%
Grafische Präsentation: 70%
Geeignet für: Gelegenheitsspieler

ORANGE BOX: Half Life 2-Engine

(Valve Software, 2007)

Action-Adventure

Die *Half Life*-Serie zählt zu jenen außergewöhnlichen Spieleproduktionen, denen es gelang, eine packende und mysteriöse Hintergrundgeschichte mit abwechslungsreichen Spielaufgaben zu verknüpfen und dies alles beständig auf dem aktuellen Stand der Technik zu präsentieren.

Die *Half Life*-Serie beschreibt die Invasion außerirdischer Kreaturen und im späteren Verlauf den Kampf von Untergrundrebellen gegen die feindliche Übernahme.

Während der gesamten Geschichte bleiben die genauen Beweggründe der Außerirdischen im Dunkeln, sicher ist nur, dass Teile der Regierung mit den Aliens zusammenarbeiten oder sich in ihre Dienste haben zwingen lassen.

Die Orange Box beinhaltet gleich fünf Games für den Preis von einem und dürfte gerade *Half Life*-Neulinge begeistern. Neben dem Hauptspiel *Half Life 2*, den beiden darauf folgenden gesplitteten Fortsetzungsteilen *HL2: Episode One* und *Episode Two* (geplant sind drei Teile), finden sich das kurze Rätseladventure *Portal* und der Mehrspielershooter *Team Fortress* auf der randvollen Silberscheibe.

Der für die meisten Spieler wohl interessanteste Teil dürfte die aktuelle Fortsetzung der *Half Life*-Geschichte *Episode Two* sein. Nach der Zerstörung des Hauptstützpunktes der Aliens auf der Erde – die Zitadelle in der dystopisch angelegten Metropole City 17 – befinden sich Gordon Freeman (Hauptprotagonist schon im ersten *Half Life*-Abenteuer) und seine Mitstreiterin Alyx Vance wieder auf der Flucht. Kaum in Sicherheit gebracht müssen die beiden erkennen, dass die Zerstörung der Zitadelle nicht den gewünschten Erfolg erbracht hat. Aus den Trümmern der Zitadelle schlängelt sich ein mächtiges Energieband in den Himmel, über das die Außerirdischen versuchen, ein riesiges Portal zu ihrer Welt zu installieren. Aufgabe des Spielers ist es nun, einen Weg zu finden, die Aktivierung des Megaportals zu verhindern, über welches dann so viele Aliens den Weg zu Erde finden würden, dass selbst die gut

Half Life 2: Episode Two

organisierten Rebellenstützpunkte in der ersten Angriffswelle hinweggefegt würden.

Noch stärker als seine Vorgänger präsentiert sich *HL: Episode Two* als interaktiver Science-Fiction-Film. Die spannende Spielgeschichte bietet kaum Zeit zum Innehalten. Trotz vorgegebener Storyline und einer abgezirkelten Spielwelt hat der Spieler nie das Gefühl, sich den Zwängen der Handlung unterwerfen zu müssen. Der wendungsreiche Spielverlauf führt den Spieler durch unterirdische Tunnelsysteme, um an ein Larvensekret zur Rettung von Alyx Vance zu gelangen, und durch weitläufige Wald- und Gebirgslandschaften, um den Start einer Rakete (welche die Manifestation des Portals verhindern soll) zu ermöglichen.

Grafisch beweist die *Half Life 2*-Engine, dass sie noch lange nicht zum alten Eisen gehört. Realistische Spielumgebungen mit eindrucksvollen Licht- und Oberflächeneffekten und eine phantastische Physik-Simulation aller beweglichen Objekte lassen das Spiel auch technisch noch ganz vorn mitspielen. Wie auch bei den Vorgängerspielen wird für eine abschließende Installation ein Internetzugang benötigt, um das Spiel über Steam freischalten zu lassen. Auch beim Starten des Spiels ist ein aktiver Internetzugang vonnöten. Eine ärgerliche Zwangsprozedur.

Systemvoraussetzungen: Pentium 4 2400, 512 MB, WinXP+
Spielspaß: 100%
Grafische Präsentation: 90%
Geeignet für: Gelegenheitsspieler

S.T.A.L.K.E.R. – Shadow of Chernobyl
(THQ, 2007)

Action-Rollenspiel

Im Film lautet die Bezeichnung meist »Nach Motiven von ...«. Bei *S.T.A.L.K.E.R. – Shadow of Chernobyl* könnte man schreiben: nach den Motiven des Romans »Picknick am Wegesrand« des russischen Autorenbrüderpaars Arkadi und Boris Strugatzki. In dem actiongeladenen Computerspiel geht es nämlich ebenso um eine mysteriöse Zone, in der seltsame Naturphänomene beobachtet werden und wertvolle Artefakte verborgen sind. Der Spieler schlüpft in die Rolle eines unfreiwillig in der Zone gestrandeten Glücksritters, der um sein Überleben kämpft.

Obwohl sich in *S.T.A.L.K.E.R. – Shadow of Chernobyl* viele Missionen allein mit Waffengewalt lösen lassen, ist das Spiel kein stumpfsinniger 3D-Shooter. Der Spieler betritt vielmehr ein relativ offen gestaltetes 3D-Universum, in dem er sich von Anfang an frei bewegen kann und das neben der Hauptgeschichte eine Vielzahl unterschiedlicher Sekundärmissionen bietet. Zudem lässt sich auch die Hauptgeschichte auf verschiedene Art und Weise angehen und führt – je nach Vorgehensweise – zu einer anderen Auflösung der Spielhandlung.

Eines der beeindruckendsten Merkmale von *S.T.A.L.K.E.R. – Shadow of Chernobyl* ist die äußerst realistische Darstellung der in mehrere große Areale aufgeteilten Spielwelt. Tag- und Nachtwechsel, eine aufwendige Schattensimulation, die sogar realistische Wolkenschatten imitiert und eine levelübergreifend agierende KI lassen die Spielwelt sehr lebendig erscheinen.

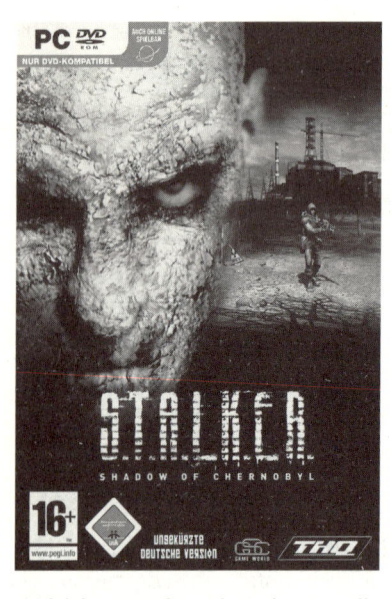

S.T.A.L.K.E.R. bedient sich bei der Spielmechanik relativ ungeniert bei anderen Genrevertretern, ohne diese jedoch zu kopieren. So beinhaltet das Spiel Elemente von Rollenspielen, Action-Adventures und Taktikgames.

Anders als in »Picknick am Wegesrand« lässt sich das Auftreten der seltsamen Naturphänomene (Anomalien) auf menschlichen Einfluss zurückführen. Schauplatz der Handlung sind nämlich die verstrahlten Landschaften um das ehemalige Kernkraftwerk Tschernobyl.

Systemvoraussetzungen: Pentium 4 2200, 512 MB, Win2000+
Spielspaß: 100%
Grafische Präsentation: 90%
Geeignet für: Gelegenheitsspieler

The Show (Take 2, 2007)

Strategie

The Show führt den Spieler in ein bizarres diktatorisches System, in dem eine spektakuläre Game-Show dafür benutzt wird, sich kritischer Zeitgenossen zu entledigen. Mittels gewaltiger holografischer Projektoren wird eine riesige Insel in eine futuristische Kampf-Arena verwandelt, in der die unfreiwilligen Gegnergruppierungen aufeinandergehetzt werden. Gekämpft wird unter anderem mit von

Menschen gesteuerten Kampfmechs und leistungsstarken Energiewaffen. Die Show ist umso erfolgreicher, da es um echte Menschenleben geht, die auf dem Schlachtfeld ihr Leben lassen müssen. Eine moderne High-Tech-Gladiatoren-Show. Die freien Nationen entschließen sich, einen Agenten auf das bizarre Spektakel anzusetzen.

Der Spieler übernimmt in *The Show* die Rolle des Geheimagenten Frank Harris, der durch Infiltration und Sabotage dem blutigen Treiben ein Ende bereiten soll.

Neben der spannenden Solospielerkampagne, in der durchaus medienkritische Töne angeschlagen werden, bietet *The Show* auch einen gut ausbalancierten Mehrspielermodus.

Auch auf grafischer Seite kann sich *The Show* gegenüber aktuellen Genrevertretern im Strategiebereich gut behaupten. Anspruchsvolle und fantasievoll gestaltete 3D-Welten mit einer Vielzahl integrierter 3D-Effekte lassen die düstere Spielwelt von *The Show* lebendig werden.

Systemvoraussetzungen: Pentium 4 1800, 512 MB, WinXP+
Spielspaß: 90%
Grafische Präsentation: 90%
Geeignet für: Gelegenheitsspieler

Timeshift (Sierra, 2007)

Action-Adventure

In dem spannend inszenierten Zeitreiseabenteuer *Timeshift* muss der Spieler als eine Art Zeitreiseagent die Vergangenheit manipulieren und auf diese Weise verhindern, dass ein größenwahnsinniger Diktator die Weltherrschaft übernimmt. Um für alle Eventualitäten gewappnet zu sein, ist der Zeitreisende mit einem hochentwickelten High-Tech-Anzug ausgerüstet, der nicht nur automatisch seine Gesundheit wiederherstellt, sondern den Agenten auch noch dazu befähigt, für einen kurzen Augenblick den Zeitfluss entweder zu verlangsamen, anzuhalten und sogar umzukehren. Vergleichbar mit der hochgelobten *Half Life*-Serie wird der Spieler mit den unterschied-

Timeshift

lichsten Spielsituationen konfrontiert und erlebt ein an Science-Fiction-Filme erinnerndes Abenteuer. Besonderen Wert legten die Entwickler auf ein glaubhaft und detailliert ausgearbeitetes Spieluniversum mit gleichermaßen sehenswerten Innen- und Außenleveln.

Trotz der gelungenen grafischen Umsetzung und den originellen Spielideen bleibt die Präsentation der Hintergrundgeschichte deutlich hinter den vorhandenen Möglichkeiten zurück. Ein paar sporadisch gesäte Rendersequenzen und hin und wieder eine kurze Texteinblendung im HUD schaffen es nur unzureichend, die Spielgeschichte lebendig werden zu lassen. Gelungen sind dagegen die ins Spiel integrierten Rätseleinlagen, die nur mit Hilfe der besonderen Eigenschaften des Zeitreiseanzugs zu lösen sind. An anderen Stellen wiederum spielt sich *Timeshift* wie ein simpler 3D-Shooter ohne besondere Höhepunkte.

Mit etwas mehr Feintuning und einer besser herausgearbeiteten Spielgeschichte hätte *Timeshift* durchaus das Niveau von Spielen wie *Half Life 2* oder *Deus Ex* erreichen können. So bleibt als Ergebnis ein spannend und ansprechend designtes Actionspiel, aber auch eine Menge ungenutztes Potenzial.

Systemvoraussetzungen: Pentium 4 2000, 512 MB, WinXP+
Spielspaß: 80%
Grafische Präsentation: 90%
Geeignet für: Gelegenheitsspieler

UFO: Extraterrestrials (paradox interactive, 2007)

Rundenstrategie

UFO: Extraterrestrials ist eine Art inoffizielle Fortsetzung der in den Neunzigerjahren berühmten rundenbasierten Strategiereihe *X-COM*. Die Neuauflage wurde zu Beginn als ambitioniertes Fanprojekt gestartet und überzeugte durch eine bemerkenswert professionelle Umsetzung. Noch vor der die Medien überspülenden Mystery-Welle thematisierte die *X-COM*-Reihe den Kampf einer von verschiedenen Staaten geförderten Geheimorganisation (X-COM) gegen die Invasionsversuche außerirdischer Aggressoren. Die X-COM überwachte den Luftraum, versuchte feindliche UFOs abzuschießen und schickte bewaffnete, auch mit Wissenschaftlern besetzte Einsatzteams zu diversen Konfliktgebieten, in denen die Zivilbevölkerung terrorisiert oder militärische Einrichtungen von Außerirdischen annektiert wurden.

War die Handlung der ersten beiden Teile noch ausschließlich auf der Erde angesiedelt, findet das Spielgeschehen von *UFO: Extrater-*

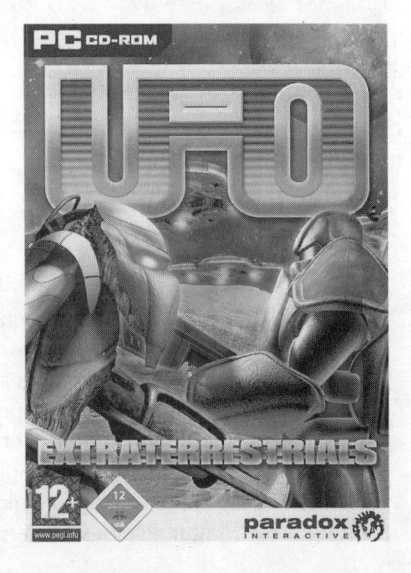

restrials auf dem kolonisierten Planeten Esperanza statt. Die Entwickler orientierten sich stark am Spieleklassiker *X-COM* und übernahmen weitestgehend dessen Spielmechanik und Steuerung. Das Spielgeschehen präsentiert sich dreigeteilt: Vom Geoscape-Interface aus überwacht man den Planeten und versucht Alien-Angriffe abzuwehren. Im taktischen Teil landet man mit einem selbst zusammengestellten und ausgerüsteten Einsatzteam in diversen Konfliktzonen und versucht dort in rundenbasierter Spielweise für Ordnung zu sorgen und Alientechnologie zu erbeuten. Das dritte Spielelement umfasst die Basisverwaltung. Befindet man sich in der Basisansicht, können unterschiedlichste Gebäude, Einrichtungen und Militärfahrzeuge erbaut, Forschungen betrieben oder die Einsatzteams ausgerüstet werden. Grafisch zwar aufpoliert, macht *UFO: Extraterrestrials* einen noch immer recht altmodischen, aber durchaus auch nostalgischen Eindruck. Spieler, die auf der Suche nach einem halbwegs würdigen Nachfolger der *X-COM*-Serie sind, dürften mit diesem Spiel endlich fündig werden.

Systemvoraussetzungen: Pentium 4 1500, 128 MB, Win2000+
Spielspaß: 80%
Grafische Präsentation: 70%
Geeignet für: Gelegenheitsspieler

ROLLENSPIELE:

Avencast (dtp, 2007)

Action-Rollenspiel

Die Geschichte von *Avencast* beginnt in einer berühmten Zauberschule (Harry Potter läßt grüßen). Doch während die magische Welt Harry Potters in der Gegenwart angesiedelt ist, führt uns *Avencast* in ein mittelalterliches Fantasy-Universum. Der Hauptheld – ein Findelkind, das von einem einfachen Bauern aufgefunden und großgezogen wurde – muss zu Beginn der Spielhandlung drei Aufgaben für verschiedene Zauberer erledigen, um die Zulassung für seine Hauptprüfung – die Prägung seines Seelensteines – zu erhalten. Mit der

Avencast

Prägung des Seelensteines entscheidet sich auch die magische Spezialisierung (Seelenmagie oder Blutmagie) und natürlich darf sich ein Zauberlehrling nach bestandener Prüfung Zauberer nennen.

Hat der Spieler die ersten Spielaufgaben gemeistert und verlässt als frischgebackener Magier die verzweigten Kristallhöhlen, in denen die Hauptprüfung zu bestehen war, findet er eine verwüstete Zauberschule vor. Bösartige Dämonen und besessene Adepten und Zauberer durchstreifen die gebrandschatzten Hallen und Gänge.

Anders als in den meisten Action-Rollenspielen integrierten die Entwickler eine ganze Reihe von Rätselaufgaben ins Spielgeschehen. So ist der Spieler nicht die ganze Zeit über mit dem Vermöbeln von Monstern beschäftigt, sondern muss sich hin und wieder auch mit kleineren Denksportaufgaben herumschlagen.

Im Vergleich mit anderen Action-Rollenspielen wurde komplett auf die Auswahl von Charakterklassen verzichtet. Der Spieler kann nur in die Rolle eines Zauberers schlüpfen, kann dafür aber eine ganze Palette mächtiger Zaubersprüche erlernen.

Grafisch kann *Avencast* besonders bei den Zaubereffekten überzeugen. Auch die in 3D realisierten Handlungsschauplätze wurden ansprechend umgesetzt, lassen aber bisweilen ein wenig Abwechslung vermissen. Leider erweist sich die Steuerung als zu umständlich. Glücklicherweise lässt sich hier vieles selbst konfigurieren.

Systemvoraussetzungen: Pentium 4 2200, 512 MB, WinXP+
Spielspaß: 80%
Grafische Präsentation: 80%
Geeignet für: Gelegenheitsspieler

Hellgate London (Electronic Arts, 2007)

Action-Rollenspiel

Trotz des spektakulären Eröffnungsvideos, das einem den Atem stocken lässt, zählt die Hintergrundgeschichte von *Hellgate London* zu den unspektakuläreren ihrer Art. Schauplatz des Action-Rollenspiels (an dem übrigens Entwickler des wohl erfolgreichsten Action-Rollenspiels, *Diablo*, mitgewirkt haben) ist ein endzeitliches London, in dem sich ein mächtiges Höllenportal geöffnet hat und über das grausige Heerscharen von blutrünstigen Monstern, Dämonen und Zombies in die Welt der Menschen drängen.

Viele Rollenspielelemente, die *Diablo* so erfolgreich werden ließen, finden sich auch in *Hellgate London* wieder. Der Spieler kann voll und ganz seiner Sammelleidenschaft frönen. Aufgefundene Gegenstände, die für die gewählte Charakterklasse nutzlos sind, kann der Spieler an diverse Händler weiterverkaufen. Erlangte Erfahrungspunkte lassen sich frei auf die vier Grundattribute und einen der gewählten Charakterklasse entsprechenden Fähigkeitenbaum übertragen.

Das eigentliche Rollenspielsetting jedoch bietet nur wenig Neues. Seine Stärken beweist *Hellgate London* dagegen bei den wählbaren Charakterklassen. Hier spielt sich jede Klasse wirklich anders und erhöht damit den Wiederspielwert.

Grafisch wurde *Hellgate London* überzeugend in Szene gesetzt, obwohl auch hier der große Aha-Effekt ausbleibt. Teile der Schauplätze ähneln sich sehr und wurden auch aus gleichen 3D-Modulen zusammengesetzt. Solche gestalterischen Schummeleien sollten eigentlich nicht so offensiv ins Auge fallen.

Positiv: Die Kameraperspektive lässt sich frei festlegen, sodass ein Spiel aus der Vogel-, Third-Person- oder Ego-Perspektive (ganz nach Vorliebe und Situation) möglich ist.

Systemvoraussetzungen: Pentium 4 2400, 512 MB, WinXP+
Spielspaß: 80 %
Grafische Präsentation: 90 %
Geeignet für: Gelegenheitsspieler

Legend: Hand of God (dtp, 2007)

Rollenspiel

In dem farbenfrohen Action-Rollenspiel *Legend: Hand of God* muss der Spieler das in drei Teile zerfallene Amulett »Hand of God« ausfindig machen und zusammentragen, um mit Hilfe dieses mächtigen magischen Gegenstandes die in die Welt eingefallenen Höllenkreaturen wieder zurück in die Ebenen des Feuers zu treiben. Da die drei Artefakte gut versteckt an unterschiedlichen Orten der Spielwelt auf ihre Entdeckung harren, ist neben den unzähligen Kämpfen gegen Trolle, Zombies, Goblins und andere Monstergestalten auch eine Menge Laufarbeit vonnöten, um an die gewünschten Schätze zu gelangen.

Legend: Hand of God

Eine Besonderheit bietet *Legend: Hand of God* bei der Charakterentwicklung. Statt vorgegebener Charakterklassen, wie in anderen Rollenspielen, kann der Spieler seinen Helden mittels fünf verschiedener Entwicklungsbäume (Pfad des Kriegers, Pfad des Glaubens usw.), von denen sich je zwei miteinander kombinieren lassen, weiterentwickeln. Auf diese Weise lässt sich der Charakter relativ frei spezialisieren, sodass beispielsweise auch die Kombination »Erfahrener Kämpfer mit Magiefähigkeiten« möglich ist. Mit der von Cosma Shiva Hagen gesprochenen Lichtelfe Luna (der etwas besondere Mauszeiger in *Legend*) wird *Legend: Hand of God* zum besonderen Spielerlebnis. Luna kommentiert als ständige »Begleiterin« in humorvoller Art die Fortschritte, aber auch Niederlagen des Spielers und gibt bei passender Gelegenheit den einen oder anderen hilfreichen Tipp. Außerdem erleuchtet Luna die Spielumgebung und lässt selbst finstere Höhlen in hellem Licht erstrahlen.

Auch bei der grafischen Umsetzung gaben sich die Entwickler viel Mühe. Die Spielwelt wurde aufwendig mit einer topaktuellen 3D-Grafik-Engine realisiert, und die Animationen der Spielfiguren lassen das Gros der Action-Rollenspiele weit hinter sich.

Schwächen weist *Legend: Hand of God* beim Spielumfang und neuen Ideen in Bezug auf die Hintergrundgeschichte auf. Andere Action-Rollenspiele bieten eine drei- bis viermal so große Spielwelt und überzeugen außerdem durch abwechslungsreichere Spielaufgaben. Für ein unbeschwertes Spielerlebnis sollte man außerdem den aktuellen Patch von der Homepage laden.

Systemvoraussetzungen: Pentium 4 2000, 1024 MB, WinXP+
Spielspaß: 80%
Grafische Präsentation: 90%
Geeignet für: Gelegenheitsspieler

Silverfall (flashpoint, 2007)

Action-Rollenspiel

In dem grafisch aufwendig gestalteten Action-Rollenspiel *Silverfall* treffen zwei unterschiedliche Weltanschauungen aufeinander. Eine Kraft verkörpert die Naturreligionen mit dem über Jahrtausende angesammelten Wissen von Magie und Zauberei. Auf der anderen Seite sammeln sich dampfende, gasbetriebene Maschinen und verkörpern die erwachende Industrialisierung, die mit brutaler Rücksichtslosigkeit die wertvollen Ressourcen der Umwelt verschlingt und an den Orten ihrer Ausbreitung nur tote Erde zurücklässt.

Silverfall liegt ganz in der Tradition solcher actionlastigen Hack-and-Slay-Rollenspiele wie *Diablo* oder *NOX*, die fast ausschließlich von einer Top-Down-Perspektive aus gespielt werden. Das Spielprinzip ist dabei relativ simpel. Durch das Besiegen von Monstern und anderer Gegner und dem Absolvieren diverser Missionsaufgaben gewinnt der Spieler schnell an Erfahrungspunkten und kann seinen Charakter nach eigenen Vorlieben »aufleveln«. Erreicht die Spielfigur eine neue Levelstufe, lassen sich diverse Charakterattribute und Fähigkeiten verbessern oder freischalten.

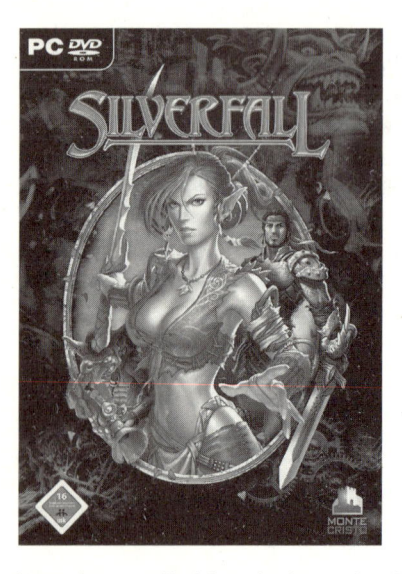

Um die Spielmotivation zu erhöhen, ist eine Vielzahl von Schätzen in den einzelnen Spielabschnitten versteckt. So kann der Spieler mächtige Rüstungen erbeuten oder in den Besitz von Waffen gelangen, an die besondere magische Kräfte gebunden sind. Grafisch präsentiert sich *Silverfall* in einem ungewöhnlichen 3D-Comic-Look und verzaubert mit wunderschön und abwechslungsreich gestalteten Schauplätzen.

Das intuitiv erlernbare Spielsystem und die relativ frei gestaltbare Charakterentwicklung des Spielhelden dürften *Silverfall* auch für Spieler interessant machen, die um Rollenspiele sonst eher einen Bogen machen.

Systemvoraussetzungen: Pentium 4 1700, 512 MB, Win2000+
Spielspaß: 90 %
Grafische Präsentation: 80 %
Geeignet für: Einsteiger

Stranger (KochMedia, 2007)

Action-Rollenspiel

In dem Spielehybriden *Stranger* vereinen die Entwickler Elemente aus Rollenspielen und Echtzeit-Strategie-Games. In der Hauptkampagne schlüpft der Spieler abwechselnd in die Rollen der drei Hauptcharaktere Steiger, Kagar und Mordlock. Diese stehen stellvertretend für die Rollenspielklassen Fernkämpfer, Magier und Barbar. Ebenfalls rollenspieltypisch gelangt man durch das Besiegen von Gegnern an diverse Ausrüstungsgegenstände und Ressourcen.

Eine originelle Spielidee in *Stranger* ist die Verknüpfung magiesteigernder farbiger Kristalle mit der Fähigkeit, gewisse Zauber zu wirken. Alle Zauber, die dem Spieler zur Verfügung stehen, benötigen eine farbige Aura, um wirksam zu werden. Der Einsatz von Zaubersprüchen, die anderen Farben zugeordnet sind, ist damit für die jeweilige Spielfigur unmöglich. Da sich die drei reinen Farben der Kristalle (Rot, Grün, Blau) entsprechend der Farbenlehre auch noch überlagern, muss man genau überlegen, mit welchen Kristallen man seine Einheiten in den Kampf schickt.

Neben den farbigen Kristallen kommt dem Schmieden (hierfür wird u.a. die Ressource Metall benötigt) eine große Spielgewichtung zu. Über das Schmieden gelangt der Spieler an bessere Waffen und widerstandsfähigere Rüstungen.

Das eigentliche Spielgeschehen gleicht eher einem Echtzeit-Strategie-Game. Der Spieler kommandiert seine Einheiten über schick gestaltete 3D-Karten mit Wäldern, mittelalterlichen Dörfern, Gebirgen, Flüssen oder magischen Ritualstätten.

Stranger

Trotz origineller Spielansätze und der ansprechenden 3D-Grafik vernachlässigten die Entwickler die Hintergrundgeschichte und das Ballancing. Die Kampagne wirkt lieblos zusammengewürfelt, als hätte man unabhängig entwickelte Levelabschnitte nach Lust und Laune aneinandergereiht und dazu eine Geschichte aus den üblichen Fantasy-Versatzstücken zusammengerührt. Davon abgesehen leidet *Stranger* an einer Vielzahl kleinerer und größerer Bugs, sodass das Spiel unter einigen Rechnerkonfigurationen mehr Ärger als Freude bereitet.

Systemvoraussetzungen: Pentium 4 2800, 512 MB, WinXP+
Spielspaß: 60%
Grafische Präsentation: 80%
Geeignet für: Profis

FANTASY, MYSTERY UND HORROR:

Ankh: Kampf der Götter (Deck 13, 2007)

Comedy-Adventure

Erwies sich *Ankh 1* noch als Überraschungshit im Adventure-Bereich, mit dem die Entwickler der Traditionslinie solcher Spieleklassiker wie *Monkey Island* oder *Sam & Max* folgten, beweist der inzwischen dritte Teil der *Ankh*-Serie – *Kampf der Götter* –, dass man sicher noch einiges von dem jungen Entwicklerteam Deck 13 zu erwarten hat.

Auch in *Kampf der Götter* übernimmt der Spieler erneut die Geschicke des jungen Assil, der zur Hochzeit der Pharaonen mit seiner jungen Frau Thara in einem schicken eigenen Haus irgendwo in Kairo lebt. In *Ankh 1* gelangte Assil an das Ankh-Amulett, welches ihm im Verlauf der Geschichte eine Menge Scherereien einbrachte. Im neuesten Abenteuer muss Unglücksrabe Assil feststellen, dass eine mächtige Gottheit in das Amulett verbannt wurde. Doch nicht nur dies, die Gottheit will unbedingt an einem bald stattfindenden Wettstreit der Götter teilnehmen, um die finsteren Eroberungspläne Seths – dem Gott des Chaos – zu durchkreuzen. Assil bleibt nichts

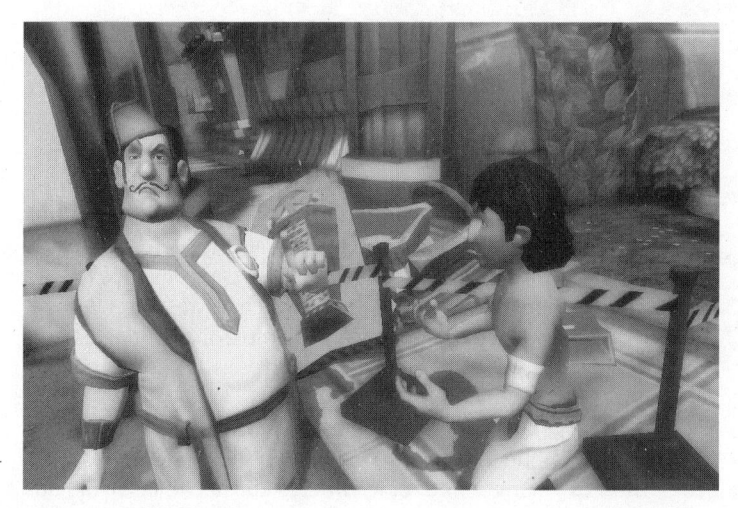

Ankh: Kampf der Götter

anderes übrig, als dem Bitten des Ankh nachzugeben. Ein humorvoller Trip durch die Welt der antiken Götter nimmt ihren Lauf ...

Eine schöne Idee sind auch die kombinierten Rätsel zwischen Assil und Thara. Der Spieler kann dabei per Mausklick zwischen beiden Spielcharakteren wechseln.

Grafisch hat sich im Vergleich zu den Vorgängerspielen nur wenig getan. Dies kann jedoch vernachlässigt werden, da die comicartige, fast bonbonfarbene 3D-Grafik gut zu dem humorvollen Comedy-Adventure passt. Besonders die neuen Schauplätze wie die Glücksspielhochburg Luxor oder ein Wikingerdorf wurden ansprechend in Szene gesetzt. Auch die vorzüglichen Synchronsprecher – z.B. Oliver Rohrbeck (Ben Stiller), Thomas Danneberg (John Cleese) oder Engelbert von Nordhausen (Samuel R. Jackson) – sorgen für perfekte Comedy-Unterhaltung.

Systemvoraussetzungen: Pentium 4 2200, 512 MB, WinXP+
Spielspaß: 90%
Grafische Präsentation: 80%
Geeignet für: Einsteiger

Bioshock (T2, 2007)

Action-Adventure

»Unter Wasser hört dich niemand schreien!« Diese Erfahrung müssen auch die Wissenschaftler von Rapture machen, einer geheimen futuristischen Unterwasserstadt, die ein russischer Großindustrieller in den Vierzigerjahren errichten ließ, als sie den Verlockungen der Wunderdroge ADAM erliegen. ADAM ermöglicht extreme genetische Manipulationen, führt jedoch auch zu absoluter Abhängigkeit. Rapture wird zur gnadenlosen Kampfzone, in der es ausschließlich darum geht, an die begrenzten Vorräte der Droge zu gelangen.

Der Spieler gerät in der Rolle eines unfreiwillig Gestrandeten in die Welt des gescheiterten Utopias. Als Überlebender eines Flugzeugabsturzes gelangt er auf eine winzige künstliche Insel, die aus einem hoch aufragenden tempelähnlichen Bauwerk besteht. Innerhalb des Gebäudes erhält er Zugang zu einer Art »Unterwasserfahrstuhl«, der ihn in die Tiefen des Meeres nach Rapture transportiert.

Kaum in Rapture eingetroffen, muss er durch die »Tauchkugel« mit ansehen, wie ein Bewohner Raptures von einer grausigen Kreatur, die früher einmal eine Frau gewesen sein mochte, auf grausame Weise umgebracht wird. Kurz darauf erhält er Funkkontakt mit einem Bewohner der Unterwasserstadt, der ihn darum bittet, seine Familie zu retten und ihm dafür im Austausch beim Durchqueren der verschiedenen Stadtebenen mit hilfreichen Informationen zur Seite steht.

Beim Durchstreifen der Unterwasserstadt trifft der Spieler auf die seltsamsten Bewohner. Da gibt es beispielsweise die Little Sisters – kleine unschuldig aussehende Mädchen, die in der Lage sind, ADAM aus den Körpern herumliegender Leichen zu extrahieren. Doch wehe dem, der sich den Mädchen in böser Absicht nähert. Sofort tritt ein Big Daddy – eine durch einen gepanzerten Taucheranzug geschützte und schwer bewaffnete Kreatur – auf den Plan und macht mit dem Angreifer kurzen Prozess. Bedauerlicherweise führt der einzige Weg, um an das begehrte ADAM zu gelangen, über die Little Sisters.

Hat man einen Big Daddy besiegt, steht der Spieler vor einer ethischen Entscheidung. Er kann die Little Sister ohne Rücksicht auf ihr Überleben ausbeuten und so an eine maximale ADAM-Menge gelangen, oder er kann den Parasiten in ihr töten und die Little Sister wieder zu einem freien Menschen werden lassen. Bei dieser Prozedur gelangt der Spieler aber nur an die Menge ADAM, die der Parasit in sich trug. Davon abgesehen erwarten den Spieler eine Vielzahl makabrer und absurder Spielszenen, die es in dieser Art in bisher keinem anderen Game zu sehen gab.

Die Welt von Rapture erinnert grafisch an eine real gewordene Science-Fiction-Fantasie Jules Vernes. Gerade das altmodisch wirkende Interieur könnte aus einer *20.000-Meilen-unter-dem-Meer*-Verfilmung stammen. Die aktuelle *Unreal 3*-Engine ermöglicht absolut realistisch simulierte Wasserflächen, volumetrisches Farblicht und natürlich wirkende Oberflächenstrukturen. Allein die Darstellung mancher Gegnertypen vermag nicht immer zu überzeu-

Bioshock

gen. Auch die sehr langen Ladezeiten beim Wechsel zwischen den Levelebenen zehren ein wenig an der Geduld des Spielers.

Spielerisch erinnert »Bioshock« an die richtungsweisenden, von Warren Spector produzierten Spielreihen *Deus Ex*, *Thief* oder *System Shock*. *Bioshock* ließe sich noch am ehesten als Action-Adventure mit Rollenspielelementen definieren. Die grafisch eindrucksvoll in Szene gesetzte Unterwasserwelt begeistert durch Vierzigerjahre-Architektur und phantastische Licht- und Explosionseffekte. Die fantasievolle Hintergrundgeschichte ist spannend erzählt und begeistert durch unverbrauchte Ideen und einen perfekt inszenierten Spannungsbogen.

Systemvoraussetzungen: Pentium 4 2400, 512 MB, WinXP+
Spielspaß: 90 %
Grafische Präsentation: 100 %
Geeignet für: Gelegenheitsspieler

Reprobates: Insel der Verdammten (dtp, 2007)

Adventure

Adam Reichl kann es kaum glauben. Eigentlich hätte er nach seinem schweren Autounfall tot sein oder zumindest im Koma liegen müssen. Satt dessen erwacht er auf einer unbekannten Insel inmitten einer Gruppe von Menschen, die sich allesamt nach einem Nahtoderlebnis auf diesem seltsamen Eiland wiederfanden.

Bei einem Erkundungsgang entdeckt Adam das seltsamste, aber auch beängstigendste Bauwerk der Insel: einen mysteriösen Glockenturm, der, sobald er erklingt, alle Gestrandeten in einen tiefen, von Albträumen geplagten Schlaf zwingt.

Der Spieler hat nun die knifflige Aufgabe herauszufinden, warum sich all diese Menschen auf dieser verlassenen Insel befinden und scheinbar als unfreiwillige Versuchskaninchen für ein äußerst fragwürdiges Experiment missbraucht werden. Ein weiterer Aufgabenschwerpunkt ist die Suche nach Möglichkeiten, unbeschadet einen Fluchtweg von diesem aufgezwungenen Aufenthaltsort zu finden.

Reprobates ist ein grafisch aufwendig gestaltetes Mystery-Adventure mit einer originellen Hintergrundgeschichte, die sich in dieser Art in noch keinem anderen Spiel findet. Weniger gelungen präsentiert sich dagegen die Steuerung. Viel zu langsam bewegt sich Hauptfigur Adam Reichl durch die meist düster gehaltenen Schauplätze und zieht das Spielgeschehen dadurch nur unnötig in die Länge.

Systemvoraussetzungen:
Pentium 4 1400, 254 MB, WinXP+
Spielspaß: 70 %
Grafische Präsentation: 80 %
Geeignet für: Gelegenheitsspieler

Resident Evil 4 (UbiSoft, 2007)

Horror-Adventure

Im vierten Teil der düsteren Horrorserie lösten sich die Entwickler von den statischen Kamera-Perspektiven der Vorgängerteile. Der Spieler steuert den Helden völlig frei durch grausige 3D-Schauplätze und verfügt dort über begrenzte Interaktionsmöglichkeiten. Leider ist die Spielsteuerung nur unzureichend an PC-Verhältnisse angepasst (*Resident Evil 4* ist eine Konsolenkonvertierung) und unterstützt keine Maussteuerung. Schließt man dagegen ein Gamepad an den Rechner an, spielt sich der Horrorschocker wie ein Konsolen-Game. Die beklemmende Stimmung und unerwartete Schockmomente machen das Spiel zum bisher spannendsten der Serie.

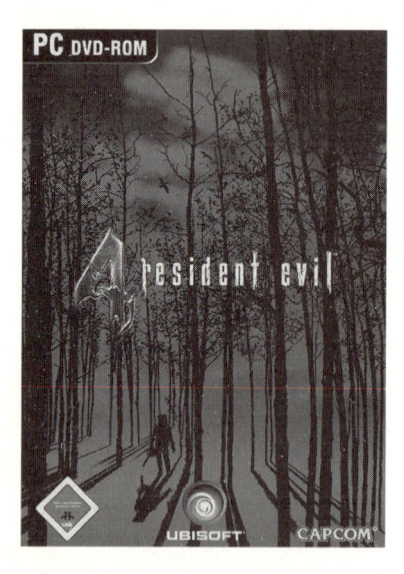

Die Hintergrundgeschichte führt Hauptprotagonist Leon Kennedy nach Spanien. Aufgabe des US-Agenten: das mysteriöse Verschwinden der Tochter des US-Präsidenten aufzuklären, die von einer gewalttätigen Sekte entführt wurde. Leons Nachforschungen führen ihn in ein abgelegenes Dorf mitten im Wald. Ihm bietet sich ein Bild des Grauens. Die Bewohner des Dorfes scheinen dem Wahnsinn verfallen zu sein und versuchen sich gegenseitig auf brutalste Weise umzubringen. Für Leon ein schrecklicher Albtraum aus Gewalt und Horror. Nur mit allergrößter Vorsicht und geschicktem Handeln kann er sein Überleben sichern.

Systemvoraussetzungen: Pentium 4 1400, 256 MB, Win2000+
Spielspaß: 90%
Grafische Präsentation: 70%
Geeignet für: Gelegenheitsspieler

FILMADAPTIONEN:

Harry Potter und der Orden des Phönix

(EA, 2007)

Action-Adventure

In dem familientauglichen Action-Adventure *Harry Potter und der Orden des Phönix* muss der Spieler in der Rolle des zum jungen Mann herangewachsenen Zauberschülers erneut eine ernste Bedrohung für die berühmte Zauberschule Hogwarts zurückschlagen. Allein hat er den dunklen Kräften jedoch kaum etwas entgegenzusetzen. Zusammen mit Dumbledore entschließen sich Harry Potter und seine Mitstreiter, eine Art Geheimorganisation (Dumbledores Armee) zu gründen und neue Mitglieder für den Kampf gegen die heraufziehenden Gefahren zu rekrutieren. Dabei werden sie vom mächtigen »Orden des Phönix« unterstützt.

Um das Leben eines Zauberschülers etwas nachvollziehbarer zu gestalten, wird in *Harry Potter und der Orden des Phönix* nicht per Knopfdruck, sondern allein durch das Erlernen von Zaubergesten gezaubert. Nur eine richtig ausgeführte Zaubergeste löst den ent-

Harry Potter und der Orden des Phönix

sprechenden magischen Effekt aus. Viel Lob verdient ebenfalls die Umsetzung der Spielwelt. Gerade die Zauberschule Hogwarts wurde mit viel Liebe zum Detail der filmischen Vorlage nachempfunden und ist von Spielbeginn an fast vollständig begehbar. Obwohl viele Handlungsschauplätze und die grafischen Effekte sehenswert sind, überzeugen die virtuellen Spielfiguren nur bedingt. Gerade bei den Gesichtsanimationen gibt es inzwischen wesentlich Besseres auf dem Markt *(Half Life 2/Oblivion)*.

Systemvoraussetzungen: Pentium 4 1600, 256 MB, WinXP+
Spielspaß: 80%
Grafische Präsentation: 80%
Geeignet für: Einsteiger

Copyright © 2008 by Gerd Frey

REZENSIONEN

J. G. Ballard

Die Stimmen der Zeit

(The Complete Short Stories Vol. 1)

Erzählungen • Aus dem Englischen von Wolfgang Eisermann, Charlotte Franke, Alfred Scholz und Michael Walter • Wilhelm Heyne Verlag, München 2007 • 987 Seiten • € 10,95

Vom Leben und Tod Gottes

(The Complete Short Stories Vol. 2)

Erzählungen • Aus dem Englischen von Charlotte Franke, Joachim Körber, Franz Rottensteiner, Alfred Scholz, Michael Walter und Carl Weissner • Wilhelm Heyne Verlag, München 2007 • 1131 Seiten • € 11,95

von Karsten Kruschel

Die Erzählungen von James Graham Ballard gehören zum Besten, was die Science Fiction hervorgebracht hat, in ihrer Qualität und Bedeutung nur mit denen von Cordwainer Smith, James Tiptree jr. oder Ursula K. Le Guin vergleichbar. Natürlich sind andere Kurzgeschichtenautoren auch sehr einflussreich gewesen, aber man muss ehrlicherweise zugeben, dass selbst die beste Asimov- oder Clarke-Kurzgeschichte vom literarischen Niveau Ballards Lichtjahre entfernt bleibt.

Wie bedeutend Ballard tatsächlich ist, belegt beispielsweise die Tatsache, dass von seinem Namen im Englischen ein Adjektiv abgeleitet worden ist: »Ballardian« bezeichnet Bizarres, Menschenleeres, Kühles, Entfremdetes. Im Collins English Dictionary findet sich folgende Definition: »Ballardian: (adj) 1. of James Graham Ballard (born 1930), the British novelist, or his works (2) resembling or suggestive of the conditions described in Ballard's novels and stories, especially dystopian modernity, bleak man-made landscapes and the psychological effects of technological, social or environmental developments.« In der Internet-Bildersammlung Flickr, in der alle Bilder mit »tags« genannten Adjektiven versehen werden, bekommt man mit dem tag »ballardian« mehr als hundert Motive: Aus merkwürdigen Blickwinkeln fotografierte Architektur, bedrohliche leere Räume, endlose Fluchten aus Betonelementen, kristalline Strukturen, optisch dekorativer Verfall, morbide Bildkompositionen. Und tatsächlich wollen dem Betrachter dieser Bilder Szenen aus Ballard'schen Erzählungen einfallen, als wären es Illustrationen.

Und auch die Popkultur hat Ballard assimiliert (Widerstand ist ja ohnehin zwecklos). Die Erzählung »Der Klangsauger« von 1960 inspirierte Trevor Horn, Chef des One-Hit-Wonders The Buggles, zum Text seines Hits »Video Killed The Radio Star«, und von David Bowie bis zu Suede finden sich Spuren seiner Stories vor allem in der englischen Popmusik.

Bislang gab es Ballards Erzählungen in Deutschland nur verstreut in zahlreichen Anthologien und in verschiedenen Story-Sammlungen zu lesen, meistens bei Suhrkamp, vereinzelt bei Melzer, Marion von Schröder, Edition Phantasia und Heyne. Im literarischen Antiquariat – lieferbar war schon lange nichts mehr davon (abgesehen von der handsignierten »Kriegsfieber«-Ausgabe zu € 45,-). Da ist es nur zu begrüßen, wenn es jetzt zwei ziegelsteinformatige Sammelbände gibt, in denen sich die kompletten Kurzgeschichten finden. Das heißt, ob sie tatsächlich komplett sind, sei dahingestellt. Manche Ballard-Texte umfassen nur wenige Seiten, da kann schon mal etwas verlorengehen. Einige der längeren Erzählungen sollen – laut der deutschen Wikipedia – stark gekürzt worden sein. Dem ist nicht so. Aufgefallen sind mir allerdings einige Änderungen an den deutschen Übersetzungen, die behutsam dafür sorgen, dass der Ton der Texte etwas ausgeglichener wirkt.

Die weitaus meisten Ballard'schen Geschichten befinden sich ja in der Schwebe zwischen kraftvoller Vision und grauenhaftem Alptraum. Sie verströmen eine raffiniert gezeichnete Stimmung von Morbidität, langsamem Untergang und allmählichem Verfall. Es wimmelt nur so von verfallenden Gebäuden, aufgegebenen Arealen, verschütteten Flugzeugwracks und langsam zu Ende gehender Größe, in deren Überbleibseln sich die Geschichten ereignen. Die handelnden Figuren tun das, was Menschen gerne tun: Sie passen sich an. Deshalb sind die Ballard'schen Helden passiv, egozentrisch und am Schicksal der Welt und der Menschheit nicht gerade sonderlich interessiert. Dabei ist es egal, ob die Welt langsam zu Kristallen gerinnt, mannsgroße Vögel aggressiv über die Menschen herfallen oder sich rings um ehemalige Raketenabschussrampen der Mars trocken und rot ausbreitet – Ballard gewinnt solchen Situationen immer einen eigenen Reiz ab.

Beispielhaft ist die Erzählung »Der ewige Tag«, in der die Erde buchstäblich zum Stillstand gekommen ist und jeder Ort seine eigene, ewige Zeit hat. Wie der Autor hier die Stimmung einer Abenddämmerung bis ins Extrem steigert und sie zu der resignativen Lebenseinstellung seines Helden in Beziehung setzt, sodass der Stillstand der Welt zur Folge der Verfassung dieses Mannes zu werden scheint, ist ein Kabinettstück suggestiver Prosa. Typisch auch die hypnotische Sprachkraft, mit der Ballard diese unmögliche Welt beschreibt, dicht und packend, wuchtig und in immensen Bildern. Nicht umsonst hat gerade dieser Autor in den Sechzigerjahren den Begriff des »Inner Space« geprägt und damit eine Entwicklung der englischsprachigen Science Fiction eingeleitet, die von Galaxien und Weltraumschlachten weg und hin zur literarischen Erforschung der menschlichen Psyche führte.

Und zur (scheinbaren) Unmöglichkeit, mit moderner Gesellschaft und galoppierendem Fortschritt zurechtzukommen. Die Innenwelt seiner Helden wird über die psychotischen und zwanghaften Weltuntergänge und Alpträume deutlich. Indem Ballard dem Leser solche seelischen Wüsteneien vorführt, befreit er ihn auch ein wenig davon. Das ist ein wenig wie Psychotherapie: Die Katze ist immer noch tot, aber gut, dass wir darüber gesprochen haben ...

Interessant an der doppelbändigen Heyne-Edition ist die strikt chronologische Anordnung der Texte. Auf diese Weise kann man nachverfolgen, wie Ballard sich immer wieder bestimmter Themen annimmt und sie weiterentwickelt. Die Idee, dass jemand alt zur Welt kommt, sein Leben rückwärts lebt und glücklich wieder verschwindet, verarbeitet er etwa zweimal auf durchaus unterschiedliche Weise. Auch den Einfall, Dinge lebendig werden zu lassen, hat Ballard mehrfach gestaltet; wenn die durch nie irgendwie erklärte Hochtechnologie lebendig gewordenen Musikinstrumente, Häuser oder Kleider dann auf die geheimen Wünsche ihrer Benutzer reagieren, stürzen sie diese in nur noch tiefere Not.

Amüsant die Fingerübungen Ballards zu jenen Zeiten, als die Science Fiction unbedingt moderne Literatur werden wollte und all jene Spielereien nachmachte, die in der sogenannten Hochliteratur rasch wieder aus der Mode kamen. Ballards merkwürdiger Humor dreht sich hier ins Aberwitzige. »Warum ich Ronald Reagan ficken möchte« gehört in diese Kategorie, und eine Erzählung, die nur aus einem einzigen Satz und achtzehn Fußnoten besteht, oder »Das Attentat auf John Fitzgerald Kennedy unter dem Aspekt eines Autorennens betrachtet« (»Die Strecke gilt in Fachkreisen als äußerst tückisch und wird an Gefährlichkeit nur noch von der Sarajewo-Strecke übertroffen, auf der allerdings seit 1914 keine Rennen mehr ausgetragen werden ...« Angesichts späterer Geschehnisse in Sarajewo bleibt einem da irgendwie das Lachen im Halse stecken).

Bei solchen Geschichten, die mit Science Fiction nichts zu tun haben, läuft es dem Leser schon kalt den Rücken herunter. »Die Flugzeugkatastrophe« von 1975 enthält nur im ersten Satz ein bisschen SF, als nämlich vom Absturz eines Flugzeugs mit tausend Passagieren an Bord die Rede ist – und in einer Welt mit einem A 380 ist das vielleicht schon bald keine SF mehr. Der Rest dieser Erzählung ist eine bitterböse Parabel, in der mit den entlegenen Ecken der Dritten Welt ebenso wenig eine Verständigung möglich ist wie mit irgendwelchen Außerirdischen. Genauso böse »Kriegsfieber«, in der die UN den Bürgerkrieg in Beirut künstlich am Laufen hält, um der Welt angesichts des schlechten Beispiels die Vorteile des Friedens vor Augen zu führen.

Ballard-Erzählungen als Pflichtkauf: Zum Preis eines Hardcovers bietet diese liebevoll aufgemachte Edition eine hervorragende Gelegenheit, mindestens drei Dutzend der besten Science-Fiction-Erzählungen aller Zeiten kennenzulernen und sich intensiv auf die so zwanghaften wie befreienden Visionen des Engländers einzulassen.

Copyright © 2008 by Karsten Kruschel

Stefan Blankertz
2068
Roman • Emons Verlag, Köln 2007 • 224 Seiten • € 9,–

von Bartholomäus Figatowski

Seit geraumer Zeit ist Köln nicht nur ein Touristenmagnet (fast zwei Millionen Besucher pro Jahr), sondern auch ein Lesermagnet: Bücher über Köln sind Legion. Von Reiseführern über Mittelalterepen bis zu Köln-Krimis reicht die Spannbreite der Veröffentlichungen. Umso mehr verwundert es, dass der Domstadt in der zeitgenössischen Phantastik nur sehr selten – der Heinzelmännchen-Roman »Nebenan« von Bernhard Hennen und der Grusel-Thriller »Cellar – Der Gyt« von Timo Bader sind Ausnahmen – eine prominente Rolle als Handlungsort eingeräumt wird. Schließlich bietet die zweitausendjährige Kulturgeschichte Kölns – ob in Form von Schauergeschichten wie die der unglückseligen Richmodis von Aducht, römischen und jüdischen Sagen oder dem Mysterienspiel des Kölner Doms – phantastisches Anregungspotential *en masse*.

Einen neuen Anlauf, diese literarische Leerstelle zu füllen, hat nun der Emons Verlag unternommen. War der Kölner Inhaberverlag, bei dem sich unter anderem Frank Schätzing zum Erfolgsautor entwickelte, bisher vor allem als Spezialist für Lokalkolorit-Krimis bekannt, hat nun mit »2068« der erste »richtige« Science-Fiction-Roman den Weg ins Verlagsprogramm gefunden. Das ist aus der Perspektive des SF-Fans mit Köln-Interesse höchst erfreulich – noch erfreulicher wäre es allerdings gewesen, wenn der Roman von Stefan Blankertz auch überzeugen würde.

Der SF-Krimi spielt, wie der gleichnamige Titel verrät, im Köln des Jahres 2068. Das bisher bekannte politische System ist ad acta gelegt, der bürokratische Gesundheitswahn hat sich wie eine Seuche weltweit ausgebreitet, und die Gesundheitsministerien üben nunmehr eine totalitäre Kontrolle über den Menschen aus. Jeder Mensch muss ein Kontrollgerät mit sich tragen, das alle seine gesundheitlichen Sünden dokumentiert. Ab einer gewissen Anzahl von Strafpunkten droht die Entmündigung des Bürgers. Und es kommt noch dicker: Europa ist »sinisiert« worden. Europa und

China sind zwangsverbündet, über Köln weht die rote Fahne: »Vor der Großen Chinesischen Wende war das Rheinland die erste deutsche Region gewesen, die sich von den Meiguren [US-Amerikanern] abwandte und Kontingente von Soldaten in die internationale chinesische Befreiungsarmee entsandt hatte, um den Nahen Osten von der ›schändlichen Meigu-Hegemonie‹ zu reinigen und Frieden zu bringen – einen Frieden, der sich zugegebenermaßen auch auf die Sicherheitslage Europas sehr günstig ausgewirkt hatte ... Mich fröstelte angesichts dessen, dass es damals gelungen war, Kriegsführung als ›Gesundheitspolitik‹ zu deklarieren.« Und auch die deutsche Sprache ist tot, wurde – Orwell lässt grüßen – durch das »Chineutsch« abgelöst. Welches Glück, dass es wenigstens noch ein paar hartgesottene Senioren gibt. Sie sind es nämlich, die Mitglieder des »1. Freien Altenkonvents«, die noch Widerstand gegen *health correctness*, die Fetischisierung der Kalorienzählung und nicht zuletzt staatlich legitimierte Euthanasieaktionen leisten. Als der »graue Edgar«, Rock-Sänger und Anführer der Kölner »Altenbrigade«, unerwartet bei einer Operation verstirbt, sollen seine sterblichen Überreste – den Vorschriften gemäß – auf dem Sondermüll entsorgt werden. Bevor es dazu kommt, gelingt es der Studentin und Edgars Geliebten Penelope Heiler, seine Leiche aus der Kölner Uni-Klinik zu »befreien«, um sie anschließend auf dem Kölner Melatenfriedhof auf traditionelle Weise zu begraben. Durch Zufall findet Penelope heraus, dass Edgar möglicherweise nicht eines natürlichen Todes gestorben ist. Sie beginnt eigene Nachforschung anzustellen und wird dabei nicht nur in einen mysteriösen Kriminalfall, sondern immer mehr in die Oppositionsbewegung hineingezogen. Unerwartete Hilfe bei der Tätersuche erhält sie von der unkonventionellen Sonderermittlerin des Gesundheitsministeriums Donna Hubel, mit der sie mehr verbindet, als sie anfangs vermutet.

Die »2068«-Lektüre hinterlässt einen gemischten Eindruck: Während Blankertz' Verwendung der SF-Elemente teilweise sehr plakativ wirkt, entwickelt sich die Kriminalgeschichte durchaus spannend. Und auch die humorvollen »chineutschen« Wortspiele wissen zu gefallen und würden zusammen mit dem kölschen Lokalkolorit sicherlich zum Weiterlesen motivieren – wäre die Vision einer chinesisch-rheinischen Gesundheitsdiktatur in weiten Teilen bloß nicht so klischeehaft und unglaubwürdig. Besonders unausgereift und unfreiwillig komisch mutet der dystopische Gesellschaftsentwurf an, wenn gerade die USA, die doch in der Kompromisslosigkeit ihrer Anti-Raucher-Politik seit Jahren unübertroffen ist, als letzter verbliebener Hort der Freiheit – inklusive Ronald Reagan als ihrer Galionsfigur – dargestellt werden.

Das Schreckensbild einer Gesellschaft, die ihre Alten auffrisst, feiert zwar bis heute mediale Konjunktur, ist aber alles andere als originell. Und so hat folgende Kritik von Susanne Gaschke (*Die Zeit*, 10/2007) an diesem Trend auch für den Roman von Blankertz einige Berechtigung: »Politische Dystopien, wie Aldous Huxleys ›Schöne Neue Welt‹ oder Stanisław Lems ›Transfer‹, kennen grundsätzlich nur die jugendwahnhafte Gesellschaft, die sich ihrer Alten zu entledigen sucht; Filme wie die ZDF-Gerontohorror-Dokufiktion *Aufstand der Alten* füttern insgeheim just diese irre Geisteshaltung. Dabei würde das ohnehin absurde Szenario der brutalen Altenentsorgung ja nicht die Rentner von heute betreffen. Sondern, wie gesagt, uns. Für eine Gesellschaft hingegen, in der die Generation 60 plus dominiert, fehlt offenbar selbst angelsächsischen Schriftstellern die sonst so zuverlässige soziale Fantasie.«

Copyright © 2008 by Bartholomäus Figatowski

Dietmar Dath
Waffenwetter
Roman • Suhrkamp Verlag, Frankfurt am Main 2007 • 291 Seiten • € 17,–

von Hartmut Kasper

»Erstens«, schreibt Dietmar Dath auf der Internetseite *www.claudiastarik.de*, die das Buch begleitet, Bilder liefert, Spuren legt: »Das Buch erzählt eine schlimme Geschichte, die in allen Punkten stimmt.«

Claudia Starik ist eine gute Schülerin. Sie wohnt bei ihren Eltern, telefoniert mit ihrem Bruder Thomas und besucht ihren alten, herzensguten Opa, den sie – aber das muss man nicht tadeln – nicht

»Opa«, sondern Konstantin nennt. Papa ist Musikkritiker. Mama ist Kunstlehrerin. Die beste Freundin heißt – wie könnte es anders sein – Stefanie. Bald wird Claudia ihr Abitur bauen. Sie ist klug und schön, und wenn sie, nachdem sie mit einem Jungen geschlafen hat, nicht schwanger geworden ist, freut sie das, denn sie hat ja noch viel Zeit. Nach dem Abitur wird sie mit Opa eine Reise nach Alaska machen, das hat er sich so ausgedacht, das ist sein Geschenk an seine Lieblingsenkelin.

»Zweitens«, schreibt Dietmar Dath, »die Leute, die im Buch vorkommen, sind ausgezeichnete Vorbilder (teils allerdings abschreckende).«

Claudia Starik ist eine gute Schülerin. Sie schläft mit ihrem Lehrer – »hol ihn ran, die hände an seinem hintern, und nimm seinen schwanz in den mund«. Opa Konstanin ist Kommunist; er hat sich vor langer Zeit von seiner Frau getrennt, weil die »irgendwen verpetzt hatte, an die nazis«. Stefanie nimmt Drogen. Der Bruder Thomas ist lange schon tot, die Telefonate fallen deswegen etwas einseitig aus. Mama und Papa sind nicht biologisch Mama und Papa, und sie haben Claudia adoptiert auf Bitten von Opa Konstantin.

In Alaska steht das HAARP, das – wie es im Internet heißt – »High Frequency Active Auroral Research Program«, auch »High Frequency Active Auroral Research Project«, ein »US-amerikanisches ziviles und militärisches Forschungsprogramm, bei dem hochfrequente elektromagnetische Wellen zur Untersuchung der oberen Atmosphäre (insbesondere Ionosphäre) eingesetzt werden. Weitere Forschungsziele sind Erkenntnisse auf den Gebieten der Funkwellenausbreitung, Kommunikation und Navigation.«

Wenn es nur das wäre ...

Claudia Starik ist eine gute Schülerin. Sie stößt einen Beinaheliebhaber vor ein fahrendes Auto. Die Abiturfeier fällt aus, die Reise nach Alaska wird fluchtweise vorgezogen. Opa Konstantin operiert, wie Claudia erfährt, hin und wieder unter dem Tarnnamen Murun Buchstansangur. Wer ist Murun Buchstansangur? Claudia googelt: Murun Buchstansangur ist ein TV- und Internetkobold. Ich habe nachgegoogelt, und siehe da, Claudia hat recht – es gibt ihn wirklich, diesen Murun, will sagen: In Wirklichkeit gibt es ihn natürlich nicht, nur im Netz, nur im TV, nur ausgestrahlterweise. Aber immerhin beschäftigen wir – die Erzählerin und ich – uns mit derselben (Ir)Realität. Überhaupt und immerzu ist das Buch mit der Realität und ihrem Statthalter, dem WorldWideWeb, verknüpft, immer wieder tut Claudia das, was wir tun, sodass sich Leser und Erzählerin auch außerhalb des Buches im allumfassenden digitalisierten Gewebe treffen.

Claudia googelt nicht nur, Claudia kennt sich auch – klassisches Bildungsgut – bei Shakespeare aus. Kennt sich dort sogar exzellent aus, kennt Shakespeare in erschreckendem Ausmaß auswendig. Erschreckend auch deswegen, weil sie die Stücke, die sie da auswendig hersagt, nie gelesen hat. Claudia und Konstantin fliegen nach Alaska. Nicht allein zum Sightseeing, sondern um HAARP auszuspionieren und zu sabotieren.

Fünftens schreibt Dietmar Dath: »Vernunft und Unvernunft kommen gerecht verteilt zu Wort.«

HAARP – Claudia fragt sich: »könnte das eine waffe sein, so wie diese mikrowellenapparate, mit denen das wasser im leib gekocht wird und zu deren existenz sich die vaterlandsverteidiger immerhin schon bekennen? werden feinde in zukunft wirr oder panisch gestrahlt? ist haarp eine verblödungsmaschine«?

Wenn es nur das wäre ...

Claudia begegnet sich selbst, einmal, zweimal. Claudia erfährt, wie oft es Claudia wirklich gibt und gegeben hat. Damals. Wie weit sie in die Vergangenheit zurückreicht, in welche Labore. Denn »Waffenwetter« ist ein Science-Fiction-Roman, sogar ein großartiger Science-Fiction-Roman, aber er funktioniert anders als die Waffenbolzereien vieler Space Operas, anders als die Zukunftsszenarien, die unsere Gegenwart bloß futuristisch kostümieren. Stattdessen türmt er das Phantastische in unserer Gegenwart auf, zeigt, dass der Alltag an deutschen Oberschulen, das Liebesleben der Neuzehnjährigen und die Begegnung mit einer ganz anderen Intelligenz als der menschlichen zeitgleich sind. Wir haben die Science-Fiction-Welt nicht vor uns. Wir leben bereits in ihr.

Zehntens schreibt Dietmar Dath: »Der Ausgang des Ganzen ist angemessen mehrdeutig.«

Ich weiß, normalerweise gilt in Rezensionen Pointenschonung, aber das Finale ist so grandios, so hollywoodbreitwanddolbysurroundhyperrealistisch, dass ich hier den letzten Satz, den Claudia spricht, verrate: »man will mich lebendig.« Aber ich kann nicht verraten, mit wem sich die Erzählerin die ganze Zeit unserer Lektüre über an uns, ihrer Leserschaft, vorbei unterhalten hat. Denn der Ausgang des Ganzen ist angemessen mehrdeutig.

Das letzte Wort, nachdem Claudia verstummt, behält sich der Autor selbst vor. Dietmar Dath sagt: »Der Autor glaubt an nichts Übernatürliches außerhalb der Kunst.«

Gäbe es ein künstlerisches Äquivalent für das Wort »Amen«, könnte man es darüber sprechen.

Copyright © 2008 by Hartmut Kasper

David Dalek
Das versteckte Sternbild
Roman • Herausgegeben und mit einem Nachwort versehen von Dietmar Dath • Shayol Verlag, Berlin 2007 • 202 Seiten • € 14,90

Dietmar Dath
Maschinenwinter. Wissen, Technik, Sozialismus
Eine Streitschrift • Suhrkamp Verlag/edition unseld, Frankfurt am Main 2008 • 131 Seiten • € 10,–

von Sven-Eric Wehmeyer

> Wir Roboter halten nichts von Magie. Wir halten nur etwas von Technik und exakter Wissenschaft.
>
> *Robbi, Tobbi und das Fliewatüüt*

Wie lautet ein kindgerechtes und hochvernünftiges Standardgebet in einer künftigen Welt, die wir nicht von unseren Kindern geliehen, sondern ihnen derart eingerichtet haben, dass an die Stelle einer lobend, bittend und dankend ins vertikal Transzendente gesprochenen Glaubenspraxis ein aufgeklärtes und leicht zu merkendes wie verständliches Bekenntnis horizontaler Mündigkeit treten kann?

Eben so: »Edison soll mich beschützen, ich will andern Menschen nützen.« Schließlich hat Thomas Alva Edison neben lauter nützlichen Dingen auch eine ganze Reihe unpreziöser und erdiger Aphorismen erfunden, die sowohl kindergebetsgerecht formulieren, wie man überhaupt zu Erfindungen gelangt, als auch Gebrauchsanleitungen zur rechten und gerechten Verwendung dieser Erfindungen liefern. Dem Imperativ einer knackigen Edison-Sentenz wie »Wenn es einen Weg gibt, etwas besser zu machen: Finde ihn!« folgen, auf die eine und auf den spätestens zweiten Blick gar nicht so andere Art, die Autoren Dietmar Dath und David Dalek in ihren Texten jedenfalls konsequent. Das zitierte areligiöse, Menschen- statt Gotteswillen huldigende Wissensbekenntnis findet sich in Daleks Science-Fiction-Roman »Das versteckte Sternbild«, dessen Herausgeber Dath kurz nach Erscheinen dieser nachgelassenen Weltraumoper mit dem Essay »Maschinenwinter« ein neues im engeren Sinn eigenes Werk folgen lässt. Daths technosozialistisches Manifest zur dringlichen, jedoch ärgerlicherweise nach wie vor erst kommender Zeit obliegenden Verbesserung des industrialisierten Gemeinwesens teilt mit Edison das Wissen davon, dass die Lösung der technischen Frage nicht die der sozialen erübrigt; mit Dalek teilt es die Bewunderung des Physikers Paul Dirac sowie die aus dessen intellektueller Biografie gewonnene Erkenntnis, dass »die Trennung in formale Eigengesetzlichkeit von Kunst oder Wissenschaft einerseits und deren Weltbezug ... andererseits eine naive und undialektische ist. Hie Mittel, dort Welt: So darf man als Materialist gar nicht denken.« Dieses Zitat aus »Maschinenwinter« bildet, weit (und nachweisbar gezielt) über seinen unmittelbaren essayistischen Kontext hinaus, einen poetologischen Kommentar dessen, was Dietmar Daths inzwischen notorisch vielseitiges, umfangreiches und nicht zuletzt daher etlichen Rezipienten ganz und gar nicht geheures Werk nicht nur im Innersten zusammenhält, sondern in zunehmender Klarheit, Raffinesse und Komplexität zu einem buchstäblich gesamten macht. Wer etwa in Daths Briefroman »Die salzweißen Augen« von 2005 eine in etablierter literarischer Form erzählte Liebesgeschichte mit implantierter Drastik-Theorie vermutet, denkt an der Textforschungsverfahrensdialektik des Autors vorbei beziehungsweise unterhalb deren Niveaus: im Dienste der Dath'schen Welterschließungs- und Denkabsichten löst sich das Theoretische im Erzählen auf. Im Feuilleton-Reader »Heute keine Konferenz« (2007) heißt es dementsprechend: »Vielleicht ist die ganze Gegenüberstellung von Argumentieren, Berichten und Darstellen einerseits und Erzählen andererseits nicht weniger scheinhaft, dynamisch, historisch, von operativen Vorgaben abhängig als der Unterschied zwischen synthetischen und analytischen Wahrheiten in der Philosophie oder zwischen Abstraktion und Figuration in der Malerei.« Der sprechende, strikt exakter Wissenschaft verpflichtete Roboter aus der dritten Robotklasse kann bislang schließlich nicht konstruiert, sondern nur ausgedacht werden, doch dank spätestens Arthur C. Clarke weiß man natürlich: »Any sufficiently advanced technology is indistinguishable from magic.« Dietmar Daths magisch-dialektischer Materialismus, so klug wie elegant Kunst- und Wahrheitsanspruch amalgamierend, geht jedoch noch ein Stückchen weiter. Seinen Erzählerkollegen David Dalek hat er nicht nur komplett erfunden, sondern am Ende des Romans »Dirac« (2006) auch in der Wüste von New Mexico wohin auch immer verschwinden lassen und dafür – Dath: »Das versteckte Sternbild‹ ist ein Abschiedsgeschenk von und an David Dalek« – dessen nachgelassenes, jedoch unvollendetes galaktisches Liebesabenteuer besorgt und postum im Berliner Shayol-Verlag herausgegeben. Auch diese Herausgeberfiktion ist mehr als ein im Stil von Vladimir Nabokovs »Fahles Feuer« oder Arno Schmidts »Die Gelehrtenrepublik« gehaltener *poeta-doctus*-Jokus und genauso wenig eine bloße, die sogenannte Autorfunktion dekonstruierende Spielerei, sondern eine Notwendigkeit. Gestützt wird diese Notwendigkeit durch die mobile, doch höchst strategische Guerilla-Form des Publizierens (mal Shayol-, mal Suhrkamp-, mal Verbrecher-Verlag), und sie ergibt sich aus dem, was man ein in der deutschsprachigen Gegenwartsliteratur ziemlich einzigartiges Großprojekt nennen kann: die verschiedenstes Material, diverse narrative Strategien und die eigene Erzählerbiografie immer dichter knüpfende Kohärenz eines so homogenen wie vielseitigen Gesamtwerks. Selbst für den monströs produktiven Dietmar Dath ist es aber zu anstrengend, ganz allein Welten zu schaffen und diese dann auch noch zu einem neuen Sternbild zu arrangieren; wie sich auch selbst der Suhrkamp-Verlag an das richtig abgefahrene Zeug nicht rantrauen dürfte. Bereits in den späten Neunzigern war von einem

Genreversuch, einer Space Opera zu hören, dem Barbara Kirchner, Koautorin von »Schwester Mitternacht« (2002), den Arbeitstitel »Nunc Stans« gab. Dieser Roman ist unveröffentlicht; dafür hat, wie Dath im Nachwort zu »Das versteckte Sternbild« schreibt, »David Dalek ... Motive, Figuren und Konstellationen daraus in seinen eigenen, sehr viel strafferen und besser organisierten Science-Fiction-Text introjiziert, in homöopathischen Dosen zwar, aber so, dass sie ihm zu gehören scheinen.« Das Ergebnis wird von einem Webrezensenten als »reizende, aber anstrengende Merkwürdigkeit« bezeichnet – eine gewaltige Untertreibung, unabhängig von der kritischen Einschätzung beziehungsweise Bewertung, die sich dahinter verbergen mag. Während Dath seinen von der ehrwürdigen Frankfurter Hochkultur-Independent-Geistesgroßinstanz publizierten Romanen wie »Dirac« oder jüngst »Waffenwetter« (2007) Genrezutaten nur in behutsamen Dosen beifügt (und selbst die schon bei populärkulturskeptischen Lesern für bemerkenswerte Irritation sorgen), tobt er sich mit »Das versteckte Sternbild« in seinem Lieblingsgenre aus, der Science Fiction. Alles, was hier an phantasmagorischen und intellektuellen Irrwitzigkeiten präsentiert wird, ist schließlich auf dem Mist einer imaginären Autor-Persona gewachsen. Das letzte Werk des von Roswell verschluckten David Dalek ist ein feministisches Roadmovie im Weltall, mit anbetungswürdigen und schwerverliebten Partisaninnen, die in einem organischen Raumschiff piratengleich gegen ein ständig zu- und zurückschlagendes, hemmungslos polizeistaatliches und turbokapitalistisches Imperium namens Traderey kämpfen und dabei interstellare wie virtuelle Räume kreuzen, Letztere unendlich modulier- und programmierbare Welten einer wahrhaft galaktischen Internet-Hypertrophie, die Gravnetz heißt. Auf der Suche nach ihrer Geliebten Suri Pfote gerät die Kosmonautin Isou Weißfeder in die Hände von Folterknechten, deren Methoden einen die Wiederbelebung des von derartigen Männerphantasien bestimmten Chromosomentyps aufrichtig verfluchen lassen. Sie geht auf einem den Topografien John Fords würdigen Westernplaneten einem Sheriff namens Claudia Starik (der Hauptfigur aus »Waffenwetter«) bei der Aushebung eines ekelhaften Kinderbordells zur Hand, lässt sich von orakelnden Wesen demütigen, deren kollektives Bewusstsein komplett aus Musik besteht, und verdingt sich auf einem wieder anderen Planeten, der wie ein norwegischer Black-Metal-Musiker heißt, als Ungeheuerfischerin. Dazu gibt es kampfstarke und sexuell hochaktive sprechende Seehunde, nur aus Brücken bestehende Gravwelten, unsexistische und heitere Pornografie, marxistische Kommunen, Baudrillard-Veräppelungen, prominente deutsche Feuilletonisten, Neologismen der kreativsten und referenziellsten dritten Art, unzählige Anspielungen auf und Zitate von unter anderem Madonna, Hubert Fichte, John Donne, Mark Z. Danielewski und Rudolf Borchardt sowie einen revolutionären Supervirus plus Happyend. Daths/Daleks saturnringradiusweit sprühender Ideenreichtum lässt sowohl die absurden Witzeleien Douglas Adams' müde als auch die posthumanen und politisch aufmerksamen Konstrukte der geläuterten New-Wave-SF von Greg Egan oder Ken MacLeod, in deren Tradition sich Dath ausdrücklich sieht, leicht unlebendig aussehen. Der Clou besteht nämlich in zweierlei: Zum einen ist Daths erstes waschechtes Genre-Werk sein zugleich leichtestes und unzugänglichstes, gewissermaßen unmittelbar experimentellstes; Daleks Autorenfoto zeigt nicht umsonst das originale Antlitz eines Beat-Poeten. Zum anderen schlagen all der Irrwitz, die Action, das Parabelhafte, der schiere Drive des Erzählens, die Komik, das Politische und Unpersönliche ins Allerpersönlichste, zumindest textverbindlich Intime zurück. »Das versteckte Sternbild« ist zuallererst eine Liebesgeschichte oder vielmehr eine Geschichte, die von den nötigen Umwegen weiß, die man nehmen muss, wenn man über Liebe sprechen beziehungsweise erzählen will, ohne den ganzen ranzigen Kleister von Klischees, Unmittelbarkeitsbehauptungen und abgelegten Bildern zu verstreichen, der die Darstellungskonventionen des Guten, Angenehmen, Werten so unangenehm verklebt.

Dietmar Dath über seinen Roman: »Als Erzähler sehe ich Science Fiction als Konvergenz. ›Das versteckte Sternbild‹ ist Ausdruck davon, keine Angst mehr vor dem Genre selber zu haben. Es geht darum, die Linie dessen, was ich in den vorigen Büchern gemacht habe, bis zur reinen SF zu verlängern. Dieser SF-Purismus ist sozusagen eine Fertigware, mit der aber das Persönlichste dargestellt und etwas, das eine Menge mit Authentizität zu tun hat, also eine Liebesgeschichte, gerade nicht authentisch verpackt wird. Um es richtig zu machen und auch, um ästhetisch erst mal abzurüsten, gehe ich es an wie ein Russisch-Unkundiger, der auf Russisch kommuniziert, mit Sätzen aus dem russischen Konversationslexikon. Umgekehrt ist das Thema von ›Das versteckte Sternbild‹ natürlich auch: Kapitalistische Wirklichkeit versus Sozialismus. In dieser Form kann ich universalistische Forderungen als partikulare stellen. Behaupten, Direktsagen, Urteilen ist gegenüber dem Erzählen eben immer starrsinnig, Schreiben als Erzählen andererseits etwas, in dem Pathos, gar Sentimentalität, auch Melancholie, Grausamkeit, Brutalität, lauter humorfreie Dinge also, mehr oder weniger gewichtige Rollen spielen. Ich kann diese Dinge aber nur anfassen, wenn eine Instanz existiert, die Selbstkritik übt, quasi als Reißleine oder Geländer an der Schlucht funktioniert, wie Genre, fiktive Autorschaft oder auch Komik. Das bewahrt den Text vor reinem Pathos, reiner Melancholie, reiner Brutalität etc.«

Und es ermöglicht der Erzählung, einen gegen Genre-Eskapismus und vulgärpostmoderne Weltvertextungstheoreme resistenten Wahrheitsbegriff zu repräsentieren, ohne herrisch herumzubehaupten. So tonfallklar und bisweilen auch biografistisch hier eine Autorstimme identifizier- und angreifbar ist: Das Genre schiebt sich und damit das Ästhetische vor, von dem wiederum wir spätestens seit Nietzsche wissen, dass es die höchste Ethik darstellt. Zum »Maschinenwinter«, dem Komplementärstück zu »Das versteckte Sternbild«, ist der Weg daher nicht weit, wächst doch das Imaginativ-Bunt-Fantastische der Science Fiction auf gegenwärtigem Boden. Die SF, die Dath schätzt und produziert, »ist aber zugleich Heilsbotschaft, Botschaft des Heilen, Versprechen von Erlösung, die sich weigert, zu bloßem Eskapismus zu verkommen, die im Gegenteil sogar verlangt, Realismus zu sein ...« – so Jan-Frederik Bandel über Arno Schmidt, einen anderen der wenigen großen deutschsprachigen, in mehrerlei Hinsicht mit Dath verwandten SF-Autoren. In dessen »Gelehrtenrepublik«, die Dath frisch benachwortete, zitiert eine Fußnote des fiktiven Herausgebers den eigentlichen »Verfasser« mit: »Abgesehen davon, dass die Atmosfärilien, das ›Milieu‹, im Leben das wichtigste sind: ebenso wird jeder verantwortungsbewusste Autor seine eigene Individualität – sie sei nun gut oder schlecht – mitgeben: damit der Leser wisse, welche Farbe das Glas habe, durch das er schauen muss.« In seiner sozialistischen Streitschrift kann Dietmar Dath kein abwesendes oder als alliterierendes Alter ego maskiertes Text-Ich gebrauchen, das um ein explizites Ich herumredet – weshalb Letzteres auch gleich in der ersten Zeile aus der Deckung tritt. Statt eine erfundene Zukunft zu beschreiben, fällt auch ebendieses Wort im Essay sehr häufig – verantwortungsbewusste Gegenwartsdiagnose ist Zukunftsprognose. Dass man über die nichts weiß, weiß Dath, aber er weiß darüber hinaus, dass gegenwärtige Welt- und Texttatsachen wie etwa wahre Gedanken dem Prinzip der Historizität unterliegen. Wenn man das weiß, ist die (bessere) Zukunft keine Science Fiction, sondern ein Ziel, und wenn Dath den Satz »Alle bisherige Geschichte ist die Geschichte von Klassenkämpfen« mit dem Satz »Mitgemeint ist etwas wesentlich Zukünftiges, aber gesagt werden kann es nur in der Vergangenheitsform« kommentiert, wäre mit Blick auf »Das versteckte Sternbild« umzudrehen: Mitgemeint ist etwas wesentlich Gegenwärtiges, aber gesagt werden kann es nur in der Zukunftsform – take Edison, take Marx, take hope. Im spekulativen Weltraumabenteuer stehen nicht weniger klare Worte als in der spekulativen Politpolemik, nur eben andere, notwendigerweise anders klingende.

Hierzu erneut Dath: »Alle Literatur und Genres außer der Science Fiction liefern Weltentwürfe nach Bibel-Vorbild. Im Gegensatz dazu sagt das ›Science‹ in der SF: Wir müssen das, was wir wissen oder glauben, immer neu prüfen. Die entscheidende, basale Trope der SF ist für mich die Formel ›Ich dachte, es sei x, es ist aber y‹, was nebenbei auch die Nähe zum Pop-Begriff, dem Neuen markiert. Von da aus motiviert mich die Frage: Kann man eine Welt erfinden, über die man noch nicht alles weiß?«

So ist »Maschinenwinter«, ohne dass darunter die tatsachengesättigte analytische und diagnostische Schärfe litte, eine Poetik des Erzählers Dietmar Dath wie »Das versteckte Sternbild« eine politische Fantasie. Liest man beides Rücken an Rücken, wird ebenso deutlich, wie auch seine anderen Erzählwerke abseits ihrer explizit essayistischen Passagen das Theoretische dichtend fundamentieren. Nicht umsonst ist es schwierig, ins Ungelesene hinein zu raten, aus welchem der beiden Texte der Satz »Der Mensch ist das Tier, das aus kosmischen Nebelwolken Sterne machen kann« stammt. Und wo einen die Lektüre des Genreromans mit all seinen herrlich strapaziösen Knalligkeiten und Ausflippereien da fordert, wo man es nicht vermutet, liest sich der Essay wie warmer Honig und gehört zum Spannendsten, was das erste Bücherhalbjahr 2008 zu bieten hat.

Donna J. Haraway, von deren publizistischen Tätigkeiten und Forschungsinteressen die akademisch-interdisziplinäre Schubladenprofil-Berufsbezeichnung »feministische Wissenschaftshistorikerin« nur eine sehr ungefähre Idee vermittelt, beschreibt ihr kulturtheoretisches Arbeitsethos beziehungsweise Erkenntnis- und Emanzipationsanliegen wie folgt: »A child of antiracist, feminist, multicultural, and radical science movements, I want a mutated modest witness to live in worlds of technoscience, to yearn for knowledge, freedom, and justice in the world of consequential facts.« Dietmar Daths jüngste Bücher sind Stimmen von Geschwistern dieses Kindes. Auch Haraway, der in »Maschinenwinter« ein kurzer, aber erschöpfender Abschnitt gewidmet ist, begegnet den aktuellen und künftigen Herausforderungen des lebens- und informationstechnologischen Zeitalters zu gleichen Teilen mit naturwissenschaftlicher Akkuratesse, üppig blühender Imagination und sozialpolitisch konkreten Forderungen. Ihrem technomythischen Entwurf des mutativen bescheidenen Beobachters, der den wichtigtuerischen Tatsachen der keineswegs besten aller möglichen Welten die (dem unter den Bedingungen industrieller Wissensproduktion verantwortungsbewussten Leben in kybernetischen Räumen geschuldete) Erkenntnis entgegenhält, dass Menschlichkeit machbar ist, ging zwölf Jahre zuvor das berühmte »Cyborg Manifesto« voraus. Im synthetischen Mythos der Cyborgs als »ebenso Geschöpfe der gesellschaftlichen Wirklichkeit wie der Fiktion« im Zweifelsfall weiblich konnotierte Hybride aus Maschine und Organismus beziehungsweise Hergestelltem und Natürlichem wird die Schnittstelle zwischen Science-Fiction-Bildlichkeit und materieller Realität zu einer Denkfigur, die herkömmliches Kategoriendenken suspendiert – was bei Dath aus noch besseren Gründen und in Ergänzung eines unwiderstehlichen narrativen Flows ebenfalls passiert. Wenn es um Auszeichnungen geht, lösen sich Erzählen und Aufklärung allerdings doch noch mal aus ihrer hybridischen Symbiose und wandern getrennt voneinander aufs Treppchen: Zum Zeitpunkt der Niederschrift dieser Besprechung ist David mit seinem Roman für den Kurd-Laßwitz-Preis nominiert, während Dietmar den diesjährigen Lessing-Förderpreis bereits überreicht bekam. (Herzlichsten Dank an Dietmar Dath, der Ende Januar in Freiburg Zeit für ein Gespräch mit dem Rezensenten fand und hoffentlich genug übrig hatte, *Robbi, Tobbi und das Fliewatüüt* zu schauen.)

Copyright © 2008 by Sven-Eric Wehmeyer

Cory Doctorow

Backup (Down and Out in the Magic Kingdom)

Roman • Aus dem Amerikanischen von Michael K. Iwoleit •
Wilhelm Heyne Verlag, München 2007 • 287 Seiten • € 7,95

von Bartholomäus Figatowski

In seinem Debüt-Roman »Backup« entwirft der Schriftsteller und Internet-Aktivist Cory Doctorow eine scheinbar vollkommene Utopie in nicht allzu ferner Zukunft, in der Energie unbegrenzt vorhanden ist und die Datenübermittlung eine zentrale Rolle einnimmt. Es ist das 22. Jahrhundert, und die Erde wird beherrscht von der Bitchun Society, die es dem Menschen erlaubt, seinen Geist als Backup abzuspeichern und in einen neuen, geklonten Körper zu laden. Der Tod ist auf diese Weise besiegt, denn bei einem tödlichen Unfall oder dem Alterstod kann stets das letzte Backup des Geistes hochgeladen werden. Die Menschen können sich also angenehmeren Dingen zuwenden, außerdem haben fast alle bisherigen Statussymbole ihren Wert verloren beziehungsweise sind durch sogenannte »Woppel«-Punkte ersetzt. Diese haben weniger mit Whoppern oder Moppeln zu tun als mit dem aus der Sozialphilosophie bekannten Begriff des »symbolischen Kapitals«. Darunter versteht der Soziologie Pierre Bourdieu den Grad der Bekanntheit und Anerkennung eines Menschen, der ihm Zugang zu sozialen Gütern wie Prestige, Privilegien oder gesellschaftlichen Positionen ermöglicht. In Doctorows Zukunftsvision sind Woppel sichtbar und richtig sexy, denn dank technischem Fortschritt ist jedermann in der Lage, den Woppel-Stand seines Mitmenschen online »anzupingen« und in Erfahrung zu bringen.

Was macht man nun in einer solchen Welt, in der alles machbar und erreichbar geworden ist? Weil ihnen die Decke vor Langeweile auf den Kopf fällt, sind für viele Menschen auf Dauer der Freitod oder ein jahrhundertlanger Kälteschlaf die Mittel der Wahl. Nicht unbeliebt ist aber auch der postmodern anmutende Versuch, sich »neu zu erfinden«. So auch Doctorows Protagonist Julius, der sich nach dem Erlernen von zehn Sprachen, der Komposition von drei Symphonien und vier Doktoraten etwas – scheinbar – sehr Praktischem zuwendet. Der Überhundertjährige ist seiner Freundin Lil, die in Disney World aufgewachsen ist und dort arbeitet, dabei behilflich, einige der dortigen Attraktionen, insbesondere das »Geisterhaus«, noch attraktiver zu machen. Wie in einem SB-Restaurant gilt es vor allem, noch mehr Besucher anzulocken und sie durch die Attraktionen in möglichst kurzer Zeit hindurch zu schleusen. Neben verbesserten Warteschlangen-Management plant Julius zudem, den Geisterhaus-Fan durch webunterstützte Interaktivität noch stärker in das Geschehen einzubinden. Julius ist ein Scharlatan und Menschenfänger der Unterhaltungsindustrie, der das nötige Menschenbild für diese Aufgabe von Haus aus mitbringt: »Ich mag zwar ein heller Kopf sein, aber, ehrlich gesagt, bin ich alles andere als ein Genie. Besonders, wenn es um Menschen geht. Wahrscheinlich kommt das daher, dass ich immer schneller sein wollte als Menschenmengen. Also habe ich nie die einzelnen Personen gesehen, sondern nur die Masse – den Feind der Effizienz.«

Unterstützung erhalten Lil und Julius dabei von Freund Dan, einem ehemaligen Missionar der Bitchun Society. Dan leidet an ziemlichen Minderwertigkeitskomplexen, da sein Woppel in den Keller gestürzt ist, weil es auf der Erde keinen Ort mehr gibt, an dem Menschen noch von der rechten Backup-Lebensweise überzeugt werden müssen. Doch selbst für einen Selbstmord hält Dan seinen sozialen Status für nicht mehr ausreichend und ist schließlich mit Lils Vorschlag einverstanden: »Er [Dan] muss wieder nach oben kommen. Er muss sich zusammenreißen, auf Vordermann bringen, produktive Arbeit leisten. Sein Woppel wieder hochbringen. Dann kann er sich mit Würde von der Welt verabschieden.«

Der Erfolg ihres Teamworks gibt ihnen recht und ruft gleichzeitig Konkurrenten auf den Plan. Schließlich wird ein Anschlag auf Julius verübt, und sein Geist wird dank eines Backups in einen neuen Körper transferiert. Dadurch wird das gesamte Projekt zurückgeworfen, seine Mannschaft verliert Woppel-Punkte. Alles deutet darauf hin, dass der Mord der Sabotage dienen sollte.

Das Geheimnis des eigentlichen Täters wird erst am Romanende gelüftet, was »Backup« Züge einer Detektivgeschichte verleiht. Und doch wollte Doctorow wohl kaum einen typischen »Whodunit« schreiben. Dazu ist Julius als Erzähler zu unzuverlässig und verrennt sich häufig in Details, die für die Gesamthandlung unwesentlich sind beziehungsweise einem schnuppe wären, wenn man gerade heimtückisch ermordet worden wäre und eine Chance erhielte, die Widersacher zu schnappen.

Die Vision einer Welt, die an einer »etwas deprimierenden Gleichförmigkeit« leidet, spiegelt sich auf gelungene Weise in der melancholischen Atmosphäre des Romans wider. Auch die Situierung der Handlung in Disney World, die Auseinandersetzung mit dem Woppel-System und seinen sozialen Folgen und das – keineswegs neue – Thema Persönlichkeits-Upload sind nicht gänzlich witzlos, sodass der Roman sicherlich seine Fans finden wird. Interessanter ist es aber wohl, Doctorows Roman als literarische Momentaufnahme der in den USA seit geraumer Zeit um sich greifenden »Disneyisierung« (Alan Bryman) aller Lebensbereiche zu lesen, wozu insbesondere die Verknüpfung von Produkten, Orten oder Dienstleistungen mit bestimmten Themen und die Aufladung von Konsum mit Erlebnissen zu zählen sind. Und es sieht nicht so aus, als würde sich der Trend zur »Erlebnisgesellschaft« bald umkehren: Je mehr das Mängelwesen Mensch und seine Lebensbedingungen verbessert werden, desto mehr braucht es die Transformation der Welt zur Disney World, um noch Grenzsituationen zu erleben. Die große Faszinationskraft Disney Worlds auf Julius wirkt vor diesem Hintergrund nur auf den ersten Blick befremdlich: »Als ich Disney World das nächste Mal besuchte, nach Abschluss der Highschool, war ich fasziniert vom Detailreichtum, dem Prunk und der Herrlichkeit des Ganzen. Völlig überwältigt verbrachte ich dort eine ganze Woche und grinste über beide Ohren, während ich von Ecke zu Ecke schlenderte. Eines Tages, daran hatte ich keine Zweifel, würde ich hier leben.«

Copyright © 2008 by Bartholomäus Figatowski

Hal Duncan
Vellum (Vellum)
Roman • Aus dem Englischen von Hannes Riffel • Shayol Verlag, Berlin 2007 • 600 Seiten • € 24,90

von Gundula Sell

Vellum ist das Pergament, hergestellt aus Rindshaut, aus dem sehr alte, wertvolle Bücher sind. Wenn etwas »nicht auf eine Kuhhaut geht«, dann meint das, das Behauptete sei zu viel und zudem recht unwahrscheinlich, womöglich gar eine Zumutung.

Im ersten Roman des 1971 geborenen, heute in Glasgow lebenden Autors Hal Duncan besteht aus einem ins Absolute gespannten Pergament das »Ewige Stundenbuch«, das der Student Guy Reynard Carter stiehlt und sich mit ihm aufmacht in eine schier unendliche Reihe von Welten. Andererseits besteht der Roman aus einer ständig wachsenden Zahl von weiteren Erzählsträngen. Ein paar Personen, die miteinander in Beziehung stehen, werden durch Raum und Zeit verfolgt, wenn auch keineswegs linear. Die Hippie-Tochter Phreedom Messenger, ihr Bruder Thomas, dessen Beschützer und Phreedoms Liebhaber Seamus Finnan, dessen Freunde Jack Carter und Joey Pechorin, wobei Jack Thomas' Geliebter ist. Der Autor erzählt ihre Geschichten in immer neu angesetzten, variierten, gleichen oder ins ganz Andere kippenden Versionen in Amerika, Schottland, im Kaukasus, im Zweistromland, im alten Griechenland, in den Schützengräben an der Somme und in einer nahen Zukunft. Realistische Schilderungen, wilde Phantasien, Filmklischees sowie klassische Mythen überlagern sich. Alle Personen haben ganze Ketten von Identitäten, sodass sie keine Linien, sondern eher Schraffuren durchs Buch bilden.

»Verfolgt« also werden die Personen. Von einem Konvent aus höheren Mächten, den Unkin. Der Begriff ist ein Nachhall aus Mesopotamien und meint Götter, Dämonen, Engel, Teufel – jedenfalls ein unbestimmtes Kollektiv höherer Mächte, die das Universum lenken und sich dabei weder um die Menschheit noch um Logik oder Chronologie scheren. Unkin können menschliche Gestalt annehmen; Menschen können, selbst ohne es zu wissen, Unkin sein. Der Konvent, der die Stabilität der Welt verteidigen will gegen die Auserwählten – das sind, auf Unkin-Ebene, alle Arten Revolutionäre, Terroristen, Prätendenten –, besteht aus alten Bekannten namens Gabriel, Raffael, Azazal, hinter denen wiederum, wie eine Vielzahl Schatten, ihre Personifizierungen in anderen Religionen und Mythologien stehen. Ihr Führer ist Metatron, hier nicht der Privatsekretär Gottes, sondern Hüter des leeren Thrones einer nicht vorhandenen höchsten Gottheit.

Und dieser seit dreitausend Jahren oder einem Wimpernschlag höchst nervöse Konvent versucht, alle Unkin auf Erden für seine Sache zu gewinnen. Besser gesagt, zu rekrutieren, denn Überzeugung findet nicht statt. Der ganze Kampf gegen finstere Feinde ist nicht zu sehen, nur, dass der Konvent diejenigen, die er in seinen Reihen haben will, so lange quält, bis er sich in ihnen genau die Gegner geschaffen hat, gegen die er zu Felde ziehen will, und damit seine eigene Rabiatheit rechtfertigt. Bei so einem Zirkelschluss sind Logik und Chronologie natürlich nur hinderlich.

Man kann sich fragen, warum gerade in letzter Zeit der Kampf »höherer« Mächte mit der Menschheit als Spielmaterial so en vogue ist. Seien es Neil Gaimans »American Gods« oder Sergej Lukianenkos »Wächter«-Zyklus oder entsprechende Filme. Das insgeheime Thema ist wohl der Versuch, unserer Ohnmacht angesichts der immer undurchschaubarer werdenden Welt Sinn zu geben, der Unabänderlichkeit zu entgehen, indem man sich zumindest literarisch in die Rolle derer »da oben« hineinversetzt, in die Rolle derer, die mitspielen, wenn sich herausstellt, dass der eine oder andere gewöhnliche Mensch im großen Weltganzen eine messianische Funktion hat, und sei sie noch so parodistisch oder gebrochen – oder gleich in die Rolle eines der weltenlenkenden Erzengel.

In diesem Strang des Buches ist das Vellum eine Haut, die die phantastisch angereicherte, auf- und abstrudelnde Realität abgrenzt gegenüber einem Jenseits, das quasi stillsteht. Dem, in dem Guy herumirrt und sie alle verwandelt wiedertrifft. Wer sich ins Vellum davonmacht, nimmt sich aus der Logik, um auf höherer Ebene in sie zurückzufinden. Es dient als Zufluchtsort ebenso wie als Drohung, als Überhöhung und als das Rätsel an sich. Und als Stichwortgeber für zahlreiche Einfälle, die sich mit abgezogener, beschrifteter, tätowierter Haut befassen und den diversen Gleichnissen, die sich daraus entwickeln lassen.

Ohne Bindung an eine einzige Geschichte und einen dafür zu schaffenden und begrenzten Hintergrund lässt Duncan immer neue Szenen in wechselnden Stilen entstehen, manche realistisch wie die sozialen Kämpfe in Glasgow Anfang des 20. Jahrhunderts, manche mit Zitaten aus überlieferten Legenden, etwa über die Göttin Inanna aus Sumer, aus Aischylos' Prometheus, von Vergil, oder aber aus Dokumenten von Beteiligten des Spanischen Bürgerkrieges. Hinzu kommen Abschnitte mit filmischer Ästhetik wie die Sprengung von quasi-viktorianischen Glaspalästen, eine Folterung durch die Mafia in einem amerikanischen Schlachthaus, überhaupt verschiedene Verhöre.

Duncans Roman erlaubt eine Vielzahl von Sichtweisen, doch keine davon ist zwingend. Deutungen über Deutungen, eine so wahr wie ihr Gegenteil oder etwas, das dazu windschief liegt. Das Buch wird je länger, desto bedeutungsschwerer, aber in Wahrheit wird keins der in seinem Netz von Anspielungen und Assoziationen zusammengeballten Rätsel wirklich gelöst. Wirklich – das heißt in überzeugendem literarischem Sinn. Immer wieder flieht der Autor in raunende Andeutungen. Auf der Rückseite des Buchs steht: »Warum wir existieren. Warum es Liebe und Schmerz gibt. Warum unsere Welt bald enden wird. Wollen Sie es wissen?« Selbst wenn ich es wollte – Duncan gibt uns dafür so viele halbe, Viertel-, Bruchstückantworten, dass ich es nachher weniger als vorher weiß.

Eine mögliche Sichtweise ist, das Vellum als Allegorie für das Internet zu betrachten und alle Fakten, Behauptungen und Erfindungen im Roman als Simulation des Web und seiner Art, mit der Welt umzugehen. Dann stimmt alles und bedeutet nichts: Lüge, Geplapper und Wahrheit in verschiedenen Graden, aufeinander nicht bezogen, aber verlinkt, nicht verifizierbar, ohne Verantwortung. Ausufernd und postmodern. Zur Postmoderne gehört, dass der Autor sich dessen bewusst ist, damit spielt. Auch diese Spielerei ist eine Methode, sich vor jeder Verantwortung für das Ganze oder auch nur einen umgrenzten Teil zu drücken.

Konstituierend für das Buch ist ein mystischer, überallhin Splitter verstreuender Verschwörungswahn. Auch dieser wird explizit benannt und sogar definiert: »Jack, eins der Symptome von Schizophrenie wird Apophänie genannt. Damit wird ein Zustand beschrieben, bei dem alles und jedes mit Bedeutung aufgeladen ist. Sie sehen Zusammenhänge, die nicht existieren. So entsteht auch Paranoia; denn irgendjemand, irgendwas muss doch hinter allem stecken. Gott oder der Teufel.«

Eine andere mögliche Sicht ist die auf ein allumfassendes Computerspiel, das immer wieder neu gestartet wird mit abgewandelten Parametern, aber stets derselben Aufgabe. Diese wird von einer Spielregel gesetzt, nicht von einer inneren Notwendigkeit der erfundenen oder unserer realen Welt.

Auch die Ironie des Autors gehört dazu, mit der er alle Grausamkeiten und Abstrusitäten, die er vor uns aufsteigen lässt, gleich wieder wegzwinkert und somit zum Selbstzweck werden lässt. Bedeutungen werden wortreich und mit verteilten Rollen behauptet, aber nicht überzeugend entwickelt. Die Realität franst zunehmend aus, und dem Autor ist das recht, er scheint seine Konflikte ohnehin nur als Vorwand fürs Fabulieren zu nehmen. Es geht zugleich immer ums Ganze, in höchstmöglichem Ton – so erweisen sich alle relevanten Menschen in der Handlung als Unkin und damit als höhere Mächte, die sich aber mit ihresgleichen auf ihrer Ebene doch nur dieselben Dialoge und Zweikämpfe liefern, wie es unsereiner könnte.

Das Buch, das man nur mit demselben postmodernen Augenzwinkern, das es ausmacht, einen Roman nennen kann, hat mich enttäuscht. Wenn der Autor versucht hat, seine Ideen entlang von Motiv- und Symbolketten anstatt von Menschen und ihren Handlungen zu entwickeln, hat er mit dieser simplen »Umkehrung« der Regeln des Genres letztlich auf keinen festen Grund zurückgefunden. Wenn es ihm nur darum ging, alles aufzuschreiben, was ihm an Erfahrungen, Gedanken und Einfällen in die Quere gekommen ist, dann ist das Ergebnis kein Mosaik, sondern ein Zufallsmuster aus bunten Steinchen, und das hineingewirkte Sammelsurium von Erklärungen und Pathos verliert sich darin. Sollte sein Vorhaben gewesen sein, die Liebesgeschichte von Thomas Messenger und Jack Carter zu schreiben, so hat er sie total überinstrumentalisiert. Schließlich: War es die »Absicht«, die Unüberschaubarkeit und Internetförmigkeit des modernen Daseins in der globalisierten Welt darzustellen, so wäre das zwar nicht neu, aber machbar. Doch ist das nicht dadurch zu leisten, dass man sich affirmativ darin auflöst wie ein Stück Zucker im Kaffee.

Copyright © 2008 by Gundula Sell

Irene Fleiss
Tod eines guten Deutschen
Roman • Book on Demand, Norderstedt 2003 • 296 Seiten • € 18,–

von Hermann Urbanek

»Es war einer der wenigen wolkenlosen Weidingtage des Jahres 2 Arischer Zeitrechnung (das dem Jahr 2002 der alten jüdisch-christlichen Zeitrechnung entsprach), als Gudrun Meyer die steinerne Adolf-Hitler-Brücke überquerte, um auf dem Platz der Kultur den alljährlichen 10. Weiding-Aufmarsch des BDM Linz mitzuerleben.«

Mit diesen Zeilen versetzt die 1958 in Wien geborene Irene Fleiss den Leser in eine alternative Welt, in der Nazi-Deutschland den von ihm angezettelten Krieg gewonnen hat. Eine Welt, in der der Angriff auf Pearl Harbour vereitelt und Japan daraufhin von Amerika ein Nichtangriffspakt aufgezwungen wurde. Eine Welt, in der die USA neutral geblieben und nicht in den Krieg eingetreten sind und daher aus dem europäischen Krieg kein Weltkrieg geworden ist. So konnten sowohl Großbritannien als auch die Sowjetunion von den deutschen Truppen überrannt werden. Eine Welt, in der Hitler und seine Gesinnungsgenossen ihre Pläne für ein »tausendjähriges Reich deutscher Nation« in die Tat umgesetzt haben und ein Großteil der Erde, darunter weite Landstriche Asiens und ganz Afrika, nationalsozialistisch geworden ist, in der infolge rigoroser Rassengesetze systematischer Genozid und Verschleppungen an der Tagesordnung sind. Eine brutale Welt, in der Gewalt, Unfreiheit und Bespitzelung alltäglich sind und als normal und selbstverständlich empfunden werden. In der das höchste Gut die Reinheit des Blutes ist, in der Menschen einzig und allein danach bewertet werden, wie viele Generationen sie ihre arischen Vorfahren mütterlicher- und väterlicherseits zurückverfolgen können. In der ein halbes Jahrhundert nach dem Endsieg Slawen und Südländer, die als

»rassisch minderwertige Untermenschen« angesehen werden, für die nordische Herrenrasse als Sklaven schuften und Schwerstarbeit unter erniedrigendsten Bedingungen verrichten müssen.

Es ist vor diesem Hintergrund kein Wunder, dass die Aufklärung des Mordes an einem Fremdarbeiter in Linz für die örtliche Zivilpolizei keine hohe Priorität hat. Der Fall wird lediglich verfolgt, weil das Opfer als Ausländer der Klasse I zur Eindeutschung vorgesehen war. Das ändert sich aber schlagartig, als ein hochrangiger SS-Offizier auf die gleiche Weise brutal erschlagen wird. Mit der Aufklärung des Falles betraut wird Kommissar Berengar Meyer. Er weiß, dass er seine Ermittlungen sehr vorsichtig und mit Fingerspitzengefühl durchführen muss, um sich nicht im Oberkommando der SS Linz, wo der ermordete Standartenführer Roderich Kranz die Deportation und Eliminierung unerwünschter Volksgruppen koordinierte, Feinde zu machen und seine Zukunft und die seiner Familie aufs Spiel zu setzen. Dabei wird großer Druck auf ihn ausgeübt, schnellstmöglich herauszufinden, wer denn diesen »guten, vorbildlichen« Deutschen umgebracht hat. Wenig hilfreich ist ihm dabei, dass er sich auch noch um Zeitungsmenschen aus Amerika kümmern muss, die im Rahmen einer geplanten Annäherung des Deutschen Reichs an die USA eine Reportage über das Leben hierzulande schreiben und sich für die Polizeiarbeit interessieren. Berengar weiß, dass er sich auf einem schmalen Grat bewegt, denn gelingt ihm nicht, diesen Fall zu lösen, dann bekommt er Schwierigkeiten mit seiner Dienststelle, findet er aber den Täter, dann ist ihm die Beförderung zum Hauptkommissar sicher – und damit auch eine Versetzung, mit größter Wahrscheinlichkeit in die Kolonien, mit all den schrecklichen und unmenschlichen Zuständen, die dort herrschen. Denn Berengar Meyer und seine Frau Gudrun haben sich, trotz aller Indoktrinierung durch Staat und Partei schon von Kindesbeinen an, Mitgefühl und eigenes Denken bewahrt – doch das ist undeutsch, und undeutsches Verhalten kann einen leicht ins Lager bringen. So versuchen sie, sich nach außen hin an ihre Umgebung anzupassen und mit der breiten Masse mitzuschwimmen. Trotz aller Vorbehalte geht Berengar, wenn auch mit gebotener Vorsicht, auf der Suche nach Gemeinsamkeiten dieser beiden und der noch folgenden Gewalttaten eines vermutlichen Serienmörders jeder Spur nach – um schließlich zu erkennen, dass das

Motiv für die Ermordung von Standartenführer Kranz ausschließlich in der NS-Ideologie zu finden ist, dass es sich um einen Mord handelt, wie er nur in einer nationalsozialistischen Gesellschaft mit ihrem Rassen- und Blutreinheitswahn möglich ist.

Mit »Tod eines guten Deutschen« legt Irene Fleiss, die in den Achtzigerjahren mit einigen phantastischen Kurzgeschichten in diversen Anthologien sowie dem Fantasy-Roman »Die Leibwächterin und der Magier« (Medea Frauenverlag 1983) hervorgetreten ist, nach fast zwei Jahrzehnten Absenz vom Genre einen überaus beeindruckenden Alternativwelt-Roman vor. Fleiss gelingt es, den Alltag in einer vom NS-Gedankengut geprägten Gesellschaft auf beeindruckende, höchst beklemmende Weise zu schildern, wobei sie bereits in den Dreißiger- und Vierzigerjahren gezeigte Tendenzen extrapoliert. So werden die germanischen Ursprünge, die schon zur Nazizeit propagiert wurden, wie die Thing-Spiele, noch weiter entwickelt. Es wird eine neue, die »Arische« Zeitrechnung eingeführt (auch wenn nicht ganz einleuchtend ist, warum man diese gewissermaßen auf die christliche aufgepfropft hat, da ja das Jahr 2 AZ mit 2002 nach Christus identisch ist – hier hätten sich aus NS-Sicht andere Beginnzeiten angeboten), und auch die alten germanischen Monatsnamen werden wieder eingeführt. Sehr stimmig und für die handlungsimmanente Plausibilität sehr wichtig ist auch die Verwendung eingedeutschter Begriffsbezeichnungen wie Bildgeber für Fotoapparat oder Fernsprecher für Telefon. Und natürlich auch die Transferierung »aktueller« Ereignisse und Begriffe in diese Alternativwelt – wie die Verleihung der Goldenen Germania auf den Berliner Filmfestspielen. (Ein besonderes Bonmot ist in diesem Zusammenhang, dass Berlin nach wie vor Berlin heißt, weil sich die Berliner geweigert haben und nach wie vor weigern, dem Wunsch des Führers zu entsprechen und ihre Stadt in Germania umzutaufen.) Beklemmend in ihrer Detailfreude auch die Schilderungen des Alltags im NS-Staat, der in einigen Aspekten starke Anklänge an Orwells »1984« zeigt: von der Allmacht der Blockwarte bis hin zur Nachrichtenübermittlung via Lautsprecher, von der allgegenwärtigen Blut-und-Boden-Ideologie bis hin zum Familienleben, bei dem die Frauen nichts anderes sind als Gebärmaschinen, deren Zweck es ist, Führer und Vaterland reinblütige Söhne und Töchter in großer Zahl zu schenken. Denn weite Gebiete in Asien und Afrika, deren ursprüngliche Bevölkerung ausgerottet wurde, sind jetzt menschenleer und warten auf die Neubesiedelung durch die arische Herrenrasse. Und nicht nur die Partei und die NS-Organisationen sind allgegenwärtig und lassen den Menschen schon von Kindheit an keinen Freiraum und formen sie im Sinne der NS-Ideologie – Hitler selbst ist auch nach seinem Tod noch immer präsent: als Hologramm, sprich »lichtformendes« Gangwerk auf dem Obersalzberg, den als Wallfahrtsort zu besuchen eines jeden Deutschen Pflicht ist.

Kernfrage des Romans ist bei alldem, wie wir denken, fühlen und auch handeln würden, hätte Hitler tatsächlich den Krieg gewonnen. Würden wir in der Lage sein, zwischen Recht und Unrecht zu unterscheiden, würden wir erkennen, dass wir in einem Unrechtsstaat leben? Könnten wir dann etwas tun und wenn ja, würden wir auch etwas tun? Oder würden wir uns ein- und unterordnen und den Dingen ihren Lauf lassen?

»Tod eines guten Deutschen« reiht sich nahtlos in eine Reihe mit modernen Klassikern dieses Subgenres der Science Fiction, wie Otto Basils eher satirisch angelegtem »Wenn das der Führer wüsste« oder Christian von Ditfurths »Der 21. Juli« und »Der Consul«. Es ist nur schade, dass dieses wirklich in jeder Beziehung überragende und bedeutsame Werk als Book on Demand erschienen ist, ohne nennenswerte Werbung, und daher unter der Wahrnehmungsschwelle blieb. Auch weil sich vom Titel alleine kein Hinweis auf den Inhalt ergibt. Aber vielleicht wird ja noch ein namhafter Verlag darauf aufmerksam und sorgt für eine größere Verbreitung, so wie es bei den Krimis von Roman Rausch und den phantastischen Romanen von Gerd Scherm gelungen ist. Verdient hätte es das Buch allemal.

Copyright © 2008 by Hermann Urbanek

M. John Harrison
Nova (Nova Swing)
Roman • Aus dem Englischen von Hendrik P. und Marianne Linckens •
Wilhelm Heyne Verlag, München 2007 • 346 Seiten • € 8,95

von Uwe Neuhold

Die Bücher M. John Harrisons hinterlassen bei mir schon während des Lesens – mehr noch nach beendeter Lektüre – ein seltsames nostalgisches Gefühl. Nostalgie an die Zukunft, tatsächlich. Besonders dieses.

Im Gegensatz zu anderen Science-Fiction-Autoren beschreibt der 1945 in Rugby, Warwickshire, geborene Harrison keine technologischen oder gesellschaftlichen Umwälzungen und Spektakel. Wenn wir, wie in »Nova«, seine Welt betreten – in diesem Fall ein Planet weitab des Zentrums der Galaxie – haben jene Veränderungen schon längst stattgefunden und interessieren kaum noch jemanden. Darum lässt er in seiner Geschichte rund um die Bar »Black Cat White Cat« in der Straint Street, die genauso gut in Casablanca um 1940 angesiedelt sein könnte, zwischendurch und ohne Vorwarnung befremdende Motive einfließen.

Zum einen handelt es sich um futuristische Technologien, natürlich, doch sie werden ohne die unverhohlene High-Tech-Begeisterung anderer Schriftsteller präsentiert. Betritt man die Bar, fallen einem vielleicht die »Schattenoperatoren« auf – seltsame halborganische Gebilde, die oben an der Decke, in den dunklen Winkeln hängen. Es ist bezeichnend, dass Harrison nirgends im Roman eine Erklärung gibt (abgesehen davon, dass sie auch schon in früheren Werken auftauchen), wie diese offenbar künstlich-intelligenten Maschinen funktionieren. Stattdessen lässt er sie aus ihrer fledermausähnlichen Haltung erwachen, auf einen Gast zuschweben, um ihn neugierig zu begrüßen und auf die ihnen eigene Art zu fragen: »Was können wir für dich tun, Liebes?«

Auch die sonstige »technische« Ausstattung des Romans lässt für Zukunftsfetischisten wenig zu wünschen übrig: Nanotechnik, intelligente Implantate und Tätowierungen als Datentransfermedien, sowie zahlreiche bionische Erweiterungen des menschlichen Körpers. In »Schneidersalons« bekommt man das gewünschte Feature – ob ein löwenähnliches Aussehen für Preisboxer oder ein neuronales Kampfsport-Update für Polizisten. Nie werden diese Errungenschaften verherrlicht, sondern stets lakonisch und nebensächlich eingeflochten, was nicht nur ihre Glaubwürdigkeit steigert, sondern auch die manchmal unverständlichen Handlungen der Charaktere erklärt.

Zum anderen geschehen in der Stadt mit dem lyrischen Namen Saudade jedoch seltsame Dinge: Unüberschaubare Mengen schwarzer und weißer Katzen traben täglich die Straint Street hinab; aus der Toilette eines Jazzschuppens tauchen allabendlich Fremde wie aus dem Nichts auf und bemühen sich verzweifelt, die Bewegungen und sozialen Geflechte der Menschen zu erlernen – dass dazu expliziter Sex gehört, ist eine Spezialität der Bücher Harrisons und hat ihm Lob und Tadel eingebracht.

An die Ursache der mysteriösen Erscheinungen haben sich die Einwohner Saudades längst gewöhnt: eine Raum-Zeit-Anomalie, die sich einige Straßen weiter runter ausgebreitet hat, ein Ausläufer des mysteriösen »Kefahuchi-Trakts«, in dem es von Artefakten nichtmenschlicher Kulturen nur so wimmelt. Wenn Harrison aus der Sicht von Abenteurern, die das »Gebiet« betreten haben, dessen seltsame, ja absurde Eigenschaften beschreibt, fühlen wir uns – von Harrison durchaus beabsichtigt – an die »Zone« erinnert: jene von Außerirdischen erzeugte Region aus dem Roman »Picknick am Wegesrand« der Strugatzkij-Brüder beziehungsweise aus dem visuell beeindruckenden Film *Stalker* von Andrej Tarkowskij.

Denn auch bei Harrison gibt es »Stalker«: eigenmächtige Erkunder des »Gebiets«, illegale Führer durch seine irrwitzigen, oft tödlichen Landschaften. Harrison zeichnet weder sie noch die sie verfolgenden Polizisten als Heroen, sondern lässt im Gegenteil einen Abgesang auf die (männlichen) Helden ertönen: Genauso wie der »Touristenführer« Vic Serotonin (in Harrisons Zukunft nimmt man sich irgendeinen Nachnamen, da er ohnehin niemanden interessiert) bei aller Manneskraft nur noch ein desillusionierter, in sich gekehrter Auftragnehmer ist, der Angst vor dem hat, was er tut, ist auch der ihm nachjagende Ermittler Lens Aschemann (»der Mann, der aussah wie Albert Einstein«) in Wahrheit kein hartgesottener Jäger, sondern ein melancholischer, zögerlicher Witwer, der lieber über Jazzmusik und Beziehungen philosophiert, als selber in das »Gebiet« vorzustoßen.

So kreist Harrisons Roman traumähnlich, hypnotisch, um jene Zone – fast wie Kafka um »Das Schloss« – und führt uns langsam, aber sicher immer näher heran, denn er weiß, dass wir sie sehen wollen, genauso wie Vic Serotonins Kunden danach lechzen. Als es dann endlich so weit ist, entspricht das, was ihnen dort begegnet, auf unausweichliche Art genau dem, was in ihnen vorgeht. So ist das »Gebiet« genauso unvorhersehbar, genauso trügerisch, genauso impulsiv und gleichzeitig von innerer Öde zerfressen wie die Protagonisten der Handlung. Damit wandelt sich die Anomalie von einem Fluchtpunkt des ausgestoßenen Menschen zu einem transzendenten Ort, der jene, die ihn betreten, auf sich selbst zurückwirft. Einige verschwinden darin, andere schaffen es nicht über das Niemandsland am Eingang des »Gebiets« hinaus, und jene, die drin waren, kehren verändert zurück, sterben später an Träumen und Erinnerungen. Zurück bleiben verlassene Frauen, die eigentlichen Helden Harrisons, welche sich in ihrer Einsamkeit und wirtschaftlichen Armut ein letztes Mal aufbäumen, ihr Schicksal endlich in die eigene Hand nehmen und das alte Leben sowie den Planeten hinter sich lassen.

»Nova« erhielt 2007 verdientermaßen den Arthur C. Clarke Award als bester britischer Roman des Jahres.

Copyright © 2008 by Uwe Neuhold

Wolfgang Hars

Lexikon des verrückten Weltalls

Scherz Verlag, Frankfurt am Main 2007 • 280 Seiten • € 16,90

von Uwe Neuhold

Wussten Sie, dass der Begriff »Astronaut« zum ersten Mal von dem französischen Science-Fiction-Autor J.-H. Rosny Ainé verwendet wurde? (Er ließ sich in seinem Buch »Les Astronautes« 1927 von den Aeronauten – Luftschiffern – inspirieren.)

Oder dass die Idee, bei Raketenstarts den Countdown laut mitzuzählen, von Regisseur Fritz Lang stammt? (Er wollte 1928 die Erstaufführung seines Stummfilms *Die Frau im Mond* spannender machen, indem er das Publikum beim Start herunterzählen ließ – woran man sich 1942 beim Abfeuern der ersten funktionstüchtigen Rakete erinnerte.)

Und dass der einzige Mensch, der jemals von einem Meteoriten getroffen wurde, eine Großmutter war? (Nämlich die 76-jährige Engländerin Pauline Aguss, als sie 2004 Wäsche in ihrem Garten aufhing und dabei plötzlich einen sengenden Schmerz im Arm verspürte – glücklicherweise ließ sie das kleine braune Felsstück ansonsten unverletzt.)

Menschen ohne Bezug zum Weltall mögen dies für »nutzloses Wissen« halten, welches zurzeit ja in mehreren entsprechenden »Enzyklopädien« zuhauf präsentiert wird. Für Liebhaber des Himmels und der Science Fiction aber erweist es sich als Quell zahlreicher neuer Informationen.

Planetendaten, Sternbilder, historische Starts und Fehlstarts von Raketen, die Drake-Formel zur Wahrscheinlichkeitsberechnung außerirdischen Lebens, eine Liste regelmäßiger Meteorströme, astronomische Fachausdrücke, eine Rechentabelle zur Einstein'schen Zeitverschiebung und vieles mehr lassen das »Lexikon des verrückten Weltalls« – ganz im Gegensatz zum Titel – ganz und gar nicht verrückt erscheinen: Hier hat jemand mit viel Liebe zum Thema recherchiert, freilich auch mit einiger Respektlosigkeit, etwa wenn beschrieben wird, warum Sex im Weltall schwierig ist oder welche Musikstücke bisher von Wissenschaftlern an die Aliens gesendet wurden.

Weitere Einträge machen Banales durch Zählung interessant: Wer sind die 24 Menschen, die bisher mit eigenen Augen die dunkle Seite des Mondes sahen? Warum kommt in den alten *Star-Trek*-Folgen so oft die Zahl 47 vor? Und wie lange überlebt ein Satellit bei welcher Bahnhöhe?

Andere Beiträge decken alternative Szenarien auf: So ist jene Kondolenzbotschaft zu lesen, die Präsident Nixon für den Fall in der Schublade hatte, dass die Astronauten der *Apollo-11*-Mission auf dem Weg zum oder vom Mond umkämen.

Zu den wenigen Schwachpunkten gehört, dass auch astrologische und UFO-Themen unkritisch vorkommen und dass zwar die bekannten (und weniger bekannten) Merksprüche zur Reihenfolge der Planeten aufgezählt werden, aber noch keine, die auf den Wegfall des zum »Kleinplaneten« degradierten Pluto reagiert hätten.

Copyright © 2008 by Uwe Neuhold

Marie Hermanson
Der Mann unter der Treppe
(Mannen under trappan)
Roman • Aus dem Schwedischen von Regine Elsässer • Suhrkamp Verlag, Frankfurt am Main 2007 • 269 Seiten • € 8,90

von Karsten Kruschel

Ein rundum glückliches Paar in der schwedischen Provinz steht am Anfang dieses Romans, und ein völlig zerrüttetes, von einem undurchdringlichen Geheimnis zerstörtes Leben steht an seinem Ende – das »Geheimnis« selbst allerdings schickt sich unterdes an, sein nächstes Opfer zu finden.

Frederik, der Ich-Erzähler, hat mit seiner Frau Paula und seinen beiden kleinen Kindern einen Traum von einem Haus gefunden, bildschön gelegen, in angenehmer Entfernung von der Stadt, ländlich ruhig, und dabei »so was von günstig« ... Ohne groß darüber nachzudenken, dass der günstige Preis vielleicht so seine Gründe haben könnte, ziehen Paula und Frederik ein.

Die ersten Risse des Familienidylls sind bereits in der Familie selbst angelegt: Frederik hat seine Karriereträume in der betulichen Ruhe der Stadtverwaltung und seines sicheren kleinen Beamtenpöstchens beerdigt – ein Langweiler vor dem Herrn. Seine Frau, innerlich zerfressen vom Gedanken an eine gescheiterte Tanzkarriere, war nur mit abstrusem Aufwand zu einer zweiten Schwangerschaft zu bewegen und stellt irgendwelche Kunst her, die Frederik schon gar nicht mehr zu verstehen versucht. Die heile Welt hat also ihre Sollbruchstellen, und Marie Hermanson legt alsbald die erzählerische Kettensäge an, um die Kerben zu veritablen Schneisen auszubauen, Schneisen, in denen der Leser sich langsam verliert.

Es beginnt mit den merkwürdigen Phasen krankhafter Schlaflosigkeit, die Frederik heimsuchen und ihn in kruden Ohnmachtsphantasien festgenagelt liegen lassen, zweifelnd an der Wirklichkeit. Frederik bemerkt eines Tages nach einer solchen Halbschlafattacke Spuren im Haus, die auf die Anwesenheit eines unsichtbaren Mitbewohners hindeuten. Niemand geht seinen Hinweisen nach, und als er, allein gelassen mit seinen Nachforschungen, endlich auf die Wahrheit stößt, glaubt ihm auch niemand. Keiner nimmt ihm ab, dass in einem Hohlraum unter der Treppe ein kleiner Mann lebt. Naja, vielleicht auch ein Kobold oder ein Alien in ungefährer Menschengestalt. Man nimmt nichts von ihm wahr, wenn man nicht darauf achtet, und dennoch versucht Frederik ihn loszuwerden. Die Existenz eines nicht genehmigten, wilden, unbekannten Wesens in seinem Haus ist für ihn nämlich unerträglich: So vieles in seinem Leben kann er nicht kontrollieren – schon gar nicht seine immer seltsamere Kunst produzierende Frau –, da will er wenigstens in seinem Traum von einem Haus die Oberhand behalten.

Den Versuch, ihn schlicht rauszuwerfen, kontert Kwådd – so der Name des Wesens – mit der Behauptung, er sei ja der Untermieter. Frederiks Forderung nach einer lächerlich überhöhten Miete jedoch wird mit der Zahlung der Summe beantwortet. Zeitgleich verschwindet eine größere Summe Geldes – und zwar genau dieselbe – bei einem Nachbarn der Familie. Nach und nach nimmt der Kampf gegen den kleinen Mann unter der Treppe immer mehr Raum in Frederiks Gedanken ein – und in seinen Taten. So viel der rätselhafte Untermieter auch anrichtet, er bringt es immer wieder fertig, dass nur Frederik ihn tatsächlich zu Gesicht bekommt. Die einzige Ausnahme ist Fabian, der kleine Sohn, doch der entwickelt sich unter Kwådds Einfluss immer mehr zum Rohling. Und auch der Hund nimmt den unheimlichen kleinen Mann wahr – aber dessen Tötung durch Kwådd reitet Frederik nur noch tiefer in die Abwärtsspirale hinein.

Frederiks Handlungen wirken auf seine Familie und seine Umwelt zunehmend absonderlich. Es gibt jede Menge Beweise für die Existenz Kwådds, doch Fredrik schafft es nicht, dass die anderen sie auch wahrnehmen. Die Welt zerrinnt ihm zwischen immer verzweifelteren Versuchen, das Haus für sich allein zu haben. Er beginnt eine von vornherein hoffnungslose Affäre, die Frau wird schwanger, und Kwådd hilft Fredrik, sie verschwinden zu lassen – oder nimmt er den kleinen schmutzigen Mann nur als Vorwand für einen, nun ja, Mord?

Das saubere, einfache, kleine Leben verwandelt sich in einen befleckten, komplizierten Versuch, den Anschein zu wahren. Kwådd wird zu einem Dämon, aber nicht, weil Kwådd sich verändert, sondern weil Fredriks Leben immer mehr aus der Bahn gerät. Am Ende bekommt Fredrik den Beweis, dass Kwådd schon immer da war, dass er zu dem Haus gehört wie ein unschöner Schutzgeist – aber da ist Fredrik schon in der Klapsmühle, und es kümmert niemanden mehr, was er herausgefunden hat. An einer Stelle sagt Kwådd zu Frederik: »Ich weiß immer, welche Bewegungen du machen wirst. Bevor du selbst es weißt.« Und genauso ist es.

Der Mann unter der Treppe ist vielleicht eine Art Hausgeist – aber dafür sind seine technischen Fertigkeiten zu ausgefeilt. Vielleicht ist er einfach nur ein sehr geschickter Obdachloser – dagegen sprechen seine übernatürlichen Fähigkeiten und die Tatsache, dass er das Haus nun schon seit mehreren Generationen nutzt, ohne sich verändert zu haben. Vielleicht ist Kwådd ein gestrandeter Außerirdischer – doch was sollte er ausrichten in dem unergründlich tiefen Versteck unter der Treppe?

Das alles wäre an sich kein Grund, die verrückte Geschichte vom »Mann unter der Treppe« für mehr zu halten als eine ausgewalzte Kurzgeschichte; Hermansons Erzählweise allerdings rechtfertigt die mehr als zweihundertfünfzig Seiten. Sie möbliert den Roman mit der Akkuratesse einer sadistischen Innenarchitektin. Wenn man sich den Horror von Lovecraft vorstellt wie Illustrationen von H.R. Giger, dann ist Hermansons Horror direkt aus dem Ikea-Katalog. Das macht ihn nicht weniger schrecklich. Nur anders. In den klaren, unzweideutigen Linien ihrer Inszenierung wird sowohl die Deutung Kwådds als Dämon einsichtig als auch als Halluzination eines überarbeiteten Beamten. Das erklärt, warum sich Frederik am Ende im Irrenhaus wiederfindet – und warum Kwådd sich hier als existierend erweist. Beweise gibt es erst, wenn sie niemandem mehr nutzen. Kafkaeske Ausweglosigkeit steht am Ende. Frederik erhält einen unwiderlegbaren Beweis für die Existenz Kwådds, doch nun nutzt ihm das Wissen nichts mehr. Die nächste Familie zieht ein in das Haus, nicht ahnend, dass unter der Treppe etwas haust, das dort schon mehrere Generationen von Hausbesitzern überstanden hat: der eigentliche Herrscher des Hauses. Wer weiß, vielleicht ist das ja in allen schwedischen Häusern so oder auch in allen Standard-Eigenheimen. Wohl dem, der weder Treppe noch Keller hat ...

Copyright © 2008 by Karsten Kruschel

Joe Hill

Black Box (Twentieth Century Ghosts)

Erzählungen • Aus dem Amerikanischen von Hannes Riffel •
Wilhelm Heyne Verlag, München 2008 • 510 Seiten • € 9,95

von Sven-Eric Wehmeyer

Das heftige Gewese, das in Horrorkreisen um Joe Hills Kurzgeschichtensammlung »Black Box« gemacht wurde, verspricht keinesfalls zu viel. Vor drei Jahren erhielt Hill für seine Fiktionen verdientermaßen den Bram Stoker Award – man sollte pauschal vorsichtig sein, blind die Preisträgerlisten herunterzukaufen, aber als Qualitätsindiz und einen gewissen Vorfilter kann man Auszeichnungen dieser Art natürlich dennoch gebrauchen. Horror ist ein gegenwärtig äußerst lebendiges Genre, und es hagelte in jüngster Zeit vielversprechende Veröffentlichungen, die belegen, dass die kurze Erzählung die immer noch wichtigste literarische Gattung ist, wenn man sich mit »fiction of the macabre« (Harlan Ellison) etablieren will. Das scheint innere narrative und ästhetische Gründe zu haben, wobei Joe Hill allerdings mit seinem Roman »Blind« bereits eindrucksvoll unter Beweis stellte, dass er die Langform ebenso meisterlich beherrscht. Ironischerweise haben es Kurzgeschichten auf dem deutschen Genremarkt ja auch eher schwer.

»Black Box« hat jedoch weit Grandioseres als »Blind« zu bieten. Lediglich Laird Barrons Debütkollektion »The Imago Sequence and other Stories« (Night Shade Books) kann der unter den mehr oder weniger frischen Publikationen Hills in »Black Box« auf facettenreichste Weise entfalteter Erzähl- und Ideenkunst das Leichenwasser reichen. Ein wesentlicher Grund für den Ausnahmestatus beider Sammlungen – und ebenso für die Besprechung des Bandes in einem Science-Fiction-Jahrbuch – liegt in der verblüffenden Tatsache, dass sowohl Barron als auch Hill nicht in erster Linie Horrorautoren sind, sondern Kurzgeschichtenerzähler. Hier wird nicht der Kunst kurzen Horrors gefrönt, sondern Horror in den Dienst kurzer Erzählkunst gestellt und damit der Horror weniger als Genre, sondern als ein Pool von Bildern, Sujets, Stilen, Motiven und Stimmungen »gepliftet«, aus dem besonders erfolgreich und prächtig gefischt werden kann, wenn *die* Kurzgeschichte als spezifische Form das Ziel der künstlerischen Intention darstellt.

Hinzu kommt, dass Joe Hills Geschichten ihren schieren Plots nach bestenfalls in die größere Rubrik der phantastischen Literatur hineinpassen oder, anders gewendet, aufregende neue Möglichkeiten und Wege der Horrorliteratur (der gern Konservatismus und Unbeweglichkeit nachgesagt werden) markieren. Die erste Erzählung des Bandes, »Best New Horror«, ist geläutert-reflektierter, hochmoderner Hardcore-Horror, der nicht nur demonstriert, wie man den drastischen amerikanischen Leinwandterror der Siebzigerjahre à la *The Texas Chainsaw Massacre* angemessen literarisiert, sondern auch ein hochintelligentes Spiel mit der Horrortradition offensiver Bildlichkeit zwischen Andeuten und Zeigen treibt. »Der Gesang der Heuschrecken« ist mit Monsterkatastrophenfilmen und Coming-of-Age-Geschichten ebenso verwandt wie mit Franz Kafkas »Die Verwandlung«. Wieder einen anderen Ton, den des schwarzironischen Pastiche, schlägt »Abrahams Söhne« an, eine Posse um Van Helsings amerikanisierte Söhne. In »Bobby Conroy kehrt von den Toten zurück« entwickelt Hill eine rührende Liebesgeschichte unter untot geschminkten Statisten auf dem Set von George A. Romeros *Dawn of the Dead* (dt. *Zombie*) – der unschlagbare Einfall hierbei ist, kulturindustriellen Horror als beiläufig gesetztes Setting und atmosphärisch völlig gegen den Strich gesetzten Hintergrund zu nutzen und gleichzeitig über ein spaßiges Kapitelchen Horrorkulturgeschichte stimmiges Milieu und tolle Charaktere zu etablieren. »Die Maske meines Vaters« schließlich ist nichts weniger als die verstörendste, haarsträubendste und unheimlichste Kurzgeschichte der letzten zehn Jahre. So was kann trotz der Vorteile visueller Horrorkunst – *Pans Labyrinth* hin, *Das Waisenhaus* her – nur einem feinziselierten Text wie diesem gelingen, der den Gedanken aus Oscar Wildes Essay »Die Wahrheit der Masken« einen wahrhaft perversen Dreh verpasst.

Den Höhepunkt der Sammlung bildet jedoch zweifelsfrei »Pop Art«, die Geschichte eines aufblasbaren jüdischen Jungen. Hill veröffentlichte sie ursprünglich in einer Anthologie mit magisch-realistischen jüdischen Erzählungen und erfuhr dafür viel positive Aufmerksamkeit unter vor allem jüdischen Intellektuellen. Zu vergleichen ist »Pop Art« vielleicht nur mit der wunderschönen *Simpsons*-Episode *Der Vater eines Clowns*, in der Lisa und Bart versuchen, dem aufgrund seines Berufs von seinem weisen Rabbi-Vater verstoßenen Krusty zu helfen, indem sie den Rabbi in einen Toragerechten theologischen Disput über die Komik verwickeln. In beiden Fällen wird ein großes Thema virtuos in ein kleines Stück Popkultur gepackt. Und welcher berühmte Papa dem kleinen Joe seinen ersten Baseball schenkte, wissen ja wohl mittlerweile auch alle.

Copyright © 2008 by Sven-Eric Wehmeyer

Stefan Iglhaut, Herbert Kapfer und Florian Rötzer (Hrsg.)
What if? Zukunftsbilder der Informationsgesellschaft
Heise Verlag, Hannover 2007 • 336 Seiten • € 18,-

von Wolfgang Neuhaus

Aus Anlass des Informatikjahres 2006 wurde das »What if«-Projekt ins Leben gerufen, das eine Artikelserie beim Online-Magazin *Telepolis*, einen international ausgeschriebenen Science-Fiction-Wettbewerb für Stories und Hörspiele (dessen Gewinner ebenfalls bei *Telepolis* präsentiert wurden) und eine Sendereihe beim Bayerischen Rundfunk in sich vereinigte. Einige Beiträge des vorliegenden Bandes wurden also schon im Internet veröffentlicht, andere stellen Auszüge aus Studiogesprächen beim BR dar. Die Vielfalt der Beiträge liefert insofern auch ein sehr heterogenes Mosaik an Zukunftsbildern, das zuweilen etwas zusammengewürfelt wirkt. Szenarien mit ironischem Unterton, in denen Google die ARD und das

ZDF übernimmt (Horst Müller) oder die Erfindung einer »Trigitalität« endlich Künstliche Intelligenz ermöglicht (Sascha Lobo), stehen neben Spekulationen, ob das Universum ein Automat ist (Herbert W. Franke) oder eine Simulation, erzeugt durch eine technisch höher stehender Alien-Zivilisation (Nick Bostrom). Ferner finden sich Beiträge zu Computerspielen, zur Wissensgesellschaft 2.0 und zum abzusehenden Gedankenlesen mittels Apparaten.

Doch wie wird das grundlegende Verhältnis von Science und Fiction, von Wirklichkeit und Vorstellungskraft erörtert? Stefan Iglhaut fragt in seiner Einleitung »Science Fiction und Informatik – Flirt und Mésalliance« zwar nach den konzeptionell einflussreichen Visionen der Informationsgesellschaft (»Wohin entwickeln sich die Vorstellungen der Welt als Netzwerk, der Optimierung von Körper, Intelligenz und Wahrnehmung, des Übergangs in virtuelle Realitäten und nicht zuletzt des Umbaus der Erwerbsgesellschaft?«), belässt es aber dabei, Science Fiction als »eine Art phantastische Technikfolgenabschätzung« und von daher als notwendige Ergänzung in den gesellschaftlichen Debatten um Technik und Wissenschaft anzupreisen.

Andere Autoren des Buches haben eine wenig tolerante Sicht auf die Spekulationsfreiheiten, die sich manche Wissenschaftler leisten. Der Filmemacher Peter Krieg reiht in seinem Beitrag die Texte von Ray Kurzweil und anderen abschätzig in die »moderne Science-Fiction-Produktion« ein und urteilt, dass es sich bei diesen um »letztlich totale und totalitäre Kontrollphantasien« handele, die Utopien der Macht und nicht der Freiheit repräsentieren. Demgegenüber skizziert James J. Hughes in seinem Text »Träumen mit Diderot« eine Linie vom historischen Projekt der Aufklärung zum Transhumanismus dieser Tage, ohne allerdings in die von Krieg befürchtete Totalitarität zu verfallen und die Gefahren der neuen Technologien zu ignorieren, namentlich die der KI, die sich aus der maschinellen Vernetzung ergeben und nach Vernor Vinge eine »technologische Singularität« bilden können.

Phantasievoll formuliert Hughes als mögliche Strategie: »Wenn wir über diese potenziell apokalyptische ›Singularität‹ die Kontrolle behalten wollen, müssen wir mit unserem Netz, unserer Exocortex verschmelzen und unsere Intelligenz auf eine Vielzahl von Körpern und Maschinen verstreuen, um klüger und schneller zu werden und die Weber des Netzes zu bleiben und nicht seine gefangenen Opfer zu werden.« Auch indem er anmahnt, dass die kommenden bio- und nanotechnologischen Errungenschaften möglichst vielen Menschen zur Verfügung stehen sollen und nicht nur den Eliten, hat er eine differenzierte Sicht der Dinge, die die Stellungnahme von Peter Krieg konterkariert. Letztlich bleibe aber das Bemühen vergeblich, sich die zukünftige Überschreitung der menschlichen Grenzen vorstellen zu wollen. »Welche Vorhaben würden wir mit unseren unsterblichen Körpern, grenzenlosen Hirnen und außergewöhnlichen Sinnen verfolgen? So, wie unsere Vorfahren aus der Steinzeit unsere großen Städte, unsere Künste und Maschinen oder unsere geistigen Traditionen nicht vorhergesehen haben konnten, können wir uns heute nicht die Größe der Leistungen unserer posthumanen Nachkommen vorstellen.«

Wenn der Transhumanismus die unaufhörliche »Expansion« der Technokultur bis in die kleinsten Dimensionen der Physik und die größten Weiten des Universums anvisiert, so kann man diese Vorstellung auch als fortschreitende Selbst-Täuschung interpretieren in dem Sinn, dass die Menschheit niemals »hinter« die Wirklichkeit und den Sinn des Ganzen steigen wird. Eine Variante dieser Annahme bringt der *Telepolis*-Chefredakteur Florian Rötzer in seinem Essay »Die Ent-Täuschung als Täuschung« ins Spiel. Im Zuge der wissenschaftlichen Revolution, die mit der Aufklärung begann, setzt sich gesellschaftlich eine neue Form der Wirklichkeits-Produktion durch, die in diametralem Gegensatz zur kontemplativen Welterfahrung der Religion steht. Erkenntnis wird zu einer Frage von Gedankenexperimenten und Modellen und ist nicht länger eine Glaubensfrage. Man könne viele Hypothesen im wissenschaftlichen Weltbild aufstellen, die viele »Welten« virtuell möglich machen und experimentell überprüft werden. »Aus diesen vielen Welten schneidet die Hypothese oder das Modell gewissermaßen eine aus, sodass Wahrheit nicht etwas ist, auf das man stößt, das man sieht oder das man findet, sondern das am Ende einer gedanklichen, mathematischen oder technischen Konstruktion als Produkt steht. Damit reißt die Welt auf und werden die überkommenen Erzählungen über sie unwichtig, werden Techniken und Methoden interessant und eröffnet sich eine von Mythen und Religionen losgelöste Zukunft auf dieser Erde, die auch ganz anders sein kann und die vor allem durch den Fortschritt der Technik geprägt wird.« Rötzer bleibt dann allerdings im Rahmen einer traditionellen philosophischen Diskussion des Verhältnisses von Wirklichkeit und Täuschung, wenn er Platons »Höhlengleichnis« bemüht und bemerkt, dass gewissermaßen nur immer komplexere vermeintliche »Höhlenausgänge« real-technisch und phantasmatisch konstruiert würden. Das überrascht, da er doch zuvor dieses uralte Gedankenexperiment auf eine materialistische Basis gestellt hat, indem er die Produktion von »Wahrheit«, von Welterkenntnis als historisch spezifische Ausprägung der technisch-wissenschaftlichen Produktivkräfte beschrieben hat.

Es bleibt dem Autor und Juristen Goedart Palm überlassen, in seinem herausragenden Beitrag »Das Unbehagen an der Wirklichkeit« ein Plädoyer für die spekulative Vorstellungskraft, die nicht domestizierte Phantasie zu halten. Gerade der Verdacht, der gegen das spekulative Denken gehegt werde – nämlich die Bodenhaftung zu verlieren und Weltflucht zu sein –, sei nicht länger haltbar, wenn sich die Grenzbereiche der Wissenschaft immer mehr der Fiktion annähern, Science und Fiction »eine notwendige, unauflösliche Beziehung eingehen«. Als Beispiel führt Palm die vielfältigen Interpretationen der Quantenphysik an. Des Weiteren verweist er auf wissenschaftlich motivierte Phantasie-Elaborate wie Tiplers »Physik der Unsterblichkeit«. »Solche Theorien machen ungeachtet ihrer wissenschaftlichen Reputation sofort klar, dass die Fiktionalisierung der Wissenschaft zum genuinen Geschäft der Wissenschaft selbst wird. Wichtig ist nicht die Wahrheit solcher universalisierenden Theorien, zum wenigsten in ihren mitunter bizarren Details, sondern die Potenzierung einer Phantasie, die vordem der Theologie, Philosophie oder Literatur vorbehalten schien und sich nun so promiskuitiv mit den vormals exakten Wissensformen des Menschen einlässt.« In dem Maße, wie die Technowissenschaften voranschreiten, nehme so die Bedeutung der menschlichen Bewusstseins-»Virtualität« zu, sich – möglicherweise verstärkt durch Künstliche Intelligenz – alternative Wirklichkeitskonzepte ausdenken zu können. Die »Quarantäne der explosiven Einbildungskraft« in der Science Fiction finde dabei ihr Ende.

Copyright © 2008 by Wolfgang Neuhaus

Doris Lessing
Die Kluft (The Cleft)
Roman • Aus dem Englischen von Barbara Christ • Hoffmann und Campe, Hamburg 2007 • 239 Seiten • € 19,95

von Usch Kiausch

Nun hat sie ihn – wider Erwarten – doch noch bekommen, den Nobelpreis für Literatur. In der Begründung würdigt das Komitee Doris Lessing als »Epikerin weiblicher Erfahrung, die sich mit Skepsis, Leidenschaft und visionärer Kraft eine zersplitterte Zivilisation zur Prüfung vorgenommen hat.« Der Zeitpunkt dieser Auszeichnung hat nicht wenige Rezensentinnen und Rezensenten ihres Gesamtwerks vor gewisse Probleme gestellt, denn Lessings jüngster Roman »Die Kluft« stieß bei der Kritik auf so viel Ablehnung (in mildesten Fällen auf so viel Ratlosigkeit), dass es fast ein Euphemismus wäre, von »kontroversen« Beurteilungen zu reden. Lessing hat das vorhergesehen. »I noticed that my typist at the publishing house was shocked by some of the words I used. I can't wait to see what people make of it. Some people will hate every word of it; it's not politically correct«, stellt sie in einem Interview mit Associated Press zu »Die Kluft« am 7. Oktober 2006 fest.

Um was geht's? Auch in ihrem jüngsten Roman nimmt sich die »Epikerin weiblicher Erfahrung« den Prozess gesellschaftlicher Spaltung zur Prüfung vor. Doch dieses Alterswerk konzentriert sich auf Beobachtungen im Kinderzimmer der Menschheit, und Lessing holt dabei zum Rundumschlag gegen die Unzulänglichkeiten des Homo sapiens sapiens beiderlei Geschlechts aus.

Bereits »Mara und Dann« von 2000 war eine Abrechnung mit der Borniertheit unserer Gattung, mit ihrer Misshandlung der Natur, der Unverantwortlichkeit im Umgang mit der technologischen Entwicklung. All das mündet dort im Untergang der Hochkulturen, in der Nord-Süd-Teilung der Erde und einer Eiszeit, nach der ein neuer Zyklus menschlicher Evolution in ferner Zukunft beginnt. Dagegen schlägt Lessing in »Die Kluft« sozusagen nach rückwärts aus und stellt den Kampf der Geschlechter in den Mittelpunkt eines Ursprungsmythos der Menschheit, aus dem die weiteren Katastrophen in der Gattungsgeschichte sich wie zwangsläufig ergeben. Einmal mehr variiert sie dabei ein Motiv aus dem »Shikasta«-Zyklus, das insbesondere in dem Roman »Die Ehe zwischen den Zonen Drei, Vier und Fünf« thematisiert wird: der Konflikt zwischen phlegmatischer Friede-Freude-Frauengesellschaft und vorwärts drängender Männlichkeit, der bei Lessing letztendlich Aufbruch und Entwicklung, begleitet von Zerstörung, bewirkt.

Ausgangspunkt ihrer Spekulationen ist die einem nicht benannten »wissenschaftlichen Artikel« entnommene Hypothese, »dass die Menschen grundsätzlich und ursprünglich von weiblichen Wesen abstammen und dass die männlichen erst später hinzukamen, als eine Art nachträglicher kosmischer Einfall«. Wie Lessing im Vorspann zu »Die Kluft« betont, war diese Vorstellung »Wasser auf meine Mühlen, denn ich hatte mich ohnehin gefragt, ob die Männer nicht eine jüngere Art darstellen, eine untergeordnete Abweichung. Ihnen fehlt die Stabilität der Frauen, die offenbar von Natur aus mit dem Lauf der Welt in Einklang stehen ... Männer sind vergleichsweise labil und unberechenbar. Probiert die Natur hier etwas aus?«

Möglicherweise bezieht sich Lessing auf Elaine Morgans »Wasseraffen«-Hypothese (»The Descent of Woman«, 1972) und darauf aufbauende, durchaus umstrittene Artikel jüngerer Zeit, die postulieren, dass unsere urzeitlichen Vorfahren während des Prozesses der Hominisation eine aquatische Phase durchlebten (als Indikatoren werden dabei etwa die subkutanen Fettschichten und die spärliche Körperbehaarung im Vergleich zu anderen Primaten angeführt), in der sie sich – nach Morgan – zunächst durch Parthenogenese fortpflanzten. (Ganz wie die Wasserflöhe, die nur bei ungünstigen Umweltbedingungen wie knapper Nahrung oder Sauerstoffmangel männliche Eier produzieren, aus denen männliche Wasserflöhe schlüpfen. Die Rekombination des weiblichen und männlichen Erbgutes führt bei den Wasserflöhen zu höherer Diversität und sorgt für bessere Überlebenschancen der Art – doch das nur am Rande bemerkt.)

In Lessings Urzeitmythos gibt es anfangs nur das weibliche Geschlecht, das irgendwo an der Mittelmeerküste halb im Wasser, halb in Höhlen lebt, sich von den Früchten des Meeres und der Natur nährt und sorglos vor sich hin dümpelt. Wenn die Frauen nicht gerade schwimmen oder Fische fangen, räkeln sie sich wie Robben auf den Felsen. Die »Spalten«, wie sich diese dem Meer entstiegenen Wesen nach dem Aussehen ihrer Geschlechtsorgane nennen, sind in Familienverbänden organisiert, die bestimmte Aufgaben für das Kollektiv erledigen (*die die Felsspalte bewachen; die die Netze machen*). Statt individueller Namen kennzeichnet die Funktion die Identität. Beiläufig werden Mädchen geboren, die ebenso pflegeleicht und genügsam sind wie deren Mütter. (»Niemand tat etwas, um sie zu machen. Ich glaube, wir dachten, dass der Mond sie machte oder ein großer Fisch ...«) Als Hort der Fruchtbarkeit und magischer Ort, an dem auch Menschenopfer dargebracht werden, gilt die größte »Spalte«, eine hohe Felsenkluft. (»Wenn der Mond am größten ist und am hellsten scheint, klettern wir hinauf bis über die Kluft, wo die roten Blumen wachsen, und die schneiden wir dann ab, bis alles rot ist, und lassen Wasser aus der Quelle dort oben fließen, und das Wasser spült die Blumen durch die Felsspalte, von oben bis unten, und wir alle haben unseren Blutfluss.«)

Durch mündliche Erzählungen überliefern die Alten, die »Gedächtnisse«, die Traditionen an die folgende Generation. Das Konzept einer linearen Zeitrechnung ist in dieser Gesellschaft unbekannt, denn die Grundstrukturen des Zusammenlebens wiederholen sich von Generation zu Generation.

In diese Idylle platzt das erste missgebildete Ungeheuer, der erste männliche Schreihals, von den Frauen »Zapfen« genannt. Da er nichts als Angst und Ärger macht, wird er sogleich umgebracht. (»Wir sind hübsch anzusehen, wie die Muscheln, die wir nach einem Sturm auf den Felsen sammeln können ... Aber ihr habt überall Beulen und Klumpen und so ein Ding wie eine Röhre, das manchmal wie eine Seegurke aussieht. Kein Wunder, dass wir die ersten Kinder, die von eurer Art geboren wurden, den Adlern vorgeworfen haben.«) Als sich die »Missgeburten« häufen, werden die Jungen verstümmelt oder ausgesetzt, jedoch von den riesigen Bergadlern gerettet und im angrenzenden Tal von Hirschkühen gesäugt – der Beginn der getrennt heranwachsenden Männergesellschaft.

Erzählt wird das alles im Modus dunkler Legenden, die sich auf die mündliche Überlieferung stützen. Auch in ihrer Nobelpreisrede hat Lessing solche Überlieferungen als ureigene Tradition der Menschheit gefeiert: »Es ist der Geschichtenerzähler, der Träume-Macher, der Mythen-Macher, der unser Phönix ist, das sind wir, wenn wir am besten, will heißen am schöpferischsten sind.«

Allerdings wird Doris Lessing in »Die Kluft« diesem Anspruch selbst nicht gerecht. In den Mythen Chinas bis zu denen des vor-kolumbianischen Mittelamerika gibt es zahlreiche Beispiele der Muschelsymbolik und ihrer vielfältigen Beziehung zu den aquatischen Kräften, dem Mond, der Geschlechtlichkeit und Fruchtbarkeit. Doch während in solchen mythischen Erzählungen die Komplexität der Symbolik stets im Halbverborgenen bleibt und bleiben muss, verzichtet Doris Lessing auf diesen schöpferischen Kunstkniff. Indem sie einen neuen »Mythos« schafft, enttarnt sie ihn sogleich und hält den Leser damit fortwährend auf Distanz. Beides – Schöpfung und Enttabuisierung dieser Schöpfung durch das (auch sprachlich) Banale – zugleich zu wollen, funktioniert nicht und gerät ihr an etlichen Stellen zur Peinlichkeit.

Gebrochen wird diese Mythen konstruierende und gleichzeitig dekonstruierende Erzählweise auf einer zweiten Zeit- und Sprachebene: Ein alter römischer Historiker, Senator zu Zeiten Neros, erforscht die Urgeschichte aus den »frühesten Aufzeichnungen, die es über uns, die Völker unserer Erde, gab«, kommentiert sie, ergänzt sie durch eigene Beobachtungen zum Geschlechterverhältnis in seinem persönlichen Umfeld. (»Manche Ereignisse in diesen Berichten sind so haarsträubend, dass sich gewisse Leute möglicherweise darüber aufregen werden. Ich habe die Wirkung ausgewählter Teile der Chronik an meiner Schwester Marcella ausprobiert, und sie war schockiert.«)

Schockiert wegen der anfänglichen Dominanz der Frauen? Die Funktion des römischen Senators als Protagonist der Rahmenhandlung bleibt bis zum Schluss rätselhaft und von der Erzählstrategie her wenig plausibel, denn abgesehen davon, dass der Mythenforscher als Vermittler des urzeitlichen Geschehens für den »dispense of disbelief« sorgen soll, reproduzieren seine Beobachtungen (von den Doktorspielen seiner Kinder bis zu den erotischen Eskapaden seiner jugendlichen Frau) nur das Geschehen auf der anderen Zeitebene. (»Ich bin mir sicher, dass sich im Austausch zwischen männlichen und weiblichen Wesen nicht besonders viel verändert hat, obwohl seither eine Ewigkeit vergangen ist ...«)

Wie vollzieht sich dieser Austausch in der Welt der »Kluft«? Selbstverständlich entdecken die Geschlechter einander – trotz des Widerstands und einiger Intrigen der alten Frauen, der »Gedächtnisse«, die den Status quo hartnäckig verteidigen. Unbeholfenheit und Sprachlosigkeit der Männer, Ängste der Frauen vor dem Unbekannten und Fremden weichen Versuchen der Verständigung. Auf die Vergewaltigung folgt die lustvolle Vereinigung von »Zapfen« und »Spalten«. Doch es ist ein Zusammenleben auf begrenzte Zeit. (»In einer Sprache, die uns heute nicht fremd ist, bezeichneten die Jungen die Höhlen, die Küste und ihre Mütter als weich und kindisch. Der große Fluss und seine Gefahren hingegen galten als Herausforderung und wünschenswert für die Entwicklung der Jungen. Bald mussten alle Jungen die Höhlen verlassen und lernen, die Gefahren der kalten, tiefen, tödlichen Flussströmung zu bestehen. Wenn dabei der eine oder andere ums Leben kam, hielten die männlichen Wesen das anscheinend für ein vertretbares Risiko.«)

Während die Männer mit den Jungen zu neuen Ufern aufbrechen und dabei Verluste an Menschenleben gleichmütig in Kauf nehmen, sind die Frauen die Bewahrerinnen, die das traditionelle Leben hegen und pflegen; während die Männer den magischen Ort, die Kluft, rein zufällig sprengen und dabei Idylle und Felsenbucht zerstören, sind die Frauen die Trösterinnen, die letztendlich alles verstehen und verzeihen. Am Ende sind sie bereit, die Männer zu weiteren Abenteuern zu begleiten, da ihre eigene Welt nicht mehr existiert.

Wo sich, wie dem Leser nahegelegt wird, alles wiederholen wird: Die Frauen nörgeln an den labilen, sprunghaften, verantwortungslosen Männern herum, die Männer mokieren sich über das Phlegma der Frauen und machen in ihrem Vorwärtsdrang alles am Wegesrand kaputt. So bleibt als Kernaussage dieses neuen Urzeit-Mythos nur die *Stasis*: So geht's nun mal zwischen Männern und Frauen zu – von der Urzeit über das Römische Reich bis zur Gegenwart. Zyklisch. Nicht zufällig gibt es in diesem Roman weder einen konsistenten Plot noch individuelle Handlungsträger, weder Spannung noch Klimax oder Anti-Klimax. Trotz der guten Übersetzung von Barbara Christ nervt diese »Gattungsgeschichte« der »Spalten« und »Zapfen« auch wegen der emotionslosen, ent-individualisierten Sprache, die jede Identifikation mit dem Geschehen verhindert. Was bleibt, ist die abgedroschene Botschaft: Männer und Frauen können weder miteinander noch ohne einander. Geschlecht ist Schicksal.

In einer harschen Kritik (*The Guardian* vom 10.2.2007) bezeichnet Ursula K. Le Guin, die selbst in Essays und Romanen viel Originelles zur Frage der *gender relations* beigetragen hat, »The Cleft« als »parable of slobbering walrus women«: »I can't accept it; it is deeply arbitrary; and I see in it little but a reworking of a tiresome science-fiction cliché – a hive of mindless females is awakened and elevated (to the low degree of which the female is capable) by the wondrous shock of masculinity. A tale of Sleeping Beauties – only they aren't even beautiful. They're a lot of slobbering walruses, till the Prince comes along.«

Die Darstellung der »Spalten« und »Zapfen« strotzt von so vielen wohlbekannten Klischees, dass die Leserin/der Leser Doris Lessing spätestens nach hundert Seiten nur zu gern den Versuch einer Satire unterstellen würde, doch dazu reichen weder Ideen noch Personal aus. Die Beschreibung von Landschaften und Menschen wirkt ähnlich holzschnittartig wie schon im didaktischen Vorläufer »Mara und Dann«. Man kann Doris Lessing in diesem Roman vieles vorwerfen, doch ganz gewiss kein Übermaß an Humor. Auch wenn sie selbst das offenbar anders sieht, wie sie bei der Vorstellung ihres Romans in Hamburg betont hat: »Männer sterben zum einen viel zu leicht, viel zu frühzeitig, sie sind sprunghaft, rennen ständig weg. Das charakterisiert sie. Also habe ich mir gedacht, ich nehme diesen sehr soliden weiblichen Typus, dem es gut geht, der sich um nichts sorgen muss, und dann kommen die Männer und sprengen das Leben in die Luft, verändern alles. Die Frauen haben das gebraucht, sie waren zu bequem geworden ... Ich möchte, dass die Leser das für amüsant halten. Die halten es auch für urkomisch. Ich finde es witzig, denn die ganzen alten Klischees, die wir ständig vorfinden, sind in eine andere Situation verpflanzt worden. Da gibt es die Männer, die ständig vor den Frauen abhauen, und die Frauen, die deswegen an ihnen herumnörgeln. Die Männer werden sauer, dass die Frauen darüber meckern, dass sie unordentlich sind und all diese Sachen. Die Frauen waren also hinter ihnen her ... Männer wollen es immer mit neuen Frauen treiben und Frauen versuchen immer, den Mann zu halten, um Sicherheit zu haben. Das ist ein Stereotyp und dennoch steckt Wahrheit darin« (zitiert aus *www.hronline.de* vom 4.11.2007).

Wahrheit hin – Wahrheit her: Spätestens seitdem wir X- und Y-mal gelesen haben, warum Männer nicht zuhören und Frauen schlecht einparken, lässt sich aus der ewig gleichen Wiederholung wohlbekannter Stereotype nicht mal mehr eine originelle Urzeit-Satire machen – auch nicht von einer literarisch so versierten Nobelpreisträgerin wie Doris Lessing: Das vorgebliche Aperçu zur Mythen- und Gattungsgeschichte ist ihr zum misanthropischen Lehrstück geraten, das allenfalls als Anachronismus verblüfft.

Copyright © 2008 by Usch Kiausch

Sergej Lukianenko

Spektrum (Spektr)

Roman • Aus dem Russischen von Christiane Pöhlmann •
Wilhelm Heyne Verlag, München 2007 • 702 Seiten • € 14,-

von Karsten Kruschel

Sergej Lukianenko kann nicht nur auch noch was anderes als »Wächter der Nacht« in mehreren Ausfertigungen, er kann auch was Besseres – wie »Spektrum«, im Original schon 2002 erschienen.

Der Moskauer Privatdetektiv Martin Dugin kann viele Aufträge annehmen, denn er hat eine blühende Phantasie und kann sich aus dem Nichts Geschichten ausdenken. Das ist deswegen wichtig, weil man in diesem Moskau der nahen Zukunft ein Portal besitzt, mit dem man in fremde Welten reisen kann. Nun ja, »besitzen« ist vielleicht der falsche Ausdruck, denn die Station, mit der das möglich ist, wurde recht gewaltsam mitten in die Stadt gerammt und man kann nur in eine andere Welt gehen, wenn man den »Schließern« eine Geschichte zu erzählen weiß, die ihnen gefällt. Und einfach die Bibliothek plündern geht nicht, es muss was Selbstausgedachtes sein und was Neues; jeder Schließer kennt alle Geschichten, die irgendwo im Universum als Eintritt erzählt werden.

Und so hat Martin keine Schwierigkeiten, immer wieder in neue Welten zu wechseln (und Lukianenko kann immer wieder neue Geschichten einflechten, die auf hintergründige Weise mit der Handlung zu tun haben). Sein neuester Auftrag besteht darin, die Tochter seines Klienten nach Hause zu holen. Irina, siebzehn Jahre jung, ist einfach abgehauen und durch die Station gegangen. Wie sich später herausstellt, um die Galaxis zu retten. Siebzehn eben, was soll man da sagen. Martin reist ihr hinterher, findet das Mädchen und muss mitansehen, wie sie umkommt. Vorher nennt sie ihm aber noch den Namen einer anderen Welt. Dorthin gereist, findet er Irina ein weiteres Mal und muss ein zweites Mal mitansehen, wie sie umkommt ... Nun, der Roman heißt »Spektrum« und ist in sieben Teile gegliedert, die nach den Farben des Regenbogens benannt sind. Da kann man sich denken, wie viele Irinas es gibt und was da noch passieren muss, ehe die Galaxis gerettet wird.

Die verrückten Welten schüttelt Lukianenko nur so aus dem Ärmel, und sie gelingen ihm auch immer überzeugend und bunt. Vogelähnliche Aliens, die vernünftigerweise ihre Intelligenz am Ende der Kindheit aufgeben. Mitunter etwas alberne intelligente Riesen-Amöben, die flüssige Raumschiffe bauen. Freundliche Außerirdische, die nur sechs Monate leben und dann ihr Gedächtnis an die Nachkommen vererben. Ein ganzer Planet, der eine Fabrik zur Herstellung von Artefakten ist, oder einer, dessen Oberfläche aus unlesbaren Hieroglyphen besteht. Orte, an denen Religionen gesammelt – und geglaubt – werden. Eine Welt, in der das Opfer eines Verbrechens als Wiedergutmachung nicht nur das komplette Vermögen des Täters, sondern auch seine Ehre, seine Kinder und seine Sexualpartner erhält (die Liste bunter Einfälle könnte fortgesetzt werden).

Die Steigerung der Spannung kulminiert in einem überraschenden und vielleicht ein wenig an den Haaren herbeigezogenen Knalleffekt am Ende, aber alles, was man an diesem Buch bekritteln könnte, spielt nicht wirklich eine Rolle. Das hat einen einfachen Grund: Sergej Lukianenko erzählt mit so viel Ironie, verschmitztem Humor und witzigen Details, dass es nur so eine Freude ist. Die philosophischen Kurzausflüge, die bei den »Wächtern« schon mal die Suche nach dem Schnellvorlauf auslösen konnten, sind hier angenehm konzentriert und durchdacht.

Man verzeiht dem Autor auch, wenn er manche Fragen auf so dreiste Weise löst, dass der Leser sich allein über die Frechheit amüsiert, eine solche Lösung tatsächlich durchzuziehen. Das Verständigungsproblem zwischen all den fremden Völkern beispielsweise wird nicht per Roddenberry-Universalübersetzer oder Babelfisch gelöst, sondern dadurch, dass jeder Tourist, der durch eine Station geht, na was schon, »touristisch« lernt. Automatisch.

Der Privatdetektiv Martin – dessen in Russland sehr ausgefallener Vorname eine ganze Kette von entsprechenden Witzen nach sich zieht – kann, was den trockenen Humor angeht, eine gewisse Verwandtschaft mit Philip Marlowe nicht verleugnen. »Der Läufer« wird er genannt, weil er so oft durch die Stationen reist. Der Geheimdienst führt seine Akte allerdings unter dem Namen »Snob«, denn er ist ein Feinschmecker vor dem Herrn. Jeder Teil des Buches hat seinen eigenen, einer bestimmten Gaumenfreude gewidmeten Prolog, vergnüglich zu lesen und dennoch zur Handlung passend (wegen des Snobs ist Martin allerdings ziemlich sauer).

Für den belesenen Konsumenten hat der schlitzohrige Lukianenko eine Unmenge von Anspielungen und Seitenhieben eingebaut, nicht nur auf russische, sondern auch auf internationale Science Fiction und auf allerlei Segnungen des modernen Lebens. Ein Fantasy-Freund, der nach den »Wächter«-Büchern einfach auch die anderen, ähnlich aufgemachten liest, kann vielleicht nicht viel damit anfangen, wenn Martin feststellt, dass er aus der heiteren Welt des »Mittags« in die der »Stahlratte« geraten sei. Dafür wird er grinsen, wenn eine Kneipe »Zum krepierten Pony« heißt, in der es ein ausgestopftes Pony namens Frodo gibt. Lukianenko streut Zitate und Hinweise aus, dass für jeden was dabei ist: Steve Vai, *Star Wars*, Oscar Wilde, die *Simpsons*, Nimmerklug im Knirpsenland, der Wüstenplanet, Balzac, Computerspiele und ein paar russische Rockbands, die in Deutschland niemand kennt (einige der Hinweise kann man sich ergoogeln, muss es aber nicht).

Unbedingte Leseempfehlung für dieses Buch: In »Spektrum« gibt es endlich mal keine endlosen Action-Schilderungen, keine Raumschiff-Beschreibungen, der weitaus größte Teil des Romans sind Gespräche, der kleinere die oft kulinarischen Betrachtungen des Helden. »Einsam ist es hier, und traurig« sagen die Schließer jedes Mal, wenn sie eine Geschichte wollen. Für den Leser dieses Buches trifft exakt das Gegenteil zu: »Spektrum« ist randvoll mit Geschichten.

Copyright © 2008 by Karsten Kruschel

Sergej Lukianenko

Weltengänger (Tschernowik)

Roman • Aus dem Russischen von Christiane Pöhlmann • Wilhelm Heyne Verlag, München 2007 • 590 Seiten • € 15,-

von Karsten Kruschel

Der Erfolg der vier »Wächter«-Romane bringt uns nun auch die anderen Bücher des russischen Autors Sergej Lukianenko ins Haus, und wie so oft sind die Titel jenseits der Zyklen um einiges interessanter als die Bände einer länglichen Serie, in der um des Erfolgs willen alles mehrmals durchgekaut wird. Modernes Marketing: Inzwischen blickt uns vom Innenumschlag aus ein gemütlicher Herr Lukianenko an, Pfeife im Mund, schnäuzerbewehrt und nachdenklichen Blicks, natürlich im »Wächter der Nacht«-T-Shirt. Wer in »Weltengänger« aber Vampire, Zauberer und magische Artefakte sucht, wird – glücklicherweise – komplett enttäuscht.

Eines schönen Tages kommt der Computerverkäufer Kirill nach Hause und findet es nicht vor. Das heißt, das Haus und die Wohnung sind noch vorhanden, aber es lebt eine Frau darin, die fest behauptet, schon seit drei Jahren dort zu wohnen; sie habe die Wohnung gekauft. Alles in der Wohnung ist verändert, sogar neue Fliesen sind verlegt worden. Und die leicht hysterische Bewohnerin hat Beweise für ihre verrückten Behauptungen. Andererseits gibt es da eine Furie von Nachbarin, die Kirill recht gibt ... Nach einigem Hin und Her landet Kirill bei einem Freund, um der Sache einen Tag später auf den Grund zu gehen. Allerdings erinnert sich die aufbrausende Nachbarin am Folgetag leider auch nicht mehr an Kirill, und selbst der Freund hat plötzlich Schwierigkeiten, ihn wiederzuerkennen. Die Menschen fangen an, Kirills Existenz aus ihren Köpfen zu verbannen, sogar die Schrift in seinem Pass wird blass und immer blasser und auch sein Hund »verrät« ihn.

Kirill rutscht aus der Menschheit heraus, weil er ein »Funktional« wird. Ein ehemaliger Mensch, der zu seiner Funktion wird – in Kirills Fall ist seine Funktion die eines Wächters. Er ist zuständig für eines der Tore zwischen den Welten, die allesamt alternative Versionen unserer Welt sind. Die Übergänge werden von den Funktionalen beherrscht, denen phantastische Fähigkeiten zur Verfügung stehen, aber nur in der Umgebung ihrer Funktion. Weiter weg verwandeln sie sich in ganz gewöhnliche Menschen zurück. Kirill hat in seinem neuen Zuhause – einem alten Wasserturm, der sein Inneres je nach Kirills Bedarf weiterentwickelt – fünf Türen, von denen eine die Verbindung zum guten alten Moskau herstellt, die zweite jedoch den Weg in eine völlig andere Welt freimacht. Drei Türen bleiben vorerst geschlossen; sie öffnen sich nach und nach, und einige Spannung ergibt sich aus der Frage, wohin sie führen, wenn sie einmal offen sind. Und wie das alles miteinander zusammenhängt.

Da geht eine Tür in eine Jules-Verne-Welt, die man sich unwillkürlich vorstellt wie die Kulisse eines dieser alten tschechischen Karel-Zeman-Filme. Hinter der nächsten Tür findet sich eine idyllisch-zurückgebliebene Welt, irgendetwas zwischen dem Auenland und dem Märchenwald, allerdings mit zugedröhnten Bewohnern. Und jede Welt hat neue Funktionale, neue Tore zu wiederum neuen Welten. Von Welt zu Welt kann man gehen, was dem Autor die Möglichkeit gibt, so viele Welten zu erfinden, wie er mag. Das hätte die Sache auch ins Unermessliche aufblasen können – man stelle sich nur vor, wie viele tausendseitige Schmöker ein Tad Williams aus dieser Idee gemacht hätte. Lukianenko ist da deutlich disziplinierter (allerdings hat er die Idee mit den Toren zwischen verschiedenen Welten ein paar Jahre vorher schon mal auf völlig andere Weise durchgespielt, im fast zeitgleich auf Deutsch erschienenen Roman »Spektrum«). Der russische Autor verbraucht genau so viele Welten, wie er braucht, um das Rätsel so weit zu lösen, wie er es möchte – nicht bis zum Ende, bitteschön, es gibt ja eine Fortsetzung.

Würde man den Originaltitel einfach ins Deutsche übertragen, hieße das Buch wenig dramatisch »Der Entwurf« oder auch »Die Rohschrift«. Macht zugegebenermaßen weniger her als »Weltengänger«, aber passt im Grunde genommen besser. Das Hin- und Hergehen zwischen den Welten ist letzten Endes gar nicht der zentrale Punkt, sondern die Tatsache, dass alle Menschen in allen Welten in Entwürfen leben, in nicht ganz vollkommenen Zuständen, die künstlich geschaffen worden sind. Die ursprüngliche Version, sozusagen Menschheit Version 1.0, experimentiert in den Welten herum, und man nimmt dabei keinerlei Rücksicht auf irgendwelche Empfindlichkeiten, beispielsweise gegen den Einsatz von atomaren Sprengköpfen. Es geht um die Erschaffung von Utopia, und da muss man schon mal zu weniger angenehmen Methoden greifen, man muss Eier zerbrechen, um ein Omelette zuzubereiten ... In diesem Fall sind es eben mehr als nur ein paar Leute, die dran glauben müssen.

Die Bedenkenlosigkeit, mit der da vorgegangen wird, ist dieselbe russische Krankheit, die zu dem Desaster in dem Moskauer Theater geführt hat. Der Roman ist gespickt mit sarkastischen Anspielungen auf die Zustände in Lukianenkos Heimat, von denen der deutsche Leser vermutlich nicht alle mitbekommt. Nicht ganz verständlich für Leute, die nur durch die »Wächter«-Romane auf das Buch gestoßen sind, dürfte auch die Szene sein, in der Kirill seine unglaubliche Geschichte einem Science-Fiction-Autor erzählt und wissen will, was der von dem Plot hält. Besagter Schriftsteller sieht verdächtigerweise so aus wie der Herr vom Innenumschlag und handelt das Thema sehr ironisch im Stile verschiedenster russischer Autoren ab, von denen höchstens die Strugatzkis bekannt sein dürften.

Lukianenko serviert dem Leser seine haarsträubende, wenn auch gut durchdachte Geschichte in fein bemessenen Dosen. Jedes Kapitel hört mit einem Knalleffekt auf (das, was heute auf englisch ein *cliffhanger* ist). Kirill muss gemeinsam mit dem Leser hinter die Geheimnisse und Regeln der verschiedenen Welten kommen, das Gesamtbild schält sich langsam heraus, und es macht durchaus Spaß, nach und nach das Bild zu enthüllen, das Lukianenko sich da ausgedacht hat.

In Russland bereits erschienen ist die Fortsetzung namens »Endfassung«, »Reinschrift«. Da werden dann die übriggebliebenen Rätsel vermutlich gelöst – auch das, ob der vorgesehene deutsche Titel »Weltenträumer« irgendwas mit dem Inhalt zu tun hat ...

Copyright © 2008 by Karsten Kruschel

Dariusz Muszer
Gottes Homepage
Roman • A1 Verlag, München 2007 • 219 Seiten • € 19,80

von Bartholomäus Figatowski

Der Roman »Gottes Homepage« des in Polen geborenen Wahl-Hannoveraners Dariusz Muszer ist nicht nur eine Farce auf eine mögliche Zukunft der Menschheit, sondern auch eine literarische Besinnungsreise, auf der es ein vom Vergessen bedrohtes Mitteleuropa einer nicht allzu fernen Vergangenheit zu entdecken gibt. Er entzieht sich dabei jeder eindeutigen Einordnung und beeindruckt durch eine Ambivalenz, die auf manche Leser verstörend wirken kann: »Das gesellschaftskritische Interesse des Autors Dariusz Muszer ist so breit gefächert, dass man sich fragen muss, welche Idee er in seinem Buch hauptsächlich propagieren will«, wundert sich der Rezensent des *Rheinischen Merkur* (32/2007) nicht ganz zu Unrecht. Denn Muszers Genre-Mix, eine »mieszanka« aus Autobiographie, Migrationsgeschichte, Historienepos, groteskem Schelmenroman, Romanze und Science Fiction ist in der Tat sehr ungewöhnlich. Schon der Romananfang lässt die satirisch-groteske Programmatik erahnen: »Wir schreiben das Jahr des Achtundachtzigsten Violetts. Früher, vor der Landung oder vor dem Herausschlüpfen, wie manche es bezeichnen, haben wir lediglich Zahlen verwendet, um den Verlauf der Zeit zu begreifen und unsere Ängste vor Zerfall und Tod zu verbergen. Jetzt gibt es keinen Tod mehr, und wir mischen Zahlen mit Farben. Mir gefällt das nicht besonders. Malern und Mathematikern darf man nie zu sehr vertrauen. Ich bin altmodisch wie Computer der vierten Generation oder eine Mehrwegflasche. Ich gestehe aber, dass es mir bisweilen Spaß macht, die neue Zeitbezeichnung zu gebrauchen. Insofern kann ich ohne Scham sagen: Ich bin hundertachtundzwanzig Jahre grau. Ein gefährliches Alter für einen Menschen, wie man weiß.«

Im »Zeitalter des Regenbogens« ist der Posthumanismus angebrochen: Auf der Erde wimmelt es nicht nur von menschlichen Klonen und Hologrammen – die Himmelblauen (»Niebieskis«), außerirdische, technologisch omnipotente Usurpatoren haben das Kommando über die Menschen übernommen und die Erde endgültig befriedet, das Leben des Menschen durchgeplant und ihre Grundbedürfnisse gestillt.

Der ehemalige Wetterprophet und Kriegsheld Gospodin Gepin und seine Frau Freyja, Ü-100jährige, die medizinisch runderneuert wurden, gehören zu den wenigen »echten« Erdbewohnern, in denen die Erinnerung an die Vergangenheit fortlebt. Alles wäre gut, würde Gepin nicht beschließen, seine Memoiren zu schreiben. Damit ruft er die Kulturbehörde auf den Plan und provoziert die übliche Sonderbehandlung für missliebige Künstler: Gepin wird mit Freyja in eine »Erzählerwohnung« in Südnorwegen ausquartiert, und ihm wird unter anderem die Auflage gemacht, seine Erinnerungen in der mittlerweile toten Sprache »Deutsch« zu formulieren.

Keine Sicherheitsmaßnahme kann jedoch Gepins Erinnerungsarbeit verhindern, die in keiner Weise mit dem offiziellen Geschichtsbild, das auf »Gottes Homepage« abgelegt ist, harmonieren will. Sein Memento zeugt von der Auslöschung Mitteleuropas in zwei »Kriegen um die Luft«, von seiner Zeit bei der Bürgerwehr und im Untergrund als Partisan, aber auch von Aktivitäten als erfolgreicher Schlachtherr, sprich »Schlächter«, irgendwo zwischen Deutschland und Polen. Napoleons berühmter Aphorismus, dass Kriege leichter angefangen als beendet werden, findet seine Bestätigung, wenn auch Gepin eingestehen muss, dass seine Truppe von einem Rückzug nach Ende des Ersten Luftkriegs nichts wissen wollte: »Wir hatten nichts zu verlieren und wir wollten weitermachen. Wir zogen von Ort zu Ort, immer auf der Suche nach einem Versteck und nach etwas Essbaren und wir töteten viele Feinde, wobei wir nicht mehr wussten, wer jetzt unser Feind war. Das tägliche Töten war uns zur liebsten Gewohnheit geworden.«

Solche schockierenden Selbstbeobachtungen wechseln sich ab mit Enthüllungen, die trotz ihrer Absurdität einen wahren Kern haben. So erfährt der Leser etwa von Gepin den wirklichen Grund, warum in Polen der Sozialismus untergegangen ist: »Die polnische Form von Sozialismus zeichnete sich in dieser Periode dadurch aus, dass in allen Hochhäusern die Küchen fensterlos waren. Eine fortschrittliche Idee, wenn man an all die unterirdischen Bunker denkt, die die Menschen im Laufe der Entwicklung ... gebaut haben. Doch in gewisser Weise auch eine tödliche: Sie erwies sich als

Sackgasse und versetzte schließlich dem Sozialismus den Todesstoß, weil die Menschen die Sonne sehen wollten, während sie ihre Fleischsuppe zubereiteten. Gottes Homepage nach waren ›blinde Küchen‹ ein Exportschlager aus der Sowjetunion, mit dem alle damaligen sozialistischen Länder beglückt wurden, was allerdings von den heutigen Machthabern über Rossija heftig bestritten wird.«

Immer wieder reflektiert Gepin in seinem Rückblick auch die Schwierigkeiten – in einer fremden Sprache – zu schreiben, wobei mit Seitenhieben auf den Literaturbetrieb zu Beginn des 21. Jahrhunderts nicht gespart wird. Manchmal mündet Gepins Ärger in eine universale Gesellschaftskritik: »Moderne Literatur wird anders geschrieben. Von vornherein weiß man, wer der Gute und wer der Böse ist und was die Protagonisten sagen werden. Darüber hinaus gibt es in den Büchern genaue Angaben, wann und wie laut man lachen oder weinen soll und wie schnell eine Seite zu bewältigen ist. Alles ist vorgeschrieben, alles ein abgekartetes Spiel, das die Autoren und die Verleger, die eigentlich keine Autoren und keine Verleger mehr sind, mit den Lesern treiben. Denn es gibt Zensur. Nicht die institutionelle, staatliche Zensur, die früher bei den sogenannten undemokratischen Systemen beliebt war, sondern die, die in den Köpfen entsteht, wenn man zu viel auf einmal kriegt: die Zensur aus Gleichgültigkeit. Jede Gesellschaft ist im Grunde genommen totalitär und zensurverliebt. Meistens hat sie aber davon keine Ahnung.«

Einen Schutzengel auf seinen Reisen findet Gepin in seinem Vater Ruslan, dem Fliegendem Kalmücken aus der westlichen Mongolei und einem der ersten sowjetischen Kosmonauten. Er dient den »Niebieskis« als eine Art Prometheus, er ist es, der Gottes Homepage auf die Erde bringt, auf der die gesamte menschliche Existenz dokumentiert wird. Entsetzt lernt Gepin jedoch alsbald, dass auch die Homepage Gottes nicht vor dem manipulativem Eingriff der unsichtbar bleibenden »Niebieskis« sicher ist. Überhaupt ist Gepins natürliche Umgebung zunehmend von der Auflösung aufgrund von Pixelarmut bedroht – er teilt damit ein Schicksal, dass auch Ijon Tichy in Stanisław Lems Erzählung »Der futurologische Kongress« nicht erspart bleibt. Der Anspruch auf Realität ist also in der »Niebieski«-Zeit erloschen, was zwar trostlos ist, aber anscheinend unabänderlich: »Ich brauche keinen Trost. Alles hier ist nur gefälscht. Ich weiß das.« Und so haben für Gepin nur noch seine Frau und die Erinnerung einen Wert in einer Welt, in der das Totalitäre für immer obsiegt hat.

Muszer gelingt in seinem Roman eine anspielungsreiche und zeitkritische Auseinandersetzung mit gesellschaftlichen Systemen – sei es im Rekurs auf die nationalsozialistische Vernichtungsmaschinerie oder die Unterdrückung im Staatssozialismus polnischer Prägung –, die gleichzeitig von zeitloser Qualität ist, da sie allgemeingültige Verfahrensweisen von Herrschaft abstrahiert. Bei der Lektüre fühlt sich der Leser angenehm an Texte von Adam Wisniewski-Snerg, Michail Soschtschenko, Siegfried Lenz (»So zärtlich war Suleyken«) und vor allem Stanisław Lem erinnert. Insbesondere Lems berühmte Schmähschrift auf den absoluten und sich potenzierenden Polizeistaat, die »Memoiren, gefunden in der Badewanne« und die »Sterntagebücher«, funktionieren hervorragend als literarische Backbones für »Gottes Homepage«.

Copyright © 2008 by Bartholomäus Figatowski

Larry Niven und Brenda Cooper
Harlekins Mond (Building Harlequin's Moon)
Roman • Aus dem Amerikanischen von Armin Patzke • Bastei Lübbe Verlag, Bergisch-Gladbach 2008 • 669 Seiten • € 8,95

von Uwe Neuhold

Gibt es so etwas wie den »guten alten Science-Fiction-Roman«? Wenn ja, fällt »Harlekins Mond« mit all seinen bekannten und beliebten SF-Topoi wie Weltraumkolonien, Terraforming, Hyperschlaf und Antimaterieantrieben genau in diese Kategorie. Das Problem dabei ist nur: Es handelt sich um kein Buch aus den Fünfzigerjahren, sondern um eine Neuerscheinung.

Larry Niven hat sich hier – wie in der Einleitung unfreiwillig enthüllend angemerkt – entgegen seiner Prinzipien mit einem Anfänger auf ein gemeinsames Projekt eingelassen. Über weite Strecken sieht der Roman so aus, als stammte die Grundidee von ihm, die Ausarbeitung von Details und Dialogen hingegen von Brenda Cooper; es könnte aber genauso so sein, dass sich Letztere um aktuelle Aspekte wie Nanotechnologie kümmerte und Niven die Dialoge schrieb – denn gerade die zwischenmenschlichen Darstellungen erinnern in ihrer Altbackenheit an die »goldene SF-Ära«.

Beeindruckend ist lediglich der Prolog des Romans, in dem die Terraformung eines Planeten beschrieben wird. Gewaltige Maschinen bringen Monde des riesigen Gasplaneten »Harlekin« aus ihrer Umlaufbahn, lassen sie aufeinander prallen und zu Kleinplaneten werden, die genug Gravitation aufweisen, um Atmosphäre und Leben zu ermöglichen. Die nachgerade lakonische Schilderung dieser gewaltigen Kräfte und Konzepte ist atemberaubend. Um das äonenlange Entstehen von Leben am neu geschaffenen Planeten Selene abzuwarten, arbeitet die Besatzung des Raumschiffs *John Glenn* im Schichtdienst, der von Jahrtausenden des Cryoschlafs unterbrochen wird (welcher gleichzeitig für körperliche Konservierung oder gar Verjüngung sorgt), sodass sie Zeugen unmenschlich langer geologischer Vorgänge werden.

Ein interessanter Ansatz ist auch, dass es hier nicht einfach um die Schaffung einer weiteren Siedlungsmöglichkeit geht, sondern die Raumfahrer aus der Not heraus handeln: denn ihr Schiff ist abseits des ursprünglichen Kurses »gestrandet«, ohne Treibstoff und ohne Verbindung zu seinem Konvoi, der sich auf den Weg zu einer »neuen Erde« machte. Um sich aus ihrer misslichen Lage zu befreien, brauchen die Mitglieder der *John Glenn* für ihre Triebwerke große Mengen von Antimaterie. Da sich diese jedoch nur in gewaltigen Teilchenbeschleunigern erzeugen lässt, benötigen sie mehr Arbeiter als die Mannschaft aufweist – und darum einen Planeten, auf dem Menschen gezeugt und aufgezogen werden können. Tatsächlich klappt der Plan, und es entsteht eine Generation Selene-Geborener, welche von den alterslos erscheinenden Erd-Abkömmlingen als eine Art Sklaven betrachtet werden.

Wenn Sie sich jetzt fragen, warum eine Mannschaft, die so fortgeschritten ist, dass sie einen Planeten nach Belieben gestalten kann, sich nicht einfach auch einen Teilchenbeschleuniger baut, so haben Sie einen der wesentlichen Mängel in der Story entdeckt. Zwar wird argumentiert, dass hierzu der Einsatz von Nanotechnologie nötig sei (und gerade wegen der außer Kontrolle geratenen

Nanomaschinen wäre man ja von der Erde geflohen), doch so richtig stichhaltig bleibt das Argument nicht. Zudem benötigt die Terraformung von Selene Jahrtausende und der Weg zur zweiten Erde weitere Millennien, wodurch es ziemlich unwahrscheinlich wird, dass die Mitglieder des Konvois ihre verlorenen Begleiter noch wiedererkennen würden, Cryotechnik hin oder her.

Letztlich darf auch nicht unerwähnt bleiben, dass es sich beim Klappentext des Buches um einen Fall von Etikettenschwindel handelt, wie er in letzter Zeit leider immer öfter auftritt: Während dort vor allem das aktuelle Thema Nanotechnik und die Flucht von der Erde in den Vordergrund gestellt werden, stellt sich heraus, dass dies im Buch gar nicht vorkommt, sondern die Handlung erst einsetzt, als die *John Glenn* bereits um Harlekin kreist. Dem Verlag scheint bewusst gewesen zu sein, dass sich mit den im Hauptteil des Buchs geschilderten Szenen des Bäumepflanzens und jugendlicher Liebe wohl kein Interesse hätte wecken lassen. Und in der Tat erkennt man beim Lesen, wie viele gleichartige Geschichten bereits erzählt wurden, und wundert sich, wie unmodern und ja, langweilig dies alles wirkt. Denn die beiden Autoren schreiben, als hätte es nie einen J.G. Ballard, William Gibson oder gar Charles Stross gegeben. Dies ist insofern besonders schade, als dass etwa Themen wie technologische Unsterblichkeit und die hier nur in winzigsten Andeutungen vorkommende Inzestsituation große literarische Chancen geboten hätten. Gerade weil Larry Niven einmal wunderbare, originelle Romane verfasste, hätte man sich mehr als nur einen gekonnten Prolog erwartet.

Copyright © 2008 by Uwe Neuhold

Albert Sánchez Piñol
Pandora im Kongo (Pandora al Congo)
Roman • Aus dem Katalanischen von Charlotte Frei • S. Fischer Verlag, Frankfurt am Main 2007 • 478 Seiten • € 19,90

von Sascha Mamczak

Dass der Katalane Albert Sánchez Piñol einen Hang zum kolportagehaft Abgründigen hat, wissen wir seit seinem Debütroman »Im Rausch der Stille«, der – Wunder des Buchmarktes – ein internationaler Bestseller wurde, obwohl bizarre Mischung aus Liebesgeschichte und Lovecraft'schem Horror eigentlich nur funktionierte, wenn man das literarische Vexierspiel als konstitutionierendes Element akzeptierte.

Nun weiß man nicht, ob Piñol mit seinem zweiten Buch lediglich den Begehrlichkeiten seines Verlegers nachkam – den Erfolg zu wiederholen und dieselbe Story in etwas anderer Form noch einmal zu erzählen – oder ob es ihm wirklich ein Anliegen ist, Lesern und Kritikern – und vielleicht auch dem Herrn Verleger – zu zeigen, wie virtuos man das Triviale mit dem Erhabenen vermischen kann, ohne dass man dabei gleich immer etwas »reflektieren« oder gar »entlarven« muss. Klar ist lediglich: Was für »Im Rausch der Stille« galt, gilt für »Pandora im Kongo« umso mehr. Es ist ein Pulp-Roman, der so tut, als wäre er Literatur – und Literatur, die so tut, als wäre sie Pulp. So viel Spaß hat die Postmoderne selten gemacht!

Wobei »Pulp« tatsächlich wörtlich zu nehmen ist: Die Sprache von »Pandora im Kongo« ist mit all ihrer Plumpheit und Stakkatohaftigkeit, aber eben auch all ihrer Dynamik die Sprache jener »Schundautoren«, wie sie in England zu Beginn des 20. Jahrhunderts in Scharen auftraten. Es ist die Sprache unseres Helden Thomas Thomson, der einer dieser Schundautoren ist, ja noch schlimmer: Er ist ein sogenannter »Neger«, ein Ghostwriter für einen anderen, *berühmten* Schundautor. Doch da bietet sich Thomson unverhofft – merke: in Trivialromanen geschieht fast alles »unverhofft« – die Möglichkeit, seinem leidigen Dasein zu entkommen. Er soll die Verteidigung im Prozess gegen Marcus Garvey, Teilnehmer an einer Kongo-Expedition und mutmaßlicher Mörder der beiden sadistischen Expeditionsleiter William und Richard Craver, unterstützen, indem er Garveys Geschichte aufschreibt – als Abenteuerroman.

Und was für ein Abenteuer das ist: Auf besagter Expedition in die Tiefen des kongolesischen Dschungels, wo sie Gold und Diamanten zu finden hoffen, stoßen die Teilnehmer nämlich auf ein rätselhaftes, unter der Erde lebendes Volk, die »Tektoner«. Diese evolutionäre Abzweigung – erkennbar an der weißen Haut und den sechs Fingern an jeder Hand – fällt, durch die Minenarbeiten aufgeschreckt, über die Menschen her. Wilde Kämpfe, platzende Tektoner-Schädel, umherfliegende Gliedmaßen, schließlich die Reise zu einer gigantischen unterirdischen Stadt – Piñol gibt dem Affen mächtig Zucker, und wäre das alles, würde man ob der ständigen Cliffhanger und Pointenhuberei wohl bald ermüden. Aber die Tektoner-Geschichte ist eben nur die Geschichte in der Geschichte; der Roman »Pandora im Kongo«, das sind die Erinnerungen Thomsons Jahrzehnte später: Wie er auf Garvey trifft und sich in dessen sagenhaften Bericht versenkt, wie er als Soldat durch den Ersten Weltkrieg stolpert, wie er schließlich zum erfolgreichen Schriftsteller wird – und doch immer wieder auf die mysteriösen Vorgänge im Dschungel zurückkommt, die Geschichte immer wieder neu beginnt, immer wieder umschreibt, nie zu einem definitiven Ende findet. Denn im Zentrum des Mysteriums steht, wie schon in »Im Rausch der Stille«, eine Liebesgeschichte der besonders exquisiten Art: Garvey verfällt im Dschungel einer Tektonerin, und Thomson entwickelt vergleichbare Gefühle für dieses seltsame Wesen, das doch eigentlich nur in den Erinnerungen eines anderen Menschen existiert. Aber waren das wirklich Garveys Erinnerungen? Wer erzählt hier eigentlich was?

»Pandora im Kongo« ist ein Spiel mit Erzählebenen und Perspektiven, Peripetien und ironischen Brechungen, das den Leser auf verschiedenste Weise zum Komplizen macht. Ist eine literarische Matrjoschka, die ihr Innerstes trotz »furioser« Schlusswendung schamhaft verborgen hält. Ist ein Abenteuer-, Horror-, Science-Fiction-Potpourri. Ist eine augenzwinkernde Verne-und-Wells-Hommage. Ist eine deftige Abrechnung mit dem englischen Kolonialismus. Ist eine tränenreiche Lovestory ... Aber denken Sie erst gar nicht darüber nach, was der Roman alles so ist. Lesen Sie ihn einfach – wie jedes anständige Groschenheft – in einem Rutsch durch. Er wird Sie garantiert nicht enttäuschen.

In Frankreich heißen die Ghostwriter von Politikern und anderen Berühmtheiten übrigens immer noch »Neger«. Très chic, dieser Salon-Rassimus!

Copyright © 2008 by Sascha Mamczak

Philip Reeve

Lerchenlicht (Larklight)

Roman • Aus dem Englischen von Ulrike Nolte • Berlin Verlag, Berlin 2007 • 418 Seiten • € 17,95

von Hartmut Kasper

Der britische Autor Philip Reeve wurde 1966 in Brighton geboren; der Stadt mit dem wundersam indisch-chinesischen Royal Pavillon und dem phantastischen Palace Pier, der sich auf seinen Stelzen so weit ins Meer hinausschiebt wie möglich und dessen Ende gekrönt wird von einem ewigen Jahrmarkt.

Kein Wunder, sagt man sich, dass gerade dieser Autor dieses Buch ...

Heute lebt Philip Reeve im Dartmoor, dem düstersten der englischen Moore, einer Landschaft voller Menhire und Steinkreise, einer lautlosen Gegend, wo kein Vogel pfeift (in Ermangelung von Bäumen) und wo im düsteren Dartmoor Prison düsterer Verbrechen gedacht wird, vor allem von den dort einsitzenden Tätern.

Kein Wunder, sagt man sich, dass gerade dieser Autor dieses Buch ...

Dieses Buch heißt »Lerchenlicht« und ist das erste einer Trilogie, in dem es um phantastische Welten geht. Diese Welten drehen sich um unsere Sonne, und sie heißen nach altem Brauch Mars und Merkur, Venus und Saturn – gerade so, als wären sie die alltäglichen Planeten unserer Zeit. Tatsächlich aber ist das Sonnensystem, in dem die Geschichte spielt, durch und durch anderweltlich-viktorianisch. Oder es müsste die Tatsache, dass die Saturnringe aus Spinnweben gewoben sind oder dass auf dem Mond Töpfermotten leben, der Aufmerksamkeit unserer Astrophysiker bislang entgangen sein.

Die Geschichte, die der vorbildlich versponnene Autor den Lesen auftischt, beginnt auf Lerchenlicht, einer Villa im Weltall. Das orbitale Bauwerk ist an allen Seiten dreidimensional mit Türmen, Erkern und Schornsteinen bestückt. Warum auch nicht: Schornsteine, die ins Vakuum reichen, müssen doch den Rauch ganz vorzüglich abziehen lassen, oder? Wie war das gleich mit den Naturgesetzen?

Pfeif einer auf die Naturgesetze!

Hier leben Arthur (»Art«) und seine Schwester Myrtle Mumby zusammen mit ihrem Vater, einem Forscher. Sie warten eben auf die Ankunft eines Gastes. Ein gewisser Mr. Spindler nämlich hat sich angekündigt. Während Myrtle in Burkes Adelskalender nachschaut, ob es sich bei Mr. Spindler um einen Grafen oder um einen Baron handelt, bemerkt Art, wie die Villa Lerchenlicht in ein weiches Gespinst eingewickelt wird. Mr. Spindler ist nämlich weder Graf noch Edelmann, sondern niemand anderes als eine Riesenspinne, die mit ihren Gefolgsspinnen Lerchenlicht kapert und den Vater in einen Kokon einwickelt.

Arthur und Myrtle entkommen mit einem Rettungsboot zum Mond. Der Mond ist, anders als unser leerstehender Trabant, als Strafkolonie tätig, eine Art ins Himmlische übersetztes Dartmoor-Gefängnis. Dort fällt das Geschwisterpaar einer Töpfermotte zum Opfer, so geheißen, weil sie ihre Opfer zusammen mit ihren Larven in Amphoren eintöpfert. Schlüpfen die Larven, so haben sie gleich ihr Futter in direkter Nachbarschaft.

Praktisch.

Art und Myrtle entgehen diesem grausigen Schicksal nur, weil sie von einer Piratenschar gerettet werden. Der Anführer der Mondpiraten heißt Jack Havock. In seiner Mannschaft dienen die seltsamsten Wesen: ein Krabbentier, die Zwillingsseeanemonen, ein Echsenmädchen, Mr. Grindel und Mr. Munkulus. Mit ihnen entkommen die Kinder auf dem Piratenschiff *Sophronia* zur Venuskolonie. Während Art bei den Piraten bleibt, wird Myrtle im weiteren Verlauf auf dem Mars entführt. Dort lebt Sir Waverley und unterhält ein Landhaus. Leider muss Myrtle entdecken, dass der Landlord von einer Spinne gesteuert wird, die in seinem Kopf haust: Sir Waverley ist ein Automat.

Weiter geht's zum Jupiter, zur nächsten Auseinandersetzung mit dem Spinnenvolk, zum Saturn. Schatzsuche, Schlüsselsuche, Schlüssel findet sich, verschollene Mutter findet sich auch, riesiger Kristallpalast stolziert umher und bedroht Queen Victoria und Prinz Albert nebst Hofstaat. Bei der Eröffnungsfeier der Weltausstellung fällt Myrtle unangenehm auf, als sie sich auf die Queen stürzt und versucht, ihr die Schädeldecke abzunehmen. Denn man weiß ja nie, ob Königinnen und andere Staatschefs nicht in Wirklichkeit von übelmeinenden Spinnen bewohnt und zerebral gesteuert werden – was, nebenbei, auch eine höchst plausible Erklärung für manchen kühnen Einfall der heutigen Steuergesetzgeber wäre ... Am Ende gelingt es Myrtle, eine feindselige Oberspinne platt zu schlagen. Womit? Mit einer Ausgabe der Times, of course.

»Lerchenlicht« stellt sich ganz in die Tradition der englischen Kinder-gehen-durch-den-Wandschrank/die-Wand/den-Spiegel-nach-Narnia-oder-in-den-geheimen-Garten-usw.-Geschichten. Ort: ein ubiquitäres England; Zeit: ein immerwährendes 19. Jahrhundert. Ganz wie der Urahn all dieser schnurrigen Buch- und Wunderwelten, ganz wie Alice und ihre Abenteuer verdankt auch »Lerchenlicht« ein Teil des Vergnügens, den seine Lektüre bereitet, den Bildern. War es im Fall von Lewis Carroll der kongeniale John Tenniel, der die Geschichten des Buches ins Bild setzte, hat für »Lerchenlicht« der als Tolkien- und Terry-Pratchett-Illustrator populär gewordene David Wyatt die Szenen ebenso liebenswürdig wie altmodisch ausgemalt.

Soll also, wem der Sinn danach steht, die Tweedjacke überstreifen, sich an den knisternden Kamin setzen, die englische Pfeife anzünden und – während draußen die Brandung an den Palace Pier schlägt, will sagen: der Wind über die Hügel des Dartmoors heult – den Kindern vorlesen von den Abenteuern der Mumby-Geschwister. Fortsetzung folgt.

Copyright © 2008 by Hartmut Kasper

Andrzej Sapkowski
Gottesstreiter (Boży bojownicy)
Roman • Aus dem Polnischen von Barbara Samborska • Deutscher Taschenbuch Verlag, München 2006 • 740 Seiten • € 17,50

von Gundula Sell

Im goldenen Prag Anno Domini 1427 ist es nicht leicht, eben nur sein Leben zu führen. Die Katholiken ringsum haben zum Kreuzzug gegen die Hussiten aufgerufen, und auch diese bleiben keineswegs brav zu Haus. Jeder sieht Recht und Gott auf seiner Seite, und so fließt Blut in Strömen. Reinmar von Bielau, genannt Reynevan (Rainfarn), ein junger, inzwischen nicht mehr völlig leichtfertiger Arzt, gerät in und zwischen die Fronten, treibt sich und wird getrieben durch die Weltgeschichte, die in diesen Jahren mit besonderem Ingrimm in den Landschaften Schlesiens, Böhmens und der Lausitz stattfindet. Er will Rache für seinen von den Leuten des Bischofs von Breslau getöteten Bruder, er will seine in den Wirren verlorene Liebste wiederfinden, manch andere Rechnungen hat er offen, aber eigentlich ist ihm auch sein Leben lieb. Dass er es bis zum Ende behält, muss der Tatsache geschuldet sein, dass es noch einen dritten Band gibt – »Gottesstreiter« ist das zweite von drei Büchern um Reynevan, das erste heißt wie auch im polnischen Original »Narrenturm«, das dritte »Lux perpetua«.

Sapkowski hat in der slawischen Welt eine begeisterte Fangemeinde vor allem mit seinem siebenbändigen Zyklus um den Hexer Geralt, die in einer so klassischen wie originellen Fantasy-Welt spielen. Ich hoffe, die Begeisterung wird hierzulande bald geteilt – von dieser Serie sind zwei Bände vor Jahren bei Heyne erschienen, einer erneut bei dtv, die weiteren sind bei letzterem Verlag in Vorbereitung.

Die Bücher um Reynevan scheinen zunächst etwas ganz anderes zu sein, historische Romane mit einer zwischen Schelm und Held changierenden Hauptfigur. In »Narrenturm« wird Reynevan zunächst mit der absurden Behauptung, er betreibe Schwarze Magie, verfolgt. Tiefstes Mittelalter eben. In den Verlauf der Handlung mischt sich allerdings zur Verblüffung des Lesers, wenn auch nicht aller sonstigen Beteiligten, immer mehr schwarze, weiße und in allen Farben schillernde Magie. Im ersten Band findet unter anderem ein Hexensabbat statt, im zweiten funktioniert Alchemie, wenigstens so einigermaßen, und als gar nichts mehr geht, öffnen sich die Kerkerwände im Hungerloch mittels höherer Gewalt. Und dann gibt es noch eine unheimliche Sorte schwarzer Reiter, angeführt von einem, der sich in einen Vogel zu verwandeln imstande ist, wenn er nicht gerade dem Breslauer Bischof den Eindruck vermittelt, ihm zu dienen. Wobei es eher umgekehrt ist.

Dass Reynevan mit dem Leben davonkommt, verdankt er nicht nur der Berechnung des Autors, sondern auch seiner eigenen Gewitztheit und seinen magischen Kenntnissen. Außerdem zahlreichen Freunden und alten Bekannten in allen Lagern. Ob da einer, wie er, deutscher Schlesier, ob er Pole oder Tscheche ist, spielt keine Rolle, es gibt unendlich tiefere Gräben in jenem blutgetränkten, vornationalen Europa.

Dass der Verlag im Klappentext das Wort »Medicus« erwähnt, führt, wohl nicht zufällig, den Leser auf eine etwas falsche Fährte. Aber »Narrenturm« und »Gottesstreiter« sind auch keine Fantasy im herkömmlichen Sinne; Elfen und Drachen bietet der Autor nicht auf. Der historische Hintergrund ist nicht nur reich, sondern auch sehr exakt geschildert, und die Schärfe der Analyse hat nichts von Eskapismus. Ja, es will scheinen, als seien die politischen Zusammenhänge, aufgezeigt an treffend charakterisierten Personen, das eigentliche Thema. Intrigen und Interessen, mächtige Männer, die Armeen wie im Sandkasten hin und her schieben, Koalitionen und Verrat ergeben eine gewaltige und dissonante Sinfonie, deren stetiger Grundton lautet: Blut, Blut, Blut. Keinem der Beteiligten scheint ein Menschenleben, scheinen Hunderte davon etwas wert zu sein. Sowohl die angstübertönende Choräle singenden hussitischen Gottesstreiter als auch die verzweifelten Stadtbürger auf den Mauern bei der Verteidigung, sowohl schmutzige Söldner als auch verkommene Menschenhändler – alle geraten in den anschwellenden Strudel von Gewalt. Und Sapkowski schenkt uns nichts: Reynevan hat sich für die Hussiten entschieden, aber was er da tut und erlebt, ist keineswegs gottesfürchtig. Noch siegen die Hussiten – wenn auch ihr legendäres Kriegsglück brüchig zu werden droht. Ein grausamer Ruf geht ihnen voran, die Gegner bleiben ihnen nichts schuldig. Ab und zu lässt Sapkowski ein wenig neuzeitliches Denken durchblitzen, ohne seine Szenerie zu verlassen, etwa wenn er den Übergang von Freiheitskampf zu Terrorismus darstellt oder wenn er geradezu sarkastisch europäische Werte ins Spiel bringt.

Auch die Liebe kommt eine Zeit lang zu ihrem Recht, zur Erholung für den Helden und den Leser. Genussreich ebenfalls breitet Sapkowski ein geradezu Eco-haftes Wissen über die verschiedensten Themen aus, über Alchemie, zeitgenössische Geografie und die Verquickung der Adelsgeschlechter. Die Arbeit der Übersetzerin, die wie selbstverständlich zum Zeitkolorit beiträgt und elegant zwischen den Stilebenen wechselt, ist ausgesprochen lobenswert. Zitate in mehreren Sprachen, immer wieder auch Latein, schwirren durch die Luft, werden aber (mit Unterstützung von Heinrich Schrag) im Anhang erklärt.

Die Handlung wogt, doch wenn man das Buch mal ein Stück weiter weg hält, merkt man, dass es außer auf den verschlungenen Pfaden Reynevans und seiner Begleiter und Widersacher auch in der Großstruktur in immer tiefere Verstrickung in den Krieg fortschreitet. Nicht zu vergessen die Rahmenhandlung, die das Ganze einige Jahre später kommentiert. Und auch Sapkowskis üppiger Sinn für Ironie kommt nicht zu kurz.

Wer gern von blutigen Kämpfen liest, wird das Buch zu schätzen wissen, wenngleich das Blutvergießen keineswegs immer regelgerecht oder auch nur mit einer Schwertklinge geschieht. Schätzen werden es auch die Freunde farbigen Zeitpanoramas, noch mehr aber wohl die, für die das Überschreiten von Genregrenzen ein Vergnügen ist. In der zweiten Hälfte stellt der Autor streckenweise zumindest meine Geduld auf die Probe: Immer noch eine Belagerung und noch ein Gemetzel, noch eine Gruppe Adliger, die mit Namen und Wappenbild aufgezählt wird, ohne dass man schon ahnen oder sich noch merken kann, ob sie für die Handlung eine Bedeutung haben ... Hier kommt nicht nur Reynevan, sondern auch der Leser streckenweise vom Wege ab. Am Ende wird aber der im Ganzen hervorragende Roman in eine zum dritten Band hin offene Zuspitzung getrieben.

Copyright © 2008 by Gundula Sell

Lucius Shepard
Hobo Nation (Two Trains Running)
Erzählungen • Aus dem Amerikanischen von Joachim Körber •
Edition Phantasia, Bellheim 2008 • 208 Seiten • € 19,-

von Ralf Reiter

»Hobo Nation« ist ein Themenband, der sich den Befindlichkeiten der amerikanischen Güterzug-Tramps widmet. 1998 hat sich Shepard für einen Artikel im Magazin *Spin* zwei Monate lang auf diese Subkultur eingelassen, hat Interviews geführt, Dieselgeruch geatmet, Güterbahnhöfe abgeklappert, ist auf Zügen mitgefahren und hat die Mythologie der Hobos studiert. Und die ist lang und verzweigt, denn diese Art des Lebens geht zurück bis in die Zeiten des Bürgerkriegs, als die geschlagenen und in Auflösung befindlichen Truppen des Südens zu Tausenden auf den Zügen in die Heimat drängten. Sozialromantisch verklärt wurden die Hobos zu Zeiten der Wirtschaftskrise, als ihre Zahl drastisch anwuchs. Es gibt sie bis heute, und sie verteidigen ihr Milieu als alternative Lebensart und locken ökonomisch und sozial Gescheiterte an, die ebenfalls eine Prise Abenteuer abbekommen wollen. Oder solche, denen ohnehin nichts anderes übrig bleibt.

Für ein Studium dieser Parallelwelt ist Shepard natürlich genau der Richtige, denn er erkennt hinter allem, was wirkt, den Mythos, und statt ihn naturalistisch wegzuwedeln als naive Legendenbildung, gibt er sich ihm hin und überführt ihn in eine vollendete Poesie des Überzeitlichen. Der erste Text seiner Sammlung ist eigentlich eine journalistische Arbeit, die erweiterte Version des 98er-Artikels aus *Spin*. Shepard begibt sich auf die Spuren der FTRA, der »Freight Train Riders of America«, einer angeblichen Hobo-Organisation, die laut hysterischer, aber nicht wirklich verifizierbarer Aussagen eine Art Mafia darstellt, die für Hunderte Morde, Zugentgleisungen und allerhand Terror verantwortlich ist. Tatsächlich, so Shepards Ermittlungen vor Ort, handelt es sich lediglich um einen Mythos im Mythos, um eine sich verselbständigende Abwehrreaktion gegen die Zudringlichkeiten der Behörden und Bahngesellschaften, die Schluss machen wollen mit dem schönen Hobo-

Traum. Die wichtigere Erkenntnis von Shepards Artikel ist jedoch, dass dieses Hobo-Dasein niemals schön war, sondern in erster Linie alkoholselige Lebensunfähigkeit verkörpert, die sich zu gleichen Teilen verkleidet als romantisches Traumgespinst und als soziale Gegenwelt. Die amerikanische Variante der französischen Clochards, wenn man so will, und, entsprechend der geographischen Gegebenheiten, eng verbunden mit dem Motiv der Mobilität. Eine solche Kombination reizt den Mystiker Shepard, der diese Grenzregion erforscht und ihre Symbole und Terminologien, ihre Andersartigkeit einer poetischen Analyse unterzieht. Schon in den Reportagetext schleichen sich Sequenzen des Metaphysischen, exzellente Verdichtungen sowie eine Nutzbarmachung der Hobo-Metaphernwelt für das eigene poetologische Programm.

Spannend wird es dann in den beiden Novellen, die dem Presseartikel folgen. Shepard klärt uns im Vorwort bereits auf über seine Motivation zu diesem Band: Er hoffe, dass die Kombination aus Zeitschriftenartikel und Erzählungen den Prozess verdeutliche, »mit dem das Reale in das Fiktive verwandelt wird«. Tatsächlich transformiert er das, was im Artikel an Realitätsauflösungstendenzen noch metaphorisch gemeint sein muss, in der Novelle »Drüben« zu einer tatsächlichen Parallelwelt, in die es Hobos verschlägt. Diese Welt ist ein Rätsel, und der Theorien über ihre Natur gibt es einige. Die Hobos reisen mit eigenartig lebendigen schwarzen Zügen an, scheinen in einem naturbelassenen, wenn auch fremdartigen Utopia zu landen, das sie einerseits physisch zu reparieren, zu »reinigen« scheint, sie aber andererseits ihrer Rastlosigkeit und Kraft beraubt. Außerdem gibt es hier Ungeheuer, die regelmäßig wiederkehren und eine Menge Bewohner töten. Ist es ein verkorkstes Jenseits? Oder ein Computerspiel? Ein Paralleluniversum? Folgend dem Gedanken, dass dies nur eine Zwischenstation ist, von der man sich aufrappeln muss, um das »nächste Level« zu erreichen, machen sich zwei Figuren auf die Reise »nach Osten«, wo es womöglich noch mehr gibt und wo sich erweisen kann, ob dies alles nur ein Test ist – und was mit denen geschieht, die ihn bestehen. Der Text ist eine enigmatische Geschichte über Rastlosigkeit und Stillstand, über Erlösung und Selbstzerstörung, über Unsicherheiten – traumhaft in den Kulissen, aber doch ungemein plastisch.

Die zweite Novelle, »Die Ausreißerin«, ist weniger phantastisch und überweltlich, jedoch bis zum Bersten aufgeladen mit dunklen Zauberbildern. Sie illustrieren eine Psyche, die mit Verdammnis und Erlösung kämpft und sich nie sicher sein kann, welchem Stadium sie sich gerade mehr annähert. Der vom Alkohol zernagte und an »Anfällen« leidende Hobo Madcat begegnet der hübschen Ausreißerin Grace, deren Freund offenbar erschlagen wurde, und findet in ihr eine wackelige Alltagsphilosophin und Matratzengefährtin, die ihm Halt gibt. Zumindest vorläufig. Aber Madcat wird nun auch verwickelt in die Mordserie unter Hobos und weiß bald selbst nicht mehr, ob der verrückte Indianer F-Trooper der Täter ist oder seine eigenen Anfälle ihn zu den Taten treiben.

In beiden Erzählungen vollzieht sich das, was das Vorwort als eben jene Transformation des Realen ins Fiktive bezeichnet. Es fallen Namen, es rotieren Motive, die der Artikel schon einführte, aber um sie herum wird neues Material gestrickt, die nur angedeutete Gegenwelt wird belebt und illustriert wie in einem Delirium oder einem Drogentrip. Die Mythologie wird erweitert und auf überraschende, poetische Weise mit sich selbst konfrontiert, um daraus neue weltanschauliche Erkenntnisse zu beziehen. Erkenntnisse, wie es wirklich zugeht im Grenzland zwischen Dichtung und Wahrheit, zwischen Drinnen und Draußen, wie es sich anfühlt an der Kreuzung von Wirklichkeit und Mythos.

Copyright © 2008 by Ralf Reiter

Simon Spiegel

Die Konstitution des Wunderbaren.
Zu einer Poetik des Science-Fiction-Films

Zürcher Filmstudien 16 • Schüren Verlag, Marburg 2007 • 384 Seiten • € 24,90

von Uwe Neuhold

Über Science-Fiction-Filme wurde und wird viel geschrieben, ganze Enzyklopädien sind dazu entworfen worden. Gleichsam lexikalisch ist auch der bisherige Zugang: Man überbietet sich im Auflisten bedeutender und unbedeutender Werke, nennt mal diesen, mal jenen als den »ersten wahren Science-Fiction-Film« und schreibt bisweilen längere Inhaltsangaben und exegetische Deutungen.

Was bisher – zumindest im deutschen Sprachraum – fehlte, war eine umfassendere Betrachtung, die nicht einzelne Filme ausführlich beschreibt, sondern überlegt, was sie gemeinsam haben. Was den »Science-Fiction-Film« eigentlich ausmacht. Wodurch er sich etwa vom Abenteuer-, Horror- und Kriminalfilm unterscheidet. Kurz: wie seine Erzähl- und Darstellungsweise, seine Poetik, funktioniert. Simon Spiegel, Lehrbeauftragter am Seminar für Filmwissenschaft der Universität Zürich, kommt das Verdienst zu, mit dem vorliegenden Buch eine Lücke geschlossen zu haben.

Ausgehend von der bisherigen Forschungsgeschichte zum Thema zeigt er, dass unter Filmwissenschaftlern vor allem eines herrscht: Uneinigkeit. Das beginnt schon bei der Frage, ob es ein »Genre« des SF-Films als solches gibt oder es sich nicht nur um Ausprägungen und Vermischungen filmischer Topoi und Techniken handelt. Diese Diskussion – die sich ähnlich ja auch in der Science-Fiction-Literatur findet, wo man über das »Gattungsspezifische« streitet – versucht Spiegel aufzulösen, indem er statt »Genre« den Begriff »fiktional-ästhetischer Modus« einführt. Dadurch kann er zwar die Diskussion nicht auflösen sondern stellt sie nur hintan, doch erreicht er damit, das SF-Film-Typische auf eine konkret beschreibbare Basis zu bringen: den Aufbau der fiktionalen Welt, ihre Darstellungsweise sowie die aus der Kombination beider Aspekte angestrebte Wirkung, die den Zuschauer intuitiv erkennen lässt, ob es sich bei einem Film um Science Fiction handelt.

Interessanterweise kommt Spiegel nicht sofort auf die filmspezifischen Aspekte zu sprechen, sondern hält sich vorerst recht lange mit Geschichte und Definition der SF-*Literatur* auf. Dies mag für jemanden, der sich noch nicht mit dem Thema befasst hat, aufschlussreich und erhellend sein (und auch für »SF-Connaisseure« sind einige beachtenswerte Details enthalten), doch stellten für mich jene Kapitel ein unnötiges Abhalten vom Eigentlichen dar. Zudem erweist sich Spiegel hierin nicht gerade als Freund der SF-Literatur, wenn er ihr etwa mehrmals konzediert, sie würde ihre »wissenschaftliche Plausibilität nur behaupten«, nicht jedoch einlösen. Damit zusammenhängend werden auch die Fan-Szene und der etwas naive Begriff des »sense of wonder«, den die SF bei Fans auslöse, ein wenig spöttisch abgehandelt.

Auch wenn ich Spiegel bei vielen seiner Beobachtungen zustimmen kann, erscheint es mir doch zu einfach, dass er seinerseits die Nicht- oder Pseudo-Wissenschaftlichkeit der Science Fiction behauptet, ohne sie empirisch nachzuweisen. Denn neben den von ihm zu Recht kritisierten, vereinfachten Formulierungen von Fans, Science Fiction sei *generell* höherwertig als andere Literaturformen, gibt es zahlreiche Beispiele, in denen Science Fiction in der Tat (wenngleich fiktional übersteigert) wissenschaftlich fundiert formuliert – nicht zuletzt wenn sie von Wissenschaftlern selbst geschrieben wird. So fasst der Autor meines Erachtens auch den »sense of wonder«-Begriff (dem er viele Zeilen widmet) zu eindimensional auf – nämlich lediglich als das kindliche Staunen angesichts von SF-*Icons* wie Weltall, Raumschiffe, außerirdische Artefakte, technologische Erfindungen und überraschende Deutungen der eigenen Realität. Was jenen »magischen Effekt« der SF-Literatur jedoch mindestens gleich stark ausmacht, ist die tatsächliche Kenntniserweiterung beim Lesen. Hat man etwa ein Buch wie »Das Darwin-Virus« von Greg Bear hinter sich, hält man keineswegs Außerirdische oder Zeitreisen plötzlich für real oder hat naiv über Weltall und Technologien gestaunt, sondern weiß um einiges mehr über Genetik, Virologie und Evolutionsprozesse als zuvor – und im Gegensatz zu einem reinen Sachbuch wurde man dabei von einer spannenden Handlung begleitet, die zwar spekulativ ist, aber durchaus unterscheiden lässt, wo die gesicherten Fakten enden und die (legitime) Extrapolation beginnt.

Danach aber widmet sich Spiegel seinem eigentlichen Thema: Mit welchen Mitteln schafft es der SF-Film (mal mehr, mal weniger gelungen), dem Betrachter eine fiktionale Welt mit all ihren Bewohnern und Einrichtungen nicht nur realistisch erscheinen zu lassen, sondern auch mitunter einen »Effekt des Erhabenen« zu bewirken? Klugerweise wählt der Autor hier – im Gegensatz zu anderen Filmtheoretikern – nicht nur jenes knappe Dutzend wirklich gelungener SF-Filme aus (etwa *2001*, *Blade Runner* oder *Alien*), da man – wie er erkennt – anhand einiger Meisterwerke oder subjektiver Favoriten wohl keine umfassende Analyse durchführen kann. Darum werden auch Filme mit – zumindest aus heutiger Sicht – offensichtlichen

Mängeln wie *Plan 9 From Outer Space* oder *The Angry Red Planet* in die Betrachtung mit einbezogen (insgesamt wurden rund 300 Filme berücksichtigt), denn Spiegel geht es hier um keine qualitative Wertung, sondern um ein Verständlichmachen des fiktionalästhetischen Prozesses an sich.

Hierbei gelingt ihm erstens eine klare, analytische Klassifizierung der für SF-Filme wichtigen technischen Mittel: von filmischen Tricks aus der Anfangszeit des Kinos über Kameraführung und Perspektivenwechsel bis hin zu Spezialeffekten und CGI sowie der wichtigen und oft unterschätzten Rolle der akustischen Untermalung und soundtechnischen Ausstattung (man denke etwa an die Lichtschwerter aus *Star Wars*, die ohne das bedrohlich elektrische Summen und Knistern wohl wie harmlose Kinderspielzeuge wirken würden). Die editorisch schöne Aufmachung des Buches beinhaltet übrigens eine DVD mit den relevanten Ausschnitten jener Filme, auf die der Autor speziell eingeht.

Zweitens bringt Spiegel eine bemerkenswerte Abhandlung zum inhaltlichen Aufbau des Science-Fiction-Films. Auch wenn hier der exzessive Einsatz von Wörtern wie »ontologisch« und »Diegese« ein wenig stört (es handelt sich um eine Dissertation für die Universität Zürich), stellen jene Kapitel doch eine Bereicherung dar. So wird gezeigt, wie und warum im SF-Film einerseits die Verfremdung des Bekannten, andererseits die »Naturalisierung des Fremden« (also die Überführung phantastischer Elemente in einen glaubhaften Rahmen) wichtig ist und bewerkstelligt wird. Neben dem »conceptual breakthrough« – also der Erkenntnis erweiternden Entdeckung neuer Welten oder Innenräume – und der Wichtigkeit bildlicher Metaphern bringt der Autor sogar einen interessanten Exkurs zum Thema »Was ist der Mensch?« Diese und weitere Betrachtungen zu Aspekten, Ideen und Elementen des SF-Films runden die Untersuchung ab und machen das Buch sicherlich zu einem Referenzwerk.

Besonders empfohlen sei auch das Schlusswort, in welchem der Autor, als bewusste Kontrapunktierung zur doch eher wissenschaftlich-kühlen Schreibweise des Haupttextes, seine persönliche Beziehung zur Science Fiction erläutert und welchen nachhaltigen Effekt (oder darf man sagen: »sense of wonder«?) einst der Film *Blade Runner* in ihm auslöste. Wem diese oder andere Filmmomente nicht fremd sind (mich etwa machten einst die aus subjektiver Perspektive gefilmten X-Flügler in *Star Wars – The Empire Strikes Back* zum »Fan«), der wird verstehen, warum jener Film in Simon Spiegel die Liebe zum Kino entfachte.

Copyright © 2008 by Uwe Neuhold

Charles Stross

Glashaus (Glasshouse)

Roman • Aus dem Englischen von Usch Kiausch • Wilhelm Heyne Verlag, München 2008 • 494 Seiten • € 8,95

von Wolfgang Neuhaus

Achtung, Nerd-SF! Die Leser seien gewarnt! Ein Gespenst geht um in der bundesdeutschen Science-Fiction-Szene. Eingeschossen haben sich die Kritiker dabei besonders auf den britischen Autor Charles Stross. Im Spätsommer 2007 monierte Michael K. Iwoleit in der Online-Community »Scifiboard« einen »Trend zu einer Nerd-SF, die offenbar meint, dass es in der zeitgenössischen SF darum geht, möglichst viele schräge Ideen von der Futuristen-Front in einem konzeptlosen Mischmasch zu verhackstückeln« und nannte in diesem Zusammenhang den Namen von Stross. Man muss dessen Literatur sicher nicht mögen, aber der Vorwurf der Konzeptlosigkeit trifft nicht zu.

In seinem Roman »Glashaus« bietet Stross erneut eine spezielle Mischung aus Kulturkritik und Transhumanismus-Zuspruch. Die Geschichte selbst hinterlässt dabei einen eher »geschlossenen« Eindruck, da sie größtenteils am gleichen Ort zur selben Zeit spielt. Ort des Geschehens ist das »Glashaus«, eigentlich ein Rehabilitationszentrum für versehrte KriegsteilnehmerInnen der über zweihundert Jahre andauernden »Zensurkriege«, das aber für ein Geheimprojekt missbraucht wird. Alle Teilnehmer und Teilnehmerinnen müssen sich bereit erklären, unter den Bedingungen einer Geschichtssimulation bei permanenter Überwachung zu leben. Auf zwei bekannte bundesdeutsche Fernsehsendungen dieser Tage gemünzt könnte man sagen: *Big Brother* meets *Abenteuer 1900:*

Leben im Gutshaus. Das Experiment findet in einer abgeschotteten Gemeinschaft an Bord eines Raumschiffes statt, abgekoppelt vom Netzwerk der T-Tore, die in dieser Welt für die Überbrückung der riesigen Entfernungen im Weltall sorgen.

Robin und Kay sind zwei dieser Teilnehmer und werden im Vorfeld ein Paar. Sie beschließen, sich gemeinsam dem historischen Experiment zur Verfügung zu stellen; allerdings werden sie dort andere körperliche Identitäten haben und sich erst im Verlauf der Handlung gegenseitig »erkennen«. Robin wechselt das Geschlecht und wird zur weiblichen Figur Reeve. Der frühere Robin hat seinem neuen Ich, dessen Erinnerungen zum Teil gelöscht wurden, einen Brief hinterlassen, dessen Inhalt diesem erst nach Passieren der Grenze zum Glashaus bewusst werden darf, da die Gedächtnisinhalte streng kontrolliert werden. Die Hintermänner des Experiments schmieden nämlich an einem Komplott, das unbedingt verhindert werden muss – deshalb die Undercover-Aktion. Auch ein zweiter Agent der Kämpfertruppe, zu der Robin gehört, hat sich inkognito in das Projekt eingeschleust.

Dieses Experiment zur historischen Rekonstruktion vergangener unbekannter Epochen dient Stross als willkommener Aufhänger für einige kulturkritische Seitenhiebe. Die »dunkle Epoche« ist natürlich unsere Gegenwart, und Stross zieht einige Erscheinungen der heutigen Kultur hemmungslos durch den Kakao, ob es sich nun um Football im TV, Kreditkarten oder Waschmaschinen handelt. Das ist zuweilen etwas plump geraten, aber Stross kann den Verfremdungseffekt der SF nutzen, indem er Alltagsgegenstände und -praktiken in einem anderen Licht erscheinen lässt. Doch diese Darstellungsweise, die als milder Spott durchgehen könnte, ist nur ein Aspekt – wichtiger ist, dass Stross den Konformismus, der in dieser Zeit sehr »ausgeprägt« gewesen sein müsse, und die Möglichkeit einer immer perfekteren Bewusstseins-Diktatur, die »auf subtile Weise Verhaltensregeln aufzwingen« kann, zum Thema macht. Ziel der Verschwörer sei eine Zukunft, »in der ein Faschismus durchgesetzt werden soll, der die ganze Existenz umfasst«. Die »Normalisierung«, die die Teilnehmer erstaunlich schnell durchlaufen, findet zwar in einem künstlichen organisierten Zusammenhang statt, aber Stross vermittelt ein Gefühl dafür, wie es zu den (un)bewussten Anpassungen an vorgegebene ideologische Verhaltens- und

Denkweisen kommen kann. Angeregt haben ihn dabei die Auswirkungen einer bekannten Versuchsanordnung aus der Psychologie: das »Stanford prison experiment« aus dem Jahr 1971. Stross nimmt hier gesellschaftskritische Themen auf, wie sie auch in SF-Filmen wie Matrix oder The Stepford Wives behandelt wurden

Daneben pflegt er seine Neigung zu Debatten um die Informationstechnologien und den Transhumanismus. Die Menschen in diesem Stadium der Geschichte hätten »die Phase der Beschleunigung« noch nicht erreicht: »Die Schlimmste der dunklen Epochen, kurz vor Beginn des Zeitalters empfindungsbegabter Maschinen, resultierte aus der Unfähigkeit der Menschen, eine auf Informationen basierende Volkswirtschaft zu verstehen. Folglich übernahmen sie Formate der Datenpräsentation, die mit dieser Wirtschaftsform nicht vereinbar waren.« Stross baut genügend Anspielungen auf diese Debatten ein, die seinem Text tatsächlich den Anstrich einer reinen Nerd-SF geben würden, wenn nicht noch andere »Zwischentöne« zu lesen wären.

In einem Interview sagte der Autor, dass die erste Fassung des Buches 2003 in drei arbeitsintensiven Wochen entstanden sei. Wer eine stilistisch ausgefeilte Literatur mit sorgfältig ausgearbeiteten Charakteren lesen möchte, sollte nicht zu Stross greifen – die Lektüre bleibt manches Mal unbefriedigend, einige Stellen wirken »ungehobelt« (etwa brutale Massaker, die aus einem Splatter-Roman stammen könnten) und der eine oder andere Handlungsstrang bleibt brach liegen (zum Beispiel wird ein Attentatsereignis im vorderen Teil des Buches, das für Spannung sorgt, später nicht wieder aufgenommen). Seine »technische« Einfallsfreude ist es, die das Buch – neben seiner politischen Reflexion – besonders lesenswert macht. So stößt eine Bücherei mit ihren Reihen aufgestellter Bücher bei den ehedem posthuman aufgerüsteten Wesen auf Unverständnis: »Meine Netzverbindung, würde sie funktionieren, könnte mir unverzüglich das Millionenfache an Informationen vermitteln. Doch in dieser an Informationen armen Gesellschaft, an die wir gebunden sind, stellen die Reihen toter Bäume den ganzen Reichtum menschlichen Wissens dar. Offenbar sind uns nur statische, primitive Kritzeleien zugänglich.«

Michael K. Iwoleit meinte in besagtem Board, dass viele aktuelle Entwicklungen in der SF vernachlässigt würden. Offenbar trauert er einer bestimmten Form von »social fiction« aus den Siebzigerjahren nach, für die Namen wie John Brunner oder Thomas M. Disch einstehen. Dabei besteht die Gefahr, die subversiven Potenziale dieser sogenannten Nerd-SF zu übersehen, die im Falle von Charles Stross gar nicht so weltabgewandt ist: Als typischer Ideen-Autor hat er Einblick in die aktuellen Entwicklungen der Technokultur, den er für seine Szenarien weidlich nutzt. In Anlehnung an die Darstellung im Sachbuch »Der Milliarden Jahre Traum« von Brian Aldiss und David Wingrove sieht sich Stross zudem in der sozialistisch-utopischen Tradition der britischen SF, wie er in einem Interview für die Zeitschrift de:bug (Nr. 110, 2007) erklärte, und eben nicht in der technokratischen Nachfolge der amerikanischen SF. Das wird bei der Lektüre mehr als deutlich. Stross lässt bei der Ausarbeitung und literarischen Umsetzung seiner Themen zugegebenermaßen Raffinesse vermissen – irrelevant sind sie nicht.

Copyright © 2008 by Wolfgang Neuhaus

Scarlett Thomas

Troposphere (The End of Mr. Y)

Roman • Aus dem Englischen von Jochen Stremmel • Kinder Verlag, München 2008 • 575 Seiten • € 19,90

von Ralf Reiter

Ariel Manto ist Literaturstudentin in London, lebt am Existenzminimum in einer unbeheizten Bude und mit einem gescheiterten ostdeutschen Musiker als Nachbarn. Außerdem unterhält sie eine masochistische, emotionslose Beziehung zu einem Linguistikprofessor. Überhaupt hat Ariel allerhand selbstquälerische Tendenzen, und nach und nach enthüllt die Ich-Erzählerin uns all ihre Verfehlungen und Traumata und Narben. Zurzeit dümpelt sie lediglich vor sich hin, denn ihr eigener Literaturprofessor, Saul Burlem, der sie vor kurzem zu seiner Assistentin machte, ist spurlos verschwunden.

Beide trafen zusammen wegen ihrer Begeisterung für Thomas Lumas, einen 1893 verstorbenen viktorianischen Schriftsteller, den heute kaum noch jemand kennt. Erst recht nicht seinen letzten Roman »The End of Mr. Y«, den ein Mythos umgibt. Es sind keine Exemplare des Buchs mehr bekannt, und das Werk ist angeblich mit einem Fluch versehen – jeder, der es gelesen hat, ist kurz darauf nachweislich gestorben. Das gilt in erster Linie für die Zeitgenossen der 1890er, denn danach tauchte das Werk nur noch gerüchteweise auf. Lumas war einer jener Käuze der Ära, die seltsame wissenschaftliche Theorien verfochten, ein Gefährte und eventuell Liebhaber von Samuel Butler und ein Feind von Charles Darwin (dem er einmal eine gescheuert hat). Lumas vertrat, neben anderen, die Vorstellung einer vierten Dimension und eines wesentlich weiter gespannten Universums und sich darin ausdrückender Prinzipien. Er schrieb phantastische Geschichten, teils Proto-Science-Fiction, die diese Ideen in Handlung kleideten.

Da entdeckt Ariel durch Zufall (?) in einem Buchladen das extrem seltene, unerhörte »The End of Mr. Y«. Sie gibt ihr letztes Geld dafür aus und gerät nun mitten hinein in Lumas' turbulente Welten. Das Buch beschreibt, wie der Protagonist Mr. Y nach der Einnahme eines geheimen Elixiers auf einem Jahrmarkt aus der Realität gleitet und in das eintritt, was Lumas als »Troposphäre« bezeichnet, eine Welt über der Welt, die nur aus Bewusstsein besteht und in der sich die Dinge scheinbar materiell und als Symbole äußern. Mr. Y kommt dahinter, dass er in die Bewusstseine anderer Wesen (auch Tiere) eindringen kann, wobei sich diese Bewusstseine, sein eigenes und das fremde, vermischen. Und je öfter die Ausflüge in diese Welt stattfinden, desto weniger Interesse hat Mr. Y noch an der schnöden Wirklichkeit. Schließlich wird er verhungert im Keller aufgefunden; er beziehungsweise sein Bewusstsein ist endgültig »drüben« geblieben. Das Problem für Ariel: Ebene jene Seiten, auf denen das Rezept für das Elixier angeführt ist, wurden herausgerissen. Beim Ausräumen des Büros entdeckt sie jedoch in den Unterlagen ihres Professors diese herausgerissenen Seiten – das Exemplar aus dem Buchladen gehörte ihm. Nach einigen Mühen, die homöopathischen Ingredienzien für das Mittel zusammenzubekommen, unternimmt Ariel selbst einen Trip in die Troposphäre. Sie gerät zuerst in das Bewusstsein einer Maus, die sie in ihrer eigenen Wohnung in einer Lebendfalle gefangen hat (danach wirft sie alle Fallen weg und lässt die Mäuse gewähren), schließlich auch in das einer Katze und bei einem weiteren Trip in das ihres Nachbarn Wolfgang, wo sie einige schockierende Dinge erlebt.

In der wirklichen Welt hat sie inzwischen ihr Büro mit den Assistenten-Kollegen Heather und Adam teilen müssen, und das Trio freundet sich bald an, wobei vor allem der jungfräuliche, gescheiterte Priester Adam Ariels Interesse weckt. Er ist es auch, der sie vor einer Gefahr warnt: Es tauchen zwei seltsame Männer auf, die dahinter gekommen sind, dass sich Ariel im Besitz von Lumas' Roman befindet. Und sie wollen sie womöglich eliminieren, zumindest einer Gehirnwäsche unterziehen. Die Kerle sind Ex-CIA-Leute, die im Rahmen ihrer Tätigkeit für das ominöse Übersinnlichen-Projekt »Starlight« auf die Troposphäre gestoßen sind und um den Weg dorthin ebenfalls wissen. Aber ihnen geht das Elixier aus und sie kennen das Rezept dafür nicht. Das kennen jedoch die anderen Leser von »The End of Mr. Y«: Saul Burlem und Ariel Manto. In der Troposphäre hat Ariel, durch ihre Rettung der Maus, einen Verbündeten gefunden, den Mausgott Apollo Smintheus, eine Variation des griechischen Apollo, den genau sechs Individuen irgendwo in Illinois anbeten und der deshalb in der Troposphäre real und lebensfähig und, in gewissen Grenzen, mächtig wird.

Um sich selbst und die Troposphäre vor den Zudringlichkeiten der Agenten zu retten, muss Ariel unbedingt ihren verschollenen Professor finden, der sich vor den Verfolgern ins ländliche Devon geflüchtet hat. Und sie muss sich mit der Tatsache konfrontieren lassen, dass sie wohl die Einzige ist, die aus der Troposphäre heraus die Gedanken und damit auch die Taten anderer Menschen beeinflussen kann. Apollo Smintheus will von ihr, dass sie im Jahr 1900 der »Erfinderin« der Labormaus diesen Gedanken ausredet, und Burlem will von ihr, dass sie in das Bewusstsein des Schriftstellers Lumas eindringt und ihn »The End of Mr. Y« und damit die Troposphäre vernichten lässt ...

Das Opus Magnum einer gelobten britischen Gegenwartsautorin, die zum großen Schlag ausholt. Unter dem Glitzercover und dem fragwürdigen deutschen Titel – warum das englische Wort »Troposphere«, während es im Text stets »Troposphäre« heißt? – versteckt sich ein diskursiver Wonneproppen, der auf dem deutschen Markt sang- und klanglos untergehen könnte. Davon möchte man ausgehen, denn dieses Schicksal ist in Deutschland traditionell für solche Bücher vorprogrammiert, die sich gezielt zwischen alle verfügbaren Stühle setzen und dann daran machen, den Leser knackig-frech mit weltanschaulichem Bombardement zuzuschmeißen. Es sei denn, gewisse poststrukturalistische Interpreten fördern zuvor den Hipness-Faktor des Buchs, oder Mund- oder Internetpropaganda bescheren ihm den erhofften Durchbruch.

Scarlett Thomas jedenfalls schmeißt von ihrem unbequemen Platz zwischen den Sitzgelegenheiten mit vielem nach dem Leser; aus Science-Fiction-Perspektive kann man sich dem Roman nähern, indem man ihn als eine Art philosophisch aufgerüstete Neo-New-Wave auffasst, eine Inner-Space-Renaissance. Die Troposphäre darf gedacht werden als Mix aus Cyberspace und Matrix, als PC-Game mit Konsolenoberflächen, als Jenseits-Variante, als Traumlandschaft oder Geist-Raum – oder als Spielerei im Sinne von *Being John Malkovich*. Oder aber als Zelazny-verwandter Symbolraum, in dem nach Herzenslust gehandelt und gehechtet werden darf. Die Autorin verwendet, vermutlich mit nichts als Absicht, häufig ein Bild, das dem berühmten ersten Satz von William Gibsons »Neuromancer« ähnelt. Ihre Troposphäre ist logisch und plausibel, zugleich jedoch völlig rätselhaft. Markiert sie, wie am Ende spekuliert wird, womöglich sogar den Beginn aller Materie, denkt sie sich die materielle Welt so zurecht, wie sie sein soll oder will? Beeinflussen Gedanken nicht nur die Welt, sondern erschaffen sie geradezu? Die »poststrukturalistische Physik«, die der Roman behauptet, bietet uns ein selbstorganisiertes Universum, in dem es so viel freien Willen gibt, dass man daran schier einzugehen droht, weil es eben keine höheren Gesetze gibt außer denen, die wir selbst erzeugen. Zu Anfang des Romans droht auf dem Uni-Campus das Newton-Gebäude einzustürzen – und im Laufe des Romans stürzt noch so manches andere in sich zusammen als nur die Newton'sche Mechanik.

Die Autorin wirft Namen wie Aristoteles, Derrida, Heidegger, Baudrillard, Butler, Singh, Kaku und Themenkomplexe aus Theologie, Physik, Chemie, Biologie, Philosophie, Linguistik, Literaturwissenschaft, ja sogar Homöopathie in die Umlaufbahn, bringt das alles auf Kollisionskurs und spiegelt in den daraus resultierenden, intellektuell brillanten Detonationen aktuelle Diskurse wider, die eine zunehmend befremdlicher werdende Physik mit Fragen nach Religion und Philosophie verknüpfen. Nichts Genaues weiß man nicht, und es darf wild drauflos spekuliert werden. Durchdiskutiert wird nahezu alles, unter anderem die These eines von der materiellen Welt unabhängigen Bewusstseins, abgeleitet von der Vorstellung, dass der Urknall das erste Teilchenereignis war, das, laut Quantentheorie, von einem externen Beobachter ausgelöst wurde. Von Gott? Jedenfalls von einem Bewusstsein jenseits der materiellen Welt, dessen Gesamtheit vom exzentrischen Autor Lumas als Troposphäre bezeichnet wurde, in die man mit entsprechenden Methoden eintreten kann. Aber sind materielle Welt und Bewusstsein überhaupt voneinander zu trennen, und in welcher Wechselwirkung stehen sie, wenn dem nicht so ist? Dinge, die gedacht werden, besitzen in der Troposphäre Realitätsstatus, und kann es tatsächlich sein, dass die Welt, in der wir leben, letzten Endes nur ein Sklave der Troposphäre ist, die diese zugleich jedoch erschafft? Jawohl, so erfahren wir, unser Universum ist ein kompliziertes. Und wir selbst und unsere Befindlichkeiten sind das Allerkomplizierteste darin.

Denn Scarlett Thomas garniert die mitunter etwas ausufernden Diskurse ihres Personals mit prägnanten selbstquälerischen Figuren und disfunktionalen Beziehungskisten, die nicht selten von reinem Abscheu geprägt sind. Selbstekel, Ekel vor dem Liebhaber, dauerhafte emotionale und körperliche Verletztheit, die wahre Liebe als Unmöglichkeit und nur, ganz am Schluss, als Verheißung im Garten Eden, als Neuschöpfung der Erde und womöglich aller gescheiterten Beziehungen aus dem mythischen Troposphären-Raum heraus sowie einem alchemistischen Verschmelzungsgedanken. Die symbolisch-reale Überwindung der zeitgenössischen emotionalen Wirklichkeit, die mit »Selbsthass« nur unzulänglich beschrieben ist. Protagonistin Ariel Manto – ein Pseudonym, wie sie selbst sagt, ohne ihren wahren Namen preiszugeben – wirkt oberflächlich frech und entwaffnend, ist jedoch tatsächlich eine herzlich verwirrte, zerquälte Borderline-Figur. Und sie ist nicht die Einzige. Die Methode des Bewusstseinspringens, welche die Troposphäre ihr an die Hand gibt, ermöglicht es, sich in immer neue Köpfe einzuquartieren und deren Psychosen und Neurosen nahezukommen. Aus dem Kopf ihres »netten« Nachbarn Wolfgang zum Beispiel möchte Ariel einfach schnellstmöglich wieder heraus. Manches wirkt dabei ein wenig forciert, als wollte die Autorin in einer Fülle solcher Sequenzen ein ganzes Universum psychischer Beschädigungen über uns entleeren – zuweilen möchte man unwillkürlich unter die Dusche krabbeln.

Dazu stößt dann eine Krimi- und Thriller-Ebene, die man nicht so ganz ernst nehmen sollte. Sie dient als Zündstoff, um dieser an und für sich handlungsarmen, bildreichen Geschichte mit ihren ständigen Verweisen auf Derrida und Heidegger einen Drall zu verpassen, sie überhaupt mal in Bewegung zu bringen und manches an Behauptetem einer Dynamik zu unterziehen und es auf seine Standfestigkeit hin zu überprüfen. Hier steht dann die comichafte Simplizität von Hetzjagden neben hochkomplexen Diskursen über die Natur des Universums und des Bewusstseins sowie seiner schöpferischen Urgewalt.

Das Ganze mag ein bisschen zerfahren und in Einzelteilen etwas länglich sein, nichtsdestotrotz handelt es sich bei »Troposphere« um eine Fundgrube für Freunde des auf Höchstgeschwindigkeit gequirlten Gedankenexperiments, das irgendwie auch ein bisschen Pop-Literatur sein darf.

Copyright © 2008 by Ralf Reiter

Jeff VanderMeer

Ein Herz für Lukretia (Secret Life)

Erzählungen • Aus dem Amerikanischen von verschiedenen Übersetzern im Rahmen eines Universitätsprojekts • Shayol Verlag, Berlin 2007 • 292 Seiten • € 19,90

von Gundula Sell

Zu den literarischen Freuden des Shayol-Programms 2007 gehört der Erzählungsband »Ein Herz für Lukretia« von Jeff VanderMeer, dem ich trotz oder gerade wegen seiner ästhetischen Abweichung von allen Genre-Normen nicht nur Hochachtung bei Kennern, sondern auch weite Verbreitung wünsche.

Die meisten der Erzählungen sind 2004 im Original unter dem Titel »Secret Life« erschienen, der Herausgeber Hannes Riffel hat den vorliegenden Band jedoch neu zusammengestellt, auch mit jüngeren Erzählungen. »Ein Herz für Lukretia« wurde im Rahmen eines »Praxisprojekts Literaturübersetzung« an der Freien Universität Berlin von insgesamt 26 Personen übersetzt, meistens durchaus gelungen, soweit es der deutschen Ausgabe anzumerken ist.

VanderMeers erstes auf Deutsch erschienenes Buch war 2004 der aus unterschiedlichsten Texten zusammengefügte Roman »Stadt der Heiligen und Verrückten«. Schon dort zeigte sich seine Vorliebe für spielerische Verstiegenheiten aller Art. Wenn der Autor aber damit den Leser erst einmal in seinen Bann gezogen hat, tragen gerade sie zur Faszination bei: Verschiedene Textsorten, Anspielungen, Widersprüche, Brüche der Stilebene scheinen den Rahmen fast zu sprengen und schaffen insgesamt eine bemerkenswerte Komplexität.

In »Ein Herz für Lukretia« handelt es sich dagegen um Geschichten, die man einzeln und als »in sich abgerundet« lesen kann. So sind sie auf Anhieb womöglich besser »verdaulich«, jedenfalls der Form nach. Aber man kommt nicht umhin, die Beziehungen mancher Erzählungen untereinander und anderswohin zu bemerken. VanderMeer lässt sich nicht von seinen Ideenketten wegtragen, sondern nutzt sie als Mittel, das unauflösliche und in der Summe keineswegs befriedigende Zusammenhängen der Welt darzustellen. Ob einen diese Art von irritierendem Realismus jenseits der üppigen Imaginationen des Autors befriedigt, hängt auch davon ab, von wo man sich nähert.

Schwierig wird es, wenn man von der Konvention eines oder mehrerer Genres ausgeht. Keine der Erzählungen kann man bruchlos in das Raster von Science Fiction, Horror oder Fantasy packen, wenn auch von allem etwas darin ist. VanderMeer hat seine eigene Phantasiewelt mit einer sehr subjektiven, aber in sich schlüssigen Logik. »Phantastik« im alten, allgemeinen Sinn trifft es noch am ehesten, magischen, kafkaesken oder Sur-Realismus einberechnet. Man kann auch Reflexionen von ganz anderen Strängen der Literatur- und Kunstgeschichte beobachten, wie in »Mahut«, das von der Hinrichtung eines Elefanten handelt. Dort finden sich Anklänge an die Stimmung von Melvilles »Moby Dick« oder auch Conrads »Herz der Finsternis«. Immer wieder spielt der Autor wie auf mythologische Überlieferungen auf die SF-Szene und ihre Akteure an. Er vereinfacht das Reale nicht oder behauptet gar vorschnell eine

»Moral«. So macht er es um so eher greifbar und lässt den Leser die widersprüchliche Wirklichkeit in Personen, Einzelheiten, Andeutungen wiederfinden. Er schafft Gleichnisse, setzt aber nicht gleich. Der Rest, der bleibt, ist immer größer als jede mögliche Lösung.

Zu manchen der Texte gibt es Anmerkungen des Autors, die etwa seinen persönlichen Anlass für das Schreiben und seine Umstände beschreiben. Das ist ein wenig irritierend, es verbindet seine Fiktionen auf ganz andere Weise – man möchte sagen durch ein Hintertürchen – mit der Wirklichkeit, als diese es selbst tun.

Manchmal schwappt das Autorendasein, fiktiv oder real, direkt hinein, wie in der – sozusagen – dekonstruktiven Geschichte »Experiment Nr. 25...«. Zunächst handelt sie von der Begegnung eines Jungen mit einem Zirkuskrokodil, dann kommt ein Erzählstrang hinzu, in dem der Autor des ersten Stranges gezeigt wird, wie er unzufrieden an seiner Geschichte herumpfriemelt – bis die Grenzen fließend werden.

In »Errata« spinnt VanderMeer die eigene, von ihm in »Stadt der Heiligen und Verrückten« erfundene Klappentextbiografie aus. Er hatte sich darin als einen spurlos verschwundenen Erfolgsautor stilisiert. Diesen seltsam heruntergekommenen Typen malt er nun aus und lässt ihn von James Owen, dem – hoffentlich, sonst wäre es bedenklich – fiktiven Herausgeber des legendären Magazins *Argosy* an den Rand des Baikalsees schicken. Er soll dort eine Erzählung schreiben und schon erschienene Erzählungen Dritter irgendwie korrigieren – und damit, so die Aufgabe, die Welt verändern. Robben im überfluteten Foyer seiner Unterkunft zu Beginn und am Ende ein Toter in der Kühltruhe sind nur die äußeren Anzeichen davon, wie sich allmählich das Universum verschiebt. Ob das da draußen oder nur sein eigenes, bleibt offen.

VanderMeers Grundton ist ein untergründiges Grauen, das in den Texten umso stärker wird, in denen nicht gefoltert wird. In vielen allerdings wird gefoltert. So weit, so realistisch.

Überwunden wird das Grauen auf unerwartete Weise in »Das geheime Leben«, einer Erzählung, die in einem dieser modernen Bürokomplexe spielt, die normalerweise alles Mythische abtöten. Hier allerdings kräuselt es sich von den Rändern her immer stärker herein, und eine alles durchdringende Zimmerpflanze ist Ursache, Antrieb oder auch nur Anzeichen des Zerfalls oder der Zerstörung des Gebäudes. Der große Bogen der Erzählung wird geschlagen und gleichzeitig wieder aufgelöst durch verblüffende Detailerfindungen, die sich arabesk in alle Richtungen ausbreiten wie die besagte Pflanze. Das Gebäude geht ruhig und folgenlos unter, seine Insassen verlieren ihre Rollen und gehen selbst verloren. Das ist so verblüffend wie wiederum beunruhigend.

Von Fluchten aus der Realität in etwas Anderes, Offenes handeln im weiteren Sinn alle der Geschichten – einige auch ganz direkt. »Greensleeves« lässt im festen Rund einer Bibliothek die Möglichkeit eines ganz neuen Lebens aufscheinen, eingeschleppt durch Penner und Gaukler, verwehend, aber als Fingerzeig auf etwas eventuell doch viel Echteres ... Die Romantik VanderMeers ist dabei immer wieder gebrochen und in Frage gestellt, aber dennoch wirksam. So auch in den drei kurzen Erzählungen, in denen jemandes »anderes Leben« ausbricht, wie eine Krankheit, ein Trieb oder etwas Gefangenes. Da gibt es einen, der lernt, unsichtbar zu werden. Als er das schafft, bekommt er einen beglückenden Energieschub, durch den er merkt, wie viele um ihn herum im Park stehen, die ebenso fast-unsichtbar sind wie er. Oder jemanden, der voll Abscheu und Entsetzen den Bruch eines Kollegen mit seinem Alltagsleben mit ansieht und in petzerischem Ton einer höheren Instanz berichtet – seine Sehnsucht mühsam unterdrückend.

»Die Antwort des Königs« handelt davon, wie der letzte Inka durch die Konquistadoren gefoltert wird, was sich auf phantastische Weise in einen Schwarm Kolibris auflöst. Diesen Faden nimmt VanderMeer auf in »Der Knochenkompass«, in der der Folterer in den Wahnsinn getrieben wird oder sich selbst treibt, und in »Geistertanz mit Manco Tupac«, wo die alten Inka-Mythen plötzlich im Heute Gestalt annehmen. Letztlich auch in »Fliegen ist die einzige Flucht« – hier ist die Hauptfigur ein Gefängniswärter in einer grausamen fiktiven mittelamerikanischen Diktatur. In dem Gefängnis – oder doch nur im Kopf des Wärters? – fliegen schließlich die zusammengeschlagenen angeblichen Staatsfeinde durch die Gitterstäbe einfach davon.

Mehrere Geschichten – für mich die im direkten und indirekten Sinne grausamsten – umkreisen das Thema einer Stadt, die mit dystopischen SF-Motiven (genetisch fabrizierte Intelligenzen, mutierte Rassen, Überwachung und Manipulation) ausgestattet ist, allmählich aber immer mehr zur Legende wird. Sie gehören in den Umkreis von VanderMeeres Roman »Veniss Underground«. Der Kampf von Einzelnen oder Gemeinschaften in dieser Welt geht um weit mehr als um Leben und Identität und setzt sich so unbeendbar wie hoffnungslos fort von Zeitalter zu Zeitalter.

Manche der übrigen Geschichten schaffen Mythen oder behaupten, sie nachzuschaffen. Eine, die vor allem aus einer aberwitzigen Speisekarte besteht, ähnelt etwas, das man aus Ambra, der »Stadt der Heiligen und Verrückten«, kennen könnte. Etliche sind mit Härte und Hoffnungslosigkeit erzählt, andere mit Humor und Romantik, in den meisten mischt sich das. Verblüffend, über was für ein reiches und geschärftes literarisches Instrumentarium der Autor verfügt. Man kann sicher sein, dass in seinem Universum noch viel Platz ist für sein ernsthaftes schöpferisches Spiel, für Sehnsucht, Angst, Verzweiflung ... und wieder Sehnsucht.

Copyright © 2008 by Gundula Sell

Bernd Vowinkel
Maschinen mit Bewusstsein. Wohin führt die künstliche Intelligenz?
Wiley-VCH, Weinheim 2006 • 331 Seiten • € 24,90

von Wolfgang Neuhaus

Positive Hinweise auf die Vertreter der US-dominierten »Dritten Kultur« in der Wissenschaftspublikation – seien es Ray Kurzweil oder Hans Moravec – kann man in diesem Lande selten lesen. Die bundesdeutschen Naturwissenschaftler halten sich bedeckt und greifen in das spekulative Prognosetreiben kaum ein. Und wenn, dann publizieren sie kritische Texte mit so bezeichnenden Untertiteln wie »Wahn und Wirklichkeit der künstlichen Intelligenz« (Peter Dietz). Zustimmung erfolgt in den anonymen Weiten des Internet oder im Kreise kleiner transhumanistischer Zirkel, aber nicht in der wissenschaftlichen Öffentlichkeit. Es sind eher Geisteswissenschaftler wie der Soziologe Dirk Baecker oder der Medientheoretiker Norbert Bolz, die sich etwa zu Kurzweil zustimmend geäußert haben. Umso interessanter ist es also, wenn der Ingenieur und Physiker Bernd Vowinkel diese Deckung verlässt und sich in seinem Buch Gedanken machen will zur fernen Zukunft künstlicher Bewusstseinsformen.

Moravec und Kurzweil zählen denn auch zu seinen Gewährsmännern. Vowinkels Ausführungen reihen sich ein in die spekulative Tradition des Trans- und Posthumanismus. Er geht davon aus, dass es Künstliche Intelligenz (KI) geben wird. Die Gretchenfrage ist dann, wie KI hergestellt werden oder wie sie zu Stande kommen soll. Ähnlich wie Kurzweil sieht Vowinkel die Realisierungspotenziale durch das »soft computing« (neuronale Netze, genetische Algorithmen, fuzzy logic) und das »reverse engineering« des menschlichen Gehirns gegeben. Dabei werde es aber nicht möglich sein, das künstliche Bewusstsein durch einen Programmcode herzustellen. »Erfolgversprechender scheint es zu sein, die natürliche Intelligenz so weit wie technisch möglich nachzuahmen und die KI sich dann weitgehend selbst entwickeln zu lassen.« Wenn das Bewusstsein mit naturwissenschaftlichen Methoden als Phänomen analysiert werden könne, dann sei es auch machbar, dieses zu »objektivieren« und mit Algorithmen darzustellen. Vowinkel gesteht den Kritikern allerdings die berechtigte Frage zu, wie es denn möglich sein soll, dass mentale Zustände durch die Kombination von Algorithmen und Zufallsgeneratoren verwirklicht werden.

Was die Hardware-Seite betrifft, nennt Vowinkel eine ganze Reihe von Stichworten, die auch anderswo in der Literatur auftauchen, wenn es um die Überwindung der Grenzen heutiger Silizium- und Transistortechnik geht: Spintronik, Einzelmolekül-Bauteile, Quantencomputer. 2015 werde die Hardware die Leistungsfähigkeit des Gehirns erreichen – eine alte Voraussage von Moravec. »Das Problem liegt offenbar dann mehr im Bereich der Programmierung. Es wird sicherlich nicht so sein, dass das Problem mit einem Schlag gelöst wird, sondern es wird ähnlich wie bei der Entwicklung der natürlichen Intelligenz viele kleine Schritte geben.« Vowinkel skizziert ganz andere Lernmöglichkeiten einer KI: Daten können direkt von anderen Maschinen an sie übertragen werden; dabei könne sie auch räumlich aufgeteilt sein.

KI-Wesen seien potenziell unsterblich, auch wenn einzelne Bauteile veralten. »Im Gegensatz zu biologischen Lebewesen ist es aber hier möglich, die Identität von den restlichen Fähigkeiten zu trennen. Das ermöglicht die Weiterentwicklung der Hardware und der Software bei Erhaltung der Identität. Damit ließe sich sozusagen die Evolution an einer lebenden Person fortführen.« Die einzige physikalische Grenze für eine KI sei die Energieversorgung. Getreu einer Transhumanismus-Tradition präsentiert Vowinkel ein spektakuläres Schaubild, auf dem im Jahre 2025 die Linie der KI die der natürlichen Intelligenz »kreuzt« und danach weiter steil ansteigt.

Wenn man von seinem technologischen Optimismus einmal absieht, stellt sich des Weiteren die Frage, was Vowinkel unter »Identität« versteht. Er nimmt an, dass sich diese aus dem Gesamtzusammenhang des körperlichen und psychischen Erlebens theoretisch und praktisch herauslösen lässt. Dabei unterscheidet er einen Code, der ausschließlich das Ich bestimmt, von einem allgemeinen Bewusstseinscode, in dem erlernte Fähigkeiten abgelegt werden. Die Annahme einer solchen Trennung ist in dieser Form neu und kann für die weitere Debatte produktiv gemacht werden. Jedenfalls gilt: »Personale Identität ist als Information darstellbar und daher prinzipiell auch in Form eines digitalen Codes speicherbar.« Diese Darstellbarkeit wäre die Voraussetzung für das umstrittene Konzept des »Uploadings« eines Bewusstseins auf einen Computer. Vowinkel hält Kurzweils Prognose, dass diese Technik schon im Jahre 2030 zur Verfügung stehen werde, allerdings für zu knapp bemessen, da weder die theoretischen noch die technischen Bedingungen bis dahin gegeben seien. »Selbst wenn ein solches Abtastverfahren zur Verfügung stünde, das die Übertragungseigenschaften sämtlicher Synapsen und die Funktionen aller Neuronen messen könnte, müsste man diese Daten interpretieren und in eine Form bringen, die für den Computer verwertbar ist ... Die einzige Möglichkeit, die dann noch bliebe, wäre eine 1:1-Kopie des gesamten neuronalen Netzes mit einer möglichst genauen Kopie der Funktion jedes einzelnen Neurons mitsamt seinen Synapsen. Dazu wäre aber eine Auflösung notwendig, die bis auf die molekulare Ebene hinabreicht.« Zum einen braucht es also für die Lösung dieses ingenieurswissenschaftlichen Problems eine theoretisch adäquate Modellierung, um die Funktionen des Gehirns besser künstlich reproduzieren zu können, zum anderen besteht die Aufgabe, die entsprechende komplexe Hardware zu bauen.

Wie wird sich die KI nun konkret auf die Gesellschaft auswirken? Vowinkel erledigt solche Fragen mit einigen wenigen Absätzen: KIs werden zuerst die Abarbeitung festgelegter Prozesse übernehmen. Sie werden die Verkehrsmittel steuern sowie in der industriellen Massenproduktion, in der Landwirtschaft und auch im Bankenwesen Einsatz finden. Als Folge davon werden die menschlichen Arbeitskräfte in Dienstleistungsbereiche und Nischenberufe zurückgedrängt. Man kann dem Autor nur beipflichten bei seiner Forderung, dass die verbleibende Arbeit bald anders verteilt werden müsse – eine Forderung, die aktuell ins Hintertreffen geraten ist, obwohl die technisch bedingte Rationalisierung in allen Sektoren der Wirtschaft voranschreitet. Vowinkel möchte zwar keine Vorhersage zu gesellschaftspolitischen Aspekten machen, da diese im Unterschied zu technischen und naturwissenschaftlichen Entwicklungen nicht möglich sei, aber was soll dann passieren, wenn die sich weiter entwickelnde KI laut eigener Aussage alle anfallende Arbeit erledigen kann? »Mit dem Eintritt von superintelligenten Wesen in unsere Zivilisation werden gewaltige Umbrüche verbunden sein. Die gesamte Forschung und Entwicklung wird von diesen Wesen übernommen werden, weil kein Mensch mehr sich mit ihnen messen kann. Dies wird zu einer Explosion des Fortschritts in diesen Bereichen führen. Daneben werden sie alle Führungspositionen in der Wirtschaft und der Politik einnehmen.« Vowinkel äußert sich aber nicht genauer zu diesen in nicht allzu weiter Ferne stattfindenden Umbrüchen, obwohl die Überlegung interessant gewesen wäre, wie eine solche gesellschaftliche Struktur auszusehen hätte.

Wenn solche »Niederungen« der technischen Entwicklung und der gesellschaftspolitischen Organisation vergessen sind und die KI zu ihrem Siegeszug angetreten ist, steigt auch Vowinkel zu hochspekulativen Exkursen auf. Schon kleinlich nimmt sich seine Reformulierung des Konzepts der Dyson-Sphäre aus. Dieser »Energieschirm« um eine Sonne, angelegt für eine optimale Energieverwertung, werde möglicherweise aus dünner Solarzellen-Folie und integrierter KI bestehen. Vowinkel ist der Meinung, dass »interstellare Raumfahrt nur mit KI wirklich sinnvoll und effektiv nutzbar« sei.

Mit Nanotechnologie gebaute Von Neumann-Sonden werden die gesamte Galaxis autonom erforschen und besiedeln, wofür sie nach seiner Schätzung trotz aller technischen Vorteile zehn Millionen Jahre brauchen. Die Existenzerwartung der KI im Kosmos werde 10^{40} Jahre betragen. Obwohl Vowinkel schon im Vorwort klärt, dass er mit Religion nichts am Hut habe, bezieht er sich ausführlich auf die Neuformulierung religiöser Konzepte bei Frank Tipler (siehe dessen Buch »Die Physik der Unsterblichkeit«, das auch unter Transhumanisten umstritten ist). Besonders die in eine ferne Zukunft projizierte individuelle »Wiedergeburt« in Form einer KI nach dem biologischen Tod hat es ihm angetan. »Die physische Gehirnmasse dient uns nur als Hardware und braucht damit nicht bis hin zu den Quantenzahlen ihrer Atome rekonstruiert werden. Zur Wiedergeburt reicht es vielmehr, die Information, die unser Ich charakterisiert, zu rekonstruieren.« Selbst wenn man zu Vowinkels Gunsten annimmt, dass die Identität als Information abspeicherbar sei, verloren gegangene Information neu erzeugt werden könne und kein Lebewesen den »exakt gleichen gesamten Speicherzustand« wie ein anderes habe, so bleibt offen, wo genau sich die Information befinden und wie ihre Neuzusammensetzung vonstatten gehen soll. Allerdings fasst Vowinkel die Wiedergeburt als rein digitale auf, was wahrscheinlicher ist als die Wiederherstellung der biologischen Form, da der menschliche Gesamtkörper zu komplex ist. Das digital reproduzierte Individuum wird dieselben Charakteristika wie das ursprüngliche Ich haben, aber in einer anderen Verfassung existieren. Das zurückgekommene Bewusstsein erwartet jedoch ein Problem: In der prosperierenden KI-Superzivilisation könnte nämlich wegen Überbevölkerung für es kaum Platz sein, da diese die Heimstatt für 10^{27} künstliche Wesen mit menschlicher Intelligenz sein wird. »Nehmen wir als grobe, optimistische Abschätzung einmal an, dass in ferner Zukunft alle Sterne des erreichbaren Teils unseres Universums (etwa 10^{22}) mit einer Superzivilisation dieser Größe ausgestattet sind, so ergäbe das insgesamt 10^{49} Wesen. Damit wären aber die Chancen für eine Wiedergeburt verschwindend klein.« Warum eine Superzivilisation pro Stern? Solche Berechnungsspiele enthalten zu viele Unbekannte. Da Vowinkel auch eine Wiederauferstehung in virtuellen Welten gelten lässt, könnte dem Platzmangel vielleicht doch ausgewichen werden.

Das Buch ist in der Einführungsreihe »Erlebnis Wissenschaft« erschienen. Es streift eine ganze Reihe von Themenkomplexen, die mit der KI verbunden sind, und ist insofern als Einstiegslektüre geeignet, die dazu anregen kann, sich selbst mit der Frage nach der Existenzmöglichkeit von KI zu beschäftigen – eine Frage, die dieses Jahrhundert prägen wird. Angenehm bei der Lektüre ist auch, dass Vowinkel – wie eingangs erwähnt – nicht in den Tenor deutscher Berichterstattung zu diesem Thema verfällt und sich von vornherein »zensiert«. Neben seinen übertechnischen Spekulationen zur zukünftigen künstlichen Wiedergeburt, denen man nicht folgen muss, ist er auch in der Lage, an philosophische Diskurse anzukoppeln – anders als Kurzweil beispielsweise, der kaum über seinen Ingenieurs-Tellerrand hinausguckt. Vowinkel diskutiert erkenntnistheoretische Probleme mit Rückgriff auf Philosophen wie Kant und Schopenhauer und kommt zu dem Schluss: »Wenn es uns gelingen sollte, KI mit geistigen Fähigkeiten auszustatten, die die der Menschen weit übersteigen, so könnten vielleicht diese Wesen zu einem vollständigeren Weltbild gelangen und dann auch die Frage nach der Realität besser beurteilen.« Auch seien dann philosophische Experimente denkbar zu Aspekten wie dem des »freien Willens«. Damit wertet er die KI auf als mögliche »Erzeugerin« von philosophischen Sichtweisen – sie ist nicht mehr länger nur ein Objekt, dessen Beschreibung man mit den herkömmlichen Begriffen (vergeblich) beizukommen versucht.

Philosophisch gesehen vertritt Vowinkel eine utilitaristische Position mit dem Ziel, »möglichst viel Glück für möglichst Viele« zu schaffen. »Die Vertilgung des Unglücks wird früher oder später den Menschen in seiner jetzigen Form in Frage stellen ... Nur durch die mögliche Trennung eines Individuums von seinem materiellen Körper kann dem entgangen werden. Die KI wird dies möglich machen.« Letztlich sind solche Gedankenrätsel, wie Vowinkel sie aufzählt, auch nicht endgültig zu beantworten: »Gibt es so etwas wie eine Emergenz zu immer größerer Intelligenz in unserer Welt, und sind wir als Menschen ein zwar wichtiges, aber doch nur Zwischenglied in dieser Entwicklung? Liegt gar der Sinn unserer eigenen Existenz ausschließlich darin, künstliche Wesen mit höherer Intelligenz zu entwickeln – und sind wir selbst nach Erreichen dieses Ziels überflüssig?« Der Autor behandelt solche offenen Fragen nach dem Sinn von KI pragmatisch, da die Menschheit den Sinn einer höheren Existenzform vermutlich gar nicht feststellen noch den »Zweck« des Universums klären könne. Da die technologische Zivilisation aber ohnehin auf der Arbeit von vielen Generationen beruhe, sei es die weiterführende Aufgabe für jeden, am Fortschritt dieser mitzuwirken und so das Glück zu mehren. Und wenn es dann mit der Wiedergeburt klappt, umso besser.

Mehr ist an Diskussionsstoff von einem einzelnen Buch, das sich der Popularisierung eines brisanten schwer zugänglichen Themas verschrieben hat, nicht zu erwarten. Da Vowinkel um die antihumanistischen Verdikte weiß, die den KI-Diskurs besonders im moralphilosophisch und -theologisch gut gerüsteten Deutschland treffen, sieht er sich unnötigerweise veranlasst, den humanistischen Wertemaßstab als Referenz in seine Argumentation einzubeziehen. Werte wie »Würde, Erhabenheit und Moral« würden auch bei den nachmenschlichen Mischwesen anzutreffen sein, obwohl er an anderer Stelle schreibt, dass alles, was menschlich von Wert sei – Liebe, Sexualität, Kunst –, in der posthumanen Zivilisation verschwinden werde. In einer solchen Zivilisation treten eben ganz andere Gesetzmäßigkeiten zu Tage, die nicht mehr einzig nach menschlichen Maßstäben verstanden werden können. Der Humanismus ist selbst eine Konstruktion, unter bestimmten kulturhistorischen Bedingungen entstanden, und kein ewig geltender Wertekanon. Zu Recht weist Vowinkel auf die Relativität von Kulturerfahrungen und die ansteigende Künstlichkeit des gesamten Zivilisationsprozesses hin, wenn er anführt, dass aus der Perspektive eines Steinzeitmenschen der heutige Mensch aufgrund hochentwickelter technokultureller Vergesellschaftung schon als »transhuman« eingeschätzt werden müsse.

Copyright © 2008 by Wolfgang Neuhaus

Robert Charles Wilson
Quarantäne (Blind Lake)
Roman • Aus dem Amerikanischen von Karsten Singelmann •
Wilhelm Heyne Verlag, München 2007 • 478 Seiten • € 8,95

von Karsten Kruschel

Mit großen Sprüchen über den kommenden neuen Superstar der Science Fiction werden wir ja immer wieder gerne konfrontiert. Neben den Herren Charles Stross, M. John Harrison und Richard Morgan wurde auch auf Robert Charles Wilson dieses Etikett angewendet. Ob da was dran ist, sei dahingestellt: Wilson jedenfalls hat mit »Darwinia« und »Spin« bereits zwei Bücher vorgelegt, die das Zeug zum Klassiker haben. Die Qualität seiner Texte scheint von Buch zu Buch zu wachsen und er ist weit davon entfernt, immer mehr von immer demselben zu servieren. Leider ist das eine Theorie, die angesichts der Erstveröffentlichungsdaten nicht haltbar ist: »Quarantäne« ist schon älteren Datums und vor »Spin« entstanden (das Titelbild legt zwar irgendeinen Zusammenhang zwischen beiden Büchern nahe, hat aber mit dem Inhalt des Buches in keiner Weise etwas zu tun).

»Quarantäne« beschreibt die sogenannte »Neue Astronomie«, eine bahnbrechende neue Methode, das Universum zu erforschen. Das Ganze basiert auf Quantentechnologie und selbstlernender künstlicher Intelligenz und hat den Menschen den Blick auf zwei weit entfernte Planeten eröffnet. Der eine ist eine friedliche Welt, auf der das Leben niemals über mehrzellige Pflanzen hinausgekommen ist (so hat es zunächst den Anschein). Der andere Planet, von der Forschungseinrichtung Blind Lake aus erforscht, wird von einer gänzlich fremdartigen und völlig unverständlichen Zivilisation beherrscht. Die rötlich-harthäutigen, mit insektenartigen Merkmalen ausgestatteten Zweibeiner – »Hummer« genannt – tun Dinge, denen die menschlichen Beobachter absolut keinen Sinn abgewinnen können. Man rätselt herum wie weiland die gestrandeten Raumfahrer in »Eden«, Stanisław Lems Roman über die Unverständlichkeit des Fremden.

Dies alles aber spielt sich im Nebenbei des Buches ab, so eine Art wissenschaftliches Hintergrundrauschen, das die eigentliche

Geschichte anfangs nur untermalt, damit die beiden Ebenen am Schluss umso wuchtiger aufeinandertreffen können. Die »menschliche« Geschichte dreht sich um Marguerite, Wissenschaftlerin in Blind Lake, ihre Tochter Tess und deren karrieregeilen Vater Ray. Hinzu kommen ein paar Gäste, darunter der Journalist Chris Carmody. Während nach und nach die Details der Neuen Astronomie dem Leser nahegebracht werden, verhängt die Regierung eine absolute Quarantäne über Blind Lake. Die Hauptfiguren sind eingeschlossen und komplett auf sich selbst gestellt; weil Platzmangel herrscht, quartiert man Carmody bei Marguerite ein. Keine Informationen aus der Außenwelt gelangen mehr nach Blind Lake, nur die grundlegende Versorgung wird mit automatisierten Fahrzeugen abgesichert. Fluchtversuche werden mit äußerster Brutalität verhindert, aber auch alle Versuche, von außen nach Blind Lake vorzudringen. Da ihnen nichts anderes übrigbleibt, betreiben die Eingeschlossenen ihre Forschungen weiter. Und nach und nach erhebt sich der Verdacht, dass es genau diese Forschungen sind, die all die Isolationsmaßnahmen verursacht haben.

Natürlich entwickelt sich etwas zwischen Carmody und Marguerite, immer überschattet vom fiesen Exgatten Ray. Das Mädchen Tess, zunächst nur eine Nebenfigur, scheint allerdings auf seltsame Weise mit den unverständlichen Quantenteleskopen verbunden zu sein; das »Mirror Girl«, ein Alter Ego in spiegelnden Oberflächen, das man anfangs für einen dieser üblichen unsichtbaren Freunde hält, ist hintergründiger als vermutet (und löst bei Leuten, die sich die TV-Serie *Heroes* anschauen, einen irritierenden Déjavu-Effekt aus).

Die Teleskope arbeiten mit einer Kopplung organischer Komponenten mit Einstein-Bose-Kondensaten; allein Letztere halbwegs schlüssig zu erklären ist, nun ja, tricky. Die Wissenschaftler geben freizügig zu Protokoll, dass sie diese O/BEKs genannten Maschinen nicht mehr verstehen, denn die haben sich ab einem gewissen Punkt von allein weiterentwickelt. Die sich langsam steigernde Handlung kulminiert schließlich in der Erkenntnis, dass auch dieser Akt der Beobachtung sowohl den Beobachter als auch den Beobachteten verändert, dass die O/BEKs einen Grad der Komplexität erreicht haben, der sie mit einem auf Quantenebene existierenden

Netzwerk von unverständlichen Superintelligenzen verbunden hat. Und die pflanzen sich auch fort: mittels Kontamination. Jede Zivilisation wird kontaminiert, die solche Quantencomputer baut. Die eine kann damit leben, die andere geht daran zugrunde. Die Menschheit muss erst noch herausfinden, zu welcher Kategorie sie gehört. Die Zivilisation auf dem vermeintlichen Pflanzenplaneten hat den Kontakt mit dem Quantennetz jedenfalls nicht überstanden.

»Quarantäne« ist endlich mal wieder ein SF-Roman, der den berühmten »sense of wonder« heraufbeschwört, und Wilson ist offenbar besonders geschickt darin, ebenso wie in »Spin« und »Darwinia«. Oft wird ja der Science Fiction angekreidet, dass sie mehr Wert auf ihre verrückten Ideen legt als auf ihre Figuren. Und tatsächlich sind in vielen sogenannten »klassischen« Texten die handelnden Personen kaum mehr als leere Hülsen, die ein Kalkül zu transportieren haben – wer seinen Asimov komplett durchlitten hat, weiß, wovon die Rede ist. Robert Charles Wilson jedoch ist ein so ausgefuchster Autor, dass jede seiner Figuren plastisch, nah und greifbar wird. In »Quarantäne« gibt er dem Erzschurken Ray genauso viel Raum für seine Entfaltung wie den anderen Figuren, und deswegen werden Rays Handlungen auch genauso nachvollziehbar (was wichtig ist, weil sie gewisse Folgen haben).

In »Quarantäne« spielt Wilson außerdem mit Motiven und in immer wieder neuer Umgebung wiederkehrenden Sätzen. »Es kann jederzeit zu Ende gehen« beispielsweise taucht des Öfteren auf, gesprochen und gedacht von verschiedenen Personen in den unterschiedlichsten Situationen. Zunächst ist damit nur die Quarantäne selbst gemeint, später auch die Existenz der in der Quarantäne Eingeschlossenen, dann auch die weitere Funktion der O/BEKs, das Verständnis der Menschen für die zunehmend verrückter werdenden Vorgänge und schließlich die Existenz der Menschheit. Ein Satz, der mit dem Buch mitwächst ...

Merkwürdigerweise hätte der gewählte deutsche Titel besser zu einem anderen Buch Wilsons gepasst, nämlich zu »Spin«. Da wird ja die ganze Erde in Quarantäne gesteckt. Aber vermutlich waren die Nebenbedeutungen von »Blind Lake« nicht adäquat ins Deutsche zu schmuggeln. Und ebenso steht zu vermuten, dass das Isolationsexperiment in »Quarantäne« im Kopf von Robert Charles Wilson weitergesponnen wurde, sodass er die Idee in anderem Zusammenhang ein weiteres Mal verwendete. Nichts gegen diese Art der Zweitverwertung – solange solche Bücher dabei herauskommen.

Copyright © 2008 by Karsten Kruschel

MARKTBERICHTE

Die deutsche SF-Szene 2007

von Hermann Urbanek

VORBEMERKUNGEN

Nach einem relativ bescheidenen Rückgang im Jahr 2005, der rückwirkend betrachtet eine Konsolidierung auf geringfügig niedrigerem Niveau darstellte, hatte sich 2006 der positive Trend der vorangegangenen Jahre fortgesetzt und zu einem bis dahin neuen absoluten Rekordergebnis bei der Zahl der veröffentlichten Titel geführt. Dieses wurde jetzt 2007 noch einmal – und zwar mit einem Plus von mehr als einhundert Publikationen – übertroffen. Und es sieht ganz danach aus, als hätte dieser Trend auch positive Auswirkungen auf die Verkaufszahlen gehabt.

Nicht berücksichtigt wurden bei der Ermittlung der Zahlen, ebenso wie auch schon in den vorangegangenen Jahren, die Veröffentlichungen im Heft- oder Magazinformat. Die Zahl der Titel, die somit im Schnitt pro Monat erschienen sind, lag mit rund 190 so hoch wie noch nie zuvor, und das bei dem schon Jahre dauernden Verdrängungswettbewerb zwischen den durch Fusionen und Übernahmen immer größer werdenden Verlagsgiganten.

Neben den traditionellen Verlagen, die in erster Linie über den Buchhandel ausliefern, haben in den letzten Jahren kleinere Spezialverlage ganz spezifische Nischen gefunden und bringen in kleiner, oft Mini-Auflage so manche Perle auf den Markt, die für die etablierten Verlagshäuser wegen des zu kleinen Zielpublikums oder aus anderen Überlegungen heraus für eine Veröffentlichung nicht geeignet ist. Die meisten von ihnen nutzen die konventionellen Vertriebswege, andere, wie ZAUBERMOND, bieten ihre Bücher ausschließlich per Direktvertrieb an. Das dürfte sich rechnen, denn ZAUBERMOND baute auch 2007/2008 sein Programm wieder weiter aus. Besser lief 2007 auch die Entwicklung beim »Book on Demand«, wo diesmal drastisch mehr Titel als im Jahr zuvor publiziert wurden. Wieder waren einige sehr interessante Titel im Angebot, oft machte sich aber auch das fehlende Lektorat negativ bemerkbar, was sich neben der zumeist kaum vorhandenen Werbung nicht gerade verkaufsfördernd auswirkt.

Einen in seiner Bedeutung nicht zu unterschätzenden Faktor stellten neben Book on Demand wieder die Kinder- und Jugendbuchverlage dar. Die Veröffentlichung des siebten und vermutlich letzten »Harry Potter« sorgte für einen neuen Push und ließ die Zahl der für diese Altersgruppen publizierten phantastischen Titel erneut ansteigen, und das galt auch für »Tintentod« von Cornelia Funke, den Abschlussroman der *Tintenwelt*-Trilogie. Zwar hielt sich die Zahl neuer Bestseller in Grenzen, es wurden aber zahlreiche Perlen der phantastischen Literatur neu aufgelegt oder erstmals der deutschen Leserschaft präsentiert. Die größeren Anbieter in diesem Bereich wie CBJ (C. BERTELSMANN JUGENDBUCH), ARENA, RAVENSBURGER, CARLSEN und jetzt auch LOEWE haben eigene Taschenbuchreihen im Programm, deren Bedeutung und Menge in den letzten Jahren stetig stieg. Das Gros der Jugendbücher kommt aber nach wie vor in gebundener Form auf den Markt, und das war erneut mit ein Grund, weshalb auch 2007 wieder deutlich mehr gebundene Bücher und Paperbacks als Taschenbücher auf den Markt gekommen sind.

Erfreulich war auch im vergangenen Jahr die Situation der deutschsprachigen Autoren. Im Jugendbuchbereich waren sie ja schon traditionell sehr gut vertreten. Übersetzungen, vorwiegend aus dem Englischen, spielten zwar eine nicht zu unterschätzende Rolle, sie stellten jedoch auch 2007 bei diesen Verlagen nicht die Mehrheit dar, zumindest, was die Zahl der Publikationen anging. Ursel Scheffler, Marliese Arold, Gudrun Pausewang, Klaus-Peter Wolf, Andreas Schlüter, Kirsten Boie, Martina Dierks, Isabel Abedi, Christoph Marzi, Mirjam Pressler, Peter Schwindt, Nina Blazon, Martin Selle, Patricia Schröder, Herbert Osenger, THILO, Thomas Brezina,

Antonia Michaelis, Frederik Hetmann, Andreas Gößling, Peter Freund, Monika Felten, Cornelia Funke, Kai Meyer, Andreas Eschbach und Wolfgang Hohlbein beispielsweise brachten der nächsten Leser-Innen-Generation wieder alle Spielarten der Phantastischen Literatur näher. Dabei spielen vor allem die Letztgenannten eine besondere Rolle, denn sie gehören zu den wenigen Vertretern ihrer Zunft, denen es gelungen ist, sich sowohl im Jugendbuchbereich als auch bei der sogenannten Erwachsenenliteratur zu etablieren. Und das nicht nur bei den Lesern, sondern auch – was zumindest ebenso wichtig ist – im Buchhandel. Nach wie vor ist es nur wenigen deutschsprachigen Autoren gelungen, über die Genregrenzen hinaus bekannt zu werden. Zu ihnen gehören in erster Linie neben den zuvor Genannten u.a. noch Wolfgang Jeschke, Carl Amery, Michael Ende, Barbara Büchner, Hans Bemmann, Ralf Isau, Jörg Kastner, Thomas R.P. Mielke und Hanns Kneifel. Aber auch im Taschenbuchbereich war der Trend zu deutschsprachigen Autoren nicht zu übersehen, die größten Anbieter, HEYNE, BASTEI und PIPER, haben 2007 wieder heimische Autoren publiziert, und daran dürfte sich in nächster Zukunft auch nichts ändern.

Was die Kurzgeschichte betrifft, so präsentierte die vierzehntäglich erscheinende Computer-Fachzeitschrift c't in nahezu jeder Ausgabe eine technisch orientierte Erzählung in Original- oder deutscher Erstveröffentlichung. Storys deutscher Autoren fanden sich auch regelmäßig in den SF-Magazinen PHANTASTISCH!, SOL und NOVA, von denen vier bzw. zwei Ausgaben pro Jahr erscheinen, dem neuen PANDORA, dem Fantasy-Magazin ELFENSCHRIFT, der SCHREIBLUST-PRINT und dem exzellenten semi-professionellen, halbjährlichen EXODUS. Und natürlich in den Anthologien der diversen Klein- und Spezialverlage, wie BASILISK, HARY mit WELT DER GESCHICHTEN, LERATO, SHAYOL, WEB-SITE oder WURDACK.

2007 – EINE RETROSPEKTIVE

2007 verlief, wie eingangs schon erwähnt, für das Genre überaus erfreulich und bescherte der Szene ein neues Rekordergebnis. Die Zahl der Veröffentlichungen in gebundener Form, im Taschenbuch, als Paperback oder in Kassette stieg um rund fünf Prozentpunkte von 2176 im Jahr 2006 auf 2296 Titel, wobei es sowohl bei den Buchverlagen (mit 1282 statt 1225) als auch im Taschenbuchbereich (1014 anstelle von 951) ein Plus bei den Publikationen gab. Der Roman behauptete seine dominierende Position souverän, sein Marktanteil stieg weiter. Auch diesmal waren wieder über 80% aller einschlägigen Veröffentlichungen des Jahres Romane. Ein bescheidenes Plus sowohl bei der Titelzahl als auch beim Marktanteil gab es ansonsten auch bei den Storysammlungen und den Omnibus-Bänden, während die Anthologie einen drastischen Einbruch erlebte. Das Verhältnis von deutschen Erst- und Originalveröffentlichungen zu Reprints hat sich weiter zu Gunsten der neuen Titel verschoben, wobei speziell im Buchbereich die Originale klar die Nase vorn hatten.

Was die Entwicklung der einzelnen Genres betraf, so gab es diesmal neben einem Verlierer der letztjährigen Entwicklung eigentlich nur Gewinner. Wesentlich am Erfolg beteiligt war die SCIENCE FICTION, die 2007 sowohl bei der Zahl der veröffentlichten Titel als auch beim Marktanteil kräftig zulegte, und zwar sowohl im Taschenbuchbereich, wo zuletzt 301 Titel erschienen sind (2006: 271), während im Buchbereich 314 statt 271 Bände publiziert wurden, wodurch die Zahl der SF-Publikationen im Jahresvergleich überproportional von 542 auf 615 Titel anstieg. Viel mehr Publikationen bei gestiegenem Marktanteil verzeichnete auch die PHANTASTIK, von der 2007 insgesamt 849 Titel (294 TBs und 555 Buchtitel) auf den Markt gebracht wurden. Im Jahr zuvor waren es noch 792 Veröffentlichungen gewesen, 279 im Taschenbuch und 513 im Buchbereich. Ein Plus, aber nur bei den publizierten Titeln, verzeichnete 2007 auch der HORROR. 2007 gab es hier 151 Taschenbücher und 198 Buchveröffentlichungen, also insgesamt 349 Titel, 2006 waren es 343: 135 TBs und 208 HCs. Rückgänge in absoluten Zahlen verzeichneten hingegen FANTASY und SEKUNDÄRTITEL. Bei der FANTASY fiel die Titelzahl von 433 (253 Taschenbücher und 180 Bücher) leicht auf jetzt 431 (259 TBs und 172 HCs), die SEKUNDÄRTITEL gingen erneut zurück, von 66 (16 TB und 50 HC) auf 52 (9 TB und 43 HC).

Wie sich die einzelnen Genres aufgegliedert haben und in welcher Relation das Ergebnis von 2007 zu denen der vorangegangenen Jahre steht, ist den folgenden Tabellen zu entnehmen. Berücksichtigt wurden dabei alle bis zum Redaktionsschluss bekannt gewordenen Genre-Publikationen dieses Jahres in gebundener Form, als Paperback und im Taschenbuch. Bei der Zuordnung zu den einzelnen Kategorien wurde die von den Verlagen gewählte Genrebezeichnung übernommen, sofern sie sich nicht entschieden im Widerspruch zum gebotenen Inhalt befand (etliche als FANTASY deklarierte Werke gehörten wieder eindeutig zu PHANTASTIK oder SCIENCE FICTION und wurden dort hinzugerechnet). Als NACHDRUCKE wurden alle Veröffentlichungen bezeichnet, die zuvor schon in gedruckter Form in deutscher Sprache erschienen sind, unabhängig von Übersetzung, Publikationsform oder der Vollständigkeit der Erstveröffentlichung; Texte, die zuvor nur ins Internet gestellt wurden oder als E-Book erhältlich waren, wurden als ERSTVERÖFFENTLICHUNGEN betrachtet. Eine STORYSAMMLUNG, ANTHOLOGIE oder SAMMELBAND wurde nur dann als NACHDRUCK gewertet, wenn kein einziger darin enthaltener Beitrag eine deutschen Erst- oder Originalveröffentlichung darstellte. Als SAMMELBÄNDE wurden Zusammenfassungen mehrerer ROMANE, STORYSAMMLUNGEN und ANTHOLOGIEN, auch in beliebiger Kombination, zwischen zwei Buchdeckeln oder in Kassette bezeichnet, Letztere allerdings nur dann, wenn die Einzelteile nicht auch separat erhältlich waren. Die Unterscheidung zwischen Paperback und Taschenbuch erfolgte ausschließlich über das Format, wobei die Paperbacks – je nachdem, ob sie in einem Buchverlag erschienen sind oder einem Taschenbuchprogramm angehörten – diesen entsprechend zugeordnet wurden. Taschenbücher aus einem Buchverlag wurden bei TB gereiht, Hardcover aus einem Taschenbuchverlag (wie »Schneewanderer« von Catherine Fisher bei HEYNE) den gebundenen Titeln zugeordnet.

Im Taschenbuchbereich schaffte es der bisherige Marktführer HEYNE auch 2007 wieder spielend, seine Marktposition zu behaupten. Mit 182 einschlägigen Veröffentlichungen lag HEYNE wieder weit vor den Hauptkonkurrenten BASTEI (103), PIPER (37) und BLANVALET (94), wobei Letzterer ebenso wie auch HEYNE zur Verlagsgruppe RANDOM HOUSE gehört. Die SCIENCE FICTION wird redaktionell von Sascha Mamczak betreut, er ist auch für die in der ALLGEMEINEN REIHE erscheinenden FANTASY-Titel verantwortlich. In

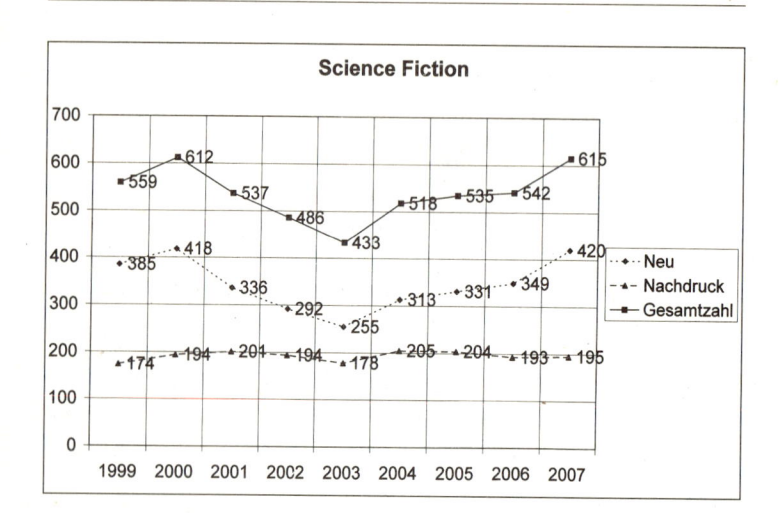

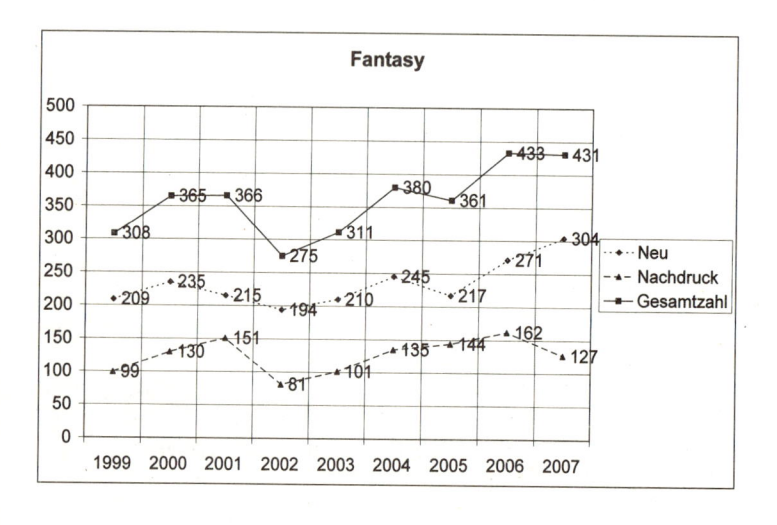

Science Fiction

Jahr	Neu	Nachdruck	Gesamtzahl
1999	385	174	559
2000	418	194	612
2001	336	201	537
2002	292	194	486
2003	255	178	433
2004	313	205	518
2005	331	204	535
2006	349	193	542
2007	420	195	615

Fantasy

Jahr	Neu	Nachdruck	Gesamtzahl
1999	209	99	308
2000	235	130	365
2001	215	151	366
2002	194	81	275
2003	210	101	311
2004	245	135	380
2005	217	144	361
2006	271	162	433
2007	304	127	431

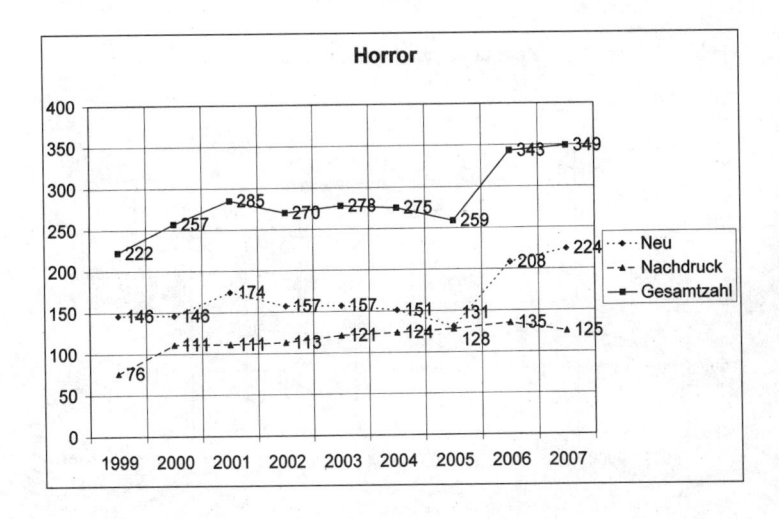

Horror

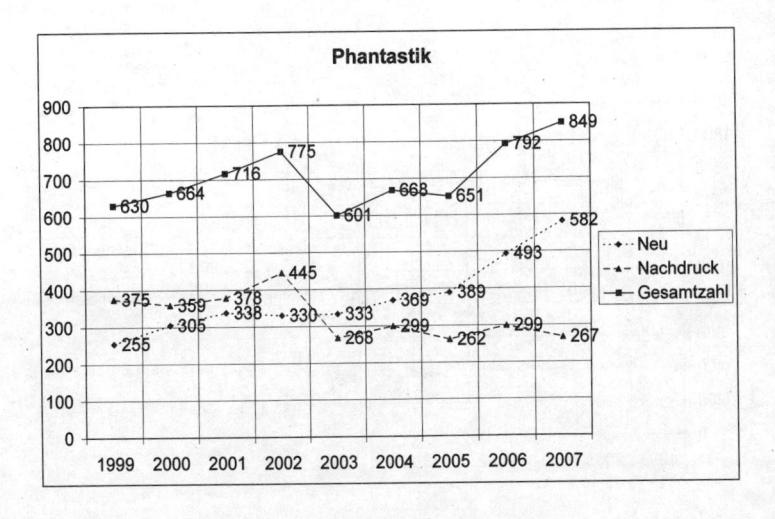

Jahr	Neu	Nachdruck	Gesamtzahl
1999	146	76	222
2000	146	111	257
2001	174	111	285
2002	157	113	270
2003	157	121	278
2004	151	124	275
2005	131	128	259
2006	208	135	343
2007	224	125	349

Phantastik

Jahr	Neu	Nachdruck	Gesamtzahl
1999	255	375	630
2000	305	359	664
2001	338	378	716
2002	330	445	775
2003	333	268	601
2004	369	299	668
2005	389	262	651
2006	493	299	792
2007	582	267	849

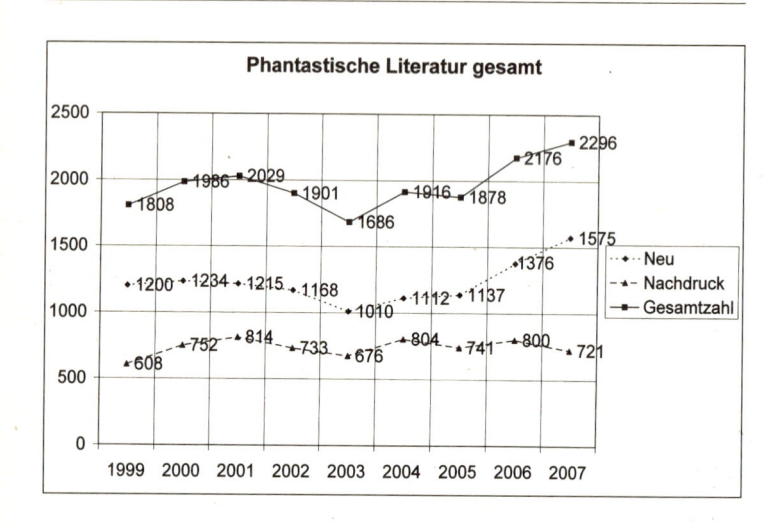

Phantastische Literatur gesamt

Jahr	Neu	Nachdruck	Gesamtzahl
1999	1200	608	1808
2000	1234	752	1986
2001	1215	814	2029
2002	1168	733	1901
2003	1010	676	1686
2004	1112	804	1916
2005	1137	741	1878
2006	1376	800	2176
2007	1575	721	2296

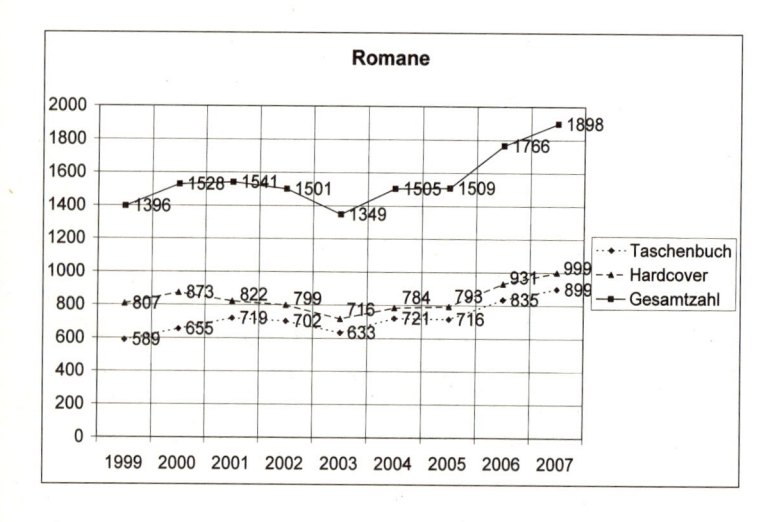

Romane

Jahr	Taschenbuch	Hardcover	Gesamtzahl
1999	589	807	1396
2000	655	873	1528
2001	719	822	1541
2002	702	799	1501
2003	633	716	1349
2004	721	784	1505
2005	716	793	1509
2006	835	931	1766
2007	899	999	1898

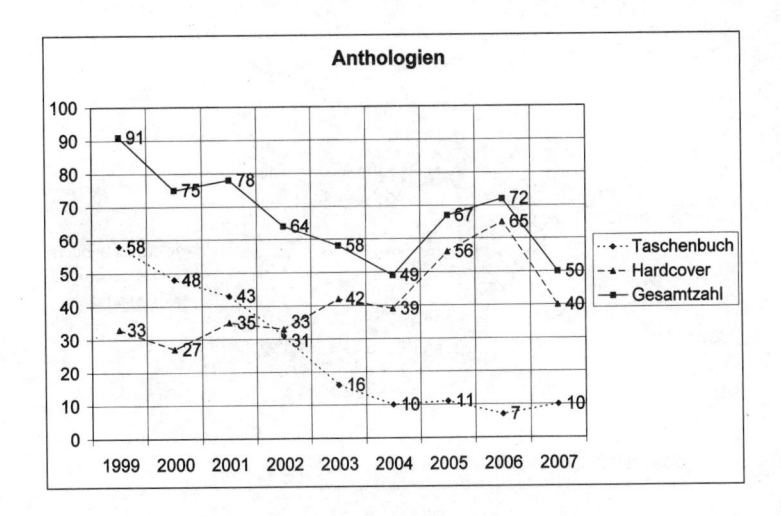

Die deutsche SF-Szene 2007 **1363**

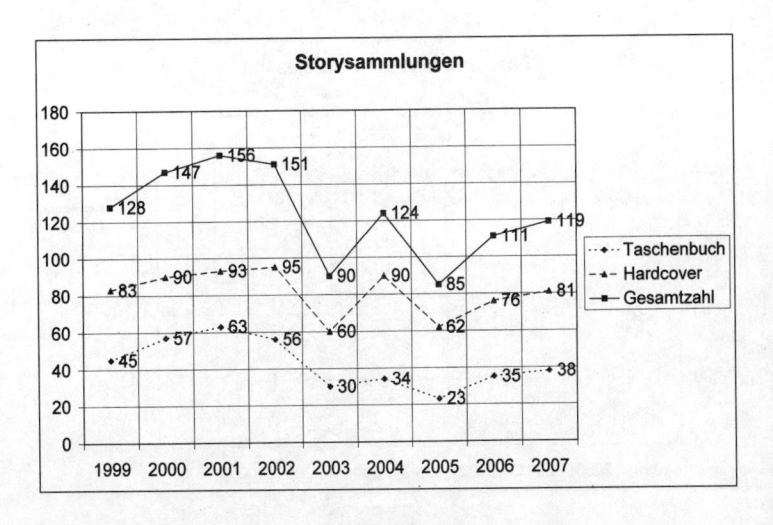

Anthologien

Jahr	Taschenbuch	Hardcover	Gesamtzahl
1999	58	33	91
2000	27	48	75
2001	43	35	78
2002	31	33	64
2003	16	42	58
2004	10	39	49
2005	11	56	67
2006	7	65	72
2007	10	40	50

Storysammlungen

Jahr	Taschenbuch	Hardcover	Gesamtzahl
1999	45	83	128
2000	57	90	147
2001	63	93	156
2002	56	95	151
2003	30	60	90
2004	34	90	124
2005	23	62	85
2006	35	76	111
2007	38	81	119

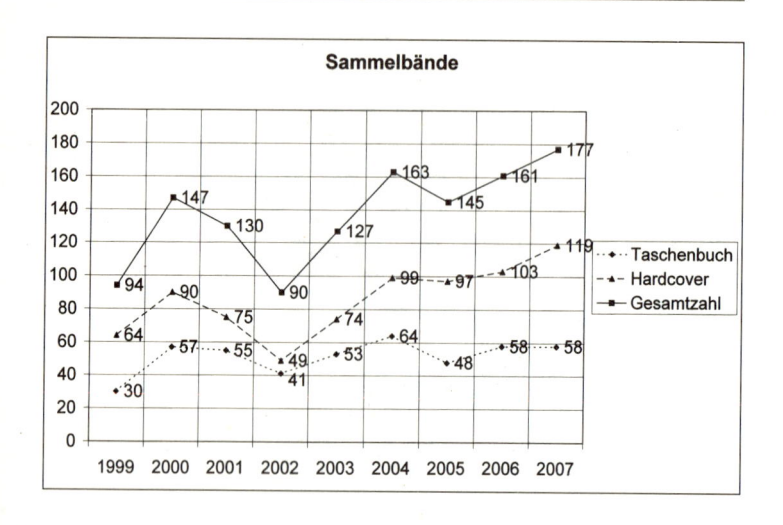

Sammelbände

Jahr	Taschenbuch	Hardcover	Gesamtzahl
1999	30	64	94
2000	57	90	147
2001	55	75	130
2002	49	41	90
2003	53	74	127
2004	64	99	163
2005	48	97	145
2006	58	103	161
2007	58	119	177

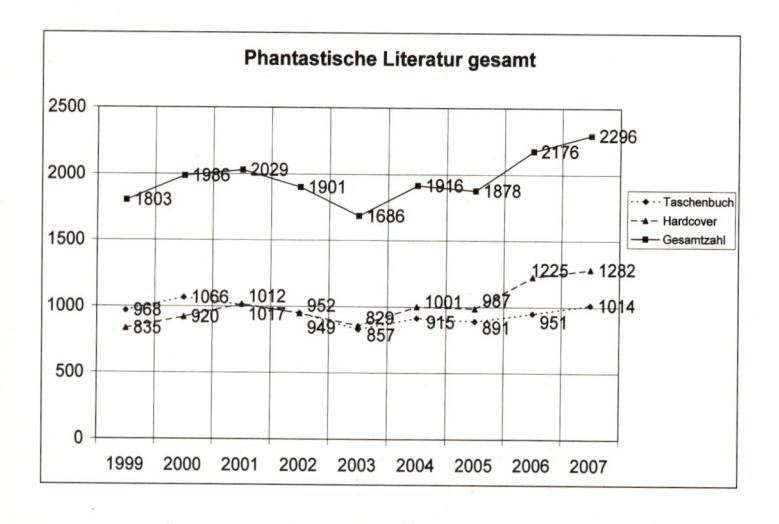

Phantastische Literatur gesamt

Jahr	Taschenbuch	Hardcover	Gesamtzahl
1999	968	835	1803
2000	1066	920	1986
2001	1012	1017	2029
2002	952	949	1901
2003	829	857	1686
2004	915	1001	1916
2005	891	987	1878
2006	951	1225	2176
2007	1014	1282	2296

den letzten Jahren befand sich die HEYNE SF auf einem kontinuierlichen Erfolgskurs, sowohl bei der Zahl der publizierten Titel als auch bei deren Auflage. Der monatliche Output lag 2007 konstant bei fünf Titeln, wobei die Serien WARHAMMER 40,000, SHADOWRUN und der BATTLETECH-Nachfolger MECHWARRIOR: DARK AGE weitergeführt wurden. Highlights im SF-Programm 2007 waren »Alien Earth – Phase 1« und »Alien Earth – Phase 2« von Frank Borsch, »Die Stimmen der Zeit« und »Vom Leben und Tod Gottes« von J.G. Ballard, »Chasm City«, »Die Arche« und »Himmelssturz« von Alastair Reynolds, »Spektrum« und »Weltengänger« von Sergej Lukianenko, »Eine Tiefe am Himmel« und »Ein Feuer auf der Tiefe« von Vernor Vinge, »Feuerstürme« von Andreas Brandhorst (KANTAKI), »Das Amphora-Projekt« von William Kotzwinkle, »Imperator« und »Eroberer« von Stephen Baxter (DIE ZEIT-VERSCHWÖRUNG), »Von Feuer und Nacht« von Kevin J. Anderson (DIE SAGA DER SIEBEN SONNEN 5), »Stimmen« von Greg Bear, »Krieg der Klone« und dessen Fortsetzung »Geisterbrigaden« von John Scalzi, »Die Jäger des Wüstenplaneten« von Brian Herbert & Kevin J. Anderson (WÜSTENPLANET 7), »Sternensturm« von Robert Adams, »Nova« von M. John Harrison, »Tristopolis« von John Meaney, »Quarantäne« von Robert Charles Wilson, »Backup« von Cory Doctorow, »Ilium« von Dan Simmons, »Die Feuer der Inquisition« von Kage Baker (ZEITSTÜRME 1) und »Skorpion« von Richard Morgan. Für 2008 sind neben Romanen zu SHADOWRUN und WARHAMMER 40,000 – MECHWARRIOR wird nicht weitergeführt – u.a. eingeplant: »Sternenfeuer« und »Sternenstürme« von Michael McCollum, »Glashaus« von Charles Stross, »Blackcollar« von Timothy Zahn (die Trilogie in einem Band), »Offenbarung« und »Ewigkeit« von Alastair Reynolds, »Feuerträume« von Andreas Brandhorst (KANTAKI), »Blutmusik« von Greg Bear, »Blindflug« und »Abgrund« von Peter Watts, »Alien Earth – Phase 3« von Frank Borsch, »Der Fluss der Sterne« von Michael Flynn, »Die Ufer der Neuen Welt« und »Die Schatten des Krieges« von Kage Baker (ZEITSTÜRME 2 & 3), »Navigator« und »Diktator« von Stephen Baxter (DIE ZEIT-VERSCHWÖRUNG 3 & 4), »Flash« von Robert J. Sawyer, »Geheimbasis Gehenna« von David Drake (LT. LEARY), »Axis« (Fortsetzung von »Spin«) und »Chronos« von Robert Charles Wilson, »Necromancer« von Martha Wells, »Die Zeit-Odyssee« von Arthur C. Clarke & Stephen Baxter, »Upload« von Cory Doctorow, »Die letzte Kolonie« von John Scalzi (KRIEG 3), »Helix« und »Olympos« von Dan Simmons, »Die Erlöser des Wüstenplaneten« von Brian Herbert & Kevin J. Anderson (Abschluss des WÜSTENWELT-Zyklus), »Weltenträumer« von Sergej Lukianenko, »Tristopolis – Dunkles Blut« von John Meaney (TRISTOPOLIS 2), »Zeitspuren« von Jack Finney, »Necroville« von Ian McDonald, »Lichtspur« von Chris Moriarty, »Die Verräter« von John Ringo & Tom Kratman (INVASION), »Terra Mater« von Pierre Bordage (KRIEGER DER STILLE 2) und »Vellum« von Hal Duncan. Im Oktober 2008 gibt es eine Horror-Aktion mit Bestsellern von Peter Straub, John Saul, Stephen King, Jonathan Nasaw, Koji Suzuki, Graham Masterton, Dan Simmons, Richard Laymon und Jack Ketchum.

Wegen des großen Erfolgs der bisherigen PERRY RHODAN-Zyklen gibt es von November 2007 bis April 2008 in Kooperation mit MOEWIG den sechsten PERRY RHODAN-Zyklus ARA-TOXIN, wieder in sechs Taschenbüchern, wobei jedes Taschenbuch auch eine Kurzgeschichte um die Galaktischen Mediziner enthält. Geschrieben wurde der Zyklus von Leo Lukas, Uwe Anton, Hans Joachim Alpers, Wim Vandemaan, Hubert Haensel und Michael Marcus Thurner. Im Sommer 2008 wird der dreibändige Zyklus PERRY RHODAN – PAN-THAU-RA in einem Band neu aufgelegt.

Weitergeführt wurde die PHILIP K. DICK EDITION 2007 mit »Die Lincoln-Maschine«, auf 2008/2009 geschoben wurden »Wie man ein Universum baut«, »Auf dem Alphamond« und »Das Orakel vom Berge«.

In der ALLGEMEINEN REIHE mit der FANTASY-Edition erschienen 2007 u.a. »Die Schlacht der Trolle« von Christoph Hardebusch, »Sternwanderer« und »Anansi Boys« von Neil Gaiman, »Wächter der Ewigkeit« von Sergej Lukianenko, »Tochter des Sturms« von Elizabeth Haydon (RHAPSODY), »Die Lügen des Locke Lamora« von Scott Lynch, »Drachenlord« und »Heldensturz« von James Barclay (LEGENDEN DES RABEN), »Immun« und »Pandemie« von Daniel Kalla, »Herrscher des Throns« von Jennifer Fallon, »Sebastian« (DIE DUNKLEN WELTEN 1) von Anne Bishop, »Stadt aus Blut« von Charlie Huston, »Die Alchimistin« und »Die Unsterbliche« von Kai Meyer, »Magierschwur«, »Magierkrieg« und »Magierlicht« von Dennis L. McKiernan (MITHGAR), »Rabensturm« und »Die Ordensburg«

(ELFENRITTER 1) von Bernhard Hennen, »Die Elfenhöhle« von Julianne Lee (RITTER DER ZEIT 3), »Testamentum« von Eric Van Lustbader, »Hexenmacher« von André Wiesler (DIE CHRONIKEN DES HAGEN VON STEIN 1), »Elantris« von Brandon Sanderson, »Die Anbetung« und »Irrsinn« von Dean Koontz, »Seelenesser« von Jonathan Nasaw, »Dämonentor« von Charles Stross (BOB HOWARD 1), »Abarat – Tage der Wunder, Nächte des Zorns« von Clive Barker, »Kinder der Nacht« von Dan Simmons, »Das siebte Siegel« von Thomas F. Monteleone, »Pfade des Lichts« von Terry McGarry, »Der magische Bund« und »Das magische Zeichen« von Stan Nicholls, »Puls«, »Dead Zone«, »Cujo« und »Feuerkind« von Stephen King, »Der Donnerschild« von David Gemmell, »Die magische Schrift« von Robert Newcomb, »Der goldene Kompass«, »Das magische Messer« und »Das Bernsteinteleskop« von Philip Pullman, »Feuerklingen« von Joe Abercrombie, »Blutspiel« von Kim Harrison, »Ruf des Mondes« von Patricia Briggs, »Das Kind des Winters« von Robert Carter, »Gralszauber« von Wolfgang & Heike Hohlbein (DIE LEGENDE VON CAMELOT 1), »Söldner« von Morgan Howell (KÖNIGIN DER ORKS 1), »Fabula« von Christoph Marzi, die Parodie »Die Anderen« von Boris B.B.B. Koch, »Dämonenkind« von Jennifer Roberson (CHEYSULI 1&2) und die Bände 1 bis 4 der Vampir-Serie BLACK DAGGER von J.R. Ward. 2008 sollen u.a. erscheinen: »Die Albenmark« und »Das Fjordland« (ELFENRITTER 2&3) sowie »Elfenlied« von Bernhard Hennen, »Das verlorene Reich« und »Der magische Bann« von James Barclay (DIE KINDER VON ESTOREA 1), »Coldheart Canyon« von Clive Barker, »Ich bin Legende« von Richard Matheson, »Black Box« und »Blind« von Joe Hill, »Die Elbenhandtasche« von Kelly Link, »Nimmermehr« von Christoph Marzi, »Tochter der Sonne« von Elizabeth Haydon (RHAPSODY), »Das gläserne Tor« von Sabine Wassermann, »Der Blumenkrieg« von Tad Williams, »Legionäre« und »Herrscher« von Morgan Howell (KÖNIGIN DER ORKS 2&3), »Das Lied der Sieger« von Loren Coleman (DIE LEGENDEN VON CONAN 3), »Drachenbann«, »Drachenmacht« und »Drachenbund« von Dennis L. McKiernan (MITHGAR), »Sturm über roten Wassern« von Scott Lynch (LOCKE LAMORA 2), »Belladonna« (DIE DUNKLEN WELTEN 2) und »Nacht« (DIE SCHWARZEN JUWELEN 6) von Anne Bishop, »Kind der Magie« und »Kind der Götter« von Jennifer Fallon, »Die dunkle Gabe« von Fiona Mc-

Intosh (DER FEUERBUND 1), »Love« von Stephen King, »Der Schatten« von Dean Koontz & Ed Gorman (DEAN KOONTZ: FRANKENSTEIN 3), »Teufelshatz« und »Wolfsfluch« von André Wiesler (HAGEN VON STEIN 2 & 3), »Wolfssohn« und »Tochter des Löwen« von Jennifer Roberson (CHEYSULI 3/4 & 5/6), »Sturmwelten« und »Der Zorn der Trolle« (TROLLE 3) von Christoph Hardebusch, »Rabenzauber« von Patricia Briggs, »Hannibal Rising« von Thomas Harris, »Im Land des Windes« von Licia Troisi (DIE DRACHENKÄMPFERIN 1), »Blutrausch« von Charlie Huston (JOE PITT 2), »Die neue Welt« von Michael A. Stackpole, »Auf dunklen Schwingen« von Janine Cross (DRACHENTEMPEL 1), »Frostfeuer« von Kai Meyer, »Fiebertraum« von George R.R. Martin, »Alcatraz und die dunkle Bibliothek« von Brandon Sanderson, »Die Weltenbaumler« von Gerd Scherm, »Sturmkämpfer« von Tom Lloyd, »Elbenschwert« von Wolfgang und Heike Hohlbein (DIE LEGENDE VON CAMELOT 2), »Dämonen zum Frühstück« und »Vom Dämon verweht« von Julie Kenner (KATE CONNOR 1 & 2), »Atem« von Kenneth J. Harvey, »Bann des Blutes« von Patricia Briggs, »Todesregen« und »Intensity« von Dean Koontz, »Der Keller« von Richard Laymon, »Gefährten des Lichts«, »Krieger der Dämmerung« und »Götter der Nacht« von Pierre Grimbert (DIE MAGIER 1–3), »Greywalker« von Kat Richardson, »Das Erbe der Zauberin« von Mary H. Herbert (GABRIA), »Blutjagd« von Kim Harrison, »Die magische Insel« von Stan Nicholls, »Schattenfall« von R. Scott Bakker, »Drachenland« von Michael Reaves und die BLACK DAGGER-Romane 5 bis 7 von J.R. Ward. In gebundener Form erscheint »Nebelgänger« von Catherine Fisher.

Aus dem Programm genommen wurden und daher nicht erscheinen »Die Rache« von Harald Evers (DAS 7. BUCH DER SCHATTEN 2), »Die zweite Front« von Greg Rucka (PERFECT DARK 2) und die LIADEN-Romane 4 und 5 von Sharon Lee & Steve Miller, »Flucht nach Lytaxin« und »Showdown für Clan Korval«.

In der im Herbst 2005 gestarteten neuen Reihe HEYNE HARDCORE kamen bzw. kommen die Horror-Romane »Das Treffen« und »Die Show« von Richard Laymon, »Killzone« von Tom Piccirilli und »Amokjagd« von Jack Ketchum heraus.

Bei BASTEI, dessen SF- und FANTASY-Reihe nach wie vor von Stefan Bauer gemeinsam mit Ruggero Leó betreut wird, war auch im Jahr

Die deutsche SF-Szene 2007   **1369**

2007 Kontinuität angesagt, sowohl bei der Zahl der publizierten Titel als auch bei deren inhaltlicher Ausrichtung. 2008 erfolgt dann eine Reduzierung auf zumeist drei SF- und Fantasy-Titel pro Monat, zumeist auf Kosten der Science Fiction. 2007 erschienen aber in der Regel monatlich noch vier Titel, zumeist jeweils zwei neue SF- und FANTASY-Bände, aber man war sehr flexibel und bisweilen wurden Schwerpunkte gesetzt. Bei der SF wurden 2007 die SF-Krimis um MILES FLINT von Kristine Kathryn Rusch »Die Lautlosen« & »Die Tödlichen«, die Neuübersetzung von Poul Andersons DOMINIC FLANDRY-Zyklus mit »Rebellenwelt«, »Ehrenwerte Feinde« und »Krieger aus dem Nirgendwo« ebenso fortgesetzt wie DAS VERLORENE REGIMENT von William R. Forstchen (»Der Feind im Nacken« und »Gefangen auf Waldennia«), David Webers HONOR HARRINGTON mit »Um jeden Preis«, »Auf Biegen und Brechen« und »Der Schatten von Saganami« oder der HERITAGE-Zyklus mit »Der Reliktjäger« und »Der kalte Tod« von Charles Sheffield, dazu erschienen noch »Das Tor der Zeit« von Neal Asher (POLITY), »Andere Himmel« von China Miéville, »Die Suche« von Jack McDevitt, »Kristallregen« von Tobias S. Bucknell und »Alle Roboter-Geschichten« von Isaac Asimov. Geplant für 2008 sind »Das Artefakt der Meister« und »Der schwarze Schlund« (HERITAGE 4&5) sowie »Das Nimrod-Projekt« von Charles Sheffield, die im RINGWELT-Universum spielenden Romane »Harlequins Mond« von Larry Niven & Brenda Cooper und »Die Flotte der Puppenspieler« von Larry Niven & Edward M. Lerner, »Der grüne Tod« und »Die Echsenwelt« von Alan Dean Foster (PIP & FLINX/HOMANX), »An Bord der Hexapuma« von David Weber (HONOR HARRINGTON), »Odyssee« von Jack McDevitt (Fortsetzung von »Gottes Maschinen«), »Schattenwelt« und »Am Ende des Weges« von Poul Anderson (DOMINIC FLANDRY 6&7), »Kinder der Drohne« von Neal Asher, »Das Marsgrab« und »Paloma« von Kristine Kathryn Rusch (MILES FLINT 4&5), »Streuner« von Tobias S. Bucknell, »Rendezvous mit Rama« von Arthur C. Clarke, »Operation Arche«, »Der Krieg der Ketzer« von David Weber (NIMUE ALBAN 1&2) und »Die Meuterer« von Mike Resnick (WILSON COLE 1).

Bei der FANTASY erschienen 2007 die letzten FITZ DER WEITSEHER-Romane »Der Weiße Prophet« und »Der Wahre Drache« von Robin Hobb sowie die abschließenden Romane der ASH-Tetralogie, »Der Aufstieg Karthagos«, »Der steinerne Golem« und »Der Untergang Burgunds« von Mary Gentle, zudem »Der Spiegel der Erinnerung«, »Das magische Relikt« und »Der Turm von Katazza« (DIE DREI WELTEN 1-3) von Ian Irvine, »Der Prüfstein der Drachen« von Irene Radford (DIE HISTORIE DES DRACHEN-NIMBUS 1), »Die Klingen des Lichts« und »Der magische Dolch« von Lois McMaster Bujold (DIE MAGISCHEN MESSER 1 & 2), »Satan – Retter der Welt« von Catherine Webb, »Im Kreis des Mondes« von Barbara Hambly, »Die Goblins« und »Die Rückkehr der Goblins« von Jim C. Hines und »Jenseits der Mauer« von Garth Nix. Für 2008 sind u.a. zur Veröffentlichung vorgesehen: »Die Gabe«, »Das Rätsel« und »Die Krähe« von Alison Croggon (PELLINOR 1-3), »Die Festung der Macht«, »Dunkler Mond« und »Der Fluch des Bettlers« von Ian Irvine (DIE DREI WELTEN 4-6), »Ein Dämon muss die Schulbank drücken« und »Des Dämons fette Beute« von Robert Asprin & Jody Lynn Nye (DÄMONEN-ZYKLUS), »Doppelgänger« und »Hexenkrieger« von Marie Brennan (HEXEN 1 & 2), »Der abtrünnige Drache« von Irene Radford (HISTORIE DES DRACHEN-NIMBUS 2), »Un Lon Don« von China Miéville, »Der Magierkadett« und »Magier der Drachenfregatte« von James M. Ward (DER HERR DER DRACHENFLOTTE 1 & 2), »Der Krieg der Goblins« von Jim C. Hines (GOBLINS 3), »Die Oger« von Stephan Russbült und die aus »Dämonenblut«, »Nachtfeuer« und »Perlmond« bestehenden WALDSEE-CHRONIKEN von Uschi Zietsch.

Auch in der ALLGEMEINEN REIHE stehen und standen interessante Titel auf dem Programm, wie »Laura und das Siegel der sieben Monde« und »Laura und das Orakel der Silbernen Sphinx« von Peter Freund, »Die Galerie der Lügen« von Ralf Isau, »Untot« und »Besessen« von Joe Schreiber, »Dunkle Glut« von Laurell K. Hamilton (ANITA BLAKE 7), »The Stand« von Stephen King, »Das letzte Gebet« von Gear & Gear, »Diabolus« von Dan Brown, »Incognita« von Boris von Smerck, »Göttin der Wüste«, »Herrin der Lüge« und »Hex« von Kai Meyer, »Furcht« von Bentley Little, »Das Ikarus-Gen« von James Patterson, »Dunkles Erwachen« von T.M. Jenkins, »Der Babylon-Code« von Uwe Schomburg und »Eine unberührte Welt« von Andreas Eschbach (gesammelte Geschichten).

Im August 2007 startete im Paperback eine Komplettausgabe von Wolfgang Hohlbeins DER HEXER in acht Bänden: »Die Spur des Hexers«, »Der Seelenfresser«, »Engel des Bösen«, »Der achtarmige Tod«, »Buch der tausend Tode«, »Das Auge des Satans«, »Der Sohn des Hexers« und »Das Haus der bösen Träume«.

Auch 2007 lag die Zahl der Veröffentlichungen in der Reihe BLANVALET FANTASY wieder konstant bei vier Titeln pro Monat, einer davon ein umfangreicher Reprint, in dem früher in zwei oder mehrere Bände aufgeteilte SF- und Fantasy-Titel oder auch Serienromane zu einem Band zusammengefasst werden. Ab April 2008 steigt dann der monatliche Output auf fünf Titel und die Reprints werden nicht weiter geführt. Betreut wird die Reihe seit Anfang 2007 von Urban Hofstetter, unterstützt von Holger Kappel. Blanvalets Genre-Reihe besteht nahezu zur Gänze aus Serien und Zyklen. Die Buchreihe zum Spiel DRAGONLANCE mit ihren diversen Unterzyklen spielte ebenso wie auch FORGOTTEN REALMS wieder nur mehr eine untergeordnete Rolle. Mit neuen Romanen weitergeführt wurden 2007 DIE GUIN-SAGA (»Gefangene der Lagen« und »Der König der Verfemte« von Kaoru Kurimoto), DIE GLÜCKSSUCHER (»Das himmlische Kind« von Steve Cockayne), DAS VERBOTENE LAND (»Drachenbrüder« von Margaret Weis), DAS SCHWERT DER WAHRHEIT (»Am Ende der Welten« von Terry Goodkind), DIE RÜCKKEHR DER TEMPELRITTER (»Die Jäger von Avalon« von Mark Chadbourn), DIE VERGESSENEN WELTEN (»Die Drachen der Blutsteinlande« von R.A. Salvatore), DIE JÜNGER DER DRACHENLANZE (»Die Gefangene« von Margaret Weis), GÖTTERKINDER (»Der Verrat« von David & Leigh Eddings), STERNENKRONE (»Das verwüstete Land« von Kate Elliott), DAS SPIEL DER GÖTTER (»Die Feuer der Rebellion« von Steven Erikson), DIE ERBEN VON MIDKEMIA (»In Reich der Finsternis« von Raymond Feis und DIE FEUERREITER SEINER MAJESTÄT von Naomi Novik (»Drachenbrut«, »Drachenprinz« und »Drachenzorn«), neu gestartet wurden DAS ECHO-LABYRINTH von Max Frei mit »Der Fremdling« und »Die Reise nach Kettari«, die TOR-Trilogie von Carol Berg mit »Tor der Verwandlung«, DIE MAGISCHEN STÄDTE von Daniel Abraham mit »Sommer der Zwietracht«, die SF-Serie LILA BLACK von Justina Robson mit »Willkommen in Otopia«, DAS ZEITALTER DER FÜNF von Trudi Canavan mit »Priester«, DIE KORMYR-SAGA von Ed Greenwood & Jeff Grubb mit »Dunkle Fänge«, DER STEIN

DER KÖNIGE von Margaret Weis & Tracy Hickman (»Der Quell der Finsternis«) und DER BUND DER ALCHEMISTEN von Greg Keyes mit »Newtons Kanone«, als in sich abgeschlossene Titel erschienen »Tiger Eye« von Marjorie M. Liu und »Die Halblinge« von Mel Odom. Für 2008 eingeplant sind u.a. »Magier« und »Götter« von Trudi Canavan (DAS ZEITALTER DER FÜNF 2&3), »Unter Strom« von Justina Robson (LILA BLACK 2), »Feuernetz« von Steve Voake, »Die Tochter von Avalon« von Meg Cabot, »Die Lehrjahre der Glasmalerin« und »Die Gesellenjahre der Glasmalerin« von Mindy L. Klasky (DIE GILDEN VON MORENIA 1&2), »Acacia – Macht und Verrat« von David Anthony Durham, »Die Heimkehr« von Chris Bunch (DIE VERLORENE LEGION 4), »Tor der Offenbarung« und »Tor der Erneuerung« von Carol Berg (TORE 2&3), »Winter des Verrats« von Daniel Abraham (DIE MAGISCHEN STÄDTE 2), »Die Knochenjäger« und »Der goldene Herrscher« von Steven Erikson (DAS SPIEL DER GÖTTER 11&12), »Feuermagie« und »Erdmagie« von Shana Abé (DER TRÄUMENDE DIAMANT 1&2), »Kinder der Apokalypse« und »Die Elfen von Cintra« von Terry Brooks (DIE GROSSEN KRIEGE 1&2), »Die letzte Schlacht« von Kate Elliott (STERNENKRONE 12), »Die Füchse von Mahagon« und »Volontäre der Ewigkeit« von Max Frei (ECHO-LABYRINTH 3&4), »Drachenglanz« von Naomi Novik (DIE FEUERREITER SEINER MAJESTÄT 4), »Das Reich der Zwerge« von Margaret Weis & Tracy Hickman (DIE VERLORENEN CHRONIKEN DER DRACHENLANZE), »Shadow Touch« von Marjorie M. Liu, »Die Luftschiffe des Zaren« von Greg Keyes (DER BUND DER ALCHEMISTEN 2), »Die erste Wahrheit«, »Die geheime Wahrheit« und »Die verlorene Wahrheit« von Dawn Cook (DRACHEN-SAGA 1–3), »Jenseits der Berge« von Troy Denning (FORGOTTEN REALMS – DIE CORMYR-SAGA 2), »Im Schatten von Camelot« von Sarah Zettel, »Tochter der Verbannung« von Isabel Glass, »Dunkler Engel« von Margaret Weis & Liz Weis, »Sturm« von Claudia Kern (DER VERWAISTE THRON 1), »Der Magierprinz« von David Forbes (OSSERIAN-SAGA 1), »Der König der Orks« von R.A. Salvatore (FORGOTTEN REALMS – DIE LEGENDE VOM DUNKELELF), »Das erste Zeichen des Zodiac« von Vicki Pettersson, »Der junge Ritter« von Margaret Weis & Tracy Hickman (DER STEIN DER KÖNIGE 2) und »Konfessor«, der 17. und abschließende Band des Zyklus DAS SCHWERT DER WAHRHEIT von Terry Goodkind, der auch mit den ersten drei Bänden neu aufgelegt wird.

Bei BLANVALET liegen auch die deutschen Rechte zu STAR WARS, bislang kamen vier neue Titel pro Halbjahr heraus, aufgeteilt in FANTASY und ALLGEMEINE REIHE, 2007/2008 sind es weniger. Zuletzt erschienen bzw. erscheinen »Die Kundschafter« und »Treueschwur« von Timothy Zahn, »Die Macht des Todessterns« von Michael Reaves & Steve Perry, die ersten Bände des neuen Zyklus DUNKLES NEST, »Die Königsdrohne«, »Die verborgene Königin« und »Der Schwarmkrieg« von Troy Denning sowie der abschließende 19. Band zu DAS ERBE DER JEDI-RITTER, »Vereint durch die Macht« von James Luceno.

In der ALLGEMEINEN REIHE schloss Jason Dark die Horror-Serie DON HARRIS – PSYCHO-COP mit den Grusel-Thrillern »Drei Gräber in Sibirien«, »Triaden-Terror« und »Dämonicus« ab. Daneben gab und gibt es auch weitere interessante Publikationen, wie etwa die SF-Krimiserie um EVE DALLAS von J.D. Robb alias Nora Roberts mit den Bänden 13 und 14 (»Das Lächeln des Killers« und »Einladung zum Mord«) sowie »Mörderspiele« mit drei Kurzromanen, die ebenso weitergeführt wurde wie die Serie um den NUMA-Agenten Kurt Austin von Clive Cussler & Paul Kemprecos (»Brennendes Wasser« und »Höllenschlund«), des Weiteren noch »Gottes Finger« von Stephen Coonts, die NESCHAN-Trilogie von Ralf Isau, »Das Höllenwrack« von F. Paul Wilson (HANDYMAN JACK), »Blau wie das Glück« und »Rot wie die Liebe« von Nora Roberts, »Der Genesis-Plan« von James Rollins (SIGMA-FORCE), »Schattenkuss/Nachtschwärmer« von Laurell K. Hamilton, »Alpha et Omega« und »Patria« von Steve Berry, »Operation Overkill« und »Die Virus-Waffe« von Commander James Barrington, »Die Pforte des Magiers« und »Das Auge des Golem« von Jonathan Stroud (BARTIMÄUS 2&3), »Im Auftrag des Ältesten« von Christopher Paolini (ERAGON 2), »Im Blutkreis« von Jerome Delafosse, »Das Buch der Halblinge« von Mel Odom und »Overkill« von Brad Thor sowie die Bände 4 bis 6 von Margit Sandemos SAGA VOM EISVOLK, »Sehnsucht«, »Todsünde«, »Das böse Erbe«, mit der die Serie erneut vorzeitig abgebrochen wurde.

In der unter FANPRO firmierenden Romanreihe von FANTASY PRODUCTIONS erschienen 2007 die DAS SCHWARZE AUGE-

Romane »Hohenhag« von Dietmar Preuß, »Satinavs Auge« von Tobias Radloff und »In den Nebeln Havenas« von Daniel Jödemann, zu CLASSIC BATTLETECH »Clanwächter« und »Mission Kiamba« von Arous Brocken (BEAR-Zyklus 2 & 3), »In Ungnade« von Chris Hartford, »En Passant« von Michael Diehl (SCHATTENKRIEG 1), »Duo Infernale« von Carolina Möbis und »Karma« von Bernard Craw, zu SHADOWRUN »Fatimas Tränen« von Alex Wichert, »Für eine Handvoll Daten« von Stephen Dedman und »Flammenmeer« von Jan-Tobias Kitzel. Die im April 2007 gestartete ATLAN-RUDYN-Trilogie erschien komplett mit den Einzelbänden »Die Psi-Kämpferin« von Achim Mehnert, »Acht Tage Ewigkeit« von Michael H. Buchholz und »Das Sphärenrad« von Rüdiger Schäfer, gestartet wurde die ILLOCHIM-Trilogie mit »Das Relikt der Macht« von Hans Kneifel. In Vorbereitung befinden sich die DAS SCHWARZE Auge-Romane »Macht« von Michelle Schwefel (RABENMUND-SAGA 1), »Tobrisches Glücksspiel« von Stefan Schweikert und »Gewittertage« von Jana M. Eilers, der ATLAN-Roman »Im Bann der Gatusain« von Achim Mehnert, »Clangründer: Bande« von Randall N. Bills (CLASSIC BATTLETECH) und »Digitaler Albtraum« von Thorsten Hunsicker (SHADOWRUN).

FEDER & SCHWERT schloss 2007 den RAUCH-Zyklus um den Vampir Henry Fitzroy von Tanya Huff mit »Rauch und Asche« ab, ebenso die EBERRON-Trilogie DIE TRÄUMENDE FINSTERNIS von Keith Baker mit »Die Tore der Nacht«. Weitergeführt wurden DER UNMAGIER von Christopher Golden & Thomas E. Sniegoski mit »Geisterfeuer« (3) sowie Simon R. Greens GESCHICHTEN AUS DER NIGHTSIDE mit »Ein Spiel von Licht und Schatten« (2) und »Wer die Nachtigall hört« (3). Neu auf den Markt kamen die Superhelden-Serie DC UNIVERSE mit »Söhne toter Welten« von Alan Grant und VERGESSENE REICHE – SEMBIA mit »Zeuge der Schatten« von Paul S. Kemp, »Hinter der Maske« von Richard Lee Byers und »Der schwarze Wolf« von Dave Gross. Als Einzelband erschien »Fairwater oder Die Spiegel des Herrn Bartholomew« von Oliver Plaschka. In den ersten Monaten 2008 erscheinen »Schwerter des Königs – Dungeon Siege« von Severin Rast, »Wyrmkrieg« von Christopher Golden & Thomas E. Sniegoski, »Deus vult« von Oliver Graute (ENGEL) und »Das Obsidianherz« von Ju Honisch.

FESTA publizierte 2007 in der Reihe HORROR »Hot Blood 1: Bis dass der Tod Euch vereint«, hrsg. von Jeff Gelb & Lonn Friend, mit 24 erotischen Horrorgeschichten von den Größen des Genres, wie F. Paul Wilson, Ramsey Campbell, Graham Masterton, Robert Bloch, Robert R. McCammon, Theodore Sturgeon, Lisa Tuttle und Steve Rasnic Tem. Die FESTA SF wird leider nicht weitergeführt. Für Anfang 2008 sind u.a. »Hot Blood 2: Fremder in der Nacht«, hrsg. von Jeff Gelb & Michael Garrett, »Bluterbe« von Graham Masterton und »Im Haus der Kröte« von Richard L. Tierney geplant.

Kernstück der im Herbst 2006 aus der Taufe gehobenen Reihe MIRA FANTASY war 2007 die Serie DIE PFERDELORDS von Michael H. Schenk, von der zuletzt »Die Pferdelords und die Barbaren des Dünenlandes« und »Die Pferdelords und das verborgene Haus der Elfen« (3 & 4) erschienen sind. Zudem kam in der Fantasy (Reihennummer 65001ff) 2007 neben »Das Orakel von Margyle« von Deborah Hale (DER SCHLAFENDE KÖNIG 2) noch »Yelena und der Mörder von Sitia« von Maria V. Snyder (YELENA 2) heraus. Ansonsten erschienen bei MIRA zuletzt u.a. »Begierde des Blutes« von Sandra Henke & Kerstin Dierks, »Die Verwandlung« von Jennifer Armintrout (BLUTSBANDE 1), »Wie angelt man sich einen Vampir?« von Kerrelyn Sparks, »Das Vermächtnis des Raben« von Hildegard Burri-Bayer und »Fantasien der Nacht« von Maggie Shayne. Für 2008 sind u.a. der Start der Serie DIE HEXERIN von Jason Dark mit den Romanen »Die Hexerin« und »Vampirjagd« sowie »Die Zauberin von Lladrana« von Robin D. Owens (LLADRANA 2), »Der letzte Steinmagier« von James Sullivan, »Die Pferdelords und die Korsaren von Um'briel« von Michael Schenk (PFERDELORDS 5) und »AMEN – Das letzte Geheimnis des Vatikans« von Henri Bellotto eingeplant.

Bei PIPER FANTASY hat sich nach einigen Ups and Downs 2007 der jährliche Output auf rund 25 Titel eingependelt. Zuletzt erschienen u.a. »Die Zweite Legion« und »Das Auge der Wüste« von Richard Schwartz (DAS GEHEIMNIS VON ASKIR 2 & 3), »Der Herr des Traumreichs« von Sara Douglass (WELTENBAUM), »Die Priesterin der Türme« von Heide Solveig Göttner (DIE INSEL DER STÜRME 1), »Splitternest« von Markolf Hoffmann (DAS ZEITALTER

DER WANDLUNG 4), »Das Siegel des Schicksals« von Luca Trugenburger (DIE WEGE DES DRACHEN 2) »Die Kompanie der Oger« von A. Lee Martinez, »Der Aufstand der Drachen« von Julia Conrad, »Gevatter Tod/Wachen! Wachen!« (SCHEIBENWELT) und »Die dunkle Seite der Sonne/Strata« von Terry Pratchett, »Fatales Vermächtnis« von Markus Heitz (ULLDART – ZEIT DES NEUEN 3), die Anthologie »Tolkiens Erbe«, hrsg. von Erik Simon & Friedel Wahren, »Das Geheimnis der Fuchsfrau« von Kij Johnson, »Die wilde Gabe« von Ursula K. Le Guin, »Unter dem Erlmond« (LAND DER MYTHEN 1) und »Die Rückkehr der Orks« von Michael Peinkofer, »Die Schattenweberin« von Monika Felten (DAS ERBE DER RUNEN 3), »Der letzte Held« von Samit Basu, »Brücke der brennenden Blumen« von Tobias O. Meißner (IM ZEICHEN DES MAMMUTS 4), »Das Fest der Zwerge«, hrsg. von Carsten Polzin (Phantastische Weihnachtsstorys), »Der letzte Vampir« von David Wellington, »Nebenan« von Bernhard Hennen. Für 2008 sind u. a. geplant »Der Funke des Chronos« von Thomas Finn, »Der Angriff der Schatten« von Luca Trugenberger (DIE WEGE DES DRACHEN 3), »Das geheime Land« von Lisa Tuttle, »Die Mächte des Feuers« von Markus Heitz, »Die Fürsten des Nordens« von Guy Gavriel Kay, »Der Herr der Dunkelheit« von Heide Solveig Göttner (DIE INSEL DER STÜRME 2), »Das Jahrhundert der Hexen« von Sergej & Martina Dyachenko, »Die Flusswelt der Zeit«, »Auf dem Zeitstrom« und »Das dunkle Muster« von Philip José Farmer (FLUSSWELT 1–3), »Stadt der Untoten« von David Wellington, »Der Herr der Puppen« von Richard Schwartz (DAS GEHEIMNIS VON ASKIR 4), »Eine Hexe mit Geschmack« von A. Lee Martinez, »Das Imperium der Drachen« von Julia Conrad (DRACHEN 3), »Die Flamme der Sylfen« von Michael Peinkofer (LAND DER MYTHEN 2) sowie »Die Erben der Götter« und »Dämonensturm« von Sara Douglass (TENCENDOR – IM ZEICHEN DER STERNE 1 & 2). Im April erschienen anlässlich des 25-jährigen Jubiläums der SCHEIBENWELT vier Romane in Sonderedition: »Die Farben der Magie«, »MacBest«, »Wachen! Wachen!« und »Gevatter Tod«.

In der Reihe PIPER BOULEVARD werden Romane zu Spielen wie DAS SCHWARZE AUGE sowie Dark-Fantasy-Titel wie WARHAMMER und andere ausgewählte Texte präsentiert. Ende 2007 waren es »Rook und der schwarze Mahlstrom« von Paul Stewart

(NEUE KLIPPENLAND-CHRONIK 2) und »Im Labyrinth der Alten Könige« von Nina Blazon (WORAN-SAGA 2) sowie vier Klassiker von Elizabeth Haydon, Tim Powers, Parke Godwin und Sara Douglass in Neuausstattung, im Frühjahr und Sommer 2008 folgen »Die Zwergenfestung« von Nathan Long (WARHAMMER – DIE ABENTEUER VON GOTREK UND FELIX 8), »Der Turm von Jubra« von Hans Joachim Alpers (RHIANA DIE AMAZONE 8), »Drachenjagd« von C.L. Werner (WARHAMMER – DER LETZTE JÄGER 3), »Blutige Erbschaften« von Steve Savile (WARHAMMER – DIE VAMPIRE 1) »Schwertsturm« von Dan Abnett & Mike Lee (WARHAMMER – DARKBLADES SCHLACHTEN 4) und »Der Dämonengott« von William King (DIE LEGENDE DER TERRARCH 1) sowie vier Aktionsromane von Terry Pratchett, A. Lee Martinez, John Moore und Karl-Heinz Witzko.

In der SERIE PIPER erschienen bzw. erscheinen »Der Zeuge« von Daniel Silva (GABRIEL ALLON 2), »Die Flucht der Ameisen« von Eric C. Schreiber, »Das Reich der Drachen« von Valeri M. Manfred, »Die dritte Prophezeiung« von Marco Buticci und »Bis(s) zum Morgengrauen« von Stephenie Meyer.

Auch die anderen Taschenbuchverlage, die keine Genre-Reihen im Programm haben, hatten interessante phantastische oder spekulative Titel im Angebot bzw. bereiten solche für die Folgemonate vor:

Der Jugendbuchverlag ARENA brachte im Herbst 2007 neben vier Bänden um DIE ZAUBERHAFTEN PRINZESSINNEN von Suzanne Williams »Der Palast der Furien« von Marco Sonnleitner (TOM O'DONNELL 2), »Ravenhill – Das Vermächtnis der Elfen« von Sissel Chipman, »Gefangen im Elfenreich« von Monika Felten (GEHEIMNISVOLLE REITERIN 3) »Dusk – Jagd in der Dämmerung« von Susan Gates und »Drachengift – Magische Geschichten«, hrsg. von Sabine Franz, im Frühjahr 2008 folgen »Stravaganza – Stadt der Masken« von Mary Hoffman (STRAVAGANZA 1), »Imago« von Isabel Abedi, »Jungs zum Anbeißen« von Mari Mancusi, »Jeremy Golden und der Meister der Schatten« von Angela Sommer-Bodenburg, »Kinder der Gezeiten« von Angela McAllister, »Rätsel um White Lady« von Monika Felten (GEHEIMNISVOLLE REITERIN 4) und die Bände 5 und 6 um DIE ZAUBERHAFTEN PRINZESSINNEN.

Bei BTB standen 2007/2008 u.a. »Die blaue Amsel« von Franz Hohler, »Afterdark« und »Hard-boiled Wonderland und das Ende der Welt« von Haruki Murakami, »Stern- und Geisterstunden« von Antonia S. Byatt, »Meines Helden Platz« von Lajos Parti Nagy, »Die Geschichte von General Dann und Maras Tochter, von Griot und dem Schneehund« von Doris Lessing und »Das Loch in der Schwarte« von Mikael Niemi auf dem Programm.

CARLSEN veröffentlichte im Herbst 2007 »Erkenne dein Gesicht« von Scott Westerfeld (PRETTY 2), »Der goldene Kompass – Filmausgabe« und »Der goldene Kompass – Die Trilogie« (Kassettenedition) von Philip Pullman, »Der 13. Zauberer« von Stan van Elderen, »Das Echo der Flüsterer« von Ralf Isau und »Highschool der Vampire« von Douglas Rees. 2008 folgen u.a. »Rook und der schwarze Mahlstrom« von Paul Stewart (KLIPPENLAND-CHRONIKEN 3), »Bis(s) zum Morgengrauen« von Stephenie Meyer, »Jing-Wei und der letzte Drache« von Sherryl Jordan, »Harry Potter und der Feuerkelch« von Joanne K. Rowling (HARRY POTTER 4), »Special – Zeig dein wahres Gesicht« von Scott Westerfeld (UGLY 3) und »Der Ruf des Reihers« von Lian Hearn (OTORI 4). Im Januar 2008 gibt es eine Fantasy-Edition mit sechs ausgewählten Titeln von Lian Hearn, John Marsden, Livi Michael, Bjarne Reuter, Rick Riordan und Diana Wynne Jones in Neuausstattung.

Bei CBT erschienen bzw. geplant sind 2007/08 »Der Auftrag des Ältesten« von Christopher Paolini (ERAGON 2), »Krieg der Engel« und »Gralszauber« (DIE LEGENDE VON CAMELOT 1) von Wolfgang und Heike Hohlbein, »Ensel & Krete – Ein Märchen aus Zamonien« von Walter Moers, die aus »Priester«, »Magier« und »Götter« bestehende Trilogie DAS ZEITALTER DER FÜNF von Trudi Canavan, »Die Vampirjägerin« von Amalia Atwater-Rhodes, die STERNENSCHWERT-Trilogie (»Im Zeichen des himmlischen Bären«, »Im Zeichen der blauen Flamme« und »Im Zeichen der roten Sonne«) von Federica de Cesco, »Die Feuerpriesterin« von Monika Felten (DAS ERBE DER RUNEN 2), »Unter dem Elfenmond« von O.R. Melling, »Der Kuss der Russalka« von Nina Blazon, »Nosferas – Die Erben der Nacht« von Ulrike Schweikert, die Trilogie »Magische Töchter«, »Magische Spuren« und »Magische Verwandlungen« von Justine Larbalestier, »Drachenglanz« von Naomi Novik (DIE FEUERREITER SEINER MAJESTÄT 4), »Nijura – Das Erbe der Elfenkrone«

von Jenny-Mai Nuyen, »Elfenkönigin« von Holly Black (ELFEN 2), »Die entführte Prinzessin« von Karen Duve und die beiden ersten Bände der GÄNSEHAUT-Serie HORRORLAND von R. L. Stine.

Im Frühjahr 2007 erschien im CELERO VERLAG der SF-Roman »Shakespeares Sternenritt« von Uta Rabenstein.

Der DEUTSCHE KLASSIKER VERLAG veröffentlichte 2007 u. a. »Die Elixiere des Teufels« von E. T. A. Hoffmann und »Erec« von Hartmann von Aue, 2008 folgt »Die Serapionsbrüder« von E.T.A. Hoffmann.

Klassik ist Trumpf bei DETEBE, der Taschenbuchreihe von DIOGENES, deshalb stand hier 2007 »Meistererzählungen von Edgar Allan Poe« auf dem Programm, zudem gab es »Der Teufel von Mailand« von Martin Suter. 2008 erscheinen »Zwischen den Laken« von Ian McEwan, »Großes Solo für Anton« von Herbert Rosendorfer, Franz Kafkas »Das Schloß« und »Der Prozeß« sowie im Rahmen eines Ray-Bradbury-Schwerpunkts dessen Klassiker »Fahrenheit 451«, »Die Mars-Chroniken«, »Der illustrierte Mann«, »Der Tod ist ein einsames Geschäft« und »Das Böse kommt auf leisen Sohlen«.

Bei DIANA gab es 2007 »Die Herrin von Avalon« von Marion Zimmer Bradley und »Der Ring des Bischofs« von Esther von Krosigk, für 2008 geplant ist »Die Hüterin von Avalon« von Marion Zimmer Bradley & Diana L. Paxson, der Abschluss der AVALON-SAGA.

DTV publizierte 2007 in seiner Paperbackreihe DTV PREMIUM »Flucht zum Mars« von Herbert W. Franke, »Dschihad« von Greg Rucka, »Magus – Die Bruderschaft« von Arno Strobel und »Der Elfenlord« von Herbie Brennan (ELFEN 4), für 2008 geplant sind »Domofon« von Zygmunt Miloszewski, »Die Hexen von Kiew« von Lada Lusina und »Der Herzkristall« von Frank Beddor (ALYSS I WUNDERLAND 2). In der Reihe DTV LITERATUR erschienen bzw. erscheinen 2007/2008 neben den ersten Bänden des Literatur-Projekts MYTHEN DER WELT – »Eine kurze Geschichte des Mythos« von Karen Armstrong, »Die Last der Welt« von Jeanette Winterson, »Die Penelopiade« von Margaret Atwood, »Der Schreckenshelm« von Viktor Pelewin, »Löwenhonig« von David Grossmann, »Der Gott der Träume« von Alexander McCall Smith und »Annain in den Katakomben« von Olga Tokarczuk – »Der Meister des Jüngsten Tages« von Leo Perutz, »Von der Erde zum Mond« von Jules Verne, »Unheimliche Geschichten« von Iwan S. Turgenjew, »Walpurgisnacht« von Gustav Meyrink und »Die Zeitmaschine« von H.G. Wells. In DTV UNTERHALTUNG gab es 2007 »Schule für Übermenschen« von Herbert W. Franke, »Der Vampir, der mich liebte« und »Ball der Vampire« von Charlaine Harris (SOOKIE), »Der letzte Wunsch« von Andrzej Sapkowski (GERALT 1) sowie »Der Fall Jane Eyre« und »In einem anderen Buch« von Jasper Fforde (THURSDAY NEXT 1 & 2), 2008 folgen u.a. »Merlin und die sieben Schritte zur Weisheit« von T.A. Barron (MERLIN 2), »Das Hiroshima-Tor« und »Das Erbe des Bösen« von Ilkka Remes, »Grabesstimmen« (HARPER 1) und »Vampire schlafen fest« (SOOKIE 6) von Charlaine Harris, »Im Brunnen der Manuskripte« und »Es ist was faul« von Jasper Fforde (THURSDAY NEXT 3 & 4), »Die Sonnwendherrin« und »Das erste Schwert« von Anna Kashina, »Der Purpurkaiser« von Herbie Brennan (ELFEN 2), »Das Schwert der Vorsehung« von Andrzei Sapkowski (GERALT 2) und »Kryptum« von Agustin Sánchez Vidal. Wieder sehr umfangreich und qualitativ hochstehend war das SF- und Fantasy-Angebot von DTV JUNIOR für 2007/2008: »Die ewige Flamme« von T.A. Barron (DER ZAUBER VON AVALON 3), »Circes Rückkehr« von Libba Bray (DER GEHEIME ZIRKEL 2), »Oskar und das Geheimnis der verschwundenen Kinder« von Claudia Frieser, »Die wundersame Reise von Edward Tulane« von Kate DiCamillo, »Level 4.2 – Zurück in der Stadt der Kinder« und »Der Sunshine-Chip« von Andreas Schlüter (BEN & FREUNDE), »Der Krieg der Götter« (GEHEIME WELT IDHÚN 3) und »Der Ruf der Toten« (ZAUBERTURM 3) von Laura Gallego Garcia, »Eine Woche voller Samstage« von Paul Maar (SAMS 1), »König Artus und die Abenteuer der Ritter von der Tafelrunde« von Rosemary Sutcliff, »Kreuzzug in Jeans« von Thea Beckmann, »Das Geheimnis des wandernden Schlosses« von Eva Ibbotson und »Noman« von William Nicholson (DER ORDEN DER EDLEN KRIEGER 3). Und bei DTV HANSER gab es 2007/2008 »Magyk« von Angie Sage (SEPTIMUS HEAP 1), »Der Gesang der Klinge« von Marcus Sedgwick, »Die Prophezeiung von Rhodos« und »Kleopatras Fluch« von Katherine Roberts (ABENTEUER DER 7 WELTWUNDER 6 & 7), »Bianka, der Geist« von Daniella Carmi, »Die Herrscherin von Eismark« und »Die Kling aus Feuer« von Stuart Hill (EISMARK 1 & 2), »Die Reise zum Kaiser« von Ylva Karlsson und »Endymion Spring – Die Macht des geheimen Buches« von Matthew Skelton.

In der EDITION NOVE, dem Taschenbuch-Segment des NOVUM VERLAGS, kamen in den letzte Monaten u. a. folgende Titel heraus: »Die Ritter des Lichts« von Marcel Wessollek, »Im Banne der Visionen« von Gerhard Klötzl, »Die Zukunft begann bereits gestern« von Reinhard Heilmann, »Cherubims Kerfe« von Michael Karner, »Der Torwächter« von Martina Winter, »Abenteuer Zeitreise – und die Entdeckung Amerikas« von Silvia Heinzl und »Revolution der Nacht« von Jeffrey Merten.

Etwas mehr Titel als sonst umfasste 2007 das Genre-Angebot im FISCHER TASCHENBUCH, wie »Das Gemini-Ritual« von John F. Case, »Die Gerechten« von Sam Bourne, »Komm näher« von Sara Grän, »Schöne neue Welt« von Aldous Huxley, »Gesang der Erde« von Barbara Wood, »Die Maskentänzerin« von Naomi M. Stokes, »Alles außer Hex« von Shanna Swendson (HEX 2) und »Die Frau des Zeitreisenden« von Audrey Niffenegger. Für 2008 vorgesehen sind u. a. »Heilig auf High Heels« von Alix Girod, »Das Erbe des Magus« von Wilbur Smith, »Babylon – Das Siegel des Hammurabi« von Hanns Kneifel und »Der Todestänzer« von John F. Case. In den FISCHER SCHATZINSEL-Taschenbüchern erschienen bzw. eingeplant sind u. a.: »Emilys Geheimnis« von Liz Kessler (EMILY 1), »Der Sohn des Zauberers«, »Der Sohn des Zauberers im Kampf um Kallalabasa« und »Der Sohn des Zauberers und die Vampire von London« von Stephen Elboz, »Skogland« und »Die Medlevinger« von Kirsten Boie, »Fee und Ferkel« und »Serafina und der große Weihnachtswirbel« (SERAFINA 3) von Sabine Ludwig, »Arthur Unsichtbar und der Schrecken von Thorblefort Castle« von Louise Arnold und »Verschollen in der Römerzeit« von Pete Smith.

An Highlights für SF-, Horror- und Fantasy-Freunde gab und gibt es von GOLDMANN 2007/2008 u. a. »The Scorpion's Gate« von Richard A. Clarke, »Sacrificium« von Veronique Roy, »Lords und Ladies/Helle Barden«, »Ein Hut voller Sterne« und »Klonk!« von Terry Pratchett, »Fluch der Finsternis« von Sarah Rayne, »Die ägyptische Inschrift« von Matt Bondurant, »Wächter der Schatten« von M. F. W. Curran, »Traveler« von John Twelve Hawks, »Die Kriegerin des Lichts« von Sarah Micklem (DAS KÖNIGREICH VON CORYMB 1), »Der Ketzer der Shonym« und »Die Seher der Iben« von Caitlin Sweet (DIE CHRONIKEN VON LUHR 1 & 2), »Die Teufelsformel« von Maxime Chattam, »Hohelied des Blutes« von Anne

Rice (CHRONIKEN DER VAMPIRE), »Die Versailles Verschwörung« von Christine Kerdellant & Eric Meyer, »Liebe auf den ersten Biss« und »Blues für Vollmond und Kojote« von Christopher Moore, »Devil's Fight« von Alan Campbell (DIE KETTENWELT-CHRONIKEN 2), »Der Afghane« von Frederick Forsyth, »Das dritte Testament« von Daniele Nadir, »Der Orden der Rose« und »Das Amulett der Schlange« von Kathleen Bryan (DAS MAGISCHE LAND 1 & 2), »Die Dienerin des Schwertes« von Ellen Kushner, »Next« und »The Lost World – Vergessene Welt« von Michael Crichton, »Die geheimen Schriften von Clairet« von Andréa H. Japp (DIE HERRIN OHNE LAND 1), »Der Ruf des Drachen« von Thea Lichtenstein (MALIANDE 1), »Totenmesse« von James Patterson, »Die Jagd nach Atlantis« von Andy McDermott und »Der Fluch der Schwestern« von Natasha Mostert.

Phantastik für Jugendliche steht bei den GULLIVER TASCHENBÜCHERN (zuvor BELTZ & GELBERG TASCHENBÜCHER) immer auf dem Programm, zuletzt »Wolkenpanther« und »Wolkenpiraten« von Kenneth Oppel (WOLKEN 1 & 2), »Miss Wiss ganz groß!« von Terence Blacker, »Schattenliebe« von A.M. Jenkins, »Das Orakel des Lichts« von Victoria Hanley, »Ritter Tiuri: Der Brief für den König/Der Wilde Wald« von Tonke Dragt, »Der Drache von Shaolin« von Ilka Sokolowski (DIE ZEITREISENDEN 2) und »Das Gold des Alchemisten« von Avi.

In den bibliophilen INSEL-TASCHENBÜCHERN gab es 2007 »Beowulf« von Gisbert Haefs, für 2008 angekündigt »Gullivers Reisen« von Jonathan Swift, »Akte Mystery«, hrsg. von Hans Sarkowicz, »Frankenstein« von Mary Shelley, »Die Erzählungen und Märchen« von Oscar Wilde und Edgar Allan Poes »Sämtliche Erzählungen« in vier Bänden, in Kassette oder auch einzeln erhältlich: »Der Teufel im Glockenturm«, »Die Morde in der Rue Morgue«, »Streitgespräch mit einer Mumie« und »Das Tagebuch des Julius Rodman«.

2007 erschien im KALIDOR-VERLAG »DJORGIAN 3 – Die schwarze Ebene« von Jacqueline Esch.

Weiter führte KBV 2007 sein Angebot an phantastischen Titeln mit »Schattenschrei« von Georg Miesen und »Janus« von Michael Siefener.

In KIWI, der Paperback-Reihe von KIEPENHEUER & WITSCH, gab es 2007 den Thriller »Das fünfte Flugzeug« von John S. Cooper.

In der ALLGEMEINEN REIHE von KNAUR gab und gibt es 2007/2008 folgende Highlights: »Dolmen ... vergessen sollst du nie« von Nicole Jaget & Marie-Anne Le Pezennec, »Das Judasgift« von Scott McBain, »Dark Secret – Mörderische Jagd« von Douglas Preston & Lincoln Child (PENDERGAST), »Pakt der Hexen« (HEXEN 2) und »Nacht der Geister« von Kelley Armstrong, »Verführung der Nacht« und »Lockruf des Blutes« von Jeanne C. Stein (ANNA STRONG 1&2), »Das Kopernikus-Syndrom« von Henri Loevenbruck, »Hasturs Erbe« und »Die Weltenzerstörer« von Marion Zimmer Bradley (DARKOVER), »Die Schatten von Joseph Nassise« (DIE CHRONIKEN DER TEMPLER 3), »Teufels Zahl« und »Das wahre Kreuz« von Jörg Kastner, »Todesfluch« von Ben Kinman, »Magma« von Thomas Thiemeyer, »Missing Link« von Walt Becker, »Das Jesusporträt« von Craig Smith, »Teuflisches Genie« von Catherine Jinks, »Zwillingsspiel« von Markus Stromiedel, »Engel des Todes« von Michael Marshall, »Das Cusanus-Spiel« von Wolfgang Jeschke, »Ritus« und »Sanctum« von Markus Heitz, »Das Luxemburg-Komplott« von Christian v. Ditfurth, »Arcanum – Im Zeichen des Kreuzes« von Chris Kuzneski, »Scharfe Klauen« von Shaun Hutson und die Bände 5 und 6 von DARREN SHANS DÄMONICON.

Erwähnenswert bei LIBRI BOD im Taschenbuch waren 2007 »Die Runensteine« von Claudia Wedig, »Zwischen den Welten«, hrsg. vom SFC Baden-Württemberg, die aus »Glut«, »Brand« und »Asche« bestehende DAIMONIKUM-Trilogie, »Der Preis der Unsterblichkeit« und »Die Rache der Seth-Anath« von Hermann Weigl (DER WEG ZWISCHEN DEN STERNEN 1&2), »Sargor«, »Sargor 2« und »Mephistos Vergeltung« von El Creeco sowie »Der Zeitzug« und »Deadline« von Katharina Bachmann.

LIST hatte 2007 die phantastischen Romane »Der verlorene Ursprung« von Matilde Asensi, »Die Zauberquelle« und »Die Hexe von Paris« von Judith Merkle Riley im Programm. 2008 erscheinen »Artemis Fowl – Die Akte« von Eolin Colfer (ARTEMIS FOWL 5) und »Die Suche nach dem Regenbogen« von Judith Merkle Riley.

Nachdem bis einschließlich 2007 nur Sammelbände von R.L. Stines FEAR STREET im Taschenbuch erschienen sind, startete LOEWE Anfang 2008 eine eigene Taschenbuchreihe. Im ersten Programm fanden sich neben zwei FEAR STREET-Titeln u.a. »Das Geheimnis des 12. Kontinents« von Antonia Michaelis, »Verbotene Welt« von Isabel Abedi und »Drachenmeer« von Nancy Farmer.

In seinem ersten Programm präsentierte LYX im Taschenbuchformat »Weiblich, ledig, untot« und »Süß wie Blut und teuflisch gut« von Mary Janice Davidson sowie »Geliebte der Nacht« und »Gefangene des Blutes« von Lara Adrian.

Schon seit 2002 bringt der MACHTWORTVERLAG phantastische Taschenbücher heraus, zuletzt u.a. »Am Ende« von Ulrike Meyer, »Seelenhaut« von Iris Schröder, »Der siebte Schläfer« von Susanne Hoppe, »Vergessen ...« von Eileen Hanke und »Peter und das Vilenpferd« von Ingo Labs.

Bei der Jugendbuchreihe OMNIBUS ist Phantastik Programm. So erschienen 2007/2008 bzw. sind eingeplant: »Das Geheimnis der Sirenen«, »Der Blick des Gorgonen« und »Das Labyrinth des Minotaurus« von Julia Golding (DER BUND DER VIER 1–3), »Der Hüter der Drachensteine« von Dagmar H. Mueller, »Doktor Dolittle und seine Tiere« von Hugh Lofting, »Verflixt – verliebt – verwandelt« von Patricia Schröder, die SIEBEN SIEGEL-Bände 5 und 6 von Kai Meyer (»Schattenengel« und »Die Nacht der lebenden Scheuchen«), »Die Spur ins Schattenland« und »Das Auge des Golem« (BARTIMÄUS 2) von Jonathan Stroud, »Tückische Tiefen« und »Der Kapitän des Grauens« von Justin Somper (VAMPIRATEN 3 & 4), »Der eiserne Ritter« von John Flanagan (DIE CHRONIKEN VON ARALUEN 3), »Ich, Coriander« von Sally Gardner, »Die Zeitfalte« von Madeleine L'Engle, »Das geheime Leben der Puppen« von Ann M. Martin & Laura Godwin, »Gilda Joyce in geheimer Mission« von Jennifer Allison, »Der Schüler des Geisterjägers« von Joseph Delaney (SPOOK 1) und sechs neue GÄNSEHAUT-Bände von R.L. Stine.

Neben gebundenen Büchern bringt der OTHERWORLD VERLAG seit 2007 auch Phantastik im Taschenbuch heraus, zuletzt waren das »Brut der Finsternis« von Morven Westfield (WIKKA-CHRONIKEN 1), »Tharador« von Stephan R. Bellem (DIE CHRONIKEN DES PALADINS 1) und »Herbst – Beginn« von David Moody (HERBST 1). In Vorbereitung befinden sich »Der lange Weg nach Hause« von Brian Keene, »Vor dem Sturm« von Robin Gates (RUNLANDSAGA 1), »Dunkler als die Nacht« von Owl Goingback, »Das Amulett« von Stephan R. Bellem (PALADIN 2) und »Das tödliche Geschlecht« von Michael Oliveri.

DINO, der seit Jahresbeginn 2007 unter PANINI firmiert, hat sich in den letzten Jahren zu einem der größeren Anbieter von SF, Fantasy und Horror gemausert, mit Schwerpunkt auf Begleitbücher über und zu phantastischen Comics, Filmen und Spielen aller Art. 2007 wurde SACRED mit »Der Schattenkrieger« von A.D. Portland, der Vorgeschichte zu SACRED 2 – FALLEN ANGEL, DIABLO mit »Geburtsrecht« und »Die Schuppen der Schlange« von Richard A. Knaak (DER SÜNDENKRIEG 1&2), STAR WARS – DER LETZTE JEDI mit den Bänden 6 bis 8 (»Die Rückkehr der Dunklen Seite«, »Die Geheimwaffe« und »Gegen das Imperium«), STARCRAFT mit »Nova« von Keith R.A. DeCandido (1. Roman des GHOST-Zyklus) und »Erstgeboren« von Christie Golden (DUNKLE TEMPLER 1), WORLD OF WARCRAFT mit »Der Aufstieg der Horde« von Christie Golden, BATTLESTAR GALACTICA mit »Das Geheimnis der Zylonen« von Craig Shaw Gardner, »Sagittarius is Bleeding« von Peter David und »Virus« von Steven Harper fortgesetzt. Dazu erschienen »Spider-Man – Dunkle Zeiten« von Jim Butcher (2), »Resident Evil – Tödliche Freiheit« von Suiren Kimura (9) und »Resident Evil 3 – Extinction« von Keith R.A. DeCandido (Roman zum Film), »War Front – Die Geheimwaffe« von Scott Roberts, »X-Men – Feind meines Feindes« von Christopher L. Bennett (2), »Spider-Man 3« von Peter David (Roman zum Film), »Die Geister von Onyx« von Eric Nylund (HALO 4), »S.T.A.L.K.E.R. – SHADOW OF CHERNOBYL – Inferno« von Bernd Frenz (2), »Sturm auf Shaikur« von Uschi Zietsch (SPELLFORCE – SHAIKAN 3), der Omnibus-Band »Blizzard Entertainment« mit den Romanen »Von Blut und Ehre« (WARCRAFT) von Chris Metzen, »Der Aufstand« (STARCRAFT) von Micky Neilson und »Dämonenfluch« (DIABLO) von Robert B. Marks, »FAR CRY – Götterdämmerung« von Michael T. Bhatty, »30 Days of Night« von Tim Lebbon (Filmroman) und die zweite FINAL FANTASY XI-Trilogie DAS SCHWERT DES WÄCHTERS von Miyabi Hasegawa. Die MAGIC-Trilogie ZEITSPIRALE von Scott McGough mit John DeLaney wurde komplett vorgelegt, neu gestartet wurde MAGIC – LORWYN mit »Lorwyn« von Cory J. Herndon & Scott McGough, HELLGATE: LONDON mit »Exodus« von Mel Odom, COMMAND & CONQUER mit »Tiberium Wars« von Keith R.A. DeCandido, MASS EFFECT mit »Die Offenbarung« von Drew Karpyshyn und LEGEND – HAND OF GOD mit »Dämonensturm« von Nikolas

Wolff. Für die ersten Monate 2008 geplant sind u. a. »True Colors« von Karen Traviss (STAR WARS – REPUBLIC COMMANDO 3), »Darth Vader – Aufstieg und Fall« von Ryder Windham (STAR WARS), »Der Strom der Dunkelheit« von Aaron Rosenberg (WORLD OF WARCRAFT 3), »Der verhüllte Prophet« von Richard A. Knaak (DIABLO – SÜNDENKRIEG 3) und neue Romane zu FINAL FANTASY XI, FAR CRY, HALO, STARCRAFT, SACRED 2, HELLGATE: LONDON, INDIANA JONES, MASS EFFECT sowie STAR WARS – THE FORCE UNLEASHED und STAR WARS – THE LAST JEDI.

Bei PAVILLON erschienen 2007 preiswerte Ausgaben von u. a. »Zeit des Grauens« und »Kind der Hölle« von John Saul und »Das Haus der Angst« von Dean Koontz, 2008 folgen »Schlacht der Drachen« von James Cobb (AMANDA GARRETT), »Drachentränen« von Dean Koontz, »Der Club der Gerechten« von John Saul und »Dark Water« von Koju Suzuki.

2007 kam bei PORTOBELLO von Clive Cussler »Operation Sahara« heraus, 2008 folgte »Die Ajima-Verschwörung«.

RAVENSBURGER publizierte 2007/2008 die phantastischen Taschenbücher »Miesel und der Kakerlakenzauber« und »Miesel und der Drachenhüter« von Ian Ogilvy (3 & 4), »Charlie Bone und die magische Zeitkugel« und »Charlie Bone und das Geheimnis der blauen Schlange« von Jenny Nimmo (2 & 3), »Im Land der Tajumeeren« und »Das Königreich der Kitsune« von Nina Blazon (DIE TAVERNE AM RANDE DER WELTEN 2 & 3), »Das verhexte Amulett« von Bruce Coville (ZAUBERLADEN 3), »Der Clan der Schlangen« von Andrew J. Butcher (BOND-TEAM 3), »Das Orakel« von Catherine Fisher (ORAKEL 1) und »Mortal Engines – Krieg der Städte« von Philip Reeve.

Neu bei rororo gab es 2007/2008 »Die Casanova-Verschwörung« von Eric Giacometti & Jacques Ravenne, »Der Wolkenatlas« von David Mitchell, »Die Bruderschaft der Unsichtbaren« von Kurt Aust, »Die Herren des Nordens« (WIKINGER 3) und »Der Winterkönig« (ARTUS-CHRONIKEN 1) von Bernard Cornwell, »Das achte Astrolabium« von Kathrin Lange, »Im Angesicht des Todes« von Jay Bonansinga, »Der Tod in deinem Blut« von Alice Blanchard, »Mieses Karma« von David Safier, »Der Genesis-Code« von Christopher Forrest, »Die Straße« von Cormac McCarthy, »Gnosis« von Adam Fawer, »Sünde Güte Blitz« von Georg Klein, »Das vierte Geheimnis«

von Joseph Thornborn, »Ruf ins Jenseits« von John Harwood und »Die dunkle Saat« von Norman Partridge. In der Jugendbuch-Reihe rororo ROTFUCHS erschienen die phantastischen Romane »Fluch über Abercrombie Castle«, »Mord in Abercrombie Village« und »Spuk in Abercrombie House« von Angela Waidmann, »Das Rätsel der neunten Kobra« von P.B. Kerr (DIE KINDER DES DSCHINN 3), das 20. und letzte Abenteuer des KLEINEN VAMPIR, »Der kleine Vampir und die letzte Verwandlung« von Angela Sommer-Bodenburg, und die Bände 3 bis 5 der Zeitreise-Serien DER GEHEIME TUNNEL von Olaf Fritsche und JUSTIN TIME von Peter Schwindt.

SPOOKHOUSE startete 2007 einen neuen Versuch, TARZAN in Deutschland zu veröffentlichen, mit »Tarzan und die Schiffbrüchigen« von Edgar Rice Burroughs.

In der SAMMLUNG LUCHTERHAND publizierte Niels Brunse 2007/2008 die phantastischen Romane »Die erstaunlichen Gerätschaften des Herrn Orffyreus« und »Der Meermann«. Im Herbst 2008 erscheint der Vampir-Roman »Das fünfte Imperium« von Viktor Pelewin.

Recht schmal geworden ist in den letzten Jahren das Angebot an phantastischer Literatur beim SUHRKAMP VERLAG. Zuletzt gab es lediglich »Narziß und Goldmund« von Hermann Hesse, »Die Rübenkönigin« von Louise Erdrich, »Die Tage des Hirsches« von Liliana Bodoc (GRENZLÄNDERSAGA 1), »Horror Stories« von H.P. Lovecraft und »Kali« von Peter Handke.

TOKYOPOP brachte bislang vier Bände der Phantastik-Serie BOOGIEPOP von Kouhei Kadono heraus.

Neu bei ULLSTEIN 2007/2008: »Creature« von Dave Freedman, »1984« von George Orwell, die GABRIEL BURNS-Romane »Die grauen Engel«, »Verehrung« und »Kinder«, »Der Wanderer« von Bernard Cornwell (HEILIGER GRAL 1), der zweite NEMESIS-Omnibus von Wolfgang Hohlbein mit den Bänden 4 bis 6, »Der Glanz des Mondes« und »Der Ruf des Reihers« von Lian Hearn (OTORI 3&4), »Das Tartarus-Orakel«, »Auf Crashkurs« und »Die Offensive« von Matthew Reilly, »Die Verfluchten« von Wolfgang Hohlbein (CHRONIK DER UNSTERBLICHEN 8), »Identity« von Wes Craven, »Visus« von Richard Hayer, »Die Hexe und der General« von Fran Henz, »Im Bann des Vampirs« von Karen Marie Moning, »Im Dreieck des Drachens« und »Mission Arktis« von James Rollins, »Das Mädchen«

von Stephen King, »Das achte Tor« von Pierre Bottero, »Das Blut der Templer II« von Wolfgang & Rebecca Hohlbein, »Die verlorene Kolonie« von Eoin Colfer (ARTEMIS FOWL 6), »Unten am Fluß – Watership Down« von Richard Adams, »Die dritte Pforte« von Andreu Carranza & Esteban Martin, »Das Einstein-Projekt« von José Carlos Somoza, »Die Tochter Gottes« von Lewis Perdue, »Code Zero« von Stel Pavlou, »Arcanum« und »Invisibilis« von Marc Van Allen, »Der Trudeau-Vector« von Juris Jurjevics, »Die elfte Plage« von John S. Marr und »Das Kreuz der Kinder« von Peter Berling.

Im UNIONSVERLAG erschienen 2007 die phantastischen Romane »Die sechste Laterne« von Pablo De Santis und »Cheops« von Nagib Machfus.

VGS publizierte auch einen Roman zum dritten FLUCH DER KARIBIK-Film »Am Ende der Welt« von Rebecca & Wolfgang Hohlbein und startete eine Romanreihe zur TV-Serie SUPERNATURAL, in der bislang »Die Dämonenjäger« von Jake Wesson und »Sie sind unter uns« von Keith R.A. DeCandido vorliegen.

WELTBILD brachte in seinem Taschenbuchprogramm zuletzt u.a. die LARA McCLINTOCH-Romane »Das keltische Labyrinth«, »Der Fluch der Maya« und »Das Vermächtnis der Wikinger« von Lyn Hamilton sowie die MITHGAR-Trilogie DIE LEGENDE VOM EISERNEN TURM von Dennis L. McKiernan, bestehend aus »Die schwarze Flut«, »Die kalten Schatten« und »Der schwärzeste Tag«, heraus.

NEWS AUS DER HEFTROMANSZENE

Seit über zwei Jahrzehnten ist BASTEI der führende Verlag für Horror-Literatur im Heftformat, und diese Markt beherrschende Position konnte der Verlag aus Bergisch Gladbach auch 2007/2008 behaupten. Spitzenreiter war erneut die wöchentliche Serie um den Geisterjäger JOHN SINCLAIR von Jason Dark alias Helmut Rellergerd, die es in der Erstauflage auf über 1.550 Bände gebracht hat. Nach wie vor alle 14 Tage neu erscheinen auch die Romane um PROFESSOR ZAMORRA, den Meister des Übersinnlichen. Hauptautor der mit SF- und Horror-Elementen gespickten Phantastik-Serie ist W.K. Giesa, zum Autorenteam gehörten zuletzt

Christian Montillon, Volker Krämer, Earl Warren, Christian Schwarz, Dirk van den Boom, Alfred Bekker, Martin Kay und Andreas Balzer. ZAMORRA ist die langlebigste deutsche Horror-Heftserie, bislang sind über 875 Hefte erschienen. Nach wie vor sehr erfolgreich ist auch die mit Horror- und Fantasy-Elementen gespickte SF-Serie MADDRAX – DIE DUNKLE ZUKUNFT DER ERDE, die auf einer fremd gewordenen Erde Jahrhunderte nach einer Kollision mit einem Himmelskörper spielt und vierzehntäglich erscheint. Von ihr liegen schon über 200 Ausgaben vor, wobei mit Band 200 ein neuer Zyklus gestartet wurde. Zu ihrem Autorenteam gehören Jo Zybell, Stephanie Seidel, Michael M. Thurner, Susan Schwartz, Ronald M. Hahn, Mai Zorn und Michelle Stern. Nach Erscheinen von Heft 200 wurde auch die alternierende, auf zwölf Hefte konzipierte Zusatzserie DAS VOLK DER TIEFE gestartet, deren Handlung danach in MADDRAX weitergeführt wird. Geschrieben wurde sie von Michael M. Thurner, Mia Zorn, Jo Zybell, Dario Vandis, Claudia Kern und Stephanie Seidel. Sehr erfolgreich war auch die im Frühjahr 2005 gestartete vierzehntägliche SF-Heftserie STERNENFAUST, die im Dezember 2007 mit Heft 75 ein kleines Jubiläum gefeiert hat. Im Zentrum der in sich geschlossenen Abenteuer, durch die sich einige rote Fäden ziehen, steht Captain Dana Frost, eine Kommandantin der Raumstreitkräfte, die im Jahr 2250 gemeinsam mit der Crew des Leichten Kreuzers STERNENFAUST zahlreiche Abenteuer erlebt. Neben dem Hauptautor Alfred Bekker bestand das Team zuletzt aus M'Raven und Luc Bahl.

Was BASTEI beim HORROR ist, das ist PABEL MOEWIG bei der Science Fiction, und zwar der eindeutige, wenn auch seit dem stärkeren SF-Engagement von BASTEI nicht mehr so unumstrittene Marktführer in diesem Segment. Und das in erster Linie durch das Phänomen PERRY RHODAN, die größte Weltraumserie der Welt. Die 3. Auflage wurde mit Band 1798/99 eingestellt, die 5. Auflage läuft nach wie vor im Doppelpack. Michael Nagulas »Perry Rhodan Chronik«, die in beiden Nachdruckreihen zum Abdruck gelangte, wurde danach aber nicht weitergeführt. In der Erstauflage wurde der NEGASPHÄRE-Zyklus gestartet, in dem die Terraner versuchen, einerseits Informationen über die Situation im bedrohten Hangay zu erhalten und andererseits herauszubekommen, wie vor 20 Millionen Jahren die Retroversion einer beginnenden Negasphäre geglückt ist. Seit Heft 2402 findet sich in jedem achten Heft eine neue PR-Story um den Frachtraumer STELLARIS. Aus dem Autorenteam ausgeschieden ist Michael Nagula, um sich verstärkt seinem neuen Esoterik-Verlag widmen zu können, neu hinzugestoßen ist dafür Wim Vandemaan alias Hartmut Kasper. Zudem gab es einen Gastroman von Susan Schwartz alias Uschi Zietsch und den 5. EXTRA-Band von Achim Mehnert; auch Rainer Castor steuerte wieder einen Roman bei. Für Frühjahr 2008 ist eine zwölfbändige Miniserie mit dem Arbeitstitel PERRY RHODAN-ACTION geplant, die zur Zeit des Solaren Imperiums spielen wird.

Die phantastische Serie DAS MAGISCHE AMULETT von Irina Korona alias Jan Gardemann läuft nach wie vor unregelmäßig und ohne Hinweis auf eine Serienzugehörigkeit der einzelnen Romane in den Heftreihen IRRLICHT und GASLICHT weiter.

Und was hat sich bei den Kleinverlagen getan?

In der CASSIOPEIA PRESS wurde die monatliche Horror-Heftserie MURPHY – DER KÄMPFER DES LICHTS weitergeführt. Bislang sind 45 Hefte erschienen, als Autoren fungierten u.a. Henry Rohmer, Marten Munsonius und W.A. Hary.

Bereits 2006 erschien als Band 14 in den literarischen Taschenheften der EDITION HEIKAMP die Sammlung »Drachenfeuer« von Andrea Tillmanns.

Bei HARY PRODUCTIONS wurde die HORROR-Reihe 2007 wieder auf monatliches Erscheinen umgestellt. Bei Redaktionsschluss lagen 64 Bände vor, mit Romanen, Storysammlungen und Anthologien. Die SF-Reihe AD ASTRA, von der schon über 100 Hefte vorliegen, und die im Frühjahr 2005 gestartete SF-Serie STAR GATE – DAS ORIGINAL (35 Ausgaben) erscheinen ebenfalls monatlich. Bei STAR GATE werden bereits seit längerem neue Romane nach dem überarbeiteten ursprünglichen Konzept herausgebracht, wobei das Team um Hary um Ausräumung aller Widersprüche zwischen den zwei Heftserien sowie der bei BLITZ erschienenen Paperback-Serie bemüht ist. Zum Autorenteam gehören neben Wilfried Hary noch Michael Schmidt, Hermann Schladt, Miguel de Torres, Richard Barrique, Manfred Rückert und W. Berner. Zweimonatlich hingegen laufen Wilfried Harys Horror-Serie TEUFELSJÄGER MARK TATE (mit 65 regulären Heften liegt jetzt die Original-Serie komplett in Neuauflage vor, dazu erschienen zwei

Hefte außerhalb der Reihe) und die SF-Serie GAARSON-GATE (74 Bände).

Die 2006 gestartete Reihe LIGHT EDITION DARK, die Erzählungen zum PR-Kosmos präsentiert, wurde mit den Heften 3 und 4 abgeschlossen. Neu gestartet wurde 2007 die neue dreibändige LIGHT EDITION NEO mit den ersten beiden Heften.

In der PERRY RHODAN FAN-EDITION der PERRY RHODAN FANZENTRALE kann 2007 des fehlende Heft 8 heraus: »Das Ra Ra El« von Jörg Isenberg.

Reprints gab es auch 2007 wieder im HOBBY NOSTALGIE DRUCK KARL GANZBILLER: Erschienen sind die abschließenden Reprints der Hefte 11 bis 30 der utopisch-phantastischen Serie JIM BUFFALO – DER MANN MIT DER TEUFELSMASCHINE aus dem Jahre 1922.

Bei SSI wurde der Reprint der SF-Serie RAH NORTON abgeschlossen, alle 20 Hefte der Serie liegen komplett auf.

Nachdem der POLLISCHANSKY-VERLAG die Herausgabe der BOB BARRING-Serie von Rolf Shark mit Heft 92 eingestellt hat, wurden die restlichen acht Hefte, die die Serie zum Abschluss bringen, für die Mitglieder des »Verein der Freunde der Volksliteratur« (Mengergasse 51, A-1210 Wien) als unverkäufliche Sonderausgabe publiziert.

Da seine Reihen in kein gängiges Klischee passen, hat VSS-Verleger Hermann Schladt für sein Heft-Programm den Über-Titel CROSSOVER FICTION gewählt. Die im Herbst 2006 begonnene zweimonatlich publizierte Fantasy-Serie KEN NORTON von Lothar Gräner wurde weitergeführt, im April 2007 startete die Heftserie SHOGUN mit zum Teil phantastischen Abenteuern aus dem mittelalterlichen Japan, im Herbst 07 schließlich die neue monatliche Reihe ARTEFAKTE mit Geschichten aus ferner Vergangenheit, darunter auch Zeitreise-Geschichten. Im Mai 07 wurden bereits früher erschienene drei Hefte der Reihe VERGANGENE ZUKUNFT in neuer Aufmachung nochmals aufgelegt: »Die Scharlachseuche« von Jack London, »Planetoid 127« von Edgar Wallace und »Hans Pfaal« von Edgar Allan Poe.

Das Storyprojekt »Welt der Geschichten« von Bernd Rothe und Astrid Pfister findet seinen Niederschlag auch im Heftbereich. Im Vertrieb der HARY PRODUCTIONS erscheint die Heftreihe WELT

DER PULP FICTION-GESCHICHTEN, zunächst mit Erzählungen von Rainer Innreiter. Für Abonnenten gibt es eine jährliche Sonderausgabe, die nicht anderweitig erhältlich ist.

BERICHTE VON DER MAGAZIN- UND ZEITSCHRIFTENFRONT

Von PHANTASTISCH!, dem SF-Magazin aus dem VERLAG ACHIM HAVEMANN, kamen 2007 wieder vier neue Ausgaben heraus. Die Nummern 25 bis 28 enthielten Interviews mit Charles Stross, A. Lee Martinez, Kenneth Oppel, Frank Borsch, Brigitte Melzer, Dirk Schulz, Greg Bear, Brian Keene, Nick Mamatas, Samit Basu, Wolfgang Jeschke, Alma Alexander, Carsten Polzin, John Scalzi, Andreas Brandhorst, Andrzej Sapkowski und Günter Merlau, Storys von Jörg Liebenfeld, Frank Hebben, Gunnar Kunz, Anneliese Wipperling, Armin Rößler, Ulrich Magin, Michael K. Iwoleit und Achim Mehnert sowie weitere Beiträge von Horst Illmer, Andreas Eschbach, Klaus N. Frick, Nicole Rensmann, Götz Roderer, Achim Schnurrer, Ulrich Blode, Kurt S. Denkena, Heiko Langhans, Robin Haseler, Hans Esselborn, Carsten Polzin und Alexander Seibold, dazu jede Menge News, Infos und Rezensionen.

Dreimal pro Jahr soll das Ende 2002 im VERLAG NUMMER EINS gestartete SF-Magazin NOVA erscheinen, 2007 kamen aber wieder nur zwei Nummern heraus. In den Ausgaben 11 und 12 des von Ronald M. Hahn, Michael K. Iwoleit & Olaf G. Hilscher herausgegeben Magazins dominierten wieder Kurzgeschichten, wobei als Autoren u.a. Alfred Bekker, Andreas Debray, Holger Eckhard, Ronald M. Hahn, Frank Hebben, Olaf Kemmler, Kirsten Küppers & Maximilian Vogel, Jakob Schmidt, Scot W. Stevenson, Christian Weis, Karsten Greve, Ingo Weiske, Michael Hardegger, Uwe Post, Nadine Boos, Holger Eckhardt, Florian F. Marzin, Helmut Hirsch, Andreas Gruber und Helmuth W. Mommers sowie der Kroate Aleksandar Ziljak und der Inder Anil Menon vertreten waren.

An Stelle des eingestellten Online-Magazins ALIEN CONTACT und des ebenfalls nicht weitergeführten AC-Jahrbuchs kam ab März 2007 das halbjährliche neue Magazin PANDORA heraus. Es bringt auf über 250 Seiten vor allem angloamerikanische Erzählungen, wobei das ganze Spektrum von Science Fiction über Fantasy bis Horror abgedeckt wird. In den beiden ersten Ausgaben erschienen Kurzgeschichten von Tad Williams, Ursula K. Le Guin, J. G. Ballard, Dietmar Dath, Richard Bowes, David Langford, Sean McMullen, Carrie Vaughn, Daryl Gregory, Hal Duncan, Christian von Aster, Susan Palwick Boris Strugatzki, Elizabeth Hand, Ian McDonald, Elizabeth A. Lynn, Leigh Brackett & Edmond Hamilton, Ellen Klages, Ted Chiang, Tobias O. Meißner und Kelly Link, im Sekundärteil fanden sich Essays und Artikel von John Clute, Adam Roberts, S. T. Joshi, David Pringle, Ursula K. Le Guin, Michael Moorcock, Thomas P. Weber, Rudy Rucker, Jakob Schmidt, Jeff VanderMeer, Erik Simon, Birgit Herden, Nalo Hopkinson, Hardy Kettlitz, Markolf Hoffmann und Dave Truesdale. Als Herausgeber fungiert Hannes Riffel, der zusammen mit Jakob Schmidt den Kern der Redaktion bildet, unterstützt von John Clute, Hardy Kettlitz und dem bewährten Shayol-Team. Für Ausgabe 3 sind u. a. Erzählungen von Christian von Aster, Jim Butcher, Pat Cadigan, Storm Constantine, Joe Haldeman, Joe Hill, Lewis Padgett, Tim Powers und Justina Robson vorgesehen.

EARTH ROCKS ist der Titel des neuen vierteljährlichen Magazins des 2006 gegründeten VEREIN ZUR FÖRDERUNG PHANTASTISCHER LITERATUR IN ÖSTERREICH. Neben neuen Storys von Florian Stummer, Helfried Kammerhuber und Manuela Führer enthielt die Pilotausgabe Infos über Wettbewerbe und Literaturausschreibungen sowie einen Artikel zum Thema »Wissenschaft und Phantastik«. Ausgabe 2 des Magazins stand unter dem Themenbereich »Klimawandel & Lebensstil« und präsentierte neue Storys von Bernhard Röck, Markus Richter und Markus Grundtner, Nummer 3 brachte die drei Erstplatzierten des Kurzgeschichtenwettbewerbs BLINDER PASSAGIER von Christian Damerow, Christian Künne und Tobias Sommer, Interviews mit Christian Mähr und Christian Pree, ein Bericht vom Treffen der ER-Mitglieder mit der Science Fiction Gruppe Wien sowie den Beginn von Artikelserien über die Simulation einer bemannten Mars-Expedition und das Schaffen von literarischen Universen. Heft 4, das im Dezember 2007 zusammen mit der als Sonderausgabe herausgegebenen Novelle »Land der HÜGEL« von Helmut Hirsch erschienen ist, beinhaltete die Siegergeschichten des Wettbewerbs HEILIGER ABEND von Christian Künne, Felix Woitkowsi und Berhard Röck, eine weitere Story von

Markus Grundtner, eine Vorstellung des Autors Andreas Gruber nebst Interview sowie einen Artikel über »Mythologie, Religion(en) und Phantastik« von Friedhelm Schneidewind nebst den nächsten Teilen der laufenden Artikelserien.

Mit Verspätung erschien im Herbst 2007 die siebte Ausgabe des Fantasy-Jahrbuchs MAGIRA im FANTASY CLUB e.V. Der Band für 2007 berichtete über die Entwicklungen in der Szene und brachte neben einer Fülle an Rezensionen auch Geschichten von George Alec Effinger, Helmut W. Pesch und Barbara Ketelsen, Interviews mit Terry Pratchett, Christoph Hardebusch, Natalja Schmidt, Frank Steiner, Josef Rother & Eckart Breitschuh und Stephan Bosenius sowie Fachartikel von Maren Bonacker, Daniel Kulla, Falko Löffler, Volkmar Kuhnle, Jennifer Schreine & Ulrike Stegemann, Michael Scheuch, Hermann Ritter und Erik Schreiber.

2007 gab es wieder die gewohnten vier Ausgaben von SOL, dem Magazin der PERRY RHODAN-FANZENTRALE, die Nummern 45 bis 48, mit Storys von Matthias Hinz, Jörg Isenberg, Götz Roderer, Dietmar Doering, Achim Mehnert, Roman Schleifer, Uwe Hermann, Marc A. Herren und Frank G. Gerigk, Interviews mit Kathrin Hartmann, Hubert Haensel, Hartmut Kasper, Georg Joergens, Michael Wittmann, Robert Feldhoff, Horst Hoffmann, Ernst Vlcek, Rainer Castor und Michael H. Buchholz, Artikel und weitere PR-spezifische Beiträge von Matthias Hinz, Claas Wahlers, Michael Marcus Thurner, Karl Nagl, Frank G. Gerigk, Rüdiger Schäfer, Thomas Harbach, Michael Thiesen, Sascha Hallaschka, Wim Vandemaan/Hartmut Kasper, Heiko Langhans, Erich Loydl, Inge Mahn, Klaus Bollhöfener, Robert Hector, Rainer Stache, Klaus N. Frick, Dieter Bohn, Christoph Dittert/Christian Montillon und Hubert Haensel.

Weitergeführt wurde auch ARKANA, das »Magazin für klassische und moderne Phantastik« im VERLAG LINDENSTRUTH, bei dem wieder Storyveröffentlichungen im Vordergrund standen. Ende 2006 folgte noch Ausgabe 8 mit Beiträgen von Andrea Bottlinger, Malte S. Sembten, Uwe Voehl, Michael Siefener und Ladislaus Tarnowski. Im Oktober 2007 erschien die Nummer 9. Sie präsentierte einen Nachruf auf Wolfgang Altendorf und dessen Kurzgeschichte »Der tote Lebemann«, eine Übersicht über die niederländische Phantastik von Rein A. Zondergeld, Erzählungen von Julia Jasper und von Malte S. Sembten (eine Arkham-Geschichte) sowie Rezensionen.

Seit Anfang 2004 erscheint ein monatliches Magazin, dessen Titel Programm ist: In KURZGESCHICHTEN finden sich Short Storys, Erzählungen und Vignetten zu den Themenkreisen Krimi, Science Fiction, Mainstream, Fantasy und Märchen. So auch 2007, wo erneut zwölf Ausgaben mit jeweils 60 Seiten erschienen sind.

Wieder recht rührig war man 2007 beim ERSTEN DEUTSCHEN FANTASY CLUB e.V. Neben zahlreichen sekundärliterarischen und Erzählbänden erschienen in diesem Jahr zwei Ausgaben des regulären Magazins. Die im Oktober 07 erschienene FANTASIA-Doppelnummer 208/209 präsentierte Artikel über die phantastische Filmszene 2006 und »Rah Norton – Der Eroberer des Weltalls«, Erzählungen von u.a. Frank Neugebauer, Jennifer Schreiner, Lothar Nietsch, Alexander Gail und Stefanie Platthaus, Gedichte und eine Fülle an Rezensionen. Im Dezember 2007 gab der EDFC die FANTASIA-Doppelnummer 210/211 heraus, mit Erzählungen von Bernd Karwath, Hanno Berg, Frank Neugebauer, Andreas Bode, sowie zahlreiche Rezensionen.

Interessante Artikel zu literarischen Themen waren auch 2007 in NAUTILUS, dem Magazin für Abenteuer-Literatur und -Spiele, fantastisches Kino und PC-Adventures zu finden. Nachdem im Juli 2006 ein Neustart eingeleitet wurde, sind in diesem Jahr zwölf Ausgaben erschienen, zuerst noch als Wendepublikation zum Spielekarten-Magazin KARTEFAKT, ab Nummer 36 dann als eigenständiges Magazin. NAUTILUS 34 bis 45 präsentierten neben zahlreichen Infos und Rezensionen zu allen Aspekten des Genres Schwerpunktthemen wie »Drachen« (34), »Elfen« (35), »Detektive und Superschurken« (37), »30 Jahre Star Wars« (38), »Freibeuter und Piraten« (39), »Märchen« (40), »Vampire« (42), »Sternwanderer« (43), »Schwerter und Magie« (44) oder »Fantasy & Magie« (45) und präsentierte neben damit im Zusammenhang stehenden Artikeln und Features noch Interviews mit Christopher Pasolini, Karl-Heinz Witzko, Bernhard Hennen, Shawn Levi, Melissa M. Snodgrass, Eoin Colfer, Gert Heidenreich, Brian Keene, Anthony Horowitz, Wolfgang Hohlbein, Tanya Huff, Neal Gaiman, Hubert Strassl, Nina Blazon, Frank Borsch, Roland Emmerich und Joanne Harris, Autoren-Werkstattberichte von Christoph Hardebusch, A. Lee Martinez, Michael Peinkofer und Thomas Finn, eine Kurzgeschichte von Christoph Marzi, Artikel zu den Themenbereichen »Space Operas«, den phantastischen Welten des Neil Gaiman, »Mark Brandis«, M. Z. Danielewskis epochalem Roman »Das Haus«, Fritz Leibers Helden im Comic, Tad Williams »Shadowmarch« und die »Schwarze Auge«-Hörbücher, zudem gab es einen Nachruf auf Stanisław Lem. Dazu gab es jede Menge Rezensionen, Literaturnews und Filmvorstellungen.

Von MEPHISTO, dem Magazin für die dunkle Seite der Spiele, gab es 2007 fünf Nummern. Die Ausgaben 35 bis 39 vom Januar/Februar 2007 bis Dezember 2007/Januar/Februar 2008 präsentierten neben einer Vielzahl von Abenteuern, Systemvorstellungen und Szenarios zu den unterschiedlichsten Spielen wie WARHAMMER, SHADOWRUN, VAMPIRE, WARMACHINE CONFRONTATION, CTHULHU NOW, ENGEL oder HORDES eingehende Informationen über Neuerscheinungen auf dem Spielesektor und Büchermarkt und fundierte Rezensionen sowie Interviews u. a. mit Horst Gotta, Klaus Scherwinski, Kirsten J. Bishop, Christoph Hardebusch und Gisbert Haefs.

Regelmäßig neue SF-Storys deutscher Autoren präsentiert die vierzehntägliche Computerfachzeitschrift c't, zuletzt von Niklas Peinecke, Dieter Ziegler, Jörg Isenberg, Soenke Scharnhorst, Uwe Post, Bernhard Weißbecker, Stefan E. Pfister, Jan Gardemann, Christian Weis, Andrea Stevens, Markus Müller, Frank G. Gerigk, Helge Lange, Ralf Wolfstädter und Frank Hebben.

Vom 2006 im ATLANTIS VERLAG aus der Taufe gehobenen neuen halbjährlichen Phantastik-Magazin PHASE X, das sich als Nachfolger des Internet-Magazins SONO versteht, sind 2007 die Ausgaben 3 und 4 erschienen. Nach wie vor steht jede Ausgabe unter einem speziellen Schwerpunktthema. Bei Nummer 3 waren das »Per Anhalter durch die Galaxis«, bei Ausgabe 4 ging es um »Schattenseiten und Abgründe – Das Dunkle in der Phantastik«. Enthalten waren in diesen Bänden neben zahlreichen Sachartikeln und Rezensionen Kurzgeschichten von Dirk Wonhöfer, Michael Schmidt, Marcus Richter und Walter Diociaiuti sowie Interviews mit Karen Traviss, Geraldine McCaughrean, R. A. Salvatore und Uwe Boll.

Von dem im April 2005 von Andreas Schröters SCHREIB-LUST-VERLAG gestarteten literarischen Magazin SCHREIB-LUST PRINT kommt im Format A5 vierteljährlich eine neue Ausgabe heraus. Zuletzt erschienen sind 2007 die Nummern 8 bis 11. Sie enthielten Storys u.a. von Manuela Gantzer, Sabine Poethke, Esther Schmidt, Julia Breitenöder, Sabine Ludwigs, Claudia Göpel, Andreas Schröter, Katharina Joanowitsch, Annette Neulist, Chris Bendig, Daniel Schmidt, John Beckmann, Jutta Beer, Manuela Schulz, Michael Rapp, Thorsten Schöneberg, Tanja Muhs, Juli Jaschek, Barbara Peters und Lars Blumenroth, ein Interview mit Titus Müller, Informationen über Ausschreibungen und Wettbewerbe sowie Buchvorstellungen.

Bereits im Dezember 2006 gab der EDFC e.V. die Doppel-Nummer 103/103 des QUARBER MERKUR, Franz Rottensteiners Literaturzeitschrift für Science Fiction und Phantastik heraus, wieder prall gefüllt mit Rezensionen von Titeln bekannter und unbekannter Autoren und Verlage, dazu Artikel von Simon Spiegel, Thomas Ballhausen, Thomas Harbach, Christian Stiegler, Oleg Schestopalow, Matthias Schwartz, Christian Schobeß, M.K. Hageböck, Marianne Gruber und Karin Pircher.

Mit vier Ausgaben weitergeführt wurde 2007 das im Frühjahr 2004 aus der Taufe gehobene kleinformatige Magazin ELFENSCHRIFT. Die Ausgaben 13 bis 16 enthielten Beiträge u.a. von Katja Leonhard, Birgit Kleimaier, Petra Hartmann, Thomas Backus, Anita Aeppli, Marius Kuhle, Felizitas Kürschner, Damian Wolfe, Maike Schneider, Christiane Gref, Philipp Bobrowski, Manuela P. Forst, Oliver Hohlstein, Tanja Thomsen, Christel Scheja, Uwe Voehl, Linda Koeberl, Chris Schlicht, Helmut Marischka, Cora Gäbel und Tom Cohel, Interviews mit Katja Brandis, Katja Angenent, Uwe Voehl, Carola Kickers und Conny Wolf, News & Infos, Ausschreibungen und eine Bücherecke.

Das hochklassige semiprofessionelle SF-Magazin EXODUS von René Moreau brachte in Ausgabe 21 Storys von Andreas Debray, Frank Hebben, Arnold Spree, Bernd Karwath, Helga Schubert, Armin Möhle, Christian Weis, Uwe Voehl, Axel Kruse, Frank Neugebauer, Jürgen Müller und Christian Hoffmann, in Nummer 22 fanden sich neue Geschichten von Uwe Post, Thomas Franke, Olaf Kemmler, Johanna und Günter Braun, Christian Weis, Guido Seifert, Wolfgang G. Fienhold, Helmut Hirsch, Andreas Debray, Frank Neugebauer und Thomas Franke. Beide Ausgaben waren wie immer reich und aufwändig illustriert.

Zwar ist schon lange keine reguläre Ausgabe der Dresdener TERRASSE mehr erschienen, zum PENTA-CON hingegen gibt es regelmäßig ein Begleitheft, so auch zum PENTA-CON 2007. Die Sonderausgabe V präsentierte Beiträge von Wolfgang Jeschke, Herbert W. Franke, Erik Simon, Marcus Hammerschmitt, Peter Schünemann, Heidrun Jänchen und Karlheinz Steinmüller. Bezug: URANIA Science Fiction Club TERRAsse, Florian-Geyer-Straße 15/0202, 01307 Dresden.

Im Dezember 2005 erschien Nummer 5 des PHANTASIA ALMANACH, des jährlich von der EDITION PHANTASIA an Privatkunden abgegebenen Kundenmagazins (Auflage: 300 Exemplare). Sie präsentierte neben bislang auf Deutsch noch unveröffentlichten Storys von Ursula K. L Guin, Eugen Egner und Nick Mamatas Lyrik von H.P. Lovecraft, Adolphe de Castro, Maurice W. Moe, Henry Kuttner und Robert H. Barlow sowie einen Artikel von Joachim Körber und ein Interview mit Jeff VanderMeer (Interviewpartner: Lucius Shepard).

Vom ZAUBERMOND-Lesermagazin MYSTERY PRESS, das kostenlos den Abonnementslieferungen beiliegt, sind 2007 die – nicht mehr nummerierten – Ausgaben 13 bis 16 erschienen, mit Interviews (u.a. mit Michael Parrish, Sven Schreivogel & Susa Gülzow, Sven Wennemann, Manfred Weinland, Alfred Bekker, Susan Schwartz und Geoffrey Marks/Jan Gardemann) und Artikeln zu den diversen Serien und Projekten des Verlags, wie zur Entstehung von REVEREND PAIN von Steve Salomo, über das Treffen der DORIAN HUNTER-Autoren Ernst Vlcek, Neal Davenport, Uwe Voehl, Christian Montillon, Peter Morlar und Dario Vandis in Wien, zum Start der TORN-KLASSIKER-Buchausgabe, zum TONY BALLARD-Jubiläum, zum MADDRAX-Spin-Off DAS VOLK DER TIEFE und zum Finale des Michael-Zamis-Zyklus in COCO ZAMIS. Die letzte Ausgabe von 2007 stand ganz im Zeichen des Todes von Dan Shocker, wobei Freunde und Weggefährten zu Wort kamen.

Die Ausgabe 1 des neuen ROMANTRUHE-MAGAZINS enthielt ein Interview mit Jason Dark, eine Leseprobe aus der neuen Serie DIE CORSARIN, eine Erzählung von G. Arentzen und eine Vorstellung der Serie HÖLLENJÄGER, die zweite Nummer des Leser-Magazins des ROMANTRUHE VERLAGS brachte Leseproben der

Serien LEX GALACTICA, GENTEC-X und HÖLLENJÄGER sowie Artikel über CHRISTOPH SCHWARZ und Jason Darks DON HARRIS, PSYCHO COP.

HIGHLIGHTS AUS DEN BUCHVERLAGEN

Bei den Verlagen, die sich auf sogenannte Erwachsenenliteratur spezialisiert haben, gab es folgende Highlights:

Keine neuen Titel gab es 2007 bei AREA in der Edition KULTWERKE DES HORROR und der Reihe MEISTERWERKE DER FANTASY. Es erschien »Hinter schwarzen Gardinen« von Ray Garton.

Neu bei AUFBAU »Im Garten der sieben Dämmerungen« von Miquel de Palol.

BERLIN publizierte u. a. »Dorian« von Will Self, »Girl meets boy« von Ali Smith und »Der Wandler der Welt« von Drago Jancar.

Ein toller Debüt-Roman wurde bei BLANVALET veröffentlicht: »Die Glasbücher der Traumfresser« von Gordon Dahlquist.

Der neue Michael Crichton erschien bei BLESSING: »Next«.

Bei BLOOMSBURY BERLIN kam »Das Irgendwo-Haus« von Helen Oyeyemi heraus.

BRENDOW publizierte 2007 einige SF- und Phantastik-Titel, wie »Black – Die Geburt des Bösen« und »Red – Der Tod des Meisters« von Ted Dekker sowie »Der dritte Tempel« von Albrecht Gralle.

Neu 2007 bei DIANA »Die Hüterin von Avalon« von Marion Zimmer Bradley & Diana L. Paxson und der FELIDAE-Roman »Schandtat« von Aki Pirincci.

DIOGENES publizierte »Reality Show« von Amélie Nothomb.

Bei DROEMER gab es 2007 »Maniac – Fluch der Vergangenheit« von Douglas Preston & Lincoln Child und »Engel des Todes« von Michael Marshall.

EHRENWIRTH setzte den mit »Schwarzer Montag« von Garth Nix begonnenen Fantasy-Zyklus DIE SCHLÜSSEL ZUM KÖNIGREICH mit »Grimmiger Dienstag« und »Kalter Mittwoch« fort, Peter Freund veröffentlichte den 6. LAURA-Roman, »Laura und das Labyrinth des Lichts« und James Patterson mit »Der Zerberus-Faktor« MAXIMUM RIDE Band 2.

EICHBORN publizierte u.a. »Die Stadt Ys« von Thomas Harlan, »Der Klang der Trommel« von Louise Erdrich und »Vrenelis Gärtli« von Tim Krohn.

Der SF-Roman »2068« von Stefan Blankertz kam bei EMONS heraus.

Das Gros von Quim Monzos Kurzwerk erschien in der FRANKFURTER VERLAGSANSTALT unter dem Titel »100 Geschichten«.

GERTHMEDIEN brachte 2007 »Das Haus« von Frank Peretti & Ted Dekker heraus.

Algernon Blackwoods Klassiker »Die Weiden« erschien neu bei HEINRICH & HAHN, dazu gab es »Amaryllis Tag und Traum« von Russell Hoban.

Bei HEYNE wurde Licia Troisis DRACHENKÄMPFERIN-Trilogie mit »Der Auftrag des Magiers« und »Der Talisman der Macht« fortgesetzt und abgeschlossen, dazu gab es u.a. »Qual« von Richard Bachman alias Stephen King, »Todesregen« von Dean Koontz, »Blind« von Joe Hill, »Schneewanderer« von Catherine Fisher und »Jagd in der Tiefe« von Patrick Robinson.

Literatur-Nobelpreisträgerin Doris Lessing veröffentlichte bei HOFFMANN UND CAMPE »Die Kluft«, zudem erschien »Breakpoint« von Richard A. Clarke.

An Highlights gab es 2007 bei KLETT-COTTA »Der Prinz aus Atrithau« von R. Scott Bakker (DER KRIEG DER PROPHETEN 2), »Der verlorene Troll« von Charles Coleman Finley, »Die Ohnmächtigen« von Boris Strugatzki, »Die Kinder Hurins« von J.R.R. Tolkien, »Die Borribles« von Michael de Larrabeiti und »Das Spiel« von Tad Williams (SHADOWMARCH 2).

KNAUR veröffentlichte zuletzt »Magma« von Thomas Thiemeyer, »Das Wahre Kreuz« von Jörg Kastner, »Sturm« von Wolfgang Hohlbein und »Kinder des Judas« von Markus Heitz.

Neu bei LIMES »Projekt Sakkara« von Andreas Wilhelm, die Fortsetzung von »Projekt Babylon«.

LIST setzte die ARTEMIS FOWL-Saga mit »Die verlorene Kolonie« fort, zudem kam »Der Geist der Bücher« von Christoph Wortberg & Manfred Theisen heraus.

Der neueste Roman von Andreas Eschbach kam bei LÜBBE unter dem Titel »Ausgebrannt« heraus, des Weiteren erschienen »Das Paradies der Assassinen« von Peter Berling und »Horus« von Wolfgang Hohlbein.

Neu aus der Taufe gehoben wurde der neue Phantastik-Imprint LYX, der nach seinem Weggang von Blanvalet von Volker Busch betreut wird. Neben einer Neuausgabe der ersten drei Bände von Wolfgang Hohlbeins CHRONIK DER UNSTERBLICHEN im Paperback erschienen der erste Roman des KUSHIEL-Zyklus von Jacqueline Carey, »Das Zeichen«, und die beiden ersten Bände der ELBEN-Trilogie von Alfred Bekker: »Das Reich der Elben« und »Die Könige der Elben«.

Bei MANHATTAN wurde Terry Pratchetts SCHEIBENWELT-Zyklus mit »Der Winterschmied« und »Schöne Scheine« weitergeführt, dazu gab es auch das illustrierte Drehbuch zum SCHEIBENWELT-Film »Schweinsgalopp« von Terry Pratchett & Vadim Jean.

MARE publizierte den neuesten Roman von Bernard Kegel, den Unterwasser-Thriller »Der Rote«.

MOEWIG setzte die PERRY RHODAN-Buchreihe mit den Bänden 97 bis 100 und die ATLAN-Blaubände mit den Bänden 30 und 31 fort, wobei von PR-Silberband 100 auch eine Luxusausgabe hergestellt wurde.

PAGE & TURNER publizierte 2007 den SF-Roman »Die Bibliothek von Olea« von Christine Aziz.

Bei der PIPER FANTASY wurde IM ZEICHEN DER STERNE von Sara Douglass mit »Die letzte Schlacht um Tencendor« abgeschlossen, weitergeführt wurden DIE INSEL DER STÜRME von Heide Solveig Göttner (»Der Herr der Dunkelheit«) und DIE LEGENDE DER TERRARCH von William King (»Der Schlangenturm«), und neu gestartet wurde WELT AUS BLUT UND EIS von Brian Ruckleys (»Winterwende«). Zudem erschienen die Romane »Der Schwur der Orcs« von Michael Peinkofer, »Die Fürsten des Nordens« von Guy Gavriel Kay »Die Kobolde« von Karl-Heinz Witzko, »Die Dunklen« von Ralf Isau, »Elbenzorn« von Susanne Gerdom, »Die Königin der Schwerter« von Monika Felten und »Unheil« von Wolfgang Hohlbein sowie die Collection »Der ganze Wahnsinn« von Terry Pratchett.

Neu 2007 bei ROWOHLT »Die Straße« von Cormac McCarthy, »Reisen ins Skriptorium« von Paul Auster und »Eine Zeit ohne Tod« von José Saramago.

ULLSTEIN veröffentlichte 2007 »Auf Crashkurs« von Matthew Reilly und »Der Erzfeind« von Bernard Cornwell.

Im UNIONSVERLAG erschienen »Die Sechste Laterne« von Pablo De Santis und »Das Buch der Träume« von Nagib Machfus.

Der VERBRECHER VERLAG brachte den SF-Roman »Officer Pembry« von Gigi Margwelaschwili heraus.

VGS führte 2007 die Romanreihe zur TV-Serie CHARMED nicht weiter. Ansonsten erschienen zwei Romane zur TV-Serie LOST von Cathy Hapka (»Gefangen im Netz der Lügen«) und Frank Thompson (»Die Stimme aus dem Schattenreich«) und zwei Bücher zu Wolfgang Hohlbeins CHRONIK DER UNSTERBLICXHEN: »Blutkrieg« (Storys) und »Das Dämonenschiff« (9).

WELTBILD schloss die Exklusiv-Edition der berühmtesten Romane von Jules Verne, die erstmalig auch die historischen Farbillustrationen beinhaltete, mit Band 25 ab, ebenso die WOLFGANG HOHLBEIN EDITION, die mit ENWOR (15) gestartet und dann mit GARTH & TORIAN (6) und EL MERCENARIO (4) weitergeführt wurde.

Immer größere Bedeutung kam in den letzten Jahren den Klein-, Spezial- und Autorenverlagen zu:

Beim ATLANTIS-VERLAG hat es die SF-Serie RETTUNGSKREUZER IKARUS bereits auf 32 Bände nebst drei Anthologien und zwei Sammelbänden gebracht, zuletzt erschienen Titel von Sylke Brandt, Achim Hiltrop und Serien-Initiator Dirk van den Boom. In der Fantasy-Serie SARAMEE gab es 2007 nur einen Omnibus-Band mit Beiträgen von Martin Hoyer, Dirk Wonhöfer und Sylke Brandt. Gestartet wurden die frühen GALLAGHER-CHRONIKEN von Achim Hiltrop mit den ersten beiden Bänden und Dirk van den Booms TENTAKELKRIEG mit dem ersten Roman. Zudem erschienen als Einzelbände »Die verschlossene Stadt« von Michales Warwick Joy und »Das Arkham-Sanatorium« von Markus K. Korb & Tobias Bachmann sowie der Erzählband »Wasserscheu« von Markus K. Korb.

BASILISK startete 2007, zunächst in Kooperation mit ATLANTIS, mit »Der Krieger« eine ungekürzte Neuausgabe der Fantasy-Serie DIE CHRONIKEN VON GOR von John Norman, die mit zwei Titeln pro Jahr weitergeführt werden soll. Fortgesetzt wurde auch die neue SF-Serie DIE HÜTER von Klaus F. Kandel, und zwar mit den Bänden »Der Schwertkämpfer« (3) und »Das Kloster« (4). Zudem gab es noch die Horror-Novelle »Die Kirche der toten Zungen« von Jason Brannon & James Newman. Für 2008 geplant sind neben »Der Geächtete« von John Norman (GOR 2) und dem HÜTER-Pilotroman »Terras Erben« von Klaus F. Kandel auch DIE SEEVAGABUNDEN, die neue Fantasy-Serie von Paul Kearney.

Bei HJB hingegen erschienen 2007 die dritte und vierte Sechser-Staffel der in der zeitlichen Lücke zwischen DRAKHON und BITWAR spielenden REN DHARK-Paperback-Serie STERNENDSCHUNGEL GALAXIS. Nicht weitergeführt wurde hier die BAD EARTH-Buchreihe, die abschließenden Bände 8 bis 11 wurden vom MOHLBERG VERLAG herausgebracht.

BLITZ baute sein Programm 2007 um, was zur Folge hatte, dass weniger Titel als gewöhnlich veröffentlicht wurden. Die Sonder-Auslieferung für Abonnenten wurde wegen zu großen Aufwands wieder fallen gelassen, künftig erscheinen die Bücher zweimal pro Jahr. Weiter gingen Dan Shockers LARRY BRENT und MACABROS (29-32), wobei bei LARRY BRENT nur die Neuauflage der frühen Titel (Bände 6-9) weitergeführt wurde, ebenso die TITAN STERNENABENTEUER, die einen neuen inhaltlichen Schwerpunkt erhalten hatten (Bände 29&30, wobei Horst Hoffmann ein Buch beisteuerte) und WOLFGANG HOHLBEINS SCHATTENCHRONIK mit »Der Vampir von Düsseldorf« von Alisha Bionda & Jörg Kleudgen. Im Frühjahr 2008 startete die neue Hardcover-Edition mit den Romanen »Das Eulentor« von Andreas Gruber und »Sherlock Holmes im Reich des Cthulhu« von Klaus-Peter Walter und dem Anthologien-Doppelband »Als ich tot war« mit düsterer Phantastik, zusammengestellt von Frank Rainer Scheck & Erik Hauser, dazu erschienen LARRY BRENT 38-41, LARRY BRENT NEUE ABENTEUER (von Chris Heller und Christian Montillon), MACABROS 6-9, EDGAR ALLAN POES PHANTASTISCHE BIBLIOTHEK 9 (»Grausame Städte II« von Markus K. Korb), die Bände 10&11 von WOLFGANG HOHLBEINS SCHATTENCHRONIK (von Jörg Kleudgen & Alisha Bionda bzw. Jörg Kleudgen & S.H.A. Parzzival) und die TITAN-STERNENABENTEUER 31-33 von S.H.A. Parzzival (unter Beteiligung von Michael Knoke), die den laufenden Zyklus abschließen. Hardcover-Bände sind sowohl von LARRY BRENT als auch TITAN und SCHATTENCHRONIK geplant.

Dieter von Reeken hat sich in den letzten Jahren mit Reprints klassischer Utopien, die er damit vor dem Vergessen bewahrt, einen Namen gemacht. 2007 schloss er die Edition der Werke von

Oskar Hoffmann mit »Bezwinger der Natur/Die vierte Dimension«, »Phantastische Novellen«, »Der Goldtrust/Die Eroberung der Luft« und »Unter Marsmenschen« ab, und veröffentliche »Lumen« von Camille Flammarion und »Von der Erde zum Mars/Fünf Jahre auf dem Mars« von Ferdinand Kringel/Waldemar Schilling sowie die Sachbücher »Zwischen Tecumseh und Doktor Fu Man Chu« von Heinz J. Galle und »Die Zukunft in der Tasche. Science Fiction und SF-Fandom in der Bundesrepublik – Die Pionierjahre 1955–1960« von Rainer Eisfeld.

In der EDITION PHANTASIA erschien als limitierte Luxusausgabe der Roman »Pornutopia« von Piers Anthony. Im Paperback-Programm kamen SF-, Fantasy- und Horror-Titel von Nick Mamatas (»Northern Gothic« und »Unter meinem Dach«), Jane Yolen & Adam Stemple (»Rattenfänger«), John Shirley (»In der Hölle«), Gilbert Adair (»Peter Pan und die Einzelkinder«) und Gisbert Haefs (»Die Reisen des Mongo Carteret«) heraus.

Uschi Zietschs FABYLON-VERLAG präsentierte 2007 »Psyhack« von Michael K. Iwoleit, »Der Pakt der Mäuse« von Uwe Gehrmann, die ersten drei Bände von Ernst Vlceks STERNENSAGA – »Arena der Nurwanen«, »Irrlichter des Geistes« und »Orakel der Sterne« – sowie die ersten vier Bücher des SF-Sechsteilers SUNQUEST, an denen Susan Schwarz, Ernst Vlcek, Stefanie Rafflenbeul, Jana Paradigi, Roman Schleifer, Wolfgang Oberleithner, Michael H. Buchholz und Rüdiger Schäfer mitgeschrieben haben.

Für den FESTA VERLAG, wo der Schwerpunkt beim Horror liegt, war das Jahr 2006 nicht sehr gut gelaufen, weshalb für 2007 Konsolidierung mit verringertem Output angesagt war. LOVECRAFTS BIBLIOTHEK DES SCHRECKENS läuft ja mit Band 23 aus, nachdem alle Kurzgeschichten des Horror-Großmeisters hier veröffentlicht wurden; zuletzt erschien »Necronomicon«. Brian Lumleys NECROSCOPE wurde mit Band 21, die Vampir-Reihe NOSFERATU mit der von Frank Festa zusammengestellten Anthologie »Denn das Blut ist Leben« weitergeführt und Marcel Feiges INFERNO-Trilogie mit »Macht der Toten« abgeschlossen. Zudem erschienen die Anthologie »Die Pflanzen des Dr. Cinderella«, hrsg. von Frank Festa, der Klassiker »Baphomet« von Franz Spunda, »Der Crako und das Giftmädchen« von Michael Kirchschlager (CRAKO 2), Andreas Grubers »Schwarze Dame« und »Sturm der Dämonen« von Rachel Caine, der Pilotband der neuen Serie WAETHER WARDEN.

Auf Neuauflagen klassischer SF-Romane und Serien aus den 60er-Jahren bzw. deren Weiterführung hat sich der MOHLBERG VERLAG spezialisiert. Er setzte 2007 die KURT BRAND EDITION mit Band 11 und die UTOPISCHEN WELTEN mit den Bänden 21 bis 26 (DIE INTERSTELLAREN FREIHÄNDLER 3-5 und »Cade Chandra« von Hanns Kneifel), REX CORDA mit den Bänden 14 bis 16 und ERDE 2000 mit den Ausgaben 13 & 15 fort, wobei Band 14 ein neuer Roman von Udo Mörsch war. Zu REX CORDA NOVA erschien ein neuer Roman von Margret Schwekendiek. Weitergeführt wurde auch die auf zwölf Bände konzipierte RC-Ablegerserie SIGAM AGELON (Bände 6-10 von Irene Salzmann, Sylke Brandt, Margret Schwekendiek, Manfred H. Rückert und Rüdiger Schäfer), die im Doppelpack erscheinende SF-Serie ZEITKUGEL (Bände 5-7 von P. Eisenhuth, P. Eisenhuth & M.R. Heinze und ein neuer Beitrag von Udo Mörsch) und die Reihe UTOPISCHE WELTEN SOLO (sechs neue Titel von Arno Zoller, Thomas R.P. Mielke, Conrad Shepherd, Freder van Holk, Hans Peschke und Hans G. Francis). Neu gestartet wurde die SF-Serie AD ASTRA, in der bereits drei Paperbacks vorliegen. Für 2008 geplant ist der Start der MARK POWERS-Neuauflage sowie die Fortsetzung von REX CORDA mit neuen Romanen.

In der kurzen Zeit seines Bestehens hat sich der Grazer OTHERWORLD-VERLAG bereits einen sehr guten Ruf erworben. Zuletzt erschienen hier im Hardcover »Crota« von Owl Goingback, »Grendl« von Frank Schweizer, »Omar, der Geschichtenerzähler« von Dave Duncan, »Die Wurmgötter« von Brian Keene, »Der Sucher« von Katja Brandis (DARESH) und »Das Grab des Salomon« von Daniel G. Keohane.

Die ROMANTRUHE setzte die PROFESSOR ZAMORRA LIEBHABER-EDITION mit den Bänden 32 bis 37 sowie 4 bis 7 und die Horror-Buchserie VAMPIR GOTHIC von Martin Kay mit »Imperium der Schatten« (6) ebenso fort wie die Reihen bzw. Serien DIE SCHATZJÄGERIN (»Die Totenmaske des Pharaos«, »Der Schatz des Königs«, »Das Mysterium« und »Das Schwert des Erzengels«; 5-8) und CHRISTOPH SCHWARZ (20-31) von G. Arentzen, GENTEC-X von Earl Warren (»Der Kampf um die Erde« und »Luna City«; 4 & 5),

A. F. Morlands TONY BALLARD (Reprint der Heftserie, mit 6 bis 9) und TONY BALLARD – DIE ANFÄNGE (2-5), GRUSEL-SCHOCKER (48-59) und GRUSEL-SCHOCKER SONDERBAND (7-10) fort und startete FALKENGRUND von Martin Clauss (mit Printausgaben der früheren Internet-Serie), MADDRAX (mit Omnibus-Bänden der Heftserie) und ALAN DEMORE von Benjamin Cook. Bereits auf 14 Bände, die ersten sechs in zwei Sammelbänden neu aufgelegt, hat es die DIOMEDES-Serie HÖLLENJÄGER von Des Romero gebracht. Umgestellt wurde die Gruselserie CHRISTOPH SCHWARZ auf zweimonatliches Erscheinen bei erweitertem Umfang. Und ebenfalls Anfang 2008 startet Martin Kays neue SF-Serie »Lex Galactica« im Hardcover; es sind zwei Bände pro Jahr geplant.

SHAYOL stellte das »Alien Contact-Jahrbuch« mit der Ausgabe für 2005 ein, auch die von Helmuth W. Mommers betreute Anthologienreihe VISIONEN endete auf Wunsch des Herausgebers mit Band 3, »Der Moloch«. Erschienen sind 2007 neben den ersten beiden Ausgaben des neuen Magazins PANDORA »Ein Herz für Lukretia« von Jeff VanderMeer, »Vellum« von Hal Duncan, »Die Nachgeborenen« von Robert A. Heinlein, »Das versteckte Sternbild« von David Dalek und »Der Verräter/Das Medium« von Rainer Erler (DAS BLAUE PALAIS 2&3). In Vorbereitung befinden sich »Pulaster« von Angela und Karlheinz Steinmüller, »Triaden« von Poppy Z. Brite und »Fleisch« von Rainer Erler. Überfällig ist hingegen nach wie vor das »Shayol Jahrbuch zur Science Fiction 2005«; sein Erscheinen ist fraglich.

UNITALL, der Schweizer Ableger von HJB, publiziert seit Mitte 2006 die REN DHARK-Buchausgaben. Von der regulären, in REN DHARK – WEG INS WELTALL umbenannten Reihe sind 2007 die Bücher 4 bis 9 auf den Markt gekommen, von den Sonderbänden, die jetzt unter REN DHARK UNITALL laufen, die Bände 4 und 5, beide von Achim Mehnert. Alle RD-Bücher wurden nach Exposés von Hajo F. Breuer verfasst. Im Herbst 2007 startete UNITALL mit »Die Macht aus dem Eis« die neue Military-SF-Serie STAHLFRONT, deren Name Programm ist und die für einige Aufregung in der Szene gesorgt hat.

Bei ZAUBERMOND war 2007 wieder leichte Expansion angesagt, es wurden nicht nur alle bislang laufenden Serien und Reihen fortgesetzt, es wurden auch zwei weitere neu begonnen, und zwar

REVEREND PAIN von Steve Salomo (mit Nachdrucken und neuen Romanen) und TORN KLASSIKER von Michael J. Parrish, in der die 50 Bände umfassende Heftserie mit den Manuskripten in der Originalfassung präsentiert wird; von beiden sind zwei Titel erschienen. Von den neuen Horror-Romanen um TONY BALLARD von A. F. Morland erschienen die Bände 9 bis 12 und die SF-Serie BAD EARTH wurde mit 4 Romanen von Alfred Bekker, Manfred Weinland und Marc Tannous weitergeführt, während es von der Omnibus-Reihe VAMPIR HORROR, die in jedem Band vier bis fünf Romane präsentiert, die Bände 5 und 6 (die DICK COLLINS-Serie von Neal Davenport in einem Band bzw. Romane von Christian Montillon, Uwe Anton, Cedric Balmore, Ray Palmer und Dan Shocker) gab. Ebenso fortgesetzt wurden die Reihen und Serien DORIAN HUNTER NEUE ROMANE (18&19, von Peter Morlar, Christian Montillon, Geoffrey Marks und David Steinhart), die DORIAN HUNTER KLASSIKER (Bände 26–29), PROFESSOR ZAMORRA (21–24, von Christian Schwarz und Volker Krämer), COCO ZAMIS (14&15, von Uwe Voehl und Uwe Voehl & Peter Morlar), MADDRAX (14–17, von Jo Zybell, Ronald M. Hahn, Susan Schwartz und Stephanie Seidel) und TORN (16–19, von Michael J. Parrish & Christian Montillon). Überaus erfolgreich war die neue SF-Serie STERNENFAUST von Alfred Bekker, von der die Bände 4 bis 7 auf den Markt kamen und deren erster Zyklus mit der Vorgeschichte zur Heftserie daher länger laufen wird als ursprünglich vorgesehen. Für 2008 geplant ist die Weiterführung von Dan Shockers MACABROS durch Christian Montillon, von der ebenfalls vier Bände pro Jahr erscheinen werden. Die Bücher werden quartalsmäßig ausgeliefert und sind nur direkt vom Verlag erhältlich.

Daneben versuchten auch andere zumeist kleinere Verlage, mit Nischenprodukten ihre Klientel zu finden: Der ARCANUM FANTASY VERLAG publizierte 2007 den Roman »Der Schrei des Feuervogels« von Dave T. Morgan und die Anthologien »Das Lied der Drachen« und »Flammende Seelen« +++ ASARO veröffentlichte die Fantasy-Romane »Die Flamme von Atragon« und »Das Konzil von Atragon« von Rainer Stecher, »Verzweigte Pfade« von Daniel Medrzycki sowie »Die verborgene Stadt« von Peter Buhr und den SF-Roman »Indigolith« von Jo Arnold +++ In der BIBLIOTHEK NEMETON kommt im Frühjahr 2008 der mystische Roman »Die

Nehalennia-Legende« von Alexander A. Gronau heraus +++ CUILLIN brachte zwei Fantasy-Romane von Aileen P. Roberts: »Die Tochter des Mondes« und »Das Geheimnis der Kelten« (DIONARAH 1) +++ Neu bei DEAD SOFT die Fantasy »Sturmbrecher« von Charlotte Engmann & Christel Scheja, der Horror-Roman »Dämonenlust« von Martin Skerhut und der SF-Roman »Deidalus« von Norma Banzi +++ In der EDITION ANDREAS IRLE wurden 2007 die Jack-Vance-Romane »Trullion: Alastor 2262« und »Marune: Alastor 933« herausgebracht, im Frühjahr 2008 folgt »Wyst: Alastor 1716« +++ In der EDITION BRAATZ & MAYRHOFER wurde die Robert Kraft Edition mit »Im Zeppelin um die Welt« fortgesetzt, dazu gab es das Sekundärwerk »Robert Kraft – Farbig illustrierte Bibliographie« von Thomas Braatz +++ In der EDITION SOLAR-X erschien die Anthologie »Fur Fiction 2«, hrsg., von Helge Lange +++ Die Horror-Sammlung »Aschermittwoch« von Stephan Peters erschien in der EDITION WINTERWORK +++ In den 2005 neu auf den Markt gekommenen, auf Horror spezialisierten ELOY EDICTIONS erschienen 2007 »Midnight Museum« von Gary A. Braunbeck, »Das Spiel der Ornamente« von Tobias Bachmann, »Träume und Ähnliches« von Marco Milano und die Anthologie »Masters of Unreality«, hrsg. von Walter Diociaiuti +++ ENGELSDORFER brachte 2007 den Alternativwelt-Roman »Das Reich Artam« von Volkmar Weiss auf den Markt, ansonsten gab es u.a. noch »Far Horizon – Genesis« von R.T. Roivas, »Die dunkle Wahrheit« von Simon Saitner, »Heimkehr zur Erde« von Volker Krug und »Eine Sekunde zu langsam« von Albert Schneider +++ Neu beim ERSTEN DEUTSCHEN FANTASY CLUB in der BELLETRISTISCHEN REIHE die Collections »Sternenfreiheit« von Manfred Borchard und der Episodenroman »Die Schatten des Mars« von Frank Haubold sowie die von Frank W. Haubold herausgegebene Jahresanthologie 2007 »Das Mirakel« +++ R.G. FISCHER brachte u.a. »Todbringende Viren« von Peter Otto und »Der Gebärende« von Derek Inger heraus +++ Die neue SF-Reihe FANTHAS im GARDEWEG VERLAG, die der positiven SF fernab von Invasionen, Kriegen und Zukunftskrimis gewidmet ist, startete Ende 2007 mit der Storysammlung »Störenfriede« von Jan Fuchs +++ Im zur FRANKFURTER VERLAGSGRUPPE gehörenden AUGUST VON GOETHE VERLAG gab es 2007 u.a. »11.30 Greenwich Time« von Karl-Heinz Preß, »Das

Haus der Königin« von Sven Safarow und »Kornelias Pakt« von Heidi Glänzer +++ Bei FREDEBOLD UND FISCHER erschien der Fantasy-Roman »Die Krone von Lytar« von Carl A. DeWitt +++ Neu 2007 bei FRIELING u. a. »Selina – Etwas Chaos gefällig?« von Bernd Reichel, »Die fünfzehn Schwerter« von Vanessa Wennmacher und »Das Donarium und die dunkle Festung« von Ralf Monnier +++ HARY publizierte neben einem Sammelband zur Serie HERR DER WELTEN ein neues Buch um den Exorzisten RANULF O'HALE: »Für eine Handvoll Seele« von Charlotte Engmann, dazu gab es drei Anthologien und eine Storysammlung (»Nächte der Angst« von Astrid Pfister) zur Edition WELT DER GESCHICHTEN +++ »Die Hexen von Penbury« von Edward Wheeler erschien bei HERJO +++ Im HEXENTORVERLAG wurde die Horror-Collection »Bisse« von Ju Honisch publiziert +++ INTRAG beendete 2007 alle Aktivitäten, alle geplanten Titel wurden gecancelt +++ KLEINBUCH brachte »Cthulhu – Die Beschwörung der Drei« von Timo Bader heraus +++ Im 2006 gegründeten LERATO VERLAG erschienen 2007 u. a. die Anthologien »Schattenreiter« (Hrsg.: Frank Bardelle), »Vampir GmbH & CoKG« (Hrsg. Jennifer Schreiner) und »Fenster der Seele« (Hrsg. Alisha Bionda) +++ Bei LIBRI BOOKS ON DEMAND sind aus der Fülle der publizierten Bücher folgende hervorzuheben: DIE ENTHYMESIS-Trilogie (»Explorer Enthymesis – Die frühen Abenteuer«, »Planet der Relikte« und »Der rote Dzong«) sowie »Das Opak«, »Blohmdahls Vermächtnis«, »Die Bibliothek des Holländers« und »Bericht aus dem Lande Kham« von Matthias Falke, »Der Bund der Raben« und »Der Rücken der Schildkröte« von Mirko Thiessen, »Shaktyri – Die dunkle Bruderschaft« von Frank M. Stahlberg, »Goochan« von William B. Nuke, »Carnacki, der Geisterfinder« von William Hope Hodgson, »Star Legends – PIONEER – Kahan's Schatten« von Martin V. Horvath, »Damals im Jahre 2028« von Oliver Schell, »Colin Mirth« von Achim Hiltrop, »Die zweite Welt« von Peter Horn und »Beelzebubs Brut und andere Horrorgeschichten« von Michael Bermine +++ »Das StirnhirnhinterZimmer« von Christian von Aster, Markolf Hoffmann & Boris Koch gab es bei MEDUSENBLUT +++ MG publizierte »Auspizien« von Tobias Bachmann und »Bastion 333«, Band 1 der SF-Serie DAN HORN, verfasst von einem Autorenkollektiv +++ Bei NITZSCHE gab es »Spinnen-Traum-Gespinste« von Rainar Nitzsche +++

Neu bei NOVUM die SF-Romane »Singuläre Welten« von Heinz Schanderer und »Verschleppt ins Übermorgen« von Anita Elke Ziegler +++ Neu im Genre ist der PERSIMPLEX-VERLAG, der 2007 folgende Titel veröffentlichte: »Alana – Der Stein des Lebens« von Goldy P. Ricer, »Ausflug in die Vergangenheit« von Resemie Kertels, »Schulunterricht 2050« von Ernst Wolf und »Splitter des Universums« von Chris Feltan +++ PLAISIR D'AMOUR schloss die CONDONNATO-Trilogie von Sandra Henke & Kerstin Dirks mit »Rebellion des Blutes« ab, zudem gab es noch »Unterworfen« von Lena Morell und »Zwillingsblut« von Jennifer Schreiner +++ Im PROJEKTE-VERLAG 188 gab es 2007 u.a. »Der Mutator« und »Der große Fabulator« von Klaus Beese sowie »Allein gegen das Universum« von Frank Roger und »Balance am Rande des Todes« von Karl-Heinz Tuschel +++ Neu bei ROBERT RICHTER die Storysammlung »Morbus Sembten« von Malte S. Sembten +++ SCHENK veröffentlichte den ersten Roman der GREG-Serie des Ungarn Julius Bessermann: »Greg und die Traumfänger« +++ Der SFC UNIVERSUM publizierte 2007 den »Perry Rhodan Zeitraffer 20« von Michael Thiesen und das »Perry Rhodan Jahrbuch 2006«, hrsg. von Frank Zeiger & Andreas Schweitzer +++ Im neuen SIEBEN-VERLAG erschienen etliche Genre-Titel, darunter »Das Gitter der Macht« von Peer Onneken, »Tochter der Dunkelheit« von Tanya Carpenter und »Staub zu Staub« von Olga A. Krouk +++ Bei SPREESIDE erschien »Drachenwächter – Die Prophezeiung« von Falko Löffler +++ Der TERRANISCHE CLUB EDEN brachte das von Kurt Kobler zusammengestellte zweibändige Sachbuch zum Thema »Kommandosache K.H. Scheer« heraus +++ Als Verlag für interessante klassische Texte und Sekundärwerke hat sich in den letzten Jahren der SYNERGEN-VERLAG erwiesen; hier erschienen 2007 u.a. die von Detlef Münch zusammengestellten Anthologien »Die Frau der Zukunft vor 100 Jahren«, »Der Krieg der Zukunft vor 100 Jahren 2: Die Weltkriegsjahre 1914–1918« und »Der Krieg der Zukunft vor 100 Jahren 3: Die Nachkriegsjahre 1919–1928«, »Ein Blick in die Zukunft« von August Fetz, »Aus anderen Welten« von George Griffith und »Die Tochter Montezumas« von Henry Rider Haggard sowie der Sekundärtitel »Der Zukunftskrieg in der deutschen Novellistik der Jahre 1900 bis 1928« von Detlef Münch +++ TRIGA publizierte 2007 »Hanthun-Thar der Völkersammelplanet« von Ute

Neumann +++ 2007 neu bei U-BOOKS »Der Iril-Konflikt« von Ulli Schwan (TRICKSER 1), »Dämmerung« von Jay Kenshaw und »Lilienblut« von Ascan von Bagen +++ Bei VIPRPIV erschien »Marterpfahl« von Stefan Melneczuk +++ VPH startete sein Buchprogramm mit »Sternpark« von Rudolf Kühnl, als Nächstes geplant ist der JACQUELINE-BERGER-Roman »Die Türen der Unterwelt« von G. Arentzen +++ WAGNER brachte 2007 u. a. »Nichts so, wie es war – Dark Memories« von Ci. Pi. Philipp, »Eskalation« von Frank Jansen und »Die Drachenreiterin – Das Erwachen der Drachen« von Sarah Gode +++ Der WEB-SITE-VERLAG publizierte u. a. die Anthologie »Wolfszauber«, hrsg. von Janine Hoellger & Olga A. Krouk +++ Im WURDACK-VERLAG erschienen die Anthologien »Lazarus« und »S.F.X«, hrsg. von Armin Rößler & Heidrun Jänchen, »Pandaimonion – Die Formel des Lebens«, hrsg. von Ernst Wurdack und »Danse Macabre« sowie die Romane »Ein Prinz für Movenna« von Petra Hartmann, »Andrade« von Armin Rößler und »Die Zyanid-Connection« von Desirée & Frank Hoese.

Bei den Jugendbuchverlagen wäre besonders hervorzuheben:
ARENA brachte 2007 »Finja und das blaue Licht« und »Finja und das kalte Feuer« von Meike Haas, die Mumin-Bücher »Mumins lange Reise«, »Komet im Mumintal« und »Geschichten aus dem Mumintal« von Tove Jansson heraus, Rainer M. Schröder schloss DIE BRUDERSCHAFT VOM HEILIGEN GRAL mit »Das Labyrinth der schwarzen Abtei« ab, Andreas Schlüter setzte seine LEVEL-Serie mit »Level 4.3 – Aufstand im Staat der Kinder« ebenso fort wie Andreas Eschbach DAS MARSPROJEKT mit Band 4, »Die steinernen Schatten«, und Christoph Marzi startete die MALFURIA-Trilogie mit »Malfuria« und »Die Hüterin der Nebelsteine«. Besonders zu erwähnen wären noch das Sachbuch »Drachen« von Andreas Gößling, die Klassiker »Dracula« von Bram Stoker, »Das Phantom der Oper« von Gaston Leroux, »Der seltsame Fall des Dr. Jekyll und Mr. Hyde« von Robert Louis Stevenson, »Die steinerne Pforte« von Guillaume Provost (DAS BUCH DER ZEIT 1), »Tersias« von G. P. Taylor und »Zauber der Johannisnacht« von Martina Dierks.

In der ARS EDITION starteten DIE SUPERHELDEN mit »Der erste Einsatz« von Kathrin Schrocke und DIE DRACHEN-CHRONIKEN mit »Das magische Drachenauge« von Dugald A. Steer. Weitergeführt wurde DER MEISTER DES UNIVERSUMS von Klaus-Peter Wolf mit »Gefangene der Xuna« und »Kampf der Giganten«.

BAUMHAUS schloss DAS SCHICKSAL DES KRISTALLS von John Ward mit »Der Kristall des Kummers« und »Die Stadt der Qualen« und TROLL MINIGOLL von Henning Boetius mit »Die Mondsteinsonate« ab und startete NONINO von Paul Zucker mit »Der vierte Stern« und TOMMY VGARCIA mit »Das Buch der Gaben« von Micha Rau. Zu erwähnen wären noch »Cathy's Book« von Sean Stewart und »Zauber der Wünsche« von Fortunato.

BELTZ & GELBERG veröffentlichte u.a. »Das Schlangenschwert« von Sergej Lukianenko, »Die unwahrscheinliche Reise des Jonas Nichts« und »Das Geheimnis des Rosenhauses« von Annette John.

Neu bei BLOOMSBURY 2007 »Die außergewöhnlichen Abenteuer des Alfred Kropp« von Rick Yancey, »Lerchenlicht« von Philip Reeve, »Der Blaubeersommer« von Polly Horvath, »Die Pest« von Clem Martini (DIE KRÄHEN-CHRONIK 2), »Der Klan der Wölfin« von Maite Carranza und »Der Pakt« von Gemma Malley.

Bei CARLSEN standen 2007 u.a. »Der Ruf des Reihers« von Lian Hearn (DER CLAN DER OTORI), »Bis(s) zur Mittagsstunde« von Stephenie Meyer, »Gegen das Sommerlicht« von Melissa Marr und der siebte HARRY POTTER-Roman von Joanne K. Rowling, »Harry Potter und die Heiligtümer des Todes« sowie eine Kassettenedition von Philip Pullmans Trilogie HIS DARK MATERIALS mit bislang unveröffentlichtem Material sowie Begleitbände zum Film »Der Goldene Kompass« auf dem Programm.

Im wieder aktiven BOJE VERLAG erschienen 2007 »Drachenglut« von Jonathan Stroud und »Feuerquell« von David Klass.

Neu bei CBJ, der Jugendbuch-Reihe von BERTELSMANN: »Grimpow – Das Geheimnis der Weisen« von Rafael Abalos, »Im Schattenwald« von Matt Haig, »Der Fluch des Geisterjägers« und »Das Geheimnis des Geisterjägers« von Joseph Delaney (SPOOK 2 & 3), »Die Schule der Drachenreiter« und »Die Freunde der Drachenreiter« von Salamanda Drake (DRACHENWELT 1 & 2), »Im Bann der Gezeiten« von Helen Dunmore (INDIGO 2), »Der falsche König« von Philip Caveney (SEBASTIAN DARK 1), »Feuervolk« von Joanne Harris, »Die Nacht der gestohlenen Seelen« von Jenny-Mai Nuyen, »Die Rückkehr des Schattenkönigs« von Derek Benz & J.S. Lewis, »Wo Drachen sind« von James A. Owen, die von Wolfgang Hohlbein zusammengestellte Drachen-Anthologie »Flammenflügel«, Jonathan Strouds BARTIMÄUS-Trilogie in einer Kassettenedition und die ersten drei Bände der ZEITENLÄUFER-Serie von Christian Tielmann: »Mit Volldampf ins Mittelalter«, »Verschwörung im alten Rom« und »Verrat am Nil«.

COPPENRATH publizierte mit »Jenseitsfalle« den zweiten FANTASMIA-Band von Mike Maurus' »Mittelsturm«, einen Mix aus Fantasy & Fußball, dazu erschienen die AMADANS-Romane »Die Macht der Unterweltler« und »Angriff aus der Zwischenwelt« von Malachy Doyle sowie »Feuerträne« von Chris d'Lacey.

Highlights bei DRESSLER waren 2007 »Expedition Nachtland« von Herbert Osenger und »Tintentod« von Cornelia Funke (TINTENWELT 3).

Bei FISCHER SCHATZINSEL erschienen zuletzt u. a. »Arthur Unsichtbar und das Geheimnis der verschwundenen Geister« von Louise Arnold und »Panik in New York« von Thomas Cristos.

G&G veröffentlichte den dritten MISSION ZEITREISE-Roman von Gabriele Rittig, »Rettet Richard Löwenherz« und legte den ersten, »Verschwörung gegen Julius Cäsar«, neu auf.

2007 kamen bei GERSTENBERG u. a. »Beast« von Ally Kennen, »Nachtland« von Jan de Leeuw und »Vialla und Romaro« von Lilli Thal heraus.

Neu bei HANSER erschienen »Alphabet der Träume« von Susan Fletcher, »Der Findling« von D. M. Cornish und »Physic« von Angie Sage (SEPTIMUS HEAP 3).

KATIKI startete die phantastische Buchreihe SILVA NORICA von Dirk Traeger mit »Ein Wald voller Geheimnisse« und »Abenteuer in der Großstadt«.

KOSMOS startete die MIDNIGHTERS-Trilogie von Scott Westerfeld mit »Die Erwählten« und »Das Dunkel« sowie DAS WILDE PACK von André Marx mit »Das wilde Pack« und »Das wilde Pack schmiedet einen Plan«.

LOEWE schloss die Horror-Serie LIBRI MORTIS von Peter Schwindt mit »Schlaflose Stimmen« und »Lauernde Stille« und Kai Meyers DAS WOLKENVOLK mit »Lanze und Licht« und »Drache und Diamant« ab, setzte die Reihen FEAR STREET, DIE FABELHAFTEN ZAUBERFEEN und DAS MAGISCHE BAUMHAUS mit neuen Titeln fort und publizierte u. a. »Schattenmacht« von Anthony Horowitz (DIE

FÜNF TORE 3), »Der Atlantis-Code« von Justin Richards und »Das Geheimnis des 12. Kontinents« von Antonia Michaelis.

OETINGER publizierte 2007 u. a. Romane von Catherine Fisher (»Das Orakel und das Zeichen des Skarabäus«; ORAKEL 3), Suzanne Collins (»Gregor und der Spiegel der Wahrheit«; GREGOR 3) Kirsten Boie (»Alhambra«), Marliese Arold (»Die Delfine von Atlantis«), Dave Berry & Ridley Pearson (»Peter und die Schattendiebe«; PETER PAN 2) und P.B. Kerr (»Entführt ins Reich der Dongxi«; DIE KINDER DES DSCHINN 4).

PANINI setzte die phantastischen Pferdeserien SILBERSTERN und STERNENTÄNZER von Lisa Capelli mit den Bänden 3 bis 5 bzw. 13 bis 17 fort, und von Sibylle L. Binders TOPAS AUS DEM ELFENWALD erschienen die Bände 4 und 5.

Neu bei RAVENSBURGER die Bände »König Arthurs Verrat« und »Merlins Vermächtnis« von Peter Schwindt (GWYDION 3 & 4), »Miesel und das Glibbermonster« von Ian Ogilvy (MIESEL 4), »Der eisige Schatten« und »Die letzte Flamme« von Thomas Finn (DIE CHRONIKEN DER NEBELKRIEGE 2 & 3), »Der magische Monsterring« von Bruce Coville (ZAUBERLADEN 5), »Mumienherz« von Thilo P. Lassak (DIE RÜCKKEHR DES SETH 1), »Scorpia« und »Ark Angel« von Anthony Horowitz (ALX RIDER 5 & 6), »Der Flug der silbernen Schildkröte« von John Fardell, »Die silberne Spinne« von Jenny Nimmo, »Der Prinz von Eidolon« von Jane Johnson (DAS VERBORGENE KÖNIGREICH 1) und zwei weitere Abenteuer der ZEITDETEKTIVE von Fabian Lenk.

Das neueste phantastische Jugendbuch »Engelraub« von Walter Thorwartl erschien bei RESIDENZ.

Bei SAUERLÄNDER wurden die KLIPPENLAND-CHRONIKEN von Paul Stewart mit »Quint und der Kampf der Himmelsgaleonen« (Band 9) weitergeführt, von dem auch »Lucy Sky auf hoher See« und »Hugo Pepper und der fliegende Schlitten« (IRRWITZIGE ABENTEUER 2 & 3) veröffentlicht wurden; des Weiteren erschienen Titel von Dennis Foon (DAS VERMÄCHTNIS VON LONGLIGHT 2 & 3: »Die Stadt der vergessenen Kinder« und »Die Rückkehr der Novakin«), Ann Halam (»Siberia«). Iva Procházková (»Wir treffen uns, wenn alle weg sind«), Sheryl Jordan (»Avala – Die Zeit des Adlers«) und Marcus Hammerschmitt (»Der Fürst der Skorpione«).

SCHNEIDER setzte 2007 ENGEL&CO. von Annie Dalton mit den Bänden 8&9 ebenso fort wie eine Serie mit den Jugendabenteuern von JACK SPARROW von Rob Kidd (3-6), neu gestartet wurde DIE WOLF-GÄNG von Wolfgang Hohlbein mit den ersten beiden Titeln. Zudem erschienen die Sammelbände »Magische Abenteuer im Reich der Elfen« von Klaus-Peter Wolf & Bettina Göschl und »Drachenherz – Leons Auftrag« von Thomas Brezina.

Highlights bei THIENEMANN waren 2007 »Die Wächter des Schicksals und »Das Geheimnis der Maya« von Monika Felten (ASCALON 1&2).

UEBERREUTER publizierte Romane von Wolfgang & Heike Hohlbein (DRACHENTHAL 5, »Die Rückkehr«) und Wolfgang Hohlbein alleine (die THOR GARSON-Bände 1-3, »Das Totenschiff«, »Der Dämonengott« und »Der Fluch des Goldes«, überarbeitete frühere INDIANA JONES-Abenteuer), Nina Blazon (»Die Sturmrufer«, Pilotband der MEERLAND-CHRONIKEN), Gillian Cross (»Das Albtraumspiel«), Eveline Okonnek (»Das Rätsel der Drachen«) und Brigitte Melzer (»Vampyr – Die Jägerin«) und führte die Neuübersetzung von C.S. Lewis' NARNIA-CHRONIKEN mit den Bänden 3 bis 5 weiter.

INTERNET-AKTIVITÄTEN

In den letzten Jahren hat sich das Internet sowohl als nahezu unentbehrliche Informationsquelle für Nachrichten aus erster Hand als auch als Forum für Veröffentlichungen bzw. als Bezugsquelle von Waren und Dienstleistungen etabliert. Nicht nur sind alle größeren Verlage hier mit Websites vertreten, für viele kleinere ist dieses Medium mittlerweile zur unverzichtbaren Werbeplattform und Vertriebsschiene geworden. Besonders die Spezialverlage, die Nischenprodukte im Programm haben, nutzen das Internet mit exklusiven Features zur Leserbindung, und etliche interessante Publikationen sowohl neuerer Art wie auch bereits vergriffene Titel als downloadbare E-Books oder sonst nur schwer zugängliche oder überhaupt nicht erhältliche Raritäten sind nur über das Netz zu beziehen. Auch gibt es eigene Online-Magazine für die verschiedensten Interessensgebiete. Viele Netzbetreiber bieten auch kostenlose Infoletter an, die die Abonnenten über alle Aktualitäten auf dem Laufenden halten.

Führend, was aktuelle und umfassende Informationen im Phantastik-Bereich betrifft, ist PHANTASTIK-NEWS.DE. Der kostenlose Newsletter bietet Verlagsinfos ebenso wie News aus allen Medien, Rezensionen und Interviews, zuletzt mit Karl Ganzbiller, Josef Rother & Eckart Breitschuh, Stephan Bosenius, Frank Schweizer, Karl-Heinz Witzko, Falko Löffler, Uwe Boll, Hannes Riffel, Michales Warwick Joy, Urban Hofstetter, Herbert W. Franke, Ruggero Leo, Thilo P. Lassak. Markolf Hoffmann, Volker Busch, Uschi Zietsch, Stephan R. Bellem, Katja Brandis, Frank Schweizer und Patricia Briggs.

BUCHWURM.DE brachte 2007 u. a. Interviews mit André Wiesler, Christian von Aster, Boris Koch und Markolf Hoffmann, Thomas Thiemeyer, Jean-Luis Glineur, Norbert Sternmut, Jutta Weber-Bock, Richard Montanari, Stephan R. Bellem und Thomas Finn.

Bei FANTASYGUIDE gab es in den letzten Monaten Interviews mit Ann-Kathrin Karschnick, Christoph Marzi, Volker Krämer, Wolfgang Hohlbein, Joachim Körber, Timo Kümmel, Astrid Vollenbruch, Thomas Thiemeyer, den Machern von PANDORA, Stefan Seitz, Andreas Decker, Susanne Jaja, Guido Latz, Volker Sassenberg, Dirk Schultz & Delia Wüllner-Schultz, Christian Pree, R.A. Salvatore, Raymond E. Feist, Mirko Thiessen, Andreas Eschbach, Chris Weidler, William King, Erik Anker, Ulrike Nolte, André Marx, Helmuth W. Mommers und Mia Steingräber.

PHANTASTIK-COUCH präsentierte Interviews mit Ralf Isau, Alan Campbell, Carl A. deWitt, Neil Gaiman, Ken MacLeod, Kai Meyer, Garth Nix, Patrick Rothfuss, Michael H. Schenck, Tad Williams, Karl-Heinz Witzko, Jacqueline Carey, Desirée & Frank Hoese, Mark Z. Danielewski, Sergej Lukianenko, Trudi Canavan und Susanne Gerdom.

Die Internetsite WEBCRITICS brachte Interviews mit u.a. Hermann Schladt, Dominik Irtenkauf, Nina Blazon, Oliver Plaschke, Sylvia Englert alias Katja Brandis und Markus Heitz.

Auf bereits 193 Ausgaben hat es das CORONA-MAGAZIN, hrsg. von Mike Hillenbrand gebracht, das jeweils eine bunte Mischung aus Artikeln, News, eine Übersicht über phantastische TV-Highlights und auch einer Kurzgeschichte, ausgewählt von Armin Rößler, bietet.

Das neue Online-Magazin GEISTERSPIEGEL brachte unter Geisterspiegel.de neben News und Rezensionen das neue Online-Magazin THE BLACK STONE (bislang eine Ausgabe erschienen), die Zeitreise-Serie TIMETRAVELLER, die Horror-Serien GESCHICHTEN AUS HELL CITY, DIE ERZÄHLUNGEN DES FÜRSTEN DER FINSTERNIS und ERBEN DES BLUTES sowie die Fantasy-Serie THORAK – DER BERSERKER. Unter der Rubrik FAN FICTION finden sich neue Abenteuer zu JOHN SINCLAIR, TONY BALLARD und DIE ABENTEURER. Darüber hinaus sind Romane und Storys von Erik Schreiber, Alfred Wallon und Ingo Löchel ins Netz gestellt. Es stellte 2007 bislang Interviews mit Alfred Wallon, Michael Sagenhorn, Jason Dark, Tad Williams, Florian Marzin, Frank Schweitzer, Christoph Hardebusch, W.K. Giesa, Uschi Zietsch, Herbert W. Franke, Steffen Volkmer, Oliver Döring, Michael Peinkofer, Jason Dark, Jörg Kastner, Iny und Elmar Lorenz, Wolfgang Hohlbein, Mark Z. Danilewski, Benjamin Cook, Martin Sabel und Steve Salomo ins Netz.

2007 wurde das neue Literatur-Portal LITERRA aus der Taufe gehoben. Hier fanden sich u.a. Interviews mit Alisha Bionda, Frank Borsch, Marc-Alastor E.-E., Pat Hachfeld, Gesa Helm, Jörg Kleudgen, J.J. Preyer, Roman Hocke, Martin Sabel, Jennifer Schreiner, Andreas Schröter, Leah B. Nathan & Jay K und Steve Salomo. LITERRA bietet auch ein Kurzgeschichten-Archiv, mit Storys von u.a. Alisha Bionda, Andreas Gruber, Arthur Gordon Wolf, Barbara Büchner, Christel Scheja, Christoph Marzi, Dirk Taeger, Dominik Irtenkauf, Eddie M. Angerhuber, Fran Henz, Gunter Arentzen, J.J. Preyer, Jennifer Schreiner, Jörg Isenberg, Jörg Kleudgen, Linda Budinger, Mark-Alastor E.-E., Margaret Schwekendiek, Markus K. Korb, Marlies Eifert, Rainer Innreiter, Stephanie Rafflenbeul, Stephan Peters, Tim Bader und Wolfgang G. Fienhold.

Neu im Netz ist auch der ZAUBERSPIEGEL. Hier gab es u.a. Interviews mit Michael Schönenbröcher, Thomas Birker. Alexander Fürst, Dennis Ehrhardt, Rebecca Gablé, Alisha Bionda, Horst Hübner, Michael Marcus Thurner, Dr. Florian Marzin, Christian Montillon, Peter Thannisch, Friedrich Tenkrat und Jörg Kaegelmann. Auch Serien stehen hier zum Download bereit, wie DER HÜTER, BANE – DER BARBAR, TREASURE SECURITY ALPHA TEAM und DÄMONENJÄGER JAMES KELLY.

Die Homepage der umstrittenen neuen SF-Reihe STAHLFRONT des UNITALL-VERLAGS brachte im Dezember 07 Interviews mit dem Autor »Torn Chaines« sowie dem Verleger Hansjoachim Berndt.

Zu den größten Anbietern von Unterhaltungsliteratur in digitaler Form im deutschsprachigen Raum gehört READERSPLANET. Über 800 Titel stehen zum Download bereit, wobei das Schwergewicht auf SF, Fantasy und Horror liegt. Bei READERSPLANET werden auch die Serien ATLAN, PERRY RHODAN, ZBV, THORIN, TIME SQUAD, SÖHNE DER ERDE und MARK TATE als E-Book angeboten.

Im VERLAG PETER HOPF erscheinen E-Books u.a. der Reihen und Serien RETTUNGSKREUZER IKARUS, STAR GATE – DAS ORIGINAL, RAUMSCHIFF PROMET – NEUE ABENTEUER, JACQUELINE BERGER, STERNMANTEL, MURPHY, KURT BRAND SF-EDITION, THORIN DER NORDLANDWOLF, REX CORDA, EDGAR ALLAN POES PHANTASTISCHE BIBLIOTHEK, ERDE 2000, AD ASTRA, ZEITKUGEL, WOLFGANG HOHLBEINS SCHATTENCHRONIK, KEN NORTON, SHOGUN, SIGAM AGELON, RON KELLY, LARRY BRENT und MACABROS. Daneben gibt es auch Einzelromane und Kurzzyklen, u.a. von René Anour, W.W. Shols, Markus Kastenholz, Rudolf Kühnl, G. Arentzen, Peter Dubina und H.G. Francis.

Im Herbst 2007 startete der VSS-Verlag eine eigene E-book-Edition, in der neben Abenteuern und Western auch SF, Fantasy und Horror publiziert wird. Zu deren Start wurde ein neuer Story-Wettbewerb zum Thema »Der letzte Mensch auf Erden« ausgeschrieben.

Auf seiner Homepage nebelriss.de stellte Markolf Hoffmann eine Vorgeschichte zum vierten Band seines Zyklus DAS ZEITALTER DER WANDLUNG unter dem Titel »Der Fluch des Vergessens« in sechs Teilen ins Netz.

In unregelmäßigen Abständen veröffentlicht G. Arentzen sein Internet-Magazin, in dem er über seine Projekte berichtet und Kurzgeschichten präsentiert. Bislang liegen drei Ausgaben vor.

Die im Internet publizierte Horror-Serie CLARISSA HYDE wird jetzt zweimonatlich mit einem neuen Roman weitergeführt, nachdem eine Printausgabe nicht den erhofften Erfolg hatte; bislang stehen schon über 50 Romane zum Download bereit.

Auf bislang 26 Bände hat es die Internet-SF-Serie NEBULAR von Thomas Rabenstein gebracht.

Weiter ging es auch mit der im PERRY RHODAN-Universum spielenden SF-Serie DORGON des PERRY RHODAN ONLINE CLUB, nachdem mit Band 149 (nebst drei Sonderbänden) eine Pause vor Beginn des nächsten Zyklus eingelegt worden war. Zu Redaktionsschluss lagen die Romane bis einschließlich Band 165 vor.

In der Serie RAUMSCHIFF HIGHLANDER auf http://www.raumschiffhighlander.de/frame.php sind zwei weitere Romane über »Relin IV« erschienen.

Zur Online-SF-Serie THYDERY sind bislang acht Romane erschienen.

Auf mittlerweile 20 Episoden hat es JAMES BRISTOL, DER DÄMONENZERSTÖRER gebracht – unter http://www.demondestroyer.de/

Copyright © 2008 by Hermann Urbanek

Die amerikanische SF-Szene 2006/2007

von Hermann Urbanek

Für die amerikanische SF-, Fantasy- und Horror-Szene war 2006 das fünfte sehr erfolgreiche Jahr in Folge. Zwar konnte – zumindest was die Zahl der veröffentlichten Titel betraf – kein neuer Rekord aufgestellt werden, da die Titelzahl wie auch schon 2005 leicht zurückging, aber das Minus lag unter einem Prozent, war also erneut marginal. Einziger Wermutstropfen dabei: dass die magische Zahl 2500, die zuletzt zwei Mal überschritten wurde, diesmal knapp nicht mehr erreicht wurde. Bei den Neuerscheinungen gab es erneut ein Plus, dieses fiel aber geringer aus als der Rückgang bei den Nachdrucken und Neuauflagen. Interessant ist, dass bei den neuen Titeln lediglich die Trade Paperbacks und die Taschenbücher einen kräftigen und zudem noch zweistelligen Zuwachs verbuchten, während die Hardcover, bei denen es seit 2001 immer Zuwachsraten gegeben hatte, diesmal ein kräftiges, ebenfalls zweistelliges Minus einfuhren. LOCUS, das internationale Fachblatt für phantastische Literatur, hat dabei nur Titel aufgelistet und auch bei der Berechnung berücksichtigt, deren tatsächliches Erscheinen auch verifiziert werden konnte – so wie es bei der DEUTSCHEN SZENE auch der Fall ist –, und damit wurden auch dieses Mal zahlreiche angekündigte, aber fragliche »Print on Demand«-Titel nicht hinzugerechnet.

Der amerikanischen SF-Fachzeitschrift LOCUS zufolge erschienen 2006 alles in allem 2495 dem Genre zurechenbare Titel, also 21 weniger als 2005. Wie schon in den vergangenen Jahren hielten auch diesmal die Nachdrucke und Neuauflagen einen beachtlichen Marktanteil, und zwar sowohl beim Hardcover, in dem wieder einmal die meisten Titel erschienen sind, wie auch beim Paperback und dem Taschenbuch, das 2001 seine bis dato dominierende Rolle als führende Publikationsform verloren hatte und, wie auch schon im Vorjahr, 2006 das Schlusslicht bildete. Das Hardcover hat seine Spitzenposition behauptet, Paperback und Taschenbuch liegen ziemlich knapp dahinter, sodass man fast schon von einem Gleichstand sprechen könnte. Der Anteil an Original- und Erstveröffentlichungen ist 2006 erneut kräftig gestiegen und lag diesmal bei erstaunlichen 61%, einem Wert, der zuletzt 1996 erzielt worden war. Besonders gestiegen sind in diesem Jahr die Originalveröffentlichungen bei Trade Paperback und Taschenbuch, anstelle der 2005 erschienenen 407 bzw. 373 Bände sind 2006 dann 466 bzw. 439 erschienen, während die Reprints beim Paperback und auch beim Taschenbuch kräftig zurückgingen, von 400 auf 370 respektive von 423 auf 378. Demzufolge erhöhte sich die Gesamtzahl der Paperbacks 2006 von 807 auf 836, während bei Taschenbuch die Titelzahl von 802 auf 817 anstieg. Bei den Buchveröffentlichungen war es genau umgekehrt. Hier fiel die Titelzahl der Erstveröffentlichungen im Vergleich zu 2005 von 689 auf 615 Titel, während die Nachdrucke nur geringfügig von 224 auf 227 anstiegen. Das hatte zur Folge, dass 2006 nur mehr 842 Hardcover veröffentlicht wurden; 2005 waren es noch 913 gewesen. Insgesamt teilten sich die 2495 Publikationen des Jahres auf in 1520 Erstveröffentlichungen und 975 Neuauflagen.

2006 bestanden die 1520 Erstveröffentlichungen aus 223 SF-Romanen (davon 23 Jugendbücher), 463 Fantasy-Romanen (davon 158 Jugendbücher), 217 Horror-Romanen (davon 46 Jugendbücher), 107 Anthologien, 89 Storysammlungen, 206 Medientiteln, 64 Sekundärwerken, 42 Kunst- und 53 Omnibusbänden nebst zwei nicht einzuordnenden Titeln. Die 1469 Erstveröffentlichungen des Jahres 2005 hatten sich noch wie folgt zusammengesetzt: 258 SF-Romane (davon 35 Jugendbücher), 414 Fantasy-Romane (davon 162 Jugendbücher), 212 Horror-Romane (davon 53 Jugendbücher), 89 Anthologien, 107 Storysammlungen, 198 Medienbücher, 89 Sekundärtitel, 45 Kunstbücher und 47 Sammelbände sowie 10 nicht zuordenbaren Publikationen. Große Gewinner waren in erster Linie Fantasy-Roman, Horror-Roman, Anthologien und Sammelbände, die trotz des negativen Jahrestrends auch in absoluten Zahlen zum Teil enorm zugelegt haben; die medienbezogenen Titel verzeichneten ebenfalls einen wenn auch nur geringen Zuwachs. Großer Verlierer hingegen war der SF-Roman, aber auch in den Kategorien Storysammlung, Sachbuch und Kunstbände erschienen weniger Titel als im Jahr davor. Bei Redaktionsschluss standen die Zahlen für 2007 zwar noch nicht fest, den vorliegenden Informationen zufolge aber sieht es ganz danach aus, als könnte es ein neues Rekordergebnis geben. Denn LOCUS verzeichnete in den ersten zehn Monaten des Jahres nur geringfügig weniger Erstveröffentlichungen als im ganzen Jahr 2006, und bei der Zahl der Gesamtpublikationen kommt man bei einer linearen Hochrechnung auf etwa 2.500 Publikationen. Hauptgewinner des Trends sind mit ziemlicher Sicherheit die Kategorien Horror-Roman, Storysammlung und Anthologie.

2006 gab es keine größeren Fusionen oder Besitzerwechsel bei den führenden **Genre-Verlagen und Verlagsgruppen**, die das Jahresergebnis hätten beeinflussen können. **The Penguin Group**, deren Output gewaltig von 303 Genre-Veröffentlichungen auf 348 Titel stieg, schaffte es spielend zum dritten Mal in Folge, sich vor dem langjährigen Marktführer **Tor Books**, der 2006 insgesamt 255 Titel, also 15 mehr als im Vorjahr herausbrachte, an der Spitze zu behaupten, wobei der Abstand auf 93 Publikationen angestiegen und somit schon sehr deutlich ist. Drittplatzierter war auch dieses Jahr wieder der **Science Fiction Book Club** mit 216 (ein Plus von 10 Titeln), gefolgt von **HarperCollins** mit 175 (ein Minus von 19 Titeln), **Random/Ballantine** mit 149 (8 weniger) und **Simon & Schuster/Pocket** mit 140 Bänden (8 weniger als 2005). Nach einem förmlichen Quantensprung folgten dann **BL Publishing/Black Library** (65), **Wizards of the Coast** (61), **Harlequin/Worldwide** (60), **Baen** (56), **DAW** (55) und **Warner/Little, Brown** (55) auf den Plätzen. Die 2495 Publikationen wurden von insgesamt 242 Verlagen auf den Markt gebracht, also von einem mehr als im Jahr 2005. Fast die Hälfte aller Titel wurde wieder von den führenden sechs Verlagen bzw. Verlagshäusern veröffentlicht.

Die irische Gesellschaft Riverdeep kaufte den amerikanischen Verlag Haughton Mifflin, in dem die US-Ausgaben der Werke von J.R.R. Tolkien erscheinen und der eine große Backlist an Jugendbüchern hat, und plant, auch Harcourt zu übernehmen.

Nachdem ibooks und auch die anderen Verlage des verstorbenen Byron Preiss Konkurs anmelden mussten, hat J. Bolston & Company diese nun gekauft und plant deren Weiterführung.

Im November 2006 erschien die 100. Ausgabe des von der DePauw University herausgegebenen Journals SCIENCE FICTION STUDIES, in dem seit 1973 in drei Ausgaben pro Jahr das Genre auf wissenschaftliche Weise analysiert wird.

Cormac McCarthys postapokalyptischer Roman »The Road« gewann den Pulitzer-Preis 2007.

Die deutsche Verlagsgruppe Bertelsmann kaufte von Time Warner dessen 50%-Anteil an Bookspan, zu dem der Book of the Month Club, der Science Fiction Book Club und rund weitere 40 Buchclubs gehören. Das hatte umfangreiche personelle Umwälzungen auch beim SFCB zur Folge.

Paizo Publishing hat eine neue Reihe aus der Taufe gehoben, in der klassische SF-, Fantasy und Science Fantasy-Romane neu aufgelegt werden. Gestartet wurde »Planet Stories« im August 2007 mit »Almuric« von Roberg E. Howard und »The Anubis Murders« von Gary Gygax, danach ist monatlich ein weiterer Roman erschienen, und zwar »Black God's Kiss« von C.L. Moore, »City of the Beast/Warriors of Mars« von Michael Moorcock, »Elak of Atlantis« von Henry Kuttner und »The Secret of Sinharat« von Leigh Brackett.

Die Perseus Book Group hat bekannt gegeben, dass im Zuge ihrer Reorganisation die Imprints Carroll & Graf und Thunder's Mouth aufgegeben werden. Es waren dies die beiden einzigen Verlagsbereiche von Perseus, die phantastische Literatur im Programm hatten, darunter Werke von Lucius Shepard, Steve Aylett, Damien Broderick, Paul diFilippo, Rudy Rucker und Bruce Sterling.

Wizards of the Coast plant für Jahrsbeginn 2008 den Start eines neuen Imprints mit dem Namen Wizards of the Coast Discoveries, in der neue Fantasy-Romane für erwachsene Leser publiziert werden sollen. Gestartet wird mit »Firefly Rain« von Richard Dansky, fix eingeplant sind bereits »Last Dragon« von J.M. McDermott, »The Man on the Ceiling« von Steve Rasnic Tem & Melanie Tem, »Devil's Cape« von Rob Rogers und »The Angel of Death in Chicago« von J. Robert King.

PUBLISHERS WEEKLY veröffentlichte vor Jahresende 2007 eine Liste mit den 150 ihrer Meinung nach besten Büchern des Jahres. Die Sektion für phantastische Literatur umfasst sieben Titel, und zwar »Inferno«, hrsg. von Ellen Datlow, »Acacia« von David Anthony Durham, »Ilario: The Lion's Eye« von Mary Gentle, »In War Times« von Kathleen Ann Goonan, »Bright of the Sky: Book One of Entire and the Rose« von Kay Kenyon, »The Name of the Wind: Book One« von Patrick Rothfuss und »The Winds of Marble Arch« von Connie Willis. In der Kategorie »General Fiction« finden sich noch Genre-Titel wie »The Brief Wondrous Life of Oscar Wao« von Junot Diaz, »Heart-Shaped Box« von Joe Hill, »Jamestown« von Matthew Sharpe und »Wired« von Liz Maverick.

Bei der **Fantasy**, die, was die Zahl der Veröffentlichungen betrifft, erneut weit vor der SF liegt, dominierten auch 2006/2007 wieder mehrbändige Zyklen und Serien. Recht umfangreich präsentierte sich dabei das Angebot zum Wizards-of-the-Coast-Spiel **DRAGONLANCE**: »Dark Disciple 2: Amber & Iron« von Margaret Weis, »Rise of Solamnia 3: The Measure and the Truth« von Douglas Niles, »The New Adventures: Elements: Pillar of Flame« von Ree Soesbee, »The New Adventures: The Ebony Eye« von Jeff Sampson, »Champions 3: The Great White Wyrm« von Peter Archer, »Dragons of Time«, hrsg. von Margaret Weis, »Taladas 3: Shadow of the Flame« von Chris Pierson, »The New Adventures: Elements: Queen of the Sea« von Ree Soesbee, »The Lost Chronicles; Dragons of the Highlord Skies« von Margaret Weis & Tracy Hickman, »The Stonetellers 1: The Rebellion« von Jean Rabe, »Elven Exiles 3: Destiny«, »Champions 4: Protecting Palanthas« von Douglas W. Clark, »Ogre Titans 1: Black Talon« von Richard A. Knaak, »The New Adventures: The Stolen Sun« von Jeff Sampson und »Dwarf Home 1: The Secret of Pax Tharkas« von Douglas Niles. +++ Auch zu **FORGOTTEN REALMS** war der Ausstoß beträchtlich, wie die Novitäten beweisen: »Sembia: Gateway to the Realms: The Halls of Stormweather« von Philip Athans, »Depths of Magic« von Eric Scott de Bie, »The Lady Penitent 1: Sacrifice of the Widow« von Lisa Smedman, »Sembia: Gateway to the Realms: Shadow's Witness« von Paul S. Kemp, »The Dungeons: Depths of Magic« von Eric Scott, »Haunted Lands 1: Unclean« von Richard Lee Byers, »The Empyrean Odyssey 1: The Gossamer Plain« von Thomas Reid, »Best of the Realms: The Stories of Elaine Cunningham«, »Watercourse 3: Scream of Stone« von Philip Athans, »Sembia: Gateway to the Realms: The Shattered Mask« von Richard Lee Byers, »The Dungeons: The Howling Delve« von Jaleigh Johnson, »Sembia: Gateway to the Realms: Black Wolf« von Dave Gross, »Knights of Myth Drannor: Swords of Dragonfire« von Ed Greenwood, »Shadowstorm« von Paul S. Kemp, »The Lady of the Realms: Heirs of Prophecy« von Lisa Smedman, »Transitions 1: The Orc King« von R.A. Salvatore, »The Dungeons 3: Stardeep« von Bruce R. Cordell, »The Citadels: Neversfall« von Ed Gentry und »The Dungeons 4: Crypt of the Moaning Diamond« von Rosemary Jones. +++ Weiter geführt wurde auch die Romanreihe zum Rollenspiel **EBERRON** mit »Forge of the Mind Slayers« von Tim Waggoner, »The Storm Dragon« von James Wyatt, »The Gates of Night« von Keith Baker, »Flight of the Dying Sun« und »Rise of the Seventh Moon« von Rich Wulf, »Bound by Iron« von Edward Bolme, »Legacy of Wolves« von Marsheila Rockwell, »Night of Long Shadows« von Paul Crilley und »The Left Hand of Death« von Parker De Wolf. +++ Neues auch zum Sammelkartenspiel **MAGIC: THE GATHERING:** »Future Sight« von John DeLaney & Scott McGough, »Planar Chaos« von Scott McGough & Timothy Sanders und »Lorwyn« von Cory Herndon & Timothy Sanders. +++ Zu **WARCRAFT** erschienen »Rise of the Horde« von Christie Golden, »Tides of Darkness« von Aaron Rosenberg, »Shadows of Ice« von Richard A. Knaak und »Ghostlands« von Kim Jae-hwan & Richard A. Knaak. +++ Zum Dark Fantasy-Computerspiel **DIABLO** gab es »The Scales of the Serpent« und »The Veiled Prophet« von Richard A. Knaak (SIN WAR 2&3). +++ Die Romanreihe zu **EVERQUEST** wurde fortgesetzt mit »Truth and Steel« von Thomas M. Reis und »The Blood Red Harp« von Elaine Cunningham.

Ein ähnliches Bild bot sich bei der **Science Fiction**, wo ebenfalls wieder die Serien und Zyklen dominierten.

Etwas umfangreicher war zuletzt das Angebot zu **STAR WARS:** »The Last Siege, the Final Truth« und »Endgame« von John Ostrander (CLONE WARS 8 & 9), »Jedi Twilight« von Michael Reaves, »Rule of Two« von Drew Karpyshyn (DARTH BANE 2), »Return of the Dark Side«, »Secret Weapon« und »Against the Empire« von Jude Watson (LAST OF THE JEDI 6–8), die zum Zyklus LEGACY OF THE FORCE gehörenden Romane »Betrayal« von Aaron Allston, »Bloodlines« von Karen Travis, »Tempest« von Troy Denning, »Exile« von Aaron Allston, »Sacrifice« von Karen Traviss, »Inferno« von Troy Denning und »Fury« von Aaron Allston sowie »True Colors« von Karen Traviss (REPUBLIC COMMANDO 3). +++ **BATTLETECH** ging weiter mit **MECHWARRIOR: DARK AGE**, wo zuletzt »Dragon Rising« von Ilsa J. Bick (24), »Masters of War« von Michael A. Stackpole (25), »A Rending of Falcons« von Victor Milan (26), »Pandora's Gambit« von Randall N. Bills (27), »Fire at Will« von Blaine Lee Pardoe (28) und »The Last Charge« von Jason M. Hardy (29) erschienen sind. +++ Zur neuen TV-Inkarnation von **BATTLESTAR GALACTICA** erschien »Unity« von Steven Harper. +++ Weitergeführt wurde die Romanreihe **PREDATOR** zum gleichnamigen Film mit »Flash & Blood« von Michael Jan Friedman & Robert Greenberg und »Turnabout« von Steve Perry. +++ Zum Computer-Spiel STARCRAFT erschienen »Ghost: Nova« von Keith R.A. DeCandido sowie »Firstborn« und »Shadow Hunters« von Christie Golden. +++ Zum Computer-Spiel HELLGATE kam »London: Exodus« von Mel Odom auf den Markt.

Alles in allem waren auch im vergangenen Jahr die Romane zu den diversen **STAR TREK**-Reihen wohl wieder am erfolgreichsten: Zu **STAR TREK CLASSIC** kamen »Errand of Fury 2: Demands of Honor« von Kevin Ryan, »Crucible: Kirk: The Star to Every Wandering« von David R. George III und »Captain's Glory« von William Shatner mit Judith & Garfield Reeves-Stevens; zum Beginn von Kirks Karriere führt hingegen »Star Trek Academy: Collision Course« von William Shatner mit Judith & Garfield Reeves-Stevens. +++ Eine Sternbasis zur Zeit von STC steht bei **STAR TREK: VANGUARD** im Zentrum des Geschehens: zuletzt erschien Band 43,

»Reap the Whirlwind« von David Mack. +++ Zu **STAR TREK: THE NEXT GENERATION** erschienen »The Buried Age« von Christopher L. Bennett um Picards Leben vor der ENTERPRISE, »Resistance« von J.M. Dillard, »Death in Winter« von Michael Jan Friedman, »Before Dishonor« von Peter David und die Anthologie »The Sky's the Limit«, hrsg. von Marco Palmieri. +++ Zu **STAR TREK: DEEP SPACE NINE** gab es »Twist of Faith« mit drei Kurzromanen von S.D. Perry, David Weddle & Jeffrey Lang und Keith R.A. DeCadido, der noch eine Extra-Story beisteuerte, zu **STAR TREK: ENTERPRISE** »The God That Men Do« von Michael A. Martin & Andy Mangels. +++ Ein neuntes Buch gab es um das **STARFLEET CORPS OF ENGINEERS,** »Grand Designs«. +++ Über Figuren aus STAR TREK: THE NEXT GENERATION auf der ENTERPRISE oder TITAN handelt **STAR TREK: TITAN**; zuletzt erschien Band 4, »Sword of Damocles« von Geoffrey Thorne. +++ Um den Planeten Vulcan geht es in der Trilogie **STAR TREK: VULCAN'S SOUL**, eine thematische Fortsetzung von »Vulcan's Forge« und »Vulcan's Heart«, die mit »Epiphany« von Josepha Sherman & Susan Schwartz abgeschlossen wurde. +++ Neu gab es 2007 zwei **STAR TREK: MIRROR UNIVERSE**-Omnibus-Bände: »Glass Empires« mit den Einzelromanen »Age of the Empress« von Dayton Ward & Kevin Dilmore, »The Sorrows of Empire« von David Mack und »The Worst of Both Worlds« von Greg Cox und »Obsidian Alliances« mit »The Mirror-Scaled Serpent« von Keith R.A. DeCandido, »Cutting Ties« von Peter David und »Saturn's Children« von Sarah Shaw. +++ An **Anthologien** kam zudem noch »Star Trek: Strange New Worlds 10«, zusammengestellt von Dean Wesley Smith & Paula Block, heraus.

POST-HOLOCAUST-Serien: James Axler setzte **OUTLANDERS** mit »Closing the Cosmic Eye« (40), »Skull Throne« (41), »Satan's Seed« (42) und »Dark Goddess« (43) fort und **DEATHLANDS** mit »Cannibal Moon« (77), »Sky Rider« (78), »Remember Tomorrow« (79) und »Sunspot« (80).

Beim **Horror** sah es weniger gut aus: Zum mittlerweile abgeschlossenen TV-Hit **BUFFY, THE VAMPIRE SLAYER** kamen wieder einige Titel heraus, und zwar »Bad Bargain« von Diana G. Gallagher, »The Deathless« von Keith R.A. DeCandido und »Dark Congress« von

Christopher Golden. +++ An Büchern zur ebenfalls schon beendeten TV-Serie **ANGEL** erschienen zuletzt »The Curse« und »Old Friends« von Jeff Mariotte. +++ Auch zur ebenfalls eingestellten Hexen-TV-Serie **CHARMED** kam Neues auf den Markt: »Phoebe Who?« von Emma Harrison, »High Spirits« von Scott Ciencin, »Leo Rising« von Paul Ruditis und »Shadow of the Sphinx« von Carla Jablonski. +++ Fortgeführt wurde **RESIDENT EVIL** mit »Extinction« von Keith R.A. DeCandido. +++ Weiter ging die Romanreihe zur TV-Serie **LOST** mit »Endangered Species« von Cathy Hapka und »Bad Twin« von Gary Troup. +++ Gestartet wurde eine Romanreihe zur TV-Serie **SUPERNATURAL** mit »Nevermore« von Keith R.A. De Candido und »Witch's Canyon« von Jeff Mariotte.

Nachgelassen hat auch der Trend zu Romanen über **Comicfiguren und Superhelden**. Zu den DC-Helden folgte nach »Last Sons« von Alan Grant und »Inheritance« von Devin Grayson in der Reihe DC UNIVERSE »Helltown« von Dennis O'Neill und »Trail of Time« von Jeff Mariotte, »52: The Novel« von Greg Cox und »The Last Days of Krypton« von Kevin J. Anderson +++ Zum **DARK HORSE**-Comic HELLBOY kam »The Dragon Pool« von Christopher Golden heraus. +++ Und zu **MARVELS** Helden gab es »X-Men: The Return« von Chris Roberson, »Ghost Rider« von Greg Cox (Roman zum Film), »Spider-Man 3« von Peter David, »Spider-Man: Drowned in Thunder« von Christopher L. Bennett, »Fantastic Four: The Baxter Effect« von Dave Stern, »Fantastic Four: What Lies Between« von Peter David, »Wolverine: Life Blood« von Hugh Matthews, »Wolverine: Violent Tendencies« von Marc Cerasini und »The Ultimates: Against All Enemies« von Alex Irvine.

Anthologien erfreuen sich in den USA, im Gegensatz zum deutschsprachigen Markt, ungebrochener Beliebtheit. Speziell die Jahresbesten-Anthologienreihen kommen bei der Leserschaft besonders gut an, wie »The Best Science Fiction and Fantasy of the Year: Volume 1«, hrsg. von Jonathan Strahan, »Nebula Awards Showcase 2007«, hrsg. von Mike Resnick, »The Year's Best Science Fiction: Twenty-Fourth Annual Collection«, hrsg. von Gardner Dozois, »Year's Best Fantasy 7«, hrsg. von David G. Hartwell & Kathryn Kramer, »The Year's Best Fantasy and Horror 2006: Twentieth Annual

Collection«, hrsg. von Ellen Datlow, Kelly Link & Gavin J. Grant, »The Year's Best SF 12«, hrsg. von David G. Hartwell & Kathryn Cramer, »Fantasy: The Best of the Year: 2007 Edition«, hrsg. von Rich Horton und »Horror: The Best of the Year: 2007 Edition«, hrsg. von Rich Horton. Besonders hervorzuheben wären noch »The New Space Opera«, hrsg. von Gardner Dozois & Jonathan Strahan, »Wizards: Magical Tales from the Masters of Modern Fantasy«, hrsg. von Jack Dann & Gardner Dozois, »Dangerous Games« von Jack Dann & Gardner Dozois, »Best of the Best, Volume 2: 20 Years of the Best Short Science Fiction Novels«, hrsg. von Gardner Dozois, »The Space Opera Renaissance«, hrsg. von David G. Hartwell & Kathryn Kramer, »Forbidden Planets«, hrsg. von Peter Crowther, »Futures Past«, hrsg. von Jack Dann & Gardner Dozois, »The James Tiptree Award Anthology 3«, hrsg. von Karen Joy Fowler, Debbie Notkin & Jeffrey D. Smith, »Fast Forward 1: Future Fiction from the Cutting Edge«, hrsg. von Lou Anders, »Future Weapons of War«, hrsg. von Joe Haldeman & Martin H. Greenberg, »Alien Crimes«, hrsg. von Mike Resnick, »Retro Pulp Tales«, hrsg. von Joe R. Lansdale, »Astounding Hero Tales: Thrilling Stories of Pulp Adventure«, hrsg. von James Lowder, »The Best of Jim Bean's Universe 2006«, hrsg. von Eric Flint, »Best American Fantasy«, hrsg. von Ann & Jeff VanderMeer und »Rewired: The Post-Cyberpunk Anthology«, hrsg. von James Patrick Kelly & John Kessel.

Im Einzelnen ist von den **Autoren**, ihren jüngsten **Veröffentlichungen**, **Aktivitäten** und **Projekten** – alphabetisch nach Autorennamen geordnet – noch zu berichten:

Daniel Abraham – setzte die LONG PRICE-Tetralogie mit »A Betrayal in Winter« fort.
Kevin J. Anderson – Mit »Metal Swarm« erschien Band 5 seiner SAGA OF SEVEN SUNS.
Piers Anthony – Der 31. XANTH-Roman kam unter dem Titel »Air Apparent« heraus.
Christopher Anvil – 13 weitere Geschichten über Konflikte zwischen Menschen und Aliens enthält »The Trouble With Humans«.
Robert Asprin – schrieb gemeinsam mit Jody Lynn Nye die MYTH-Collection »Myth-Told Tales«.

A.A. Attanasio – veröffentlichte die Storysammlung »Twice Dead Things« und die Dark Fantasy »The Conjure Book«.

Richard Bachman – Unter diesem Pseudonym veröffentlichte Stephen King den Horror-Roman »Blaze«.

Kage Baker – Neu die COMPANY-Collection »Gods and Pawns« und die COMPANY-Romane »Rude Mechanicals« und »The Sons of Heaven«, die den Zyklus abschließen.

Clive Barker – Um die Autobiographie eines Dämonen geht es im Horror-Roman »Mr. B. Gone«.

Peter S. Beagle – publizierte zuletzt den phantastischen Roman »Summerlong«.

Frank Beddor – setzte den auf Carrolls »Alice in Wonderland« basierenden Fantasy-Zyklus, der mit »The Looking Glass Wars« begann, mit »Seeing Redd« fort.

Ann Benson – publizierte mit »The Physician's Tale« den dritten Band des SF-Zyklus um Ärzte, die Seuchen in Vergangenheit und Zukunft bekämpfen, der mit »The Plague Tales« begann.

Anne Bishop – setzte mit »Belladonna« den mit »Sebastian« begonnenen neuen Fantasy-Zyklus um die Welt EPHEMERA fort.

Ben Bova – veröffentlichte den High-Tech-Thriller »The Green Trap«, »The Sam Gunn Omnibus« mit den Collections »Sam Gunn, Umlimited« und »Sam Gunn Forever« nebst weiteren Geschichten sowie »The Aftermath«, Band 4 der zur SOLAR SYSTEM-Serie gehörenden Subreihe THE ASTEROID WARS.

Marion Zimmer Bradley – Deborah J. Ross setzte mit »The Alton Gift«, Band 1 der Trilogie CHILDREN OF KINGS, MZBs DARKOVER-Zyklus fort.

Chaz Brenchley – In einem alternativen Istanbul spielt »River of the World«, nach »Bridge of Dreams« der zweite Roman der Fantasy-Serie SELLING WATER BY THE RIVER.

David Brin – begann mit »Sky Horizon« die SF-Jugendbuch-Serie COLONY HIGH.

Poppy Z. Brite – Neu von der Horror-Meisterin der Alternativwelt-Krimi »D.U.C.K.«.

Eric Brown – publizierte den SF-Roman »Helix«.

Tobias S. Bucknell – schrieb die im gemeinsamen Universum spielenden SF-Abenteuer »Crystal Rain« und »Ragamuffin«.

Jim Butcher – Neu der 3. und 4. Band der Epic Fantasy CODEX ALERA, »Cursor's Fury« und »Captain's Fury«, sowie Bände 8 und 9 der DRESDEN FILES: »Proven Guilty« und »White Night«.

Orson Scott Card – schrieb gemeinsam mit Aaron Johnson den SF-Medizin-Thriller »Invasive Procedures«.

Michael Chabon – Der Pulitzer-Preisträger legte mit »The Yiddish Policemen's Union« eine Mischung aus Alternativweltstory und Krimi vor.

C.J. Cherryh – »Deliverer« ist bereits der neunte Roman der FOREIGNER-Serie.

Simon Clark – schrieb den Horror-Roman »Death's Dominion«.

Douglas Clegg – Der Horror-Meister schloss die VAMPYRICON-Trilogie mit »The Queen of Wolves« ab, startete mit »Mordred, Bastard Son« seine Neufassung des Artus-Sagenstoffs und veröffentlichte zudem den Roman »Isis« und die Collection »Wild Things: Four Tales«.

Robert Conroy – Japan kapituliert nach dem Abwurf der Atombomben nicht – in »1945«.

Glen Cook – veröffentlichte den Fantasy-Roman »Lord of the Silent Kingdom«, Band 2 der INSTRUMENTALITIES OF THE NIGHT.

Jim Crace – veröffentlichte den Post-Holocaust-Roman »The Pesthouse«.

John Crowley – schloss mit »Endless Things« seine AEGYPT-Tetralogie ab.

Peter Crowther – präsentierte in der Sammlung »The Spaces Between the Lines« ein Dutzend unheimlicher Geschichten.

Julie E. Czernada – startete mit »Reap the Wild Wind« den neuen SF-Zyklus STRATIFICATION.

Philip K. Dick – Erstmals veröffentlicht wurde der Mainstream-Roman »Voices from the Street«.

Gordon R. Dickson – »Antagonist«, der letzte Roman seines CHILDE-Zyklus, wurde von David W. Wixon zu Ende geschrieben.

Cory Doctorow – Neu die Collection »Overclocked«.

Stephen R. Donaldson – brachte »Fatal Revenant« heraus, Band 2 der LAST CHRONICLES OF THOMAS COVENANT.

Carole Nelson Douglas – legte bereits den 19. Band ihrer Katzen-Krimis um MIDNIGHT LOUIE vor: »Cat in a Red Hot Rage«.

L. Timmel Duchamp – brachte den SF-Romane »Tsunami« auf den Markt.

Dave Duncan – Im Venedig der Renaissance spielt »The Alchemist's Apprentice«, der erste Roman einer neuen Trilogie. Zudem erschien »Mother of Lies«, die Fortsetzung von »Children of Chaos«.

David Anthony Durham – Der bekannte Autor historischer Romane startete mit »Acacia« den High Fantasy-Zyklus THE WAR WITH THE MEIN.

Carol Emshwiller – veröffentlichte den SF-Roman »The Secret City«.

David Farland – Unter diesem Pseudonym setzte Dave Wolverton seine Fantasy-Saga THE RUNELORDS mit Band 6, »Sons of the Oak« fort.

Eric Flint – Von ihm stammen die Alternativwelt-Romane »1824: The Arkansas War« und »1634: The Baltic War« (mit David Weber).

Alan Dean Foster – legte mit »Patrimony« den neuesten Roman um PIP & FLINX vor und schrieb das Prequel »Transformers: Ghosts of Yesterday« und den Roman zum Film »Transformers«.

Christopher Fowler – Neu die Grusel-Romane »Ten-Second Staircase« und »White Corridor«, die Bände 4 und 5 um das Detektivgespann BRYANT & MAY.

Neil Gaiman – »M is for Magic« enthielt zehn Storys für jugendliche Leser. Und gemeinsam mit Michael Reeves entstand das Jugendbuch »Inter-World«.

David Gerrold – veröffentlichte die Storysammlung »The Involuntary Human«.

William Gibson – Sein neuester Roman »Spook Country« steht in losem Zusammenhang mit seinem früheren »Pattern Recognition«.

Kathleen Ann Goonan – Neu der SF-Roman »In War Times«.

Phyllis Gotlieb – veröffentlichte den SF-Roman »Birthstones«.

Simon R. Green – publizierte mit »Hell to Pay« Band 6 der Dark Fantasy-Serie NIGHTSIDE.

Margaret Peterson Haddix – schloss mit »Among the Free« ihre vielbeachtete neunbändige SF-Jugendbuchserie THE SHADOW CHILDREN ab.

Joe Haldeman – publizierte den SF-Roman »The Accidental Time Machine«.

Laurell K. Hamilton – Mit »Danse Macabre« und »The Harlequin« hat es die Serie um ANITA BLAKE bereits auf 15 Bände gebracht. Die Serie um MEREDITH GENTRY wurde mit »A Lick of Frost« (Band 6) weitergeführt.

Elizabeth Hand – Acht Geschichten enthält die Collection »Saffron and Brimstone: Strange Stories«. Neu auch der Thriller »Generation Loss«.

Charlaine Harris – Zuletzt sind der 6. Roman der Vampir-Serie um die SOOKIE STACKHOUSE – »All Together Dead« – und die von ihr und Toni L.P. Kellner zusammengestellte Vampir-Anthologie »Many Bloody Returns« erschienen

Elizabeth Haydon – veröffentlichte den dritten Band des zur RHAPSODY-Serie gehörenden Zyklus SYMPHONY OF AGES, »The Assassin King«, und startete mit »The Floating Island« und »The Thief Queen's Daughter« die Serie LOST JOURNALS OF VEN POLYPHEME.

Lian Hearn – schrieb mit »Heaven's Net is Wide« ein Prequel zur OTORI-Saga.

Brian Herbert – setzte gemeinsam mit Kevin J. Anderson nach Aufzeichnungen von Frank Herbert die DUNE-Serie mit dem Band 8 der Chroniken, »Sandworms of Dune«, fort. Für 2008 eingeplant ist der nächste Band unter dem Titel »Paul of Dune«.

Joe Hill – Der Sohn von Stephen King veröffentlichte nach der Collection »20th Century Ghosts« seinen ersten Horror-Roman »Night-Side Box«.

Glen Hirshberg – Sieben beeindruckende Geschichten enthält die Collection »American Morons«.

James P. Hogan – Zuletzt erschien der SF-Roman »Echoes of an Alien Sky«.

Nalo Hopkinson – Neu der Roman »The New Moon's Arms«.

Tanya Huff – setzte ihre Military SF-Serie CONFEDERATION mit »The Heart of Valor« fort.

Diana Wynne Jones – Neu das Fantasy-Jugendbuch »The Game«.

J.V. Jones – setzte den SWORD OF SHADOWS-Zyklus mit »A Sword from Red Ice« (Band 3) fort.

Guy Gavriel Kay – Neu der phantastische Roman »Ysabel«.

Katherine Kerr – »The Spirit Stone« ist der neueste Roman zum DEVERRY-Zyklus.

Caitlin R. Kiernan – In der Welt von »Threshold« und »Low Red Moon« spielt auch der Horror-Roman »Daughter of Hounds«. Zudem erschienen die Collection »Tales from the Woeful Platypus« mit erotischen Geschichten und der Roman zum Film »Beowulf«.

Ellen Klages – publizierte die beachtliche SF-Collection »Portable Childhoods«.

T.E.D. Klein – brachte in limitierter Auflage die Storysammlung »Reassuring Tales« heraus.

Dean Koontz – publizierte zuletzt die Thriller »The Darkest Evening of the Year« und »The Good Guy«.

Katherine Kurtz – startete mit »Childe Morgan« die ebenfalls zur DERYNI-Saga gehörende CHILDE MORGAN-Trilogie.

Mercedes Lackey – gab drei Dark Fantasy-Krimis um Diana Tregarde – »Children of the Night«, »Burning Water« und »Jinx High« – als »Diana Tregarde Investigates« neu heraus und mit Roberta Gellis »By Slanderous Tongues«, den 3. Band der Fantasy-Serie um die junge QUEEN ELIZABETH. Neu auch »Fortune's Fool«, der dritte in den 500 Königreichen spielende Fantasy-Roman.

Joe R. Lansdale – Neu der Horror-Roman »Lost Echoes« und die Collections »The Shadows, Kith and Kin« und »God of the Razor«.

Ursula K. Le Guin – setzte den Zyklus ANNALS OF THE WESTERN SHORE, der mit »Gifts« und »Voices« begann, mit »Powers« fort.

Murray Leinster – Acht Stories des SF-Altmeisters wurden mit »The Runaway Skyscraper and Other Tales From the Pulps« einer neuen Lesergeneration vorgestellt.

Richard A. Lupoff – Lovecraft ist der Protagonist des Krimis »Marblehead«.

D.J. MacHale – setzte den PENDRAGON-Zyklus mit Band 8 fort: »The Pilgrims of Rayne«.

Nick Mamatas – Der für seine Horror-Veröffentlichungen bekannte Autor schrieb die SF-Satire »Under My Roof«.

Louise Marley – legte mit »Absalom's Mother & Other Stories« ihre erste Collection vor.

Anne McCaffrey – setzte mit Elizabeth Ann Scarborough sowohl die SF-Serie PETAYBE (»Maelstrom« und »Deluge«; Band 5&6) als auch ACORNA'S CHILDREN (»Third Watch«; Band 3) fort und schrieb gemeinsam mit ihrem Sohn Todd den PERN-Roman »Dragon Harper«.

Jack McDevitt – legte den SF-Roman »Cauldron« vor.

Ian McDonald – Im Brasilien der Vergangenheit, Gegenwart und Zukunft spielt der Roman »Brasyl«.

Dennis L. McKiernan – setzte die FAERIE-Serie mit »Once Upon a Dreadful Time« (Band 5 nach »Once Upon a Winter's Night«, »Once Upon a Summer Day«, »Once Upon an Autum Eve« und »Once Upon a Spring Morn«) fort.

China Miéville – Neu der Fantasy-Jugendroman »Un Lun Dun«.

L. E. Modesitt – setzte den Fantasy-Zyklus RECLUSE mit »Natural Ordermage« (Band 4) fort und publizierte den abgeschlossenen SF-Roman »The Elysium Commission«.

Christopher Moore – Ein Dutzend Jahre nach »Bloodsucking Fiends« veröffentlichte Moore einen weiteren Roman um das Vampir-Liebespaar: »You Suck«.

Robert Newcomb – publizierte mit »A March into Darkness« nach »Savage Messiah« Band 2 der Fantasy-Trilogie DESTINIES OF BLOOD AND STONE.

Douglas Niles – schrieb gemeinsam mit Michael Dobson den Alternativwelt-Roman »MacArthur's War: A Novel of the Invasion of Japan«.

Larry Niven – 200 Jahre vor »Ringworld« spielt der gemeinsam mit Edward M. Lerner geschriebene KNOWN SPACE-Roman »Fleet of Worlds«.

Garth Nix – brachte im 7 Bände umfassenden Fantasy-Zyklus THE KEYS TO THE KINGDOM zuletzt Band 5, »Lady Friday«, heraus. Band 6 erscheint 2008 unter dem Titel »Superior Saturday«.

Rebecca Ore – schrieb mit »Time's Child« einen ungewöhnlichen Zeitreise-Roman.

James A. Owen – schrieb das phantastische Jugendbuch »Here, There Be Dragons« um einen Atlas imaginärer Orte, der drei junge Männer zu einer Reise ins Unglaubliche aufbrechen lässt.

Susan Palwick – Im San Francisco der näheren Zukunft handelt »Shelter«.

Richard Parks – Neu die Sammlung »Worshipping Small Gods« mit 14 Geschichten aus den unterschiedlichsten Subgenres der phantastischen Literatur.

Diana L. Paxson – veröffentlichte mit »Marion Zimmer Bradley's Ravens of Avalon« Band 6 des AVALON-Zyklus.
Tom Piccirilli – Neu der Thriller »The Midnight Road«.
Tim Powers – publizierte die Dark Fantasy-Erzählung »A Soul in a Bottle«.
Douglas Preston – schrieb gemeinsam mit Lincoln Child den ALOYSIUS PENDERGAST-Thriller »The Wheel of Darkness«.
M. Rickert – veröffentlichte die Storysammlung »Map of Dreams« mit 21 zum Teil neuen Beiträgen.
John Ringo – war zuletzt sehr fleißig. So erschienen aus seiner Feder die Thriller »Unto the Beach« und »A Deeper Blue« (PALADIN OF SHADOWS 4 & 5) sowie die SF-Romane »Vrpal Blade« (WILLIAM WEAVER 2), »East of the Sun, West of the Moon« (COUNCIL WARS 4), »Yellow Eyes« (mit Tom Kratman) und »Sister Time« (mit Julie Cochrane), die Bände 8 und 9 des POSLEEN WAR.
Rick Riordan – Der dritte Roman um PERCY JACKSON AND THE OLYMPIANS erschien unter dem Titel »The Titan's Curse«.
J.D. Robb – Bereits auf 25 Bände angewachsen ist die SF-Krimiserie EVE DALLAS. Zuletzt erschienen »Innocent in Death« und »Creation in Death«.
Kim Stanley Robinson – Von ihm erschien der Near Future-SF-Roman »Sixty Days and Counting«.
Justina Robson – Mit »Keeping It Real« und »Selling Out« begann die QUANTUM GRAVITY-Serie um Lila Black.
Joel Rosenberg – In einer Alternativwelt, in der Mordred und nicht Arthur der Held ist, spielt »Paladin II: Knight Moves«, die Fortsetzung von »Paladins«.
Mary Rosenblum – Um die Folgen de Klimaerwärmung geht es in den drei Erzählungen und dem Roman »The Drylands«, die in »Water Rites« enthalten sind.
Rudy Rucker – publizierte die Storysammlung »Mad Professor« und die SF-Romanze »Mathematicians in Love«.
Matt Ruff – veröffentlichte den SF-Thriller »Bad Monkeys«.
Kristine Kathryn Rusch – setzte den SF-Zyklus um MILES FLINT mit »Recovery Man« (Band 6) fort.
Brandon Sanderson – veröffentlichte mit »The Well of Ascension« den zweiten Roman der MISTBORN-Trilogie; er wird auch nach

den Notizen Robert Jordans dessen WHEEL OF TIME-Zyklus zum Abschluss bringen.
Pamela Sargent – veröffentlichte mit dem SF-Jugendbuch »Farseed« die Fortsetzung zu »Earthseed«.
John Saul – Neu der Horror-Roman »The Devil's Labyrinth«.
Charles Saunders – brachte die ersten Bände seiner S&S-Trilogie um den schwarzen Helden IMARO neu heraus: »Imaro« und »Imaro: The Quest for Cush«.
John Scalzi – steuerte zu seiner OLD MAN'S WAR-Serie, in der zuletzt »The Ghost Brigade« und »The Last Colony« erschienen sind, die Novelle »The Sagan Diary« bei.
Lucius Shepard – Neu der Grusel-Roman »Softspoken«.
John Shirley – veröffentlichte die Storysammlung »Living Shadows: Stories: New and Preowned«.
Robert Silverberg – Weiter geführt wurde die Edition THE COLLECTED STORIES OF ROBERT SILVERBERG mit »To Be Continued« und »To the Dark Star«.
Clark Ashton Smith – Die chronologische Veröffentlichung seines Kurzgeschichten-Œuvres in der Edition THE COLLECTED FANTASIES OF CLARK ASHTON SMITH startete mit »The End of the Story« und »The Door to Saturn«.
Brian Stableford – publizierte den Horror-Roman »The New Faust at the Tragicomique«.
Michael A. Stackpole – Nach »A Secret Atlas« und »Cartomancy« erschien mit »The New World« der Abschlussband des Fantasy-Zyklus THE AGE OF DISCOVERY.
Allen Steele – publizierte zuletzt den SF-Roman »Spindrift«, der in der Welt seines COYOTE-Zyklus handelt.
Bruce Sterling – Seine 24 besten Geschichten präsentiert die Sammlung »Ascendancies: The Best of Bruce Sterling«.
S.M. Stirling – In einem Alternativ-Universum, in dem eine Raumsonde 1988 festgestellt hat, dass Mars und Venus von Menschen bewohnt wird, spielt das SF-Abenteuer »The Sky People«.
Whitley Strieber – verfasste den Thriller »2012«, Band 1 des Zyklus THE WAR FOR SOULS.
Charles Stross – führte den mit »The Family Trade«, »The Hidden Family« und »The Clan Corporate« begonnenen SF-Zyklus MERCHANT PRINCES mit »The Merchant's War« weiter, zudem er-

schienen die neuen Romane »On Her Majesty's Occult Service« und »Halting State« sowie die Novelle »Missile Gap«.

Theodore Sturgeon – Auf bereits elf Bände hat es die Edition gebracht, die Sturgeons gesamtes Kurzgeschichtenwerk präsentieren soll – der Titel der neuesten Sammlung: »The Nail and the Oracle«.

Michael Swanwick – brachte eine neue Collection unter dem Titel »The Dog Said Bow-Wow« heraus.

Sheri S. Tepper – Neu der komplexe SF-Roman »The Margarets«.

Jeffrey Thomas – Zum PUNKTOWN-Zyklus gehört der neue Roman »Deadstock«.

Harry Turtledove – startete die neue Fantasy-Trilogie THE OPENING OF THE WORLD mit »Beyond the Gap«. Zudem erschien der Alternativwelt-Roman »Opening Atlantis«.

A. E. van Vogt – Kevin J. Anderson komplettierte den von van Vogt 1984 begonnenen, aber nicht mehr vollendeten 3. SLAN-Roman »Slan Hunter«.

John Varley – Für 2008 geplant ist der SF-Roman »Rolling Thunder«.

S. L. Viehl – Unter diesem Pseudonym setzte Sheila Kelly den STAR-DOC-Zyklus mit Band 7, »Plague of Memory«, fort.

Howard Waldrop – veröffentlichte die Storysammlung »Things Will Never Be The Same: Selected Short Fiction 1980–2005«, die etliche für Hugo und Nebula nominierte und eine mit dem Nebula ausgezeichnete Story enthält.

Lawrence Watt-Evans – setzte mit »The Spriggan Mirror« seine ETHSHAR-Serie (Band 9) und mit »The Ninth Talisman« die ANNALS OF THE CHOSEN (Band 2) fort.

David Weber – begann mit »Off Armageddon Reef« die neue SAFEHOLD-SF-Serie und schrieb mit Linda Evans die Fantasy »Hell Hath No Fury«, die Fortsetzung von »Hell's Gate«.

Kate Wilhelm – Neueste Veröffentlichung war ein weiterer Krimi um BARBARA HOLLOWAY: »A Wrongful Death«.

Tad Williams – 16 Storys und diverse Artikel und andere Beiträge enthielt die Collection »Rite« des Autors, der mit »Shadowplay« den Mittelband der SHADOWMARCH-Trilogie präsentierte.

Connie Willis – Neu die Collection »The Winds of Marble Arch and Other Stories«

F. Paul Wilson – publizierte »Harbingers« und »Bloodline«, zwei neue Romane um HANDYMAN JACK.
Robert Charles Wilson – schrieb mit »Axis« die Fortsetzung zum mit dem Hugo ausgezeichneten SF-Roman »Spin«.
Gene Wolfe – schloss sich dem Trend an und publizierte eine SF-Piraten-Geschichte: »Pirate Freedom«.
Chelsea Quinn Yarbro – veröffentlichte die Dark Fantasy »A Mortal Glamour«.
Timothy Zahn – Neu Band 5 der DRAGONBACK ADVENTURES: »Dragons and Judge«.

Keine Erholung gab es 2006/2007 für den **Magazinmarkt**. Die Situation der Genre-Publikationen sah 2006 sogar noch düsterer aus als in den Jahren zuvor, denn die Talfahrt bei den Verkaufszahlen der auf dem Markt befindlichen professionellen Magazine ging nach wie vor ungebrochen weiter und bescherte abermals neue Tiefststände. Besonders dramatisch sah es auch diesmal wieder bei **ASIMOV'S** aus, wo das Minus erneut im zweistelligen Bereich lag. Dieser kontinuierliche Schrumpfprozess hatte auch zur Folge, dass das Magazin in den letzten fünfzehn Jahren schon drei Viertel seiner Leserschaft verloren hat, bei **F&SF**, wo der Rückgang nur marginal war, sind es immerhin auch an die zwei Drittel, und bei **ANALOG**, wo der Einbruch 2006 am zweitstärksten ausfiel, sieht es auch nicht viel besser aus. Gründe für diese Talfahrt gibt es viele, zu den wichtigsten gehören zweifellos das veränderte Leser- und Käuferverhalten und die Tatsache, dass sich Magazine über den Zeitschriftenhandel immer schlechter verkaufen und diese auf Direktbezug mittels Abos und den Buchhandel angewiesen sind. Die Anzahl der Magazine, die 2006 erschienen sind, ging infolge der Einstellung von **AMAZING** auf 37 zurück. **ANALOG SCIENCE FICTION & FACT**, das von Stanley Schmidt herausgegebene Digest mit der Vorliebe für Hard SF, von dem 2006 wieder 10 Ausgaben publiziert wurden, verzeichnete diesmal bei den Verkaufszahlen einen Rückgang auf unter 29.000 Exemplare. Trotzdem konnte das Magazin seine Führungsposition behaupten, wobei die Differenz zum Zweitplatzierten gestiegen ist. **ASIMOV'S SCIENCE FICTION**, das unter der redaktionellen Leitung von Sheila Williams eine breite Themenpalette auf höchstem Niveau bot, verzeichnete einen drastischen Rückgang auf über 18.000 verkaufte Exemplare von jeder der ebenfalls 10 in diesem Jahr publizierten Ausgaben. Im Vergleich dazu gut verlief 2006 für das im Eigentum des Herausgebers Gordon Van Gelder befindliche **MAGAZINE OF FANTASY & SCIENCE FICTION**, von dem in diesem Jahr erneut 11 Nummern erschienen sind. Zwar gab es auch hier einen Rückgang bei der Zahl der verkauften Titel, doch dieser fiel so knapp aus, dass man fast von einem gleichen Ergebnis sprechen könnte und das traditionsreiche Magazin weiterhin über der 18.000er-Marke blieb und sich von den Verkaufszahlen her noch vor **ASIMOV'S** platzierte. Wie es dem anfangs so erfolgreichen Fantasy-Hochglanz-Magazin **REALMS OF FANTASY**, von dem unter der Federführung von Shawna McCarthy sechs Ausgaben publiziert wurden, 2006 erging, wurde von Verlagsseite erneut nicht bekannt gegeben, aber 2005 verzeichnete das Magazin wieder ein kräftiges Minus und die verkaufte Auflage sank auf knapp über 23.000 Exemplare, was mehr als eine Halbierung seit 1994 bedeutete. Man kann gespannt sein, wie sich 2006 die Zahlen hier entwickelt haben.

Bei den **semiprofessionellen Magazinen** – das sind solche, die nicht über den Zeitschriftenhandel vertrieben werden, eine Auflage unter 10.000 Exemplaren haben und zumindest vier Mal pro Jahr erscheinen, was in den meisten Fällen der Knackpunkt ist, ansonsten aber professionell aufgemacht sind – gab es, wie alle Jahr wieder, etliche Änderungen. Alle diese Kriterien geschafft haben 2006 **APEX SCIENCE FICTION & HORROR DIGEST**, hrsg. von Jason Sizemore, von dem vier Ausgaben veröffentlicht wurden, **POSTSCRIPTS**, hrsg. von Peter Crowther (ebenfalls vier Nummern, sowohl als Hardcover als auch Digest-Magazin erhältlich), **WEIRD TALES** (hrsg. von George H. Scithers & Darrell Schweitzer), von dem fünf Ausgaben erschienen sind, sowie **CTHULHU SEX** (hrsg. von Michael Amorel), das es auf vier Ausgaben brachte. An einer oder mehrerer dieser Kriterien gescheitert sind **CEMETERY DANCE** (hrsg. von Richard Chizmar), das es wieder auf nur drei Ausgaben gebracht hat, **FANTASY MAGAZINE** (hrsg. von Sean Wallace), von dem im zweiten Jahr seines Bestehens drei Ausgaben publiziert wurden, und **SUBTERRANEAN** (hrsg. von William Schafer) mit ebenfalls drei Nummern, das 2007 zum reinen Online-Magazin mutierte. Noch zu erwähnen wären **DARK WISDOM** (hrsg. von William Jones; drei Nummern), **H.P. LOVECRAFT'S MAGAZINE OF HORROR** (eine Nummer), **PARADOX**, von dem im vierten Erscheinungsjahr wieder zwei Ausgaben publiziert wurden, und **TALEBONES** (hrsg. von Patrick & Hanna Swenson), das wieder mit zwei Ausgaben vertreten war. Neu gestartet wurde das Digest-Magazin **SHIMMER** (vier Ausgaben), völlig vom Markt verschwunden hingegen sind alle Magazine von DNA-Publishing, darunter auch **ABSOLUTE MAGNITUDE, SCIENCE FICTION CHRONICLE** und **FANTASTIC STORIES.** Nach wie vor exzellent auf dem Markt etabliert ist die Fachzeitschrift **LOCUS**, von der 2006 wieder zwölf Ausgaben in gewohnter Pünktlichkeit veröffentlicht wurden.

Copyright © 2008 by Hermann Urbanek

Die britische SF-Szene 2006/2007

von Hermann Urbanek

Der Aufschwung, der sich auf dem britischen SF-, Fantasy- und Horror-Markt nach dem desaströsen Jahr 2003 in den beiden Folgejahren sowohl bei den Original- und britischen Erstveröffentlichungen als auch bei den Nachdrucken manifestiert hatte, setzte sich im Jahr 2006 leider nicht fort. Aber der Rückgang bei den publizierten Titeln war nur gering, und das, obwohl es auf dem Verlagssektor etliche Änderungen gegeben hat. Den bislang vorliegenden Zahlen zufolge sieht es ganz danach aus, als wäre dies – wie auch zuletzt erwartet – nur eine Stabilisierung auf leicht niedrigerem Niveau gewesen, und es sieht ganz danach aus, als würde das Jahresergebnis von 2005 nicht nur erreicht, sondern sogar noch übertroffen werden. Aber vom Rekordergebnis des Jahres 1994 ist man nach wie vor weit entfernt.

Der amerikanischen SF-Fachzeitschrift **LOCUS** zufolge wurden 2006 in Großbritannien im phantastischen Genre unter Einbeziehung aller Grenzfälle insgesamt 774 Titel veröffentlicht; 2006 waren es 786. Ein Minus gab es diesmal bei den Reprints, von denen 2006 mit 357 um 19 weniger erschienen sind als im Jahr davor, die Anzahl der neuen Titel stieg hingegen leicht von 410 auf 417, also nur marginal. Diese 417 Original- und britischen Erstveröffentlichungen (Letztere in der Regel von US-Autoren, zuletzt vermehrt aber Neuauflagen von Werken britischer Autoren, die ihre Erstveröffentlichung in den USA hatten) setzten sich aus 44 SF-Romanen, 87 Fantasy-Romanen, 41 Horror-Romanen, 8 Anthologien, 17 Collections, 9 Sachbüchern, 61 Medienbüchern, 123 Juveniles, 17 Omnibus-Bänden und 7 Kunstbüchern sowie zwei nicht zuzuordnenden Titeln zusammen. 2005 hatte die Aufteilung noch 60 SF-Romane, 89 Fantasy-Romane, 30 Horror-Romane, 12 Anthologien, 12 Storysammlungen, 16 Sekundärwerke, 39 Medien-Titel, 128 Jugendbücher, 8 Sammelbände, 13 Kunstbücher sowie drei nicht zuordenbare Titel gelautet.

Damit bot sich ein völlig anderes Bild als im Vorjahr. SF-Roman, Fantasy-Roman, Anthologien, Kunstbuch, Jugendbuch und Sachbuch haben sowohl in absoluten Zahlen als auch vom Marktanteil her verloren, zugelegt haben hingegen die Kategorien Horror-Roman, Storysammlung, Medientitel und Omnibus-Bände, wobei die beiden Letzteren ihren Output im Vergleichszeitraum mehr als verdoppelt haben. Dem Jugendbuch gelang es schon zum dritten Mal in Folge, unangefochten die Spitzenposition zu behaupten, gefolgt vom Fantasy-Roman und den Medien-Büchern, die den SF-Roman diesmal auf Platz 4 verwiesen. Wenn man die Jugendbücher zu den einzelnen Genres hinzuordnet, hat natürlich der Fantasy-Roman mit 185 Veröffentlichungen die Nase vorne, gefolgt vom SF-Roman (56) und dem Horror-Roman (54).

Bei den **Verlagen**, die 2006 Genre-Titel herausgebracht haben, bot sich wieder ein sehr abwechslungsreiches Bild mit zum Teil unterschiedlichen Trends. Marktführer war wieder **Orion/Gollancz** (97 statt 96 Publikationen), gefolgt von **HarperCollins Voyager UK** (92 statt 89). Auf Platz 3 rangierte **Time Warner/Orbit** (84 statt 82), auf Platz 4 landete wieder **Hodder Headline**, der seine Titelzahl erneut steigerte, diesmal von 56 auf 68, gefolgt von **Transworld/Bantam** (57 statt 47), der **Pan MacMillan** (50 statt 49) auf Rang 6 verwies. Auf den Plätzen folgten **Random House UK** (46 statt 38), **Black Library Publishing** (35 statt 18), **Bloomsbury** (30 statt 32), **Penguin Group UK** (23 statt 34), **Scholastic** (23 statt 21), **PS Publishing** (20 statt 17) und **Simon & Schuster UK/Earthlight** (20 statt 40). Alles in allem haben 2006 insgesamt 54 Verlage SF, Fantasy und Horror auf den Markt gebracht, um zwei weniger als im Jahr davor.

Der Verlag Lagardere – Eigentümer von Hachette Livre, zu dem bereits Hodder Headline und Orion/Gollancz gehören – übernahm auch die Time Warner Book Group mit der bei Warner UK angesiedelten SF-Reihe Orbit. Damit ist Hachette im Besitz von drei der vier größten britischen SF-Verlage.

Auch in England waren **Serien und Zyklen** wieder der große Renner. Zumeist handelte es sich um Importe aus den USA oder weltweite internationale Veröffentlichungen, wie beispielsweise die STAR TREK- und STAR WARS-Bände, es gab und gibt aber auch eigenständige britische Projekte:

Sie führt schon seit Jahren ein eigenständiges Leben, die Buchreihe zum britischen TV-Phänomen DOCTOR WHO. In der regulären **DOCTOR WHO**-Reihe zum 10. Doktor sind zuletzt »Made of Steel« von Terance Dicks, »Sting of the Zygons« von Stephen Cole, »Wooden Heart« von Martin Day, »The Last Dodo« von Jacqueline Rayner, »Sick Building« von Paul Magrs, »Wetworld« von Mark Michalovski, »Forever Autum« von Mark Morris, »Wishing Well« von Trevor Baxendale, »The Pirate Loop« von Simon Guerrier, »Wishing Well« von Trevor Baxendale und »Peacemaker« von James Swallow erschienen. In der Anthologien-Reihe **DOCTOR WHO: SHORT TRIPS** wurden zuletzt »Destination Prague«, hrsg. von Steven Savile, »Snapshots«, hrsg. von Joseph Lidster, »Defining Patterns«, hrsg. von Ian Farrington, und »The Ghosts of Christmas« publiziert. Charaktere aus DOCTOR WHO spielen auch eine Rolle in der Serie **TIME HUNTER**. Hier gab es zuletzt den Abschlussband »Child of Time« von George Mann & David J. Howe. In der Welt der neuen DOCTOR WHO-TV-Serie spielen auch die **TORCHWOOD**-Romane »Another Life« von Peter Anghelides, »Border Princes« von Dan Abnett und »Slow Decay« von Andy Lane.

Weitergeführt wurden auch die Taschenbuchreihen zu WARHAMMER und WARHAMMER 40,000. Zum SF-Spiel **WARHAMMER 40,000** sind zuletzt die Romane »Sons of Fenris« von Lee Lightner, »His Last Command« von Dan Abnett, »The Horus Heresy: Fulgrim: Visions of Treachery« von Graham McNeill, »Ciaphas Cain: Hero of the Imperium« von Sandy Mitchell, »Chapter War« von Ben Counter, »Duty Calls« von Sandy Mitchell, »Brothers of the Snake« von Dan Abnett, »The Horus Heresy: The Flight of the Eisenstein« von James Swallow, »Rebel Winter« von Steve Parker, »Gaunt's Ghost: The Saint« von Dan Abnett, »Star of Damocles« von Andy

Hoare, »Dark Apostle« von Anthony Reynolds, »Descent of Angels« von Mitchell Scanlon, »Only In Death« von Dan Abnett, »The Armour of Contempt« von Dan Abnett und »Desert Raiders« von Lucien Soulban, die Anthologien »Let the Galaxy Burn« und »Invasion!«, hrsg. von Marc Gascoigne & Christian Dunn, sowie die Omnibus-Bände »Gaunt's Ghost: The Founding« (mit »First & Only«, »Ghostmaker« und »Necropolis«), »Soul Drinkers« von Ben Counter (mit »Soul Drinker«, »Bleeding Chalice« und »Crimson Tears«) sowie »The Space Wolf Omnibus« (mit »Space Wolf«, »Ragnar's Claw« und »Grey Hunter«) erschienen. Zum Fantasy-Spiel **WARHAMMER** gab es zuletzt die Romane »Witch Killer« von C.L. Werner, »Warpsword« von Dan Abnett & Mike Lee, »A Murder in Marienburg« von David Bishop, »Night of the Daemon« von Aaron Rosenberg, »The Enemy Within« von Richard L. Byers, »Retribution« von Steven Savile, »Palace of the Plague Lord« von C.L. Werner, »Lord of Ruin« von Dan Abnett & Mike Lee, »Manslayer« von Nathan Long, »Hour of the Daemon« von Aaron Rosenberg und »Defenders of Ulthuan« von Graham McNeill sowie die Anthologie »Tales of the Old World«, hrsg. von Mark Gascoigne & Christian Dunn.

Weitergeführt wurden auch die Romanserien zu **STARGATE: SG-1** und **STARGATE: ATLANTIS**. Über **SG-1** erschienen zuletzt »The Cost of Honor« von Sally Malcolm, »Alliances« von Karen Miller, »Relativity« von James Swallow und »Roswell« von Jennifer Fallon & Sonny Whitelaw, zu **ATLANTIS** »The Chosen« von Sonny Whitelaw, »Halcyon« von James Swallow, »Exogenesis« von Elizabeth Christensen & Sonny Whitelaw, »Entanglement« von Martha Wells, »Casualties of War« von Elizabeth Christensen und »Blood Ties« von Elizabeth Christensen & Sonny Whitelaw.

Und zu **SLAINE**, dem Comic aus 2000 A.D., kamen »Slaine the Exile« und »Slaine the Defiler« von Steven Savile auf den Markt, und zu einem anderen Comic dieses Magazins, **ANDERSON PSI DIVISION,** schrieb Mitchel Scanlon »Sins of the Father«. Neu auch ein Roman zum SF-Rollenspiel **NECROMUNDA** um den Kopfgeldjäger Kal Jerico: »Lasgun Wedding« von Will McDermott.

Darüber hinaus gibt es von den britischen **Autoren** und ihren in Großbritannien veröffentlichenden amerikanischen Kollegen wieder einiges zu berichten:

Joe Abercrombie – setzte den mit »The Blade Itself« begonnenen Fantasy-Zyklus THE FIRST LAW mit dem zweiten Buch fort: »Before They Are Hanged«.

Neal Asher – Neu der SF-Roman »Hilldiggers«, ein weiteres Buch aus dem POLITY-Universum.

Mike Ashley – legte wieder einen höchst interessanten Sekundärband vor: »Gateways to Forever: The Story of the Science-Fiction Magazines from 1970 to 1980: A History of the Science Fiction Magazine Volume III«.

R. Scott Bakker – schloss die PRINCE OF NOTHING-Trilogie ab mit »The Thousandfold Thought«.

Iain M. Banks – Neu der Mainstream-Roman »The Steep Approach to Garbadale«.

James Barclay – setzte den mit »The Cry of the Newborn« begonnenen neuen Fantasy-Zyklus THE ASCENDANTS OF ESTOREA mit »Shout for the Dead« fort.

Stephen Baxter – begann mit »Conqueror« und »Navigator« den neuen Alternativwelt-Zyklus TIME'S TAPESTRY.

Terry Bisson – In Vorbereitung befindet sich die Collection »Billy's Book«.

Herbie Brennan – setzte seine FAERIE-Serie mit »Ruler of the Realm« fort.

Terry Brooks – »The Elves of Cintra« ist Band 2 des Zyklus GENESIS OF SHANNARA.

Eric Brown – publizierte den neuen SF-Roman »Helix«.

Ramsey Campbell – Neu der Horror-Roman »The Grin of the Dark«.

Mike Carey – setzte die mit »The Devil You Know« begonnene, in einem alternativen London spielende Horror-Serie um den Exorzisten Felix Castor mit »Vicious Circle« und »Dead Men's Boots« fort.

Mark Chadbourn – Für Frühjahr 2008 eingeplant ist »The Burnin Man«, Band 3 des Zyklus KINGDOM OF THE SERPENT.

James Clemens – setzte seine GODSLAYER CHRONICLES mit Band 2, »Hinterland«, fort.

Jim Crace – Mit »The Pesthouse« schrieb er einen post-apokalyptischen SF-Roman.

Kevin Crossley-Holland – Neu das Fantasy-Jugendbuch »Gatty's Tale« um eine Figur aus seinem ARTHUR-Zyklus.

Peter Crowther – publizierte weitere Ausgaben seiner Anthologienserie POSTSCRIPTS, zuletzt 8 bis 11.

Cecila Darth-Thornton – setzte den mit »The Iron Tree« und »The Well of Tears« begonnenen Fantasy-Zyklus THE CROWTHISTLE CHRONICLES mit »Weatherwitch« fort.

Mary Janice Davidson – Mit »Undead and Uneasy« ist bereits der sechste Roman um die VAMPIRE QUEEN BETSY TAYLOR erschienen.

David Devereaux – schrieb den Dark Fantasy-Thriller »Hunter's Moon« um einen Geheimagenten, der auch Magier ist.

Peter Dickinson – publizierte mit »Angel Isle« eine Fortsetzung von »The Ropemaker«.

Hal Duncan – schloss den mit »Vellum« begonnenen Zweiteiler THE BOOK OF ALL HOURS mit »Ink« ab.

Steven Erikson – publizierte den phantastischen Kurzroman »The Lees of Laughter's End« und Band 7 des Fantasy-Zyklus MAZALAN BOOK OF THE FALLEN: »Reaper's Gale«.

Barbara Erskine – Neu der historisch-phantastische Roman »Daughters of Fire«.

Jasper Fforde – publizierte mit »First Among Sequels« den fünften Roman der THIRSDAY NEXT-Serie.

Catherine Fisher – veröffentlichte zuletzt das Fantasy-Jugendbuch »Incarceron«.

Maggie Furey – startete mit »Heritage« den neuen Zyklus THE CHRONICLES OF XANDIM.

David Gemmell – Stella Gemmell vollendete den Abschlussband der TROY-Trilogie, »The Fall of Kings«.

Mary Gentle – In der Welt von ASH spielen auch die neuesten Romane »Ilario: The Lion's Eye« und »Ilario: The Stone Golem«.

Terry Goodkind – legte mit »Confessor« den letzten Roman seiner Fantasy-Serie A SWORD OF TRUTH vor.

Jonathan Green – publizierte den alternativen Steampunk-Roman »Pax Brittania: Unnatural History«.

Simon R. Green – begann mit »The Man with the Golden Torc« den neuen Fantasy-Zyklus SECRET HISTORIES ABOUT EDDIE DROOD.

Ann Halam – Um eine Neufassung der Medusa-Sage handelt es sich bei »Snakehead«.

Joe Haldeman – Der Omnibus »Peace and War« vereint »The Forever War« (in der endgültigen Fassung von 1997), »Forever Free« und »Forever Peace«.

Peter F. Hamilton – startete mit dem SF-Roman »The Dreaming Void« die neue VOID-Trilogie.

Elizabeth Hand – Neu der Fantasy-Roman »Illyria«.

Kim Harrison – Band 5 der RACHEL MORGAN-Serie erschien unter dem Titel »For A Few Demons More«.

M. John Harrison – publizierte mit dem SF-Roman »Nova Swing« die Fortsetzung zu »Light«.

Russell Hoban – Neu der phantastische Roman »Linger Awhile«.

Robin Hobb – Megan Lindholm setzte die mit »Shaman's Crossing« und »Forest Mage« begonnene SOLDIER SON-Trilogie mit »Renegade's Magic« fort.

Robert Holdstock – führte den mit »Celtika« und »The Iron Grail« begonnenen Fantasy-Zyklus MERLIN CODEX mit »The Broken Kings« weiter.

Tom Holt – Zuletzt auf den Markt kam die humorige Fantasy »Barking«.

Stephen Hunt – schrieb den Fantasy-Roman »The Court of the Air«.

Shaun Hutson – veröffentlichte den Horror-Roman »Unmarked Graves«.

Stephen Jones – gab den Wälzer »The Mammoth Book of Monsters« heraus.

Garry Kilworth – brachte zuletzt das Fantasy-Jugendbuch »Jigsaw« auf den Markt.

Stephen R. Lawhead – Die Geschichte von Robin Hood wurde auch in »Scarlet«, dem nach »Hood« zweiten Band des KING RAVEN-Zyklus, neu interpretiert.

Tanith Lee – veröffentlichte mit dem Fantasy-Roman »No Flame But Mine« Band 3 der LIONWOLF-Trilogie.

Doris Lessing – Die frisch gebackene Nobelpreisträgerin für Literatur publizierte den phantastischen Roman »The Cleft«.

Scott Lynch – schrieb mit »Red Seas Under Red Skies« den zweiten Roman um den Gauner LOCKE LAMARA.

George Mann – gab die Anthologie »The Solaris Book of New Fantasy« heraus.

Juliet Marillier – Eingeplant ist der neue Fantasy-Roman »Cybele's Secret«.

Gail Z. Martin – startete mit »The Summoner« den Fantasy-Zyklus THE CHRONICLES OF THE NECROMANCER.

George R.R. Martin – schrieb gemeinsam mit Gardner Dozois & Daniel Abraham den SF-Roman »Hunter's Run«. In Vorbereitung befindet sich »Dance With Dragons«.

Paul McAuley – schrieb den Krimi »Players« und die Fantasy »Cowboy Angels«.

Ken McLeod – veröffentlichte den Near-Future SF-Roman »The Highway Men«, den SF-Roman »The Execution Channel« und die Collection »Past Magic«.

John Meaney – Neu der Dark Fantasy-Krimi »Bone Song«.

Elizabeth Moon – Die ersten drei SF-Romane um Heris Serrano – »Hunting Party«, »Sporting Chance« und »Winning Colours« – wurden im Omnibus »The Serrano Legacy« gesammelt, die Bände 5 und 6 (»Once a Hero« und »Rules of Engagement«) in »The Serrano Connection«.

Richard Morgan – Neu der SF-Roman »Black Man«.

Jenny Nimmo – publizierte zuletzt den 6. Roman um CHARLIE BONE, »Charlie Bone and the Wilderness Wolf«.

Kenneth Oppel – schrieb mit »Darkwing« ein Prequel zur SILVERWING-Trilogie.

Helen Oyeyemi – Neu der phantastische Roman »The Opposite House«.

K.J. Parker – veröffentlichte Buch 2 seiner Fantasy-Trilogie ENGINEER: »Evil for Evil«.

James Patterson – publizierte Band 3 des SF-Zyklus MAXIMUM RIDE unter dem Titel »Saving the World and Other Extreme Sports«.

Terry Pratchett – schrieb den 36. DISCWORLD-Roman: »Making Money«. Für 2008 zur Veröffentlichung vorgesehen ist der serienunabhängige Roman »Nation«.

Robert Rankin – Neu vom Meister des schrägen Humors »The Da-Da-De-Da-Da Code«.

Robert Reed – In einer Zukunft, in der die menschliche Intelligenz drastisch angestiegen ist, spielt »Flavors of My Genius«.

Alastair Reynolds – publizierte 2007 den im Universum von »Revelation Space« spielenden SF-Roman »The Prefect«, für Frühjahr 2008 eingeplant ist »House of Suns«.

Adam Roberts – publizierte die SF-Romane »Gradisil« und »Land of the Headless«.
Justina Robson – setzte den mit »Keeping It Real« begonnenen Science Fantasy-Zyklus QUANTUM GRAVITY mit »Selling Out« fort. Für 2008 geplant ist »Going Under«.
J. K. Rowling – schloss die HARRY POTTER-Saga mit »Harry Potter and the Deathly Hallows« ab.
Darren Shan – Darren O'Shaughnessy führte die Serie THE DEMONATA mit »Blood Beast« weiter.
Tricia Sullivan – veröffentlichte den Fantasy-Roman »Sound Mind«.
Steph Swainston – Der dritte Band der Fantasy-Serie, die mit »The Year Out of War« und »No Present Like Time« begann, erschien unter dem Titel »The Modern World«.
Steven Utley – 14 Zeitreise-Geschichten enthält die Collection »Where or When«.
Steve Voake – Neu das Fantasy-Jugendbuch »The Starlight Conspiracy«.
Stanley G. Weinbaum – Die ersten Bände der COLLECTED SCIENCE FICTION & FANTASY OF STANLEY G. WEINBAUM erschienen unter den Titeln »Interplanetary Odysseys«, »Other Earths«, »Strange Genius« und »The Black Heart«.
Conrad Williams – publizierte den Horror-Kurzroman »The Scalding Rooms«.
Liz Williams – In ferner Zukunft spielen die zusammengehörenden SF-Romane »Darkland« und »Bloodmind«, die den Start einer neuen Serie darstellen.
Sean Williams – In Vorbereitung befindet sich der SF-Roman »Earth Ascendant«.
Robert Charles Wilson – Neu der SF-Kurzroman »Julian: A Christmas Story«.
David Zindell – Der vierte und abschließende Roman des EA-Zyklus erschien unter dem Titel »The Diamond Warriors«.

In Großbritannien war die Lage auf dem **Magazinmarkt** 2006/2007 zwar nicht ganz so unerfreulich wie in den USA, es gab aber doch einige Einstellungen. Großer Lichtblick war einmal mehr das SF-Magazin **INTERZONE**, ein hervorragendes großformatiges Magazin, das seit Ausgabe 194 von Andy Cox redaktionell betreut wird, das in gewohnter Top-Qualität, allerdings neuer Aufmachung und leicht verändertem Format präsentiert wurde und in dem im gewohnten Mix wieder Beiträge von Nachwuchsautoren und renommierten bekannten SF-Größen zu finden waren. 2006 sind wieder die gewohnten sechs Ausgaben auf den Markt gekommen. Und von dem 2004 aus der Taufe gehobenen Magazin **POSTSCRIPTS** des Verlags PS Publishing (hrsg. von Peter Crowther) gab es vier ebenfalls höchst interessante Ausgaben. Der Vollständigkeit halber erwähnt werden müssen noch die kanadischen SF-Magazine **NEO-OPSIS** (drei Ausgaben) und **ON SPEC** (vier Nummern) – sowie **ANDROMEDA SPACEWAYS IN-FLIGHT MAGAZINE** (fünf Nummern) aus Australien.

Copyright © 2008 by Hermann Urbanek

Preise – Preise – Preise

PREMIO UPC DE CIENCA FICCION 2006

(alljährlicher SF-Kurzgeschichtenwettbewerb der UNIVERSIDAD POLITECNICA DE CATALUNYA in Barcelona, mit 6000 Euro dotiert)

PREISTRÄGER: Jorge Baradit, TRINIDAD punktegleich mit
  Miguel Ángel Lopéz, **EL INFORME CRONOCROP**
SPEZIELLE ERWÄHNUNG: Kristine Kathryn Rusch,
  THE END OF THE WORLD

PRIX DU LUNDI 2006

(ein neuer SF-Preis aus Frankreich, alljährlich verliehen für einen neuen Roman und eine neue Kurzgeschichte im Rahmen des Montagslunchs in Paris)

ROMAN: Catherine Dufour, LE GOUT DE L'IMMORTALITÉ
KURZGESCHICHTE: Sylvie Lainé, LES YEUX D'ELSA

SCIENCE FICTION BOOK CLUB BOOKS OF THE YEAR 2006

(vergeben vom SFBC für den besten SF- und Fantasy-Roman)

SF BOOK OF THE YEAR: Vernor Vinge, RAINBOWS END
2. PLATZ: Charles Stross, GLASSHOUSE
3. PLATZ: Jo Walton, FARTHING

FANTASY BOOK OF THE YEAR: Scott Lynch,
  THE LIES OF LOCKE LAMORA
2. PLATZ: Naomi Novik, TEMERAIRE: IN THE SERVICE OF THE KING
3. PLATZ: Ellen Kushner, SWORDS OF RIVERSIDE

19th ANNUAL LAMBDA AWARDS 2006

(für besondere Leistungen in homosexueller, lesbischer, bisexueller und transsexueller Literatur)

SF/FANTASY/HORROR: Neal Drinnan, IZZY AND EVE
NOMINIERT: Elizabeth Bear, CARNIVAL
  Douglas Clegg, MORDRED, BASTARD SON
  R.W. Day, A STRONG AND SUDDEN THAW
  Chris Moriarty, SPIN CONTROL

2006 TIPTREE JR. MEMORIAL AWARD

(für SF- und Fantasy-Titel, die geschlechterspezifische Rollen erforschen und erweitern)

**PREISTRÄGER: Shelley Jackson, HALF LIFE und
Catherynne M. Valente, THE ORPHAN'S TALES:
IN THE NIGHT GARDEN**
SPEZIELLE ERWÄHNUNG: Julie Phillips, JAMES TIPTREE, JR.:
  THE DOUBLE LIFE OF ALICE B. SHELDON
LISTE DER JURY: Andrea Hairston, MINDSCAPE
  Betsy James, LISTENING AT THE GATE
  Ellen Kushner, THE PRIVILEGE OF THE SWORD
  James Morrow, THE LAST WITCHFINDER
  Michaela Roessner, HORSE-YEAR WOMAN
  Karen Russell, AVA WRESTLES THE ALLIGATOR
  Karen Traviss, MATRIARCH
  Mark von Schlegell VENUSIA

2006 NEBULA AWARDS

(die Preise der amerikanischen SF-Autorenvereinigung SFWA)

BESTER ROMAN: Jack McDevitt, SEEKER
FINALISTEN: Richard Bowes, FROM THE FILES OF THE TIME RANGERS
  Jeffrey Ford, THE GIRL IN THE GLASS
  Ellen Kushner, THE PRIVILEGE OF THE SWORD
  Wil McCarthy, TO CRUSH THE MOON
  Jo Walton, FARTHING
BESTE NOVELLE: James Patrick Kelly, BURN
FINALISTEN: Michael A. Burstein, SANCTUARY
  Paul Melko, THE WALLS OF THE UNIVERSE

William Shunn, INCLINATION
BESTE ERZÄHLUNG: Peter S. Beagle, TWO HEARTS
FINALISTEN: Chris Barzak, THE LANGUAGE OF MOTHS
 Vonda N. McIntyre, LITTLE FACES
 M. Rickert, JOURNEY INTO THE KINGDOM
 Delia Sherman, WALPURGIS AFTERNOON
BESTE KURZGESCHICHTE: Elizabeth Hand, ECHO
FINALISTEN: Esther M. Friesner, HELEN REMEMBERS THE STORK CLUB
 Theodora Goss, PIP AND THE FAIRIES
 Jack McDevitt, HENRY JAMES, THIS ONE'S FOR YOU
 Eugene Mirabelli,
 THE WOMAN IN SCHRODINGER'S WAVE EQUATIONS
 Karina Sumner-Smith, AN END TO ALL THINGS
BESTES DREHBUCH: Hayao Miyazaki, Cindy Davis Hewitt & Donald H. Hewitt, HOWLS MOVING CASTLE
GRAND MASTER AWARD: James Gunn
ANDRE NORTON AWARD: Justine Larbalestier, MAGIC OR MADNESS
FINALISTEN: Maureen Johnson, DEVILISH
 Susan Beth Pfeffer, LIFE AS WE KNEW IT
 Megan Whalen Turner, THE KING OF ATTOLIA
 Scott Westerfeld, MIDNIGHTERS # 2: TOUCHING DARKNESS
 Scott Westerfeld, PEEPS
AUTHOR EMERITUS: D.G. Compton

2006 PHILIP K. DICK AWARD

(für den besten Roman in Taschenbuch-Erstveröffentlichung)

PREISTRÄGER: Chris Moriarty, SPIN CONTROL
SPEZIELLE ERWÄHNUNG: Elizabeth Bear, CARNIVAL
NOMINIERT: Tony Ballantyne, RECURSION
 Mark Budz, IDOLON
 Andrea Hairston, MINDSCAPE
 Nina Kiriki Hoffman, CATALYST
 Justina Robson, LIVING NEXT DOOR TO THE GOD OF LOVE

2006 ROMANTIC TIMES BOOK CLUB REVIEWER'S CHOICE AWARDS

(verliehen von den Rezensenten des Buchklubs ROMANTIC TIMES)

BESTER SF-ROMAN: Jo Walton, FARTHING
FINALISTEN: Elizabeth Bear, CARNIVAL
 Tobias S. Bucknell, CRYSTAL RAIN
 Karl Schroeder, SUN OF SUNS
 Tom Piccirilli, THE DEAD LETTERS
 John Scalzi, THE ANDROID'S DREAM

BESTER FANTASY-ROMAN: Jeri Smith-Ready, EYES OF CROW
FINALISTEN: Sam Barone, DAWN OF EMPIRE
 Anne Bishop, SEBASTIAN
 Terry Brooks, ARMAGEDDON'S CHILDREN
 Lois McMaster Bujold, BEGUILEMENT
 Naomi Novik, HIS MAJESTY'S DRAGON
 Wen Spencer, WOLF WHO

BESTER EPISCHER FANTASY-ROMAN:
Ellen Kushner, THE PRIVILEGE OF THE SWORD
FINALISTEN: Jacqueline Carey, KUSHIEL'S SCION
 Lynn Flewelling, THE ORACLE'S QUEEN
 Brandon Sanderson, MISTBORN

BESTER MODERNER PHANTASTISCHER ROMAN: Lilith Saintcrow, WORKING FOR THE DEVIL
FINALISTEN: Kelley Armstrong, BROKEN
 Charles de Lint, WIDDERSHINS
 Kim Harrison, A FISTFUL OF CHARMS
 Karen Marie Moning, DARKFEVER

2007 PILGRIM AWARD

(für lebenslange Beiträge zur Science Fiction)

PREISTRÄGER: Algis Budrys

2006 AUREALIS AWARDS

(australische Genre-Preise, seit 2004 verliehen von FANTASTIC QUEENSLAND und CHIMERA PUBLICATIONS)

SF-ROMAN: Damien Broderick, K-MACHINES
NOMINIERT: K. A. Bedford, HYDROGEN

Andrew McGahan, UNDERGROUND
Sean Williams & Shane Dix, GEODESICA: DESCENT
SF-KURZGESCHICHTE: Sean Williams, THE SEVENTH LETTER
FANTASY-ROMAN: Juliet Marillier, WILDWOOD DANCING
NOMINIERT: Grace Dugan, THE SILVER ROAD
    Glenda Larke, HEART OF THE MIRAGE
    Sean McMullen, VOIDFARER
    Michael Pryor, BLAZE OF GLORY
FANTASY-KURZGESCHICHTE: Margo Lanagan, A FINE MAGIC
HORROR-ROMAN: Will Elliot, THE PILO FAMILY CIRCUS und
    Edwina Grey, PRISMATIC
HORROR-KURZGESCHICHTE: Stephen Dedman, DEAD OF WINTER
JUGEND-ROMAN: DM Cornish, MONSTER BLOOD TATTOO
JUGEND-KURZGESCHICHTE: Shaun Tan, THE ARRIVAL
KINDER-ROMAN: Mardi McConnochie, MELISSA QUEEN OF EVIL
**KINDER-KURZGESCHICHTE: Jane Godwin, THE TRUE STORY OF
    MARY WHO WANTED TO STAND ON HER HEAD** und
    Margaret Wild & Anne Spudvilas, WOLVES IN THE SITEE

2006 BSFA AWARDS

(die auf dem EasterCon verliehenen Preise der BRITISH SCIENCE
FICTION ASSOCIATION)

**BESTER ROMAN: Jon Courtenay Grimwood,
    END OF THE WORLD BLUES**
FINALISTEN: Liz Williams, DARKLAND
    Roger Levy, ICARUS
    James Morrow, THE LAST WITCHFINDER
    M. John Harrison, NOVA SWING
BESTE ERZÄHLUNG: Ian McDonald, THE DJINN'S WIFE
FINALISTEN: Ken MacLeod, THE HIGHWAY MEN
    Benjamin Rosenbaum, THE HOUSE BEYOND YOUR SKY
    Margo Lanagan, THE POINT OF ROSES
    Alastair Reynolds, SIGNAL TO NOISE
    Elizabeth Bear, SOUNDING

2006 COMPTON CROOK AWARD

(alljährlich von der Baltimore Science Fiction Society für den besten Debütroman vergeben)

PREISTRÄGER: Naomi Novik, HIS MAJESTY'S DRAGON
FINALISTEN: Scott Lynch, THE LIES OF LOCKE LAMORA
  Jana G. Oliver, SOJOURN
  Joshua Palmatier, THE SKEWD THRONE

2007 ARTHUR C. CLARKE AWARD

(für den besten im Vorjahr in Großbritannien veröffentlichten SF-Roman)

PREISTRÄGER: M. John Harrison, NOVA SWING
FINALISTEN: Jon Courtenay Grimwood, END OF THE WORLD BLUES
  Lydia Millet, OH PURE AND RADIANT HEART
  Jan Morris, HAV
  Adam Roberts, GRADISIL
  Brian Stableford, STREAKING

2007 E. E. SMITH MEMORIAL AWARD

(alljährlich auf dem Boscone der NEW ENGLAND SCIENCE FICTION ASSOCIATION verliehen)

PREISTRÄGER/SKYLARK AWARD: Beth Meacham

2007 DITMAR AWARDS

(die alljährlich verliehenen SF-Preise Australiens)

ROMAN: Will Elliot, THE PILO FAMILY CIRCUS
ERZÄHLUNG: Paul Haines, THE DEVIL IN MR PUSSY
  (OR HOW I FOUND GOD INSIDE MY WIFE)
KURZGESCHICHTE: Rjurik Davidson, THE FEAR OF WHITE
ANTHOLOGIE/COLLECTION: Bill Congreve & Michelle Marquardt,
  eds., THE YEAR'S BEST AUSTRALIAN SCIENCE FICTION AND
  FANTASY, VOLUME 2
A. BERTRAM CHANDLER AWARD: Bruce Gillespie

2007 SIR JULIUS VOGEL AWARDS

(alljährlich auf der New Zealand National Science Fiction Convention verliehene Preise für herausragende Leistungen auf dem Gebiet SF, Fantasy und Horror)

ROMAN: James Norcliffe, THE ASSASSIN OF GLAEM
NOMINIERT: L.-J. Baker, BROKEN WINGS
   Rod Hylands, LATERAL CONNECTION
KURZGESCHICHTE: Peter Friend, WESTERN FRONT, 1914

2007 CRAWFORD AWARD

(für den Debütroman eines herausragenden neuen Fantasy-Autors)

PREISTRÄGER: M. Rickert, MAP OF DREAMS
NOMINIERT: Daniel Abraham, A SHADOW IN SUMMER
   Alan De Niro, SKINNY DIPPING IN THE LAKE OF THE DEAD
   Keith Donohue, THE STOLEN CHILD
   Theodora Goss, IN THE FOREST OF FORGETTING
   Scott Lynch, THE LIES OF LOCKE LAMORA
   Naomi Novik, TEMERAIRE

2006 BRAM STOKER AWARD

(die alljährlichen Preise der US-Horror-Autorenvereinigung HWA)

ROMAN: Stephen King, LISEY'S STORY
FINALISTEN: Gary A. Braunbeck, PRODIGAL BLUES
   Jonathan Maberry, GHOST ROAD BLUES
   Tom Piccirilli, HEADSTONE CITY
   Jeff Strand, PRESSURE
DEBÜTROMAN: Jonathan Maberry, GHOST ROAD BLUES
ERZÄHLUNG: Norman Partridge, DARK HARVEST
FINALISTEN: Laird Barron, HALLUCIGENIA
   Fran Friel, MAMA'S BOY
   Christopher Golden & James A. Moore, BLOODSTAINED OZ
   Kim Newman, CLUBLAND HEROES
KURZGESCHICHTE: Lisa Morton, TESTED
FINALISTEN: Mort Castle, FYI
   Yvonne Navarro, FEEDING THE DEAD INSIDE
   Gene O'Neill, BALANCE
   Stephen Volk, 31/10

COLLECTION: Gary Braunbeck, DESTINATIONS UNKNOWN
FINALISTEN: Terry Dowling, BASIC BLACK
   Jeffrey Ford, THE EMPIRE OF ICE CREAM
   Angeline Hawkens, THE COMMANDMENTS
   Glen Hirshberg, AMERICAN MORONS
ANTHOLOGIE: Joe Lansdale, ed., RETRO PULP TALES
FINALISTEN: John Pelan, ed., ALONE ON THE DARKSIDE
   Jason Sizemore & Gill Ainsworth, eds., AEGRI SOMNIA:
   THE APEX FEATURED WRITER ANTHOLOGY
   John Skipp, ed., MONDO ZOMBIE
SACHBUCH: Michael Largo, FINAL EXITS: THE ILLUSTRATED ENCYCLOPEDIA OF HOW WE DIE und Kim Paffenroth, GOSPEL OF THE LIVING DEAD: GEORGE ROMERO'S VISION OF HELL ON EARTH
LIFETIME ACHIEVEMENT AWARD: Thomas Harris
SPECIALITY PRESS AWARD: PS Publishing

2007 ROBERT A. HEINLEIN AWARD

(alljährlich verliehen für herausragende Veröffentlichungen, die zur Erforschung des Weltraums inspirieren)

PREISTRÄGER: Elizabeth Moon

2007 INTERNATIONAL HORROR GUILD AWARDS

(Horror- und Dark Fantasy-Preis, von Nancy Collins begründet)

ROMAN: Conrad Williams, THE UNBLEMISHED
FINALISTEN: Keith Donohue, THE STOLEN CHILD
   Will Elliot, THE PILO FAMILY CIRCUS
   Brian Evenson, THE OPEN CURTAIN
   Stephen King, LISEY'S STORY
NOVELLE: Norman Patrige, DARK HARVEST
FINALISTEN: Laird Barron, HALLUCUGENIA
   P.D. Cacek, FORCED PERSPECTIVE
   Douglas Clegg, ISIS
   Bradley Denton, BLACKBURN AND THE BLADE
ERZÄHLUNG: Paul Finch, THE OLD NORTH ROAD
FINALISTEN: Glen Hirshberg, THE MULDOON
   Caitlin R. Kiernan, BAINBRIDGE
   M. Rickert, JOURNEY INTO THE KINGDOM

David J. Schow, OBSEQUY
KURZGESCHICHTE: Stephen Gallagher, THE BOX
FINALISTEN: Terry Dowling, CHEAT LIGHT
   Stephen Graham Jones, RAPHAEL
   Joel Lane, YOU COULD HAVE IT ALL
   Steve Rasnic Tem, THE DISEASE ARTIST
COLLECTION: Glen Hirshberg, AMERICAN MORONS
FINALISTEN: Terry Dowling, BASIC BLACK
   Joel Lane, THE LOST DISTRICT
   M. Rickert, MAP OF DREAMS
ANTHOLOGIE: William Sheehan & Bill Schafer, eds., LORDS OF THE RAZOR
FINALISTEN: Kealan Patrick Burke, ed., NIGHT VISIONS XII
   Joe R. Lansdale, ed., RETRO-PULP TALES
   J.N. Williamson & Gary A. Braunbeck, eds., MASQUES V
SACHBUCH: S.T. Joshi, ed., ICONS OF HORROR AND THE SUPERNATURAL
LIVING LEGEND AWARD: Ramsey Campbell

2007 LOCUS AWARDS

(der amerikanischen SF-Fachzeitschrift LOCUS)

BESTER SF-ROMAN: Vernor Vinge, RAINBOWS END
2. PLATZ: Charles Stross, GLASSHOUSE
3. PLATZ: Peter Watts, BLINDSIGHT
4. PLATZ: Elizabeth Bear, CARNIVAL
5. PLATZ: Jo Walton, FARTHING
BESTER FANTASY-ROMAN: Ellen Kushner, THE PRIVILEGE OF THE SWORD
2. PLATZ: Charles Stross, THE JENNIFER MORGUE
3. PLATZ: Gene Wolfe, SOLDIER OF SIDON
4. PLATZ: Tim Powers, THREE DAYS TO NEVER
5. PLATZ: James Morrow, THE LAST WITCHFINDER
BESTER DEBÜT-ROMAN: Naomi Novik, TEMERAIRE: HIS MAJESTY'S DRAGON/THRONE OF JADE/BLACK POWDER WAR
2. PLATZ: Scott Lynch, THE LIES OF LOCKE LAMORA
3. PLATZ: Tobias Bucknell, CRYSTAL RAIN
4. PLATZ: Ellen Klages, THE GREEN GLASS SEA
5. PLATZ: Gordo Dahlquist, THE GLASS BOOKS OF THE DREAM EATERS
BESTES JUGENDBUCH: Terry Pratchett, WINTERSMITH
2. PLATZ: Ursula K. Le Guin, VOICES

3. PLATZ: Justine Larbalestier, MAGIC LESSONS
4. PLATZ: Nina Kiriki Hoffman, SPIRITS THAT WALK IN SHADOW
5. PLATZ: Garth Nix, THE KEYS TO THE KINGDOM: SIR THURSDAY
BESTE NOVELLE: Charles Stross, MISSILE GAP
2. PLATZ: Joe Haldeman, THE MARS GIRL
3. PLATZ: Michael Swanwick, LORD WEARY'S EMPIRE
4. PLATZ: Jeffrey Ford, BOTCH TOWN
5. PLATZ: M. Rickert, MAP OF DREAMS
BESTE ERZÄHLUNG: Cory Doctorow,
   WHEN SYSADMINS RULED THE EARTH
2. PLATZ: Geoff Ryman, POL POT'S BEAUTIFUL DAUGHTER
3. PLATZ: Cory Doctorow, I, ROW-BOAT
4. PLATZ: Jeffrey Ford, THE NIGHT WHISKEY
5. PLATZ: Paul Di Filippo, THE SINGULARITY NEEDS WOMEN!
BESTE KURZGESCHICHTE: Neil Gaiman,
   HOW TO TALK TO GIRLS AT PARTIES
2. PLATZ: Nancy Kress, NANO COMES TO CLIFFORD FALLS
3. PLATZ: Gene Wolfe, SOB IN THE SILENCE
4. PLATZ: Stephen Baxter, IN THE ABYSS OF TIME
5. PLATZ: Michael Swanwick, TIN MARSH
BESTE COLLECTION: Neil Gaiman, FRAGILE THINGS
2. PLATZ: Jeffrey Ford, THE EMPIRE OF ICE CREAM
3. PLATZ: Philip José Farmer, THE BEST OF PHILIP JOSÉ FARMER
4. PLATZ: Susanna Clarke,
   THE LADIES OF GRACE ADIEU AND OTHER STORIES
5. PLATZ: Alastair Reynolds, GALACTIC NORTH
BESTE ANTHOLOGIE: Gardner Dozois, ed., THE YEAR'S BEST SCIENCE
   FICTION: TWENTY-THIRD ANNUAL COLLECTION
2. PLATZ: Ellen Datlow, Kelly Link & Gavin J. Grant, eds.,
   THE YEAR'S BEST FANTASY AND HORROR 2006:
   NINETEENTH ANNUAL COLLECTION
3. PLATZ: Ellen Datlow & Terri Windling, eds., SALON FANTASTIQUE
4. PLATZ: Gardner Dozois, ed., ONE MILLION A.D.
5. PLATZ: David G. Hartwell & Kathryn Cramer, eds.,
   YEAR'S BEST SCIENCE FICTION 11
BESTES SACHBUCH: Julie Phillips, JAMES TIPTREE, JR.:
   THE DOUBLE LIFE OF ALICE B. SHELDON
BESTES KUNSTBUCH: Bathy & Arnie Fenner, eds., SPECTRUM 13:
   THE BEST IN CONTEMPORARY FANTASTIC ART
BESTER KÜNSTLER: John Picacio
BESTER HERAUSGEBER: Ellen Datlow
BESTER VERLAG: Tor

2007 JOHN W. CAMPBELL MEMORIAL AWARD

(für den besten SF-Roman des Vorjahres, von einer Jury unter James Gunn ermittelt)

PREISTRÄGER: Ben Bova, TITAN
2. PLATZ: James Morrow, THE LAST WITCHFINDER
3. PLATZ: Jo Walton, FARTHING und
   Peter Watts, BLINDSIGHT
FINALISTEN: Nick DiChario, A SMALL AND REMARKABLE LIFE
   David Louis Edelman, INFOQUAKE
   M. John Harrison, NOVA SWING
   Jack McDevitt, ODYSSEY
   Justina Robson, LIVING NEXT DOOR TO THE GOD OF LOVE
   Barbara Sapergia, DRY
   Karl Schroeder, SUN OF SUNS
   Charles Stross, GLASSHOUSE
   Vernor Vinge, RAINBOWS END

2007 THEODORE STURGEON MEMORIAL AWARD

(für die beste SF-Story des Vorjahres, ermittelt von einer Jury unter James Gunn)

PREISTRÄGER: Robert Charles Wilson, THE CARTESIAN THEATER
2. PLATZ: Robert Reed, A BILLION EYES
3. PLATZ: Michael Swanwick, LORD WEARY'S EMPIRE
FINALISTEN: Paolo Bacigalupi, YELLOW CARD MAN
   Michael F. Flynn,
   DAWN, AND SUNSET, AND THE COLOURS OF EARTH
   Ian McDonald, THE DJINN'S WIFE
   Paul Melke, THE WALLS OF THE UNIVERSE
   M. Rickert, YOU HAVE NEVER BEEN HERE
   Benjamin Rosenbaum, THE HOUSE BEYOND YOUR SKY
   Christopher Rowe, ANOTHER WORD FOR MAP IS FAITH
   William Shunn, INCLINATION
   Robert Charles Wilson, JULIAN: A CHRISTMAS STORY

2007 HALL OF FAME AWARD

2007 in die HALL OF FAME aufgenommen wurden:

LITERATUR: Gene Wolfe
KUNST: Ed Emshwiller
OFFENE KATEGORIE: Ridley Scott

TÄHTIFANTASIA PREIS 2007

(neuer, von der SF-Gemeinschaft Helsinki verliehener Preis für das beste ins Finnische übersetzte SF-Buch)

PREISTRÄGER: Jeff VanderMeer, CITY OF SAINTS AND MADMEN
NOMINIERT: Jonathan Carroll, WHITE APPLES
  Jukka Halme, ed., NEW WEIRD
  George R. R. Martin, A STORM OF SWORDS, TEIL 2
  Patricia A. McKillip, OMBRIA IN SHADOW

2007 MYTHOPOEIC FANTASY AWARDS

(Preise der MYTHOPOEIC FANTASY SOCIETY für Werke in der Inklings-Tradition)

FANTASY AWARD – ERWACHSENENLITERATUR:
  Patricia A. McKillip, SOLSTICE WOOD
FINALISTEN: Peter S. Beagle, THE LINE BETWEEN
  Susanna Clarke, THE LADIES OF GRACE ADIEU
  Kevin Donohue, THE STOLEN CHILD
  Susan Palwick, THE NECESSARY BEGGAR
  Tim Powers, THREE DAYS TO NEVER
FANTASY AWARD – JUGENDLITERATUR:
  Catherine Fisher, CORBENIC
FINALISTEN: Nina Kiriki Hoffman, SPIRITS THAT WALK IN SHADOW
  Diana Wynne Jones, THE PINHOE EGG
  Martine Leavitt, KETURAH AND LORD DEATH
  Terry Pratchett, WINTERSMITH
SCHOLARSHIP AWARD IN INKLING STUDIES:
  Christina Scull & Wayne G. Hammond,
  THE J. R. R. TOLKIEN COMPANION AND GUIDE
SCHOLARSHIP AWARD IN MYTH AND FANTASY STUDIES: G. Ronald
  Murphy, S. J., GEMSTONE OF PARADISE:
  THE HOLY GRAIL IN WOLFRAM'S PARZIVAL

KURD LASSWITZ PREIS 2007

(der Preis der deutschen SF-Schaffenden)

BESTER SF-ROMAN: Herbert W. Franke, AUF DER SPUR DES ENGELS
2. PLATZ: Andreas Brandhorst, FEUERVÖGEL
3. PLATZ: Ulrike Nolte, DIE FÜNF SEELEN DES AHNEN
4. PLATZ: Ulrich C. Schreiber, DIE FLUCHT DER AMEISEN
5. PLATZ: Andreas Eschbach, DIE GLÄSERNEN HÖHLEN

BESTE SF-KURZGESCHICHTE: Marcus Hammerschmitt, CANEA NULL
2. PLATZ: Michael K. Iwoleit, MORPHOGENESE
3. PLATZ: Heidrun Jänchen, DAS PROJEKT MOA
4. PLATZ: Torsten Küper, EXOPERSONA
5. PLATZ: Theo Kunkel, PLASMASYMPHONIE

BESTER AUSLÄNDISCHER SF-ROMAN: Robert Charles Wilson, SPIN
2. PLATZ: Charles Stross ACCELERANDO
3. PLATZ: Jasper Fforde, ES IST WAS FAUL
4. PLATZ: Sean McMullen SEELEN IN DER GROSSEN MASCHINE
5. PLATZ: K.W. Jeter, DR. ADDER

BESTE ÜBERSETZUNG: Volker Oldenburg, für David Mitchell, WOLKENATLAS
2. PLATZ: Usch Kiausch, für Charles Stross, ACCELERANDO
3. PLATZ: Jochen Schwarzer, für Sean McMullen, SEELEN IN DER GROSSEN MASCHINE

BESTE GRAPHIK: Thomas Franke, für Wolfgang Jeschke, DER ZEITER
BESTES HÖRSPIEL: Amnesia (von Matthias Scheliga)
SONDERPREIS FÜR HERAUSRAGENDE LEISTUNGEN: Christian Pree, für seine Bibliographie deutschsprachiger Science-Fiction-Stories und Bücher (erstellt 1998 bis 2006 mit fast 10.000 erfassten Autoren, über 21.000 Büchern, 20.000 Artikeln und 30.000 Stories), die zur nicht-kommerziellen Verwendung im Internet zur Verfügung steht

2007 HUGO AWARDS

(die Preise der amerikanischen SF-Fans, jährlich auf dem WorldCon ermittelt)

BESTER ROMAN: Vernor Vinge, RAINBOWS END
2. PLATZ: Charles Stross, GLASSHOUSE
3. PLATZ: Naomi Novik, HIS MAJESTY'S DRAGON
4. PLATZ: Michael Flynn, EIFELHEIM
5. PLATZ: Peter Watts, BLINDSIGHT

BESTE NOVELLE: Robert Reed, A BILLION EYES
2. PLATZ: Michael Swanwick, LORD WEARY'S EMPIRE
3. PLATZ: Robert Charles Wilson, JULIAN: A CHRISTMAS STORY
4. PLATZ: Paul Melko, THE WALLS OF THE UNIVERSE
5. PLATZ: William Shunn, INCLINATION
BESTE ERZÄHLUNG: Ian McDonald, THE DJINN'S WIFE
2. PLATZ: Geoff Ryman, POL POT'S BEAUTIFUL DAUGHTER (FANTASY)
3. PLATZ: Michael F. Flynn,
   DAWN, SUNSET, AND THE COLOURS OF THE EARTH
4. PLATZ: Mike Resnick, ALL THE THINGS YOU ARE
5. PLATZ: Paolo Bacigalupi, YELLOW CARD MAN
BESTE KURZGESCHICHTE: Tim Pratt, IMPOSSIBLE DREAMS
2. PLATZ: Neil Gaiman, HOW TO TALK TO GIRLS AT PARTIES
3. PLATZ: Robert Reed, EIGHT EPISODES
4. PLATZ: Bruce McAllister, KIN
5. PLATZ: Benjamin Rosenbaum, THE HOUSE BEYOND YOUR SKY
BESTES SACHBUCH: Julie Phillips, JAMES TIPTREE JR.:
   THE DOUBLE LIFE OF ALICE B. SHELDON
BESTE PRÄSENTATION – KURZE FORM:
   Doctor Who: Girl in the Fireplace
BESTER FILM: Pan's Labyrinth
BESTER HERAUSGEBER: Patric Nelson Hayden
BESTER KÜNSTLER: Donato Giancola

2007 JOHN W. CAMPBELL AWARD

(für den besten Nachwuchsautor)

PREISTRÄGER: Naomi Novik

SEIUN AWARDS 2007

(die Fan-Preise Japans)

ROMAN/ÜBERSETZUNG: Philip Reeve, MORTAL ENGINES
NOMINIERT: Geoffrey A. Landis, MAR CROSSING
   Wil McCarthy, THE COLLAPSIUM
   Alastair Reynolds, CHASM CITY
   Dan Simmons, ILIUM
   Charles Stross, SINGULARITY SKY
ERZÄHLUNG/ÜBERSETZUNG: Adam-Troy Castro & Jerry Oltion,
   THE ASTRONAUT FROM WYOMING

NOMINIERT: Terry Bisson, ALMOST HOME
  Bradley Denton, SERGEANT CHIP
  Greg Egan, THE PLANCK DIVE
  China Miéville REPORT O CERTAIN EVENTS IN LONDON
  Gene Wolfe, THE EYEFLASH MIRACLES

2007 PROMETHEUS AWARD

(der LIBERTARIAN FUTURIST SOCIETY für einen neuen Roman, in dem liberales Ideengut vertrieben wird)

PREISTRÄGER: Charles Stross, GLASSHOUSE
FINALISTEN: Orson Scott Card, EMPIRE
  John Scalzi, THE GHOST BRIGADES
  Vernor Vinge, RAINBOWS END
  F. Paul Wilson, HARBINGER
SONDERPREIS: V for Vendetta (Film)

2007 PROMETHEUS HALL OF FAME AWARD

(verliehen von der LIBERTARIAN FUTURIST SOCIETY für ein klassisches SF-Werk, in dem die Prinzipien des Liberalismus einen hohen Stellenwert einnehmen)

PREISTRÄGER: Sinclair Lewis, IT CAN'T HAPPEN HERE und
  Vernor Vinge, TRUE NAMES
FINALISTEN: Anthony Burgess, A CLOCKWORK ORANGE
  Rudyard Kipling, AS EASY AS A.B.C.
  George Orwell, ANIMAL FARM
  J.R.R. Tolkien, THE LORD OF THE RINGS

2007 INDEPENDENT PUBLISHER BOOK AWARD

(alljährlich in 65 Kategorien vergeben)

FANTASY/SCIENCE FICTION:
Gold Award: Jana G. Oliver, SOJOURN
Silver Award: Richard Labonté & Lawrence Schimel,
  THE FUTURE IS QUEER
Bronze Award: Kathleen Cunningham Guler,
  THE ANVIL STONE
  Mark R. Brand, RED IVY AFTERNOON

Dinah Hazell, THE PLANTS OF MIDDLE-EARTH:
BOTANY AND SUB-CREATION
Jeremy Robinson, RAISING THE PAST

2007 SIDEWISE AWARDS

(für die besten Alternativweltgeschichten in Lang- und Kurzform)

**BESTER ROMAN: Charles Stross, THE FAMILY TRADE/
THE HIDDEN FAMILY/THE CLAN CORPORATE**
FINALISTEN: Robert Conroy, 1862
  Paul Park, THE TOURMALINE
  Harry Turtledove, THE DISUNITED STATES Of AMERICA
  Jo Walton, FARTHING
BESTE ERZÄHLUNG: Gardner Dozois, COUNTERFACTUAL
FINALISTEN: Stephen Baxter, THE PACIFIC MYSTERY
  Maya Kathryn Bonhoff, O PIONEER
  Chris Floyd, HISTORY LESSON
  Martin Gidron, LALESTINA
  Brian Stableford, THE PLURALITY OF WORLDS
  Andrew Tisbert, THE METEOR OF WAR

2007 PRIX AURORA

(die SF- und Fantasy-Preise Kanadas, vergeben von der CANADIAN SCIENCE FICTION AND FANTASY ASSOCIATION))

**BESTES LANGWERK IN ENGLISCH: Dave Duncan,
CHILDREN OF CHAOS**
NOMINIERT: Julie E. Czernada, REGENERATION
  Tanya Huff, SMOKE AND ASHES
  Carl Schroeder, SUN OF SUNS
  Peter Watts, BLINDSIGHT
  Lynda Williams, RIGHTEOUS ANGER
**BESTES LANGWERK IN FRANZÖSISCH: Elisabeth Vonarburg,
REINE DE MÉMOIRE 4: LA PRINCESSE DE VENGEANCE**
BESTES KURZWERK IN ENGLISCH: Robert J. Sawyer, BIDING TIME
NOMINIERT: James Alan Gardner,
  ALL THE COOL MONSTERS AT ONCE
  Karin Lowachee, THIS IN FEELS LIKE SORROW
  John Mierau, MARKED MEN
  Mayden Trenholm, LUMEN ESSENCE

BESTES KURZWERK IN FRANZÖSISCH: Mario Tessier,
   LE REGARD DU TRILOBITE
BESTE ANDERE VERÖFFENTLICHUNG IN ENGLISCH: NEO-OPSIS,
   hrsg. von Karl Johanson

2007 GAYLACTIC NETWORK SPECTRUM AWARDS

(für die besten Veröffentlichungen, in denen gleichgeschlechtliche Liebe positiv beschrieben wird)

PREISTRÄGER: Hal Duncan, VELLUM
NOMINIERT: Elizabeth Bear, CARNIVAL
   Susanne M. Beck & Okasha Skat'si, THE GROWING
   James Hetley, DRAGON'S TEETH
   Tanya Huff, SMOKE AND ASHES
   Ellen Kushner, THE PRIVILEGE OF THE SWORD
   Sarah Monette, THE VIRTU
   Chris Moriarty, SPIN CONTROL
   Wheeler Scott, SNOW

2007 SUNBURST AWARD

(für phantastische Literatur von kanadischen AutorInnen, von einer Jury ermittelt und seit 2001 vergeben)

PREISTRÄGER: Mark Frutkin, FABRIZIO'S RETURN
FINALISTEN: Martine Leavitt, KETURAH AND LORD DEATH
   Carrie Mac, THE DROUGHTLANDERS
   Peter Watts, BLINDSIGHT
   Robert Wiersema, BEFORE I WAKE

PHANTASTIK-PREIS DER STADT WETZLAR 2007

(seit 1983 im Rahmen der »Wetzlaer Tage der Phantastik« vergebener, von einer Jury ermittelter und mit EUR 4.000 dotierter Preis für das beste phantastische Buch der vergangenen zwölf Monate)

PREISTRÄGER: Thomas Glavinic, DIE ARBEIT DER NACHT

2007 BRITISH FANTASY AWARDS

(Preise der BRITISH FANTASY SOCIETY)

BESTER ROMAN/AUGUST DERLETH AWARD: Tim Lebbon, DUSK
FINALISTEN: Chaz Brenchley, BRIDE OF DREAMS
 Mike Carey, THE DEVIL YOU KNOW
 Mark Chadbourn, JACK OF RAVENS
 M. John Harrison, NOVA SWING
 Scott Lynch, THE LIES OF LOCKE LAMORA
 Sarah Pinborough, BREEDING GROUND
 Mark Samuels, THE FACE OF TWILIGHT
 Conrad Williams, THE UNBLEMISHED

BESTE ERZÄHLUNG: Paul Finch, KID
FINALISTEN: Eric Brown, THE MEMORY OF JOY
 Simon Clark. SHE LOVES MONSTERS
 Ian McDonald, THE DJINN'S WIFE
 Gary McMahon, ROUGH CUT

BESTE KURZGESCHICHTE: Mark Chadbourn, WHISPER LANE
FINALISTEN: Marion Arnott, THE LITTER DRUMMER BOY
 Steve Lockley & Paul Lewis, PUCA MUC
 Sarah Singleton, THE DISAPPEARED
 Stephen Volk, 31/10
 Conrad Williams, THE VETERAN

BESTE COLLECTION: Neil Gaiman, FRAGILE THINGS
FINALISTEN: Joel Lane, THE LOST DISTRICT AND OTHER STORIES
 Kim Newman, THE MAN FROM THE DIOGENES CLUB
 Mike O'Driscoll, UNBECOMING AND OTHER TALES OF HORROR
 Neil Williamson, THE EPHEMERA

BESTE ANTHOLOGIE: Gary Couzens, ed., EXTENDED PLAY: THE ELASTIC BOOK OF MUSIC
FINALISTEN: Ellen Datlow, Gavin Grant & Kelly Link, eds., THE YEAR'S BEST FANTASY AND HORROR: 19TH ANNUAL COLLECTION
 Alison L.R. Davis, ed., SHROUDED BY DARKNESS
 Stephen Jones, ed., THE MAMMOTH BOOK OF BEST NEW HORROR 17
 Christopher Teague, ed., CHOICES

BESTER KÜNSTLER: Vincent Chong

KARL EDWARD WAGNER AWARD: FOR SPECIAL ACHIEVEMENT: Ellen Datlow

SYDNEY J. BOUNDS AWARD FOR BEST NEWCOMER: Joe Hill

DEUTSCHER SCIENCE FICTION PREIS 2006

(alljährlich verliehen vom SCIENCE FICTION CLUB DEUTSCHLAND, ermittelt von einer Jury)

BESTER ROMAN: Ulrike Nolte, DIE FÜNF SEELEN DES AHNEN
2. PLATZ: Michael R. Baier, CORUUM 2
3. PLATZ: Andreas Brandhorst, FEUERVÖGEL
4. PLATZ: Ulrich C. Schreiber, DIE FLUCHT DER AMEISEN
5. PLATZ: Armin Rößler, ENTHEETE
BESTE ERZÄHLUNG: Marcus Hammerschmitt, CANEA NULL
2. PLATZ: Thorsten Küper, EXOPERSONA
3. PLATZ: Rüdiger Bartsch, EISZEIT
4. PLATZ: Thor Kunkel, PLASMASYMPHONIE
5. PLATZ: Fabian Vogt, GEHEIMNIS DES GLAUBENS

DEUTSCHER PHANTASTIK-PREIS 2007

(der Leser des Online-Dienstes PHANTASTIK-NEWS.DE)

BESTER ROMAN NATIONAL: Markus Heitz, DIE MÄCHTE DES FEUERS
2. PLATZ: Bernhard Hennen, ELFENLICHT
3. PLATZ: Christoph Marzi, LUMEN
4. PLATZ: André Wiesler, BÖSES ERWACHEN
5. PLATZ: André Linke, ANGRIFF DER FLUKES
BESTER DEBÜTROMAN: Christoph Hardebusch, DIE TROLLE
2. PLATZ: Jenny-Mai Nuyen, NIJURA – DAS ERBE DER ELFENKRONE
3. PLATZ: André Linke, ANGRIFF DER FLUKES
4. PLATZ: Richard Schwarz, DAS ERSTE HORN – DAS GEHEIMNIS VON ASKIR 1
5. PLATZ: Ulrich C. Schreiber, DIE FLUCHT DER AMEISEN
BESTER ROMAN INTERNATIONAL: Trudi Canavan, DIE REBELLIN – GILDE DER SCHWARZEN MAGIER 1
2. PLATZ: Stephen King, LOVE
3. PLATZ: Sergej Lukianenko, WÄCHTER DES TAGES
4. PLATZ: Stephenie Meyer, BIS(S) ZUM MORGENGRAUEN
5. PLATZ: Brian Keene, DAS REICH DER SIQQUSIM
BESTE KURZGESCHICHTE: Martin Schemm, DAS LAZARUS-PROJEKT
2. PLATZ: Markus K. Korb, INSEL DES TODES
3. PLATZ: Helmut Marischka, ZWISCHEN DEN WELTEN
4. PLATZ: Andreas Gruber, WIE EIN LICHTSCHEIN UNTER DER TÜR
5. PLATZ: Volker Groß, AUDIO!

BESTE ORIGINAL-ANTHOLOGIE/COLLECTION: Alisha Bionda (Hrsg.), DER DÜNNE MANN
2. PLATZ: Armin Rößler & Heidrun Jänchen (Hrsg.), TABULA RASA
3. PLATZ: Patrick Grieser (Hrsg.), ARKHAM – EIN REISEFÜHRER
4. PLATZ: Fabia Vogt, DIE ERSTE ÖLUNG
5. PLATZ: Sven Kössler & Werner Placho (Hrsg.), LIBERATE ME

BESTE SERIE/REIHE: ULLDART – ZEIT DES NEUEN (Markus Heitz)
BESTES SEKUNDÄRWERK: Thomas Höhl & Mike Hillenbrand, DIES SIND DIE ABENTEUER – 40 JAHRE STAR TREK
BESTER COMIC:
BESTER GRAFIKER: Mia Steingräber
BESTES HÖRSPIEL/HÖRBUCH: Eragon – Der Auftrag des Ältesten
BESTE INTERNETSEITE: Mahet.de

2007 WORLD FANTASY AWARDS

(alljährlich von einer Jury ermittelt)

ROMAN: Gene Wolfe, SOLDIER OF SIDON
FINALISTEN: Stephen King, LISEY'S STORY
Ellen Kushner, THE PRIVILEGE OF THE SWORD
Scott Lynch, THE LIES OF LOCKE LAMARA
Catherynne M. Valente, THE ORPHAN'S TALES: IN THE NIGHT GARDEN

ERZÄHLUNG: Jeffrey Ford, BOTCH TOWN
FINALISTEN: Kim Newman,
THE MAN WHO GOT OFF THE GHOST TRAIN
Norman Partridge, DARK HARVEST
M. Rickert, MAP OF DREAMS
Ysabeau S. Wilce, THE LINEAMENTS OF GRATIFIED DESIRE

KURZGESCHICHTE: M. Rickert, JOURNEY INTO THE KINGDOM
FINALISTEN: Jeffrey Ford, THE WAY HE DOES IT
Benjamin Rosenbaum, A SIEGE OF CRANES
Christopher Rowe, ANOTHER WORD FOR MAP IS FAITH
Geoff Ryman, POL POT'S BEAUTIFUL DAUGHTER (FANTASY)

ANTHOLOGIE: Ellen Datlow & Terri Windling, eds., SALON FANTASTIQUE
FINALISTEN: Scott A. Cupp & Joe R. Lansdale, eds., CROSS PLAINS UNIVERSE: TEXANS CELEBRATE ROBERT E. HOWARD
Joe R. Lansdale, ed., RETRO-PULP TALES
David Moles & Susan Marie Groppi, eds., TWENTY EPICS
Sharyn November, ed., FIREBIRDS RISING

COLLECTION: M. Rickert, MAP OF DREAMS
FINALISTEN: Susanna Clarke,
    THE LADIES OF ADIEU GRACE AND OTHER STORIES
    Jeffrey Ford, THE EMPIRE OF ICE CREAM
    Glen Hirshberg, AMERICAN MORONS
    Margo Lanagan, ed., RED SPIKES
KÜNSTLER: Shaun Tan
SPECIAL AWARD PROFESSIONAL: Ellen Asher
LIFETIME ACHIEVEMENT AWARD: Diana Wynne Jones und **Betty Ballantine**

2007 ENDEAVOUR AWARD

(für das SF- oder Fantasy-Werk eines Autors, der im pazifischen Nordwesten der USA lebt)

PREISTRÄGER: Robin Hobb, FOREST MAGE
FINALISTEN: C. J. Cherryh, FORTRESS OF ICE
    Dave Duncan, CHILDREN OF CHAOS
    Nina Kiriki Hoffman, SPIRITS THAT WALK IN SHADOW
    Mary Rosenblum, HORIZON

GRAND PRIX DE L'IMAGINAIRE 2007

(französische Preise, verliehen während des internationalen SF-Festivals in Nantes)

ROMAN/FRANZÖSISCH: Wayne Barrow, BLOODSILVER
ROMAN/ÜBERSETZUNG: Robert Charles Wilson, SPIN
KURZGESCHICHTE/COLLECTION/FRANZÖSISCH:
    Catherine Dufour, L'IMMACULÉE CONCEPTION
KURZGESCHICHTE/COLLECTION/ÜBERSETZUNG:
    Ursula K. Le Guin, QUATRE CHEMINS DE PARDON (ENSEMBLE DU RECUEIL)
JUGENDBUCH/ÜBERSETZUNG: Scott Westerfeld, UGLIES

2007 GEFFEN AWARDS

(die SF-Preise Israels, verliehen seit 1999 auf dem Icon, dem Jahrescon der ISRAEL SOCIETY FOR SCIENCE FICTION & FANTASY)

SF/ÜBERSETZUNG: John Scalzi, OLD MAN'S WAR
FANTASY/ÜBERSETZUNG: Susanna Clarke,
  JONATHAN STRANGE & MR. NORRELL

Copyright © 2008 by Hermann Urbanek

BIBLIOGRAFIE

Phantastische Literatur im Wilhelm Heyne Verlag 2007

von Werner Bauer

Im vorliegenden alphabetischen Verzeichnis sind – nach Autoren geordnet – alle Titel aufgelistet, die der Wilhelm Heyne Verlag im Jahr 2007 in der Sparte Phantastik veröffentlicht hat. Da im Zuge der Integration des Verlags in die Random-House-Buchgruppe die früher geltende verlagsinterne Reihennummer aufgegeben wurde und künftig ausschließlich die ISBN-Nummer für einen Titel maßgeblich ist, entfällt die in den vergangenen Jahren vorangestellte Sortierung nach Nummern. Das jeweilige Kürzel vor der ISBN weist darauf hin, ob es sich um einen Science-Fiction(=SF)-, einen Fantasy(=F)- oder um einen Horror(=H)-Titel handelt.

In eckigen Klammern ist die aktuelle ISBN-Buch-Nummer mit der jeweiligen Prüfziffer angegeben, wobei auf die Angaben der Gruppen- bzw. Länder-Nummer (3-) sowie der Verlags-Nummer (453-) – da für alle Länder gültig – der besseren Übersicht wegen verzichtet wurde (die vollständige ISBN ist 10- bzw. mit dem vorangestellten Zusatzcode 978- seit einiger Zeit 13-stellig; vom Verlag wird seit 2006 ausschließlich die 13-stellige ISBN verwendet); bei Zahlenangaben in runden Klammern handelt es sich um bereits früher erschienene Titelnummern bzw. um das jeweilige Erscheinungsjahr. Bezüglich des Erscheinungsjahres ist eine Mehrfachnennung (in chronologischer Reihenfolge) möglich – wenn also ein Titel mehrere Male im Heyne Verlag erschienen ist, auch erkennbar an der alten Nummer nach der ISBN:

01/... = Heyne Allgemeine Reihe
06/... = Heyne Science Fiction bzw. Fantasy
...43/... = Heyne Hardcover

Zur besseren Orientierung ist darüber hinaus bei Mehrfachveröffentlichungen die Buchform (Hardcover, Trade Paperback usw.) angegeben. Handelt es sich um eine überarbeitete Neuausgabe, wurde ebenfalls darauf hingewiesen. Nicht erfasst sind hingegen im Text unveränderte Neuauflagen bzw. -ausgaben.

A

ABERCROMBIE, Joe
Feuerklingen (2007)
– Trade Paperback-Ausgabe –
Before They Are Hanged:
Book Two of The First Law
(2007)
Ü: Kirsten Borchardt
F [53253-3]

ders.:
Kriegsklingen (2007)
The Blade Itself:
Book One of The First Law (2007)
Ü: Kirsten Borchardt
F [53251-9]

ABNETT, Dan
Der doppelte Adler (2007)
(Warhammer 40,000-Roman)
Double Eagle (2005)
Ü: Christian Jentzsch
SF [52286-2]

ANDERSON, Kevin J.
Sonnenstürme (2005) (2007)
(Die Saga der Sieben Sonnen 3)
– Taschenbuch-Ausgabe –
Horizon Storms (2005)
Ü: Andreas Brandhorst
SF [52306-7]
(52020-3)

ders.:
Von Feuer und Nacht (2007)
(Die Saga der Sieben Sonnen 5)
– Trade Paperback-Ausgabe –
Of Fire and Night (2007)
Ü: Andreas Brandhorst
SF [52273-2]

s. HERBERT, Brian/
ANDERSON, Kevin J.

ANTON, Uwe
Die Schöpfungsmaschine (2007)
Perry Rhodan: Der Posbi-Krieg 6
SF [53267-0]

B

BALLARD, J.G.
Die Stimmen der Zeit (C) (2007)
Gesammelte Erzählungen, Bd. 1
The Complete Short Stories,
(Part One) (2001)
Ü: Wolfgang Eisermann, Charlotte
Franke, Alfred Scholz, Michael Walter
SF [52229-9]

ders.:
Vom Leben und Tod Gottes (C)
(2007)
Gesammelte Erzählungen,
Bd. 2
The Complete Short Stories,
(Part Two) (2001)
Ü: Wolfgang Eisermann,
Charlotte Franke, Alfred Scholz,
Michael Walter
SF [52277-0]

BARCLAY, James
Drachenlord (2007)
(Die Legenden des Raben, 5. Band)
*The Legends of the Raven:
Demonstorm,* Part One (2005)
Ü: Jürgen Langowski
F [52212-1]

ders.:
Heldensturz (2007)
(Die Legenden des Raben, 6. Band)
*The Legends of the Raven:
Demonstorm,* Part Two (2005)
Ü: Jürgen Langowski
F [52213-8]

ders.:
Das verlorene Reich (2007)
(Die Kinder von Estorea 1)
– Trade Paperback-Ausgabe –
The Cry of the Newborn, Part One
(2006)
Ü: Jürgen Langowski
F [52377-7]

ders.:
Zauberkrieg (2007)
(Die Legenden des Raben, 4. Band)
*The Legends of the Raven:
Shadowheart,* Part Two (2004)
Ü: Jürgen Langowski

BARKER, Clive
Abarat – Tage der Wunder,
Nächte des Zorns (2005) (2007)
*Abarat – Days of Magic,
Nights of War* (2004)
Ü: Karsten Singelmann
H [53261-8]
(00127-5)

BAXTER, Stephen
Die Zeitverschwörung 1:
Imperator (2007)
Time Tapestry 1: Emperor (2007)
Ü: Peter Robert
SF [52247-3]

ders.:
Die Zeitverschwörung 2:
Eroberer (2007)
Time Tapestry 2: Conqueror (2007)
Ü: Peter Robert
SF [52300-5]

BEAR, Greg
Stimmen (2007)
Deadlines (2004)
Ü: Usch Kiausch
SF [52283-1]

BISHOP, Anne
Finsternis (2007)
(Die Schwarzen Juwelen,
5. Roman)
The Invisible Ring (2000)
Ü: Ute Brammertz
F [52250-3]

dies.:
Sebastian (2007)
(Die dunklen Welten 1)
Sebastian (2007)
Ü: Ute Brammertz
SF [53272-4]

BÖHMERT, Frank
Die Psi-Fabrik (2007)
Perry Rhodan: Der Posbi-Krieg 5
SF [53266-3]

BORSCH, Frank
Alien Earth – Phase 1 (2007)
SF [52230-5]

ders.:
Alien Earth – Phase 2 (2007)
SF [52251-0]

BRANDHORST, Andreas
Feuerstürme (2007)
SF [52236-7]

BRIGGS, Patricia
Drachenzauber (2007)
– Trade Paperback-Ausgabe –
Dragon Blood (2003)/*Dragon Bones* (2002)
Ü: Winter Translations Inc.
SF [52309-8]

dies.:
Ruf des Mondes (2007)
Moon Called (2006)
Ü: Regina Winter
SF [52373-9]

C

CARTER, Robert
Das Kind des Winters (2007)
– Trade Paperback-Ausgabe –
Whitemantle (2006)
Ü: Ingrid Herrmann-Nytko
F [52115-5]

COLEMAN, Loren
Die Legenden von Conan 1:
Das Blut der Wölfe (2007)
Legends of Kern I:
Blood of Wolves (2007)
Ü: Andreas Decker
F [52162-9]

ders.:
Die Legenden von Conan 2:
Die Rache der Cimmerier (2007)
Legends of Kern II:
Cimmerian Rage (2005)
Ü: Andreas Decker
F [52163-6]

ders.:
Schwert des Aufruhrs (2007)
(Mechwarrior DarkAge-Roman)
Sword of Sedition (2005)
Ü: Reinhold H. Mai
SF [52290-9]

COUNTER, Ben
Der blutende Kelch (2007)
(Warhammer 40.000-Roman)
The Bleeding Chalice (2003)
Ü: Kristof Kurz
SF [52292-3]

ders.:
Blutrote Tränen (2007)
(Warhammer 40.000-Roman)
Crimson Tears (2005)
Ü: Kristof Kurz
SF [52359-3]

ders.:
Seelentrinker (2007)
(Warhammer 40.000-Roman)
Soul Drinker (2002)
Ü: Kristof Kurz
SF [52237-4]

E

DAVID, Peter
s. KING, Stephen/DAVID, Peter

DEWI, Torsten/
HOHLBEIN, Wolfgang
Die Rache der Nibelungen
(2007)
– Trade Paperback-Ausgabe –
F [53268-7]

DICK, Philip K.
Die Lincoln-Maschine (2007)
We Can Build You (1972)
Ü: Frank Böhmert
SF [52270-1]

DOCTOROW, Cory
Backup (2007)
*Down and Out in the
Magic Kingdom* (2003)
Ü: Michael K. Iwoleit
SF [52297-8]

DRAKE, David
Lt. Leary – 1:
Mission auf Kostroma (2007)
With the Lightnings (1998)
Ü: Heinz Zwack
SF [52234-3]

ders.:
Lt. Leary – 2:
Das Cinnabar-Kommando
(2007)
Lt. Leary Commanding (2000)
Ü: Heinz Zwack
SF [52265-7

E

EVERS, Harald
Der Milliardenmörder (2007)
Perry Rhodan: Der Posbi-Krieg 4
SF [53265-6]

ders.:
Das 7. Buch der Schatten – 1:
Das Amulett (2007)
F [52059-2]

F

FALLON, Jennifer
Herrscher des Throns (2007)
– Trade Paperback-Ausgabe –
Hythrun Chronicles: Warlord
– Wolfblade *Trilogy* (2007)
Ü: Michael Siefener
F [53250-2]

dies.:
Ritter des Throns (2007)
– Trade Paperback-Ausgabe –
Hythrun Chronicles: Warrior
– Wolfblade *Trilogy* (2007)
Ü: Michael Siefener
F [53249-6]

FISHER, Catherine
Schneewanderer (2007)
Snow Walker (2005)
Ü: Ute Brammertz
F [52311-1]

FUCHS, Werner
s. MAMCZAK/JESCHKE (Hrsg.)
Das SF Jahr 2007
(INTERVIEW)

G

GAIMAN, Neil
Anansi Boys (2007)
– Trade Paperback-Ausgabe –
Anansi Boys (2006)
Ü: Karsten Singelmann
H [26530-1]

ders.:
Sternwanderer (2007)
Stardust (2000)
Ü: Christine Strüh
F [50141-6]

H

HALLMANN, Maike
Vertigo (2007)
(Shadowrun-Roman)
SF [52355-5]

HARDEBUSCH, Christoph
Die Schlacht der Trolle (2007)
– Trade Paperback-Ausgabe –
F [53270-0]

HARRISON, M. John
Nova (2007)
Nova Swing (2007)
Ü: H. und P. Linckens
SF [52291-6]

HARTMANN, Cathrin
Friedhof der Raumschiffe (2007)
Perry Rhodan: Der Posbi-Krieg 3
SF [53264-9]

HAYDON, Elizabeth
Tochter des Sturms (2006) (2007)
– Taschenbuch-Ausgabe –
Rhapsody-*Saga 4:*
Elegy for a Lost Star (2005)
Ü: Michael Siefener
F [52307-4]
(52067-X)

HEITZ, Markus
Schattenläufer (C) (2007)
3 Shadowrun-Romane
in einem Band
SF [52232-9]

HENNEN, Bernhard
Elfenritter: Die Ordensburg
(2007)
(Elfenritter-Trilogie 1)
F [52333-3]

ders.:
Rabensturm (2007)
F [52317-3]

HERBERT, Brian/
ANDERSON, Kevin J.
Butlers Djihad (2007)
(Der Wüstenplanet –
Die Legende 1)
The Butlerian Jihad (2002)
Ü: Bernhard Kempen
SF [52358-6]

ders./ders.:
Die Jäger des Wüstenplaneten
(2007)
– Trade Paperback-Ausgabe –
The Hunters of Dune (2007)
Ü: Bernhard Kempen
SF [52289-3]

HERBERT, Mary H.
Die dunkle Zauberin
(2007)
Dark Goddess (1998)

Ü: Michael Siefener
SF [52174-2]

HILL, Joe
Black Box – Phantastische
Erzählungen (C) (2007)
20th Century Ghosts (2007)
Ü: Hannes Riffel
F [81164-5]

HOHLBEIN, Wolfgang
s. DEWI, Torsten/
    HOHLBEIN, Wolfgang

HOWARD, Robert E.
Conan 3 (C) (2007)
*The Conquering Sword of Conan:
Conan 3* (2005)
Ü: Andreas Decker
F [52073-8]

HUNT, Walter H.
Der dunkle Kreuzzug (2007)
The Dark Crusade (2005)
Ü: Ralph Sander
SF [52357-9]

ders.:
Der dunkle Stern (2007)
The Dark Ascent (2004)
Ü: Ralph Sander
SF [52284-8]

I

IWOLEIT, Michael K.
s. MAMCZAK/JESCHKE (Hrsg.)
Das SF Jahr 2007

J

JESCHKE, Wolfgang
s. MAMCZAK/JESCHKE
   (Hrsg.)
   Das SF Jahr 2007
   (EDITORIAL)

K

KASPER, Helmut
s. MAMCZAK/JESCHKE
   (Hrsg.)
   Das SF Jahr 2007

KING, Stephen
Puls (2006) (2007)
– Taschenbuch-Ausgabe –
Cell (2006)
Ü: Wulf Bergner
H [56509-8]
(02860-9)

KOCH, Boris B.B.B.
Die Anderen (2007)
Die Große Orks-Elfen-Zwerge-
Troll-Parodie
F [52378-4]

KOONTZ, Dean
Die Anbetung (2006) (2007)
Odd Thomas (2004)
Ü: Bernhard Kleinschmidt
H [43244-4]
(01644-6)

ders.:
Irrsinn (2007)
Velocity (2006)
Ü: Bernhard Kleinschmidt
H [02035-1]

ders.:
Trauma (2007)
Life Expectancy (2005)
Ü: Bernhard Kleinschmidt
H [43213-0]

KOTZWINKLE, William
Das Amphora-Projekt
(2007)
The Amphora Project (2005)
Ü: Hans Pfitzinger
SF [52219-0]

L

LEE, Julianne
Ritter der Zeit: Die Elfenhöhle
(2007)
– Trade Paperback-Ausgabe –
The Lady and the Robber (2007)
Ü: Nina Bader
F [53044-7]

LEE, Sharon/MILLER, Steve
Liaden – Der Agent und die
Söldnerin (2007)
Agent of Change (1988)
Ü: Ingrid Herrmann-Nytko

dies./ders.:
Liaden – Eine Frage der Ehre
(2007)
Conflict of Honors (2002)
Ü: Ingrid Herrmann-Nytko
SF [53255-7]

dies./ders.:
Liaden – Gestrandet auf Vandar
(2007)
Carpe Diem ((2003)
Ü: Ingrid Herrmann-Nytko
SF [52209-1]

LINK, Kelly
Die Elbenhandtasche.
Phantastische Erzählungen (C)
(2007)
Magic for Beginners (2005)
Ü: Ute Brammertz
F [52276-3]

LUKAS, Leo
Stern der Laren (2007)
Perry Rhodan: Der Posbi-Krieg 2
SF [53263-2]

LUKIANENKO, Sergej
Spektrum (2007)
– Trade Paperback-Ausgabe -
Spectr (2002)
Ü: Christiane Pöhlmann
SF [52233-6]

ders.:
Wächter der Ewigkeit (2007)
– Trade Paperback-Ausgabe –
Poslednij Dozor (2006)
Ü: Christiane Pöhlmann
H [52255-8]

ders.:
Weltengänger (2007)
– Trade Paperback-Ausgabe –
Tschernowik (2005)
Ü: Christiane Pöhlmann
SF [52349-4]

LYNCH, Scott
Die Lügen des Locke Lamora
(2007)
– Trade Paperback-Ausgabe –
The Lies of Locke Lamora, Part One:
The Gentleman Bastard, Sequence 1
(2007)
Ü: Ingrid Herrmann-Nytko
SF [53091-1]

M

MAMCZAK, Sascha
s. MAMCZAK/JESCHKE (Hrsg.)
Das SF Jahr 2007
(INTERVIEW)

s. MAMCZAK/JESCHKE (Hrsg.)
Das SF Jahr 2007
(HÖRSPIEL)

MAMCZAK, Sascha/
JESCHKE, Wolfgang (Hrsg.)
Das Science Fiction Jahr # 22
Ausgabe 2007 (2007)

Sascha Mamczak/
Wolfgang Jeschke
EDITORIAL

SCHWERPUNKT:
DAS ENDE EINES GENRES?

Hartmut Kasper
Der Krieg der galaktischen
Mächte gegen das Volk der
anorganischen Cytryxiyl.
Ein (vorläufiger) Nachruf
auf die Science Fiction

Uwe Neuhold
Gefangen im Megasystem.
Wohin fließt die Science Fiction? –
Ein Besuch auf heutigen und
zukünftigen Flohmärkten

Lucian Hölscher
Zukunftsliteratur ohne Zukunft.
Wie dem Genre buchstäblich
die Zeit ausgeht

Dierk Spreen
Nach dem Ende der politischen
Großträume: Was bleibt von
der Science Fiction?

Wolfgang Neuhaus
Fremdheit ist schwer zu
ertragen. Zur Perspektive
der evolutionären Spekulation
in der Science Fiction

Frank Borsch
»Das Ende der Welt. Wirklich.«
James Howard Kunstler –
oder: Das Sachbuch als
Science Fiction

Ralf Reiter
Angeknabbert!
Die Science Fiction zwischen
Mystery, Mainstream und
Gegenwartsliteratur

Bartholomäus Figatowski
Spiel, Spaß, Spannung –
Science Fiction? – Über die
Zukunftsperspektiven eines
kinder- und jugendliterarischen
Subgenres

Thomas Wörtche
»Desaster as usual« –
Zur ungeklärten Nachbarschaft
von Science Fiction und
Kriminalliteratur

James Patrick Kelly und
John Kessel
Willkommen im Nirgendwo!
Slipstream: Das Genre,
das nicht ist – oder doch?
Ü: Bernhard Kempen

Usch Kiausch
Innere Räume, äußere Welten
und der Rücksturz zur Erde.
Eine Expedition in die litera-
rischen Universen von Doris
Lessing und Margaret Atwood

John Clute
Im Radiumglanz der
Morgenröte.
Corman McCarthy und
Thomas Pynchon:
Die Science Fiction in
den letzten Tagen des
Kategorisierens
Ü: Hannes Riffel

Adam Roberts
It's the medium, stupid!
Jeder mag Science Fiction – nur
nicht in geschriebener Form
Ü: Jakob Schmidt

Andreas Eschbach
Realität – sehr zu empfehlen.
Vom Sterben und Weiterleben
der Science Fiction

BÜCHER & AUTOREN

Michael K. Iwoleit
Gestaltwesen, die Bombe
und die Mysterien der Liebe.
Über die Kurzgeschichten
von Theodore Sturgeon

Karlheinz Steinmüller
Der Moon Hoax und seine
Folgen. Die italienische
Mondexpedition von 1836

Christian Hoffmann
Afrikanische Science Fiction.
Eine Spurensuche

Richard Wagner-Glass
Sisyphos, Hiob und das Lamm.
Die Nick-Seafort-Reihe von
David Feintuch

TODESFÄLLE

INTERVIEW

Uwe Kramm
»*Das Werk eines Autors steht
immer für sich selbst, nicht
für ein Genre!*«
Ein Gespräch mit Robert
Charles Wilson

Werner Fuchs und
Sascha Mamczak
»George W. Bush möchte ich
nun wirklich nicht ficken!«
Ein Gespräch mit J. G. Ballard

Hartmut Kasper
»Wenn die Macht sehr dick
tut, wird die Science Fiction
zum Randvergnügen!«
Ein Gespräch mit Dietmar Dath

SCIENCE & SPECULATION

Rüdiger Vaas
Im freien Fall für die Forschung.
Von der sehr erträglichen
Leichtigkeit des Seins und der
Raumfahrt des kleinen Mannes

Uwe Neuhold
Teleportation in der Bibliothek
von Babel. Ein Gespräch
mit dem Quantenphysiker
Anton Zeilinger

Michael K. Iwoleit
Prophet der Singularität.
Die leere Zukunft des
Ray Kurzweil

Peter Kempin und
Wolfgang Neuhaus
Aufbruch ins Multiversum.
Eine Mediation über
radikale Extrophysik

Tommy Laeng
Zukunftsflops von vorgestern.
Ein Spaziergang durch den
Ablagekorb der Visionen –
Teil 3

Rüdiger Vaas
Im Paradies der Bücher
Wissenschaft und Philosophie –
die herausragenden Veröffentlichungen des Jahres 2006

FILM

Bernd Kronsbein/Marc Sege-
müller/Sven-Eric Wehmeyer/
Lars Zwickies/Lutz Göllner
Zweieinhalb Stunden Overkill –
und dann? – Phantastik im
Kino und auf DVD 2006

Peter M. Gaschler
Foltercamps, Klimaschock
und Globalisierung
nach Charles Darwin:
Neue Dokumentarfilme
korrigieren unseren Blick auf
das 21. Jahrhundert

Karsten Kruschel
Leim für die Venus. Der
Science-Fiction-Film in
der DDR

Peter M. Gaschler
Instant Genius! – Val Guest
(1911–2006)

Peter M. Gaschler
Fantastic Voyage! Richard
Fleischer (1916–2006)

Peter M. Gaschler
Sitting Bulls Geschichtslexikon.
Robert Altman (1925–2006)

KUNST

Richard Wagner-Glass
Kunst im Weltall – Kunst auf
der Erde. Utopische Spuren
in der Gegenwartskunst

Matthias Schönebäumer
Man from Tomorrow. Der
Techno-DJ Jeff Mills als
futuristisches Künstlermodell

Ralf Reiter
Die unterschätzten Gefahren
der Elektrizität. Robert Calvert:
SF-Dichter und -Performer

HÖRSPIEL

Horst G. Tröster/Ute Perchtold/
Christiane Timper/Erik Simon/
Helmut Magnana/Günther
Wessely/Sascha Mamczak/
Birke Vock/Marina Dietz/
Bärbel Weixner
Science-Fiction-Hörspiele 2006

Horst G. Tröster
»Das Sehen überlasse ich der
Phantasie des Hörers!«
Zum Tod der Hörspielautorin
Eva Maria Mudrich

COMIC

Hartmut Kasper
Borag Thungg, Erdlinge!
Das britische SF-Comic-
Magazin 2000 AD erreicht
die Nummer 1500 – und
geht ins dreißigste Jahr

COMPUTER

Gerd Frey
»Science Fiction Interactive«.
Computerspiele 2006

Rezensionen

Marktberichte

Hermann Urbanek
Die deutsche SF-Szene 2006

Die amerikanische SF-Szene
2005/2006

Die britische SF-Szene
2005/2006

Preise – Preise – Preise

Bibliografie

Werner Bauer
Phantastische Literatur im
Wilhelm Heyne Verlag 2006
SF [52261-9]

MARZI, Christoph
Fabula (2007)
– Trade Paperback-Ausgabe –
F [52327-2]

McCARTHY, Wil
SOL 2: Die Rebellion des Prinzen
(2007)
The Wellstone (2003)
Ü: Norbert Stöbe
SF [52172-8]

ders.:
SOL 3: Die Kolonie des Königs
(2007)
Lost in Transmission (2004)
Ü: Norbert Stöbe
SF [52173-5]

McCOLLUM, Michael
Der Antares-Krieg (C) (2004)
(2007)
Ü: Walter Brumm

Antares erlischt (1996)
Antares Dawn (1986)
(06/5382)

Antares-Passage (1998)
Antares Passsage (1987)
(06/5924)

Antares: Sieg
Antares Victory (2003)
SF [52222-0]
(87910-4)

McGARRY, Terry
Pfade des Lichts (2007)
– Trade Paperback-Ausgabe –
The Binder's Road (2003)
Ü: Norbert Stöbe
SF [52310-4]

McKIERNAN, Dennis L.
Magierkrieg (2007)
Into the Fire, Part One (1998)
Ü: Wolfgang Thon
F [52280-0]

ders.:
Magierlicht (2007)
Into the Fire, Part Two (1998)
Ü: Wolfgang Thon
F [52282-4]

ders.:
Magiermacht (2007)
Into the Forge, Part One (1998)
Ü: Wolfgang Thon
F [52248-0]

ders.:
Magierschwur (2007)
Into the Forge, Part Two (1998)
Ü: Wolfgang Thon
F [52281-7]

McNEILL, Graham
Die Krieger von Ultramar (2007)
(Warhammer 40.000-Roman)
Warriors of Ultramar (2003)
Ü: Christian Jentzsch
SF [52231-2]

ders.:
Toter Himmel, Schwarze Sonne (2007)
(Warhammer 40.000-Roman)
Dead Sky, Black Sun (2004)
Ü: Christian Jentzsch
SF [52298-5]

MEANEY, John
Tristopolis (2007)
Bone Song (2007)
Ü: Peter Robert
SF [52295-4]

MILLER, Steve
s. LEE, Sharon/MILLER, Steve

MÖLLER, Lara
Ash (2007)
(Shadowrun-Roman)
SF [52238-1]

dies.:
Quickshot (2007)
(Shadowrun-Roman)
SF [52305-0]

MORGAN, Richard
Skorpion (2007)
Black Man (2007)
Ü: Alfons Winkelmann
SF [52356-2]

ders.:
Vorwort
s. BALLARD, J.G.:
   Die Stimmen der Zeit

N

NEWCOMB, Robert
Die magische Schrift (2006)
(2007)
The Scrolls of Ancient (2005)
Ü: Michael Koseler
F [52312-8]
(52141-4)

NICHOLLS, Stan
Der magische Bund (2004) (2007)
Quicksilver Trilogy I: Rising (2004)
Ü: Jürgen Langowski
F [52308-1]
(87906-5)

ders.:
Das magische Zeichen (2005)
(2007)
Quicksilver Trilogy II: Zenith (2004)
Ü: Jürgen Langowski
F [52374-6]
(53022-5)

O

(*kein* EINTRAG)

P

PANSI, Micha
Der fünfte Stein (2007)
F [52242-8]

PARDOE, Blaine Lee
Gefährliche Ziele (2007)
(Mechwarrior DarkAge-Roman)
Target of Opportunity (2005)
Ü: Reinhold H. Mai
SF [52235-0]

PERRY RHODAN
Der Posbi-Krieg, Bde. 1–6
s. Bd. 1: THURNER, Michael Marcus
   Bd. 2: LUKAS, Leo
   Bd. 3: HARTMANN, Cathrin
   Bd. 4: EVERS, Harald
   Bd. 5: BÖHMERT, Frank
   Bd. 6: ANTON, Uwe

PRIEST, Christopher
Vorwort
s. BALLARD, J.G.:
   Vom Leben und Tod Gottes

PULLMAN, Philip
Das Bernstein-Teleskop (2007)
(Roman zum Film)
His Dark Materials 3:
The Amber Spyglass (2007)
Ü: Wolfram Ströle und
Reinhard Tiffert
F [50373-1]

ders.:
Der goldene Kompass (1998)
(2007)
(Roman zum Film)
His Dark Materials 1: Northern
Lights (1995)
Ü: Wolfram Ströle und
Andrea Kann
F [50307-6]
(01/10657)

ders.:
Das magische Messer (1999)
(2007)
(Roman zum Film)
His Dark Materials 2:
The Subtle Knife (1997)
Ü: Wolfram Ströle
F [50321-2]
(01/10965)

Q

(*kein* EINTRAG)

R

REYNOLDS, Alastair
Die Arche (2007)
Redemption Ark (2003)
Ü: Irene Holicki
SF [52288-6]

ders.:
Chasm City (2007)
Chasm City (2002)
Ü: Irene Holicki
SF [52221-3]

ders.:
Himmelssturz (2007)
– Trade Paperback-Ausgabe –
Pushing Ice (2005)
Ü: Bernhard Kempen
SF [52244-2]

RHODAN, Perry
Perry Rhodan *Lemuria*:
6 Romane in einem Band (2007)

   Frank Borsch
   Lemuria 1: Die Sternenarche (2004)
   (53003-4)

   Hanns Kneifel
   Lemuria 2: Der Schläfer
   der Zeiten (2004)
   (53008-9)

   Andreas Brandhorst
   Lemuria 3: Exodus der
   Generationen (2005)
   (53012-6)

Leo Lukas
Lemuria 4:
Der erste Unsterbliche (2005)
(53015-7)

Thomas Ziegler
Lemuria 5:
Die letzten Tage Lemurias
(2005)
(53017-1)

Hubert Haensel
Lemuria 6:
Die längste Nacht (2005)
(53020-1)
SF [52294-7]

RINGO, John
Die Nanokriege: Die Flucht
(2006)
(Die Nanokriege, Bd. 4)
East of the Sun, West of the Moon
(2006)
Ü: Heinz Zwack
SF [52296-1]

ROBERSON, Jennifer
Cheysuli 1: Dämonenkind
(C) (2007)
Ü: Karin König

   Wolfsmagie (1996)
   Shape Changers (1995)
   (06/5671)

   Das Lied von Homana (1997)
   The Song of Homana (1997)
   (06/5672)
F [52392-0]

ROBERTS, Adam
Sternsturm (2007)
Polystorm (2007)

Ü: Usch Kiausch
SF [52290-9]

S

SANDERSON, Brandon
Elantris (2007)
– Trade Paperback-Ausgabe –
Elantris (2005)
Ü: Ute Brammertz
F [52167-4]

SCALZI, John
Geisterbrigaden (2007)
The Ghost Brigades (2007)
Ü: Bernhard Kempen
SF [52268-8]

ders.:
Krieg der Klone (2007)
Old Man's War (2007)
Ü: Bernhard Kempen
SF [52267-1]

SIMMONS, Dan
Kinder der Nacht (2007)
Children of the Night (1992)
Ü: Joachim Körber
H [52165-0]

ders.:
Ilium (2004) (2007)
Ilium (2003)
Ü: Peter Robert
SF [52354-8]
(87898-3)

T

THURNER, Michael Marcus
Das gestrandete Imperium (2006)
Perry Rhodan: Der Posbi-Krieg 1
SF [53262-5]

U

UBUKATA, To
Mardock-Trilogie 1:
Kompression (2006)
Mardock Scramble:
The First Compression (2003)
Ü: Cora Hartwig und
Hirofumi Yamada
SF [52176-5]

ders.:
Mardock-Trilogie 2:
Expansion (2007)
Mardock Scramble:
The Second Combustion (2003)
Ü: Cora Hartwig und
Hirofumi Yamada
SF [52177-3]

ders.:
Mardock-Trilogie 3:
Implosion (2007)
Mardock Scramble:
The Third Exhaust (2003)
Ü: Cora Hartwig und
Hirofumi Yamada
SF [52179-7]

URBANEK, Hermann
s. MAMCZAK/JESCHKE (Hrsg.)
 Das SF Jahr 2007

V

VINGE, Vernor
Ein Feuer auf der Tiefe (1995)
(2007)
A Fire upon the Deep (1992)
Ü: Erik Simon
SF [52285-5]
(06/5299)

ders.:
Eine Tiefe am Himmel (2007)
A Deepness in the Sky (1999)
Ü: Erik Simon
SF [52223-7]

W

WIESLER, André
Shelley (2007)
(Shadowrun-Roman)
SF [52304-3]

WILLIAMS, Tad
Otherland 3:
Berg aus schwarzem Glas
(2007)
Otherland 3:
Mountain of Black Glass
(2000)
Ü: Hans-Ulrich Möhring
F [53217-5]

ders.:
Otherland 4:
Meer des silbernen Lichts
(2007)
Otherland 4:
Sea of Silver Light (2002)
Ü: Hans-Ulrich Möhring
SF [53218-2]

WILSON, Robert Charles
Quarantäne (2007)
Blind Lake (2003)
Ü: Karsten Singelmann
SF [52316-6]

WOODWORTH, Stephen
Die Stimmen der Nacht (2007)
With Red Hands (2004)
Ü: Helmut Gerstberger
H [40372-7]

X, Y

(*kein* EINTRAG)

Z

ZAHN, Timothy
Blackcollar-Trilogie
(erscheint 2008)

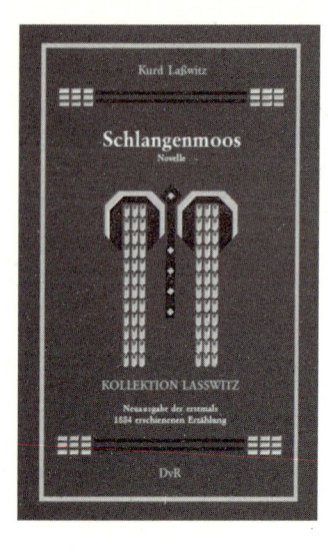

Kurd Laßwitz

Schlangenmoos

KOLLEKTION LASSWITZ, BAND I.2

Nachdruck der 1884 unter dem Pseudonym »L. Velatus« erschienenen einzigen Ausgabe der Novelle im Neusatz, hrsg. von Dieter von Reeken. Hardcover (Pappband mit gerundetem Rücken und Lesebändchen), 170 S, 3 Reproduktionen
ISBN 978-3-940679-13-0

In der DvR-Buchreihe erscheinen Nachdrucke älterer utopischer und SF-Bücher sowie sekundärliterarische Schriften. Im Rahmen der 17 Bände umfassenden KOLLEKTION LASSWITZ erscheinen die Romane, Erzählungen, Sachbücher, Aufsätze und Vorträge von Kurd Laßwitz (1848–1910) nach den Ausgaben letzter Hand:

I – ROMANE, ERZÄHLUNGEN, GEDICHTE:
1. *Bilder aus der Zukunft*; 3. *Seifenblasen*; 4./5. *Auf zwei Planeten*; 6. *Nie und Immer*, 7. *Aspira*; 8. *Sternentau*; 9. *Gedichte und Erzählungen*;

II – SACHBÜCHER, VORTRÄGE, AUFSÄTZE:
1. *Ueber Tropfen … / Atomistik u. Kriticismus*; 2. *Die Lehre Kants …*; 3./4. *Geschichte der Atomistik*; 6. *Wirklichkeiten* u. a.

Rainer Eisfeld

Die Zukunft in der Tasche
Science Fiction und SF-Fandom in der Bundesrepublik –
Die Pionierjahre 1955–1960

Broschüre, 216 S., 54 Abb., davon 12 in Farbe, Quellen- und Literaturverzeichnis, Personenregister
ISBN 978-3-940679-11-6

DvR-Buchreihe
Dieter von Reeken • Brüder-Grimm-Str. 10 • 21337 Lüneburg
www.dieter-von-reeken.de

pandora
science fiction & fantasy

**pandora.
Internationale Phantastik
vom Feinsten.**

pandora bringt eine Auswahl der besten SF- und Fantasy-Erzählungen und -Essays aus Dutzenden von »Best of«-Anthologien, Hunderten von internationalen Zeitschriften und Tausenden von Internetseiten.

In der dritten Ausgabe: Erzählungen von Joe Haldeman, Joe Hill, Justina Robson, James Patrick Kelly, Tim Powers, Pat Cadigan, und vielen mehr; dazu Essays von Brian Stableford, Graham Sleight, Adam Roberts, Stephen Baxter, Hardy Kettlitz, Jakob Schmidt, Fritz Heidorn und anderen; sowie ausgewählte Rezensionen.

www.pandora.shayol.de

pandora erscheint jeweils
im Frühjahr und Herbst,
256 Seiten im Format 17 x 25,5 cm,
Vierfarb-Cover, Schwarzweiß-Innenteil,
durchgehend illustriert.
Einzelpreis EUR 14,90;
Jahresabo (zwei Ausgaben) EUR 25,00.
www.pandora.shayol.de

SHAYOL

Shayol Verlag
Bergmannstraße 25 | 10961 Berlin
verlag@shayol.net

Der neue russische
Bestseller-Autor

DMITRY GLUKHOVSKY
METRO 2033

»Ein phantastisches Epos!«
Sergej Lukianenko

Im Herbst 2008 bei
HEYNE

Frank Borsch
Alien Earth

14. März 2058:
Astronomen entdecken ein Objekt auf Höhe der Pluto-Bahn...
20. Juni 2058:
Das Objekt passiert den Mars. Es ist ein Raumschiff...
3. August 2058:
Das Raumschiff erreicht die Erde. Es bezieht Position über dem Pazifik... Das Abenteuer beginnt!

»Ein großartiges Lesevergnügen! Man möchte einer Menge Science-Fiction-Autoren zurufen: Schaut her – so geht das!«
Andreas Eschbach

978-3-453-52230-5   978-3-453-52251-0

HEYNE〈

Sergej Lukianenko

Weltengänger

Erst sieht es aus wie ein böser Scherz: Als Kirill eines Abends nach Hause kommt, wohnt eine ihm völlig unbekannte Frau in seinem Apartment. Auch an seinem Arbeitsplatz ist er niemandem bekannt, und sogar seine Verwandten und Freunde können sich nicht mehr an ihn erinnern. Was ist geschehen? Wie kann es sein, dass manche Menschen einfach aus ihrer Existenz herausfallen? Für Kirill beginnt das Abenteuer seines Leben…

Nach dem großen Erfolg seines Wächter der Nacht-Zyklus *– das neue phantastische Abenteuer des russischen Kultautors Sergej Lukianenko.*

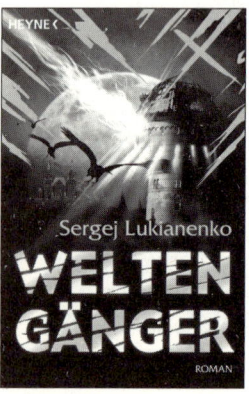

978-3-453-52349-4

HEYNE

John Meaney
Tristopolis

Willkommen im siebten Jahrtausend! Willkommen in Tristopolis, der Stadt, die ihre Energie aus den Knochen Verstorbener bezieht! Dies ist die Geschichte von Polizei-Inspektor Donal Riordan, der einer Verschwörung auf der Spur ist, die Tristopolis in ihren Grundfesten erschüttert...

»Mit diesem Roman erschafft John Meaney eine Welt, wie es sie noch nie zuvor gab – eine furiose Mischung aus Mystery, Thriller und Science Fiction. Nervenzerreißend spannend und voll atemberaubender Ideen.« **The Guardian**

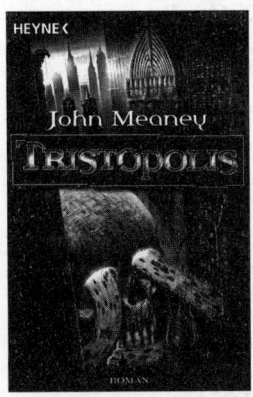

978-3-453-52295-4

HEYNE

Die große Philip K. Dick-Edition

Philip K. Dick, Science-Fiction-Genie und Autor von *Blade Runner*, *Total Recall* sowie *Minority Report*, gilt heute als einer der größten Visionäre, die die Literatur des 20. Jahrhunderts hervorgebracht hat.

In vollständig überarbeiteter Neuausgabe:

Marsianischer Zeitsturz
978-3-453-21726-3

Die Valis-Trilogie
978-3-453-21727-0

Blade Runner
978-3-453-21728-7

Die drei Stigmata des Palmer Eldritch
978-3-453-21729-4

Warte auf das letzte Jahr
978-3-453-53210-6

Der dunkle Schirm
978-3-453-87368-1

Zeit aus den Fugen
978-3-453-21730-0

Der unmögliche Planet
978-3-453-21731-7

Auf dem Alphamond
978-3-453-52271-8

Simulacra
978-3-453-53211-3

Ubik
978-3-453-87336-0

Die Lincoln-Maschine
978-3-453-52270-1

Eine andere Welt
978-3-453-87403-9

Nach der Bombe
978-3-453-53004-1

Der galaktische Topfheiler
978-3-453-53013-3

Irrgarten des Todes
978-3-453-53021-8

Das Orakel vom Berge
978-3-453-52272-5

HEYNE

Frederik Pohl
Die Gateway Triologie

Ein um die Sonne kreisender Asteroid, der einer längst verschwundenen außerirdischen Spezies als Weltraumbahnhof diente. Gespickt mit zahllosen Raumschiffen, die auf bestimmte Ziele irgendwo im Universum programmiert sind. Ziele, die unvorstellbaren Reichtum bedeuten können. Oder einen grausamen Tod.

Frederik Pohls mehrfach preisgekrönte Gateway-Trilogie in vollständig überarbeiteter, ungekürzter Neuausgabe.

978-3-453-87905-8

HEYNE

Arthur C. Clarke
Die letzte Generation

Gigantische Raumschiffe erscheinen eines Tages auf der Erde. Die Außerirdischen, die »Overlords«, haben die Aufgabe, die menschliche Zivilisation in ein Goldenes Zeitalter zu führen. Doch zu welchem Preis?

Das neben »2001 – Odyssee im Weltraum« bedeutendste Werk Arthur C. Clarkes in vollständig überarbeiteter Neuausgabe. Mit einer Einführung des Autors.

978-3-453-87534-0

HEYNE

Charles Stross

Dies ist die Geschichte einer Welt – die Erde –, auf der die Entwicklung der Künstlichen Intelligenz zu einer radikalen Beschleunigung des Lebens führt. Es ist die Geschichte einer Spezies – Homo Sapiens –, die sich immer weiter von ihren biologischen Ursprüngen entfernt. Und es die Geschichte einer Gruppe von Menschen, die den Schritt ins Ungewisse wagt: in die Zukunft.

»Für Autoren wie Charles Stross wurde die Science Fiction erfunden!« **Locus Magazine**

978-3-453-52195-7 978-3-453-52360-9

HEYNE

Stephen Baxter

Evolution

Sie traten zum ersten Mal auf, als die Dinosaurier die Erde beherrschten. Und sie entwickelten sich in zahllosen Jahrtausenden auf einer Welt voll tödlicher Gefahren. Bis sie schließlich ihren Heimatplaneten hinter sich ließen... Dies ist ihre Geschichte. Und unsere.

»*Stephen Baxters Fähigkeit, wissenschaftliche Erkenntnisse in eine atemberaubende Erzählung zu verwandeln, macht ihn zu einem der bedeutendsten Science-Fiction-Autoren unserer Zeit.*« **The Times**

978-3-453-87546-3

HEYNE